Felix Timmermans

Pallieter

Mit Zeichnungen
des Dichters
Jubiläumsausgabe
Erster Band

Insel Verlag

Titel der Originalausgabe: *Pallieter*
Aus dem Flämischen von Anna Valeton-Hoos

Erste Auflage der Jubiläumsausgabe 1986

Druck: Welsermühl, Wels
Printed in Austria

ISBN 3-458-14509-5

Marieke Janssens
meiner Frau

Ein schöner Maienmorgen

In den ersten Tagen im Monat Unserer Lieben Frau war der Frühling krank. Die Sonne blieb weg und kleckste nur von Zeit zu Zeit durch ein Wolkenloch ein Bündel Licht auf die gelben Butterblumen. Das frische Grün, das sie von allen Seiten gewaltig aus der Erde, aus den Bäumen und dem Wasser herausgesogen hatte, lauerte ungeduldig auf sie.

Pallieter zog den Mund schief und sagte bitter: »Das Wetter soll der Teufel holen!«

Aber am Abend dieses Tages war der Vollmond, rot wie ein reifer Apfel, durch die Wolken gebrochen, und ein dünner Nebel legte sich wie ein Schleier über die Nethe und die Wiesen. Als Pallieter das sah, machte er den Zeigefinger mit Speichel naß, hielt ihn in die Höhe, und als er fühlte, daß der Finger an der Südseite kühl wurde, brach er in ein helles Gelächter aus, rollte zappelnd ins Gras und sang in den stillen Abend hinaus, daß es bis über die Nethe schallte:

»Die mich weckt mit lautem Schall,
Das wird sein die Nachtigall,
Die Nachtigall so süße,
Dann will ich gehn in jenes Tal,
Daß ich die Blumen grüße.«

Morgen ist wieder Sonnenschein!

Er konnte kaum schlafen und lag fast die ganze Nacht wach bei weit offenem Fenster. Er starrte in den Himmel, an dem die Wolken zerbrachen und der nach langem Warten klar geworden war und zartblau blieb, betropft mit bleichen Sternen und erfüllt von hellem Mondschein. Und in der stillen, neuen Herrlichkeit, in der der Tau milde herniedersank, stieg das perlende Lied einer jungen Nachtigall empor. Pallieter erschauerte. Und er dachte an die Sonne, die nun noch fern hinter der Welt steckte, dort irgendwo bei den Mohren und Chinesen. Morgen würde sie wieder das süße Land der Nethe bescheinen, und die Bäume und die Pflanzen würden reden und schwatzen vor gewaltiger Lust, die Blumen würden aufbrechen vom Duft, die Wälder erbrausen von Vogelsang, und er selbst, Pallieter, er würde einen Fuß größer werden. Und er warf vor übergroßer Freude die Beine in die Luft, daß die Laken vom Bett flogen. Er deckte sich wieder zu und schlief ein mit lachendem Munde.

Als im Osten sich ein heller Schein regte und ein Hahn gekräht hatte, sprang Pallieter aus dem Bett, zog sein Hemd aus und lief pudelnackt an die Nethe. Über der Erde und zwischen den hohen Bäumen hing grauer Nebel. Es war ganz still, das Gras bog sich schwer unter dem kühlen Tau, und von den Bäumen fielen große Tropfen. Pallieter sprang ohne Umstände in das tiefe Wasser, tauchte unter und kam, glänzend von Wasser und Glück, Atem schöpfend, in der Mitte wieder herauf. Die Wasserkühle machte das Blut in seinem Leib aufwallen: das tat ihm wohl, und er lachte.
Er schwamm gegen den Strom, ließ sich auf dem Rücken zurücktreiben, tauchte, schwamm wie ein Hund, drehte sich und zappelte und stampfte mit Armen und Beinen, daß das Wasser klatschte und platschte und die Schwertlilien und das junge Schilf sich bogen und wiegten.
Ganz langsam mit dem Wachsen des Lichtes waren die

Nebel dichter und weißer geworden und hatten unversehens das ganze Land eingewickelt. Leises Vogelgezwitscher regnete aus den unsichtbaren Bäumen hernieder, und die neuen Blumendüfte zogen in leichten Wolken durch die Nebel. Und dort hinten über der Nethe war die tomatenrote Sonne, wie eine frohe Überraschung, aus all dem Weißen aufgeblüht.
Pallieter war davon betroffen und rief: »Das wird ein Fest, das wird ein Fest!«
Und er spritzte tausend Tropfen in die Höh.
Dann tauchte er noch einmal unter, gleichsam um die Seele des Wassers mitzunehmen, und lief dann glänzend und rosenrot durch den weißen Nebel nach dem ›Reinaert‹, seinem Hof, und sang:

»Ein Oske durch meine Troske,
Süßer, süßer Jadam –
Adam hatte sieben Söhne,
Sieben Söhn' hat Adam ...«

Er war kaum ein paar Minuten in seiner Kammer, als die helle Beginenhofglocke durch das weiße Land schallte und er Charlot eilig die Treppe hinuntergehn hörte. Charlot blieb auf ihrer Kammer, bis sie Pallieter in der seinen hörte, denn einmal war sie ihm begegnet in dem Kleid, in dem er geboren worden, und war mit einem Schrei und hochgeworfenen Armen ins Haus zurückgelaufen. Das durfte nie mehr vorkommen, lieber noch zu spät zur Messe kommen oder sie gar nicht hören, als auf dem Weg zu Gott einen Menschen sehen zu müssen, wie er aus Gottes Händen gekommen ist!
Als Pallieter angezogen war, ging er hinunter, machte das Feuer im Herd an, setzte den Messingkessel auf und mahlte Kaffee. Als das Wasser anfing zu singen, zu

brummen und zu wallen, goß er es durch. Oh, der angenehme Kaffeeduft, der des Menschen Herz so wohltut! Er füllte die helle Frühjahrsstube ganz aus, und Pallieter stand da und schnüffelte ihn auf wie ein Hund. Draußen hellte es sich auf. Ein Sonnenstrahl fiel schräg durch das offene Fenster und glitzerte prächtig auf dem Messinggeschirr und auf dem goldbrokatenen Papageienmuster am Mantel eines wächsernen Marienfigürchens. Pallieter steckte schnell seinen Finger in den Lichtflecken und sagte: »Honig ist Dreck dagegen...« Er schnitt Brot, schmierte einen halben Finger hoch süße Butter darauf und holte aus dem Keller eine Schüssel voll frischen weißen Quarkkäse.

Und im Garten, der noch naß war von Tau und mit Sonnenflecken gesprenkelt, zupfte er Radieschen, Lubas und seine vier Jungen kamen aus einem Faß geschossen und sprangen ihm bellend um die Beine. Er gab jedem ein Stück Zucker, und dann liefen sie wie toll über die nasse Bleiche. Während er Radieschen wusch, kam Petrus, der Storch, mit einem silbernen Fisch in dem roten Schnabel auf sein Nest geflogen, wo seine Frau auf Eiern saß.

Als alles fürs Essen bereit war, stellte er sich in die Hintertür und sah über das Land, das in der Sonne sichtbar wurde. War das nicht ein angenehmes Augen- und Nasen- und Ohrenfest, diese hellgrüne, duftende Ferne von dem glitzernden Wasser der Nethe durchzogen und mit Kuckuck-, Hahn- und Vogelstimmen darin?

Pallieter machte auch die Vordertür auf, so daß sofort ein frischer Wind durch den Gang strömte und er die neu erleuchtete Welt auf zwei Seiten sah. Hier die Fernsicht auf Wiesen und Felder mit blauen Wälder und Windmühlen am Horizont, und durch die Vordertür den prächtigen Wall, den Beginenhof und hinter blühenden Gärtchen und höckerigen Dächern den gelben Sankt-Gommarus-Turm, der gerade in kleinen schnellen Schlägen ein Viertel hämmerte.

Die hellen Glockenklänge waren wie der frohe Mund des Landes.

»Es dauert nich lang genug«, sagte Pallieter, und er faßte das Glockenseil im Gang und fing an so heftig daran zu ziehen, daß die Glocke im Türmchen fast keine Zeit hatte, hin und her zu fliegen; und der mächtige Klang tönte summend über das weite, morgendliche Land. Er zog, ohne aufzuhören, zog, als ob man es bis ans Ende der Welt hören sollte, und lachend blickte er abwechselnd auf den Beginenhof und die Wiesen.

Danach hißte er zur Ehre des guten Wetters im Vorgarten eine breite, weiße Fahne, in der der Wind flatterte und die Sonne spielte.

Es war überwältigend, dem Überfluß von mächtigem Vogelgepfeife und Gezwitscher in den breiten Alleebäumen zu lauschen.

Und dort kam Charlot mit dem Frieden Gottes auf dem Gesicht aus der Messe zurück, mit drei Gebetbüchern unter dem Arm. Als Pallieter sie sah, sang er ihr zu:

»Sag, Kwisselchen, willste tanzen gehn...«

»Es gibt schön Wetter, Vetter.«

»Heilig Wetter, wo die Kwissels nich hineinpassen!«

»Ich bin kein Kwissel!«

»Da biste zu dick dazu! Warum ißte nich ein bißchen weniger?«

»Darum!« sagte sie böse. Sie ging in die Küche, um ihr Kleid auszuziehen, und kam zurück in die Frühjahrsstube

in einem blauen Barchentrock und einer roten Nachtjacke, aus der ihre dicken Arme prall und fettglänzend herausquollen.
Und sie tranken Kaffee, schmierten den Quarkkäse zwei Finger dick auf die langen Butterbrote, tunkten die rettichduftenden Radieschen in den Käse und ins Salz und schleckten und schmatzten wie zwei saugende Kinder. Unterm Essen blickte Pallieter unaufhörlich nach dem riesigen Felderbauch, über dem die Sonne aufging.
Die roten Flügel der Mühlen drehten sich in dem frischen Wind, der den Nebel weggefegt hatte und runde, weiße Ballonwolken durch das Blau des Himmels jagte; und der Duft der weißen und lila Nägelchen vor dem Fenster zog über den Tisch.
Pallieter spülte das letzte Essen in den Magen und rief, die Arme schwenkend, während Charlot mit niedergeschlagenen Augen ein Vaterunser betete: »O Herr, meine Schenkel werden leicht wie Stroh und wollen springen wie Heuschrecken. Es ist, o Herr, als ob du mir eine Orgel in den Bauch gesetzt hättest!«
Er ging hinaus, öffnete Tauben- und Hühnerställe und streute Hände voll Hanfsamen, spanischen Weizen, Reis, Hafer und Korn aus. Und auf einmal war da ein Durcheinander, Gezänke und Gegacker und Flügelschlagen. Da waren Tümmler und Möwentauben, Hähne, Hennen, Gänse, Truthühner und ein wunderschöner Pfau.
Sie grapschten mit ihren schnellen Schnäbeln gierig nach dem Futter, drückten sich aneinander, liefen hin und her und pickten nach den Spatzen, die in großen Klecksen in den wimmelnden Haufen hineinfielen.
Wie war das schön, die glänzenden Hälse, auf denen braunes, grünes, blaues und rotes Gold schillerte in der silbernen Sonne, die weiße, rosa und graue Tüpfelung der starken Flügel, die roten und gelben Schnäbel und Beine,

die blutroten Kämme und die starken geschmeidigen Schwänze voller buntwimmelnder Farben, wie die Muscheln der See!

Pallieter betrachtete es mit halb offenen Augen und sagte: »Rubens, laß die Hände davon!«

Als die letzten Körnchen aufgepickt waren, ging jedes der Tiere seines Weges, auf den Misthaufen, in den Stall oder auf die Bleiche. Die Tauben flogen in klappernden Flecken in die schönen Morgenfelder, und der Pfau wanderte mit vorsichtigen Schritten stolz durch die Wege des duftenden Gartens und schlug seinen breiten Schwanz auseinander, wie einen ungeahnten Traum von Farbenpracht.

Pallieter sah ergriffen, wie er dastand in dem durchsichtigen Grün, unter weißen Kirsch- und Birnblüten und dem rosa Pflaumenbaum, und wie die Sonne das so reich und kostbar machte, als ob es ein schön ausgedachtes Märchen sei.

Und da flog er auf einmal auf und setzte sich in die höchste Spitze des blühenden Apfelbaums. Es fiel sein Schwanz wie eine grüne Flamme über die rosigen, weißen Blütenkelche, und er zerriß dreimal mit seinem häßlichen, rauhen Schrei die stille Luft.

Pallieter drehte den Wasserhahn auf, und sofort sprang aus dem blauen Teich, in dem sich rote Goldfische wiegten, ein sprudelnder Springbrunnen in die Höh. Dann stopfte er sich eine Pfeife und holte den gewaltigen Geißbock aus dem Stall. Dieser war pechschwarz von Farbe mit einem blauen Glanz darüber, trug gelbe Hörner und hatte zwei große, hellgraue Augen. Sein Name war Luzifer.

Als das Tier herauskam, schnob es in die frische Morgenluft und wollte dann mit Seitensprüngen davonhüpfen, aber Pallieter packte es bei den Hörnern, setzte sich rittlings auf den hohen Rücken, steckte seine Pfeife an und ritt alsbald, behaglich auf Luzifer sitzend, der den Kopf ungestüm nach vorne streckte, durch den Garten. Pallieter klatschte in die Hände, und da kamen die fünf Hunde angebellt und liefen mit gestreckten Beinen wild voraus. Luzifer trug Pallieter durch das Hintertürchen, das nach der Nethe führte, und folgte dann dem gewundenen Nethedeich.

Von allen Seiten öffnete sich nun in neuer Herrlichkeit das weite, sonnige, maiengrüne Land, das ganz in der Ferne in silbernen Nebeln blaute; das erhob die Seele. Überall waren bunte, abwechselnde Töne von Braun und Grün, und dazwischen schmetterte hier und da das starke Gelb von Rapsblütenfeldern. Die Wiesen wiegten ihr Gras in einem milden Wind, und die Nethe schob glänzend ihr rasches, kühles Wasser hindurch.

Die Luft, von allen Seiten erfüllt von Vogelgezwitscher, war voll angenehmer Düfte, und die Bäume auf dem Nethedeich standen da so hell und lustig rauschend, als ob sie eben erst aus der Erde gestiegen wären. Auf den breiten Schmerwurzelblättern am Deich lagen noch dicke Tautropfen, die prahlten und glänzten wie echte Diamanten. Pallieter pflückte im Reiten so ein Blatt, brachte es an die Lippen und ließ die kühlen Tropfen in den Mund rollen.

»Es ist gut und schmeckt nach dem Himmel«, sagte er.

Auf allen Seiten lag die willige Erde bereit, ihre reichen Schätze herzugeben, Blumen, Pflanzen, Erbsen, Bohnen und allerhand Früchte; und allerhand Getier, das aus der Puppe kroch, während andere sich paarten, und die Luft roch nach Honig, und ein spritzendes Jauchefaß durchtränkte den Grund. So ist das Leben: immer nur geben und sich paaren und das eine ist noch nicht einen Tag alt, so entsteht schon ein Neues. So geht es immer weiter und immer im Kreise, das eine macht Platz für das andere, und stehst du auch da mit den Zehn Geboten in den Haaren, oder lutschst du am Finger, das ›Warum‹ kriegst du doch nicht zu wissen.

»Aber das tut nix«, sagte Pallieter, »es ist schön, und wir wollen den Rahm davon ablecken...«, und mit dem Geschmack von Mirabellen und Kirschen im Mund sah er nach den weiß und rosa blühenden Bäumen, die die Gehöfte verdeckten. Das Blut lief ihm zum Herzen vor Glück. Manchmal erschallte das Lied eines jungen Bauern und das Wiehern eines weißen oder braunen Pferdes. Eine Pflugschar blitzte, und an der Nethe zog ein Fischer sein Netz auf, in dem silberne Fische zappelten. Eine Schwalbe schoß von dem einen Deich zum andern, die Hunde jagten durch die Wiesen, sprangen über Gräben und rollten übereinander in dem sammetweichen Gras, von dem sie im Laufen die Spitzen abbissen. Ihr Gebell erfüllte die Luft, Hähne krähten, Bienen summten, und an dem blauen Himmel hing eine weiche Feder aus kleinen weißen Wölkchen.

Und Pallieter sagte: »Nun ist das Leben toll wie ein hitziges Mädchen.« Und er war ergriffen von diesem starken, neuemporstrebenden Leben und holte eine Ebenholzflöte aus der Tasche und begann ein fröhliches Liedchen darauf zu spielen, das hell über die Felder tänzelte. Es war, als ob der Frühling selber sänge.

Pallieter war so froh, er grapschte im Reiten eine Handvoll Sauerampfer, den er aussaugte, spielte wieder ein Liedchen, und so kam er an den Park von Ringen. Es war ein altes flämisches Schlößchen, aus roten Ziegelsteinen und mit weißen Streifen, mit einem steilen Schieferdach, extra gemacht, um dem Regen eine schöne, singende Fließlinie zu geben. Ein breiter, grüner Weiher lag drumherum mit Seerosen und dichtem Schilf, und dahinter lag ein Garten mit hohen Bäumen, in denen viele Vögel lebten. Es stand da wie mit der Erde verwachsen, wie eine Blume, geboren aus all den Schönheiten und den wilden Kräften und Elementen der flämischen Natur. Pallieter stieg hier von dem Bock, der mit tollen Sprüngen durch die Wiesen hüpfte. Er suchte das zarteste Grün und löschte seinen Durst an den klaren Quellen. Pallieter legte sich auf den Deich, um die übermütige Wollust des Maien zu betrachten. Etwas später ging er hin und pflückte Maßliebchen und Butterblumen, um Charlot eine Freude zu machen. Als er die Arme voll hatte, rief er den Hunden und Luzifer und fing an zu laufen, so schnell er konnte. Das war ein Spiel! Lubas schoß ein Stück voraus, der Bock hoppelte neben Pallieter, und die jungen Hunde kamen hinterher. Sie sprangen über Gräben und Bäche, und manchmal plumpste eins der Jungen überrumpelt mitten hinein. So liefen und taumelten und rollten sie, bis sie an den ›Reinaert‹ kamen. Und rücklings auf Luzifer sitzend, ritt Pallieter, die Arme voll Blumen, mit lachendem Antlitz in den duftenden Garten.

»Ha«, rief Charlot, als er ihr die Blumen gab, »die will ich vor der Mutter Gottes duften lassen, gleich werd ich sie in Vasen stecken.« Einstweilen steckte sie den riesigen Busch in eine messingene Milchkanne, und es war zum Malen schön.

»Aber hör mal«, sagte sie mit froher Stimme, »der Herr Pastor is hier gewesen und hat gesagt, du sollst für Sonntag zwei Eierbrote mehr backen, denn ihn wollen drei Barfüßerbrüder von Dendermonde besuchen, und da würden zwei Brote nich genug sein.«

»Ja«, sagte Pallieter, »die Fastenzeit is wieder herum; bis sie wieder anfängt, sind sie so fett wie die Schnecken, daß sie kaum noch können. O Sankt Franziskus, du hast geschielt vor Hunger.«

Charlot brummte etwas in sich hinein, und Pallieter ging

in seine kleine Mühle, um zu mahlen. Sie stand am Ende des Gartens auf einem Hügelchen, so daß der Wind von allen Seiten daraufstieß. Tybaert, der Kater, strich mit erhobenem Schwanz um seine Beine herum, um mitgehen zu dürfen, und mit einem Satz saß er irgendwo im Gebälk der weißbestaubten Mahlkammer und lauerte auf Mäuse. Der Sack Weizen war beinahe leer, aber was darin war, schüttete er in den Kasten, später wollte er anderen holen. Er drehte die Mühle gegen den Wind, ließ die Flügel los, die sich lustig zu drehen anfingen; die Steine wälzten sich, und die Körner wurden zermahlen. Er steckte den Kopf durch das Guckloch und blickte aus der Höhe über das Land. Er zündete seine Pfeife an, und der blaue Rauch flatterte wie eine Straußenfeder durch die gesunde Luft: und die kleine Mühle ticktackte und krachte im Wind. Wie gewaltig sah man mit eigenen Augen alles wachsen in der neuen Sommersonne! Es war, als hätte das Laub Eile, um die verlorene Zeit wieder einzuholen.
Und als Pallieter sah, wie alles das Gelöbnis von viel Frucht und tausendfältiger Süßigkeit trug, da sagte er: »Wer möchte da wohl sterben ...« Und er sang:

»Der Winter ist vergangen,
Ich seh des Maien Schein,
Ich seh die Blümlein prangen,
Des ist mein Herz erfreut.
Da unten in jenem Tale,
Da ist gar lustig sein,
Da singt Frau Nachtigalle
Für mein lieb's Schätzelein.«

Als er die zweite Strophe anfangen wollte, rief Charlot erfreut: »Vetter, der Herr Pastor wartet auf dich, und er sagt, er hat keine Zeiot, sagt er.«

»Sag ihm, er soll auf meine Mühle kommen.«
»Was, meinst du denn, der Herr Pastor mit seiner guten Soutane soll extra in deine Mühle kommen, um sich schmierig zu machen?«
»Charlot, besser ein Sack Mehl auf einer schwarzen Soutane als ein Fliegenschiß auf deiner Seele!«
Aber siehe, da kam der Pastor vom Beginenhof. Es war ein kleiner, alter Mann mit gütigen Gesichtszügen und einem eirunden Kopf, von weißen Haaren umrahmt. Er bot ihm eine Prise an.
»Was meint Ihr von der Sonne, Pallieter?«
»Daß sie der Rahm des Lebens is!«
»Sie reibt mir die Kehle trocken.«
»Und so findet der Mensch doch immer wieder einen Grund, um sich selber wohlzutun. Kommt, wir wollen was trinken.«
Sie gingen in die Frühjahrsstube, wo Pallieter einen Krug Bier und eine beschimmelte Flasche Wein auftischte. Der Pastor trank den roten Wein und Pallieter das braune Bier. Die Sonne spielte in dem Bier und in dem Wein und legte warme, helle Lichter hinein.
»Apropos, Pallieter«, sagte der Pastor, »Charlot hat dir wahrscheinlich schon von den zwei Eierbroten gesagt?«
»Und wenn sie hätt sterben müssen, so wär sie wieder lebendig geworden, um es sagen zu können; Ihr versteht doch die Kunst, die Weiber um die Finger zu wickeln. Ich wollt, ich könnts auch...«
»Nun, nichts leichter als das: werd auch Pastor...!«
Pallieter blinzelte, schenkte sich ein frisches Glas ein, das er einen Augenblick vor die Sonne hielt und dann schnalzend durch die Kehle kollern ließ, so daß ihm der Atem ausging, und er sagte:
»Hierin lebt die Seele der Erde, möge sie in meinen Leib kommen.« Und er trank noch einen Schoppen.

»Seht, seht, das Land...!« rief Pallieter, und er zeigte nach dem Felderbauch, »ich könnt Euch küssen vor Freude; kommt, wir wollen tanzen...!« Und er packte den Pastor bei den Händen, drehte ihn mit herum und sang:

»Heut ist Magaretenfest,
Laßt uns feiern, laßt uns feiern,
Heut ist Margaretenfest,
Und wir feiern allerbest!«

»Ei, ei, ei«, sagte der Pastor lachend, »ich hab keine Zeit, ich muß noch Brevier beten.«
Und Pallieter ließ ihn gehen und rief noch:
»Ich laß Euch gleich ein paar reife Erdbeeren bringen...!«
»Gut«, rief der Pastor zurück, »ich hab heut nacht grad davon geträumt!«
Und weg ging der greise Pastor, langsam über den Beginenwall wandelnd. Er öffnete sein Gebetbuch und fing an darin zu lesen. Sonnenflecken schoben sich launisch durch die hohen Bäume auf seine schwarze Soutane und auf seinen glänzenden Dreispitz und ließen manchmal den goldenen Schnitt seines Breviers aufglitzern.
Als Pallieter das sah, bekam er Lust, das gute Wetter mit Psalmen zu besingen. Er legte die alte Bilderbibel offen auf seine Arme, setzte sich ans Fenster und las laut:
»Wohl dem, den Du erwählest und zu Dir lässest, daß er wohne in Deinen Höfen; der hat reichen Trost von Deinem Hause, Deinem heiligen Tempel... Du suchest das Land heim und wässerst es und machst es sehr reich. Gottes Brünnlein hat Wasser die Fülle. Du lässest ihr Getreide wohlgeraten; denn also bauest Du das Land. Du tränkest seine Furchen und feuchtest sein Gepflügtes; mit Regen machst du es weich und segnest sein Gewächs. Du

krönest das Jahr mit Deinem Gut, und Deine Fußstapfen triefen von Fett. Die Weiden in der Wüste sind auch fett, daß sie triefen, und die Hügel sind umher lustig. Die Anger sind voll Schafe, und die Auen stehen dick mit Korn, daß man jauchzet und singet... Licht ist Dein Kleid, das Du anhast; Du breitest aus den Himmel wie einen Teppich; Du wölbest es oben mit Wasser; Du fährest auf den Wolken wie auf einem Wagen und gehst auf den Fittichen des Windes... Du lässest Brunnen quellen in den Gründen, daß die Wasser zwischen den Bergen hinfließen, daß alle Tiere auf dem Felde trinken und das Wild seinen Durst lösche. An denselben sitzen die Vögel des Himmels und singen unter den Zweigen. Du feuchtest die Berge von oben her, Du machest das Land voll Früchte, die Du schaffest; Du lässest Gras wachsen für das Vieh und Saat zu Nutz den Menschen, daß Du Brot aus der Erde bringest und daß der Wein erfreue des Menschen Herz, und seine Gestalt schön werde vom Öl; und das Brot des Menschen Herz stärke; daß die Bäume des Herrn voll Safts stehen, die Zedern Libanons, die er gepflanzet hat. Daselbst nisten die Vögel, und die Reiher wohnen auf den Tannen. Die hohen Berge sind der Gemsen Zuflucht und die Steinklüfte der Kaninchen. Lobe den Herrn, meine Seele!«

Pallieter schlug das Buch zu.

Er hatte beim Lesen Lust nach Honig bekommen, und er aß ihn auf einem dunkelbraunen Zwieback.

Was war es doch für schönes Wetter! Zwei Kinder, eins in

Rot und eins in Weiß, pflückten Blumen auf der Pferdewiese; zwei Beginen gingen nebeneinander auf dem Nethedeich spazieren und beteten mit lauter Stimme abwechselnd ihren Rosenkranz herunter, und die drei alten, blinden Burschen, die im Armenhaus auf dem Beginenhof wohnten, saßen nebeneinander im Gras und lachten.

Tauben kreisten in der Luft und eine Bachstelze und Pallieter fühlte sein Herz vor Rührung zerschmelzen zu einem süßen Balsam, und er sagte, wie die Mutter Gottes:

»Meine Seele ist fröhlich in dem Herrn...!«

Und er zündete vor ihrem Wachsbildchen eine Kerze an und sagte:

»Wenn das schöne Wetter deine Schuld ist, dann hast du's verdient.«

Er mahlte weiter, bis Charlot zum Essen rief.

Sie tischte erst Kerbelsuppe auf mit Spargeln. Davon aß jeder zwei Teller. Danach kam ein Schweinebraten mit Spinat und mehligen Kartoffeln, die hatten einen Geschmack und einen Nachgeschmack. Viel Senf war dabei, um gut Durst zu machen. Dann schleckte jeder ein halbes Dutzend Pfannkuchen, die nach Eiern und Zimt rochen, und sie schmierten noch Butter und Sirup und Zucker darauf. Und um einen anderen Geschmack in den Mund zu kriegen, aßen sie eine Schüssel voll schöner Erdbeeren aus, so daß ihnen der rote Saft vom Kinn tropfte.

Der Schweiß stand ihnen auf der Stirn, und Pallieter sagte:

»O Gott, das Vergnügen is schon wieder vorbei, schenk uns neues!«

Das Duell

Nach dem Essen rauchte Pallieter eine Pfeife, ging ein bißchen im Garten herum, um zu verdauen, und fütterte die Goldfische mit Würmern.

Und dann fuhr er mit dem Hundewägelchen zum Müller jenseits der Nethe, um einen Sack Korn und einen halben Sack Weizen zu holen.

Der Müller war der Vater von Franzoo, dem Landschaftsmaler, Pallieters bestem Freund.

Lubas bellte vor Freude und lief mit kurzen, raschen Schritten. Sie rollten über den tempelartigen Beginenwall und ein Stückchen durch das saubere Städtchen, das zu dieser Stunde voll Sonnenschein und Stille lag, mit dem Gehämmer zweier Steinklopfer.

Als sie auf die blanke Landstraße kamen, die sich in runden Buchten durch die schönen Felder wand, da streckte Lubas die Vorderbeine und lief so schnell, daß das Wägelchen hin und her geschleudert wurde und auf den Steinen hämmerte und klopfte.

Pallieter, der darauf hockte, hatte mächtigen Spaß daran und knallte mit der Peitsche, daß es hell weit hinaus klang über die ruhigen Mittagsfelder.

Tauben flogen, und überall wuchsen Maßliebchen im Gras an den Bächen. Es roch nach Butter...

Als die Säcke bezahlt und aufgeladen waren, rief Pallieter nach Franzoo, der oben in der hölzernen Mühle sein Atelier hatte. Aus dem runden Fensterchen kam sofort ein dicker, roter Kopf, der lachend rief: »Ich komm!«

Sie gingen zusammen ins ›Plakleerken‹, um ein Glas Bier zu trinken. Franzoo war in Hemdsärmeln, die bis über die Ellbogen hinaufgerollt waren, und seine dicken, bloßen Arme waren voller Farbenkleckse, sogar auf seiner Nase saß ein blauer Fleck.

Das ›Plakleerken‹ war eine alte Ausspannung am Fuß des Mühlenhügels. Zwölf breite Linden beschatteten nebeneinander den langen, weißen Giebel. Unter den kühlen Bäumen saß der junge Graf von Dendersteen mit einem alten Herrn und trank einen Schoppen.
Der junge Graf war eine hagere Gestalt mit hochmütigen Augen. Er war im Reitanzug und spielte mit einer Reitpeitsche.
Pallieter setzte sich mit Franzoo daneben und bestellte zwei Schoppen Doppelbier bei der würdigen, alten Wirtin, die noch stämmig war wie ein Baum. Sie trug ein Spitzenhäubchen, eine Brille und lange, goldene Ohrringe. Sie brachte das Bier auf einem zinnernen Schenkbrett und hatte sich kaum umgedreht, da waren die Gläser auch schon leer, und Franzoo bestellte zwei mit Faro.
Lubas bekam einen Eimer Wasser und legte sich keuchend auf die Erde. Einen schönen Blick hatte man hier wahrhaftig. Die Felder und Weiden senkten sich langsam nach der Nethe zu, und auf der anderen Seite lagen hell in der Sonne Pallieters ›Reinaert‹, der Beginenhof und die großen Felder.
Franzoo erzählte von seines Vaters Pferden und Kühen, die dort hinten wie weiße und braune Pilze auf der Wiese grasten. Danach horchten sie auf den protzigen Grafen, der sehr laut sprach, damit sie es hören sollten, und auf seinen großen, umliegenden Grundbesitz pochte.
»Wollen Sie noch Grund dazu kaufen?« fragte Franzoo. Und der junge Graf schnauzte ihm ins Gesicht: »Da ist nichts davon gekauft; da haben meine Ahnen darum gekämpft!«
»Wenns weiter nix is!« rief Pallieter, «wollen wir dann auch mal drum kämpfen?«
Der Graf stand auf, betrachtete ihn zornig vom Kopf bis

zu den Füßen und fragte herausfordernd: »Spotten Sie über meine Ahnen?«
»Und über Euch!« sagte Pallieter.
»Bei meiner Ehre«, kreischte der junge Edelmann, »ich muß Genugtuung haben! Ich fordere Sie!« Und indem er Pallieter einen seiner Glacéhandschuhe ins lachende Gesicht klatschte, zischte er: »Welche Waffen wählen Sie?«
»Die Kanone«, sagte Pallieter ernsthaft.
»Wie...? was..? wie meinen Sie...?« fragte der Graf verblüfft.
»So!« rief Pallieter, und gewandt wie eine Katze, packte er den Grafen und drückte ihn gebückt gegen das Haus, und ehe der sich wieder aufgerichtet hatte, hob Pallieter das rechte Bein, rief »Bums!« und ließ einen großen Wind fahren.
Tische fielen, Gläser brachen, und Franzoo fiel vor Lachen auf die Erde.
Der Graf sprang schreiend auf, wie wirklich getroffen, wollte mit der Reitpeitsche auf Pallieter los, aber der ›Vetter‹ flog rasch wie eine Biene in sein Hundewägelchen, rief »Hüh!«, und weit weg rollte er schon über die Pflastersteine und mußte sich den Bauch mit den Händen halten, um nicht vor Lachen zu platzen.

Ein Maiabend

Als Pallieter Kaffee getrunken hatte mit Butterbrot und Rhabarbergelee, ging er hinaus und düngte ein Stück seines Gartens, um nachher Schwarzwurzeln, Portulak und Blumenkohl darauf zu pflanzen. Er schöpfte den Dreck aus der Grube in ein Jauchefaß, das er mit einem Wägelchen auf das umgegrabene Land brachte. Da schwenkte er ihn in breiten Strömen über das Land, daß sofort die ganze Luft danach roch.

Charlot machte die Tür zu.

»Die hat sich mit Weihrauch und Kerzenduft die Nase verdorben ...«, rief Pallieter ihr noch zu.

Als die Erde gut durchtränkt war, rieb er sich vergnügt die Hände und sagte:

»So bin ich doch für etwas da: was die Natur mir gibt, geb ich ihr wieder. Was für was und nix für nix.« Er wusch sich die Hände und setzte sich mit seiner Pfeife vor die Tür und sah dem Spiel der vielen Kinder zu. Ein paar Buben kamen und baten:

»Herr Nachbar, erzählt uns doch was ...«

Und Pallieter erzählte von den ›sieben Klabautermännerchen‹ und von der ›Höhle mit der gefangenen Prinzessin‹. Sie lauschten sich die Ohren vom Kopf, und immer mehr Kinder kamen dazu und drängten sich, um vorne zu stehen. Als er aber an das Schweinchen mit seinem langen Rüssel kam und sie also merkten, daß die Geschichte zu Ende ging, baten sie alle zugleich:

»Erzählt noch eine ...«, und sie zählten durcheinander auf: von dem ›Dummen von Rom‹, vom ›silbernen Kreuzchen‹, vom ›Turmhähnchen‹ und einen ganzen Haufen von Geschichten, wie man sie in der Dämmerstunde erzählt.

»Nein, Kinder«, sagte Pallieter, »ein andermal.«

Er wollte aufstehen, aber sie schlangen die Ärmchen um seine Beine und zogen an seinem Rock.
»Na, dann los«, sagte er und warf ein paar Kupfermünzen ins Gewimmel. Wie der Blitz lagen die Kinder auf einem Haufen und suchten und wühlten nach dem Geld.
Pallieter lachte und ging, seinen Kahn loszumachen, um zu rudern. Er fuhr gegen den Strom, bis über den Park von Ringen hinaus, so daß er davon schwitzte. Dort angekommen, ließ er sich mit dem Strom zurücktreiben, steckte sich eine Pfeife an und genoß so den milden Abend, der auf das Land niedersank.
Das Licht der untergehenden Sonne floß wie Gold über die Welt, spülte aus dem Himmel, trieb durch die Felder, tropfte von den Bäumen, klebte auf den Stämmen und vergoldete die weißen Kühe und die weißen Giebel der Häuschen, deren Fenster erglühten.

Das Wasser war fließendes Gold. Kein Wölkchen war am Himmel. Fledermäuse zitterten schwarz über das dunkelnde Blau, in dem zwei Sterne schienen, und dünne Nebel kamen auf das Wasser, stiegen über die Wasserrosen und die Schwertlilien, über den Deich, in die Wiesen hinein, die dufteten.
Und in der heiligen Abendstille kam der gelbe Mond

herauf, und ganz in der Ferne bimmelte das helle Beginenhofglöckchen.
Da strömte Pallieters Herz über. Es war zu schön, um zu schweigen, er mußte den tiefen Frieden, das süße Abendgefühl mit Worten zu sich selber sagen können, und er sagte:

»Der Abend läutet, und die Glocke schlägt
Ein Engel, den die Wolke trägt.
  Ave-Maria!
Der Abend läut', das fleischgewordne Wort
Bei Armen find' es seinen Ort.
  Ave-Maria!«

Und er ließ sich einfach treiben durch den Nebel und den süßen Abendduft.
Als er ans Ufer steigen wollte, blieb er aufrecht im Boot stehen und lauschte auf einen fernen Hirten, der auf seinem Horn tutete.
Und eine Träne stand in seinen Augen.
Dann ist Pallieter beim porzellanenen Lampenlicht ans Lesen gegangen in dem alten Pergamentband:
»Wie man aus den differenten Pflanzen und Blumen und allerhand Kräutlein Balsam und Salben und Öl zu machen versteht, um damit zu heilen allerhand Brand- und Schnittwunden und Verletzungen, als auch von allen Teilen des menschlichen Körpers.«
So wußte er, was er dann pflücken und zurechtmachen mußte, um den Bauern, den Beginen und den armen Leuten und jedermann helfen zu können.
Von Zeit zu Zeit blickte er einmal aus dem Fenster nach dem Mond.
Um halb zehn machte er das Fenster zu, blies die Lampe aus und ging hinauf, um zu schlafen.

Charlot war noch dabei, mit halblauter Stimme Gebete herzusagen.
Er war schon im Hemd und fertig, um ins Bett zu steigen, aber er sah erst noch einmal durchs Fenster hinaus, wo alles voll Nebel und Mondschein lag. Der Abend war ruhig wie feines Öl.
»Es ist eine Sünde, jetzt zu schlafen«, sagte Pallieter, und er sah weiter, mit den Ellbogen aufs Fenster gelehnt, in die Nacht hinaus. Der Maidorn duftete betäubend in der hellen Nacht.
Da flötete wieder die junge Nachtigall.

Pallieter belauschte ihren Gesang. Erst kamen lange, stille Töne, so fein wie eine Nadel; dann wurden es hellere, breitere Klänge mit tiefem, vollem Wasserrauschen darin, und auf einmal brach das aufsteigende Flöten in lauter rollende Triller auseinander. Und die Stille der Nacht, die zwischen jeder Wiederholung lebte, war wie ein Teil des rührenden Sanges, der immer schöner und schöner wurde.
Pallieter spürte ein Zucken im ganzen Leibe, und seine

ungestüme Freude wollte in Tönen zum Ausdruck kommen.
Er suchte seine Harmonika, setzte sich auf einen Stuhl an das Fenster, und so, im kühlen Hemd, spielte er ein mächtiges Lied, voll schwer einherschreitender Akkorde, Triller von hohen Noten und Getanze von hellen Mitteltönen. Es wimmelte durcheinander zu einem fröhlichen Marsch, der weit hinausklang, über die mondbeschienenen Felder, in der duftenden Nacht. Und dann erst stieg er in sein Bett und machte ruhig die Augen zu.

Der Garten und Charlots Brief

Das herrliche Laub, das der zarte Mai so toll aus den Bäumen herausgepocht hatte, war nun auseinandergefaltet und verdeckte den Anblick der Welt.

Die Wiesen waren eine Blüte, und das Durcheinander der Düfte von Flieder, Schwertlilien und Petersilie zog bei Tag und Nacht durch die Luft. Es war, um davon in Schlaf zu fallen, wie eine Schlange von süßer Musik.

Wer hätte es in dem weißen Winter auch denken können, daß in der kahlen, harten Erde und den nackten, schwarzen Bäumen eine solche Kraft von herzerfreuendem Leben zusammengepackt steckte?

Pallieter saß im Garten und jätete die jungen Gemüsebeete. Der Boden war weich wie Butter und glänzte von Fettigkeit. Die Sonne schien wie ein warmer Atem auf Pallieters weißes Hemd, und es tat ihm so gut, daß er den Rücken krumm zog und sang.

Zuweilen blieb er eine ganze Zeitlang sitzen und betrachtete den duftenden Reichtum des Gartens, und er hätte noch mehr Augen haben mögen, denn da war mehr Schönheit, als er sehen konnte.

Die Bäume waren breit und voll, und das Licht, das um die Stämme hing, war grün wie Mondschein; es waren schon viele Blumen herausgekommen und weiße und rote Rosen.

Ein Tautropfen glitzerte auf einem schwarzen Stiefmütterchen.

Und in dem wassergrünen Licht spielte das Flöten einer Amsel. Sie saß in dem blühenden Kastanienbaum, innen im Schatten. In dieser frischen Einsamkeit strömte sie ihr Herz wohlig aus, und aus ihrer Kehle zitterte und schleifte ein hellklingendes Lied. Es klang wie in einer Kirche. Heiligkeit lag darin.

»Da muß drauf getrunken werden«, sagte Pallieter zu sich selber und rief mit den Händen um den Mund: »Pastorenwein, Pastorenwein!« Und er aß eine Handvoll Erbsen. Nach einem Weilchen kam Charlot mit einem dickbauchigen Halbliterkrüglein und einem kristallenen Römer. Er roch an dem frisch entkorkten Krug, machte den Mund auf und die Augen zu und schenkte ein. Ein Sonnenpfeil schoß durch das Glas und vergoldete den blonden, klaren Wein. Als Pallieter ihn in langsamen, kleinen Zügen ausgeschlürft hatte, klopfte er mit dem Daumennagel an das Kristall, und ein voller, runder Klang sprang in die Luft und summte sich langsam aus.
Charlot schenkte auch für sich ein, und Pallieter sah erst jetzt die Tintenflecken auf ihrem Gesicht.
»Warum biste denn so schwarz?«
»Ei«, sagte Charlot, »ich bin am Briefschreiben, daß sie zur Kirmes kommen sollen. Aber ich hab gedacht«, fügte sie schnell hinzu, »ich wollt Mariechen, mein Patenkind, auch einladen; darf ich?«
»Wenn sie gut essen kann«, sagte Pallieter, »laß sie dann nur kommen, ich will das Ding doch auch einmal sehn...«
»Ach, es is so ein schön Mädchen«, sagte Charlot voller Bewunderung, »und brav wie ein Engel. Sie kann noch keiner Fliege weh tun, viel weniger einem Menschen. Wie sie zur ersten Kommunion ging...«
»Ja, ja, das hab ich schon hundertmal gehört«, sagte Pallieter, »schreib, daß sie mitkommen soll, mit einem leeren Bauch und einem großen Hunger...«
»Ich werd schreiben«, sagte Charlot und ging weg. Und Pallieter trank das Krüglein leer.
Er wollte weiterarbeiten, aber da ward sein Blick abgelenkt durch ein leuchtendes Licht. Er sah auf, und es war ein Schiff mit einem übergroßen, weißen Segel, das den

ganzen Himmel zudeckte. Die Sonne glitzerte darauf, und der weiche Wind ließ es schwellen.
Pallieter stand auf und lehnte sich über die Hecke, um es besser zu sehen.
Der Anisgeruch, der von den Heckenrosen in seine Nase stieg, ließ ihn das Schiff vergessen. Aber der Junge, der das Steuer hielt, tutete auf einmal auf einem Horn. Die Töne hallten weit über das Land und fielen nach einer kurzen Stille am blauen Horizont auseinander.
Das Segel zog weiter, und nun hatte er das weite Netheland vor sich, voll angenehmer Tiefen. Es lag da, hellgrün, weit und klar in dem zarten Licht, das aus dem tiefen Himmel floß. Der Himmel war aus reinem Madonnenmantelblau, und dicht an der Erde entlang schoben sich hohe, gelbe, fette Wolken, oben weiß erleuchtet wie Schnee. Die Nethe war noch tiefer blau und ruhig wie feines Öl.
Die Mühlen drehten sich langsam, und die fernen Häuser schimmerten weiß und rot.
Die zahllosen Butter-, Kuh- und Pferdeblumen auf den Weiden waren wie lebendige Flecken aus Butter und Milch. In der Luft ein Wildgänsedreieck und aus dem blauen Wald das Lachen einer Elster.
»Oh«, sagte Pallieter, »da fehlen noch Luftballons.«
Und was tat er, der Vetter? Er holte sich eine Kaffeetasse, machte aus grüner Seife und Regenwasser eine Brühe darin, suchte sich seine sauberste Pfeife und setzte sich wieder an die Hecke. Mit der Pfeife blies er ins Wasser, kräftig und lang, bis babbelnd ein Turm von aufeinandergehäuften Seifenkugeln daraus aufgestiegen war. Er faßte eins von den zerbrechlichen Bläschen mit dem Pfeifenkopf, blies vorsichtig in den Stiel, und eine silberne Blase entfaltete sich wie eine Kugel aus der Pfeife. Als sie größer wurde, schwammen mit einem Male feine grüne, rote

purpurne und goldene Farben darin, die durcheinanderliefen, aufstiegen, sanken und sich miteinander verschmolzen. Pallieter stand entzückt davor und sah sein eignes Bild, sein Haus und die ganze Landschaft drin.
»Es is grad, als ob ich meine Seele ausblase«, sagte er. Und als sie zwei Kinderköpfe groß war, schwer von den Farben, löste er sie mit einem kleinen Stoß von der Pfeife ab, und die dünne Blase stieg langsam in die blaue Luft hinauf.
»Was für ein schönes Ding, es is Sünde und Schande, daß ich das nich an meine Stubendecke hängen kann.«
Und er machte noch größere, kleinere und ganz kleine, und alle trieben sie, als ob sie stolz auf sich seien, ruhig in die Höh.

Sie zeichneten sich golden oder rot oder grün gegen das Himmelsblau ab und hingen da schwebend, noch schöner als die Sterne der Nacht.
Manche gingen ganz hoch, andere sanken nieder auf die Erde, platzten an einem Baum, aber die meisten brach die Sonne.
Petrus, der Storch, stand auf dem Dach mit dem Schnabel unter den Flügeln und sah träumend dem Spiele zu. Pallieter sah es und versuchte, Blasen auf den Vogel zutreiben zu lassen.
Es ging, aber dieser ließ sie ruhig vorbeiziehen. Doch eine, die ihm zu nahe kam – es war gerade eine goldenpurpurne –, schlug er mit seinem roten Schnabel kaputt.
»Bravo, Petrus«, rief Pallieter, »du kriegst gleich ein Stückchen Fleisch«, und er machte weiter Blasen, denn er konnte sich nicht satt sehen an den himmlischen Farben.

Während er so beschäftigt war, kam ein magerer, gelber Mann vorbei, der in einem dicken Buch las. Er war Philosoph, Theolog, Historiker, Naturforscher usw.
»Ach«, rief Pallieter, der ihn kannte, »wie könnt Ihr jetzt nach Schnee suchen vom vorigen Jahr, wenn die Sonne da oben so schön scheint!«
»Die Sonne geht mich nichts an«, sprach der Gelehrte, »sie scheint immer, ich suche das Weltsystem.«
»Ihr wollt einen Furz in einen Vogelbauer gefangen setzen!« sagte Pallieter, und ärgerlich schritt der Philosoph weiter und las in seinem dicken Buch. Aber da raschelte und bewegte sich etwas unter den breiten Wirsingblättern, und gelb und schwarz kam die Schildkröte darunter hervorgekrochen.

»Ei! Fille«, sagte Pallieter, »ich hab dich ja zwei Tage lang nicht mehr gesehen! Wie gehts...? komm mal her.«
Fille, die Schildkröte, kam, und Pallieter klopfte mit dem Knöchel auf ihre glänzende Schale. Sie betrachtete ihn. Er nahm sie auf den Arm, und sie rieb ihren harten, trockenen Kopf an seiner Wange hin und her.
»Ei, du gut stumm Tierchen«, sagte Pallieter, sie niedersetzend, »guck hier, das is für dich.«
Und er fing mit der Hand eine von den tausend Eintagsfliegen, die in der feinen Luft hingen und summten, und steckte sie der Schildkröte ins Maul.
Da läutete das Mittagsglöckchen silberig summend vom

Beginenhoftürmchen, und Charlot kam aus der Küche und rief voller Freude:
»Er is fertig...! Ich will ihn mal vorlesen...!«
Sie setzte sich Pallieter gegenüber, der auf den Knien hockend zuhörte. Ein Sonnenstrich zog sich über ihre rote Nachtjacke und ihre blaue Schürze. Ein Tintenklecks lief ihr von der Nase nach der Unterlippe, und ein bißchen Sonne zitterte in ihrem linken Auge, das sie deshalb zumachte. Und sie las also von dem weißen Papier:

»Lieber Onkel Hanrie!
Ich nehm die Feder in die Hand um Euch den Stant meiner Gesundheit wissen zu lassen und hoffe von Euch dasselbe. Sonntag über acht Tage is Kirmeß und unser Herr Pallieter will gern haben, daß Ihr zu dem Fest kommt, wie voriges Jahr, um zu schlemmen und zu schlampampen. Er hat gesagt, Ihr sollts der ganzen Famili sagen, denn sonst muß ich zuviel Briefe schreiben. Kommt nur mit der Eisenbahn, zur selben Zeit wie voriges Jahr. Der Bauer will mit Wagen und Pferd an die Bahn kommen und die Weiber auflaten. Die Männer müssen zu Fuß gehen. Der Schmied an der Nethe schlacht ein Spanferkel zum Essen, denn Ihr wißt unser Bauer macht kein Tier tot, noch kein Wurm. Das kann er nich übers Herz kriegen, sagt er, aber essen tut er sie doch. Er will kein Tier im Haus nich haben, und ich hätt so gern ein Kanarienvogel, aber er will absolut nix davon wissen. Die müsse fliege, sagt er. Ich hab schon einen schönen Käfig gekauft, für vier Frank, aber der Bauer sagt, ich soll mir ein blechenen Kanarienvogel hineinsetzen. Neue Kartoffel und Erbsen werden viel da sein und auch Erdbeeren.
Die Köchin vom Pastor im Beginenhof hat ein neu Rezept erfunden für Apfeltorte. So will ich eine

machen. In einem Wort, es soll an nix fehlen. Aber hört einmal: der Bauer sagt, daß Ihr mein Patenkind Mariechen sito, sito mitbringen müßt, denn sonst is es ihm gar nicht recht. Ich glaub ich hab weiter nix zu sagen, als wie viele Grüße an Mariechen und daß sie fleißig für mich beten soll. In der Hoffnung, daß Ihr dann allesamt kommt, schreib ich mit der Feter und mit dem Herzen.

Charlott Bellekens

Pe, Se – Gleich wenns dunkel wird will der Bauer Lampions anstecken und ein großes Feuerwerk machen. Charlott Bellekens«

Und als sie fertig war mit Lesen, liefen zwei große Tränen über ihre Wangen, und sie sagte gleich darauf mit vor Rührung gepreßter Stimme: »Komm essen!«

Der Vogelbesuch

Nach dem Essen zog Pallieter Klettersporen an die Beine, nahm eine Leiter auf die Schulter und zog in die Felder hinaus, um einmal nachzusehen, wie es mit den Eiern und den jungen Vögeln stand. Er nahm fast jeden Baum vor, legte die Leiter an die Stämme, um in die Astlöcher zu sehen, und kletterte mit Katzengewandtheit bis in die Spitzen der Bäume.

So sah er die rosigen, grün- und schwarzgesprenkelten Eier in den dunklen Nestern glänzen, er zählte sie und hatte seine Freude daran, sie vorsichtig mit leisen Fingern zu streicheln.

Aber am längsten konnte er stehen vor einem Nest mit nackten Jungen, die mit ihren gierigen, weitoffenen Schnäbeln nach Futter schrieen.

Die Felder lagen im Mittagsfrieden. Wenige Bauern waren auf dem Land. Nur die Sonne allein tat ihre große Arbeit, sie erwärmte das fette Land durch und durch. Die Rüben schwollen davon in der Erde, und das blaugrüne Korn wuchs sichtbar dabei in die Höhe. Die Fernen waren sauber, wie auf gotischen Gemälden.

Und der Vetter kletterte an vielen Bäumen in die Höh, sprach mit einem Bauern oder einem Bauernmädchen, besah die Felder, löschte seinen Durst an einer Quelle, und so war er schon ein ganzes Ende gegangen und hatte solchen Hunger, daß sich ihm der Magen umdrehte.

Er dachte schon ans Heimgehen, aber da sah er auf einmal auf dem höchsten Feld der weiten Landschaft eine schlanke Pappel ganz allein, turmhoch in die Luft hineinragen, mit einer weißen Wolke aus Holland hinter sich. Da wollte er erst noch hinauf! Und im Handumdrehen saß er in der Krone. Oh, du Gott der Meere! wie war die Welt paradiesesschön! Stundenweit erstreckte sich das fruchtbare Land unter ihm. Er sah an die zwanzig Kirchtürme und ich weiß nicht wieviel Bauernhöfe auf allen Seiten liegen. Alle Dörfer hatten Mühlen, und die roten Dächer und weißen Giebel lagen wie feine Perlen von Korallen und Austerschalen in dem kostbaren Reichtum von all dem verschiedenen Grün von Wäldern, Wiesen und viereckigen Feldern. Schwarze Eisenbahnzüge fuhren ganz weit hinten, mit einer langen, weißen Wolke hinter sich, langsam in die Ferne. Segelschiffe zogen über die Nethe, die blitzend in ruhigen Buchten den einen Horizont mit dem anderen verband. Und groß stand der Himmel darüber, fünfmal so hoch, und die Sonne füllte die Erdenschale mit ihrem überreichen Licht. Alles schien so klein und sauber wie ein Stück neues Spielzeug, und Pallieter sagte:

»Von hier aus is der Mensch noch keine Pfeife Tabak wert.«

Er saß da so hoch oben wie ein Riese, der Herr war über das Land. Und zu seiner großen Freude kam ein Wind und bewegte die Krone der Pappel. Pallieter wiegte sich mit, und es war, als ob er auf einer Wolke in ein anderes Land geweht würde. Ohne daß er es wußte, tönte aus seiner

Kehle ein mächtiges Lied, das bis zum Himmel hinaufklang.
Es war hier zu schön, um hinunterzusteigen, aber das weiße Licht färbte sich golden, und die Sonne wurde größer und größer und rot. Das Rot jubelte in die Wolken hinein und rollte über die Welt.
Und hinter fernen, blauen Wäldern sank die Sonne hinein in ein Chaos von ruhigen, hell erleuchteten Riesenwolken. Die Schatten schossen lang heraus und nahmen die Helligkeit weg. Unten lag die Welt in Dämmerung, aber auf Pallieter klebte das Sonnengold noch wie rotes Papier. Er hätte sich selber streicheln können.
Ganz fern sah er zwei Reiher schweben. Er ließ sie nicht aus den Augen, denn sie waren großartig in dem wachsenden Abend. Er verfolgte die große Linie, die sie mit weichem Flügelschlag durch den sich schließenden Abendhimmel zogen. Manchmal blieben sie eine ganze Zeit lang still mit weitausgebreiteten Flügeln und zogen dann regungslos weiter auf dem dunkelnden Blau. Sie waren geheimnisvoll und machten einen tiefen Eindruck. Und ebenso regungslos und schweigend, wie sie gekommen waren, verschwanden sie in der purpurnen Dämmerung am gegenüberliegenden Horizont. Als sie weg waren, war doch noch etwas von ihrer Seele in der Luft geblieben. Der Sonnentriumph war gestorben; im Westen flackerte noch eine unbestimmte Helligkeit, und in den Feldern brannte irgendwo ein Lichtchen.
Das war der Abend.
Da ließ Pallieter sich hinuntergleiten und ging schleunigst nach Hause, denn sein Magen knurrte wie ein wildes Tier. Aber er schwieg, denn er war gerührt bis an das Kerngehäuse seiner Seele.

Sonnabend vor der Kirmes

Die Sonne wurde größer und flammte den Himmel in ein reiches Blau. Die üppigen Bäume waren noch einmal so breit geworden und die Nethedeiche um die Hälfte höher von den Lilien, dem Schilf, der Schmerwurzel und dem weißen Kerbel. Das Gras der Wiesen reichte bis über die Knie, und tausend verschiedene Kräuter wuchsen durcheinander, zwischen hundert verschiedenen Blumen: Sauerampfer, Zichorie, Vergißmeinnicht, Dotterblumen, wilder Klee usw., ein ganzes Buch.

Und von einem Tag zum andern veränderte sich ihr Aussehen. Einmal war Gold die Hauptfarbe, dann Purpur, dann Rosa und dann wieder Grün, je nach dem Wachstum der Blumen und Kräuter. Und das war eine Wonne für das Auge und eine Wollust für die Nase.

Die Bäche waren zugewachsen, und das Korn ging den Bauern bis über die Köpfe.

Die Wälder waren wie Berge. Und während die Sonne da draußen die Krone des Jahres bereitete, als da sind die süßen Früchte, waren die Menschen dabei, in und um ihr Haus alles fertig zu machen für die Kirmes. Diese nun fiel gerade auf Pfingsten, das Fest von Gott dem Heiligen Geist. Und bei Pallieter ging es hoch her!

Charlots Herz war so klein wie eine Bohne vor froher Erwartung, denn die schöne Beginenhofprozession sollte die große Runde machen durch den Hof und über den Beginenwall. Sie selber würde mitgehen und also viel Ablaß für sich und die armen Seelen verdienen. Ein süßes Lächeln kräuselte beständig um ihren Mund.

Pallieter half ihr einen ganzen Korb voll Streusel machen. Sie hatte rotes, blaues, gelbes und grünes Glanzpapier gekauft, das sie in fingerspitzengroße Viereckchen zerschnitt.

Sie lief die katholischen Kaufläden ab, um das Silberpapier von der Schokolade zu bekommen, und am Tage der Prozession wollte sie Rosen, Flieder und duftende Kräuter hinzufügen. Es konnte nicht schön genug sein, denn der Herrgott würde es mit eigenen Füßen betreten. Und während sie schnitt, sang sie Kirchenlieder.

Sie würde prahlen und prunken mit ihrem Korb voll Streusel vor den Beginen, die meistens arm und geizig waren und zufrieden sein mußten mit den farbigen Umschlägen von alten Sankt-Franziskus- und Marien-Boten.

»Was wird sich der liebe Herrgott freuen über das schöne Streusel!« sagte Charlot händereibend.

»Dein lieber Herrgott freut sich über einen toten Spatz«, meinte Pallieter. Und Charlot war für ein halbes Stündchen gekränkt.

Der Sonnabend kam, und es war kein Wölkchen am Himmel. Kein Wind regte sich, alles stand still wie ein Haus, und ein Federchen in der Luft hätte sich nicht vom Platz bewegt.

Charlot hatte alle Hände voll zu tun. Sie sorgte zuerst für die leckere Martinsspeise, rollte das gehackte Fleisch zu kinderkopfdicken Kugeln, und während sie schmorten, machte sie Sauce von Johannisbeersaft und Kartoffelmehl. Als die Frikadellen gut geschmort und danach mit einem braunen Krüstchen in süßer Butter gebacken waren, goß sie die rote Sauce darüber. Es war eine Wonne, das anzusehen, so frisch.

Unterdessen kochte ein großer Kessel Reisbrei. Sie schüttete ihn in tischgroße, schöngeblümte Schüsseln, und was im Kessel blieb, leckte sie mit dem Finger ab.
Während sie junge Erbsen in ihrem Schoß kernte, schäumte Pallieter die Suppe ab. Sie war, um sich alle zehn Finger danach zu lecken, denn es war ein kräftiger kempischer Hahn darin, über zweihundert Klößchen, zwei Kilo Markknochen und ein riesiges Stück Kochfleisch.
Charlot schrubbte in einer Bütte den neuen Kartoffeln die Haut ab, und Pallieter sorgte für die Zubereitung des Spanferkels. Das Fleisch und andere Speisen, die erst morgen fertig gemacht werden durften, lagen duftig und frisch im kühlen Keller.
Sie putzten noch Salat, schnitten Blumenkohl, liefen hin und her um dies und das; und die stillen Mittagsstunden schritten voll warmer Sonne über die fruchtbare Welt.
Und gegen vier Uhr öffnete Pallieter den schwarzen Ofen im Backhaus. Es war, als ob er einen Reliquienschrein öffnete, so neugierig gespannte Augen machte er. Gott! was für ein warmer, süßer Duft von Eiern, Mehl und Milch schlug ihm betäubend ins Gesicht! Und was für eine appetitliche, goldene Farbe blühte auf aus der Dämmerung des Ofens! Er holte die Brote vorsichtig heraus und lachte übers ganze Gesicht, über die tiefbraune Farbe, die an den Seiten blond und gelb niedersank. Üppige Risse waren darin, die das blanke Brotherz sehen ließen, und Pallieter rupfte die losen Seitenstückchen davon ab vor Lust. Die Torten waren gut gelungen und schön und duftend, um einen Sankt Antonius zu verführen. Und die Sonne, die durchs Fenster strömte, glänzte schimmernd auf den roten und gelben Konfitüren.
Aber auf einmal verdunkelte sich das Licht, und eine große, graue Wolke schob sich vor die Sonne. Pallieter

konnte es fast nicht glauben, und Charlot kam in die Backstube gelaufen und jammerte:
»Ach, ach, nun is das gute Wetter zum Teufel! Und die Kirmes und die Prozession!... Ach Jesus, Maria, Joseph, ich will nur schnell ein Vaterunser beten!«
Sie lief wieder weg in ihre Kammer, wo sie niederkniete vor ihrem Madonnenbild von Scherpenheuvel und mit geschlossenen Augen anfing zu beten.
Und klatsch, da fiel der Regen.
»Ja, aber das muß man ausnützen!« rief Pallieter.
Er ließ die Torten stehen und lief hinaus in den Garten. Im Handumdrehen war er tropfnaß wie ein Seehund, und es tat ihm gut, wie warme Milch und Rosinenbrot einem frierenden Bettler.
Der kühle, milde Regen rauschte erfrischend über das Land, begoß die Bäume und die Pflanzen, platschte auf das Wasser und pladderte auf das Dach. Es war eine Wassersymphonie.
Die Tauben und die Hühner schlugen die Flügel über die Köpfe, um die warmen Grübchen ihrer Schwingen naß werden zu lassen.
Petrus, der Storch, stand regungslos mit seiner Frau, jedes auf einem Bein, in ihrem Nest; und die Enten lagen auf der Bleiche mit ausgebreiteten Flügeln in einem Klumpen zusammen.
Pallieter hatte am Tage vorher sein Haar dicht am Kopf abgeschoren, und nun klatschte und glänzte der Regen darauf wie auf einer steinernen Kugel.
Es regnete und regnete...! Und während hier das Wasser noch strömte, bohrte sich ein Bündel Sonnenstrahlen durch die Wolken, und ein leuchtender Fleck hellgrünen Landes lag dort hinten im Feld. Der Regen siebte das Licht, und nun war es Gold, das fiel, lauter Bohnen von Gold. Pallieter guckte sich die Augen aus.

»Das ist Manna!« sagte er; und er warf den Kopf zurück, machte den Mund auf und ließ die goldenen Tropfen hineinfallen.
Und da kam noch ein Strahl, und dort noch einer, und es war, als ob der erste frische, grüne Lenz ganz schnell zurückgekommen sei.
Dort, über dem Felderbauch erhob sich das Ende des Regenschauers in die Höhe, und das halbe Land glitzerte in der Sonne, während der dunkle Teil noch vom Regen rauschte.
Die Vögel schüttelten das Wasser von den Flügeln, flogen auf einen andern Zweig, und da fing eine Meise an zu pfeifen, ein Fink an zu schmettern, und auf einmal ging es los: alles, was Schnabel hatte, jauchzte mit frischer Stimme die helle Freude hinaus. Der Hahn krähte, und eine Lerche stieg auf.

»Das is wohl ein Vergnügen, he«, schimpfte Charlot, »sich so naß regnen zu lassen?«
»Ach Mädchen, schweig, ich bin einen Fuß größer geworden«, sagte Pallieter; und er ging hinein, um ein reines Hemd und eine andere Hose anzuziehen.
Die Natur schien um vierzig Tage verjüngt, alle möglichen Düfte stiegen aus der nassen Erde empor, und alle Bäume sangen.
Der Himmel war wieder rein und blau wie ein Vergißmeinnicht, und die Sonne ließ alles, noch naß vom Regen, erglänzen.
Pallieter wandelte voll innerlichen Friedens durch seinen Garten. Ah, da hatte das Viertelstündchen Regen den vollen Sommerüberfluß gebracht. Die Nässe holte alle

Blumendüfte hervor, Rosen, Flieder, Reseda und alles durcheinander. Sie hatte die vor dem Platzen stehenden Knospen aufgehen lassen, und nun standen noch einmal soviel Blumen da. Die Bäume tropften noch, und in allen Blumen strahlten silberne Regentropfen.

Ein gutes Gefühl kam über Pallieter. Er nahm seinen Dudelsack, setzte sich nieder auf die Bank vor der Vordertür und fing an, alte Dudelsacklieder zu spielen, wie: ›Ich will von den Kerlen singen, mit ihrem langen Bart...‹ Die groben Klänge summten in das Gold der untergehenden Sonne hinein. Beginen kamen, lauschten und erzählten sich was mit Charlot, die mit ihrem Waschkorb voll Streusel prunkte, und sie gingen langsam über den Wall.

In der frisch gescheuerten Küche schmeckte das Abendessen und das Bier so gut, daß man dreimal hätte von vorne anfangen mögen.

Die Nacht kam und die Stille; die Erde dampfte den Regen in feinen Nebeln in die Höhe, und kaum war die letzte Dämmerung ausgelöscht, da stieg auch schon die Sonne wieder hoch, rot wie ein Herdfeuer, und das Leben begann aufs neue.

Es war Sonntag und Pfingsten, das Fest Gottes des Heiligen Geistes.

Kirmesmorgen

Der Morgennebel hing noch in den niedrigen Sträuchern und über dem Wasser, als überall die Glocken zu läuten anfingen.

Als Pallieter sah, was für ein herrliches Wetter der Tag bringen würde, warf er seine Mütze in die Luft, lief mit lachendem Gesicht auf den Speicher in die dunkle Kammer mit dem Glockenspiel. Er warf eine hölzerne Dachluke zurück, und das weiße Licht kam hereingeströmt. Als er sich vom ersten Geblendetsein erholt hatte, sah er unten das frische morgendliche Land in all seiner wogenden Weite offen vor sich liegen. Sogleich begann er auf die hölzernen Griffe zu klopfen und zu schlagen; die Drähte rasselten, das Holz quietschte und krachte, aber oben tönten die hellen Glockenklänge wie widerklingende Kristallbecher in die perlklare Luft hinaus. Durch sein Herz brauste der Glockenjubel, und er sang mit, so laut er konnte. Danach steckte er eine neue Kirmesfahne durch das Dachfenster, und der leichte Ostwind bewegte die starken Farben. Und nachdem er mit Charlot Kaffee getrunken hatte, mit Schinken und Eiern in der Pfanne, ging er spazieren und rauchte dabei eine gute Zigarre. Der Regen von gestern war Balsam für die Erde gewesen, und alles war noch einmal so schön, so hell, so rein.

Mit all den Kirmessorgen hatte Pallieter sich die Beine abgelaufen, nun konnte er fröhlich wie ein Kind den scharfen Duft des freien Feldes riechen. Er lachte, weckte Echos auf, trank irgendwo Bier und spielte Kegel.

Als er wiederkam, spannte er die schwarzgefleckte weiße Stute an den neuangestrichenen Planwagen und fuhr damit zum Bahnhof.

Alle Häuser in der Stadt waren beflaggt, und das Glockenspiel vom Sankt-Gommarus-Turm hämmerte Volkslied-

chen über die Dächer, über denen Tauben kreisten. Schon gingen Männer mit Luftballons herum, und etwas weiter spielte eine italienische Orgel.
Während Pallieter weg war, war Charlot in einer Hetze mit dem Essen. – »Es mag kommen was will«, sagte sie, »aber zuerst wird für Gott gesorgt.«
Und sie hakte blaue Kerzenhalter mit langen Kerzen darin an den Giebel und stellte an die Vordertür einen Tisch mit einem steifen, weißen Laken darüber, auf den sie den Schrein mit dem Madonnenbildchen, ein Kruzifix aus Palmenholz und all die vielen Heiligen aus ihrer Kammer stellte.

»Denn sie sollen all den lieben Herrgott sehen«, sagte sie. Und drumherum und dazwischen kamen Vasen aus Silberglas mit Blumen und alte kupferne Leuchter mit papierumkräuselten Kerzen darin.
Sie sah, daß es gut war, und arbeitete weiter an den Speisen.
Und in der Stille sangen die Vögel, flatterte die Fahne und strahlte die Sonne durch das Laub der Bäume; sie glitzerte auf den Vasen und dem Kupferzeug und ließ das goldbestickte Mäntelchen der Mutter Gottes glänzen und funkeln.
Pallieter lud die Frauensleute in den Planwagen. Als er Mariechen sah, machte er Augen so groß wie Saucentöpfchen und sagte mit einem Seufzer:
»Ah, was für ein schönes Kind...!«
Die Mannsleute kamen zu Fuß hinterher.

Im Planwägelchen steckte innen in der gelben Beleuchtung ein Strauß von überwältigend schönen Farben. Die Frauen hatten all ihr schweres Gold angelegt, und die ältesten trugen feine Spitzenhäubchen mit einem Strohhut darüber, um den ein blaßfarbiges Band steif herunterhing. Sie hatten buntseidene Schals um, worunter feuerrote waren, purpurne und rahmweiße mit roten Blumen darin. Auch eine Frau mit einem Säugling war dabei.

Und ein Viertelstündchen später waren sie auf dem ›Reinaert‹. Und es gab mit Charlot einen Lärm und ein Geschrei wie beim Jüngsten Gericht.

Aber da auf einmal stand Mariechen vor ihr, in einem blauen Kleid mit weißen Tupfen und frisch wie eine Blume auf dem Felde.

Die Tränen sprangen Charlot aus den Augen, sie umarmte es, küßte es auf den Mund, hob es hoch und zerdrückte es fast auf ihrem dicken Leib.

»Ach, was biste doch für ein schönes Mädchen geworden!« rief sie. »Ach mei Mariechen, mei Mariechen!«, und sie küßte es noch einmal, und ihre Tränen klebten auf Mariechens Gesicht.

Die Mannsleute kamen heran, zu zehnt, und Pallieter ließ sie alle hereinkommen, wo sie sofort anfingen Bier zu trinken, Pfeifen zu rauchen und zu schwätzen von ihrem Land, von ihrem Vieh, ihren Kindern und dem Wetter. Alles andere war ihnen fremd, als stünde es in einem Buch. Sie wußten nicht, ob sie von vorne oder von hinten lebten, und Pallieter sagte darum: »Ein Bauer mit Verstand is das Ideal von einem Menschen.«

Etwas später zogen sie alle zusammen in den Garten hinaus.

Sie waren in Gruppen verteilt, und in dem reichen Grün und den schönen Blumen leuchteten die Farben ihrer seidenen Halstücher. Einige blieben neugierig vor dem

Springbrunnen stehen, der so hoch sprang, wie er nur konnte, und perlensprühend heruntertröpfelte auf den Rücken der ruhigen Goldfische. Andere betrachteten die kräftigen kempischen Hähne und Hennen, und ein jeder stand bewundernd vor dem Pfauenschwanz.

Die Pfeifen rauchten, und das Gold glitzerte, und drumherum lag die Welt in der Sonne. Auf einmal zog ein Liedchen durch den Garten, das klang wie auf einem Schilfrohr geblasen. Das war Pallieter, der eine Hoboe spielte und mit Mariechen herangewandelt kam.

Am Springbrunnen angekommen, unter den Mariechen die Hand hielt, um die Wasserperlen aufzufangen, nahm Pallieter das Instrument vom Munde und sagte zu ihr:

»So, jetzt laß dich einmal ordentlich betrachten!«

Er legte die Hände auf ihre runden Schultern und betrachtete sie vom Kopf bis zu den Füßen. In ihrem rotbäckigen Antlitz perlten zwei große, braune Augen mit einem feurigen schwarzen Stern darin, die apfelroten Lippen standen hoch unter der feinflügeligen Nase, und in ihrer rechten Wange war ein Grübchen, wenn sie lachte. Ihr Kinn bog sich begehrlich nach vorne, und der milchweiße Hals war rund und zart, daß man hätte hineinbeißen mögen. Ihre jungen, noch aufrecht stehenden Brüste saßen hoch, und ihre Hüften waren rund. Sie hatte dunkelbraunes Haar und samtweiche Hände. Ach, wie schön sie war! Über ihrem ganzen Wesen lag der Atem der freien Luft und die junge, frohe Lebenskraft der großen Natur. Sie stand da, so natürlich wie Wasser, und ihr Antlitz war wie ein offenes Buch. Es war Milch und Brot. Und die Sonne schien rot durch ihre Ohrmuscheln und tüpfelte Lichtkringel in ihr Haar. Und Pallieter sagte:

»Dir fehlt nix wie Flügelchen.«

Sie lachte mit blitzenden Zähnen und sah auf ihre Schuhe. Und Pallieter betrachtete sie weiter und fühlte einen Stoß

in seinem Herzen vor Verlangen. Und sie hob den Kopf wieder und sagte:
»Spiel noch ein Liedchen!«
Er spielte wieder, und sie gingen zusammen weiter:
Da brach auf einmal lautes Glockenläuten los. Und Pallieter rief: »Da is sie, da is sie! Kommt, Leute!«
Und jeder beeilte sich, um an der Tür zu sein.
Während sie sich hinter den geschmückten Tisch stellten, zündete Pallieter die Kerzen an und streute Blumen und geschnippeltes Papier auf den Weg.
Hinter den treppenartigen Giebelchen der Häuser kam ein langsamer Trommelwirbel, ein Paukenschlag und dann ein feierlicher Festmarsch von Blechmusik hervor.
»Da is sie!« riefen die Kinder und die Leute, die aus der Stadt gekommen waren, um sie zu sehen, und stellten sich auf den Rasen zwischen den hohen Baumstämmen, den blonden Weg freilassend.
Die Bäuerinnen holten den Rosenkranz aus der Tasche und fingen an zu beten.
Und da schritt, aus dem breiten Tor heraus, die Prozession auf den schattigen Beginenwall.
Den Zug eröffnete der lange Küster Lamdieke, in roter Soutane und weißem Chorhemd. Das Licht glänzte auf seinem flachen Glatzkopf, über den eine dünne schwarze Haarsträhne gekämmt war. Er schleppte ein hohes, hageres Kreuz und schlug die Augen nieder.
Neben ihm marschierten gleichgültig zwei Chorknaben, die jeder einen schweren silbernen Leuchter mit einer brennenden Kerze trugen. Die Waisenmädchen aus dem Marollenkloster folgten in drei langen Reihen: sie trugen ehrbare schwarze Kleider, über denen ihre Gesichterchen, mager und bleich vom Immer-im-Haus-Sitzen, mit gleichmäßig abgeschnittenem Haar furchtsam herausguckten.
Es waren arme Dingerchen von noch nicht fünf Jahren

dabei, und sie hatten ebenso demütig wie die Großen die Augen niedergeschlagen. Es waren viele Kinder von versoffenen Vätern darunter. Neben ihnen, in weiten schwarzen Mänteln und weißen Hauben mit breiten, schwingenden Flügeln, schritten die strengen Marollen. Sie waren alle mager und aufrecht, nur die Mutter Oberin war ein Fettklümpchen.

Hinter ihnen kam ein stämmiger Bauer in roter Soutane, der die blaue Fahne von Sankt Begga trug. Und dann eine blendende Fülle von Mägdlein, lauter kleine Kinder in schimmerndem Weiß, mit Fähnchen und goldenen Füllhörnern, strotzend von Blumen, Kornähren und wohlriechenden Kräutern.

Die Freude glänzte auf ihren Gesichtern, und stolz stapften sie mit steifen Beinchen nach dem Takte der Musik, und die gestärkten weißen Röckchen rauschten wie ein Meer.

Die Musikanten waren alte Burschen, sie bliesen, so laut sie konnten, und ihre Kleider rochen nach dem Schrank. Dann folgten vier stämmige Jungfern in weißen Kleidern, deren Ärmel viel zu lang waren. Sie trugen gemeinsam auf einer Bahre, die mit lederbeschlagenen Stangen auf ihren Schultern ruhte, ein blaugemaltes Marienfigürchen, so groß wie ein Daumen. Es war zur Zeit der Spanier hier angespült worden und wurde nun verehrt, wohl vierzig Stunden in der Runde, für die Wechseljahre.

Es war die »honigsüße Magd Marie aus Holland auf den Wogen der See hier angespült und durch das Land gezogen«.

Und dahinter kamen laut plärrend alle weiblichen Mitglieder der Kongregation, Alte und Junge, und ihr schnelles, gedämpftes »Bitt für uns« antwortete ununterbrochen auf die messerscharfe Litaneistimme einer stämmigen Begine. Jeder hatte den Rosenkranz in der Hand und das blaue Band mit der silbernen Medaille um den Hals.

Charlot war unter ihnen, sie brauchte wohl Platz für drei, und sie blickte nicht einmal nach Pallieter, Mariechen und ihrer Familie auf.

Kleine Jungens, als rote Päpstlein und pupurne Bischöfe angezogen, folgten mit Stab und Laterne.

Zwölf Beginen in weißen Tüchern trugen mit vieler Mühe den schweren silbernen Reliquienschrein von Sankt Begga. Er glänzte wie die Sonne und schoß Strahlen durch die Luft.

Und dahinter in fünf langen Reihen folgten alle Töchter Beggas, weiße Tücher, die bis zur Erde hingen, über dem Haupt. Sie sahen aus wie Gespenster und sangen mit mageren, verhungerten Stimmchen schleppende Gesänge auf lateinisch. Und dann ein rauschendes Farbengewimmel von seidenen und samtenen Fahnen, silbernes und messingenes Blinken und das Strahlensprühen von hochgetragenen, brennenden Laternen und Fackeln. Darunter, mit zerdrückten, weißen, seidenen Zylindern und schönen Halstüchern, all die alten Männer vom Beginenhof, jeder mit einer qualmenden, armsdicken Fackel. Auch die drei blinden Burschen waren dabei.

Und danach beschloß in blendendem Glanz von sonnenbeschienenem Gold, umgeben von Gesang und Schellengeklingel und süßem Weihrauchdunst, der Herr von da droben die Prozession.

Jedermann fiel auf die Knie und faltete die Hände.

Vier Männer in Rot hielten den goldenen Baldachin in die Höhe, unter dem der Pastor im goldenen Ornat die blinkende Monstranz mit dem heiligen Brot vor seinem Antlitz hielt.

Seine Augen waren geschlossen, seine glänzende Glatze guckte ein wenig aus dem hohen, steifen Kragen heraus, und die langen, weißen, glatten Haare wehten neben seinen Ohren.

Leute aus den Dörfern und aus der Stadt, die mitgingen, kamen hinterher.

Und langsam schritt die Prozession vorwärts unter dem üppigen Lauf der hohen Wallbäume. Die Sonne schien darüber, und die Farben glänzten wie Diamant. Der Wind spielte mit den Kleidern und ließ die Fahnen flattern.

Die Musik rauschte, die Schellen klingelten, und die Glocken hallten den großen Festtag in die Welt hinaus.

Pallieter wurde von all der Einfalt, unter der ein so großer Glaube glühte, so gerührt, daß es ihm die Kehle zuschnürte.

»Kommt«, sagte er, »wir gehen auch mit.«

Und die Bauern mit Mariechen fügten sich in den Zug ein, und er, Pallieter, der Vetter, schloß die Prozession und trug eine brennende Kerze.

Der Umgang ging so weiter und funkelte von weitem

durch die Baumstämme. Zwei Nachtigallen fingen an miteinander zu flöten, der Weihrauch hing noch blau und wohlriechend in den Bäumen, und es lag ein Duft über der Erde wie Balsam.

In den ruhigen Sonntagsfeldern war kein Mensch.

Die Prozession war zurück. Pallieter wandelte mit den Bauern auf dem Wall, und Charlot war drinnen beim Kochen. Im Beginenhof war auf einmal frohes Kindergeschrei, und siehe! aus dem Beginentor kamen jauchzend die weißen Mägdelein und die roten und purpurnen Bischöflein herausgetanzt, jedes mit einem Päckchen Zuckerbohnen. Sie liefen alle zusammen in die Wiese und schrieen und lachten schleckend und lutschend ihre Freude in die Luft hinaus. Es waren wohl vierzig, und es war ein Geriesel und Geplantsche von Farben, daß einem die Augen übergingen. Sie sprangen über die Gräben, jagten sich und pflückten Arme voll Blumen und Pechnelken. Doch drei Beginen kamen scheltend und hießen sie nach Hause gehn, aber die Kinder lachten darüber, schlossen sie in einen Kreis und tanzten singend um sie herum. Die Beginen fanden es so lustig, daß sie sofort mitmachten, und nun kamen alle jungen Beginen, die auf dem Wall spazierten, herangelaufen und tanzten mit im Kreise. Der Pastor erschien und drohte ihnen mit dem Finger. Pallieter stellte sich hinter ihn und winkte den Beginen mit wehenden Armen, den Pastor zu holen. Sie verstanden es und führten den Pastor, er mochte wollen oder nicht, in die lachende Schar. Und sie umringten ihn und drehten sich um ihn und sangen:

»Ist Herr Pastor nicht zu Haus,
Ich wollt ihn gerne sprechen
Heut abend in sei'm Haus.«

Und er, der Pastor, sang mit brechender Stimme dagegen, während er mit dem Zeigefinger den Takt schlug:

»Sie sagen, daß ich ein Lumpenmann bin,
Sie sagen, daß ich kein Geld nich hätt.«

Als Pallieter das hörte und sah, packte er Mariechen bei der Hand und zog das Mädchen mit zu der tanzenden Bande, und beide fügten sich ein. Und sie sangen und drehten sich; und es war ein Beinezappeln und ein Röckeschwänzeln, daß der Pastor sich schief lachte. Und Pallieter sang ein anderes Lied, warf die Beine bis über den Kopf und wollte von keinem Aufhören wissen.
Auf dem Beginenwall standen die Bauern, die alten, dicken Beginen und die Armenhausleute und kicherten und lachten, ebenso auch Charlot aus dem Küchenfenster, daß ihr die Tränen übers Gesicht liefen.

Das Fest

Während die andern im Garten auf und ab gingen und auf den Pastor warteten, stellten Pallieter, Charlot und Mariechen einen langen Tisch von Brettern auf Schrägbeinen im Schatten der Kastanie auf. Sie deckten ein blaukariertes Tischtuch darüber und belegten es mit hellgeblümten Tellern, glitzernden Gläsern, Messern, Löffeln und Gabeln. Eine dichte Reihe von dickbestaubten Weinflaschen stand dunkel von einem Tischende zum andern: das sah aus wie hintereinander wandelnde Beginchen; und im Schatten lagen zwei große Fässer Bier.

Nach einer Viertelstunde kam der Pastor mit einer langen Tonpfeife langsam in den Garten. Alle setzten sich an den Tisch, und der blaue Schatten dämpfte die starken Farben ihrer rauschenden Kleider.

Während sie in Erwartung des Essens über dies und das plauderten, hielten einige vor ungeduldiger Eßlust schon den Löffel in der Hand und blickten, mit den Gedanken in der Küche, über die Wiesen und die Felder, die verlassen in der Sonne schimmerten.

Da kam Charlot mit der großen Suppenschüssel angelaufen. Sie schöpfte auf, schwieg dabei kein Ave-Maria lang still und suchte für jeden nach viel Klößchen.

Der Pastor schlug dann ein Kreuz und betete still. Die andern taten dasselbe, und Charlot blieb stehen, die Augen geschlossen und die fetten Hände über ihren dicken Bauch gefaltet.

Dadurch gab es einen Augenblick feierlicher Stille, in die grell ein junges Hähnchen vom Misthaufen hineinkrähte. Und dann fing das Geklapper der Löffel an und das Geschlabber der vielen Mäuler.

Als die Suppe alle war, wurden schon Pfeifen angesteckt, und dann stand Pallieter auf und sagte:

»Vettern und Cousinen von Charlot, ihr müßt hier all viel essen, denn wir haben viel gekocht, das muß alles all werden. Und darum sag ich, daß die vier Menschen, die am wenigsten essen, Strohhalm ziehen müssen, und daß der, der das kürzeste Ende zieht, mit dem bloßen Hintern in eine Schüssel Reisbrei gesetzt werden soll!«
Das wurde mit lautem Gelächter angenommen, und dann wurde da gegessen und getrunken, wie auf einem Fest Jupiters.
Niemand wollte die Schande erdulden, den lächerlichsten Teil seines Körpers zeigen zu müssen. Und die Frauen sowohl wie die Männer stopften das Essen hinein, jeder wollte sein Bestes tun; der eine wollte nicht weniger leisten als der andere.
Und es kam hintereinander im Überfluß: Steinbutt mit Kartoffeln, Schinken mit Bohnen, Kalbsbraten mit Spargel, kempische Hühner mit Salat, ein ganzes Spanferkel, mit einer Brille vor den Äuglein und einer Apfelsine im Rüssel, hundert Meter Wurst mit Weißkraut usw., und es wurde davon gegessen, aufgeladen und eingeschöpft, daß ihnen der Schweiß auf der Stirn stand und auf die Teller tropfte. Und um alles besser hinunterzukriegen, gossen sie beständig von dem kühlen Bier und dem feinen Wein durch die Kehle, ohne Glucksen und Schlucken, wie durch ein Ofenrohr. Es war ein Lärm und ein Durcheinander, und es wurde gelacht, wenn einer ein bißchen zu wenig aß, und im voraus Viktoria gekräht und gesungen.
Sonne und Schatten spielten auf den roten Gesichtern und glänzten hell auf den steifen Kitteln und den seidenen Halstüchern; und da draußen über der Hecke glitzerte die geschmeidige Nethe und streckten sich die ruhigen Sonntagsfelder. Süße Lieder hingen in den Bäumen, und der angenehme Duft des Gebratenen zog über das Feld.
Pallieter, der sich seinen Platz neben Mariechen gesucht

hatte, wollte sich schief lachen, als er die fressenden Menschen sah.
Charel Verlingen, ein dicker Butteraufkäufer, ließ die Karbonaden mit Rübchen und Erbsen vorbeigehen. »Ich werd meinen Schaden gleich wieder einholen«, sagte er. Aber sie fingen alle an ihn auszulachen, und sie krümmten sich vor Vergnügen, daß sie sein großes Hinterteil zu sehen bekommen sollten.

Die Bäuche schwollen, und drei Leute standen wartend vor dem Örtchen. Und immerfort kam noch neues Essen dazu. Ein junger Bauer wurde auf einmal blaß, lief hinter einen Baum, balkend wie ein Esel, erbrach sich und kam zurück mit »'s is nix«. Er trank ein Glas Wein aus und steckte sich eine neue Zigarre an. Mariechen warf Lubas ganze Stücke Fleisch zu, und der Herr Pastor sagte: »Trinken is auch Essen.« Der fühlte sich beschützt durch seine Soutane und trank nur den alten, dunklen Wein.
Charlot konnte fast nicht mehr. »Ei, ich muß womöglich noch mit Strohhalm ziehn!« sagte sie. Da wurde aber einmal spitzbübisch gelacht, und man sang schon:

»Charlot is von der Brück ins Wässerlein gefallen!«
Es gab noch Krautspatzen mit Blumenkohl usw. usw. Eine angenehme Angst herrschte, und hundert Dummheiten wurden erzählt. Man trank immerfort, und der Wein stieg in die Köpfe. Aber dann kam das vorletzte Gericht: junge Tauben mit Kirschpudding. Stans gab ihrem Kinde mit dem Finger von dem Pudding, daß es sofort so rot wurde wie ein Indianer. Ein Knecht brachte eine zweite Schüssel, aber der Kleine schlug sein Pätschchen hinein, und der Teller fiel mit den Tauben in Stücken auf die Erde; zu vieler Freude, denn es gab wenige, die noch mit Appetit aßen.
Stans schüttelte ihr Kind deswegen, und der Kleine fing sofort an aus vollem Halse zu schreien. Sie öffnete die Jacke, zwängte eine dicke, weiße Brust heraus und streckte sie in das mit Kirschsaft beschmierte Gesicht des schreienden Kindes. Der Kleine patschte seine fettigen Händchen darauf und fing an zu saugen. Das Rot aus dem Gesichtchen klebte sofort auf ihrer weißen Brust.
Man wurde ausgelassen. Pallieter, der Mariechen neben sich fühlte, das schöne Kind, faßte sie um die Lenden und drückte mit seinem Kirschpuddingsmund einen Kuß auf ihre Wange, auf der ein rotes Fleckchen blieb, und sogleich wurde alles, was Weib war, von den Mannsleuten geküßt. Es war ein Lärm und ein Gelächter, und hoch darüber klang das helle Krähen des Kindes. Stans vergaß, die Brust wieder in die Jacke zu stecken, und die schwabbelte und wackelte mit, mit den Lachstößen ihres dicken Körpers. Gläser zerbrachen, und die Flaschen rollten vom Tisch.
Die Sonne ging unter.
Aber da, auf einer Tragbahre brachten zwei Mann die großen Schüsseln mit Reisbrei. Von diesem Gericht hing alles ab. Jeder raffte seinen letzten Mut zusammen.

Eine magere Hexe und Pallieter aßen allein ihre Teller leer. Und dann mußte Strohhalm gezogen werden zwischen dem Herrn Pastor, Mariechen, Charel Verlinden und Charlot. Das war eine ungeduldige Erwartung! Alle standen schweigend und nervös um Pallieter herum, und lauter Jubel brach los, als der dicke Butteraufkäufer das kleinste Ende zog.
Aber der dicke Bauer lief weg. »Halt ihn fest«, rief Pallieter, »Charlot, bring die Schüssel!« Die Bauern packten Charel, der zappelte wie ein Schwein, um loszukommen, und Charlot kam mit der riesigen Schüssel herangelaufen, aber sie lachte derartig, daß sie in die Röcke pißte und die Schüssel in tausend Stücke fallen ließ. Charel Verlinden tanzte vergnügt mit den Armen in der Luft herum, alles lachte, um einen Bruch davon zu kriegen, und Pallieter wälzte sich auf der Erde.
Erschöpft und ermüdet setzten sie sich auf den grünen Nethedeich, um auszuruhen, während die Sonne die Welt mit goldenen Armen umhüllte.

Als sie bis zum hellen Mondschein unter den niedrigen Zweigen von krummen Apfel- und Mispelbäumen gegessen und getrunken, gelacht und getanzt hatten, und als ihnen zum Schluß das kurze, schnelle Feuerwerk in die Glieder gefahren war, nahmen sie mit viel Lärm und Geschrei Abschied von Charlot und zogen singend mit Pallieter, der, Mariechen am Arm, auf einer Mundharmonika spielte, über den Wall und die Straßen nach dem Bahnhof.
Dort gab er allen Weibsleuten ein paar knallende Küsse, bei Mariechen konnte er fast nicht aufhören und ließ sie nicht los, bis sie ihm versprochen hatte, binnen kurzem für ein paar Tage wiederzukommen.
Und so zogen sie fort, erhitzt und lärmend, in ihren

schönen Kleidern in ihr fernes Dorf, um morgen bei Sonnenaufgang schon wieder in schlechten Kleidern auf dem Mist und dem wachsenden Feld zu stehen und zu schaffen.

Und Pallieter fühlte, daß etwas von ihm mitging dorthin.

Als er nach Hause kam, lag Charlot in der Küche mit dem feuerroten Kopf auf dem Tisch und schlief, den Rosenkranz und das Gebetbuch neben sich.

Im Garten roch es nach verkohltem Papier von dem abgebrannten Feuerwerk. Der Mond schien und leuchtete auf Scherben von Flaschen und Tellern im Gras, auf das spritzende Fontänchen und die unordentlichen Gläser, das Eßgeschirr und die Früchte auf dem Tisch.

Pallieter fand es schön. Er setzte sich auf eine Bank und betrachtete es still.

Ganz fern in der Stadt war noch Kirmesmusik, und eine Nachtigall flötete dicht neben ihm. Er sah sie sitzen, mit dem Schwänzchen scharf im Profil gegen die silberne Mondscheibe abgezeichnet.

Sie flötete kurz, belauschte sich lang, aber jeder Ton war Goldes wert. So saß Pallieter lange da mit dem Mondschein auf seinen Händen, und die Nacht sprach zu seinem Herzen.

Er ging hinaus.

Die Nethe war still, und nur hin und wieder leckte der Mond eine goldene Falte in das dunkle Wasser.

Die Wiesen lagen voll Dunst, und das Gras war naß vom Tau.

Die Stille war heilig.

Pallieter schritt langsam weiter, pflückte eine nasse Blume, die er zwischen den Zähnen wippen ließ, und sein Schatten wanderte mit ihm.

Er kam in die Felder, wo die Frucht regungslos in dem niedrigen Nebel stand.

Das Korn leuchtete, Sträucher bogen sich mondbeglänzt über mit weißen Blumen bewachsenen Gräben, und die Birkenbäume raschelten mit ihren blinkenden Blättern wie dünner Regen.
Er sah das weiße Hinterteil eines Kaninchens durch die Stauden weghoppeln, und ein bißchen weiter saß neben einem Holzhaufen im Gras ein Liebespaar und liebkoste sich schweigend.
Pallieter ging zur Seite, um sie nicht zu stören.
Nach all dem Rumoren und der äußerlichen Freude an diesem Kirmestag war er von dieser vollmondbeleuchteten Nacht ergriffen bis in die Seele, und das Herz schmolz ihm von ungekannter Güte in seiner Brust.
Er dachte an Mariechen, das gute und sanfte Mariechen, das er so schön fand wie ein Feld, deren Leib er umfaßt und deren Lippen er geküßt hatte.
Und er war voll Verlangen, daß Mariechen bei ihm sein möge, so ganz still, Hand in Hand, wie zwei brave Kinder.
Es war etwas in ihm, was er sich nicht erklären konnte, aber er ließ es ruhen, denn es war so süß für die Seele, wie eine kühle Kirsche für einen warmen Mund. Und an einem Tümpelchen, in dem der Mond stand, holte er die Mundharmonika aus der Tasche und seufzte und saugte solche zarte Silberklänge daraus, daß es klang, als wäre es der Mondschein, der sänge.

Ein dionysischer Tag

Es war schon einige Zeit nach der Kirmes...

Die Sonne war noch kaum aufgegangen, und die ersten Schwalben schossen in der Luft herum, da stand Pallieter schon auf dem Mühlenberg am andern Nethe-Ufer und schlug und knallte mit einer langen Fuhrmannspeitsche, daß es widerhallte, als ob in der ganzen Welt mit Peitschen geknallt würde.

Er lehnte sich gegen die Steinpfeiler der alten hölzernen Mühle, und die breiten Flügel zischten schnell mit lautem Ächzen an seiner Nase vorbei, und zwischen jedem Schlag sah er das Netheland, bedeckt mit dickem, weißem Morgennebel.

Die Sonne hing noch mattgelb hinter der grauen Stadt, wo die Glocken in Klöstern und Kirchen zur Frühmesse läuteten und das schrille Pfeifen der Eisenbahn die Luft durchschnitt. Die Sonne konnte noch nicht auf die Bäume scheinen, aber hinter dem unsichtbaren Wald blähte sich schon ein breiter Windstrom hervor, der Löcher in den Dunst drehte, und die Bäume begannen zu rauschen.

Von Nebel umwallte Kühe brüllten einander zu.

Pallieter dachte an Mariechen, die sich seit jenem Sonntag in seinen Gedanken eingenistet hatte, und sagte: »Oh, meine Schwester, meine Braut, du hast mich verwundet mit einem deiner Augen und mit einem Haar deines Nackens!«

Er dachte an ihr Antlitz, das so angenehm zu schauen war,

und an ihren jungen Leib; und fester schlug und knallte die Peitsche die heller werdende Luft auseinander.
Die Sonne stieg, die Wolken brachen vor dem Licht auseinander, und tiefe, blaue Höhlen klafften über der Erde.
Die Nebel sanken, die Fenster der Stadt glommen feurig, die Wetterfahne auf einem Gehöft glitzerte auf, und siehe, Sonnenschein wanderte über das Land und bedeckte es ganz.
Frisch gepflügte Felder schlürften schimmernd die Helligkeit auf ihre fettigen Schollen, daß sie wurden wie glänzendes Wasser. Es brummte und summte von Käfern und Fliegen. Pallieter rief:
»Vater Sonne befruchtet Mutter Erde.«
Und er lief ohne weiteres flink zwischen den schnelldrehenden Mühlenflügeln hindurch den Berg hinunter in das naßbetaute Feld.
Er schlenderte peitschenknallend durch schmale Feldwege, an Hecken und Wasserläufen entlang, und sang, als sollte das ganze Land zusammenlaufen.
Die Nebel waren weg. Und die Fernen, reich an Korn- und Kohlfeldern, lagen wieder offen vor dem Blick, Pallieter freute sich am Blau des Himmels und am ruhigen Geruch der Erde.
Ein Himmel voller Blumenkohlwolken drehte sich um die Welt, und in einem Gehöft schrie ein Esel wie eine verrostete Pumpe.
Der Maimonat war ein goldenes Füllhorn. Nun war das Leben wirklich gekommen, der Winter war vergessen, und der riesenhafte Sommer stand vor der Tür.
Die Arbeit war getan, die Bäume ließen ihre Früchte reifen, die Vögel legten keine Eier mehr, und es war eine tiefe Ruhe über die Natur gekommen, wie bei einem Krieger nach heißem Kampf.

Das sind die schönsten Tage für die Schafe, die saugende Lämmer haben, für die Heuschrecken und die jungen Fische.
Und die Natur will für nichts und niemand etwas von ihrer Güte zurückhalten, und ihre Genüsse hängen nur so zum Greifen in der Luft. Sie ist einfältig wie ein Kind und gut wie eine Mutter, und was sie gibt, das geht bis ins innerste Leben der Seele. Das ist die Allgüte der alten Erde, die immer wieder neu wird und von den Menschen unverstanden bleibt, weil sie anderswo suchen.

Darum sagten die Philosophen: »Geht zur Natur, geht zur Natur!« Aber sie selber zeigten der Natur den Hintern und wurden mager wie Heringe unter Bücherhaufen, in geschlossenen Stuben.
»Philosoph sein is nich schreiben, sondern leben!« sagte Pallieter und stand mit den Füßen im Lauch und schaute dem Spiel der Sonnenstrahlen zu.
Die Sonne war so stark, daß sie ganze Bündel von feurigen Pfeilen durch die dichtesten Bäume schoß und die Blätter beinahe durchsichtig machte.
Aber da stach auf einmal aus silbernem Ulmengebüsch etwas Rotes, Blutrotes in Pallieters Augen.

Er sprang über den Graben, kroch durchs Gesträuch und stand vor einem übergroßen Feld von Mohnblumen. Der Klatschrosenfleck trank, so weit er war, alles Sonnenlicht in seine Farbe hinein und war wie ein großer Teich von Blut.

Tränen strömten aus Pallieters Augen, und er sagte mit einem Seufzer von Bewunderung:

»O Sankt Johannes, warum steht das nicht in deiner Apokalypse?«

Er fühlte sich hingezogen wie zu einem großen Glück, und mit einem Mal sprang er hinein und verschwand bis an die Brust in dem mächtigen Rot.

Die Sonne flammte und stach durch die großen Blumen, wie durch rotes Glas, und puderte aus lauter Glut einen roten Schein in die Luft, daß Pallieters Gesicht ganz hineingetaucht war und seine Hände und sein Haar.

Er mußte die gewaltigen Töne von Rot betrachten und betasten und streicheln, und er schlug die Hände in die Blumen, riß sich einen Strauß ab, den er über seinem Haupte schwenkte, und rief dazu:

»Farben, Farben is alles in allem!«

Er ging weiter und wollte in den Beginenwald, den ewigen Beginenwald; der ist wie ein Meer, wie mit einem ewigen Lied aus Vogelsang oder Windesrauschen, und auch voll von allerhand Getier. Ein Wald ist wie ein Meer!

Er drang durch das dichte Erlengebüsch und kam auf einmal aus dem weißen Sonnenlicht in die kühle Pracht von mächtigem Grün. Die Büsche und Strünke von Haselsträuchern, Weiden, Ulmen und Eichen, und auch Dornen dabei, standen dicht wie die Haare auf einem Hundefell. Überall kletterte der Efeu mauerdick auf bemoosten Stämmen und kroch mit anderen Schlingpflanzen von einem Strauch zum andern. Er lag wie ein

Teppich auf dem Boden. Man konnte kaum durchkommen, aber Pallieter kroch durch Löcher, sprang über Baumstümpfe, kletterte auf einen schräg umgefallenen Baum, ließ sich wieder hinunterfallen, verschwand hinter einem Vorhang von Efeu und drang so immer tiefer und tiefer in den Wald, der war wie ein Berg von sommerlichem Leben. Musik aus tausend Vogelkehlen erklang. Es kam wie ein Regen aus den seufzenden Zweigen heruntergefallen, und in der Luft und auf der Erde summte es von Fliegen und Insekten.

Wo nur ein Sonnenstrahl hinfiel, lagen die Eidechsen wie aus Stein gehauen. Brotfarbige Schneckenhäuser klebten auf den wilden Weidenstümpfen, und überall bewegten sich Raupen, Schnecken, Spinnen, Tausendfüßler, Motten, Würmer, Kröten, Frösche, Maulwürfe in und auf der Erde, die duftete von all dem Leben. Fische, Kaulquappen und Würmer in zitterndem Quellwasser und kleinen Sümpfen.

Die Wälder sind das Herz der Erde! Überall war der wohlige Geruch von Moos und frischem Holz. Und dann die Walderdbeeren, die roten Walderdbeeren, mit ihrem leichten Nachgeschmack nach Wein. Pallieters Lippen wurden pupurrot davon. So drang er durch einen wollüstigen Überfluß von Leben und Wachstum hindurch, bis er in den eigentlichen Wald kam. Da nahm er seinen Hut ab, blieb erschüttert stehen und fühlte sich nicht größer als ein Däumling. Hier waren keine Sträucher. Aber aus dem braunroten Blättergrund stiegen überall die grauen, glatten Buchenstämme empor wie Kerzen und sperrten hoch oben mit einem dichten Laubgewölbe den Blick in den Himmel. Sie reihten sich hinter- und nebeneinander in einer unermeßlichen Tiefe von Bäumen, die ganz fern zusammenwuchsen zu einem hölzernen Vorhang, wo weder Licht noch Land durchschimmerte.

Hier wars, als ob die Abenddämmerung schon herniedersinken wollte, und still wie unter Wasser.
Und um etwas zu hören, rief er mit der Hand um den Mund: »Pallieter!« Sein Name hallte wie in einer Kirche, und der Klang erstarb erst nach dreimaligem Echo in der grauen Ferne des Waldes.
Und dann fing er an so laut und lang zu lachen, daß das eine Echo gegen das andere stieß, daß überall Lacher waren, hier, dort, vor und hinter ihm. Und während der Widerhall sich kreuzte, donnerte immer weiter Gelächter aus Pallieters Mund. Der ganze Wald lachte.
»Jetzt haben die Bäume gesprochen«, sagte Pallieter und lief singend weiter.
Der Wald war wie ein hoher Saal. Pallieter blieb stehen und guckte nach einem Eichhörnchen, das an einem Baum emporkletterte, und nach rotgefleckten, fabelhaft großen Pilzen zu Füßen der Bäume.
Überall lag Kaninchenlosung, und die Tierchen selbst, von Pallieters Gesang erschreckt, huschten in ihre Löcher.
Er sah eine Fuchsfalle. Mit einem Fußtritt ließ er sie zuschnappen und sagte, indem er sie in die Erde vergrub: »Weil der Fuchs kein Gras frißt, soll er sterben! Arme Füchslein!« Pallieter löschte seinen Durst an einem handgroßen Wasserfall, der Quelle eines Bächleins.

Der Waldgeruch hing um ihn, sein Rock und seine Hände waren grün von Moos, sein Gelächter hing noch irgendwo in der Ferne, und die Stille des Waldes rauschte noch in der Tiefe seines Herzens. Er hatte den Wald gefühlt. Wie schade, daß er sein Jagdhorn nicht mitgenommen hatte, um all die tiefsten Tiefen in Klängen aufgehen zu lassen.

»Aber das is für später«, sagte er und lief geradenwegs in die fetten Wiesen hinein, die schon ganz übergossen waren von heißer, starker Sonne und gesprenkelt mit braunen, weißen und schwarzen Kühen. Er ging durch das dünne Gras, und ein wachsender Hunger ließ ihn nach den rosigen Eutern sehen, die voll süßer, warmer Milch hingen.
Das Wasser lief ihm im Munde zusammen. Er brauchte nur zu ziehen, um sie genießen zu können, und vor übergroßem Verlangen legte er seine Peitsche hin. Er rollte ein Stück Papier zu einer spitzen Tüte zusammen, setzte sich unter eine Kuh, zog an einer Zitze, und siehe, ein weißer Milchstrahl schoß rauschend und schäumend in das Papier. Als es voll war, trank er es aus, und es schmeckte ihm so gut, daß er drei Tüten vollzapfte. Er hörte die nach Butter schmeckende Milch in seinen leeren Bauch kollern; sie tropfte ihm vom Kinn in den Hals hinunter, und er sagte zu der Kuh:
»Oh, wandelndes Gasthaus, ich danke dir!«
Im Weitergehen schleuderte er das laute Knallen seiner Peitsche vor Behagen über die Weiden, und er dachte:
»Hier fehlt nur noch Mariechen!«
Oh, sie bei sich zu haben in diesem Palast der Natur, sie umfassen zu dürfen, mit ihr in den Armen über die Bäche zu springen, zusammen sich mit nassen Küssen im weichen Gras zu wälzen und seine fühlenden Finger auf ihrem kernigen Fleisch spielen zu lassen!
Oh...!
Und ohne es zu wollen, sah er sie im Geiste vor sich, durch ihre Kleider hindurch. Er sah nicht mehr das blaue Kleid mit den weißen Tupfen, er sah einen vollen, nackten Leib mit schönen gerundeten Gliedern. Er schloß die Augen vor wachsendem Genuß und sang auf sie:

»Marieke, pirrewieke,
pirrewitje, kandieke,
pirrewitje, kanditje,
wahrhampel, Marieke!
O Balsam, o Honig, o Butter der Seel!«

Pallieter begann in süßem Vorahnen mit der Peitsche zu knallen, stampfte die Maulwurfshaufen auseinander, lief und drehte sich mit fliegenden Füßen um die jungen Bäume herum und setzte sich durch das Gras und die hohen Blumen in Trab, bis er außer Atem auf dem Nethedeich ankam.

Das Wasser stand hoch und trug die weißen Wolken so klar wie der Himmel.

Als Pallieter dies große, durchsichtige Wasser sah, das am andern Ufer so deutlich die gelben und purpurfarbenen Blumen spiegelte, wurde er wieder ruhig und still, wie ein Mensch nach tiefem Gebet.

Das Wasser zog ihn mächtig an, und eins, zwei, drei, war er nackt, sprang in einem Sprühregen von sonnendurchschienenen Wasserperlen in die Nethe und schwamm auf die Blumen zu.

Es roch wie nach warmem Reisbrei. Das Herz schwoll ihm davon, und es fiel ihm vor lauter Vergnügen nichts anderes ein, wie kleine Springbrunnen in die Höhe zu spucken, die dann auf seinen blinkenden Bauch herunterplatschten.

Als er so eine ganze Weile im Wasser gelegen und drei Schiffe mit gespannten Segeln hatte vorbeitreiben lassen, kam er wieder heraus. Er ließ sich von der gütigen Sonne trocknen, pflückte eine Kuhblume ab, steckte sie zwischen die Zähne und spazierte nackend, die Hände auf dem Rücken, hinter einem Frosch her, der erschrocken vor ihm aufgesprungen war.

Der Mittag lag mit seiner heißen Stille auf den Bäumen, und Pallieter war unter einem Johannisbeerbusch eingeschlafen. Der Garten war hell und still. Die Hühner ruhten im Sand, und die zwei Gänse standen nebeneinander und guckten durch die Hecke.
Es summte und brummte anhaltend in und um die Bienenkörbe herum, und aus der Küche klang Charlots gedämpfte Stimme, die Kirchenlieder sang.
Die Blumen standen regungslos in ihrem Duft, und das Wasser der Nethe glänzte wie ein Fischrücken.
Es zirpte in den Wiesen, und keine Mühle drehte sich.
Der Geruch von Kaffee und gebratenem Hering weckte Pallieter auf, und noch im Gähnen rief er:
»Hab Dank, o Herr, der du meine Augen auftust zu neuer Freude für meinen Mund.«
Es waren fette Heringe, weiß wie Silber, und sie schmeckten wie richtiges Fleisch. Und als er sie aufgegessen hatte, sang er:

»Alle Fische schwimmen,
Alle Fische schwimmen,
Nur der kleine Backfisch nicht...«

»Vetter«, klagte Charlot, »es ist keine Buttermilch mehr da.«
»Ei, so hol frische beim Bauer!«
»Wo denkst du hin«, fuhr sie ihn an, »so ein dickes Mensch mit so ei'm schweren Krug in so 'ner Hitze gehen zu lassen! Schämst du dich nich?«
»Soll ich mitgehn?« fragte Pallieter blinzelnd.
»Kannst du nich allein gehn?«
»Absolut nich, Mädel!«
»Ich werd mirs merken«, sagte Charlot. »Wart nur, bis daß du mich mal nötig hast«; und inzwischen hängte sie

die messingne Milchkanne an einen Mispelzweig. Und sie gingen zusammen durch die Hintertür aus dem Garten in die hellen Felder hinein.

Die Wege lagen weiß in der Sonne, und die Luft hing voll Hummelgebrumm, wie ein Nachklang von tiefem Geläut. Sie gingen die nächsten Feldwege, und vor jedem Steinkapellchen schlug Charlot ein Kreuz; und wo die Kirschen niedrig über die Hecken hingen, pflückte Pallieter sie ab und teilte mit Charlot. Die Sonne brannte durch die Kleider hindurch auf ihre Leiber, und die Kirschen kühlten ihre Eingeweide.

Sie mußten irgendwo über einen Graben springen, aber Charlot wagte es nicht und bat:

»Trag mich hinüber, Vetter.«

»Dann fallen wir zusammen hinein! Zieh doch die Strümpfe aus und wate durch, ich werd dir die Hand geben.«

»Waaas? Ich da durchgehen! Das Wasser geht mir sicher bis an die Knie!«

»Allez hopp, was schad denn das, wenn ich mal deine Kniescheib seh!«

»Um alles in der Welt nich!« und sie sah am Bach entlang, ob er nirgends schmäler würde.

»Los, los, Mädchen, eil dich«, mahnte Pallieter.

»Dreh dich um, daß du mich nicht siehst«, sagte sie gebietend.

Pallieter kehrte sich um und hörte Charlot die Strümpfe ausziehen, die Röcke hochschürzen und vorsichtig ins Wasser gehen. Und als sie ungefähr in der Mitte sein mußte, drehte er sich plötzlich um, sah ihre dicken, weißen Oberschenkel und brach in lautes Gelächter aus. Charlot wußte vor Schreck nicht, wo aus noch ein, ließ in aller Eile die Röcke fallen, so daß sie sofort patschnaß waren, und lief dann wie besessen wieder zurück aus dem

Bach, und dann fing sie an Pallieter auszuschimpfen: »Du Affe, du Wasserkopp, du trauriger Held, du scheinheiliger Satan!« usw., bis ihr der Atem ausging. Und Pallieter stand am andern Ufer und lachte, daß er kirschrot wurde.
»Nein«, rief Charlot, »ich geh lieber wieder nach Haus als wie hier durch!« und machte ein Gesicht, als ob sie weinen wollte.
»Nich heulen, Charlot; komm, ich trag dich hinüber!« Und sogleich sprang er über den Bach, nahm die böse Charlot in die Arme und trug sie mit vieler Mühe durchs Wasser. Er brach fast zusammen, und sie klammerte sich an ihn, in jeder Hand einen Strumpf, und murmelte ein paar Stoßgebete. Der Schrecken stand zum Greifen deutlich in ihren Augen.
»Na, siehst du, du frommer Fleischpalast«, sagte Pallieter und setzte sie nieder. Charlot blieb böse und sprach im Weitergehn kein Wort mehr.
Pallieter blickte über das schöne Land und rauchte aus einer großen, hölzernen Pfeife. Die Luft war still wie ein Weiher, und der Rauch stieg senkrecht in die Höh. Ein Sperber hing ganz hoch am Himmel, an dem drei kleine Wölkchen dahinzogen.
Pallieter sah Charlot schmollen und sagte:
»Du mußt heut abend noch an Mariechen schreiben, daß sie jetzt kommen soll.«
»Ach ja!« rief sie laut vor übermäßiger Freude, »das wird fein.« Und den ganzen Weg stand ihr der Mund kein Ave-Maria lang mehr still.
Sie tranken auf dem Bauernhof einen Schoppen und gingen zurück, aber einen anderen Weg, wegen des Bachs. Das weiße Licht der Sonne war nun golden geworden, und die Schatten waren noch einmal so lang. Der ganze Himmel war in einen ›Lämmermarkt‹ verwandelt, lauter kleine, weiße Wölkchen aneinander gedrückt. Das sin-

kende Licht berührte sie, und sie wurden rosig wie neugeborene Kinder. Hinter einem Wäldchen öffneten sich die Fernen, lauter saftiges Weideland. Und, Gott! die Wiesen waren wie Feuer und Flamme.

»Charlot, hör auf mit Mariechen!« rief Pallieter. »Der Sauerampfer brennt! Der Sauerampfer brennt!«

Ein jedes Blatt von dem frischgeschossenen Sauerampfer schlürfte einen Tautropfen Sonnenlicht in sich hinein, jedes Blatt brannte davon, die ganze Welt brannte davon! Pallieter zitterten fast die Beine vor Bewunderung, und er sagte:

»Künstler mit und ohne Haar, kommt allesamt herbei und werft alle Galle und saure Milch in den Ofen.«

Es war wie brennendes Wasser, es war wie Licht im Licht, es war wie Geist im Geist, wie etwas, was nicht mehr von der Erde war.

»So komm doch«, meinte Charlot, »was is denn an rotem Sauerampfer zu sehn.«

»Wart, bis es aufhört!« und Pallieter rührte sich nicht mehr.

»Dann geh ich allein weiter«, sagte Charlot und nahm ärgerlich die Kanne an den Arm und schritt, schiefgezogen von dem Gewicht der Buttermilch, durch die krummen, schmalen Wege...

Die Erde drehte sich von der Sonne weg, und als im Westen noch ein paar Flammen geflackert hatten, hing der Osten schon voll blauer Dunkelheiten mit einem weißen Stern.

Da ging Pallieter weiter.

Der Abend füllte den Himmel. Die Bäume standen schwarz und still, und ein Stern nach dem andern kam im tiefen Blau zum Vorschein. Pallieters Herz öffnete sich vor dem Frieden im weiten Lande. So still, wie die Welt um ihn, so still war es in seinem Herzen.

Zwei Bauern gingen mit gebogenen Knien über den Weg, jeder mit einer hohen Sense über der Schulter – sie schwiegen und rauchten, und vergehendes Licht leuchtete an den Spitzen des Stahles.
Von fern kam ein langsames, dumpfes Wagengerassel durch die Stille.
Auf einmal erkannte Pallieter die Frau von Petrus, dem Storchen, die regungslos und aschgrau im Abendlicht auf ihren Stelzbeinen in einem Tümpel stand und noch auf Fische lauerte.
Der Duft der schlafenden Blumen zog zart über das niedergebogene Gras.
Das Wagengerassel war nun nahe herangekommen, und Pallieter sah im fahlen Lichtschein über der Erde die stampfenden Pferdehufe und das unregelmäßige Auf und Ab der hohen Räder.
Und oben auf dem aufgeladenen Gras erkannte er die Magd eines Bauern aus der Nachbarschaft.
»He«, rief Pallieter, in einem plötzlichen raschen Einfall, »darf ich zu dir auf den Wagen kommen?«
»Ja, komm nur!« sagte sie erfreut.
Und er machte zwei Sätze nach oben und saß neben ihr auf dem weichen Gras.
Er legte sofort den Arm um ihre dicken Hüften, und die Stöße des Wagens schoben seinen Leib gegen den ihren. Er umfaßte sie fester und gab ihr einen Kuß auf die kugeligen, festen Wangen. Und dann fing er an, ihr alles mögliche zu erzählen, was sie mit gedämpftem Kichern beantwortete.
Das Pferd ging in gleichmäßigem, trägem Schritt weiter, und der Wagen rasselte lauter im herankommenden Abend.
Stille umringte die Welt, und die Sterne standen größer und zahllos an der schieferblauen Himmelsdecke.

Eine Eule flog mit schlappen Flügeln dicht über den Wagen...
Sie lagen schweigend nebeneinander und sahen nichts als den ungeheuren Himmel, und die Sterne wanderten mit ihnen mit. So rasselten sie weiter, bis das Pferd auf einmal wieherte.
Sie sprang auf und sagte hastig: »Schnell, hinunter! Wir sind da! Eil dich!«
»Noch einen Kuß! Bis zum nächsten Mal!«
Und er sprang mit einem Satz vom Wagen hinunter.
Sie gab keine Antwort, rief dem Pferd ein »Hü!« zu und zog die Zügel fester an.
Pallieter sah den schneller fahrenden Wagen sich im Dunkel verlieren und sagte zu sich selber: »Unerwartete Liebe schmeckt am besten.«
Und pfeifend ging er über die fruchtbaren, schlafenden Felder nach Haus.

Mariechen war gekommen!
Sie war schon drei Tage da, und Pallieter war froh wie eine Amsel im Frühling.
All der innige Genuß, den das freie Feld ihm gab, wurde ihm nun auch in reichem Maße durch sie zuteil.
Es war, als ob sie die Natur in Person sei. Er durfte ihr ganz frei gegenüberstehen, so wie er sich unter den Schlüsselblumen und dem Schilf fühlte.
Sie war offenherzig wie der Wind, der seine Lieder über die Nethe rollt; und sie war gut wie die Erde, die Schwertlilien und Klee gibt.
Ihm wurde warm, wenn er sie ansah, und in ihrer Gegenwart ging ihm das Herz auf.
Alles an ihr war lebendiges Leben; wenn ihr Mund lachte, war es, weil ihr Herz lachte; dieses Fleisch war gesund und voll frischer Lebenskraft, wie ein Stück Erde im April. Es war Saft!
Wer die Natur lieb hatte, mußte auch sie lieben. Und Pallieter tat das. Ach, wie freute er sich, daß sie da war; er hätte sie aufknacken und aufessen und ihr weh tun mögen, er wußte selbst nicht, aus was für einem Gefühl. Er sagte: »Wenn die Erde je einen Menschen machen würde, so müßte sie einen wie Mariechen machen.«
Während sie auf dem ›Reinaert‹ wohnte, feierte die Welt das Fest des Hochsommers.
Die Hitze stand drückend über der Welt, und der Saft kochte in den Bäumen. Aber zur rechten Zeit kamen laue, milde Regen, die die Erde fettig hielten, und die Luft blieb frisch und rein.
Das war ein übergroßes Glück für das innerste Leben der Erde, denn nun konnte sie alles geben, womit ihr Herz

vollgepackt war; und wie die steigende Flut der See wogten alle ihre Reichtümer in die Höhe.
Die Gehöfte waren rot vor Kirschen und die Felder gelb vor Korn.
Das Gras stand dicht wie Mohrenhaar, und die Schmetterlinge, diese wandelnden Blumen der Luft, wimmelten wie Blätter im Herbst über die blumengeschmückten Wege. Waren je so viel Hechte in der Nethe und so viel Aale in den Gräben?
Es fehlte nur noch Milch und Honig in den Bächen.
Aber für Pallieter war es auch so gut. Denn ist nicht jede Gegend der Erde ein Gelobtes Land, wenn nur der gelobte Mann dazu da ist? Setzt einen Pfennigfuchser oder einen Kaufmann hinein, und die Milch wird dünn und blau und der Honig voll Kartoffelmehl... Aber es war ein doppelter Sommer, einer unter tausend!
Und an einem solchen Morgen, als der Tag noch kaum am Himmel aufstieg, wachte Pallieter schon mit Singen auf. Doch auf einmal schwieg er, denn er sah von seinem Bett aus die ersten Mäher in den Wiesen stehn.
Sein Herz klopfte, und er lief im Hemd nach Mariechens Kammer und rief durchs Schlüsselloch: »Die Mäher stehn im Gras, komm schnell!«
Darauf lief er zurück in seine Kammer, stürzte sich in die Hose und fing wieder an, an Mariechens Tür zu rufen und zu klopfen.
Nach vielem Radau ging die Tür auf, und da stand Mariechen auf bloßen Füßen, in einem roten Kattunkleidchen und einem weißen Taschentuch um den Hals.
»Ach wie schön!« entfuhr es ihm, und es war, als ob er an jedem Finger einen Draht hätte, der ihn zu Mariechen zog. »Komm,« rief er, »oder ich falle um!« Und er faßte sie bei der Hand, und sie flitzten die Treppe hinunter, steckten die Füße in geschwärzte Holzschuhe und liefen in den

Garten. Aber drinnen im Stall stampfte die Stute, und Pallieter bekam auf einmal den guten Einfall, zu reiten. Sie drehten die Stalltür auf und holten Beiaard, die weiße Stute, heraus.
Es war ein Koloß von einem Pferd, mit fingerdicken Adern.
Es schüttelte den großen Kopf; und die dicke, lockige Mähne, die auf beiden Seiten seines breiten Halses hing, flatterte wie eine Fahne. Ab und zu lief ein wohliges Zittern durch seine Haut und die dichtbehaarten Hufe stampften Löcher in den Boden, und der lange Schwanz schlug hin und her.
Es wieherte, und es war wie ein festliches Gelächter, das über die Felder sprang. Pallieter hob Mariechen rittlings auf den hohen Rücken und setzte sich hinter sie. Sie versanken alle beide hinter dem stämmigen Pferdehals und mußten die Köpfe zur Seite biegen, wenn sie etwas von der vor ihnen liegenden Landschaft sehen wollten.
Und das schäumende Maul auf die breite Brust gebogen, stampfte Beiaard über den Nethedeich, und seine großen Hufe schlugen flach und schwer wie Hämmer in den roten Sand. Alles bewegte sich, was an ihm war; es genoß und schnob die klare Morgenluft auf und spielte wie ein Fohlen, warf den Kopf hoch und zur Seite, schlug mit den Hinterbeinen aus und wieherte anhaltend.
Es war frisch draußen und duftete besonders fein. Der Reichtum der Nacht lebte noch unter dem Gras, und über der Nethe reckte und kräuselte sich ein wenig weißer Dunst, aber die Fernen waren klar.
Drei Lerchen hingen trillernd am lichtgrünen Himmel, und der letzte Stern verwässerte in dem auseinanderströmenden Licht der aufgehenden Sonne.
Sie kamen an die Wiesen, die hie und da mit Gruppen von Mähern besetzt waren.

Pallieter ließ die Stute halten und blickte mit frohem Gemüt über das reiche Sommerwerk.
Schon zogen sich breite Straßen von abgeschnittenem Gras hindurch, Bächlein wurden hie und da sichtbar und der Grassaftduft kam stoßweise aus den hellgrünen, abgemähten Plätzen.
Überall summten die Sensen; von allen Seiten ertönte Wetzen und Klopfen auf dem klingenden Stahl, und die Worte von Männern und Frauen – klein und winzig unter dem gewaltig hohen Himmel – wurden in den weit ausgedehnten Wiesen groß und lang.
Und dann öffnete sich die Sonne und füllte die Welt mit Licht bis über den Horizont.
Das ließ Strahlen aus den Sensen sprühen.
»Komm,« sagte Pallieter, »die Sonne hat die Sensen geweiht.«
Und mit einem »Hüh!« ritten sie weiter über den weichen Weg, an den rauschenden Bäumen vorbei, ins freie Feld hinein.
Beiaard trabte in gleichmäßigem Schritt, und seine Hufe stampften, daß ihnen die Erdklumpen über die Köpfe flogen. Sie lachten vor Genuß und ließen sich mit auf und nieder wippen.
Die Pferdewärme drang durch ihre Schenkel, und um ihre Köpfe strömte die frische Morgenluft.
Sie ritten an großen Kornfeldern hin, mit rotem Mohn und blauen Kornblumen am Rand.
Manchmal kam ein Windhauch über die Ähren gezogen, und dann glitt ein Schimmer von bleichem Gold über das gelbe Korn.
Ein Hase schoß quer über den Weg, und dort in frischgepflügter Furche krähte ein grüner Hahn zwischen weißen Hühnern.
Tauben kreisten über den Bauernhöfen und waren bald

schwarz und dann wieder weiß, und manchmal schienen ihre Flügel durchsichtig in der Sonne.
An diesem Morgen war irgendwo ein Kuckuck.
Mariechen lachte, und das Spitzchen ihres weißen Halstuchs stand steif nach hinten und flatterte zitternd vom Wind und vom Reiten.
Da sie rittlings auf dem Pferd saß, waren durch das Schütteln ihre Röcke höher und höher gerutscht, und so sah Pallieter ihre nackten Beine in ganzer Länge und über ihrem rechten Knie die weiße Zwirnspitze ihrer Hose.
Und es ließ ihn das Feld und den allerblauesten Himmel vergessen.
Er konnte fast nicht sprechen, und sein Herz klopfte in schnelleren Schlägen. Wundervoll und ausgelassen wurde ihm zumute davon; und er bückte sich nach den Kornähren, zog eine Handvoll aus, mit Wurzel und allem, und schwenkte sie über seinem Kopf.
Er rief: »Hü, hü!«, und Beiaard trabte schneller und streckte den Leib.
Es wurde ein schneller Ritt jetzt auf dem weichen Weg, der sich drehte und wendete, wie ein Wasserlauf in den Ardennen.
Beiaard hing bei den Biegungen zur Seite, und Mariechen krampfte die Hände in die Mähne und quietschte vor Lachen. So kamen sie auf den höchsten Punkt im Felde, das voller Grün und Korn war.
Da blieb Beiaard stehen und stillte seinen Durst an einer Quelle.
Mariechen drehte sich nach Pallieter um und war außer Atem, ihre Brüstchen gingen schnell auf und nieder, sie konnte fast nicht sprechen und trocknete sich den Schweiß mit dem Halstuch ab.
Sie betrachtete Pallieter zufrieden, und ihre Augen wurden größer als sonst. Er tippte ihr auf die Hände und

zeigte ihr die vier Türme, die man von hier aus sehen konnte: Duffel, Mylstraat, Huut und Mecheln.
Nun lag der ›Reinaert‹ weit weg, ganz weit hinter den Bäumen am hintersten Nethebogen. Von hier aus war das Netheland üppig und auserwählt als die Brust der Erde.
Die Kornfelder und brauner und grünbebauter Boden mit Bauernhöfen und hohen Bäumen darauf senkten sich, in ungleiche Vierecke geteilt, zu den tiefgelegenen Wiesen hinunter, die nach der Nethe zu sanken; und am andern Ufer stieg die gleich fruchtbare Erde in die Höhe, aber sie war unsichtbar durch das starke Sonnenlicht.
Das Licht hing in dem Tal wie ein dichter Wind, und Pallieter und Mariechen konnten nur mit einem geschlossenen und einem offenen Auge die Weite betrachten.
Und mit der flachen Hand über das Tal hinweisend, sagte Pallieter:
»Das ist meine gute Stube! mein Salon! Der Himmel ist meine Decke, die Sonne meine Uhr, das Gras ist mein Teppich, der Regen meine Gardinen, aber... mein Bett ist ohne Frau!«
Mariechen wurde rot, lächelte, sah ihm einmal ganz unbewußt rasch in die Augen und senkte dann den Blick. Pallieter hatte es gesehen, es sagte ihm mehr als genug, und es war, als ob ihm eine Tür geöffnet wurde, voll von duftenden Äpfeln.
So war denn eine Stille rings um sie her, während sich in ihren Herzen das Höchste vollzog.
Aber plötzlich kam aus dem hellen Himmel ein gewaltiges Summen. Sie sahen beide in die Höhe, und, Gott! ganz oben an dem grellblauen Himmel hing ein weißes Eindeckerflugzeug, das mit lautem Schnurren und Brum-

men gleichmäßig wie auf Wasser durch die Luft zog. Mit beiden Armen darauf hinzeigend, stieß Mariechen einen Schrei aus, und Pallieter schwieg vor Ergriffenheit wie ein Stein; er fluchte innerlich vor Bewunderung, wurde heiß wie Milch, und Tränen traten ihm in die Augen.

Wie war das schön: graziös wie ein Reiher, ohne Schock und Stoß, trieb es ruhig durch die Luft, mit den Flügeln und dem Schwanz grellweiß gegen das warme Blau.

Die Luft war erfüllt von stählernem Summen, und alle Menschen im Tal liefen von ihrer Arbeit weg und aus den Häusern heraus und sahen in die Höhe.

»Ein Engel kann nich dagegen an«, flüsterte Pallieter.

»Nein«, sagte Mariechen, »ich kann meinen Augen nich trauen!«

Es war, als ob etwas Heiliges über die Welt käme. Die Tauben schossen erschrocken davon, und überall ertönten Stimmen von rufenden Menschen.

Aber auf einmal wars, als ob das Flugzeug still stünde, wie's ein Falke macht, wenn er sucht; es machte eine Schwenkung, schnitt zierlich einen Halbkreis über die Landschaft, und dann auf einmal flog es in einer geschmeidigen Linie senkrecht aus der schwindelerregenden Höhe nach unten und landete glatt wie eine Krähe in den Wiesen am anderen Ufer der Nethe.

Die Kühe, die ruhig grasend dagelegen hatten, sprangen erschrocken auf und rannten in großer Verwirrung davon; es waren welche dabei, die stallend wegsausten, die Beine auseinander und den Schwanz in die Höh.

»Komm!« brüllte Pallieter.

»Aber das Wasser!« rief Mariechen ängstlich.

»Wasser, Wasser, Wasser! übers Wasser, hü!...«

Und er gab Beiaard zwei Tritte, packte den Zaum und heidi, da holte Beiaard aus und raste vorwärts.

Das Pferd griff aus, die Hufe berührten kaum noch den Boden, und Mähne und Schwanz standen waagerecht nach hinten. Es ritt die Luft entzwei, und Erdklumpen flogen in die Höhe und in die Bäume.
Pallieter und Mariechen saßen gebückt, hoben sich hoch, um leichter zu sein, und die Bäume schossen vorbei; das Korn war ein bleiches Rauschen und der Boden ein rieselndes Wasser.
Pallieter schrie und fluchte nur immer: »Hü, hü!«
Geradeaus ging der Ritt, ratsch durch den Wirsingkohl und die Rüben, über die Gräben, durch Erlengebüsch, immer geradeaus, die Erde dröhnte, Vögel schossen auf, und Hühner stoben gackernd auseinander.
Pallieter blickte auf. Auf allen Wegen und durch die Felder kamen Menschen herangelaufen, und da, da lag die Nethe hoch und still.
Pallieter verlor die Holzschuhe, Mariechen stieß einen Schrei aus, und Beiaard plumpste donnernd in das weiche Nethewasser. Es war, als ob eine Bombe platzte, ein Sprühen wie von hundert starken Springbrunnen; das Wasser wogte auf, platschte weiße Wellen in die Höhe und schnalzte und schlug bis auf den Deich.
Das Wasser ging ihnen bis an die Brust und schlug ihnen über die Schultern. Schnaubend schwamm Beiaard durch das Wassertosen hinüber und hob sich mit viel Mühe, tropfend wie eine Regenwolke, auf den Deich.
Dort lag das Flugzeug, ringsherum von Menschen umgeben, man konnte über die Köpfe laufen, und zu dritt, eine Unmenge von Wassertropfen umhersprühend, kamen sie heran. Die Leute stoben verblüfft auseinander, und da lag das Flugzeug, weiß und leicht, als ob mans nur so mit einer Hand hochheben könnte.
Es waren zwei Flieger, beide im Lederrock mit einer wollenen Mütze über den Ohren.

Während der eine Öl in den Kasten goß, machte sich der andre an der gewaltigen Schraube aus Birnbaumholz zu schaffen.
Pallieter fragte: »Was verlangt ihr für eine Runde über die Schelde?«
Die beiden Männer lachten über diese Frage und weigerten sich bestimmt. Aber Pallieter drang weiter in sie und erhöhte den Preis so lange, bis sie endlich nachgaben.
Er rieb sich die Hände und sagte: »Jetzt fahren wir zusammen ins Reich der Sonne.«
»Es ist nur Platz für zwei«, bemerkte der Steuermann.
Das fiel wie ein Stein auf Pallieters Herz.
»Das is schade, Kind«, sagte er, »aber ich nehm dich mit in meiner Seele.«
Mariechen wurde auf einmal verlegen und streichelte dem Pferd die Mähne...
Einer der Flieger gab Pallieter seinen ledernen Rock, und daß seine Hose patschnaß war, das schadete auch nichts, das machte frisch!
Er saß nun hinter dem Flieger, der das Steuer hielt, der andere zog ein paarmal an der Schraube, die sich auf einmal so schnell drehte, daß sie unsichtbar wurde, und Pallieter kriegte die Gewalt von tausend Winden gegen die Nase, den Männern flogen die Hüte vom Kopf und den Weibern die Röcke in die Höhe.
Die Schraube brüllte, und da rollte das Ding fünfzig Meter hüpfend dahin und löste sich vom Boden, ohne daß Pallieter etwas davon gemerkt hatte.
In einem Nu sah er die Bäume bereits unter sich, die Leute liefen bewundernd mit, und dort ritt, rot auf einem weißen Pferd, Mariechen am Deich entlang. Sie winkte mit dem Taschentuch und rief: »Bis nachher, bis nachher!« Aber davon hörte er nichts, wegen der Schraube.
Mit gewaltiger Schnelligkeit stieg das Flugzeug höher und

weiter. Er blickte erstaunt über die Welt, die unter ihm lag, wo alles ineinanderkroch und verschmolz. Es war, als ob er sitzen bliebe und die Erde, sich schnell drehend, in die Tiefe stürze. Nichts Schweres war mehr an ihm, als ob er ohne Körper sei.

Höher und höher! Und überall sah er blaue Horizonte, die sich weiter und weiter ausdehnten. Was waren nun der Beginenwald, die Häuser, die Dörfer, Türme, Felder und Bäume und die Nethe! Es war so klein, als müsse man es mit der Lupe besehen.

Überall war es hell, und viertausend Meter unter ihm lag die ganze weite Welt, schön und herrlich und berückend, wie die Auflösung von einem großen Geheimnis.

»Ach, wie schön is die Erdkugel!« rief Pallieter.

Der ganze Himmel war erfüllt von dem Geräusch der Schraube. Es war, als ob sie darauf getragen würden.

Pallieters Seele wuchs vor Glück; so auf der freien Luft zu sitzen, ein Teil des Windes zu sein, durchzittert und umringt zu werden von Licht und Luft, und hindurch zu ziehen und zu schneiden wie ein Pfeil, auf dem Wege nach etwas Ewigem. Es war, als ob er betrunken würde von dem weiten Raum. Und da unten lag die Welt, so schön und innig in Sonne und Farbenpracht, so voll, so vollkommen, mächtig und heilig, wie das Ende aller Dinge.

Pallieter war gerührt davon und sagte fluchend: »Wie schön, wie schön!« ... und dann ... »Hab Dank, du liebes Herrgöttchen, daß du mich auf die Erde geblasen hast!«

Aber durch die Tiefe buchtete schmal und glitzernd die Schelde durch die Gegend, und daneben lag ein handgroßer, roter Fleck, das war Antwerpen, die große Stadt mit ihren tausend Häusern und hundert Straßen! Und ganz weit, weit dort hinten, wo der Strom sich am Horizont verlor, lag weiß und mattblinkend das große Meer! Und dort hinten lag Brüssel, Mecheln und überall kleine Städte

und Dörfer! Pallieter konnte zehn mit einer Hand bedekken, und er sagte:
»Da wohnen nun die Menschen! da wohnen sie nun, die alle meinen, daß sie immer recht haben!... Ein Furz in einer Flasche. Ach Thomas a Kempis, wenn du einmal in einem Flugzeug gesessen hättest, dein Büchlein wäre noch tausendmal schöner geworden.«

Sommerregen

Der Abend kam, und ein Duft von weißen Rosen hing in der gelben Luft.

Pallieter war ruhig und rauchte langsam seine Pfeife, während er, an einen Baum gelehnt, seinen frischgeharkten Garten betrachtete. Der gewaltige Genuß von Licht und Luft hatte sich mit dem Abend in ihm gelegt, und nun herrschte eine große Ruhe in seinem Herzen.

Der Rauch, der aus den Schornsteinen des Beginenhofs stieg, zerfloß zu einer weißen Linie, die regungslos vor den Alleebäumen hängen blieb.

Drei reine Glockenschläge klangen aus dem Türmchen, und es war, als ob dreimal auf Pallieters Herz geklopft würde.

Das Türmchen hob sich schwarz von dem ambergelben Himmel ab, und Pallieter schlenderte über den Wall dem einsamen, weißen Beginenhof zu.

Die graue Dämmerung zitterte an den weißen Mauern entlang, und die Pflastersteine lagen bleich da. Die Häuser schienen noch einmal so hoch, da die Türen nun geschlossen waren, und die Stille füllte die Straßen. Nur zwei Schwalben schossen zwitschernd hoch oben durch die Luft.

Pallieter ging auf den Zehen, lauschte auf die Stille und betrat die Kirche. Es war niemand darin. Die glänzenden Stühle standen ernsthaft in Reihen, und die Ewige Lampe war wie ein Auge. Er setzte sich nieder, und die ungebrochene tiefe Ruhe machte, daß er vor Friedensgefühl die Augen schloß. Seine Seele öffnete sich in ihm, und alles andere war wie ein vergessener Traum... so saß er.

»Ich habe Gott gefühlt, aber ich bleibe doch Mensch«, sagte er.

Als er heraus kam, war der Himmel nicht mehr gelb, es hingen graue Wolken davor, aber der Tag war noch nicht tot.
Bei Pallieter standen alle Türen auf, und es war noch dunkel im Haus. Es war niemand da...
Im Schuppen sah er die Spitze der schweren Sense funkeln und bekam ein Verlangen, damit zu arbeiten. Im Garten ließ eine Amsel ab und zu ein paar frohe Töne erklingen, und Pallieter meinte: »Das gibt Regen.«
Er machte sich daran, das Gras auf der Pferdewiese zu mähen. Er wetzte den Stahl, und es klang weithin in den stillen, schweren Abend. Er zog die Sense durch das Gras, das Gras fiel um, und der Stahl summte.
Pallieter machte weitausholende Bewegungen beim Mähen und hob sich riesig und dunkel vom bleichen Lichte des gestorbenen Tages ab, und das Licht blieb an seiner Sense hängen.
Auf einmal raschelte es im Gras, und in der Dämmerung sah er einen Strauß gelber Blumen und weiß darüber Mariechens Haupt. Er war froh, und sie kam näher und sagte voll Bewunderung: »Es war, als ob ein Riese am Mähen sei.«
»Laß mich mal riechen«, sagte Pallieter, und er drückte sein Gesicht in die weichen Blumen.
»Sie sind für dich«, jauchzte Mariechen still.
»Ich riech deine Seele darin, ach komm« – – und er nahm die Blumen in den Arm und sah sie dankbar an. Er fühlte sich wie ein Kind.
»Komm«, flüsterte er, »setz dich hin und erzähl mir, wo du sie gepflückt hast.« Er setzte sich ins abgemähte Gras und legte den Strauß auf seinen Schoß. Sie setzte sich neben ihn und erzählte langsam, daß sie mit Charlot nach der Kapelle von Sankt Anna gegangen war, um zu beten; unterwegs hatte sie einen Bauern um die schönen Blumen

gebeten, weil er, Pallieter, so oft nach ihrem Honigduft verlangte.
Sie schwiegen. Die Bäume standen ganz still, und aus der dunklen Küche kam das laute Rosenkranzgemurmel von Charlot. Plötzlich sagte Mariechen aufschreckend: »Ein Tropfen, es regnet!«

Pallieter hielt die Hand auf, und nach einer Weile klatschte ein großer Tropfen darauf. »Das is gut, wie geschmolzene Butter«, bemerkte er.
Und aus dem unsichtbaren Himmel fiel langsam ab und zu ein großer Regentropfen. Bald hier, bald dort. Sie hörten sie auf die Bäume klopfen, fühlten sie auf ihre Hände und auf ihre Nase kommen und in den gepflückten Blumen ersticken. Manchmal kamen viele, wie mit voller Hand ausgestreut. Dann wars wieder still, und nach ein paar Herzschlägen hörte man hier und da wieder einen fallen. Jeder Tropfen bekam einen besonderen Wert.
Blumendüfte stiegen auf und flossen langsam und erregend um sie her, und die Amsel im Garten stieß klingende Töne aus ihrer glatten Kehle. Es waren wollüstige Töne, voll Wonne über das erquickende Wasser an ihrem kleinen Leib. Es schien Pallieter, als ob der tolle Vogel mit

einem von den angenehmen Tropfen im Schnabel singe, so perlten, tanzten und schlugen die hellen Klänge in der Luft herum. Es waren Töne dabei, die sie selbst genoß, lange aushielt, wieder einzog und dann wie eine glatte Kugel kristallklar hinausstieß.

Und »Gegrüßt seist du, Maria« ging es in einem fort in der Küche. Ihr Gebet war wie etwas, das wächst.

Pallieter fing mit der Zunge einen Tropfen von seinen Lippen, blickte Mariechen an und sagte gerührt: »Is dieser Abend nich, um zu zerfließen, Mariechen?«

Sie sah ihn an und schwieg. Er nahm ihre Hand, die naß war, und verbarg sie unter seinen Fingern.

»Ach Mariechen!« fuhr er fort und hätte ihre Hand zerbrechen können, denn das Herz schwoll ihm vor Liebe. Und es war, als ob seine Seele ausbrechen müßte.

Er zog sie näher zu sich heran, aber sie senkte den Kopf, und er sah nichts mehr von ihrem Gesicht.

»Mariechen!« sagte er noch einmal mit einem Seufzer, doch sie rührte sich nicht und schwieg. Und die großen Regentropfen fielen langsam und schwer auf die Blätter, und die Amsel zog flötend den letzten Lichtschimmer aus dem Himmel. Aber in der Küche wurde es still, plötzlich schoß gelbes Licht in das Fenster, und Charlot rief an der Tür: »Kommt schnell herein, es regnet, und das Essen is beinah fertig!«

Mariechen zog die Hand aus Pallieters Fingern, stand auf und ging weg, ohne ein Wort zu sagen.

Pallieter blieb liegen, erstickt von dem Glücksgefühl, daß Mariechen ihn auch lieb hatte; er streckte die Beine aus und ließ den milden Regen wie Balsam betäubend auf sich niederströmen.

Es war brühheiß und schwül. Die Sonne brach den Boden auseinander, die Gemüse standen wie in Quaderstein und waren schlapp wie Spüllappen.
Pallieter und Mariechen saßen im blauen Schatten von Sonnenblumen und Holunder und aßen frisch gepflückte Kirschen aus seinem Strohhut. Der Holunder duftete stark, und die Sonnenblumen waren voller Hummelgesang.
Pallieter stand einmal auf, um sich zu recken, und rief: »Mieteke, guck doch nur das Licht, das Licht! Es is wie Musik!«
Mariechen stand auf und betrachtete das grellbeleuchtete Land mit der Hand über den Augen.
Es rührte sich keine Menschenseele, und alles war tot und still. Die Hitze tanzte über den Wegen wie über einem Ofen, und die Stille lag wie Blei auf der Welt.
Pallieter sah, wie köstlich die Sonne auf Mariechen schien und wie hübsch die roten Kirschen, die er ihr wie einen Korallenschmuck an die Ohren gehängt hatte, ihrem lieblichen Gesichtchen standen. Und als sie merkte, daß er sie betrachtete, rief sie, mit dem Körper wippend:
»Wollen wir Kahn fahren?«
»Wer zuerst an der Nethe is!« sagte Pallieter, und so rasch sie konnten, liefen die beiden durch den Garten in die lichtsprühenden Felder hinaus. Sie kamen zu gleicher Zeit an, und Pallieter hob Mariechen wie eine Feder auf den Deich.
Sie stiegen in das schaukelnde Bootchen, als Charlots fette Stimme ertönte:
»Aber seid ihr denn verrückt, bei so einer Hitze Kahn zu fahren! Eßt lieber noch 'n paar Kirschen!«
»Wir essen Sonne!« rief Pallieter zurück, und nach zwei starken Ruderschlägen ließen sie sich mit dem Strom

treiben durch das backofenheiße Land, das sie nun ringsherum in seiner glühenden Beleuchtung liegen sahen. Mariechen saß hinten, Pallieter vorn, und sie ließen die Hände ins laue Wasser hängen.
Sie schwiegen und blickten sich von Zeit zu Zeit heimlich ins Gesicht, und dann war ein Lächeln um ihren Mund und ein Glitzern in ihren Augen. Sie trieben sanft weiter und sahen die vordersten Felder und Bäume langsam vorbeigleiten, während der Horizont und die fernen Heuhaufen mitzogen. Und über diesen großen Landzipfel ging kein Hauch. Mariechen drückte die Stille so schwer, daß sie bat: »Spiel doch ein Liedchen!«
»Ich hab meine Flöte nich da!« sagte Pallieter.
»Dann sing eins!«
Und er sang: »Es waren zwei Königskinder.«

»Hier is nur ein Unterschied,« sagte Pallieter, als er zu Ende war, »daß Charlot, die alte Betschwester, noch vier Lichter dazustecken würde, damit der Jung nicht ertrinkt.«
Mariechen bekam einen roten Kopf.
Aber da sah Pallieter an einem Bogen der Nethe einen Fischer regungslos wie ein Steinbild stehen und mit einer

Schnur angeln, und er rief: »Der wart wieder auf einen, den er noch nie gesehen hat!«
Der Fischer blickte gleichgültig auf und senkte dann rasch wieder die Augen nach dem roten Pfropfen.
Sie trieben weiter, und Mariechen jauchzte auf einmal, nach dem Himmel zeigend:
»Gewittertürme, Gewittertürme!«
Und wahrhaftig, von allen Seiten stiegen hinter dem waldumsäumten Horizont dickgestopfte, schmale Wolkenköpfe in die Höh. Sie waren wie rauhe Säulen, auf denen der blaue Himmelsschädel ruhte.
»Hast du Angst vor dem Gewitter?« fragte Pallieter.
»Ach nein, ich habs gern!«
»Hussa, dann wollen wir Kirmes feiern! Laß sie nur kommen!« Und er rieb sich mit strahlendem Lächeln die Hände.
Ein Schatten lief dort hinten über das feurig glänzende Land und versetzte im Handumdrehen die Welt in Dämmerlicht. Sie fuhren weiter, und unterdessen begannen die hohen Wolken am Himmel durcheinander zu wühlen, die stolzen weißen Säulen wurden zusammengedrückt und auseinander gebogen und wieder zusammengemengt zu bleigrauen Lappen, die das Blau des Himmels abschlossen, und es war wie ein großes, graues Zelttuch, das über die Welt gespannt war.
Starke Windstöße kamen und trieben den Sand der Wege in hohen Wolken vor sich her. Die Bäume klapperten und heulten; wie weiße Papierchen wehten die Tauben am dunkeln Himmel hin, und ein großer Fleck Krähen schwang sich wie ein Haufen Lumpen auf einen Turm.
Aber auf einmal legte sich der Wind, und es kam plötzlich eine tiefe Stille, daß ihnen der Herzschlag aussetzte. Und dort, über der Nethe, in dem violetten Dunkel flammte eine rote Zickzackschlange am Horizont entlang, und

dumpf polterte hinter den Wolken ein zögernder Donner durch die Welt. Aus fernen Gehöften blinkte Licht von geweihten Kerzen.
Von drei Seiten, jetzt höher am Himmel, flammte der Blitz; Donnerbomben krachten und grollten und trommelten, daß die Erde zitterte und bebte.
»Nun gehts los, nun gehts los!« schrieen Pallieter und Mariechen.
Da fielen die ersten großen, lauen Tropfen auf ihre dünnen Kleider. Sie klatschten kühl auf ihr durchwärmtes Fleisch, und das tat wohl bis ins Innerste. Und dort über den Bauernhöfen verschleierte sich die Landschaft hinter brausendem Regen, der eilig herangesaust kam und auf einmal klatschend auf das Wasser platschte. Es strömte Wasser, und in einem Nu waren sie patschnaß.
Der Regen strömte mit Eimern über das Land, der Dunst stand einen Meter hoch über dem Boden; die Blitze flackerten, stießen zusammen, schlängelten sich durcheinander, und der Donner krachte und ratterte, daß ihnen Hören und Sehen verging. Eine Bäuerin lief mit den Röcken über dem Kopf über die Felder auf einen Holzhaufen zu.
Aber Pallieter und Mariechen lachten vor Genuß; das Wasser floß ihnen nur so über die Gesichter, daß sie glänzten wie ein Spiegel.
Sie fuhren weiter und kamen an die Weide, wo die Pferde und Kühe des Müllers unruhig brüllten und stampften. Pallieter bekam auf einmal einen herrlichen Einfall.
»An Land, an Land!« rief er.
»Warum? Was is los?« fragte Mariechen.
»Zu Pferd oder zu Kuh, hopp!«
»Oh, das is gut, das is gut!« jauchzte sie, und sie sprangen beide ans Ufer. Pallieter setzte Mariechen auf eine große, gelbe Stute.

»Halt dich an der Mähne fest«, rief er und sprang auf das erste beste Pferd, klatschte dem unruhigen Tier mit der flachen Hand aufs Hinterteil, daß es plötzlich, wie ein Pfeil vom Bogen, davonschoß, gefolgt von allen Kühen und Pferden, zwanzig an der Zahl.
Und die Masse galoppierte vorwärts in dem klatschenden Regen, wie ein Stück lebendiger Erde. Mariechen hielt sich fest an der üppigen Mähne der sich bäumenden Stute und lachte in hellen Schreien. Pallieter saß treu auf seinem Pferd, schwenkte die Arme und heulte aus seiner starken Kehle das schmetternde Lied der Walküren von Wagner. Es klang wie eine Trompete.
Und es donnerte, blitzte und regnete, als ob das Jüngste Gericht gekommen sei. Und mitten hindurch trabte der wiehernde, brüllende Block von Pferden und Kühen blindlings vorwärts, wie eine Macht, die alles verwüsten wollte, und der Boden dröhnte, hämmerte und stöhnte unter der schweren Last, und die Erdklumpen flogen über die Häupter der stoßenden Leiber.
Mariechens nasse Haare hatten sich gelöst und flogen durch die Schnelligkeit wie ein Fächer auseinander. Pallieter brachte sein Reittier zum Schwenken, und schneller schleuderte sich der dichte Fleischklumpen vorwärts, wie eine Macht, die gegen die Macht des Himmels tobte. Aber über das Brüllen, Wiehern, Donnern und Stampfen schmetterte begeistert Pallieters »Ta, ta, ta, ta!« Es war gewaltig!
Und als das kurze Gewitter nachließ, hielt Pallieter still, und die plumpe Masse blieb stehen, dampfend und glänzend in dem neuen Sonnenschein, der durch die ausgeregneten Wolken in goldenen Bündeln auf die Erde strahlte.
Und ein schönfarbiger, klarer Regenbogen spannte sich triumphierend über die ganze Welt. Pallieter, noch zu

Pferde und naß bis auf die Haut, sah sich nach Mariechen um, die, tropfend vom Regen, mit offenen Haaren, keuchend und strahlend vor Glück und Lebensgenuß, ihm von ihrer riesigen Stute aus zulachte.
Er sah durch die nassen, weißen Musselinkleider, die durchsichtig auf ihrem rosigen Körper klebten, ihre schönen Formen abgezeichnet, die Linien ihrer Hüften und der Schenkel und die Spitzen der jungen, aufrechtstehenden Brüste.
Er sah sie da so glücklich und stolz und weiß gegen den dunkelnden Himmel stehen, hinter sich die glänzende, hellgrüne Sonnenlandschaft, mit Bäumen, Häusern und Mühlen, und über ihrem Haupt den mächtigen Regenbogen.
Ei! das war schöner noch als schön! Und da wurde sein Herz gerührt; er trieb sein Pferd zu ihr hin, nahm sie plötzlich in die Arme und rief:
»Du wirst meine Frau, meine honigsüße Frau!«
Und Mariechen schlang mit langem, tiefem Seufzer die nassen Arme um seinen starken Hals, sah ihn lange an mit ihren großen Augen und fragte einfach, aber gespannt:
»Wann?«
»In vier Wochen!« jubelte er und gab ihr einen langen, nassen Kuß auf die Lippen und die weißen Zähne.
Charlot war noch blaß vor Schreck über das arge Gewitter und freute sich sehr, als sie die beiden sah.
»Is mein Bett breit genug für uns zwei?« fragte Pallieter.
»Was meinst du denn damit...?« Und sie sah mit Schrecken und Verwunderung, wie Mariechen in Pallieters Armen lehnte.
»Ich heirat Pallieter!« jauchzte Mariechen.
»Du, du,« rief zitternd Charlot, »du mein Patenkind den Vetter?... Du... ach Jesus, Maria und Joseph!« ...Und

sie fiel Pallieter um den Hals und schluchzte laut auf vor Glück.
Und das griff Pallieter ans Herz, er zwinkerte und biß die Zähne zusammen, um die Tränen zurückzuhalten. Aber er konnte nicht, beim besten Willen nicht.

Mondschein

Der Bauer vom Wasserschanzenhof hatte am Sonnabend den letzten Wagen Heu eingefahren, und heut am Sonntag gab es darum Waffelfest mit Zuckerbier.

Pallieter war mit Mariechen dabei und saß mit den Knechten und Mägden und der Familie um den großen Tisch herum. Die Türen und Fenster standen sperrangelweit offen wegen der Hitze. Auf den Feldern und Wiesen ringsum spießte das blendende Mittagslicht bis in den Boden hinein, während es in der niedrigen Stube blau gedämpft zwischen weißen Wänden und kupfernen Krügen hing. Ein Lachen und Schwatzen war da drinnen, wie in einem lebhaften Hühnerstall, und die großen roten Hände grapsten gierig nach den dampfenden Eierwaffeln, die in hohen Türmen hereingebracht wurden. Sie schmierten Zucker, Sirup und Butter darauf, um alle süßen Geschmäcker zugleich zu haben. Der Schweiß stand ihnen in Perlen auf der Stirn, und um sich abzukühlen, tranken sie fortwährend von dem braunen, trüben Bier.

Jede Tür- und Fensteröffnung war wie ein helles Gemälde. Bleiche Wege zwischen Korn und Wiese, hier und da die glänzende Nethe, rote Dächer zwischen dicht belaubten Bäumen, Kühe auf der Weide, weiße Kapellen am Wege, Wälder und ruhende Mühlen in der Ferne und Tauben in der Luft.

Es waren Bauern dabei, die vor einem Dutzend Waffeln nicht zurückschreckten und immer noch hungrig nach der Küche guckten. Mund und Hände klebten von Fett und Eingemachtem, und sie nahmen sich nicht die Zeit, die Nase zu schneuzen.

Wie Korinthen, die zu den süßen Speisen gehörten, saßen die Fliegen über die Tafel verstreut.

Bei Pallieter wollte der Appetit auf Waffeln gar nicht

aufhören, und er forschte beim Essen bald nach dem Zimtgeschmack, dem Eiergeschmack und nach der Butter; er füllte sich die Nase mit ihrem leckeren Duft und knabberte nun schon an seiner elften Waffel.

Und schmausend blickte er mit froher Bewunderung hinaus in das ruhige, sonnige Land, über dem ein kleines Glöckchen läutete, nach den roten gierigen Mäulern der Bauern und nach seinem allersüßesten Mariechen. Er kniff sie unversehens in die Hüften, daß sie aufsprang und kicherte, und unterm Tisch schlangen sie die Beine umeinander. Sein Gesicht glänzte von Schweiß und Waffelfett, und seine Hände klebten vom Zucker.

Nachdem sie ihrer zwanzig an die hundertfünfzig Waffeln verzehrt hatten, wurden die Teller und die Gläser abgeräumt, und man brachte Branntwein und Genever. Jetzt wurden die Pfeifen angesteckt, und sofort legte sich eine niedrige Rauchwolke über die Köpfe.

»Liedchen, Liedchen!« riefen ein paar Stimmen, und Pallieter fing an zu singen: »Die Fischer von Blankenberghe«, und beim Kehrreim wiegte sich die Tafelrunde, Arm in Arm, singend langsam hin und her.

Als das Lied zu Ende war und alle vom Schütteln und Schaukeln in Schweiß geraten waren, mußte Mariechen singen. Sie stand auf und sang mit einem angenehmen, hie und da versagenden Stimmchen vom ›Kleppermann‹.

Pallieter begleitete das Lied mit leisem Pfeifen, und beim Kehrreim: »Und die Händchen machen ticke-ticke-tick, und die Füßchen machen tocke-tocke-tock, und er geht die erste Runde...« klopften und schlugen die Hände so fest wie Lederpeitschen und die Füße wie Hämmer. Manche von den Bauern standen auf, um so recht das ganze Gewicht ihrer schweren, plumpen Schuhe auf den Fußboden bumsen zu lassen.

Sie mußten Lärm haben, mußten mitsingen können und ihren ganzen Körper mitbewegen. So kam jeder an die Reihe. Und jedesmal waren es Lieder mit Kehrreimen, die alle kannten und bei denen sie tanzen, springen, stampfen und klatschen konnten.

Sie saßen in ihrem Schweiß wie unter einer Decke; das Hemd klebte ihnen an den Schenkeln, die Kehlen wurden heiser, und sie tranken Branntwein und gepfefferten Genever wie Wasser.

»Wer kennt eine schöne Geschichte«, rief eine dicke Magd, »eine zum Lachen?«

»Ich!« rief ein Bauer. Da steckten sie die Köpfe zusammen und lauschten, mit einem Lächeln um den Mund, während sie ihr Gläschen festhielten und eine Frau in den Arm nahmen.

Das Bäuerlein erzählte eine spitzfindige, zweideutige Geschichte von einem Küster und seiner Pastorsmagd. Und wer von allen, die da saßen, kannte nicht etwas in dieser Art?.. Und als sie sich am Schluß die Bäuche hielten vor Lachen, wollten viele die ersten sein, um ›noch eine bessere‹ zu erzählen. So kam eine Geschichte nach der anderen, eine immer zweideutiger als die andere, so daß man die kleinen Kinder des Bauern draußen spielen ließ. Es wurde so arg, daß viele mit ihren Geschichten nicht mehr warten konnten und man an drei, vier Ecken zu gleicher Zeit anfing.

Pallieter blieb nicht zurück, und Mariechen tat, als höre sie nichts; sie streichelte ein Sankt-Anna-Kätzchen und gab ihm Pfefferkuchen.
Am Schluß jeder Geschichte schlug das Gelächter an die Decke, und trotz dem ermahnenden Wandspruch: »Hier wird nicht geflucht!« rollten ihnen saftige Flüche aus dem Munde, Äußerungen eines aufrichtigen und vollen Vergnügens und prickelnden Genusses.
Aber ein goldener Wind kam über die Felder daher und machte die Stube kühl, und das mächtige Licht der Landschaft verwandelte sich in einen ruhigen, kupferroten Schimmer, und die Sonne sank rot wie eine Flamme hinter einen fernen Wolkenberg. Durch die Tür kam ein Viereck von flachen Sonnenstrahlen, und ein Teil der Bauern wurde in der blauen Stube überreich damit übergossen. Da begann der Flieder vor dem Fenster zu duften.
Pallieter ging hinaus, blickte über das Land und nach dem Himmel und sagte sich:
»Das wird ein Abend unter tausend.«
Die Sonne war schon weg, und es gab keine Schatten mehr, aber viele breite, weiße Strahlen, wie Moseshörner, stachen noch durch die Federwolken bis an den höchsten Himmel, und es war, als ob hinter der Welt ein großer Heiliger stünde.
Froh ging er wieder hinein und sagte zu Mariechen:
»Komm, wir gehn, denn Gott will reden.« Sie standen auf und wollten weggehen, aber die Bauersleute wollten nichts davon wissen und baten und flehten, sie möchten noch ein Stündchen bleiben.
»Wir haben uns noch nicht genug geküßt«, sagte Pallieter, »ich muß mein Bestes tun, denn übermorgen geht unser Mariechen nach Haus.«
Das leuchtete ihnen ein, und jeder wollte Mariechen noch einen guten Tag wünschen und ihr die Hand geben.

»Sie kommt wieder, zum Heiraten!« sagte Pallieter, »und dann seid ihr allesamt eingeladen!«
Da fingen sie alle an zu singen:

»Ohne uns' Mariechen können wir nich leben,
Ohne uns' Mariechen können wir nich sein!«

Draußen war eine wohltuende Luft und vielerlei Düfte...
Sie gingen Arm in Arm über den Nethedeich und schwiegen, gerührt von der innigen Abendstunde.
Der späte Sonntagnachmittag hing friedevoll, ruhig und still über den tausend Heuhaufen, die duftend in den weiten Wiesen lagen.
Jenseits der Nethe, an den fernen weißen Häuschen, klang langsames Harmonikaspiel, und eine große Glocke bimmelte den Abendsegen.
Auf dem Nethedeich, und in dem hochstehenden Wasser widergespiegelt, gingen zwei Kinder, eins in Weiß und eins in Rot, die Arme voll Dotterblumen, und ein schwarzer Spitz lief schnüffelnd hinterher. Das Licht schien aus dem Boden zu kommen.
Viele Vögel waren hoch in der Luft, und die dünnen, grauen Wolkenknäuel rührten sich nicht. Das Gras stand still im niedrigen Abendnebel, die Pappeln standen still und das Wasser und das Licht. Es war, als ob die Zeit selbst warte und nicht weiterschreiten könne. Es griff seltsam ans Herz. Aber hinter einer langen, mageren Reihe von Zitterpappeln auf dem Felderbauch stieg in diesem tiefen Frieden der dicke, rote Mond herauf.
Es war, als ob die Welt auf einmal größer und von einem neuen, kindhaften Glück umfangen würde.
»Ach«, jauchzte Pallieter, »man möchte niederknien!«
Und ganz außer sich blieb er stehen, als ob es das erste Mal sei, daß er den Mond erwachen sah. Dies war das

Wunder, auf das die Zeit gewartet hatte. Der Abend schritt weiter, und dann kamen die Fledermäuse...
Ein großer Flug Krähen schwebte träge und krächzend durch die Luft und fiel in dem fernen Beginenwald auseinander, wo es schon dunkel war. Hunde bellten den Mond an. So starb der Tag.
Sie wanderten weiter. Sie legte ihr Köpfchen an seine Schulter, und sie kamen an den Aalgraben, der in die Nethe mündet. Eine kleine Holzbrücke klammerte sich an den Ufern fest, und eine riesengroße alte Trauerweide daneben hängte ihre dichte Kuppel darüber, die bis ins Wasser hing. Sie zogen die Zweige zur Seite, um hineinzukommen, und nun war es, als ob sie in einer Kammer stünden. Es war hier wie in einem Heiligtum, das erfüllt war von frischem Holzgeruch. Vor ihnen lief die Nethe, lagen die Felder und Wiesen und stand der zartgelb gewordene Mond an einem blaugrau verdämmernden

Himmel. Süß war es hier, ihre Häupter neigten sich zueinander, und sie stützten sich auf das bemooste Brükkengeländer.
Ein kurzer Windstoß rauschte über die Nethe und über das Schilf hinweg, und auf einmal regnete es Mond auf

das Wasser, Mondblasenregen. Der Wind lief quer übers Wasser damit, und dann stand wieder, kindhaft rein wie die Seele eines Heiligen, die Mondscheibe regungslos auf dem Wasser.
Eine Eule schwebte niedrig drüberhin und versteckte sich im Uferschilf.
Sie standen in dieser dunklen Zweigglocke wie abgesondert von der mondbeschienenen Welt und fühlten Herz und Seele schwellen in dieser stillen Abgeschiedenheit.
Pallieter umfaßte sie fester und küßte sie unaufhörlich auf die zarten Wangen, den feuchten Mund, die geschlossenen Augen, daß sie Hals und Leib davon reckte. Sie war wie weggeschmolzen in seiner Leidenschaft und ließ sich willenlos in seinen starken Armen hängen. Durch den Zweigvorhang warf der Mond seinen unfaßbaren Schein und legte breite Streifen auf ihren Leib und ihr Angesicht. Pallieter betrachtete sie so.
»Ein Traum«, sagte er bewundernd für sich, und seine Lippen glitten über ihr Haar und ihr Antlitz, und ohne ihr weh zu tun, biß er sie in den zarten Hals und in die Wangen; er hätte sie zerbrechen können, und wie diese Blätterkuppel ihren Raum ganz von der Welt abschloß und nur die Seele des alten Baumes darin lebte, so war Pallieter nur noch lebendig, weil er da auf dem Boden stand, aber er blieb verschlossen für alle Erinnerung an früher und die Gedanken an morgen und die anderen Tage. Sie sprachen kein Wort. Und die feuchten Küsse lispelten still und lang unter dem alten, kuppelartigen Baum. Sie schlug auf einmal die großen, schönen Augen auf und sah ihn träge und tiefglücklich an, und dann schlossen sich die Augen befriedigt langsam wieder, ohne daß sie ein Wort gesprochen hatte.
Der Blick rührte Pallieter tief, daß ihm das Wasser in die Augen stieg und ein Schauer über seinen Leib lief. Und

wieder sank sein Mund auf ihren Mund, ihr Haupt auf seine Schulter, und ihre Arme legten sich um seinen Hals. Gegen die kleine Brücke gelehnt, hob er sie auf und hielt sie in seinen Armen wie eine Mutter ihr Kind.
Und draußen über den nebelblauen Landen wuchs die Mondnacht immer weißer und durchsichtiger, als ob es der Traum eines Kindes werden sollte. Duft von Wasser, Heu und Flieder hing zum Schöpfen allenthalben, und aus den nahen Bäumen im Park von Ringen fiel dann und wann ein Stückchen Perlenschnur aus Nachtigallengesang. Ganz mit der großen Stille verwachsen war das anhaltende Zirpen einer Grille... Sie blickten sich um, wo leises Holzknacken und Wassergetröpfel herkäme, schoben die Weidenzweige zur Seite und sahen, wie da unten auf der Nethe ein Fischer in einem Kahn sein Netz hochzog, in dem im Mondschein ein zappelnder Fisch silbern aufglänzte. Gering war sein Tun, aber schön in der goldenen Nacht.
Oh! diese schöne, weiße Nacht, die sie nun wie von einem offenen Fenster aus vor sich daliegen sahen!... »Komm, wir wollen gehen und Mondstrahlen fühlen...«
Sie traten unter dem Weidenbaum hervor und kamen nun wieder unter den freien Himmel, der so licht und groß über der klaren, schlafenden Welt stand.
Der Mond war nun so rein wie Kristall, und sein Licht, das auf die Erde und um die Sterne schien, war von einem milchigen, dünnen Grünblau. Es war nun überall so hell wie an einem trüben Tag, und auf allen Seiten sah man die Pappeln ragen, das Korn glänzen und die schlafenden Kühe auf den Weiden liegen. Im Park sah man deutlich die roten Buchen und grünen Platanen, und wie ein Licht erhob sich in der Mitte eines offenen Platzes auf einem efeubewachsenen Sockel das weiße Standbild einer armlosen Venus. Leichter Nebel trieb über den Bächen.

Sie gingen vom Deich hinunter, an einer Wiese entlang, wo hier und da eine Kuh schlafend lag oder mit dummen Augen nach dem Mond oder über die nächtliche Landschaft blickte.
Und dann kamen sie auf die Wiese mit den zahllosen Heuhaufen, die schön vom Mondlicht übergossen waren. Sie wanderten durch die feinen Düfte des Heues, und ihre aneinandergeschmiegten Leiber waren ein Schatten auf dem abgemähten Gras. Der Mond wanderte mit in einem kleinen, vollen Bächlein.
»Komm, wir wollen uns hinsetzen.«
Und sie ließen sich in einen dicken Heuhaufen sinken, nahmen einander in die Arme, wühlten sich tiefer in das Heu, wie in eine Höhle, und Pallieter streckte die Beine vor Wohlbehagen. Sie legte ihr Köpfchen in die Molligkeit seiner breiten Schultern, und so saßen sie da zusammengekauert wie zwei junge Kaninchen.
»Eine heilige Nacht«, sagte er still und sah zum Himmel auf, der von oben bis unten voll von Mondschein und bleichen Sternen war. Die Sterne! Sie lagen ringsum zerstreut wie weißer Sand, hier und da zusammengerafft wie Haar, und einige hellglitzernd und zitternd vor Klarheit.
Alle Tiefen des Himmels waren geöffnet, und wie dünner Weihrauch lief die Milchstraße darüberhin.
Und aus dieser lichten, regungslosen Unendlichkeit von Welten schoß dann und wann das kurze Leben eines fallenden Sternes. Pallieter war tief ergriffen davon, und seine Augen wanderten von einem Sternbild zum anderen: vom Großen Wagen nach dem Orion, vom Polarstern nach den Drei Königen und so fort; er suchte die fernsten Sterne und dann die, die noch dahinter lagen, fein wie eine Nadelspitze, und als seine Augen keine Sterne mehr trafen, nur noch den reinen Nebel der großen Weltenmut-

ter, da taten es seine Gedanken. Hei! Sterne, Sterne überall! Sterne oben, Sterne unten, um und unter ihm... Pallieter kroch in sich zusammen und sagte unwillkürlich: »Warum?«
Und auf einmal trug er, wie aus ihm selbst gewachsen, die unendliche, besternte Tiefe des Raumes in seinem Herzen, so daß er eine Gänsehaut davon bekam, und er sagte mit einem Seufzer: »O Samen Gottes, du machst mich beben... Mariechen, Mariechen, blick auf...«
Aber Mariechen schlief ruhig in seinen Armen.
»Dieses Glück!« sagte er sogleich. Er fand es auch so schön, so rein und eins mit der friedevollen Nacht, und eine plötzliche Zärtlichkeit stieg in ihm auf. Er gab ihr einen federleichten Kuß vor Bewunderung und Rührung. Es war zu schön und zu innig, um es zu stören, und er erleichterte vorsichtig die Lage seines Fußes über ihrem Bein, um ihr nicht weh zu tun.
Er zog frische Düfte in die Nase, und der Mond bedeckte zwei nacheinander verlangende Sterne.
Und siehe, durch den blanken Himmel zog noch ein einsames, weißes Wölkchen. Es kam zögernd vorwärts, und es war, als würde es vom Monde angezogen. Es segelte gerade unter ihm vorbei, und siehe, sofort glitten dünne rosige, grüne und lila Farbentöne darüberhin, und es war wie ein zusammengezogener Regenbogen, der am Mond vorbeizog. Aber es glitt weiter, verlor die süßen Töne plötzlich wieder, wurde weiß und schob sich zögernd fort, allein durch die Nacht. Wie ein Lächeln der Nacht war es gewesen.
Die ferne Nachtigall spann ihre Klänge weiter, und hier und da quakte ein Frosch in den Bächen.
Die Nacht wurde immer heller; der Nebel stieg dichter aus den Gräben und dampfte aus dem Boden.
Die unendliche Stille brauste, und es war, als ob man die

Mondstrahlen scheinen hörte. Das Gras war feucht und rührte sich nicht.
Und unwillkürlich, in Schlaf gewiegt durch die Stille und den Atem der Nacht, schloß Pallieter die Augen, sah noch durch die geschlossenen Lider die Klarheit des Mondes, der vor ihm stand und ihn völlig übergoß, und fiel dann in einen tiefen Schlaf.
Die große Nacht verrichtete ihr Werk und erfüllte allmählich ihre Zeit. Sterne fielen, andere zogen weiter, und der Mond verstrahlte all sein kostbares Silber, wurde langsam rot und sank mit niedergeschlagenen Augen im Westen hinunter.
Und sie schliefen den schweren Schlaf der Erde. Sie waren mit der Erde ein Herzschlag, ein Atem, eine Stille und ein Leben.

Sie schliefen Haupt an Haupt, ineinander verloren und aufgenommen, um, naß vom Tau, fröstelnd aufzuwachen, als sich das erste Tageslicht erhob und der Nebel noch auf den Feldern und den Heuhaufen lag.
Es war Tag. Die Blumen waren noch geschlossen, aber Hähne krähten, ein Hund bellte, und ein Kuckuck rief aus dem nebelverhüllten Wald.
Mariechen schrak auf und wurde gleich froh; sie rieb sich lächelnd den Schlaf aus den Augen, gähnte und legte glückselig ihr Köpfchen eine Weile zurück an Pallieters Hals. Sie erhoben sich endlich

von der warmen Stelle, lachten über ihre feuchten, zerdrückten Kleider und über das Heu, das in ihren Haaren steckte. Und plaudernd und singend hüpften sie Arm in Arm nach Haus, frisch wie Salat, und verlangten nach andern Kleidern und heißem Kaffee.

Ein Hirt tutete auf seinem Horn, und die Glocken begannen zu läuten: Es war Tag!

Der Honig

Die Bienenkörbe ließen schäumend ihren Honig überlaufen. Der ganze Garten roch danach, und nun war Pallieter schon den ganzen Nachmittag dabei, sie auszuleeren und den Honig in steinerne Töpfe zu füllen.
Charlot half ihm, schaffte mit und trug die Töpfe einen nach dem andern in den kühlen Keller hinunter. Beide tropften von Schweiß und leckerem Honig; sie klebten und hatten Mühe, sich die Finger abzulecken. Lubas, der Hund, stand dabei und schlabberte gierig auf, was verschüttet wurde.

Pallieter war über die Maßen froh über den süßen Überfluß; er sang, daß es schallte, und Charlot schwatzte in einem fort über den Honig und über das Wetter. Sie war so empfindlich gegen die Hitze und so wenig bang vor den Bienenstichen, daß sie mit bloßen Füßen ging und in einem kurzen Unterröckchen dastand, das nur bis zu ihren säulenförmigen Waden reichte, und frei und frank ließ sie die Arme wie zwei dicke Kinder aus den aufgerollten Ärmeln ihrer roten Nachtjacke heraushängen.
Sie hatte auch drei Knöpfe oben an der Nachtjacke aufgemacht, und so kam nackt, unter der Halsgrube, das weiße Fleischkissen heraus, über das die vielen fettigen Bänder ihrer Amulette hingen. Das Tuch, das gewöhnlich unter der Nachtjacke ihre Brüste einschnürte, hatte sie jetzt abgenommen, und gewaltig wie Gewitterwolken

hingen sie nun in ihrer vollen, weichen Dicke vornüber auf ihrem großen Bauch.
Sie war rot wie ein Ofen und schwitzte wie ein Schwamm. Und sie fingen an über Mariechen zu sprechen.
»Aber warum muß es Herbst sein, wenn ihr heirat'?« fragt sie.
»Dann is das Bett kühl, und wir kriechen dicht zusammen.«
»Ach, schweig still«, knurrte Charlot, aber ein wenig später wieder sanft und ganz von sich überzeugt: »Und ich, die ich immer Begin' werden wollt, ich bin doch so froh, daß ichs nich geworden bin, denn was sollt ohne mich hier aus dem Mariechen werden?«
»Nun gut,« schnauzte Pallieter, »ich werd sie bei dir schlafen lassen!«
»Das will ich nich sagen«, meinte Charlot und richtete sich auf. »Aber Mariechen is mein Patenkind, und sei gewiß, ihr soll kein Härchen gekrümmt werden!«
»Ach,« erwiderte Pallieter halb singend und neckend, »wenn ich verheirat' bin, brauch ich keine Dienstmagd mehr.«
Und da schoß Charlot los: »Ai, ai, ich muß hier heraus! Ich werd hier weggejagt, ich, ein Waisenkind, ich hab mirs doch gedacht! Das is der Dank, das is für alle meine Lieb, und das von dem, den ich als Kind noch im Arm gehabt hab. Lieber Herrgott, steh mir bei!«
»Komm, komm«, sagte Pallieter, sie tröstend, »ich hatt vergessen, daß du ein Waisenkind bist.«
Und damit war der Zank aus, und die Arbeit wurde fertig. Charlot zog einen andern Rock an, rollte die Ärmel herunter und trug den größten Topf zum Pastor.
Pallieter nahm einen für Franzoo, seinen Freund, den Maler, und einen für das arme Krankenhaus, das auch am andern Nethe-Ufer lag.

Er fuhr ein ganzes Stück mit dem Boot flußaufwärts, kreuzte dann hinüber, machte es fest, und mit einem Topf auf den Schultern und einem im Arm schritt er den weichen, ansteigenden Weg hinan und pfiff ein forsches Lied.
Über den Töpfen folgte ihm stets ein Summen und Schwärmen von Bienen, Hummeln und Wespen; in einem Wirtshaus löschte er seinen Durst, es war schlechtes Bier, und wie er herauskam, kreisten die Tierchen sofort wieder um die süßen Töpfe.
Dort, hoch über den Bäumen, erhob sich die alte Mühle; sie drehte friedlich ihre roten Flügel in dem ruhigen Südwind und ließ eine kupferne Wetterfahne glitzern, und da die Sonne sehr mächtig strahlte, war das Moos ganz hell, das so üppig in Streifen an dem schwarzen hölzernen Rumpf klebte. Es war eine schöne Mühle, sie hing ein wenig hinten über, was sie noch freundlicher aussehen ließ, und sie herrschte über das Land, stolz wie eine Kirche, und war von allen Seiten sichtbar.
Pallieter ging gern hinauf, denn dort hatte er stets einen schönen Blick über die Bäume und die Fernen und genoß tief die Luft und ihre Elemente: den Wind, der das Land blau werden ließ, und die Regengardinen, die sich hinter der Welt emporschoben und die Erde begossen, während drüben die Sonne ein Dorf mit einer Mühle aus der Dunkelheit auftauchen ließ. – Er konnte sich stundenlang daran vergucken, an dem Wühlen und Wachsen der Wolken. Die Abende und die Morgen waren hier länger und die Nächte noch einmal so unendlich. Die Winter lagen drum herum wie wahrhaftige Breughels, und von hier aus sah man den Lenz leibhaftig aus dem Süden herankommen; und dann, immer und allenthalben in Sonne und Nebel, sah man das Landvolk die gütige Erde melken. War das nicht moseshaft?

Rasch kletterte Pallieter mit dem Honig und den Bienen auf das Atelier, im obersten Stock der Mühle. Franzoos stämmige Frau folgte ihm lachend.
Der Freund stand halb nackend da und malte eine Panorama-Landschaft in dem gedämpften Licht, das durch die Luken kam, durch die man schon von der Mitte des Ateliers aus den weihrauchblauen Horizont sah. Pallieter überreichte den Honigtopf, lief dann sofort nach einer der Luken und steckte den Kopf hinaus.

Hei! Luft und Licht! Soweit er sehen konnte, war Korn, Korn über die ganze Welt, um die Dörfer, den Beginenwald, die Häuser, um die Wiesen herum und an der Nethe entlang, goldenes Korn überall! Und klein und dünn und schwarz waren die Menschen hineingetüpfelt, die darin an der Arbeit waren.
Das war das heilige Werk des Korns! Weit und breit summte die Sense, überall drehten sich die Mühlen, und hier jagten die Flügel stöhnend und klappernd mit einem sausenden Luftstrom an seinem bewundernden Gesicht vorbei. Hei! das war alles, um Brot zu machen; das Manna, das aus der Erde kommt. Und hoch da droben schlug die Sonne ihr Licht ins All hinein.
»Heisa!« rief Pallieter Franzoo und seiner Frau zu, die gerade den Honig probierten, »seht die Welt! Sie gebiert! Sie gibt Muttermilch! Kommt, laßt uns feiern! Laßt uns durch das Korn gehen, die Erde küssen und im Boden

ertrinken.« Sie gingen hinunter und tranken bei dem Müller ein Gläschen roten Wein, und Pallieter bekam von Leonie, Franzoos Frau, einen großen Strauß von safrangelben Rosen; das war aus Dankbarkeit für seinen Honig, und er drückte die Nase hinein und machte die Augen zu vor übergroßem Wohlbehagen.

Und dann machten sich Pallieter und Franzoo auf, um den andern Honigtopf in das arme Krankenhaus zu bringen. Jeder hatte an einem Henkel angefaßt.

Sie gingen am Korn entlang.

Hier stand es noch und reifte gelb aus, vornübergebeugt durch die schweren Ähren und an der Erde blau und rot gesprenkelt; dort waren sie schon dabei, es zu schneiden, ein Trupp Männer mit lärmenden Binderinnen oder ein kleines Kerlchen allein. Ganze Felder waren hier und da schon fertig und standen nun voller schön aufgereihter Garben. Und um alles hing das starke Sonnenlicht wie ein Kranz, um die Ähren, die Bäume und die gebückten Menschen, und die Hitze zitterte darüber wie unruhiges Wasser.

Pallieter und Franzoo hatten sich ausgeschwätzt und schwiegen. Sie gingen im gleichen Schritt weiter, immer hinter dem Staub her, den ihre Füße aufwirbelten; und das einzige Geräusch war ihr Atem, das Klatschen einer Kornähre gegen ihr Gesicht und das Summen der Bienen um den Honigtopf.

So waren sie schon ein ganzes Ende gegangen, und Pallieters Mund war trocken wie Pulver vor Durst, und er hatte eine schreckliche Lust nach dem Geschmack von Bier bekommen.

Aber sie waren tief im Land drin und in der Gegend nicht das kleinste Wirtshaus. Er würgte mit Mühe den Speichel in seinem Mund, der wie aus Leder war.

Aber nach einem Viertelstündchen sah er aus einem

Hohlweg einen Bierwagen herangerasselt kommen, und er rief: »Hurra!«
»Was ist denn los, Vetter?« fragte Franzoo erschrocken.
»Wir haben Durst, und dort is Bier!« rief Pallieter; »komm, wir trinken!«
Und sie liefen quer durch das Korn auf den Wagen zu.
»Hallo«, rief Pallieter dem heranrollenden dicken Fuhrmann zu, »verkauft uns ein Fäßchen Bier, wir verdursten!«
»Alles is schon bestellt!« sagte der Mann weiterfahrend.
»Ta, ta, ta, ich zahle das Doppelte dafür!« versetzte Pallieter.
»Na dann los!« meinte der Bursche und ließ das Pferd halten. »Nehmt Euch dann ein Fäßchen Bockbier, das könnt Ihr gleich trinken. Wollt Ihr ein Fest feiern!« fügte er neugierig hinzu.
»Ja!« rief Franzoo, und Pallieter nahm das Fäßchen vom Wagen und bezahlte.
Der Bursche fuhr weiter, und während Franzoo den Honig trug, rollte Pallieter das Fäßchen mit Fußtritten vor sich her.
»Aber wie jetzt trinken!« fragte Franzoo, »wir haben keinen Hahn und kein Gefäß.«
Pallieter kratzte sich am Kopf. – »Kein Hahn, das macht nichts, aber wo ein Gefäß hernehmen?«
Sie schwiegen beide, blieben stehen und betrachteten den Honigtopf. Wenn der nur leer wäre. – »Komm,« sagte Franzoo, »wir wollen auf einem Gehöft einen Krug holen.«
»Los!« und sie rollten das Fäßchen über den weißen Weg. Sie kamen an ein Kornfeld, das halb abgemäht war, und dort hinten an der Erlenecke saßen Mäher und Binderinnen und verzehrten ihr Vesperbrot. Als Pallieter sie sah, freute er sich über die Maßen und rief, mit den Armen

schwenkend: »He, Leute, laßt euren Kaffee stehen, hier is frisch Bockbier; und wenn ihr eine Tasse hergebt, dürft ihr euch die Bäuche volltrinken!«
Sofort kamen sie herbeigelaufen, jedes mit seiner Kaffeetasse, und drängten sich, um am nächsten beim Fäßchen zu stehen. Mit einem großen Taschenmesser schnitt Pallieter den Pfropfen heraus, und klatsch! da schoß das Bier heraus, wie bei einer stallenden Kuh, aber die Tassen wurden darunter gehalten, schäumend gefüllt und gierig ausgetrunken. In das Loch wurde ein schnell gemachter hölzerner Zapfen gesteckt, und so konnten sie ohne Eile trinken, und nichts ging verloren.
Sie scharten sich sitzend um das Fäßchen, und Pallieter trank, soviel er konnte, aus einer großen Tasse, auf der ein roter Papagei gemalt war. Der Durst nahm kein Ende, fortwährend schoß das Bier aus dem Spundloch, und sie tranken und lachten, daß ihnen der Schweiß auf der Stirn perlte.
»Jetzt noch Musik, und wir haben Kirmes!« lachte ein Mädchen.
»Los, Adrian!« riefen sie einem langen, mageren Jungen zu, »hol deine Posaune, dann können wir tanzen!«
»Ja! Ja!« schrieen sie nun durcheinander. »Wir haben noch Zeit genug! Los, eil dich! Schnell!«
Der Junge lief gefügig weg, während die Mädchen vor Vergnügen kicherten und sich allerhand Neckereien zuriefen.
Inzwischen tranken sie, ein alter Mann war Zapfer; und bald kam der Junge zurück mit seinem Bruder und einer grünspanüberzogenen Messingposaune.
Er trank erst noch einen Schoppen von dem gelben, schmackhaften Bier und fing dann an, in seiner ganzen Länge aufrechtstehend, einen langsamen Walzer zu spielen. – Die Töne fielen seltsam in die Kornfeldstille und

wurden weithin getragen. Und siehe da! alle machten sich ans Tanzen außer dem Alten, der immer weiter zapfte, für sich selber. Jeder Bursche griff sich ein Mädchen, und die Männer, die übrig blieben, tanzten miteinander; so tanzte Franzoo mit einem kleinen, buckligen Bäuerlein. Aber Pallieter hatte sich das Blümchen herausgesucht: ein molliges Ding mit bloßen Armen und Beinen und mit einem blühenden Gesicht voll rotbrauner Sommersprossen. Sie hatte Augen so feurig wie eine Katze.

Und tanzend drückte er ihren weichen und sehr dünn bekleideten Körper gegen den seinen, so daß er gut all ihre Formen fühlte, und seine Hände betasteten gierig ihre schaukelnden Hüften, daß sie aufschrie vor Vergnügen. Der Tanz war aus, und sie setzten sich zu den andern ins Gras um das Faß herum. Alle keuchten, und ihre Busen gingen auf und nieder. Als sie wieder tüchtig von dem leckeren Bier genossen hatten, rief Pallieter: »Los, schnell noch ein Tänzchen!«

Jetzt war es eine Polka. Wieder nahm er dasselbe Mädchen, und sie tanzten toll und wild. Er drückte sie fester an sich, tanzte aus dem Kreis heraus, und dann auf einmal stellte er ihr ein Bein, und sie fielen alle beide auf die Erde. Er fiel auf ihren Leib, wie auf ein Kissen, und fühlte all die Pracht ihres molligen Körpers, der sich schüttelte vor Lachen, und gierig pflückte er wohl hundert Küsse von ihrem weißen Hals und ihren vollen Wangen. Sie erhoben sich mühsam und konnten kein Ende finden mit ihrem ausgelassenen Gelächter, und alle mußten sie so mitlachen, daß sie nicht mehr trinken konnten.

Aber aus der Ferne ertönte jähes Tuten eines Blechhorns. Das war das Zeichen, daß die Vesperpause um war, und bedauernd ergriffen sie Harken und Sensen und gingen mühsam an die Arbeit.

Sie riefen Pallieter und Franzoo noch ein paar lustige Scherze zu. Diese gingen aufgeräumt von dannen und ließen das Fäßchen zurück. Die zwei Freunde schritten plaudernd weiter, aber das Kloster war noch weit, und Franzoo sprach von Ausruhen, denn er war erschöpft und schwitzte wie eine Gießkanne.
Franzoo legte seinen dicken Leib ins Gras an einem Bach, machte die Augen zu und fiel sofort in einen tiefen Schlaf. Er schnarchte wie ein Schwein.
Pallieter setzte sich neben ihn, rauchte eine Pfeife, betrachtete das Korn und die aufsteigenden Lerchen... rauchte noch eine Pfeife, und weil Franzoo sich nicht rührte, legte Pallieter sich auch schlafen.
Der Honigtopf stand zwischen ihnen, in einer Wolke von Honigtierchen. Die zwei Freunde schliefen, und über ihnen hinter dem breiten Eichbaum tanzte die Luft bis hoch hinauf vor Hitze.
Als Pallieter wach wurde, war der Honigtopf umgefallen, und die Sonne sank golden hinter einen silbernen Wolkenstreifen.
Franzoo wachte fast zu gleicher Zeit auf und sagte gähnend: »Das hat mir gut getan!«
Sie lachten über den Topf, aus dem mehr als die Hälfte herausgeflossen war, und dann schwiegen sie um des schönen Abends willen.
Der Tag ging in Schönheit zur Ruhe, und der ganze Himmel hatte die farbige Helle von Seemuscheln.
Sie blieben stehen, und der Abend kam über das Korn, das Rot breitete sich aus am Himmel, und jeder Kornhalm bekam einen zarten, roten Schein. Von irgendwoher kam eine ganze Wolke Heuduft herauf, und aus den Bächen stieg der Nebel, der über die trockenen Wege zog, wie goldener Staub.
Sie gingen zurück.

»Ich trage morgen einen anderen Topf in das Krankenhaus«, sagte Pallieter.

Franzoo ging in seine Mühle und Pallieter an die Nethe. Unterwegs begegnete ihm ein Kind, das mit einem Korbwägelchen, in dem ein Sack Mehl lag, aus der Mühle kam. Pallieter gab ihm den Honigtopf, und verlegen, ohne etwas zu sagen, lief es schnell davon.

Vom Felde kam ein hochbeladener Kornwagen, auf dem eine dicke Frau saß, die ihrem Kinde eine große, weiße Brust reichte.

Der Tag war vorüber, und am grünen Himmel zeichnete die silberne Mondsichel einen ganz scharfen Strich. Und dort, ein mächtiges Schattenbild vor dem Himmel, zogen zwei schwarze, träge Ochsen noch einen Pflug durch die dunkle Erde; der Bauer hinter ihnen schwieg. Blaues Licht fiel noch über den Leib der Tiere hin, und das Auf- und Abwallen ihrer hohen Rücken bei jedem Schritt war wie ein Gebirge, das sich bewegte. Ihre Köpfe nickten schwer hin und her, und die Mäuler schnoben Dampf.

Der Bauer schien noch nicht aufzuhören und begann eine neue Furche. Die Pflugschar glänzte gespenstig weiß, und schwarz und riesig zogen die zwei Ochsen ruhig das Fahrzeug durch die Erde, die fettig auseinanderfiel, ein wenig schimmerte und einen guten Balsamduft verbreitete. Aus dem umgepflügten Boden stieg ein dünner Nebel.

Und dunkler wurde da oben der Himmel, an dem sich die Mondsichel klarer abzeichnete. Ein dicker Stern tat sein Auge auf.

Pallieter drehte sich im Weggehen noch immer nach den großen Ochsen um; sie hatten sein Herz gerührt. Und als er in der Fähre übersetzte, brüllte einer in die Nacht hinaus, und das ließ ihn erzittern.

Der Tag war zu Ende, und es wurde dunkel, aber das

Wasser war noch ganz hell und führte Heu mit in seinem Lauf.

Und durch diesen heiligen Frieden, der das Land umhüllte, klang aus der Ferne ein vielstimmiger Gesang von heimkehrenden Schnittern und Binderinnen. Pallieter hätte darüber weinen mögen und sagte: »Nein! der große Pan ist noch nicht tot. Wer das hat sagen hören, hat geträumt! Denn ich habe heute seine Hörnchen gesehen!«

Eine angenehme Überraschung

An dem heißen Sonntagmorgen schwamm Beiaard, die weiße Stute, im Nethewasser herum. Das Pferd spielte wie ein Kind, wieherte in einem fort, und das grüne Wasser tanzte, voll von zerbrochenem Silber und wimmelnden Sonnenscherben.
Pallieter tat es wohl, da zuzusehen, und er wurde schließlich so davon angelockt, daß er sich mit den Kleidern ins Wasser warf. Er schwamm hinter Beiaard her, holte sie ein und kletterte auf ihren hohen Rücken. Da saß er wie in einem Bett, er öffnete die Arme und ließ Beiaard tun, was sie wollte. So schwimmreitend sah er über das Land hin, das ringsum in regungslosem Sonnenlicht und zitternder Hitze ertrunken lag. Über den gelben Korngarben, die auf allen Seiten in dieser Glut in geraden Reihen standen, kam nur eine Bachstelze langsam dahergeflogen; und nirgends war ein Mensch.
Das war die Ruhe.
Aber plötzlich begannen in der sonnenbeschienenen Stille die großen Beginenhofglocken zu läuten, und die summenden Schläge blieben brummend in der warmen Luft hängen. Und da kam Charlot aus dem Garten. Sie war im Staat, glänzend schwarze Seide mit matten Tupfen. Ihre Jacke hatte noch große Schinkenärmel, und der Rock war fließend wie eine Wolke; auf ihrem neuen schwarzen Kapotthut schaukelten an einem Büschel steifer Federn buttergelbe Kügelchen. Am Arm trug sie ein grünes Blecheimerchen, innen rot; darin lagen Birnen, Pflaumen und Korinthenbrötchen und stak eine braune Bierflasche. Sie sah glückselig aus und rief überlaut: »He, Vetter, ich geh. Viele Grüße an Mariechen, und sag, daß ich Sonntag komm! Ich will heut viel zur Mutter Gottes beten, daß ihr glücklich werden möget zusammen!«

»Was?« rief Pallieter. »Ich will nich durch dich glücklich werden, nur durch mich selber!«
»Und ich werd doch beten!« sagte sie böse werdend, »und viel beten, so viel, als wie ich kann!«
Und damit drehte sie sich auf dem Absatz um und ging, ohne sich umzusehen, schnell nach der Kirche, um von da aus in der Prozession die Wallfahrt zur Muttergottes von Scherpenheuvel mitzumachen.
Sie würde als Heldin angesehen werden heute, denn es war das fünfundzwanzigste Mal, daß sie hintereinander die berühmte Wallfahrt mitmachte; und bei dieser Gelegenheit sollte sie die hohe Gunst genießen, daß man das wundertätige Bild auf ihr Haupt setzen würde. Ihr Mund lachte, und ihr Herz war fröhlich wie ein Vogel...

Pallieter sagte: »Beiaard, wir gehen zu Mariechen, aber erst will ich noch was essen!« Er ließ sich vom Pferd gleiten und schwamm ans Ufer. – Das Wasser stürzte aus seiner Hose wie aus einer Pumpe. Er lief durch den Garten, blieb aber stehen, betroffen von dem feinen Duft und den schönen Farben der Blumen.
Seht nur die Hunderte von Rosen, faustgroß, aufgerollt und aufgebrochen zu Schneeweiß oder Weinrot, rosig wie der Morgen, oder safrangelb in Milch gebleicht.

Wer wagt es, die samtenen Stiefmütterchen zu zählen, die dunkellila oder mit einem weiß und gelben Klabautermannsgesichtchen ganze Beete füllten! Rund um den Mühlenhügel stachen ihm die goldenen Sonnenblumen Tränen in die Augen, und aus einer breiten Umrandung von blühenden Geranien sprühte das Springbrünnlein, strahlend wie ein Schwert, seinen Perlenschwanz auseinander. Hier wie buntes Feuerwerk der japanische Rasen, dort leuchtender als Apfelsinen die Kelche der Schwertlilien, und dann, daß man es kaum glauben und nie mehr vergessen konnte, alles beherrschend und überwältigend, die übermütigen roten und orangegelben Kapuzinerkressen in Ranken an der weißen Mauer und um die dicken Obstbäume herum! O Gott, sie waren wie Flammen, die aufzüngelten und aus der Erde herausschlugen.

Ah, überall war das leidenschaftliche Aufbrechen des schönsten Lebens. Es war zu viel für die Menschen. Und die Düfte, die einem die Seele größer werden lassen! Es war Anfang und Ende alles Glückes. Pallieter wurde das Herz trunken im Leibe, und er sagte mit Bitterkeit: »Was für ein Ochse kann noch nach einem Himmel verlangen, wenn er so etwas sieht!«

Er ging hinein und aß und kam wieder mit seinem Dudelsack unter dem Arm; es war das Instrument, in dem er am liebsten seine Seele leben ließ.

Er schwamm hinüber, setzte sich auf Beiaard, und im Schritt ritten sie über die heißen Stoppelfelder. Die Sonne trocknete seine Kleider, während er, sich mit seinem Dudelsack begleitend, die lustigsten Lieder sang und an Mariechen dachte. Die grunzenden Töne summten hoch um ihn her und waren weithin hörbar, und mancher Bauersmann kam an die Tür, um zu lauschen.

Vor ihm aus einem Graben flog ein Storch geräuschvoll auf.

»Petrus!« rief Pallieter. Der große Vogel erkannte ihn sofort und schwebte in großen Kreisen niedrig über ihm her. Seine roten Beine hingen lahm an ihm herunter, und die schwarz und weißen Flügel waren rein wie frisch gewaschen und schimmernd in der Sonne. Dann und wann schoß der große Vogel plötzlich voraus, ließ sich zur Seite hängen, den einen Flügel nach unten, stieg hoch auf und sank dann wieder regungslos langsam hinunter. Und mit dem Gang des Pferdes flog und spielte er in der Luft. Die Mühlen standen da mit stillem Kreuz, und am Wege lag ein umgestürzter Pflug. Das war die Ruhe der Felder. Auf den schmalen Feldwegen gingen Bauern in blauen Kitteln und weißbemützte Bäuerinnen auf das schwache Glockenläuten zu, das aus einem spitzen Kirchtürmchen kam, und auf der fernen Landstraße war manchmal das Blitzen eines trägen Radfahrers.

Über den stillen Felderfrieden summte der Dudelsack, gerade wie ein Bienenschwarm, der singen gelernt hat. Pallieter kam an üppigen Obstgärten vorbei, wo ein starker Apfelduft aus den schwerbeladenen Bäumen fiel. Es waren Bäume dabei, die fast zusammenbrachen unter ihrer roten und grünen Frucht und gestützt werden mußten. Die hohen Birnbäume waren bronzebraun von Bergamotten, Butter-, Glocken- und Zimtbirnen. Das Wasser lief ihm im Munde zusammen, und er sagte zu der Sonne: »Heize nur, Sönnchen, und mach, daß die schönen Obsttage früher kommen, dann geht meine Seel in die Ferien!«
Er trank in einem Wirtshaus Bier, und Beiaard bekam

einen Armvoll Heu. Aus der Küche kam der angenehme Geruch der Sonntagssuppe; Pallieter bat um einen Teller und löffelte ihn im Stehen in der Gaststube aus; aber Petrus, der stets mitgeflogen war, kam, nach dem Suppengeruch leckernd, an die Tür und bettelte.

Pallieter gab ihm zwei Klößchen, und dann flog der Storch weg, hoch hinaufsteigend in den blauen Sonnenhimmel, und ließ sich dann auf dem Licht weitertreiben. Pallieter sah ihm von der Tür aus mit der jungen Wirtin nach, die sich schüttelte vor Lachen.

Er ging wieder hinein, trank noch einen Schoppen und gab Beiaard auch einen. Als die Magd sich bückte, um einen Pfennig aufzuheben, sah er ihren schönen braunen Hals, und wupp! drückte er einen nassen Kuß auf das mollige Fleisch. Die Frau wollte ihm einen Klaps geben, aber weg war er auf Beiaard und schwenkte ihr lachend seine Mütze zu.

Der Staub wirbelte hoch auf dem trockenen Weg. Die Sonne legte einen matten, silbernen Schimmer auf das Pferd, und jeder Baum warf einen blauen Schatten über seinen Leib.

Hunde lagen schlafend neben ihrer Hütte, und am Weg besprang ein brauner Hahn eine von seinen vielen grauen Hennen; danach schlug er mit den Flügeln und krähte, so laut er konnte, und die Trompetenstöße ferner Hähne liefen sogleich wie eine Kette über das stille Land...

Es wurde Mittag, und die verlassenen Felder zitterten unter der gewaltigen Hitze, und nirgends eine Wolke in dem warmen Muttergottesblau des unendlich tiefen Himmels. Ganz in der Ferne lebte irgendwo langsamer Trommelwirbel.

Er kam an eine Wassermühle; das große Rad drehte sich stattlich, getrieben von dem gewaltigen Wasser, das brausend und strahlend wie kochendes Silber auseinanderfiel

und schäumend in einem breiten Bach weiterfloß. Hier war es so frisch, bei dem kühlen Geruch des Wassers und den breiten Bäumen um das Haus herum.
Er stieg vom Pferde, und er und Beiaard tranken. Er legte sich auf den Bauch in das weiche Gras, rauchte eine Pfeife und blickte über das Land; das Pferd rupfte den Klee aus dem Grase.
Von dem breiten Schatten aus gesehen, war das Licht in den Feldern noch einmal so grell, und das einzige Geräusch war das scharfe Zirpen der Grillen und das klatschende Fallen des Wassers.
Nichts rührte sich, kein Blatt, kein Vogel.
Um einen einsamen Bauernhof mit Nußbäumen daneben lagen wiederkäuende Kühe, und ein Fohlen stand mit hängendem Kopf an der Tür des Gatters.
Aus dem Taubenschlag kam eine Taube, die nach ein paar Schrittchen wieder hineinspazierte, und ein Dachfenster aus Glas funkelte und strahlte wie ein Brocken, der aus der Sonne gefallen war.
In der Ferne hörte man immer noch den langsamen Trommelwirbel, der bald näher zu kommen, bald wieder stehen zu bleiben schien; dann wieder war es ein undeutliches Geräusch, mit Blechmusik dabei und das Summen von singenden Menschenstimmen.
»Gott verdamm mich, das is die Prozession!« sagte Pallieter. Er sprang auf das Pferd und trabte nach jener Seite hin.
Mit Schweiß bedeckt, kam er auf die weiße Landstraße. Vor ihm breiteten sich dürre Felder aus, und hoch über dem Horizont trieb ein gelber Luftballon im heißen Himmelsblau dahin.
Pallieter blickte die Landstraße entlang; und dort kam die Prozession in einer Wolke von sonnendurchschimmertem Staub.

Pallieter ritt ihnen entgegen...

Wohl an die tausend Menschen waren es, die nun, als die Musik schwieg, die voranzog mit Kreuz und Priestern im Chorhemd und rotgekleideten Chorknaben, anfingen, laut ihren Rosenkranz herunterzuleiern. Es war, als ob das dumpfe Gemurmel aus der Erde dränge. All die Menschen, Frauen, Männer, Bauern, Beginen und Kinder, waren grau vom Staub, der vor ihren müden Füßen aufwirbelte. Ihre roten, staubigen Gesichter tropften von schmutzigem Schweiß, und viele hatten sich Taschentücher, in Wasser getaucht, um den Kopf gebunden. Manche ließen das Wasser einfach heruntertropfen, und wenn es ihnen an die Oberlippe kam, leckten sie es mit der Zunge ab.

Die Männer hatten die Röcke ausgezogen und die Frauen ihre sittsamen Jacken oben geöffnet. Manche tranken aus warmgewordenen Bierflaschen und spuckten schleimigen Speichel aus, andere legten sich auf den Boden und tranken aus dem nebenherfließenden Bach.

Die Mutigsten und die Frömmsten waren vorne und beteten mit, während weiter hinten sich die Frömmigkeit verminderte und laute Gespräche geführt wurden. Diejenigen, die nicht mitkamen mit dem Haufen, liefen neben dem Weg in dem lockeren Sand, der sie sofort in eine Wolke einhüllte, oder sie warteten auf die zwei gelben, schiefhängenden Omnibusse, die hinter dem Zuge angewackelt kamen.

Sie lief unordentlich durcheinander, die Prozession. Unter dem Sonnenschirm einer Begine ging ein ungewaschener Gassenjunge aus irgendeinem Hinterhause, und unter dem eines Vornehmen eine schmutzige Frau mit einem mageren, schreienden Kind.

Ein schwindsüchtiger Junge, halbtot und gelb wie Wachs, wurde auf einem Rollwägelchen mitgeführt, und hinter

ihm kamen Männer auf Krücken, Frauen mit kranken und schreienden Kindern, und ein Blinder.
Hei! die tausend wallfahrenden Menschen, mit dem Rauschen der bestaubten Kleider, Kindergeschrei, Geschwätz und müdem Füßeschleifen, und dann der flaue, kränkliche Geruch von schwitzendem Menschenfleisch; es war etwas Entsetzliches an diesem heißen Sommertag, etwas, was man sich nur im Traum vorstellen kann.
Und so unter diesem gewaltigen Himmel, an dem einzig und allein ein gelber Luftballon hing, mußten sie noch vier Stunden weiter durch das glühende Land, das heiß war wie ein Backofen, um niederknieen zu können vor dem kleinen, sehr wundertätigen, schwarzen Muttergottesbildchen von Scherpenheuvel.

»Hei!« Und Pallieter zitterte vor Rührung, und Tränen traten ihm in die Augen, als er die Menschenmenge sah, so voller Glauben und Seelenfeuer.
Aber da sah er Charlot, die ihm fröhlich zulachte, umringt von Betschwestern und Beginen, und da fiel seine Rührung ineinander wie ein leerer Sack; denn er dachte sofort an all die Menschen, von denen Charlot ihm erzählt hatte, warum sie mitgingen.
Unter anderen: die Frau eines Arztes, damit ihres Mannes Geschäfte besser gehen möchten; der Wirt aus dem ›Kupfernen Elefanten‹, auf daß seine im achten Monat schwangere Frau einen kräftigen Sohn gebäre; Arnold

van Sichem, Uhrmacher, damit sein zweiter Sohn von den Soldaten freikomme, und der andere, der schon Unteroffizier war, Leutnant werden möge (der Vater wollte, daß der erstere sein Geschäft weiterführen sollte); Bauern, auf daß es regne für die Kartoffeln, und junge Studenten, die eine Fahnenweihe feiern wollten, auf daß es nicht regne, usw. Das waren die, von denen er wußte; wie mußten erst die andern sein! – Und Pallieter rief einer mageren Betschwester zu: »Böse Sieben.« Die Betschwester sah nicht auf, wurde aber weiß wie Schnee.

Und als sie vorbeigegangen waren, sagte er: »Wo sind sie, die da beten, wie es Ruisbroeck befiehlt?« Und er zitierte: »Das allein heißt Gott besitzen – glauben und lieben, nicht um unser Gewissen – noch um unsere Ehre – noch um unsere Seligkeit – noch um etwas, das er uns geben möchte –, sondern allein um seiner selbst willen – und zu seiner ewigen Ehre sollen wir ihn lieben. – Und das ist vollkommene Gnade. – Damit sind wir treue Knechte – und wohnen in ihm und er in uns ...«

»Wer anders betet«, fügte Pallieter hinzu, »is wie ein Kind im Laufställchen.« Dann ritt er weiter, über Feldwege, an Dörfern und Gehöften vorbei, und nach langer Zeit sah er über den Bäumen das blaue Türmchen von Mariechens Dorf herausgucken. Sein Herz begann zu pochen, und er ließ Beiaard schneller laufen. Dort hinten am Ausgang des schmalen Dorfes lag ihr Haus, und um sie zu überraschen und sich anzukündigen, fing er an, auf seinem Dudelsack zu spielen und ritt so durch die Allee auf das weiße Haus zu. Ein Bauer guckte über eine Hecke, und zwei Stöpselchen von Kindern liefen verwundert hinter dem reitenden Spielmann her, aber Mariechens Haus blieb zu.

Pallieter stieg ab und blickte in den Garten hinterm Haus. Onkel Hanrie lehnte gegen die schattige Mauer auf einem Stuhl und schlief, und sonst war es still.

Pallieter weckte den Bauern auf.
»Wo is mein Liebchen?«
»Was! Ja so!« sagte der Bauer gähnend und sich reckend. »Sie is mit ihren zwei Bäschen, die Ferien haben, in die Heide gegangen. Komm! wollen wir einen Schoppen trinken?«
»Nein, nein«, rief Pallieter, »ich brenne, um Mariechen zu sehen, ich will sie suchen; bis nachher!« Und schon war er weg.
Er ritt über Feldwege, überall heiß und still; dann an einem Tannenwald entlang, wieder über Land, auf dem gelber Ginster glänzte und das Heidekraut purpurn blühte, dann durch einen langgestreckten Tannenwald, und plötzlich, hinter einer Biegung, lag die ganze, lang erwartete Heide offen vor ihm in ihrer vollen purpurnen Pracht.
Eine unabsehbare Ebene, groß wie ein Meer, die sich purpurn ausdehnte, purpurn wie die Abendröte, ein Purpur, den die Sonne zur Glut vertiefte. Und hoch darüber stieg der blaue Himmel auf und streckte sich eine ewige Stille aus, zugleich mit dem brummenden Gesumm der Bienen.
Und Pallieter blieb stehen, bis ins Tiefste seiner Seele ergriffen. Es war ihm, als ob sein Leib sich öffnete und sein Herz nackt daläge vor dem Innersten der Welt und etwas von der Seele der Erde fühlte. Er schien sich selbst ein Riese zu sein und eine Welt für sich. Und er sagte:
»Eine Menschenseele ist nicht einmal so klein!«
Er ritt weiter und konnte seinen Augen kaum glauben. Dieser Purpur, dieser Purpur! Er konnte das Ende dieser königlichen Farbe nicht ermessen. Auf der ganzen Fläche war keine Menschenseele.
Er ritt jedoch weiter und sah neben etwa vier Birkenbäumchen einen Teich glitzern. Wasser zieht an, und er

ritt darauf zu! Und siehe da! auf einmal schossen aus dem Ufergebüsch zwölf Reiher auf, die mit verworrenem Flügelschlagen durcheinander aufflogen, weiß und grau, mit herunterhängenden roten Beinen, wie eine echte japanische Malerei.

Und dann bemerkte er, bei einem weiter gelegenen silbernen Teich, drei nackte Gestalten, die im Wasser spielten. Er stand aufrecht auf dem Pferd, hielt sich an einem Birkenstamm fest und sah in die Ferne, die vor ihm lag. Ja, es waren drei nackte Dingerchen, die ins Wasser sprangen, wieder herauskamen und sich mit glänzenden Tropfen bespritzten.

Pallieter wurde auf einmal rot und sagte überglücklich: »Das is Mariechen mit ihren Bäschen. Wartet!« Ach, er war so froh! Er war wie berauscht! Was für eine Überraschung! Und er ließ sich aufs Pferd fallen und schoß vorwärts wie ein Pfeil vom Bogen...

Er blickte auf!.. Ja, es waren Mädchen, er sah es von weitem an ihren Hüften. Er ritt schneller; aber dort unten stieg ein dreifacher Schrei auf, und die nackten Mädchen liefen auseinander. Eine kehrte noch einmal um, um ihre Kleider zu greifen; sie ließ sie sofort wieder fallen und lief schneller davon.

Da erkannte der schnell reitende Pallieter Mariechen, und er rief: »Mariechen, Mariechen!« Aber sie liefen weiter mit flinken Füßen, eine fiel hin, war aber schnell wieder bei den andern. Und immer näher kam er, er hörte ihr ängstliches Lachen und Kreischen, und er genoß den Anblick ihrer rosigen Leiber. Aber die zwei Mächen mit blondem Haar wichen ab und rannten in einer andern Richtung. Mariechen lief jetzt allein. Pallieter schnitt ihr den Weg ab, er sah ihre Brüstchen tanzen; und er ritt nun nicht mehr allzu schnell, um es recht lang bewundern zu können. Oh, siehe! ihre geschmeidigen Hüften noch naß

und glänzend, der rosige Leib, und die Haare hinter ihr wie ein wehender Schleier!
»O Mariechen!« schrie er. Aber sie rief keuchend zurück: »Laß mich, bitte, laß mich meine Kleider holen.«
Aber er war zu toll, um auf sie zu hören. Hei, wie herrlich, der rosige Leib seines Liebchens, des Kindes, dem seine Seele gehörte, dort in dem Heidepurpur!
Und müde blieb sie stehen, kauerte sich zusammen wie vor einer großen Gefahr, hielt die Hände vor die zusammengekniffenen Oberschenkel, blickte flehend und schamrot zu ihm auf und bat bebend: »Laß mich! Ich will mich anziehen!«
»Es ist zu schön, mein Engelchen«, sagte er; er bückte sich und hob sie aufs Pferd, überglücklich, den nackten schönen Leib mit den Händen berühren zu dürfen. Er küßte sie unbändig, aber sie preßte die Augen zu, sah nicht auf, hielt die Hände immer vor die steifen Schenkel, und eine Träne rollte ihr über die Wangen.
»Was? Tränen! Nein, das nicht!« sagte er; »wir wollen deine Kleider holen«, und er kehrte um. Da sah sie ihm glücklich und dankbar in die Augen, und er gab ihr einen langen Kuß. Sie schlang die zarten Arme um seinen Hals und ließ ihr Köpfchen auf seine breite Schulter fallen.
Etwas später saßen die drei Mädchen angekleidet auf dem Pferd. Pallieter ging voran und spielte auf dem Dudelsack; und sie sangen zu viert.
Sie aßen gekochten Schinken mit Schwarzbrot und genossen duftenden Kaffee. Den Eltern wurde von dem Schwimmen nichts erzählt, aber festgesetzt wurde, wann der Hochzeitstag sein sollte. Und der sollte fallen auf den 21. des nächsten Monats. Das war der Monat September, der Reichtum des Jahres, die Lust des Erdenlebens.

Regen

Am andern Tag, nach einem flammenden Nachtgewitter, goß es in Strömen. Der Regen fiel schräg in langen, dicken Streifen und platschte heftig auf den Boden; es war, als ob Säbel herunterfielen.

Die Fernen waren blau umnebelt davon, und immer noch zogen neue Regenvorhänge gießend über das Land.

Pallieter rauchte eine Pfeife unter dem Wagenverschlag und lauschte auf den Regen wie auf eine Geschichte aus einem alten Buch. Es war eine angenehme Abwechslung nach all der drückenden Backofenhitze, und eine neue Frische wuchs aus der Erde. Das Wasser schlug laut auf das Dach, rollte in die Dachrinne, die all den Überfluß nicht fassen konnte und darum überfloß, platschend und klatschend, daß es Löcher in den Sand wühlte. Es bumste in die Eimer und klopfte auf die Fässer, es rauschte über die schmachtenden Bäume und spielte rasselnd auf dem Wasser. Das ganze Land rauschte unter der milden Labung wie in einem großen Seufzer der Erleichterung.

Der Pferdestall stand offen, und der Misthaufen dampfte. Pallieter saß auf dem Schubkarren und blickte nach den Tropfen, die von den Dachziegeln fielen, wie Püppchen hochsprangen und in kurzlebigen Bläschen vergingen.

Es war, als ob es über sein Herz regnete, das schwoll vor Wohlbehagen. Er sah die blauen Fernen, das geschwollene Wasser, den nassen Garten, aus dem der Regen den süßesten Rosenduft emportrieb; er sah seinen blauen Pfeifenrauch durch den Regen wegziehen, und ein starkes Gefühl von inniger Güte wallte in ihm auf, ein Gefühl, das sich auswirken mußte, weil es zu groß und zu schön war und er es nicht verdauen konnte. Er wollte den Regen fühlen bis in das Herz hinein.

Er sprang in den kleinen Kahn, der da grau und alt am

Ufer träumte, stieß ab und arbeitete sich aufrechtstehend stromaufwärts. Der Regen tanzte mit einem breiten, rhythmischen Geräusch über das Wasser. Das singende Wasser war so verlockend! Und er, patschnaß, schaffte und ruderte mit dem Riemen so kräftig im Wasser, daß der Gegenstrom schäumend an den Vordersteven schlug. Er sang.

Was war es für eine Seligkeit, all den Überfluß von labendem Naß so schmetternd herunterstürzen zu hören, mit einer so rauhen Milde wie das Geschenk eines Riesen. Die Bäume konnten die Gewalt des Regens nicht fassen, das Gras lag platt, und das Wasser lief in schäumenden Bächen dem tieferen Grunde zu.

Es war eine Wollust ohnegleichen, all die Last von Wasser auf dem Leibe zu fühlen. Es durchnäßte ihn bis auf die Haut, aber er sang:

»O Herr, deine Füße tropfen von Fettigkeit,
Sie segnen die Sprößlinge der Erde!«

Er hob den Kopf und ließ sich das Gesicht vom Regen rot schlagen und seine Brust und seine Schultern beplatschen. »Oh! Regen, umhülle mich mit deinen Schleiern, du Bruder der Sonne!«

Und so fuhr er über das rauschende Wasser und durch das rauschende Land, und er ruderte immer weiter und sang, über die nassen Felder blickend:

»Es regnet, es regnet,
Es regnet seinen Lauf,
Und wenns genug geregnet hat,
Dann hörts auch wieder auf!«

In dem herrlichen Wasserlärm war nirgends ein Mensch; ja, doch einer, ein Fischer, der, ganz versteckt in einem ledernen Mantel, angelte. Er stand unbeweglich wie ein Felsen und ließ den roten Pfropfen nicht aus den Augen. Ganze Schwärme von Schwalben saßen auf dem Deich, und die Kühe auf der Weide gingen hin und her, und ihre dampfenden Leiber hüllten sich in eine weiße Wolke. Ein Kuhhirt sang irgendwo unter einem Schutzdach. Freude war über den grünen Ackerfeldern, und ein wohltätiger Erdgeruch verbreitete sich überall.

Für Pallieters Seele war es ein tiefer Genuß, so an den Regenfäden zu hängen, und in seiner Begeisterung fuhr er immer weiter. Gott weiß, wohin!

Aber von der Landstraße am anderen Ufer, die hier gerade bis ans Wasser kam, hörte er seinen Namen.

Und unter dem braunen Plandach eines Müllerwagens bemerkte er Franzoo, der mit den Armen schwenkte und ihm zurief. Pallieter winkte zurück, und durch den platschenden Regen kam der dicke Kerl lachend herangewatschelt. Er stieg in den Kahn und setzte sich auf ein Bänkchen. Sie fuhren weiter.

»Der Regen macht mich betrunken«, jauchzte Pallieter.

»Mich naß!« sagte Franzoo.

»Dann geh hinunter in die Fischkammer!« rief Pallieter, und Franzoo zwängte sich durch das viereckige Loch in den Fischkasten und ließ nur seinen roten, lachenden Bacchuskopf oben herausgucken.

Pallieter erzählte ihm, daß er bestimmt am 21. Hochzeit mache.

Und hierauf rief Franzoo: »Da müssen wir einen drauf trinken; komm wir gehn in ein Wirtshaus.«
»Nee!« sagte Pallieter, »wenn wir nach Haus kommen.«
»Dann rauch ich eine Pfeife drauf«, meinte Franzoo, und er steckte sich die Pfeife in sein dickes Gesicht. »Kehr nur um, ich krieg schon Durst!« Sie wollten schon wenden, aber Franzoo rief: »Dort kommt die Prozession!« Und wahrhaftig, in dem platschenden Regen kam die Prozession, schwarz von offenen Regenschirmen, traurig herangezottelt. Sie war gewiß um mehr als die Hälfte weniger geworden, lief durcheinander wie verloren, und keine Musik und kein Trommelschlag erklang. Keine Priester zogen voran, und hinten beschlossen die zwei gelben Omnibusse und einige schwarze Kutschen den Zug. In den letzteren befand sich die Geistlichkeit, und die Omnibusse waren vollgepfropft, und oben drauf saßen ganz im Regen noch Menschen mit und ohne Schirm. Und Pallieter sah Charlot, die Jubilarin, mit hochgehobenen Rökken, so daß man ihre säulenförmigen Beine bis beinahe an die Kniee sah – allein unter einem purpurroten Sonnenschirm. Er rief ihr zu. Sie kam herangelaufen und jammerte: »Ach Vetter, geh nur schnell nach Haus und mach den Kaffee fertig, ich bin grün vor Hunger.«
»Komm, steig ein!«
»Nee, nee!« sagte sie, »ich mach alles zu Fuß, schon sieben Stunden im Regen und so ein Hundewetter«, und sie ging nach der Landstraße zurück und begab sich zu den anderen Pilgern. Pallieter und Franzoo lachten, fuhren aber doch nach Haus. Pallieter lauschte auf den Regen, und Franzoo, der immerfort rauchte, betrachtete manchmal die Landschaft mit einem Auge.
Als sie nach Hause kamen, zogen sie sich um, und Pallieter deckte den Tisch unter dem Glasdach, um den Regen draufklopfen zu hören.

Von innen hatte sich an dem Glas ein knorriger Traubenstock hochgearbeitet und breitete nun einen Überfluß von Blättern und Früchten aus. Ah! eine Last von über hundert purpurnen Traubenbüscheln, mit Früchten so groß wie Taubeneier! Hei, was für ein Baum!
Er war die Zierde von Pallieters Wohnung, sein schönstes Möbelstück. Noch einige Tage, dann würden sie in seinen gierigen Mund gepreßt werden! Ah, was für ein Genuß bereitete sich da vor! Der Wein, der das Herz des Menschen stärkt und die Seele fröhlich macht!
Es war ein starker, überreicher Stock. Er war besonders herrlich, wenn die Sonne darauf schien, wenn die großen Blätter durchleuchtet wurden und die Traubenbeeren in ihrem Leben gebenden, goldenen Schimmer hingen.
Der angenehme Kaffeeduft erfüllte die Stube; und dann, als alles so ziemlich fertig war: holländischer Käse, Eierkuchen und Apfelmus, kam Charlot, tropfend wie ein Sieb, stöhnend herein.
Sie ließ sich auf einen Stuhl fallen und fing an zu weinen über ihr schönes Kleid, das nun verdorben und nur noch als Schlafdecke für Lubas zu gebrauchen war.
»Schweig!« sagte Pallieter; »wie war die Fahrt?«
»Nein, der Regen! der Regen!« jammerte sie weiter; »die meisten warten, bis er vorbei is, die Musik is nicht mit zurückgegangen und is mit dem Zug gefahren. Frauen haben gekämpft, um im Omnibus sitzen zu können. Ach, meine Kleider sind wie Blei; sieben Stunden in dem Regen! Je, je!« Sie ging sich umziehen und kam in ihren Werktagskleidern wieder.
»Und jetzt zeig einmal, was du mitgebracht hast«, sagte Pallieter.
Sie holte ihr Eimerchen, knöpfte das nasse Taschentuch ab und holte, immer weiterredend, eine gläserne Kugel heraus, in der ein kleines Marienfigürchen stand.

»Guckt nur, wie schön!« rief sie, »es schneit.« Und sie drehte die Kugel um, schüttelte sie hin und her, und da fielen und wimmelten in der Kugel lauter kleine, weiße Stipschen um das Figürchen herum.
»Das is mir auch ein Schnee, Sägemehl!« sagte Pallieter.
»Nich spotten!« drohte Charlot, »oder ich tu alles weg! Und seht nur hier, Herr Franzoo,« lachte Charlot, »guck nur, Vetter!« Und sie holte aus einer Pappschachtel ein glänzendes Messingding heraus. Es war eine kleine Mutter Gottes, die flach und waagrecht auf einer Schelle lag. Charlot drückte dem Figürchen mit dem Daumen aufs Gesicht, so daß die Beine hochkamen, dann ließ sie auf einmal los, und sie prallten heftig gegen die Schelle, daß es klingelte wie in einer Kirche.
»Das stellt man auf den Tisch, und wenn du mich nötig hast, schellst du einfach.«
»Und«, meinte Pallieter, »dann wirst du glauben, daß die Mutter Gottes dich ruft.«
»Schweig«, sagte sie, »hier is eine Mutter Gottes, die sieht man im Dunkeln. Kommt, guckt nur«, und sie stellte ein Marienfigürchen aus Gips in den Schrank, machte die Tür fest zu und ließ sie durch das Schlüsselloch sehen. Pallieter guckte, Franzoo guckte, und wahrhaftig, aus der kohlrabenschwarzen Dunkelheit im Schrank blühte grünlich das mit Phosphor bestrichene Standbildchen auf.
»Schön, gelt?« rief Charlot, »ordentlich zum Fürchten.«
»Was sich die Leute doch alles ausdenken, gelt, Vetter?« sagte Franzoo.
»Ja«, meinte Pallieter, »und wenn der Mensch nich mehr mit Puppen spielen kann, dann spielt er mit der Mutter Gottes.«
Und siehe da! eins, zwei, drei, packte Charlot alles vom Tisch und brachte es entrüstet in ihre Kammer. Sie rief:

»Nun kriegst du nix davon, und ich zeig euch gar nix mehr!«
Pallieter und Franzoo fingen schon an, Kaffee zu trinken; dann setzte sich Charlot schweigend und böse dazu, aber beim Essen wurde sie langsam wieder guter Laune und fing an, von Mariechen zu schwätzen. Mariechens Bild machte Pallieter den Kopf warm, er ließ den Tisch abräumen und Wein bringen, um auf ihr Wohl zu trinken. Unter den Trauben, die einmal Wein werden sollten, tranken sie das dunkelrote Naß aus großen, kristallenen Römern, die sangen, wenn man sie nur leicht anstieß. Franzoo war beglückt über den guten Wein, sein Glas war niemals leer und niemals voll; es ging ihm ein wie Wasser. Charlot trank süßen, weißen Wein und hatte eine Flasche für sich allein. Pallieter blieb hinter Franzoo nicht zurück, und die zwei stießen an und tranken, während sie sich was von Mariechen erzählten und große Zigarren rauchten, fast viereinhalb Flaschen leer, daß ihnen die Augen stier im Kopf standen und sie die Worte nicht mehr finden konnten. Charlot ging weg, um Besorgungen zu machen, und sie tranken jeder noch eine Flasche alten, schwarzen Wein.

Es fing an dunkel zu werden, und Pallieter sagte: »Komm, wir wollens auch dem Pastor sagen.« Mit tastenden, unsicheren Schritten gingen sie hintereinander durch den Platzregen und lachten alle beide, ohne zu wissen, warum. Sie fanden den Pastor noch in seinem Kaktustreibhaus am Basteln. Der gute Mann hatte eine Sammlung der seltensten Kaktusarten und er wandte viel Zeit daran und sprach gern davon.

Das Datum wurde dem Pastor kundgetan, und er holte drei Flaschen vom Allerbesten herauf. Die Kerzen wurden angezündet, und der Pastor wollte auf seinem Cello Beethoven spielen, aber sie begriffen es nicht: Pallieter und Franzoo saßen da, alle beide völlig besoffen, und tranken immer noch weiter. Pallieter sang etwas ohne Worte, fing wieder an zu erzählen, um dann plötzlich zu schweigen, Franzoo saß da und lachte, lachte immerfort ohne Aufhören. Und jetzt rief er: »Jetzt gehn wir in meine Mühle und trinken eine Flasche; komm, Pallieter, komm, Pastor!«

Aber der Pastor mußte noch Brevier lesen und ging nicht mit, und Pallieter und Franzoo gingen zusammen über den Beginenhof, taumelnd von einer Seite zur anderen. Pallieter fiel in eine Fensterscheibe, und es gab lautes Geklirr von brechendem Glas durch die späte Stille.

Sie setzten über, und singend, daß es schallte, schwankten sie Arm in Arm weiter durch den Regen, der immer noch gleichmäßig das Land begoß... Und als Pallieter am anderen Morgen in Franzoos Mühle aufwachte und die nebeligen nassen Fernen sah, rief er: »O Erde, mit deinen tausend Brüsten, wann wirst du mich je sättigen? Niemals nich!«

Das Füllhorn

Endlich kam der September, der kühle Monat, der blauen Weihrauch um die Bäume hängt.

An diesem Nachmittag lag eine süße Ruhe weit über den Feldern, wo eine Menge Bauern bei der Kartoffelernte war. Hier und da strich durch das gelbe Sonnenlicht ein Wildgänsedreieck nach dem Süden, und hoch im Osten hingen weiße Wölkchen.

Und hei, auf der Nethe vor Pallieters Haus lag ein frischgestrichenes Schiff vor Anker! Es schwamm hoch auf dem Wasser mit seinem glänzenden, runden Bauch, und sonst war es leuchtend weiß und grün gestrichen, mit hier und da ein paar gelben Schnörkeln und einem hellen, roten Stern; weiße Segel hingen schlaff am Mast, und von der höchsten Spitze flatterte ein roter Wimpel.

Die Barke mit den lustigen Farben war das Schiff, mit dem Pallieter seine Hochzeitsreise machen wollte – und die Krone des Jahres, das köstliche Obst, sollte den Schiffsbauch füllen, denn nichts anderes sollte ihre Nahrung sein.

Und Gott! niemals vielleicht war die Krone so schwer und groß gewesen! Sie spannte sich über die ganze Welt, in einem Traum von den herrlichsten Farben, so daß das Land darunter zusammensank; und die Bäume brachen! Oh, das nie genug gepriesene Obst, das das Heiligste des Lebens ist, weil es die Seele und das Blut der Erde eingesogen und in sich verborgen hält, es hatte die Welt überwältigt und geblendet!

Ja, der weiße und rosenrote Mai hatte sein Gelöbnis gehalten; der ganze Überfluß von weißen Blüten unter dem jungen Himmel war nun Frucht geworden! Was einst die Welt als eine Vision von duftendem Glanz ergriff, war nun eine Macht von schweren Äpfeln, Birnen, Aprikosen,

Melonen, Haselnüssen, Trauben, geschwellt von Saft, die die Sonne rot gebrannt hatte, und gelb und rosa und purpurn. Ein Traum!...
Die Gärten waren Paradiese, in denen nichts verboten war und wo aller Überfluß und alle Güte des Lebens in prächtigen Farben und süßem Duft zum Greifen hingen. Es war ein Segen!.. Zum Lobsingen und Danken!
Oh, wie froh war Pallieter in diesen Tagen! Er war wie toll und ausgelassen wie eine junge Amsel. Und er rief vom Birnbaum herunter:
»Das Leben läßt seine Perlen fallen!«
Er hatte eine blaue Schürze Charlots um und war in Strümpfen, radieschenroten Strümpfen, die grell aus den gedämpften Tönen ringsum herausleuchteten. Alles war gepflückt und bereit, um eingeschifft zu werden, denn heute wollte Pallieter abfahren und morgen dort ankommen und Hochzeit machen. Er ließ sich vom Baum heruntergleiten und rief, grün von Moos und den Mund voll Birnensaft, nach Charlot hinüber, die eifrig dabei war, mit einem langen Besen im Nußbaum herumzuschlagen:
»Eil dich!«
Aber Charlot hackte weiter, wie Sankt Georg auf den Drachen, so daß die Äste krachten, die Blätter herumstoben und die umhülsten Nüsse wie ein dichter, schneller Regen zur Erde prasselten.
Dort auf der Bleiche lagen die gepflückten Äpfel, und in dem vollen Schein der messinggelben Sonne machten sie einem die Augen übergehen und das Herz schwellen.
Jeder Apfel war so dick wie zwei Fäuste und dunkelrot mit buttergelben Strahlen.
»Ihre Seele liegt darauf«, sagte Pallieter bewundernd; »wer sollte denken, daß sie von innen weißer sind als Milch?«

Und er rieb einen auf seinem straffgezogenen Hemdsärmel, bis er glänzte wie Glas.
»Es ist eine Sünde, ihn aufzuessen«, sagte er, als er nur noch das Kerngehäuse in den Fingern hielt.
»Hallo, Charlot«, rief Pallieter noch einmal. »Hör auf! Es sind genug Nüsse. Bring nur alles zum Haufen!«
Charlot füllte einen Korb mit Äpfeln und hob ihn dann keuchend vor ihren dicken Bauch; der rote Schein der Äpfel fiel auf ihr Gesicht wie eine späte Abendsonne.
Und es traf sich so, daß der Pastor, sein Brevier lesend, auf dem Nethedeich spazierte und rief:
»Hallo, Charlot, bring mir auch ein paar!«
Charlot wollte sich umdrehen, aber sie strauchelte, und mit dem Schrei: »Jesus Maria, mei Äpfel, mei Äpfel!..« fiel sie auf den Boden, und all die roten Früchte rollten rasch kullernd vor ihr her.
Der Pastor kam sofort herbeigelaufen, um ihr auflesen zu helfen, und Pallieter lachte sie von weitem aus, daß es in den Bäumen hallte und Echo gab.
Der Pastor half den Korb tragen.
Inzwischen hatte Pallieter schon den halben Obsthaufen in das blaue Handwägelchen geladen, und jetzt legte er noch Äpfel dazu, daß sie über die Seitenwände rollten.
Wie erstaunte der Pastor über all den Früchteüberschuß da auf dem blauen Wägelchen!
Er schlug die Hände zusammen und rief:
»So seht doch nur, seht doch nur! Salomon würde einen schönen Psalm drauf machen!«
Und das war wahrhaftig wahr!
Ein Schatz der allerschönsten Früchte durcheinander geworfen: purpurne Trauben mit rotbraunen Blättern und daneben und dazwischen das zarte Rosa und das helle Gelb von samtenen Pfirsichen und Mirabellen, das Grün der Haselnüsse und Walnüsse, das Gold der Melonen, die

Bronzefarbe der Birnen und das glänzende Braun von jungen Kastanien und Mispeln, und das alles durchglüht und durchschlagen von dem leuchtenden Brand der Äpfel!
Alles durcheinander und übereinander, ein Reichtum von Farben, eine Duftwolke verbreitend, die Kranke gesund machen konnte und die Vögel betäubte.
Das ganze Leben war es, das da lag!
Eine Trophäe für einen Gott!
Vorsichtig zog Lubas das schwere Wägelchen zu dem Schiff, und Pallieter, Charlot und der Pastor liefen nebenher mit frohen Gesichtern.
Ah, was waren das hier für zwei gemütliche Stübchen! Weiße Gardinen und Blumentöpfe vor den Fenstern, durch die man weit über die blauen Felder blickte.
In der Ecke unter einem runden Fenster stand das Bett, das Charlot zurechtgemacht und über das sie sorglich ein Kruzifix mit einem geweihten Palmzweig gehängt hatte.
Charlot kehrte sofort zurück mit dem Wägelchen, um noch mehr Obst zu holen, und der Pastor nahm sich einen Stuhl, während Pallieter sich auf die Ecke des kleinen Tisches setzte. Sie tranken einen Tropfen ›Schiedam‹, und der Pastor sagte:
»Was für eine komische Idee ist es doch, die Hochzeitsreise zu Schiff zu machen!«
»Ja!« rief Pallieter, »was kann man sich Besseres ausdenken, um nich gestört zu werden von Euch oder von Charlot, und ruhig zusammen Feuer und Flamme zu sein, zu schmelzen, ineinander zu vergehen! Es lebe das Schiff!«
Charlot brachte erst noch eine Fuhre Obst, Pallieters Dudelsack, seine Harmonika, Tabak usw., und dann mußten alle vom Schiff, denn das Wasser begann zu steigen, und Pallieter ging hinein, um sich zu waschen.

Franzoo erschien ungefähr zu derselben Zeit, ein Bündel im Arm, auf dem Nethedeich und rief zum Überholen, denn er ging mit Pallieter zu Mariechen. Charlot und der Pastor sollten morgen mit dem Hundewägelchen nachkommen.

Charlot holte Franzoo mit dem Kahn vom andern Ufer, und der Maler erzählte, daß seine Frau nicht mitkommen könne, weil eins von seinen sieben Kleinen Zahnschmerzen hatte.

»Aber wir werdens wohl auch alleine fertigbringen!« rief Franzoo.

Der Tag ging graublau zu Ende, der Abend kam rasch und still, und die Flut stieg hoch.

»Wir fahren zur Hochzeit!« schrie Pallieter, und das Segel wurde losgemacht, das Schiff vom Ufer gestoßen, und schon trieb es schräg nach der Mitte zu, wo es stattlich mit dem Strom dahinzog, klar im Wasser gespiegelt.

»Wir fahren zu Mariechen!« sangen Pallieter und Franzoo dem Pastor und Charlot zu, die auf dem Nethedeich standen und ihnen nachschauten. Der Pastor winkte mit dem Taschentuch, und auf einmal stieß Charlot einen Schrei aus, schluchzte: »Vetter, lieber, guter Vetter!« und versteckte ihr weinendes Gesicht hinter ihrer blauen Schürze.

...Die zwei Männer fuhren an der Stadt vorbei. Der Rauch vom Abendessenkochen stieg aus vielen Schornsteinen ruhig und gerade in die dünne Dämmerluft hinauf, in der noch Sonnengold hing. Die Lampen wurden angezündet. Man hörte viele Geräusche von Kindern und schweren Wagen auf den schmalen, gepflasterten Straßen. Dann kamen sie wieder ins freie Feld, wo es ganz still war und der Abend schon in den hohen Bäumen hing. Die Luft war rein und mild. Die Äcker lagen verlassen da, nur in der Ferne war noch ein langsam ratternder Wagen. Das

Schiff glitt hoch und lautlos über das kühle, steigende Wasser.
In einem reinen Blau kam der Abend über die ruhige Welt. Ein langer weißer Nebelstrich hing vor den fernen Bäumen, und dort in der blauen Abendeinsamkeit glühten zwei hellrote Kartoffelfeuerchen.
Der Nebel breitete sich nun geschmeidig aus über die ganze Landschaft und wiegte sich dicht an der Erde und über dem Wasser wie ein bleicher Traum.
Zarte Düfte zogen über die Felder, und man roch aus dem Stübchen die Melonen und die Äpfel.
Ein tiefer Friede überall, wie nach vieler, schwerer Arbeit, und als ob nun eine heilige Ruhe gekommen sei. Ein verspäteter Vogel lachte fern in der Stille.
Auf dem Deck lagen die zwei Männer, schweigend, und rauchten ihre Pfeifen. Morgen würde Mariechen als Jungfrau dieses Schiff betreten und Frau werden in dem reichen Früchteüberfluß des milden Jahres. Wie festlich! Wie aufregend!.. Zum Nichtstillsitzenkönnen!
Und doch dachte Pallieter nicht daran, der Abend war so süß und still, so überreich an innerlichem Frieden, daß er sich ruhig fühlte und rein wie ein Heiliger.

Da war das Fest nun in vollem Gange.
Die ganze lange Scheune war ein Tisch, und überall ringsherum saßen Leute, die gierig aßen, laut schwätzten, schrien und sangen.
Es war ein Lärm wie beim Jüngsten Gericht, und zwischendurch tönte manchmal eine tiefe Harmonika und ein gellender Triangel.
Schwitzende Knechte in Hemdsärmeln brachten auf Brettern und ausgehängten Türen die Schüsseln mit Wurst, Rotkraut, Schinken, Schnittbohnen, dampfenden Kartoffeln und die Kannen Bier.

Die Tore zu beiden Seiten standen offen, um es recht hell zu machen, und man hatte eine freie und weite Aussicht auf die Felder und Fichtenwälder, über denen ein dünner Nebel hing, durchsponnen von messinggelber Sonne.
Die grauen Lehmwände waren freundlich überzogen mit dunklem Spargelgrün, in dem feurigrote Papierrosen leuchteten.
Der Saal war bläulich von dem Rauch, der aus Pfeifen und Zigarren stieg. Die Sonne drang tief in die Scheune hinein und weckte viele Farben auf. Mitten an der lustigen Bauerntafel saß das junge Paar: Pallieter und Mariechen. Mariechen saß da wie ein Püppchen, still und steif in einem anliegenden, pflaumenblauen Kleidchen, das die Brüste hochdrückte; ein weißer Gazeschleier, der in losen Falten über ihre Schultern fiel, wurde auf dem Kopf von einem Krönchen aus weißen, in Wachs getauchten Orangeblüten zusammengefaßt. Sie saß sittsam wie ein Nönnchen, jung und frisch vor Glück.
Ihre apfelroten Wangen glühten noch mehr als sonst, und die gebrannten Löckchen hingen in der ruhigen Sonne wie feines Gold auf ihre weiße Stirn.
Sie saß da in all dem Lärm, als ob sie nicht dazu gehörte; und wenn Pallieter, der frischweg neben ihr sein Essen verschlang und seine Pfeife rauchte, ihr etwas erzählte, so schlug sie die Augen nieder, und eine dunkle Röte zog über ihr Gesicht und ein glückliches Lächeln um ihre Lippen; aber wenn Onkel Hanrie, ihr Vater, dann wieder mit Pallieter über Honig und Mist redete, dann wanderten ihre Augen über den ganzen Tisch, und sie nickte Bekannten und Verwandten erfreut und ein bißchen verlegen zu. Sie rührte das Essen und das Bier fast nicht an, sondern aß aus einem der vielen Obstkörbchen, die auf dem Tisch standen, einen saftigen Pfirsich und knabberte an einer Nuß.

Pallieter sah sie so in ihrer reinen, kindlichen Einfalt dasitzen; sein Herz schlug schneller, und er wollte mit ihr allein sein. Er war aufgeregt.
»Komm, wollen wir uns still davonmachen?«
Aber sie wollte noch warten, wagte noch nicht wegzugehen, um das Fest nicht zu stören; und dann kam wieder frisches Essen, es wurden neue Lieder gesungen und die Gläser noch einmal gefüllt.
So blieben sie sitzen.
Auf einem Faß saß, mit einem Bierkrug zu seinen Füßen, ein schielender Kerl und spielte andauernd und gleichgültig die Ziehharmonika.
Franzoo riß die Augen weit auf über den großen Farbenreichtum. All diese Bauernköpfe, die fast nie etwas anderes wie Erde gerochen hatten und köstlich danach geformt waren.
»Jeder Kopf is goldwert!« sagte Franzoo.
Die buntseidenen Schale wimmelten und glänzten, das schwere Gold funkelte, und all die schneeweißen Spitzenhauben, das silberblonde Haar der jungen Dirnen, die bunten Halstücher der Männer und ein hellgrüner Dragoner, das war ein Fest für einen Maler; und dann: es war viel Schwarz, seidenes und baumwollenes Schwarz dabei, das die Farben und die Früchte auf dem Tisch noch stärker glänzen ließ. »Oh!« rief Franzoo Pallieter zu, »Vetter, so etwas gibts nich wieder von hier bis nach China! Kolossal!«
Und die Sonne, die immer mehr hineinschien, gab dem Ganzen noch mehr Üppigkeit und innigeres Leben.
Der Glatzkopf des Pastors stach glänzend ab gegen die blaue Ferne der Fichtenwälder, und Charlot schwitzte vor Eßlust und Vergnügen.
Mariechens Großmutter, die neben ihr saß, in knisternder, schwarzer Seide und einem Strohhut mit breiten

Bändern, schwieg kein Ave-Maria lang still von ihrer Enkelin, bis ein Augenblick kam, in dem Charlot die Tränen in die Augen traten.
Es wurde viel gelacht und gesungen, und das Bier stieg ihnen in die Köpfe. Der Lärm überwältigte die laute Harmonika.
Pallieter wars, als hätte er Ameisen in den Beinen; er wollte mit Mariechen weggehen. Sie wagte es nicht, aber er legte den Mund an ihr Ohr und flüsterte ihr still und lang etwas zu, da stand sie lächelnd auf und ging fort. Gerade da sprang ein vierzigjähriges, besoffenes Bäuerlein auf einen Stuhl und fing an zu singen:

»Ja, drei Tambours, die aus dem Kriege kamen,
Ja, drei Tambours, die aus dem Kriege kamen
Von rump plum, rum plum, rum plum plum,
Die aus dem Krieg kamen.«

Alle sangen mit, und dadurch ging Mariechen sozusagen ungesehen vom Tisch weg.
Pallieter ging nach der anderen Seite hinaus, und sie kamen hinter dem Haus zusammen, wo die Wagen der Gäste standen. Und während Mariechen eilig in ihre Kammer lief, um die schon eingepackten Kleider zu holen, spannte Pallieter Lubas vor das blaue Hundewägelchen. Sie setzten sich nebeneinander auf das schmale Bänkchen, und mit einem »Hü!« rollte das Hochzeitspaar davon!
Aber kaum waren sie einen Bogenschuß weit gekommen, als auf dem Gehöft lautes Geschrei losging. Pallieter und Mariechen sahen sich um, und hinter der Hecke und auf dem Weg standen alle Gäste und riefen und jauchzten; sie winkten mit Armen und Taschentüchern, und manche standen auf Tischen und Stühlen. Sie fuhren rasch durch das stille Dorf und kamen wieder ins freie Feld. – »Immer

weiter bis an die Nethe!« rief Pallieter. Die stillen Fichtenwälder atmeten einen starken Terpentingeruch aus, und hier und da stach durch das dunkle Nadelgewölbe ein bißchen Sonne auf einen Birkenbaum. Manchmal fiel ein Blatt sich langsam drehend herunter. Pallieter hielt seine Frau im Arm, und von dem schnellen Fahren flatterte der Gazeschleier nach hinten. Sie legte ihr Köpfchen auf seine Schulter, küßte ihn innig und lachte dann laut heraus.

Sie wurde frei und ungezwungen, nun sie allein war mit ihm, den sie lieb hatte wie den Himmel. Sie stießen manchmal gegeneinander, und der Staub wirbelte an den Biegungen in dicken Wolken auf. Bauersleute blieben stehen und sahen ihnen lachend nach, riefen ein Scherzwort, aber sie fuhren weiter, ohne sich umzusehen, um schnell in Ruhe allein zu sein.

Allmählich wurde der Boden fettiger, und nachdem sie noch durch ein kahles Fichtenwäldchen hindurchgefahren waren, sahen sie dort unten im Hellen die Nethe glänzen; und da lag das Schiff.

Sie flogen die sanfte Böschung hinunter.

Als sie angekommen waren, durfte der Knecht, der das Schiff bewacht hatte, mit einer Handvoll Trinkgeld zum Fest gehen.

»Nimm du das Wägelchen mit«, sagte Pallieter, »Lubas bleibt bei uns, der wird nich aus der Schule plaudern. Adieu!«

Nun standen Pallieter und Mariechen und Lubas auf dem Schiff. Sie wollte durch die Fall-Luke hinuntergehen, um sich umzuziehen, aber Pallieter sagte lachend: »Jetzt noch nich, sonst kommen wir nich wieder.«

Dann setzte sie sich neben das Steuer auf das Wasserfäßchen und sah Pallieter zu, der die Segel auseinanderschlug, die ein dünner Wind blähte. Pallieter stieß das

Schiff vom Ufer, setzte sich neben sie ans Steuer, und langsam trieben sie weiter wie im Schritt.

»Endlich hab ich dich«, rief Pallieter und küßte ihren roten Mund.

Das Schiff zog durch das schöne Land von Reyen. Hohe Wolken waren am frischen Himmel, und auf den Wiesen überall Kühe, und in der Ferne die Hügel mit Tannenwäldchen bewachsen.

Und sie saß in ihrem pflaumenblauen Kleidchen, fest von seinem Arm umfangen, während er mit dem andern steuerte. Der Schleier wehte manchmal hoch, und wenn er wieder niederfiel neben ihr Antlitz, siebte die Sonne hindurch und vergoldete fein ihre roten Wangen.

Wie eine schöne Mutter Gottes kam sie ihm vor.

Sie war doch so glücklich; es strahlte ihr auch aus den Augen, und das Körbchen mit Obst, das Pallieter zu ihren Füßen hingestellt hatte, blieb unangerührt.

Das Wasser duftete, das Grasland duftete; hier und da stand schon ein gelb gewordenes Bäumchen; die Sonne fiel auf das weiße Segel, und hoch am Himmel zogen die Kraniche im Dreieck nach dem Süden. Pallieter sah den Vögeln nach, und da stieg zum ersten Mal die große Lust, in die weite Welt hinauszuziehen, in ihm auf.

Sie fanden all das so neu und herrlich, daß sie darüber schrieen und jauchzten, aber in ihren Herzen wurde die Süßigkeit der Liebe immer stärker, die die Sinne betäubt und die Kräfte erlahmt, und sie vergaßen all den Überfluß von reiner Schönheit, um nur beieinander zu sein.

Sie verlangten gierig nacheinander, küßten sich um die Wette und konnten nicht nahe genug zusammensitzen.

Inzwischen fuhren sie weiter, und der frühe Abend zog rasch über den Himmel. Gritzegrau wurde die Gegend, der Wind fiel aus den Segeln, und es kam eine Stille.

Sie erkannten die Landschaft nicht mehr, und in der Ferne wurde ein Lichtchen angezündet.
Aber sie dachten nicht an Aufstehn. – In der Stille legte sich der Abendnebel wie ein Schleier über die Felder und wurde zusehends dichter. Sie stießen irgendwo ans Ufer, und das Schiff blieb stecken. Da stand Pallieter auf, Mariechen seufzte, und schweigend band Pallieter das Schiff an einer Weide fest. Nun war schon hier und da ein Lichtchen.
»Komm, jetzt gehen wir hinunter«, sagte er.
Auch hier wurde die Lampe angezündet, und als Mariechen all den Reichtum von schönen Früchten sah und das weiße Bett, das Pallieter aufdeckte, da stieg ihr auf einmal das Blut ins Gesicht, ihr Herz klopfte, und still und gelassen legte sie den Kopf an seine Brust.
Und da draußen leuchtete die offene Luke durch den Abend und den Nebel wie ein Zeichen von großem Frieden und Glück.

Was für ein Genuß wars, als sie morgens aufwachten in dem warmen Bett, mitten in dem Duft der Früchte, als sie durch das runde Fensterchen eine sonnenbeschienene Fläche daliegen sahen und moosbewachsene wellige Hügel drumherum. Sie umfaßten sich und fingen an, sich zu balgen wie zwei kleine Kinder.
Obst essend, kamen sie an Deck, und hei, welches Vergnügen! Wind und Sonne!
In der Nacht hatte es geregnet, und nun war alles noch einmal so frisch und so neu. Ein breiter, lauer Wind rollte mächtig über die Welt, die Nebel waren weggefegt, und die Sonne schien warm, verjüngt und neu durch die milchweißen, schnellen Wolken hindurch auf die grüne

Erde. Das Schiff fuhr nun mit schlohweißen, offenen Segeln, die der Wind aufblähte wie Bäuche.
Es jagte über das silberne, runzelige Wasser, das Holz krachte, und der rote Wimpel flatterte. Lubas bellte, aber sein Gebell zerstob wie Sand. Keine Stimme hatte Bestand.
Der Rauch fiel an den Schornsteinen der einsamen Häuser hinunter, und eine weiße Mühle drehte auf einem Hügel eifrig ihre Flügel.
Mariechens Röcke wurden zwischen und gegen ihre stämmigen Beine gepreßt und gespannt, daß man deutlich ihre schönen Formen sah. Pallieters Pfeifenrauch verwehte im Wind.
Es war ein Hochgenuß, so dahinsegeln zu können. Und beide blieben aufrecht stehen, um den Druck des guten Windes überall zu spüren. Und so fuhren sie stets weiter und weiter auf der schönen Nethe, die sich über das Land erhob.
»Oh, Mariechen!« rief Pallieter, und er nahm seine liebe Frau in den Arm und sah ihr in die großen, frohen, fragenden Augen. »Du hast mein Leben noch einmal so groß und schön gemacht! Wie soll ich es Gott danken!«
Sie schwieg, da rief er: »Wir wollen seine Früchte essen!«
Und er preßte mit beiden Händen eine große Traube in ihren offenen Mund.

Hörnerschall

Breit, mächtig und beständig war der Herbstwind tagelang über die Erde gebraust, Nebel und Regenschauer mitjagend in seiner großen Kraft.
Tage hintereinander blieben die Häupter der Bäume gebogen, die Blätter umgeschlagen und das Gras platt am Boden. Dann kam der Nebel, und die Blätter verfaulten, und die Kühe brüllten nach dem Stall.
Währenddessen feierten Pallieter und Mariechen in ihrem Haus ihr junges Liebesfest.
Aber jetzt war das Wetter wieder hell geworden, und die niedrigstehende Sonne ließ die herrlichen Fernen sehen. Türen und Fenster auf!
O Gott! nun hatte die Welt ihr Angesicht ganz verändert! Das mächtige Grün, das so viele Monate hindurch die Bäume gekleidet hatte, war nun gelb, braun und rot geworden! Und aus dem Moos, dem Himmel, dem Feld, den Bächen und dem Schilf, aus dem Großen und dem Kleinen stieg eine heilige Ruhe, ein reiner, stiller und tiefer Ernst.
Die Blätter fielen, der Winter fröstelte schon am Horizont. Es war aus. Das Leben hatte alles gegeben, was es konnte. Es war müde und erschöpft und wollte nun ausruhen in der Erde und neue Kräfte sammeln für das nächste Jahr. Frösche, Fledermäuse, Vögel und Grillen, alles folgte ihrem Gesetz. Es ist das Atemschöpfen der Welt. Allerhand neues Leben ist nun geboren und hat gelebt, und weil das Leben immer leben muß und Leben geben, so holt es manches wieder zu sich hinunter, um im nächsten Jahr eine neue Seele hineinzuhauchen.
Wie kann es anders? Woher sollte die Erde immer wieder die Hülle für die Seelen holen? Sie ist doch rund und abgerundet, und es ist nicht mehr Stoff da, als da ist.

Darum helfen alle, die vergehen, mit, andere kommen zu lassen. So kommt jedes an die Reihe, und das eine ist so schön wie das andere, weil es mit zum Atem des Lebens gehört. So schön ist es, wenn man daran denkt; aber ach, wir Menschen möchten es doch gern anders haben.

Es war still hier bei den vielen murmelnden Bächen unter den hohen, gelben Bäumen und dem dichten, braun gewordenen Gebüsch. Mittagssonne war da und nichts zu hören als das trockene Ticken von fallenden Blättern. Pallieter hatte einen blauen, mit Roggenmehl gefüllten Doppelsack über die Schulter hängen und ging nach Hause. Er war wie berauscht, berauscht von all den starken Herbstfarben, und sein Mund war purpurn von dem Überfluß süßlicher Brombeeren, die er unterwegs gepflückt und gegessen hatte... Und wieder blieb er stehen wie gebannt, als er sah, wieviel Schönheit ihn umgab.

Hei! all die gelb gewordenen Blätter, die gelben Bäume waren von der Sonne durchstrahlt! Die gelben Wipfel, die rein und stark das Licht trugen und sich scharf von dem zartblauen Himmel abhoben, konnten all das übermächtige Sonnenlicht nicht schlucken, ließen es hinabfallen und hüllten ihren ganzen Baum in Licht. So machte es jeder Baum, und der eine Baum gab sein Licht und seine Farbe dem andern, und all die Bäume waren zusammen wie eine goldene Wolke. Pallieter war ganz hell belichtet davon.

Er ging weiter, und bei jedem Schritt rauschte es zart in der Stille von trockenen, abgefallenen Blättern. Sie lagen lose und dick wie Teppiche und gaben einen angenehmen Duft. Für Pallieter war es ein herrliches Geräusch, und er hob die Füße nicht mehr hoch, sondern schob sie durch die Blätter. Das Rauschen wurde dadurch voller. Es war schön, es ließ ihn träumen. Die Blätter schoben sich, schlugen und fielen über seine Schuhe; er spielte damit, ging bald schneller, dann wieder langsam und ließ sie so singen, diese gelben, dürren Blätter, singen, singen, wie ein fernes Meer. – So kam er weitergehend an einen hügeligen, offenen Platz voll gelber Blätter und umgeben von hohen, schweren Bäumen und dichten Sträuchern. Pallieter blieb betroffen stehen, denn hier stieß die Sonne frei und nackt all ihre Macht in das bunte Laub, so stark, daß das Gelb der Pappeln leuchtend war wie lebendiges Gold und das Rot der Buchen wie Feuer und Blut. – Es war eine Herrlichkeit von Tönen und Farben, ein Auseinanderfalten der reinsten Goldtöne, die man sich denken kann: Ambergelb, Braun, Rot, Kupfer, Blut, Feuer, Flammen und Gold. Und das Licht der Sonne webte, tauchte, sprühte und tanzte und schlug sie durcheinander zu einer Vision von heiligem Farbenklang. Es war Musik. Hier war es noch stiller, nichts rührte sich, alles regungslos wie Eisen.

Auf einmal streckte Pallieter lauschend den Kopf vor. In der Ferne war der Schall von vielen Jagdhörnern. – Hei, diese Töne erhöhten die goldene Pracht der Bäume! Sie

legten sich wie Kränze um das Laub! Man sah den Schall in den Bäumen!... Er lauschte, ging Blätter schiebend weiter und kam auf schmalen, zwischen hohen Bäumen sich windenden Wegen aufs freie Feld.
Überall war zarte, feine Sonne, und dort, jenseits der Nethe, goldete aus blauem Himmel der unendliche Beginenwald. Herbstfäden zogen durch die Luft, und ein Geruch von weißen Rüben hing über dem Land.
Pallieter legte sich auf den Bauch ins Gras und lauschte nach dem fernen Hundegebell und dem Hörnerschall, der aus den blauen Wäldern drang. Herrlich hallten die schönen Hörnerklänge dort in der Ferne. Sie purzelten übereinander, liefen hin und her und verirrten sich durch die ganze Gegend.
Und siehe, ein entsprungener Hirsch kam aus dem Beginenwald! Sogleich wurde er verfolgt von Bauern mit Schippen und Heugabeln – aber er war ihnen zu schnell und setzte mit zierlichen Sprüngen, das Geweih nach hinten und die dünnen Beine gestreckt, einer Brücke gleichend, wie mans auf alten Gobelins sieht, über Gräben und Bäche, rannte durch eine überschwemmte Wiese und verschwand nach der Sonnenseite hin in einem andern Wald.
Aus der Ferne schallten die Hörner weiter, bald fern, dann wieder nah, je nach dem Gang der Jagd. Er sah Schafe grasen, die Sonne schien rot durch die dünnen Ohren und streichelte die dicke Wolle wie mit Fingern. Am Rand des Bächleins saß der bucklige Hirt und spielte Karten mit sich allein, ganz allein, wie's die Kinder machen. Der arme Kerl!
»So gewinnst du immer«, sagte Pallieter, »probiers einmal gegen mich!« Pallieter setzte sich ins Gras, nahm die schmutzigen, zerknüllten Karten auf, mischte und gab aus. Da waren sie nun am Spielen, am Sechsundsechzig,

und sie fluchten, sakermenterten und schrieen, als ob die ganze Welt davon abhinge. – Das dauerte so seine zwei geschlagenen Stunden lang, bis die Sonne unterging, und zwischendurch tranken sie von dem Branntwein, den der Hirt in einem Blechkrug in der Tasche trug.

Der Hirt hinkte weg, mit seinen guten Schafen, und die Sonne steckte den Westen in Feuer und Flamme, zerbrökkelte rotes und gelbes Gold über blaue und purpurrote Wolken, umfaßte die ganze Welt mit ihrem glorreichen Glanz, und die noch stehenden Wasserpfützen auf dem Weg glühten wie Stücke Sonne.

Pallieter zog über Feldwege nach Hause und betrachtete gerührt ein junges Bauernpaar, das sich flüsternd über eine weiße Kuh beugte, die späten Klee rupfte. Die Sonnenluft umhüllte sie mit feinem Orangegold, und eine Schwalbe schoß zwitschernd über ihre Häupter.

Pallieter ging noch in eine Schenke, in der Bauern und Fuhrleute Karten spielten.

»Hallo!« rief man durcheinander ihm von allen Seiten zu, »du wirst'n Schloß dabei verdienen! Jetzt wirst du so reich, wie die See tief is! Spendier ein Fäßchen Bier darauf! Das bringt es schon ein!«

Pallieter erschrak, sah sich erstaunt um: »Was soll denn das bedeuten!?«

»Ja, weißt du's denn noch nicht!?« riefen sie von allen Seiten und erzählten ihm, daß eine Eisenbahn über die Nethe gebaut, daß diese kanalisiert werden sollte und sein Garten ganz dazu gebraucht würde. Weiter sollte noch ein Fort dazukommen und ein neuer Friedhof. Die Beine zitterten ihm.

»Bums! Nun ist es zum Teufel!« fluchte Pallieter, daß es donnerte. »Leb wohl, du schönes Land!... Aber in so einem Land bleib ich nich wohnen! Dann ziehn wir weg! Dann machen wirs wie die Vögel! Die Welt is groß genug!« Und er dachte wieder an die Kraniche, die er an seinem Hochzeitstag nach dem Süden hatte ziehen sehen und die zum ersten Mal in ihm den Gedanken geweckt hatten, überall und nirgends wohnen zu wollen.

»Ausgezeichnet!« jauchzte er, trank seinen Schoppen aus, schlug den Doppelsack wieder über die Schulter und ging schnell nach Haus, um es seinem allerliebsten Mariechen zu erzählen.

Der Abend war gekommen, der Osten war geschlossen, und im Westen zögerte noch ein mattgoldener Streifen. Der Nebel stieg aus dem Boden. Der Geruch von dürren Blättern lebte auf, und es lag eine gemütvolle Stille über dem Land. Nur das graugelbe Laub raschelte, knisterte und rauschte unter und über Pallieters Füßen. Eine Kuh brüllte nach dem Stall, ein Blatt fiel auf Pallieters Hand, und in dem dunklen Beginenwald klang noch wehmütig und langsam ein einsames Jägerhorn.

Pallieter überlief es kalt bis in die Haare, Tränen traten ihm in die Augen, und er fühlte mit einem Mal den Winter durch das Land zittern und durch sein Herz.

Zu Haus wurde mit Mariechen im Bett darüber gesprochen, die froh darum war; und es wurde, nachdem alles erwogen war, beschlossen, daß sie im Frühling, wenns wieder grün wird, zusammen in einem Kirmeswagen in die weite Welt hinausziehen wollten.

Ein grauer, nasser Tag

Durch den dicken, grauen Nebel, der den Anblick der Welt verschloß, fiel ein Staubregen, fein und frostig.
Die Bäume schimmerten grün wie Frösche. Alles war naß. Wer hinauskam, wurde naß bis in die Lunge.
Die Nässe kroch ins Haus, beschlug die Fensterscheiben und machte die Wände klamm. Die Fliesen schwitzten, und das Salz war naß. Die Türklinken waren naß, das Örtchen war naß, alles war naß bis in die Seele.
Und durch den Nebel gurrte aus einem schwarzen Baum eine einsame Turteltaube...
Das Leben hatte seinen letzten Seufzer ausgehaucht, und alles war verlassen und kaputt.
Die Bäume waren splitternackt und erbärmlich anzusehen mit ihren verwirrten, sich windenden Ästen. Der tolle, böse, wilde Wind hatte all ihre Blätter abgerissen, sie in die Luft zerstreut, daß manche hochflogen wie Vögel; andere trieben zu Tausenden hintereinander über die Wege, gelangten irgendwo in eine Ecke, in ein Zugloch, wo sie nicht mehr heraus konnten und ungeduldig und unbarmherzig sich manchmal mit einem Stück Zeitung herumwirbelten: immer nur drehen, tanzen und in der Runde schieben und springen, zum Tollwerden.
So dauerte der Blättertanz, eintönig und unaufhörlich, bis der Regen sie festschlug und verfaulen ließ.
Die Bäume trauerten, wie Mütter, um ihre Blätter...
Unter dem Wagenverschlag standen Mariechen und Charlot mit aufgerollten Ärmeln am dampfenden Waschfaß, und Pallieter hockte auf den Knieen und hackte Holz.
Es war so still über dem Land, die Frauen schwiegen, und nur das Hacken und Krachen des Holzes drang eine kurze Strecke durch den Dunst.

Man konnte nicht bis über die Nethe sehen, so dicht hatte der Nebel die Welt umhüllt. Eine weiße Nacht.
Die Bäume im Garten standen grau und traurig da wie nutzlose Dinge.
Verschwommen wie ein Gespenst ging ein Mann mit einem schwarzen Hund hinter sich an der Hecke entlang. Er blieb stehen und rief mit heiserer Stimme: »He, Pallieter, bist du das?« Und dann fing er gewaltig an zu husten. Als er fertig war mit Husten, rief Pallieter: »Ich bins in eigener Person!«
»Willst du mich übersetzen?... Sonst muß ich einen großen Umweg machen.«
»Wo gehst du hin, Piet?« rief Pallieter.
»In den Beginenwald, Holz kaufen! Gehst du mit? Es sind gute Geschäfte zu machen!«
»Ich gehe mit!« rief Pallieter zurück, »wart!«
Er ging hinein und holte seinen Mantel.
»Gelt, du kommst früh nach Haus, Pallieter?« bat Mariechen. »Ich will dir dann auch was sehr Hübsches erzählen!«
»Darf Charlot es nich hören?«
»Ja doch, aber... Mach, geh nur, und komm bald wieder!«
Sie errötete ein bißchen und strich mit dem schönen Unterarm die braunen Löckchen aus der Stirn.
»Ich darf alles hören!« rief Charlot gereizt, »und ich werds noch eher hören als wie du, jawohl, du neugieriger Hampel!« und dann schmeichelnd zu Mariechen: »Nich wahr, mein Lämmchen?«
»Gewiß«, sagte Mariechen, aber sie wusch weiter.
»Los, sag mirs doch«, mahnte Charlot, »sag mir doch nur ein bißchen davon.« Da erzählte Mariechen, was es war.
»Is das wirklich wahr?« rief Charlot erfreut, und sofort verlangte sie, daß Mariechen aufhörte zu waschen, denn

das wäre nicht gut und könnte schlechte Folgen haben.
»Was wird Pallieter sich freuen, wenn er das hört! Laß mich es ihm sagen, ich kann das gut,« sagte Charlot.
Pallieter fuhr mit Piet und dessen Hund übers Wasser, und dann gingen sie auf den Beginenwald zu.
Sie folgten dem sich schlängelnden Weg, denn sie konnten die Landschaft im Nebel nicht erkennen. Die Bäume wuchsen jedesmal plötzlich aus dem Nebel heraus, grau, und verschwanden dann sofort wieder.
Der Regen hing wie feine Perlchen auf Pallieters Mantel, und der Boden war in fettigen Schlamm verwandelt, der bis über die Knöchel ging. Sie kamen an einer überschwemmten Wiese vorbei, in der drei schiefe Kopfweiden trauerten. Der Hund bellte einen krächzenden Raben an, der sich sofort wieder im Nebel verlor.
Pallieter und der Mann redeten über ländliche Angelegenheiten, und der schwarze Hund lief geduldig mit gesenktem Kopfe hinterdrein. Überall war es totenstill, der Regen fiel unhörbar, und es ging kein Lüftchen.
Pallieter schwitzte und machte den Mantel auf.
Endlich kamen sie unter hohe Bäume und schritten über verrotteten Laubboden, und das Licht wurde gedämpft. Hier war der Beginenwald.
Überall fielen große Tropfen von den Bäumen, schwer und dumpf. Als sie weitergingen, sahen sie eine Gruppe von Leuten, die sich zu einem grauen Häufchen um einen Mann zusammengedrängt hatten, der mit lauter Stimme Zahlen ausrief. Alle standen mit nassen Nasen da und tropften von dem Regen. Pallieter und Piet schoben sich dazwischen.
Die piepsige Schreistimme ging jäh hoch und blieb in den hohen, nassen Bäumen hängen. Grau und grün standen sie da, die mächtigen Riesen, noch einmal so groß, nun der Nebel sie umhüllte.

Der Ausrufer ging mit den Leuten auf eine Buche zu. Oh, eine Buche, die drei Männer nicht umfassen konnten. Sie breitete sich weit auseinander und verbarg ihre Krone im Nebel; ihr Fuß stand stämmig mit viel wildverschlungenen und weitauslaufenden Armen felsenfest im Boden. Ein Prachtbaum! Der König des Waldes. Plötzlich fiel es Pallieter ein, daß dieser Riese in einigen Tagen gefällt werden sollte. Nein, das konnte er nicht übers Herz bringen, und zu dem Baum sprach er: »Du sollst wachsen!« Und er rief dem Ausrufer eine solche große Summe zu, daß dieser beinah umfiel und nur mühsam den Zuschlag erteilen konnte.
Nun hatte Pallieter einen Baum, aber einen Baum, wie man wohl kaum noch einen zweiten finden würde. Es war nur ein einziger Baum, aber er war so froh darüber, als ob er die ganze Welt bekommen hätte. »Mein Baum!« sagte er. »Wenn die andern gefallen sind, stehst du noch hier, das gelob ich dir! Wachse, treibe Blätter und Bucheckern, wachse, wie du willst, und verbirg die Kaninchen unter deinem großen Fuß. Wachse!«
Er kam, um Winterholz zu kaufen, und kaufte einen Baum. Und mit seinem Taschenmesser schrieb er in die Rinde das einzige, was er jemals geschrieben hat: »Melke den Tag!« Allein machte er sich auf, quer durch den stillen Wald, wo laute Tropfen durch den Nebel fielen.
Er dachte an die Bäume und an die Menschen. Und während er hier so allein durch den verlassenen Wald schlenderte und überglücklich war über einen Baum, saß die Welt da draußen voll Elend und Unglück, waren die Menschen krank vor Sorgen und lebten, um zu sterben. Es stürzte auf ihn wie ein Block. Aber ach, was konnte er dafür? War er nicht auch ein Wurm?
Die Welt dreht sich, er dreht sich mit, und es ist nur ein Unterschied dabei: daß er das Drehen genießt. Und dies

gibt und teilt man andern mit dem besten Willen von der Welt nicht mit...

Als er aus dem Walde kam, hörte er auf der Landstraße viel müdes Pferdegetrappel und das Klirren von losen Hufeisen. Aus dem Nebel tauchten aneinandergedrückt ungefähr zwanzig abgetriebene Pferde auf.

Sie gingen schwer auf hinkenden, geschwollenen Beinen, und ihre guten, schweren Köpfe hingen mutlos herunter an dem langen, sehnigen Hals. Faustgroß guckten die Knochen heraus, und die Rippen waren wie Faßreifen. Blinde und wunde Tiere waren darunter, und alle drängten sich aneinander, wie um sich gegenseitig zu stützen. Ein Haufen Elend. So wurden sie zur Schlachtbank getrieben von zwei schmutzigen Kerlen, ohne ein wohltätiges letztes Ausruhen auf einer fetten Weide gekannt zu haben. Sie waren wie Menschen. Und nach ihrem schrecklichen Tod aßen die Menschen sie auf.

»Wo kommen die her?« fragte Pallieter den ersten Kerl.

»Aus Löwen«, sagte der barsch.

Es riß etwas in Pallieter. Hinten ging der zweite Kerl, der das letzte Pferd, das sehr hinkte, mit dem Peitschenstiel gegen die steifen Beine schlug und immer weiterschlug, bloß so aus Gewohnheit.

Da lief Pallieter das Herz über. Und ohne Besinnen ging er auf den Kerl zu und schlug ihn mitten ins Gesicht, daß er niedertaumelte. Aber dieser, auch nicht faul, schnellte sich fluchend in die Höhe und schlug Pallieter ein blaues Auge; doch der Vetter packte ihn an der Kehle, und sie rollten beide in den Schlamm. Nun kam der andere herbeigelaufen, um seinem Spießgesellen zu helfen, aber Pallieter riß ihn mit auf den Boden und rief:

»Holleke bolleke
nieve solleke

holleke, bolleke
knoll!«

Und er stupste die zwei nach Schnaps riechenden Köpfe tüchtig aneinander.
»Und wenn ihr die Pferde noch einmal schlagt, freß ich euch auf, ihr Biester!« Pallieter ging davon, die Männer riefen noch etwas nach, rührten sich aber nicht...
Als er nach Hause kam, roch es nach frischem Kaffee. Franzoo saß hinter dem warmen Ofen und plauderte mit Mariechen. Charlot deckte den Tisch.
»Ei, was hast du denn am Auge?« riefen alle drei.
»An einen Baum gestoßen«, sagte Pallieter. »Aber wir wollen doch Kaffee trinken, ich hab Hunger.«
Charlot konnte die frohe Nachricht nicht bei sich behalten; sie erzählte sie ihm ins Ohr.
»Was?« rief Pallieter voller Freude. »Is es wahr, Mariechen?« Mariechen nickte bestätigend und wurde rot bis in die Stirn. Er sprang auf sie zu, hob sie empor und küßte sie auf den feuchten Mund, daß sie nach Luft schnappen mußte.
»Korinthenbrot«, rief Pallieter, »Spekulatius und Wein! Es lebe der Ankömmling! Ruf den Pastor, Charlot!« Schnell wie der Blitz hatte Charlot einen andern Rock angezogen und lief lachend davon, den Pastor zu holen. Der gute Mann gratulierte Pallieter und klopfte Mariechen väterlich die Wangen.
Und erfreut sagte er: »Pallieter, Freund, nun kannst du nicht in die Welt hinausziehen, wo nun ein Kindchen kommt, und mußt in unserem seligen Netheland wohnen bleiben!« Aber Pallieter meinte: »Das is nur aufgeschoben. Wenn das Kleine geboren is, ziehen wir doch, und ich will mein Bestes tun, um Euch mitzunehmen!«
Sie tranken den frisch gekochten Kaffee, aßen Milch- und

Korinthenbrot, holländischen Käse, gekochten Schinken und viele andere schmackhafte Dinge. Dann brachte Charlot ganz alten Wein, »noch aus Christi Zeiten«, sagte sie. Sie steckten sich eine Zigarre an und setzten sich um den gemütlichen Mechelner Ofen herum. Sie erzählten sich dies und das, aber meistens hing eine gute Stille um sie. Charlot kam nach dem Aufwaschen und setzte sich dazu, in der Hoffnung, viel lachen zu können. Mariechen hatte den schnurrenden Tybaert auf dem Schoß.

Eine Rauchwolke hüllte sie ein, und die Dämmerung zog sammetweich ins Haus. Kaum hörbar tickte der Regen an die Scheiben, und die Fensteröffnung, in der man nichts sehen konnte durch den Nebel, wurde grauer und grauer. Die Köpfe verschwammen im Dunkel, nur der Ofen und die drei Zigarren glühten in der weichgrauen Dämmerung. Ihre wenigen Reden wurden von ihr umhüllt, zart und gedämpft.

Die Wärme tat gut und wirkte wohltätig auf sie. Manchmal trat eine ganz lange Stille ein, in der nichts hörbar war als das Rieseln des Regens an den Fensterscheiben.

Und in einer solchen Stille trug der Pastor wie mit einer Sammetkehle ein Gedicht von Gezelle vor. Niemand hatte über Gezelle gesprochen oder an Kunst gerührt, und... doch war es in diesem Augenblick wie etwas, das zu diesem Abend gehörte. Es wuchs natürlich wie eine Blume. Langsam, rein und still, doch mit all der Frömmigkeit eines großen Menschenherzens klang es:

»Alleine, in mich gezogen
Sitz ich unterm Bogen,
Der sich wölbet sternenklar.
Dunkel alles hüllet,
Nur von Licht erfüllet
ist die hohe Sternenschar.

Wie klein, o Gott, wie kleine,
Dunkel und alleine,
Unterm Himmel sternenvoll,
Lieg ich ganz verloren
Wie ein ungeboren
Kind, das nie erwachen soll.

– – – – – – – – – – – – –

Redend sind die Dinge,
Daß ein Lob erklinge
Dir in allem, was geschieht.
Stumm sind deiner Sterne
Strahlen nicht, und gerne
Singen sie ihr ewiges Lied.«

Als es zu Ende war, sprach niemand ein Wort noch einen Seufzer, es blieb eine gespannte Stille, ein Warten, und dann fing der Pastor wieder an:

»O Lied, o Lied,[1]
Du hilfst dem Schmerz,
Will Jammer mich verschmachten:
Du kannst, o Lied, das wunde Herz,
Das wunde Herz mir sachten.

O Lied, o Lied,
Du labst den Durst,
Du stillst die fahlen Gluten;
Du kannst, o Lied, die dürre Brust
Und all ihr Weh ermuten.

O Lied, o Lied,
Das bittre Naß
Der stumm geweinten Zähren,

1 Übertragen von Rudolf Alexander Schröder

Du kannsts – und deine Kunst ist das –
Du kannsts in Honig kehren,
O Lied, o Lied.«

Die zwei letzten Rufe ›O Lied, o Lied‹ waren im wachsenden Gefühl so leise gesprochen, daß niemand sie mit den Ohren gehört hatte, wohl aber mit dem Herzen. Dann folgte nach einer Pause das tiefmystische Gedicht ›Freude‹: ›Frohe Tage gibt es noch im Leben‹, und dann erhob sich aus der Stille dieses innigste Bekenntnis:

»Ich höre Hörner blasen; und[1]
Der Abend nähert sich
Für mich;

Kinder, blank und blonde, kommt;
Es dunkelt immer mehr,
Kommt her.

Segne euch der Höchste; denn
Es dunkelt immer mehr,
Kommt her.

Ich höre Hörner blasen; und
Der Abend nähert sich
Für mich.«

Es endete mit einem leisen Schluchzen, und dann blieb es still. Der Regen klopfte spitz auf die Scheiben. Pallieter stieß einen Seufzer aus, Mariechen seufzte ihm nach. Franzoo steckte seine Zigarre wieder an, und das Licht zeigte ihnen allen, daß jedes Tränen in den Augen hatte, außer Charlot, die auf der Ofenlehne eingeschlafen war.

---

1 Übertragen von Rudolf Alexander Schröder

Ein schöner Wintertag

Pallieter kam aus dem Haus, und da war das Wetter so klar und so jung, als obs auf einmal wieder Frühling werden wollte. Er holte seine Mütze, steckte sich eine Pfeife an und ging spazieren, um sich die Beine ein bißchen zu vertreten. Der Himmel war wie antikblaues Porzellan, und ein frischer Wind ging durch die Luft und ließ die bleichende Wäsche in den Gärtchen an der Leine flattern und knattern. Pallieter hatte seinen Spaß daran, zu sehen, wie der Wind eine weiße Frauenhose aufspannte, als ob wirklich Beine darin steckten. Auf dem Felde war hier und da ein Bauer bei der Arbeit, ein Spaten blitzte, und das nasse Grün hob sich reizvoll gegen die braune Erde ab. Die Fernen waren blaß vom Sonnenlicht, aber deutlich zu erkennen. Zwischen den kahlen Bäumen lagen die roten Gehöfte, und über dem waldigen Rand gegen Süden hin erhob sich wie ein blauer Block der festgefügte Turm von Mecheln.

Pallieter rieb sich die Hände und genoß den Geruch der Erde, auf die es seit Tagen und Tagen geregnet hatte und die nun in dem gesunden Wind wieder fest und fettig wurde.

Und die Wege wurden trocken und hart, ein Hahn krähte, Tauben flogen, und Pallieter sagte: »Es is ein heiliges Wetter!« Und so von einem Weg auf den andern wandernd, hörte er plötzlich irgendwo Drehorgelmusik.
Es klang wie ein gläsernes Klavier, wie Schläge auf kristallne Flaschen. Das tat ihm so wohl und war so herrlich an diesem überraschenden Tag, daß Pallieters Herz aufsprang vor Freude. Und er lief darauf zu.
Es mußte hinter der Landstraße herkommen. Er lief schneller. Hinter der Landstraße und einer Gruppe von Pappelbäumen standen sich ganz allein zwei Reihen Arbeiterhäuschen gegenüber. Als Pallieter dahin kam, war kein Mensch zu sehen, nur zwei Kinder, die im Schlamm spielten.

Aber siehe! dahinter kamen eine magere, schwangere Frau und ein rothaariges Mädchen mit einer Drehorgel herangezogen. Als sie an den Häusern waren, blieben sie stehen. Die Frau faßte den Griff, und wahrhaftig, schnell und eilig, wie um die Wette, klopften helle Klänge das sonst so langsame Lied: »Kennst du das Land?« Und siehe da, die schmutzigen Gardinchen wurden beiseite geschoben, Türen gingen auf, und heraus kamen Frauen mit und ohne Kinder auf dem Arm. Sie knöpften die offenen Blusen hastig zu und strichen sich das Wuschelhaar zurück. Die Gesichter verklärten sich, und die eine rief der andern ein Scherzwort zu. Sie schoben sich zur Tür hinaus und stellten sich in ein Trüppchen zusammen. Ein Haufen schmieriger Kinder stand neugierig um die Orgel herum, und ein kleines, mageres Kerlchen von Schneider, nach den weißen Heftfäden zu urteilen, die ihm an Hose und Jacke hingen, lief in Strümpfen mitten auf die Straße, schwenkte die Arme, schlug sich auf die Schenkel und gab ein Tänzchen zum besten. Die Weiber lachten laut auf. Sofort faßten zwei Mädchen sich an und begannen sich zu drehen, daß die Röcke sich aufblähten zu runden Glokken. Das war der Anstoß, und auf einmal war alles, was Beine hatte, beim Tanzen. Die Mütter trugen rasch ihre Kinder in die Wiege zurück oder stopften sie irgendeinem Rotzjungen in den Arm und tanzten mit. Die schwangere Frau lachte, daß ihr dicker Bauch wackelte. Pallieter sah mit glücklichem Lachen zu. Das rothaarige Mädchen ging mit einem verrosteten Teller herum, und alle gaben einen Pfennig oder zwei. Und die Frau spielte ›Die lustige Witwe‹, ›Die Wacht am Rhein‹ und den Walzer aus ›Faust‹. Aber da trieb und stieß ein Polizist die Kinder beiseite und befahl der erschrockenen Frau in barschem Ton: »Hier wird nicht gespielt, erst auf dem Amt anfragen, vorwärts, marsch!«

»Aber man darf hier doch Orgel spielen, soviel man will«, sagte Pallieter.

»Ja, wenn sie kein Geld nimmt.«

»Nun gut, sie wird keins nehmen«, rief Pallieter dem Polizisten zu und sagte zur Frau, während er ihr zwei Franken zusteckte: »Leiht mir Eure Orgel ein Viertelstündchen, ich nehm kein Geld, ich kann also spielen! Los! Auf zum Tanz! Ich werde schon drehen, denn das gute Wetter muß man ausnützen. Hopp!« Und er packte den Griff fest und drehte ihn, daß das Orgelchen beinah davon zersprang!

Die Frauen walzten wieder und die Kinder mit.

Pallieter war glücklich, und mit lauter Stimme sang er die Weise von dem lustigen Lied.

Schnee

Pallieter blickte jeden Augenblick zum Himmel auf, um da Wolken zu entdecken, die Schnee streuen sollten. Schnee, weißen, reinen Schnee, der uns das kahle Antlitz des Winters freundlicher erscheinen läßt, der alles weiß macht und die ganze schwarze Erde verjüngt.

Nein, er kam nicht, der Schnee. Ganze Tage lang zogen dünne Wolken über den Himmel, vorwärts gepeitscht vom scharfen Nordwind, der die schnelle Nethe, die überschwemmten Wiesen und die Gräben hatte zufrieren lassen mit fünf Finger dickem Eis. Das war eine Lust! Ein Fest für Pallieter und Mariechen, dies glänzende, glatte Eis, auf dem sie sich stundenweit wiegten und streckten, sich frei fühlend wie die Vögel.

Jeden Morgen waren die Fenster mit seltsamen Eisblumen übersponnen, aber der Kern des Winters, der Schnee, der gute, friedliche Schnee, der saß irgendwo am Nordpol und regte sich nicht.

Pallieter lechzte danach, wie ein Kranker nach mildem Wetter. Er sagte: »Ein Winter ohne Schnee is wie ein Sommer ohne Sonne...«

Aber in der Nacht vor Weihnachten war Schnee gefallen, leise und ungesehen in dicken, fetten Flocken, anhaltend und in Massen, bis es Morgen wurde...

Pallieter, der noch nichts davon wußte, war zuerst wach geworden. Sein erster Gedanke war, Mariechen, die schön und ruhig in seinem Arm schlief, wachzuküssen, aber etwas Weißes traf plötzlich seine Augen; er sah nach dem offenen Fenster, und siehe da, der Nußbaumzweig, der sich immer so schwarz gegen den Himmel abzeichnete, war glitzernd weiß von Schnee. Pallieter stieß einen Schrei aus. Er hockte sich auf. Die ganze Welt war beschneit. Gott, o Gott! Voller Begeisterung sprang Pallieter über Mariechen hinweg aus dem Bett und lief ans Fenster. Eine angenehme Kälte schlug ihm ins Gesicht. Er konnte nichts sagen vor Rührung und Glück. Schnee, Schnee, überall dicker, weißer Schnee! Die Fernen, die Felder, die Hecken, die Wasserläufe, die Bäume, Gehöfte, Wege und Straßen, alles weiß und blank, eben vom Himmel gefallen, in all der Frische und Jugend eines Kindes! Und die Weiße brachte alle Geräusche zum Schweigen und legte eine Kirchenstille über die ganze Welt.

Pallieter hatte die Herrlichkeit mit einem Blick umfaßt, sein Herz sprang in die Höhe, jauchzend zog er die Hosen an, polterte die Treppe hinunter und rief: »Das Glück, das Glück!«

Er riß die Tür auf und wollte sich in den Schnee hineinwälzen, aber ach, der lag da so jungfräulich, als dürfe nicht einmal ein Spatzenfüßchen ihn berühren.

»Einer muß doch der erste sein«, sagte er, schlug ein Kreuz und purzelte dann in den Schnee. Er wälzte sich hin und her, lief durch den weichen, kalten Teppich, schlug und stampfte drin herum wie ein Schwimmer im Wasser.

Mariechen war ans Fenster gekommen und rief, lustig in die Hände klatschend:

»Ach, wie schön! Wie weiß, wie weiß!«

Ein Schneeball flog an ihrem Kopf vorbei ins Zimmer, und sie kicherte, weil Pallieter sie nicht getroffen hatte, und rief:

»Wart, ich spiel mit!«

Inzwischen hatte Pallieter schon angefangen, einen Schneemann zu machen. Sie half ihm; er stapelte den plumpen Leib aufeinander, und sie rollte einen Schneeball, der langsam immer größer und größer wurde. Das war der Kopf, und sie hatten zu zweit alle Mühe, ihn auf

den Leib zu setzen. Pallieter stülpte einen alten Hut von einer Vogelscheuche drauf, steckte ihm einen Besen in die Hand und drückte mit dem Daumen Augen, Nase und Zähne hinein und dazu noch eine Tonpfeife.
Dort hinten kam Charlot aus der Messe.
»Versteck dich!« sagte Pallieter zu Mariechen.
Sie verbargen sich hinter einem Baum und machten einstweilen Schneebälle fertig.
Charlot war jetzt noch einmal so dick durch die vielen Winterkleider, Unterröcke, Wämser und Nachtjacken. Sie trug eine gestrickte Kapuze mit grünen Glasperlen, Wollsocken und schwere Holzschuhe an den Füßen, einen roten, wollenen Schal mit grünen Karos um den Leib und am Hals einen braunen Kaninchenpelz. Sie lächelte. Aber klatsch! da flog ihr ein Schneeball an den Kopf, der ihr ratsch! die Kapuze auf die Seite schlug. Und das Mensch war so erschrocken, daß sie anfing zu rennen, so schnell ihr Umfang es zuließ! Aber die Bälle waren ihr zu schnell, und klatsch! klatsch! einer von hinten auf den Kopf, zwei, drei gegen die dicken Beine und auf den Rücken; und als sie hineinlief, platzte noch einer weiß auf ihrem breiten Hinterteil auseinander.
Auf Pallieters und Mariechens lautes und herzliches Gelächter kam sie wieder zum Vorschein und rief voller Zorn:
»Ja, schämt ihr euch denn nich, mich so zu erschrecken! Ach je, ach je... Mein Herz klopft wie 'ne Uhr!...«
Heftig schlug sie die Tür zu.
Und dann fingen sie an, einander mit Schneebällen zu werfen. Die Bälle flogen hin und her, zischten durch die Luft, stießen aneinander, zersprangen an den Bäumen, bis zum Schluß einer in ein Fenster flog und das zerbrochene Glas durch das ganze Haus klirrte. Darauf kam Charlot wieder an die Tür, schimpfend auf den Schneemann, denn

Pallieter hatte sich hinterm Regenfaß versteckt, und Mariechen war durch die Hintertür ins Haus gelaufen. Brummend zog sich Charlot in ihre Küche zurück.

Pallieter blieb allein und warf mit Schneebällen nach der Wetterfahne, einem Männchen, das dem Wind eine lange Nase machte, nach den eichenen Satyrköpfen, die den Vorsprung des weit überstehenden Daches trugen, nach den Urnen auf dem Dach und den geschnitzten Fruchtkörbchen am Giebel.

»Komm Kaffee trinken!« rief Charlot. Doch ehe Pallieter ins Haus ging, pißte er schnell noch seinen Namen in den Schnee.

Pallieter roch den angenehmen Kaffeeduft und eilte ins Haus. Gebackener Schinken mit Rühreiern wurde brutzelnd auf den Tisch gebracht. Sie tranken den Kaffee und aßen den Schinken, daß ihnen die Lippen und die Finger glänzten von Fett, und den Weißbrotturm mußte Charlot dreimal hintereinander aufbauen.

Da draußen lag die weiße Welt und machte die Fernen und die Stube hell. Langsam fing in dem reinen Weiß auch das tägliche Leben wieder an. Die weißbekleidete Mühle jenseits der Nethe begann sich vor dem grauen Himmel zu drehen, ein Bäuerlein schritt klein und schwarz über den glatten Bauch der Felder, und helle Klingeltöne liefen mit einem Schlitten über die Landstraße.

Ganze Schwärme von schwarzen Vögeln flogen vom Turm in die weißen Felder hinein.

»Wir wollen Schlitten fahren!« rief Pallieter, den Mund noch voll Essen, »heut ist ein Festtag! Der Himmel liegt auf der Erde! Schnell!...«

Sie mummelten sich beide ein, jedes hatte eine Bärenmütze auf dem Kopf und einen Pelzmantel an. Pallieter holte den zierlichen Schlitten aus dem Wagenverschlag und spannte flugs die gute Beiaard daran. Das Pferd

wurde mit großen Messingschellen behängt, die sangen und klangen bei dem leisesten Atem des Tieres.
Pallieter wartete auf Mariechen und ließ die Hühner heraus. Doch kaum hatten sie den Schnee gefühlt, zwei- oder dreimal gepickt, da liefen sie auch schon wieder in den Stall zurück und drängten sich zu einem Klumpen zusammen. Nur der stämmige, grüne Hahn mit seinem rotgoldenen Kopf flog auf die beschneite Dornhecke und krähte von dort seinen lauten Trompetenstoß über die stille, weiße Gegend hin; er schlug einmal mit den Flügeln und spazierte dann wieder hinein, und nun erst klang aus der fernen weißen Einsamkeit Hahnenkrähen aus einem andern Dorf zurück.
Aber da war Mariechen, die vergnügt in den Schlitten sprang. Charlot, die bereits dabei war, Möhren und Rosenkohl zu putzen für die Suppe, die schon überm Feuer hing, mit einem großen Stück Ochsenfleisch darin, kam mit heraus und fragte: »Ach, das muß schön sein, darf ich mal mitfahren bis zum Schmied?«
»Steig nur ein«, sagte Mariechen. Charlot setzte sich in den Schlitten und seufzte vor Wohlbehagen.
»Aber ihr müßt mich schnell wieder nach Haus bringen«, sagte sie noch, »denn ich habe meine Suppe aufgesetzt! Sie hängt überm Feuer!«
Lubas bellte. Pallieter steckte sich die Pfeife an und setzte sich vorne hin. Die Peitsche knallte, die Schellen klingelten, und schon fuhren sie durch das volle, weiße Land. Die Bäume zogen vorüber, die weißen Felder drehten sich vorbei, und Charlot hielt sich ängstlich an Mariechen fest. Schnell glitten sie über den Schnee, es gab kein Geräusch, es war dem Herzen süß und wie ein Wandeln, Treiben und Wehen auf der Luft.
Alles weiß, alles weiß, Bäume, Wege und Felder, und darüber fest und geschlossen der graue Himmel. Die

Gehöfte lagen ganz verloren im Schnee, kein Mensch war zu sehen, nur hier und da eine kohlschwarze Krähe, die irgendwo im Felde niederstrich.
Von weitem sahen sie, wie die rote Glut den ganzen Raum der klingenden Schmiede erhellte. Dahin lenkte Pallieter den Schlitten, um Beiaards Hufeisen schärfen zu lassen. Die zwei Frauen wärmten sich sogleich an dem sprühenden, fauchenden Feuer, und Pallieter half dem Schmied und seinen Gesellen den Blasebalg zu ziehen, um schnell wegzukommen. Während sie das glühende Eisen hämmerten und das Feuer hoch aufsprühte in der dunklen Schmiede, lag die Landschaft da draußen weiß und weit. Pallieter konnte die Augen nicht abwenden, und es juckte ihn am ganzen Körper, wegzukommen in den Schnee, in den seltenen, schönen, weißen Überfluß. Er zog mit solcher Gewalt weiter am Blasebalg, daß die Funken einen Meter hoch sprangen.
Charlot jammerte und fing an zu klagen, daß ihre Suppe einkochen könnte.
»Wenns nich geschneit hätt, ging ich zu Fuß zurück«, sagte sie knurrig. Sie konnte nicht mehr still stehen vor Ungeduld.
Glücklicherweise war Beiaard schnell fertig. Charlot kroch zuerst in den Schlitten, und sie fuhren ab.
»Schnell«, sagte sie, »meine Suppe!«
Doch auf einmal sah sie, daß der Schliten in einen andern Weg einbog.
»Vetter«, rief sie erschrocken, »du fährst ja falsch!...«
»Immer gradaus!« sagte Pallieter.
»Ich muß nach Haus wegen meiner Suppe!« schrie sie verzweifelt.
»Wir brauchen keine Suppe«, antwortete Pallieter ruhig. Er gab Beiaard die Peitsche, und schneller fuhren sie durch die Felder.

Aber Charlot hielt den Mund nicht mehr und wollte zu Fuß nach Haus.
»Je mehr du jammerst«, rief Pallieter, »desto schneller fahren wir. Du mußt mit!«
»Gut, ich werde schweigen von der Suppe«, sagte Charlot gelassen, aber sie fügte bissig hinzu:
»Aber dran denken tu ich doch...«
Nach einer Weile kamen sie an den Fichtenwald und an die Heide, die am Nordufer der Nethe so plötzlich beginnt, während sich nach Süden hin Brabants fette Felder erstrecken.
Hei, der Fichtenwald im Winter! Wie schön und heilig feierlich war es hier! Die Fichtenbäume, die sozusagen ihre breiten Arme gebeugt ausbreiteten, um den Schnee aufzunehmen. Und wo sie zusammenstanden und Wälder, unendliche Wälder bildeten, wo nichts anderes zu sehen war wie beschneite Erde und beschneite Fichtenbäume, da fühlte man sich wie in einer Kirche. In dieser regungslosen, ungeahnten Stille war es wie zum Beten! Manchmal hielten sie an, und alle drei, lauschend auf die Stille, die den Wald umfing, waren dann so klein im Herzen, und so voller Ehrfurcht, daß sie unwillkürlich nicht weiterzufahren wagten, bis ein Vogel aus der weißen, stillen Tiefe des Waldes auflachte oder Beiaard ihre Schellen klingen ließ.
Diese singenden Schellen, wenn Beiaard lief! Das war ein großes Tönefest über die stille, beschneite Heide. Es war, als ob überall Schellen klingelten; der klirrende Silberklang lief über die weiße weite Ebene, blieb im Walde hängen und taumelte und regnete aus den Bäumen. Die Kronen waren erfüllt davon. Das weiße Land sang.
Sie erblickten auf dem ganzen Weg nur ein altes Frauchen im schwarzen Kapuzenmantel, das mit einem Bündel Reisig auf eine ferne, kleine Hütte zuhumpelte. Überall,

wo sie gegangen war, klafften ihre Fußspuren im Schnee. Es war wie eine punktierte Linie, die in großem Bogen vom Walde her hinter dem Weiblein herlief.

Wie genossen sie das Schlittenfahren, das Gleiten über den weichen, molligen Schnee, umringt von weißem Weiß, Schellengeklingel und heiliger Stille! Es war ein Fest! Es rührte an die Seele.

Und Pallieter stand auf, stand aufrecht vor übermäßigem Glück, und manchmal ließ er hundertfaches Peitschenknallen bis an den fernen Horizont rollen oder sang eine Strophe von einem mächtigen Lied.

Lubas lief voraus und bellte die großen Krähen an.

Schließlich kamen sie in ein Dorf und hielten vor dem Gasthaus ›Zum Schwan‹. Sie gingen hinein und tranken einen Schnaps.

Beiaard, die mit dem Schlitten am Tor stehen blieb, ließ etwas fallen, und sofort waren die zwitschernden Spatzen mit wühlenden Schnäbeln in den frischen Pferdeäpfeln.

Es war still im Dorf, das einen Kreis um das kleine, aber hochtürmige Kirchlein bildete. Das Kirchlein aus roten Steinen mit weißen Balken stand lieblich anzusehen mittendrin, mit seiner weißen Kapuze und den beschneiten Schallöchern.

Überall war es ganz still, die Lebenden waren so gut vergessen wie die Toten, deren schwarze, schiefe Kreuzlein neben der Kirchhofsmauer nur gerade noch aus dem Schnee herausguckten.

Die Uhr summte zehn Schläge durch die Luft, und die Töne klangen weit weg über die Dächer und die Felder. Pallieter wollte von dort oben die Felder sehen. Während die Frauen um den glühenden Ofen saßen und mit der Wirtin über den strengen Winter plauderten, suchte Pallieter den Küster, einen Schuster mit einem Holzbein. Es kostete viele Mühe, bis der Mann einwilligte, aber das Geld siegte. Sie kletterten beide die kalte, steinerne Wendeltreppe hinauf, krochen durch dumpfiges Gebälk an den zwei Glocken vorbei, die durch die Schallöcher beleuchtet wurden. Durch die Latten sah Pallieter die weiße Welt tief unter sich, beschneite Gehöfte, Wälder, und weit in der Ferne andere Kirchtürme. Aber er wollte noch höher, und ganz oben in der steilen Spitze riß er ein hölzernes Türchen auf, und Gott! die Erde öffnete ihre Seele. Gerade unter ihm lag wie eine kleine Schüssel das Dorf, mit seinen durch Buchsbaumhecken getrennten Gärtchen und der einen Straße, die ins freie Feld führte, das sich stundenweit weiß ausstreckte, mit Wäldern, kahlen Flächen, Wasserläufen, einsamen Häusern, langsam drehenden Mühlen, Schlössern, Alleen und anderen Dörfern, bis dort hinten, ganz, ganz weit, wo die beschneiten Hügel von Grobbendonck sich verschwommen auf dem bleigrauen Himmel abzeichneten, der sich schwer und regungslos über die weiße Welt spannte.
Das menschliche Leben war kaum zu spüren in all der Weiße und zählte nicht mehr. Nur selten war ein schwarzes Männchen auf dem Felde und ein Wagen auf der Chaussee.
Oh, die ganze weiße, weiße Welt! Sie hatte es nicht mehr nötig, zu wachsen, zu leben und Leben zu geben, sie brauchte nichts anderes zu tun, als schön und weiß zu sein. Und das ganze Land war still wie der Schnee selbst.
Entzückt rief Pallieter:

»Die Erde betet! Laßt alle Glocken los!«

»Nein, nein!« sagte der Küster, der das hörte, »heut ist nichts los, morgen.« Aber Pallieter lief hinunter zu den Glocken, setzte sich auf den hölzernen Balken, drückte und drückte; und die Glocke fing an zu schwingen, der Schwengel brummte gegen das Metall, noch ein Ton, und auf einmal war es in vollem Gang. Das Glockengeläute füllte die Turmstube und fiel in vollem Jubel durch die Schallöcher über die weite, weiße Welt. Pallieter war wie berauscht, die Töne summten und brummten durch ihn hin, und immer, wenn die Glocke hoch ging, sah er durch die Schallöcher die Welt im weißen Schnee.

Der Küster raufte sich die wenigen Haare vor Schreck, und unten trat der Pastor verwundert an sein Fenster und guckte in die Höh.

Als Pallieter es gut genossen hatte, ging er in den ›Schwan‹ eine Tasse Kaffee trinken, und dann fuhren sie auf einem andern Weg nach Haus.

Hier und da hörten sie friedliche Dreschflegel und Jagdschüsse, und hinter einem Wäldchen hervor kam das Schreien eines Schweines, das geschlachtet wurde.

Pallieter gab Beiaard die Peitsche, um schnell dabei zu sein. Als sie ankamen, röchelte das Schwein noch, und der Schlächter zapfte das Blut ab in eine irdene Schüssel; das Blut spritzte darüber hinweg, und der Schnee war davon rot gesprenkelt. Die Frau steckte ein Reisigfeuer an, um die Borsten abzusengen.

Es war ein fettes Schwein, ein Prachtstück, und Pallieter wollte die Hälfte kaufen. Es wurde geboten und gehandelt, und endlich bekam er das halbe Tier zu einem ordentlichen Preis. Als die Gedärme herausgeholt waren, trug er es in den Schlitten, und es bekam den Ehrenplatz zwischen Mariechen und Charlot, und so fuhren sie dann weiter durch das weiße Land nach Haus.

Am Nachmittag waren die grauen Wolken weg, und der Himmel wurde blaßblau und mit einer fernen schwachen Sonne. Die Kälte war beißend, und vor dem flammenden Herdfeuer saß Pallieter und rauchte eine Pfeife. Mariechen saß nähend neben ihm, und Charlot war im andern Zimmer beim Strümpfestopfen. Es war still und traulich. Tybaert lag schnurrend auf Mariechens Schoß, die Wanduhr tickte ruhig hin und her, und über dem Feuer sang der Messingkessel. Pallieter genoß die Flammen, die um die großen Holzblöcke herumzüngelten.

Voller Frieden war es hier, das Holz knisterte, und draußen auf dem Graben am Beginenhof liefen viele Beginchen Schlittschuh. Ihr Geplapper und ihr helles Lachen schallte frisch durch die Luft. Jenseits der Nethe hatten die Jungens die Mühlenwiese rein gefegt, und nun war ein ganzer Haufen Menschen beim Schlittschuhlaufen, Dorfleute und Stadtleute. Man verkaufte Apfelsinen und dampfende Pfannkuchen.

Pallieter blieb im Haus, um die Sänger zu hören, die kamen, um fröhliche Weihnachten zu wünschen, und manchmal solch schöne, naive, rührende Lieder mitbrachten.

Verschiedene waren schon dagewesen, Kinder und große Leute.

Wieder wurde geschellt, und fünf Frauen, drei in Kapuzenmänteln, die anderen mit bunten Tüchern um den

Kopf, kamen mit den Holzschuhen in der Hand herein.
»Dürfen wir was singen, Herr Nachbar?«
»Laßt hören!« sagte Pallieter.
Und mit schleppender Stimme sangen sie das zarte, wehmütige Liedchen:

»Es war ein Neujahrsmorgen,
Es war ein Neujahrstag,
Als Maria Magdalena
Den Herrn Jesus wandeln sah.

Steh nur auf, Maria Magdalena,
Steh nur auf aus deiner bittren Not,
All deine Sünden, die sind dir vergeben,
Und wären sie noch einmal so groß.«

Als sie fertig waren, bekamen sie Pfefferkuchen und Brot. Kaum waren sie weg, so kamen die drei blinden Männer herein. Einer trug einen papiernen Stern mit roten Blumen.
»Wir kommen hier als die Heiligen Drei Könige, wir haben diesen Stern geschenkt bekommen, wir kennen ein schönes neues Lied.«
»Ja, aber«, sagte Pallieter, »ihr habt euch ja nicht verkleidet.«
»Wir können uns nich sehen, Herr Nachbar.«
»Wartet ein bißchen«, sagte Pallieter, »ihr bekommt noch einmal soviel Geld, wenn ihr verkleidet seid. Charlot, hol ein paar alte Kleider vom Boden!«
Und Pallieter fing nun an, sie zu verkleiden.
Dem ersten, der klein und dick war und rote, entzündete Augenlider hatte, wurde ein Stück weißer Watte als Bart vors Gesicht geklebt und eine blaue Nachtmütze aufgesetzt. Der andere war ein kurzer Buckliger mit geschlosse-

nen Lidern. Mariechen schnitt eine Papierkrone für ihn und beklebte sie mit Silberpapier von Schokolade. Diese wurde über seinen runden Hut geschoben, und er bekam eine blaue Schürze von Charlot als Mantel über die Schultern. Die Blinden ließen sich alles gefallen und lachten, als sie einander betasteten. Der dritte, der das Zigarrenkistchen trug, um das empfangene Geld hineinzulegen, war ein langer magerer Kerl mit einem Leo-XIII.-Gesicht, in dem das Weiße seiner toten Augäpfel immer nach dem Himmel blickte. Er wurde schwarz gemacht und setzte einen zerdrückten Zylinder auf. In wenigen Minuten wars geschehen, und nun stellten sie Kaspar, Melchior und Balthasar vor.

»Jetzt könnt ihr singen«, sagte Pallieter.

Die drei armen Kerle, die einander nicht sehen konnten, einander nie gesehen hatten, mußten doch lachen, weil sie wußten, daß sie verkleidet waren, und sie machten manchen lustigen Witz darüber.

Und sie sangen mit lachendem Munde, während der kurze Stern sich hin und her drehte. Und unregelmäßig, alt und gebrochen und ohne Melodie erklang es:

»Hirten, bringt Milch und Süßigkeit,
Der liebe Jesus liegt und schreit;
Hängt euern Langrock vor den Wind,
Der Pflegevater sorgt fürs Kind.

Maria gibt ihm Zuckerbrei,
Und Joseph bringt ein Tuch herbei;
Der liebe Jesus schreit vor Durst,
Die Mutter gibt ihm ihre Brust.

Der Himmel voller Vögel fliegt,
Ein Engel mit Maria wiegt,

Denn Joseph schafft die ganze Nacht
Und wäscht die Windeln in dem Bach.

Jetzt holt er Brennholz aus dem Wald,
Denn in dem Winter ist es kalt,
Doch dann ist Joseph sehr erfreut,
Weil nun das Kindchen nicht mehr schreit.

Schlaf, Jesus, schlaf, Emanuel,
Schlaf, großer Fürst von Israel,
Wohl Tausend freuen sich, o Christ,
Dieweil du nun geboren bist.

Der gute Gott am Himmelstor,
Der legt kein Schloß nicht mehr davor,
Denn Jesus bringt den Ölzweig mit:
Dies Kindchen bringt uns Freud und Fried.

Wenn Maria ihr heilig Kind
Vorm Feuer in seine Tücher wind't,
Seine Hände spielen hier und dar
Von ihrer Brust bis in ihr Haar.

Aus Jesu Wissen fließt ein Gut,
Dies Gut ist meiner Seele Blut;
In Bethlehem, da möcht ich sein,
Weil nun der Stall ein Himmel fein.«

Pallieter war gerührt, Tränen tropften über seine Wangen. Die drei Blinden warteten, lüstern auf Pfefferkuchen und Geld. »Was soll ich ihnen geben?« fragte Charlot.
»Das is nich zu bezahlen«, beteuerte Pallieter.
»Gebt uns nur, was der Herr Nachbar meint«, sagten die Blinden.

»Gib ihnen das halbe Schwein«, gebot Pallieter.
Und wie erschraken die drei Männer, als ihre schmutzigen Hände das fette Schwein befühlten. Sie schrieen wild vor Freude durcheinander, und zu dritt trugen sie daran, ließen Stern und Zigarrenkistchen zurück und schleppten und zerrten das halbe Schwein singend auf den Beginenhof.
Viele kamen noch, ehe es Abend wurde. Immer noch liefen Beginchen auf dem Graben Schlittschuh und blieb Gewühl auf der Mühlenwiese.

»Jetzt will ich auch Schlittschuh laufen«, sagte Pallieter. Er kleidete sich danach und ging durch den Garten hinaus. Er schnallte sich die Schlittschuhe an, auf seinem Kahn sitzend, der voll Eis und beschneit halb im Wasser steckte. Er tanzte einmal auf dem beschneiten Eis der Nethe herum und schoß dann davon, sich wie ein Vogel in der Luft wiegend, schlank und leicht wie eine Feder.
Er fuhr über die freie, feste Wasserbahn, und sein Haupt ragte gerade hoch genug über die Deiche hinaus, um die Landschaft überschauen zu können. Die Sonne versank

rot in einem purpurnen Hauch, färbte leicht den Schnee und den wachsenden Mond, der am grünen Himmel zu glänzen anfing. Ein dicker Stern zitterte über der Mühle, die sich noch immer in der sinkenden Dämmerung drehte. Pallieter fuhr immer weiter, sich leise wiegend, wie vom Winde getragen. So kam er bis nach Duffel. Es war schon dunkel, und in den einsamen Häusern brannte Licht. Der silberne Mond legte Schatten auf den Schnee. Ferne Geräusche verstummten. Bei einem festgefrorenen Schiff hielt Pallieter an, zog sich hinauf und blickte vom Deck aus lange in den Abend hinein. Durch die offene Luke kam rote Glut von Lampenlicht. Eine Frau sang ihr Kind in Schlaf.

Die Schlittschuhe über der Schulter, ging Pallieter über den gewundenen Deich nach Hause. Es war nun völlig Abend geworden, aber der Mond hatte das Land wieder hell gemacht, mit silberblauem Schein. Die Sterne zitterten hoch und klar am Himmel, und das weite Land war so hell, daß man sehen konnte wie am Tag. Es war still und einsam. Der Schnee knirschte unter Pallieters Füßen, und sein kurzer Schatten folgte ihm bläulich, wie ein anderes Wesen, und die Schatten der Bäume, dunkel über den weißen Schnee gestreckt, bogen sich immer wieder über seinen Leib. Der Mond wanderte mit ihm. Er war hell und klar, und hinter den schwarzen Bäumen zog er immer mit. Die Bäume am andern Ufer, die in die volle Herrlichkeit seines Scheins getaucht waren, ließen auf ihren beschneiten Zweigen Sterne blitzen und Funken glitzern. Sie waren wie Kristallbäume. Gefrorene Springbrunnen aus Licht. Die Stille, die über diesem Märchenwald hing, war so schön wie der Mond und der Schnee und rührte so innig wie die silberige Bläue.

Auf einmal ertönte hoch über ihm ein fernes Geräusch von sausendem Flügelrauschen. Er blickte auf, und hoch

am Himmel gewahrte er einen mächtigen Flug von wilden Schwänen in einer langen, langen Reihe, die den ganzen Himmel überspannte.
Es war etwas Furchtbares in dieser göttlichen, lichten, stillen Winternacht. Pallieter rührte sich nicht, und er sah und hörte sie weiter sausen und rauschen, am blühenden Mond vorbei, auf dem sie sich flüchtig abzeichneten, um dann, von hinten beleuchtet, in dem unendlichen Winterabend zu verschwinden.
Immer an diesen gewaltigen Flug der geheimnisvollen Schwäne denkend, ging er nach Haus.
Als er ankam, saßen in der dunklen Stube vier Beginen mit Mariechen und Charlot um einen heißen Grog herum, auf dem sich eine blaue Flamme wiegte, die ihre neugierigen Gesichter bläulich erleuchtete. Die Stube roch nach frischgebackenen Waffeln. »Hurra!« rief Pallieter, dessen Magen leer war wie ein Dudelsack, setzte sich dazu und aß ein Dutzend Waffeln, die er reichlich übergoß mit vollen Gläsern von dem heißen Branntwein.
Dann wurde die Lampe angezündet, und Pallieter spielte das ›wahrhaftige Gänsespiel‹ mit den Beginchen, bis es Zeit war, in die Mitternachtsmesse zu gehen.
Pallieter blickte ihnen nach; auf andern Wegen sah er noch mehr Menschen in derselben Richtung gehen. Still wurde es nun wieder über der Welt, weiß und silbern.
Christus ward heute geboren, nun standen die Schafe mit dem Kopf nach Osten, und die Bienen sangen in den Körben!
Es ist der Friede, der über die Welt kommen soll!
Da oben funkelten die Sterne, und hier unten beteten die Menschen um den Frieden, den göttlichen Frieden, der heute über die weiße Welt gekommen ist.
Pallieter fühlte das, es überlief ihn kalt, er holte sein Jagdhorn, und auf dem Beginenwall blies er in die weiße

Mondnacht hinaus. Lang und langsam geblasen, zogen die schweren Töne über die weißbeschneiten Felder und klangen im Beginenwald und den silbernen Fernen aus. Als er im Haus war, klang aus einem fernen Dorf noch leis das Echo von dem Hörnerschall zurück.

Kindlich glücklich war Pallieter, als er mit seinem süßen Mariechen in den Armen im warmen Bett lag. Dieser Tag war schön gewesen! Ein Fest für Herz und Seele! Eine geistige Freude!

Und er schlief ein mit lachendem Munde, und draußen streckte sich die Welt kalt und weiß, und überall war der Friede König, der göttliche Friede!

Taulied

Ganz unerwartet, nach einem Tag, da der Reif die Stämme der Bäume, die Unterseite der Äste und alles, was noch nicht beschneit war, mit Silber beglitzert hatte, begann es zu tauen.

Eine plötzliche laue Wärme umengte und bedrückte alles, und die beschneiten Dächer und die Bäume und die Eiszapfen an den Dachziegeln merkten das sofort und fingen an zu tröpfeln, der Schnee sank zusammen, das Eis krachte und brach.

Drei Tage danach trieben die Eisschollen die Nethe hinunter.

»Nun zieht die schönste Musik durch das Land«, sagte Pallieter zu dem Pastor. Sie standen beide auf der kleinen Steinbrücke über dem ›Hemdsärmelchen‹, einem Seitenarm der Nethe, der seinen schmalen Lauf durch den Beginenhof schlängelte. Von der kleinen, mit Moos bewachsenen Brücke aus lauschten sie auf das Taulied, das durch den Beginenhof klang. Der Beginenhof war alt und traulich an diesem Februarmorgen: Lichtmeß! Die roten Giebel und Dächer, die weißen Mäuerchen am Wasser entlang, die knorrigen Birnen- und Apfelbäume in den kleinen Gärten, alles war naß und feucht ausgeschlagen von Wasser und zu gleicher Zeit feurig strahlend in dem hellen Sönnchen. Es war wirklich nur ein Sönnchen, aber es machte in all dem Wasser über der Erde so ein großes Lichterspiel wie eine erwachsene Sommersonne. Es hing am Himmel neu und frisch wie ein glitzernder, goldener Wassertümpel. Hier und da an den Ziegeln, auf den Bäumen, in einem Blumentopf oder einer umgekehrten Bütte glänzte noch der weiße Schnee, der einst das Land froh gemacht hatte, aber der Schnee mußte weg, seine Zeit war um. Unter dem Schnee waren frische Kräfte erstanden, denen er den Weg freigeben mußte; vom Himmel waren seine Feinde gekommen, voran die junge Sonne. Und sie beglänzte ihn, lachte stechend durch ihn hindurch, und er schmolz, der gute Schnee, und tropfte und tröpfelte sich in singendem, strahlendem Wasser tot. Süße Musik von glänzenden Perlen überall! Im Sonnenschein waren sie wie Perlenschnüre, die von den Bäumen und den Dachziegeln herunterhingen. Schwer, klatschend und schnell tropfte es aus den Dachrinnen, es sang in den Zinkröhren, platschte auf die Pflastersteine und klopfte wie harte Knöchel und Marbel auf das eingesunkene gelbgewordene Eis, das in der Sonne schimmerte. Alle Wassergeräusche waren da: Tropfen und Tröpfeln, Klopfen in Eimer und Tonnen, Platschen und Klatschen, und je mehr das Ohr lauschte, desto reicher wurde das Lied an Tönen.

Es war das Lied der neuen Sonne, die erste Stimme des nahenden Lenzes! Und die sonnige Luft war voll Glockengeläute. »Jetzt werden wir bald gutes Wetter haben«, sagte der Pastor. Und nach einer Stille und einem Seufzer: »Es ist doch schade, Pallieter, daß du unsere Gegend verläßt und in die Welt hinausziehst. Ach, bleib und bau dir etwas weiter einen Hof. Und dann, wenn ein Jahr über die neue Nethe hingegangen, dann hast du dich dran gewöhnt und findest es schön. Bleib!«
»Das is alles wahr«, entgegnete Pallieter, »die Gegend mag nach der Veränderung noch tausendmal schöner sein! – Aber der Gedanke und das Verlangen, überall und

nirgends zu wohnen, is mir ins Blut übergegangen. Ich muß weg. Das is in mir aufgestiegen im September bei meiner Hochzeit, als ich Störche hoch oben am Himmel wegziehen sah.«

»Wo gehst du hin?« fragte der Pastor.

»Das weiß ich noch nich, das is ganz egal«, sagte Pallieter.

»Du wirst viel Genuß davon haben«, meinte der Pastor; »wenn ich nicht zu alt wär, ging ich mit!«

»Und Euer Rock?« fragte Pallieter.

»Das hatt ich vergessen«, sagte der Pastor lachend.

»Kommt, wir gehen zu Franzoo und trinken Märzbier auf das schöne Tauwasserlied.«

Sie gingen von dem Beginenhof weg, über den Beginenwall. Aus der dreifachen hohen Baumreihe, mächtig aufgebaut wie eine Kirche, mit der Landschaft als Fenster, fielen die großen sonnenbestrahlten Tropfen so zahlreich, daß es wie ein Regen war.

Ein froher, toller Perlentanz!

Die Tropfen klatschten auf die Bäume, sprangen von dem einen Zweig auf den andern, sie vermengten sich, und der eine fiel rascher als der andere. Manchmal kamen ganze Hände voll heruntergerollt, daß dem Pastor sein Dreispitz fast eingedrückt wurde, dann ging es wieder in langsamem Gang, um auf einmal wieder toll herunterzuplumpsen und Pallieters Rücken so naß zu machen wie einen Aufwaschlappen. »Laßt sie nur purzeln«, sagte Pallieter, »sie riechen nach Frühling!«

Sie ließen sich ruhig betropfen, daß das Wasser in Streifen über des Pastors schwarze Soutane hinunterströmte und um Pallieters Hütchen herum wie goldene Schellen hing. Sie glänzten alle beide.

»Horcht!« sagte Pallieter.

»Hört!« rief der Pastor.
Und sie belauschten die Musik des kühlen, blinkenden Perlentanzes.
Das Land war ein Reichtum von feinen Farben und zarten Tönen, Schnee lag noch in Haufen, und ganz feine Nebel hingen, die die Fernen verschleierten und das Rot der Dächer und das Schwarz der Bäume dämpften. Durch die Nebel wob die Wassersonne den Reichtum ihres jungen Glanzes. Und die Fernen waren dadurch wie alte Teppiche.
»Seht!« rief Pallieter und lief nach einem Schneeflecken im Gras, »ein Schneeglöckchen! ein Schneeglöckchen!« Durch den Schnee hatte sich, trotz Kälte und Wind und rauher Luft, das Blümchen emporgearbeitet und läutete nun mit seinen blanken Glöckchen unschuldig in der Luft.
»Gott hat seine Zehen schon auf die Erde gesetzt!« jauchzte Pallieter.
»Wir können Gott danken, der Winter ist vorbei!« sagte der Pastor.
»Und dort is das Lebengeben schon in vollem Gang«, rief Pallieter, und er zeigte nach einem Bauernhof jenseits der Nethe, wo zwei Bauern eine weiße Kuh von einem jungen, rotgefleckten Stier bespringen ließen. In einem Augenblick wars geschehen, und schon war neues Leben in der Kuh geweckt. Dann sprang der Stier hin und her und schlug mit den Hinterbeinen einen Eimer und Erdklumpen in die Luft.
»Eine schöne Lichtmeß haben wir«, sagte der Pastor.
»Ich hör das Licht krachen«, jauchzte Pallieter.
»Die Bäume weinen vor Freude«, sagte der andere.
»Kommt mit zu Franzoo, frisches Märzbier trinken, auf die Ankunft des Frühlings!« Und mit diesen Worten faßte Pallieter ihn unter, und sie gingen Arm in Arm nach der Nethe, um hinüberzulaufen. Doch das Eis war gebrochen

und trieb in großen, gelben Schollen auf dem Fluß hinunter; das Boot lag noch immer unter Wasser, festgefroren im Eis.
»Aber Pallieter«, lachte der Pastor, »da können wir doch nicht hinüber! Komm, wir gehn durch die Stadt.«
»Das geht ganz leicht«, sprach Pallieter, »gebt mir nur die Hand!«
»Nein, nein«, sagte der Pastor, »ich bin noch zu jung, um mein Leben zu riskieren.«
»Ich kann springen«, sagte Pallieter. »Ihr werdet doch nich bang sein? Das könnt Ihr morgen immer noch!«
Der Pastor ließ sich überreden; er hatte viel Vertrauen in Pallieters Geschicklichkeit. Pallieter nahm den Pastor auf den Rücken, ging den Deich hinunter und sprang auf eine vorbeiziehende Scholle, aber die brach und kippte um; doch bevor Pallieters Füße das Wasser berührt hatten, war er auf drei, vier Schollen gesprungen, von der einen auf die andere, bis er endlich in der Mitte stehen blieb auf einer großen, starken Eisplatte.
»Spring weiter!« rief der Pastor.
»Nein«, sagte Pallieter und stellte den Pastor nieder, »fühlt nur, wie angenehm es is, so auf dem Wasser zu wandeln.« Und so ließen sie sich auf der Nethe hintreiben.
Charlot hatte es gesehen, kam verzweifelt herausgelaufen, riß sich die Haare aus und schrie die ganze Gegend zusammen. »Sie ertrinken, der Herr Pastor ertrinkt! Ein Seil, ein Seil, zu Hilfe!«
Und so rasch sie konnte, lief sie nach der Nethe, hinter den zwei treibenden Männern her. Aber wie verwunderte sie sich, als der Pastor ihr zurief: »Na, Charlot, findest du nicht, daß ich ein guter Sankt Petrus bin?«
Sie zitterte auf ihren dicken Beinen, und vor Aufregung sagte sie: »Ach, neeee ...«

So trieben sie bis zu Franzoo, um bei ihm den Abzug des Winters zu feiern, der nun ausging in süßer Musik und strahlenden Perlen.

Als der Schnee und das Eis geschmolzen waren, verbarg sich die Sonne wieder, und zwei Wochen lang rieselte ein feiner, kalter Regen. Dann war aus dem bleichen Süden ein lauer Wind über das Land gekommen, von irgendwoher hinter dem Beginenwald. Und zwei Tage nach Aschermittwoch waren die schwarzen Bäume und das kleine Gebüsch schon mit schwellenden Knospen getüpfelt.

Pallieter, der es morgens von seinem Turmfenster aus sah, rief laut und immer wieder: »Ich seh den Lenz! ich seh den Lenz!«

Er vergaß seinen Kaffee und blieb draußen und betrachtete regungslos und ergriffen den ersten Sprung des Lebens.

Die Sonne saß hinter hohen, dünnen Wolken versteckt, aber die Fernen waren noch nie so klar – weit und offen. In den fernsten Bäumen sah man deutlich die schwarzen Elsternester und durch die Zweige hindurch drehende Mühlen in fernen Dörfern; das ganze Land lag offen da, die ganze Welt war nackt und zeigte, wie etwas nie Gesehenes, bis an den klaren Horizont den großen Reichtum ihrer Bäume.

»Oh, die Bäume, die Hände der Erde!« rief Pallieter. »Die Hände, mit denen sie ihr Werk vollbringt, mit denen sie betet und jauchzt, mit denen sie all ihre schöne Kraft in wilder Leidenschaft jedes Jahr zum Himmel emporhebt und den Menschen ihre schönen, süßen Früchte darbringt. – Es leben die Bäume!«

Und siehe, dort unten auf dem jenseitigen Nethedeich hing ein Mann in einer Pappel und hackte Äste mit dem Beil ab, und dort hinten schoren ein Bauer und eine Bäuerin die Hecke um ihren Obstgarten.
Das brachte einen frischen, lustigen Klang ins Land, das still war und voller Frieden.
»Heut is Neumond!« rief Pallieter, »es wird wachsen, daß es kracht!« Und er rannte hinunter, um die Baumschere zu holen.
»Aber so komm doch erst Kaffee trinken, du bist noch nüchtern«, rief Mariechen.
»Wir sind schon fertig«, sagte Charlot.
»Gleich, Liebchen!« sprach er zu Mariechen. »Aber komm doch heraus und sieh den Frühling an. Er hängt zum Riechen in der Luft, es wird unserm Pallieterchen so gut tun!« und er zeigte auf ihren Schoß, »es wird nicht drin bleiben wollen.« Er zog Mariechen mit hinaus in den Obstgarten.
»Ach, sieh die Bäume«, rief er, »sie springen in die Höh!« Er pflückte ein dünnes Zweiglein von einem Gewürznelkenbaum. »Sieh nur, was für eine Freude das Ästchen is, es riecht frisch wie Apfelsinen«, und er steckte es in Mariechens dickes Haar. So fremdartig standen sie da, all die Bäume, in ihrem nackten, schwarzen Gerippe, mit ihren verrückten, gerungenen und verdrehten Ästen, wie auf einmal aus dem Boden gespritzt, in die Höh gezappelt und so verhärtet und verholzt im ersten Sprung ihrer Lebensgewalt.
Aber sie waren empfänglich und willig wie das Fleisch einer jungen Frau. Alle hatten sie das Leben gespürt und hatten seinen süßen Kitzel gefühlt. Da waren unter anderen einige schiefliegende, hohle Apfelbäume dabei, die hart wie Felsen zu sein schienen, tot für die Welt, Brennholz. Aber kaum hatte der erste laue Wind geweht, so

hatten sie sich gerührt, ihre Rinde aufgebrochen und stecknadelkopfkleine Knöspchen erzeugt, genau so schnell und viel wie das jüngste Aprikosenbäumchen.
Pallieter stellte die kleine Doppelleiter an einen Birnbaum, der erst zweimal getragen hatte und noch schwarz und trübselig von Regen und Kälte war.
Er stellte sich auf das Leiterchen, nahm einen Zweig zwischen die Schere, sah mit großen Augen neugierig zu, und knipp! da fiel der schwarze Zweig schwer herunter, und an der kleinen, runden Schnittfläche zeigte sich weiß und blinkend, wie bei einem angebissenen Apfel, das junge Speckfleisch des Baumes. Und Pallieter, der es sah, lachte laut, ein glückliches Kinderlachen.
»Ach, wie jung, komm her und guck!« Und er preßte die Nase gegen den Schnitt und roch, und dann streckte er die Zungenspitze dagegen und kostete schmatzend den bitteren Saft. Mariechen kam auf sein Rufen, aber sie konnte nicht auf das wackelnde Leiterchen, wegen ihres dicken Bauches. »Es is schade! Es riecht und schmeckt so gut!« Und plaudernd schnitt er weiter. Das Bäumchen bekam langsam ein anderes Gesicht, es wurde jünger, und als es fertig war und verschnitten, voll weißer Flecken dastand, war es frisch und froh wie ein Kind, das samstags gewaschen ist und ein frisches Hemdchen anhat.
Pallieter rief dem Mann jenseits der Nethe einen frechen Witz zu, den dieser doppelsinnig beantwortete.
Pallieter nahm ein anderes Bäumchen vor. Charlot folgte, um die Äste zu sammeln. »Das is gutes Brennholz«, sagte sie.
Aber ratsch! eine Amsel kam in den Garten geschossen, fiel in die äußerste Spitze des knorrigen Birnbaums, pickte sich einmal in die Federn und schaute sich dann um. Pallieter sah sie gegen den Himmel sitzen, schwarz wie eine Kohle, mit einem reisbreigelben Schnabel.

»Schweig! Mund zu!« rief Pallieter Charlot vorsichtig zu. Und die Amsel spuckte eine Handvoll lustige Töne aus der Kehle, wartete, wie um etwas Besseres auszudenken, und fing dann an, lange schleppende Töne zu flöten, die von ganz hoch oben langsam zu einer ernsten Baßflöte herunterklangen; und dann ließ sie alles, was sie konnte, auf einmal losbrechen, schnell und durcheinander, bis ihr der Atem ausging. Sie sah sich noch einmal um, ließ zwei vergessene Töne fallen und flog weg.
»Was für ein Närrchen!« sagte Pallieter.
Der Amselgesang hing noch in der Luft, da ging in der Dornhecke auf einmal ein wildes, kleines Flügelschlagen und Zwitschern von Spatzen los, die sich um ein Weibchen stritten. Es war ein Gebalge und ein Geschrei wie von kleinen Schuljungen. Aber das Weibchen machte sich los und warf sich, von den anderen verfolgt, in die Alleebäume, wo der Kampf von neuem begann.
Mariechen rief laut und überrascht: »Die Tulpen kommen heraus, sieh mal an!«
Pallieter sprang von der Leiter, hockte sich neben sie und suchte mit nach den hellgrünen Spitzchen, die den Boden aufgedrückt hatten und zögernd nach dem Frühling tasteten. Während sie da hockten, ging ein starkes Flügelrauschen tief über ihre Häupter dahin. Pallieter sah auf, und ein großer Flug Tauben strich über den Hof und ruderte in die Felder hinein.
Die Felder mit dem blassen Licht darüber! Pallieter sah sie da liegen, durch die schwarze Dornhecke hindurch, mit Bauern und Pferden auf dem Land und Segelschiffen auf der Nethe!
»Ich geh spazieren! Riech nur!« sagte Pallieter. Ein kurzer starker Wind säte eine Ladung frischen Erdgeruch, vermischt mit Jauche, über den Garten.
»Kocht mir Gemüsesuppe, ich trinke keinen Kaffee!« Er

ging in die Küche. Mit einem Butterbrot in der Hand und mit einem Anlauf und einem Sprung war er über der Hecke auf dem Weg. Lubas tats ihm nach, lief voraus und bellte ausgelassen. Als das Butterbrot verzehrt war, steckte Pallieter sich die Pfeife an und sah zufrieden, wie der blaue Rauch in rundrollenden Ringen zusammenblieb.

Gierig zog er die frische Luft in die Nase und blickte mit großen Augen über die weite Landschaft. Ferne Mühlen, die Kreuze schlugen, und Kirchen und Gehöfte sah er nun, wo er sie im Sommer durch das Übermaß von Laub nicht einmal vermutet hatte.

Er fühlte sich verjüngt. Sein Herz war erstickt vom Zuhausesitzen, und es klopfte und sehnte sich danach, von dem guten Atem der Felder bespült zu werden. Nur hier und da erklang das Echo von einem Beilschlag und das klare Krähen der Hähne. Sonst war es still. Es war still und doch voll von verhaltenem Leben, das wieder am Schaffen war und aus dem Schlaf erwachte.

Pallieter fühlte und schmeckte und roch und sah das Leben. Er fühlte es in sich wie einen schweren Pulsschlag, der durch die Welt ging und bei jedem Schlag sein Herz rührte.

Das machte ihn ganz glücklich. Er wurde stark und groß und fing an mitzusingen nach der Melodie des Glockenspieles, das langsam, von einem ruhigen Wind getragen, ein altes, schönes Liedchen über diese Seite der Felder streute. Es waren Töne wie von schwerem Gold und springendem Silber, und in der Ferne pfiff ein Bauer das Liedchen mit.

Er kam an eine überschwemmte Wiese. Eine Möwe flog schreiend darüber, mit ruhigen, offenen Flügeln, und Lubas, der das sah, streckte die Nase schnüffelnd in die Luft und lief dann in das Wasser, das um ihn aufspritzte in

Strahlen und Tropfen. Pallieter blieb stehen und blickte nach dem fernen Nethedeich, wo Leute, klein wie Ameisen, eine Reihe Bäume fällten.

»O weh, die Bäume, und gerade als sie neues Blut bekommen sollten! Aber das Leben stirbt nicht, dort kommt es schon zurück!«

Und auf dem hohen Feld ging hinter zwei Ochsen, die den Pflug zogen, eine hochschwangere Frau und streute Samen in die Erde. Pallieter zog die Schuhe aus und watete durch die überschwemmte Wiese. Am Himmel erschien ein blauer Raum, und auf einmal warf die Sonne durch einen Wolkenritz ihr goldenes Licht auf den fernen, schwarzen Beginenwald, und siehe! der schwarze Wald wurde purpurrot im Sonnenglanz und blieb so eine Weile leuchtend im Land. Auf einem Weg, der blond hineinlief und sich dunkel hinter die Baumstämme schlängelte, gingen zwei Menschen, ein Mann und eine Frau, jedes mit einem Sack auf dem Rücken. Dann rief dort hinten ein Kuckuck, und der Himmel schloß sich wieder.

»Oh!« jauchzte Pallieter tanzend. »Die Knospen schwellen wie Mütter!«

Es war der Lenz, der aufsprang, das erste Sichrühren des Lebens der Erde. Es zitterte durch die Welt, nichts hatte es aufhalten können. Die Gewalten des Himmels hatten Tag und Nacht darauflos gehauen wie Sankt Georg auf den Drachen. Der Leib war geschunden bis aufs Blut, aber die

Seele, die göttliche Seele war rein und unangetastet geblieben und richtete sich wieder auf, um aufzubrechen in allem, was von der Erde war. Das Leben kehrte wieder, stark und reich wie früher, um zu leben, nichts als zu leben!...

Dort schor ein Hirte die Wolle von seinen Schafen, und während die einen noch mit ihrer schmutzigen, dicken Last in der Hürde warteten, liefen die Geschorenen weiß wie Buttermilch lustig blökend herum, froh über die reine Luft, die ihnen nun den freien, bloßen Rücken und Bauch erfrischte.

Überall hing der Duft des erwachenden Holzes wie ein schwerer Balsam, und überall klang das Klopfen der Beile und Hacken. Ein ferner Schmiedehammer erhöhte die herrliche Stimmung. Pallieter kam in ein Wäldchen, da lagen die faulen Blätter zusammengedrückt, und ein großer Vogel flog kreischend vor ihm auf. Er roch das Leben, das unter dem Boden und in den Bäumen quoll. Er betastete die Bäume, um es zu fühlen. Er konnte die Augen nicht abwenden und stand mit offenem Mund bewundernd vor ihrem Leben. Wie sie dick waren vom Saft, wie er in ihrem Holz eingeschlossen saß, drückte und zappelte, um frei zu sein, vor Gewalt die Äste aufpreßte, sie schießen und klettern, drehen und beugen, ringen und sich schlängeln machte vor Leidenschaft; und da, wo er dann endlich die Rinde riß und Sonne sah, versteifte er sich zu einem Blatt, zu einer Blume, zu einer Frucht.

Die Bäume sind die Hände der Erde.

Pallieter stieß einen Seufzer aus; er hätte einmal ein Baum sein mögen, um das volle Brausen des erwachenden Erdenlebens in seinem Leib zu fühlen. Hei! und einer war dabei, eine riesige Ulme, tausend Jahre alt, in grauem Wasser watend, die ließ Pallieter ausrufen: »Noch nie hat Gott sich so deutlich gezeigt!«

Er war wie ein aus dem Boden gebrochener Nervenstrang der Erde. Er war in zwei Teile zerkracht, voller Löcher und Risse, grün wie ausgeschlagenes Kupfer, beklebt mit Moospflastern und dickem Schwamm, umkleidet von Efeu, und oben auf einem der auseinander gespaltenen Stücke waren aus einem alten Büschel Gras ein paar Gänseblümchen herausgewachsen, eins noch in der Knospe und ein anderes milchweiß aufgeblüht, die Spitzen des Krönchens rot, wie in Wein getaucht.
Und Pallieter, ergriffen von all dem wilden, barbarischen, übermütigen Leben, das so reich zusammengepreßt saß in dem lebensvollem Baumklumpen, schlang die Arme um ihn und sagte gerührt:
»Bruder Baum, Bruder Baum!«

Als Pallieter auf einem Gehöft Mittag tuten hörte, war er so hungrig und so weit von zu Hause weg, daß er auf das Gehöft zuging, um dort zu essen. Doch die Nethe lag dazwischen, sie war ganz niedrig; ein Bächlein zwischen glatten Bäuchen von glänzendem Schlamm. Er streifte die Hose bis über die Kniee, steckte in jede Hosentasche einen Schuh und watete durch den niedrigen Fluß.
Hinter einem grünen Weihergraben, in dem gefällte alte Bäume lagen, erhob sich die altmodische Scheune, mit Türmchen an beiden Seiten. Ein Schaf steckte den Kopf durch einen Ritz in der Mauer und betrachtete Pallieter mit blödem Blick; wo das Wasser etwas klarer war, zog ein stolzer Schwan daher, treu gefolgt von einem grünen quakenden Entchen. Ein Knecht stand bis an die Kniee im Wasser, um Aale zu stechen, und hinter der Scheune und dem Weiher glänzte unter hohen schwarzen Bäumen das weiße Haus. Pallieter schritt über das Holzbrückchen und fragte die dicke Bäuerin, die an der Tür in einem blauen Faß Butter stampfte, ob er mitessen dürfe.

»Natürlich, Pallieter«, sagte Sophie, »komm nur herein!« Sie wischte sich die Hände an der Schürze ab und wies ihm einen Platz an dem langen eingesunkenen Tisch, der mit etwa vierundzwanzig Tellern bedeckt war. Von allen Seiten, aus Scheune, Stall und Feld kamen die Leute, Männer und Frauen, und setzten sich um den Tisch herum. »Ich muß von jedem eine Kartoffel haben!« sagte Pallieter. »Sie is Euch von Herzen gegönnt!« riefen sie zurück. Sophie brachte die dampfenden Kartoffeln und wohl fünfzehn Meter Wurst, die in der Pfanne brutzelte. Da klopfte der magere Bauer mit der Gabel an seinen Teller, und darauf entstand eine tiefe Stille, in der das scharfe Stimmchen eines aufrechtstehenden Mädchens das Vaterunser betete. All die rauhen Hände waren gefaltet und die Augen niedergeschlagen. Draußen gakkerte ein Huhn, das ein Ei gelegt hatte. Als das Gebet zu Ende war, fingen alle an zu essen. Pallieter schielte vor Hunger, denn das eine Butterbrot von heute morgen war schon lange verdaut. Er füllte sich den Magen mit dreißig schönen, gelben Kartoffeln, die alle gut Platz fanden, und trotzdem blieb von der Elle Wurst nichts übrig als ein Zipfelchen mit einem Faden dran; das bekam die Katze. Während sie noch beim Essen waren, hörten sie im Hof das Brummen von Dudelsäcken und das Trillern einer grellen Hoboe. Jauchzend sprangen sie alle auf und liefen hinaus. Es waren vier Zigeuner, drei mit Dudelsäcken und der vierte mit einer Hoboe. Die Männer spielten, ohne etwas zu sagen, gleichgültig weiter. Sie waren schmutzig und ungewaschen, mit Lumpen und Lappen bedeckt, mit bunten Halstüchern und Federn auf den Hüten. Sie rochen nach Luft und Erde. Pallieter war ganz erschlagen von der Schönheit ihrer Musik. Die Dudelsäcke brummten dreistimmig schleppende Akkorde, und das freie und helle Piepen der Hoboe tanzte dazwischen, trillernd und

hüpfend, wand sich drumherum und gab so dem unbestimmten Brummen der Dudelsäcke feste Gestalt.
An die Mauer gelehnt, mehr oder weniger scheu vor den schmutzigen Landstreichern, lauschten die Bauersleute verwundert auf die Musik aus fernen Landen.
Als das Lied zu Ende war, ging der Hoboist mit seiner Mütze herum und bekam von jedem etwas. Dann spielten sie noch ein kurzes Liedchen und zogen mit schleppenden Schritten ab. »Ich geh mit«, rief Pallieter, »es is zu schön, kommt, ich will euch die Gehöfte zeigen!« Und er ging mit ihnen von Gehöft zu Gehöft, und seine Bewunderung für die schmutzigen Landstreicher und ihre schöne Musik stieg mehr und mehr.
Pallieter fragte sie aus, aber sie antworteten kurz und gleichgültig, daß sie aus Spanien kämen über Frankreich, daß sie früher Südrußland besucht hätten, Italien und Tirol, die Schweiz, und daß sie nun über Holland nach Norwegen zögen und so fort.
Er hätte den Hut vor ihnen abnehmen können, vor diesen Männern, die umherschweifend überall ihr Leben mit Musik aus allen Ländern füllten. Etwas Riesiges war in ihnen. Es waren Dichter. Inzwischen war der Himmel aufgebrochen, und nun stand die Sonne wohltätig am Himmel, sie schickte ihren süßen Schein über die Welt, legte Purpur in die knospenden Bäume und tropfte Silber auf die überschwemmten Wiesen. Auf den Äckern standen die Menschen und schafften auf den Bäumen und in der Erde, und in den Gärten gruben die Gärtner die Gemüsebeete um. Das gab einen guten Duft. Das Land war still, und ferne Wagen, die selbst unsichtbar blieben, ließen ihr friedliches Gerumpel hören.
So von Gehöft zu Gehöft gehend, kam ihnen bei dem armen Krankenhäuschen ein Trüppchen Genesende entgegen, von vier weißen Nönnchen geführt. Sie nützten das

Wetter aus und freuten sich über die gute, angenehme Sonne. Es waren alles arme Schlucker und schlampige Frauen. Manche schleppten sich auf Krücken fort; eine Nonne zog ein Wägelchen, in dem ein ›Tod von Ypern‹ lächelte, und ein Mann ohne Beine stieß sich selber mit Bügeleisen vorwärts. Eine große, magere Frau stützte sich auf den Arm einer dicken Schwester; da waren welche mit Tüchern um den Kopf, Männer mit einem Bein oder mit schwarzen Binden vor den Augen, schwindsüchtige Frauen und kränkelnde Kinder. Während die einen weiterkrochen, überall den schweren Krankenhausgeruch mittragend, saßen andere auf gefällten Bäumen und plauderten oder guckten den Arbeitsleuten auf dem Acker zu.

Als Pallieter all die elendigen Menschen sah, die froh waren über ein bißchen Februarsonne, sagte er den Zigeunern, sie möchten hier ein Liedchen zum besten geben.

Die vier fingen an, auf den Instrumenten zu blasen, und siehe, die Kranken kamen alle so schnell wie möglich herangehumpelt und scharten sich im Kreis um die Musikanten. Ein dicker Kerl, dem ein Bein abgenommen war, hob auf einmal die Krücke in die Luft und fing an, auf

einem Bein und auf der anderen Krücke zu tanzen, und rief: »Ich bin gesund, ich darf nach Haus gehn!«
Die Kranken lachten, und die Nonnen fanden es sehr vergnüglich.
Aber dort an der Tür eines Wirtshauses erschien Franzoo und rief, so laut er konnte, nach Pallieter. »Kommt«, sagte dieser zu den Zigeunern, »dort wollen wir einmal Dudelsackbier trinken!«
Das war den vier Männern gerade recht. Und sie gingen.
»Sieh«, sagte Pallieter zu Franzoo, »das sind vier singende Federn, die fliegen überallhin mit dem Wind.« – »Vetter,« rief er, »das sind Wagners, Palestrinas, Beethovens, die nur auf ihren Instrumenten sprechen können. Gebt ihnen Bier!« Sie bekamen jeder einen Krug Doppelbier, und sie tranken gierig, daß es ihnen über das Kinn lief.
»Habt ihr Hunger?« fragte Pallieter, und er schlug sich dreimal mit dem Finger an den Mund.
»Dann kommt ihr zu mir zum Essen!« rief Franzoo.
»Und wollt ihr dann auch das Schönste spielen, was ihr könnt, daß die ganze Welt sich in Musik auflöst für uns?«
»Ja!« nickten die Männer.
»Dann erst noch getrunken!« Und sie bekamen frische Krüge Doppelbier, sie rauchten Zigarren, und zu sechs soffen sie wie echte Templer.
So saßen sie noch da, als die frühe Dämmerung einbrach, und dann gingen sie zu Franzoo.
Das Land badete in der Sonne, die hinter einem schwarzen Baumklumpen rot unterging. Das Nethewasser, wieder hoch gestiegen, nahm das Rot gierig in seinem Spiegel auf, und die schwarzen, kahlen Bäume wurden zart davon gestreichelt. Als die Sonne weg war, hing das goldene Rot noch lebendig auf dem Kreuz der hohen Mühle, die ruhig in der windstillen Abendluft stand.
Eine tiefe Stille und eine angenehme Kühle fiel über das

Land, in den Häusern gingen die Lichter auf und an dem gleichmäßig blassen Himmel die Sterne.

Ein blauer, lichter Traum wand sich vor die Fernen...

Bei dem Lampenlicht wurde gierig Schweinebraten mit ›Pommes frites‹ gegessen, die Franzoos dicke Frau gekocht hatte und kundig bereitet mit scharfen Saucen, Nelken, Lorbeerblatt und duftendem Thymian. Franzoos Kinder hatten Angst vor den wilden Kerlen, schrieen Mord und Brand und flogen in die Betten. Als die Zigeuner sich voll gegessen und noch einmal alten ›Diester‹ nachgegossen hatten, sagte Pallieter: »Jetzt macht euer Buch auf!« Sie gingen hinunter, Franzoos Frau folgte. Die Nacht war über der Erde. Hoch und zahlreich wie Sand am Meer bleichten die hellen Sterne am dunkeln Himmel. Die Stille war eins mit der Erhabenheit der Nacht.

Franzoo machte auf dem Mühlenberg ein großes Feuer an, das die Mühle von unten hell erleuchtete, während der Rumpf sich in der Dunkelheit versteckte und einen schwarzen Block auf den hellen Sternenhimmel zeichnete. Das Feuer krachte und knisterte, die Glut erleuchtete die vier Zigeuner, wild wie Teufel. Und immer schweigend, nur antwortend, wenn man sie ansprach, saßen sie da und starrten in das Feuer.

»Fangt nur an!« sagte Pallieter, der sich bäuchlings auf ein Strohbündel gelegt hatte. Und dann begannen die drei Dudelsäcke zu summen und zu brummen, und die wie aus Schilfrohr klingenden Hoboentöne zitterten hell darüber und darauf und darum, wie ein Regen von Tönen. Und vor Pallieters gespanntem Blick erhoben sich leidenschaftliche spanische Tänze, wehmütige russische Lieder, starke Gesänge aus den Bergen und schleppende Lieder aus den bretonischen Ebenen. Die ganze Welt zog in Tönen vorbei, rührend, lustig, wehmütig, klagend und sanft.

Er lauschte ergriffen; es war etwas Einzigartiges in seinem Leben! Seine Hände waren rot von dem flackernden Feuer, über ihm erhob sich ungeheuer wie ein Riese die schwarze Mühle, und vor ihm lag die hellbesternte Nacht und das düstere, dunkle Land.
Oh, wie war das herrlich! All die wunderlichen Lieder aus fernen Ländern, wo nun auch überall die große Nacht herrschte und ein jeder schlief, durch Zigeuner hier in der Dunkelheit aufblühen zu hören neben einem flammenden Feuer und sie hinsummen zu hören über das schwarze Land der Nethe, über dem Millionen von Sternen erglänzten, unter dem mächtig und selig der neue Frühling brütete! Pallieter überlief es kalt vor Rührung, und Tränen tropften auf seine Hände. Er würde nun auch die Welt sehen!

Charlot schlief schon lange, und Mariechen stand noch im Garten. In der ruhigen Nethe spiegelten sich die Sterne. Mariechen lehnte über der Hecke und sah und lauschte in die dunkle Nacht hinaus, wo irgendwo ein Feuer brannte und Dudelsäcke brummten.
Da wußte sie ihren Mann Pallieter, denn so etwas gehörte zu ihm. Da wußte sie ihn, den sie so groß und stark lieb hatte. Sie hatte den ganzen Tag auf ihn gewartet, doch würde er noch nicht kommen, denn dort bei dem Feuer war er glücklich; sie wußte, daß so etwas ihn glücklich machte. Aber sie wußte, daß er sie auch lieb hatte und wohl an sie dachte, während er der nächtlichen Musik beiwohnte. Ja, das fühlte sie, das machte sie selig und trunken, und sie hätte nun an seiner Brust ruhen und einschlafen mögen, gewiegt von der frommen, rührenden Musik.
»O Tagemelker!« seufzte sie voll ungekannter Wollust, und sie blieb stehen und lauschte auf die Dudelsäcke, die weit weg in der dunklen Frühlingsnacht brummten.

Pallieter lag auf dem Rücken im Gras und schaute dem stolzen Wandern und Wachsen der Wolken zu; es war gewaltig!
Seine Augen umfaßten den ganzen durchwühlten Märzhimmel. Es waren tolle Wolken, die ihre Form immer wieder wechselten und veränderten, und jede Minute machte den Anblick des Himmels neu. Dort oben klemmte sich eine dunkle Masse Blockwolken zusammen, bleigrau und von Hagel und Regen schwanger. Sie steuerte an der Sonne vorbei, riß alles in ihrer stolzen

Fahrt mit, aber sie stieß gegen einen riesigen weißen Wolkenberg, brach entzwei, wurde zerrissen und in blaßblaue Streifen gezogen, die höher und höher am Himmel hinaufkletterten und sich zu guter Letzt ganz oben als kleine weiße Wölkchen festgeklammert hatten. Inzwischen war hinter der Erde eine rosige Bergkette heraufgewachsen, die sich am südlichen Horizont aufrichtete. Es waren rosige Felsen, oben weißglitzernd wie frischer Schnee und klar abgezeichnet auf dem hellen Muttergottesblau des Himmels.
Ferne Dorftürmchen hoben sich davon ab. Es war eine Schweizer Landschaft, aber die Spitzen schwollen auf, und die fernen Berge wurden Türme, Türme, die sich der Sonne zureckten, oben Silber und Gold, unten aschgrau, purpur und braun. Wolkenkathedralen mit Fenstern und Nischen; Walhallas! Aber ehe man daran dachte, flockten sie in wattigen Brocken auseinander, brachen und falteten

sich zusammen und regneten sich dort hinten über dem hellen sonnigen Lande aus.

Eine mächtige weiße Wolke, ganz zusammengepreßt wie ein riesiger Blumenkohl, kam nun in den Himmel. Die war Herr und König des Himmels. Die volle Sonne stieß darauf, und von dem gewaltigen Licht liefen Pallieter die Tränen aus den Augen. Sie thronte eine Zeit lang über der Erde, aber Flotten kamen von allen Seiten auf sie herangestürmt, Kriegsflotten, weiße und braune Schiffe mit dicken Bäuchen, und sie überwältigten sie und sogen all ihr Silber und ihre starken Formen auf. Andere bauten sich oben drauf, wieder andere zogen wild darüberhin, und so ging es immer weiter. Aufbauen und Abbrechen. Und das alles lebte, wirkte und wimmelte und stand keinen Augenblick still. Zart und innig stand tiefes Blau dazwischen, und die Sonne, die Ostersonne! Denn morgen war Ostern! Die verjüngte, weiße, gereinigte Sonne spielte toll und ausgelassen in dem Wolkenspiel, wie ein Kind morgens im weißen Bett. Sie schoß Mosesstrahlen, brachte Silber und Gold auf das Purpur und Gelb und Weiß und schlug Funken in die Luft. Und wer mittat in diesem Wolkenspiel, das waren die Tauben, die in ganzen Schwärmen oder einzeln hoch aufstiegen und sich vom Himmel herunterfallen ließen. Bald waren sie weiß wie Papier auf dem dunkeln Purpur und dann wieder wie goldene Flocken, wenn sie einen Mosesstrahl berührten.

Oh, dieses Wolkenspiel! Es ist schön genug, um den einsamen Hirten einen ganzen Tag lang zu beschäftigen. Und darunter lag die junge Welt grün und frisch.

Der dünne Wind lief darüber hin, mit dem schnellen Schatten der Wolken und dem grellen Licht der Sonne.

Schwarz standen die Bäume, aber in der Sonne sah man

sie mit gelbgrünen Schleiern umhüllt. Es waren aufbrechende Knospen!
Nur hier und da gab es schon ein Aprikosenbäumchen, das in dem zitternden Leben lichtrot und rosa leuchtete. Die Nethe war voll silbernem Glanz, und die Schiffe fuhren mit weißen, geschwellten Segeln.
Aber unversehens war es dunkel und grau geworden, und klatsch! Regen und Hagel knatterten hart und wild auf den Boden und auf Pallieters Gesicht. Lachend sprang er auf und suchte Obdach unter einem Holzhaufen.
Von hier aus sah er die Mühle sich drehen und ganz weit weg noch mehr Mühlen mit roten Flügeln in dem wandernden Sonnenlicht. Doch auf einmal schoß die Sonne wieder durch, und der Hagel hing über dem Beginenwald, und über der schlanken Mühle spannte sich auf dem dunklen Himmel ein helles Stück Regenbogen.
Hähne krähten klar und hell, und unter dem Holzhaufen roch es nach frischen Veilchen.
»Für Mariechen!« rief er. Er suchte, und da, zwischen kurzem neuem Gras standen sie, purpurblau und naß, die lieben Karfreitagsblümchen. Er wollte sie pflücken, aber er richtete sich wieder auf und sagte:
»Nein, es is zu schön, ich laß sie stehn!«
Er sprang über den Bach und ging an den Feldern hin nach Haus. Das Leben begann von neuem, die Luft hing voller Düfte und Versprechen, und Schauer erwachender Frische liefen über die Welt. Überall, wo nur ein Finger Gras wuchs, glänzten ein paar Gänseblümchen, und von allen Seiten tropfte das tolle Zwitschern der Spatzen.
Die guten, duftenden Felder waren nun von dem rauhen Winter befreit, der Boden war überall bearbeitet, das Unkraut entfernt; er war durchschnitten und durchpflügt, umgegraben, geknetet und geharkt, und da lagen die Felder nun herrlich in lauter braunen Vierecken. Hier und

da standen Vogelscheuchen mit Hut, Hose und Rock und wehten im Wind. Und die schöne Arbeit auf den Feldern begann wieder für ein ganzes Jahr. Hier und jenseits der Nethe zogen weiße und braune Pferde mit stolzem Schritt den Pflug übers Feld; der Boden fiel in fetten Schollen auseinander. Es war Fleisch zum Anbeißen. Die Säer gingen stolz wie Könige über die Äcker hin und her und streuten die Saat in die Erde. Überall sah man sie klein wie Finger jenseits der Nethe, zwischen den Bäumen, unter den Mühlen und neben dem Beginenwald. Sie streuten die edle Saat. Wind wehte, und Sonne war da. Das war der erste Segen, und die willige Erde empfing die Saat, war glücklich und berauscht davon, denn wieder konnte sie im Überfluß gebären, all die Millionen Saatkörner zu ihren Kindern zu machen. Mutter sein... Viele Bauern waren beim Kartoffellegen, und dort fuhren die Jauchefässer und Wagen hin und her und verbreiteten weit ihren starken Geruch.
Die Schlüsselblumen legten ihr Gold neben die Gräben. Pallieter pflückte ein Sträußchen und steckte es an den Hut. Die Kühe waren wieder in den Wiesen und die Schwalben am Himmel.
Ohne Aufenthalt kamen Wolkenschatten von dort hinten dunkel herangezogen, gefolgt von heller, nasser Sonne.
Pallieter betrachtete das alles voller Bewunderung. Ach, er war so glücklich über all die neue Herrlichkeit; über die Sonne und den Wind, über die Rückkehr des Frühjahrs, über das volle, freie Leben!
Ach, es war so schön, so heilig und so gut! Und gerade da sah er einen Jäger, der gebückt auf einen Goldfasan zuschlich.
»Verdammt!« sagte Pallieter, und er wollte gerade in die Hände klatschen, um den Vogel aufzujagen, als dem Jäger der Hut vom Kopfe fiel. Da bekam Pallieter einen hüb-

schen Einfall. Er lief schnell auf den Hut zu, schob einen frischen Kuhfladen hinein und legte ihn fein säuberlich wieder hin.

Der Vogel flog auf, und der Jäger merkte, daß er den Hut verloren hatte. Er suchte und fand ihn und wollte ihn aufsetzen, aber als er sah, was drin war, schmiß er ihn auf den Boden, stampfte darauf herum wie ein rasender Narr und ballte die Fäuste nach den Kühen. Pallieter stand hinter einem Holzhaufen und lachte sich fast einen Bruch.

Als er nach Hause kam mit den verwelkten Blumen am Hut, wehte die weiße Fahne zu Ehren des guten Wetters, und Mariechen hatte im Garten den Springbrunnen aufgedreht, der nach dem ganzen langen Winter wieder silberig seine frische, kühle Wasserfeder in die Höhe spie. Charlot war mit Mariechen dabei, Eier und Apfelsinen im Garten zu verstecken, die Franzoos Kinder gleich, wenn die Glocken wieder läuteten, suchen sollten.

Pallieter hatte gestern alle Eier angemalt. Alle Farben waren vertreten. Es gab blutrote, buttergelbe, blaue, grüne, andere getüpfelt, gestreift, mit Schnörkeln und Kreisen. Es waren welche dabei mit einem Hähnchen drauf, mit einem Männchen, einer lachenden Sonne, mit Blumen und Bäumen. Alles in sehr starken Farben. Und wie sie nun dalagen in den Sträuchern, auf dem Boden, erschienen sie wie fremdartige Früchte, die auf einmal durch eine Laune der Sonne gewachsen waren.

Charlot freute sich, daß alles fertig war, und sagte mit einem Seufzer: »Damit sind die Fasten herum, und die Glocken kommen wieder.«

»Du bist doch nich dünner davon geworden!« lachte Pallieter.

»Ich hab mir nix vorzuwerfen«, sagte Charlot stolz. »Ich hab nur einmal am Tag mich sattgegessen!«

»Dann warst du auch jedesmal zum Platzen dick!«
»Waas?« rief Charlot geärgert. »Wenns zuviel is, daß ich mal ein Butterbrot mehr ess' wie gewöhnlich, dann will ich lieber Begine werden, viel lieber als wie mit euch in die fremden Länder ziehn, wo Menschenfresser und wilde Tiere wohnen! Verstehst du das? Du Lump, du Geizkragen!«
»Ach komm«, sagte Mariechen, »reg dich nich auf, Pallieter sagt das nur zum Spaß!«
»Ich auch!« sagte Charlot kurz angebunden, und sie ging wieder in die Küche an ihre Arbeit. Sie hatte ihre Haube abgenommen, und ihr kleines Zöpfchen war nun wieder für den ganzen Sommer sichtbar. Sie trug ganz neue, glänzende schwarze Holzschuhe, bemalt mit einem gelben Vogel auf einem grünen Zweig.
Nach einem Viertelstündchen hatte sie den Streit schon vergessen und sang sich was:

»Ich hab als Spielgenossen
Ein Kätzchen noch so klein...«

Pallieter ging mit Mariechen in den Garten.
»Und durch diesen schönen Garten soll die Nethe gerade wie ein Lineal gezogen werden. Es is doch ein Jammer!«
»Wenn du gern einen Garten haben willst, dann kannst du auch in unser Dorf kommen, da is es auch schön, und wir sitzen frei in Heide und Wäldern!«
»Nein«, sagte Pallieter, »ich fühl mich wie ein Vogel: ich will überall wohnen! – Du gehst doch gern mit, mein Liebling?« fragte er zart nach einer Weile. Und sie schlug die großen Augen glücklich zu ihm auf, legte die Arme um seinen Hals und sagte:
»Wenn ich nur bei dir bleiben darf, kannst du mich mitnehmen bis ans Ende der Welt.«

Und sie drückten sich einen langen innigen Kuß auf den Mund.
Charlot rief sie, denn die Kinder kamen, und lachend hüpfte Mariechen ihnen entgegen. Pallieter blickte ihr nach und sagte: »Sie is meine Seele.«
Aber da flötete eine Amsel in dem knorrigen Kastanienbaum und flog dann nach dem Wall zu. Die Bäume auf dem Wall waren braun von den Knospen und hingen voller Spatzengezwitscher. Im Garten standen die Birnbäume mit hellen Knospen, die jeden Tag aufbrechen konnten; die Pflaumenbäume ließen schon ein wenig Rosa sehen, die Pfirsichbäume prunkten in lichtroter, üppiger Blüte.
Der Boden, der durch das Umgraben verjüngt war, hatte dort schon Milchsalat gegeben, und schon waren mancherlei Blumen aufgebrochen; auf dem Mühlenhügel gab es fettige, fleischige Hyazinthen und rund um den Springbrunnen hier und da sogar duftenden Goldlack. Die frischgeschnittene Hecke war blaßgrün.
Pallieter erschrak über die Schnelligkeit, mit der das Leben schaffte. Es stand nie still, es wuchs und brütete immerfort und überall. Es brach aus der Erde, aus den Bäumen und dem Wasser; das Moos klebte sich auf die Steine und der Schwamm auf die Bäume, das eine auf das andere, gierig nach Leben und alles überwältigend in einem Rausch von junger Liebe, voll brennendem Verlangen, sich zu paaren und zu befruchten. Es war das frische Blut, das aufbrauste.
Ein Entendreieck kehrte hoch am Himmel aus den warmen Ländern zurück, und auf einmal sprangen überall in Stadt und Dorf und Beginenhof die Osterglocken los und klangen und jubelten über die Welt die Auferstehung Gottes und des Lebens. Christus ist auferstanden!
Die Glocken kehrten aus Rom zurück, und sie schwangen

einen Regen von Eiern über die Welt. Das Land roch nach einer neuen Seele, der junge Lenz stand bereits in den Bäumen! Alles hatte Knospen, das Leben jubelte über den Tod. Es war die Auferstehung, die lebengebende Auferstehung! Und schmelzend vor Rührung küßte Pallieter die Erde.

Die Kreuze und die Segnung der Felder

Das Wetter war wieder schlecht geworden, ganze Tage Land- und Platzregen, grau und traurig und dicht. Trotzdem schafften die Bäume eifrig weiter, nur aus eigener Kraft. Sie blühten doch! Und ein Baum nach dem andern hüllte sich in Brautgewänder, und die Blumen öffneten ihre Lippen, um all den Reichtum ihres Duftes auszusprechen. Die salbende Sonne blieb weg, und anstatt daß die Blüte aus dem Boden heraussprang, toll und wild und übermütig, gierig nach Licht und Leben, kroch sie heraus, langsam und vorsichtig.

»Es wird sich bessern«, sagte Pallieter, »wenn sie die Kreuze übers Land tragen.« Denn sie sind es doch, die Kreuze, die die Pforten aufmachen für die schönen beständigen Tage und den großen Sommer. Alles schöne Wetter, das früher kommt, ist nur Schein und Betrug. Und ein jeder schaffte weiter, wußte, daß es nicht anders sein konnte, und wartete geduldig auf die Kreuze.

Und gerade heute, als die Kreuze gehen sollten, war mit dem neuen Tag ein froher, starker Wind aufgestanden, der tanzend über die Erde fuhr und all die Wasserwolken vom Himmel jagte.

Die Kreuze gingen. Pallieter und Charlot gingen mit. Pallieter ritt hinter der Prozession her und übersah so den Zug und das Land. Jetzt kamen sie in das offene Feld. Der Wind schlug die roten Fahnen nach vorn, spielte und drückte in die Röcke der Frauen und Priester und warf die

lateinischen Gesänge wie Saat über die Felder auseinander.
Der Himmel war silberig von hohen, weißen, aufeinandergestapelten Wurstwolken, die nach allen Himmelsrichtungen um die Erde zogen. Das Licht kam von den Wolken. Die Saat barst in der Erde.
Und es klang auf lateinisch, es wehte in Brocken über die braunen Felder, über die schimmernden gelben Rübenblüten, an rot und weiß blühenden Bäumen und duftenden Gärten entlang: »Aus der Tiefe rufe ich, Herr, zu Dir; Herr, höre meine Stimme, laß Deine Ohren merken auf die Stimme meines Flehens. So Du willst Sünde zurechnen, Herr, wer wird bestehen?«
Die roten Chorknaben klingelten mit der Schelle und schwangen den duftenden, blauen Weihrauch. Der Pastor in goldpurpurnem Chorhemd, über dem sein Glatzkopf glänzte, sprenkelte mit großen Gebärden das Weihwasser segnend über die ganze schöne, wachsende Gegend.
Die Bauern und Bäuerinnen hielten den Rosenkranz und beteten halblaut für die Frucht, das Vieh und die Erde. Ihr ganzes Leben lag da offen und bloß unter Gottes großem Himmel, von dem Himmel hing alles ab. Der Himmel voll von Tod und Leben, Böse und Gut, Feuer und Eis, Hitze, Sonne und labendem Wasser.
Und sie beteten untertänig, als Mittler für die sprachlose Saat, die Bäume und die Frucht: »Herr, erhöre mein Bitten mit Deinen Ohren, nimm mein kläglich Bitten in Deine Wahrheit, erhöre mich in Deiner Gerechtigkeit... denn der Feind hat meine Seele verfolgt, er hat meine Seele bis in die Erde erniedrigt.«
Es war das Flehen der Frucht und des Samens und der Bäume nach dem langen Winter, dem Feinde: »Er hat mich ins Dunkel gestellt, wie die Toten der Erde. Um Deines Namens willen, Herr, willst Du mich lebendig

machen. Du wirst meine Seele aus ihrer Qual erretten und meine Feinde vernichten. Du wirst alle vernichten, die meiner Seele schaden, denn ich bin Dein Knecht!«

Das Gebet der Gewächse des Feldes! Der Wind tanzte über die Erde und nahm die Worte auf. Die Mutter Gottes und der ganze leuchtende Reigen der Engel und der Heiligen, die den Himmel erhellen, die die Macht haben, den Donner aufzuhalten, Gewässer stehen zu lassen und den Wind zu drehen, all die heiligen Jungfrauen, Märtyrer, Päpste, Sünder, Apostel und Jünger bis zu den tausend unschuldigen Kindern, sie werden alle zu Wächtern bestellt über die Menschen, das Vieh und die Frucht und die Bäume.

Und immer wieder klang die Melodie von schweren »Ora pro nobis!« und »Ora – Orate pro nobis!« Pallieter betete innig mit. Er war voll Licht und Leben. Es krachte in ihm von geistiger Wollust. Er hätte Fahnen schwenken und im Winde rollen mögen.

Das Beten war ihm zu still, und er erhob seine Stimme und sang mit, so laut er konnte, mit den Priestern: »De profundis clamavi ad Te, Domine!«

Und als die Prozession durch die Felder gezogen war, ritt er weiter in die schöne Landschaft hinein.

Es war herrlich, all das blühende Weiß auf den Bäumen! »Es ist die Muttermilch der Erde, die heraufsteigt und überläuft«, sagte Pallieter. »Die Sonne wird Butter davon machen!« Der große, frohe Wind sauste durch die Luft und brummte in den Bäumen. Er schüttelte dem Pferd die Mähne und den Schwanz und riß Pallieter die Mütze vom Kopf, daß sie aufflog wie ein Vogel und in das glitzernde Nethewasser fiel.

Doch Pallieter drehte sich nicht um, er ritt immer weiter, wild und toll ohne Zügel, um die ganze Gewalt des jung machenden Windes über sich hinwehen zu lassen. Männlicher Genuß! Fern zogen die Kreuze, weiß und rot, über die blonden Wege, und die Mühlen schlugen überall Kreuze über das Feld, wie die Priester, und dort hinten wehte der Wind einem Bauernmädchen die Röcke in die Höhe, daß Pallieter ihre nackten, rosigen Schenkel sah. Die Sonne taumelte auf einmal aus den Wolken, und das gab den Farben des Feldes eine Sprache, daß alles redete und jauchzte!

»Die Kreuze machen sich schon fühlbar!« rief Pallieter...

Und noch am selben Abend hatte sich der Wind gelegt, und eine süße Schwüle kam über das Land, die Birnbäume begannen betäubend zu duften. Der Himmel war rein wie Kristall, die Sterne schienen klar in der jungfräulichen Bläue, und tief am Himmel hing die erste Sichel des wachsenden Mondes.

Pallieter lehnte mit Mariechen noch aus dem Fenster der Schlafstube, sie waren schon halb ausgezogen, um schlafen zu gehen, aber die Süßigkeit der Nacht hielt sie aus dem Bett zurück.

Mariechen legte ihren Kopf auf Pallieters Schulter, und er hatte den Arm um ihre Hüfte geschlungen.

Sie schwiegen und lauschten auf eine Nachtigall, die allein in der Verborgenheit eines blühenden Kirschbaums ihr goldenes Herz erzittern ließ. Aber da ertönten, gar nicht als ob es auf einmal begonnen hätte, vom Beginenhof die tiefen, weichen Klänge eines Cellos.

»Das is der Pastor«, sagte Pallieter.

»Schade, daß der Beginenhof schon zu is«, meinte Mariechen.

»Wart«, gab er erfreut zurück, »wir fahren mit dem Kahn hin, komm.«

Sie zogen sich hastig an und stiegen in den Kahn.

Durch den schmalen ›Hemdsärmelkanal‹ trieben sie nach dem Beginenhof zu.

Inzwischen erklang immerzu die süße, gefühlvolle Stimme des empfindsamen Cellos.
Still fuhren sie, und an des Pastors Garten, der mit einem bewachsenen Gitter an das Wasser grenzte, hielten sie an und lauschten, im Kahn stehend.
Der Pastor saß draußen unter einem blühenden Birnbaum. Im Dunkeln sah man nur seinen großen Kopf und seine bleichen Hände. Er spielte die tiefe ›Träumerei‹ von Schumann. Es war wie ein Gebet. Der Pastor betete mit seiner Musik.
Als es aus war, blieb eine lange Stille. Es schien Pallieter eine Sünde, in dieser duftenden Stille seine Stimme sprechen zu lassen; aber er stieß einen großen, tiefen Seufzer aus. Der Pastor sah auf und fragte: »Ist jemand da? ...«
»Ich!« sagte Pallieter.
»Dann kommt schnell herein!«
Und er kam rasch herangelaufen und öffnete das Gittertürchen, das nur aufgemacht wurde, wenn die Magd Wasser schöpfen mußte. »Es war so ein feines Wetter heute«, sagte der Pastor, »und ich sitze nur so da und streiche mein Cello; kommt herein!«
»Ich hab einen andern Gedanken«, erwiderte Pallieter, »nehmt Euer Cello mit in den Kahn, und wir wollen spielend eine Fahrt nach dem Park von Ringen machen!«
»Angenommen!« sagte der Pastor, und er kam mit dem Instrument in den Kahn. Sie fuhren wieder in die Nethe, und als die offenen Felder um sie herum lagen, begann er wieder zu spielen, während Pallieter ruderte und Mariechen steuerte.
Das Cello sprach; es war innig wie eine singende Menschenstimme, es klang wie aus der Wassertiefe in die Höhe. Es trug die Feinheit des Himmels und die Jugend des Lenzes in sich. Es war Beethoven, Benoit, Wagner, Palestrina und Grieg. So trieben sie schön wie im Traum

über das Wasser, und über das nächtliche, stille Land zog der Klang der herrlichsten Musik der Erde. Es war, als ob Gott den Fuß auf die Welt gesetzt hätte.

DIE FRUCHTBARKEIT

Der schöne, gute Mai hatte nun endgültig seinen Glorienschein in die Bäume gehängt und seinen Reichtum auf dem Boden ausgebreitet. Die majestätischen Kastanienbäume, die so mannigfach im Netheland wachsen, hatten schon weiße Blüten auf ihrem grünenden Berg angesteckt. Und Kerzen brannten in den Feldkapellchen zu Ehren Unserer Lieben Frau.

Mariechen hatte mit ihrer Mutter, die gekommen war, um als Hebamme zu dienen, und mit Charlot jeden Tag in einem dieser Kapellchen um einen günstigen Ausgang gebetet, und inzwischen wuchs die Frucht schnell und ungeheuer. Aber die Tage gingen vorbei, und gegen Ende Juni, zum Mondwechsel, konnte man es erwarten.

Eines Tages kam Pallieter aus Duffel zurück, wo er bei einem Wagenbauer einen Planwagen bestellt hatte, mit dem er in die Welt hinausziehen wollte, wenn der Kleine geboren war.

Die Junisonne triumphierte am blauen Himmel und schüttelte ihre goldenen Haare über die üppigen Lande. Pallieter schlenderte an der Nethe entlang.

Ach! der schöne Fluß, der sich jetzt noch frei und launisch durch die fetten Felder und die kühereichen Wiesen buchtete, der auf seinen Deichen riesige Pappeln und breite Kiefern in die Höhe streckte: die herrliche, angenehme Nethe sollte nun in einen kalten, geradlinigen Kanal verwandelt werden.

»O Land! Sie nehmen dir deine Krone!« seufzte Pallieter, »das Herz schreit mir im Leibe.«

Doch aus der Ferne klang wiederholt Tuten auf einem Blechhorn.

»Das ist Charlot, die bläst zum Kindbett!« jauchzte Pallieter, und er zog die Holzschuhe aus und fing an zu laufen, so schnell er konnte. Das Tuten klang immer weiter, drehte sich von Osten nach Westen und wollte gar nicht aufhören.

Pallieter beeilte sich desto mehr. Er fluchte, weil es nicht schneller ging; aber da grasten zwei Pferde auf der Weide, und im Umsehen war Pallieter auf ein erschrockenes Tier gesprungen, packte es an der Mähne und raste schnell über Feld und Wiesen nach dem ›Reinaert‹.

Als Charlot Pallieter ankommen sah, ließ sie das Horn fallen, lief ihm entgegen und schrie blaß vor Aufregung: »Vetter, Vetter, es sind Drillinge! Zwei Buben und ein Mädchen! Erst kam ...« Pallieter ließ sie weiterschwatzen und lief vor ihr her die Treppe hinauf. Er riß die Tür auf, und da auf dem Bett, aus dem Mariechen blaß, mit Tränen in den Augen, ihm zulachte, lagen nebeneinander drei Kinder, nackt und ferkelrosa, krähten und schrieen.

Die Sonne bündelte durchs offene Fenster darauf und zitterte leuchtend auf ihrem zarten Fleisch.

Pallieter stand erst wie angenagelt, er konnte seinen Augen nicht trauen, es überwältigte ihn. Mariechens Mutter und Charlot wußten keinen Rat, die eine platschte mit Wasser, die andere warf einen Eimer um und kratzte sich am Kopf.

»Bist du zufrieden?« fragte Mariechen.

Da strömte Pallieters Freude über, er lief auf sie zu, küßte sie tausendmal und sagte: »Abraham muß mich beneiden!« Und dann rief er Charlot ausgelassen zu: »Holt Paten, Wiegen und Zuckerbohnen! Die drei Haimonskinder sind geboren!«

»Ja, ja!« rief die verwirrte Charlot, und sie lief rasch hinunter. Aber sie kam gleich wieder herauf und rief hastig: »Schnell, schnell, der Herr Pastor is da! Zieht rasch jedem ein Hemdchen an.«

»Nee, nee«, sagte der Pastor, der heraufkam, »ich will sie sehen, wie Gott sie Pallieter gegeben hat.«

Und der Pastor schlug verwundert die Hände zusammen, und er wandte sich zu Pallieter um und sagte: »Glücklicher Traubenstock!« Und dann zu Mariechen: »Mädchen, Mädchen, Gott hat dich lieb.« Und er drückte ihnen die Hände, und als er den drei Kinderchen die Nottaufe gegeben hatte, schossen ihm die Tränen in die Augen.

»Mach so weiter«, sagte er.

»Das gelob ich Euch!« rief Pallieter.

»Herr Pastor«, sagte Mariechen verlegen und rot werdend, »die Kinder müssen trinken...«

»Ja, ja«, lachte der Pastor, »mach nur; wir haben das nicht mehr nötig, gelt, Pallieter, wir wollen euer Wohl trinken.«

Und während sie unten Schaumwein genossen, brachte Mariechen ihre zwei dicken, weichen Brüste zum Vorschein und gab den zwei Pallieterkens die kostbare Muttermilch, während Pallieterinneke weiterschrie...

Mit dem Dreispitz des Pastors auf seinem eigenen Kopf saß Pallieter mit dem Pastor bei der sechsten Flasche Schaumwein, zu Ehren der drei, die er gemacht hatte.

Da stand der weiße Planwagen zur Abfahrt bereit. Beinah alle Beginen, die drei Blinden, viele Nonnen und der Pastor standen dabei und warteten, um den Bewohnern des ›Reinaert‹ Lebewohl zu sagen. Während Mariechen mit ihren drei Kindern schon im Wagen saß und Charlot demütig auf die weisen Ratschläge des Pastors lauschte, holte Pallieter das Pferd, das auf der Wiese graste. Die gute, große Beiaard lief spielend nach dem Deich zu, als sie ihren Herrn sah, aber Pallieter holte sie ein und schwang sich auf den breiten Rücken.

»O Netheland, du willst mich verführen zu bleiben, wie schön!« rief er, als sein Blick über die Landschaft ging. Es war nach dem Mittag, und es regnete einen langsamen, milden, zögernden Regen mit walnußgroßen Tropfen. Nur hier und da fiel einer, aber sie holten die süßesten Düfte aus dem Boden und aus dem Garten; und das Heu, das überall in den Wiesen gemäht und eingefahren wurde, beseelte mit seinem würzigen Geruch die ganze Gegend. Amseln und Meisen, Grasmücken und Finken, Spatzen und Bachstelzen ließen die Bäume vor Wollust singen; und mitten in dem Klingen dieser verschieden lärmenden Vogelkehlen flötete ruhig und stolz die königliche Nachtigall.

Es war wie eine goldene Flöte, die in den Bäumen hing und jedesmal erklang, wenn ein Regentropfen darauf klopfte. Ein seliges Wohlgefühl lag über dem Land, eine süße Betäubung, die aus allen Dingen aufstieg.

Der Himmel war tiefgrau; und blau lagen dort hinten die weiten Fernen, wie feiner Weihrauch.

»Dahinter liegt die Welt!« rief Pallieter; und so stark war sein Verlangen nach dieser Bläue, daß er sich beeilte, um wegzukommen. »Spring auf! Wir fahren!« rief Pallieter

Charlot zu, die noch mit ihrem letzten Heiligen aus dem Haus gelaufen kam. Charlot blieb betroffen stehen, die Scheidungsstunde überraschte sie, sie blickte ihre Freundinnen, die Beginen, an, die Nonnen und den Herrn Pastor, und dann stieß sie einen langen Schrei aus, und die Tränen liefen ihr über die Wangen.

»Ach«, sagte sie schluchzend, »ich wär so gern Begine geworden, aber wo kämen dann die drei Lämmchen von Kindern hin, mit so einem jungen Mütterchen wie Mariechen; es muß doch jemand für sie sorgen, nich wahr?«

»Ja!« nickten Beginen und Nonnen, von denen einige auch schon Tränen in den Augen hatten.

»Du kannst immer noch hier bleiben«, rief Pallieter, der die letzte Schnalle an Beiaards Zaumzeug schloß.

»Ach«, sagte der Pastor zu Mariechen, »es wird mir so schwer fallen, ohne den Vetter zu sein«; er schüttelte den Kopf und seufzte.

»Kommt«, tröstete Mariechen, »es wird schon nich so schlimm sein, und Franzoo is ja auch noch da.«

»Es is Zeit!« jauchzte Pallieter der jammernden Charlot zu. »Auf den Wagen!«

Und er schlug den mit Heu gefüllten Doppelsack über die Schulter.

»Wart!« sagte der Pastor gerührt, und er gab Pallieter und Charlot ein Kreuzchen, hob sich auf die Zehen, um auch den Kindern, die Mariechen ihm hinreichte, eins zu geben; und als Mariechen ihm auch die Stirn geboten hatte, sagte er: »Junges Mütterchen, wir wollen hoffen, daß du einen ganzen Bienenkorb voll Kinder gebären mögest. Lebt wohl! Gott behüte euch!« Und dann drehte er sich um und fing an, laut in sein rotes Taschentuch zu schluchzen und zu weinen.

Es gab eine ergreifende Stille, in der nur die vielfachen Schluchzer des Pastors und der Frauen sich hören ließen.

Pallieter hätte auf die Dauer auch noch angefangen zu weinen, aber er rief lachend: »Wer geht mit? ... Ihr könnt vielleicht noch einen Chinesen heiraten, na wer? ...« Hier und da hörte man Lachen unter den Beginen, und der Pastor sagte für sich: »Immer derselbe.«

»Niemand?« fragte Pallieter noch einmal. »Dann Schluß! Charlot werd ich mit einem Neger verheiraten, und dann können ihre Kinder Beginen werden, schwarze Beginen!«

»Pallieter, Vetter, leb wohl!« sagte der Pastor, und sie küßten sich.

»Trinkt ein Gläschen drauf!« rief Pallieter.

»Ei: zwei!« sagte der Pastor.

Lubas bellte vor Ungeduld. Und dort hinten lagen die blauen Fernen und die Welt! Pallieter lechzte danach und rief: »Hü!« trotz Charlot, die noch allen Beginen und Nonnen die Hand drücken wollte.

Und da rollte der Wagen fort! Ein Kind fing an zu schreien, und Mariechen reichte ihm die volle, weiße Brust.

»Ich geh mit! ich geh mit!« rief Charlot, sie ließ die Beginen stehen und lief, so schnell sie konnte, dem weiterfahrenden Wagen nach. Pallieter, der nebenher ging, schob sie hinauf, gegen ihr dickes Hinterteil drükkend, und dann steckte sie den roten Kopf hinten aus der Plane heraus und nickte den Beginen zu, die dastanden und riefen und mit den Taschentüchern winkten. Die drei Blinden streckten ihre Stöcke nach einer verkehrten Richtung hin in die Luft. Der Pastor wehte mit dem Dreispitz, und Pallieter schnalzte mit der laut knallenden Peitsche.

»In die Welt hinaus!« rief er, »in die Welt hinaus!«

Und siehe, da kam Petrus der Storch aus der Luft heruntergesegelt und schritt hinter dem Wagen her.

Pallieter brach in lautes Gelächer aus und wollte den Vogel streichelnd preisen für seine Tat, aber Petrus flog

auf und setzte sich oben auf den weißen Planwagen und steckte den Schnabel nachdenklich in die Federn. Lubas lief bellend voraus.
Und so fuhr der Wagen über den singenden Beginenwall, und es regnete lau und langsam.
Franzoo und seine Frau erwarteten sie schon auf dem Mühlenberg. Da ließ Pallieter halten und am Fuß des Wagens wurden erst noch zwei Flaschen alten Weins getrunken.
»Ihr habt schönes Wetter«, sagte Franzoo, »der Regen ist ein Balsam.«
Und Charlot ermahnte Pallieter: »Zieh doch deinen Rock an, dein Hemd is schon so naß wie Mist.«
»Jeder Tropfen, der drauf fällt, is wie ein Mädchenkuß so süß«, sagte Pallieter, und er ließ sein weißes Hemd ruhig naß werden, es war eine Wohltat.
»Aber wo geht ihr nun zuerst hin?« fragte Franzoo.
»Dahin, wo mein Mützenschild hinzeigt«, sagte Pallieter, und er warf die Mütze in die Luft, die wieder hinfiel mit dem Schild nach Südosten.
»In die Sonnengegend«, jauchzte Pallieter.
»Und dann?« fragte Franzoo.
Und Pallieter rief ihm singend zu: »Holland, Norwegen, Spanien, Eis- und Sonnenland, nach Java, drei Stunden über der Hölle, Schlaraffenland, Affen- und Hexenland, – Täler und Berge, immer der Nase nach! Vorwärts!« Petrus kroch in den Wagen, es wurden Küsse gegeben.
»Komm her, Laubfrosch«, lachte Franzoo, und er überlud die dicke, sich sträubende Charlot mit hundert dicken, nassen Küssen.
Wütend flüchtete Charlot in den Wagen und war rot bis in die Stirn vor Zorn.
»Wir ziehen nach dem Osten!« rief Pallieter; und als Mariechen wieder im Wagen saß, rollte das Gespann auf

der Landstraße, die sich durch Wiesen und Felder nach dem milden Süden schlängelte.
Sie riefen und jauchzten einander zu, und zwei Minuten später standen Franzoo und seine Frau an einem der höchsten Mühlenfenster und winkten den Reisenden mit den Taschentüchern nach.

Dort hinten lagen die blauen Fernen, dort hinten lag die Welt!
Pallieter, der neben dem Gespann herging, mit dem blauen Doppelsack über der Schulter, war froh ergriffen davon.
Nun hatte er die unendliche Welt vor sich, die da froh und offen lag, wie ein lockendes Paradies.
Wiesen voll Mäher, umringt von Sensengebrumm, und Weiden reich an Kühen – darüber der perlgraue Himmel, der sich ausregnete in dicken, trägen Tropfen, die die duftende Seele der Erde heraufholten. Hähne krähten.
Und hinter ihm lag das Netheland, wo er jahrelang gelebt hatte, das er in sich trug in all seinem überherrlichen Reichtum.
Er blieb stehen, um es zu betrachten, und ließ den Wagen weiterfahren. Die Mühle schlug ihre roten Flügel höher als die Bäume, der Beginenhof breitete hinter den hohen Wallbäumen seinen Frieden aus, und weiter lagen die Felder und die Gehöfte, grasten die Schafe und gingen die Gänseherden; da lag, höher als die Felder, der gewundene Lauf der Nethe, und Schiffe zogen darüber hin. Tauben flogen am Himmel.
»Hurra, o Land!« rief Pallieter, und er nahm eine Handvoll Erde auf, steckte sie in die Tasche und sagte: »Das is ein Heiligtum!«
Und dann wandte er sich um, sah den ewigen Beginenwald, den blauen Horizont, die Welt! Er hob eine Hah-

nenfeder auf und steckte sie auf die Mütze, und ausgelassen wie ein Kind, lief er singend dem weißen Wagen nach, der dort auf der Straße weiterwackelte.

Weit und fern streckte sich das breite Nethetal bläulich aus unter dem feinen, grauen Himmel, der hier und da einen Tropfen fallen ließ. In dieser Weltunendlichkeit lagen winzig die Häuser, flach die Wälder und klein und zierlich die Dörfer und die Mühlenweiler. Noch kleiner waren die Menschen hineingetüpfelt, die das eifrige Werk des Sommers vollbrachten; volle Heuwagen rollten über die Wege, Wagen gingen und kamen, Menschen hin und her, und auf der Nethe, die in großen, trägen Buchten durch das üppige Land nach dem blauen Horizont schlingerte, schienen die Schiffe still zu stehen, und ein schwarzer Eisenbahnzug kroch, mit einer prächtigen, weißen Rauchfahne hinter sich, langsam vorwärts.
Das ganze Land hob seinen goldenen Duft wie Weihrauch in die Luft. Und auf einmal stieß die Sonne aus dem Westen riesige milchweiße Lichtbalken durch die Wolken und über die Erde, Dörfer glänzten, Mühlen drehten sich in der Helligkeit, und über die ganze festliche Welt spannte sich alsdann wie eine nie gesehene Schönheit ein klarer, breiter Regenbogen aus.
Die Welt jubelte!...
Und siehe! dort hinten, ganz, ganz weit, als ein weißer Punkt, in der Richtung hin, wo der Süden sich aufhellte, fuhr der weiße Planwagen unter dem Regenbogen hindurch.

Und so verließ Pallieter, der Tagemelker, das Netheland und zog in die schöne, weite Welt hinaus wie die Vögel und der Wind.

Inhalt

INHALTSÜBERSICHT

FELIX TIMMERMANS

DAS JESUSKIND IN FLANDERN

DAS TRIPTYCHON VON DEN HEILIGEN DREI KÖNIGEN

Mit Zeichnungen des Dichters

Jubiläumsausgabe

Dritter Band

Insel Verlag

Titel der Originalausgaben: *Het kindeken Jezus in Vlaanderen* und *Driekonigen tryptiek*
Aus dem Flämischen von Anton Kippenberg

Erste Auflage der Jubiläumsausgabe 1986
Für »Das Jesuskind in Flandern«

Für »Das Triptychon von den Heiligen Drei Königen«

Nachweis der Erstausgaben am Schluß des Bandes
Druck: Welsermühl, Wels
Printed in Austria

ISBN 3-458-14509-5

Das Jesuskind in Flandern

In dem Rahmen und in den Landschaften unseres schönen und guten Flanderns habe ich mir die göttliche Erzählung vom Jesuskinde, seiner süßen Mutter und seinem guten Pflegevater vor Augen gestellt und durch etwas Schreibekunst mit großem Behagen ausgeschmückt.

Und voll hoher Ehrerbietung widme ich diese Schildereien

Maria Viola von Holland.

Felix Timmermans

Und ich habe das köstliche Werk des flämischen Dichters in der guten Stadt Gent liebevoll ins Deutsche gebracht

und widme es in diesem Gewande

meiner hilfreichen Frau.

Anton Kippenberg

Die Verkündigung

Murmelnd betete Maria in der späten Sonntagsstille:
»Er küsse mich mit dem Kusse seines Mundes; denn deine Brüste sind lieblicher als Wein. Es riechen deine Salben köstlich; dein Name ist eine ausgeschüttete Salbe, darum lieben dich die Jungfrauen...
Ich bin eine Blume des Feldes und eine Rose im Tal... Wie ein Apfelbaum unter den wilden Bäumen, so ist mein Freund unter den Söhnen. Ich sitze unter dem Schatten, des ich begehre, und seine Frucht ist meiner Kehle süß.
Er führt mich in den Weinkeller, und die Liebe ist sein Panier über mir.
Er erquickt mich mit Blumen und labt mich mit Äpfeln; denn ich bin krank vor Liebe!...«
Maria schwieg, und eben aufblickend aus ihrem schweren Brevier, sah sie schon die schmale Sichel des Mondes in dem perlmutternen Himmel hangen.
Der Abend kam, und in dem sauberen Gärtlein schwebten liebliche Düfte von Ziererbsen, und irgendwo war ein Vogel, der sich selbst etwas vorflötete.
Sie tauchte ihre Nase in die gelben Blumen, die sie in einer blauen Delfter Vase auf den Tisch gesetzt hatte, und seufzte.
Ein weiches und süßes Gefühl machte sie stille und ließ sie die Augen schließen. Es war das frauliche Verlangen, Kinder zu haben, süße, sanfte Kinder mit blondem Haar und rosigen Gesichtern, die sie in ihrer kindlichen Vorstellung nicht größer werden sah und die ihr gegeben werden würden, wie wenn des Abends der Tau auf die Wiesen sinkt.
Denn Maria war sehr rein und keusch von Gedanken. Sie verlangte so sehnlich nach der Nähe eines eigenen Kindes! Ach, wie oft hatte sie nicht gestanden mit Tränen in den

Augen und den fröhlichen Kindern nachgeträumt, die in der Abenddämmerung singend aus den Feldern kamen! Und nun, an diesem märzlichen Sonntagabend, floß ihr Herz davon über, und eine große Einsamkeit kam über sie.

Denn sie war erst ein Mädchen von achtzehn Jahren. Sie wohnte in dem weißen Häuschen mit gelb und schwarz gewürfelten Steindielen für sich allein, seit ihre gute Mutter Anna in dem Geruch der Heiligkeit gestorben war.

Dort, an der weißen Wand, hing der Mutter Bildnis, gemalt von Lukas, dem Mönch, einem Manne, der heilige Bücher illuminierte und das Leben der Erzväter und Eremiten kunstvoll auf Glas zu malen und zu brennen verstand.

Die Dämmerung, die die schlichten Gegenstände umwebte, als da waren kupferne Leuchter und beblümte

Teller und Vasen aus Silberglas mit Wachsblumen darin, ließ nur das bleiche Gesicht der ehrwürdigen Mutter Anna noch hervortreten. Mit diesen seherisch zusammengepreßten Lippen, den perlschwarzen Augen und dem sorgfältig über die Ohren gekämmten Haar, so lebte sie immer heller fort in der Vorstellung ihres einzigen Kindes. So sah Maria sie noch das Brot schneiden, die Abendgebete sprechen und am Sonntag aus der guten Stube kommen, fertig, zur Kirche zu gehen; ihr schwarzes Kleid rauschte dann, ein Gebetbuch stak unter ihrem Arm, und eine weiße Haube erhellte ihren Kopf.

Die Mutter zog ihr Kind auf in der Furcht Gottes, und als sie ruhig und gelassen ihre unberührte Seele von unserm Herrgott abpflücken ließ wie eine Blume, flog ein Lächeln auf ihre Lippen und ihr Leib begann wie eine köstliche Frucht zu duften.

Maria, die damals erst sechzehn Jahre alt war und sah, wie ihre Mutter so ruhig sterben konnte, gewann einen großen Trost daraus, und ihrer liebevoll gedenkend, lebte sie das schlichte, reine Leben weiter.

Der Tag kam und die Nacht, es wurde Winter und wieder Sommer, und Maria aß sparsam den kärglichen Bissen Brot, den sie sich, über ihr Klöppelkissen gebeugt, verdiente. Das hatte sie noch gelernt, als sie mit ihren Eltern auf den Hügeln Südflanderns wohnte, – und ihr Genuß war es, im Herrn zu leben, und zu beten aus dem Buch, das Lukas so reich mit bunten Bildern und goldenen Zieraten geschmückt hatte.

Aber nun, an diesem Sonntagabend, war sie still vor Wehmut und erfüllt von mütterlichem Verlangen.

Da nahten sich schwere Schritte. Es war der kleine dicke Ortspfarrer, der in seinem Brevier lesend lustwandelte.

Er ging längs der Hecke hin, sah Maria am offenen Fenster sitzen und rief ihr freundlich einen guten Abend zu, und dann kam er durch das Gartenpförtchen über den hellen Weg zu ihr hin.

Er blieb draußen am Fenster stehen, lachte ihr väterlich zu, und als Maria, die aufgestanden war, ihn um seinen Segen bat, gab er ihn ihr mit lässiger Gebärde und sagte dann, es sei ein schöner Abend, aber morgen werde es wohl regnen.

Verwirrt und voller Ehrfurcht vor dem Diener Gottes gab sie nur kurzen Bescheid und ließ die Abendstille walten.

Der Kopf des Pfarrers war groß und rot und blinkte fettig in der Abendluft.

»Ja, ja, es ist schönes Wetter«, sagte er noch einmal. Denn wenn er auch voller Eifer war für das Seelenheil seiner Schafe, so vermochte er doch den Geist Gottes nicht in seine Worte zu legen. Er betrachtete Maria, die unruhig in ihrem Buche zu blättern begann. Er sah nur zu deutlich, wie dieses Mädchen nun zum Weibe wurde und wie sie ihre Brüste wegzwängte in dem spannenden, schwerfaltigen blauen Kleid. Und voller Angst um die Reinheit ihrer Seele suchte er nach Worten, um ihr seine Sorge beizubringen. Denn er wußte nur allzugut, wie bedrohlich der Teufel sucht und findet, besonders in der Mädchenzeit. Und er sagte: »Du solltest in ein Kloster gehn.«
»Ja?« fragte Maria erbleichend.
»Ja«, sagte der Pfarrer.
Wieder trat die Stille zwischen sie, der Abend breitete sich aus, und ein Stern kam, sie zu beschauen. Endlich sagte der Mann, er müsse zur Vesper gehn, wünschte ihr gute Nacht und setzte lesend seinen Spaziergang über einen schmalen Weg durch die Felder in der Richtung eines spitzen Kirchturmes fort.
Maria war sehr ergriffen. Ins Kloster gehn!
Plötzlich sah sie das Kloster der weißen Schwestern vor sich, wo es sauber und hell war, und wo der süße, feine Weihrauchduft in den langen Gängen hing.
Es war immer eine freundliche Stunde, wenn sie zu den Schwestern kam, um ihre Spitzen abzuliefern. Sie konnten ja so behaglich lachen, waren immer vergnügt und plauderten fröhlich, und solange die Jahreszeit es erlaubte, füllten sie Mariens Strohkörblein mit den schönsten, saftigsten Äpfeln. Dort war es gewiß lustig. Aber dann würde sie niemals mehr durch die weiten Felder wandeln können, keine Gewürzkräuter und Wasserlilien mehr pflücken können am Wasser der Nethe hin, die Lerchen nicht mehr in den Himmel steigen sehn und nicht mehr die

Süße des Abends in ihr Herz sinken fühlen! Die Felder mit ihrem Schnee und ihrer Sonne, mit ihren Blumen und Kartoffelfeuern, – ach! es war doch so herrlich und so schön, zu beten!
Und Maria sah übers Land und fühlte, wie ihre Augen sich mit Tränen füllten.
Der Himmel war blauer geworden, aber ein dünnes grünes Licht blieb hängen, wo die Sonne untergegangen war; die knospenden Bäume standen sammetschwarz dagegen, und es war eine weite Stille über dem Land. Eine Fledermaus flatterte an der Mondsichel vorbei, und durch den Birkenpfad trieb ein lahmer Hirte seine Schafe zum Stall.

Dann läutete die Glocke zur Abendandacht, und in der Ferne wurde ein Licht angezündet.
Maria verließ mit einem Seufzer das Fenster. Sie warf ihren blauen Kattunmantel um, nahm ihr Gebetbüchlein vom Kamin und ging zur Kirche.
Sie durchschritt den Birkenpfad, ihre Kleider rauschten in der Stille, und das Herz wurde ihr schwer vor Wehmut.
Und da geschah es.
Es wehte eine süße Musik durch die zarten Zweige der Bäume. Maria schaute erschreckt hinauf, und als sie wieder nach vorn sah, stand da, gewoben aus Abenddunst und Mondenschein, ein wunderschöner Engel in kirschrotem Meßgewand, eine Lilie in der Hand.
Er war durchleuchtet von himmlischem Feuer und blinkte wie ein Kirchenfenster in der Sonne. Mit seinen rauschenden Taubenflügeln erhob er sich über den Boden, und

ein betäubender Duft von Veilchen und Würznägelein strömte von ihm aus.
Es war, als sähe Maria auf einmal, wonach sie immer verlangt, aber was sie niemals hatte ausdrücken können, und ohne Angst, aber überfließend von Ehrfurcht und Demut, wagte sie den Engel nicht anzuschaun und kniete nieder in die Maßliebchen des Weges.
Und mit einem wundersüßen Klang, wie niemals ein Mensch ihn gehört, gleich einer Orgel, sang es aus dem Munde des schönen Engels, daß sie gegrüßt sei und den Herrn trüge und gebenedeit sei unter allen Frauen, sie und die heilige Frucht ihres Leibes.
Maria wagte nicht zu fragen, wie das geschehen würde, aber der Engel sang: »Der Heilige Geist wird über dich kommen, und die Kraft des Höchsten wird dich überschatten.«
Nun ward eine Stille, und in die hinein sprach Maria voll Hingebung und zitternd vor Freude: »Siehe, ich bin des Herrn Magd; mir geschehe, wie du gesagt hast!« Und als Maria wieder aufblickte, um dem Engel mit ihren Augen zu danken, entschwebte die Musik aus den Bäumen, und es ward wieder Stille und Abendeinsamkeit, und schwere Nebel bedeckten die Felder...
Als Maria heimkehrte, vergaß sie die Lampe anzuzünden, und weinend sank sie nieder auf den Tisch. Sie weinte vor übergroßem Glück und vor wundersamer Begnadung, und ihre Tränen tropften auf die gelben Blumen.
Draußen stand der Himmel voller Sterne.

Die Heimsuchung

Ein blühender Frühlingstag hatte die Welt mit Freude umhängt.

Und Maria schritt den Nethedeich entlang; in einem zugeknöpften Handtuch trug sie einige Kleider, ein paar Butterbrote und ein Stück gebratenen Speck. Denn sie hatte die Frucht ihres Leibes in sich hüpfen gefühlt, und diese frohe Kunde wollte sie ihrer Base Elisabeth bringen, und auch ihrem Bräutigam, Josef, dem Zimmermann.

Diesen Josef, mit dem sie versprochen war von ihrer Kindheit an (ein alter Brauch in jenen Tagen), nicht, damit er wie sonst ihr Mann sei, sondern als einer, der über sie wachen sollte und ihr in Zeiten der Not eine Zuflucht sein: diesen Josef hatte sie nur einmal gesehen, als ihr Vater in hohem Alter starb und Josef den Sarg für ihn machte.

Sie rief ihn sich immer vor Augen, den kleinen kräftigen alten Mann mit dem strohgelben Stoppelbart, gesund-rot im Gesicht, wie ein Kind, und mit den guten, frommen, doch hellen Augen tief unter der schweren Stirn. Er war noch ein entfernter Nachkomme eines Königs, der David genannt ward und groß und fromm gewesen ist in der Geschichte der Völker.

Ernsthafte Schriftsteller hielten diesen mächtigen Herrscher über die reichen Lande des Ostens für einen auserlesenen Dichter, und manche seiner schönen Psalmen kannte Maria auswendig.

Oh, wie froh würden ihre Base und dieser Josef sein, wenn sie die große Segnung vernähmen, die Maria zuteil geworden war!

Und Maria summte im Vorwärtsschreiten ein Liedlein in ihrem Mund. Denn nun sie Gott in sich trug, war Maria über die Maßen fröhlich im Geiste, war sie so benommen und zerschlagen in seliger Seelenrührung, daß sie für nichts anderes mehr Gedanken hatte.
Endlich sollte sie Mutter werden! Mutter werden, was sie doch schon so lange ersehnt und erwartet hatte!
Und von wem? Von Ihm, der Himmel und Erde geschaffen hat, der die Sterne musizieren läßt in den Finsternissen, der sich kleidet mit Licht und die Welt in seinem Atem trägt! Der singt in den Herzen der Menschen und lacht im perlenden Tau! Ja, sie war die Auserwählte, von der einst geweissagt worden war: »Eine Jungfrau wird schwanger werden und wird einen Sohn gebären, den wird man heißen Immanuel, das ist: Gott mit uns.«
Und wie emporgetragen von Wonne und überwältigt von Glück, kniete sie nieder vor einer weißen Feldkapelle und sang mit lauter Stimme: »Meine Seele preist den Herrn!«
Munter hüpfte sie weiter. Noch nie hatte sie die Felder, die Erde und die Luft so herrlich und so schön gesehn, niemals waren da so viel Licht und so viel heitere Farben. Sie sah die Welt durch ihr Glück, und alles jauchzte in ihr.
Unter einem warmen, blauen Himmel, der durchflockt war von singenden Wolken, standen all die Höfe und Obstgärten in weißer und roter Blüte. Die grünen Fluren waren bedeckt mit Tümpelchen Goldes von den Butterblumen, Tauben umkreisten die roten Firsten der Dächer, die Amsel sang, die Nachtigall sang, und alle Vögel sangen ihre fröhlichen Weisen.
Ein silberner Wind strich durch die Luft und rollte und wimpelte die süßesten Düfte auseinander, und die Müh-

len schlugen vor Freude Kreuze zur Sonne hin, die mit den schattenwerfenden Wolken spielte.
Was war doch Wunder nur zu sehen an ihrem einfältigen Gesichtlein!
Sie, unbekannt und einsam daheim, sah, wie bei ihrem Kommen die Bauern auf dem Felde ihren Pflug anhielten und ihr einen guten Morgen zunickten, und wie die Pferde ihre Köpfe nach ihr umdrehten. Ein Segelschiff trieb vorüber, und der Schiffer und seine Frau neigten ehrfürchtig den Kopf. Und siehe! ein lahmer Hirte in einem alten Soldatenrock kniete nieder ins Gras zwischen seinen Schafen, entblößte seinen kahlen Schädel und murmelte: »Sei gegrüßt, Maria!«
Warum flogen die Schwalben um ihr Haupt herum und begannen die Vögel mit lauter Kehle zu singen, wenn sie an den Bäumen vorbeikam? Warum sprangen die silbernen Fische immer übers Wasser? Und stiegen überall so viele Lerchen auf?
Es geschah alles um des Herrn willen, den sie in sich trug, es geschah, um sie zu grüßen und zu preisen, sie, die Auserwählte unter den Tausenden, sie, die Begnadete! Und sie hob ihre olivgrünen Augen auf zum Himmel, und wieder klang es jauchzend von ihren roten Lippen: »Meine Seele, meine Seele erhebt den Herrn!...«
So betrat Maria die Grobbendonker Hügel und das Tannenwäldchen, wo Kaninchen sie zu begucken kamen.
Und als sie den rauschenden Wald voll von erfrischendem Terpentinduft durchschritten hatte, sah sie drüben das Dorf liegen mit seinem freundlichen Kirchturm, von dem es zu Mittag läutete.
Ein heller Pfad hüpfte von den Hügeln hinab zu dem weißgekalkten Häuslein des Küsters Zacharias, der mit ihrer Base Elisabeth verheiratet war.
Maria sah ihre Base in dem blühenden Obstgarten

Wäsche zum Trocknen aufhängen, und um schnell bei Elisabeth zu sein, ging sie hinten entlang, wo eine schiefe Lattenpforte durch die Dornenhecke führte.

Es war, als ob Elisabeth sie bemerkte, denn sie ließ die Wäsche fallen und sah, die Hand über den Augen, zu Maria hin.

Ein froher Schrei entfuhr ihrer Kehle, und sie lief ihrer jüngeren Base entgegen.

»Elisabeth! Elisabeth!« rief Maria voller Freude.

Elisabeth ward bei diesen Worten wie mit Licht erfüllt; sie eilte auf Maria zu und fiel ihr weinend um den Hals.

»O Maria, liebste Base!« rief sie verzückt. »Gebenedeit bist du unter den Weibern, und gebenedeit ist die Frucht deines Leibes!« Sie jauchzte, daß die Mutter Gottes selbst zu ihr kam, und erzählte dann, daß, sobald sie Marias Stimme gehört, das Kind in ihrem Schoß vor Freude gehüpft hätte. Und dabei errötete sie vor Glück. »Ja, endlich hat Gott unser Gebet erhört.«

Von neuem füllten Tränen ihre Augen. »Oh, liebste Base, selig bist du, denn alles wird geschehen, wie der Engel dir gesagt hat!«

Da lief Maria das Herz über, die Worte, die sie am Morgen nicht hatte finden können, um ihr Glück von sich zu geben, sprudelten nun wie ein lange verschlossener Quell aus ihrem Munde: »Meine Seele erhebt den Herrn! Mein Geist freuet sich Gottes, meines Heilandes; er hat die Niedrigkeit seiner Magd angesehen, und von nun an werden mich selig preisen alle Kindeskinder …«

Während Maria ihren schönen Lobgesang weitersang, war Zacharias herbeigekommen und schaute verwundert den Frauen zu, und weil er, der Ärmste, fühlte, daß große Dinge um ihn her geschahen, und er nicht sprechen konnte, da seine Zunge gelähmt war, brach er auch in Weinen aus und küßte kniend Marias kleine Hände.

Während sie vors Haus gingen, erzählte Elisabeth, wie Zacharias in der Kirche auf einmal stumm und taub geworden war, weil er den Worten eines Engels, der ihm die endliche Geburt eines Kindes zu verkündigen kam, nicht glauben konnte, und das müsse so fortdauern, bis sie niederkäme.

Maria sah ihn voller Mitleid an, aber er schüttelte seinen mageren, von weißen Haaren umsäumten Kopf, als wollte er sagen: »'s ist nichts, 's ist nichts, ich habe es verdient, und es wird wohl vorübergehn.«
Und er lief vor ihnen her in den Keller, um einen Krug Bier abzuzapfen. Elisabeth brachte Maria in die beste Stube über dem Keller, die nur benutzt wurde, wenn Zacharias den Pfarrer mit einer Flasche Wein traktierte.
Hier sollte Maria schlafen.
Es war geräumig dort und kühl, und auf dem hohen eichenen, mit Porzellan gefüllten Glasschrank streckten Winterbirnen ihre Stengel empor. Maria blickte erfreut umher, denn die heiligen Bilder an den Wänden, die Geranien vor dem Fenster, der runde Mahagonitisch auf der runden Strohmatte, die Wachsblumen unter den Glasglocken auf dem Kamin und das große Bett mit

seinen breiten, weißen Vorhängen, all das war im Geiste ihrer Familie und in der Überlieferung ihres Geschlechts, und das wirkte vertraut auf Maria, so daß sie sich hier sogleich zu Hause fühlte.
Sie legte ihren Mantel ab, machte sich zurecht und tat weiche Pantoffeln an ihre Füße.
In der Küche war vor Marias Kommen der Tisch schon für zwei gedeckt gewesen, aber Elisabeth nahm schnell die irdenen Teller weg und setzte mit Blumen und Vögeln bemaltes Porzellan dafür hin; sie holte die silbernen Löffel und Gabeln, die ihnen zu ihrer silbernen Hochzeit geschenkt worden waren, und als das Tischgerät schimmernd und festlich auf einem weiß und rot gewürfelten Tischtuch stand, gab sie mit vieler Umständlichkeit die Kerbelsuppe auf. Während nach einem kurzen Gebet Maria und Zacharias schon aßen, begab sich Elisabeth wieder ans Essenbereiten, denn sie hatte, da Fastenzeit war, nur ein karges Mittagsmahl zurechtgemacht, Suppe und Kartoffeln mit geschmorten Zwiebeln, und Maria mußte doch festlich bewirtet werden!

Unter Elisabeths Messer fielen dicke, herrlich duftende Schinkenscheiben, die sie mit Rührei schmorte; gedörrte Pflaumen lagen bald brodelnd in ihrem Saft, und ein frisch in die Form gebrachter Zimtpudding stand im kühlen Keller, um fest zu werden.
Beim Essen erzählten sie sich von der Reise, vom Wetter, von Vettern und Basen, und Zacharias wackelte immer lächelnd mit dem Kopf, zum Zeichen der Zustimmung...

Als der Tisch abgedeckt war, mußte der Mann zur Kirche, um alles zurechtzumachen für das Osterfest.
Er klopfte seine Pfeife aus, und den einen Arm voller Wachskerzen verließ er, immer freundlich nickend, die beiden Frauen.
Es wurde nun still in der weißen Küche.
Die Gardine war zugezogen, und die Tür stand nach dem Hof und den Hügeln zu offen; die Sonne, die in Vierecken auf den roten Kachelflur schien, sandte einen strahlenden Widerschein in die kupfernen Töpfe.
Während draußen ein Huhn gackerte, die Standuhr eintönig tickte und der Wasserkessel auf dem Ofen ein Liedlein summte, saß Elisabeth, an einem Strumpf strickend, da und lauschte Maria, die, in einem Lehnstuhl sitzend, die weiße Katze auf ihrem Schoß, erzählte, wie das große Wunder über sie gekommen war.
Elisabeth lauschte verwundert und hörte auf zu stricken. Sie war schon alt, diese Frau, aber in ihrem leuchtenden Gesicht waren keine Runzeln, und eine frische Mädchenröte lebte noch auf ihren Backen. Nur ihr Mund war ein wenig eingefallen, was aber nur ein Zeichen ihres beglükkenden Zustandes war.
So glich sie sehr Marias Mutter, Anna, doch die lebhaften Augen, die schmalen Lippen, und die spitze Nase gaben ihr mehr ein weltliches, weniger in sich gekehrtes Ansehen. Sie war die würdige Hausfrau, die die häuslichen Dinge und die Menschen weise zu leiten und klar zu beraten wußte.
Mit gefalteter Stirn hörte sie Marias melodischen Worten zu, und nach einer Pause sagte sie gewichtig, den Zeigefinger auf dem Daumen: »Maria, du mußt dich nun mit Josef trauen lassen.«
Statt der Antwort fing Maria zu weinen an.
Sich trauen lassen! Ach, daran hatte sie noch niemals

gedacht, daran hatte sie mit ihren reinen Gedanken noch niemals zu denken gewagt.
Doch als Elisabeth merkte, warum Maria sich darüber erregte, da wußte sie sie zu beruhigen: sie brauchte nichts von Josef zu fürchten, wenn sie ihn zum Gemahl nähme, denn er sei ein heiliger Mann, der ihre Reinheit und ihr Magdtum ehren würde; er sehne sich immer darnach, nach dem Gesetz zusammen mit ihr wohnen zu dürfen, besuche sie aber nicht, um kein Gerede zu verursachen; und endlich: Maria müsse heiraten um ihrer und Josefs Ehrbarkeit willen in den Augen der Menschen.
Als Elisabeth diese Gründe zu wiederholten Malen Maria auseinandergesetzt hatte, stand diese auf, seufzte tief vor Freude und Erleichterung, wischte sich die Tränen aus den Augen und fiel ihrer Base um den Hals.
Die Wolke, die einen Schatten über ihre schneeweiße Seele hatte werfen wollen, war verflogen und wieder jauchzte ihr das Herz in der Brust.
»Hätte mein heiliges Mütterlein dies doch noch erlebt!« schluchzte Maria auf Elisabeths Schulter.
»Deine Mutter sieht es aus dem Himmel, liebe Base«, tröstete Elisabeth und klopfte Maria mütterlich-sanft auf den Rücken.
»Und«, fügte sie noch hinzu, »du wirst Josef glücklich machen; im nächsten Monat kommt er wieder hierher, um Holz zu kaufen, er tut das fast alle Monate, dann wirst du ihn sehn und wirst sein Herz mit Freude füllen! Komm, liebste Base, tröste dich, die Heirat ist ein Segen.«
»Ja, ja«, sagte Maria, unter Tränen lächelnd, »ich glaube es.«
Und sie gingen daran, den Kaffee zu machen. Bald knarrte und knisterte die Kaffeemühle, und während Maria die gemahlenen Bohnen mit kochendem Wasser übergoß, machte Elisabeth die langen Butterbrote zurecht.

Der herrliche Kaffeegeruch vermischte sich in der Tür mit dem Duft des blühenden Obstgartens. Die Sonne schien über die Hügel, und Maria dachte, daß ihr Leben nun fortan nichts mehr sein würde als Freude, Seelenglück und Sonnenschein.

Ach, die Arme!

Die Offenbarung an Josef

Auf dem Stamm einer lange schon gefällten Buche, die volle Sonne auf seinem kahlen Schädel und dem abgetragenen roten Wollhemd, saß Josef und sann, sann immer nur über dem einen: wie es kam, daß Maria schwanger war, und was er als Bräutigam nun tun sollte; seine Hände spielten erregt mit einer Kornähre.

Ringsum über dem weiten, reifen Korn kochte die Sonne, und in der Stille des Nachmittags erklang irgendwo eine Sense...

Langsam, das schwarze Barett und die spitze Nase just über dem gelben Korn, kam der lange, hagere Pfarrer dahinten angewandelt.

Josef sah ihn und wollte sich entfernen, um dem Pfarrer aus dem Weg zu gehn. Er fürchtete etwas; aber er ermannte sich, blieb sitzen und rupfte sich eine neue Kornähre. Sein Herz klopfte in banger Erwartung.

Da war der Pfarrer. Er tat, als erschrecke er, schob seine Brille etwas weiter auf die Nase, zwinkerte mit den kleinen, guten grauen Augen und zeigte bei einem freundlichen Lachen einen Mund voll schwarz angerauchter Zähne.

»Guten Tag, Freund Josef!«

»Guten Tag, Herr Pfarrer«, grüßte Josef ehrerbietig.

»Da sitzt du wieder und fängst Grillen, Freund! Komm, sag mir mal geradeheraus, was für ein schweres Päckchen du auf dem Gewissen trägst!« Dabei veränderte sich das Gesicht des Pfarrers; er zog die haarlosen Augenbrauen in die Stirn und sah Josef forschend an.

Aber ohne die Antwort des verwirrten Mannes abzuwarten, klopfte er ihm auf die Schulter und sagte mit Nachdruck: »Josef, alter Kerl, ich weiß alles!« Und damit setzte er sich neben ihn auf die gefällte Buche.

Josef war fast rot geworden wie Fleisch, fuhr mit seinen

Augen verlegen umher, und seine Unterlippe und seine Hände fingen an zu zittern.

»Du weißt«, sagte der Pfarrer feierlich, »daß viel über dich gesprochen wird. Nein, solch ein Ereignis kann nicht verborgen bleiben, das läuft wie ein Feuerlein herum, und jeder weiß seinen Senf dazu zu tun. Die Menschen reden geradezu schändlich davon, aber du weißt so gut wie ich, daß sie imstande sind, aus einer Mücke einen Elefanten zu machen; und darum sagte ich mir: darnach fragst du Josef mal selbst... Und nun habe ich dich beim Wickel, alter Kerl, und laß dich nicht wieder los! Nun mußt du mir als guter Freund mal ohne Umschweife und ganz klar auseinandersetzen, wie die Sache steht und liegt. Denn daß ein rechtschaffener Mann wie du seine schwangere Braut so ohne weiteres laufen lassen sollte, das will mir nicht in den Kopf. Also ich höre.«

Die Antwort erwartend, nahm der Pfarrer ruhig und seiner Sache sicher seine silberne Schnupftabakdose und setzte sich daraus eine Prise auf den Daumen, die er mit gierigem Schnuffeln in seiner Nase verschwinden ließ. Josef fing an zu schwitzen, schluckte seinen Speichel hinunter und sagte dann zögernd. »Ja, Herr Pfarrer, es ist wahr... aber...« Josef konnte nicht weiter und wußte nicht, wie er sich ausdrücken sollte. In der Stille, die zwischen ihnen lag, flog ein graues Vögelein auf einen Halm, und auf und nieder wiegend guckte es sie mit schiefem Köpfchen an.

»Nun?« fragte der Pfarrer, wie jemand, der viel Geduld hat.

»Hört zu«, sagte Josef nun kurz, »ich habe keine Schuld daran!« Der Pfarrer zog die Brauen herab und nickte beim Sprechen lange mit dem Kopf, wie ein Hampelmann, mit dem die Kinder spielen.

»Dann sollte also Maria, die ich immer für ein unschuldiges Lämmlein gehalten habe und von der ich mit meinen eigenen Ohren durch einen heiligen Mann habe prophezeien hören, als man sie dem Herrn im Tempel darbrachte – ich war dabei (er wies mit seinem langen Finger auf sich selbst) –, daß sie eine Lilie sei in den Tälern, nun sollte sogar Maria ...«

»Nein, nein!« sagte Josef hastig. »Maria ist rein wie der Schnee und weißer als die Sonne! Das kann ich beschwören bei meiner Seligkeit!«

»Aber du weißt doch, daß sie schwanger ist und daß sie ein Kindlein erwartet?« fragte der Pfarrer kühl.

»Ja«, seufzte Josef, »mit eigenen Augen hab ich das gesehn«, und betrübt ließ er den Kopf auf die Brust sinken.

Ein leichter Wind lief durch die Sonne und setzte sich zu flüchtigem Spiel in die Kornähren, dann sprang er wieder heraus, koste ein bißchen in den dünnen, spärlichen Haaren des Pfarrers und verlor sich in der Luft.

»Und hast du nun mit Maria über diese Sache gesprochen?«

Josef richtete den Kopf wieder auf, seine schwarzen Perlenaugen glänzten, und wie begeistert sprach er: »Das konnte ich nicht, Herr Pfarrer, das konnte ich nicht vor lauter Glück. Als ich kam und Maria kaum erblickt hatte, da überfiel mich eine wundersame Wonne, es war mir wie süßer Wein im Munde und wie Rosen nach dem Regen um meinen Kopf.

Es schien mir ganz natürlich, daß sie schwanger war, oder besser noch gesagt, ich dachte nicht einmal daran, obgleich ich es klar und deutlich vor meinen Augen sah. Ich sah nur sie allein, und ich fühlte etwas von ihr auf mich übergehen, das schöner und besser war, als an irgendeinem anderen Menschen.

Ja, etwas Besseres als sie selbst, ich glaube, daß ich ihre

Seele sah; jedenfalls geschah da etwas Wunderbares. Herr Pfarrer, Ihr braucht es nicht zu glauben, wenn Ihr nicht wollt, aber Ihr wißt nicht, wie beseligend es ist, sie zu beschauen, es ist, als ob man in den Himmel kommt.«
Und träumend, mit einem glückseligen Lächeln im Bart, starrte Josef in die gelbe Weite des Korns.
Der Pfarrer saß da, wie aus den Wolken gefallen, und wußte nicht, was er dazu sagen sollte; er saß da und sah Josef mit erstaunten Augen an. Oh, könnte er so nur auch einmal in der Kirche zu den Menschen sprechen, wie Josef nun so herrlich hier gesprochen hatte, er wäre schon lange irgendwo Pfarrer in einer großen Stadt. »Der hat noch etwas von seinem Ahnherrn David auf der Zunge«, dachte er.
Aber eine brummende Hummel ließ ihn den Kopf hintenüber werfen und jagte die eifersüchtigen Gedanken weg.
»Und dann hat Maria dir gesagt...«, sprach der Pfarrer einleitend.
»Sie sah auch so froh und schmelzend von Glück aus, daß sie sicher vergessen hat, davon zu sprechen.«
Der Pfarrer seufzte laut und kratzte sich mit einem Finger im Haar.
»Und was willst du nun machen?«
Josef rang die Hände, und mit von Tränen erstickter Stimme und vor Verzweiflung stotternd sprach er: »Ach, Herr Pfarrer, ich weiß es nicht. Und das ist gerade mein großer Kummer. Ich vergehe wie Schnee in der Sonne. Was soll ich machen? Was würdet Ihr machen, wenn Ihr an meiner Stelle wäret? Ich liege ganze Tage da und denke und grüble, und kann doch nicht ins reine kommen. Ich bin außen und innen davon angegriffen, das Essen schmeckt mir nicht, und nachts kann ich kein Auge zutun. Ihr wißt nicht, was ich durchmache! Es ist eine Heimsuchung wie von tausend Teufeln! Überlegt nur mal, was ich

machen soll! Nach dem Gesetz müßte ich Maria heiraten, aber nach meinem Gewissen nicht, ich müßte sie sogar vors Gericht bringen, da sie meinem Namen Schande macht, aber so etwas will ich nicht tun! Und doch, und doch, und das schwöre ich bei meiner Seele und bei meinem Platz im Himmel, doch bleibe ich dabei, daß Maria rein ist und ohne Sünde. Aber was ich nun machen soll, weiß ich nicht. Ich selbst bin dazu nicht klug genug! Ach, Herr Pfarrer, wenn Ihr wüßtet, was ich tue, um zu wissen, was ich tun soll, Euch würden die Haare zu Berge stehn!

Ich liege ganze Tage und Nächte da und bete und lese vor den Heiligenbildern, ich habe all die Kirchen und Kapellen, wo nur irgendein Heiligtum ist, auf meinen bloßen Füßen im Bittweg abgemacht; ich tue Buße, Kasteiungen, die zu schwer sind für einen Menschen, und doch tue ich sie gerne, und das bißchen Geld, das ich durch harte Arbeit zusammengebracht habe, hab ich in Kerzen verbrannt und in die Opferstöcke getan. Und ach, Herr Pfarrer, dennoch kommt nichts vom Himmel noch von der Erde, das eine Hand ausstreckt, um in mein Herz etwas Licht zu bringen! Ach, ich bin so unglücklich, ich bin so unglücklich!«
Der Pfarrer sah aus Josefs grauem Bart Tränen auf die braunen Hände tropfen, und er wurde weich wie eine Frau, nahm ganz behutsam Josefs bebende Hand und sagte voll Güte: »Weißt du, was du tust, Josef? Du gehst morgen zu Maria, mein Freund, und sprichst mit ihr mal darüber, denn all dies Nachdenken und Grübeln ist für die Katze.«
Aber Josef schüttelte fest entschlossen den Kopf: nein!

»Das tu ich nicht«, sagte er entschieden, »das hieße Maria verletzen, und ich weiß, sie ist reiner als das Reinste, das je gewesen ist oder jemals sein wird. Noch einmal, hier geschieht etwas Wunderbares, aber ich weiß nicht, was.« Der Pfarrer zuckte ungeduldig und voll Mitleid seine schmalen Schultern. »Hör mal, lieber Freund«, sagte er, »ich bin zwar nicht sehr gelehrt in den heiligen Büchern, in den Schriften des Testaments, meine Eltern waren nur kleine Bauern, und die konnten so viel Kosten nicht aufwenden; ich bin nur ein kleiner Dorfpfarrer und will meinen Scharfsinn und mein Wissen in göttlichen Dingen nicht messen mit den berühmten Schriftgelehrten der Stadt Löwen. Nein, aber ich nehme die Dinge, wie sie sind, und mein geringer Verstand sagt mir klar wie Kloßbrühe, daß du in diesem Fall deine Sache selbst in die Hand nehmen mußt; entweder heiraten oder nicht heiraten, aber dann auch alle Welt wissen lassen, warum nicht. Du darfst dich nicht umsonst auf der Zunge der Leute herumreiten lassen.

Also geb ich dir einen guten Rat: Geh morgen in der Frühe zu Maria und bitte sie um Aufklärung... ja, um Aufklärung, und dann weißt du, woran du bist. Schüttel nicht den Kopf, Josef, ich sag es zu deinem Besten, du wirst mager wie eine Bohnenstange und siehst aus wie ein Leinentuch.

Du gehst kaputt dabei! Also tu es, Junge, hör auf mich, und du wirst mirs danken. Bedenke, wie du nun mit Suchen und Sinnen deine Zeit vertrödelst, die du so schön für deine Arbeit gebrauchen kannst... apropos, da fällt mir ein, wie steht es eigentlich mit dem Standbild des Propheten Jonas? Ich hör dich gar nicht mehr davon sprechen. Ist es ziemlich fertig?«

Josef hatte das nicht erwartet; er hätte in ein Mauseloch kriechen mögen, sah den Pfarrer flehend an und sagte voll Angst: »Ich hab... noch gar nichts daran getan, ich hab nicht den Mut, den Hammer zur Hand zu nehmen.«

»Josef, Josef!« mahnte der Pfarrer, indem er aufstand und vor Erstaunen seine langen Arme fallen ließ. »Und nächste Woche muß es wieder am Gestühl in der Kirche stehen!« Er war vor Ärger rot geworden, aber als er Josef da so traurig sitzen sah, kam Mitleid und Rührung in seine Stimme. »Siehst du nun, lieber Freund, daß du dir ins eigene Fleisch schneidest und dem Abgrund zugehst? Wenn du so weitermachst, so liegst du nächsten Monat auf dem Kirchhof« (die dorthin weisende Hand des Pastors zitterte), »dahinten auf dem Kirchhof! Und ich will das nicht, Josef! Diesen Sandpfad hat Gott mir aufgetan, um dich zu retten; nun, ich werde Gebrauch davon machen, und wenn du morgen nicht zu Maria gehst, dann gehe ich in eigener Person! Von Zu-Haus-Bleiben ist keine Rede!« Der Pfarrer beobachtete die Wirkung seiner Worte, und zu seiner großen Genugtuung antwortete der arme Mann: »Herr Pfarrer, laßt mich die Sache noch einmal beschlafen!«

»Bravo, Josef, wir sind auf gutem Wege! Und nun geh ich beruhigt fort, alles wird nun gewiß gut werden! Und nun wirst du auch wieder ans Werk gehn können, mit einem

Liedlein auf den Lippen! Denn ich hätte es nicht gern, wenn zu meinem fünfundzwanzigjährigen Ortspfarrer-Jubiläum der Jonas nicht am Gestühl stände. Und nicht zu viel berechnen, he? Denn die Kirche ist arm! Hallo, Courage, und bis morgen, so Gott will!« Und weg war der Pfarrer; erst ging er etwas schneller, aber dann wieder in einem sachten Wanderschritt; er schlug sein Buch auf, und Josef sah ihn betend durch die Weidenallee schreiten, den langen schmalen Hügel hinan.
Das Dorf lag auf dem Hügel...
Josef fühlte sich noch leerer als vorher, war doch aber froh, daß er dem Pfarrer nichts versprochen hatte. In seinem Kopfe wirbelte es von all dem Reden und Überlegen; er wollte nur lieber nach Hause gehen, da kam kein Pfarrer oder sonst jemand, ihn zu stören, und er wollte versuchen, ein wenig zu schlafen.
Er wartete, um den Pfarrer nicht einzuholen, und betrachtete unterdessen die roten und blauen Blumen, die im gelben Korn funkelten, oder einen schnellen grünen Käfer und zeichnete mit einer Gerte einen Vogel in den Sand. Als der Pfarrer nun schon weit weg war, seufzte Josef tief, stand auf und schlenderte die Weidenallee entlang. Es war ein herrliches Wetter mit Lerchen in der blauen Luft und Schnittern auf den Feldern. Am Horizont standen weiße Wolken, wie Schneeberge getürmt. Aber er sah das alles nur mit seinen Augen und genoß es nicht bis ins Herz hinein.
Wie konnte er sonst hier von der Höhe herab die weite Landschaft voller Glück betrachten!
Es war ein herrlicher Anblick, über der Pracht des Kornes, über Wiesen und goldenen Feldern die Tannenwälder dunkeln zu sehen und darüber wieder einen sonnigen hellen Streifen ferner Heidedünen, auf denen sich eine Mühle drehte. Nach dem Mittagsmahl kam er oft hierher,

um in der Sonne zu sitzen und zu träumen. Hier sah er den Frühling, wenn die Saat aus der Erde aufschießt, und den weißen Winter, wenn die Kinder auf dem Eise Schlittschuh laufen. Und wie vergnüglich war es nicht, sonntags die Tauben, die von den Wettflügen zurückkamen, in der Ferne schnell zu entdecken.

Aber nun konnte er die Landschaft nicht genießen; das Herz war ihm zu schwer von Tränen und Kummer, und all diese Schönheit blieb für ihn tot.
Unwillkürlich sah er zur Seite, wo um den braunen Kirchturm herum die Toten lagen, ein schwarzes Kreuzlein über ihrem Kopf und ein Gärtlein von schlichten Blumen über ihrem Leibe. Sie lagen da vergessen, in tiefer Ruh, und ihre Seelen weilten vielleicht im Licht des goldenen Himmels. Ach! daß Josef in seinen alten Tagen so schweren Kummer und solche Anfechtungen durchmachen mußte! Er hätte schlafen mögen und nie wieder erwachen und hätte vergehen mögen in Vergessen- und Verlassenheit.
Aber er jagte diese finsteren Gedanken fort. Das war die Verzweiflung, die ihm ins Herz schlich, die Sünde, und das kam allemal vom Teufel.
Mit einem Stoßgebet vertrieb er dies schwächliche, dunkle Verlangen und sog den schönen Duft des Vieruhrkaffees ein, der aus den Lehmhütten kam. Aber er würde wohl wieder nichts essen können.
Mit einem Seufzer blickte er noch zu dem kupfernen Hahn auf dem Turm und ging dann in sein Haus hinein.

In der dämmerigen Küche saß Josef, den Kopf auf dem Tisch, und weinte; eine brennende Kerze, die in einem goldenen Fleck der untergehenden Sonne verblaßte, sah

ihn blinzend von der Ecke des Kamins herab an. Und sonst war es still, als ob nichts und niemand da wäre. Josef dachte wieder an den Pfarrer und an die drohenden Worte, daß er selbst zu Maria gehen würde, und an die Ermahnung wegen der Bildsäule des Propheten Jonas.
Dieser Pfarrer, der ihm zwischen die Beine gelaufen kam und die ganze Sache mit Messern entwirren wollte! Und es war gerade diese Entwirrung, vor der Josef solche Angst hatte. Und wie eine Drohung spukte in seinen Gedanken das Ende der nächsten Woche, der Tag, an dem er das fertige Standbild abliefern mußte. Er sah mit seinen rotverweinten Augen in die niedrige Werkstätte hinein und fühlte auf einmal in sich ein Kribbeln von Arbeitslust und ein Verlangen, zu hämmern, zu meißeln und zu splittern, daß die Stücke bis zu den Nachbarn flogen.
Aber als er hineingegangen war, stand er wieder da mit herabhängenden Armen und sah verzweifelt auf die Bildsäule des Jonas, die dort in einer dunklen Ecke stand zwischen Latten und Pfählen, Hobelspänen und verstaubtem Gerät. Es war in der Tat der Prophet Jonas, der, den Zeigefinger an der zerbrochenen Nase und den Bart gesenkt in die schweren Falten seines Gewandes, mit schläfrigen Augen auf ein zappelndes Walfischlein zu seinen Füßen starrte.
Er mußte repariert werden an der linken Hand und an den knochigen Knien, und über dem Kopfe mußte ein Körblein mit Früchten angesetzt werden, worauf Vögel sangen. Denn Josef war auch künstlerisch veranlagt über das gewöhnliche Tischlerhandwerk hinaus und sehr erfahren im Stich- und Schnittwerk; und er machte es billig, was der Dorfpfarrer am meisten schätzte.
Und Josef dachte an das Leben dieses gewaltigen Propheten, und in einer Aufwallung von Kummer und Glauben sprach er zu dem Standbild: »O Jonas, ich müßte nun

Maria heiraten, weil sie meine Braut ist und sich in gesegneten Umständen befindet, und ich tue es nicht gerne, weil es meine Schuld nicht ist. Was soll ich nun machen? Ach, du, der du auch nicht gehorchtest, als Gott dir sagte, nach Ninive zu gehen, und doch dorthin gebracht worden bist in dem Magen eines Walfisches, wird auch mir eine Lösung von hier oben kommen?«
Aber das hölzerne Bild antwortete nicht, und zerschmettert schleppte Josef seine Schritte zur Küche zurück, als plötzlich ein vortrefflicher Gedanke in ihm aufschoß.
»Tun wie Jonas und sich in der Stille davonmachen!«
Es überraschte ihn so wohlig, daß er davon rot im Gesicht wurde und zu lachen anfing.
»Tun wie Jonas und sich in der Stille davonmachen!«
Das war die Lösung! Warum hatte er nicht früher daran gedacht? Nach Holland ziehen und die Sache laufen lassen, wie sie lief; alles würde dann wohl schon mit Gottes Hilfe zurechtkommen. So schändete er nicht Marias Ehre und tat ihr kein Unrecht. Ihretwillen wollte er gern die Nachrede der Menschen ertragen. Nur *eines* ärgerte ihn nun, und das war, daß er dem Pfarrer seine Unschuld bekannt hatte. Aber hatte er sie zu gleicher Zeit nicht auch verteidigt? Und zudem, der Pfarrer würde nichts davon weitererzählen und die Menschen in ihrer falschen Meinung lassen.
Josef dankte allen Engeln und dem ganzen Himmel für die klare Eingebung, und plötzlich kam Leben und Fröhlichkeit in ihn hinein, und er begann sein Bündel zu schnüren. Er holte vom Boden einen schwarzen Holzkasten mit ledernem Trageband und suchte ein Hemd und ein Paar Strümpfe, einige Kleider und Gerät, als Zehrung ein halbes Brot, ein Viertel Butter, ein Stück Schinken und seine Papiere und Gebetbücher zusammen. Und als er dies alles mit Mühe in den Kasten hineingepackt hatte, rieb er

sich vergnügt die Hände und wollte nun warten, bis es Abend geworden war, um in aller Stille, wenn die Menschen schliefen, ungesehen das Dorf zu verlassen.
Denn heute noch wollte er gehn, da morgen schon der Pfarrer selbst Maria besuchen würde. Das Ergebnis dieses Besuches wollte er auf jeden Fall vermeiden.
Er erwartete den Abend in seinem Garten. Der zog sich ein wenig den Hügel hinab und war von einer Buchsbaumhecke umschlossen, auf der an jeder Ecke ein Hahn, aus Buchsbaumgrün geschnitten, die Wache hielt. Der Garten war bunt wie ein Regenbogen und voll wundersamer Gerüche. Josef saß auf einer Bank und genoß verjugendlicht und verjüngt die Abendherrlichkeit...
Auf den Feldern war es still geworden; es brannte irgendwo eine Lampe, und ein blaues Grau wuchs aus der Luft und aus dem Boden.
Ein Storch schlug träge die Flügel nach der östlichen Ferne.
In der Nachbarschaft meckerte eine Ziege einmal oder zweimal, und dann war es wieder still.
Es waren noch keine Sterne da, aber dahinten aus dem Abendgrau kam der matte, rote Mond wie ein großes verwundertes Gesicht über die dunklen Wälder gestiegen.
Aber das Glück überwältigte ihn, es machte ihn wonnig träge, und die Augen, die er seit Tagen nicht hatte schließen können, schlossen sich, ohne es zu wollen, und Josef schlief.
Und er träumte.
Er erklomm einen hohen Berg mit einem runden Gipfel. Mühsam schritt er über die unbetretenen Wege, durch Geröll und schmerzende Dornen. Aber er ging und ging. Mit der Morgenstunde hatte er angefangen, fühlte den

ganzen Tag die Sonne auf seinem Rücken brennen, und die Sonne war eher über den Berg als er.
Er wollte sie einholen, beschleunigte seine Schritte, und erst als die Dämmerung fiel, betrat er den runden Gipfel. Dort taumelte er beinah hintenüber von der herrlichen Aussicht, die seine Augen genossen.
Weit und fruchtbar dehnte sich das Land, tief unter und vor ihm und klar wie auf Glas gemalt.
Zwischen Feldern und Wäldern lagen die Bauernhäuser hingesät, und in grauen und roten Dörfern drängten sich größere Häuser um die Türme.
Abseits stand eine lichte weiße Stadt, und an einem Flüßlein, das in Windungen das Land durchaderte, erhoben sich Burgen und Schlösser. Mühlen drehten sich, und Menschen pflügten das Land, pflückten das Obst von den Bäumen und fuhren mit Karren über die Landstraßen.
Und fern, ganz fern, wo die perlmutterne Luft die Erde berührte, lag, in einem Kamm heller Dünen, eine Bucht des Meeres.
Und Josef fragte sich, was dies alles wohl bedeuten mochte.
Aber nun erhob sich am Horizont eine gewaltige goldene Pforte.
Es war die Sonne, die verwuchs zu gotischen Türmen und Zinnen, kunstvoll und fein gemeißelt wie die Türme von Antwerpen.
In den Nischen und Bögen standen all die Menschen, die einst heilig werden sollten, in schönen bunten Gewändern. In der offenen Pforte, woraus köstliches Silber strahlte, blühte eine große, schneeweiße Rose, die ihre Blätter öffnete, und worin das süße Bild Marias thronte. Sie trug ein blaues Kleid und war voller Schlichtheit wie früher.
Ungekannte Düfte verbreiteten sich über das Land, es

rauschte von Flügeln um das goldene Schloß, und von innen heraus kam ein süßer Klang von tausend Orgeln und ein hoher, schmelzender Gesang: »Ave Maria, Ave Maria!«

Die Menschen auf dem Felde hielten ihren Pflug an und sahen empor, Türen und Fenster öffneten sich in Stadt und Dörfern, und alle Welt, groß und klein, kam mit verwunderten Rufen nach draußen gelaufen.

Regenbogen wölbten sich in der Luft, und ein rotglänzendes Kreuz überspannte den ganzen Himmel.

Josef fühlte, daß das Erhabenste auf der Welt geschah, und er kniete nieder in das Gras des Berges und lauschte nach der schönen Stimme eines geflügelten Lichtglanzes: »Josef, Sohn Davids, fürchte nicht, Maria zum Weibe zu nehmen; denn was in ihr geboren wird, ist von dem Heiligen Geist; sie wird einen Sohn gebären, den sollt ihr Jesus heißen, denn Er wird sein Volk erlösen von seinen Sünden.«

Josefs Herz hüpfte vor Freude, und den weiteren Worten konnte er nicht folgen vor lauter Jubel, und hat sich ihrer später erst erinnert.

Ein Dröhnen erschütterte die Welt, und Josef erwachte aus seinem tiefen Schlaf.

Hei! sieh! Er saß noch in seinem Gärtlein, war naß vom Tau, und am östlichen Horizont stieg durch einen Wolkenspalt die Sonne wieder über der Welt empor!

Es war Morgen und ein neuer Tag!

Josef schrie es heraus vor Glück!

Gott selbst hatte ihm nun alles offenbart. Maria war rein, Maria war heilig!

Er wollte auf die Knie fallen und um Verzeihung bitten wegen seines Vorhabens, aber das Glück traf ihn so, daß er in Tränen ausbrach und, den Kopf in den Händen, dasaß und weinte.

»O Maria«, rief er dann, »ich habe niemals an dir gezweifelt! Und das macht mich glücklich über alle Maßen!«
Und in derselben Stunde noch sprengte er sich etwas Wasser über das Gesicht, tat seine besten Kleider an und legte ein schönes Halstuch um.
Und mit einem Butterbrot in der einen und einem Mispelstock in der anderen Hand begab er sich, froh im Geiste, durch die frischen, dampfenden Morgenfelder zu Maria!
Von allen Dörfern läuteten die Glocken.

Die Hochzeit von Maria und Josef

In der kleinen romanischen Kapelle hing eine süße Dämmerung.
Dies kam daher, daß an jenem Morgen ein dicker schmutziger Nebel in den Straßen stand und daß der ungeheuere Bau der Kathedrale, noch keine sechs Meter davon entfernt, seine Mauern zu hoch in den Himmel reckte.
Mit Mühe nur erkannte man den großen Altar, vor dem die ewige Lampe brannte wie ein Auge, das sich öffnete und schloß.
Die Ornamente, die die rauhen Pfeiler und die eichenen Türen und die schlanke Orgel zierten, verschwammen dämmernd in dem Maulwurfsgrau, und die kupfernen Lampen, die von der gewölbten Decke niederhingen, glommen matt, aber fein, wie Äpfel im Schatten der Bäume. Doch wie ein Lachen blühten, hell und farbenfroh, aus der Dämmerung die Heiligen auf, die in jedes der zwei Fensterchen eingebrannt waren.
Und oh, es war dort so still! Die Stille saß da und lauschte auf sich selbst. Nur dann und wann sagte mit kurzem Knarren der eine Stuhl etwas zum andern.
Und dort drüben, hinter einem Pfeiler, saß zusammengeschrumpft in schwarzem Mantel ein Weiblein, so still und lautlos wie ein unscheinbares Stück der Kapelle.
So dauerte das eine gute Weile...
Aber draußen, hinter den Heiligen, nahte durch die Nebelluft ein fröhlicher Lärm von Rommelpott und Geige.
Und auf einmal flogen die Türen auf, und während es draußen noch trommelte und fiedelte, kam ein kleiner Zug von Männern und Frauen herein.
Josef und Maria schritten vorauf, dann kam die Base Elisabeth mit Zacharias, es folgten Paten und Patinnen, Basen und Vettern, Onkel und Tanten, alle in ihrem

Festtagsstaat, sauber gebürstet, geschoren und gekämmt, die Frauen in knisternder Seide und blinkend von Gold. Jeder suchte einen Stuhl, und sie scharten sich zusammen vor dem großen Altar.
Josef hatte seinen großen braunen Filzhut in der Hand und einen schweren langen Rock an; es lag eine kindliche Freude auf seinem Gesicht, und seine hellen, schwarzen Augen blickten strahlend und bewundernd auf Maria, die das blasse Gesicht gesenkt hielt und einen weiten blauen Kapuzenmantel anhatte, wegen ihrer sichtbaren Schwangerschaft.
Maria hob ihre Augen auf, ihre großen, olivgrünen Augen, und es leuchtete eine wunderbare Klarheit aus ihnen hervor und ein überirdischer Friede. Ihre ganze, glückliche Seele lag in ihren Augen. Es war, als lauschte sie nach einer schönen Musik, die aus ihrem eigenen Herzen aufstieg.
Sie lebte sichtbar ganz nach innen in ihrem göttlichen Glück. Sie wurde innerlich von betäubender Gnade und verschmachtender Liebe verzehrt. Sie war trunken von seelischem Entzücken und himmlischer Begeisterung; und das berührte und durchrieselte sie, seitdem jene wunderbare Verkündigung über sie gekommen war.
Sie war mager geworden von Glück.
So, wie es Menschen gibt, die viel Kummer haben und sich innerlich verzehren, und wie aus einem Traum erwachen, wenn man sie anredet, also lebte Maria versunken in ihre innerlichen Wonnen und war bisweilen wie eine Fremde unter den Menschen.
Und nun verwunderte sie sich auch, daß sie in der Kapelle war, daß Josef neben ihr stand und die anderen Menschen, und daß sie getraut werden sollte, und ein feines Lächeln kräuselte leicht ihre kirschroten Lippen, und ein leichtes Rot huschte über ihr Gesicht.

Sie nickte allen freundlich zu, schloß dann die Augen und begann, auf ihrem Stuhl kniend, zu beten.

Aber kaum hatten sich alle hingesetzt und noch nicht einmal Zeit gehabt, ihr Gebetbuch zu nehmen, da wurde ein Spalt der Sakristeitür verstohlen geöffnet, und die dürre Stuhlsetzerin kam hindurchgeschlichen, putzte sich erst mal die Nase und sammelte dann mit geöffneter Hand von den Leuten die Groschen ein.

Es war eine magere Schrappliese, mit fleischlosem, wachsbleichem, schiefem Kopf und schmalen Schultern. Und als sie von jedermann das Stuhlgeld empfangen und sich überzeugt hatte, daß niemand übersehen war, ging sie zu Josef und sagte, er müsse noch warten, da der Pfarrer gerade eine Kranke besuchte.

Die beiden Musikanten waren auch mal hereingekommen, um zuzugucken, aber als sie die giftige Stuhlsetzerin herankommen sahen, des Groschens wegen, da schlichen sie nach draußen und gingen lieber in eine Wirtschaft, um einen Schoppen Bier zu trinken.

Wartend saßen die Menschen da; sie beteten, sahen nach dem kärglichen Kirchenschmuck oder suchten die abgetretenen Inschriften der blauen Grabsteine zu entziffern, unter denen Menschen begraben lagen.

Eine Tür wurde heftig zugeschlagen, so daß die ganze Kapelle davon dröhnte, und hinter dem Altar kam ein Chorknabe zum Vorschein, in rotem Rock, weißem Chorhemd und weißen Strümpfen. Er hielt einen langen Stock, an dem ein brennender Docht war, in der Hand, womit er die beiden langen, dünnen Kerzen ansteckte, die in kupfernen Leuchtern auf dem Altar standen.

Der kleine Mesner mußte sich recken, um hinauflangen zu können, und dann verzog sich sein roter Rock nach oben, und zwei ganz krumme Beine kamen zum Vorschein.

Einer von den Verwandten brach hinter seinem Taschentuch in ein Lachen aus. Als dann auf jedem Wachsstengel ein Flämmlein blühte, kniete der Chorknabe schnell nieder und machte sich eilig davon, in die Sakristei, deren Tür wieder aufging.

Und nun zeigte das spärliche Licht der beiden Kerzen vergoldete Schnörkel am Altar, Engelköpflein und eine undeutliche Malerei.

Der Pfarrer mußte nun bald kommen, und die Leute bogen ihre Köpfe zur Seite, um in die Sakristei hineinsehen zu können. Aber in dem langen, weißen Gang sahen sie niemand als die Stuhlsetzerin, die damit beschäftigt war, unter einer grünen Prozessionsfahne ihr Geld zu zählen. Nur Zacharias betrachtete unaufhörlich bewundernd die Orgel und strich, ohne darauf zu drücken, über die abgenutzten Tasten; es juckte ihm in den Fingern, darauf zu spielen, denn seitdem sein Sohn Johannes geboren war, hatte er plötzlich die Sprache und das Gehör wiedergewonnen; und die schöne Musik hatte er neun Monate lang entbehren müssen.

Wie trübe war diese Zeit gewesen! Ein Tauber hört nicht, und da nützte es ja nichts, die schönen Gesänge, die in seinem Kopf wimmelten, auf die Tasten zu legen. Aber nun er wieder hörte, – wie hatte er seitdem nicht in der Kirche sein Herz geweidet, bis spät in den Abend, wenn die Sonne schon lange weg war und der Mond ihm auf die Finger schien!

Und nun stand da vor ihm diese schlanke Orgel, und sie sah so fein und herrlich aus; was für eine zarte Seele mußte sie haben, und kein Bälgetreter war nötig, um ihr Atem zu geben, da man die Blasebälge mit den Füßen bewegen konnte.

Dürfte er nur einmal darauf spielen, nun sein Herz von Musik barst, nun seine Base, seine von Gott begnadete Base getraut werden sollte mit Josef, seinem Freunde!

Dürfte er das nun nur herausjubeln und all die Freude über seine wunderbare Heilung und all die Dankbarkeit für die köstlichen Mirakel, die ihm und den Seinen zuteil geworden waren!

Aber ein Schellengeläut riß ihn aus seiner Seligkeit, und der Pfarrer kam mit dem Chorknaben aus der Sakristei. Die Stuhlsetzerin winkte Josef. Er weckte Maria aus ihrem Gebet, und beide schritten zum Altar, gefolgt von zwei Zeugen, dem Paten Marias, der ein lahmer Hirte war, und dem Vetter Josefs, einem Korbmacher von Beruf.

Josef und Maria knieten vor dem blassen Pfarrer; der nahm das weiße Händlein Marias, legte es in Josefs große, braune Hand und segnete sie im Namen des Himmels und Gottes. Und nun wurde plötzlich die Kapelle erfüllt von einer schwellenden Musik, die von den Engeln zu kommen schien. Es war Zacharias, der seine Freude nicht bei sich behalten konnte und in der Begeisterung seine Hände auf die Tasten gelegt hatte und das quellende Herz der Orgel öffnete.

Es war ein steigender Sang von Glück, schmelzend von Verzückung und Glauben, mitreißend und die Herzen rührend. Und er stieg und schwoll immer noch schöner und schöner, bis er auf einmal losbrach in einem begeisterten Jauchzen, das zu stark war für einen Menschen, und gebrochen fiel Zacharias mit dem Kopf auf die Tasten; er hatte alles gegeben, was seine Seele besaß. Und alle, die da waren, standen erstaunt und voll Bewunderung, als wären sie mit ihrer Seele im Himmel.

Aber dann rührte sich hinter dem Pfeiler das alte Weiblein im schwarzen Mantel, es richtete sich auf und humpelte, auf einen Stock gestützt, auf das Hochzeitspaar zu. Als es dort angekommen war, wollte es zu Maria etwas sagen, konnte es aber nicht; es ergriff Marias Hände, küßte sie zitternd, und endlich, nach vieler Mühe kam es stotternd heraus: »Nun hat... Gott mir meine Sünden vergeben... nun kann ich ruhig sterben...« Und sie humpelte zurück hinter den Pfeiler, wo sie zusammengesunken sitzen blieb. Maria war sehr bewegt davon, und ihr Kopf fiel auf Josefs breite Schulter.

Aber einer der Musikanten hatte hineingeschaut, um zu sehen, ob die Feier noch nicht zu Ende wäre, und draußen erklangen von neuem Fiedel und Rommelpott.

»Komm, Maria, komm!« sagte Josef, der sich auf die Lippen beißen mußte, um die Tränen zurückzuhalten, denn diesem Manne brach beinah das alte Herz unter dem großen Vorrecht, Maria an seiner Brust weinen zu fühlen... Und sie gingen hinaus, Arm in Arm, gefolgt von den andern.

Die Instrumente, die eine fröhliche Weise aufspielten, brachten die Familie in eine festliche Stimmung, und vergnügt, paarweise, ging der Zug durch den garstigen Nebel unter den hohen Mauern der gotischen Kirche. Lustig wars anzusehen, all diese Farben ihrer bunten Kleider, die nur einmal im Jahre aus der Truhe kamen.

Es waren helle Pompadourschals, kaffeebraune, gelbe, schwarze und purpurne Seidenkleider und schneeweiße Spitzenhauben, olivgrüne und gewürfelte Männerkleider und verkämmte weiße Zylinderhüte.

Es war eine festliche Note in dem grauen, nebligen Morgen.

Muschelhändler und Kohlenverkäufer hielten ihre Karren an, und die Menschen kamen aus den Häusern und aus

den Gassen gelaufen, um den Zug zu hören und zu sehen, und wie immer liefen viele Kinder, Hand in Hand tanzend, vor den Musikanten her.
Aber siehe! auf dem ganzen Weg, den sie schritten, lagen weiße Sommerrosen verschwenderisch ausgebreitet, wie es geschieht, wenn Könige ihren Einzug halten.
Wer hatte die dort hingestreut? Niemand hatte es gesehn in dem dicken Nebel, niemand wußte etwas darüber zu berichten, aber sie lagen da, und manch einer, der eine dieser Rosen aufnahm, mußte bekennen, daß sie wahrhaftig frisch gepflückt waren, mit all ihrem feinen Duft und noch naß von den Tautropfen.
Niemand wußte es, und niemand sah auch die hohe, reine Freude von Josef, der mit Maria an seinem Arm reicher war denn ein König, weil er fortan seiner Braut dienen konnte und unter Marias Atem leben durfte.
Und der Zug ging zwischen einer Hecke von Menschen straßauf, straßab, bis er im Tor der alten Wirtschaft »Zur fröhlichen Einkehr« verschwand.
Dort schickten sie sich an, die Hochzeit nach altem Brauch mit Schmaus und Trank zu begehen, und schon hing in der dunstigen Luft der appetitliche Duft von Zwiebelsuppe, geschmorten Kaninchen und anderen Lekkerbissen.

Die Schätzung zu Bethlehem

Unter einer bleichen, wachsgelben Luft lag die Welt still im Schnee. Er bedeckte hoch die Haube der hölzernen Mühle, die oben auf den Wällen langsam ihre Flügel drehte, und das zusammengesunkene Lehmhüttchen unten am Abhang lag tief darin versteckt, wie ein Kücken in den Federn seiner Mutter.

Dort drüben lag das Städtlein ruhig und friedlich unter seinen weißen Dächern, und hinter den hohen Wällen, wo die Felder waren, sah man ein Gewimmel von Schlittschuhläufern auf dem gefrorenen Wasser der Nethe und der überschwemmten Wiesen; ein fröhlicher Lärm kam von dort herüber und Schmalzkuchengeruch. Es war ein Donnerstagnachmittag[1], so daß viele Kinder da waren, die glitschten oder Stuhlschlitten fuhren.

Und mancher Schlittschuhläufer, der mit seiner Liebsten zu den Beginenwiesen ging und hinter der zur Seite gezogenen Gardine, zwischen goldenen Winterlevkojen, den feinen, blassen Kopf Marias bemerkte, fühlte Mitleid mit ihr, die so schön war und in solch einer Räuberhöhle gebären mußte...

In froher, ängstlicher Erwartung, die mit dem Sinken des Abends ein unbestimmter Kummer überwebte, saß Maria und machte ein Hemdlein für das Kind, das geboren werden sollte.

Und während sie einen Saum legte an das von der Stärke noch steife Leinen, lauschte sie nach einem regelmäßigen Beilschlag und dem Knacken von Holz; es war Josef, der hinten im Schuppen Holz zerkleinerte. Das Geräusch klang friedlich in die Stille hinein. Aber plötzlich fuhr ihr

1 Der Donnerstag ist eine Art zweiten Sonntags in Flandern, an dessen Nachmittagen keine Schule gehalten wird.

etwas an die Kehle, und sie hätte weinen können, weil sie hilflos dem nahenden Glück ihrer Niederkunft gegenüberstand. Und sie dachte an Josef, wie er hinter seinen gütigen Worten einen schweren Kummer verbarg. – Einige Tage nach ihrer Hochzeit waren sie aus dem Dorf hier heraufgezogen, weil Not im Lande war und es keine Arbeit gab. Josef dachte es in der Stadt besser zu treffen, aber sein Handwerkszeug verstaubte in der Werkstatt, und das Klöppelkissen lag irgendwo in der Ecke und moderte. Nun hackte er eben Holz, da er nicht wußte, wo er mit seinen leeren Händen bleiben sollte.
Und Maria wurde bange wegen des Kindes, das nun bald seine Ärmchen ausstrecken würde, um zu leben, und inmitten der Schauer ihres Glücks fühlte sie als Frau, als Mutter das Mysterium der Zeit: wie der eine Tag hinter dem andern lag, und hinter diesem wieder ein anderer, und so immerfort bis in alle Ewigkeit.
Und in der Endlosigkeit des Zeitraumes fühlte sie sich auf einmal so klein und unsichtbar werden, daß sie fast um Hilfe hätte rufen mögen.
Zudem, und das erfuhr sie wie jedes sterbliche Herz, war es in jenen Tagen ein elendes Leben. Die Armut war groß, die Kartoffeln waren mißraten, und auf der Straße, in den Wirtschaften und auf dem Butter- und Fischmarkt, überall hörte man von nichts anderem sprechen als von einem großen Krieg, der über das Land kommen und alles kurz und klein schlagen würde. Nächtelang hatte ein gewaltiger Komet am Himmel gestanden. Alte Leute, Gelehrte und Propheten weissagten daraus erschreckliche Dinge, die die Menschen in den Knien schlottern machten. Das Volk hatte Furcht, es waren große Ereignisse im Gange, über die man nach hunderttausend Jahren noch reden würde.
Die Wucherer, Juden und Krämer, und die Bauern nicht

minder, fanden diesen ganzen Wirrwarr sehr nach ihrem Geschmack und verkauften ihre Waren zu unerhörtem Preis, so daß mancher Kater in den Kochkessel wanderte und viele schon davon sprachen, Rattenschlächter zu werden.

Um das Unglück voll zu machen, regierte damals über Flandern ein böser König, der wie immer ein Fremder war. Herodes hieß er; sein Herz war schwärzer noch als Tinte, er sog und preßte das Volk aus, ließ seine Soldaten nur immer prassen und wüten, rauben und plündern, und wer darüber allzu laut nachdachte, wurde mit langsamem Feuer bestraft, bis der Tod eintrat, dieweil er selbst, der Tyrann, von Fett bibberte und alle Tage betrunken war wie ein Schwein. Ach, was würde da nicht noch alles geschehen; was saß nicht alles lauernd und drohend dahinter!

Die Nadel ruhte, und Marias große Kinderaugen sahen bekümmert in die unergründbare, gewaltige Zukunft hinein. Ein grauer Schleier webte sich um die goldene Seligkeit ihres Herzens.

Aber da kam, sich in die Hände blasend, Josef herein. Als er seine stille Frau bemerkte, lächelte er. Er ging zum Herd, stocherte das glimmende Feuer aus der Asche auf, und während er, sich auf einen Baumstrunk setzend, seine Hände wärmte und den Flammen zulachte, erzählte er vom Wetter und daß er noch niemals so viel wilde Schwäne in der Luft hätte fortziehen sehen.

Aber Maria hörte es nicht, und als es nach Josefs Frage: »Wollen wir nicht Kaffee trinken?« still blieb, sah er nun, wie Maria weit vor sich hinstarrte und Josefs nicht achtete.

Verwundert näherte er sich ihr, legte seine schwere Hand auf ihre Schulter und fragte ängstlich: »Maria, was bewegt dir das Herz?«

Maria erschrak ein wenig, sah ihn hoffnungslos an und sagte seufzend, ganz offenherzig: »Ich habe Sorge.«
»Sorge?« wiederholte Josef, vor Schreck zitternd. »Du hast Sorge? Aber wie kannst du Sorge haben?«...
»Ach, Josef, ich weiß es nicht«, und ihre Hände suchten die seinen. »Was sollte ein armes, junges Mädchen wie ich wohl auch wissen? Ich fühle mich ruhig wie Öl, aber wenn ich bedenke, daß das Kindlein so klein sein wird, so ganz, *ganz* klein, daß es schreien wird und seine Ärmen ausstrecken, daß es dort nackt liegen wird und frieren, und daß ich nicht wissen werde, was ich tun soll, um es zum Schweigen zu bringen und lebendig zu halten, – oh, dann wird es dunkel in mir, dann fühle ich mich so klein und nichtig, so jung und unerfahren... O Josef! wenn ich nur diesem Kinde eine gute Mutter sein kann; ich bin so bange. Ich weiß es nicht, ich verstehe es nicht, warum man einem so zerbrechlichen Geschöpf die Last gegeben hat, eine so erhabene Frucht zu tragen... Ich schmelze vor Glück, es zu dürfen, aber nun die Zeit herannaht, zittere ich bei dem Gedanken, daß ich es nicht werde können... Ich weiß doch so wenig, so wenig...« Und Tränen blinkten in ihren Augen.
Aber Josef ließ ihre Worte nicht kalt werden, klopfte ihr in die Hände und tröstete sie zärtlich: »Komm, komm, du machst dir Sorge um nichts und wieder nichts. Meine selige Mutter pflegte zu sagen: Mutter sein braucht man nicht zu lernen. Und sind die Zeiten auch bewegt, und habe ich auch keine Arbeit in Händen, so zittere ich doch nicht vor den kommenden Tagen. Wenn der Himmel will, daß dieses Kindlein zu uns kommt, dann wird der Himmel auch dafür sorgen. Zudem gehe ich in wenigen Tagen zur Base Elisabeth, um ihr zu sagen, daß die Zeit gekommen ist; ich werde sie mitbringen, und sie wird dir helfen wie eine gute Mutter. Frieren wird das Kind nicht, denn der

Boden oben liegt voll von trockenem Holz, wir haben Kartoffeln und Kohl in unserem Garten, unsere Ziege gibt alle Tage Milch, und vor der Niederkunft brauchst du keine Angst zu haben; du hast bis jetzt dein Kind ohne Mühe und Beschwerde getragen, und das ist eine gute Vorbedeutung. Die Wiege steht dahinten bereit, und aus einigen alten Tüchern werden wir genug Windeln machen können... Und« – dabei bewegte Josef triumphierend den Finger – »du weißt doch, wer das Kindlein sein wird, nicht wahr, das in der nächsten Woche diese Hütte mit seinem kleinen Gesicht erheitern wird?«

Nun begann Marias Antlitz langsam wieder zu leuchten. Als lauschte sie einem Hirtenhorn, hörte sie, von ganz fern und ganz tief, das Echo der Worte, die der Engel an jenem Sonntagabend, da die Bäume in Knospen standen, ihr zugesungen hatte. Ein jäher Springquell von Liebe und Glück schoß in ihrer Seele empor, und mit dankbaren Augen Josef anblickend, seufzte sie froh und sagte: »Josef, ich glaube, daß es ein gar süßes Kindlein sein wird; ich werde es so liebhaben!« Und sie strich über seinen struppigen kurzen Bart, und der Mann wußte vor Rührung nicht wohin und konnte nichts anderes herausbringen als: »Komm, wir wollen Kaffee trinken! Es ist schon über die Zeit«, und er sah nach dem Turm des Beginenhofes, der unter einer weißen, schlanken Spitze nach vier Uhr anzeigte.

»Ruh dich nur noch ein wenig aus«, sagte Maria, und munter holte sie das Brot aus dem Schrank, setzte den Kaffeetopf ins Feuer, holte zwei geblümte Tassen und während sie so hin und her lief über den Lehmboden, betrachtete Josef sie mit Wohlgefallen und bemerkte deutlich, wie sie trotz ihrer hohen Schwangerschaft, ihres langen schweren Kleides und des weißen Kopftuchs rund um ihr Gesicht ein Kind blieb; und zugleich fühlte er die große Pflicht, die er für sie übernommen hatte.

Im Herzen erfrischt sah er nach draußen und blickte kindlich froh auf den bläulichen Schnee; ein Rabe flatterte in dem kleinen Gärtlein zu Boden, pickte mit seinem Schnabel in einen beschneiten Kohlkopf hinein und flog dann mit hartem Krächzen wieder in den alten Nußbaum. Aber plötzlich erbleichte Josef; dahinten in der Gasse sah er ein wildes Hinundhergelaufe von Menschen, und es erklang ein kurzer Trommelwirbel und die klägliche Stimme einer Trompete.
Maria kam ans Fenster gelaufen, voller Angst sahen sie sich an, und wie aus einem Mund fragten sie einander: »Was mag der König nun wieder wollen?«
Zwei in Pelz gehüllte Soldaten kamen auf das Häuslein zu, der eine mit einer Trommel, der andere mit einer Trompete. Mit klopfendem Herzen sahen sie die Trabanten des bösen Königs nahen; es bedeutete sicherlich wieder nichts Gutes. »'s wird nichts sein«, sagte Josef tröstend zu Maria, »bleib nur ruhig sitzen, ich will mal nachsehen.« Und damit lief Josef voller Aufregung zur Tür. Als er sie öffnete, standen die beiden Männer davor. Gleichgültig rasselte der eine, ein kleiner Kerl, ein richtiges Straßenkehrergesicht, ein bißchen auf der hohen Trommel; der andere, ein langer Bursche, der über seinem Pelzkragen nichts als eine rote Nase sehen ließ, setzte die Trompete nicht an den Mund, entrollte aber ein Pergament und las widerwillig mit heiser krächzender Stimme:

»Der König Herodes gebietet allen seinen Untertanen, die

innerhalb der Grenzpfähle seines Reiches wohnen, daß sie sich am Sonntag, dem 25. Dezember, schätzen lassen sollen, in der Gemeinde, aus der das Haupt der Familie stammt, zu dem Ende, daß Seine Durchlauchtigste Majestät in Erfahrung bringe, wie viele Seelen seine Lande bewohnen. Wer diesen Befehl nicht befolgt, geht seines Besitzes verlustig oder wird an seinem Leibe gestraft. Einer sage es dem andern!«

Als die Soldaten schon lange fort waren, saßen Maria und Josef noch sprachlos da und schauten in die Flammen, der Kaffee und die Butterbrote blieben unangerührt, und der graue Abend sank schnell über die Welt herab. Er hüllte alles in Dämmer, die Deckenbalken und die Teller auf dem Sims des Kamins. Draußen blieb der Schnee noch grauweiß, aber drinnen war nichts mehr sichtbar als das schwelende Feuer, das aus der Asche aufglomm und die schwer bekümmerten Gesichter Marias und Josefs bronzerot erleuchtete. Sie saßen still da, voll tiefer Sorge, wegen des harten Schlages, der ihre leuchtende Hoffnung zertrümmert hatte. Sie fühlten, daß Worte keine Macht mehr hatten, und schwiegen in den Abend hinein.

Hinten meckerte voller Mitleid die Ziege, und im Schornstein, ganz oben in der Dunkelheit, flüsterte tief, eintönig und süß der Wind...

Weit hinter ihnen lag nun die Schelde und das Fährhaus, das sie diese Nacht beherbergt hatte. Am Abend hatten sie dort warmen Buchweizenbrei gegessen, und da Maria sehr müde war und sie aus ihrer Ziege etwas Geld gelöst hatten, so ließ Josef Maria in einem weichen Bette schlafen, während er selbst die Nacht auf einem Holzstuhl zubrachte und davon so starr und steif in den Gliedern geworden war, als ob man ihn gerädert hätte.

Aber unverdrossen und zäh in seiner hohen Pflicht blieb er

tapfer und ließ sich nichts merken; und während er gebückt unter der schweren Reisekiste ging und sich auf seinen Mispelstock stützte, hielt er die sehr schwangere, stöhnende Maria zart und dicht an sich gedrückt, die müde ihr bleiches Köpfchen an seiner breiten Schulter ruhen ließ.
Und beide waren gewiß, daß sie vor der Zeit des Gebärens nicht wieder in ihrem Hause sein, daß die Reise sie überfallen würde. Trübselig und unruhig wanderten sie dahin, in die beschneite Ferne hinein, und wünschten sich, daß der Abend sie ins weiche Heu einer Scheune bringen möchte oder an das Lampenlicht zu geringen Leuten.
Josef hatte seine schweren Stiefel und seinen Wintermantel an; der Hut saß ihm tief im Gesicht, und seine Hände steckten warm in wollenen Fausthandschuhen; um die zusammengezogenen Schultern Marias fielen die schweren Falten ihres blauen Kapuzenmantels, dessen Futter weiß und purpurn gewürfelt war, und blaß wie der Widerschein des Schnees saß ihr Kopf in der weiten Kapuze verborgen.
Und nachdem Josef gesagt hatte, indem er in die blasse Luft hineinsah: »Es wird viel Schnee kommen heute«, und Maria darauf ängstlich prophezeit hatte: »Und vielleicht wird es vor heute abend sein, daß ich gebären muß«, waren sie verstummt und voller Kümmernis und Sorge. Enger drückten sie sich aneinander, und so stapften sie weiter, nur immer weiter, auf Bethlehem zu, den kleinen Fleck, der noch hinter einem Tag und einer Nacht in der weiten Welt lag.
Einsam und endlos war der Weg.
Und überall, wo sie gegangen waren, klafften die Spuren ihrer Füße im Schnee.
Sie waren ein kleines Tüpfchen in der weißen Weite und gingen unbeachtet durch das Land.

Die fernen Bauernhäuser, die alle eine friedsame Rauchfeder in ihrem Schornstein trugen, lagen tief und verschlossen im Schnee. Bisweilen erklang über das weite Land aus braunblauen Büschen das Kreischen eines Vogels, aber schweigend und schwarz flatterten große Krähenschwärme geschmeidig über die Felder herab, und die träge Sonne, bleich wie eine Hostie, folgte Josef und Maria unverwandt.
Ein Bauer, der wie ein Weihrauchfaß qualmte, fuhr in seinem klingenden Schlitten an ihnen vorbei und rief ihnen ein heiteres »Guten Morgen!« zu. Da, wo Häuser an der Landstraße standen, wurde, wenn sie vorbeigingen, bisweilen eine Gardine zur Seite geschoben, und erstaunte, mitleidige Gesichter sahen der schwertragenden Maria nach, die noch so jung war und sich auf den Arm eines schon beinah alten Mannes stützte.
Aus einer Schmiede kam Hammerklang und roter Feuerschein; ein Hahn krähte, bisweilen bellte ein Hund, und weiterhin war Schnee und Stille, und einsam und endlos war der Weg...
Kurz nach dem Mittagläuten kamen sie an den Häusern eines kleinen, stillen Dorfes vorbei.
Die Menschen saßen bei Tisch, und die Türen waren geschlossen.
Vor der Kuchenauslage eines Bäckers blieben sie stehn, und während Maria wartete, ging Josef hinein; die Ladenglocke klöterte schnurrig, wie ein Groschen in einem Topf, über die Stille des Schnees, und Geruch von gebratenem Hering drang Josef entgegen. Eine noch junge Frau, die schwanger war, kam mit vollen Backen nach vorne, ein Kind auf dem Arm und ein zweites an der Schürze. Sie gab Josef die fünf Safrankuchen, die er verlangte, und da sie dachte, daß seine Kiste eine Orgel wäre, sagte sie: »Es wird mit Eurer Musik hier morgen nicht viel zu verdienen

sein.« Aber Josef setzte ihr auseinander, daß sie nach Bethlehem gingen, um sich schätzen zu lassen. Und da war die Frau voller Mitleiden, weil sie den Zustand Marias sah, in dem auch sie sich befand, und an die lange Reise und die beschwerlichen Wege dachte, und Tränen kamen ihr in die Augen. »Hier«, sagte sie, »gebt das Eurer Frau, es wird ihr guttun!« Und aus einem Drahtkorb nahm sie ein paar Eier und legte sie vorsichtig in Josefs große Hände.
»Ich will sie bezahlen«, sagte Josef, »wir sind keine Bettler.«
»Es ist um der Liebe Gottes willen«, sagte die junge Frau. Und lange blieb sie stehn und sah ihnen gerührt nach, bis sie an der Ecke verschwanden, wo die Kirche stand...

Vor den blinden Mauern der Schule setzten sie sich auf alte Baumstämme, die dort lagen; Josef klopfte in eines der Eier, die sie geschenkt bekommen hatten, ein Loch, und Maria schlürfte es aus; das andere barg er in der Reisekiste. Und dann aßen sie Safrankuchen und tranken aus einer Blechflasche kalten Kaffee.
Sie wollten in die Kirche gehn, um zu beten, aber die Türen waren geschlossen, und da sind sie denn nur weitergegangen, die lange, gerade Landstraße entlang, unter hohen Pappeln.
Wo ein hölzerner Wegweiser unter einer Schneehaube sich vornüberneigte, schlugen sie einen anderen Weg ein, der auf ein zugefrorenes Flüßlein hinlief; lange folgten sie dem schmalen Deich, und sie gingen hintereinander, Josef voraus und Maria hinterher.
Aber an einem Pflock, der zum Festmachen der Schiffe

diente, mußte Maria vor Müdigkeit sitzen bleiben. – Josef blieb bei ihr stehn und tröstete sie mit süßen Kinderworten: sie würden bald auf gute Wege kommen und würden gewiß ein Fuhrwerk treffen, daß sie mitnehmen könnte.

»Laß uns dann dahinten über die Brücke gehn und dem Feldweg folgen; in einer Stunde sind wir auf der großen Landstraße.« Und er wies auf die fernen Bäume, wo ein Dorf lag und auf überschwemmten Wiesen sich Schlittschuhläufer tummelten. Josef kannte all diese Wege wie seine Tasche, von damals, als er noch jung war und aus der Kempener Heide, wo er sein Handwerk ausübte, zweimal im Jahr seine Eltern in Flandern besuchte. Mit einem Seufzer stand Maria auf, sie gingen über die Brücke und den Feldweg entlang, der durch kleine Wäldchen lief. Als sie wieder aufs offene Land kamen, zwischen Rohr und Ried, sah Josef nicht ohne Besorgnis, wie im Norden eine dunkle Wolkenmasse rasch heraufstieg.

Das Dorf zeichnete sich eine Weile rot und weiß dagegen ab. Ein starker Wind lief flach über der Erde dem Drohen der Wolken vorauf und wirbelte den Schnee hoch in die Luft; die Bäume ächzten und knurrten, das fahle Schilf seufzte und stöhnte, und die Luft rauschte und sauste wie das Kleid einer laufenden Frau; der Wind riß Marias

Mantel zurück und ließ Josefs Rockschöße flattern. Sie schnappten mühsam nach Luft und gingen aneinandergepreßt gegen den Wind an. Das ferne Dorf verstäubte im Schneesturm, und da die Sonne von Wolken verdeckt ward, färbte sich plötzlich der andrängende Wolkenkoloß aus lauter Bleigrau zu feinem Aschblau; man sah deutlich die Schneemassen aus den Wolken herauswedeln, wie wehende Pferdeschwänze, und mit einemmal umwirbelten und umhüllten dicke Schneebänder Josef und Maria. Und sie wurden unsichtbar in der weiten Fläche, wie die Bäume und das Ried, und es war nun nichts mehr da als Schnee und wiederum Schnee, der dahinjagte auf einem pfeifenden Wind und das Antlitz der Welt verhüllte.
Aber Maria und Josef, gestützt auf den Wind, bohrten und wühlten sich durch die Gewalt der Luft vorwärts, denn was sollte geschehen, wenn Maria nun auf einmal gebären mußte...
Und so stapften sie unverwandt, mühsam weiter über das dürre Ried und die glatten, überfrorenen Tümpel; der Schnee ballte sich vorn auf ihrem Leib zu einem dicken Klumpen.
»Ich werde so müde!...« klagte Maria, nachdem sie lange Geduld gehabt. »Ich zittere, und mir prickeln die Hände.«
Josefs Gesicht verfinsterte sich; er wollte rings sich umsehen, um einen Schlupfwinkel ausfindig zu machen, aber eine Handvoll Schneeflocken schlugen ihm in die Augen.
»Wir werden einschneien«, sagte Maria voller Angst. »Josef, mir wird so bange...« Sie drückte sich fester an ihn und suchte seine Hände. Aber Josef schritt immer nur eigensinnig vorwärts, aufs Geratewohl, tief atemholend vor Erregung, mit zitternden Nasenflügeln.
»Hier muß doch irgendwo ein Haus sein!« murmelte er verzweifelt.
»Vielleicht abgebrannt«, sagte Maria.

Der Schreck wogte in ihrem Herzen, unaufhörlich, wie ein brausendes Wasser, und in Gottes Namen drückten sie sich vorwärts durch Schnee und Wind.

Doch plötzlich liefen sie geradenwegs auf eine gewaltig dicke, hohe Buche zu, die unten bis zu Manneshöhe hohl war.

»Wir sind gerettet«, seufzte Josef und trug Maria in die Höhlung.

Eine unendliche Freude durchdrang ihre Herzen. Hier waren sie trocken und aus dem Wind heraus, und hier konnten sie bequem und ruhig warten, bis der Schneesturm aufhörte. Es war ein großer Raum in dem hohlen Baum, der wohl einst einem frommen Eremiten als Wohnung gedient hatte, wie man an den ins Holz geschnittenen heiligen Sprüchen sah und an den Haken an den Wänden. Etwa drei Meter hoch war ein Loch, über dem draußen ein verfaulter Bienenkorb hing, der gewiß als Rauchfang gedient hatte, wenn der Einsiedler hier bei Winterwetter ein Feuerlein brannte. Schwarzverkohlte Flecken im Holz zeugten noch davon.

Nun war der Boden feucht, und rotgefleckte Pilze wuchsen darauf.

Maria setzte sich nieder auf Josefs Kiste und Josef neben sie; er nahm ihre Hände, und da er fühlte, daß sie wie Eisklumpen waren, führte er sie an seinen Mund und erwärmte sie mit seinem Atem.

Und der Baum, der hohle Baum, ächzte im Winde; es war, als ob wunderliche Wesen in seiner Krone säßen und gellten oder tief sängen wie trunkene Weiber.

Aber der Schneesturm ließ nicht nach; neue Wolkenmassen stiegen immer wieder in der Ferne auf, und immer neuer Schnee strich flach und wild über das Land hin.

Und also kam der frühe Abend, so daß sie hier übernachten mußten.

Mit einem hohlen Seufzer entzündete Josef eine Hornlaterne, hängte seinen Mantel vor die Öffnung und sagte, sich zu Maria setzend: »Wir wollen hier übernachten.« Maria nickte ergeben; sie war beruhigt, denn in dieser Nacht würde sie nicht gebären müssen; und vor Kälte zitternd drückte sie sich fester an Josef, legte ihren Kopf auf seine Schulter, und müde und ermattet vom vielen Gehen schloß sie die Augen und schlief ruhig ein wie ein Kind.

Josef fragte noch: »Willst du nicht erst etwas essen, Maria?« Aber sie war schon fest und tief im Schlaf und hörte es nicht mehr. Josef saß in dem braunen Licht der Laterne und dachte an die langsame, beschwerliche Reise, wie Maria nun in der Fremde gebären würde, wie wenig Geld da war, und was für ein großes Glück es hätte sein können, wenn das Kind in ihrem Häuslein geboren wäre bei einem knisternden Feuer.

Hoch über ihnen gewahrte er drei Fledermäuse, die in ihrem Winterschlaf hingen, und noch höher begann eine Eule zu schreien. Um das Öl zu sparen, drehte Josef das Licht aus, und dann begann er zu beten.

Bevor der Tag in die Luft kam, waren sie schon auf dem Weg. Der Schnee lag fest und dick auf der Erde, und es war eine wahre Hundearbeit, sich einen Weg hindurchzubahnen.

Der Morgen erhob sich träge aus seinem Bett mit einem roten, kalten Gesicht, das lange den Schnee rötete, aber zuletzt überzog den Himmel eine dünne grünblaue Färbung, und Wölkchen hingen darin, die sich nicht regten. Es schien ein schöner Tag zu werden und heiteres Wetter, aber durchzogen von einer Kälte, die den Speichel auf den Lippen zum Frieren brachte.

Heute war die Schätzung im ganzen Land, und wer zu

spät kam, wurde gehörig bestraft; war der Tag zu Ende, so schloß man die Bücher zu und ließ die Leute stehen.

Das wußten Josef und Maria nur allzugut, und darum beeilten sie sich auch sehr, denn durch den Schneesturm von gestern war viel schöne Zeit verlorengegangen, und Bethlehem war noch fern, der Schnee lag hoch, die Kälte war schneidend, und das Land begann sich zu heben und zu senken. Aber Hoffnung leuchtete in ihren Augen, weil es endlich der letzte Tag ihrer Reise war.

Doch was zu erwarten war, kam: »Ich bin müde«, seufzte Maria und setzte sich nieder auf den Rand einer steinernen Brücke. Hoffnungsvoll erhob Josef seinen Mispelstock zu einem heranklingenden Schlitten, aber der war vollgepfropft mit lachenden, blühenden Kindern, mit einem dicken Vater und einer behäbigen Mutter und fuhr schnell vorbei. »Es ist kein Platz mehr!« rief der Pächter ihnen freundlich zu.

Josef ließ die Arme hängen.

»Komm«, sagte er nach langer Pause, »wir wollen nur die Feldwege entlanggehn, das ist viel kürzer. Habe Mut, es ist der letzte Tag, und daß Gott uns helfen wird, das ist mir so sicher wie ich weiß nicht was. Komm, zieh meine Handschuhe an, dann frierst du nicht an den Händen.« Und sie gingen die Feldwege entlang.

Ferne Dörfer, die auf sanften, weißen Hügeln lagen, hallten wider von Musik, und es war Freude im ganzen Lande trotz der trüben, bewegten Zeit.

Sie mußten einen steilen Hügel hinauf. Josef zog Maria hinter sich her, und sie gingen langsam und keuchten sehr.

Und als sie endlich nach oben kamen, brach Maria in Schluchzen aus, und ganz erschöpft sagte sie: »Josef... lieber Josef... ich kann nicht mehr.« Und sie sank auf die Knie in den Schnee und weinte in ihre mageren Hände.

Josef schüttelte den Kopf und mußte sich auf die Lippen beißen vor Verzweiflung, die in ihm aufstieg. Er erkannte die Gegend nicht mehr und stand auf verkehrten Wegen. War nun all dieser Schnee und all dieses Weiß schuld daran? Er konnte es nicht zusammenreimen... Gab es denn wirklich niemanden auf der ganzen Welt, der eine Hand ausstrecken wollte, um ihre bittere Not zu lindern? Waren sie denn von Gott und von den Menschen verstoßen? Nein, das war nicht möglich! Josef konnte es aus seinen frommen Gedanken nicht wegdeuteln, daß irgendwo etwas mit Freuden bereit war, ihnen zu helfen. Aber wo war es?

Und in seinem großen Gottvertrauen sah er suchend über das Land. Unter ihnen, zwischen zwei Hügeln, lag ein Wäldchen; er sah über die Baumkronen hin, und auf dem anderen Hügel blinkte neben einer stillstehenden Mühle ein sauberes Müllerhäuschen mit rauchendem Schornstein.

Josef überkam eine kindliche Freude. Dort wohnten Menschen, diese Menschen mußten ihnen helfen.

»Maria«, sagte Josef, wieder Mut schöpfend, »wart hier ein wenig, dort hinten steht ein Haus, da will ich um Hilfe bitten. Ich komme gleich zurück; setz dich nur auf die Kiste.« Und nachdem Maria sich gesetzt und er dazu noch seinen Schal um ihren Hals gewickelt hatte, stieg er hinab in den Wald.

Es war kalt dort und still, und ein roter Fuchs mit einem Vogel in der Schnauze schlich hinter dem Gesträuch.

Maria konnte Josef noch lange von dort oben nachblikken, und als er hinten auf der Höhe war und der Wald

wieder in der Tiefe lag, sah er sich um und schwenkte seinen Stock zu Maria hin, die auf dem anderen Hügel in ihrem blauen Mantel ein kleines Pünktlein war im Schnee. Dann ging er gerade auf das Müllerhaus zu, aber bevor er klopfen konnte, öffnete ein kleines, graues, bewegliches Männlein die Tür und fragte, zu Maria hinüberzeigend: »He, Mann, ist das dahinten Eure Frau?«
Josef erzählte ihm von seiner traurigen Reise und von Marias Zustand. Der graue, weißbestäubte Müller klopfte sein Pfeifchen aus und sagte mit singender Stimme: »Zum ersten, lieber Freund, habt Ihr einen völlig verkehrten Weg eingeschlagen, denn Bethlehem liegt dahinten nach Süden zu, und nun müßt Ihr zurück auf die große Straße, und zum andern wird es Euch wundern, daß ich noch hier bin, weil alle Welt unterwegs zur Schätzung ist; aber ich bin Holländer und unterstehe nicht den Gesetzen Eures Königs. Gott sei Dank! Aber gern will ich Euch helfen! Seht, ich habe in meinem Stall noch ein Eselchen stehn, das so freundlich sein wird, Euer Weib nach Bethlehem zu tragen, und wenn Ihr wiederkommt – das wird vielleicht lange dauern, da, wie Ihr sagt, die Niederkunft Eurer Frau nahe bevorsteht – und wenn Ihr wiederkommt, sage ich, dann gebt Ihr es mir zurück. Ich habe Zeit und kann warten. Ruft nun Eure Frau und kommt herein!« Freude und Dankbarkeit flossen in gebrochenen Worten von Josefs Lippen, und er schüttelte die warme Hand des guten Müllers. Und nachdem Josef Maria geholt hatte und sich an dem Mechelner Ofen gewärmt und ein Gläschen Kognak getrunken hatte (Maria eine Tasse heißen Kaffee), holte der Müller den Esel aus dem Stall. Das dumme, gute Tier ließ Maria sich auf seinen Rücken setzen, und nachdem Josef und Maria dem Müller noch wiederholt gedankt und ihm einen guten Tag gewünscht hatten, zogen sie den Hügel hinab.

»Immer geradeaus! Und dann die große Straße!« rief das Männlein ihnen noch nach. »Ihr könnt nicht fehlgehn. Gute Reise, und der Meister da oben sei mit euch!«
Der Esel war willig und trippelte Hügel auf, Hügel ab, und Josef lief voran mit einem Lachen in seinem roten Gesicht.
»Siehst du wohl, Maria, ich habs richtig gemacht«, sagte er stolz, und Maria nickte ihm von ihrem Eselchen dankbar zu.
Und gegen drei Uhr, als die Sonne glanzlos, schwergelb in einem violetten Nebel hinter die Bäume sank, sahen sie hinten zwischen den Hügeln tief im Tal das kleine Bethlehem im Schnee und hörten Musik und Gesang.
»Wir sind da!« jauchzte Josef.
»Heute werde ich gebären«, sagte Maria.

Aneinandergepreßt, wühlend und mit Knien und Ellenbogen drängend, standen die Menschen auf der Treppe des grauen Rathauses, wo man auch Bier und Schinken verkaufte. Die Schätzung ging langsam voran, und bisweilen gab es Gemurr und Gemurmel, das plötzlich still wurde, wenn ein Soldat seinen Kopf durchs Fenster steckte.
Josef und Maria blieben, geduldig wie sie waren, beiseite stehen; sie warteten, bis die Leute weniger wurden, und wärmten unterdessen ihre Hände über einem flackernden Feuer, um das herum noch andere Menschen standen, die über die bewegten Zeiten sprachen.
Der Esel, der an einem Weidenstumpf beim hölzernen Brunnen festgebunden war, suchte unter dem Schnee nach Moos und Grün, und Hühner und Sperlinge pickten in dem, was er fallen ließ.
Während Maria und Josef horchten, blickten sie mißvergnügt auf das Gewühl der Menge, die wie farbige Flecken gegen den weißen Schnee sich abhob. Es war ein bun-

tes Gewimmel von Sonntagskleidern, hellen indischen Schals in verschiedenen Farben und Mänteln und Hosen von allerlei Schnitt und Maß.

Es war ein Gedränge rings um die blauen Schmalz- und Pfannkuchenbuden, die bei der Kirche und beim Mühlenberg ihren lauen Duft verbreiteten, und in den gerammelt vollen Bauernhütten, die für diese Gelegenheit in Wirtschaften umgewandelt waren, gab es Gesang und Lärm. Der Verkehr übertraf jede Erwartung, und immer noch kamen Schlitten mit Biertonnen und mit Eßwaren die Hügel herabgefahren.

Man konnte daraus erkennen, daß Bethlehem die Wiege vieler Geschlechter war und früher eine ansehnliche Gemeinde gewesen sein mußte, aber durch verheerende Kriege von Spaniern und Franzosen war es ein bedeutungsloser Flecken geworden. Das in Trümmern liegende Schloß nahe beim Dorfe zeugte davon.

Aber da drängten sich taumelnd Betrunkene Arm in Arm über den Platz, gefolgt von kleinen Tunichtguten, die sie geschickt mit Schneebällen zu treffen wußten. Als aus Versehen ein Schneeball in eins der Fenster des Rathauses flog, stoben die Kinder auseinander wie die Sperlinge, und in der wartenden Menge auf der Treppe gab es ein lustiges Lachen und großes Gedränge.

In Marias Nähe saß ein behaarter Bettler, umhangen von vielen Skapulieren; er zeigte ein nacktes, verstümmeltes Bein und plapperte eine laute Litanei von Jeremiaden.

Etwas weiter stand gegen einen Baum ein Blinder, und an

den Türen der Kirche, durch die das Volk ein- und ausströmte, saßen die Bettler und Krüppel zusammengepappt mit schiefen Mäulern und ausgestreckten Händen. Für die Jugend gab es da Schaukeln, ein Kasperletheater und ein Karussell; ein einarmiger Mensch drehte, um den Ritt ein wenig lustiger zu machen, eine Orgel, aber immer hintereinander dieselbe Melodie:

Kehre wieder, Rieslein, Rieslein,
Kehre wieder,
Rieserich![1]

Und es war da ein Weiblein, das mit geschlossenen Augen rief: »Immer noch drei Apfelsinen für fünf Cents«, und an den Anker-, Sonne- und Mond-Tischen[2] standen Männer, und man sah erstaunte Gesichter bei einem tanzenden Bären, einem Stelzenläufer und anderen Jahrmarktskünstlern. Aber die meisten Menschen umdrängten einen Bänkelsänger, der, begleitet von einem Dudelsackspieler, den Mord an dem Pastor von Nijlen besang und mit einem Stock auf einer von ihm selbst bemalten Leinwand Mord und Totschlag zeigte, – bis auf einmal alles Volk weglief

1 In vielen Städten Flanderns besteht noch der alte Brauch, auf der Kirmes einen Riesen-Umzug zu veranstalten. In Duinkerke sind die Riesen, drei an der Zahl, der Vater mit zwei Kindern. Das Riesen-Fest wird besonders in Dendermonde noch gefeiert, wo die Riesen niemand anders sind als die vier Haimonskinder, die auf dem Roß Beiaard sitzen. Nur das Roß ist künstlich, es stammt aus dem Mittelalter. Die vier Haimonskinder werden einer angesehenen Familie der Stadt entnommen. Das Riesenlied ist in Wetteren noch lebendig und wird hier nach einer eintönigen Melodie immer wiederholt mit dem Kehrreim:
Keere weerom, Reuske, Reuske, / Keere weerom, Reuzegom.
Der Übersetzer

2 Eine Glücksspielbude

zur »Pfanne«, aus der zwei Kampfhähne herausgetaumelt kamen und zu vieler Ergötzen und zum Schreck der Frauen einander blaue Augen und blutige Nasen schlugen.
Berittene Soldaten machten dem Streit ein Ende, und von neuem begannen die Orgel sich zu drehen, das Weiblein zu rufen und die Bettler zu klagen. Aber der Abend, der aschgrau herniederkam, entzündete die Lampen in den Wirtschaften; Krähen umflogen kreischend die verfallenen Türme des Schlosses, ein Stern blinkte in der dunklen Luft, und vor dem Rathaus wurde eine Fackel angesteckt, die ein rotes Licht verbreitete und den Menschen lange Schatten anhängte. Das Kasperletheater machte Schluß, das Karussell auch, und das Volk zog über die Hügel heimwärts, aber der Bänkelsänger verkaufte weiter im qualmenden Fackellicht seine Stimme, und die hohen Bäume, um die herum Pferde und Schlitten standen, trugen geheimnisvoll den tanzenden Schein in ihren beschneiten Zweigen.
Die Andacht war aus, und der Ortspfarrer, ein Baum von einem Menschen, der mit zwei braunen Patern seinem Hause zueilte, nickte Maria wie einer guten alten Bekannten freundlich zu.
Nun begannen die Menschen beim Rathaus weniger zu werden. Das Feuer war schon lange ausgelöscht, und Josef und Maria standen noch allein da. Sie gingen auch die Treppe hinauf, und nach einem alten Kerl, der seinen Namen nicht schreiben konnte und dafür ein Kreuz hinsetzte, waren Josef und Maria die letzten.
Ein wohlbeleibter, in Pelze gewickelter Schreiber, der einen großen Krug Bier vor sich hatte, rieb sich befriedigt die fetten Hände, weil die Arbeit nun endlich getan war. Er kam dadurch in gute Laune; nun konnte er auch einmal in der »Taube« in aller Gemütsruhe sein Schöppchen

trinken. Als Josef seine Papiere vorzeigte und der Schreiber sah, daß beide aus dem edlen Geschlechte Davids stammten, war er verblüfft, schmeichelte und warf mit Süßigkeiten, um ein Trinkgeld zu ergattern. Aber als er sah, daß sie die Hände in der Tasche behielten, und gewahr wurde, daß es arme Leute waren, da rief er einem anderen Schreiber, einer Judennase, eine zweideutige Bemerkung zu über Marias Schwangerschaft.

Als Josef unterzeichnet hatte, holten sie den Esel und gingen auf die Suche nach einer Schlafstätte. Zuerst versuchten sie es bei der Ausspannung »Zum goldenen Kamel«: man hatte es ihnen empfohlen, und es war billig dort. Aber ein Bauernlümmel mit einem großen Priem im Munde hielt den Eingang versperrt und sagte: »Es darf niemand mehr herein, es ist rappelvoll hier wie in einer Heringstonne, Boden wie Keller«, und hämisch fügte er hinzu: »Ihr habt dafür ja doch nicht Geld genug bei euch, geht nur zu den ›Drei Mohren‹, da ist niemand von wegen der kleinen Tierlein.«

Wenn sie nur eine Schlafstätte dort fanden, so war es gut genug, denn Josef hörte besorgt, wie Maria keuchte und stöhnte, und erriert, daß die Niederkunft ganz nahe bevorstünde. In den »Drei Mohren« sah man beinah nichts vor Tabaksqualm, und während Maria draußen mit dem Esel wartete, schob sich Josef durch die saufenden und lärmenden Gäste hindurch. Als er die verblühte Wirtin, die mit schweren Bierkrügen aus dem Keller kam, fragte, ob kein Bett mehr frei wäre für seine Frau, die jeden Augenblick gebären könnte, fuhr sie ihn barsch an, ob man wohl dächte, daß es bei ihr ein Krankenhaus wäre. »Geht nur zum ›Goldenen Kamel‹, da legen sie sogar die Hunde ins Bett.« Und sie lief weg und ließ Josef bestürzt stehn und gucken.

In einem andern Gasthaus, genannt »Zum Paradiesapfel«, saßen *lose* Mädchen und Soldaten und allerhand Gesindel und sangen schmutzige Lieder, und als sie in der offenen Tür hinter Josef die schwangere Maria sahen, riefen sie häßliche Dinge, so daß Josef, ohne zu fragen, wieder hinausging.

Und so irrten sie von Herberge zu Herberge. Sie baten nur um ein einfaches Nachtlager, bei geringen Leuten, bei Bürgern und Ratsherren, aber überall wußte man ihnen freundlich oder gleichgültig zu sagen, daß jeder Fleck besetzt sei.

Groß wurde ihrer beider Kummer, ihre Angst und ihre Sorge. Mußte das Kindlein, das Maria so herrlich angekündigt war, nun im Schnee und unter freiem Himmel geboren werden?

Ach, all ihre Hoffnung, so blinkend und voll Versprechen wie der Mai, so jung wie ein Ostertag, wurde hinweggewehrt durch die Schlechtigkeit und die Gleichgültigkeit der Menschen. Und Maria betete so innig und entrückt zu dem Engel, der gekommen war, es ihr zu verkündigen, er möge nun auch für ihr Kind ein Plätzlein suchen.

Das Kirmesvolk im Fackelschein wurde lärmend und ausgelassen, und die platte Luft wuchs in der Dunkelheit. Eine Hoffnung blieb ihnen noch: der Ortspfarrer, der Maria eben so freundlich zugenickt hatte. Sein Haus stand hinter einem Gärtlein von krummen Apfelbäumen, und nachdem sie geklopft hatten, kam eine spindeldürre Magd mit einer Stülpnase, eine brennende Kerze in der Hand, vor das Schiebefensterchen. Mit lauernden Augen hörte sie Josefs Bitte an und ging dann den Pfarrer rufen. Der große Kerl öffnete leutselig die Tür, blies etwas Rauch aus seiner holländischen Pfeife und gab ihnen freundlich zu verstehn, daß absolut kein Platz da wäre, daß er ihnen sonst gern aus der Not geholfen hätte.

»Filmene«, befahl er der Magd, »gib den Leuten jedem ein dickes Butterbrot!« Er wünschte ihnen noch einen guten Abend und glücklichen Verlauf und entfernte sich dann. Josef hatte nicht den Mut, das Almosen zurückzuweisen, und das Mädchen steckte jedem ein dünnes Butterbrot, zu dem man sich die Butter denken mußte, in die Hand.
»Komm«, sagte Josef darauf gelassen, »wir wollen zu den Ruinen des Schlosses gehn, dort wird wohl ein Plätzchen sein. Wenn wir nur unter Dach sitzen! Ich werde da ein Feuer anmachen, – man kann doch nichts daran ändern...«
Aber im Schloß saßen die Bettler, Blinden und Krüppel bei einem Öllicht und tranken Bier und Branntwein, und der mit dem verstümmelten Bein und den Skapulieren tanzte lustig bei den Klängen einer Klarinette.

Als sie herauskamen, sahen sie flehend nach den Sternen in der Luft.
Aber ein Kind, das vorbeikam, einen Holzeimer im Arm, sah das, und da die Menschen ihn verließen und von sich stießen und Josef doch den Mut nicht verlor, fragte er das magere Mägdlein, das ebenso arm war wie sie, aber doch einfältig lachte unter seinem weißen Kopftuch: »Kleines, weißt du nicht ein Plätzchen, wo wir schlafen könnten? Und wärs nur so groß wie eine Schürze. Diese Frau ist krank...«
»O ja«, sagte das Kind, »dahinten über dem Wasser ist ein verlassener Stall, wo Bienenkörbe stehn, da ist es trocken, und da ist warmes Heu. Kommt, ich will ihn euch zeigen.«
Das Kind ging voran, und Josef und Maria folgten mit dem Esel. Sie gingen über das zugefrorene Wasser und

weit ins Feld hinein, wo sie im Schein der Laterne einen zusammengesunkenen Stall von Lehm fanden, tief im Schnee versteckt.

Josef dankte dem Kind, das ihn wieder einfältig, mit lachenden Augen ansah und dann auf einmal in schnellem Lauf nach dem Dorfe zu verschwand. Sie gingen in den Stall hinein und fanden zwölf Bienenkörbe dort stehn, etwas Heu auf der Raufe und Stroh auf dem Boden und an der Mauer verbrauchtes Gerät, als wie eine lahme Krippe, einen zerbrochenen Pflug, Tonnen, leere Säcke, einen Mühlstein, und wo früher drei Kühe gestanden hatten, lag nun Reisig und dürres Laub.

Es roch dumpfig dort und beklemmend, und große Spinnen flüchteten erschreckt aus dem Schein der Laterne.

»Hier wird es also geschehn«, sagte Maria trübselig, aber doch froh, weil ihr Kind nun ein Dach haben und warm liegen würde im Heu.

»Gott selber will es so«, sagte Josef und hing die Laterne an einen Balken, machte ein Bett von Heu und dürrem Laub und verstopfte die Löcher mit leeren Säcken. Aber durch die Löcher des Daches blickten die Sterne herein.

»Wie geht es nun?« fragte Josef voller Besorgtheit Maria, als sie sich ins weiche Heu niedergesetzt hatte, von dem der Esel sich gierig sein Teil nahm. Sie ergriff seine Hand und sah ihn liebevoll mit ihren schönen Augen an, die groß in ihrem mageren Gesicht lagen, denn all ihre Hoffnung blühte wieder auf; ihre Armut und die beschwerliche Reise und die Gleichgültigkeit der Menschen waren vergessen. Sie fühlte einzig nur wieder das angstvolle Glück, Mutter zu werden, und alles andere war fern von ihr; sie würde nun endlich ihr Kind sehen, ihr eigen Fleisch und Blut; es würde nun endlich das ihre werden, ganz allein das ihre. Und sie dankte Josef, weil er so gut und so voller Vertrauen gewesen war und ihr so

liebevoll geholfen hatte, mit dem einen Wort: »Liebster Josef!« Eine süße Müdigkeit brachte ihr den Schlaf.
Ihr wachsbleiches Köpfchen, das auf seinen Knien ruhte, streichelte er mit seinen Händen und war innig gerührt durch die Liebe Marias und erregt um der großen Stunde willen, die nahte.
Und draußen, im Frieden des Schnees, unter der Heiligkeit der Sterne, lag das Dorf, wo in der roten Glut der Fackeln die Sünde wühlte, und drüben, wie noch nie gesehn, fern hinter den schlafenden Hügeln, stand an dem ruhenden Himmel, tief in der nächtlichen Luft, groß und wie lebendes Silber in all ihrer Klarheit die erste Sichel des reifenden Mondes.

Weihnachten

Als all und jedes schlief und die ganze Welt in der nächtlichen Stille lag, als die Sterne allein wirkten, hoch und hell über der beschneiten Erde, saßen arme Hirten bei einem knisternden Feuer auf einem Hügel und hüteten ihre Herde.

Die vielen Schafe lagen ruhig und warm zusammengerollt unter dem eingedrückten Strohdach, das nach allen Seiten offen war und durch alle Windlöcher die Helle der Nacht hereinließ.

Ein paar Kühe lagen mit dummen Augen da und guckten nach nichts, etwas weiter brüllte ein weißer Ochse, und eine graue Ziege tat, als ob sie schliefe.

Von den Hirten, die die Wache hatten, während die anderen zwischen den fettigen, wollenen Schafleibern die Ruhe genossen, saßen vier neben dem Feuer bei einem Krug Bier und spielten Sechsundsechzig; jeder, der gewann, durfte einen Schluck von dem leckeren Oudenaarder Bier trinken.

An einen Pfosten des Schutzdaches gelehnt, stand der alte aufrechte Bienus, bis über die Ohren in seinen dreifachen Mantel von Ziegenfellen gewickelt, und strickte, emsig wie eine Frau, mit Holznadeln an einem Wollstrumpf. Auf dem Heuboden, in der Dunkelheit, saß einer und träumte auf seiner Geige. Sonst war es heimlich und still unter diesen einfachen Menschen, die nach Mist und Erde rochen, die tagaus, tagein mit ihren Tieren lebten und mit Leib und Seele verwachsen waren der friedlichen Stille der Felder und der Unendlichkeit des Himmels.

Das Feuer, das neben ihnen lustig knisterte und von einem spindeldürren Jungen (einem Kinde, das sie auf ihren Wanderungen hinter einem Holzhaufen gefunden hatten)

unterhalten wurde, legte eine warme, freundliche Helle über ihre haarigen, ungeschorenen Bauerngesichter, warf aber gespenstische Schatten auf den Schnee, wenn ihr Arm in die Höhe ging, um einen Trumpf ins Spiel zu schlagen. Die zwei schwarzen Schäferhunde genossen das Feuer mit und knurrten vor Behagen.
»Seht das Wetterleuchten!« rief der kleine stumpfnäsige Bucklige und wies mit einem zu langen Arm in die Richtung von Bethlehem.
Bienus sagte, ohne aufzusehn, mit Prophetenworten: »Es kann nicht wetterleuchten, der Himmel steht voller Sterne.« – »Ich hab es doch, mein ich, gesehn«, wagte der Bucklige zögernd Bienus zu entgegnen, der den Lauf der Sterne kannte, und fuhr geduldig fort, den Himmel abzusuchen, um noch einmal den wunderbaren Lichtschein zu entdecken. Die anderen wendeten ihre Aufmerksamkeit wieder auf das Spiel, und flüsternd ging es von neuem, gleichsam scheu vor der großen Stille der Nacht: »Schippenwenzel, ich passe, Herzas.« Eintönig und doch voll zarten Gefühls stieg der weiche Klang der Geige weiter hinauf in die Dunkelheit, bis auf einmal der schwarzäugige Junge rief: »Mutter, Mutter, der Himmel fällt ein!«

Sie alle sahen miteinander empor; der ganze Himmel kam in Bewegung, Millionen Sterne fielen aus der Luft und erleuchteten die Erde, als sei heller Tag, aber wie auf Verabredung hörte es plötzlich auf; der Große Bär, die Milchstraße, der Riese, sie waren wohl noch auf ihrem

Platz, aber in all seiner erhabenen Glorie stand da drüben ein ungeheuer großer Komet.
»Der Stern mit dem Schweif! Der Stern mit dem Schweif!« wurde erstaunt gerufen. Es fuhr ein Schauder durch diese schlichten Menschen hindurch, der Schreck fiel ihnen aufs Herz, die Karten entglitten ihren Händen, und die, welche schliefen, fuhren aus dem Schlaf auf, erhoben den Kopf über den Rücken der Schafe und liefen, von Furcht erfüllt, zu den andern.
Nur der da oben süß auf seiner Geige träumend saß, blieb dabei und lebte mit seiner Seele. Aber die andern standen mit zitternden Knien da und betrachteten das Himmelswunder, das seine Herrlichkeit über dem fernen dunklen Bethlehem in den Himmel reckte.

Dies war das zweite Mal in kurzer Zeit, daß der Stern sich so den Menschen zeigte: der Kopf von kreisendem, strahlendem, regenbogigem Feuer und der Schweif stolz aufgerichtet, voll wimmelnder Funken und breit zerfließend mit zarten Pfauenaugen, in der höchsten Höhe der Luft. Zum zweiten Male stand er da wie ein strahlender Verkündiger von Unglück und Tod, und all diese Menschen, einfältig von Gedanken, sahen einer in des andern Augen die Furcht. Bange, voller Demut, scharten sie sich um Bienus, der ihr Führer und ihr Berater war. Seine Stimme war ein Gebot; er war gelehrt, denn er konnte Bücher lesen und war erfahren in allen Geheimnissen der Schafe und der Bienen; er konnte Giftkräuter beschwören, kannte den Lauf der Sterne und wußte aus

Wasser-, Sonne- und Mondstand das Wetter für den folgenden Tag, bisweilen auch für eine ganze Jahreszeit, zu prophezeien.
Man sagte sogar, daß er den Wind zur Umkehr zwingen konnte, und viele Zauberer aus der Gegend, die mit dem »Schwarzen Raben« arbeiteten, waren neidisch auf ihn, weil er mehr konnte als sie und Kraft schöpfte aus den Worten Gottes und der Engel.
Voll hoher Ehrfurcht sahen die Hirten stets zu ihm auf, und nun, in diesem Augenblick, als von neuem der Stern mit dem Schweif ihr Herz mit Schreck erfüllte, erwarteten sie, vertrauend auf sein Wissen und seine Weisheit, Erklärung und Trost.
Ruhig, mit geschlossenen Lippen, stand er aufgerichtet da und betrachtete unverwandt mit seinen grauen, rotumränderten Augen die nächtliche Erscheinung. Man sah, daß er gewohnt war, über Flächen und Fernen zu schauen, seine Augen blickten gesenkt und gerade nach vorn wie die der Kamele. Es herrschte eine fragende Stille zu ihm hin, und mit seiner dürren, gelben Hand über den spärlichen Stoppelbart streichend, sagte er bedächtig: »Der Stern erscheint zum zweiten Mal; er kommt, uns etwas zu sagen; alle Sterne mit einem Schweif kommen, etwas zu sagen. Ich glaube, daß wir es heute noch erfahren werden.«
Zuerst war es nach diesen bestimmten Worten still, doch fragte dann der Bucklige, der auch Schafe kurieren konnte, sonst aber keine Geheimnisse wußte: »Wird es Krieg geben?«
»Oder kommt die Pest?« fragte eine zitternde, schmale Gestalt mit blassen, blauen Kinderaugen.
»Oder Hungersnot?« lispelte ein kleiner Dicksack, der noch Schlaf in den Augen hatte und Wolle im Haar.

»Geht die Welt vielleicht unter?« meinte zähneklappernd das Findelkind. Die Älteren schwiegen und ließen Bienus das Wort, der nach langem Nachdenken entschied: »Er steht zum zweiten Mal im Osten, er steht zum zweiten Mal über Bethlehem. Es ist derselbe Stern...«

»Und?« fragte der blasse Jüngling.

»Ich glaube, daß in Bethlehem große Dinge geschehen werden.«

»Schreckliche Dinge!« stammelte der Bucklige.

»Aber laß doch Bienus erst mal weiter nachdenken!« brüllte ein Riese von einem Kerl dem Männlein zu.

Und während Bienus mit all seinem Scharfsinn zu ergründen suchte, warum der Stern dort stand, redeten die andern aufgeregt weiter.

»Ich setze niemals wieder einen Fuß in dieses Teufelsnest«, sagte der kleine Dicksack.

»Wir täten am besten, nach Westen zu ziehn, zu den Dünen und zum Meer«, schlug ein Schwarzbärtiger vor.

»Da gibts kein Futter für die Schafe«, behauptete der Bucklige.

»Ich bleibe hier nicht«, sagte der Blasse.

»Nein, ich auch nicht, ich auch nicht«, riefen andere.

»Soll ich euch mal was sagen?« meinte ein kleines gelbbärtiges Männlein, so alt wie ein Steinbock. »Bethlehem ist eine schlechte Stadt, eine Stadt, reif für die Sündflut; es sitzt voll von schlechten Weibern, Säufern, Gaunern und Banditen. Es steht kaum noch ein Stein auf dem andern, und von Jahr zu Jahr wachsen da weniger Blätter auf den Bäumen; Hexen und...«

»Seht, der Stern wird heller!« riefen Stimmen.

»Er gibt so viel Licht wie der Mond!« nickte ein plattnäsiger Tropf, der bis dahin noch nichts gesagt hatte.

»Seht mal hinter mir den Schatten!« rief der Bucklige.

»Und«, fuhr das gelbbärtige Männlein fort, »daß Bethlehem eine verfluchte Stadt ist, das steht in alten Büchern geschrieben. Wir müssen uns auf das Schlimmste gefaßt machen.«

»Hört nur, was da heute erst passiert ist«, sagte der Riese voll Entrüstung: »Der Ludwig aus Gent, der mit seinem Planwagen hier vorbeifuhr, hat mit eigenen Augen gesehn, wie man einer Frau, die jeden Augenblick ein Kind kriegen konnte, die Tür wies. Niemand hat sie aufnehmen wollen, und da war ein alter Mann dabei mit einem Esel. Ist das nicht eine Schande? Ist das nicht viehisch? Ludwig hat nachher noch aus Mitleid darnach gesucht, hat sie aber im Menschengewühl nicht mehr gefunden.«

»Aber Ludwig hatte selbst tüchtig mitgefeiert«, lachte der Bucklige.

»Er ist doch eine gute Seele«, sagte der Riese.

»Wo mögen die armen Menschen nun sein?« fragte eine weiche Stimme.

»Ja, wo mögen sie sein?« dachten einige laut.

»Weiß der Himmel, ob sie nicht im Schnee umherirren!« sagte der blasse Jüngling.

»Ach, wenn sie doch hier nur vorbeikämen, wie würde das Kindlein es hier warm haben, inmitten unserer Schafe«, wünschte sich der Knabe.

Und während sie dachten und sprachen von jenen Menschen, die durch Schnee und Dunkelheit nach Hilfe suchten, sah Bienus immerfort, ohne zu blinzeln, nach dem lebenden Licht der Sterne, und der Klang der Geige, süß wie eine Frauenstimme, entschwebte immer noch in die Nacht.

»Es kräht ein Hahn!« rief einer.

»Hört, überall krähen Hähne!« riefen andere.

»Kinder! Kinder! Was wird nicht alles passieren!« rief

der Bucklige und fuhr sich mit den Fingern durchs Haar, »seht mal die Schafe an, sie sind alle zusammen aufgestanden und gucken mit ihren Köpfen nach Osten!«
»Laßt uns weggehen«, flehte der Junge, weiß wie der Tod, »ich bin so bange!«
Und darauf entstand eine weite Stille, in der die Geige klagte und der Stern heller aufleuchtete.
Würgender legte der Schreck sich um die Herzen der frommen Hirten, die schon lange fortgelaufen wären, tief ins Land hinein, hätte Bienus, der Sternendeuter, da nicht so ruhig und sicher gestanden.
»Ich höre Musik«, flüsterte der Dicksack.
»Das ist der Blinde«, sagte der von Natur streitlustige Bucklige.
»Nein, der Blinde ist es nicht«, widersprach der Dicke, »der Blinde ist es auch, aber da ist noch jemand anderes, der spielt, hoch in der Luft.«
Alle lauschten nun nach einer feinen Musik, die wie ein Tau über die Hügel träufelte; es waren kurze und lange Klänge, hier, dann dort, dann drüben, wie langsame Regentropfen, die jeder einen süßen Ton gaben, wenn sie die Bäume auf der Erde berührten.
»Laßt den Blinden schweigen!« sagte der Riese.
»Weiß er noch nicht, daß der Stern da ist?« fragte der blauäugige Junge.
»Wie kann er das wissen«, spottete der Bucklige, »er kann ja nicht sehen! Hört, er schweigt...! Da kommt er von der Leiter!« Große Füße suchten die Sprossen, und da kam ein linkischer, großer Mensch mit dicken Lippen und geschlossenen Lidern; er trug eine Geige unter dem Arm.
»Wer spielt da so schön?« fragte er.
»Der Stern mit dem Schweif ist wieder da«, sagte der Bucklige.

»Wo?« fragte der Blinde.
»Da drüben!« sagte der Bucklige, und in all seiner Angst wies er auf den herrlichen Stern.
»Wie kannst du nur dem Blinden etwas zeigen!« brummte der schwarze Riese. »Er steht über Bethlehem, Jodocus, und leuchtet uns wie der Mondschein.«
»Macht er diese schöne Musik?« fragte der Blinde verwundert.
Und wieder entstand eine furchtbare Stille, wie vor einem großen Unwetter; kein Schaf rührte sich, nicht einmal das Reisig knackte. Vor Schreck wurden ihre Gesichter fahl; ein jeder fühlte, daß etwas Gewaltiges im Anzug war, und aller Augen waren auf Bienus gerichtet, als wollten sie Hilfe und Beistand von ihm erflehen.
Und mit bebender Stimme, was noch niemals vorgekommen war, sprach er: »Freunde, etwas Großes bereitet sich vor, ich weiß nicht, was es ist, es kann das Ende der Welt bedeuten; aber laßt uns nicht bange sein, wir haben einen festen Glauben, und alles, was über uns kommen kann, geschieht um eines Besseren willen. Aber laßt uns nun knien und beten, denn meine Worte vermögen nichts und haben ihre Kraft verloren.«
Alle knieten nieder in den Schnee, aber vor Schreck konnte kein einziger beten, und zu nichts geworden, sich zusammenkrümmend, sich klein machend, erwarteten sie das Gewaltigste. Bienus indessen hatte doch noch den Mut, im Schein der verlöschenden Flammen aus einem fettigen Büchlein vorzulesen:
»Gott ist unsere Zuversicht und Stärke, eine Hilfe in den großen Nöten, die uns getroffen haben. Darum fürchten wir uns nicht, wenngleich die Welt unterginge und die Berge mitten ins Meer sänken, wenngleich das Meer wütete und wallte und von seinem Ungestüm die Berge einfielen.

Dennoch soll die Stadt Gottes fein lustig bleiben mit ihren Brünnlein, die die heiligen Wohnungen des Höchsten sind...

Die Heiden müssen verzagen und die Königreiche fallen; das Erdreich muß vergehen, wenn er sich hören läßt.

Der Herr Zebaoth ist mit uns; der Gott Jakobs ist unser Schutz.

Kommt her und beschauet die Werke des Herrn, der auf Erden solch Zerstören anrichtet, der den Kriegen steuert in aller Welt...

Seid stille und erkennet, daß ich Gott bin...«

Aus aller Munde ein Schrei, und plötzlich hoch vor ihnen ein strahlender Engel, von kreisenden Lichtkränzen in tausend Farben umflossen!

Der blasse Jüngling fiel hintenüber, das Buch entglitt Bienus' Hand, der kleine Dicksack schlug die Hände vor die Augen und der Bucklige seinen Hut. Einige liefen weg unter das Schutzdach, aber der Blinde lächelte; eine Kuh steckte ihren Kopf ins Stroh, eine andere begann vor Schreck ihr Wasser zu lassen, die Schäferhunde zitterten, den Schwanz zwischen den Beinen, die Ziege riß an ihrem Seil, um loszukommen, während die Schafe holterdiepolter! übereinander liefen.

Doch ein Lämmlein lief vom Muttereuter weg und fing an, fröhlich zu blöken an des Engels bloßen Füßen, dessen Nägel wie feingenarbte Meeresmuscheln waren.

All diese bebenden Männer waren umhängt von dem perlmutternen Licht, das von dem Engel kam, aus seinen wassergrünen Mantelfalten, aus seinen goldenen Haaren, dem himmelblauen Kleid und seinen zitternden Flammenflügeln.

Aber als der Engel gesagt hatte mit einer so tiefen, süß tönenden Stimme, daß sie mehr in ihren Herzen sang als aus des Engels Munde: »Fürchtet euch nicht! Denn siehe, ich verkündige euch große Freude, die allem Volk widerfahren wird«, sahen sie voll Demut zu ihm auf; es kam Ruhe unter die Tiere, und die einfältigen Menschen hörten bebend und mit klopfenden Herzen die gewaltige Kunde: daß heute der Heiland geboren war in Gestalt eines kleinen, unmündigen Kindleins, das sie drüben tief im Feld, bei Bethlehem, in Windeln gewickelt finden würden.

Und derweil sie den überherrlichen Engel in ihrer Bauernbewunderung anschauten und glückselig wurden bei dem Blick seiner funkelnden Augen, dem Duft seines Leibes und der sanften Gebärde seiner zierlichen Hände, tat sich der ganze Himmel auf und wurde der Raum eine Rose von strahlendem Engelgewimmel, und mächtig wie der Sturm, aber betäubend wie die Nachtigall in ihrer Liebeszeit, sang es bis weit hinein in die schwindelnde Tiefe von Engellicht: »Ehre sei Gott in der Höhe, Friede auf Erden den Menschen, die guten Willens sind!«

Säulen von Licht wandelten über die Welt, die Sterne machten große Kreise, es regnete Blumen und Vogelgesang, die Luft roch nach Mai und Paradiesen.

Und als die Erscheinung verschwunden war, standen wieder in ihrer heiligen Unbewegtheit die Sterne am Himmel, lag Schnee und Kälte über der Erde und thronte der Komet wie eine Säule huldigend über Bethlehem.

Die Hirten, von Rührung und Staunen ergriffen, sahen Bienus die Worte vom Munde ab.

Sein stoppelhaariges Kinn bebte, die Freude saß zitternd in seinen Händen, und überfließend von Glück jauchzte er: »Männer! Männer! Welche Gnade kommt über uns! Laßt uns gleich nach Bethlehem gehn, das Kindlein zu suchen ... daß mir jeder etwas mitnimmt für das Kind ... es kann nicht genug sein ... Das ist die Frau, der man die Türe gewiesen hat. O Freunde, was bedeutet es doch, daß der ganze Himmel für uns aufgeschlossen wird und Engel armen Hirten die erhabene Botschaft singen! Meine grauen Haare zittern vor Freude auf meinem Kopf! Macht Musik, nehmt eure Dudelsäcke, Klarinette und Geige, denn nun beginnt ein Fest über dem ganzen Erdreich. Seht, der Stern mit dem Schweif läßt seine Festfeder flattern in die Luft!«

Ein jeder kramte schon in seinem Eßbeutel oder in seinem Doppelsack, um etwas zu suchen, und der eine rief dem andern zu:

»Ich gebe zwei Schafpelze!«

»Ich einen Korb mit schönen Kartoffeln!«

»Ich den Ochsen!« rief Bienus, »zum Aufessen!«

»Ich eine geweihte Kerze, um das Unglück abzuhalten, und dazu noch zwei Pfund Pfefferkuchen!«

»Ich ein Lämmlein, um damit zu spielen«, rief das Findelkind.

»Ich Öl und Brot«, rief der gelbbärtige Alte, – und so fort.

»Wollen wir die andern Hirten von den Hügeln nicht rufen?« fragte der Bucklige, der unter seinem Arm einen geräucherten Schinken trug.

»Ja«, sagte Bienus.

Und nun begann der schwarze Riese auf einem Kuhhorn zu blasen, und durch die Stille der Nacht wandelte der Schall über die Berge und gab ein mattes Echo zurück. Von den jenseitigen Hügeln antwortete man mit demselben Hörnertuten, und alle Hügel sprachen...

Und nur von dem sanften Licht des herrlichen Kometen beschienen, zogen sie den Hügel hinab, beim Brummen des Dudelsacks und dem feinen Klang von Fiedel und Klarinette, fröhlich und ausgelassen, wie eine Kinderschar...

Aus den einsamen Hütten, an denen sie vorbeigingen, kamen Köpfe mit Schlafmützen hervor und riefen den Hirten zu: »Was ist los, daß ihr so lustig seid?«

Diese riefen verworren zurück: »Der Heiland ist geboren, der Engel hat es uns gesagt, darum scheint der Stern mit dem Schweif«, und singend und spielend eilten sie weiter.

»Wir gehn mit, wir gehn mit!«

Und in jeder Hütte, wo Frömmigkeit wohnte, warf die Frau ihren Rock um, der Mann fuhr mit den Beinen in die Hose, und die Kinder krochen aus ihrem Strohsack und baten, das schöne Kindlein auch sehn zu dürfen. Aber das Kindlein war arm, die Hirten hatten ihre Gaben, und sie nahmen auch mehr, als sie missen konnten: Eier, Butter, Schmalz, Tücher und anderes.

Und siehe! durch den stillen Schnee gingen Trüpplein von Menschen, Frauen in Kapuzenmänteln, Männer und Kinder, alle in derselben Richtung, nach dem Stern mit dem Schweif, der hoch und herrlich erstrahlte in der unendlichen Tiefe der Sternennacht.

Und um dieselbe Stunde, »da die Himmel Honig und Süßigkeit zu träufeln begannen«, kam Josef eilig aus der Lehmhütte gelaufen, in der einen Hand die Laterne, in der anderen eine Blechbüchse. Er ging auf die Suche nach Wasser, denn Maria war soeben wach geworden, und mit einem Zug verhaltenen Schmerzes hatte sie ängstlich geflüstert: »Josef, Josef!«

Darauf hatte er erschreckt gesagt: »Wart ein wenig, leg dich nur ins Heu, ich will Wasser holen!«, und dann war er hingelaufen.

Nun verdroß es ihn, daß er es nicht früher getan hatte,

aber Maria lag doch so süß und ruhig schlafend auf seinen Knien, daß er sie nicht hinzulegen wagte.

Auf gut Glück ging er nun Wasser suchen, da das Eis und der Schnee darüber die Wasserwege geschlossen und verborgen hatten.

Doch es war ein Lachen auf seinem Gesicht, denn nun war endlich die langerwartete Stunde nahe, die das Kindlein zur Welt bringen sollte; und hastig, voll Sorge, aber mit Liebe und Freude bei solchem Werk, suchte er emsig in der Runde. Seine Laterne leuchtete ihm vorauf, aber alles war Schnee, drei Fuß dick. Er hörte, wie in der Stille der Schnee unter seinen Schritten knirschte, und er hatte Angst, daß er kein Wasser finden würde.

Als er schon weit gelaufen war und seine Laterne die Stämme einer schwankenden Weidenreihe beleuchtete, hörte er seine benagelten Schuhe hohl widerhallen.

Er stand auf Eis! Und sogleich hing er seine Laterne an einen Ast, strich den Schnee mit den Händen weg, und als er an die kühle Glätte des Eises kam, begann er mit seinen schweren Schuhen zu stampfen, um ein Loch hineinzukriegen. Das Eis krachte und barst weithin, aber ein Loch wollte nicht kommen. Der Schweiß tropfte ihm von dem Bart, er sah sich rings um, ob ihm nicht irgend etwas helfen konnte, aber alle Dinge waren düster und der Schnee war das einzige Licht der Nacht.

Was für eine harte Mühe um eine Büchse simplen Wassers!

Aber da drüben lag seine Frau in den Wehen des Gebärens, da drüben war vielleicht schon ein Kindlein geboren, das gewaschen werden mußte, und aufgerüttelt begann er von neuem zu stoßen und zu stampfen. Aber in jenen Tagen waren die Winter wie von Eisen und Stahl.

Zu guter Letzt nahm er sein Dolchmesser und fing an, hartnäckig hineinzuhauen, so daß die Splitter ringsumher flogen, aber das Eis war dicker als sein Messer.
Er seufzte, als er sah, daß alles umsonst war, und wurde traurig. Doch lag da nicht eine gebrochene Weide über dem Graben? Die würde ihm helfen und nützen! Und mit beiden Armen hob er mühsam den Baumstamm auf die Schulter, fast brach er darunter zusammen, er keuchte und pustete, und es wurde ihm rot vor den Augen, aber die Liebe zu seiner Frau und zu dem Kinde gab ihm Kraft und Ausdauer. Er trug ihn zu dem geborstenen Eis und ließ ihn dann in all seiner Schwere niedersausen. Bums! ein kurzes Knacken und Brechen, und da blinkte das schwarze Wasser, und in ihm spiegelten sich die nächtlichen Sterne! Schnell tauchte er die Blechbüchse in das beißend kalte Wasser, und als sie glucksend vollgelaufen war, eilte Josef zurück die Fußstapfen entlang, die er soeben im Schnee gelassen hatte...
Als er die Türe öffnete, hörte er die Bienen in ihren Körben singen; aber wie erschrak er, als das Laternenlicht gerade auf Maria fiel, die niedergekniet mit aufgelöstem Haar und in abendblauem Kleid Tränen weinte auf ein schreiendes, rotes, blumig nacktes Kindlein, das sie zärtlich an ihre Brust drückte!

Josef zitterten die Knie, ein triumphierendes Lachen hing in seinem Bart; und als Maria Josef bemerkte, zeigte sie ihm im Überschwang erster mütterlicher Freude das zappelnde kleine Wesen und jubelte in der Verzückung ihrer großen Begnadung: »O Josef! Josef! Meine Seele schmilzt von Glück, ich ertrinke im Glück, denn hier ist mein Fleisch und Blut, in das Gott sein Licht gelegt hat, ich bin die Tür, durch die Gott auf die Erde kommt, ich bin das Horn, aus dem der Himmel seinen Überfluß ausschüttet, ich bin der Baum, woran der Heilige Geist seine köstliche Frucht hat reifen lassen! Und ach, ich bin so klein und nichtig und gar so unwert. Sieh, Josef, hier ist das Meer aus einem Regentröpflein gekommen, der Bräutigam aus seiner Kammer, der schöne Sang aus der Laute, der ganze Frühling aus einer Handvoll Erde! Ach, es taut Seligkeiten um mich herum, meine Finger triefen von Gnade!«

Und sie beugte sich wieder über das Kind, das allein das ihre war, dessen Mutter sie war, ein Teil ihres Leibes, ein Stück ihrer Seele.

Sie selbst war nun nichts mehr, ihr eigenes Ich war ganz aus ihr entflohn, all ihr Wohl und Wehe, ihr Leben und ihre Zukunft, – sie war alles in ihrem Kinde. Und sie drückte es an sich und fühlte zugleich die Macht und innerliche Stärke, allem zu widerstehen, um ihres Kindes willen. Die Jungfrau von gestern war Mutter geworden.

Josef stand da und schluchzte in sein rotes Taschentuch, aber das Kindlein begann jämmerlich zu weinen, und er warf alle Rührung von sich ab, denn das kleine Wesen litt vielleicht Kälte, Schmerz oder Hunger, er mußte seine Hände ausstrecken, um ihm zu helfen. Sogleich machte sich Josef ans Werk, um dem Kindlein sein Recht zu geben; er fachte mit etwas Reisig ein Feuer an und setzte die Blechbüchse in die rauchenden Flammen. Während das Wasser warm wurde, zog er die Krippe aus der Ecke, legte Stroh und Heu hinein, und darüber breitete er etwas Wäsche und Windeln, die er aus der Kiste nahm, und legte unter den zu kurzen Fuß der Krippe ein paar Steine.

»Komm, wir wollen es waschen, das Wasser dampft.«
Schnell begann Maria, geschickt, als hätte sie es immer schon getan, mit leichter Hand das zappelnde Knäblein zu waschen, und Josef, der ein Tuch am Feuer wärmte, sah mit Wohlgefallen zu und war stolz und froh, daß sie es so recht mütterlich tat.
Das warme Tuch tat dem Kleinen wohl. »Sieh, es lacht«, jauchzte Josef, »es lacht dir und mir zu! Ach, was für ein liebes Kindchen! Es wird schöne blaue Augen kriegen! Ach, ach...« Josef wußte seine Freude nicht in Worten auszudrücken, er stand nur lachend da und guckte, stammelte und genoß.
Maria gab dem Kinde dann die jungfräuliche Brust, und der laue Quell ihrer Milch strömte so reichlich in seinen Mund, daß er in einem Streifen über seine Bäcklein lief. Gesättigt ließ es die Brust los, rieb ein wenig mit seinen lieben Fäustchen in seinen nassen Augen und fiel dann in einen süßen Schlaf. Mit vier Händen wurde es vorsichtig in die Krippe gelegt, und als es da ruhig lag wie eine Blume und rundlich wie eine Wolke, das Gesicht noch naß von Tränen und Milch, da sahen sie einander an, Josef und Maria.
»Maria«, seufzte Josef, denn er fühlte, daß sie heilig war.
»Liebster Josef«, lispelte ihr Mund, und es war Josef, als dankte ihm der ganze Himmel für sein unermüdliches Sorgen, und sein Gemüt wallte auf, er nahm Marias Hände und drückte einen schnellen Kuß auf ihre wachsbleiche Stirn...
»Komm... wir wollen beten«, stotterte er, »denn es ist unsagbar schön.«
Sie knieten nieder ins Heu.
Die Bienen summten fort in ihren Körben, als ob der dumpfige Stall ein Blumengarten wäre, draußen krähten Hähne, und der gute Esel, der sich bei all diesem Hin-

und Hergelaufe erhoben hatte, kam auch einmal schauen, legte seinen Kopf über die Krippe, tat einen tiefen Seufzer und ließ dann seinen schweren warmen Atem über das Kindlein hingehen.
Das braune Laternenlicht brannte still, so still, als ob es auch voll großer, frommer Andacht wäre.
Leise wurde an die Tür geklopft.
Josef sah erschreckt und fragend Maria an, die sogleich aufstand und ihre Arme über das Kind breitete, um es zu beschützen. Ohne ein Wort zu sprechen, mit klopfendem Herzen öffnete Josef vorsichtig einen Spalt der Tür und gewahrte rauhe, gute Hirtenköpfe, Frauen in Mänteln und neugierige Kinder.
Einer mit rotumränderten Augen fragte: »Sind wir hier recht? Ist hier das Kindlein geboren? Ein Engel vom Himmel hat uns befohlen, es zu suchen.«
»Ja«, sagte Josef mit Stolz in der Stimme, »Ihr seid hier recht, aber es schläft«, und er legte seinen Zeigefinger an die Lippen; und sogleich ging es mahnend von Mund zu Mund: »Sst, sst, es schläft!«
Josef öffnete sperrweit die Tür und wies sie zu der Stelle, wo in sanftem Laternenlicht ein blasses, langhaariges Mägdlein ängstlich besorgt sich über ein Kind beugte.
Und behutsam, auf den Zehen schlichen sie einer nach dem andern in den Stall hinein; die Männer nahmen ihren Hut ab, wie in der Kirche. Alle scharten sich um die Krippe, worin zu ihrem anfänglichen Staunen ein ganz gewöhnliches Kindlein schlief; aber langsam kam, da sie des Engels gedachten, Freude über ihr Gesicht und Leuchten in ihre Augen; sie schoben sich gespannt näher heran, die Kinder drängten nach vorn, die Frauen wußten sich vor die Männer zu stellen, und wer zu weit hinten war, stellte sich auf ein Faß oder auf ein Bund Holz, um über die Köpfe hinwegsehn zu können.

Aber trotz so vieler Menschen war es still dort und heimlich, und bewundernd, erfüllt von Ehrfurcht und Frömmigkeit, sahen ihre Augen vom Kinde zu der Mutter und von der Mutter zum Kind. Der Blinde lächelte, als ob er etwas sähe. Maria war stolz und selig über all diese Verehrung für ihr Kind, und sie nickte ihnen zu wie alten Bekannten, und Josef stand im Hintergrund und rieb sich die Hände vor inniger Freude.

Bienus kniete, und alle folgten seinem Beispiel und falteten die Hände. Die Stille der Anbetung herrschte in dem Stall.

Ein altes Weiblein war die erste, die ihre vierkantigen Armlatten vorstreckte und ein Pfund Butter auf einem Kohlblatt zur Gabe brachte.

»Hier, Leute«, sagte sie, »um aufs Brot zu schmieren.«

Und nun beeilte sich ein jeder, das seinige zu spenden. Josef hatte Arbeit, aus Menschen- und Kinderhänden die Eier, das Fett, den Schinken, die Tücher, die Äpfel, den Ochsen, den Sirup in schönen Steintöpfen, die Milch in kupfernen Krügen und andere nützliche Dinge entgegenzunehmen.

Maria erschrak richtig darüber, aber als ein Flachskopf von einem Kind ihr einen Blumentopf mit hellroten, duftenden Geranien darbot, da stieg ihr die Rührung wie ein Krampf in die Kehle, und Tränen blinkten im Weiß ihrer Augen.

Von allen Seiten wurde nun von dem großen Himmelswunder erzählt, von dem schönen Engel und seinen Worten, von der ganzen singenden Erscheinung, von dem Kinde, das göttlich war und zu gewaltigen Dingen in der Welt bestimmt.

Maria hörte dies alles an und barg es wie einen Schatz in ihrem Herzen.

Die Frauen gerieten nun auch in ihr Element und fingen

an, Maria ihr Erstaunen auszudrücken über den guten, wunderbaren Verlauf, und sie gaben ihr Rat und sagten ihr Rezepte und Hausmittel, voll Zauberei und Aberglauben. Maria lauschte aufmerksam diesem verwirrten Gerede und fürchtete, daß sie nicht alles würde behalten können. Und derweil standen die Kinder mit roten Näslein um die Krippe herum und flüsterten untereinander, daß das Kindlein unter seinen Schulterchen Flügel hätte, daß ein Engel gekommen wäre, es in Schlaf zu wiegen, und daß es niemals sterben könnte und mit jeder Träne eine gläubige Seele erlöste.
Bei all diesem Hinundhergeschwätz wachte das kleine Wesen auf, und mit großen Augen, so blau wie Vergißmeinnicht, sah es all die Menschen eine Weile an und begann dann aus vollem Hals zu schreien.
»Oh, was für ein schönes Kind!« kam es bewundernd aus aller Mund, als diese sanften Traumaugen sichtbar wurden; doch Maria, beunruhigt wie alle jungen Mütter durch das erste Schreien des Kindes, dachte schon an Krankheit und Unglück und suchte es zum Schweigen zu bringen durch allersüßeste und besorgte Worte.
»Ihr braucht nicht bange zu sein«, tröstete eine blühende Frau, »mit Schreien werden sie groß, davon wachsen sie.«
Doch alles drehte sich um nach einem unterdrückten Schluchzen.
»Ach, es ist der Blinde«, sagte einer der Hirten zu Maria, »er ist betrübt, weil er das Kindlein nicht sehen kann.«
»Nein, darum ist es nicht«, schluchzte der blinde Jodocus, aus seiner Ecke hervorkommend, »denn ich habe Licht gesehen. Aber ihr alle könnt dem Kinde etwas schenken, doch Blinde haben nichts zu schenken. Ist das nicht traurig...? Ach, es schneidet mir wie mit Messern durchs Herz. Aber«, sagte er dann demütig flehend zu

Maria, »darf ich Euch ein schönes Liedlein spielen auf meiner Geige? Es ist das einzige, was ich geben kann, weil ich nichts anderes habe. Blinde sind auf der Welt, um zu empfangen.«
»Gewiß, bester Mann«, sagte Maria, und ein Zittern von Mitleid war in ihren Worten.
Es wurde still, ganz still; der Blinde lächelte noch etwas, und dann begann er die Saiten zu streichen mit einer edlen Gebärde. Sein rotes Gesicht wurde weiß vor Erregung, und aus seiner Geige floß ein Sang, der den Engeln von vorhin gestohlen schien. Der ganze Stall wurde davon erfüllt, das Kind schwieg, und all die Bauernköpfe, die beinah nie etwas anderes gehört hatten als die eintönige Musik in der Kirche oder eine Polka auf der Kirmes, wurden von seiner Reinheit erfüllt, und es kam etwas über sie, welches das Schönste war, was sie besaßen. Über diesen rauhen, ungeschorenen, armen Menschen strahlte der königliche Glanz ihrer Seele, und dem Blinden tropften die Tränen von den Backen.
Und als er fertig war und sein Bogen neben ihm hing, stand er wieder da und lächelte zu etwas hinauf.
»Ich hab das Kind gesehn«, schluchzte er, »ich hab es gesehn! Ach, es ist so herrlich und so schön!«

Weit weg erklang noch die fröhliche Musik und der Lärm der Hirten.
Es war nun wieder still im Stall; und voller Dankbarkeit wollte Josef sogleich von den guten Gaben genießen, und darum hatte er die geweihte Kerze angezündet, die süß leuchtete auf ihrem gelbwächsernen, zarten Stengel, und hatte den Blumentopf zu Füßen des Kindes gesetzt.
»Wollen wir nun nicht etwas essen?« fragte Josef.
Aber Maria lachte ihrem Kinde zu, drückte Küsse auf

seine Wangen und hatte Hunger, Kälte und alles vergessen, verloren in ihrem Kind.
Und Josef, als ahnte er etwas hinter diesem Glück, betete still für sich: »Erbarme Dich ihrer, o Herr! erbarme Dich ihrer!«

Die Darstellung

Eine drückende Schwüle, die aus dem graugelben Himmel niedersank, ließ über Gent, dem Jerusalem von Flandern, den Schnee auf den Dächern und Straßen schmelzen. Und der Schnee, der gestern die alte Stadt noch so freundlich, still und gemütlich gemacht, tropfte und leckte nun von den Dachrinnen, klatschte und platschte auf die Steine und kollerte in den Röhren. Es tröpfelte von den Giebeltreppchen und den Fensterrahmen, so daß die geweißten Giebel grün und blau davon ausschlugen; es war ein wachsendes Geräusch von Wasser über der ganzen großen Stadt.

Das Schieferblau der Türme und das Braunrot der Dächer ließ hier und da wieder seine traulichen Farben sehn, und das Weiß der Straßen, das gestern noch den Lärm der Fuhrwerke und der schweren Holzschuhe dämpfte, war ein schmutzig breiiger Schlamm geworden, so daß die rasselnden Wagen der geschäftigen Stadt die Fensterscheiben der Häuser wieder klirren machten...

Auf dem Freitagsmarkt, wo das Volk mit roten Nasen und trampelnden Füßen um die mit Töpfen und Pfannen, Garn, Muskat und anderen Dingen beladenen Verkaufsstände herum rumorte, kamen aus dem Ausspann und der Herberge »Zum Wappen von Seeland« Josef und Maria. Josef, der das Kind in einem schottischen Schal trug, bahnte sich hartnäckig einen Weg durch das Volk, damit Maria frei hindurchgehen konnte, die geduldig hinter ihm herkam und einen Käfig bei sich hatte, worin zwei ineinander geduckte Turteltäubchen saßen.

Sie hatten im »Wappen von Seeland« geschlafen, nach einem ganzen Tag langsamen Fahrens in einem quietschenden Planwägelchen, den der etwas steife Esel geduldig, aber mühsam bis hierher gebracht hatte...

Der lange Pfarrer von Bethlehem hatte bald von einigen seiner Diözesanen die Neuigkeit der wundersamen Geburt gehört, doch zwinkernd hatte er mit den Schultern gezuckt, als wollte er bestreiten, daß so etwas möglich sei.

Innerlich aber ärgerte er sich sehr, daß er die armen Leute, Josef und Maria, an jenem Abend nicht hereingeholt hatte und ihnen warmes Essen gegeben und das geräumige Gastbett, in dem das Kindlein dann reinlich und bequem wäre geboren worden.

Es würde ihm zur Ehre gereicht haben, dachte er, bei den Menschen und bei Gott, und vielleicht hätten später Bücher davon erzählt, wie es ihm mit zu danken gewesen wäre, daß das Kind, worauf die Welt wartete, geboren wurde. Er hatte die Gelegenheit verpaßt und erinnerte sich des Ausspruchs eines Mönches, der hierauf ging: »Säumet nicht, den König einzulassen, und trägt er auch keine Krone auf dem Haupt.«

Trotzdem klemmte er seinen unzertrennlichen Parapluie unter den Arm und ging hin, das Kind zu besuchen. Und obwohl er nicht alles glauben wollte, weil er im Unrecht war, hatte er doch sein Barettlein ehrerbietig abgenommen und zu Maria gesagt, als sie um seinen Segen bat: »Müßte ich es nicht sein, der um *Euren* Segen bittet?«

Noch am selben Tage ließ er durch seine brummige Magd Essen und Geld zu dem Stalle tragen ... Nachdem er das Kind beschnitten hatte, gab er der Mutter, bei deren tiefem, einfältigem Blick er immer Wehmut fühlte, mit bewegter Stimme den Rat, nach Gent zur Darstellung zu ziehen.

Und er war so davon erfüllt – wie wenn er sein Versäumnis wieder gutmachen wollte –, daß er für ein Wägelchen sorgte und im voraus den Hufschmied bezahlte, der neue Eisen unter die Füße des Esels schlug.

So waren sie nach Gent gekommen.

Nun, zwischen all diesem Menschengewühl und Gerassel von Karren und Kutschen, in dieser großen Stadt mit ihren Tausenden von Häusern und Hunderten von Straßen fühlten sie sich angstvoll beklommen wie kleine Kinder in einem Wald.

Und Josef ging nur so aufs Geratewohl durch die Straßen, immer den mächtigen Kirchturm im Auge behaltend, der sich hoch über den Häusern schwärzlichgrau in den Himmel hineinreckte, und Maria folgte vertrauend hinterher. Auf dem Kirchplatz sah Josef empor; wie eine göttliche Gewalt stieg der schwindelerregend hohe Turm hoch über seiner winzigen Person in die Luft, und es schien ihm, als ob er vornüberhinge und jeden Augenblick auf ihn niederstürzen könnte. Angstvoll sah er sich nach Maria um, drückte das Kind fester an sich und beschleunigte seinen Schritt, um schnell in der Kirche zu sein.

Nun kamen sie unter die hohen, kühlen Gewölbe, in diese Kirche, fast so groß wie ein Dorf, wie ein Wald von steinernen Bäumen. Sie waren darin verloren, zu nichts geworden, und verwirrt und bestürzt blieben sie stehen auf ein und demselben Stein.

Da nur wenig Menschen dort waren, die verstreut einen predigenden Pastor umstanden, dessen laute Worte wie Hundegebell hohl unter den mächtigen Gewölben verhallten, erschien der Kirchenraum noch einmal so hoch und so tief.

Josef fand das alles viel zu groß und zu ungeheuerlich. Nirgends gab es Buchenstämme so dick und mächtig wie diese Pfeiler; die Heiligenbilder waren gewaltig wie Elefanten, die gemalten Fenster so groß wie ein Haus und die Steinplatten breit genug, um eine Küche darauf zu bauen.

Es war wie für Riesen gemacht, und die Menschen fühlten sich ach! so klein dort und zusammengeschrumpft.
Sie blieben stehen und warteten, sie wußten nicht, worauf...
Aber aus dem lauschenden Häuflein kam auf sie zu eine große Frau, die ihren Kapuzenmantel über den mageren Schultern hängen hatte, wie über einem Stock. Eine schneeweiße geknüllte Haube und zwei pechschwarze Augen gaben ihrem runzligen, hängebackigen Nonnengesicht ein noch gelberes und älteres Aussehen. Aber über dem köstlich gelippten Mund hing das jugendliche Lächeln eines friedvollen Gewissens, und herzlich, wie eine Mutter, grüßte sie Josef und Maria.
»Kommt man vielleicht zur Darstellung?«
»Ja«, nickten Josef und Maria etwas verlegen.
»Ihr kommt gewiß von Bethlehem? So weit! Und was für ein wunderschönes Kindlein!«
»Kennt Ihr uns denn?« fragte Josef erstaunt.
»Ich dachte nur so«, lächelte sie beruhigend Maria zu, und ergriffen nahm sie deren Hand und sagte: »Die Gnade des Herrn strahlt von Euch aus; aus welchem Geschlecht seid Ihr geboren?«
»Von David«, sagte Josef stotternd, der nicht begreifen konnte, was die Frau wollte.
»Dann wäre es möglich«, sagte die alte Frau, während ein roter Schimmer von Glück ihre gelben Backenknochen überzog, »dann wäre es möglich, daß die Welt ihr Ansehen verändern wird.« Aber gleich darauf fragte sie: »Wartet ihr noch auf jemand?«
»Nein«, schüttelten sie beide den Kopf.
»Dann kommt«, sagte die Frau, »ich will euch helfen, dahinten ist Sooke, der Küster!« Und mit ihrer gelben, von loser Haut überzogenen Hand winkte sie dem alten Küster, der just ein Prislein nahm hinter einem marmor-

nen Heiligenbild und nun eilig angeschlurft kam. Er war schon ein alter Mann mit einer dicken, blassen Wassernase, und die großen Füße, die seinen zittrigen Körper auf einknickenden Knien trugen, saßen warm in dicken schwarzen Pantoffeln.

»Ah! es ist für die Darstellung!« jauchzte er, seinen Finger überrascht in die Höhe streckend, als er die Täubchen sah. Aber indem er seinen Hals zu dem Käfig hinreckte, sagte er mißbilligend: »Magere Tiere!«, und dann plötzlich zu Josef: »Eine Kerze für einen halben Franken oder eine für zehn Cent? Aber die brennen nicht lange, die tropfen zu viel.«

»Gebt mir eine zu einem halben Franken«, sagte Josef nebenhin. »Aber«, fragte er neugierig, auf die Frau zeigend, die mit Maria, schon weiter entfernt, vertraulich plaudernd durch die Kirchenhalle ging, »wer ist diese alte Frau, daß sie weiß, daß wir von Bethlehem kommen?«

»Oh«, sagte der Küster, »wißt Ihr das noch nicht? Die weiß alles! Das ist Anna, die Prophetin, sie ist schon 84 Jahre alt und bleibt von morgens bis abends in der Kirche. Die hat das zweite Gesicht!« – und der Küster wies auf seine Stirn – »sie kann den Hexenschuß und den Fingerwurm besprechen, und sie hat eine Salbe, mein Junge, die Podagra und Brandwunden heilt. Bittet sie nur mal um ein Krüklein, sie gibt es umsonst! – Hm, hm, wenn Ihr wollt, habe ich noch teurere Kerzen, zu ein Frank fünfzig, doch die brennen einen ganzen Tag lang!«

»Gebt nur her!« sagte Josef ungeduldig.

»Wartet dann ein wenig!« sagte der Küster, und so schnell seine schleppenden Füße es zuließen, kam er zurück mit einer langen Kerze aus braunem Wachs, dünn wie ein Rohr.

Ganz hinten in der Kirche, wo ein kupferner kleiner Altar blauig in dem Licht eines runden gemalten Fensters schimmerte, saßen Maria und Anna schon kniend auf den Stufen, und als der Küster die Kerze angesteckt und das Geld in Empfang genommen hatte und weggegangen war, begannen Josef und Maria dem Herrn der Heerscharen ihr Kindlein darzubringen, das Maria auf ihren bleichen Händen zum Altar hinhielt...

In diesen Tagen wohnte tief im Herzen von Flandern, auf der Höhe des Klusberges, in den Ruinen einer steinernen Windmühle, ein heiliger Eremit mit Namen Simeon, ein ehrwürdiger Greis, den die Schauer des Heiligen Geistes durchwehten, und der wartete und ausschaute nach dem Kommen des Erlösers der Welt. Denn in seiner Jugend war ihm einst offenbart worden, daß sein Greisentum den Tod nicht sehen würde, bevor er die hohe Tröstung des Herrn empfangen hätte.

Und während seine Seele danach lechzte, in den Himmel zu kommen, lebte er geduldig, der großen Stunde harrend, sein heiliges Leben fort.

Und des Morgens, wenn er aufstand, dachte er: »Vielleicht ist es heute«, und wenn er schlafen ging: »Vielleicht ist es morgen.«

Aber der Heilige Geist kam zu seiner Zeit und wies ihn endlich zu dem Ort, wo er das fleischgewordene Licht, das die weite Welt und die Menschen erfüllt, schauen sollte.

Nun, in der Nacht, hatte er geträumt, daß in der großen Kirche von Gent eine riesige Korngarbe stünde, die ihre schweren Halme bis an die Gewölbe reckte und die gewiß mehr Korn enthielt als alle die Felder von Flandern und Holland zusammen. Seine Seele war so freudig davon bewegt, daß er wach wurde, schnell noch einmal seinen Traum überdachte und sammelte, und jauchzend sagte: »Das ists!«

Und weder um Nacht noch um Kälte sich kümmernd, verließ er sein Strohlager, sprenkelte etwas Wasser über

seinen kahlen Schädel und seinen langen, gelbweißen Bart, trank ein Schälchen kalter Milch, warf eine geflickte graue Mönchskutte über sein ziegenhaarenes Hemd und ging nach draußen auf den Weg nach Gent.
Es fielen zwei Glockenschläge vom Kirchturm eines Dorfes. Die Nacht war schwarz wie Pech, und die Lauigkeit, die seit gestern in der Luft saß, brachte den Tau und machte den Schnee auf den Wegen schmelzen.
Aufgehend in dem Herrn, zitternd vor freudiger Bewegung, fühlte Simeon nicht den nassen Schnee durch seine zerrissenen Schuhe dringen, noch die Schwäche seiner alten Beine. Er ging nur immer fürbaß in der Mitte der Landstraße und achtete nicht auf die dicken Tropfen, die von den Bäumen auf seinen Rücken klopften.
Er würde den Erlöser sehn! das Glück, womit sein ganzes Leben durchtränkt war.
Und hätte auch das Meer zwischen ihm und Gent gelegen, er wäre hinübergewandelt, so sicher war er seiner Sache. Es war in ihm nur ein wenig Furcht, zu spät zu kommen, und darum zog er das hintere Bein immer etwas schneller an und schritt aus wie ein Jüngling von zwanzig Jahren.
Nach einer langen, langen Weile, nach vielen Stunden, wurde hier und da ein Lichtlein angesteckt in den Häusern, von Menschen, die zu ihrer Arbeit gingen, oder von Bauern, die zum Freitagsmarkt fahren wollten.
Und zu guter Letzt erglomm im östlichen Tor hinter langgestreiften Wolken ein wassergraues Licht: das war der neue Tag.
»Heute! heute! O frohester Tag meines Lebens!« jauchzte Simeon, »'s ist Sonne in mir, 's ist Sonne in mir, 's ist Sonne!«
Sein langer weißer Krausbart leuchtete nun auf aus der Dunkelheit, und seine klaren, sanften blauen Augen empfingen das Licht des Morgens.

Er sah die zart beschneiten Felder, die tropfenden Bäume und die spärlichen Häuslein erwachen in dem Tag, und er jauchzte: »O Erde, freue dich bis in deine Eingeweide, Bäume, schüttelt eure Arme und klatscht in die Hände, Menschen, erwacht in eurem Bett, springt auf und tanzt, rührt Trommeln und Geigen, der Erlöser ist da! Der Erlöser ist gekommen!« Und dann wieder: »O mein altes Herz, klopf nicht so, was willst du denn tun, wenn du ihn erst sehen wirst?« Und ohne traurig zu werden, fügte er unhörbar hinzu: »Brechen!«

Also erfüllt von göttlichen Berührungen und umgeben von dem vollen Morgen, kam er an die Leie.
»Hol über!« rief er, »um der Liebe Gottes willen!«
Eine Bauerndirne mit Sommersprossen im Gesicht setzte ihn auf der schweren Fähre über.
»Schlechtes Wetter heute, Herr Pater, und Schmutz unter den Füßen«, sagte sie, ihn von der Seite anguckend wegen seiner geflickten Kleider, aber doch nicht bange, da sein Gesicht lieblich und rein war wie das eines Kindes.
»Schönes Wetter!« widersprach Simeon, »sehr schönes Wetter, es ist noch niemals auf Erden ein so schönes Wetter gewesen, 's ist Sonne, 's ist Sonne!«
»Ja, ja«, sagte das Mädchen, wenn sie sich auch keinen Vers drauf machen konnte; und als er noch einmal gesagt hatte: »'s ist um der Liebe Gottes willen, Gott wird es Euch lohnen«, stand sie noch lange da, ihm nachzusehn, und schüttelte voll Mitleid den Kopf.
An einem Lärchenwäldchen vorbei erblickte er Gent. Gent mit seinen Türmen und seinem mächtigen Belfried, blaugrau in der beschneiten Ferne, mit rauchenden Schornsteinen und läutenden Glocken!

Simeon zitterte und schwieg überrascht. Ihm wurde auf einmal wie jemand, der vor einen König tritt und nicht weiß, was er sagen soll. Nun fühlte er machtvoll das Große, das Gewaltige: Gott zu schauen. Würde er dazu wohl imstande sein? Hatte er nicht gelesen, daß, wer Gott schauen will, sterben muß?
Die Erhabenheit des Augenblicks machte ihn klein an Gedanken und Gefühlen. War er wohl gut genug gekleidet mit so einem geflickten und zerrissenen Gewand, mit Schuhen, aus denen die bloßen Zehen hervorkamen; war er innerlich wohl würdig genug, fühlte er den Schutt großer und kleiner Sünden nicht auf dem Boden seines Herzens liegen?
Und er zauderte ein wenig, weiterzugehen, und hatte schon Lust, beschämt zum Klusberg zurückzulaufen, aber es war eine wachsende Macht in ihm, die ihn vorwärts stieß, wie zu einem Schicksal: »O Herr, nur eine Sekunde Dich von ferne sehen!« kam es verlangend aus dem Tiefsten seines Herzens. Und damit begann er zu gehn, mitten durch schlammigen Schnee und schmutzige Pfützen, so daß er bisweilen bis an die Knöchel im Wasser ging.
Einen Bauern, der auf dem Felde bei der Arbeit war, fragte er, ohne anzuhalten oder seinen Schritt zu verlangsamen, nach dem kürzesten Weg zur großen Kirche.
Als er durch die belebten Straßen von Gent vorwärts eilte, sahen ihm die Menschen erstaunt und spottend nach. Aber er hörte nichts davon; nur war er vielleicht ein wenig verwundert, daß nicht alle miteinander wie ein Mann zur Kirche liefen, um den Erlöser anzustaunen.
Als er die Kirche sah, begann er zu beten, daß er unterwegs nicht etwa zusammensinken oder ein Bein brechen möchte.
Gehetzt lief er in die Kirche hinein und stand wie an den Boden genagelt, als er die Halle fast ohne Menschen fand.

Hatte er denn falsch geträumt?
Wo er in seinem Traum die riesige Korngarbe gesehen hatte, glaubte er Bischöfe und Prälaten zu finden, die bei dampfendem Weihrauch und dröhnendem Orgelspiel den Erlöser begrüßten. Und es war nichts da als Stein, so bloß wie seine Hand!

Gleichgültig, niedergeschlagen und enttäuscht lauschte er ein wenig auf den bellenden Pfarrer auf der Kanzel und schlurfte dann mit bleiernen Füßen in der Kirche umher. Er betrachtete die Bilder und die Lampen, aber auf einmal zuckte er zusammen, – dahinten, vor einem kupfernen Altar, saß zwischen einer betenden alten Frau und einem alten Mann eine junge Mutter, die ein Kind emporhielt zu dem still brennenden Kerzenlicht.
Und wieder fühlte er in sich einen jener Schauer, die ihn über Zeit und Ewigkeit erhoben, die seine Augen mit Tränen füllten und sein ganzes Wesen auflösten in ungeahnten Herrlichkeiten. Das waren immer die großen Stunden seines Lebens, da Gott bei ihm Einkehr hielt, und er fühlte es mit seiner Seele wie mit seinen Fingern, daß dieses hilflose Kindlein das war, welches er suchte.
Vorsichtig ging er hin, klopfte Maria auf die Schulter und fragte mit bebender Stimme die zuerst ein wenig erstaunte Mutter: »Darf ich meinen Herrn und Meister auf meine Hände nehmen?« Willig gab sie ihm das Kind auf seine langen, schönen Hände.
Die Tränen rannen aus seinem Bart, es war, als ob seine Seele zu groß wurde und aufsprang und er sich wie einen leeren, reinen Raum fühlte bei der Berührung des Kindes.

Er war trunken von Gott, und sein ganzer Leib war davon verklärt.
Das sahen auch Anna, Josef und Maria an seinen Augen, die nun übermenschlich schön und wie die eines Engels waren.
Und mit einer Stimme von jemand, der glückselig sterben geht, sang es dankbar von seinen Lippen: »Herr, nun lässest Du Deinen Diener in Frieden fahren, wie Du gesagt hast, denn meine Augen haben Deinen Heiland gesehn, welchen Du bereitet hast vor allen Völkern, ein Licht, zu erleuchten die Heiden, und zum Preise Deines Volkes.«
Verwundert und bewegt hörten sie diese herrlichen Worte, und die alte Anna, die all dies Wunderbare in dem kleinen Wesen geahnt hatte, sprang auf in seliger Verzükkung, und in Anbetung kniend küßte sie die umwindelten Füßchen des Kindes.
Diese Frau voller Runzeln, die immer vergebens zum Himmel gefleht hatte um eine Frucht ihres Leibes und selbst kinderlos, eine wunderbare Liebe zu Kindern fühlte, stand jetzt in hoher Bewunderung vor Maria und wünschte innerlich, aus dem Grunde ihres Herzens, erlöst zu werden von ihrer berühmten Weisheit und Prophetengabe, um nichts anderes als eine gewöhnliche Mutter zu sein, so wie sie dort Maria glückselig sah, aufblickend zu ihrem Kinde.
»Mütterlein«, flüsterte Anna ihr zu, »Mütterlein, wie mußt du doch glücklich sein!«
Und Mutterfreuden und reiner Stolz glänzten bei diesen Worten in Marias grünen Augen.
Aber siehe! Ein dunkler Schatten flog über Simeons kindliches Gesicht. Maria sah es mit wachsender Angst, ihr Herz begann zu klopfen von einer quälenden Vorahnung.
Simeon sah plötzlich im Geiste das ganze Leben des

Kindes, sein Leiden und seine Glorie, und in dieser Zukunft von göttlichem Herzeleid, von Blut und Tränen, sah er auch das Bild der jungen Mutter im Vordergrunde stehn.

Ein Schaudern schloß ihm die Augen, und schmerzvoll sprach er: »Siehe, dieses Kind wird gesetzt zu einem Fall und Auferstehen vieler und zu einem Zeichen, dem widersprochen wird, auf daß vieler Herzen Gedanken offenbar werden ... Aber du, o Mutter«, seine Stimme zögerte, »ein Schwert wird durch deine Seele dringen!«

Maria begriff auf einmal, daß dieses Schwert das Leiden und den Tod ihres Kindes bedeutete. Ihr junges Mutterherz brach und zerriß unter diesen Worten, eine Blässe überflog ihr Gesicht, es war, als ob alles Leben aus ihr wegfloß, und während sie zusammensank und von den helfenden Armen Annas aufgefangen wurde, reckte Maria noch die Hände nach ihrem Kind, stieß einen Schrei aus und fiel in Ohnmacht.

Sie waren nun weg, Josef, Maria und das Kind.

Mit Augen, groß von Verwunderung und Freude, stand ein frommes Häuflein Menschen da und lauschte der Prophetin Anna, die ihnen umständlich, in aller Gemächlichkeit, die aufregende Neuigkeit zu Gemüt führte, daß sie mit ihren eigenen Augen den Erlöser gesehn hatte.

Und es waren Leute dabei, die, als die Worte noch nicht kalt waren, zur Kirche hinaushuschten, um in schnellem Trabe die herrliche Nachricht nach Hause zu bringen.

In einem Viertelstündchen war ganz Gent voll davon. Und wie manche gläubige Frau war da nicht, die Suppe und Kartoffeln stehenließ, einen Mantel überwarf und zur Kirche stürzte, und wie mancher fromme Schuster, der Ahle und Pechdraht zur Seite warf, wie mancher gottes-

fürchtige Schneider, der sich den Heftfaden von der Hose zupfte und was hast du, was kannst du auch mal gucken lief.
Von allen Ecken, aus Straßen und Gäßchen kam das Volk hastig auf die Kirche zu, alle mit einem Lächeln auf den Lippen und von der frohen Hoffnung beseelt, Ihn dort zu finden, den sie stetig erwarteten und wovon sie manchen Abend hinter dem summenden Ofen gelesen und gesprochen hatten!
Aber sie fanden dort nur sehr viele Menschen, die einander zu begucken kamen. Sie waren erregt, und der Ärger machte ihre Gesichter lang...
Und zur Mittagsstunde, als alle Glocken läuteten, fuhr das Planwägelchen über den Kornmarkt. Das steife Eselein war geduldig wie immer, Josef ging vorauf, es zu führen, und unter dem grauen Zeltdach saß in blauem Mantel die junge bleiche Mutter, mit viel Kummer in ihren Augen, und gab dem ruhigen Kinde die Brust.
Und wie ein Segenslied rührten die Glocken ihre Klänge, von fern und nah; es war ein Gehüpfe von dröhnendem Erz und klingendem Silber, es war der Ernst dicker, schwerer Glocken mit spielenden Stimmlein dazwischen.
Es war abwechselnd und herrlich, wie das Klatschen und Tropfen des Taues.
Die Luft zitterte davon, die Scheiben klirrten, die steinernen Türme brummten; Gent sang!
Aber *eine* Glocke schwieg. Und das war Roland, die Zunge, das Herz von Flandern, der, seitdem das flämische Volk verfallen und entartet war, geborsten dort in der Höhe hing und seine Stimme nicht mehr rührte.
Aber plötzlich, als das Wägelchen an dem schweren Fuß des gewaltigen Belfriedblocks vorbeifuhr, ging da oben ein erzener Schauer durch die Luft, und wie der Jubel des

Himmels donnerte Roland auf einmal mit Hall und Schall seinen Segen über das Land.

Der Belfried bebte, Gent lebte, und die Menschen, wie von Gottes Hand geschlagen, fuhren zusammen und erschraken, fühlten das Gehämmer durch ihre Herzen gehn und starrten verwirrt nach oben in die Luft, aber niemand sah nach unten, wo eine armselige Familie mit einem quietschenden Planwägelchen unbemerkt durch die Straßen zog.

Und ganz weit im Land, wo die Menschen schurrend beim dampfenden Mittagsmahl saßen, wurde das erzene Lied gehört. Und mancher Alte hielt seinen Löffel still und starrte mit betränten Augen in die Ferne, wo der Belfriedturm mattgrau in den Himmel ragte, und sagte mit bewegter Stimme: »Es geht etwas vor in Flandern!«

Drei Tage danach, als das goldig-schimmernde Grün, das die Sonne bisweilen zurückläßt, wenn sie verschwunden ist, einen süßen Frieden über den Klusberg breitete, brach das Herz des Simeon, und er starb mit einem kindlichen Lächeln in seinem Bart, im Beisein von zwei wilden Kaninchen, die immer aus seiner Hand Möhren und Laub zu fressen kamen.

Die Heiligen Drei Könige

Das Lied des Holzkappers im Pappelbaum machte Josef innerlich lachen. Das war noch etwas aus seinen Kindertagen; und während er den Boden umgrub, um ein Gemüsebeet anzulegen, und die fetten Erdklumpen aufwarf, summte er das Liedlein mit:

> Denk ich zurück an jene schönen Tage,
> Da noch auf Mutters Tisch der Breinapf stand...

Josef richtete sich auf, steckte seinen Spaten in den Boden, und mit den Ellenbogen auf den Stiel gelehnt, lauschte er gerührt, in ferne Erinnerungen versunken, nach dem Lied und betrachtete mit halbgeschlossenen Augen die wundersame Landschaft. Sie war so schön, daß er das Lied vergaß.

Wie herrlich war nicht der Anblick des Landes, das schnell verjüngt wurde durch die große Nachmittagssonne, die ihre goldenen Haare über die Erde schüttelte und sie die umgeworfenen Äcker entlangschleifen ließ. Die Bäume waren hell von dem froschgrünen Moos, und es glitzerte auf den rasch dahineilenden Wässerlein.

Ein goldener Staub zitterte in der mattblauen Luft, durch die neue Vögel zu den purpurbraunen Kaninchenbüschen zurückkehrten; und von dem sanften Blau der Hügel kam das fröhliche Tuten eines Hirtenhorns herüber. Wo der Ochse und der Esel grasend standen, blinkten Maßliebchen.

Es war, als hätte Josef auf einmal neues Blut bekommen. Er war fröhlich und wußte nicht, warum. »Was für schönes Wetter! was für schönes Wetter!« wußte er nur zu sagen, und er sah umher, auf sich selbst, auf die Weiden und die sich drehenden Mühlen.

Es kam ihm alles so neu und herrlich vor; er trank es mit gierigen Augen in sich hinein, als sei er zum erstenmal auf die Erde gestellt worden.
Er betrachtete mit lebhafter Freude, wie sein verschossen rotes Wollhemd so schön abstach von dem dunklen Boden und dem Schneeweiß der Windeln des Jesuskindes, die dahinten in der Sonne auf einem Strauch zum Trocknen hingen; und oh! wie lustig spielte auf dem Ende seines kurzen Bartes das Silber der Sonne!
Es war einer der sieben schönen Tage, die der kurze Monat, der Februar genannt wird, uns schuldig ist. Die Bauern, deren Beine schlapp geworden waren vom Sitzen auf ein und demselben Stuhl, waren mit dem ersten Sonnenstrahl aus ihrem Gehäuse gekrochen und standen nun auf dem Feld, behende arbeitend, als täten sie es zu ihrem Vergnügen. Die Pflüge durchschnitten das Fleisch der Erde, die Saat rieselte in die Furchen, die Gemüsebeete wurden umgelegt, und der Dung, der dem Wachstum Kraft gibt und so liebreich riecht, wenn er von weitem kommt und mit Erde vermengt ist, wurde üppig, goldbraun ausgegossen. Der Winter war vorbei, die ersten Vögel hatten sich in unserem Lande gezeigt!
»Oh, was für schönes Wetter!« sagte Josef immer wieder, um seiner zarten Herzensfreude Luft zu machen.
Er sah Maria bei der Türe sitzen, an einer weißen Wiege. Sie stopfte Strümpfe. Die Sonne hing glänzend in ihrem korngoldenen Haar, um das, unter dem Kinn zugeknotet, das weiße Halstuch sittsam gebunden war.
Ihr blaues Kleid war hier und da verblichen, und ihr süßes Gesicht, feiner noch geworden durch Kummer und allverzehrende Liebe, erschien durchsichtig wie dünnes Perlmutt, und die grünen Augen, die weit offen in die Ferne und auf das stille Bethlehem schauten, waren glänzender, tiefer in der Farbe geworden, und eine Welt schöner

Gefühle leuchtete daraus auf, die man nur haben kann, wenn man Mutter ist.
Als Josef sie so jung und herrlich sah, und doch so traurig, fühlte er, wie er weich wurde, und wollte seinen Frohsinn auf sie übertragen, indem er rief: »He, Maria, was für eine schöne Sonne, nicht wahr?« Sie legte die Hand über die Augen und nickte ihm innig zu.
»Aber«, rief der Kapper von der Pappel herab, »die Sonne ist noch nicht trocken hinter den Ohren, es sitzt noch Pfeffer in der Luft!«
Josef warf seine Worte nach oben: »Es wird wohl noch einige Tage so bleiben, der Mond steht im zweiten Viertel!« Josef wies auf den hostienbleichen Mond, der in großem Abstand der Sonne folgte.
»Der Mond und das Wetter! 's ist allemal nicht mehr im Lot. Es geht alles aus Rand und Band. Es kommt, glaube ich, alles von jenen Vorzeichen. Gestern abend ist, wie es scheint, der Stern mit dem Schweif wieder gesehn worden! Und habt ihr schon von diesen ekligen Kerlen gehört, die ins Land gekommen sind?«
»Nein«, rief Josef, plötzlich beunruhigt, »was für eklige Kerle?«
Maria kam Angst in die Augen, und sie sah gespannt zu dem Kapper hinauf.
»Wißt ihr das noch nicht? Wartet, ich komm 'ne Pfeife stopfen!« sagte Sander.
Er stieg hinunter.
Er hatte einen blauen Kittel und eine blaue Schürze an, um seinen braunen Hals hing ein rotes Taschentuch mit weißen Knötchen, seine Strümpfe waren hellgrün wie Kopfsalat, und auf seinem farblosen Hut leuchtete weiß und blau eine Elsterfeder.
Es war ein langer Geselle, um die Vierzig herum, mit einem rötlichen, herabhängenden Bart unter der rosigen

Knopfnase, mit einem Lachen in seinen Schweinsaugen und weißen Haaren auf seinen braunen Händen. Als er aus einer Schweinsblase Tabak genommen hatte, steckte er seine Hände in die Hosentaschen, warf einen freundlichen Blick auf das schlafende Kind, und mächtig qualmend erzählte er voller Wichtigkeit den lauschenden Gesichtern Marias und Josefs, daß eine Bande von Gott weiß wieviel tausend Mohren und Wilden auf Gent marschierte. »Sie werden angeführt von drei Königen, den reichsten und mächtigsten Königen der ganzen Welt. Diese Mohren und Chinesen haben Piken und Messer bei sich, genug, um in *einem* Viertelstündchen das ganze Heer von Herodes einen Kopf kürzer zu machen.«

»Und was wollen die hier denn?« fragte Maria schnell. »Tja«, sagte Sander, gewichtig seufzend, stolz und froh, weil er Maria, die im Lande in den Ruf großer Heiligkeit gekommen war, seine Neuigkeit vermelden konnte; und in seinem Eifer begann er, ohne es eigentlich zu wollen, gewaltig zu übertreiben. »Was sie hier wollen? Wenn es wahr ist, daß sie Kamele und Elefanten bei sich haben und andere wilde Tiere wie Tiger und Krokodile, dann geb ich meinen Kopf für einen Teller Suppe her ...! Wie's scheint, zertrampeln sie die Felder aus purem Vergnügen und essen die kleinen Kinder auf. Überall, wo sie gewesen sind, steht die ganze Gegend in Brand, und ...«

Während er so weitererzählte und sich von seinen eigenen Aufschneidereien mitreißen ließ, war es Maria, als ob sie sterben müßte. Sie ging an die Wiege und barg die ruhigen, molligen Fäustlein des kleinen Jesus in ihren weißen Händen.

Das ganze Meer von Angst und Sorge stürmte wieder durch sie hindurch.

Denn seit sie aus Simeons Munde das Orakel von dem Schwert vernommen hatte, glaubte sie in allem einen Feind ihres Kindes zu sehn. Böse Mächte lauerten ihm auf aus den Bäumen, der Luft, der Sonne, dem Wasser und all den schönen Dingen, die sie früher so liebte. Mit beinah kindlicher Sorgfalt wachte sie über dem Kind. Sie schlief nicht, ruhte nicht und wurde verzehrt von nagender Unrast.

Aber fühlte sie dann bei klarerem Nachdenken, daß sie gegen Hirngespinste kämpfte, daß Simeons Wort die reine Wahrheit war und unerweichlich wie ein Fels, daß der Himmel selber helfen würde, um es zu vollstrecken, dann beugte sie das Haupt, schloß die Augen und sagte voll Hingabe, aber mit gebrochenem Herzen: »Dein Wille geschehe nach Deinem Wort!«

Wenn sie diesen Schrei der Aufopferung aus ihrer Seele gelöst hatte, war wieder Friede und Milde in ihr, und gelassen sah sie den ungeborenen Tagen entgegen.

So wußte Josef sie denn auch oftmals aufzurichten, wenn er ihr vorstellte, daß ihr Kind erst noch große Dinge verrichten müßte.

Aber immer wieder, beim geringsten Anlaß, gewann das sorgende, bekümmerte Mutterherz die Oberhand.

Und nun, da Sander ihr da so schlechthin die grausigen Schauermärchen kundtat, war es ihr, als ob das Leben aus ihr entflösse.
Josef sah es, und hartnäckig, nur um seine Frau zu beruhigen und nicht um Sanders Worte zu leugnen, ging er gegen den Kapper an: »Ich glaub nichts davon, daß sie hier längs kommen werden. Es sind Auswanderer, Auswanderer sag ich, die geradenwegs zum Meer ziehen, um sich da nach fernen Ländern einzuschiffen, wohin die Vögel ziehn, wenn es Winter wird. Ich glaube von all diesen Dingen nichts.«
Josef schwitzte vor Anstrengung.
Sander war dadurch aus dem Konzept gebracht. »Ich will nicht sagen, daß das alles wahr ist. Wenn Peter, der Schlachter, lügt, lüg ich auch, ich hab es selbst nicht gesehn... Aber wißt ihr was«, und hier schob er seine Erzählung auf ein anderes Geleise, »ich hab immer gedacht, daß irgendwo in der Stille gegen Herodes was eingefädelt wird. Seht doch nur«, dabei zeichnete er mit seiner hölzernen Pfeife große Gebärden in die Luft, »diese Männer kommen hier unter dem einen oder anderen harmlosen Vorwand mit frommen Gesichtern ins Land, aber wenn sie mit beiden Füßen auf festem Boden stehen, ihr sollt sehn, dann schlagen sie den ganzen Krempel hier kurz und klein und knüpfen diesen Fettwanst von Herodes am Belfried auf!«

Er suchte die Wirkung seiner Worte in ihrem Gesicht zu beobachten. Aber von ferne erklang ein fröhliches Lied. Alle drei sahen sich um.
»Kreuzdeut! Kreuzdeut! Komm hier mal längs!« rief

Sander dem Sänger zu. »Seht«, sagte er zu Maria und Josef, »da hinten ist Kreuzdeut, und der kommt sicher wie gewöhnlich von Gent, der wird uns nun die Neuigkeit haarklein erzählen.«
Auf dem sich windenden Pfad kam breitbeinig ein krummer Alter angestapft, in einem grünen Schniepel, einen Korb auf dem Rücken. Er hob seinen Stock hoch zum Zeichen, daß er käme.
Sie hörten sein Lied.

Ich bin zu früh geboren,
Ja, wo ich heut hin kumm,
Mein Glück kummt mir erst morgen;
Hätt ich das Kaisertum,
Dazu den Zoll am Rhein,
Und wär Venedig mein,
So wär es all's verloren,
Es müßt verschlemmet sein.
So will ich doch nicht sparen,
Und ob ich all's verzehr,
Und will darum nicht sorgen,
Gott b'schert mir morgen mehr;
Was hilfts, daß ich lang spar...?

Kreuzdeut hatte ein richtiges Kuchenmännleingesicht. Die Sonne schoß einen silbernen Punkt in den Tropfen, der an seiner Hakennase bibberte, und spiegelte sich in dem Fett seiner abgetragenen Mütze.
Er war ein Kerl, der siebzigmal den Winter hatte kommen sehn, aber wenn er seine überlangen Beine voreinandersetzte, so schritt er noch drauflos wie einer, der zur Kirmes geht. Er wohnte allein in einer Strohhütte. Sie stand da drüben auf der kahlen Spitze der nächsten Halde, offen allen Winden und von überallher zu sehn. Ein blindes

Pferd konnte das ganze Ding über den Haufen rennen. Die Menschen behaupteten, er äße alles aus demselben Topf, der niemals Wasser gesehn hätte, und alles, was nicht zu heiß war oder zu schwer, war Kreuzdeuts Eigentum. Aber er war doch ein guter Kerl, wohin er kam, da gab es Lachen.

Bisweilen, bei gutem Wetter, war er den ganzen Tag unterwegs, ein Lied auf den Lippen und einen Tropfen an der Nase, seinen Korb gefüllt mit Schnürsenkeln, Garn und Bändern, Spielkarten, Schwefelhölzern, Pomade, Schuhcreme, Briefpapier, und wohl auch mit einem Fläschchen Riechöl und rosa und blauen Kinderkämmen. Er schlief dann in einem Heuschober oder unter freiem Himmel. Hatte er Hunger und keine Groschen in der Tasche, so füllte er seinen Magen mit Möhren und Rüben, die er sich aus der Erde zog, und trank an den Gräben aus seiner Mütze; hatte er aber »Geschäfte gemacht«, dann tanzten die Pfennige, dann kaufte er sich ein Maß Branntwein und einen Schinkenknochen, setzte sich in die Sonne und brachte das voller Appetit mit Senf und Brot zu Leibe.

»He! Ihr habts aber gut! Die Sonne sitzt mir wie Wein in den Beinen. Ich fühle mich noch keine fünfzehn Jahre alt...! Aber nun greift mir mal 'n bißchen unter die Arme; ich hab noch nichts verkauft, und Kreuzdeuts Magen ist wie ein platter Dudelsack!«

»Was zappelt denn da unter deinem Rock?« fragte Sander listig, indem er auf einen dicken Packen auf Kreuzdeuts Brust zeigte.

»Ach Gottogott!« schüttelte Kreuzdeut mit einem Leichenbittergesicht den Kopf. »Ein armes Hähnchen, das vor lauter Hunger auf mich zugelaufen kam. Ich will ihm zu Hause seine Misere erleichtern, ich will es aufessen, ich kann keine Tiere leiden sehn!«

»Kommt er wirklich aus Gent?« fragte Maria Josef.

Um Marias nagende Neugier zu lindern, wendete Josef sich an Kreuzdeut: »Kommst du von Gent?«
»Allerdings!« sagte Kreuzdeut. »Vorgestern hab ichs verlassen und bin immer geradeaus weitergelaufen in der Richtung des Kometen, der diese Nacht wieder am Himmel gestanden hat. Nun hab ich erst einen Umweg über Bethlehem gemacht, um mir da einen Hering zu kaufen...«
»Und hast du die drei Könige gesehn?« unterbrach ihn Sander.
»Hei!« jauchzte Kreuzdeut vergnügt, »freilich, freilich hab ich sie gesehn...! Aber wer kann mir etwas Tabak geben...?« Als Kreuzdeut einige tüchtige Züge aus seinem kurzen tönernen Bartbrenner getan hatte, den kupferumränderten Pfeifenkopf nach unten, wegen seiner Nase, wischte er sich den Speichel von seinem glatten Kinn und begann.
Während er erzählte, bewegte sich der Tropfen an seiner Nase und warf von Zeit zu Zeit kleine Spritzer. »Ich trieb mein Geschäft. Es war gegen Abend, als die Lampen angesteckt wurden, da sah ich hinter mir drei eiserne Männer, so schwarz wie ein Hut, mit einer Papierrolle in der Hand, zu Pferde vorbeireiten. Wir steckten die Köpfe zusammen und gingen mal gucken, was die Kerls auf der Pfanne hatten. Sie galoppierten zum Palast von Herodes, und ein bißchen später wehten die Fahnen von dem Giebel, wurden von allen Stadttoren die Hörner geblasen und begannen alle Glocken zu läuten. Auf der Straße fingen die Soldaten an, Pechtonnen in Brand zu stecken, damit es recht hell würde, wie bei den großen Festen.
Von allen Seiten wurde gerufen: ›Es kommen drei Könige mit tausend Soldaten!‹ Wie es kam, weiß ich nicht, aber ganz Gent, klein und groß, war wie der Blitz auf den

Beinen und rannte wie ein Mann zum Stadttor. Ich natürlich mit! Ihr konntet nur so über die Köpfe laufen, und in Fenstern, auf den Dächern, auf den Bäumen, überall saßen haufenweise die Menschen. Aber da habe ich was an Soldaten aus dem Tor kommen sehn! Tausend, zehntausend, hunderttausend, sie kamen wie aus dem Boden geschossen. Ich wußte gar nicht, daß es so viel Menschen auf der Welt gäbe! Ich vergesse das mein Leben nicht, und würde ich hundert Jahre alt! Aber es waren keine Soldaten, wie wir sie hier sehn, das versteht sich! Nein, es waren allemal Männer aus den warmen Ländern, mit Mäulern, so schwarz wie meine Tinte hier und so braun wie Kaffeebohnen. Es gab welche mit schielenden Augen, mit Mandelaugen, mit Plattnasen, mit Ringen in den Ohren und Ringen in der Nase – wie die Kerls sich die Nase putzen, begreife ich nicht –, genau wie der Menschenfresser, der alle Jahre auf der Kirmes in Brügge steht.«
»Und dann?« fragten sie zu dritt.
»Sie bliesen auf krummen Trompeten und bumsten auf Trommeln mit kupfernen Bäuchen. Aber wie schön die Kerlchen gekleidet waren! Es war alles Gold und Silber, belegt mit Bronzeplatten und Elfenbein. Ein ganzer Regenbogen von Seide in allen Farben, grün, blau, gelb, purpur; Kleider mit Punkten und Streifen, mit Blumen und mit Bildern, und auf ihrem Eisenhut oder auf ihrem Kopfpolster ein ganzer Arm voll Federn ... Aber sie saßen nicht nur auf Pferden, sondern auch auf Kamelen und Dromedaren, und es waren Tiere dabei so groß wie ein Haus, mit einem Schwanz vorn und einem Schwanz hinten. Sie nennen das Elefanten. Die haben Zähne so dick wie mein Hinterer!«
Kreuzdeut lachte, daß der Tropfen von seiner Nase fiel und auf seiner fett glänzenden Hand auseinanderplatzte.

Dies warme Lachen verjagte Marias Unruhe. Wenn Kreuzdeut so lachte, so war es ein Zeichen, daß er keine schrecklichen Dinge hinzufügen würde. Sie seufzte erleichtert.

»Und hast du auch die Könige gesehn?« fragte Josef.

»Wie waren die?« setzte Sander hinzu.

»Ja, die hab ich gesehn, und sie haben mich auch gesehn! Sie saßen auf Kamelen und Elefanten und waren umringt von Männern, die auf Rohrpfeifen spielten und mit ihren Fingerspitzen auf lange Trommeln klopften. Sie rochen nach dem schönsten Garten, den ihr euch nur denken könnt.

Und dann folgte ein Ozean von Soldaten mit Musik und Fahnen und scharfen Waffen, und ich weiß nicht wie viele Karren, mit Ochsen bespannt...«

»Aber was wollen die hier?« fragte Maria.

»Die kommen hierher, um einen neuen König zu suchen!«

»Einen neuen König?« riefen sie alle drei verwundert.

»Ja, einen neuen König...! Sie sind aus den warmen Ländern gekommen, den Rhein entlang, über Hasselt, Löwen, Mecheln, Antwerpen und Gent...«

»Und wo ist dieser neue König?« warf Sander ein.

»Das ist es gerade, was sie von Herodes wissen wollen!«

»Von Herodes?« bebte Maria, der immer der Schreck in die Glieder fuhr, wenn dieser Name ausgesprochen wurde. »Was hat Herodes gesagt?« fragte Josef ernst.

»Herodes hat zuerst ein wenig Spektakel gemacht und gesagt, daß er allein der König wäre, aber sie schwuren hoch und heilig, daß in Flandern ein neuer König lebte. Dann hat er stillgeschwiegen aus Angst vor ihren Elefanten und Messern. Er hat schleunigst all die Naseweise der Stadt, die Philosophen, Federfuchser und Bücherwürmer zusammengetrommelt, um in alten Papieren zu suchen, ob das wohl auf Wahrheit beruhte.«

»Und dann?«

»Sie suchen noch. Ich habe so lange auf meinen Zehen vor dem erleuchteten Palast gestanden und gewartet, daß ich einen Krampf davon kriegte, und dann habe ich mich endlich auf die Strümpfe gemacht... denn mein Geschäft geht vor!«

Es herrschte eine peinvolle Stille. Während Kreuzdeut von neuem sein Pfeifchen ansteckte, standen die anderen verdutzt, wie aus den Wolken gefallen, da.

»Ich glaube«, sagte Kreuzdeut paffend, »daß Herodes mit Grundeis geht«, und er klopfte sich mit Zeige- und Mittelfinger auf den Daumen. »Er ist bange, daß er von seinem goldenen Lehnstuhl herunterfliegen wird. Das Volk läuft schon in Haufen herum, und sie singen: ›Er ist von der Brücke ins Wasser gefallen!‹«

»Sag mal, Kreuzdeut«, flehte Maria, »ist es wahr, daß sie die Kinder aufessen?«

Kreuzdeut brach in ein Lachen aus, daß er sich den Bauch halten mußte. »Kinder aufessen! Haha! Was Ihr Euch doch alles weismachen laßt! Kinder aufessen! Nun, sie werfen die Groschen nur so zum Grapschen hin, das Bier fließt nur so in den Gossen! Unter ihren fiesen Gesichtern sitzen gute Seelen, und wenn Herodes so wäre, dann lebten wir hier im Gelobten Land!«

Maria fragte ihn freundlich: »Sollten sie hier auch wohl vorbeikommen?«

»Pah«, schäkerte Kreuzdeut. »Sie würden hier was suchen, das niemand verloren hat. Wer hat in dieser armen Gegend eine Königsnase außer mir...? Meine Mutter hat mir immer gesagt, daß ich zu großen Dingen in die Wiege gelegt worden bin. Laßt sie nur kommen, diese gekrönten Herrschaften! Ich werde ihnen ihr Festmahl

schon zubereiten!« Er schwenkte den Hering in der Luft und zog von dannen.
Als Kreuzdeut dahinten singend zu seinem tischgroßen Häuschen hinaufstieg, als Josef wieder beim Holzspalten war und der Kapper am Ufer des nach Bethlehem führenden Baches Weiden schnitt, saß Maria noch sinnend an der Tür. Wenn auch Kreuzdeuts Erzählung ihr den Schrecken vertrieben hatte, so blieb doch eine bange Ahnung in ihr zurück. Sie sah noch immer vor sich das ihr so oft beschriebene Gesicht des Herodes: ein knallrotes, gieriges, dickes Gesicht mit satten Kugelaugen und feuchten Pickeln in einem spärlichen, roten Stoppelbart. Aber warum brauchte sie denn traurig zu sein? Die Könige waren edelmütig. Wenn ein neuer König gefunden würde, so würden sie ihn gegen Herodes' Eifersucht beschirmen. All diese Überlegungen gaben ihrem Herzen wohl ein wenig Ruhe, aber trotzdem blieb dieser satte, wüste Herodeskopf vor ihren Augen hängen.
Sie wünschte, weit weg zu sein, in einem fernen Lande, wohin keine Könige kamen und wo es keinen Herodes gab. Ihre blassen Hände lagen matt in ihrem Schoß, und die Bekümmerung schloß ihr die Augen.
Die Sonne erreichte apfelsinenrot fast den Saum der Hügel, und die Schatten schossen weit in die Felder hinein.
Doch aus der Wiege erklang ein fröhliches Krähen, das Maria aufspringen und ihre Augen vor Glück glänzen ließ. Sie nahm das Jesulein behende aus der Wiege. Es hüpfte auf ihrem Arm; es schlug mit seinen Händchen in die Luft und kreischte, brummte und plapperte vor innerlichem Behagen.
Josef hörte es, ließ seine Schaufel im Boden stecken und guckte schalkhaft vorsichtig um die Ecke des Stalles.
Er sah, wie Maria dem Kindlein die Brust gab, und wie der

Kleine saugend seine lieben Händchen über ihre zarte Brust gleiten ließ und in die Haare ihres gebeugten Kopfes.
Die junge Mutter nickte und erwiderte mit süßen Worten und spielte mit ihren feinen Fingern vor seinen lichtblauen Augen.
Josef kam herzugelaufen.
Wie erschrak Maria freudig, als sie das glückliche Gesicht Josefs über ihre Schultern zum Kinde hingebeugt sah, das nun mit seiner Mahlzeit fertig war und ihn mit vergnügten Augen von oben bis unten betrachtete.
»Gib mir es mal!« bat Josef. Der alte Mann nahm das Kind, ungeschickt aus Vorsicht, zu sich. Jesulein hielt mit seiner linken Hand Josefs rechten Zeigefinger umklammert, es schüttelte seine Hand und hüpfte und tanzte auf seinem Arm; es krähte und schrie und schlug mit seiner anderen Hand klatschend auf Josefs Gesicht.
Josef und Maria lachten.
Das Kindlein war nun zwei Monate alt, aber sein sprödes und zartes Seelchen, das noch im Dämmer des Lebens halb versunken lag, zitterte schon beim Licht der erquicklichen jungen Sonne, die warm über sein Gesichtlein strahlte und süß in seinem Herzen summte. Das Seelchen wurde das Leben gewahr, es sprang auf in einem Schauer von erster Freude.
Beide neigten sich mit ihrem Gesicht zu dem des Kindes, riefen ihm tausend freundliche Worte zu und kitzelten es unter den Armen und auf der Brust.
»Ich könnte dich aufessen!« sagte Josef.
»O mein König und mein Himmel!« jauchzte Maria.
Jesulein wurde durch all dies Gerufe und Gespiele übermütig; es stampfte und schlug und zupfte Josef so tüchtig am Bart, daß ihm die Tränen davon aus den Augen sprangen. Maria gab ihm ein Maßliebchen...

Aber auf einmal sahen sie einander mit lauschenden Augen an. Eine heftige Bestürzung ließ sie schweigen. Maria, die ganz rosig geworden war bis in ihre blonden Haare, erblaßte plötzlich, und Josef trat kalter Schweiß auf die Stirn.
Sie lauschten.
Ganz fern, hinter den blauen Hügeln, rauschte eine wachsende Musik mit vagem, rhythmischem, donnerähnlichem Gerassel, dessen Dröhnen ihnen bis in die Beine fuhr.
Maria nahm das Kind an sich. Josef wagte nicht zu sagen, was er dachte. Und beide standen, ungewiß, ob sie Angst zu haben brauchten, und schauten nach den braunen Kaninchenwäldchen, hinter denen der Lärm aufzusteigen schien... Er kam langsam, aber stetig näher; er wandelte leise sich windend hinter den Hügelhalden und verzog sich mehr nach rechts, aber er wuchs und schwoll zu einem deutlichen Liede von vielfältigem Posaunenschall, unterdröhnt und überbrummt von Pauken und von Gongen.
Die Menschen kamen aus den Häusern gelaufen und kletterten auf die Hügel.
»Sieh! sieh!« schrie Maria auf einmal. »Sieh, dahinten sind sie!« Mit zitterndem Finger zeigte sie nach Kreuzdeuts Hüttlein, wo auf dem Rücken des Hügels eine große Bewegung von Menschenhaufen und ein Glanz von Metallen erschien.
Und wie eine Tür, hinter der Musik erklingt, plötzlich aufgerissen wird, so fielen nun der Posaunenschall und das Paukengedröhn festlich in die Täler. Maria verstand und zitterte, und wie durch eine Eingebung stammelte sie zu Josef: »Sie kommen für unser Kind!«
Eine schwere Verlegenheit überfiel sie, eine große Freude erfüllte sie, und sie wußten nicht, was tun. Maria bebte

und mußte sich auf den Stuhl niedersetzen. Sie sah Josef an, als wollte sie fragen, was sie anfangen sollte, aber Josef wußte sich selber keinen Rat; er stand da mit plumpen Holzschuhen an den Füßen, er war nur ein armer Mann, sie hatten ein Loch von einer Wohnung, und diese Könige würden hierherkommen!

Es war beinah unglaublich! Obgleich er wünschte, daß es nur ein Traum sein möchte, war er doch stolz um Marias und des Kindes willen, daß es Wahrheit war.

»Josef, gib mir reine Windeln!« sagte Maria aufgeregt. »Zieh deinen Kittel an!«

Während sie beide hastig das Kind versorgten, das ein frisches Hemd und reine Tücher, sein Haar gekämmt und sein Gesichtlein gewaschen bekam, während Josef seinen blauen, steif gestärkten Kittel anzog und sich die Erde von den Holzschuhen klopfte, wimmelte es dahinten von Menschen und Tieren und Lichtern und Farben und kam das Heer den Hügel herabgezogen.

Die Pauken donnerten und rasselten nun, daß der Boden davon erbebte, die Posaunen schallten und schmetterten wie brechendes Kristall, und hell trippelte dazwischen die Heiterkeit der Flöten, gedämpfter klang das Blasen der Hörner und sanfter das Summen der schwirrenden Rohrpfeifen.

Und als die Krieger zu Tal gekommen waren, tauchten immer noch neue Scharen hinter dem Kamm des Hügels auf.

Die Pflüge standen verlassen und die Schafherden den Schäferhunden anvertraut; auf allen Wegen und quer übers Feld liefen die Bewohner von Bethlehem und der anderen Gemeinden dem nahenden Völkerzug entgegen. Das Heer zog sich auseinander, da die Wege zu schmal waren, und kam in riesengroßen Haufen in der Richtung des Stalles herangerückt.

Pferde und Fußvolk, rauhe Kamele und Elefanten mit hocherhobenen Rüsseln, gelbe, braune und graue Gesichter, nackte Mohrenleiber, die wie Mahagoniholz glänzten, prächtig ausstaffierte Reiter und gepanzerte Krieger, es mischte sich alles farbig und leuchtend durcheinander. Es war ein Hin- und Hergetanze der zartesten, grellsten und buntesten Töne und Farben, *ein* Auffunkeln und Widerstrahlen von Metallen, Seiden und Juwelen, und über dem dichten Gewimmel entfaltete der sanfte Ostwind die durchsichtigen, regenbogigen Drachenfahnen und die buntschillernden Wimpel.

Und hinten tief in der Mitte, wo alle Musik sich zusammenscharte, wo es wogte und summte, zitterte und schallte, über einem Wald von kupferbenagelten Lanzen, schimmerten auf hohem Elefantenrücken die Türme einer goldenen Pagodenkapelle, worin apfelrot ein blasser König saß, und dahinter, jeder auf einem Kamel in einem Halbmond orientalischer Teppiche, saßen die beiden andern.

Die kardinalrote Sonne, die den immer noch herzulaufenden Menschen der Umgebung das Gesicht mit ihrem warmen Rot bestrahlte, jubelte wie trunken ihr Abendgold in die kupfernen Harnische und Piken, die erzenen Posaunen, die silbernen Schilde und Helme und ins blinkende Zaumzeug der Pferde.

Langsam und abgemessen, mit orientalischer Trägheit, wie nach dem Schritt der Elefantenfüße, bumste und ballerte der Donner der Hunderte von Pauken, und langgezogen und schleppend erklang das Geschmetter der gellenden Posaunen, während eintönig-süß immer wieder die Pfeifen und Muscheln sich mengten unter das Getröpfel der hellen Flöten.

So kamen unter dem Dröhnen der Erde näher und näher die farbigen Scharen heran, wie eine ungeheure schwerfällig-langsame, doch unabwendbare Gewalt.

Maria wurde ängstlich wegen der nahenden Riesenhaftigkeit dieses blinkenden Heeres mit dunklen Gesichtern. Ihr Herz klopfte schnell, und sie keuchte, wie nach einer weiten Reise.
Sie konnte nichts denken oder wollen, sondern blieb wie gelähmt auf ihrem Stuhl, das plappernde Kind auf dem Schoß. Josef lief ein und aus, band sich sein seidenes, gelbgeblümtes Tuch um den Hals und wischte sich den tropfenden Schweiß von der Stirne. Doch auf ein Zeichen voreilender Berittener machte in etwa hundert Meter Abstand plötzlich der Zug von Reitern und Fußvolk halt, verstummten die Pauken und verklangen die Posaunen.
Es ward nun eine seltsame Stille, in der rauhe, befehlende Stimmen hin und her riefen, in der beklemmend der Klang der Waffen und Rüstungen hell in dem sinkenden Abend sich regte und das Wiehern der Pferde ihre Ungeduld verriet.
Auf das gegebene Zeichen eines kamelberittenen Hauptmanns machten die vordersten Reiter den Weg frei, um Kreuzdeut, gefolgt von den mächtigen Fürsten, durchzulassen.
Kreuzdeut rief etwas zu dem König hinauf, der auf dem hohen Elefanten saß, und wies mit seinem Stock auf den Stall.
»Da ist es!« hörte Maria ihn rufen. Mit einem seligen Lächeln des Stolzes um seinen zahnlosen Mund schritt er vorauf und nickte von weitem der bleichen Maria und dem bewegten Josef zu.
Einen halben Pfeilschuß vom Hüttlein entfernt, machten die Tiere halt und knieten hin, um die Könige absteigen zu lassen.
Maria stand auf, glättete die Falten ihres Kleides und wartete; Josef trat neben sie. Und da waren sie! Kreuzdeut voran, dann die Könige, allesamt umhüllt von schweren

Balsamdüften. Der erste in Rot, der zweite in Gold und der dritte, der schwarze, in Mondscheingrün.

»Seht«, sagte Kreuzdeut, sein Haupt entblößend, als sie zu Maria gekommen waren, »edle Herren, da ist das Kindlein, wonach ihr mich gefragt habt, und das sind seine Eltern!« Dabei trat er zur Seite, sah stolz ein wenig umher, lauschte und sah dann mit vorgestrecktem Kopf auf die Könige. Der rote König machte eine langsame, tiefe, steife Verbeugung und trat vor.

Er trug um die schmalen Schultern einen apfelroten Samtmantel, mit Gold bestickt und mit Hermelin besetzt; auf seinem fahlen, glattgeschorenen Vogelkopf mit großer Adlernase und Korinthenaugen saß ein tischgroßer roter Hut, über dem die Zacken einer schweren, goldenen Krone blitzten. In seinen weißbehandschuhten Händen, auf denen eigroße, zitronengelbe Steine funkelten, hielt er ein silbernes Kästlein, so vollgefüllt mit goldenem Schmuck, daß der Deckel offen stand.

Und er sagte mit bewegter Frauenstimme in gebrochenem Flämisch: »Verstattet uns, Euch zu grüßen! Das Kind, das Ihr in Euren Armen tragt, verehrungswürdige Mutter, ist der neue König, dessen Stern wir erwarteten und im Osten auf unserer Reise hierher dann gottlob! auch entdeckt haben.

Euer Kind ist der König des Himmels und der Erde und aller kommenden Geschlechter, und obwohl er auf Euren Armen sitzt in Gestalt eines lieben Kindleins, erfüllt er doch mit seinem Geist alle Dinge, die wir sehen und nicht sehn; er ist der Scheitel des Himmels und der Träger der Welten, er ist Gott!

Für uns geringen Knechte, die sich nur daran erfreuen können, ihrem Herrn zu dienen und für ihren Herrn zu leiden, ist es das höchste Glück unseres Lebens, hier niederknien zu dürfen vor seinen göttlichen Füßen und

Ihm durch unsere dürftigen Worte und durch die Darbietung dieser geringen Gaben huldigen, Ihn verehren und anbeten zu dürfen. Empfanget, o begnadete Mutter dieses Kindes, die schlichten Geschenke hier, die nur als Sinnbilder betrachtet werden wollen, denn all unsere Länder, unsere Weisheit und unsere Schätze erreichen noch nicht den Wert eines Haares von Eurem göttlichen Kind. Darum wollet diese winzigen Zeichen aus unseren Knechteshänden annehmen... Mein Name ist Balthasar, und mir ist die Gunst gegeben, über die Länder zu herrschen, wo die Gewürze wachsen. Ich habe ein Buch geschrieben über das Kommen Eures Kindes. Die Sterne haben es mir heimlich offenbart.«

Er gab Josef das Kästlein. Alsdann entblößte er sein weißhaariges Haupt, nahm die schwere Krone vom Hut und hielt sie über das unschuldige Köpflein des Kindes; er schloß eine Weile die Augen, murmelte etwas zwischen den Zähnen, und mit dem Lachen eines, der alles Glück erreicht hat, setzte er die Krone wieder auf seinen Hut. Josef biß sich die Lippen, um die Tränen zurückzuhalten, und sah dabei mit dankbarer Verwunderung dem schönen Vorgang zu. Maria konnte vor Rührung kein Wort sagen. Sie stand da wie ein Wachsbild, so still und so weiß; diese Verehrung der mächtigsten Könige der Welt mit ihren Heerscharen, die hier im Grase gleich Knechten knieten, vor ihrem eigenen Fleisch und Blut, es überflutete und überwältigte sie und schnürte ihr die Dankesworte ab.

Nun nahte der König in dem goldenen Mantel. »Dies ist Kaspar«, erklärte König Balthasar. »Er herrscht dort, wo der Euphrat das Land durchadert und wo das irdische Paradies einst seine Fülle von Düften und Glück ausbreitete. Man nennt ihn den Völkerschmelzer, weil er hundertundsechs Kriege geführt hat und zwölfhundert Stämme unter seinem edlen Zepter glücklich leben läßt.

Hunderttausend Maulesel können all das Gold nicht tragen, das in seinen zwanzig rosamarmornen Palästen mit hängenden Gärten ruht. Er kann nur wenig Flämisch.«
Der kräftige, weißbärtige König, klein unter der riesigen, purpurnen, juwelenbeblümten Tiara, schlug seinen brokat-goldenen, mit lachsroter Seide gefütterten Mantel auseinander, ein Rock von Spitzen, fein wie Spinnengewebe, reichte bis zu seinen purpurnen Schuhen. Er schnippte nur eben mit dem Zeigefinger auf den Daumen, und ein schwarz-grauer kleiner Mohr mit rosigen Handflächen, einen Ring in der Nase und das Haar geduldig in hundert Flechten geknüpft, reichte ihm ein goldenes Weihrauchfaß. Der König neigte sich ernst und fromm vor Maria und Josef, kniete nieder und ließ mit kurzem Schwenken den blauen Weihrauch süß vor dem Kinde emporwolken.

Zu gleicher Zeit kam der König der Mohren, umhüllt von krachender, goldgrüner Seide, durch die das Himmelsblau seines Gewandes hindurchschimmerte.
Eine breite Kette von fingerdickem Gold und schwer von Rubinenglanz ließ auf seiner Brust eine Sonne von wasserhellen Diamanten erstrahlen.
Die gebogenen Spitzen seiner Schuhe waren von gebranntem Silber, und auf seinem schneeweißen Turban wehte ein Busch von radieschenroten Federn.
Er duftete nach Krauseminze und köstlichem Öl, und Balthasar wußte von ihm zu sagen, daß er Melchior hieß und über die waldreichen Länder der Elefanten und Tiger herrschte, daß er vor allem bekannt war als Dichter und

geschickt die Harfe spielte. Sein Land war so groß, daß, wenn es am einen Ende Abend war, am anderen die Mittagssonne kochte.
Melchior lachte, daß die Zähne in seinem von Öl blinkenden, braunen Gesicht blitzten. Er war wie eine geborstene Kastanie. Er sagte etwas in seiner fremden Sprache und überreichte einen kunstvoll geschnitzten Elfenbeinkelch, worin die bernsteingelben Myrrhenkörner blinkten. Er küßte mit seinen weißen Zähnen das rosige Füßlein des Kindes und kniete dann nieder. Auch Balthasar setzte sich in betender Haltung neben Kaspar, und Kreuzdeut beugte ein Knie ins Gras und faltete seine schmutzigen Hände.
Nun war eine Stille bis weit in die Reihen der Menschen und Krieger.
Der Lauf des Bächleins war im Schilfe hörbar, und irgendwo in einem Obstgarten versuchte eine Meise ein Lied zu flöten.
Der Hauch des Windes bewegte die Fahnen.
Mit dem Verschwinden der Sonne verfärbte das Himmelsrund sich zu Stahlblau, und im Osten, in purpurnem Dunst, kam ein blasser Stern zum Vorschein.
Maria saß da mit geschlossenen Augen, während das Kind mit einem Knopf ihres Mieders spielte. Josef, die Schätze der Könige in seinen Armen, bewunderte immer noch, rot von Glück, das herrliche Aussehen der Heere und Könige und betete.
Plötzlich erschien der Komet milchblaß im samtenen Blau des wachsenden Abends. Tausende Hände wiesen zur höchsten Höhe der Luft.
Auf einmal kam Bewegung unter das Soldatenvolk und die Leute aus der Umgegend. Die Soldaten, die nun schon so lange, Tag und Nacht, durch Kälte und Wind und Schnee marschiert waren und ihre herrlichen Länder

voll Sonne und saftiger Frucht und schöner Frauen verlassen hatten, um ihre Fürsten zu dem neugeborenen König zu geleiten, brannten vor Begierde, auch das Wesen schauen zu dürfen, wovon sie sich Wunder erzählt hatten während der langen Wanderung und beim roten Schein der Wachfeuer.

Ihre steigende Neugierde wühlte unruhig in ihrem Leibe; und den Nacken müde vom Über-die-Köpfe-sehn-Wollen, die Füße steif vom Stehn auf den Zehen oder in den Steigbügeln, wurden sie so ungeduldig, daß sie die Zucht ihrer Obersten vergaßen. Der eine drängte sich etwas nach vorn, ein anderer wußte sich einige Meter weiterzuschieben, es entstand ein Gedränge und Gestoße, lautes Sprechen, das zu Geschrei wuchs, und großer Tumult von bewaffneten Menschen, und auf einmal schoß vor Ungeduld alles miteinander hastig nach vorn, und sogleich war der Stall ganz dicht von drängenden Männern umringt. Sie hingen in den Bäumen, stiegen auf das einbrechende Dach, standen einander auf den Schultern und kletterten auf Elefanten- und Kamelrücken.

Als nun die Soldaten selber die Ordnung durchbrachen, machten die Dorfleute sich das zunutze, um auch von nahebei die Könige und das Kind zu sehen, und neben einem schwarzen Hauptmann stand eine blühende Bäuerin, oder junge Mädel hielten sich an den Schultern dieser wilden Männer fest, um besser auf ihren Zehen stehn zu können.

Die Könige, gestört in ihrer stillen, frommen Anbetung, sahen zornig auf. Balthasar erhob sich und begann einem kopflosen Obersten böse Worte zuzuschreien, aber die Worte blieben ihm in der Kehle stecken. Er begriff ihrer aller Wunsch. Er strich sich das Kinn und dachte, die Brauen hochziehend, darüber nach, wie er diese tausend Menschen schnell befriedigen könnte. Ein guter Gedanke

zuckte in ihm auf. Er gebot mit seiner Hand Ruhe und wendete sich zu Maria. Diese war aufgestanden, erschreckt durch den plötzlichen Andrang, und hatte das Kind fest in ihre Arme genommen, um es nötigenfalls gegen jede Gewalt zu beschirmen. Auch Josef sah in tiefem Ernst auf diese drängenden Kriegerhaufen.
»Habt keine Angst!« sagte Balthasar, lächelnd wegen ihrer eitlen Besorgnis. »Ihr seht doch, wie diese braven Leute danach verlangen, Euer Kind, unser aller König, zu sehen; verstattet mir, Euch zu fragen, ob ich es ihnen zeigen darf?« Maria verstand ihn nicht recht, aber da er seine Arme ausstreckte, gab sie ihm das Kind.
Er trat nun auf eine gefällte Ulme und hob das kleine Wesen, so hoch er nur konnte, über seinen Kopf zu dem Volke hin.
Ein Schauer lief durch diese Tausende von Menschen, als sie in den weißen Königshänden ein zappelndes, rosiges Kindlein mit bloßen Füßen und hängenden Windeln sahen.
In einer gewaltigen Stille von Verwunderung, Staunen und Verehrung erhob ein Krieger seine Posaune und blies; und wie auf Verabredung schmetterten nun auf einmal alle Posaunen los, dröhnten donnernd die Pauken und summten wie Millionen Bienen die Muscheln, die Gonge und die Flöten.
Es war ein Gejauchze und Fahnenschwenken, und die plötzlich hervorbrechende Huldigung vor dem neugeborenen König der Welt jubelte herrlich, schwellend-singend, mächtig ansteigend, begeistert, wie ein Orkan von Freude über das schöne flandrische Land.
Während die Krieger nun verstreut umherliefen, die einen in Bethlehem, wo sie nicht genug Bier fanden, die anderen auf den Höhen, wo sie sich Speck mit Eiern und Milch vorsetzen ließen, wieder andere bei den hundert mit

Ochsen bespannten Wagen, wo sie ihren Pferden und Reittieren Futter geben konnten, saßen die drei Könige nebeneinander auf dem Baumstamm und plauderten vertraulich mit Maria, Josef und Kreuzdeut, wie gute alte Kameraden. Der halbe Mond, der den ganzen Tag der Sonne gefolgt war, bekam in der dunkelnden Luft einen gelben Goldfischschein und gab den Dingen einen zarten Schatten.

Die Ferne verfloß in Purpur, und Sterne leuchteten auf. Der Abend kam voller Güte. Dunkel und riesengleich sah Maria die Gestalten der drei Könige gegen den lichten Abendhimmel gezeichnet. Sie sah, wie der Glanz und die Farbe ihres Schmuckes und ihrer Kleider fahl wurden, aber auf den Glatzkopf Kaspars, dessen Tiara zu seinen Füßen stand, legte der Mond einen sanften Schimmer. Die süßen Balsamdüfte wallten üppig aus ihren Kleidern. Neben ihr stand Josef mit gefalteten Händen, und Kreuzdeut lehnte, in langen Zügen rauchend, am Türpfosten, während Maria dunkelblau vor dem weißgekalkten Giebelchen ruhte. Das Kind lag, in den schottischen Schal gewickelt, schlafend in ihrem Schoß, und bleich waren ihre langen Hände und ihr schlichtes Antlitz, worin die olivgrünen Augen dunkel träumten.

Und in der abendlichen Stille, die alle Dinge umschlich, lauschten sie demütig auf Balthasar, der behaglich seine Reise erzählte, unterbrochen durch kindliche Fragen Kreuzdeuts und verwundertes, leises Rufen von Josef.

Und so kam es, daß auch Maria, durch Fragen bestürmt, das Wunder der Verkündigung und der Geburt erzählte. Groß wurden die Augen der mächtigen Fürsten, und mit offenem Munde hörten sie die schönen, übernatürlichen Ereignisse an.

Als sie schwieg und der Friede der Felder ihre Herzen zum Reden brachte, knieten die Weisen aus dem Morgenlande vor ihren Füßen nieder und küßten in hoher Anbetung den Saum ihres Kleides.

Als sie davonzogen nach ihrem Morgenland, in Mondschein und Fackellicht, und jeder König ein Stück Windel von dem Kinde als eine heilige Reliquie sorgfältig bei sich trug, traten sie, ohne es zu wollen, all die hohe seelische Freude Marias entzwei und stießen ihr einen Dolch ins Herz, indem sie sagten: »Nun wollen wir noch zu Herodes gehn und ihm melden, wo sich Euer Kind befindet, damit er nach seinem Versprechen dieser Tage auch das Kind besuchen und anbeten kommt.«
Maria hatte nichts zu sagen gewagt, und nun saß sie da, das Herz von Schrecken umkrampft.
»Ach, Josef«, seufzte sie, »wären wir nur weit, weit weg!«
Kreuzdeut schüttelte seinen Kopf und sagte unheilverkündend: »Herodes ist zu allem imstande!«
Josef wollte beruhigen, aber die Angst machte, daß ihm die Worte bebten.
Es herrschte eine beklemmende Stille.
In den Häusern wurden nach und nach die Lichter ausgelöscht, die Sterne flimmerten klarer und einsamer in der Nacht; und wie etwas, das sich verzehrt und dahingeht, erhob der Nebelschweif des Kometen seine Blässe in die Luft.
Dann und wann wehte bei einem fröstelnden Windstoß noch verloren Posaunenschall zu ihnen hin.
»Ich geh schlafen«, sagte Kreuzdeut etwas gequält, »bis morgen!«
»Wie Gott will«, sagten die beiden in einem Seufzer.

Und noch in derselben Nacht, nachdem Josef in seinem Traum einen großen Engel gesehen hatte, der verzweifelt, gebietend sagte: »Flieht! denn Herodes wird das Kind suchen, um es zu töten!«, als der Mond, rotgebrannt, sich auf die schlafenden Hügel legte, zogen sie weg mit dem nötigsten Gerät, Maria und das Kind auf dem geduldigen Eselein und Josef voranziehend, immerfort betend, in der Richtung des Polarsternes.

Herodes und der Mord der unschuldigen Kindlein

Um die Mittagszeit siebte ein lockerer, träger Schnee seine weiße Watte auf die Dächer und die Zinnen.
Die großen, plumpen Flocken sanken dick und dicht nieder, immerzu, immerzu. Ganz oben wurde die große Stadt flaumig damit belegt, aber auf den Pflastersteinen schmolzen die Flocken schnell weg zu kaltem, dunklem Wasser, und daher kam es, daß die Häusermasse so alt und trübselig unter all diesen dicken, weißen Häuserkappen lag.
Und Herodes schlief noch. Der Tag, der durch die grünen, runden Scheiben schattenlos hereinkam und die Gärten und Früchte auf den goldledernen Wänden beschien und eine Hirschjagd auf einem alten Wandteppich aufleuchten ließ, machte den Schein der schweren silbernen Lampe zunichte, die vor dem eichenen Prunkbett ein spärliches Flämmlein zeigte.

Es war ganz still. Nur das tiefe Schnarchen des Königs ging mit einem piependen Nasengeräusch auf und nieder, und hinter den hohen Vorhängen, die das schmale, nach Anis riechende Gemach abschlossen, regte sich bisweilen das Eisen der zwei Schildwachen, die dort Wache hielten.
Hobbelewitje, der Narr, mit seinem buckligen, schiefbeinigen Körper in einem klingenden, gelben und blauen Narrenkleid steckend, saß in des Königs Lehnstuhl neben dem Bett und wartete. Er wartete darauf, daß sein Herr die Augen aufschlüge, um ihn dann mit Späßen in gute Laune zu bringen.

Durch einen Spalt der safranseidenen Bettvorhänge beobachtete der Narr das Gesicht des Herodes. Sein großer Kopf lag da, rot wie eine ausgebrannte Sonne, versunken in die weißen, weichen Kissen; eine Hand lag über der Decke, sie hatte Runzeln vor Fettigkeit und glänzte von juwelenbesetzten Ringen, und der Bauch, der die Decke auf und nieder wogen ließ, war gewaltig wie der einer schwangeren Frau, die nahe vor dem Gebären ist.
»Er schläft wie ein Schwein«, dachte Hobbelewitje. Das Kerlchen streckte seine breite Unterlippe verächtlich vor, als es sah, wie die eiternden Pusteln in Herodes' Stoppelbart trotz Beschwörung und teuren Heilmitteln von Tag zu Tag zunahmen.
Dann überflog sein Blick spöttisch die wochentägliche Neptunskrone und das abgegriffene Zepter, die goldglänzend auf einem rotsamtenen Kissen lag. Und wieder betrachtete er den ekligen Königskopf, und wieder die Krone und das Zepter, und er dachte echte Narrengedanken.
Man sah deutlich, daß der König häßliche Träume hatte, denn an jeder Spitze seines dünnen und kurzen Geizkragenhaares hing ein Tropfen Schweiß. Das Angstwasser blinkte fettig auf seiner niedrigen, knolligen Stirn und perlte aus den großen Poren seiner dicken Nase.
Aber Hobbelewitje weckte ihn doch nicht auf. »Träume nur zu«, dachte er, »du steckst ja doch schon in Luzifers Rachen!« Er verhielt sich mäuschenstill, holte vorsichtig Atem und schluckte sorgsam seinen Speichel hinunter, damit er ja nicht eines der verräterischen Glöcklein bewegte.
Denn es war vorgestern oder gestern wohl gewesen, das mit den drei Königen und dem neugeborenen König. Es war Herodes nichts recht zu machen, er hatte getobt wie alle Teufel, weil man ihm nach seiner Krone trachtete; er

hatte der Königin eine Ohrfeige mitten ins Gesicht gegeben, weil sie ihm keine Kinder schenken konnte, und alle Späße von Hobbelewitje waren Pflaster auf ein Holzbein. Was würde heute geschehen? Die Könige waren noch nicht zurück, sie waren über die Zeit fort. Das ganze Schloß, von Grätenhals, dem ersten Minister, an, bis zum Geschirraufwascher im Keller, sie saßen alle miteinander voller Hundeangst da.

Hobbelewitje hatte genug von Herodes' Launen und wünschte, daß er weiterschlafen möchte, bis er die Könige vergessen hätte.

Er sah den Schnee fallen und die Dächer weiß. Er dachte an seine Kinderjahre und verlor sich in süße, wehmütige Träumereien. Aber das Unglück wollte, daß der Narr in diesen Tagen eine Erkältung hatte, und plötzlich, ohne es verhindern zu können, nieste er dreimal hintereinander, und alles klingelte und klirrte, was an ihm war.

Der Kopf bewegte sich, ein Pferdeseufzer drang dumpf aus den sanftwarmen Kissen, und Herodes öffnete die dicken Säcke seiner braunen Kuhaugen. Er sah zuerst verbast umher, fühlte sich aber sogleich froh, daß er in den warmen Laken seines eigenen Bettes lag.

Hobbelewitje ließ dieses Lächeln nicht kalt werden und sagte zu Herodes: »Ich wette, daß Ihr geträumt habt, Eure Nase sei ein Pfefferkuchen und Eure Zunge ein Messer, sonst hätte ich Euch schon lange einen guten Morgen gewünscht.«

Herodes zuckte geringschätzig mit den Schultern und sprach von etwas ganz anderem.

»Kannst du Träume deuten?« fragte er fast flehend. Er richtete sich auf, stieß einen Seufzer aus und legte die weißen Frauenarme über die Decke.

Der Narr wackelte bejahend mit seinem glatten Altmännleingesicht.

»Weißt du denn nicht, was es bedeutet, wenn man träumt, daß man Klee schneiden will, wenn man ihn abschneidet, ist es Schilf, und wenn man das Schilf ißt, läuft Blut heraus, woraus man Blutwurst macht, die man einen essen läßt, bis er daran erstickt?«

Hobbelewitje sah noch den Schreck von dem Traum in Herodes' Augen. Was konnte er sich nur ausdenken, um dem König eine scheinbar vernünftige Auslegung, bestreut mit Lachgewürz, aufzutischen? Herodes war ernst, sehr ernst, und der Narr hätte nun lieber bei dem dicken Koch in der Küche gesessen.

Es war ein rechtes Narrenproblem; das Kerlchen schwitzte davon und fühlte den Schreck in seinem Blute klopfen. »Seht«, sagte er, seine kahlen Brauen hochziehend, »mein Großvater hat das auch einmal geträumt, Punkt für Punkt dasselbe, aber umgekehrt! Er wollte Schilf schneiden, schnitt Klee, aß ihn auf, aber statt daß Blut aus dem Klee herauslief, lief das Blut aus ihm heraus, man machte Blutwurst davon, und er aß sie auf, aß daran sechs, sieben, zehn Jahre lang, bis er sich selbst aufgegessen hatte... Also wurde mein Großvater, der mager war wie ein Rohr, fett wie ein Ochse, und Ihr, der Ihr fett seid wie ein Pfingstochse, werdet mager werden wie ein...«

»Schweig, Buckliger!« brüllte Herodes wild. »Du lügst, du spottest...! Weg!« Und zugleich ergriff er das Zepter und warf es mit aller Gewalt nach dem Narren, der, ohne im mindesten getroffen zu sein, heulend wie ein Hund von dannen lief.

»Ach«, seufzte Herodes, aus dem Bett rutschend, während seine Füße nach den weichen, wollenen Pantoffeln suchten, »niemand, der es gut mit mir meint! Was für ein Traum war das doch!« Sein Kuhblick war groß vor Angst. So blieb er eine Zeitlang stehn; er sah auf und dachte sich ein wenig zu erfreuen an dem unerwarteten Winteranblick, aber da wurde er just gewahr, daß er mit dem linken Fuß zuerst aus dem Bette gestiegen war. Er hätte weinen können vor Ärger, er hätte sich am liebsten zurück ins Bett gelegt, um mit dem rechten Fuß wieder herauszukommen. Da er gottlos und abergläubisch war, fürchtete er nun Unglück und Mißgeschick von mancherlei Art, und es grollte und krachte in seinem Mund von verzweifelten Flüchen.

Eine traurige Gewohnheit war es für ihn, jeden Morgen, wenn er aufstand, nach seinen Schwären zu sehn. So tat er auch heute. Aus einem reichgeschnitzten Kästlein nahm er einen venezianischen Spiegel, den er mit der einen Hand unter sein Gesicht hielt, während die andere vorsichtig die kurzen Haare seines Bartes zur Seite drückte. Es graute ihm vor ihm selbst, und er schloß für eine Weile die Augen. Er hatte Lust, sich selbst zu bespucken. Und fluchend, drohend, die Fäuste ballend und Verwünschungen auf sich selbst und auf die ganze Welt ausstoßend, legte er sein weißseidenes Gewand an, das mit goldenen Disteln bestickt war. Er raffte es in den Lenden auf mit einem rotledernen Gurt, worüber nun die Gewalt des Bauches lastete.

Er wickelte sich ein wollenes Tuch um den Kopf und klingelte.

Ein stumpfsinniger Wächter kam von hinter dem Vorhang her zum Vorschein.

»Der Senat!« befahl Herodes.

»Der Senat!« rief der Wächter laut wie durch einen Trichter, und es klang hallend durch weite, hohle Gänge. Die Herren befanden sich schon lange hinter dem Vorhang und gingen auf den Fußspitzen umher. Nach dem Rufe des Wächters schoben sie sogleich hinein und verbeugten sich wie Priester, die die Messe lesen, so daß die

Pracht ihrer kostbaren Kleider sich in großen Falten um sie her niederlegte.
»Sind die Könige schon hier?« forschte der König sie sogleich aus. Grätenhals, in schwarzem Gewande, über das sein kleines, scharfes, zitronengelbes Weibergesicht herauslugte, sagte: »Sie werden gleich kommen, Herr!« Einer, der seinen Bauch in grüner Brokatseide hängen ließ, sagte mit einer Komödiantenstimme, die von Fett piepte: »Ich habe meinen Boten ausgesandt, um zu sehn, wo sie so lange bleiben.«
»Sie werden den Weg im Schnee verloren haben; das geschieht öfter«, wagte der spitzkinnige Konteradmiral zu sagen.
»Schickt noch mehr Boten!« rief Herodes grob, »noch hundert... noch tausend! Die Könige müssen hierherkommen! Hierher!« Sein dicker Wurstfinger wies zitternd zu Boden, die Wut schwoll seinen Stiernacken und jagte ihm das Blut in die Augen. »Sie müssen kommen und mir sagen, wo dieser neugeborene König sich befindet! Versteht ihr? Ich werde ihn mit meinen eigenen Händen zu Tode würgen. Ah, man will mich entthronen, entthronen! Ah, ich werde mager werden wie ein Rohr! Wir werden schon zeigen, wer hier Herr und König ist!« Und seine Kuhaugen wanderten forschend, mißtrauisch und drohend von einem Minister zum anderen. Sie schwiegen und schlugen die Augen nieder. So gefiel es ihm; bange mußten sie sein. Seine Stimme wurde dann weicher, und er sagte: »Bringt mir zu essen! Laßt mich allein!«
Die Minister krochen, sich verbeugend, zurück, und als Herodes allein war, ließ er sich ein paar weichgekochte Eier bringen, die er mit acht dick mit Butter bestrichenen Semmeln ausschlürfte.
Ein stämmiger Diener kam herbei: »Wünscht Seine Majestät sich waschen zu lassen?«

»Weg! Weg! Ich habe keine Zeit... Gleich! Nein! Ich will erst wissen, wo dieses Hundejunge sich sein Nest gemacht hat, eher will ich mich nicht waschen lassen! Das schwöre ich bei meiner Krone!«

»Zu Befehl!« sagte der Diener.

Herodes setzte sich die Krone auf den Kopf, ließ sich einen Purpurmantel umhängen, der schwer von Hermelin war, und dann wurde er von dunkelfarbigen Riesen auf einem Schulterstuhl durch lange, kühle, dämmerdüstere Gänge zum Richtsaal getragen.

Dort hingen die hohen Bildnisse seiner Ahnen, von denen er, er wußte es nur allzugut, ein unechtes Kind war; dort gähnten die hohlen Harnische und hingen Säbel und Lanzen und Schilde rostig an den Wänden.

Ein Feuer knackte und krachte in dem nachtschwarzen Kamin, die Fenster trugen Farben von gebranntem Glas, die Bänke und Sessel waren bedeckt mit Schaffellen, die Wandteppiche erzählten von großen Frauen mit hohen Brüsten. Hier hatte Herodes schon zehnmal die Hölle verdient. Hier fanden die berühmten Gelage statt, hier machte er die barbarischen Gesetze, von Mord und Erpressung, hier hat er in den molligen Schafpelzen, in der Dämmerung, wenn die Sonne schräge Strahlen in die Zimmer wirft, manche böse Tat begangen.

Er rutschte in einen kupfernen Sessel vor dem Kamin und sann mit zusammengekniffenen Lippen nach über seinen Traum, über die Worte des Narren, über den Streich, den die drei Könige ihm spielten, über seinen linken Fuß, und vor allem über jenen neugeborenen König. Es prophezeite alles miteinander: Tod und Untergang.

In seinem Herzen wuchs die Verzweiflung, er sah sich schon entthront und weggeschubst, ein elender Bettler, vor dem alle gastlichen Tore sich schlossen.

Wut brachte sein Blut in Wallung, er ballte die Fäuste,

schlug auf das Kupfer der Armlehnen und ersann unmenschliche Rachepläne, die er wohl nicht zur Ausführung bringen konnte, aber die ihn schon, wenn er sie sich ausdachte, froh machten.

»Hol mal das Würstlein!« sagte er zu einem langbeinigen Pagen, der gleichgültig hinter dem Sessel stand und auf Befehle wartete.

Kurz darauf brachte der Knabe eine weiße, dachsfette Hündin. Würstlein begann sogleich Herodes Hände und Gesicht abzulecken, und der König fand viel Behagen daran und streichelte dem Tier freundlich die Kraushaare.

Aber als er das müde war – er konnte an nichts heute Vergnügen finden –, befahl er, den Senat einzulassen.

Zögernd und unter Verbeugungen trotteten die Minister herein.

»Wo bleiben sie?« schalt Herodes.

»Sire«, sagte der Dicke, der Donat Kops hieß und immer Grätenhals ausstechen wollte, da er die hochmütige Hoffnung nährte, selbst erster Minister zu werden. Er sprach also: »Sire, es sind noch hundert Boten ausgesandt worden, um sie aufzuspüren!«

»Schweig, Fettsack, Kröte!« wies Herodes ihn zurecht.

»Wie Ihr befehlt, Herr!« flötete Donat.

Der gelbhäutige Grätenhals lächelte fein und sagte sodann beruhigend zu Herodes: »Fürchtet nichts, Herr, das Kind wird in Eure Hände kommen, und wenn Ihr wollt, die Könige auch!«

»Quatsch, Quatsch! Wenn binnen einer Viertelstunde die Könige nicht hier sind, hänge ich euch alle miteinander am Belfried auf. Es ist eure Schuld, daß sie so lange wegbleiben! Warum seid ihr nicht mitgegangen? – Aber ihr hattet Angst!«

»Sire...«, wandte Grätenhals listig ein.

»Hinaus! Hinaus!« brüllte Herodes, und Würstlein kläffte mit nach den Ministern.
Sie wollten sich aus dem Staube machen, als plötzlich der Vorhang zur Seite geschoben wurde und ein beschneiter, beschmutzter Krieger, tief Atem holend, hereintrat. Auf einmal entstand eine tiefe Stille in dem Gemach, das Holz knackte im Feuer.
»Rede!« sagte Herodes mit trockener Kehle.

»Sire«, keuchte der junge, stramme Krieger, »die drei Könige haben heimlich einen anderen Weg genommen. Sie werden hier nicht herkommen, sie sind schon an Gerardsbergen vorbei ...«
Herodes sprang auf, warf Würstlein von seinem Schoß, raufte sich das Haar und fluchte und raste wie der Sturm: »Diese Memmen! Diese Diebe! Fluch, Fluch! Erst haben sie sich den Bauch noch vollgesogen mit meinen besten Weinen. Die Säufer! Die Betrüger! Sie müssen sterben, sterben! Ihre abgeschnittenen Köpfe werde ich durch die Stadt tragen lassen und den Hunden geben! Meine Soldaten, meine Soldaten! Ach, warum habe ich nicht mehr Soldaten! Diebe! Diebe!«
Er faßte nach der Kehle, wo die Wut sich würgend staute, und fiel wie ein leerer Sack in den Sessel. Ein fahles Grau bläßte das purpurne Gesicht, eine Flocke schleimigen Schaumes floß in den Bart.
»Wasser, Wasser!« piepte Donat Kops.
»Und feines Öl!« befahl Grätenhals.
»Der Doktor, der Doktor!« riefen viele Stimmen.
Sie nahmen ihm die Krone ab, knöpften ihm das Gewand an der Brust auf, und der Doktor, ein alter pergamente-

ner, kopfwackelnder Knabe, bespritzte ihn mit Wasser, rieb ihm die Schläfen mit feinem Öl und ließ ihn an einem stinkenden Salbentopf riechen.
Die Kuchenteigfarbe schwand, das Purpur stieg ihm wieder übers Gesicht, und langsam öffnete er die nassen Lider.
»Und der neue König!« schrie er, bereit, aufs neue in Ohnmacht zu fallen.
Ruhig antwortete der Krieger: »Ein Bauer hat mir erzählt, daß sie das Kind da drüben gelassen haben. Es scheint nur ein armes Kindlein zu sein von einer jungen Mutter und einem alten Mann.«
»Dann muß es getötet werden!« entschied Herodes wütend, »noch heute! Wer will es töten?«
Niemand sprach.
»Was?« rief Herodes erstaunt und drohend, »niemand will mich retten?«
Donat wollte sprechen, doch Grätenhals kam ihm zuvor: »Wir wollen unsere Köpfe vor Eure Füße rollen lassen, wenn das zu Eurem Heile dient... Aber laßt uns vorsichtig sein! Ein jeder ist fest davon überzeugt, daß das Kind getötet werden muß. Es muß und es wird getötet werden. Aber laßt uns vorsichtig sein! Euere Majestät wird doch wohl wissen, daß auf dem Lande die Kinder wie die Kaninchen gezüchtet werden? Wie sollen wir dieses Kind erkennen zwischen den Tausenden? Laßt uns vorsichtig sein!«
Donat Kops fiel ihm ins Wort: »Schön, nichts einfacher als das! Ein paar meiner schlausten Leute will ich damit betrauen, das Kind heimlich zu töten!« Ein triumphierendes Lachen spielte über seinem Doppelkinn.
Herodes nickte schon zustimmend. Aber Grätenhals wollte sich nicht unterkriegen lassen; er fand den Gedanken zwar ausgezeichnet, aber weil er von seinem Widersa-

cher kam, drückte er ihm die Gurgel zu: »Das erfordert Zeit und Geduld! Und dann kann man Euch noch ein verkehrtes Kind bezeichnen. Heute noch muß es geschehen nach dem hohen Willen Seiner Majestät.«
Kops schluckte das Lächeln wieder hinunter und biß sich vor Wut auf die Lippen.
»Aber wie?« rief Herodes. »Wie soll es denn getötet werden? Heraus damit! Seht ihr nicht, daß sie mir nach dem Throne trachten?« Und dann, über die Maßen milde: »Tausend Kronen und meine zwei besten Pferde dem, der die Sache auf der Stelle löst!«
Die anderen Minister, die nur Ja-Nicker waren, schwiegen und überließen Donat und Grätenhals das Feld.
Donat schob sich vor, aber Grätenhals war schon bei der Arbeit: »Ruhig, Sire«, lächelte sein gelbes Gesicht, »laßt uns wie die Sterne zu Werke gehn. Ihr werdet König bleiben. Ich hab einen feinen Plan!«
»Und der wäre?«
»Wißt Ihr was?« rief Donat Kops hastig, »hungert das Volk aus, bis es Euch das Kind ausliefert!«
Grätenhals zuckte verächtlich mit den Schultern. Herodes tat das gleiche. Alles blickte nun auf Grätenhals. In seinem Munde lag das große Wort, das ihn mit tausend Kronen und den zwei schönen, weißen Königspferden belohnen sollte.
Herodes erwartete von diesen dünnen Lippen den Tod seines Erzfeindes und die Erhaltung seines Königtums.
»Hört zu«, sagte Grätenhals, indem er die mit Eselszähnen gefüllte Mundhöhle zu einem teuflischen Lächeln – denn er haßte das flämische Volk – öffnete: »Ihr müßt alle Knaben in Bethlehem, die noch keine zwei Jahre alt sind, töten lassen! Dann ist er sicher dabei! Und zwar heute noch! Eure Soldaten stehn bereit!«
Alles summte freudig. Donat Kops sank beinah in sich

zusammen, weil es so einfach war und er nicht darauf gekommen war; er sagte einem seiner Spießgesellen, daß er ein Bedürfnis befriedigen müßte, und machte sich voll würgender Wut davon.
Herodes lachte triumphierend, schüttelte in seiner dicken Faust die kalte, schlaffe Hand von Grätenhals und versprach für den Abend ein Riesenfest.
Sogleich wurde vom Kapitän der königlichen Wache der Befehl zum Abrücken gegeben.
Vergnügt sahen Herodes und die Minister die schwerbewaffneten Reiter davonziehen durch den immer noch fallenden Schnee...
Dann saß er allein da. Würstchen schlief auf seinem Schoß. Er sah auf den schweren, dicken Schnee und das träge Züngeln der Flammen, und nun er wußte, daß er der gefürchtete König bleiben und sein Thron nicht mehr wackeln würde, ward es ihm bei diesem Schnee- und Flammenspiel behaglich zumute, und er fühlte sich jung in der Laune, ein Liedlein zu singen. Denn er war romantisch veranlagt.
Wie durch einen Spalt seiner Fröhlichkeit fühlte er wohl, daß das, was er befohlen hatte, unmenschlich war; aber er schob die Schuld auf seine Frau. Es war etwas in ihm, das nach einem Kinde schrie. Hätte er Kinder gehabt, so würde er sich zu diesem grausamen Morden nicht entschlossen haben. Also entschuldigte er sich selbst.
Plötzlich schoß der Ärger in ihm auf. Warum schenkte seine Frau ihm denn keine Kinder? Mit ihm würde sein Königreich in nichts zerfließen und unter seine Feinde verteilt werden. Es war, um an den Wänden hinaufzulaufen, wenn man es richtig bedachte. Solch ein edles Geschlecht nicht fortsetzen zu können! Und mit leerem Herzen dachte er an seine stramme Frau, mit ihrem weißen Fleisch, dem pechschwarzen Haar und den ver-

träumten Mandelaugen, die ihn schlangengiftig zu verhöhnen wußte, weil er ihr keine Kinder schaffen konnte. Die Verzweiflung kehrte ihm den Magen um, und er weinte.

Und wie ist nun dieser grausame Kindermord geschehen? In verschollenen Papieren, die kurzweg »Fakta« genannt werden, hat der königliche Schreiber des Herodes, der in eigener Person Zeuge des fürchterlichen Mordens gewesen ist, es selbst beschrieben.
Folgendermaßen:
»Hinter der weinroten Fahne, in einem Wald ragender Speere sausten wir alle hundert, unter dem anhaltenden Fallen des trägen Schnees, fast geräuschlos über die weichen, weißen Lande.
Die Ferne lag verschleiert hinter dicken Schneegardinen, und der Abend wuchs zwischen dem schrägen Fall der müden Federflocken. Ich brauche euch nicht zu sagen, daß der Schnee ein fast unbezwingliches Hindernis war auf unserem Zug; wie ein Kissen wölbte er sich uns vorn auf dem Leib, blieb in den Wimpern unserer Augen hängen, rieselte bisweilen kühl in unseren Nacken und zerknickte fast unsere kostbaren, langen Helmfedern. Auch die Pferde hatten viel Beschwerde davon, so daß sie mühsam zu reiten waren und störrisch vor Ungeduld. Doch dank dem dichten Schnee hatten wir uns unbemerkt dem kleinen Flecken Bethlehem genähert. Er lag winzig und friedlich da in der Tiefe, gelb hinter dem wirbelnden Schneegestöber. Auf dem Abhang des Hügels, der sich zum Dorfe hinabsenkt, machten wir unter hohen, schwarzen Bäumen halt. Dort schüttelten wir uns den Schnee von den Kleidern und stiegen von den Pferden, um uns die Beine zu vertreten und uns an einem schwelenden Reisigfeuer, das einige Soldaten in aller Eile angezündet hatten,

die Hände zu wärmen, um sodann unserem schneidigen Hauptmann zu lauschen, der von seinem gelben Pferd herab aus seinen dicken Pelzen Befehle erteilte. Da er sich auf der Landkarte auskannte, so konnte er uns bequem zeigen, wie weit sich die Grenzen der Gemeinde erstreckten. Die Häuser, die zwischen dem schwarzen Flüßlein, den kaum erkennbaren Kaninchenwäldchen, den flachen Wiesen und dem Hügel lagen, auf dem wir standen, gehörten zu dem fraglichen Sprengel; aber was dahinter oder darüber lag, gehörte zu anderen Dörfern und durfte nicht angerührt werden.

Eine Krähe belauschte von einem toten Ast herab mit schiefem Kopf die Worte unseres Hauptmanns, und nur durch Händeklatschen konnte ich sie verjagen, denn ich halte nichts von Raben und vor allem nicht, wenn sie horchen. Während ich dies schreibe, muß ich noch lachen über die Frage eines unserer Soldaten. Nachdem unser Hauptmann uns eingeschärft hatte, nur die Knäblein unter zwei Jahren zu töten, fragte der Soldat (er hatte ein dickes, rotes Bauerngesicht, das den ganzen Helm ausfüllte): »Woher sollen wir wissen, daß es Jungens sind?« Ja, ich muß noch darüber lachen. Aber ich spüre auch noch den Ärger über das, was dann geschah. Ich sah ein altes Männlein mit einem Reisigbündel auf dem Rücken im Gebüsch verschwinden. Ich hatte gerade vor, ihn zu mir bringen zu lassen, aber eine Frage des Hauptmanns lenkte mich von meiner Absicht ab. Daß ich es nicht getan habe, wurmt mich noch heute tief, da dies Männlein uns einen bösen Streich gespielt hat.

Nachdem jeder seinen Auftrag erhalten hatte, stiegen wir

wieder in den Sattel und rückten ab. Schräg den Hügel hinabziehend, ritten wir unter hohem und dichtem Baum- und Strauchwerk, dabei lag der Schnee auf unseren Augen, so daß wir Bethlehem nicht mehr sahen. Und ich dachte an die Menschen des einsamen Sprengels, die zu dieser Stunde in eintönigem Frieden wieder bei ihrem Tagewerk sein mußten, den Abend erwartend, der bald kommen würde. Ich kannte dieses Dorf gut, da es auf dem Wege unserer häufigen Züge nach Frankreich gelegen war. Mir war es sogar, als sähe ich einen Jungen flötend über den Dorfplatz laufen oder als hörte ich eine Ladenglocke und als sei der Schnee die Dämmerung, die in Flocken niederfiel.

Doch ich war im Irrtum, sehr im Irrtum. Als wir aus dem Busch herauskamen, der sich bis zu den Häusern des runden Dorfes erstreckt, war der Flecken so leer wie meine Hand. Die Sturmglocke schlug hastig und aufgeregt, unaufhörlich, immerzu, so daß die ganze Luft davon summte und trillerte und uns die Ohren gellten, und dahinten über dem Dorf neben dem Flüßlein, auf der Allee und tiefer in die Felder hinein, hastete eine Schlange von Menschen, Tieren und Wagen den sicheren Kaninchenwäldern zu!

Da standen wir nun und sperrten das Maul auf. Es war das alte Männlein, das unsere Worte erlauscht und sie schnell wie ein Feuer umhergetragen hatte. Die Türen standen sperrweit offen, die Ställe waren leer, nur einige Hühner liefen noch herum und ein paar Hunde, die im Schnee schnüffelten.

Wir suchten eilig einzelne Häuser ab, vom Keller bis zum Hahnebalken, fanden dort aber keine lebendige Seele, als allein irgendwo eine Katze mit Jungen in einem alten Hut. Da die Speckseiten im Pökelfaß und die Schinken im Rauchfang zur Nutzlosigkeit verdammt waren, so haben wir sie einfach mitgenommen und über die Rücken unserer Pferde gehängt, um sie unserem großen König Herodes zu verehren. Es hat uns später oft herrlich geschmeckt, wenn wir ihre allzu salzige Zartheit mit Rührei und süßen Weinen mildern konnten. Ich versichere euch, in einem Bauernschinken sitzt eine Seele!

Nur ein Mensch war im Dorf geblieben: der Küster. Er war es, der das Glockenseil nicht loslassen wollte und das dröhnende Geläut über das Land schleuderte. Man konnte mit dem Manne nicht reden, er war närrisch geworden, der Schweiß lief ihm nur so aus den Röhren seiner Hose, Schaum drang ihm aus Nase und Mund. Wir ließen ihn ruhig weiterziehen.

Unser Hauptmann sah es; wenn nicht sofort eingegriffen würde, so war der königliche Befehl unmöglich zu vollstrecken. Da er verantwortlich war und die Ehre seines hohen Amtes davon abhing, so ließ er schnell die Soldaten zusammenblasen und die flüchtende Menge verfolgen.

Das war mir ein wilder Ritt mit bloßem Säbel und gefällten Lanzen!

Als die Flüchtlinge uns gewahr wurden, stieg in dem Zug ein banges Wehklagen auf.

Von der Höhe meines Pferdes herab sah ich deutlich, wie die Frauen mit ihrem Kind im Arm voraufliefen. Dahinter mischten sich durcheinander Männer und Frauen und junge Dirnen, Knaben und Mädchen, die fast alle Brüder oder Schwestern auf der Schulter, auf dem Rücken oder auf dem Arm trugen. Büblein und Mädel, die schon kräftige Beine hatten, liefen mit, sich an der Schürze ihrer Schwester oder Mutter oder an den Rockschößen ihres Vaters festhaltend.

Alte Frauen und steinalte Männer, Kranke und Krüppel wurden fortgezogen oder geschoben auf Schubkarren oder in Hundewägelchen, oder sie saßen oben auf den wackelnden Wagen, die mit Betten und Hausrat bepackt waren. Kühe und Schafe wurden mit Flüchen und Schlägen, Peitschenhieben und Hundebissen vorwärts getrieben, quieckende Schweine roh mitgezerrt oder wie Kinder im Arm getragen.
Eine Frau war da, die ihre sieben Kinder aneinandergebunden hatte, um sie nicht zu verlieren. Sie war schlau gewesen, denn deutlich hab ich gesehn, wie in dem Trubel Mütter nach ihren Kindern suchten und Kinder nach ihren Müttern heulten. Es geschah, daß der eine über den andern stürzte, dann gab es ein ohrzerreißendes Gekreische in diesem übereinanderkrabbelnden Menschenhaufen, dann wurde schnell eine Ohrfeige verabreicht oder ein Gesicht blutig gekratzt, und man ließ fallen, was man bei sich hatte, um nur die eigene Haut zu retten.

Ein Stück hinter diesem Gestoße von Wagen und verzweifelten Menschen zog ruhiger ein Trupp mit Forken, Mistgabeln, Sensen und Dreschflegeln bewaffneter Bauern. Sie wurden angeführt von dem Ortspfarrer, der das kupferne Prozessionskreuz hoch erhoben trug.
Ein altes Weiblein war bei einer Weide sitzen geblieben und streckte schon von weitem ihre Hände nach uns aus. Und der den Zug beschloß, war ein Mann ohne Beine, der sich mit zwei hölzernen Bügeleisen fortbewegte.
Doch sobald wir näher und näher kamen und der Schreck

ihnen immer mehr in die Knochen fuhr, stoben viele Gruppen auseinander, liefen von der Straße herunter und eilten schräg über die Felder, um schneller im Walde zu sein. Die einsamen Häuschen, die hier und dort im Felde lagen, wurden, während wir weiter ritten, von anderen sorgfältig durchsucht.

Just als der mit den Bügeleisen zwischen den Bäumen verschwand, erreichten unsere vordersten Leute den Wald.

Die ersten unserer Reiter sausten nur so quer durch bis tief in den Wald hinein, um zu verhindern, daß auch nur eine Bauernkreatur entwischte. Derweilen waren viele der Unsrigen mit den bewaffneten Bauern schon handgemein geworden, die sicher zu siegen hofften, da hier ein für sie sehr günstiger Platz war, mit Hinterhalten und unbekannten Pfaden, die ihnen beim Wildern gewiß von Nutzen gewesen wären.

Da ist denn auch tüchtig gefochten worden unter diesen dicken Buchen, um die herum die Dämmerung kreiste und der Schnee, und mancher unsrer tapferen Soldaten ist durch einen Dreschflegelschlag mausetot geblieben und mancher Kopf durch die furchtbaren Sensen vom Rumpf getaumelt.

Der Wald hallte wider von Kindergeschrei, Frauengeheul und Männergefluche. Das Blut färbte schreiendrot den weißen Schnee, und große Vögel flogen krächzend in den Bäumen.

Da es keine Edelleute oder Krieger waren, sondern nur plumpes flämisches Bauernvolk, so haben wir feinen Höflinge uns bei dieser Morderei nicht vom Fleck gerührt. Wir haben zugesehn, und ich für mein Teil fand es sehr anziehend, obschon alle Regeln der edlen Kriegskunst außer acht gelassen wurden.

Während Soldaten zu Fuß und zu Pferde sich im Kampf

mit den Männern befanden, beeilten andere sich, durch den Wald auf und ab zu rasen und die zu verfolgen, die etwa zu flüchten wagten. Aber da es ein dickköpfiges Volk ist und auf die Befehle unseres edlen Königs Herodes nicht hören will, so sah manche Frau, die von ihrem Kinde nicht lassen wollte, wie es ihr in den Armen mit spitzen Lanzen totgestochen wurde. Ja, bisweilen war der Stoß so heftig, daß die Spitze der Lanze mit durch ihren Leib ging.
Die Frauen, die Kinder bei sich hatten, wurden auf einen offenen Fleck im Walde zusammengetrieben; abgesessene Reiter rissen ihnen die Kinder weg und untersuchten sie; wenn es Knaben waren, so wußten sie sie mit *einem* Schwertstreich ehrlich in zwei Hälften zu teilen. Das rief einen grimmigen Kampf und ein großes Geheul hervor, so daß der ganze Wald davon widerhallte. Doch es ist kein einziger Junge übriggeblieben. Immerhin ging das nicht alles mühelos. So sehe ich noch vor meinen Augen eine Frau, die mit einem Landsknecht um ihr Kind kämpfte. Ein Knäblein und ein Mädchen hingen weinend an ihren Röcken, und während sie mit der einen Hand einen Säugling kräftig gegen ihre Brust drückte, wühlte die andere, mit Haarnadeln bewaffnete Hand in dem Gesicht des Soldaten, so daß das Blut herabfloß. Aber der ließ trotzdem die Beinchen des Kindes nicht los und wußte es endlich geschickt zu durchbohren. Als die Mutter das warme Kinderblut über ihre Hände rieseln sah, quollen ihr die Augen aus dem Kopf, sie ließ das Kind fallen, sprang auf ihn zu und biß ihm das linke Ohr glatt vom Kopf. Dann fiel sie tot hintenüber, und die Kinder begannen fürchterlich zu heulen. Der Soldat lief, vor Schmerz sich krümmend, um die Bäume herum und rief jämmerlich nach seiner Mutter. Und dabei war er ein Findelkind.
Alle kämpfenden Bauern lagen schon tot neben aufgerissenen Pferdebäuchen und stöhnenden Soldaten, als der

Schmied mit seinem Hammer noch einem Halbdutzend der Unsrigen den Kopf einschlug. Ein Lanzenstich in sein Auge brachte ihn zum Taumeln, und dann wurde er nach allen Regeln der Kunst aufgehangen und sogleich von krächzenden Raben umflattert. Kühe liefen verlassen umher, und die Schafe blökten kläglich nach ihrem Stall. Nun gab es ein gräßliches Schauspiel. Männer und Frauen und junge Mädchen krochen auf den Knien um unsere Pferde herum. Der Pfarrer betete mit Greisen und mit Frauen in schwarzen Kapuzenmänteln vor dem kupfernen Kreuz, das er an einen Baum gelehnt hatte. Seine Stimme klang wie eine Glocke, und das Volk antwortete auf seine kurzen Ausrufe immer: »Bitt für uns! Bitt für uns!«

Der Bürgermeister, der von Beruf Schuhmacher war, ein hölzernes Bein trug und Ringe in den Ohren, war plötzlich kindisch geworden, und während er vier magere Kühe bewachte, streckte er seinen Zeigefinger hoch und lauschte lachend nach der fernen Sturmglocke, die immer noch läutete und ihr Brummen bis in die Zweige der großen Bäume warf. Ein Pferd mit einem Reiter ohne Kopf bäumte sich in die Tiefe des Waldes hinein. Väter, die etwas viel Umstände machten, ihr Kind herzugeben, wurden einfach aufgehangen. Es baumelten schon an die fünfzehn Männer nebeneinander. Dahinten unter einem Wagen suchte eine Mutter mit einem halben Kinde im Arm die andere Hälfte. Zwei Hunde rissen sich um eine Kinderhand, und ein Rabe flog mit dem abgebissenen Ohr des Soldaten davon. Ganze Schwärme von Vögeln saßen hier und dort pickend auf den Leichen; sie waren sogar so keck, auf die toten Leiber niederzufallen, die die Mütter in ihrem Schoß beweinten; diese aber vertrieben die schmierigen Vögel mit Stockschlägen und mit Schneestücken. Sodann, als wir feststellten, daß keine Knaben mehr zu finden waren, denn wir hatten alles genau durchsucht und befühlt, die geheimnisvollen Kapuzenmäntel der Frauen sowohl wie die Wagen und die Bettpfühle, haben wir die Leichen der Unsrigen zusammengesucht, was sehr mühsam war, da immer frischer Schnee das Blut bedeckte und der Abend schon aus den Bäumen sank. Wir haben sie auf unsere Pferde geladen und sind von dannen gezogen, den dunklen Wald hinter uns lassend, worin Jammern, Gebete und Verwünschungen ebenso sinnlos blieben wie die Glocke im Dorfe, die nicht schweigen wollte...

Die Nacht lastete über der Welt, es schneite noch immer, eine verirrte Kuh brüllte trübselig aus der Ferne...«

Und in dem »Faktum«, das darauf folgt, steht beschrieben die Freude des Herodes und das große Fest, das er zu Ehren des Todes seines Erzfeindes gegeben hat. Der Chronist nennt es teuflisch einen »Leichenschmaus«.

Die Flucht

Josef drehte die Laterne aus.

Der Morgen brach an. Das Licht siebte hartnäckig durch den eiskalten Nebel, der wie ein wasserloses Meer über der Welt lag und alle Sicht und allen Laut verborgen und ertränkt hielt.

Und sie waren noch immer im Walde.

Gestern abend hatten sie ihn betreten. Bei dem armseligen Licht der Hornlaterne waren sie dann weitergeschritten, und nun der Morgen von neuem die Erde überzog, war immer noch nichts als Wald und Bäume. Es nahm kein Ende. Immer Bäume und nochmals Bäume, die überall totenstill aus dem schweren Nebel hervorspukten und sogleich wieder darin verschwanden.

Josef rieb sich das Eis aus dem Bart und sprach zu Maria, die, auf dem guten Esel sitzend, das Gesicht ihres schlafenden Kindes behauchte:

»Es wird ein neuer Tag... Wo sollen wir uns heute verstecken?«

»Ich weiß es nicht«, seufzte Maria, »laß uns nur weitergehn, bis wir aus dem Walde heraus sind.«

Sie gingen weiter und schwiegen.

Doch nach und nach verdünnte und verflüchtigte sich der Nebel, und auf einmal, unerwartet, wo die Wolkenbank zu Ende war, standen sie im Licht der frühen Sonne. Und Josef und Maria sahen verwundert rings um sich her die Schönheit, die sie umschloß und überwältigte.

Der Frost hatte die Nebel zu Eis gemacht. Der Reif hatte seine jungfräuliche Reinheit um alle Dinge gewoben.

Die schwarzen, feuchten Bäume, sie waren von Kopf zu Fuß in Weiß gezaubert; jeder Ast, jeder Zweig, das Gras und das Moos, der Efeu und das Schilf, was es auch sei, es stand alles von oben bis unten schneeweiß be-

haart, kristallbesternt, glitzernd benadelt und silbern beflaumt.
Über diese ganze heilige weiße Pracht sang die ferne Sonne eine spärliche goldene Klarheit, die einen zaghaften perlmutternen Schatten gab.
In dieser verfließenden, goldumsummten, weißen Waldesstille gingen Maria und Josef mit ihrem Kind, und der Esel. Das ernste Blau ihrer Mäntel wurde gemildert durch die Tüpfchen des Reifes, und der Kopf des Esels war lustig silberübersprüht.
Das Licht und all dies zart-farbige Weiß hellten eine Weile ihr angstvolles Herz auf, und die dunkle, beschwerliche Waldesnacht war schon wieder vergessen.
»Wir sind aus dem Wald heraus!« jauchzte Josef. Er zeigte auf das blaßbereifte Feld, das sich hinter den letzten Bäumen lichtweit ausbreitete, unter einer weichblauen Luft mit verschwommen rosigem Horizont.
Und munter schritten sie dahin, auf das beeiste Dach eines einsamen, langen, flachen Hofes zu, der halb hinter einer Wolke von weißen Bäumen versteckt lag...
Eine große alte Frau, mit schmalen Schultern und breiten Hüften, das Haar sauber zur Seite gekämmt, trat, die mageren Hände über dem Leib gefaltet, in die niedrige Türöffnung, als sie die beiden auf dem schmalen Pfad herannahen sah. Und je näher sie kamen, um so mehr verschwand die zögernde Freude auf ihrem knochigen Gesicht.
Während Maria auf dem Esel sitzen blieb, erzählte Josef, den Hut in der Hand, daß Herodes nach ihnen suchte, um das Kind zu töten. Das sei der Grund, warum sie wie Räuber und Diebe sich nur bei Nacht auf die Landstraße wagten und sich bei Tage irgendwo in einem Winkel verborgen hielten, oder bei gastfreien Menschen, wie Gott es fügte.

So wären sie nun tagelang durch Flecken und Dörfer gezogen, voller Furcht und Angst, und jetzt wollen sie fragen, ob nicht in der Scheune ein Plätzchen wäre, nur eine Schürze groß, wo sie bleiben könnten, bis es Abend würde, um dann wieder weiterzuziehn, zum Meer, das sie in sichere Gegenden bringen würde.
Der alten Frau trat der Kummer auf die schmalen Lippen. Sie hatte großes Mitleid mit diesen umherirrenden Leuten, doch sie zauderte, sie dachte an den rachsüchtigen Herodes, der auch sie gewiß treffen würde, wenn er erführe, daß sie diese Leute beherbergte. Aber als sie Maria sah, so bleich und so müde, und doch so geduldig, schon Mutter und fast noch ein Kind, da dachte sie an ihre einzige Tochter, die schon früh betrogen ward und vor Scham und Angst mit dem Knecht geflüchtet war und seitdem nichts mehr von sich hatte hören lassen. Sie wußte, was sie zu tun hatte. »Kommt herein und trinkt Kaffee!«

Es war schon spät am Morgen. Noch saß Maria, den Kopf hintenüber und das Kind im Schoß, auf einem Stuhl an der Wärme des Herdes und schlief.
Ihr Kopf blühte blaß auf aus dem Herddunkel, die gespannte Kehle war noch blasser von den vielen zartblauen Adern.
Josef schlief mit dem Kopf auf der Tischecke.
Die Frau saß in ihrem dicken, olivgrünen Tuchkleid aufgerichtet beim Fenster und stickte an einem radieschenroten Strumpf. Sie hatte eine Brille aufgesetzt, um die Maschen zu zählen, aber sie sah darüber hin und wandte kein Auge von Maria.
Es war ruhig und still in der niedrigen Stube, die einen matten Widerschein der weißen Landschaft trug. Um den großen Tisch herum ringelte sich auf den roten Steinen ein

Kränzlein weißen Sandes; das Kupfer stand anmutig gegen die bläulichen Wände, und hinter dem runden Fensterchen der Standuhr ticktackte der schwere Pendel langsam hin und her.
Und die alte Frau legte die Stricknadeln hin, sie dachte an die junge Mutter, die so viel litt für ihr Kind, und sie dachte an ihre eigene Tochter, die in der Fremde umherirrte mit ihrem Kleinen.
Diese Tochter war der Kummer ihrer alten Tage, nicht weil sie in Schande geraten war, das hatte sie schon längst vergessen und vergeben, sondern weil sie nicht hier war und nicht zurückkam in dieses Haus, wo alles sie erwartete.
Tag für Tag saß die alte Frau in der eitel hoffenden Erwartung, sie dahinten auf dem Pfade kommen zu sehn, so wie sie Maria hatte kommen sehn.
Jede Stunde murmelten ihre Lippen neue Gebete, und in der Stille, wenn sie sich allein wußte, strickte sie wollene Strümpfe für das Kind, dessen Großmutter sie war. Das Bett der Tochter blieb fertig für sie gemacht, und jeden Montag bürstete sie nach alter Gewohnheit ihre Sonntagskleider. Aber sie kam nicht.
Und nun an diesem Morgen hatte ihr Herz gehüpft vor Freude, als sie eine junge Frau auf einem Esel, geführt von einem alten Mann, ihrem Hause sich nähern sah.
Aber es waren ach! fremde Leute, die wie Hunde gehetzt wurden.
Wann, o wann, würde sie für ihre Tochter und das Kind auch einmal weiße Butterbrote schneiden können, so wie sie es für diese bettelarmen Menschen heute morgen getan? …
Als Maria wach wurde, saß die alte Frau da und weinte in ihre mageren Hände. Maria war davon betroffen, sie ging hastig zu der Frau, löste liebreich die Hände von den

weinenden Augen und fragte: »Ist es meine Schuld, daß Ihr weint?«
»Ach«, seufzte die Alte, indem sie Maria durch die dicken Tränen wehmütig ansah, »es ist nichts, es ist ein alter Kummer, der wieder aufkommt, wenn ich Euch sehe.«
Maria schwieg zartfühlend. Die Frau schüttelte hoffnungslos den Kopf, biß sich auf die Lippen und wollte die Nadeln wieder aufnehmen, aber als sie sah, wie teilnehmend und voller Mitleid Maria sie anstarrte, da stand sie auf, ergriff Marias Hand, und all ihr hinabgewürgter Kummer und all ihre Liebe lösten sich und wallten empor in schluchzenden Worten. »Ach, man mag und man soll niemals darüber sprechen, und den Steinen möchte man es erzählen! Ich hab ein einziges Kind, sie sieht aus wie Ihr, aber mit dunklem Haar und schwarzen Augen. Sie wird nun achtzehn Jahre sein und ...« In diesem Augenblick sah sie auf dem schnurgeraden Pfad einen großen Bauern breitbeinig herankommen. »Da ist mein Mann!« sagte sie hastig, »der will nicht, daß ich davon spreche!«
Sie wischte sich mit den Fingern die Tränen aus den Augen. »Sieht man, daß ich geweint habe?« fragte sie furchtsam und lief zum Herd, wo sie aufgeregt im Feuer zu stochern begann.
Und ängstlich werdend blieb Maria stehn.
Mit einem »Brr« kam der vierschrötige Bauer hereingestapft. Unter der gerunzelten Stirn hervor betrachtete er Maria und Josef, der eben seinen rotgeschlafenen Kopf erhob.
Die alte Frau, die ihm zugekehrt stand, fühlte in ihrem Rücken, daß er sie fragend ansah.
Schüchtern wie ein Kind, ohne zu wagen, ihm ins Auge zu blicken, sagte sie ihm, was Josef erzählt hatte.
Der Bauer klopfte unterdessen mit seinen harten Fingerspitzen auf den Tisch, und Verwunderung und Argwohn

zogen ihm die langhaarigen Brauen über die Augenhöhlen und falteten seinen breiten Mund zu einer Tüte.
»Menschenkinder«, sagte er darauf zu Josef und Maria, »wenn es wahr ist, daß ihr von Bethlehem kommt, so könnt ihr Gott danken! Denn Herodes hat dort alle Kinder ermorden lassen!«
Maria schloß die Augen vor Entsetzen, die alte Frau schlug vor Schreck die Hände ineinander, und Josef stand auf, am ganzen Leibe zitternd.
Aber bevor sie ihr Staunen äußern konnten, sagte der Bauer kühl und unwillig:
»Aber nun müßt ihr weg von hier. Ich hab keine Lust, mir euertwegen meinen Pachthof in Brand stecken zu lassen.«
Das kam heraus wie ein Messer.
Die alte Frau sah ihn flehend und zugleich um Verzeihung bittend an.
Heisere Schluchzer glucksten in Marias Kehle; sie konnte nicht weinen.
Die Stille lastete, aber der Bauer zog sich gleichgültig die Schuhe aus.
»Komm«, sagte Josef gelassen, »Maria, komm!«
Sie haben nicht gewartet, bis die Lampe angezündet wurde, und sie sind sogleich weitergegangen, Maria mit dem Kinde auf dem Esel und Josef vorneweg, auf den Mispelstock gestützt...
Als sie schon tief in dem weißbeeisten Land waren, sah sich Maria noch einmal um nach dem einsamen Gehöft, und als sie in der Türöffnung noch die alte Frau gewahrte, die dastand und ihnen nachstarrte, mit über dem Leib gefaltenen Händen, da brach ihr das Herz, und die Tränen flossen strömend über die Blässe ihrer Wangen.
Die alte Frau, die ihren Kummer hinunterschlucken mußte, das Glück, daß ihr Kind dieser grausigen Morde-

rei entronnen war, und dann der Tod all jener Kinder, von denen sie so manches auf dem Arm oder an der Brust seiner Mutter gesehn hatte...

Es überwältigte und zerbrach sie: »O Josef«, schluchzte sie auf seinen Schultern, »warum müssen auch andere Menschen leiden um unseres Kindes willen?... Warum darf nicht ich allein, die ich doch seine Mutter bin, alles Leid für ihn tragen?«

»Später, später!« sagte Josef.

Am folgenden Tag war Sonntag.

Sie saßen in einem Hohlweg versteckt, um auszuruhn.

Maria gab ihrem Kind die Brust, und Josef hockte über einem schwelenden Aschenhäufchen, auf dem Pellkartoffeln zum Schmoren lagen.

Es war der Seewind, der über die Erde lief!

Bisweilen schwirrte er in den steifen Ästen der krummen Weide oben auf dem Weg oder fuhr mit seinem Atem in die Asche, die dann rot aufglühte. So wurden die Kartoffeln fertig, und mit einer Scheibe Speck und einer Prise Salz genossen sie sie. Josef sah, daß Maria das Essen kaum anrührte.

»Maria«, drängte er sie, »du issest noch weniger als ein Vögelchen, du wirst dich krank machen. Du brauchst nun keine Angst mehr zu haben; Herodes glaubt, es sei alles gut...«

»Ach Josef«, sagte sie verzweifelnd, »er muß es doch einmal erfahren!«

»Ach was!« lachte Josef, ruhig wie ein Fisch, »er wird uns hier nicht suchen! Und wenn Gott will, so sind wir heute noch am Meer. Komm, komm!« Und er reichte ihr eine gepellte, in Salz gestippte Kartoffel.

»Jetzt nicht, Josef; wahrhaftig, ich könnte es nicht, aber sobald ich die Last von der Seele los bin. Laß uns nur weitergehn, wenn dir die Füße nicht zu sehr schmerzen.« Er schüttelte mitleidsvoll den Kopf.
»Es ist doch wohl das beste, wir wollen nur weitergehn«, sagte er, bereitwillig nachgebend. Er stopfte das Essen in ein zugeknotetes Handtuch, wickelte sich neue Tücher um seine Füße, die voller Blasen waren, zog seine Stiefel wieder an und holte den Esel aus dem Schilf eines Grabens. Als Maria sich auf den Esel gesetzt hatte, das Kind unter ihrem Mantel, zogen sie weiter ins Land hinein.
Es war der Seewind, der über die Erde lief.
Es war der Seewind, denn der Himmel stand still, bedeckt mit langen, trägen, dunkelblauen Wolken, die der Landschaft diese eintönigen Abendfarben gaben und nicht regnen konnten.
Aber es war eine Freude für das Auge, wenn bisweilen durch ein spärliches, blaßblaues Wolkenspältlein ein Sonnenarm ferne Häuserchen streichelte oder schwarze Bäume matt erhellte.
»Ja, wir kommen gleich noch ans Meer!« sagte Josef vergnügt. »Sieh, das Land ist hier schon ganz anders!«
Er spürte das Meer an der offenen Luft, an den närrisch nach Osten gekrümmten Baumreihen; er merkte es an der Ebenmäßigkeit und der Weite und der Flachheit des Landes. Er fühlte dahinter den Raum, die grenzenlosen Fernen.
Ein breiter, schlammiger Weg, mit zitternden Wassertümpelchen hie und da, lief flach, sanft sich windend, vor ihnen aus. Man sah nur wenig Menschen, die ganz fern waren und ganz klein.
Die Bäume hörten langsam auf, bis auf einige spärliche Weiden oder einen krummen Apfelbaum. Flacher und

flacher wurde das Land; die wenigen weißgiebeligen Häuser standen fast in ihrer ganzen Höhe gegen die düsterblaue Luft abgezeichnet.

Josef spähte gespannt in die Ferne, um das endliche Ziel ihrer Wanderung zu entdecken.

Dahinten, ganz fern, hing ein Sonnenklecks über dem eintönig gefärbten Land, er erhellte flüchtig den Scheitel eines stumpfen Kirchturms, den man vorher nicht geahnt hatte, wanderte langsam weiter, weckte einen frischen, grünen Fleck, auf dem Kühe weideten, und blieb lässig liegen auf einer goldblonden Wallung hoher Dünen.

»Sieh dahinten die Dünen schon! die Dünen!« rief Josef in höchster Freude. »Wir sind da, Maria! Wir sind da! Komm nun etwas schneller!«

Und Josef ließ den Esel traben und lief selbst ziehend vorauf, den Schmerz vergessend, der ihn hinken machte. Von dem Ruck wurde das Kind wach und begann zu schreien und mit den Händchen zu fuchteln.

»Komm nur, komm nur!« rief Josef kindlich ausgelassen, »es wird bald vorübergehn!«

Maria stieß einen lauten Seufzer der Erleichterung aus und drückte voller Freude, von ihrer Angst erlöst zu sein, stürmische Küsse auf das betränte Kindergesicht.

Der Weg lief neben einer großen Koppel her, auf der ein Pferd mit einem Füllen beim Grasen war. Pferd und Füllen sahen zu dem Esel auf, und die beiden rasten ihnen entgegen, daß die Erdklumpen in die Luft flogen, und als sie an den Zaun gekommen waren, liefen sie noch in derselben Richtung mit, in der der Esel lief. Josef hatte seine Freude daran. Die Stute wieherte, das Füllen schlug mit den Hinterbeinen aus, und wo die Weide zu Ende war, blieben sie mit einem Ruck stehen und sahen, wie ärgerlich darüber, daß das Spiel so schnell aus war, der flüchtenden Familie nach.

Die Dünen wurden höher und höher.
Der gute Josef ward von Herzen fröhlich, da ihre Reise nun fast zu Ende war.
Als er sich mit der Zunge über die Lippen rieb, schmeckte er Salz.
»Ich spüre das Meer!« rief er.
»Hast du jemals das Meer gesehn?« fragte er Maria. Als sie verneinend den Kopf schüttelte, sagte er kindlich: »Da wirst du einen Schreck kriegen! Groß, groß! Größer als die ganze Welt, und nichts als Wasser, immer nur Wasser!«
»Und ist das nicht gefährlich, Josef?«
»Wenns Wetter milde ist, nicht.«
Sie erklommen die Dünen. Josef zog den Esel vorwärts, der es mühsam hatte in diesem lockeren, nachgebenden Sande und in den stacheligen Kräutern.

»Ich höre das Meer!« rief Josef. »Sieh, sieh! Da ist es!« Dabei mußte er seinen Hut tiefer auf den Kopf drücken, sonst wäre er weggeflogen.
Sie waren oben. Ein heftiger Wind klatschte in ihren Kleidern, und da lag es, das große, unendliche Meer, gleichmäßig, dunkelblau wie ein Abendhimmel, mit scharf abgezeichnetem Horizont gegen weiße Blumenkohlwolken, und auf den flachen Strand legte es einen rauschenden Kamm von schneeweißem Schaum. So war das Meer.
Der Sonntag machte es einsam.
Ein Sonnenfleck schwebte gelbgrün über dem dunklen Wasser und lief über einen großen, weißen Dreimaster,

der danach wieder dunkel und unscheinbar war gegen die weißen Horizontwolken.
Es flogen viele Möwen in der Luft, wie Flocken, mit denen der Wind spielte.
Die Einsamkeit des Meeres überraschte sie. Josef wunderte sich, daß keine Schiffe bereitlagen.
»Müssen wir da hinüber?« fragte Maria ängstlich.
»O nein, wir müssen über die Schelde; das ist dahinten weit nach Norden zu.« Er wies in die Richtung der in der Ferne verschwindenden Dünenkette. »Da ist es nicht so breit, da sieht man bei klarem Wetter das andere Ufer.«
»Und ist das noch weit? Werden wir da heute noch hinkommen?«
»O ja«, behauptete Josef. »Aber es wird nicht nötig sein, so weit zu gehn, wir werden vorher wohl einen Schiffer finden, der uns aufnimmt.«
Sie sahen sich erst noch einmal um nach Flandern. Es lag da unter ihnen, weit und mächtig unter der blauen Dunkelheit des bedeckten Himmels; aber hier und dort, Stunden und Stunden weit, schossen die Pfeile der Sonne ein wenig frischen Glanz hinunter, und sie sahen große Felder, viele Windmühlen, lachend helle Häuslein und winzige Dörfer, und ganz in der Ferne, wie in kupfernem Licht, die Türme und Dächer von Brügge.
»Das schöne Flandern!« sagte Josef gerührt.
Dort hinten, Tage und Nächte hinter jenen Flächen und Wäldern, hätten sie so überglücklich und schlicht leben können, jeder an seinem geringen Tagewerk und fröhlich in der Nähe ihres Kindes. Man hätte dort unter einem Dach gesessen, hätte die Gemütlichkeit der Abendlampe gekannt und das Ausruhen am Mittag an der offenen Haustür.
Sie verlangten doch so wenig, und selbst das wurde ihnen verweigert.

Oh, es hätte so ganz anders gehn können!

Und nun mußten sie fort, aufgescheucht zu fremden Stätten. Sie waren so allein, so gering und verlassen, und die Welt war so groß und das Leben so hart!

Mit einem Schluchzer in der Kehle sagte Josef: »Es läßt sich doch nichts dran ändern, komm!«

Sie gingen zum Wasser hinab und dann auf dem mit rosa und grauen Muscheln bestreuten Sand, zwischen den hohen Dünen und der graublauen See, die ihre weißschäumenden Wellen ewig hin und her zog.

Der salzige Wind pustete flappernd um sie her, sich ein- und ausrollend wie Schleierfahnen. Möwen hingen im Winde über ihrem Kopf, und der Dreimaster blieb unbeweglich auf der weiten, eintönigen Wasserfläche stehn. Und immer nur Dünen und immer nur Meer!

Nachdem sie sehr lange gegangen waren, gewahrten sie in dem weißwattigen Schaumatem, der über der Brandung hing, ein kreideweißes Kirchtürmchen.

»'s ist nicht mehr weit«, ermutigte Josef Maria, »dahinten wohnen gewiß Fischer.«

Aber sie wußten nicht, wie sehr die Entfernung am Meere trügt. Es dauerte und dauerte immer noch, und wenn ein seltener Sonnenstrahl bisweilen über sie hinglitt, sahen sie ihren Schatten zu ihrer rechten Seite lang sich dehnen.

»Es wird schnell Abend werden«, sagte Josef unruhig.

Er hinkte und mußte sich schwer auf den Mispelstock stützen. Er fühlte, daß etwas naß in seinen Schuhen klebte, er wußte, daß es Blut war, sagte aber nichts.

Sie waren eben noch so froh gewesen, als sie das Meer gewahr wurden! Doch diese lange, eintönige Wanderung neben dem sonntäglich verlassenen Wasser, diese Einsamkeit auf dem Strand, dieser kreideweiße Turm, der immer gleich entfernt blieb, und dann der Abend, der hereinbrach, das erschlaffte ihr Herz wie Segel, denen der Wind

entfällt, und sie sagten nichts mehr. Endlich sahen sie auf dem Strand zwei Fischkutter liegen.
Josef hoffte dort jemand zu finden, doch als sie hinzukamen und er gerufen und mit seinem Stock an die hohlen, von der Salzlake abgefressenen Boote geklopft hatte, fand er, daß keine Menschen darauf waren.
Sie gingen entmutigt weiter. Das Kirchlein war verschwunden, aber wo die Dünen einen Augenblick aufhörten, um einen Weg hindurchzulassen, der ins Land hineinlief, sahen sie es gerade vor ihnen aufragen über niedrigen, sauberen Schifferhütten.
Sie wollten nun ins Dorf hineingehn, um nach einem Fischer zu suchen, aber da oben auf den Dünen saß ein verliebtes Paar, das die Einsamkeit suchte, Arm in Arm.
Josef wagte sie erst nicht recht anzurufen, doch er ermannte sich und fragte, ob nicht im Dorfe jemand wäre, der sie nach Holland übersetzen könnte.

Der Bursche rief in seiner westflämischen Sprache zurück, daß sie weitergehen müßten, bis dahin, wo die Dünen aufhörten und wo sie bei schwarzen Pfählen ein Häuslein auf dem Deich sehen würden; dort wohnte der Fährmann.
Josef und Maria dankten ihm mit bescheidenem Kopfnicken; und mit einem Herzen so hohl wie ein ausgesoge-

nes Ei trotteten sie weiter neben dem ewig rauschenden, unendlichen Sonntagsmeer.

Der Abend lag über dem Meer und über Flandern. Ein blutroter Riß stand hinter der schwarzgrünen Wasserkimme in der tintenblauen Luft; dort war die Sonne untergegangen.

Es war schwüler geworden, die Möwen waren schlafen gegangen.

Der junge Fährmann saß mutterseelenallein in der dunklen Türöffnung und genoß seinen sonntäglichen Frieden auf einer eintönig süßen Harmonika. Es waren schleppende Gassenhauer, und der wehende Meereswind breitete sie aus bis ganz weit ins Land hinein.

Überall herrschte die tiefste Stille, als ob der ganze Sonntag dasäße und lauschte.

Die Füße an seinen langen Beinen klopften im Takte mit, seine dicken Lippen begleiteten das Lied mit leisem Flöten, und seine Stirn, auf der eine schöne, nasse Haarlocke klebte, war vor Anspannung in drei Falten hochgezogen.

Er saß dort gemütlich in seinem einsamen Häuschen. Unter ihm platschte das dunkle Wasser gegen die schwärzeren Pfähle, hinter denen ein dickbäuchiges Segelschiffchen ruhig sich schaukelte.

Das Meer rauschte und wiederholte ihm sein ewiges Lied, das er nicht mehr hörte, und der Schaum der heranspülenden Wellen verging in dem Abend.

Alle Dinge verloren die Farbe, es blieb nur noch der rote Spalt brennend im Westen, und das eintönig schleppende Hin und Her der Harmonika wurde über die Maßen traurig.

Der Fährmann fühlte es selbst, es wurde ihm weh davon ums Herz, er verlor sich und schmolz in seinem Liede und hatte in seiner Kehle schon den Genuß von Tränen. Aber

da sah er spukhaft undeutlich gegen den verdunkelten Sandboden einen hinkenden Mann, der einen Esel zog, auf dem eine Frau saß mit einem stöhnenden Kinde.
Er wurde plötzlich verlegen, schluckte den Schluchzer in seiner Kehle hinunter, hörte auf zu spielen und wartete. Er ließ sie herankommen.
Mit keuchender Stimme fragte der müde alte Mann: »Könntet Ihr uns heute abend nicht übersetzen?«
Der Fährmann stieß einen großen Seufzer aus. Es war ihm nun gerade so selig zumut, weil er in dem sinkenden Sonntag sich einmal ausleben durfte im klangreichen Seufzen seiner Harmonika. Er kraute sich ein wenig im Haar und sagte gutmütig abwehrend, noch ganz unter dem Eindruck des wehmütigen Gesanges: »Es ist schon spät am Tag... und ich bin allein zu Haus; Frau und Kinder sind ins Dorf... Könntet ihr nicht bis morgen warten?«
Josef biß sich auf die Lippen, sein Herz war zum Überlaufen voll. Nun er Maria immer und immer wieder frischen Mut eingeflößt, nun er all seine alten Glieder abgerackert hatte, um ihren Wunsch zu erfüllen, nun sollten sie wieder eine Nacht voll Angst und schwerer Gedanken verbringen müssen; das war nicht mehr zu ertragen. Er sah mit großer Sorge, daß Maria durch all die großen und kleinen Enttäuschungen, Fehlschläge und immer erneuten Beängstigungen nur noch aus Haut und Knochen bestand.
Darum war er nun zäh in seinem Entschluß und wollte sich nicht von seinem Vorhaben abbringen lassen, und mit Worten, die naß von Tränen waren, flehte Josef den gutmütig-unentschlossenen Fährmann an: »Nicht für mich bitte ich Euch, ich tu es um dieser jungen Frau, die schon Mutter ist, und um dieses hilflosen Kindleins willen. Ich kann Euch nicht alles sagen, was an Kummer

uns drückt, aber wir sind vier Tage und fünf Nächte unterwegs, um bis hier zu kommen. Kein einziges Mal hat ihr armer Leib die Wohltat eines Bettes gekannt, wir haben sozusagen im Stehen geschlafen und haben gegessen, was die Menschen verschmähten.
Es ist ärgerlich, daß es Abend ist, aber Ihr solltet sehn, wie ausgemergelt sie ist von Kummer und Sorge. Kommt, liebster Mann«, Josef ergriff die harten Hände des Fährmanns, »Ihr habt ein gutes Herz, ich hör es an Eurer Stimme. Helft ihr, gebt ihr Ruhe und laßt sie keine Nacht mehr von ihrem Glück getrennt sein ... Seht, hier sind die geringen Spargroschen, die wir noch übrig behalten haben, gern geb ich sie Euch, aber bringt uns heute noch über das Wasser!«
Josef zitterten die Hände. Die Ursache ihrer Flucht verschwieg er, da er aus Erfahrung wußte, daß sich der Fährmann aus Angst vor Herodes dann sicher geweigert hätte.
»Nein, nein«, sagte der Fährmann, den leichten Geldbeutel zurückweisend, »Ihr braucht mir nicht mehr zu bezahlen als andere, drei Heller für den Kopf. Es ist schade, daß Ihr nicht bis morgen warten könnt.«
Der Fährmann war wirklich davon angetan, er konnte nicht nein sagen, aber er glaubte doch, daß er es mit schuldbeladenen Menschen zu tun hatte, da sie so wenig Aufklärung gaben. Er wollte sie das eine und andere fragen, aber »pah«, dachte er bei sich selbst, »das geht mich nichts an«, und laut sagte er zu ihnen: »Geht nur diesen Weg hinunter, ich komme gleich.«
Sie gingen zum Anleger, an dem das Boot lag und warteten dort.
Josef war nun sehr aufgeräumt und plötzlich ein anderer Mensch; er nahm Marias Hände und sagte heiter zu ihr: »Gleich sind wir auf dem Wasser, dann kann uns niemand

mehr etwas anhaben! Siehst du wohl, daß wir hingekommen sind?«

Er sah im Weiß ihrer Augen, wie glücklich sie war.

Der Fährmann kam mit einer Laterne und einem Sack. Er half ihnen über das schmale, wippende Brett ins Schifflein, was für den Esel große Vorsicht erforderte.

Als sie sich auf die Bank gesetzt hatten, Maria mit ihrem trinkenden Kind, und Josef den Esel streichelnd, der sich schon zu seinen Füßen hingelegt hatte, sah der Schiffer im Licht seiner Laterne ihre guten Gesichter, und auf einmal wurde der Mann weich, beschleunigte seine Vorbereitungen und sagte: »Wir werden bald drüben sein, seid nur ruhig, liebe Leute!«

Er zog die Laterne am Mast hoch, entfaltete die Segel, in die sogleich der Wind fuhr, wodurch sich das Schiff auf die Seite legte, und stieß vom Ufer ab. Gegen die helldunkle Abendluft ging eine Frau, ein Kind auf dem Arm und ein zweites an der Hand, auf das Fährhaus zu.

»He!« rief der Schiffer, »Frau! Die Leute habens eilig; mach das Essen nur etwas später fertig!«

»Schön!« rief die Frau zurück.

Und das größere Kind rief mit heller Stimme: »Darf ich aufbleiben, bis du zurückkommst, Vater?«

»Ja, das darfst du«, rief der Schiffer, der nun ans Steuer ging und ein kurzes Pfeifchen zu rauchen begann.

In dem Haus wurde die trauliche Lampe angezündet.

»Die haben ein Haus«, seufzte Maria.

»Ja«, seufzte Josef zurück, »aber wir werden bald auch eines haben.«

Es wurde still. Die See schnalzte und klatschte schwerfällig gegen den Schiffsrumpf, der sanfte Wind schauerte über das Wasser.

Das gelbe Fenster wurde kleiner, es war nun Wasser und Dunkelheit, was sie umgab.

»Was hast du?« fragte Josef Maria, als er sie schluchzen hörte. Er legte seine Hand auf ihre Schulter.
»Nichts, nichts«, stotterte Maria, »aber ich kann es noch kaum glauben!« Und reichliche, dicke Tränen flossen auf ihr Kind, das sie in ihrem Schoße wiegte.
»Ja, ja«, sagte Josef, »die schönen Tage werden nun anbrechen!«
Er genoß voll Marias Freude mit. Er erschrak oft davon, wie sie beide, zwei verschiedene Menschen, manchmal *ein* Gefühl haben konnten, als ob sie nur *ein* Herz besäßen. Aber nun, ohne daß er es wollte und imstande war, es zurückzuhalten, wallte ein Gefühl von großer Verlassenheit in ihm auf, weil er von Flandern, seinem schönen, guten Flandern, scheiden mußte. Gott weiß, für wie lange! Vielleicht für immer!
Es zerriß etwas in ihm, er fühlte sich auf einmal sehr arm werden, es war, als ob sein Herz da drüben geblieben wäre. Er schauderte, und Gruben kamen in seine Backen, aber er wollte nicht weinen, er kämpfte dagegen an, er fand es auch so kindisch, und er biß sich auf die Lippen und hielt seine Augen starr geöffnet, um die Tränen zurückzuhalten, aber es war zu mächtig, und er weinte sich Hände und Gesicht naß.
Der Fährmann sagte von seinem Steuer her, um die Stille zu verscheuchen: »Es wird heute abend noch regnen.«
Niemand antwortete, und die Stille blieb doch über ihnen...
So schwanden und schmolzen sie in den Abend hinein, der nun Land und Meer völlig verhüllte.

Die Rückkehr nach Nazareth

In fliegender Eile trug der hohe schwarze Gaul den fetten Donat Kops zum Königsschloß.
Die Hühner liefen schreiend weg, die spielenden Kinder stoben auseinander, und die Mütter, die beim Aufwaschen waren, kamen erstaunt herbei, um über die Halbtür dem schnellen Reiter nachzugucken, den sie soeben noch so ruhig hatten vorbeitraben sehn.
Der Sommerschweiß lief ihm von den Backen, die Gedärme wurden ihm im Bauch durcheinandergeschüttelt, sein Kinn und seine Backen wabbelten wie Gelee, aber er lachte ausgelassen und spornte und peitschte nur desto heftiger.
Sein reich mit Federn besetzter Hut flog auf die Erde, er ließ ihn liegen, raste weiter und lachte.
Er lachte, und hört nun, warum er es tat.
Er war aufs Land geritten, zu seinem mageren, blassen Freund Arnoldfienus, der als ein vortrefflicher Jäger berühmt war und der heute Kops zur Schnepfenjagd eingeladen hatte. Kops hatte natürlich angenommen, weil er wohl wußte, daß nach der Jagd, die den Magen aushungert, immer ein tüchtiges, gesundes Mahl mit vielen guten Weinen aufgetischt wurde.
So ritt er denn dorthin über die schönen Julifelder, die träge in der Sonne lagen, und er war friedlich gesinnt, obgleich leider immer noch ein kleines Essigtröpfchen von Neid gegenüber Grätenhals das klare Wasser seiner Seele säuerte. Er war im eigentlichsten Sinne des Wortes zufrieden.
Und bei dem gelben Fährhaus, an der Leie, wo blauer Schatten war und Kühle vom Wasser, stieg er ab und ließ sich einen Krug Oudenaarder Bier bringen, durch ein lächelndes Mädchen, an dem er besonders den weißen, schlanken Hals bewunderte.

Hinter dem schimmernden Bier sitzend, in das die Sonne lugte, und in der Laune, ein kleines Liebesabenteuer mit dem Mädchen, das ihn öfter heimlich anlachte, anzufangen, hörte Kops hinter der Ecke Männerstimmen sich nähern, die von dem König sprachen. Sogleich spitzte er die Ohren und zog seine Froschaugen lauschend hoch. Und er hörte deutlich:

»Ja, ja, Gommaar, das Kind, das der König fassen wollte, sitzt in aller Ruhe in Holland und lebt dort wie der Herrgott in Frankreich.«

»'s ist kaum zu glauben! Ja! mußten sie darum denn so viel unschuldig Blut vergießen? Es ist einfach ein Skandal!«

Donat stand auf und zitterte. Es kam eine selige Freude in seine Augen, und als die Bauern, jeder mit einer Sense und dem Rock auf dem Rücken um die Ecke bogen, um einen Schoppen zu trinken, hielten sie plötzlich ihre Schritte und ihre Worte an. Sie erschraken und wurden blaß, als sie in Kops jemand erkannten, der am Hofe lebte.

»Leute«, sagte Kops aufgeregt, »ist es wahr, was ihr da eben sagt?«

Die Bauern sahen einander erschreckt und zugleich erstaunt an, da Donats Gesicht ein glückliches Lächeln überzog.

»Ihr sprecht doch von dem Kinde von Bethlehem?« lachte Kops.

Der größere der Bauern, ein Mensch mit nur einem Auge, gewann seine Fassung wieder und sagte: »Ja.«

»Erzählt! Erzählt!« jauchzte Kops. »Zwei Golddukaten kriegt Ihr, wenn es wahr ist! Kommt her, setzt Euch,

erzählt! ... Jungfer, geb sie jedem einen Schoppen Doppelbier!«
Offener und kühner nun und gierig nach der goldenen Belohnung erzählte der Einäugige, den Hut in der Hand drehend, was ein Hausierer namens Kreuzdeut ausgekramt hatte. Nämlich: als die Soldaten in Bethlehem eindrangen, war das Kind schon in der Nacht mit seinen Eltern geflüchtet. Er selbst, Kreuzdeut, hatte für das Kind gefürchtet, da der Besuch der drei Könige Herodes ein Dorn im Auge war; er hatte sogar die Absicht gehabt, den Eltern des Kindes zu raten, mit Sack und Pack über die Grenze zu ziehn, »denn Kreuzdeut ist 'n echter Philosoph«. Aber sie hatten sich schon auf die Strümpfe gemacht und hatten den Wind im Rücken. Da nun also beim Sinken des Abends die Soldaten nach Bethlehem kamen...
»Gut, gut!« rief Donat, trunken von übermäßiger Freude. Er gab jedem einen halben Franken, vergaß dem schönhalsigen Mädchen zu zahlen und raste wie aus der Pistole geschossen davon, um Herodes das zu erzählen.
Er triumphierte, er jubelte, sang, lachte und schlug sich auf die Schenkel. Das Glück platzte in ihm und füllte alle Fasern seines fetten Leibes.
Er schlug zwei Fliegen mit einer Klappe! Nun würde sein großer Traum sich verwirklichen! Den Ministersessel von Grätenhals hörte er schon krachend zusammenstürzen, und Herodes würde vor dem Angesicht ganz Flanderns bekennen müssen, daß er ein Schafskopf sei, und den goldenen Stab des ersten Ministers Kops übergeben müssen.
Wie herrlich war das für Donat! Das Horn des Überflusses schüttelte all seine schwer lastende Fülle über ihn aus.

Herodes saß im Garten und spielte Schach mit dem trockenen Vizeadmiral.

Sie saßen im Schatten der gewaltig hohen, steilen Mauer, die efeubewachsen über ihrem Kopf in der Luft hing. Es lagen bunte orientalische Teppiche auf ihren kupfernen Stühlen, und die elfenbeinernen Schachfiguren waren mit blauen und grünen Edelsteinen besetzt.
Ein schweigsamer Mundschenk goß aus silberner Kanne kühlen Apfelwein in kristallene Becher, die in Regenbogenfarben schillerten, und um den angenehmen Geschmack und den wohligen Duft zu erhöhen, streute er eine Prise frischer Rosenblätter in die Becher.

Vor ihnen lag innerhalb der Schloßmauern der sonnenbeschienene Garten, die Wege waren sauber, Pfingstrosen leuchteten, und es war ganz, ganz still diesen Mittag. Ein Sperling zwitscherte, und oben auf einem Söller saß jemand und zupfte langsame Klänge aus einer Gitarre.
Ein Edelmann mit silbernem Kreuzdegen geleitete eine blaue Hofdame zu dem runden Weiher, auf dem zwei Schwäne blinkten.
Ach! hätte nur Herodes die Schwären nicht, diese verteufelten Schwären, wie hätte er dann dieses köstliche Sommerwetter genießen wollen und sein zur Ruhe gekommenes Königtum! Er lebte in der Sicherheit, daß aller Gefahr der Hals abgedreht war und durch den gründlichen Kindermord niemand mehr wagen würde, seinen Kopf aus dem Wasser zu stecken.
Aber diese Schwären! Er genoß den schönen Sommer nicht wegen dieser ekligen, schmerzhaften Schwären.
Sein Kalbsgesicht war fürchterlich davon mitgenommen. Die reifgewordenen Schwären, die stinkenden Eiter aus-

goren, trieben immer neue Ableger; die juckten und kitzelten zum Verrücktwerden, und er konnte sie nicht mit dem Finger anrühren, ohne vor Schmerz zu brüllen. Die Schwären kletterten höher in seinem Gesicht; der Mund wurde schon häßlich, durch eine hellrote, blinkende Pustel nach unten gezogen, und am linken Nasenflügel hing ein hartes Beutelchen mit frischer Schwärensaat.

Alle Latwergen von Chirurgen und Mönchen, alle Beschwörungen von Alchimisten und Zauberern, ja selbst Bittgänge zu berühmten Wallfahrtsorten, an die er nicht glaubte, es war alles für die Katze und in den Wind geredet.

Wäre er nicht König gewesen, so hätte er sich schon lange den Hals abgeschnitten. Aber es war so amüsant, König zu sein!

Herodes war ein leidenschaftlicher, sogar ein guter Schachspieler, und diese Passion war es, die ihn seine Schwären bisweilen vergessen ließ. Nun vor allem, da er am Gewinnen war gegen den Vizeadmiral, der als Schachspieler an allen Höfen in hohem Ruf stand.

Ein Page kam, um Donat Kops mit einer eiligen Nachricht anzumelden.

Der König, schreckhaft von Natur, ließ ihn sogleich vor. Der Vizeadmiral wollte sich entfernen, aber mit herablassender Gebärde gestattete der König, daß er blieb.

Da erschien der strahlende Kops.

Es war ein schöner Augenblick für Donat. Sein Herz schlug wie ein Schmiedehammer vor Glück, aber sein Gesicht war ernst wie ein Leichenbegängnis erster Klasse. Er grüßte sich verneigend und sprach, als verursachte es ihm Schmerz: »Hoheit, ich begrüße Euch ... Mit großem Leidwesen erfülle ich die traurige Pflicht, Euch zu sagen, daß Ihr das Opfer eines törichten Rates geworden seid.

Ein Rat, der Euch den ganzen Haß Flanderns auf den Hals gejagt und Euer Unglück vergrößert hat.
Es handelt sich um den Kindermord zu Bethlehem...
Ich erinnere mich noch, daß ich Euch riet, das Kind allein zu töten. Ich selbst würde das auf mich genommen haben.
Ihr nicktet schon zustimmend, aber der ehrenwerte Herr Grätenhals sprach aus Haß, den ich ihm vergebe, den unüberlegten Gedanken aus, alle Kinder unter zwei Jahren zu töten... Und seht nun den Umfang, die Uferlosigkeit Eures Unheils! Es hängt an einem Faden über Eurem Haupte wie das Schwert eines griechischen Gelehrten, dessen Namen ich vergessen habe...
Ich bedaure Euch... Es gibt noch *ein* Mittel, nicht um das Unheil von Euch abzuwenden, wohl aber, um Eure Ehre zu retten. Werft die Verantwortlichkeit von Euch ab!«
Herodes war aufgesprungen und schrie heiser: »Was ist los?«
Er fühlte, was Kops sagen wollte, raufte sich die Haare und rief: »Lebt es noch?«
»Durch Grätenhals' Schuld sitzt es sicher in Holland«, sagte Donat Kops mit geschlossenen Augen.
Ein rauher Schrei, das Brechen von Kristall und Klirren von hohlem Silber, – Herodes schlug ein paarmal mit den Händen in die Luft und klatschte vornüber mit dem Gesicht auf den Boden.
Es gab ein Gelaufe von Pagen, Knechten, Edelleuten und Edelfrauen.
Man hoffte, daß er aus purer Gewohnheit sogleich die Augen wieder öffnen würde, aber der Doktor machte große Augen hinter seiner Hornbrille, legte die Unterlippe bedeutungsvoll über die Oberlippe und schüttelte seine zitternde Hand.
Es war bedenklich; der Doktor nannte es auf lateinisch: Epilepsia.

Man brachte Herodes vorsichtig zu Bett, und seine mandeläugige Frau weinte auf seine gelähmte Hand, die auf den goldbestickten Decken lag.
Ihr könnt euch denken, wie Donat Kops in einem Ozean von Wonne schwamm! Er wandelte mit dem Archivar, dem Schatzmeister und den anderen hohen Persönlichkeiten flüsternd in den Gängen.
Ein jeder wußte, daß es mit Grätenhals nun zu Ende war und daß Kops seinen Platz einnehmen würde. Und diejenigen, die Kops stets zur Seite hatten liegen lassen, begannen schon, ihm um den Bart zu kriechen.
Der König stammelte in hitzigem Fieber unaufhörlich: »Grätenhals, Halsgräte, Gräte, Gräte!« und so weiter.
Die Königin ließ den Minister holen.
Nach langem Suchen fand der Bote ihn in der geheimen Bücherei, wo er beim Studieren von Foltermaschinen war.
Der Bote erzählte ihm die Neuigkeit von Anfang bis zu Ende.
»Ich komme gleich«, lispelte Grätenhals mit einem Seufzer. Er wußte, daß er nun seinen Sarg bestellen konnte...
Ein jeder verwunderte sich über sein langes Ausbleiben.
Als der Bote ihn zum zweiten Male holen ging, fand er ihn tot. Sein schwarzes Kleid war offen und zeigte sein gelbes, sehniges, dem Palmholz gleichendes Fleisch; ein Dolch steckte bis ans Heft in seiner schmalen Brust. Es kam kein Blut heraus...
Da der König auf dem letzten Loch pfiff und halb gelähmt zu Bett bleiben mußte, ging die Macht in die Hände von Donat Kops über.
Er konnte vor Freude darüber zu Anfang nichts essen, aber am dritten Tage waren die Staatsangelegenheiten so verfahren, und alles lief so überquer und verkehrt, daß niemand mehr etwas zu sagen hatte.

Der böse Geist des Grätenhals hing über dem Palast und schälte und bröckelte.
Donat hatte keine Macht, keinen Charakter; er griff nicht durch. Gebote, Strafen und Gesetze blieben unausgeführt, die Edelleute und Offiziere wollten nichts von ihm wissen, und die Untertanen und Söldner gingen in aller Gemütsruhe in die Wirtshäuser, um dort das leckere Oudenaarder Bier zu trinken.
Donat war rasend, er fluchte und tobte. Es half nichts, man zuckte nur geringschätzig mit den Schultern. Und überall fand er dicke Männlein an die Mauern gezeichnet, worunter spitzige Schimpfwörter standen wie Fettsack, wandelnde Tonne und Pfingstochse. Das Volk stand auf. Der Pöbel plünderte die Läden, und die Bürger und Krämer reichten Berge von Bittschriften ein.
Es wuchs Donat über den Kopf. Seine Sonne ging unter. Und nachdem er aus der Staatskasse alles sich angeeignet hatte, was er tragen konnte, nahm er wütend seine Entlassung und zog sich mit seiner Familie auf ein Rittergut zurück, das im fetten Brabant gelegen war. Aber er konnte die Schande und die Schmach nicht hinunterwürgen. Nach einem Monat hing ihm die Haut wie ein Sack über den Knochen, und er starb an der Zuckerkrankheit...
Inzwischen wurde es mit Herodes nicht besser. Im Gegenteil, sein Geist wurde verdreht wie ein umgekehrter Handschuh. Sein ganzes Gesicht wurde ein fortlaufendes Geschwür, und um das Unglück voll zu machen, kriegte er im Nacken einen Furunkelherd, und die Folge davon war, daß er nach zweiwöchigem Geheul sein Bündel schnürte. Da fiel ein Stein von Flanderns Herzen, und schöne Zeiten waren in Aussicht...

Und in diesen Tagen, als Josef und Maria die frohe Kunde vernommen hatten, daß der böse König Herodes gestorben war, verließen sie eilig das saubere Dörfchen in Seeland an der Schelde, wo sie still, friedlich und unbekannt gewohnt hatten, und kehrten durch die Heide zurück, um in dem Flecken Nazareth, der an der lieben Nethe lag, ihre Zelte aufzuschlagen.

Sie schliefen zu dritt in dem brutwarmen Schatten des stillen Fichtenwaldes.
Josef lag ausgestreckt und Maria mit dem Kopfe gegen einen Baum, das Kind in ihrem Schoß. Etwas weiter weg hatte sich der Esel hingelegt.
Die Stille summte in der Luft, der heiße Mittag arbeitete über der Welt, und außerhalb dieses Hauses von Schatten und Harzgeruch siedete die mächtige Sonne über Heide und Feldern und glühte den Himmelsschädel gipsweiß.
Die Stunden schleppten sich träge und ruhevoll durch den Tag, der nicht enden wollte. Die Hitze tanzte und zitterte, die Bäume brieten, der Boden barst.
Es war das mutwillige Spiel der Sonne, die wilde Kraft des Lichtes.

Eine Fliege, die über Josefs Ohr kroch, kitzelte ihn wach. Er lauschte; es war nun gar nichts mehr zu hören, nichts, nichts. Es war Hitze und Stille über der ganzen weiten Welt. Er lauschte ihr und fühlte sich darin aufgehen, seine Seele hing tiefglücklich in ihm wie eine reife Birne, und wieder fielen ihm die Augen zu und der Kopf auf die Brust.
Etwas später wurde Maria wach. Ihre Augen waren groß vom Schlafen und sahen jung und glücklich um sich. Die Hand auf der Brust, fühlte sie ihr Herz klopfen. Hier lag ihr Kind und dort Josef.

Sie konnte es fast nicht glauben. Es war ja alles wieder so schön und gut und vertraut um sie herum, der Himmel und die Blumen, die Menschen und die Tiere. Es waren wieder ihre Freunde. Die bösen Mächte lagen tot und vernichtet. Ein frischer Wind hatte die Finsternisse aus ihrer Seele verjagt. Es war da nun wieder Mai und Sonne, Klarheit und Licht.

Das Glück wuchs, und sie fühlte, wie in Nazareth, das noch weit hinter den Wäldern an der Kühle der Nethe lag, dies Glück wie ein guter Freund Hand in Hand mit ihr wandeln würde. Sie erinnerte sich noch so klar des innigen Seelenfriedens, den sie dort früher genossen hatte und der ein Rausch von göttlicher Verzückung ward, seit der Engel ihr die himmlische Frucht ihres Leibes zu verkündigen kam. Das war ein Leben, so gewaltig und hoch, so tief in die Seele gehend, daß sie wahrlich davon hätte schmelzen können, so wie jener Heiligen geschah, von der alte Bücher berichten, die aus zu großer Liebe in Öl verging, womit man noch heutigen Tages Lampen in Klöstern und Kapellen brennt.

Und das Kind ward geboren; diese Stunde setzte ihre Seele noch einmal in lodernde Flammen, aber dann erwachte sogleich das menschliche Mutterherz, und die damit verwachsenen Schößlinge von Angst und Kummer wucherten schnell über ihr Glück und stiegen allmächtig, wie die Wasser des Meeres. Dann kam die große Nacht, worin doch die große Liebe zu ihrem Kinde erstrahlte; das hielt sie aufrecht und war das silberne Band, durch das ihre Seele mit dem Himmel verbunden blieb.

Aber die Sonne brach und bohrte durch Dunkelheit und Kummer und umgab alle Dinge mit Licht und Freundlichkeit, und nun, nun lag Nazareth da wie ein Füllhorn voll Frieden und erwartete sie. Die heimlichen Triebfedern ihrer Seele begannen wieder sich zu regen und zu leben.

Sie wandelte in dem Dufte Gottes, und es hing ein goldener Faden von Licht um Marias Antlitz.
Josef hatte mit großer Freude diese schöne Ruhe wieder über sie kommen sehen. Es gab ihm großen Mut und Jugend, und die Lust, viel und lange zu arbeiten...
Maria sah Josef schlafen, und da sie dachte, daß es vielleicht Zeit würde, weiterzugehn, und sie zugleich sich danach sehnte, in Nazareth zu sein, so weckte sie ihn auf.
»Wollen wir nun weitergehn, Josef?«
Josef riet ab: »Die Sonne sticht zu mächtig, und außerhalb des Waldes ist ja so grelles Licht, daß du schlechte Augen davon kriegen wirst.«
»Ich werde mein Kopftuch tiefer über die Augen ziehn«, erwiderte Maria.
»Du brennst gewiß darauf, zu Haus zu sein, he?« lachte Josef; »komm denn nur!«
Maria setzte sich auf den Esel und legte über ihr Kind, das ruhig weiter schlief, ein weißes Tuch, der Sonne wegen.
Sie gingen durch das klirrende Licht und den überheißen Sand. Josef lief neben dem Esel; er knackte und verzehrte Hasel- und Walnüsse, die er an einer Waldesecke gepflückt hatte, und gab Maria einen schönen Apfel, den eine Herbergswirtin ihm mit Pflaumen und Birnen geschenkt hatte. Sie hatten dort ein Glas kühle Milch getrunken, um den Durst zu stillen.
Und beim Essen erzählte Josef von dem Tannäpfel-Sammeln, wie manches Mal er das in seiner Jugend getan hätte, um zu Brot zu kommen.
Die Sonne blinkte über die Glätte seines kahlen Schädels, er war barfuß und hatte seine mit den Senkeln zusammengebundenen Schuhe über den Schultern hängen.
Die Landschaft und die Wege veränderten nur wenig ihr Aussehen. Es war immer ein eintöniger Wechsel von goldenen Ginstersträuchern, weiten Flächen Heidepur-

pur, Überraschungen blonder Dünen, und überall die Dunkelheit der Fichtenwälder, und bisweilen an dem glühendheißen Weg ein armseliges Hüttlein mit offener Stalltür, worin man das beschmutzte Hinterteil einer mageren, mit dem Schwanze schlagenden Kuh sah.
Es war, als ob das Licht summte, aber das waren die Millionen Bienen.
Der Schweiß troff Josef vom Hals, und auf den Schulterblättern kamen durch seinen Rock hindurch zwei nasse Flecke zum Vorschein. Doch er kümmerte sich nicht darum; er liebte die volle Sonne, und all dieser Schweiß ersparte ihm eine Krankheit.
Mit fröhlichem Herzen sahen sie durch die sonnige Dunkelheit eines Tannenwaldes die Frische einer abgemähten Wiese und die Deiche der Nethe, und dahinter das Rijenland mit einem Horizont goldener Weizenfelder.
Sie waren wie die Kinder. Die Nethe war der Faden, an dem Nazareth hing.
»Wollen wir die Nethe entlang nach Hause gehn?« rief Maria.
Es war ihr ein Genuß, die Nethe, das Wasser, in dem ihre Jugend sich gespiegelt hatte, wiederzuschauen und daneben herzugehn, wie ein Gärtner durch den Garten schreitet, den er selbst angelegt und besorgt hat.
»Aber es ist ein langer Weg«, sagte Josef, »wir wollen erst mal sehn.«
Doch als sie an die Nethe kamen, jauchzte er, weil das Wasser keine drei Finger hoch stand.
»Sieh«, rief Josef, »nun brauchen wir hier nur hinüberzugehn; wir kreuzen dahinten die Landstraße, dann gehn wir durchs Korn und gewinnen sicher zwei Stunden! Ist das nicht schön?«
Die Ungeduld, bald in Nazareth zu sein, änderte Marias Wunsch.

Der Esel trug Maria hinüber, und es war für Josef eine wahre Wohltat, seine durchglühten Füße in dem hurtigen Nethewasser kühlen zu können.
Eine Kornrade im Munde, ging Josef nun voran.
Sie schritten zwischen den weiten Weizenfeldern. Es war Weizen und nochmals Weizen, schwer, gelbgolden, bratend in der Sonne, trocken und knackend vor Hitze, träge vom Stehen und voller Versprechen guten Brotes. Die überhängenden Ähren klatschten gegen Josefs rotes Gesicht, und Maria, die auf dem Esel saß, sah weit über die Felder hin.
Die Hitze sengte darüber, und ein glühender Atem stieg daraus auf.
Weizen, Hitze und Stille, und darüber die trunkene Sonne. Aber ein Schornstein rauchte, es wurde auf einem Messinghorn getutet oder mit der Hand am Mund gerufen, worauf ein gedehntes »Ja!« von Kinderstimmen antwortete.
Es war die Kaffeestunde.
An dem niedrigen, schilfreichen Wasser eines Baches, worin sich eine rote, steinerne Brücke spiegelte, gingen sie auch daran, ihr Butterbrot zu essen.
Es war da eine kleine Wiese mit hohem Gras und vielen Blumen, und eine uralte gespaltene Eiche stand dort, die den Eltern und dem Kinde einen guten Schatten gab.
Sie aßen ihr Brot und tranken das Wasser aus dem Bach.
Jesulein war wach und nahm gierig die Häppchen, die Maria für ihn in ihrem Munde bereitete.
Es war ein kräftiger Knabe, eine Wolke von einem Kind, gut und fest gebildet, mit Grüblein in seinen Ellenbogen und in seinen Händchen; Blumen der Gesundheit glühten rosig durch sein milchweißes Fleisch, und unter einem silbersonnigen Krausköpfchen leuchteten seine großen, meerblauen Augen. Er fühlte sich locker und frei in

seinem kurzen, leichten Hemdlein, und als er gegessen hatte, kroch er im Grase umher und krähte und schrie nach seiner Mutter, die dabei war, ihm einen Arm voll Blumen zu pflücken.

Maria hatte das Kopftuch abgelegt, und nun hing ihr hellgoldenes Haar wie ein breiter Schleier bis tief über ihren Rücken hinab. Die Sonne fiel gierig in diese zarte, wogende Pracht und umhüllte sie wie mit einer goldenen, leuchtenden Wolke, vor der man die Augen schließen mußte.

In der Eiche saß zwitschernd ein Vogel, und Josef suchte für das Kind in dem kühlen Wasser des Baches Fische in einer Blechdose zu fangen.

Da kamen Kinder aus der Schule, sieben blonde Mädchen auf bloßen Füßen, alle mit einer verschossenen blauen Schürze. Sie sangen ein altmodisches Liedlein und verstummten, als sie Jesus und seine Eltern sahen. Sie faßten einander bei der Hand und blickten aneinandergedrückt verlegen-neugierig auf das liebe Kind und auf die Mutter, die so schönes und langes Haar hatte, und sie fanden dafür leise flüsternde Worte der Bewunderung.

Eines der Kinder sah eine einsame Mohnblume rot aufleuchten, es erkühnte sich sie abzupflücken und brachte sie dem Jesuskinde, das ihm die Blume unter lautem Schreien hin und her ins Gesicht schlug. Als die anderen Kinder sahen, daß die Mutter darüber lächelte, wurden sie auf einmal zutraulich und begannen alle miteinander eilig Blumen zu pflücken, die sie auf Jesu Beinchen legten; und sie sprachen zu dem Kinde, und sie lachten mit ihm, machten ihm Kränze und Krönlein und umtanzten es Hand in Hand, indem sie sangen:

Vivat die Runde,
Das Kästchen ist gebunden,
Eine, zweie, dreie!

Und endlich hatte Josef einen von den flinken Stichlingen zu erwischen gewußt. Schon im voraus sich freuend über den Spaß des Kindleins, kam er aus dem Bach hervor und hielt die Dose vorsichtig in der Hand. Aber wie verdutzt war er beim Aufblicken, als er da drüben Maria in ihrem langen Haar mitten in der Runde tanzen sah!...

Die Sonne stand schon hinter den Bäumen, aber Nazareth war nicht mehr weit.
Maria wartete jeden Augenblick, es hinter den Feldern auftauchen zu sehn. Die Hand über den Augen, sah sie danach aus, fand es aber nicht. Ihr Herz klopfte. Sie sah Höfe und ferne blaue Bäume, sie sah sogar das geschmeidige Band der Nethe, aber Nazareth fand sie nicht.
Und siehe, an einer unerwarteten Stelle, ganz an der anderen Seite, als wo ihre Augen suchten, streckte es in all seiner Schlichtheit seinen kupfernen Turmhahn in die Luft.
»Josef! Josef! Sieh, dahinten ist Nazareth!«
Nun war Hast in ihren Füßen und in ihrem Herzen.
Maria war vom Esel gestiegen, und das Kind war an ihrer Brust trinkend in Schlaf gefallen.
Sie gingen noch hinter einigen Höfen und an reichbeladenen Obstgärten vorbei, und da lag Nazareth gerade vor ihnen.
»O Josef!« jauchzte Maria überglücklich, »sieh! da sind die Hütten um die Kirche herum und da drüben die Brücke über die Nethe; sieh, die Leute lassen ihre Ziegen grasen! Oh, noch immer ist dahinten unser weißes Häuslein und dort die Birkenallee«... Und hier schwieg sie und schloß die Augen. Es war ihr, als ob sie auf einmal Musik in den

Bäumen wieder hörte und sie wieder in jenem märzlichen Sonntagabend stand. Es machte sie schwer von Glück, und sie legte ihren Kopf auf Josefs Schulter.
»Ein Pfarrer! ein Pfarrer!« flüsterte Josef verlegen. Maria sah auf und erkannte den dicken Ortspfarrer von früher, der, aus seinem Brevier betend, langsam herangewandelt kam.
Und sie warteten, bis er vorbeikäme.
Der gute Mann wollte wie gewöhnlich grüßen, aber da erkannte er Maria, lachte ein wenig erstaunt, betrachtete ernst Josef und die hängenden Beine des trinkenden, schlafenden Kindes und sagte dann: »He! Ja, ja! ich habe schon davon gehört. Ist das Euer Mann?«

»Ja!« nickten Maria und Josef.
Und dann wieder der Pfarrer:
»Kommt ihr vielleicht hier zu wohnen?... Hei, das ist schön... Ihr seid getraut, und ihr habt ein Kind... Ich seh an der Säge, daß Ihr Schreiner seid... ich hab gerade einen Schrank, an dem die Vorderfüße ab sind. Den müßt Ihr mal machen... Ihr werdet hier viel Arbeit finden... denn es sind fette Jahre...« Und dann etwas zaghafter zu Maria: »Ja, wer hätte das gedacht! Fabelhaft! Das Glück will, daß Euer Häuslein immer noch leersteht. Es hat nur ein Gärtner darin gewohnt, der letzten Monat im Krankenhaus gestorben ist... Ihr werdet es ja sehn, es stehen viele Rosen in Eurem Gärtlein... Ich hab noch immer den Schlüssel... und Euer Mann wird dort viel Platz haben, um zu schnitzeln und zu hämmern...«
»Ich danke Euch herzlich, Herr Pfarrer«, sagte Josef ehrerbietig.

Maria kniete nieder, Josef auch, und der Pfarrer gab ihnen mit zwei losen Fingern, die eben noch aus seinen zu langen Ärmeln kamen, den Segen...
Darauf seufzte er und sagte gezwungen: »Willkommen, Maria, mit Eurem Kinde und Eurem Mann...«
Er wußte nicht, was er weiter sagen sollte, und während er sich mit einem roten Taschentuch den Schweiß abwischte, ging er gutmütig nickend hinterdrein und sagte dann noch: »Es ist ein heißer Sommer... Aber es wird viel Korn geben.«

Es scheinen noch keine Sterne, aber der silberne Faden der jungen Mondsichel neigt sich hell über das grüne Gold des scheidenden Tages.
Friede liegt über der Erde, und die Bäume umhüllen sich langsam mit Dämmerung. Sie werden bald schlafen.
Ein Duft von Früchten hängt überall, denn wir sind im September, und auf dem Felde brennt ein rotes Kartoffelfeuer, das träge Streifen Rauch vor die hohen Bäume webt. Eine späte Fledermaus flattert dunkel in der Luft.
Dort, in dem weißen Haus, wo Josef, Maria und das Kind in Frieden wohnen, steht das Fenster offen. Es brennt noch kein Licht, der Duft der dunklen Rosen hängt bis in die dämmerdüstere Kammer hinein, und zu beiden Seiten des Tisches, darauf Brot und Kaffee steht, liegen in betender Haltung die gefalteten Hände eines Mannes und einer Frau.
Während eine Männerstimme wie eine Hummel brummend den Segen des Himmels über das Essen spricht, schlagen die dicken Händchen eines Kindes mit einem Holzlöffel lärmend auf den Tisch.

Das Triptychon von den Heiligen Drei Königen

Den Tag vorher, als es Abend wurde, war in dem fallenden Schnee ein knarrendes Kirmeswägelchen, das ein alter Mann und ein Hund zogen, die Straße entlanggefahren, und hinter der Fensterscheibe hatte man das bleiche Gesicht einer schmalen, jungen Frau gewahrt, die schwanger war und große, betrübte Augen hatte.

Sie waren vorbeigezogen, und wer sie gesehen hatte, dachte nicht mehr darüber nach.

Am Tage darauf war Weihnachten, und die Luft stand glasklar gefroren, zartblau über der weiten, in weißen Pelz vermummten Welt.

Und der lahme Hirte Suskewiet, der Aalfischer Pitjevogel mit seinem Kahlkopf und der triefäugige Bettler Schrobberbeeck gingen zu dritt die Höfe ab, als die Heiligen Drei Könige verkleidet.

Sie hatten mit sich einen Pappstern, der sich auf einer hölzernen Stange drehte, einen Strumpf, das gesammelte Geld darein zu bergen, und einen Doppelsack, um die Eßsachen hineinzustecken. Ihre armseligen Röcke hatten sie umgekehrt: der Hirt hatte einen hohen Hut auf,

Schrobberbeeck trug eine Blumenkrone von der Prozession her auf dem Kopfe, und Pitjevogel, der den Stern drehte, hatte sein Gesicht mit Schuhwichse eingeschmiert. Es war ein gutes Jahr gewesen mit einem fetten Herbst; die Bauern hatten alle ein Schwein ins Pökelfaß gelegt und saßen, ihre Pfeife schmauchend, mit Speckbäuchen vor dem heißen Herd und warteten sorglos auf den Frühling. Der Hirte Suskewiet kannte so schöne, fromme Lieder aus alten Zeiten, Pitjevogel verstand den Stern so gleichmäßig zu drehen, und der Bettler wußte so echte, traurige Bettleraugen zu ziehen, daß, als der Mond rot heraufkam, der Fuß des Strumpfes voller Geld saß und der Sack sich blähte wie ein Blasebalg. Es steckte Brot darin, Schinkenknochen, Äpfel, Birnen und Wurst.

Sie waren in fröhlichster Laune, stießen sich wechselseitig mit den Ellbogen und genossen bereits das Vergnügen, am Abend einmal ein ordentliches Glas »Vitriol« in der »Wassernixe« zu trinken und sich mit dem guten und leckeren Essen den leeren Bauch so zu runden und zu prallen, daß man einen Floh darauf würde zerquetschen können.

Erst als die Bauern die Lampe ausdrehten und gähnend schlafen gingen, hörten sie mit ihrem Singen auf und begannen ihr Geld in dem hellen Mondenschein zu zählen.

Jungens, Jungens! Genever für eine volle Woche! Und dann konnten sie sich noch frisches Fleisch dazukaufen und Tabak!

Den Stern auf der Schulter, stapfte der schwarze Pitjevogel flink vorauf; die beiden anderen folgten, und das Wasser lief ihnen im Munde zusammen.

Aber ihre rauhen Seelen überfiel nach und nach eine seltsame Bedrücktheit. Sie schwiegen. Kam das von all dem weißen Schnee, auf den der hohe Mond so starr und bleich guckte? Oder von den mächtigen, gespenstischen Schatten der Bäume? Oder von ihren eigenen Schatten? Oder von der Stille, dieser Stille von mondbeschienenem Schnee, in der nicht einmal eine Eule sich hören ließ und kein Hund nah oder fern bellte?

Dennoch waren sie, Schwärmer und Schweifer der abgelegenen Straßen, der einsamen Ufer und Felder, so leicht nicht einzuschüchtern. Sie hatten viel Wunderbares in ihrem Leben gesehn: Irrlichter, Spuk und sogar leibhaftige Gespenster. Aber nun war es etwas anderes, etwas wie die würgende Angst vor dem Nahen eines großen Glückes.

Es drückte ihnen das Herz zusammen.

Der Bettler sagte mutig: »Ich bin nicht bange!«

»Ich auch nicht«, sagten die beiden anderen zu gleicher Zeit mit zitternden Kehlen.

»Es ist Weihnachten heute«, tröstete Pitjevogel.

»Und dann wird Gott von neuem geboren«, fügte der Hirte kindlichfromm hinzu.

»Ist es wahr, daß die Schafe dann mit dem Kopfe nach Osten stehn?« fragte Schrobberbeeck.

»Ja, und dann singen und fliegen die Bienen.«

»Und dann könnt ihr mitten durchs Wasser sehen«, bestätigte Pitjevogel, »aber ich hab es niemals getan.«

Es war wieder diese Stille, die etwas anderes war als Stille, wie wenn eine fühlbare Seele im Mondenschein zitterte.

»Glaubt ihr, daß Gott nun wieder auf die Welt kommt?« fragte ängstlich der Bettler und dachte dabei an seine Sünden.

»Ja«, sagte der Hirt, »aber wo, das weiß niemand... er kommt nur für *eine* Nacht.«

Ihre harten Schatten liefen nun vor ihnen her, und das vermehrte noch ihre Furcht.

Auf einmal merkten sie, daß sie sich verlaufen hatten. Schuld daran war der unendliche Schnee, der die gefrorenen Bäche, die Wege und das ganze Land überdeckt hatte. Sie blieben stehn und sahen sich um; überall Schnee und Mondenschein und hier und da Bäume, aber kein Hof, so weit man blickte, und auch die wohlbekannte Mühle war nirgends sichtbar.

Sie hatten sich verirrt, und bei dem Mondenlicht sahen sie einer in des anderen Auge die Angst.

»Laßt uns beten«, flehte Suskewiet, der Hirt, »dann kann uns nichts Böses begegnen.« Der Hirt und der Bettler murmelten ein Ave-Maria; Pitjevogel brummte nur so etwas vor sich hin, denn seit der ersten Kommunion hatte er das Beten verlernt.

Sie gingen um ein Gebüsch herum, und da war es, daß Pitjevogel in der Ferne friedliches Abendlicht aus einem Fensterlein strahlen sah. Ohne ein Wort zu sagen, nur froh aufatmend, gingen sie darauf zu.

Und da geschah etwas Wunderbares. Sie sahen und hörten es alle drei, aber keiner wagte davon zu sprechen.

Sie hörten Bienen summen, und unter dem Schnee, da, wo die Gräben waren, schimmerte es so hell, als brennten Lampen darunter.

Und an einer Reihe träumender Weiden stand ein lahmer Kirmeswagen, aus dessen Fenster Kerzenlicht kam.

Pitjevogel ging das Trepplein hinauf und klopfte an die Tür. Ein alter Mann mit einem harten Stoppelbart kam vertrauensvoll herbei und öffnete. Er wunderte sich gar nicht über die tollen Gewänder, den Stern und das schwarze Gesicht.

»Wir kommen, um Euch nach dem Weg zu fragen«, stotterte Pitjevogel.

»Der Weg ist hier«, sagte der Mann, »kommt nur herein!« Verwundert über diese Antwort, folgten sie gehorsam,

und da sahen sie in der Ecke des kalten, leeren Wagens eine sehr junge Frau sitzen, in blauem Kapuzenmantel, die einem ganz kleinen, eben geborenen Kinde ihre fast leere Brust gab. Ein großer, gelber Hund lag daneben und hatte seinen treuen Kopf auf ihre mageren Knie gelegt.
Ihre Augen träumten voller Trübsal; aber als sie die Männer sah, kam Freundschaft hinein und Zuneigung. Und siehe, auch das Kindlein, noch mit Flaum auf dem Kopfe und mit Augen wie kleine Spalte, lachte ihnen zu, und besonders hatte das schwarze Gesicht des Pitjevogel es ihm angetan.
Schrobberbeeck sah den Hirten knien und seinen hohen Hut abnehmen; er kniete auch nieder, nahm seine Prozessionskrone vom Kopf und bereute plötzlich tief seine Sünden, deren er viele auf dem Gewissen hatte, und Tränen kamen in seine entzündeten Augen. Dann bog auch Pitjevogel das Knie.
So saßen sie da, und süße Stimmen umklangen ihre Köpfe, und eine wundersame Seligkeit, größer als alle Lust, erfüllte sie. Und keiner wußte, warum.
Unterdessen versuchte der alte Mann in dem eisernen Herdlein ein Feuer anzumachen. Pitjevogel, der sah, daß es nicht ging, fragte dienstfertig:
»Darf ich Euch helfen?«
»Es nützt doch nichts, es ist nasses Holz«, antwortete der Mann.
»Aber habt Ihr denn keine Kohlen?«
»Wir haben kein Geld«, sagte der Alte betrübt.
»Aber was eßt Ihr denn?« fragte der Hirte.
»Wir haben nichts zu essen.«
Die Könige schauten verwirrt und voller Mitleid auf den alten Mann und die junge Frau, das Kind und den spindeldürren Hund.

Dann sahen sie sich alle drei untereinander an. Ihre Gedanken waren eins, und siehe, der Strumpf mit dem Geld wurde ausgekehrt in den Schoß der Frau, der Sack mit den Eßsachen wurde geleert und alles, was darin war, auf ein wackliges Tischlein gelegt.
Der Alte griff gierig nach dem Brot und gab der jungen Frau einen rosigen Apfel, den sie, bevor sie hineinbiß, vor den lachenden Augen ihres Kindes drehte.
»Wir danken euch«, sagte der alte Mann, »Gott wird es euch lohnen!«

Und sie machten sich wieder auf den Weg, den Weg, den sie kannten, wie von selbst in der Richtung auf die »Wassernixe«, doch der Strumpf steckte zusammengerollt in Suskewiets Tasche, und der Sack war leer. Sie hatten keinen Pfennig, kein Krümelchen mehr.
»Wißt ihr eigentlich, warum wir alles diesen armen Menschen gegeben haben?« fragte Pitjevogel.
»Nein«, sagten die anderen.
»Ich auch nicht«, schloß Pitjevogel.
Bald darauf sagte der Hirt: »Ich glaube, daß ich es weiß! Sollte dieses Kind nicht vielleicht Gott gewesen sein?«
»Was du nicht denkst!« lachte der Aalfischer; »Gott hat einen weißen Mantel an, mit goldenen Rändern besetzt, und hat einen Bart und hat eine Krone auf, wie in der Kirche.«
»Er ist früher zur Weihnacht doch in einem Stall geboren«, behauptete der Hirt.
»Ja damals!« sagte Pitjevogel, »doch das ist schon hundert Jahre her und noch viel länger.«
»Aber warum haben wir denn alles weggegeben?«
»Ich zerbreche mir auch den Kopf darüber«, sagte der Bettler, dem der Magen knurrte.
Und schweigend, mit Gaumen, die nach einem tüchtigen

Schluck Genever und dick mit Senf bestrichenem Fleisch lechzten, kamen sie an der »Wassernixe« vorbei, wo Licht brannte und gesungen und Harmonika gespielt wurde. Pitjevogel gab den Stern dem Hirten wieder, der ihn aufzubewahren pflegte, und ohne noch ein Wort zu sprechen, aber zufrieden in ihrem Herzen, gingen sie am Kreuzweg auseinander, jeder zu seiner Lagerstätte. Der Hirt zu seinen Schafen, der Bettler unter eine Strohmiete, und Pitjevogel in seine Dachkammer, in die der Schnee hineinwehte.

Linker Flügel

Heute war wieder Weihnachten, und der Hirte Suskewiet, der jedes Jahr mit Pitjevogel und Schrobberbeeck die Heiligen Drei Könige gespielt hatte, da sie denn zu dritt mit einem Pappstern und schönen alten Liedern auf den Höfen die Runde gemacht hatten, lag nun, lang ausgestreckt, krank zu Bette, und über ihm war der Schatten des Todes. In der Ecke stand, an die Mauer gelehnt, die Stange mit dem bunten Stern, und da hing auch eine Krone aus Blech.

Er lag, wo er immer lag, im Schafstall.

Durch ein kleines Fensterchen neben seinem Bett konnte er weit hinaus ins beschneite Land sehen, über dem der halbe Mond wie eine silberne Spule das schöne Sternenkleid webte.

Es war das erste Mal, daß er zu Weihnachten seine Kameraden nicht begleiten konnte. Die waren nun zu zweit unterwegs und sangen doch immer noch: »Wir sind die drei König' mit ihrem Stern.«

Seit dem Wunder vom letzten Jahr, da sie auf ihrem Zug in ein Kirmeswägelchen geraten waren, dort einen armen

Mann und eine junge Frau mit einem neugeborenen Kind gefunden hatten und aus einem unerklärlichen Drange, in nie gekannter Ehrfurcht hingekniet waren und alles, was sie gesammelt, Geld und Eßsachen, dargeboten hatten, seitdem war Suskewiet ein anderer Mensch geworden. Denn deutlich hatte er gefühlt, daß dieses Kindlein Gott gewesen war, der alle Jahre zu Weihnachten für einen Tag neu zur Welt kommt. Ach, er erinnerte sich noch so wohl, wie sie sich verirrt hatten in der heiligen Stunde, wie sie unter dem Eis Licht, wie Lampen, schimmern sahen und in der Luft Bienen singen hörten; wie sie sich fürchteten, und welch eine himmlische Süße ihn und auch die anderen überkam, als sie dies Kindlein sahen, und wie sie in einer plötzlichen Aufwallung, ohne Verabredung, ihre sauer verdienten Groschen, und was sie zum Essen gesammelt, hingegeben hatten.

Und hatten sie nicht auch den armen Mann sagen hören, als Pitjevogel nach dem Weg fragte: »Der Weg ist hier?« Gewiß war das die Heilige Familie gewesen. Er hatte es dem Pfarrer erzählt, doch der schwatzte ihn zur Tür hinaus, und der Küster sagte wegwerfend, daß der Hirt ja nur ein Findling und das Gehirn ihm eingefroren wäre. Wo er es auch erzählen mochte, daß er die Heilige Familie gesehn, da lachte man ihn aus, und seine beiden Kameraden hatten den schönen Eindruck jener Stunde schon bald vergessen. Wenn sie mal daran dachten, so sagten sie wohl: »'s war sonderbar, 's war sonderbar«, aber im übrigen kümmerten sie sich nicht mehr darum und sündigten alle Tage mehr, um zu Geld und Genever zu kommen.

Doch Suskewiet hatte sein Leben von Grund aus geändert. Es war wohl immer schon ein glimmendes Scheitchen Frömmigkeit in seinem Herzen gewesen, nun aber war es zu einem weißen Feuer aufgeflammt, das ihn in

himmlisches Entzücken versetzte und mit schönen, süßen Gefühlen erfüllte, so daß er kaum noch mit seinem Leibe auf Erden war.
Er vernachlässigte seinen Körper und vergaß, seine Schafe zu versorgen.
Vor den Feldkapellen lag er oft stundenlang auf den Knien, sang fromme Lieder und betete Kindergebete.
Auch tat er Buße, um seine früheren Sünden abzuscheuern, und ließ sich nicht abhalten, wenn es fror, das Eis aufzuhacken und sich mit bloßen Füßen ins grimmig kalte Wasser zu stellen.
Und wenn er nun sein lahmes Bein hinter seiner Herde nachschleppte, dann betete er immer an seinem Rosenkranz, und sprach er mit den Bauern, dann war nicht mehr vom Wetter und von den Kartoffeln die Rede, sondern von der Mutter Gottes und dem Jesuskindlein und der Finsternis der Sünde.
Die Menschen nannten ihn früher beschränkt, nun aber hielten sie ihn für gänzlich verdreht und gingen ihm aus dem Weg. Was er erzählte, schien ihnen gut für einen Pfarrer, aber nicht für jemand, der in gewöhnlichen Kleidern herumlief wie er.
Mit großer Sehnsucht erwartete der alte Suskewiet das neue Christfest. Er pflegte den Stern zu verwahren und frischte ihn alle Jahre wieder auf. Auch diesmal beklebte er ihn mit buntem Papier und Schokoladesilber und schmückte ihn mit goldenen Röslein, die noch von einer goldenen Hochzeit stammten. Den hohen Hut wollte er nicht mehr aufsetzen, denn er hatte beim Klempner aus einem Stück Blech, das er gefunden, eine Zackenkrone machen lassen. Die würde ihm noch einmal so schön stehen. Er war eben mit diesen Dingen beschäftigt, als die beiden Freunde kamen, um darnach zu sehen, denn sie hatten gehört, daß noch andre drei Könige herumziehen

würden, und die hatten einen Stern mit Glöcklein und würden also mehr Groschen verdienen.

Doch Suskewiet betrachtete sie argwöhnisch und sagte: »Ich geh mit dem Stern nur mit, wenn wir alles Geld und Essen, das wir einsammeln, den Armen geben.«

»Bist du verrückt?« rief Pitjevogel, der Aalfischer.

»Sind wir denn nicht arm genug?« fragte Schrobberbeeck, der Bettler mit den Triefaugen.

»Nein«, sagte Suskewiet, »alles, was ihr habt, müßt ihr Gott geben. Und ob ihr es den Armen gebt oder Gott, das ist einerlei.«

»Dann bleiben wir zu Haus«, sagte Schrobberbeeck; »oder denkst du, daß ich mir für andere Leute die Seele aus dem Halse singen will? Das macht man einmal und nicht wieder!«

»Ich weiß was Besseres«, sagte der schlaue Pitjevogel, »wir machen uns selbst einen Stern; oder glaubst du, daß wir das nicht können? Tag, verrückter Sus!«

»Macht, was ihr wollt«, rief der Hirt ihnen nach, »aber mit diesem Stern, mit dem wir Gott gefunden haben, sollt ihr kein Geld zusammenbetteln, um zu sündigen!«

Der Himmel mahlte den ersten Schnee über die Erde, und Suskewiet fühlte sich durchströmt von himmlischer Seligkeit. Er allein wollte nun von Hof zu Hof ziehen, um Geld für die Armen zusammenzubringen.

Aber Suskewiet wurde krank und konnte von seinem Bettsacke nicht mehr aufstehn.

Weihnachten kam heran. Der Hirt empfing die Sterbesakramente. Er hatte den Pfarrer mit seinem goldenen Chorhemd kommen und gehen sehn. Es wurde Abend, und der Mond erschien, um die weiße Welt zu beschauen. Suskewiet liefen die Tränen über die stoppelhaarigen Backen, weil er nicht zum Besten der Armen Weihnachten feiern konnte.

Vierunddreißig Jahre hatte der Stern ihn seine Lieder singen hören. Nun kam der Tod zu ihm. Sein Herz lebte schon fast nicht mehr, aber sein bißchen Verstand flakkerte dann und wann noch hell auf.
Die Menschen vom Hof hatten eine Weile bei ihm gesessen, waren aber, da er ein wenig schlummerte, wieder ins Haus hineingegangen, wo der Weihnachtsklotz brannte und Waffeln gebacken wurden. Er hörte wehmütig ihren fröhlichen Lärm; eine Klarinette wurde gespielt, und Lieder erklangen.
Er hatte keine zwei Stunden mehr zu leben und flehte zum Himmel, doch erst noch die heilige Stunde vorübergehn zu lassen.
Sein mageres, eingefallenes Gesicht lag schräg, und so konnte er bald den Mond am Himmel sehen und bald den Stern, der in der Ecke glänzte. Seine Hände lagen bloß, groß und abgemagert da; die Finger hatten kein Leben mehr.
Wie er verloren auf die Welt gekommen war, ein Findling, so sollte er nun einsam und verlassen sterben. Nur die guten Schafe blieben bei ihm und hoben von Zeit zu Zeit den Kopf über die Planke.
Der Mond stieg höher und höher, wurde kleiner beim Steigen und immer silberklarer.
Suskewiet bat nur um das eine, um die Gnade, die Weihnachtsstunde noch einmal erleben zu dürfen.
So lag er lange. Endlich sah er hier und dort bei der Mühle Frauen in schweren Kapuzenmänteln mit Laternen in der Hand nach dem Dorfe zu vorbeiziehen. Der Lärm auf dem Hofe verstummte.
Etwas später hörte er Glockengeläut und Orgelklang.
Zuerst konnte er es nicht glauben, denn die Kirche war ja dreiviertel Stunden weit entfernt! Aber es war keine Täuschung: da spielte eine Orgel. Sanfte, getragene,

singende Klänge, die langsam und feierlich aufquollen, von Rührung und tiefer Inbrunst immer mehr schwellend. So etwas Schönes hatte er nie im Leben gehört. Ehe er sich noch von seinem Staunen erholt hatte, hörte er plötzlich, wie all die Schafe zu blöken anfingen, und in dem Mondschein sah er, daß sie ihre Köpfe nach Osten kehrten.

»Das ist die heilige Stunde!« murmelte Suskewiet, schaudernd vor Erregung.

»Gott! Gott! Mein Stern!« Er wollte sich aufrichten, um aufzustehn und den Stern zu holen, aber es ging nicht.

»Mein Stern!« Er strengte verzweifelt all seine Kräfte an, drückte die Decke mit seinen Füßen gegen die Bettwand, und zog sich dann an dem straffgespannten Laken hoch. Er brach in einen rasselnden Husten aus, und als der vorüber war und der Schweiß von seiner Stirne floß, kam er weiter nach vorn, streckte seine mageren Beine aus dem Bett, hustete wieder, wartete nun aber nicht, bis es vorbei war. Er stand aufrecht, lehnte sich an die Mauer und ging Schritt für Schritt mit eingesunkenen Knien zu dem Stern. Endlich saß er wieder auf dem Bett, die blecherne Krone auf dem Kopf und den Stern im Arm.

Und als er sich ausgeruht hatte, nahm er die Schnur, und in die Mondnacht schauend, sang er matt und abgerissen, begleitet von den zarten Klängen der geheimnisvollen Orgel:

Wir sind die drei König' mit ihrem Stern,
Wir kommen gezogen aus weiter Fern',
Wir gingen und suchten überall,
Wohl über Berg und über Tal,
Und wo der Stern blieb stille stehn,
Da täten ins Haus wir dreie gehn.

Die Tränen rannen von seinen Backen, Schauer liefen ihm

über den Leib, und in seinen brechenden Augen blitzte dann und wann das Feuer seiner verzückten Seele.
Aber wer oder was war das da hinten in der Ferne?
Ein strahlendes Licht, das über den mondbeschienenen Schnee näher und näher kam, immer geradeaus, ohne auf Weg und Steg zu sehen. Suskewiet hielt erstaunt seinen Atem an, zog aber immerfort gedankenlos an der Schnur, und der Stern drehte sich knarrend rundum.
Es kam näher und näher. Und zu guter Letzt schien es ein ganz kleines Kindlein zu sein in einem weißen Hemdchen, mit bloßen Füßen; er trug ein Weltkügelchen in seiner Hand, und um sein blauäugig liebliches Gesicht und seine goldenen Locken strahlte ein regenbogenfarbenes Morgenrot.
»Wer ist das?« murmelte Suskewiet; »mich dünkt, ich hab dies Kindlein schon einmal gesehn!«
Es kam geradewegs auf ihn zu, es verschwand einen Augenblick unter dem Fenster, und dann ging die Türe auf: und da stand vor ihm das Kindlein wie eine Heckenrose, so rein und frisch. Der Stall duftete plötzlich wie ein Garten voller Rosen.
»Guten Tag, Suskewiet!« sagte das Kind lächelnd und zutraulich; »da du nicht mehr zu mir kommen kannst, so komme ich zu dir. Kennst du mich noch?«
Über Suskewiet flog ein Leuchten frohen Staunens, und ein Lächeln ließ seine zwei schwarzen Zahnstümpfe sehen. Er nickte lachend, konnte aber vor Rührung kein Wort sprechen, und derweilen hingen die Tränen an den grauen Stoppelhaaren seiner Backen.
»Ja?« sagte das Kindlein; »dann singe dein Lied nur weiter. Ich höre es ja so gerne.«
Und Suskewiet faßte in heiliger Ehrfurcht die Schnur und sang, während seine Augen voll seligen Feuers in dem rosigen Schein blinkten:

Maria, die war gar verstört,
Als sie den großen Lärm gehört;
Sie meinte, daß Herodes kam,
Um ihr klein Kindelein zu suchen,
Sie meinte, daß Herodes kam,
Zu greifen ihr allersüßestes Lamm.

Und siehe, der schwarze Apfelbaum, der da draußen stand, war nicht weiß von Schnee, sondern weiß von zarten Apfelblüten.
Und da standen die Schafe und sahen über die Planken, und die hintersten stützten sich auf die Rücken der vordersten.
»Komm«, sagte das Kindlein, »gehst du mit in unser Haus?«
»Ach ja, ach ja!« lachte Suskewiet. Plötzlich fühlte er sich wie genesen. Er wollte seine Hose anziehn, aber es schien ihm doch nicht kalt zu sein, und zudem hatte er es zu eilig. Er nahm den Stern und folgte dem Kind, dem buntschimmernden Kind. Doch er sah sich noch einmal nach seinen Schafen um, die so traurig blökten.
»Dürfen die nicht mitgehn?« fragte er, »ich bin Hirte.«
»Je mehr, je lieber!« sagte das Kindlein.
»Dann kommt nur, meine Kerlchen, kommt!«
Suskewiet öffnete das Gatter, und alle folgten, eng aneinandergepreßt. Und da gingen sie in der silbernen, weißen Nacht dahin. Das Kindlein hielt in seiner kleinen, molligen Hand die große Hand des Hirten und führte den alten Mann durch den ungebahnten Schnee. Er trug den Stern, der im Mondschein glänzte, und hinter ihm kamen die Schafe, mit ehrfurchtsvoll gesenkten Köpfen.
»Da hinten ist es!« sagte das Kindlein und wies in die Ferne, wo ein goldenes Schloß über einem frühlingsblühenden Garten mit seinen Kuppeln und Türmen in den Himmel ragte.

»Ach, wie schön, wie schön!« sagte Suskewiet entzückt, und sich nach seinen Schafen umsehend: »Da hinten wirds wohl noch viel besseres Gras geben, was, meine Kerlchen?«
Und dann gingen sie hinein.
Schrobberbeeck und Pitjevogel kamen von ihrer Zweikönigsfahrt zurück. Sie waren trunken von den vielen Gläsern Genever, die sie unterwegs geleert hatten; ihre Krone saß schief, und der Stern war zerdrückt. Arm in Arm taumelten sie und sangen Gassenhauer. Ihr Weg führte sie an dem Hof vorbei.
»Oh«, rief Pitjevogel, »wir wollen ihn mal mit unserem Geld in die Ohren klimpern! Uns den Stern nicht zu geben!«
Doch als sie durchs Fenster guckten, da sahen sie Suskewiet in seinem Hemd tot auf dem Bette sitzen, die Blechkrone auf dem Kopf und darüber den schönen Stern, glänzend und bunt. Und voller Schreck liefen sie davon.

Rechter Flügel

Auch wenn das Mondlicht noch so klar über das tiefverschneite Land flutet, das aus sich selber Helligkeit verbreitet – der Bettler Schrobberbeeck nimmt doch seine brennende Laterne in die Hand, um zur Mitternachtsmesse zu gehn.
Er tut es aus Angst vor Gott.
Es ist nun nicht so wie in den früheren Jahren, da er an diesem Tag mit seinen Freunden die Heiligen Drei Könige spielte und von Hof zu Hof den Stern drehen ging.
Das war der Tag, an dem er den meisten Spaß hatte und die meisten Groschen einsteckte.
Angst vor Weihnachten ist in ihn gefahren.

Angefangen hatte das schon vor zwei Jahren, als er, mit Pitjevogel, dem Fischer, und Suskewiet, dem Hirten, von der Dreikönigsfahrt kommend, die Heilige Familie in einem Kirmeswagen gesehen hatte.
Das Jahr darauf hatte er mit Pitjevogel allein die Stern-Runde gemacht; und als sie angetrunken zurückkehrten, den Bauch voll von heißem Genever, da hatten sie Suskewiet, der seit dem Vorfall mit der Heiligen Familie fromm geworden war, tot auf seinem Bette sitzen sehn, einen Stern in seinen Händen und umleuchtet von himmlischem Licht. Die Christnacht wollte etwas von ihm; er fühlte in ihr Gottes Hände am Werk.
Die Angst umkreiste immerfort sein Herz, und aus Angst ging er nun alle Sonntag zur Messe. Jedesmal fürchtete er, daß ihm etwas Heiliges begegnen würde, und davor hatte er noch mehr Angst als vor dem Teufel, mit dem sich Pitjevogel nun abgab.
Denn man erzählte sich, es sei, als der Fischer im letzten Sommer nackt zum Baden in die Nethe gegangen, plötzlich ein gewaltiges Unwetter ausgebrochen; Pitjevogels Kleider wehten fort, und in furchtbarem Schrecken lief er nackt über die Felder und geriet in ein Haus, worin ein abgesetzter Pfarrer wohnte, der Umgang mit dem Teufel hatte. Der Pfarrer dachte zuerst, der Teufel wäre es, da Pitjevogels Körper ganz mit schwarzen Haaren bedeckt war, und er sprach ihn an: »Sei gegrüßt, Satan!« »Ich bin nur Pitjevogel«, sagte der Fischer schüchtern. Der Pfarrer hatte sich nun verraten und lehrte Pitjevogel mit dem Mirakelbuch »Der Höllenzwang« die Schwarze Kunst.
Seit jenem Tage gab der Fischer so viel silberne Taler aus, als man nur denken konnte, mußte aber alle Abend vor Sonnenuntergang zu Hause sein.
Saß Pitjevogel sonst in den schwülen Sommernächten, wenn der Aal gut anbeißt, in seinem Boote beim Angeln,

so war nun, wenn die Sterne am Himmel erschienen waren, nichts mehr von ihm zu sehn, und kein Vergnügen war groß genug, um ihn aus seinem Hause herauszulokken, wenn es Abend geworden war.
Und Schrobberbeeck, der früher viel von Pitjevogel gehalten hatte, denn der Kerl konnte einen zum Lachen bringen, daß es sprudelte, ging ihm aus dem Wege.
Er mied ihn, um nicht Gottes Aufmerksamkeit auf sich zu lenken.
Er stahl zwar nicht weniger, denn das saß ihm nun einmal in den Knochen; er brachte es nicht fertig, etwas liegenzulassen, das er mitnehmen konnte. Und er trieb sich wie sonst in der Gegend umher, bettelte auf den Höfen, verzog das Blau seiner entzündeten Augen, so daß nichts mehr zu sehen war als Gelbweiß, und plapperte dann ein leieriges Paternoster herunter.
Er war nun auch zu einer Behausung gekommen, nämlich zu einer Holzhütte, worin der Bauer vom Wasserschanzenhof früher seine Gerätschaften aufbewahrte. Sie wurde nicht mehr benutzt, aber Schrobberbeeck nahm sie in Beschlag, schlief und wohnte dort und hamsterte darin zusammen, was er nur erbetteln und fassen konnte. Er hatte sogar eine Spiegelscherbe, worin er sein graurotes Gesicht mit dem brandroten Stoppelbart sehen konnte. Es regnete durchs Dach der Hütte, die Winde rüttelten und schüttelten sie wie ein Aushängeschild, aber er hatte doch das stolze Gefühl, ein Haus zu besitzen, und legte sogar ringsherum ein Gärtchen an, wie einen Tisch so groß, um Radieschen darin zu ziehen.
Aber auch er kam abends nicht zum Vorschein, aus Furcht vor dem Heiligen, das ihn zu verfolgen schien.
Und wenn er tagsüber das Land durchbettelte, nahm er nun, immer aus demselben Grunde, nämlich sich gut mit Gott zu stellen, vor jedem Muttergottesbilde seinen

schmierigen Hut ab. Und es standen viele Mütter Gottes in der Gegend, wohl an die zwanzig. Sie standen da in ihrem steinernen, hölzernen oder gipsenen Gewande; die eine in einem Kästlein, das an einem Baume hing, die andere auf einem Pfahl, wieder andere in steinernen Kapellen. Und indem er diesen Gruß Tag für Tag wiederholte, kannte er sie alle miteinander; er wußte aus dem Kopf, welche Farbe sie hatten, wie groß sie waren, wie sie hießen und wogegen sie halfen.

Er kannte sie alle, von der großen Muttergottes der Sieben Schmerzen aus dem Beginenwäldchen bis zur fingergroßen Muttergottes Zur Ruhe, die in der Vogelhöhle einer vom Blitz gespaltenen Kappweide stand.

Und er kannte auch den ragenden Christus am Kreuz, am Großen Tümpel, aus dem die Kühe zu trinken kamen.

Voller Angst hatte er Weihnachten erwartet, denn er fürchtete, daß ihm etwas Heiliges begegnen würde. Erst hatte er die Absicht, die Nacht im Krug »Zur Wassernixe« zu verbringen. In eine Wirtschaft, wo geflucht und Genever getrunken wird, kommt Gott nicht, dachte er. Aber dann fürchtete er wieder, wenn er das täte, dann würde die Strafe in einer anderen Nacht nicht ausbleiben.

Ach, wo war seine Bettlerruhe geblieben? Lebte er früher nicht seelenvergnügt von einem Tag zum andern?

Aber Weihnachten rückte näher und näher. Er wagte nicht, mit dem Stern zu gehen, so gern er es auch getan hätte, denn es kam ihm vor, als wäre es nicht gut für ihn, mit einem Stern zu spielen, und so kam ihm der Gedanke, zur Mitternachtsmesse zu gehn. Nicht aus Liebe, Glaube oder Frömmigkeit, sondern um das Geheimnisvolle von sich abzulenken. Und um sich Mut zu machen in der weißen, mondbeschienenen Einsamkeit, zündete er die überflüssige Laterne an und ging zur fernen Kirche.

Es wäre am liebsten mit geschlossenen Augen gelaufen,

um nur nichts von dieser seltsamen, feierlichen Schneenacht zu sehen, die ihn anblickte wie ein starres Katzenauge, worin er schwefelt.
Ganz in der Ferne läutete dröhnend die Glocke, und er suchte nach den anderen Menschen, die doch auch zur Messe gehen mußten; aber von ihnen war keine Spur zu sehen. Er war mutterseelenallein auf dem Weg. Sein Herz klopfte, und er fühlte sich kleiner und kleiner werden, als ob er ertränke in der mondhellen, weißen Einsamkeit. Als er an der schwarzen, beschneiten Mühle vorbeigekommen war, schien die Ferne ihm noch einmal so fern, und die Angst preßte ihm wie eine Klammer das Herz.
Er schritt aus, so schnell er konnte, wagte aber nicht zu laufen. Warum wagte er denn nicht zu laufen?
Ach, da kam er an den Baum, wo die Muttergottes Zur Zuflucht hing, ein Porzellanfigürchen mit goldenen Lilien auf dem Kleid. Das gab ihm Vertrauen; er zog seinen Hut und sah flehend hinauf. Aber die Muttergottes war nicht mehr da! Und eben, da er Laternenöl zu holen gegangen war, stand sie doch noch in ihrem Kästchen! »Heruntergefallen«, dachte er; aber der Schnee lag glatt und unberührt da, nur bemerkte er, daß just ein Mäuschen über den Schnee gelaufen war, denn man sah Spuren von zierlichen Schritten.
»Es wird gestohlen sein«, sagte Schrobberbeeck und ging hastig weiter.
Er überquerte die Landstraße, um schneller zur Kirche zu gelangen. Und er dachte, an der Brücke jenseits des Baches die Muttergottes Zur Anbetung zu grüßen, die auf einem Pfahl stand; aber die war auch nicht da! Er blieb erstaunt stehen, die Glockentöne erstarben, und wieder drückte die Stille auf das Land, die geheimnisvolle Stille. Er leuchtete mit seiner Laterne, und wieder sah er die Spuren von zierlichen Schritten im Schnee.

Die Schweißperlen blinkten ihm auf der Stirn. Aber nun fing er an zu laufen! Oh, nun kam das Wunder, nun wollte es ihn erwürgen! Und in all seiner Angst war er neugierig wie ein Weib, ob wohl das Muttergottesbild Für den guten Tod sich noch in der steinernen Kapelle hinter dem Gitter befände.
Nein, es war auch verschwunden! Der verschnörkelte Sockel aus nachgemachtem Marmor war leer, und zwecklos standen nun die silbernen Blumen unter Glasglocken drumherum, die wächsernen und die blau ausgeschlagenen silbernen Votivgeschenke und die verräucherten Engelköpfe.
Schrobberbeeck war in seinem Leben noch nicht so schnell gelaufen; aber wie schnell er auch lief, er nahm sich doch das Herz, einen Blick auf die Muttergottesbilder, an denen er vorbeikam, zu werfen: – sie waren alle verschwunden!
Es war etwas geschehn, ja es war etwas furchtbar Heiliges geschehen!
Wenn er das Tannenwäldchen da drüben mit seinem Saum von silbernen Birken hinter sich hätte, dann würde er die Kirche erblicken, mit ihren schön und einladend erleuchteten Fenstern.
Jeden Augenblick konnte es nun 12 Uhr schlagen.
Er lief an den geheimnisvoll schweigenden Tannenbäumen hin. Aufzublicken wagte er nicht. Noch eine halbe Minute, dann kamen die Kirche und die Häuser zum Vorschein, und dann war die Gefahr vorüber.
Aber da hörte er von links her, immer näher, ein Geräusch, und nun kam durch den Schnee keuchend eine kleine Gestalt, einen halben Meter groß, angelaufen. Sie hatte ein rotes Kleid und einen lichtblauen, wehenden Mantel an, und in der keuchenden Brust staken sieben blecherne Schwerter!

»Unsere Liebe Frau aus dem Beginenwäldchen!« stammelte Schrobberbeeck. Und er glaubte vor Schreck tot hinzufallen, als plötzlich diese Gestalt auf ihn zukam und ihm mit ganz alltäglicher, ängstlicher Stimme, die nichts Muttergottesartiges hatte, zurief: »Ach, Herr Schrobberbeeck, liebster Freund, Ihr grüßt mich ja immer, wenn Ihr an mir vorübergeht, helft mir, helft mir! Ich laufe schon eine Stunde lang, meine Füße tun mir so weh, mein Herz bricht, tragt mich doch bitte zu meinem gekreuzigten Sohn am Großen Tümpel! Sonst komme ich zu spät, um sein Weihnachtsfest zu feiern!«
Und sie streckte flehend ihre Arme aus, der Mantel fiel in schönen Falten an ihr herab, und Veilchendüfte umschwebten sie wie Falter.
Schrobberbeeck stand starr vor Schreck, er stammelte, konnte aber kein Wort herausbringen. Das Heilige war wieder da in all seiner Furchtbarkeit! Er sah sie stumm, verstört an, die Haare sträubten sich ihm unter dem Hut, und seine Augen quollen aus den entzündeten Rändern. Aber Unsere Liebe Frau flehte verzweifelt weiter: »Ach, tragt mich doch, Herr Schrobberbeeck! Ihr könnt fix laufen, ich bin so leicht wie eine Feder. Wenn ich allein gehen muß, so dauert es noch eine Stunde, und dann ist das Fest vorüber! Oh, helft mir, ich will auch alles für Euch tun! Aber ich konnte nicht weg, seht Ihr, es saß da ein Mann vor mir an meinem Kapellchen, ach Gott, und betete: jemand, der um einiger Taler willen seine Seele dem Teufel verschrieben hat, jemand, der in einem Unwetter zu einem abgefallenen Priester hineingelaufen und da an die Schwarze Kunst geraten ist. Ach, der Mann flehte so in die Tiefe der Nacht hinein um meinen Beistand, daß er vom Teufel erlöst würde, der kerzengerade hinter ihm stand, wie eine Schlange auf der Spitze ihres Schwanzes! Ich mußte ihm doch erst helfen, nicht

wahr, Schrobberbeeck? Ach, ich habe fürchterlich mit der Schlange kämpfen müssen, um den Mann zu retten!!«
»Ist Pitjevogel denn gerettet?« fragte Schrobberbeeck auf einmal zutraulich.
»Ja«, sagte die Muttergottes der Sieben Schmerzen; »aber jetzt tragt mich zu meinem Sohn am Großen Tümpel.«
Nun überfloß ein schönes Licht Schrobberbeecks Seele.
»Ach liebste Liebe Frau«, klagte er, »ich wage nicht, Euch zu tragen, meine Seele ist so schwarz wie meine Füße!«
»Ich will sie bescheinen, bis sie glänzt! Aber nun tragt mich, nun tragt mich!«
»Wenn es das nur ist!« sagte Schrobberbeeck und nahm die Muttergottes auf, trug sie leicht wie ein Kind auf seinem Arm und rannte, soviel seine langen Beine nur hergeben wollten, durch den finsteren Tannenwald, über das Feld, auf den großen Tümpel zu.
Dahinten stand das Kreuz in mildem Licht!
»Nun laßt mich nur, und schönen Dank, Schrobberbeeck!«
Ganz verdutzt, setzte er die Muttergottes nieder, die eilig davonlief.
Es war Schrobberbeeck, als wäre er im Himmel gegangen, so süß war es ihm ums Herz gewesen, solange er dies Bild getragen hatte. Gedankenlos lief er weiter, aber was sah er nun! Er kniete in Verzückung nieder.
Das Kreuz stand leuchtend da, der Christus schien ein lebender Leib zu sein, und in einem Halbkreis standen vor dem Kreuz beieinander all Unsere Lieben Frauen der Gegend, jede in ihrer Größe, aber nun in echten, nicht in gemalten, steinernen oder hölzernen Kleidern.
Er kannte sie alle: die porzellanene Zur Zuflucht, die aus Gips Zur Anbetung, die der Fünf Wunden, die Für den guten Tod, die der Roten Rosen, die der Liebenden, die Fürs gute Brot, die Fürs Fegefeuer, die Für den Weizen,

Für die Kartoffeln, Für den Regen, ja sogar die fingergroße Zur Ruhe, die ganz vorne stand, weil sie so klein war. Alle standen sie da und warteten. Sie hatten den Kopf dem Tannenwäldchen zugekehrt, doch da sahen sie die Muttergottes der Sieben Schmerzen angelaufen kommen, und plötzlich kam frohe Bewegung in die fünfundzwanzig lebendigen Standbilder. Und als die Muttergottes der Sieben Schmerzen angelangt war und ihren Platz in der Mitte eingenommen hatte, da knieten sie alle nieder und hoben ihre Hände lobpreisend auf zu ihrer aller Sohne, der seine schönen Augen aufschlug und sie alle freundlich anblickte.

In dem Kranz von Licht sah Schrobberbeeck, wie die Wunde in der Brust des Herrn Jesus wie eine Traube barst und langsam blutete.

Und Schrobberbeeck bat, daß es ewig so bleiben möchte. Denn das war der Himmel!

Am andern Tag standen all die Lieben Frauen wieder in ihrem steinernen und hölzernen Gewande in ihren Kästen, Bäumen und Kapellen.

Aber vor der Kapelle Unserer Lieben Frau der Sieben Schmerzen, im Beginenwäldchen, fand man Pitjevogel tot auf den Knien liegend; seine Hände hielten noch krampfhaft die eisernen Stäbe des Gitters umklammert.

Eine gelbe Schlange, wie ihrer so viele in dem Beginenwäldchen leben, lag tot neben ihm, mit aufgerissenem Bauch, fürchterlich anzuschauen.

Schrobberbeeck war nun ein ganz anderer Mensch geworden, innen, in seinem Herzen. Er hatte all seine Angst verloren und sehnte sich nach mehr so hohen Augenblicken. Des Nachts saß er sogar und wartete darauf, und auch in der Kirche schaute er danach aus.

Äußerlich aber blieb er derselbe, wohnte in seiner verfallenen Hütte, bettelte, und wenn er etwas mitnehmen konnte, was nicht niet- und nagelfest war, so ließ er es nicht liegen.

Das saß ihm nun einmal in den Knochen, und das brachte auch die stärkste Erschütterung seiner Seele nicht aus ihm heraus.

Inhalt

Inhaltsübersicht

Felix Timmermans

Der Heilige der kleinen Dinge und andere Erzählungen

Mit Zeichnungen des Dichters

Jubiläumsausgabe

Vierter Band

Insel Verlag

Aus dem Flämischen von Friedrich Markus Huebner, Karl Jakobs, Anton Kippenberg, Peter Mertens, Anna Valeton-Hoos

Der 1974 erschienene Band *Der Heilige der kleinen Dinge* enthält auch »Das Triptychon von den Heiligen Drei Königen«; diese Erzählung ist in den dritten Band der vorliegenden Jubiläumsausgabe aufgenommen.

Erste Auflage der Jubiläumsausgabe 1986

Nachweis der Erstveröffentlichungen am Schluß des Bandes
Printed in Germany

ISBN 3-458-14509-5

Der Heilige der kleinen Dinge und andere Erzählungen

Die sehr schönen Stunden Jungfer Symforosas des Beginchens

Der Weinstock

Der Duft ist naßsilbern wie der Rücken der Fische.
In diesen Tagen gibt es schöne Wolken von allerhand Gestalt und Farbe, und während hier die Sonne einen Finger leicht durch das Fenster steckt, steht drüben über den Feldern ein lichtes Stückchen Regenbogen.
Jetzt ist es Zeit, den Garten zu bestellen. Und das Beginchen Symforosa hat den Gärtner Martinus, der ein Neffe des Herrn Kaplan ist, nach ihrem Höfchen kommen lassen, damit er die Gemüsebeete anlege, Blumen pflanze und den schönen Weinstock beschneide.
Er ist gekommen mit seinem roten Wollwams und hat seine blaue Schürze an, und seine Augen lachen der Arbeit zu, die er verrichtet.
Symforosa mit ihrem spitzigen Näschen steht dabei und schaut zu. Sie strickt an einem weißen Strumpf und spricht umständlich über den Weinstock.
Der Weinstock ist so alt wie die Straße, sehnig und verknorrt, und klettert zwischen der Hintertür und dem

Fenster gerade empor, wo er sich dann auf einmal breit über die ganze braune feuchte Mauer entfächert bis hinauf zum Dachfirst.

Aber seine Seele ist jung und außergewöhnlich wachsam. Sowie er den Lenz riecht, beginnt er augenblicklich Sprosse zu treiben, und im Oktober trägt er die schönsten Trauben sieben Stunden in der Runde.

Martinus schürzt lächelnd einen Mundwinkel; er weiß nicht recht, was er sagen soll im Beisein von Frauenspersonen.

Es ist das erste Mal, daß er bei Jungfer Symforosa arbeitet. Er wohnt erst seit einigen Monaten auf dem Beginenhof. Vor dieser Zeit war er Gärtner auf einem Schlosse bei Turnhout. Aber sein Oheim, der Kaplan, fand es nicht ratsam, daß ein Bursche von fünfundzwanzig Jahren so oft lange Zeit mit den Mägden des Schlosses allein war, und er ließ ihn nach dem Beginenhofe kommen.

Martinus arbeitet nun als sein eigener Herr und erwirbt leicht seinen Unterhalt. Er wohnt für sich allein in einem Hause des Höllensträßchens, hinter dem eisernen Gartenzaun. Symforosa ist stolz, diesen anstelligen Gärtner in ihrem Garten zu sehen; sie fühlt sich froh gestimmt in seiner Gegenwart und verschiebt ihre Gebete bis zum Abend.

Sie hält ihn für einen schönen Mann, wenn seine Arme auch etwas lang sind. Sein Gesicht ist schimmernd und rosig und nach unten zu breit. Zwei helle, gutmütige Hundeaugen, die immer zu lachen scheinen, und ein kleiner Mund mit dicken roten Lippen, schmatzend, als habe er eben tüchtig Speck gegessen.

»Hast du nicht vielleicht Durst, Martinus?« fragt Symforosa ganz beflissen, denn sie weiß wirklich nicht, wie sie dem Jungen eine Freude machen kann.

Er zieht leicht die Schultern hoch, lehnt bescheiden ab und

sagt lächelnd: »Aber das ist doch nicht nötig, Jungfer.« Aber Symforosa ist schon verschwunden und kommt eilig zurück mit einem dicken Glase und einem grauen irdenen Krüglein. Das schaumlose, rote Bier spiegelt ihre weiße Haube und das ganze Gärtchen, und während Martinus trinkt, blickt sie verwundert nach dem Adamsapfel, der ihm beim Schlucken auf und nieder fährt.

»Komm, trink schon noch eins!« sagte sie, als sein Glas leer ist.

Er lächelt gutmütig, blickt ihr in die weißbewimperten Augen, schlägt die seinen verlegen nieder und trinkt dann die Hälfte von dem frisch Eingeschenkten.

Mit behäbigen Bewegungen steigt er wieder auf die Leiter und arbeitet weiter, während Symforosa strickt.

Sie ist stiller geworden. Sie fragt sich, weshalb er sie so betrachtet habe. In ihr hat das solch ein unaussprechbar fremdes Gefühl erweckt, daß sie nicht mehr weiß, wie sie ihn wieder anreden soll. Sie sucht nach einem passenden Worte, aber sie findet es nicht.

Es ist still. Das spielende Lüftchen schüttelt von der Schnauze der Dachtraufe einen großen Tropfen, der plumps in die leere Regentonne fällt.

Im Apfelbäumchen möchte eine Amsel zu flöten anfangen, aber eine Tür, die in der Nachbarschaft etwas zu hart zugeschlagen wird, jagt den Vogel weg.

In dem schmalen, dunklen Gäßchen – ›Hemdsärmelchen‹ nennt man es im Beginenhofe –, das von dem Gärtchen durch die efeubewachsene Mauer getrennt wird, ertönt hell und metallisch ein rascher Schritt. Jetzt geht das Mauerpförtchen auf, und es erscheint Jungfer Begine Muishondt mit ihrer weißen Haube und ihren großen schwarzen Augen. Sie nickt erst dreimal zu Symforosa hin und fragt dann Martinus, indem sie diesem ein leeres Medizinfläschchen hinreicht: »Möchtest du wohl dies

Fläschchen ein bißchen an den Weinstock hängen, Rebenwasser ist so gut für die Augen!... Jungfer Pel hat mir gesagt, daß Martinus dabei sei, den Weinstock zu verschneiden. Und ich mache mir das zunutze, wie du siehst!«

Von Jungfer Muishondt, welche jener Zeit nachtrauert, da noch dreihundert Beginen den Hof bewohnten, weiß man zwar, wann sie anfängt, aber nicht, wann sie aufhört. Sie ist eine Klatschbase.

Symforosa seufzt und sagt, daß sie jetzt den Wasserkessel aufsetzen muß, um den Kaffee zu machen.

»Laß dich nicht aufhalten!« lacht Jungfer Muishondt.

Vorbei ist es mit Jungfer Symforosas schöner Stimmung. Sie geht nach der Sankt Margaretenstraße, wo die Pumpe steht. Als sie zurückkommt, ist Jungfer Muishondt zum Glück weg, und ihr Fläschchen hängt schon an dem beschnittenen Stamme.

Der Wasserkessel pfeift und singt in der weißen Küche sein Liedchen zu Ehren des blanken Kruzifixes aus Schildpatt. Symforosa würde Martinus gern fragen, ob er nicht mit am Tisch Platz nehmen wolle, aber da die Regel das verbietet, bringt sie ihm wenigstens eine große Schale mit warmem Kaffee.

Aber während sie in der Küche sitzt und drei dünne Butterschnitten mit zwei Datteln aufißt, späht sie durch das Gardinchen nach Martinus, der, auf den Hacken kauernd, geruhsam an seinem Brot und Käse kaut.

Sie sputet sich, fertig zu werden, und wieder stellt sie sich strickend zu dem arbeitenden Gärtner. Mit Bedauern hört sie ihn sagen: »Damit wird dann noch heute alles getan sein.« Und in der Tat, es wird alles fertig.

Als sie ihn entlohnt, muß sie scharf zusehen, denn es wird schon dunkel; sie kommt beim Abzählen des Geldes an seine dicke Hand, zieht aber schnell die ihrige zurück.

Sie sieht seinen roten Mund und seine klaren, dunklen Augen.
»Guten Abend, Jungfer«, sagt er lachend.
»Bis aufs nächste Jahr vielleicht, 's ist zu hoffen, daß die Trauben gut ausfallen!«
Ach, ein Jahr dauert so lange, denkt sie mißmutig. »Gut«, ruft sie ihm dann noch nach, »wenn die Trauben reif sind, kriegst du den schönsten Büschel!«
Und dann steht sie allein in dem Garten. Ein guter Duft von Erde steigt in die Höhe. Der Abend kommt aus dem Boden. Überall ist es still, der Himmelsscheitel ist bereits dunkelblau, und es kommt eine große Verlassenheit über sie. Warum ist Martinus nicht ihr Bruder? Sie träumt sogar mehr... Aber sie preßt die Augen zu. Nein, das nicht! Das Blut schießt ihr in den Kopf. Sie sieht bereits die Nachbarn auf Kessel und Blechdeckel schlagen. »Und wenn ich nun dennoch wollte?« lispelt sie in einem Gefühl der Auflehnung. Aber da läutet die Betglocke, schnarrend und schrill, mitten durch ihr Herz. Und sie betet knieend den ›Engel des Herrn‹. Als sie wieder aufsteht, sitzt der Mond, seine silbernen Hörner in den Zweigen verhaspelt, im mageren Apfelbäumchen. Es wird ihr bange, und sie fragt sich: »Hab ich denn heute etwas Schlimmes getan?«

Ostern

Die Glocken sind aus Rom wiedergekommen. Sie singen und jubeln über die Stadt, und sie schallen und jauchzen über den hellen Beginenhof.
Fest ergreift der heftige Wind die Klänge, wirft sie in die Höhe, schüttelt sie auseinander, läßt sie fallen, rafft sie wieder auf, und bläst sie an den fliehenden Wolken, den Rauchfängen und den Ästen der ächzenden Bäume entzwei.

Morgen wird Ostern sein. Dann ist der Himmel wieder offen, und unser süßer Herrgott Jesus Christus ist wieder in der Kirche und bei den Menschen. Dann wird Musik gemacht werden mit mächtigem Orgelspiel und vielstimmigem Beginenchor.

Das ist ein schöner Tag für ein christliches Herz. Er läutert euch von den Sünden, macht euch unschuldig wie ein saugendes Lämmchen und wie einen Spiegel so blank; man ist geistlich verjüngt, voll frischen Blutes; die Seele hat sich gewaschen, zieht ein neues Kleid an und wandelt wieder beruhigt in dem Wohlgeruch der Frommheit und Gnade, als ob niemals mehr Sünde geschehen könne.

Und morgen, da werden die Teller wieder beladen sein mit fettem Fleisch und dicken Eiertunken, denn die Mägen sind schlapp von dem großen Fasten.

Und Ostern öffnet die Tür für die schönen Tage, wo man wieder im freien Felde spazieren gehen und Kaninchenfutter und Zichorie schneiden kann längs der Nethe.

Das Erdreich schwillt auf von all dem Leben, das darunter brütet. Die Luft riecht nach Frühling, das Holz hat einen neuen Geruch, die Knospen haben die Gebüsche mit purpurnen Farbtönen betupft. Die Osterlilien sind wieder zu ihrer Zeit gekommen; um den Kalvarienberg stehen sie in ihrem grellen Geleucht. Alles wartet auf ein Zeichen. Es ist gerade so, als brauchte man nur in ein Horn zu stoßen, und der milchweiße Mai müsse hinter den drehenden Windmühlen zum Vorschein kommen.

Und das alles sind Dinge, die das Herz des Menschen mit Freude erfüllen.

Aber Symforosa ist seit jenem Tage, da Martinus kam, den Garten zu versorgen, in ihrem Innern gänzlich umgewandelt.

Ihr Herz ist verwundet.

Martinus mit seinem rosigen Gesicht, mit seinem roten

Wamse und seiner blauen Schürze verfolgt sie in ihren Gedanken. Und alles andere außer ihm hat Sprache und Stimme verloren. Sie denkt und träumt nur von Martinus. Seine Gestalt wandelt durch ihre Gebete; wenn sie ihr Gärtchen betritt, sieht sie ihn dort noch schaufeln und graben, seine Butterstulle essen und den Weinstock beschneiden, und wenn sie schläft, sieht sie seinen unaussprechlichen Blick, als sie ihm zum zweiten Male Bier einschenkte. Sie selber kann nichts dagegen tun. Zu Anfang war ihr dabei bange, es verstöre ihr geistliches Leben, ihr Zusammensein mit Gott, mit Unserer Lieben Frau und den schönen Engeln und den Heiligen. Sie betete dagegen, zu Hause und in der Kirche; es deuchte ihr, daß es eine große Sünde wäre. Aber während sie betete, daß die Gedanken an Martinus verschwinden sollten, wünschte sie, sie möchten in ihr wohnen bleiben.

Und nun, nach anderthalb Monaten, ist es so weit gekommen, daß sie nicht mehr gegen ihre Gedanken ankämpft, sondern mit Genugtuung sich in sie ergibt. Und während die Glocken hallen und schallen, bittet sie mit über der Brust gefalteten Händen: »O Herr des Himmelreichs, führe mich auf rechtem Pfade und weise mir deine Wege.« Diesen Pfad indes vermag sie nicht mehr zu sehen ohne Martinus, und innerlich wünscht sie sich etwas, das sie vor sich selber noch nicht zu bekennen wagt. Aber im Geist sieht sie einen kleinen Schornstein, aus dem ein senkrechter Streifen Rauch in die Dämmerung steigt; und auf der Türschwelle steht eine Frau, die auf ihren lieben Mann wartet, der mit der Harke und Rechen von seiner Arbeit kommt. Symforosa lächelt der Sonne zu, die zwischen raschen, weißen Wolken hervor auf den Beginenhof purzelt.

Still ist der Beginenhof nach der Mittagsstunde. Des Morgens haben die Menschen und die Beginen ihre Besorgungen gemacht, auf dem Markte und bei den Krämern.

Jetzt sitzt alles in den Häusern, und die heiße Sonne scheint auf die geschlossenen Türen. Es hockt eine Krähe auf dem kupfernen Hahne des Turmes, und auf den sauberen, weißen Pflastersteinen tanzen Sperlinge.

Die Gärtchen, die vor den Häusern liegen, stehen voller Bauernblumen, und wenn die gewaltige Sonne auf sie strahlt, kriegt man Wasser in die Augen.

Es sind Fliederbüsche, die hier stehen, Veilchen, Kapuzinerkresse, Päonien, Sonnenblumen, kräftig und derb und mit stechenden Farben. – Symforosa hält diese Stunde für eine schöne Stunde, um den Kreuzweg abzupilgern. Der Kreuzweg besteht aus kleinen Bildwerken, jedes unter einem Schieferdächlein, die hier und da an den Mauern der Häuser oder an denen der Kirche angebracht sind. Sie sind alt, weich und süßlich gemalt, mit der Zeit rissig geworden, von Blasen bedeckt und abgeblättert.

Die erste Station befindet sich auf dem Plätzchen des Kalvarienberges, wo in einem ansteigenden Gärtchen voller Veilchen und kleiner Myrtenbäume unter einem blauen hölzernen Dache Unsere Liebe Frau sitzt, mit dem toten Jesus auf ihrem Schoße.

Die erste Station stellt die Verurteilung dar. Pilatus und Jesus sind durch das bißchen Sonne, das manchmal auf sie fällt, zu bleichen Gestalten verblaßt, aber in der anderen Ecke sieht man noch frisch durch die Tür des Palastes einen schnurgeraden Baumgang, der zu einem kleinen Brunnen führt.

Nachdem Symforosa hier gebetet hat, grüßt sie die weiße

Leidensgruppe und biegt in die Sankt Margaretenstraße ein.
An der Mauer der Kirche, in einem dicht vergitterten Häuschen, sitzt ein dicker Gottessohn; er trägt einen purpurnen, grün gefütterten Mantel, und ein eisernes Schilfrohr ragt ihm aus den zusammengebundenen Händen. Dieser Jesus hat graubraune Lippen, und seine Augen blicken bitter und unzufrieden zur Seite. Das Bild macht stets einen bänglichen Eindruck auf Symforosa, besonders abends, wenn die große Laterne davor brennt.
Nachdem sie dort angstvoll einen Rosenkranz gebetet hat, geht sie zu der zweiten Station, an der anderen Seite der Kirche.
Hier liest sie unter der Malerei:

Du trägst, o guter Gott,
Das, was wir tragen müssen,
Und trägst die Schuld auf dir,
Die uns geziemt zu büßen.
O mach, du guter Gott,
Daß wir für unsre Schuld
Das Kreuz, ob klein ob groß,
Ertragen in Geduld!

Danach kommt sie in das Pumpensträßchen mit seinen blaugekalkten Gartenmauern, über die der Goldregen hängt, und biegt dann rechts zum Kanalufer ab, wo alle Häuser gleichförmig sind: aus rotem Backstein mit weißen Fugen, mit runden Pförtchen und eisernen Stäben vor den hohen Fenstern. Auf den Türen stehen Namen gemalt wie ›Zum Höfchen von Gethsemane‹, ›Zum süßen kleinen Namen Jesu‹, ›Zum Berge Patmos‹. Ihr Herz beginnt zu klopfen, denn nun wird sie gleich am Häuschen von Martinus vorbeikommen. Seit langem hat sie ihn nicht mehr gesehen, aber inzwischen hat ihr Herz keine Minute für ihn stillgestanden. Er ist auf Exerzitien gewesen in einem Kloster bei Antwerpen und ist gerade vorgestern nach Hause zurückgekommen.

Sie kann es sich nicht mehr verhehlen: schon wenn sie ihn nur zwei Tage nicht gesehen hat, ists gerade, als kehre sich die ganze Welt feindlich gegen sie.

Oh, wenn sie ihn doch heute nur einmal sehen könnte! So ein Augenblickchen bloß, dann ist dies Herz wieder zufrieden und dieses Gefühl der Verlassenheit verschwunden. Aber warum klopft denn ihr Herz so sehr? Sie tut doch bei alledem nichts Schlimmes. Sie ist ein Beginchen, und Beginchen dürfen noch immer zwischen dem geistlichen und dem ehelichen Stande wählen.

Aber sie will nicht grübeln, sie schüttelt diese Gedanken unter ihrem weißen Häubchen weg und geht hastig und aufgeregt von einer Station zur anderen.

In der Fegefeuerstraße wohnt der Herr Kaplan, der Oheim von Martinus; sie sieht ihn hinter seinem Fenster sitzen, das pergamentgelbe Haupt über ein Buch gebeugt. Hoch über das Haus ragen die dicken Bäume des Beginenwalls mit ihren üppigen Wipfeln, die Pforte nach dem Wall steht offen und bietet eine mittelalterliche Aussicht über die weiten Felder und die Nethe nach den blauen Türmen des fernen Mecheln.

Nun aber muß Symforosa in das Höllensträßchen kommen, wo Martinus wohnt. Sie ist ganz aus dem Häuschen, sie wird weiß und rot und atmet stoßweise.

Martinus steht in seinem Garten und hantiert zwischen den Rosen. Er hat einen großen Sonnenhut auf und gelbe Holzschuhe an. Ihre Schritte klingen hell in der sonnigen Stille, und Martinus blickt auf.

»Ei'n Tag, Jungfer Symforosa«, nickt er verlegen; und weil sie nichts sagt, fügt er hinzu:

»Bei dieser Sonne lauft Ihr so herum?«
Symforosa macht halt und sagt mit bebender Stimme: »Das muß man nicht fühlen, Ihr fühlt es ja auch nicht!... Oh, was für schöne Rosen!«
»Ja, aber ich bin an die Sonne gewöhnt, Jungfer«, entgegnet er und wird rot. »Ich lebe von der Sonne. Was sollten ich und meine Blumen anfangen ohne Sonne?... Hier nehmt, steckt diese zu Hause in ein Väschen«, und damit gibt er ihr eine dunkelgelbe, mit Karmin geränderte Rose, die den Namen ›Gloire de Dijon‹ trägt.
Symforosa weiß nicht, was tun, und wird blaß vor Schreck. Sie schaut auf ihn und auf die Rose, und auf einmal möchte sie nun etwas sagen, was ihm zu Herzen geht.
»Das ist ein hübscher Brotverdienst... Die ganze Zeit ist man umgeben von Duft und schönen Farben... Eure... die Frau, die Ihr einst mal heiraten werdet, wird das angenehm finden!...«
»Mögt Ihr denn Blumen so gerne, Jungfer?... Ja?... Dann ist es schade...« Aber Martinus wird rot und schweigt.
»Was ist dann schade, Martinus?...« fragt Symforosa zurück, während ihre Hände beben.
»Nun ja...«, zögert er, »dann solltet Ihr Euch mit einem Gärtner trauen lassen«, und er lacht schmunzelnd.
Es ist, als ob ihr der Boden unter den Füßen wegsinkt. Ein Schauer von Seligkeit überrieselt sie. Sie muß sich an den eisernen Stäben des Gitters festhalten, alles dreht und taumelt, und der Schweiß perlt eiskalt auf ihrer Stirne.
»Martinus... Martinus«, stammelt sie. »Ach, möge unser lieber Herr...«, aber mehr kann sie nicht sagen. In einem Briefe wird sie ihm gleich alles auseinandersetzen. Schau, mit was für einem ernsten Gesicht Martinus sie betrachtet. Seine Stirn ist hochgezogen, und seine Augen lassen viel

Weiß sehen – er versteht nicht, warum sie so überschwenglich tut, es macht ihm Sorge, er meint, daß sie viel Kummer habe, und sagt, um sie zu trösten: »Es wird schon gut werden... seht einmal, wie es mit mir gegangen ist... wer würde das je gedacht haben, als ich auf den Beginenhof kam! Selbst als ich bei Euch gearbeitet habe, war davon noch nicht der Schimmer eines Gedankens. Aber auf einmal ist das dann so gekommen, mit den Exerzitien, die ich bei den braunen Patern mitmachte. Kein Zweifel, Unser Lieber Herr führt uns.«

»Martinus! Martinus! Was... was... was willst du sagen?« unterbrach sie ihn, ängstlich und freudig zugleich.

»Nun ja«, sagt er ruhig mit einem treuherzigen und stolzen Lachen, das seine schönen, großen Zähne sehen läßt. »Wißt Ihr es denn noch nicht? Hat Euch davon mein Oheim, der Herr Pfarrer, noch nichts gesagt? Ja also, Jungfer, ich trete bei den braunen Patern als Bruder ein. So es Gott gefällt, werde ich schon binnen vierzehn Tagen Bruder bei den Patern sein!« und kindlich froh schaut er sie an.

»Martin...« Aber Symforosa kann nicht weiter, sie macht kehrt und läuft weg, die letzten Stationen des heiligen Kreuzweges ganz vergessend. Sie hört die Küsterin ein Lied anstimmen und Harmonium spielen.

Martinus, die Arme voll weißer und roter Rosen, steht verblüfft und betreten und kann aus Symforosas Tun nicht klug werden. Vergebens darüber grübelnd, steht er da, während durch seinen Strohhut die Sonne scheint und die Rosen umhüllt mit ihrem Golde und ihrer Herrlichkeit.

Inzwischen laufen Symforosa daheim in der Vorderstube die Tränen nur so über ihre Wangen. Sie hält die gelbe Rose steif in der Hand und schluchzt sich aus: »Martinus, Martinus, warum hast du mich verlassen!«

Die Prozession

Es ist der vorletzte Tag vor Martinus' Abreise zu den braunen Patern.
Symforosa fühlt sich deshalb sehr angegriffen, und sie bittet Unsere Liebe Frau, daß sie stark bleiben möge, denn die Prozession hält heute Umzug. Für die ist es wahrlich ein schönes Wetter. Der Baldachin des Himmels ist voll Blau und Gold und voll Silber von weißen, purpurbauchigen Wölkchen.
All dieses Licht stürzt lotrecht herunter auf den hellen Beginenhof und schlägt Funken und Strahlen aus den kupfernen und gläsernen Armleuchtern, die auf den Fenstergesimsen oder auf weißgedeckten Tischen stehen und neben einem Heiligenbild und Vasen mit duftenden Blumen. Die Fahnen flattern von den zackigen Treppengiebeln, die Flammen schwanken auf den Kerzen, die Straße ist bedeckt mit buntfarbigen Papierschnitzeln und weißem Streusand. Die Fensterscheiben beben von dem dröhnenden Glockengeläut, das durch Mark und Bein geht. Das ist sie! Die Menschen weichen zur Seite und stellen sich auf den schmalen Straßenborden oder den Türschwellen der Häuser auf, und mit sachter, feierlicher und dennoch heiterer Musik naht die schöne Prozession.
Vor dem heiligen Brote geht Symforosa als letzte der Beginen, die in zwei Reihen, den weißen Schleier über dem Haupte und die grüne Wachsfackel in der Hand, die Ehrenwache bilden. Vor sich sieht sie, schön und farbenreich wie eine reife Seifenblase, den ganzen Zug der Mädchen, Banner, Laternen, alten Väterchen, Heiligenbilder und Reliquienschreine; hinter ihr, in Wolken besten Weihrauchs und silbernen Schellengeklingels und lateinischer Gesänge, schreitet unter einem blauen, golddurchwirkten Traghimmel der wohlbeleibte, stattliche Pfarrer.

Vor seinem roten Gesicht mit dem doppelten Kinn hält er die strahlende Monstranz.
Der Traghimmel über dem Pfarrer wird von vier Burschen in rotem Rocke und weißem Hemdchen getragen, und derjenige, der gerade hinter Symforosa geht, ist Martinus. Symforosa weiß es, fühlt es, und sie kann nichts beten; als sie singen muß, bleibt ihr der Ton in der Kehle stecken.
Ach, welch ein Unterschied gegen das letzte Jahr! Wie war damals ihr junges Herz ganz und gar Seligkeit inmitten all dieses Weihrauches, dieser Farben und dieses Gesanges! Wie fühlte sie sich stolz und überwältigt! Heute ist ihr Herz beklommen. Sie hat Martinus noch immer lieb, und sie ist davon förmlich abgemagert.
Sie hat ihn nicht mehr gesehen. Wie ein Mäuschen ist sie beschämt und sich härmend in ihrem Haus geblieben; husch, husch ging sie nur in die Messe und erledigte ihre Besorgungen zur Mittagsstunde, wo alle Welt um den Mittagstisch sitzt. Sie stand Angst aus, daß Martinus den Vorfall hätte weitererzählen können. Sah sie Leute in Grüppchen beieinander stehen, so meinte sie, daß man darüber sprach; es wollte ihr scheinen, als ob die Jungfer Küsterin sie spöttisch angeguckt und die Oberin ihren Kopf abgewandt hätte. Nach einer Woche ward sie freilich inne, daß Martinus gegen niemanden etwas hatte verlauten lassen; da fiel ihr ein schwerer Stein vom Herzen. Das machte sie frei; und sie konnte wieder unter Menschen gehen. Sie hatte schon gefürchtet, vom Beginenhof verjagt oder vom Pfarrer streng vermahnt zu werden. Niemand wußte von etwas.
Immerhin mied sie Martinus; sie wagte nicht mehr, ihm unter die Augen zu kommen, und sie hat nie wieder den Kreuzweg abgepilgert, außer jenen im Innern der Kirche. Inzwischen schleppte sie jedoch großen Kummer mit sich

herum, und wenn sie sich auch, Gott zu Gefallen, mit dem Munde in den heranrückenden Abschied schickte, in ihrem Herzen vermochte sie Martinus nicht zu vergessen, und der Schmerz, daß er für ewig weggehen werde, blieb wie ein Dorn in ihrem Leibe. Tag und Nacht lag sie und grübelte darüber, und viele Tränen hängten sich an ihre hellen Wimpern.

Sie hatte ihn also, seit er ihr die schöne Rose ›Gloire de Dijon‹ schenkte, nicht wiedersehen wollen, und jetzt schritt der, den sie lieb hatte, knapp hinter ihr, mit seinem Herzen und seiner Seele bereit, für ewig ins Kloster zu gehen. Sie hat ihn nicht wiedergesehen und hatte sagen hören, daß er bereits etwas Bart trüge, was ihm, wie es hieß, nicht übel stände. Gerne würde sie sich jetzt umblicken, doch wagt sie es nicht vor den Menschen und vor ihm, und weil es sich vor Gott nicht geziemt. – Die Schamröte schlägt schon in ihre große glatte Stirn – um der Versuchung zu widerstehen, faßt sie steif und starr die fette Flamme ins Auge, die blakend und schwankend auf der Fackel hängt. Ihr Kopf ist zum Bersten heiß, ihr Blut jagt, und sie fürchtet, ihr werde ein Unglück zustoßen.

Sie betet zur heiligen Begga, damit sie sich ja nicht umblicke. Sie hört seinen Schritt und fühlt seine Augen in ihrem Rücken. Sie wird es nicht mehr lange aushalten können. Aber sie kämpft und gibt nicht nach, und sie ist froh, daß sie so stark ist. Doch am Kalvarienberg macht die Prozession halt. Hier wird der Pfarrer mit Gott-im-Brote die Menschen segnen.

Alles ist nun still. Die Musik schweigt und auch das Rosenkranzgemurmel.

In der Sonne wallt blauer Weihrauch nach oben, und die Beginchen singen mit vorsichtiger Stimme das ›Tantum ergo gaudeamus‹. Zwei Sperlinge schilpen mit.

Die Menschen sind niedergekniet. Da, in der großen Stille, welche dem dreimaligen Klingeln vorangeht, blickt Symforosa sich schließlich doch um: sie begegnet den klaren Augen von Martinus, die sie brüderlich und freundlich ansehen, er lacht und er nickt.

Und jetzt schlägt die Klingel in die Stille, dreimal, feierlich und langsam, und dann erschallt ein Horn, die Musik beginnt wieder getragen und feierlich zu rauschen, aufs neue murmeln die Lippen: »Maria, sei gegrüßt!« Es entsteht ein Geraschel von Kleidern und Bannern, und die Prozession geht weiter mit Weihrauch, Gesang und silbernem Geklingel.

Symforosas Stimme ist jetzt wieder frei. Das Blut tanzt ihr im Leibe. Ihr Herz weiß sich vor Freude nicht zu lassen, Martinus hat sie freundlich angesehen! In einem einzigen Seufzer ist aller Kummer und alle Trübsal weggeblasen, und obschon sie weiß, daß er sie übermorgen verlassen wird, freut sie sich doch unsäglich an dem schönen Blicke, den er ihr geschenkt hat.

Und in diesem Augenblick tauchen wieder die Wünsche und Sehnsüchte auf.

O könnte sie ihm doch, bevor er weggeht, einmal alles sagen, wie herrlich wäre ein solcher Abschied! Niemals würde er sie dann vergessen hinter den Mauern des Klosters. Wie wohltuend, zu wissen, daß einer, der dir lieb ist, immer an dich denkt!

Sie lacht über den tollen Einfall, aber als sie zwei Straßen weiter ist, hat sie fest bei sich beschlossen, ihn unter vier Augen zu sprechen, ehe er die Welt verläßt.

Nun sieht sie sich nicht mehr nach ihm um, aus Furcht, den schönen Eindruck zu verflauen. Ach, sie ist so glücklich!

Und als sie am Abend in ihrem großen Bette liegt, über das sich weiße Vorhänge spannen, sieht sie die Sterne stehen und spricht insgeheim lächelnd zu sich selber so: »Sollte der jetzt noch Pater werden wollen, wenn ich ihm alles gesagt habe?«

Der Abschied

Der Regen rieselt sanft auf die Dächer. Jungfer Symforosa erwartet auf dem Beginenwalle Martinus. Sie ringt ihre Hände und zweifelt daran, ob er wirklich kommen wird. Gestern abend hat sie ein Zettelchen unter seine Tür geschoben, während hinter dem Fenster Licht brannte, und auf diesem Zettelchen stand zu lesen:

›Martinus, bevor Du ins Kloster ziehst, muß ich Dir unbedingt noch etwas sagen. Komm gegen acht Uhr auf den Beginenwall, wo die drei weißen Birken stehen. Ich werde dort auf Dich warten. Jungfer Symforosa

Sag niemand etwas davon und reiß das Zettelchen entzwei.‹

Wird er kommen, oder wird er nicht kommen? Ungeduldig wandelt sie den Beginenwall auf und nieder unter den hohen geraden Baumreihen, auf welche der Regen rieselt. Ihre Kehle ist trocken und ihr Herz so klein wie eine Bohne. Der Abend dringt in die Luft und hängt schon in den Bäumen. Eine Amsel begleitet mit klaren Tontropfen das sanfte Regenlied.

Der Beginenwall ist wie eine Kirche: die Bäume sind dic Pfeiler und die Landschaft die bunten Glasfenster.

Und Symforosa ist bang und froh. Bange vor Erwartung, und froh, weil es regnet. Sie hält das für ein großes Glück. Jetzt wird ja doch niemand spazierengehen, weder der Pfarrer noch eine Begine, noch sonst wer vom Hofe, niemand wird also sehen, daß sie mit Martinus spricht.

Übrigens, was täte es? Jedermann würde denken, daß es ein Zufall ist. Wer wird daraus etwas folgern, wenn ein Beginchen mit einem jungen Burschen spricht, der morgen Pater werden soll?

Ab und zu fällt ein Regenschwapp auf ihre Haube.

Sie wandelt wieder und wieder an den drei weißen Birken vorüber. Noch ist er nicht da, aber es hat auch noch nicht acht Uhr geschlagen. Ach, die Zeit vergeht so langsam! Fast bereut sie, ihm geschrieben zu haben. Sie findet es doch ein wenig weit gegangen für ein Beginchen, aber nun ist es einmal geschehen und nichts mehr daran zu ändern. Beinahe ist sie willens, zurück nach Hause zu gehen, aber was würde Martinus dann denken, wenn er kommt? Fast wäre es das Beste, er käme nicht; ach, ihr Herz ist so bange. Was kann nicht alles geschehen! Gott weiß, wie erzürnt er sein wird. Was muß er von ihr denken? Deshalb ist es immer noch besser, er käme doch, dann kann sie ihm alles sagen. Ja, sie muß es ihm sagen, ihr Herz läuft über, sie könnte es einem Stuhl erzählen.

Ach, daß sie ihn doch so gut leiden kann! Und während sie auf und nieder wandelt, vorbei an den drei Birken, die gegen die dunkle Mauer des Beginenhofes aufleuchten, wiederholt sie bei sich selber die Worte, die sie ihm sagen wird. Träge läßt die Turmuhr acht Töne fallen, und plötzlich hört Symforosa hinter sich Schritte. Sie wagt nicht, sich umzusehen, und bleibt stehen und fühlt alles Blut in ihre Beine sacken.

»Seid Ihr es?« fragt die leise, schüchterne Stimme von Martinus.

Jetzt kehrt sie sich ihm zu, und mit einer stockenden Stimme seufzt sie: »Tag, Martinus.« Er blickt sie verwundert an, und in dem Halbdunkel gewahrt sie sein Lächeln und seine großen, weißen Zähne.

»Ja«, zögert er und schürzt lächelnd einen Mundwinkel.

»Warum habt Ihr ...«, aber er wagt nicht, mehr zu sagen, da sie beschämt ihre Augen zu Boden geschlagen hält. Er hört sie schluchzen, und er sieht, wie sie mit ihrem Zeigefinger Tränen aus ihren Augen wischt.
»Ach, Martinus!« schluchzt sie ... und dann beginnt sie plötzlich mit den Händen vor dem Gesicht zu weinen. Martinus bekommt Angst und weiß nicht, was er sagen soll. Der Regen rauscht fein auf die Blätter, und rundum ist alles so beklemmend still.
»Was ist denn, Symforosa?« traut er sich schließlich zu fragen, während er an den spärlichen Haaren seines beginnenden Bartes zupft.
Symforosa schaut flehentlich zu ihm auf: »Nun gehst du auf immer fort von hier, Martinus?«
»Ja, Symforosa«, sagt er erfreut, »und ich werde im Kloster viel für Euch beten!«
Sie macht ihre Augen zu und lacht bitter: »Dank schön, Martinus, ich dank dir sehr.« Er versteht sie nicht. Sie fühlt es, sie hört es, und sie hat nicht die Kraft, vor seinen klaren, unschuldigen Augen ihr ganzes Herz bloßzulegen. Wie eine Pfriemnadel geht es durch sie hindurch, die Tränen gleiten über ihre Hände, und jäh ergreift sie seine große warme Hand. »Also, leb wohl, Martinus, leb wohl«, kommt es schluchzend, bebend aus ihrer Kehle, und ein großer Regentropfen klatscht auf ihre Hände. Die Amsel flötet noch einzelne vergessene Töne, und drüben, jenseits der Nethe, brüllt eine Kuh.
»Leb wohl, Martinus«, sagt sie, sich scheinbar fügend. Sie läßt ihre Hand aus der seinen gleiten, versucht noch einmal, ihm zuzulächeln und geht dann hastig hinweg, das rote Taschentuch vor ihren Augen.
In ihrem Kummer hofft sie, er werde sie noch zurückrufen, er aber bleibt stehen und sieht ihr nach mit offenem Munde und hängenden Armen.

Der milde Regen brummelt sein Liedchen auf Dächer und Blätter, und der Abend ist gekommen.

Erinnerung

Symforosa findet Freude an ihrer Arbeit.
Da sie noch jung ist, muß sie beim Angelusläuten aufstehen und in die Kirche beten gehen; danach hat sie sich ans Waschen gemacht, und jetzt, wo die Luft gelb wird von der untersinkenden Sonne, hat sie die Arbeit bereits hinter sich. Sie sitzt auf der Bank, die vor dem Liebfrauenbilde aus Gips steht, und betrachtet die getane Arbeit. Ihre Finger sind schrumplig, blutlos und entfärbt davon geworden, der Rücken tut ihr weh, aber im Gemüt trägt sie einen süßen Frieden.
Flaumig golden wie eine gelbe Pflaume ist die stille Dämmerung, gewaltig duften zu dieser Stunde die Rosen, und auf den Leinen hängt naßschwer und bläulich die Wäsche. Aus den Laken, Bettdecken und Hemden steigt ein frischer Geruch von Lavendel, Bleichwasser und Mandelseife. So krachsauber und schlohweiß hängt alles da, daß es eine wahre Augenweide ist.
Nun wird es Angelus läuten.
Und Symforosa ist glücklich.
Aber Symforosa weiß, daß sie mit ihrem Glück vorsichtig umgehen muß wie mit einer Seifenblase, die beim schwächsten Luftzuge zerplatzt.
Sie muß es bei sich innen hüten und Tür und Fenster zuhalten, genau wie die Kinder, die mit einer Tabakspfeife Seifenblasen machen; nur so kann sie es genießen und sich davon betäuben lassen.
Aber der Kummer ist neidisch und hat eine Judasnatur und kleidet sich so gut in eine Blume wie in etwas anderes.

Hinter der alten Mauer murmelt die blinde Begine Wittenbroodt ihren Kranz von Ave-Marias.
Und aus dem Hause der Küsterin hört sie Harmoniumspiel und eine volle Frauenstimme das Lied anstimmen, welches sie in jener Mittagsstunde hörte, da Martinus ihr die dunkelgelbe Rose schenkte.
Das Lied schwebt so herrlich in den Abend und steigt und schwingt bis zur Feinheit von Kristall, dann sinkt es wieder sachte zum Boden und wird wunderschön zugedeckt mit schwellenden Akkorden und besprenkelt mit silbernem Vogelgezwitscher.
Ach, es ist so herrlich und schön! Und alles lauscht nun und sitzt stille.
Wie ein Bild sieht Symforosa wieder jenen Augenblick vor sich, sie sieht die Sonne durch seinen Strohhut scheinen und die Rose in seiner Hand... Sie hört es sanft auf die Dächer regnen, und sie hat wieder die Empfindung, welche sie beim Abschied überkam, und die schöne Seifenblase ihres Glückes platzt entzwei.
Das alte Leid geht wieder durch ihr Herz, und aus ihren Augen quellen die Tränen.

Die Trauben

Wenn blauer Nebel wie ein reiner Weihrauch vor den Fernen hängt und die kupferne Sonne über die Felder Fäden webt, die in eurem Haar oder in eurem Gesichte hängenbleiben, wenn es still ist in den gelben Blättern und man aus den Wäldern Jägerschüsse widerhallen hört, dann ist die Zeit da, um die Trauben zu pflücken, denn dann sind sie reif und groß und tragen in ihrem Fleische das Licht der Sonne.
Und Symforosa steht auf dem Leiterchen und knipst mit

einer frommen Andacht die Traubenbüschel ab. Ihre Schürze ist schon ganz voll, und noch hängen überall welche. Sie weiß, wem sie alles einen Büschel schenken wird: dem Pfarrer, dem Kaplan, der Oberin und den vierzehn Beginen, auch den drei Novizen, die in dem efeubewachsenen Konvente ihre Probezeit ablegen, ein paar ihrer Schwester, die in der Stadt wohnt, und weiter welche an Bekannte und Freundinnen des Beginenhofes. Warum jedoch schneidet sie jenen schweren, üppigen Büschel nicht ab, jenen dort mit seinen dicken, beflaumten und sonnendurchglänzten Beeren?
Sie hat ihn doch bemerken müssen, denn er ist weitaus der schönste, der Primus des ganzen Weinstockes!
Sie hat ihn bemerkt, sie hat ihn bewundert. Aber sie hat ihr Martinus gegebenes Versprechen nicht vergessen. Doch da Martinus jetzt fort ist, darf und will sie diesen Büschel nicht abpflücken.
Sie läßt ihn hängen als ein Opfer und eine Huldigung, welche sie seinem Gedächtnisse darbringt.
Und sie ist darauf gehörig stolz.

Winter

Draußen ist alles Schnee und Finsternis. Drinnen bullert und glüht der Ofen. Das Lampenlicht legt auf den Tisch eine runde Helle, um die Symforosa mit zwei Beginchen aufmerksam beim bunten ›Gänsespiel‹ sitzt.
Die Rotbackige, die vom Lande stammt, heißt Jungfer Siemus, und die andere mit ihrem bebrillten, wächsernen Gesichtchen Jungfer Alverdijk-Doorn, eine aus Holland; diese zwei Beginchen wohnen zusammen in einem Hause und kommen im Winter jeden Donnerstag zu Jungfer Symforosa, um sich am ›Gänsespiel‹ zu vergnügen.

Sie spielen jedesmal um einen Pfennig – die Würfel rollen hart über die Tischplatte, und die drei Beginchen haben besondere Sprüche und bestimmte Gelächter dafür. Und indessen zwitschert im Wasserkessel ab und zu ein Stimmchen, und die runde Pendeluhr an der Wand ist so faul, daß sie jeden Augenblick mit ihrem Ticktack aufhören zu wollen scheint.
Jungfer Siemus gewinnt die drei Pfennige, und wie nach jedem Einsatz schenkt Symforosa die Kaffeetäßchen voll. Jungfer Alverdijk-Doorn hat kaum ein Schlückchen davon genossen, als sie zwischen zwei Spielen die Gelegenheit wahrnimmt, von ihrem Lieblingsheiligen zu sprechen: Sankt Antonius.
So weiß sie unter anderem zu erzählen, daß gegenwärtig viel von dem wunderbaren Heiligenbild geredet wird, welches sich in dem Kloster befindet, wo Martinus Bruder ist. Es wird auf einmal etwas wach in Symforosa, und sie schiebt ihre weiße Haube nach vorn, um besser zu hören.
»Da möchte ich wohl gern einmal hingehen ... zu diesem Bilde«, sagt Symforosa bebend.
»Aber jetzt ist dafür nicht die Zeit, Mädchen«, spricht Jungfer Alverdijk-Doorn mit singender Stimme. »Du mußt noch zu weit zu Fuß gehen, wenn du aus dem Zuge steigst! Es sind schlechte Wege, und man hat Mühe, vorwärts zu kommen. Tu es in einigen Monaten, Symforosa ...«
»So ist es«, bestätigt Beginchen Siemus mit bedächtiger Miene.
»Ich werde gehen, wenn das Wetter schön ist ...«, entschlüpft es Symforosas Munde. Sie erschrickt vor ihren eigenen Worten, und sie forscht in den Gesichtern der zwei, ob sie etwa erraten, daß sie nicht allein des heiligen Antonius wegen zu dem Wunderbilde geht.

Symforosa hat von der Oberin Erlaubnis erhalten, die Wallfahrt nach dem Wunderbilde des heiligen Antonius zu machen. Am liebsten wäre sie an einem Sonntage gegangen, aber da Beginchen sonntags den Hof nicht verlassen dürfen, außer im Notfalle, hat sie nicht gewagt, den Pfarrer darum zu bitten...

Nun sitzt sie, mit noch ein paar Menschen, im Gebete vor dem lächelnden Bilde, um das herum Kerzen brennen und Flieder duftet. Es ist kühl in der Kapelle, die Pforte steht offen und läßt Sonne herein und Düfte von Hagedorn.

Ganz still ist es in der Kirche, während draußen Spatzen lärmen. Es schimmern silberne Standleuchter und kupferne Lampen, und ein Bruder mit höckerigem Kahlkopfe rollt vor dem Mittelaltar einen Osterteppich auseinander.

Symforosa strengt sich an, alle ihre Gedanken auf das Gebet zu sammeln; sie preßt die Augen zu, beißt auf die Lippen; muß aber jedesmal, wenn in dem Klostergange oder in der Sakristei eine Tür zuschlägt, ein Schuh knarrt, ihren Kopf nach diesen Geräuschen wenden.

Es wundert sie, daß Martinus nicht erscheint; sie möchte ihn so gern sehen, wenn sie sich auch nicht eingesteht, daß sie nur seinetwegen hierhergekommen ist.

Sie hat den Rosenkranz ganz heruntergebetet, den Kreuzweg abgeschritten, ihre Horen und Widmungen an den Heiligen gelesen. Mit Bedauern fühlt sie, daß die Zeit verfliegt, und sie muß früh fort, denn der Weg durch die Felder ist weit, und sie darf unter gar keinen Umständen den Zug verpassen.

Sie wird ihn nicht sehen, ihr Herz sagt ihr das, niemals soll sie ihn wiedersehen, und weil sie doch ewig an ihn denken muß, wird sie ihre Ruhe von früher nie wieder erlangen.

Es ist schon lange eine Neigung in ihr, sich in ein Kloster

zurückzuziehen, um dort die ganze Welt, mit allem, was auf ihr ist, zu vergessen. Jetzt erfaßt sie Gram, und Bitterkeit steigt in ihr auf. Den ganzen Winter lang hat sie sich nach diesem Tag gesehnt; sie hat sich dort so viel von ihm erwartet und danach ausgeschaut wie ein Seefahrer nach Land. Warum? Sie weiß es nicht. Sie war dessen ja gewiß, ihn als Klosterbruder wiederzusehen, damit waren für immer alle Wege der Hoffnung abgeschnitten. Und doch, und doch: sie wollte ihn sehen, sie wollte ihn sehen, sie wollte ihre Augen trösten, ihre Seele durch seinen Anblick erfreuen.
Und nun wird es Zeit, um fort zu gehen... sie betet noch ein Zehntel ihres Rosenkranzes, und wenn sie ihn dann nicht erblickt hat, will sie heimwärts gehen.
Sie betet langsam, aber es hilft nichts. Das Zehntel ist fertig, Martinus kommt nicht zum Vorschein. Mit einem hohlen Seufzer kniet sie auf den roten und weißen Steinfliesen, trödelt zur Kirche hinaus, schaut sich noch einmal um nach der eichenen Sakristeitüre und schreitet dann eilig durch das sonnenbeschienene Vorgärtchen, um ja nicht zu spät an ihren Zug zu kommen. Es ist Ende April, und die zwei Kastanienbäume stecken ihre Kerzen auf; durch das eiserne Gitter, an dem sie vorbeigeht, sieht sie den Klostergarten, wo die Obstbäume in leuchtend weißem Blütenschimmer stehen. Es ist, als ob weißes Brot an den Zweigen wüchse. Flieder goldet neben gefüllten Margeriten. Symforosa macht überrascht halt, denn der Bruder, der dort steht mit der glänzenden Gießkanne in der Hand, die Kutte aufgeschürzt, die hageren Beine hoch entblößt und den Kopf umstrahlt von Sonne und Licht – das ist Martinus!
Ihr Herz bebt, sie muß die Hand vor ihren Mund halten, um ihn nicht anzurufen.
Das Wasser strahlt aus der Gießkanne. Um Martinus'

Mund ist ein Lächeln. Der steife, schwarze Bart, der tief unten am Kinne anfängt, macht den dicklippigen roten Mund noch heller. Er hat Freude an seiner Arbeit, seine klaren Augen lachen den Blumen zu. Symforosa vergißt die Zeit und den Zug. Sie verfolgt seine Arbeit, sie sieht ihn gehen und kommen, vom Regenwasserfaß nach den Blumen und von den Blumen nach dem Fasse. Es überwältigt sie. Er muß erfahren, daß sie hier ist, daß sie ihn sieht; und leise, damit es niemand sonst als er allein hören kann, ruft sie durch die Zähne zischend seinen Namen. Sein rosiges Gesicht schaut auf, seine klaren Augen suchen umher, und als er hinter dem Gitter ein Beginchen sieht, das ihm zunickt, wird er verlegen. Er erkennt sie und lacht freundlich, schüchtern. Da sie stehen bleibt und ihm ein zweites Mal zunickt, lächelt er abermals, dann geht er verlegen weg und verschwindet hinter Lorbeerbüschen mit blinkendem Laub. Symforosa schließt die Augen.

O Herr, diese ist wohl die schönste Stunde ihres Lebens! Eine mächtige Befriedigung kommt über sie. Ihr Herz wird mit einem Schlage verwandelt und innerlich erhellt. Diese Sonne um sein Haupt, diese Blumenpracht, diese Kutte und dieses glückliche Gesicht...

Alle Selbstsucht verfliegt. Sie ist froh, weil er glücklich ist. Und dann sputet sie sich durch die Felder, am Arme das blecherne Körbchen und in der Hand den Regenschirm. Sie hört in der Ferne den Zug pfeifen. Sie verlangsamt ihren Schritt, sie wird ja doch zu spät kommen, und sie ist froh, mit sich allein zu sein.

Sie hat Martinus so geliebt, daß sie ihn heiraten wollte, das weiß sie nun. Aber jetzt, nachdem sie ihn gesehen hat in seiner Kutte und in diesem geistlichen Glücke, ist alles das mit einem Schlage wie weggefegt. Es ist wieder Raum und Licht in ihr, und kein Kummer um ihn wird sie mehr quälen. Sie ist getröstet. Von dieser Höhe her sieht sie

lächelnd auf die vergangenen Tage. Wo waren ihre Gedanken? O guter Martinus!
Aber die Luft ist in Bewegung. Von Süden her kommen graue Wolkenbänke angewandelt. Der Pfarrer hat ihr einmal gesagt: Wenn aus den Wolken schwache Streifen herunterhängen, wird es Regen geben.
Und so geschieht es.
Glücklicherweise hat Symforosa ihren Schirm bei sich, und da ists vergnüglich, im Regen spazierenzugehen.
Die Sonne versteckt sich hinter ein Wolkensegel, die Fernen werden feucht, und kleine, eilige Tröpfchen machen im Nu die Landstraße blank und geben ein feines Geläut auf den reifen Feldern und in den Bäumen. Wasserduft steigt aus dem Boden.
Symforosa ist in dem Regen guter Dinge. Daran ist das sonnige Bild von Martinus schuld, das singt in ihr, das macht sie neu, reich und erfüllt sie wieder mit Vertrauen zu Gott und seinen lieben Heiligen.
Nun regnet es, daß es eine Lust ist.
Das wird ein Regen für viele Tage. Die Luft ist naß, und die Fernen sind ertrunken. Es regnet faule, gerade Streifen ohne Wind, und es rauscht mächtig auf die jungen Blätter der Bäume.
Die würdigen Häuser des Dorfes, wo sie durch muß, liegen weiß und sauber hinter den eisernen Staketen mit den vergoldeten Spitzen. Der Regen saugt sich in die gepflegten Wege der Gärten ein wie in Samt. Nirgends sind Menschen, aber aus einer großen, weißen Villa, vor der sich ein Beet roter Blumen ausbreitet, dringen durch ein offenes Fenster voller Harmonie die Akkorde eines Klaviers, rundum sonst nichts als das Rauschen des Regens.
Es ist, als ob der Himmel Symforosa mit all seiner Seligkeit überschütte. Sie denkt nicht daran, daß sie in

diesem überwältigenden Regen noch drei Stunden zu Fuß gehen muß und daß sie fürs erste Mal in ihrem Beginenleben die Hoftore geschlossen finden wird, so daß sie der Jungfer Pförtnerin ein Pfand hinterlassen und morgen der Oberin Rede und Antwort stehen muß.
Symforosa jubelt.
Wonach sie rang und seufzte vor Liebe, die ihr das Gemüt zupreßte, was sie hin und her schwanken ließ zwischen Hoffnung und Enttäuschung, eben das hat durch sein eigenes Wesen ihre Wege wieder geebnet und viel Licht auf deren Ende geworfen.
Und das ist nichts Geringes im Leben eines Menschen.

Meine Kramkommode

In meinem Zimmer steht eine schöne, braune Kommode, warm kastanienbraun, von schwarzen Masern leicht durchadert, nußbraun – so nennt man das wohl? Früher hatte diese Kommode einen guten, ungetrübten Glanz, und dann spiegelte sie alle Dinge wider, die sich in ihrer Nähe befanden. Damals war sie ein Auge mit vielen Fächern und Kanten, wie man solche oft bei Insekten findet, und nahm alles wahr, was im Zimmer stand oder vor sich ging. Und es schien fast so, als gefiele ihr das eine besser als das andere. Mit Bewunderung betrachtete sie immer den Teppich, der mit seinen blauen und rosigen Farben den Fußboden zu einem Garten machte; sie schätzte sehr den runden Tisch mit der grünen Decke, auf dem in einer weißen Vase gelbe Blumen standen. Sie hatte ihre Freude an der Messinguhr auf dem Kaminsims, an den Kerzen auf den schweren Leuchtern, an den rechts und links verstreuten Stühlen, an den Gemälden, den alten Heiligenbildern, die an der olivgrünen Wand hingen. Vor allem aber entging ihr auch nicht – und an ihr dürfte sie wohl ihre größte Freude gehabt haben – die

Frau, die stille, sanfte Frau, die hinter roten Pelargonien am Fenster saß, eine Geschichte las oder an einem Tüchlein nähte und dabei mit frischer Stimme ein sehr altes Liebeslied sang.

Diese Kommode hat bei den vielen Familien, in deren Besitz sie war, mancherlei erlebt, aber ehrfurchtsvoll und ernst, als wäre jedes ihrer Erlebnisse ein Heiligtum, bewahrt und verschweigt sie alle diese Dinge.

Und jetzt ist sie durch die lange Reihe von Jahren, die sie hat verstreichen sehen, durch die vielen Hände, die über sie hingeglitten sind, allmählich blind geworden. Sie hat ihren schönen Glanz verloren, ist stumpf und matt geworden, ein gebrochenes Auge, das kaum noch die Nacht vom Tag unterscheiden kann. Auch das goldene Lampenlicht, das aus einem weißen Porzellanzelt seinen hellen, runden Schein über den grünen Tisch wirft und alles andere in stillen Dämmer hüllt, sieht sie noch, aber doch nur schwach, wie manchmal unter Wasser eine Blume blaß hervorschimmert oder wie die Sonne an einem Wintertag wie eine fahle Hostie im kalten Nebel sichtbar wird.

Aber sonst sieht sie nichts mehr, nicht einmal die sanfte stille Frau, die nun alt geworden ist und die in einer Ecke am Fenster, hinter roten Pelargonien, einen Rosenkranz betet oder mit einer Brille vor den müden Augen an einem Tüchlein näht, während sie mit gebrochener Stimme ein sehr altes Liebeslied summt.

Diese Kommode reicht mir gerade bis an die Brust. Sie trägt eine schwere, graue Marmorplatte, die mit schwarzen Tupfen bedeckt ist, als hätten schmutzige Kinderfinger ihre Spuren darauf hinterlassen. Die Kommode ist gewölbt wie der Bauch einer Birne, und dieser Bauch ist aufgeteilt in sieben Schubfächer. Jedes Fach ist mit einem

Rahmen von flachem Laubwerk verziert und hat zwei Messinggriffe, die vom häufigen Gebrauch glatt und glänzend geworden sind.
Die Kommode ruht vorn auf zwei Löwentatzen. Auf ihrer grauen, kalten Marmorplatte steht ein wächsernes Madonnenbild unter einer Glasglocke zwischen zwei roten, kupfernen Kerzenleuchtern. Etwa fünf in Leder oder Pergament gebundene Bücher stehen dahinter.
Das ist die Kommode. Sie steht da in meinem stillen Zimmer, im goldenen Licht, das zögernd, fast schüchtern durch die honiggelben Vorhänge hereinsickert.
Es ist nur eine Kommode, ein schlichtes Möbel, das nichts Ungewöhnliches an sich hat, das eben alt, matt und blind geworden ist, das gemütlich seinen Bauch vorstreckt ohne alle andere Verzierung als ein wenig flaches Laubwerk und Messinggriffe.
Für mich aber ist diese Kommode mehr als nur ein schönes, altes Möbel. Ein Stück meiner Seele liegt darin, der ganze Duft meines Lebens wird in ihr aufbewahrt. Sie ist die Schatzkammer meiner Vergangenheit, die Hüterin meiner Stunden.
In früheren Zeiten machten die Mönche für Könige und Prinzen schöne Büchlein, die sie mit Blumen, Farben, Gold und auch mit kleinen Landschaftsbildern schmückten. Die herrlichsten Gebete ihres Glaubens wurden darin aufgezeichnet, und sie nannten sie ›die sehr schönen Stunden‹. Etwas Ähnliches ist diese Kommode für mich geworden. Wenn ich ihre Schubfächer aufziehe, dann liegt meine ganze Vergangenheit bis zum gestrigen Tag offen dar. Hier liegen alle meine schönen und bösen Erinnerungen, mein Kummer und mein Glück, meine ›Stunden‹ greif- und sichtbar vor mir. Ich will nicht aufzählen, was sich da alles angesammelt hat, ich möchte ebensowenig klarzumachen versuchen, wie sehr mir diese Dinge am

Herzen liegen, denn für jeden anderen sind sie völlig wertlos, wirklicher Schund. Würde irgend jemand in den Besitz meiner Kommode gelangen, er würde wahrscheinlich sehr gern das Möbel behalten, aber nicht einen Augenblick zögern, den ganzen Plunder auf den Müllhaufen zu werfen.

Es würde sich lustig machen über diesen dürren Zweig, an dem die Tüllgräte eines Blattes hängt, und ihn wegwerfen, aber ich werde ihn küssen, denn er ist mir heilig. Bei seinem Anblick erlebe ich von neuem das Glück jenes hellen Oktobertages, an dem eine zarte Liebesidylle begann. Auf unserem Spaziergang fiel dieser Zweig aus einem Baum gerade vor unsere Füße. Ich habe ihn aufgehoben und mitgenommen als Erinnerung an jenen Tag, an dem ich mich wie ein junger Gott fühlte, in meiner Kommode geborgen. So lassen alle diese wertlosen Dinge für mich etwas aus vergangenen Tagen wieder aufblühen. So liegen meine ganze Vergangenheit und meine ganze Jugend in dieser Kommode.

Es ist mir zur Gewohnheit geworden, immer, wenn die Stunde mir schön, glücklich, gemütlich oder traurig dünkte, ein Krümel davon mitzunehmen, das später die Gefühle jener Stunde in mir zu wecken vermag.

Da liegt der ganze Rummel kreuz und quer durcheinander vor mir: ein Sterbebildchen, eine Vogelfeder, eine Streichholzschachtel, ein Wollfaden, ein kurzes Seidenband.

Von allen Stunden, die irgendwie für mein junges Leben von Bedeutung waren, liegt hier ein Andenken: billige Öldrucke, ein Stück Baumrinde, Heiligenbildchen, ein wenig Spielzeug, kleine Zeichnungen, ein Büchlein mit gepreßten Blumen. Und dann sehe ich wieder die Felder, die Spaziergänge, die Marktplätze, meine ganze sorgenlose Jugend vor mir.

Hier liegen dann auch die Zeugnisse aus jener Zeit, in der

die Liebe im Herzen aufblüht: Tagebücher, Liebesbriefe, ein verdorrtes Veilchen, Lichtbilder und Geschenke. Und wieder tauchen sie vor mir auf, die sanften Augen, der lachende Mund,... der ganze Traum der Jugend, wenn das Herz im Überschwang emporstrebt zu den Wolken, und Luftschlösser baut für die Geliebte. Hier liegen sie nun, fahl und verschlossen, diese teuren Zeugnisse, aber wo sonst die schönen Stunden und herrlichen Augenblicke, an denen mitunter eine Träne perlt, für immer vergessen oder im Schmelztiegel neuer Eindrücke und Gefühle untergegangen wären, halte ich sie nun fest und brauche nur ein Schubfach zu öffnen, um die Seligkeit jener berauschenden Zeiten von neuem zu empfinden. Und das ist doch wohl ein großes Glück im Leben eines Menschen!

Aber meine Kramkommode birgt auch viele Erinnerungen an Verwandte, Lichtbilder, Medaillons, Schattenrisse, Briefe, Tagebücher, Juwelen, Kameen und Mosaiken. So bleiben die guten Eltern, die lieben Schwestern und Brüder mir immer nah. Ein einziges kleines Schmuckstück ruft mir die Gestalt meiner sanften Mutter vor Augen, sie steht lebendig da und spricht mit mir – so sehe ich meine Brüder und Schwestern, wir sitzen wieder alle zusammen um die Lampe, essen, lesen, spielen Karten, und ich höre die alten Geschichten und den Regen, der gegen die Fensterscheiben trommelt. Ich sehe von neuem unsere sommerlichen Spiele in Wald und Feld, ich sehe den Winter mit seinem fallenden Schnee, lausche dem zögernden Klang einer Spieldose in der Stube, und mein Vater singt.

Und diese Lieder, diese Pfeifenköpfe, Programmzettel, Almanache und Masken, ein Handschuh, ein Halstuch, ein Kerzenstummel und was nicht alles, sie wecken Erinnerungen an Menschen aus unserer kleinen Stadt, sonder-

bare Käuze und gute Freunde, die plötzlich leibhaftig vor mir stehen. Ich muß lachen über ihre Abenteuer, ihre bunten Schicksale, ihre Redensarten, oder ich werde traurig über ihren Kummer, ihre unerfüllte Sehnsucht und manchmal über ihren frühzeitigen Tod.
Und dann liegen auch viele Arbeiten von mir in dieser Kommode, kleinere Versuche, schnell und unüberlegt niedergeschriebene Einfälle, Skizzen und Geschichten, die nie den Tag gesehen haben, aber die dennoch einmal, wenn sie in Form und Gestaltung ein wenig reifer geworden sind, für diesen oder jenen fernen Liebhaber eine gewisse Bedeutung gewinnen könnten.
Das ist meine Kramkommode, das blind gewordene Möbel mit seinen glatten Messinggriffen, das für mich zu einem heiligen Schrein geworden ist, in dem meine Vergangenheit ruht.
Deshalb ist mir auch diese Kommode so lieb und unendlich wertvoll.
Kommen mitunter Stunden, daß ich zum Arbeiten keine Lust habe und daß mich nichts hinauslockt, dann gehe ich zu meiner Kramkommode, ziehe die Schubfächer auf, und nun kann ich mich stundenlang damit beschäftigen, diese wertlosen Dinge, so unansehnlich und für jeden anderen ohne Bedeutung, zu berühren, zu betrachten und über sie nachzudenken, über diese Krümel und Stunden meines Lebens.
Und es wird mir ein großer Genuß sein, wenn ich ab und zu über dieses oder jenes Stück aus meiner Kramkommode etwas erzählen kann.
Ave!

Perlamuna

Onkel Kapitän fuhr regelmäßig mit seinem Schiff ›Der Tannenzapfen‹ nach Ozeanien, um Spezereien, Kaninchenfelle und andere brauchbare Dinge zu holen.
Er konnte so fesselnd von diesen Reisen erzählen, daß Gommarus nur noch davon träumte, einmal diese schöne Reise mitmachen zu dürfen. Weil er gar so sehr bettelte und keine Ruhe gab und versprach, unterwegs recht artig und tapfer zu sein, willigte Onkel Kapitän endlich ein.
Die Mutter ließ für ihn einen echten Matrosenanzug machen, und an einem schönen Sommermorgen fuhr der ›Tannenzapfen‹ aus dem Hafen in das weite Meer hinaus.
Der Himmel war voll von kleinen, unsichtbaren Windgöttern, rosigen Kindergesichtchen, die mit dicken Pausbakken den Wind in die Segel bliesen.
Gommarus freute sich über die schöne Fahrt.
Ab und zu durfte er beim Steuermann das Steuer halten oder auf der Kommandobrücke beim Onkel Kapitän durch das Fernglas sehen. Er entdeckte Schiffe in der Ferne, ein Wrack, aber zu seinem Leidwesen keine Walfische.

»Die findet man hier nicht«, sagte Onkel Kapitän, »sie wagen sich nicht so weit nach Süden.«

»Und warum nicht?« fragte Gommarus.

»Setz dich«, sagte Onkel Kapitän, »ich werde dir das einmal erzählen.« Und der Onkel erzählte:

»Als der Herrgott die Fische geschaffen hatte, brauchten sie auch einen König. Der Titel sollte dem verliehen werden, der am schnellsten schwimmen könnte. Da fingen alle Fische, die nach der Königswürde trachteten, an, sich durch allerlei Übungen auf den Kampf vorzubereiten. Der Aal dachte, daß er siegen könnte, indem er sich ganz spitz machte. Er klemmte seinen Schwanz zwischen zwei Steine und fing an, sich zu strecken und zu recken, bis er endlich aufhören mußte, aus Angst, daß er entzweibrechen könnte. Der Rochen machte es anders. Er kroch wie ein Einsiedler in eine sehr schmale Felsspalte, kam wochen- und monatelang nicht heraus, und so wuchs er breit und flach und wurde so schmal, daß seine Gräten fast bloßlagen. Der Plattfisch machte es ihm nach, hielt aber nicht so lange aus.

Der Walfisch hatte sich jeden Tag irgendwo an einer Ölquelle, einem jener Bäche aus dem Gelobten Lande, die in das Meer münden, so voll und satt getrunken, daß er so angeschwollen war wie ein Ballon. Öl schwimmt oben, und durch das viele Öl in seinem Leib konnte er nicht mehr unter Wasser bleiben, sondern mußte immer wieder heraufkommen. Und was das Schwimmen betraf, so brauchte er nur einen Flossen- oder Schwanzschlag, wo der größte Haifisch ein Dutzend brauchte, so wie ein Riese größere Schritte machen kann als ein Kind.

Der Walfisch wurde zum König ausgerufen. Wie überall jedoch brachte die Königswürde mehr Last als Lust. Es gab Neid, Haß, Verrat und Feindschaft, vor allem angestiftet von dem heidnischen Gott Neptun, der ein gefallener Engel ist und irgendwo in den warmen Gewässern haust mit seinem Heer von Tritonen, Meerweibchen, Seepferden und anderen Meeresungeheuern. Dem Walfisch machte das nicht allzuviel aus. Er ließ die kleine Krabbe bellen und zog seines Weges.

Aber durch die Geschichte mit dem Propheten Jonas wurde aus diesen Zänkereien ein offener Krieg. Das verstieß gegen die Gesetze des Seevolkes. Der Mensch ißt die Fische, und die Fische fressen auch den Menschen, aber sie halten ihn nicht sieben Tage in ihrem Magen eingeschlossen, um ihn dann irgendwo an der Küste Ninives auszuspeien. Selbst ein König darf diese Gesetze nicht verletzen.

›Es war Gottes Befehl‹, sagte der Walfisch.

Darüber lachten sie. ›Unter Wasser hat nur einer zu befehlen, und das ist der Gott Neptun‹, riefen sie alle zugleich.

›Ich aber lebe halb über und halb unter Wasser, und so muß ich zwei Göttern dienen.‹

›Ihr habt zu wählen zwischen dem Gott, der über, und dem, der unter dem Wasser regiert‹, sagten die Tintenfische aus ihrer schwarzen Wolke heraus.

›Dann wähle ich den Gott von hier oben‹, erklärte der Walfisch.

Damit war die Hölle los, es war ein Kampf auf Tod und Leben. Es wurde so schlimm, daß der Walfisch sich mit seinem Titel und seiner königlichen Würde ins Frostland, irgendwo am Nordpol, zurückzog, wo er sich aus Eisblöcken, groß und mächtig wie Kathedralen, einen Palast bauen ließ. Das Öl in seinem Körper schützt ihn gegen jede Erkältung, und hierhin werden seine Feinde ihm nicht folgen, denn sie wären in weniger als zehn Minuten steif gefroren wie ein Feuerhaken. Hier kann der Walfisch mit seinem edlen Geschlecht, umgeben von tausend und abertausend Dienern, den glitschigen Seehunden, in Ruhe und Frieden leben. Ungestört kann er sich dem Spiel und den Freuden des Daseins hingeben. Ab und zu werden große Nachtfeste veranstaltet. Dann wird das vielfarbige Nordlicht angezündet, und der Walfisch öffnet seine Schnauze, in deren Deckengewölbe tausende von hörnernen Saiten stecken. Der Wind pfeift und spielt hindurch. Die Saiten summen und tönen, der Walfisch atmet von links nach rechts, und es klingt wie eine große Mundharmonika, die über die dunklen Wogen des Meeres dröhnt. Die Seehunde bellen und gleiten und wiegen sich im Chor nach dem Takt dieser Musik. Der Walfisch führt hier ein glückliches Leben, und so kommt es, daß man ihn in den warmen Gewässern nie zu sehen bekommt. Das ganze feindliche Heer des Neptun würde wie ein Fisch anrükken, um ihn augenblicklich zu zerreißen und zu verschlingen. Das weiß er auch, und deshalb bleibt er in seinen kühlen Palästen.«

»Wenn nun aber Gott ihm doch wieder einmal den Befehl geben sollte, diesen oder jenen Jonas zu retten?« fragte Gommarus.

»Dann wird er ohne Zögern aufs erste Wort gehorchen und seine Aufgabe zur vollen Zufriedenheit erfüllen. Aber die Geschichte wiederholt sich nicht, es gibt keine zwei Jonasse.«

Gommarus dachte über diese seltsamen Dinge lange nach. Und plötzlich fragte er: »Onkel, hast du schon einmal diese Seeungeheuer des Neptun gesehen?«

»Ich nicht, aber ein Freund von mir sah eines Tages ein Meerweibchen, das so schön zu singen begann und ihn so flehentlich bat, ihr in den unterirdischen Palast zu folgen, daß er sich am Mast seines kleinen Bootes festbinden ließ, um ihren Verlockungen widerstehen zu können. Sonst hätten wir ihn nie wiedergesehen ...«

»Ich möchte so gerne einmal ein Meerweibchen sehen«, sagte Gommarus.
»Verschlucke diese Worte wieder, mein lieber Junge«, rief der Kapitän. »Gott verhüte, daß wir einem dieser Wesen begegnen, sie bringen stets Unglück.«
»Dann werde ich nicht mehr danach verlangen«, sagte Gommarus. In seinem Herzen blieb jedoch der Wunsch, einmal ein Meerweibchen zu sehen, aber eins, das kein Unglück bringt.
Die Tage verstrichen auf dem ruhigen Meer, und die unsichtbaren Windgötter in der Luft bliesen immerzu im Chor den guten Wind in die großen Segel. Und eines Abends, als der ›Tannenzapfen‹ im Licht des Vollmondes dahinglitt und Gommarus träumend am Vordersteven saß, erhob sich ein zarter Gesang aus dem Wasser.
Der Steuermann am Steuer dachte, daß es Gommarus war, der sang.
Gommarus bog sich vornüber, und da sah er wahrhaftig ein Meerweibchen mit einem lachenden, frischen Gesicht, mit einem schlanken, blanken Körper und einem Fischschwanz, der sich nach dem Takt ihres Liedes auf- und zuringelte. Sie hatte schöne Blumen und herrliche Muschelschalen in ihr langes, goldenes Haar geflochten, und ihre rosigen Finger spielten mit Kränzen von Perlen und Korallen. Sie sang still und leise, so leise, daß nur Gommarus die Worte verstand: »Lieber kleiner Gommarus, ich bin Perlamuna, und so, wie du nach mir verlangt hast, so habe ich mich nach dir gesehnt. Aus unserem schönen Palast bin ich heraufgekommen, um dich zu sehen und dich mitzunehmen in unser herrliches Land, wo jeder Tag ein Festtag ist, wo Jugend und Spiel kein Ende nehmen, wo Schönheit und Reichtum uns immer erfreuen. Komm mit mir, dir wird kein Leid geschehen. Bei uns findest du das wahre Glück, und die wundervoll-

sten Dinge aus den schönsten Märchen sind dort vereinigt.«
Und Gommarus, angezogen von ihrer Schönheit und ihrem herrlichen Gesang, beugte sich vornüber, noch mehr, noch mehr, noch ein wenig, und da verlor er das Gleichgewicht und fiel mit einem leisen Schrei über Bord...
Aber Onkel Kapitän, der herbeigelaufen kam, konnte mit seiner raschen, kräftigen Hand noch gerade den aufwehenden Kragen seines Matrosenanzuges ergreifen und schleuderte Gommarus aufs Deck.
Die Matrosen sprangen hinzu, und in ihrer Verwirrung und Aufregung warfen sie mit allem, was ihnen in die Hände fiel, nach dem Meerweibchen.
Mit einem gellenden Schrei verschwand sie unter Wasser.
»Ach«, rief der Kapitän, »warum mußtest du auch wünschen, ein Meerweibchen zu sehen. Zum Glück bist du gerettet, aber jetzt können wir etwas erleben. Neptun wird bald seine Wut an uns auslassen.«
Kaum hatte er diese Worte gesprochen, da wandten die kleinen unsichtbaren Windgötter sich ab und flogen ängstlich davon. Die Segel fielen schlaff herab. Aus einer anderen Windrichtung kam rasch eine dunkle Wolke drohend herauf. Der Wind erhob sich, die Wogen sprangen in die Höhe, und das Schiff begann zu schaukeln und zu tanzen.
»Da haben wir es schon!« rief Onkel Kapitän. »Gott sei uns gnädig. Alle Segel einziehen!«
Sofort entstand ein Laufen und Rufen, ein hastiges Durcheinander unter den ängstlichen Matrosen; es wurde so dunkel, daß man die Hand nicht mehr vor den Augen sehen konnte.
Da brach ein Orkan los über den ›Tannenzapfen‹, wie Onkel Kapitän in seinem ganzen Seemannsleben noch

keinen mitgemacht hatte. Der ›Tannenzapfen‹ krachte in allen Fugen, die Wogen schlugen über das Deck, und zu gleicher Zeit brachen die beiden Masten entzwei.
»Öl, Öl, alles Öl ins Meer!« rief der Kapitän. Alle Ölfässer, die sie an Bord hatten, wurden ins Meer gegossen, um die Wogen zu beruhigen. Ein Matrose schüttete in seiner Angst das ganze Salatöl aus, ein anderer, der noch mehr Angst hatte, brachte sogar das Haarlemer Öl aus der Schiffsapotheke. Jedes Tröpfchen hilft.
Aber es war wie Öl ins Feuer gegossen, denn jetzt begann das Meer erst recht zu toben.
»Festbinden und abwarten«, rief Onkel Kapitän, »der Herrgott allein kann uns noch retten.«
Jeder band sich selbst fest, Gommarus an einen eisernen Ring. Die Wucht des Sturmes nahm immer zu. Der ›Tannenzapfen‹ wurde so heftig hin und her geschleudert und von mächtigen hohen Wogen gepeitscht, daß bald die ganze Mannschaft bewußtlos in den Tauen hing.
Wie lange dieser Orkan gedauert hat, wird nie jemand sagen können. Gommarus kam als erster zu sich; das Tau war zerrissen, und lag am Bordrand des schief liegenden Schiffes.
Ein reiner Morgen stand über dem Meer. Und was für ein Meer! Der ›Tannenzapfen‹ trieb leise dahin auf einer spiegelglatten Wasserfläche, die ganz und gar bedeckt war mit Rosen und wilden Blumen. Immer wieder sprangen neue Blumen auf mit einem goldenen Klang. Je nachdem ihre Farbe hell oder dunkel war, gab es einen hohen oder einen tiefen Klang. Wie Musik aus tausend Orgeln.
Und über diesem Blütenmeer erhoben sich tausend, wie Tore durcheinander gespannte Regenbogen.
Als Gommarus sich von seinem ersten Schrecken erholt hatte, wollte er aufstehen und die noch bewußtlosen Matrosen aus ihren Tauen befreien. Da tauchte Perla-

muna, das Meerweibchen, aus dem Wasser auf und sprach: »Komm, mein Liebling! Komm in unseren Palast, es wird dir kein Leid geschehen«, und sie öffnete ihre schlanken Arme.

Ohne Angst oder Argwohn, lediglich angelockt durch den Zauber ihres Wesens, ließ Gommarus sich vom Schiff heruntergleiten.

»Gommarus! Gommarus!« rief Onkel Kapitän, der gerade erwacht war. Aber das Kerlchen lag bereits in den Armen des Meerweibchens, das mit ihm in die Fluten verschwand. In die Fluten, aber er wurde nicht naß. Er stand wie in einer großen Seifenblase; er konnte den Arm durch die Wand stecken, dennoch zerbrach diese Lufthülle nicht.

An der Hand des Meerweibchens stieg er in die tiefsten Tiefen des Meeres hinab.

Wie schön! Unterwegs glitten sie durch säuselndes Wasser, das perlmuttern glänzte und in dem Schwärme von Goldfischen in den verschiedensten Goldtönen vorbeizogen. Große Vorhänge und Schleier aus Wasser, auf denen das Licht immer neue Blumen und Früchte zeichnete, schmückten die Tiefen des Ozeans. So gelangten sie auf den Meeresgrund, der ein großes Mosaik bildete aus Perlen, Amber und Edelsteinen.

Sie standen in einem weiten Garten mit fremden Bäumen und Gewächsen.

Aus Wiesen von goldenen Farnkräutern erhoben sich die gewundenen Bäume; sie waren aus Kristall, Smaragd oder Korallen, die Blätter waren aus Amber und Silber, und in ihren bunten Früchten sah man den Saft funkelnd kreisen. Wundervolle Blumen, deren Duft man kräuselnd aufsteigen sah, säumten die blauen Spazierwege. Blumen rankten sich an den Bäumen empor und hingen als Girlanden von einem Baum zum anderen. Große, lose Blumen

trieben wie farbiger Mondschein leise schaukelnd über den Park.
Es gab Ananasbüsche, die an jedem Stachel einen glänzenden Diamanten trugen. Überall schwammen Fische in ganzen Scharen und Zügen, strömten in perlmutternen Grotten ein und aus oder glitten durch Gänge aus regenbogenfarbigem Kristall. Dort rauschten Fontänen von silbernen Wassersternen.
Man konnte sich die Augen aus dem Kopfe gucken. Zuviel, um es in einem dicken Buch zu beschreiben. Ein Traum! Und da drüben zwischen all diesen Herrlichkeiten erhob sich der Palast Neptuns. Je näher sie kamen, um so prächtiger wurden die Gewächse und Anlagen.
Dort war ein großes Gewühl von Fischen und anderen Seebewohnern. Meerweibchen wohnten in riesigen Schalen und spielten mit Blumen und Wasser. Da saß ein Meerweibchen mit seinen Kindern, die Verstecken spielten hinter seinem Schwanz. Tritonen, Männer mit einem Fischschwanz, saßen in der Öffnung ihrer haushohen Kinkhörner, sangen Lieder und tranken aus Schalen Ananaswein. Hier waren die wundervollsten Fische zu sehen, die man sich vorstellen kann, Fische mit Schleiern, Fische mit großen Köpfen, mit Menschenbeinen, Krebse, zehn Meter lang, die mit ihren Zangen ebenso leicht eine Zugmaschine knacken konnten, wie wir eine Haselnuß.
Um den Palast stand die Schar der Wächter: die Schwert-, Säge- und Korkzieherfische, die Seeschlangen und die Tintenfische.
Aber keines dieser Tiere machte auch nur den geringsten Versuch, Gommarus zu erschrecken. Im Gegenteil, überall, wo er vorbeikam, konnte man bei diesen sonderbaren Geschöpfen eine gewisse Ehrfurcht feststellen.
Der Palast Neptuns war aufgebaut aus dem Schaum des Meeres, einer Art von sonnenfarbigem Marmor. Alles

war durchsichtig, die Mauern und Wände, die mächtigen Säulen, die hohen Deckengewölbe, die phantastischen Türme und Zinnen.
Treibende Leuchtfische und schwebende Lichtfalter erhellten die Zimmer und Säle, und die Teppiche und Vorhänge wechselten ununterbrochen Zeichnung und Farbe. Gommarus und Perlamuna traten über die Wasserfalltreppen in den stolzen Tempel ein. Sie gelangten in einen großen Saal, der im Glanz von tausend Seesternen funkelte. Hier erwartete sie der Gott Neptun. Er saß in seinem goldenen Wagen, der mit sieben weißen Seepferden bespannt war. Ihre Vorderbeine waren Flossen, und der Hinterleib war ein Fischschwanz.
Über dem Kopf Neptuns hockten drohend seine treuesten Wächter. Zwölf Seewölfe, Ungeheuer, ganz geharnischt und mit Stacheln versehen, mit Zähnen wie Messer, mit einem Schwanz wie eine Harpune. Bei jedem Atemzug sprangen Funken aus ihren scharfen Stacheln. Sie waren unnahbar und grausam, verschlangen jeden, der gegen die Gesetze Neptuns verstieß, und waren besonders versessen auf Walfische und Menschenfleisch.
Der Gott Neptun begrüßte Gommarus, indem er mit seinem dreizackigen Stab im goldenen Wagen aufstieß. Die Blitze züngelten aus dem Dreizack, und in der dunklen Ferne des Meeres grollte der Donner. Und Neptun sprach: »Junger Herr Gommarus! Wegen der Zuneigung, die mein liebstes Meerweibchen für dich hegt, und weil auch du Perlamuna gewogen bist, habe ich ihr die Gunst gewährt, dich lebendig in mein Reich einzuführen. Da du nun aber hier bist, sollst du auch hier bleiben. Ich will nicht, daß man jemals etwas von dem, was du hier gesehen hast, weitererzählt. Deshalb werde ich dich zu einem der Unsrigen machen und dir in einer Woche, beim großen Meeresfest, auch einen Fischschwanz geben. Im

übrigen bist du hier frei, du kannst mit deiner geliebten Perlamuna spielen bis ans Ende der Tage, denn Alter oder Zeit gibt es hier nicht, nur Dauer. Niemand wird dir etwas zuleide tun, und du wirst hier sehr glücklich sein.«
Da war es mit der Bewunderung des kleinen Gommarus plötzlich vorbei, er fing an zu jammern und zu schreien, rief nach Vater und Mutter und nach dem Onkel Kapitän. »Ich will weg von hier, weg!« Neptun lachte: »Von Fliehen kann hier keine Rede sein. Siehst du die vielen Ungeheuer? Sie würden dich im Nu verschlingen. Und du denkst vielleicht, du könntest dich auf ein Schiff flüchten? Haha! Ich kann es so stürmen lassen, daß das größte Schiff wie eine Nußschale untergeht, oder ich lasse es von meinen Schwertfischen durchbohren wie einen Schwamm. Spiele nur und vertreibe dir die Zeit, bald wirst du die Oberwelt vergessen haben.«
»Nein, ich will nicht!« rief Gommarus. »Lieber tot, als mit oder ohne Fischschwanz hierbleiben!«
Aber der Gott Neptun hörte es nicht mehr. Blitze schleudernd fuhr er bereits durch die Wassermauern in die tiefer gelegenen Säle seines Palastes.
Die Angst und der Kummer des kleinen Gommarus waren nicht mehr zu beschwichtigen. Perlamuna versuchte ihn zu trösten mit Liedern und Edelsteinen, aber es nützte alles nichts. »Warum hast du mich hierher gelockt?« rief er unwillig.
»Aus Liebe, Gommarus«, erwiderte sie. »Schon lange hatte ich dich vom Wasser aus gesehen, ich konnte nicht mehr ohne dich sein. Ach, könnte ich wieder auf der Welt leben, ich würde mit dir fliehen.«
Gommarus vergaß plötzlich seine Angst und seinen Kummer.
»Hast du denn früher auf der Welt gelebt? Mit einem Fischschwanz?«

Perlamuna sah ihn tief und traurig an. »Hör zu«, sagte sie, »ich und alle Meerweibchen und Tritonen waren einst richtige Menschen. Wir sind Halbverdammte. Es sind die Atlantier, die früher zwischen Europa und Amerika wohnten und sich gegen Gott auflehnten. Es sind alle, die in der Sintflut umkamen, sowie die Ägypter, die bei der Verfolgung des Moses vom Roten Meer verschlungen wurden. Auch alle, die sich selbst ertränkt haben. Wir wurden zu Ungeheuern des Meeres und sind dazu verdammt, bis zum letzten Tag hier zu bleiben. Dann werden wir wieder richtige Menschen und müssen am Jüngsten Gericht teilnehmen.«

Und Perlamuna weinte vor Heimweh nach der Welt.

Gommarus hatte Mitleid mit ihr, nahm sie in seine Arme und sang ein Liedchen, um sie zu trösten. Er streichelte ihre Wangen, aber von Zeit zu Zeit blickte er sich um, ob ihm der Fischschwanz noch nicht zu wachsen begann.

»Du kannst bei uns zu Hause in einer Wanne leben, oder ich mache einen großen Teich für dich in unserem Garten.«

Sie lachte wehmütig. »Das geht nicht, Liebling. An Flucht ist nicht zu denken, und außerdem, ein Meerweibchen kann auf der Welt nicht leben.«

Angst und Kummer erfüllten wieder Gommarus' Herz. Nun fing er an, darüber nachzudenken, wie er hier wegkommen könnte. Und jeden Abend, bevor er in seine perlmutterne Schale schlafen ging, betete er lang und innig zum Herrgott, daß er ihm helfen möge. Lieber ein toter Gommarus als ein Gommarus mit einem Fischschwanz. Er war bereit, alles zu wagen. Gommarus und Perlamuna waren immer beisammen und erzählten sich von der Welt. Sie spazierten durch herrliche Korallenwälder und aßen von den süßen Ananassen.

In der Ferne erhoben sich dunkel die versunkenen Städte

des alten Atlantis. Aber sie lagen einsam und verlassen da, überwuchert von Moos und Lianen. Nur die Seeschlangen brüteten dort ihre Eier aus. Sie besuchten auch die Wiesen, wo die siebentausend Seepferde weideten.

»Wollen wir einmal zu dem verlassenen Schiff hinüberreiten und nachsehen, ob Onkel Kapitän noch da ist?« fragte Gommarus mit schlauer Absicht.

Sie ritten zu Pferd zu der Stelle, wo der ›Tannenzapfen‹ lag. Aber zu seinem großen Erstaunen war das Schiff wirklich völlig verlassen, und nirgends war ein Lebenszeichen zu entdecken.

Perlamuna sagte: »Die Leute werden wohl von einem anderen Schiff aufgenommen worden sein.«

Von jetzt an ging Gommarus jeden Tag mit Perlamuna zum ›Tannenzapfen‹. Stundenlang konnte er träumend dasitzen und in die Ferne blicken, das Herz erfüllt von Heimweh und Verlangen nach Hause.

Inzwischen näherte sich das große Fest Neptuns. Da war alles vollauf beschäftigt mit dem Putzen und Schmücken. Selbst Perlamuna brauchte viel Zeit für die Anprobe ihres neuen Perlenkleides und einer Diamantenkrone. Und am Vorabend des Festes machte Gommarus von der Gelegenheit Gebrauch, um allein zu dem ›Tannenzapfen‹ zu reiten. »Hole mich nachher wieder ab«, sagte er zum Seepferd.

Als er nun allein dasaß, streckte er die Arme aus nach der Ferne und flehte zu Gott, daß er ihm helfen und ihn von diesen Ungeheuern und aus dieser Meereswelt befreien möge.

Es ging auf den Abend zu, und Gommarus wollte schon den Mut verlieren. Aber was war das dort in der Ferne? Ein schwarzer Punkt, der sich schnell näherte...

Unten auf dem Grund des Meeres sprach Neptun zu Perlamuna, Gommarus solle nun zu ihm kommen, damit er ihn in die feierliche Handlung einweihe. Sofort schoß das Meeresweibchen in die Höhe, und als sie am ›Tannenzapfen‹ auftauchte, konnte sie gerade noch sehen, wie Gommarus auf dem Rücken eines großen Walfisches davonfloh. Wie ein Blitz war sie unten.

»Der Walfisch hat Gommarus entführt!«

Das ganze Meeresvolk erstarrte vor Schreck, und Neptun, außer sich vor Wut, sprang auf und rief: »Holt mir den Kerl und den Walfisch dazu, bringt sie lebendig hierher, und dann sollt ihr etwas erleben, was der Meeresgrund noch nie gesehen hat. Meine Rache wird furchtbar sein.« Er lachte plötzlich laut auf, ein Lachen, von dem die Wasserhallen dröhnten und das die Blätter von den Bäumen riß. Das Meeresvolk zitterte vor Angst, und die Seewölfe heulten in froher Erwartung eines leckeren Mahles mit Walfisch- und Menschenfleisch. Inzwischen waren bereits die Wächter des Palastes in ganzen Heerscharen hinauf verschwunden. Ein riesiger Haifisch kam wie ein Pfeil herabgeschossen und rief: »Zu spät, zu spät, wir holen den Walfisch nicht mehr ein.«

Da sprangen Blitze aus Neptuns Stab. »Wenn ihr ihn mir nicht bringt, lasse ich euch alle auffressen! Meine siebentausend Pferde vor meinen Wagen. Ich selbst werde den alten Erbfeind herunterholen.«

Da erhob sich ein gewaltiges Heulen und Rufen, ein tolles Schwänzeln hin und her. Die Tritonen spannten die siebentausend Pferde vor den Wagen, und das Gefährt stob mit solcher Gewalt davon, daß die Wucht des Wassers die goldenen Bäume durchknackte, die Säulen aus Ambra zerbrach und die perlmutternen Türme zusammenstürzen ließ.

Der Walfisch dort oben in seinen Eispalästen hatte plötzlich in seinem öligen Herzen ein so sonderbares Gefühl verspürt, ein unnennbares Gefühl, das ihn nach dem

Süden trieb. Er konnte diesem Drang nicht widerstehen und schwamm immer weiter und weiter, und immer schneller. Und als er drüben auf dem schönen Schiff Gommarus um Hilfe rufen hörte, strebte er mit voller Kraft dahin. Er wußte, was von ihm verlangt wurde, nahm Gommarus auf den Rücken, drehte sich um und sauste los, dem Norden zu. Alle Fische heulend und brüllend hinter ihm her, aber vergeblich. Da tauchte Neptun mit seinem Siebentausendgespann über Wasser auf. »Hurra!« rief das Meeresvolk, »wenn unser Gott in den Kampf eingreift, dann ist der Sieg uns gewiß!«
Die Tritonen bliesen bereits einen Siegesmarsch auf ihren Kinkhörnern. Und während Perlamuna in der Tiefe des Meeres irgendwo in einer Ecke saß und über das Schicksal ihres Freundes weinte und gerne auf ihre Liebe verzichtet hätte, wenn er nur gerettet werden konnte, begann dort oben die große Verfolgung. Zum zweiten Mal hatte der Walfisch gegen die Gesetze des Meeres verstoßen, damals mit Jonas, jetzt mit Gommarus, aber diesmal würde es ihm nicht gelingen.
Tausend Pferde ziehen mehr als ein einziges Pferd, aber siebentausend Pferde können nicht schneller vorwärts kommen als ein Pferd, und wie auch Neptun seine Seepferde mit Blitzen antrieb, der Walfisch blieb immer ein gutes Stück voraus. Ab und zu tauchte er einmal unter Wasser, um schneller schwimmen zu können, aber nicht zu tief, damit Gommarus nicht ertrinke. Neptun war wütend. Er hätte gewiß Stürme und Orkane heraufbeschwören können, aber ein Sturm ist dem Walfisch weniger hinderlich als den Pferden Neptuns. Die ganze Nacht hindurch, unter einem blühenden Sternenhimmel, hielt die Verfolgung an. Gegen Morgen stellte der Meeresgott mit Freuden fest, daß er dem Walfisch immer näher und näher kam. Er feuerte seine Pferde an und jauchzte. Es

war ein großartiges Schauspiel, als diese siebentausend blanken Pferde wie eine schnaufende, weiße Woge dahinstoben.
Die Sonne ging auf. Aber da befiel Angst das Herz Neptuns. Er fühlte, wie das Wasser immer kälter wurde. Drüben waren die weißen Kreidefelsen der englischen Küste. Da glänzte die Meerenge von Calais, und dahinter lagen die flämischen Dünen an der kühlen Nordsee. Die Blitze prasselten auf die Pferde herab, der Schaum stieg haushoch. Neptun fluchte und wetterte. Er kam dem Walfisch immer näher. Ein Blitz streifte sogar seinen Schwanz. Aber auch der Walfisch sah die englische Küste und spürte bereits die kräftige Pökellake seines geliebten Nordmeeres. Oh, diese gesunde Nordseeluft! Sie gab ihm so viel frischen Mut und neue Kraft, daß er nun zu schwimmen begann, schneller, als ein Pfeil durch die Luft sausen kann. Da schoß er in die Meerenge von Calais hinein, und mit einem kräftigen Zug war er in der offenen kühlen Nordsee. Weit hinten, in einer dunklen Wolke mit krachenden Blitzen, quälte sich wütend und schimpfend Neptun mit seinen siebentausend Pferden. Beschämt mußte er den Rückzug antreten.
Stolz und froh trieb der Walfisch in die Scheldemündung ein und setzte Gommarus irgendwo im Schilf, wo man bereits in der Ferne den Turm von Antwerpen sehen konnte, ans Ufer.
»Ich danke dir«, sagte Gommarus, »du hast mich gerettet. Der Herrgott hat dich in meiner Not zu mir gesandt.«
»Ach«, brummte der Walfisch, »ich wußte nicht, wie mir plötzlich ums Herz war. Nichts zu danken.«
Und lustig, Fontänen spritzend, schwamm er zu seinen Eispalästen zurück.
Gommarus aber hat die Sehnsucht nach Perlamuna stets im Herzen behalten.

Die Madonna der Fische

Speckzehe, der Fischer mit dem feuerroten Gesicht und dem weißen Stoppelbart, hatte die silberne Madonna aus der kleinen blauen Glaskapelle in der Beginenstraße gestohlen.

Ach, es war so schnell gegangen, sie lag in seinen Armen, fast ehe er es selber wußte, als ob sie ihm hineingesprungen wäre.

Jeden Tag, wenn er mit seinen Netzen an die Nethe ging, betete er vor der Madonna drei Ave-Marias um einen guten Fang.

Und während er nun wieder dastand in der Abenddämmerung, sah er die Glastür ein wenig offenstehen. Wahrscheinlich hatte die Nonne, die das silberne Standbild mit frischen Blumen zu versorgen hatte, vergessen, die Tür wieder zu schließen.

Speckzehe spähte, während er betete, mit seinen wimperlosen Äuglein schlau nach rechts und links. Keine Seele war auf der Straße, nichts als ein weißes, mageres Hündchen, das schnüffelnd in der Gosse lief. Und Speckzehes Gedanken wurden durchblitzt von all dem weißen Silber, das man nur zu nehmen brauchte. Dann würde er nie mehr zu arbeiten haben und könnte alle Tage Fleisch essen.

»Du bist gebenedeit unter den Weibern«, wupp! Speckzehe sprang in die Höhe, und ach, es war schneller geschehen, als er dachte, die Madonna saß unter seinem nach Fisch riechenden Rock.

Erst wollte er damit nach Hause gehen, aber die Frau und die Kleinen würden es schnell ausplappern, und so ging er dann zu seinem Kahn an die Nethe.

Er spürte schon große Reue über seine Tat und stammelte unterwegs: »Du Dieb, du Dieb! Mußte ich dafür so alt werden!«

Er hatte große Lust, das Bild zurückzubringen. Aber wenn man ihn nun erwischte, wie er es wieder in die Kapelle stellte! Wenn er auch sagen würde, daß er es auf dem Wall gefunden hätte, man würde ihm nicht glauben, man würde ihn ausquetschen mit Fragen, und zwei Jahre könnte er dann im Gefängnis sitzen. Aber er mußte das Bild loswerden, da half nun alles nichts.

Er wollte es irgendwo im Feld verlieren, man würde es finden, und dann war alles wieder in Ordnung. Und er war schon drauf und dran, das zu tun, als er plötzlich stehenblieb und sagte: »Aber im ganzen Leben tu ichs nicht! Wenn der Finder es einschmilzt in einem Tiegel und in Antwerpen für viel Geld verkauft, dann hätte ich es gestohlen, und ein anderer hätte den Nutzen davon! Im ganzen Leben tu ichs nicht!«

Und er kehrte mit der silbernen Madonna wieder um, zur Nethe, über der der Mond aufging.

Er stieg in seinen halbverfaulten Kahn, fuhr eine kleine Strecke flußaufwärts bis hinter den Beginenhof und ließ das Bild bei den zwölf flüsternden Pappeln, gerade vor der dritten Pappel, ins Wasser sinken.

»Ich werde es später einmal heraufholen, dann sind wir reich«, sagte er, wie erleichtert und befreit von der Furcht, nun er die Madonna nicht mehr sah und fühlte. Das Herausholen später war eine Kleinigkeit für ihn.

Speckzehe konnte nicht das kleinste Stückchen schwimmen, aber was er konnte, das war unter dem Wasser gehen, von einem Ufer zum andern. Das hatte er oft genug gemacht, früher, als er noch keinen Kahn hatte und beim Fort draußen fischen ging. Um dann heimwärts keinen Umweg über die Brücke machen zu müssen, stieg er einfach ins Wasser, spazierte drunter durch und kam am andern Ufer wieder herauf, bequemer noch, als wenn er durch Nebel gegangen wäre.

Und mit neuem Mut begann Speckzehe, an demselben Platz zu fischen. Er ließ das Netz hinunterrollen und wartete, während er in den Mond blickte.

Und dann zog er es auf. Aber, o ihr Meergötter! Was war denn das? Speckzehe zog und zerrte an dem Netz und kriegte es nicht herauf; es war so schwer, als ob eine ganze Kanone darin läge. Der Kahn kippte fast dabei um.

»Meine Netze! Meine Netze!« rief er, und aus Angst, seine Netze zu verlieren, krampfte er alle Kräfte zusammen, alle Muskeln spannten sich um die zitternden Knochen, die Adern platzten fast, sein dünner Bauch wulstete sich, und er zog und zog; endlich – da glitzerte im Mondenschein sein Netz, bis an den Rand gefüllt mit zappelnden, klatschenden Fischen!

Speckzehe schrie auf vor Freude, zitterte auf den Beinen und schöpfte all die Fische in den Kahn, so viele, daß wohl vierzig Pfund von dem Haufen wieder ins Wasser glitschten. »Träume ich nun, oder werde ich verrückt?« lachte Speckzehe.

Toll vor Glück und Gier, aber mehr noch um sich selber zu überzeugen, ließ er das Netz wieder ins Wasser sinken, zog es sofort wieder hoch, und siehe da: von neuem ein Netz voll mit allerhand Fischen! Keine kleinen Krabben, wißt ihr, sondern feine Ware, Aale wie Schlangen, Hechte wie Schenkel, und Karpfen, die einen Bauer vom Pferd stoßen könnten!

»Jetzt trau ich meinen eigenen Augen«, sagte Speckzehe. Aber es war kein Platz mehr im Kahn, und es blieb ihm nichts übrig, als das Netz zurücksinken zu lassen.

»Das müssen die zu Hause sehn!«

Er band den Kahn an der Pappel fest, schöpfte als Beweis einen Eimer voll Fische und lief nach Haus, wo er ausgelassen an die Tür polterte.

Frau und Kinder lagen schon im Bett. Seiner Frau, die ans Fenster kam, rief er zu: »Schnell, schnell, einen Handwagen! Ich habe einen ganzen Kahn voll Fische! So was ist noch nicht dagewesen! In einem Zug einen ganzen Kahn voll! Armdicke Aale! Hecht und Barsch und Tarbutt! Zum Ausstellen schön! Rasch einen Handwagen! Und es gibt noch mehr Fische da! Die Nethe schwillt davon an!«

Gleich waren die sonst so faulen Jungen fertig, viele Leute aus dem Gäßchen, die der Lärm geweckt hatte, liefen mit nach der Nethe, und Nachtschwärmer, die aus einer Versammlung oder aus den Wirtshäusern kamen, liefen hinter dem rasselnden Handwagen her. Und da sahen sie es! Ein ganzer Kahn voll Fische, schöne Fische! Und Speckzehe zog mit Hilfe seiner Söhne noch drei volle Netze in die Höhe, bis der Handwagen die Beute nicht mehr fassen konnte.

»Morgen kommen wir wieder«, rief Speckzehe. »Und morgen wird der Fisch gleich verkauft! Wir machen Geld wie Heu! Jetzt können wir ein neues Bett kaufen und einen neuen Küchenschrank! Wir können Bock springen über den Fischhaufen wie über einen Heuschober!«

Am andern Tag, nach dem vorteilhaften Verkauf der

Fische, waren alle im Haus betrunken wie die Schnapphähne und zogen tanzend hinter einem Harmonikaspieler her, von einer Kneipe in die andere.
In der Dämmerung tutete der Zeitungsverkäufer auf seinem Horn und rief: »Lest die ›Laterne von Antwerpen‹! Der wunderbare Fischfang in der Nethe und der große Diebstahl der silbernen Madonna!«
In der Zeitung stand zu lesen, daß der Herr Verschaeren, genannt Speckzehe, wohnhaft Storchhalsgäßchen Nr. 3, sechshundert Pfund Musterfische in der Nethe gefangen hatte. Und über das Verschwinden der silbernen Madonna wußte das Blatt zu vermelden, daß man den Dieben auf der Spur sei.
Andere Fischer, die gewöhnlich weiter unterhalb an der Nethe saßen und gestern nicht einmal ein Weißfischchen gefangen hatten, versuchten es heute auch einmal bei den zwölf Pappeln, und jeder Zug brachte ein volles Netz!
Die Nachricht von dem Fischwunder lief wie ein Bächlein in alle Häuser. Das ganze Städtchen ging an die Nethe, um zu schauen.
Alles strömte herbei, aus Palästen und Armeleutegassen, und die Deiche waren schwarz von Menschen. Viele rannten nach Hause, um Eier, Körbe, Bütten und Schiebkarren zu holen. Überall war ein emsiges Fischeschöpfen aus dem Nethewasser bei den zwölf Pappeln, und wer keinen Eimer oder kein anderes Schöpfmittel bei sich hatte, fing die Fische einfach im Hut oder in der Mütze.
Das Sonderbarste an dem Fall war, daß gleich hinter den Pappeln auch kein Schwänzchen Fisch zu fangen war.
Speckzehe, der gehört hatte, daß nun andere an seinem Platz beim Fischen waren, kam mit der ganzen betrunkenen Familie fluchend herbeigetorkelt und wollte jeden Fischenden wegjagen, aber er wurde schlankweg ausgelacht. Das Wasser war für alle da! Und alle miteinander,

selbst die Allerreichsten, machten einen Zug, und an diesem Abend und in dieser Nacht und am nächsten Morgen wurden so viel Wasserbewohner gefangen, daß die ganze Stadt nach gebratenem, gekochtem und gedämpftem Fisch roch.
Und als Speckzehe mit seinem vollen Handwagen an die Türen kam, sagte man abwehrend: »Ach, lieber Mann, wir brauchen nur zu den zwölf Pappeln zu gehen, dann haben wir eine ganze Bütte voll!«
Er verkaufte nicht einmal für einen Groschen und mußte seinen schönen Fang auf den Abfallhaufen beim Kesselschen Tor tragen.
Am andern Tag las man in den Zeitungen, nun auch in den französischen aus Brüssel und dem Walenland, von dem wunderbaren Fischfang, und daß weder in Rupelmonde noch in Duffel noch in irgendeinem Gewässer neun Stunden in der Runde auch nur ein fingerlanger Fisch zu fangen wäre. Alle Fische wurden angesogen und zusammengebacken bei den zwölf Pappeln.
Am Tag darauf, es war ein Sonntag, gossen die Züge die Menschen aus wie Ameisen. Alle Angelfischer von Limburg bis an die See kamen, um zu sehen und ihr Heil zu versuchen. Journalisten, Schriftsteller, Maler, Photographen, sogar Berichterstatter von ausländischen illustrierten Zeitungen schrieben, notierten, zeichneten und photographierten, sogar ein Filmoperateur war dabei – wer könnte das alles schildern!
Und am Montag sah Dries Andijvel, der Turmwächter, gegen Abend, über die ganze Länge der Nethe von beiden Horizonten her überall Kähne und Schiffe heran gerudert, gesegelt und gedampft kommen, denn es waren wahrhaftig sogar kleine Dampfschiffe dabei, die schwarze Rauchwolken über das Land zogen. Aus allen Gegenden kamen sie, aus Antwerpen, Themsche, Mecheln, Turn-

hout. Bewaffnete Schutzleute mußten eingreifen, und jeder durfte nur der Reihe nach fischen. Der Gemeinderat wurde zu einer dringlichen Sitzung zusammengerufen, und es wurde eine neue Steuer von zehn Franken auf jeden Zug gelegt. Die Liberalen stimmten dagegen, weil sie die Stadtkasse gerne leer sahen, um das bei den kommenden Wahlen als Kampfmittel zu verwenden.
Der Fischüberfluß dauerte an. Und nun kam man schon mit Wagen und Karren aus Antwerpen. Wechselagenten, ein Bankier und andere Honoratioren steckten die Nasen zusammen – wieder wurde der Gemeinderat einberufen, und es wurde beschlossen, unter städtischem Schutz und Beistand eine G. m. b. H. zu gründen zur Ausbeutung des Fischfangs in der Nethe bei den zwölf Pappeln.
Die Liberalen rasten, denn nun war die Stadtkasse auf einmal voll, und die beste Propaganda für die Wahl fiel ins Wasser.
Die Leute aus dem Städtchen hatten sich den Fisch zuwider gegessen, aber aus fünf Stadttoren fuhren fortwährend volle Wagen und Karren nach anderen Dörfern.
Speckzehe saß ganze Tage zu Haus in einer Ecke und grübelte. Ach, hätte er doch nur niemand etwas von dem Fischfang gesagt, hätte er doch seiner Frau an dem Abend nicht so laut zugerufen, dann wären sie jetzt so reich, wie das Meer tief ist. Nun war alles zum Teufel!
Plötzlich richtete er sich auf: »Und wenn ich will, ist es mit dieser Fischerei aus! Dann fangen sie keinen Stint mehr!«
»Was?« fragte die Frau, die mürrisch war wegen ihrer Armut. Aber er sagte nichts, sank zurück in seine Ecke und schluchzte hinter seinen Händen.
»Du bist verrückt«, sagte die Frau.
Ja, Speckzehe hatte langsam angefangen, zu begreifen,

warum da so viele Fische gefangen wurden. Eine Maus knabberte an seinem Gewissen, und er konnte sie nicht wegjagen.
Wie gleich nach dem Diebstahl, drückte ihn auch jetzt noch dieselbe Angst: wenn er sagte, wo das Bild wäre, würde er in Verdacht geraten und ins Kittchen wandern. Das Bild herausholen und irgendwo anders hinlegen, wo man es finden mußte, das war eine Kleinigkeit, aber der Platz war Tag und Nacht voll von Fischern und Fuhrleuten und anderen Menschen!
Und voller Neid, daß all die schönen Fische ihm noch keinen Soldatenknopf einbrachten, und aus Reue über den Diebstahl betete er stundenlang, daß man die silberne Madonna doch finden möchte! Aber kein Mensch dachte auch nur daran, daß sie da unten im Wasser liegen könne.
Die ganze Welt sprach von dem wunderbaren Fischfang. Das Nethewasser wurde in den Laboratorien untersucht, ob keine besonderen Bestandteile darin zu entdecken wären, Gelehrte schrieben darüber in den Zeitschriften und hielten Vorträge mit Lichtbildern. Eine Zeitung aus Brüssel ließ auf ihre Kosten einen Taucher kommen, um zu sehen, ob nicht etwas Besonderes in dem Wasser läge, was die Fische anzöge. Als Speckzehe das hörte, tanzte er durch das ganze Haus vor Freude. Nun würde es gefunden werden, und dann war alles wieder gut!
Die Nethedeiche kribbelten von Menschen, als der Taucher mit dem eisernen Ballon überm Kopf ins Wasser stieg. Aber nach fünf Minuten war er wieder oben: »Ich gehe nicht noch mal«, japste er, »ich muß mich durch Mauern von Fischen würgen. Sie pressen mich wie mit Bärentatzen. Das bringt selbst der Seeteufel nicht fertig!« Und mit dem Tauchen war es aus. »Ich fühle es«, sagte Speckzehe traurig zu sich selbst, »ich werde es schon

selber tun müssen! Ich habs hineingelegt, ich muß es auch herausholen, ich tu es aber nicht!«

Der wunderbare Fischfang mit seinem Zuflauf von Fremden war ein Segen für die drei Hotels und für die Gasthäuser, die dem gelben Bahnhof gegenüberlagen, und für die Fladen von Sooke van der Musschen. Doch die Fischhändler klagten, schlossen ihre Läden und sahen sich nach einem anderen Beruf um. Der Freitags-Fischmarkt wurde zeitweilig geschlossen. Aber man las auch fast täglich über den Diebstahl der silbernen Madonna. Plötzlich glaubte man, sie in Paris gefunden zu haben; dann wieder wurde erzählt, daß vorüberziehende Zigeuner mit Tanzbären eingeschmolzenes Silber verkauft hätten; später gab es wieder eine Nachricht aus London, die endigte: ›Während der Drucklegung dieser Zeilen hofft man den Täter in den Händen der Polizei zu haben.‹

Speckzehe magerte ab.

Der Gemeinderat hielt, während die Liberalen zum Protest fernblieben, eine Sitzung nach der anderen ab, um die neue G. m. b. H. rasch in Tätigkeit treten zu lassen.

Der fromme Pfarrer vom Beginenhof aber griff zum letzten Hilfsmittel, um das Bild zu finden. Man wollte an neun Tagen hintereinander eine Prozession dreimal um den Beginenhof herumgehen lassen.

Es war eine schöne Prozession, bei der alle Stadtteile mit ihren alten Fahnen, Heiligenbildern und Standarten mitwirkten. Alle Klosterinsassen in der Stadt gingen mit, alle Madonnen aus den Kirchen und Kapellen wurden im Zuge getragen, und alle frommen Leute, die mit der Prozession einherschritten, hatten auf Rat des Pfarrers die Madonna aus ihrem Haus in den Armen und eine Kerze in der Hand. Es war rührend anzusehen, dieser Zug von Hunderten von heiligen Jungfrauen, die ihre verlorene Schwester suchten.

Die Prozession war so lang, daß Anfang und Ende sich berührten. Sie zog jeden Tag dreimal um den Beginenhof herum, und jedesmal kam sie an den zwölf Pappeln vorbei, wo fortwährend von hundert Kähnen aus anderen Städten gefischt wurde, für jeden Zug zehn Franken, die die Schutzleute in Empfang nahmen. Es wimmelte von Wagen, die leer ankamen und voll wegfuhren. Aber in diesen Tagen sollte der Vertrag mit der neuen G. m. b. H. unterzeichnet werden, dann würde das alles geregelter vor sich gehen. Man sprach von einer Eisenbahn, von Kränen und Kais. Speckzehe ging mit in der Prozession und trug eine kleine Gipsfigur von der Mutter Gottes und betete, daß man, aber nicht er, das silberne Bild finden möge. Und jedesmal, wenn er an den zwölf Pappeln vorbeikam, fühlte er einen brennenden Schmerz im Herzen.

Aber er wagte nicht, etwas zu sagen, nicht die leiseste Anspielung zu machen, aus Angst vor dem Gefängnis. Acht Tage ging die Prozession nun schon ohne Erfolg, und in diesen wenigen Tagen war Speckzehe ganz gebeugt und fast dreimal so alt geworden.

Am neunten Tag wurde der Vertrag mit der neuen G. m. b. H. unterzeichnet, und abends sollte deshalb ein großes Bankett im ›Delphin‹ stattfinden.

Am Nachmittag zog der Edelsteinring der Prozession wieder dreimal um den Beginenhof herum, beim dritten Mal aber stand Speckzehes Gewissen in wilden Flammen. Als er zu den zwölf Pappeln gekommen war, konnte er nicht mehr weiter. Sein Blut war wie Blei. Er preßte den Mund zusammen, aus Angst vor seinen Worten, aber seine Lippen wurden auseinandergedrückt. Mit seiner braunen Hand zeigte er auf die dritte Pappel und rief: »Dort! Dort! Dort! im Wasser seh ich sie!« Er ließ die Gipsmadonna fallen, schritt vom Deich hinunter und stieg ins Wasser.

Plötzlich war eine gespannte Stille, tausend gereckte Hälse, offene Münder und erstaunte Augen...
Und da stieg langsam die silberne Madonna aus dem Wasser empor, dann Speckzehes Hände, dann sein feuerrotes Gesicht und dann er ganz und gar.
Ein lauter Jubel krachte los, das ganze Land erschallte.
Man zog ihn den Deich hinauf, aber Speckzehe blieb liegen, dreiviertel tot.
Der Pfarrer kam heran, empfing das Bild, führte es an die Lippen und gab es dem Küster, um Speckzehes Beichte zu hören.
Und während das Volk sich auf den Küster zuwälzte, um die Madonna zu sehen, die er mit dem Taschentuch auf das Kreuz gebunden hatte, das er in die Höhe hielt wie eine silberne Flamme – während die Menge kniete, beichtete Speckzehe, in des Pfarrers Arm gebettet, und erzählte seinen Diebstahl und seine Reue.
Der Pfarrer vergab ihm seine Sünden, brach ein Stückchen der glorreichen Hostie aus der Monstranz und gab es ihm als Zehrung.
Dann starb Speckzehe, dessen Tat ewig unentdeckt blieb durch das Geheimnis der Beichte.
Und siehe da! Während die Menge dort betete, um die wiedergefundene Madonna herum, während Speckzehe weggetragen wurde, mit einem Taschentuch über dem toten Haupt, zogen die Fischer ihre Netze in die Höhe, und es war nichts darin! Gar nichts! Nicht einmal ein Fischlein so groß wie diese Schreibfeder!
Die Mutter Gottes wurde triumphierend durch die Straßen getragen. Und wenn die Leute das Bild gesehen hatten, liefen sie an die Nethe, um die Fischer leere Netze heraufziehen zu sehen. Es war nichts mehr zu sehen, aber gerade dieses Nichts wollten sie nun betrachten.
Am selben Abend zog die liberale ›Harmonie‹ höhnisch

vor den ›Delphin‹, wo die Mitglieder der neuen G. m. b. H. mit wenig Appetit an der Festtafel saßen, und spielte ununterbrochen das Liedchen:

Alle Fische schwimmen, alle Fische schwimmen,
Nur der kleine Backfisch nicht …

Am nächsten Tag erschien im Staatsanzeiger der nun ins Wasser gefallene Vertrag der ›Gesellschaft mit beschränkter Haftung zur Ausbeutung des Zwölfpappelnnethewasserfischfangs‹.

Der Heilige der kleinen Dinge

Wer ist der größte Heilige? Pst! Wir dürfen es nicht sagen. Weil wir es nicht wissen. Das weiß Gott allein. Der Kaplan vom Beginenhof sagte mir einmal: Heilig sein heißt voll sein von Gott. Ob eine Kaffeekanne bis an den Rand gefüllt ist oder ein Faß – sie sind beide gleich voll. Sie können nicht voller sein, als es ihre Größe erlaubt.
Wir können nur sagen: Dieser oder jene Heilige zieht mich am meisten an. Für mich sind das der heilige Franziskus, die heilige Elisabeth und Sankt Antonius »ohne Schwein«, wie man bei uns sagt. Dieser Sankt Antonius scheint mir der sonderbarste unter allen Heiligen zu sein. Einen solchen gibt es nicht zum zweiten Mal. Keiner ist so fleißig und gibt sich so viel mit uns ab. Und er wird dann auch von uns nicht geschont, wir zupfen ihn dauernd am Rockzipfel. Er ist unser Allerweltskünstler, unser Knecht, unsere Dienstmagd.
Man könnte glauben, daß der Herrgott zu einer Reihe von Heiligen gesagt hat: »Wacht vom Himmel aus über das Seelenheil der Menschen, reicht ihnen die Hand, wenn es um und in ihnen dunkel wird, führt sie zu meinem Licht,

gebt ihnen Kraft und Mut, wenn sie reumütig zusammenbrechen. Ich warte hinter der Tür.« Das sind die Heiligen, die wir verehren und anrufen, wenn das Herz blutet, wenn Leid und Verzweiflung auf der Seele lasten. Dann heben wir flehend die Hände zu ihnen auf.

Aber die Menschen gehen nicht nur mit einer Seele durchs Leben. Sie tragen auch Kleider, Hosen, Strümpfe und Hüte, die sie aus Freude am Dasein mit Knöpfen, Bändern, Litzen, Fransen und Edelsteinen verziert haben. Sie nehmen einen Regenschirm mit, um ihre Kleider zu schützen, sie tragen Geld, eine Fahrkarte und alles, was sie brauchen, mit sich herum. Sie wohnen außerdem in Häusern, die sie dann, jeder nach Vermögen und Geschmack, geschmückt und mit allem ausgestattet haben, wovon sie sich Glück und Wohlbehagen versprechen. Man könnte meinen, das hätte mit der Seele nichts zu tun. Aber die meisten Menschen stolpern über ihre Kleider und brechen sich beim Fallen die Seele.

Chesterton sagt irgendwo: »Die Welt erwischt uns fast immer an den Fransen unseres Kleides, an den nichtigen Äußerlichkeiten des Lebens.« Unser Herrgott scheint das eingesehen und gemeint zu haben: Ich muß einen anstellen, der über die kleinen Dinge der Menschen wacht. Seine und unsere Wahl fiel auf Sankt Antonius, den Minderbruder, den leuchtenden Franziskaner, von dem Franziskus voll Verehrung sagte: Bruder Antonius, mein Bischof.

Der heilige Antonius, der selbst nichts besaß, arm war wie ein Regenwurm, keine Schuhe an den Füßen hatte, nur eine Kutte und einen Gürtel trug, der Bettler auf der Suche nach dem Martertod, ihn rufen wir an, damit er auf die Schlüssel und die Nummer unseres Geldschrankes achte. Und doch war er ein mächtig kluger Kopf, eine strahlende Leuchte. Diesen Heiligen, diesen Erhabenen, diesen glänzenden Stern, dieses von Sonnenglut erfüllte Herz rufen wir an, damit er unser Schnupftuch suchen hilft, wenn wir es verloren haben. Und er findet es. Das erscheint mir ungeheuerlich. Ich weiß nicht, ob man sich mehr über unsere Kühnheit oder über seine herrliche Demut wundern soll. Er wartet auf unsere Anliegen wie ein Bettler auf Almosen. Bittet man ihn, eine verlorene Seele zu suchen, so findet er sie. Das tut er natürlich am liebsten. Er hat sein Lebtag nichts anderes getan und versteht sich darauf wie keiner. Und doch machen wir ihm damit die wenigste Mühe. Er muß sich um unsere Nichtigkeiten kümmern, unsere Fransen, unsere Bänder und Litzen. Aber auch das ist ein Weg, wenn auch ein Umweg, um Seelen zu gewinnen. Er ist unser Nachtwächter geworden, unser Detektiv und Spürhund, unser Fundbüro, Reklamechef, Wechselagent und Apotheker. Sankt Antonius weiß mit allen Launen der kleinen Menschen umzugehen. Es ist sein inniger Wunsch, recht viel für uns tun zu dürfen, und wären es auch die unscheinbarsten Dinge. Sein Bild steht auf jedem Kaminsims, im Laden der Gewürzkrämer und Metzger. Er überwacht das Fleisch, den Sirup, den Kaffee. Er hat Hände bis an die Ellenbogen, ist unsere Dienstmagd und unser Botengänger. Er hilft uns den Korb tragen, wenn wir auf den Markt gehen, um Gemüse oder Fleisch zu holen. »Gib auf mein Fahrrad acht«, sagen wir, wenn wir in die Schenke gehen, um ein Glas Bier zu trinken, und er gibt auf unser Fahrrad acht.

Wir bedienen uns dieses Heiligen und mißbrauchen seine Güte. Aber er lächelt immer gleich freundlich und empfindet es nicht als Mißbrauch. Man kann ihn nicht erzürnen. Sobald man seinen Namen flüstert oder nur an ihn denkt, ist er schon für uns tätig. Gleichgültig wann oder wozu man bei ihm anklopft – er ist immer bereit. Dadurch sind wir so vertraut mit ihm geworden. Wir

behandeln ihn manchmal wie ein Kind oder einen Lehrjungen. Er kümmert sich nicht darum. Er arbeitet, denn er weiß, warum.
Ich kenne Leute, die, wenn er nicht schnell hilft, sein Bild schwarz anmalen, in den Kohlenkeller oder in die Ecke stellen, um ihn zu strafen wie ein Kind.
Ein Dienstmädchen aus meiner Nachbarschaft suchte lange Zeit einen verlorenen Liebesbrief. Sie hatte schon eine Reihe von Rosenkränzen gebetet, um ihn zu finden. Schließlich wurde sie wütend und warf das Bild des heiligen Antonius vom Kaminsims. Es zerschellte am Ofen, und da lag der Brief zwischen den Scherben. Sie hatte ihn in dem hohlen Gipsbild versteckt. Er nimmt Beleidigungen für Höflichkeiten. Er geht mit unseren Launen und Fehlern um wie eine Mutter mit ihren Kindern. Ob du reich oder arm, gläubig oder ungläubig bist, nenne seinen Namen, und er ist bereit. Ich kenne Leute, die von keiner Kirche etwas wissen wollen, die für religiöse Dinge unempfindlich sind oder sogar darüber spotten, aber am Dienstag sitzen sie in der Antoniusmesse, oder sie zünden zu Hause heimlich, damit die Nachbarn es nicht merken, eine Kerze vor seinem Bild an. Ich kenne andere, die ein sündiges Leben führen, aber sie rufen Sankt Antonius an. Ist das Götzendienst? Für Uneingeweihte sieht es so aus. Es ist Glaube und Vertrauen, die schwache Ahnung einer geistigen Welt. Sie fühlen, daß es doch über das Stoffliche hinaus noch etwas gibt. Der erste Schritt zu jener geistigen Welt ist getan, und schmerzlos brennt sich diese Erkenntnis immer tiefer in die Seele ein. Nein, sie glauben nichts von dem, was die Pfarrer erzählen, aber sie glauben an den heiligen Antonius. Es gibt keinen Gott, aber es gibt doch einen Sankt Antonius. Die Leere um ihn kann auf die Dauer nicht bestehen. Sollte es nicht doch noch etwas geben außer den

Menschen und Sankt Antonius? Sie erflehen seine Hilfe für die alltäglichen und lächerlichsten Dinge und Launen, und unbewußt treten sie auf die Schwelle des Glaubens. Und so sind eines schönen Tages viele Blumen in der Seele erblüht, klare Horizonte tun sich auf, hinter denen der Himmel sichtbar wird. Ich kenne viele, die so zu einem tieferen Leben gelangt sind. Sie rufen ihn wegen der Fransen ihres Kleides an, und er zieht sie an diesen Fransen in ein geistliches Leben hinein. Das ist schließlich die Aufgabe des heiligen Antonius. Wie eine Blume durch Regen und Sonne zum Wachsen gezwungen wird, so kann sich auch der Mensch der Wirkung einer Gunst, die ihm auf geistigem Wege, durch den Glauben oder das Gebet, zuteil wird, nicht entziehen. Auch er muß wachsen. Das ist das Gesetz von Geben und Nehmen.

Wenn die Fische, denen er predigte, ihn verstanden und wie durch Zauber aus ihrer ewigen einfältigen Stummheit befreit wurden, warum sollten da nicht unsere Seelen, die oft ebenso tief und stumm hinter den weltlichen Dingen verborgen liegen, ihn nicht verstehen, wenn er uns hilft? Durch seine Hilfe spricht er zu uns. Und wenn wir durch sein Zutun unseren Regenschirm wiedergefunden haben, dann sagt die Seele von selbst »danke schön«. Das übrige vollzieht sich in der Stille, im Dunkeln.

Sieben Jahrhunderte lang hat Sankt Antonius die Seelen scharenweise ins Licht geführt. Auch heute noch. Sei gegrüßt und verehrt, o himmlische Arbeitsbiene! Sankt Antonius, du Laterne, mit der wir die verlorene Briefmarke, die Stopfnadel und den Sonntagsgroschen der Kinder wiederfinden, Laterne auch, die verlorene Seelen ins Licht führt, sei gegrüßt!

Der mutwillige Schweinskopf

»Nicht lange wegbleiben! Keinen Schnaps trinken, ich werde es an deinem Atem riechen! Und die Endivien müssen heute noch aus dem Keller geholt werden! Hast du gehört?«
Vom Stall aus rief die Frau ihrem Mann diese freundlichen Mahnungen nach, während er die Tür aufmachte.
»Ja«, rief er zurück und brummte dann etwas wie Geizkragen und Gendarm vor sich hin. Er trat hinaus in den dicken Schnee und den scharfen Frost. Überall Schnee, so weit man blicken konnte. Es hing noch mehr Schnee in der Luft, der Himmel war ganz grau davon. Aber Tist hatte sich gut eingemummelt in einen blauen Umhang, ein dickes Tuch um den Hals gewickelt und die Kapuze tief über den Kopf gezogen. Jedesmal, wenn die Zipfel seines Umhanges auseinanderschlugen, sah man einen Schweinskopf, der mit einer Schnur an seiner Hand hing. Tist brachte einen Schweinskopf nach Huut, um ihn dort vor dem Bilde des heiligen Antonius zu opfern. Heute war das Fest des heiligen Antonius mit dem Schwein. Der nahm die Schweineställe mit derselben Sorgfalt in seine

Hut, womit er früher sein eigenes Schwein gehütet hatte. Ein guter Heiliger! Und warum sollte man ihm nicht auch eine Freude bereiten? Er bekam einen Schweinskopf. Tist brannte seine kurze Pfeife an, um sich die Nase zu wärmen, die schon ganz rot wurde von der beißenden Kälte, und vor allem, weil ihm eine gute Pfeife Tabak immer schmeckte. Indem er so seines Weges ging, dachte er an sein böses Weib und an seine arme Bauernwirtschaft. Es war doch schlimm, daß er nicht ein einziges Mal in Saus und Braus leben konnte!

»Wäre ich nur ein gelehrter Mann«, dachte er, »dann säße ich schon längst in Amerika.«

Nachdem er eine Stunde gegangen war, kehrte er im »Rosmarin« ein, um ein Glas Bier zu trinken. Es waren noch mehr Gäste da. Die Leute tranken alle Schnaps, der wärmt wenigstens den Magen; Bier füllt so sehr den Bauch und ist auch kalt. Tist trank ebenfalls einen Schnaps statt Bier. Er trank noch drei Schnäpse hinterher. »Meine Frau riecht es, wenn ich einen getrunken habe«, sagte er, »aber sie kann nicht riechen, ob ich fünf getrunken habe.« Dann trank er noch einen. Ei, war das ein feiner Korn!

Als er auf die Straße kam, läuteten die Glocken, und er sah viele Leute, die mit einem Schweinskopf ins Dorf zogen. Der Korn schmeckte doch zu gut! Im Dorf huschte er noch schnell in den »Roten Löwen«. »Wenn meine Frau das wüßte!« dachte er. Vor einigen Tagen hatte er, glücklicherweise ohne daß sie es wußte, ein wildes Kaninchen in der Schlinge gefangen. Er hatte es im Welschkraut versteckt und, als er mit dem Schubkarren zum Markt fuhr, beim Geflügelhändler verkauft. Wie hätte er sich sonst einen so guten Korn leisten können?

In der Kirche war die Messe schon in vollem Gange. Musik und Gesang brausten durch den Raum, und als

Tist sich so weit nach vorn gedrängt hatte, daß er nur noch einige Schritte von dem Bild des heiligen Antonius entfernt war, stieg der Pfarrer gerade auf die Kanzel. Tist wagte nicht weiterzugehen, um den Kopf vor dem Bild niederzulegen, und setzte sich auf eine Holzbank, die um einen Pfeiler gezimmert war. Der Pfarrer hielt eine wortreiche Predigt über das fromme Leben des heiligen Antonius. Tist betrachtete das Bild des Heiligen, der da neben einem lustigen Schweinchen stand und in einem Buch mit leeren Seiten las.
»Das muß ein sehr gelehrter Mann gewesen sein«, dachte Tist, »denn mit Buchstaben ist es schon schwer.«
Rund um das Bild brannten viele Kerzen, und davor lag ein großer Haufen Schweinsköpfe, lauter Opfergaben. Es waren wenigstens hundert, und alle hatten die Augen fest zu.
»Das ist ja ganz natürlich, denn sie sind tot«, dachte Tist. Dabei mußte er an die Französische Revolution denken. Als er klein war, hatte die Schwester ihnen in der Schule erzählt, daß damals die Köpfe der Königstreuen haufenweise in den Straßen gelegen hätten. Tist war froh, daß er zu jener Zeit noch nicht lebte, denn er war auch ein treuer Anhänger des Königs und Verehrer Napoleons. Stand nicht dessen Bild auf einem Teller bei ihm über dem Kamin? Na also! Die Schnäpse stiegen ihm in den Kopf. Das wirkte sich bei ihm immer dahin aus, daß er alles verkehrt machte. Er kam auf den Gedanken, daß Sankt Antonius nicht der Freund der Schweine sein könnte, sonst würde er doch nicht ihren Kopf beanspruchen.
»Meinen Schweinskopf bekommt er nicht,« dachte Tist, »ich nehme ihn wieder mit nach Hause, oder ich verkaufe ihn unterwegs für zehn Schnäpse, und was meine Frau dazu sagt, geht mich gar nichts an.«
Aber er bekam doch ein wenig Angst vor dem heiligen

Antonius, der doch immerhin ein Heiliger war, und den Kopf hatte er fest versprochen. Er fing an, sein Vorhaben zu beschönigen. »Ich werde den Kopf wieder mitnehmen und eines schönen Sonntags zwei oder drei Franken in die Opferbüchse stecken. Das ist genau dasselbe.«
Er raffte schnell die Zipfel seines Umhangs zusammen, um den Schweinskopf vor den Augen der Leute und des heiligen Antonius zu verbergen.
Jawohl, wenn er nachher über Kleidonck nach Hause ging, dann konnte er den Kopf im »Stern« verkaufen. Da gab es auch immer einen reinen Korn. Dann käme es wohl auf ein Gläschen mehr oder weniger nicht an! Und es war auch keine Sünde, wenn er das so machte. Er hatte doch die gute Absicht gehabt, den Kopf zu opfern und keinen Schnaps zu trinken, und die gute Absicht ist die Hauptsache! Würde der gute Sankt Antonius ihm das übelnehmen? Wegen eines so kleinen Schweinskopfes? Da kennt ihr Antonius schlecht. Der Pfarrer schlug mit der Faust auf die Kanzel. Er sagte irgend etwas vom Teufel. Tist entdeckte beim Pfarrer eine Ähnlichkeit mit Napoleon, und in einer Vision von Schweinsköpfen und tanzenden Schnapsgläsern schlief er ein.
... Plötzlich weckte ihn ein donnernder Lärm. Es war die Orgel, die mit lauten Bässen das Ende der Messe so heftig verkündete, daß der ganze Kirchenraum davon erdröhnte. Tist erschrak, suchte seine trunkenen Gedanken zusammen, aber hatte sein Vorhaben nicht vergessen. Bevor der Verkauf der Schweinsköpfe am Kirchenportal anfing, verließ er die Kirche und schlug hinter dem Garten des Pfarrhauses einen Feldweg ein. So gelangte er zum »Stern«. Er trat lachend ein und bestellte sich bei der jungen Wirtin einen Korn. Nachdem er diesen getrunken hatte, fragte er plötzlich: »Kannst du nicht einen Schweinskopf brauchen?«

»Nein, Tist«, erwiderte die Frau, »wir haben das Schweinefleisch so satt wie kalten Brei.«
Sie wusch erst ein Glas aus und setzte sich dann wieder an den Ofen und stopfte Strümpfe. Neben ihr stand eine Wiege, in der ein Kind schlief.
»Ein hübsches Weib«, dachte Tist, indem er sie so betrachtete, »ich möchte, ich hätte auch so eins, so schön mollig.«
»Na komm«, sagte er plötzlich nachgiebig, »du bekommst ihn für den halben Preis, und du trinkst ein Glas mit.«
»Nicht umsonst«, antwortete die Frau und stopfte ruhig weiter.
Er würde warten, bis ein neuer Gast käme. Er bestellte noch einen Schnaps. Um Zeit zu gewinnen, sprach er vom Schnee und von seinem Kind, das mit sieben Jahren an den Masern gestorben war. Er betrachtete die Tapete, auf der wohl an die tausend Jäger abgebildet waren, und er versuchte, das Plakat einer Versicherungsgesellschaft zu lesen, auf dem ein Engel mit einem Schild zu sehen war, aber es ging nicht. Es kam auch kein neuer Gast.
»Nun also«, sagte er, »für zwei Franken, sieh nur, was für ein schöner Kopf!«
»Aber wenn ich dir doch sage, daß ich keinen Kopf brauche, du Quälgeist«, fuhr ihn die Frau an.
»Na, dann nicht!« Er schmiß die Tür hinter sich zu. Nun stand er wieder draußen im Schnee. Aber wohin mit dem Kopf? Diese Frage machte ihn wahrhaftig wieder nüchtern. Im Weitergehen dachte er angestrengt nach, wo er den Kopf loswerden könnte. Die Angst vor seiner Frau und den Dingen des Glaubens meldete sich von neuem. Dieses dumme Weib aus dem »Stern«! Hätte sie ihm den Kopf abgekauft, so wäre Tist seiner ganzen Sorgen ledig gewesen. Aber wenn sie vielleicht dächte, daß sie hübsch

wäre, diese aufgeplusterte Gluckhenne, da irrte sie sich! Und überhaupt, er war ganz froh, daß sie den Kopf nicht genommen hatte, denn da wäre bestimmt das Unglück über seinen Stall gekommen. Nun wußte er, daß er beinahe eine schwere Sünde begangen hätte. Nur gut, daß es nicht so weit gekommen war. Aber wie konnte er jetzt den Kopf loswerden? Ihn wieder nach Hause nehmen, das kam nicht in Frage; seine Frau schlüge ihn tot. Ihn irgendwo hinzulegen, wagte er nicht aus Angst und Ehrfurcht vor dem heiligen Antonius. Was sollte er nur damit anfangen? Und er wog auch so schwer, dieser Schweinskopf, er nahm ihn dauernd von der einen Hand in die andere. Schließlich stellte er ihn auf seinen Kopf. Das mußte ein sonderbarer Anblick sein, hier in dieser Einsamkeit. Man hätte förmlich ausreißen können vor diesem Mann mit dem Schweinskopf.

»Du dummer Kerl«, sagte er plötzlich zu sich selber, »wo kannst du ihn besser loswerden als beim heiligen Antonius selbst. Das werde ich gleich tun.« Er kehrte um und ging nach Huut zurück. Als er eine Weile gegangen war, blieb er mißmutig stehen.

»Die Kirche wird geschlossen sein«, seufzte er, »und wenn sie nicht geschlossen ist, werden die Leute mich auslachen, denn sie haben mich doch schon heute morgen gesehen.« Da blieb ihm nichts weiter übrig, als wieder umzukehren. Es fing an zu schneien, mit dicken Flocken. Tist wurde gleich weiß davon. Der Schnee lag nun schon mächtig hoch, und es wurde immer schlimmer. Er mußte sich mühselig hindurchkämpfen mit diesem schweren Schweinskopf. Und wie still es nun geworden war!

Im Vogelwald flog eine ganze Weile, angelockt von dem toten Fleisch, ein Krähenschwarm über seinem Kopf. Es wurde allmählich dunkel, und Tist begann sich zu fürchten. Er versuchte zu laufen, betete ein Vaterunser nach dem andern und versprach, nächstes Jahr zwei Schweinsköpfe zu opfern. Das war wohl nicht gut möglich, aber er glaubte, dem heiligen Antonius mit diesem Versprechen eine Freude zu bereiten. Er meinte es gut. Als er aus dem Wald trat, war es ihm eine Erleichterung, irgendwo ein Licht zu sehen. Er schüttelte den Schnee von seinem Umhang, aber es dauerte nicht lange, so war er wieder ganz weiß. Nach einer Weile bemerkte er durch den fallenden Schnee noch mehr Lichter. Er roch Stallduft und wußte sich nun wieder unter Menschen. Seine Angst vor dem heiligen Antonius nahm dadurch ein wenig ab, aber die Angst vor seiner Frau wurde um so größer. Jetzt erkannte er sein Haus, in dem noch Licht brannte. Aber der Kopf, der verfluchte Schweinskopf! Er blickte um sich. Es schneite ununterbrochen weiter. Das Land lag dunkel da, aber noch dunkler hob sich dort gegen den Schnee die krummgewachsene Kopfweide ab, vor der seine Frau sich immer fürchtete. »Da wohnen Gespenster drin«, pflegte sie zu sagen. Er ging auf diesen Baum zu, der schief und auseinandergeborsten dastand, dessen Äste wie Hörner in die Luft ragten, und stellte den Schweinskopf oben drauf. Warum? Das wußte er selbst nicht, vor Ärger wahrscheinlich. »Ach, Sankt Antonius, hilf mir, Mutter Gottes, steh mir bei!« Zaghaft wie ein Mäuschen trat er ein.

Mie, die gerade im Futterkessel rührte, sprang wütend auf ihn zu, schimpfte wie ein Rohrspatz und drohte mit dem Rührstock.

»Durch diesen furchtbaren Schnee, Menschenskind«, sagte Tist und hob den Arm vors Gesicht. Dabei fiel ihm auf, wie sehr seine Frau dieser Kopfweide ähnlich sah, genauso dunkel, knorrig und sehnig. Er kam ohne Prügel davon, aber es hatte nicht viel gefehlt. Selbst im Bett gab sie noch keine Ruhe, und er wiederholte immer wieder, daß nur dieser furchtbare, dieser elende Schnee schuld sei. Endlich schlief sie doch ein, und da fing er an, zum heiligen Antonius zu beten. Wie würde das nur mit diesem Schweinskopf enden? Am besten wäre es wohl, wenn er sich für den Sonntag eine Besorgung ersann, um dann den Kopf heimlich nach Huut zu bringen. »Das werde ich machen«, dachte er. Er drehte seiner Frau den Rücken zu und schlief ein...

Am nächsten Morgen schneite es immer noch, und der Wind kam aus Norden. Das war ein Glück. Von dem Kopf war nun keine Spur mehr zu sehen, er war völlig eingeschneit.

Am Sonntag, nach dem Hochamt, sagte Tist zu seiner Frau: »Wenn du heute nachmittag zur Andacht gehst, möchte ich schnell mal nach Kleidonck zum Ludwig, um mich nach etwas Stroh umzusehen.«

»Du bleibst zu Hause«, sagte Mie, »und gehst mit mir in die Kirche.«

Selbstverständlich ging er mit. Er betete zwei Rosenkränze, damit der heilige Antonius ihm seine schwere Sünde verzeihen und ihm in diesem schwierigen Fall seine Hilfe nicht versagen möge.

Den ganzen Tag fühlte er sich nicht mehr wohl und ließ die Kopfweide nicht aus den Augen. Wie würde das bloß enden? Seine Pfeife schmeckte ihm nicht, und er hatte auch keinen Appetit.

»Bist du krank?« fragte Mie.

»Ja, ich bin nicht auf der Höhe«, sagte er.

»Da wollen wir früh zu Bett gehen, und du schläfst morgen etwas länger.«

»Jawohl«, sagte er.

Sie gingen also früh zu Bett. Es blieb ihm weiter nichts übrig, als den Kopf morgen irgendwo zu vergraben und Sankt Antonius dafür um Verzeihung zu bitten. »Ich werde es nie und nimmermehr tun, und nächstes Jahr bekommst du zwei Köpfe ...«

Mie stand am nächsten Morgen zuerst auf und machte im Hause ihre Arbeit. Es regnete Bindfaden, und der Schnee schmolz rasch weg unter diesem Dauerregen. Vom rauschenden Lärm auf dem Dach wurde Tist wach und stürzte im Hemd ans Fenster. Verdammt! Jetzt war er verraten und verkauft! Der Schweinskopf war nun wieder zum Vorschein gekommen. Und sieh, wo geht denn seine Frau hin? Sollte sie ihn gesehen haben? Sie geht auf den Baum zu. Ja, sie hat den Kopf gesehen. Was wird sie nun machen? Guck, sie kommt voll Angst zurückgelaufen! Hört, wie sie schreit: »Ein Gespenst! Ein Gespenst!«

Tist sprang schnell wieder ins Bett und stellte sich schlafend. Mie kam keuchend und polternd die Treppe herauf.

»Tist! Mann! Ein Gespenst! In der Kopfweide sitzt ein Gespenst mit einem Schweinskopf. Guck doch her, vom Fenster aus kannst du es sehen. Siehst du wohl, Tist, habe ich nicht immer gesagt, daß in dem Baum Gespenster hausen, seitdem sich die fremde Frau daran erhängt hat?«

Tist tat so, als würde er wach. »Ein Gespenst mit einem Schweinskopf?« rief er. »Na warte, mit dem werde ich mal ein Wörtlein reden.« Er sprang auf, zog sich an, huschte in seine Holzschuhe, nahm einen Knüppel zur Hand und lief hinaus.

»Was willst du machen?« rief seine Frau kreideweiß vor Angst.

»Das wirst du schon sehn«, rief Tist zurück, »ich fürchte mich vor keinem Gespenst, ich fürchte mich vor nichts und niemand.«

Mie blickte ihm voll Angst und Verwunderung nach. Sieh doch, wie kühn er drauflos geht! Mit einem Schlag haut er dem Gespenst den Kopf ab. Der Kopf taumelt auf die Erde, Tist hebt ihn auf, kommt damit auf das Haus zu und

lacht auch noch dabei. Nein, so etwas hätte sie ihrem Mann doch nicht zugetraut, so ein starker Kerl!
Er wollte mit dem Kopf hereinkommen.
»Nein, nein, nicht hier herein!« rief Mie, ganz grün vor Angst. »Wir wären womöglich unser ganzes Leben lang behext.« Sie fuchtelte mit den Armen in der Luft herum, schlug ihm die Tür vor der Nase zu und sah zum Guckfenster hinaus.
»Alles gut und schön«, sagte Tist, »aber wo soll ich damit hin?«
»Wie soll ich arme Frau das wissen? Mach damit, was du willst!«
»Weißt du was«, meinte Tist, »ich werde ihn auf der andern Seite des Vogelwaldes irgendwo vergraben. Dann mag er den Bauern drüben einen Streich spielen.«
»Jawohl, Mann, mache das, aber mache es gleich«, rief sie, »und haue nachher endlich diesen verfluchten Baum um!«
»Aber niemals, niemals jemand davon ein Wort verraten, Mie«, flüsterte Tist geheimnisvoll, »denn sollten die Bauern drüben das eines Tages erfahren, dann wären sie imstande, unser Haus in Brand zu stecken ...«
Ängstlich reichte sie ihm durch den Türspalt seinen Umhang, seine Pfeife, ein Halstuch und einen kleinen Spaten. Frohen Mutes machte sich Tist durch den strömenden Regen auf den Weg.
Er durchquerte den Wald und eilte über Kleidonck nach Huut. Als er diesen mutwilligen Schweinskopf dem heiligen Antonius vor die steinernen Füße legte, glaubte er um dessen Mund ein verschmitztes Lächeln zu bemerken. Zum Glück war keine Menschenseele in der Kirche.
Auf dem Heimweg regnete es immer noch. Er war naß bis aufs Hemd, und seine Holzschuhe waren voll Wasser. Ach, wenn er doch jetzt einen ordentlichen Schnaps hinter

die Binde gießen könnte, das wäre ein Genuß! Aber er hatte keinen Pfennig in der Tasche. Tist war unendlich froh, daß nun alles in schönster Ordnung war. Eins aber wußte er genau, aber auch ganz genau: Sankt Antonius mochte der beste Kerl von der Welt sein, aber er befand sich in einem Irrtum, wenn er vielleicht glaubte, daß Tist ihm im nächsten Jahr wieder einen Schweinskopf vor die Füße legen würde! Nein, nein, das kam nun nicht mehr in Frage!

»Du wirst es mir nicht übelnehmen, bester Sankt Antonius, wir wollen gute Freunde bleiben, aber das soll nächstes Jahr meine lebendige Kopfweide besorgen.«

Er brannte seine Pfeife an und schmauchte glücklich und zufrieden, von einer schweren Last befreit.

Die ländliche Prozession

Brummend läutete die Glocke in den hellen Sonntag hinein. Und durch die gelbe Allee, die wie ein Säulengang war, durchstochen von den goldenden Meißeln der Herbstsonne, zog in trägem Tanzschritt die kurze Prozession, mit ihren leuchtenden Farben und ihrer bescheidenen Musik: einem Trommler und einem Klarinettisten.
Der hagere Küster schritt voran mit dem hohen Kreuz, und vier Knaben, kleine Pfarrer im Meßornat, streckten jeder einen Wimpel in die Höhe, auf dem gestickte Heilige und billige Edelsteine zu glitzern versuchten.
Ein dicker Barfüßermönch in brauner Kutte und ein großer Lümmel in rotem Rock trugen auf den Schultern auf einer Bahre die Statue der heiligen Euphemia, die von einem Bären totgebissen wurde.
Ein Mädchen mit gelockten Haaren, das vor lauter Vorsicht vornübergebeugt ging, steif in ihrem gestärkten weißen Kleidchen, streute aus einem versilberten Körbchen hier und da ein Herbstveilchen oder eine späte Rose. Aber auch die Bäume streuten dann und wann voller Ehrfurcht ein sich drehendes goldenes Blatt über die

Prozession, denn es war Ende September, und das Kleid der Bäume war safranrot, getüpfelt mit einem wehmütigen Gold.

Vier alternde Frauen in weißen Musselingewändern, mit blauen Schleiern, trugen das schrägüberhängende Standbild vom heiligen Eligius im Bischofsornat, der rot war wie eine geplatzte Feige und durchsponnen von Goldfäden. In der einen Hand hielt er den kleinen Hammer, und in der andern, die verkehrt angesetzt war, wie von der Gicht verkrampft, trug er ein rotes hölzernes Buch. Dann kam die Mutter Gottes in blauem Samtmantel, getragen von zwei Bauerntöchtern, die sich gegenseitig mit ihren roten Backen zu übertrumpfen schienen. Der kleine alte Pfarrer, mit seinem rosigen Kindergesicht, ertrank fast in seiner Hülle aus Goldbrokat, und wie eine Sonne strahlte in seinen Händen das Kleinod der goldenen Monstranz. Ein Chorknabe mit einem dampfenden Weihrauchfaß schritt ihm vorauf. Der Zug wurde beschlossen von dem Bürgermeister, dessen schwarzes hölzernes Bein frisch lackiert war, auf dem ratzekahlen Kopf trug er einen neuen achteckigen glänzenden Zylinder, und in der Hand hielt er eine erloschene Fackel.

Er betete laut mit dem Hirten, der hinter ihm herhinkte, und ein feuerroter Pilger mit entzündeten Augen kam noch mit eingeknickten Knieen müde nachgeschlichen; er trug einen grauen Mantel und viele Skapuliere und biß schmatzend in einen rotbäckigen Apfel.

Das war die Prozession, wie sie sich mit ihrer kümmerlichen Musik träge und einsam weiterschob gleich einem lebendigen Edelstein, über den gelben Weg, der müde über den Hügeln lag.

Ringsherum war sonntägliche Septemberstille, und es duftete nach langsam welkenden Dingen.

Die Sonne breitete Gardinen von kupferrotem Gold über

die Äcker. Die Ernte war eingefahren. Die offenen, viereckigen Stoppelfelder lagen einsam und verlassen da und gaben der Landschaft ein seltsam fremdes Aussehen; sie glich einem, der sich den Bart hat abnehmen lassen.
Im Schoß zweier Hügel, wie zwischen zwei Knieen, lag das Dorf: eine Handvoll bescheidener Hütten um ein kreideweiß gekalktes Kirchlein. Ein kleiner Bach, begleitet von einem Pilgerzug knorriger Weiden, zog sein Silberband daran vorbei. Hier und da, wie an den Hügeln geklebt, lag noch ein vergessenes Häuschen oder ein kleines Gehöft, viereckig eingezäunt.
Als sie das Dorf hinter sich hatte, wanderte die Prozession nun an diesen einsamen Wohnstätten entlang, um auch ihnen das gnadenvolle Vorüberziehen der Heiligen und des Gottes im Brote zu schenken.
Vor den Häusern, an denen sie vorbeikamen, standen Tische mit Heiligenbildern und brennenden Kerzen, und Erwachsene und Kinder in Sonntagskleidern sahen aus den Fenstern oder knieten auf der Erde, und die hölzerne Mühle ließ zur Feier des Tages eine Fahne von ihrem stillen Flügelkreuz herunterwehen.
Und so zog sie weiter, die Prozession, mit ihren Farben, mit ihrem Trommeln und Pfeifen, über die Rücken der Hügel.
Aber hinter einer fernen Höhe türmten sich zarte, graue Wolken auf, mit abendblauen Bäuchen, eine ganze Horde, dichtgedrängt, wie Leute, die aus der Kirche kommen.
Der Hirte kannte das und sagte zu dem Pilgersmann, der nun wieder eine weiche, gelbe Birne schmatzte: »Ehe wir nach Hause kommen, sind wir naß wie Mist.«
Der Bürgermeister hatte es gehört, dachte sofort an seinen Hut und humpelte auf den Küster los, um ihm zu sagen, daß er viel schneller gehen müsse, denn es würde bald gießen.

»Dann kann der Herr Pfarrer nicht nachkommen«, sagte der Küster und blieb tapfer bei seinem trägen Prozessionsschritt.

Ein großer Schatten schob sich über das Land, die Sonne faltete ihre Goldgardinen zusammen, etwas schien ausgelöscht, und ein stumpfer Ton gab der Landschaft ein ruhigeres Aussehen; nur das Kreuz der Mühlenflügel stand noch in heller Klarheit.

Die Prozession zog den Hügel hinauf, hinter dem sich die Wolken anschoben.

Rechts unter ihnen lag das Dorf, und links in der Tiefe war eine weite Aussicht auf Felder, Wiesen, Dörfer und Mühlen, hinter denen wie ein Traum eine Stadt in grauem Regen lag. Und die ersten Tropfen fielen. Sie fielen mit einem kurzen Geräusch, und sofort verbreitete sich ein frischer Duft von feuchtgewordener Erde. Einen Augenblick hörte es auf, aber klatsch! plötzlich war es da mit all seiner Gewalt, mit seinem ganzen milden Überfluß. Im Handumdrehen waren sie alle naß wie die Fische und glänzten und tropften.

Es gab ein tolles Durcheinander. Das Trommeln und Pfeifen hörte auf, die Frauen mit dem heiligen Eligius drehten sich im Kreis herum und wollten bald hierhin, bald dorthin. Es gab ein Schreien und Jammern. Der Regen platschte und fiel in Strahlen wie Lanzen und in Tropfen wie wütende Marmorkugeln. Kein Baum, um sich unterzustellen, keine Höhle, um hineinzukriechen. Und es regnete, regnete, daß es dampfte, und die Kleider wurden ganz verdreckt. Außer dem Pfarrer, der ruhig, voller Ehrfurcht, die heilige Monstranz unter dem Brokat verbarg und rief: »Weitergehen! Laßt es regnen, es ist ja nur Wasser«, und außer dem Küster und dem Mönch standen sie alle da wie in einem sengenden Feuer. Das Kind schrie wie ein Schweinchen, mit weitaufgerissenem

Mund. Seine Korkenzieherlocken hingen ihm ausgereckt, schlapp und tropfend auf die Schultern. Die vier alten Frauen stellten den heiligen Eligius hin, schlugen die Röcke über den Kopf und liefen auf ein Gehöft zu, das etwas abseits lag. Das rotbäckige Zwillingspaar folgte mit schrillem Geschrei ihrem Beispiel. Der Hirt hinkte ihnen nach, und der skapulierbehängte Pilger schleppte sich hinterdrein. Der Bürgermeister, mit einem roten Taschentuch überm Hut, drehte sich erst ein paarmal um sich selber, mit den Armen in der Luft, und wählte dann denselben Weg; das kleine Mädchen, die Jungen und der Lümmel in rotem Rock begleiteten ihn.

Da stand nun der Pfarrer mit dem Küster und dem Mönch in dem brausenden, rauschenden Regen.

»Kommt«, sagte er freundlich beruhigend, »es wird noch lange regnen, wir lassen die zwei Statuen ruhig stehen, die können wir doch nicht mitnehmen, aber tragt ihr die Mutter Gottes.«

Der Barfüßermönch und der Küster trugen das Bild, und gefolgt von dem Pfarrer, zogen auch sie nach dem weißen Gehöft.

Da schimpften die Männer auf den Regen, der Bürgermeister am meisten, der unablässig mit dem Arm über seinen neuen Hut strich. Die Frauen plapperten über ihre verdorbenen Kleider, und die Jungen lachten über das immer noch heulende Mädchen, dessen Haare wie tote Aale vom Kopf herunterhingen.

Man brachte den Pfarrer und den Mönch und das Bild der Mutter Gottes in die gute Stube, wo ein Duft von reifen Äpfeln in der Luft hing und große Schüsseln mit Reisbrei unter dem Bett hervorschimmerten.

Dort betete der Pfarrer mit dem Mönch vor der goldenen Monstranz, die auf dem Tisch erglänzte.

Und draußen regnete es Silber mit lärmendem Rauschen.

Plötzlich und unerwartet sprudelte ein Sonnenstrahl durchs Fenster in die Stube hinein und schlug Funken aus dem goldenen Tabernakel der weißen Hostie.
Jeder blickte auf und wurde wieder froh. Auf einer dunklen, wegziehenden Wolke triumphierte ein klarer Regenbogen; ein Hahn krähte. Der halbe Himmel war schon wieder hell und blau mit einer frischgewaschenen Sonne.
Und dort hinten standen der heilige Eligius und die heilige Euphemia nebeneinander, naß und glänzend vom Regen, und lächelten mit ihrem hölzernen gemalten Lächeln den Leuten zu, die aus dem Gehöft kamen.

Der verliebte Mohr

Erst wenn die Nacht die Sterne wie goldene Käfer auf ihrem Mantel herumkrabbeln läßt und der Nachtwächter Mitternacht auf seinem Horn tutet, fangen die Madonnen an den Straßenecken, die Heiligen in ihren Nischen und die Aushängeschilder über den Läden an, sich zu bewegen, zu leben und zu schaffen.

Die Muttergottes vom Süßen Trost schwebt dann auf ihrer steinernen Wolke, die zu wirklichem Nebel wird, auf die Straße hinunter, geht mit ihrem Jesuskind von Tür zu Tür und horcht und guckt durch die Schlüssellöcher, ob es irgendwo tränenreiche Mütter und verwundete Herzen zu trösten gibt. Sie hat einen prächtigen Samtmantel um und beugt müde das Haupt unter der allzu schweren silbernen Krone. Auch die anderen Madonnen machen ihren barmherzigen Rundgang. Und wenn sie einander begegnen, schwatzen sie ein wenig über ihre Arbeit, geben sich Ratschläge und klagen sich auch ihre Not; wenn man sie nicht zur rechten Zeit putzt und anmalt und wenn sie keine Kerzen bekommen. So stehen sie manchmal in Gruppen zu zehn und schwatzen, bis ein Stern fällt, das göttliche

Zeichen, daß gearbeitet werden muß. Die Heiligen aus den Nischen der gotischen Kirche und über den Eingangstüren von Altersheim und Waisenhaus bleiben meistens regungslos in ihre frommen Betrachtungen versunken stehen; nur wenn der Vollmond scheint, milde wie Milch, kommen sie alle an der Kirche zusammen und ziehen in Prozession nach dem großen Kreuz auf dem Buttermarkt. Die Madonnen gehen dann mit. Viele betrübte Mütter eines Sohnes.

Dann spielt die heilige Cäcilia die Laute, und König David greift in die Saiten seiner kleinen Harfe und singt mit sammetweicher Baritonstimme die Psalmen.

Jesus möchte gerne bei ihnen bleiben im Duft ihrer Frömmigkeit, aber er kommt nicht los von seinem Kreuz, weil die Sünden der Menschen nicht aufhören und ihn an seinem Marterholz festhalten.

Und dann die gemalten, gipsernen und hölzernen Aushängeschilder und -bilder! Was die für Lärm und Spektakel machen in der Nacht!

Da ist zunächst der ›Fröhliche Spielmann‹, der alle weltlichen Aushängeschilder mit seiner Musik erfreut und, auf seiner Mandoline spielend, mit dem Nimmersatt aus der ›Süßen Einkehr‹, tropfend von Honig, mit dem lustigen ›Kaiser Karl‹ und mit dem ›Mutigen Taubenmelker‹ in den ›Großen Schoppen‹ und ins ›Patersfäßchen‹ zieht, wo sie in Saus und Braus leben und all die fröhlichen Lieder singen, die sie den Menschen am Tage abgelauscht haben. ›Die drei Könige‹ knieen jede Nacht vor dem ›Stall von Bethlehem‹ über dem Weißwarengeschäft. Bei Vollmond gehen diese natürlich mit in der Prozession, was der ›Alte Dechant‹ von dem Wollwarengeschäft auch tut; er liest sonst sein Brevier im Palmenhain bei der kleinen Sankt-Peters-Kapelle.

Das ›Schaf‹, das ›Lämmchen‹ und der ›Hirsch‹ von der

Apotheke ziehen mit den Schweinen und Kühen und Kälbern, die über den Fleischerläden hängen, in die Klosterstraße, wo sie das Gras weiden, das dort zwischen den Steinen wächst.

Und der ›Rote Löwe‹, rot vor Hunger (er ist ein wenig zu mager ausgehauen), tummelt sich im Feld, um Hasen zu fangen; er möchte wohl lieber das zarte ›Lamm‹ in der Klosterstraße knabbern, aber Aushängeschilder respektieren einander.

Der ›Goldene Hahn‹ vom Weinhändler kräht voll Heimweh nach der grauen, scheuen Henne, die bei der ›Eierbäuerin‹ sitzt. Doch die Henne hat nicht jede Nacht Lust, mit dem feurigen Hahn zu kosen, und bleibt sitzen. Sie kann auch ohne ihn Eier legen. Nur um die Osterzeit ist sie fast noch toller als er.

Wenn die Henne nicht kommen will, so hätte der Hahn nicht übel Lust, mit einem andern Hahn zu kämpfen, aber es ist keiner da. Dann trompetet er herausfordernd nach der Elster von dem Tabaksladen, aber die zuckt die Achseln und fliegt mit der ›Blauen Nachtigall‹ in die Beginenwälder, um dort zu spielen und zu singen. Nur wenn Frühling ist und Sommer, wohlgemerkt. Denn zur Winterszeit, wenn es kalt ist und Schnee liegt, kriechen alle, der alte Dechant und die Heiligen ausgenommen (die bleiben bei ihrem Betgeschäft), um die ›Feuerbowle‹ vom Ofenbauer, wärmen sich und erzählen sich ihre Erlebnisse vom Sommer. Alle, die gegen Kälte empfindlich sind, kommen hier zusammen, auch der hungrige Löwe und sogar die ›Sonne‹ vom Schneider und natürlich auch der poetische ›Halbmond‹.

Dann finden sie immer das größte Vergnügen darin, den Späßen und den Lügen zuzuhören, die der ›Mohr‹ erzählt, der über dem Schnupftabaksladen der Witwe Peters sitzt. Ach nein, dieser Mohr, welch ein schreckliches Mohrenende hat der Kerl genommen!

Wie behaglich saß er da auf einem Tabaksballen, mit erstaunten weißen Augen in seinem schwarzen Gesicht und einem Tabakstopf im Arm, und rauchte seine Pfeife. Die Federn auf seinem Kopf und um seine Lenden hatten doch so schöne schreiende Farben, und der Ring in seiner Nase und die Ringe in seinen Ohren glänzten wie echtes Gold.
Er hatte ein schönes Leben, und sicherlich würde er noch dasitzen, wäre er nicht, wie alle Mohren, so versessen gewesen auf weiße Frauen.
Und wäre er noch bei Aushängeschildern und Standbildern geblieben, aber er hatte die Dummheit begangen, wirkliche Menschenfrauen zu begehren. Und das wurde sein Schicksal und sein Tod. Früher hatte er ›Die kleine Hirtin‹ vom Wirtshaus vor dem Mühlentor lieb gehabt. Doch die war auf einmal weggezogen. Und um seinen Kummer ganz sicher zu ersticken, fing er an, zwei auf einmal zu lieben: die ›Meerjungfrau‹ und die ›Eierbäuerin‹.
Er wußte nicht, welche er mehr lieben sollte – die Eierbäuerin ließ ihn jede Nacht die frisch gelegten Eier der grauen Henne austrinken; aber sie war ungeschickt und plump, während die Meerjungfrau hinreißend, geschmeidig, schön, fein, gleitend, klug, schillernd, spielerisch, rund, gesund und fröhlich war. Die Meerjungfrau konnte ihr Aushängeschild nicht verlassen, wenn es nicht gerade regnete. Dann ließ sie sich in einem Wasserfall herunter und schwamm in der Gosse nach der Nethe, wo sie im klaren Wasser ihrem wasserverlangenden Herzen einmal gründlich Genüge tat, und spielte mit den ›Drei Hechten‹ und dem ›Delphin‹, die auf demselben Weg in die Nethe gekommen waren. Der Mohr ging dann immer unter dem blechernen Regenschirm vom Schirmladen, um seine Federn zu schonen, und er sah ihre perlmutterartige

Schönheit und wunderte sich über ihre frische Jugend. Seine afrikanische Natur erwachte, seine Augen glühten. Er sprach sie an und begleitete sie, aber sie wollte nicht unter den Regenschirm, sie ließ den Regen mild über Fleisch und Schuppen strömen, kringelte sich in der Wasserwonne und beeilte sich, in die Nethe zu kommen. Aber sie erzählte von indischen Meeren, von Korallen und Perlen und von den Palmbäumen am Ufer. Dann zitterte sein schwarzes Herz vor Heimweh nach den warmen Ländern, und er fing an, sie zu lieben mit einer gewaltigen Liebe.

Und es kam so weit, daß er sie im heißen Sommer, wenn es regnete, vom Aushängeschild herunterholte und nach der Nethe trug, um dort mit ihr zusammen zu schwimmen.

Eine Stunde später jedoch streichelte er die Eierbäuerin, trank die Eier aus und leerte die Milchkanne. Welche sollte er heiraten? Sein schwarzer Verstand konnte kein Licht finden. In diesen Tagen von inneren Kämpfen war es, daß ihm etwas Besonderes geschah.

Gegenüber dem Tabaksladen stand ein kleines Eckhäuschen. Dort an der Ecke hing die schöne Muttergottes vom Süßen Trost in ihrem Glasschrank. Von der Madonna sah er nur das Profil, und sicher hätte er sich in seiner Dummheit auch in sie verliebt; doch sie sah ihn böse an, wenn er ihr nachts begegnete, weil er ein Heide und ungläubig war.

Und in dem Eckhäuschen wohnte ein Mädchen, ach so schön und blank, daß es einen rührte wie Musik von Beethoven. Und daß er das jetzt erst sah! Gipsfiguren achten nicht viel auf Menschen, aber sie hatte zuerst angefangen. Sie hatte die Liebe in ihm wachgekitzelt.

Einmal in der Dämmerung sah er, wie sie ihn wehmütig und teilnehmend betrachtete. Gott weiß, wie lange sie

das schon getan hatte! Seit der Zeit behielt er sie im Auge und fing an zu denken, daß sie verliebt in ihn sei.
Sie wurde bleicher von Tag zu Tag, gewiß seinetwegen, und sie hörte nicht auf, ihn flehend zu betrachten. Ach, wäre er nicht von Gips gewesen, wie würde er genickt haben! Sie saß oft träumend am Fenster und hatte ein Buch, in dem sie nicht las, und dann sah er eine Träne aus ihrem Auge fließen, und abends zündete sie eine Kerze an vor der Muttergottes vom Süßen Trost, die nachts wohlgefällig an der Tür horchte und etwas durchs Schlüsselloch flüsterte.
Gewiß betete das Mädchen für ihn, aber er glaubte, daß die Madonna ihr Schlechtes von ihm erzählte. Und er wurde böse auf die Muttergottes und hätte sie gern erwürgt, doch das wagte er nicht, denn er wußte, daß sie mächtig war.
Und auch er flüsterte seine Liebe durchs Schlüsselloch. »Komm zu mir, du blankes Täubchen! Bin ich auch schwarz anzusehen, so bin ich doch innen weiß wie Schlagsahne.«
Er log nicht, denn er war aus Gips. Aber sie hörte seine Gipsfigurensprache doch nicht.
Die Aushängeschilder lachten über seine unmögliche Liebe. Die Eierbäuerin machte ihm zu schaffen. Sie bot ihm fortwährend frisch gelegte Eier und süße Milch an und bat ihn, mit ihr spazierenzugehen. Rauh stieß er sie weg. Auch die poetische Meerjungfrau konnte ihm gestohlen bleiben; und wenn es nicht regnete und die Hitze Blasen auf ihren Leib brannte, ließ er sie hängen. Er mußte das bleiche Mädchen haben, das um ihn trauerte.
In seinem verzweiflungsvollen Verlangen, ihr seine Liebe bemerkbar zu machen, lieh er sich für eine Handvoll Tabak die Mandoline von dem Spielmann. Sie war wohl

etwas klein, aber es ging doch, und er sang sein Ständchen zu den haarfeinen Klängen:

O Butter meiner Träume,
Ich rufe dich zur Nacht,
Der Mond scheint durch die Bäume,
Dein schwarzer Liebster wacht.

Doch auch die Ständchen wurden nicht gehört. Er war ratlos, und da nahm er seine Zuflucht zur Muttergottes vom Süßen Trost. Er sah, daß die Menschen immer Kerzen vor ihr anzündeten in ihrem Glasschrank. Darum stahl er die Kerze vom Wirtshaus zum ›Nachtlicht‹. Doch weil die Heilige Jungfrau auf ihrem Rundgang war, wußte sie morgens nicht, von wem die Kerze kam. Inzwischen wurde das Mädchen immer trauriger und blickte immer mehr nach dem Mohren.

Eines Nachts, es war im September, strich er seine Federn gerade und machte sich auf die Suche nach der Muttergottes. Er fand sie in einem armseligen Gäßchen, wie sie mit dem Gesicht gegen die Scheibe gedrückt in eine schmutzige Kammer blickte, wo eine Mutter bei ihrem Kind wachte.

Er zog an ihrem Samtmantel. »Kann ich dich einmal sprechen?« fragte er.

»Du mußt dich erst taufen lassen«, sagte sie zornig, und ihre gläsernen Augen funkelten. Voller Schrecken umklammerte sie ihr Jesuskind und eilte weg.

»Ich will auch den zerbrochenen Finger an deiner Hand machen«, rief er.

»Laß dich taufen, dann wird dir alles zuteil werden!« rief sie noch um die Ecke herum.

Nur eine Nacht dachte er darüber nach, dann zog er zu dem alten Dechanten, der froh war über diese Bekehrung.

Erst beichtete er: seine sündigen Liebschaften, wievielmal er Honig genascht hatte in der ›Süßen Einkehr‹, und so weiter.

Das war eine Sache gewesen, diese Taufe am Wasser der Nethe! Es war ein Fest der Gipsfiguren und Aushängeschilder. Alle Madonnen und alle Heiligen waren dabei. Die vom Süßen Trost war seine Patin, und der ›Fröhliche Spielmann‹ war sein Pate, er hatte den ›Neuen Rosenhut‹ dazu aufgesetzt. Alle waren zufrieden, außer der Meerjungfrau, die auch nicht unseren Glauben hat; sie konnte fast schwimmen in ihren Tränen.

Als die Feier vorüber war, gingen die weltlichen Teilnehmer ins ›Patersfäßchen‹, wo getanzt und gesungen und getrunken wurde bis zum zweiten Hahnenschrei.

Der Mohr war nun felsenfest überzeugt, daß alles gut werden würde mit dem Mädchen, und er bereitete sein Herz für die kommende Nacht.

Am Morgen sah er, daß das Mädchen auf einmal ohne Kummer war, daß es vor sich hin und zu ihm hinüber lachte. Das kam von der Taufe! Er lechzte nach der Nacht!

In der Dämmerung zündete sie wieder eine Kerze an, nun eine noch größere.

Es fing an zu regnen und zu stürmen, und als die Lampen angesteckt waren, sah er einen jungen Matrosen in das Häuschen treten.

Am Schatten auf dem herabgelassenen Vorhang sah er, wie der Jüngling und das Mädchen sich umarmten, als ob sie sich zerdrücken wollten.

Er hörte Flaschen aufkorken und Gläser klingen. Das Mädchen sang, der Vater sang, und der Jüngling sang.

Zwei Frauen, mit vom Wind geblähten Kapuzenmänteln, sagten im Vorübergehen: »Der Matrose ist zurückgekommen. Als er das Mohrenland verlassen wollte, erlitten sie Schiffbruch. Heute morgen hat sie die frohe Nachricht aus Antwerpen bekommen. Ihr Kummer ist nun vorbei, und sie werden bald heiraten.«

Der Mohr war völlig verdutzt.

Er hoffte nur, daß er sich verhört und der Wind die Worte verdreht habe.

Um elf Uhr blies der Nachtwächter vom Turm, zum Zeichen, daß die Lichter ausgelöscht werden mußten.

Da sah er den Jüngling und das Mädchen herauskommen. Sie redeten stille Worte, und dann sah der Jüngling den Mohren und sagte: »Finchen, im Mohrenland gibt es andere, größere Kerle als das Klabautermännchen da.«

War es der stärkere Wind oder der Grimm des Mohren – seine Pfeife fiel zerbrochen auf die Erde.

»Oh«, sagte das Mädchen, »ich habe die dumme Gipsfigur immer im Auge gehabt, denn ich dachte, wer weiß, vielleicht wird mein Schatz von diesen gräßlichen Leuten aufgefressen. Wenn ich das Ding sah, dachte ich stets an dich und wurde dann immer so traurig. Aber jetzt geht mein Ludwig nicht mehr zur See!«

»In so einem Wind ist unser Schiff untergegangen...«, und der Mohr hörte noch viel erzählen von Liebe und Hochzeit, und nach einer langen Umarmung ging der Jüngling fort und das Mädchen ins Haus. Das Licht wurde ausgedreht.

Da weinte der Mohr aus seinen weißen Augen.

Die Zukunft war noch schwärzer als sein schwarzes Angesicht.

Als es zwölf Uhr schlug, begaben sich alle, außer den Wassergeschöpfen, des Regens und Windes wegen in den Schutz des Gefangenentores, wo sie sich mit dem ›Dambrett‹ der Brauerei amüsierten.

Aber der Mohr wollte sich rächen. Er sprang von seinem Sockel herunter und tanzte vor Wut und Grimm. Die Dachziegel klapperten wie Kastagnetten im Wind, und mancher ging in Scherben. Die Madonnen mußten gegen den Wind ankämpfen, und der stattliche alte Dechant hatte alle Mühe, um den blechernen Regenschirm festzuhalten. Und der Muttergottes vom Süßen Trost, die gerade vorbeikam, rief der Mohr zu: »Du hast mich betrogen mit deiner Taufe; aber wenn ich dir auch nichts zu tun wage, an dem Mädchen werde ich mich rächen, denn erleben soll sie es nicht, daß sie einen andern heiratet als mich!«

Und dann lief er zum Messerschmied, holte das blecherne Messer über der Tür herunter und rannte damit durch die Straßen, zurück zu Finchens Haus.

»Sie muß sterben! sie muß sterben!« heulte er.

Die Muttergottes rief, so laut sie konnte, um Hilfe, und alles Volk aus dem Gefangenentor, die Figuren von der Kirche und der Delphin kamen herbeigelaufen; nur Jesus blieb traurig im Regen hängen.

Sie kamen noch zur rechten Zeit, denn der Mohr schlug eine Scheibe ein und kroch mit dem Messer zwischen den Zähnen zu Finchen hinein. Doch gerade konnte der schwarze Dreikönig noch den Mohrenfuß greifen, und er zog, und alle anderen Aushängeschilder zogen mit, das eine am andern, eine ganze Straße entlang. Kaiser Karl gab die Befehle.

So gelangte der Mohr nicht nur nicht hinein, sondern sie zogen ihn heraus. Er zappelte sich los, und mit afrikanischer Wut trat er um sich und tötete oder verwundete jeden, der sich in seine Nähe wagte.

Die Eierbäuerin war eins der ersten Opfer, ihr Kopf rollte weg und als sie hinfiel, zerbrach sie ebenso leicht wie ihre Eier. Er schlug dem alten Dechanten den Regenschirm aus den Händen, Kaiser Karl bekam einen Hieb, Sankt Rochus verlor sein gebissenes Bein, und der Spielmann und der Halbmond erlitten den Tod in hundert Stücken.

Dann wollte er der Muttergottes zu Leibe, er zog ihr den Mantel ab, daß er wegwehte wie eine Feder. Vor Schreck ergriffen alle die Flucht, mit Heulen und Kreischen, daß die Menschen es in den Schornsteinen hörten. Nur die Muttergottes blieb und stellte sich opferwillig vor die zerbrochene Scheibe, mit ausgebreiteten Armen. Sie strahlte von Licht und wurde von göttlichem Feuer um sich herum verteidigt. Da fürchtete sich der Mohr und wagte nicht, ihr zu Leibe zu gehen; aber da er nun einmal angefangen hatte, mit Stechen und niemand sonst mehr da war, den er stechen konnte, erstach er am Ende sich selber und fiel in weiße Stücke Gips tot auseinander.

Am nächsten Tag fand man manches Aushängeschild heruntergeweht, manche Figur zerbrochen und beschädigt.

»Welch ein Sturm war diese Nacht!« sagten die Menschen.

Und da lag der Mohr in Stücken.

Die Witwe Peters war sehr traurig darüber; und sie stellte den noch ziemlich unbeschädigten Mohrenkopf als Andenken auf den Kamin. Aber am selben Tag stieß die Katze ihn herunter, so daß auch sein Haupt in Stücken unterging.

So kamen die Überreste des Mohren auf den Abfallhaufen außerhalb der Stadt, vergessen und zerstreut.

Und am Tage, an dem das Mädchen mit dem Matrosen Hochzeit machte, malte Nöteken über den Schnupftabaksladen mit schwarzen Buchstaben: ›Zum rauchenden Mohren.‹

Denn die Witwe Peters fand, für eine neue Figur seien die Zeiten zu teuer.

Fons fand keinen Tabak für seine Pfeife. Er suchte auch im Rock seines Sohnes Cornelius. Dieser Rock hing an der Kellertür. Er fand keinen Tabak darin, sondern zog einen Brief heraus.

»Der wird von seiner Liebsten sein«, sagte er lächelnd. Er wollte ihn wieder in die Tasche stecken, aber eine wohlige Neugierde überfiel ihn, und er fing an zu lesen. Seine Äuglein wurden immer kleiner.

Da kam Cornelius mit seiner Angelrute nach Hause.

»Nichts gefangen«, knurrte der Sohn.

»Guck«, sagte Fons, »ich habe da zufällig einen Brief von deiner Liebsten gefunden! Du brauchst nicht rot zu werden. Ich habe erst zwei Zeilen gelesen, und ich lese nicht weiter, denn das geht mich ja nichts an.« Er schob den Brief wieder in die Rocktasche.

»Aber ich muß doch lachen, wenn ich da lese, daß dein Finchen sich freut, weil du ihr geschrieben hast, dein Herz würde ewig für sie schlagen.«

»Nun, Vater«, sagte Cornelius voll Überzeugung, »das wird auch so sein!«

»Du armer Tropf! Ewig! Ewig... Ewig ist ein wenig anders, als du vielleicht denkst. Ich kann ein Lied davon singen!«

Cornelius sah ihn neugierig an. Sein Vater konnte so humorvoll erzählen und erzählte gern.

»Gib mir mal eine Pfeife Tabak, Cornelius, und setz dich! Ich werde dir die Sache in drei Worten erklären. Das ist nämlich meine Liebesgeschichte.«

Er stopfte seine Pfeife, setzte sie in Brand, schob aus Gewohnheit die Beine zum Herd und erzählte so vor sich hin, ohne Cornelius dabei anzusehen.

»Ich bin wohl ungefähr so alt gewesen wie du jetzt; ich war damals noch Setzer. Eines Sonntags saß ich unter der Brücke an der großen Schleuse beim Angeln. Es war ziemlich windig. Plötzlich fiel ein Frauenhut mit roten Blümchen vor mir ins Wasser. Ich blickte mich um, weil ich sehen wollte, wer mir diese seltsame Gabe schickte. Es war der Wind, und der Hut gehörte einem Fräulein, das mich mit flehenden Händen bat: ›Ach, Herr, holen Sie ihn doch, bitte, heraus!‹ Ich fischte ihn mit der Angelrute heraus und gab ihn der jungen Dame zurück. Ich schüttelte erst das Wasser aus dem Hut, und eins der roten Blümchen, das ganz herunterhing, riß ich ab. ›Das behalte ich zur Erinnerung‹, lachte ich und steckte das Blümchen in mein Knopfloch. Sie sah mich mit ihren funkelnden Augen an, schön wie dunkle Blumen. Sie murmelte ein Wort des Dankes, aber ihre Augen waren so schön, daß ich ihre Worte vollkommen überhörte. Als ich nachher wieder beim Angeln saß, sah ich diese Augen immer vor mir. Nachts träumte ich davon, und ich war auf einmal ein ganz anderer Mensch geworden. Ich fühlte mich glücklich, nicht durch diese Augen allein natürlich, sondern weil es ihre Augen waren. Mit einem Wort, mich hatte die Liebe getroffen. Ich hatte sie gewiß auch früher

schon gesehen, ich wußte, daß sie Emma Vermees hieß und in irgendeinem Weißwarengeschäft nähte, aber ich hatte sie nie beachtet. Wie du siehst, genügt es mitunter, daß uns jemand einmal tief in die Augen blickt, damit sich alle Schrauben unseres Herzens und unserer Seele lockern. Ich fand damals keine Ruhe mehr, ich mußte sie sehen und mich in ihren Augen verlieren. Als sie gegen Abend von der Arbeit heimkehrte, ging ich ihr entgegen. Ich gab mir alle Mühe, mich bemerkbar zu machen, nickte, zog den Hut und versuchte, mein Herz durch meine Blicke sprechen zu lassen. Sie erwiderte lächelnd meinen Gruß und wurde ein wenig rot. Als ich ihr zum zweiten Mal begegnete, machte sie es ebenso, aber sie guckte sich an der Ecke noch einmal um. Ach, dieses Sichumgucken an der Ecke, das Zeichen einer beginnenden Zuneigung, ließ mich aufspringen vor Freude, und ich mußte beinahe die Hand auf den Mund halten, um nicht plötzlich mitten auf der Straße loszujubeln.
Ich beschloß, sie am nächsten Tag anzusprechen und ihr zu sagen, wessen mein Herz voll war. Ich hatte sogar in einem alten Buch herumgeschnüffelt, um zu erfahren, mit welchen Worten man das Herz einer Frau wohl gewinnen könnte. Es waren schöne Worte, die ich auswendig gelernt hatte und die ich nun vorsichtig in mir trug, wie Eier in einem Taschentuch. Aber was ist der Mensch doch für ein Stümper! Und jener Dichter ein großer Träumer! Das Leben ist ganz anders. Als ich Emma begegnete, wollten mir die Worte des Dichters nicht aus der Kehle, und ihrem schönen Lächeln wußte ich nur zu antworten mit der Frage: ›Ist nun Ihr Hut nicht ganz zum Teufel?‹
›O nein‹, lachte sie verlegen, ›ich habe ihn trocken werden lassen und dann frische Blumen draufgesetzt, denn die alten waren völlig zusammengeschrumpft.‹

›Ja, ich wollte gerade einen Hecht fangen‹, sagte ich, weil mir nichts anderes einfiel.
›Ja, Sie waren gerade beim Angeln‹, meinte sie und blickte zu Boden.
Ich nahm all meinen Mut zusammen und log: ›Ich fange manchmal solche Hechte!‹ Ich zeigte ungefähr eine Meterlänge. ›Ist das wahr?‹ fragte sie.
›Ich werde einen für Sie angeln!‹ versprach ich. Sie dankte, ich zog den Hut, und jeder setzte seinen Weg fort.
Da habe ich dann eine Woche lang wie auf Kohlen gesessen, bis ich einen Hecht gefangen hatte, und der war kaum so groß wie ein Kinderlöffel. Ich hatte mir geschworen: du willst Emma nicht eher wiedersehen, bis sie ihren Hecht bekommen hat. Schließlich habe ich einen beim seligen Gustav Sanders gekauft, der fischen konnte wie Sankt Peter. Mein jüngster Bruder brachte ihr den Hecht nach Hause.
Am nächsten Tage wagte ich ihr wieder entgegen zu gehen.
›Nun, Fräulein, wie hat er Ihnen gefallen?‹
›Oh, sehr gut, aber er hatte so viele Gräten‹, und indem sie das sagte wurde sie rot wie ein Krebs.
›Dann werde ich Ihnen einmal einen schönen Aal fangen.‹
›O nein‹, flehte sie, ›denn... nein‹, sie konnte nicht weitersprechen und drehte sich schnell um.
›Aal‹, rief ich, ›ich schicke Ihnen einen Aal!‹
Da habe ich mich dann auf den Aalfang gelegt, aber es schien bald so, als hätte der Wasserteufel es auf mich abgesehen, denn ich fing nur lauter dünne Dinger, kaum so dick wie ein Pfeifenstiel, bis ich eines Tages nach Baelen an die Nethe ging, drei Stunden von hier entfernt, wo ich endlich ein paar schöne Aale fangen konnte. Unser Gustav brachte sie zu Emma hin. Aber ihr Vater, der Kirchensänger war, gab Gustav einen Fußtritt und rief

ihm nach, daß er von niemand Aal geschenkt haben wollte, daß er sich selbst welchen kaufen könnte, wenn er Lust dazu hätte. Aber der Schlaumeier behielt doch den Aal für sich!

Abends erhielt ich einen Brief von Emma, worin sie sich wegen des häßlichen Benehmens ihres Vaters entschuldigte und mich bat, keinen Fisch mehr zu schicken, da ihr Vater mir deshalb sehr böse sei.

Am nächsten Tag ging ich ihr schon früh entgegen und fragte sie, ob wir uns abends einmal treffen könnten. Sie war sogleich und freudig einverstanden.

An jenem Abend wanderten wir hinter der Kirche auf und ab, und da es nun dunkel war, so daß ich die schönen Augen nur noch vermuten konnte, brachte ich auch die Worte des Dichters heraus. Ich fand, glaube ich, noch viel schönere Worte, so schön, daß ihr die Tränen auf den Wangen standen, und da ich keine Tränen sehen konnte, habe ich sie weggeküßt.

Wir trafen uns von da an heimlich, denn sie hatte Angst vor ihrem Vater. Da begann ich auch, ihr Briefe zu schreiben, wie du es jetzt machst, in denen es nur so wimmelte von ewiger Liebe, von Sternen, Sonnen und all solch schönen Dingen, an die ein Mensch sonst nie denkt. Unser Gustav mußte ihr die Briefe heimlich zustecken, aber er verlangte jedesmal ein hübsches Trinkgeld, weil er sich doch der Gefahr ausgesetzt fühlte, wieder einen Fußtritt zu bekommen. Ach, Cornelius, wie glücklich war ich damals! Deine Mutter war in ihrer Jugend ein schönes, anmutiges Mädchen, so frisch und flink, daß es schon eine Lust war, sie nur anzusehen. Aber ihr Vater war ein schwieriger Mann, und weil mein Vater Trommler war bei der Kapelle ›Sankt Cäcilia‹ – er selbst war Trompeter bei der Kapelle ›Orpheus‹, und die beiden Kapellen konnten einander nicht ausstehen –, wollte er nicht, daß

wir uns liebten. Doch wir ließen uns nicht stören und schrieben uns weiter heimlich Briefe, jede Woche zwei. Aber als ich bemerkte, daß sie ihre Briefe aus demselben Buch ›Brevier für Liebende‹, abschrieb, dem auch ich die meinigen entnahm, da schämte ich mich erstens vor mir selbst, zweitens fürchtete ich, daß es herauskommen könnte, und wie lächerlich wäre ich da in ihren Augen, und drittens kam mir der Verdacht, daß sie vielleicht nicht ganz aufrichtig wäre. Ich wagte natürlich nicht, ihr darüber etwas zu sagen oder zu schreiben, aus Angst, daß sie mir ebenfalls Unaufrichtigkeit vorwerfen könnte. Ich suchte vergeblich nach einer andern Quelle für meine Liebesbriefe. Von da ab schrieb ich meine Briefe aus eigener Kraft. Aber sie waren nun nicht mehr so lang, nicht so schwülstig, nicht so schön, so hinreißend und erhebend. Und bald warf sie mir vor, daß ich ihr gegenüber viel kühler und nüchterner geworden wäre. Ich wagte nicht, ihr die Ursache zu nennen. Ihre Briefe blieben immer schön. Aber schließlich fand ich es doch langweilig, daß sie so alles wörtlich aus dem ›Brevier für Liebende‹ abschrieb. Ich kannte ihre Briefe schon immer im voraus. Warum machte sie es nicht wie ich?
Die Schwierigkeiten mit ihrem Vater wuchsen von Tag zu Tag. Wir fanden keine Gelegenheit mehr, uns zu treffen. Jetzt wäre es ein guter Trost für sie gewesen, wenn sie schöne Briefe bekommen hätte. Aber ich brachte es einfach nicht mehr fertig, noch irgendwo Briefe abzuschreiben. An einem schönen Sommertag erhielt ich durch die Vermittlung ihrer Freundin – der Tochter des Zuckerbäckers, der uns schräg gegenüber wohnte – einen kurzen Brief von Emma, den sie diesmal nicht aus dem ›Brevier für Liebende‹ abgeschrieben hatte. Sie teilte mir mit, daß es zwischen uns nun aus sein müßte, weil ihr zu Hause das Leben zu schwer gemacht würde und weil auch meine

Zuneigung nicht mehr dieselbe geblieben sei wie früher, was meine kurzen und nüchternen Briefe deutlich bewiesen.

›Aber ich werde dich ewig lieben‹, schrieb sie noch dazu. Sie sandte mir gleichzeitig all meine Briefe zurück. In meinem Herzen konnte ich ihr den Vorwurf der Unaufrichtigkeit nicht ersparen, weil sie mir wegen einer solchen Geringfügigkeit den Laufpaß gab. Ich war ihr wirklich böse und schickte ihre Briefe ebenfalls zurück. Damit hatte unsere Liebesgeschichte ein Ende. Da war nun die ›ewige Liebe‹ in sich zusammengesunken wie ein morsches Dach!

Ich vergaß sie zwar nicht, aber ich weinte ihr keine Träne nach. Ich bedauerte nur, daß unsere Liebe so enden mußte. Aber wie erschrak ich, als mir Lisa, die Tochter des Zuckerbäckers, ein Jahr später erzählte, daß Emma den Maler Nuyl heiraten wollte. Das hat sie dann auch getan. Ich empfand es als eine Demütigung. Die Zuneigung, die ich ihr noch immer bewahrt hatte, verwandelte sich in Groll. Ich wollte nicht gedemütigt sein und sagte: ›Gut, dann heirate ich eben auch!‹ Erst wollte ich nun wieder angeln gehen, bis abermals ein Hut ins Wasser fiel. Aber wohnte nicht drüben im Zuckerbäckerladen ihre blonde Freundin Lisa, die immer so nett zu mir war? Ich fing an, bei ihr Hustenbonbons zu holen. Sie gab mir recht, daß es häßlich sei von Emma, mich so schnell zu vergessen. Und weil ich so oft Hustenbonbons holte, lernten wir uns von Tag zu Tag besser kennen. Ich empfand allmählich eine große Zuneigung für Lisa. Sie für mich auch. Das wurde mir aus vielen Dingen klar, aber das entscheidende Wort wollte nicht fallen, bis ihre Mutter eines Tages den Knoten durchhieb, indem sie uns, die wir einen ganzen Abend an der Tür beisammen gestanden hatten, lachend erklärte: ›Wißt ihr was, wenn ihr euch etwas zu erzählen habt,

dann braucht ihr das nicht an der Tür zu machen wie das gemeine Volk! Drinnen ist Platz genug!‹
Damit war die Sache erledigt. Ich hatte Lisa wirklich gern, und ihre Eltern waren der Meinung, daß wir nun bald heiraten sollten. Da sie das einzige Kind war, bekam sie das Geschäft. Ich konnte die Setzerei an den Nagel hängen, im Laden helfen beim Bedienen der Kundschaft und die beiden Gehilfen in der Zuckerbäckerei beaufsichtigen. Der Vater wollte sich zur Ruhe setzen, und die Mutter war gern einverstanden. Obwohl wir täglich beisammen waren, hätte Lisa es dennoch gern gesehen, daß ich ihr Liebesbriefe schrieb. Sie wollte mir dann auch schreiben. Sie fand, daß es Liebesbriefe geben müsse als bleibende Zeugnisse und daß sie auch für später, wenn einer von beiden gestorben wäre, ein schönes Andenken darstellten. Ich kratzte mich auf dem Kopf und dachte: soll die Geschichte nun wieder von vorn anfangen und mir das Leben schwer machen? Glücklicherweise fand ich einen Gedichtband von einem gewissen Jan van Beers. Daraus schrieb ich mit kleinen Änderungen dies und jenes ab. Zu meinem größten Entsetzen holte sie ihre Briefe aus dem verfluchten ›Brevier für Liebende‹. Und nachdem sie meine Verse gelobt hatte, mußte ich ihr wohl oder übel erklären, wie süß und entzückend ich ihre Briefe fand. So lobten wir uns gegenseitig, bis wir verheiratet waren. Wir bekamen drei Kinder. Emma, die ich nun völlig vergessen und aus den Augen verloren hatte, hatte zwei Kinder, die sich bei uns Plätzchen und Lutschbonbons holten. Sie hatte es mit ihrer Ehe nicht gut getroffen. Ihr Mann war ein richtiger Saufbruder und Faulpelz, und so ging es ihnen nach und nach so schlecht, daß Emma gezwungen war, sich durch Näharbeit in den Häusern einen kleinen Nebenverdienst zu schaffen. Meine Frau konnte die Näh- und Flickarbeiten für die Kinder nicht mehr bewältigen,

weil sie doch viel im Laden sein mußte. Ja, und wie das so geht, meine Frau war immer Emmas Freundin geblieben, und so wurde Emma ins Haus genommen, um die Kleider wieder instand zu setzen. Jede zweite Woche kam sie einen Tag zu uns. Ach, wie hatte sich die Frau verändert! Sie war mager und grau geworden, ganz welk, und schien älter, als sie in Wirklichkeit war. Man mußte wahrhaftig Mitleid mit ihr haben. Ich dachte oft: sollte man es für möglich halten, daß diese Frau früher einmal mit ihrem Hut und ihren Augen dein Herz erobert hat? Es war kaum zu glauben. An diese Dinge wurde mit keinem Wort gerührt.

Jahre vergingen. Ihr Mann starb an seiner Faulenzerei, und Emma sah von Tag zu Tag älter aus. Auch für uns kam damals eine schwere Zeit. Meine Frau wurde krank, und nun war es Emma, die sie pflegte, für den Haushalt und die Kinder sorgte. Sie kam jeden Tag und half auch mit im Laden. Mit meiner Frau wurde es immer schlimmer, und nachdem sie zwei Jahre lang die heftigsten Schmerzen hatte ertragen müssen, ging sie ein zu unserem Herrgott. Aber bevor sie starb, sagte sie: ›Fons, behalte nur Emma bei dir, sie ist so gut zu den Kindern.‹

Emma blieb bei mir, kam jeden Tag und machte die Arbeit. Sie hatte nun viele Runzeln bekommen und sah ganz und gar wie eine Madonna der sieben Schmerzen aus. Ich suchte jetzt meinen Trost im Angeln, was ich jahrelang unterlassen hatte. So allein am Wasser zu sitzen, in der stillen Natur, das gefällt mir, da wird man so ruhig wie die Natur selbst.

Ein Jahr verging. Aber eines Tages brachte ich einen Hecht mit, einen großen Hecht, den größten vielleicht, den ich jemals gefangen habe. Ich buk ihn, denn das kann nicht jeder so wie ich. Die Kinder freuten sich, als er auf

den Tisch kam. Ich reichte Emma die Schüssel. ›Nein‹, sagte sie, ›ich werde lieber ein Butterbrot mit holländischem Käse nehmen.‹
Und unwillkürlich, ohne mir dabei etwas zu denken, erwiderte ich: ›Ach so, du hast Angst vor den Gräten. Das nächste Mal bring ich dir einen Aal...‹
Ich erschrak vor mir selber. Ich kam nicht weiter; plötzlich wurde mir ganz schwindlig, und unversehens stand die alte Erinnerung wie eine duftende Rose vor mir. Emma sah mich erstaunt und errötend an. Tadel, Sehnsucht, Zärtlichkeit und was weiß ich sprachen aus ihren Augen. Betroffen stand ich da, die Schüssel mit dem Hecht in der Hand. Und wahrhaftig, es waren dieselben Augen, die Augen in ihrer ganzen alten Schönheit. Sie war alt, runzlig und mager, aber die Augen, die Augen! Ich erblickte wieder in ihnen die Jugend, die Sehnsucht, die Liebe, genau wie früher. Ich bebte am ganzen Körper, war ganz aufgewühlt. Da klingelte es glücklicherweise gerade im Laden. Sie stand rasch auf, man sah, daß sie froh war, aus dieser ungemütlichen Lage erlöst zu sein. Nachher wurde mit keinem Wort mehr davon gesprochen, aber in mir war die ganze Vergangenheit wieder lebendig geworden. Ich fand keine Ruhe mehr, konnte nicht mehr schlafen. Ich sagte mir, daß ich verrückt sei, aber es wurde nicht besser.
Ich ließ nichts davon merken, aber die frühere Unbefangenheit war verschwunden. Eine schwere Last drückte auf meinem Herzen. Auch bei ihr bemerkte ich eine Änderung. Sie war stiller, scheu und ängstlich geworden. Wir mieden einander. Wenn wir zufällig allein beisammen waren, erzählte sie schnell allerlei bekannte Neuigkeiten, als wollte sie mir nicht die Zeit lassen, das Wort ›Hecht‹ auszusprechen. Am Tisch mit den Kindern, hinter der Ladentafel, wenn Kundschaft da war, sahen wir einander

oft zu lange an, und keiner von beiden sagte ein Wort. Es war eine gewisse Verlegenheit entstanden, etwas, das nach Erlösung drängte. Nein, so konnte das nicht weitergehen. Ich wußte nicht mehr ein und aus – du kannst dir wohl denken, wie das war –, bis ich meinen ganzen Mut zusammenraffte und, ohne ein Wort zu sagen, wegging. Ich begab mich geradewegs zum Grabe meiner Frau. Zu ihr, die hier ruhte, sprach ich: ›Wenn es dir nicht gefällt, dann gib mir ein Zeichen, ganz gleich welcher Art.‹ Dann bin ich losgewandert, den ganzen Tag, weit in die Felder hinein.

Es kam kein Zeichen, und gegen Abend bekam ich Angst, daß doch noch ein Zeichen kommen könnte. Auf dem Heimweg betete ich zu Gott und allen Heiligen, daß kein Zeichen kommen möge. Emma war schon nach Hause gegangen, und am nächsten Tage fragte sie nicht, wo ich gewesen wäre.

Da geschah es, kurz nach zwei Uhr nachmittags. Um diese Zeit sind die Kinder in der Schule, und es kommt nur selten jemand in den Laden. Ich schloß die Haustür ab. Sie sah mich erstaunt und angstvoll abwartend an.

Meine Frau hatte kein Zeichen gegeben, und so hatte ich Mut und auch Eile. Nach einer kurzen Pause, denn ich fand keinen richtigen Anfang, und meine Kehle war wie ausgetrocknet, sagte ich mit heiserer Stimme: ›Emma, ich möchte einmal ein paar Worte mit dir sprechen.‹ Sie fing plötzlich zu weinen an. Ach, mein Gott! Wie schön fand ich sie wieder! Was machte es, daß sie mager, alt und runzlig war, das war doch alles nur Firnis, der die junge Emma verdeckte! Ich sah durch diesen Firnis hindurch. Nur ihre Augen hatten ihren alten Glanz behalten und spiegelten den Frühling ihres Herzens wider. Ich nahm ihre Hand. ›Komm‹, sagte ich ganz gerührt, ›du weinst und weißt doch gar nicht, warum.‹

Sie ließ mir ihre Hand und schluchzte weiter. Ich küßte ihre Hand, und sie gab es zu.
›Liebes Kind‹, sagte ich, ›unser Herrgott hat es so gewollt.‹
Da sprach sie lächelnd mit tränenerstickter Stimme: ›Das ist alles so gekommen durch die Briefe...‹
›Bitte, wir wollen die Briefe mit keinem Wort mehr erwähnen‹, flehte ich. Ich umarmte sie. Sie umarmte mich.
›Ich bin doch so versessen auf schöne Liebesbriefe‹, flüsterte sie. ›Wir werden keine Zeit dazu haben‹, sagte ich schnell, ›morgen gehen wir zum Pfarrer.‹
Einen Monat später haben wir geheiratet, und du, Cornelius, bist dieser Ehe entsprossen... so daß ich nun dreierlei Kinder hatte, denn ihre Kinder brachte sie natürlich mit. Wir waren sehr glücklich, Cornelius. Aber deine Mutter, die nun auch schon seit Jahren in der Erde ruht, hat nicht recht gewußt, wie die Geschichte mit den Liebesbriefen zusammenhing. Es ist auch besser so...«
Fons blickte nachdenklich vor sich hin, die kalt gewordene Pfeife in der Hand.
»Ewige Liebe«, meinte er traurig lächelnd. »Und du, Cornelius«, fragte er plötzlich, »wo holst du die hochtrabenden Worte her? Aus deinem eigenen Grips oder auch aus...«
»Jawohl, Vater«, sagte Cornelius und wurde ganz rot.

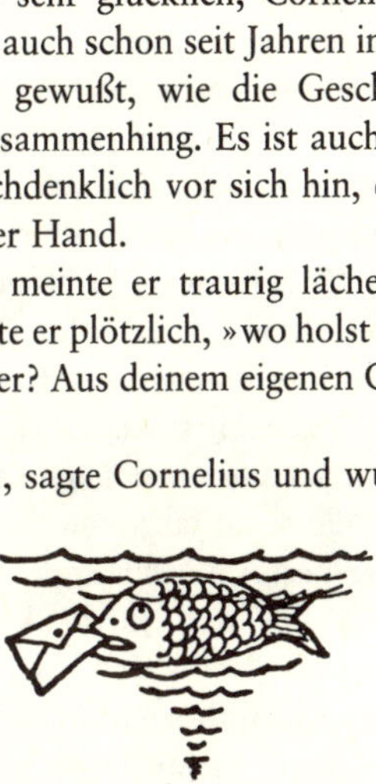

Das Geheimnis der Weiden

Halb verfault liegt vor mir ein alter, schmutziger, von Schimmel und Feuchtigkeit angefressener Brief mit blassen, verschossenen Buchstaben. Ich fand ihn vor etwa sieben Jahren in einer hohlen Kopfweide und hob ihn wegen seiner Eigenart in meinem Rumpelkasten auf. Er trägt das Datum 1872. Es ist ein Liebesbrief und wohl der sonderbarste, den ich je gelesen habe. Die Weide, in der ich ihn fand, steht mit hundertundelf anderen am Rand einer sumpfigen Wiese. Sie stehen in einer langen Reihe, die die Form eines Halbmondes hat, draußen vor der Stadt, und der volle Wind fährt von den Feldern her um ihre knorrigen Leiber. Am einen Ende dieser Baumreihe steht eine Windmühle auf einem kleinen Hügel, am andern Ende fließt die Nethe und liegt der Beginenhof. Seit geraumer Zeit erlebte die vierzehnte Weide, wenn man bei der Mühle zu zählen beginnt, ein berauschendes Baumglück über die schönen Liebesbriefe, die in ihren hohlen Leib glitten. Das war noch nie vorgekommen, und sie schien sich wahrhaftig zu verjüngen und wie von Frühlingslust erfüllt zu sein, sooft die zarte blasse Frauenhand sie berührte.

Die hundertundzwölf Bäume standen dicht beieinander, die Füße in Schilf und Wasser, und sie reichten sich die Zweige, wie Freunde sich die Hände reichen. Ich hatte diese Bäume sehr gern. Sie hatten ihre eigene Sprache, die auch die Dichter verstehen, und flüsterten sich gegenseitig die tollsten Scherze zu, wenn der stürmische Frühling mit seinen warmen Umarmungen auf sie eindrang. In schöner Eintracht, obwohl viele unter ihnen vom Blitz oder von frevelhaften Menschenhänden verwundet oder gar zu Krüppeln gemacht worden waren, wie Brüder, die einander mit Rat und Tat zur Seite stehen, gingen sie an die Arbeit, sogen den Saft hoch, trieben Knospen, verlängerten ihre Zweige und standen eines schönen Morgens im Schmuck ihres Blätterkleides da.

Alle ließen sie mit gleicher Bereitwilligkeit die Vögel in ihren Astlöchern wohnen, ließen sich sorglos vom Moos überwuchern, Pilze auf ihrer Rinde wachsen und allerlei Würmer in ihren Eingeweiden herumkriechen. Sie kümmerten sich nicht darum, denn sie waren stark. Es schadete ihnen nichts, es war ein Trost in ihrem einsamen Leben. Wenn der Sommer über ihnen brütete und das Gras auf den Deichen verdorrte, spotteten sie der gewaltigen Sonnenglut, streckten ihre knochigen Arme noch ein wenig weiter aus und ließen sich so richtig bis ins Mark durchsengen. Wenn der Blitz in eine von ihnen einschlug, sie krachend aufriß, daß die Splitter an die hundert Meter weit auseinanderflogen, da bekamen sie wohl einen Schrecken. Aber die anderen lachten wie Jungen, die mit Schneebällen werfen, und sie selber sah lächelnd auf die verkohlte Wunde herab, zuckte mit den Achseln und wuchs weiter. Ihre Füße standen noch fest in der Erde, und durch die gesunden Glieder rauschte die neue Kraft hinauf.

Kam der Herbst mit peitschenden Regenschauern, mit Nebel und Sturm, dann ließen sie sich willenlos die Blätter wegnehmen, sie brauchten sie nun doch nicht mehr. Im übrigen konnte der Wind sie noch so grimmig anfauchen, an ihren Zweigen zerren oder an ihren Lenden reißen, sie lachten nur dazu. Sie standen fest, wichen nicht von der Stelle, während die Pappeln drüben in der Stadt heulten wie die Kinder und die mächtigsten Buchen im Wald niedergeworfen wurden. Auch der Frost konnte ihnen nichts anhaben. Mochte er beißen und schneiden, seine Zähne waren nie scharf genug, um ihre Seele zu treffen, mochte er sie mit Schnee und Eis bedecken, daß sie wie seltsame Salzsäulen dastanden, in ihrem Innern war es schön warm, und ihr Blut ließ sich in seinem ruhigen Kreislauf nicht stören.

So lebten sie alle hundertundzwölf seit mehr als hundert Jahren Hand in Hand in vertrauter Gemeinschaft. Was die eine dachte, das dachte auch die andere; und wenn eine mitunter zur Nacht im Traum ächzte, dann wurden die anderen wach, ächzten auch einmal und schliefen wieder ein.

So gingen Jahre und Jahrhunderte über sie hin. Sie blieben stehen, alte, rauhe Gesellen, stramme Wikinger, froh in ihrem eintönigen Glück und gegenseitiger Freundschaft. Viel hatten sie nach Eintritt der Dunkelheit von der Liebe der Menschen gesehen. In der Dämmerung erzählten sie sich davon in ungeschminkter Sprache, denn sie hatten keine Geheimnisse voreinander. Was die eine von einem verliebten Paar erlauschte, erzählte sie flüsternd ihrer Nachbarin weiter, und so ging es von Baum zu Baum durch alle hundertundzwölf.

Aber jetzt war eine von ihnen, die vierzehnte, auserwählt über alle andern. Jeden Morgen schob eine zarte Frauenhand ein duftiges Brieflein in eine alte Wunde und nahm einen größeren Brief heraus. Und jeden Abend holte ein Jüngling, ein schlanker Jüngling, das duftige Brieflein

heraus und legte einen größeren Brief hinein, mitunter auch eine Rose dazu.
Aber nie trafen sich diese beiden. Der alte Baum bebte vor Glück und Stolz, flüsterte seine Freude den Kameraden neben ihm zu, die es den andern weitererzählten, und so wußten sie es alle nach kurzer Zeit. Sie nahmen teil an seinem Glück und bebten mit ihm, denn sie waren nicht eifersüchtig. Es genügte ihnen zu wissen, was bei jedem von ihnen geschah, denn sie waren vernünftig genug, um nicht zu verlangen, daß die Frau in jeden Baum einen Brief legen sollte. Die vierzehnte Weide erzählte jedesmal, was in den Briefen stand, wie sehr sie sich liebten, und daß sie einander noch nie gesehen hatten. Darüber waren die Bäume nicht wenig erstaunt, denn das hatten sie noch nie erlebt. So verging geraume Zeit.
Plötzlich wurden alle Kopfweiden schrecklich neugierig, als die vierzehnte erzählte, daß sich die beiden Geliebten, die einander noch nie gesehen hatten, hier übermorgen in der Abenddämmerung treffen wollten. Die Weiden konnten kaum schlafen vor Neugierde, diese beiden zusammen zu sehen. Sie unterhielten sich darüber wie über ein großes Fest und wünschten sehnlichst, zwei Tage älter zu sein.
Aber am Morgen jenes Tages schob der Jüngling einen Brief in die Wunde, und die Bäume sagten: »Armes Mädchen.«
Zur vereinbarten Abendstunde, als ein dünner Nebel in der Luft hing und alles still geworden war, wie es im September so oft ist, kam das Mädchen zögernd zu den Weiden. An einem Baum blieb sie stehen und wartete, ein wenig unruhig, weil es so still war und sie so ganz allein dastand. Um ihre Angst zu dämpfen, wandelte sie auf und ab, aber niemand kam, und alles blieb still in der Dunkelheit.
Die Bäume flüsterten ihr zu: »Er kommt nicht, er wird

nicht kommen. Du hast ihn nicht gesehen und wirst ihn niemals sehen. Hole den Brief aus der vierzehnten Weide, dann wirst du erfahren, warum.«

Aber die Menschen verstehen die Sprache der Bäume nicht, und das Mädchen war zu betrübt, um auf den Gedanken zu kommen, daß noch ein Brief in der Weide liegen könnte. Der Geliebte hatte ihr ja mitgeteilt, daß er nicht mehr schreiben wollte. Nachdem sie lange gewartet hatte und ihre Hände naß waren von den vielen weggewischten Tränen, ging sie mit einem großen Kummer im Herzen weg.

Jahre sind seitdem vergangen. Immer, wenn jemand an den Weiden vorüberging, flüsterten sie: »Nimm den Brief aus der vierzehnten Weide!« Aber die Menschen verstehen ja die Sprache der Bäume nicht und gingen gleichgültig ihres Weges. Wir aber, die Dicher, lauschen auf die Sprache der Bäume, des Wassers und der Luft, wir vernehmen die Stimmen der Blumen und Gräser und verstehen das Flüstern der Bäume. Als ich eines Tages an diesen Weiden entlang wanderte, da verstand ich ihr seltsames Wispern, holte den Brief aus dem hohlen Baum und lasse zur Freude des Lesers hier eine Abschrift folgen:

»Einen Monat lang hast Du meine Briefe gefunden und ich die Deinen. Wie Morgenglanz ist Deine Liebe über mich gekommen. Du hast mich geliebt, wie eine Blume das Licht liebt. Aber wir haben uns nie gesehen. Ich kenne Deine Gestalt nur von einem kleinen Bilde her, auf dem Du als zweijähriges Kind gemalt bist, und ich kenne die Gedanken in Deinen Briefen. Du kennst von mir nur den Duft der Rosen und meine Briefe. Und nun sollten wir uns heute als Menschen begegnen, sollten uns Auge in Auge gegenüberstehen und die Liebe unserer Herzen entblößen. Aber ich bin Dir ein Fremder, Geliebte, ein Schwärmer der Liebe. Nun habe ich Angst, unsere große Liebe könnte verblassen und verkümmern, wenn wir uns von Angesicht zu Angesicht sehen. Deshalb ist es wohl besser, daß wir uns niemals sehen, damit der geheimnisvolle Glanz unserer herrlichen Liebe nicht getrübt werde. Ich werde nicht kommen, und Du wirst mich niemals sehen. Laß uns so glücklich sein! Meine Liebe ist jetzt so stark, daß sie nicht stärker werden könnte, wenn ich Dich sähe. Behalte mich lieb in der Erinnerung an den Duft der Rosen und an die Worte meiner Briefe! Ich werde Dich stets als ein Kinderbildnis im Herzen tragen. Glaube mir, wir werden glücklich sein.«

Zum Königlichen Fladen

Am Sonnabend vor der Sankt-Gommarus-Kirmes strahlte die Sonne golden wie eine überlaufende Champagnerschale über den roten Ziegeldächern der kleinen Stadt, die zusammengetröpfelt dalag, in ihrem Reifen von hohen Wällen, überdomt von sechs Reihen Ulmen.

Der Oktober hatte die Bäume gelb gestreichelt, und mit der leuchtend-blonden Sonne darin und darüber waren sie ein Säulengang von sonneschlürfendem Gold.

Die trägen weißen Wolken dort oben sahen das städtische Getriebe wie einen goldenen Ring, der einen kirschroten Rubin umschloß.

Das Glockenspiel, dem niemand zuhörte, sprühte Springbrunnen von Tönen aus dem hohen, beflaggten Turm, und die große Glocke ließ ihn mit ihrem Gebrumm erzittern. In allen Häusern waren die Menschen in Aufregung, und im Schweiße ihres Angesichts kochten sie und bereiteten alles vor für den folgenden Tag. Die frischgewaschenen Gardinen wurden vorsichtig mit einem rosa Band in ihre früheren Falten gehängt und die Messingklinken geputzt, daß sie blinkten wie Sterne. Nichts als Fensterputzen, Eimerklirren, Straßenfegen und sich bückende, scheuernde Frauen! Am Morgen waren sie auf dem Markt gewesen, hatten Tauben, Kaninchen und Hühner gekauft und Eier, Gemüse und Obst und echte Blumen und Papierblumen; bei den Fleischern standen die Leute Schlange.

Die Verwandten vom Lande sollten kommen, um sich einmal ordentlich den Bauch zu füllen. Überall hing der Duft von Reisbrei mit Safran und gewaltiger Suppe mit verlockenden Fettaugen.

Der kleine Musikant Block sah seine Geige nach, die immer Migräne hatte, um morgen in den Wirtshäusern die ›Schöne Jagdgöttin‹ darauf zu spielen; der ›Sturm von Kessel‹ hatte seine blaue Kräppel- und Warme-Würstel-Bude am Gitter des Rathauses aufgebaut, der ›eiserne Ludwig‹ sein Karussell mit den Pferden ohne Beine auf dem Einsiedelplatz; und bei der Straßenjugend ging die Sage, daß To Callee wieder die guten Knallfrösche hereingekriegt hätte, die in sieben Absätzen, krachend und zischend, vom Gefangenentor bis ans ›Gelobte Land‹ springen.

In der Kirche wie im Wirtshaus, in dem goldenen Haus des Herrn De Pijpelaar mit seinem unerschöpflichen Reichtum, wie bei den Bettlern und Krüppeln, die im Storchhalsgäßchen ihr Elend zusammendrängen, ging es hoch her, um alles für das Fest von Sankt Gommarus in Ordnung zu bringen.

Sooke van der Musschen, der Bäcker mit dem Ballen über dem rechten Auge, war mit zwei Gesellen in der heißen Backstube beim Backen der Königlichen Fladen, die seine Spezialität waren und die er morgen zu Tausenden an die Wallfahrer und die Festteilnehmer verkaufen wollte.

Es wurden ja so viele Leute erwartet wie zum Jüngsten

Gericht, denn der Bischof von Mecheln sollte in der Prozession mitgehen, und die Benediktiner aus Löwen sollten die Liturgie singen. Und das Wetter würde wie Speck sein. Denn der Jauchebauer aus Donck, der sich auf das Wetter verstand, wenn er den Zeigefinger mit Speichel befeuchtete, war vor zwei Tagen dagewesen, um sich die Jauche im Örtchen des Bäckers anzusehen; sie hatte ihm gefallen, er wollte sie nächste Woche abholen und drei Franken für den Faßwagen zahlen. Er hatte Sooke versichert, das prächtige Wetter würde noch vierzehn Tage anhalten.

Darum buk Sooke nun mit seinen Gesellen drauflos, daß die Muskeln krachten wie Zigarrenkisten.

Ein Königlicher Fladen besteht aus einem Teigtellerchen, so groß wie ein Tintenfaß, dahinein wird eine Füllung aus Sirup, Mehl und Zucker gegossen, dann werden die Küchlein im Ofen gebacken, bis sie einen braunen Rand bekommen und die harte Füllung platzt, lecker anzuschauen! Delikat sind die Fladen, wenn sie noch frisch und knusprig sind, denn nach einer Woche werden sie hart und trocken und bleiben im Halse stecken wie ein Wattepfropfen.

Alle Fremden, die zufällig in die kleine Stadt kommen, kaufen bei Sooke van der Musschen so ein Päckchen von zwölf Fladen zum Preise von fünf Groschen.

Andere Bäcker haben sie nachmachen wollen, aber ach du lieber Gott! es ist ihnen nie geglückt, das richtige Aroma und den herrlichen vollen Geschmack herauszukriegen. Ihre Fladen blieben liegen, verschrumpelt und vertrocknet zu einer Art von Beton, den man nicht einmal mit dem Hammer kaputtschlagen konnte.

Sooke van der Musschens Fladen dagegen waren berühmt, und er nannte sie ›königlich‹, weil der König mit eigenem Munde davon gegessen hatte.

Durch diese Tatsache war denn auch sein Name gefestigt, gemeißelt und auf Fels gegründet und konnte durch keinen noch so großen Sturm des Neides mehr in Stücke gehen.
Das war damals geschehen, als König Leopold mit dem weißen Bart im Städtchen war, um eine Ausstellung für Handel und Gewerbe zu besuchen.
Alle ausgestellten Waren standen in Glaskästen. Und eine Stunde, bevor der König kam, wurden alle Kästen zugemacht, mit Schloß und Riegel, denn der Vorstand hatte beschlossen, um dem Landesherrn die Sache nicht zu mühselig zu machen, daß kein einziger Aussteller dem König etwas anbieten dürfe. Jedermann schickte sich wohl oder übel darein, nur Sooke van der Musschen nicht. Er wollte, sollte und mußte den König seine Fladen probieren lassen. Es gab nur einen König und eine Fladenbäckerei. Er fluchte und sackermenterte und drohte Scheiben einzuschlagen. Er tanzte in seinem schwarzen Anzug herum, mit der baumelnden goldenen Uhrkette über der gelben Weste, und der Ballen über dem Auge glänzte wie ein Porzellanei.
Schon war der König im anderen Saal bei den Spitzen und den Blasinstrumenten. Gleich mußte er kommen! Die Aussteller standen blaß und steif mit vor Aufregung klopfenden Herzen herum, und einige mußten beständig verschwinden.
»Nun«, drohte Sooke, »wollt Ihr wohl meinen Kasten aufschließen oder nicht? Ja oder nein?«
»Nein«, beschloß der strenge Herr vom Komitee, der nicht wußte, wohin mit seinem Zylinderhut, er wußte nicht, ob er ihn aufsetzen oder in der Hand behalten sollte, das hatte er vergessen zu fragen.
Pardauz dann! ein Ellenbogenstoß, und das Glas ging in Scherben.

Und da war auch schon der König in seinem weißen Bart, wie in einer Frühlingswolke, wie ein Wodan, der gerade vom Friseur kam. Sooke holte ein kleines Nickeltellerchen aus der Brusttasche, legte einen Fladen aus dem Kasten darauf und bot ihn dem König an.
»Versuchen Sie das einmal, Sire, Herr König, Eure Majestät, wie lecker das ist! Das ist meine Spezialität!«
Ganz ruhig nahm der König und aß von dem Fladen, zum Entsetzen des hilflosen Vorstandes, des schwitzenden Bürgermeisters und zum Neide der anderen Aussteller, die ihre Kästen nicht einzustoßen wagten.
»Ja, das schmeckt gut!« sagte der König.
Und als ein guter König, voll Interesse für den Gang von Handel und Gewerbe in seinem Lande, fragte der König gewichtig, aus seinem Bart heraus, und seine Worte wurden aufgeschrieben: »Und wie wird das gemacht?«
»Ja, Herr König, Sire, Eure Majestät, das kann ich nicht verraten, das ist mein Geschäftsgeheimnis.«
Jedermann wurde zinnoberrot vor Angst und Scham, aber der König sagte lächelnd: »Seien Sie unbesorgt, ich werde Ihnen keine Konkurrenz machen!«
Damit gab der König den halben Fladen zurück und ging weiter...
Zwei Tage später mußte Maler Nöteken das Aushängeschild abändern. Wo vorher nur ein Bauer und eine Bäuerin einen Fladen vom Stapel nahmen, da kamen nun dazu eine Art König, eine Krone und die Worte: ›Zum Königlichen Fladen‹ und ›Du darfst es nicht vergessen, der König selbst hat es gegessen!‹
Er war dadurch berühmt geworden bis nach Friesland hinein; noch zwei Jahre Fladendreherei, dann konnte er sein Fachwerkhaus auf einmal abzahlen an jenen grünen Geizkragen, den Spitzenhändler Hechtefett.

Und für diese Kirmes mußten viertausend Fladen aus ein wenig Teig und Sirup geschaffen werden!
Die Männer sangen in der Backstube, die Fladen stapelten sich auf, und die hagere Frau, die Kinder und der Schatz der ältesten Tochter drehten jedesmal zwölf Fladen in Rollen aus weißem Papier mit einer Krone drauf.
Um ein Uhr nachts war der Laden weiß von Rollen und duftete von zweitausend aufeinandergedrückten Fladenzwillingen.
Und obgleich der Jauchebauer aus Donck für das Honigwetter morgen einstand, war Sooke doch nicht ganz beruhigt, und bevor man schlafen ging, zündete er noch eine Kerze für zwei Groschen vor dem heiligen Antonius an, und jeder mußte noch ein Ave-Maria beten, daß es morgen nicht regnen möchte.
Es wurde Nacht. Aber als Sooke um sechs Uhr wach wurde und aufstand, um in die kurze Messe zu den Bettelmönchen zu gehen, fiel ihm das Herz wie ein Amboß in die Hosen.
Der Regen trommelte triumphierend an die Scheiben.
Im Hemd lief Sooke ans Fenster, immer noch hoffend, daß er träume.
Er zog die Kattunvorhänge beiseite, und in dem seifenwasserartigen Licht sah er alles naß, klatschnaß, rauschend von einem weichen, schnalzenden Blasenregen, der mit Kübeln herunterstürzte.
Die Wolken öffneten ihren dunklen Bauch und ließen fallen, was nur fallen wollte, träge und unbarmherzig freigebig. Es gluckste, es spritzte, es spuckte und spülte voller Wollust. Es war, als hätte man die Erdkugel auf den Kopf gestellt und alles Wasser aus den Flüssen stürze aus ihrem Bett.
Die Dächer glänzten wie geölt, dann wieder verschleierten sie sich unter dem heftigen Wassergedresch. Die Regen-

kandel neben dem Fenster brummte und lachte von all dem Wasser, das sie nicht schlucken konnte, und es klatschte und platschte über die Dachrinnen wie gläserne Gardinen. Und es machte da unten einen Lärm wie das Klatschen auf tausend nackte Schenkel.
Sooke zitterte auf seinen behaarten Beinen. Er sagte Stoßgebete und Flüche durcheinander. Aber in der Hoffnung, es möge nur ein rasch vorüberziehender Schauer sein, und anderswo regne es nicht, fuhr er rasch in die Kleider und lief in die Messe, wo er in seinem Gebetbuch neunmal hintereinander die Litanei des heiligen Donatus las, des Patrons vom guten Wetter.
Als er wieder herauskam, war er, ehe er seinen Schirm aufmachen konnte, triefend und glänzend wie ein Seehund.
Auf dem Heimweg hörte er die dahineilenden Menschen klagen, daß es ein Regen sei für den ganzen Tag und daß die Kirmes tatsächlich ins Wasser gefallen wäre und die Prozession dazu.
Wären seine Augen Messer gewesen, die Menschen hätten tot umfallen müssen.
Zu Hause fand er ängstliche Gesichter. Er war kurz angebunden und barsch. Hastig trank er seinen Kaffee aus. Draußen jauchzte der Regen. Sooke schwieg, und das erregte Angst und Schrecken wie ein Donnerschlag. Die Frau bekam Tränen in die Augen, und die Kinder waren still wie die Wiesel. Aber eins von den Kindern ließ eine Gabel fallen. Und nun wars, als ob Sooke auf einmal eine Maus ins Hosenbein gekrabbelt wäre. Er sprang auf, bumste mit der Faust auf den Tisch und schrie, der Kaffee, den er längst getrunken hatte, sei viel zu heiß, und seiner Frau, der nun blitzende Tränen über die hageren Backen liefen, rief er zu: »Nun fängst du auch noch zu flennen an! Es genügt wohl noch nicht, daß es regnet, oder meinst du,

daß es vom Heulen aufhören wird? Und wie das Balg da grinst! Das braucht jetzt grad noch zu grinsen!«
»Ach«, flehte die Frau, »das Kind kann doch nichts dafür, daß es regnet.«
»Was!« fluchte er, »du meinst also, daß es meine Schuld ist?« Und der Kaffeekessel taumelte vom Ofen, dann warf er mit der Gabel nach einer kleinen Matrosenfigur aus englischem Porzellan auf dem Kamin. Der kleine Matrose wackelte böse hin und her, weil er seine ausgestreckte Hand verlor, dann aber stand er wieder still und fest, als wollte er sagen: Nun gerade nicht.
Die Mutter heulte, und die Kinder heulten in ihre Röcke, während Sooke sich purpurrot fluchte.
Auf einmal sah er, daß es acht Uhr war, der Zug aus Antwerpen konnte da sein. Er rannte an die Haustür, und richtig, der Zug war angekommen, aber wo sonst die Straße schwarz übergossen war von Menschen, kamen nun in dem latschigen Sankt-Medardus-Regen nur einige Herren daher, zwei Bäuerinnen mit den Röcken über den Spitzenhäubchen und der alte Zwerg Renders, der jedes Jahr zur Kirmes kam und immer seinem Bruder, dem Barbier, einen Strauß später Rosen mitbrachte.
Sooke platzte fast vor Wut und rief dem Männlein zu: »Hör mal, du Knirps, du hättest lieber im Bett weiterschnarchen sollen, als hier die Leute zu ärgern und Regen mitzubringen!«
Sofort guckten lachende Gesichter über die obere Türöffnung. Das lustige Zwerglein faßte die Nase zwischen Daumen und Zeigefinger, spuckte in einem kleinen Bogen aus, nickte und ging weiter.
Und Sooke wars, als ob er überall von Bienen gestochen würde, da er die wenigen Menschen sah und die viel zu vielen Fladen. Er lief mitten auf die klatschnasse Straße, ballte die Fäuste nach dem wasserspeienden Himmel

hinauf und stieß laute Sätze, durchspickt mit Flüchen, heraus. »Das ist deine Schuld, was? Hab ich dafür so viel gebetet und Kerzen angezündet? Kannst du nicht vertragen, daß ein Mensch sein Brot verdient? Da liegen nun die schönen Fladen, die besten in der ganzen Stadt! Willst du sie vielleicht aufessen? Hörst du, willst du sie aufessen? Aber jetzt ist es aus, verstanden? Wenn noch eins von meinen Kindern je wagt, von einem Pfarrer zu sprechen, schlag ich ihm den Schädel ein!«

Die Nachbarn platzten vor Lachen. Und Sookes Frau und Kinder zogen ihn am Rock und an den Beinen, um ihn ins Haus zu bringen, aber er spie weiter Feuer nach dem gießenden Himmel hinauf, und nur mit Hilfe von einem nassen, säbelbewaffneten Polizisten konnte er ins Haus gezerrt werden.

Da weinte er schluchzend in seine haarigen Hände, sprang dann auf einmal wieder auf und packte die kleine Statue des heiligen Antonius. »Jetzt sollst du ein Jahr lang kein Licht mehr sehen!« rief er der kleinen Gipsfigur zu und stopfte sie in den Schrank, hinter die Butter und das Brot. Dann bullerte und tigerte er wieder auf die verängstigte Hausgenossenschaft los und verfluchte den Spitzenhändler Hechtefett, dem er nun seine Schuld nicht abbezahlen konnte.

»Ich muß meinen Ärger ersäufen, oder ich werde verrückt!« rief er auf einmal und rückte aus ins ›Volle Faß‹, wo er anfing, Schnaps zu trinken, einen nach dem andern, bis man ihn am Mittag wie einen Mehlsack ins Bett tragen mußte.

Und es regnete weiter mit leckerem Rauschen. Es war eine Orgie von Regen, eine Symphonie von Regen, ein Spaß von Regen, ein Regen, an dem der Regen selbst Vergnügen hatte. Nun wars Bläschenregen, dann Bindfadenregen, dann wieder Geifer-, Staub- und Perlenregen, dann wie-

der Schleusenregen, gläserne Pfeifenstielregen, W.-C.-Regen. Es strömte, schmorte, raschelte, spülte, rauschte, spuckte und platterte; der Regen klatschte in die Hände. Die Straßen blieben naß und glänzend und hatten keine Menschen zum Widerspiegeln. Auch die Prozession zog nur durch die Kirche.
Der kleine Block spielte die ›Schöne Jagdgöttin‹ in den Wirtshäusern vor leeren Stühlen, die Pferdchen im Karussell tröpfelten, als weinten sie, weil sie sich nicht drehen konnten, und sahen es früh dunkel werden. Sturm verkaufte noch keine zwei Meter warme Würstchen, und die Bläser von Sankt Cäcilia spielten auf dem Kiosk am Großen Markt für ein einziges altes Bäuerlein, das rauchend unter seinem Schirm zuhörte und alles sehr schön fand, während es auf die leere grüne Dampfbahn mit ihrer ewigen, watteweißen Wolke wartete.
Den ganzen langen Tag über verkaufte Sookes traurige Frau sechs Pakete Königliche Fladen... Und am Abend fiel der Regen schwarz wie Tinte...
Als eine Woche darauf der Jauchebauer aus Donck abends mit Wagen und Laterne erschien, um die Jauche zu holen, schlug Sooke van der Musschen ihm die Tür vor der stoppelhaarigen Schnute zu, schimpfte ihn Betrüger und Lausbandit und rief ihm durchs Schlüsselloch zu, ein anderer sollte sein Örtchen ausleeren.
Und mit leeren Jauchefässern, die hohl durch die Straßen donnerten, fuhr der Bauer zurück nach Donck, unter einem Himmel voll triumphierender Sterne.

Gustav aus der »Roten Katze«

Hinter dem Ladentisch stand er wie ein Knecht, die blaue Schürze über seinem prallen, runden Bauch. Seine feuchten Augen lachten träge und demütig hinter seiner Brille, ein struppiger Schnurrbart hing naß über seinen roten Lippen, zwischen denen stets eine kurze, qualmende Holzpfeife steckte. Neben ihm stand seine Frau Bertha, groß und geschäftig. Sie mußte immer befehlen: Gustav hier und Gustav da. Sie hatte ein glänzendes Gesicht und eine lange, spitze Nase und trug ihre schwarzen Haare glatt wie Metall nach hinten gekämmt.

Die Türklingel der »Roten Katze« ging fast ununterbrochen. Sie standen immer in ihrem sauberen Laden, bedienten die Kundschaft und schwatzten mit den Leuten. Gustav kannte seine Arbeit. Er mahlte den Kaffee, schnitt den Speck, wog den Sirup und die Seife ab und zapfte das Petroleum. Im Rechnen war er kein Held, deshalb übernahm das seine Frau und hielt die Kasse. Sie bediente auch die Kunden mit Reis, Schokolade, Muskatnuß und solchen Dingen, bei denen sie nicht die Finger schmutzig zu machen brauchte. Das durfte Gustav nur, wenn sie gerade beim Essen saßen oder wenn seine Frau in der Kirche war, sonst mußte er die Finger davon lassen. Er kam nur selten vor die Tür. »Im Laden erlebst du Neues genug«, sagte Bertha. Sogar der Barbier Nickels, der noch mit zwei Fingern einseifte, kam zweimal in der Woche ins Haus, um ihn zu rasieren. Nur am Sonntagnachmittag zog er mit drei guten Freunden in die alte Gastwirtschaft »Zum Sankt Gommarus«, draußen vor dem Löwener Tor, wo sie sich mit einem Wurfspiel die Zeit vertrieben. Er war der Erniedrigte, der Knecht, der dauernd unter dem Befehl seiner Frau stand; und abends mußte er sogar zu ihrem Zeitvertreib mit ihr Karten spielen. Und doch war er fast glücklich. Er hatte ein ruhiges Gemüt, einen guten Magen und einen ausgezeichneten Schlaf, lebte von seinem Fett und war stolz auf seine Kinder. Sein Sohn Ludwig war Wohlfahrtsbeamter, und seine beiden Töchter besuchten ein Lehrerinnenseminar in der Nähe von Löwen. Er wußte, daß sich in seinem Leben kaum noch etwas ändern würde. Manchmal lehnte er sich innerlich dagegen auf, bekam Lust, alles kurz und klein zu schlagen und sich davonzumachen nach ... nun ja, er würde schon irgendwo landen. Er sah sich schon heftig rauchend auf einem Dampfer sitzen, der über das grüne, bewegliche Meer dahinschoß, und er entdeckte in der Ferne Berge und Palmen, wie sie auf dem Aushängeschild des Tabakladens »Zum Mohren«, seiner Wohnung gerade gegenüber, abgebildet waren. Er sprang freudig an Land, tanzte mit den Negerinnen im Kreise und sang: Es lebe die goldene Freiheit! Aber da sagte Bertha: »Gustav, träume nicht, sondern hole lieber den Sack Mehl aus dem Lager!« Seine Auflehnung sank in sich zusammen. Er seufzte, stopfte eine frische Pfeife, tat ein paar köstliche Züge und nahm demütig die Last seines Lebens und seiner Frau wieder auf sich.

Aber plötzlich brachte die Erscheinung Veronikas ihm ein neues Leben, das heißt innerlich, denn äußerlich änderte sich nichts.
Veronika war eine junge Witwe, die schräg gegenüber der »Roten Katze« einen kleinen Weißwarenladen eröffnete, und vom ersten Tag an wurde sie ihre Kundin. Schon beim Einzug, als sie ihre Möbel und Kleider brachte, hatte Gustav sie gesehen. Bertha sagte zu einer Frau, die gerade im Laden stand: »Es ist doch ein Jammer, wenn man so jung Witwe wird, sieh nur, wie hübsch sie ist.« – »Ja, sie ist sehr hübsch«, meinte Gustav, und zwischen Gläsern und Zuckerhüten hindurch folgte er ihr mit den Augen auf Schritt und Tritt. Als sie das erste Mal in den Laden kam, waren sie gerade beim Mittagessen. Natürlich mußte Gustav bedienen. Sonderbar, als er sie so dastehen sah mit der kleinen bunten Schüssel in den weißen Händen, da gab es ihm einen Stich ins Herz. Er konnte kaum guten Tag sagen, sah plötzlich ihre Schönheit, ihr üppiges blondes Haar, ihre langen Wimpern in dem blassen, ernsten Gesicht, das um Mitleid zu bitten schien, wie man es bei jungen Witwen vielfach sieht.
»Könnte ich für zehn Pfennig Sirup bekommen, Herr?« und sie legte das Geld auf den Ladentisch.
Er sagte nichts, sondern blickte sie bewundernd an. Er stellte die Schüssel auf die Waagschale, wog sie erst ab und ließ dann den schwarzen Sirup aus dem grünen Krug hineinlaufen. Sie sagte nichts, und er fand keine Worte. Es war ganz still, und der Sirup lief. Gustav blickte zu ihr auf, guckte sie eine Weile an, und schwupp! der Sirup lief über in die kupferne Waagschale. Er lachte gezwungen und bekam sofort eine große Angst vor seiner Frau, denn wenn diese dahinterkam, dann würde es gleich heißen: »Gustav, wie kannst du nur so ungeschickt sein? Mußt du dafür schon zwanzig Jahre Sirup abwiegen!« und mehr

solche Dinge, wobei man sich in die Erde verkriechen möchte vor Scham. Und vor allem durfte er jetzt nicht beleidigt und erniedrigt werden, im Beisein dieser schönen jungen Witwe. »Das ist nicht so schlimm«, sagte er errötend und fing gleich an, die Schüssel ringsum mit seiner Schürze abzuwischen. »Es ist nun zuviel geworden«, meinte sie. »Ja, weil ich Sie angesehen habe.« Da errötete er noch mehr, und ihm wurde ganz heiß, denn das hatte er nicht sagen wollen, das war ihm nur so entfallen. Er wagte sie nicht mehr anzusehen und reichte ihr vorsichtig die volle Schüssel. »Muß ich nun nicht mehr bezahlen?« fragte sie. »Nein, nein ... ich bin ja selber schuld ... halten Sie gut fest, denn die Schüssel klebt noch.« – »Bei Ihnen ist der Sirup billig«, lachte sie.

Ach, es lag ihm auf der Zunge, zu sagen: »Nur für Sie«, aber das wagte er nicht. Er sah sie weggehen, die mittagstille Straße überqueren, die Schüssel vorsichtig in der Hand haltend. »Herrgott, was ist sie hübsch!« flüsterte er vor sich hin. Bevor sie hineinging, sah sie noch einmal zur »Roten Katze« hinüber und lachte. Er zitterte vor Glück. Plötzlich dachte er an seine Frau, wischte schnell und sorgfältig den Sirup aus der Waagschale und kehrte an den Tisch zurück.

»Wer war es denn?« fragte Bertha.

»Die Witwe von gegenüber wollte Sirup für die Buttermilch«, und aus Angst, daß sie fragen könnte, warum das so lange gedauert hatte, fügte er hinzu: »Die arme Frau kann ihren Mann nicht vergessen. Sie wird gar nicht fertig mit Erzählen. Der Mann muß in seiner Krankheit viel gelitten haben ...«

Von dieser Zeit an wurde er vom Glück, vom Übermaß des Glückes überströmt. Er sah Veronika immer vor seinen Augen, alle seine Gedanken gehörten ihr, sein Leben war von ihrer Gegenwart erfüllt, er bekam das

Herz, die Lust, den Übermut eines Zwanzigjährigen. Sein Leben tat sich strahlend auf, und ob ihn seine Frau mit mehr oder weniger Ermahnungen und Befehlen bedachte, war ihm völlig gleichgültig, er tat gehorsam alles, was sie von ihm verlangte. Er badete sich förmlich im Glück seiner heimlichen Liebe. Würde Veronika wieder kommen? Und sie kam. Aber als er hörte, wie sie sich mit seiner Frau über ihren seligen Mann unterhielt, so betrübt und innig, da wurde er ganz mutlos. »Nein, mit einem solchen Kummer im Herzen wird sie mich nie lieben können«, dachte er. Daß sie aber den übergelaufenen Sirup nicht erwähnte, gab ihm wieder ein wenig Hoffnung. »Es gibt also ein Einverständnis zwischen uns beiden«, dachte er und zog heftig an seiner Pfeife. Er freute sich, ihr nun Schmierseife abwiegen zu dürfen; und als er ihr das Paket hinreichte, war er so kühn, ihre Hand zu drücken. Er drückte ihre Hand, obwohl seine gefürchtete Frau daneben stand. »Das hätte ich nie von mir gedacht«, sagte er stolz zu sich selbst. Aber Veronika ließ sich nichts merken, behielt ihre steinerne Ruhe und blickte ihn gleichgültig an, während sie die traurige Geschichte ihres Mannes weitererzählte.

Jetzt würde sie wegbleiben. Nachdem er die Kühnheit besessen hatte, ihre Hand zu drücken, würde sie bestimmt wegbleiben ... falls sie sich beleidigt fühlte; aber sonst ... sonst würde sie wieder kommen. Schwankend zwischen Hoffnung und Furcht, lugte er den ganzen Tag zwischen Gläsern und Zuckerhüten hindurch, und wahrhaftig, noch am selben Tag kam sie wieder, diesmal, um Zucker zu kaufen, den seine Frau herausgab. Sie war wieder gekommen, und was bedeutet das nicht alles, wenn man ihr die Hand gedrückt hat. Als er an diesem Nachmittag am Lager Essig auf Flaschen zog, sang er vor sich hin: »Wie bist du schön im neuen Kleide ...«

Und sie kam noch oft, ohne daß er Gelegenheit fand, sie zu bedienen. Doch er war voller Freude und ritt wie ausgelassen auf wilden Pferden in eine neue Zukunft. »Sie kommt, um sich die Hand drücken zu lassen«, dachte er. Ein paar Tage später saßen sie wieder beim Mittagessen, als es klingelte. Gustav ging in den Laden, es war Veronika. Das plötzliche Wiedersehen brachte ihn ganz aus der Fassung. Seine Beine waren wie gelähmt, sein Herz klopfte heftig, der Schweiß brach ihm aus allen Poren, und er brachte kein Wort über die Lippen.
»Ich hätte gern ein halbes Pfund Speck.«
Er schnitt den Speck ab. Sein Atem ging schnell und heftig. Wieder wurde kein Wort gesprochen. Er wog das abgeschnittene Stück, das viel zu schwer war. »Ach was«, meinte er zögernd, »es ist kaum der Rede wert, wir lassen es dran.« Ängstlich lächelnd blickte er sie an und hielt ihre Hand fest.
Sie sah ihn ruhig an, zog langsam ihre Hand weg und sagte in gleichgültigem Ton: »Herr, Sie vergessen, daß Sie verheiratet sind.«
»Ich...?« stammelte er. »Ich...?« Aber er mußte und wollte sich retten, und mit einer Keckheit, über die er selbst staunte, flüsterte er ihr zu: »Ich vergesse es nicht, aber Sie wissen nicht, was meine Frau für ein Drache ist... und dann die Liebe... nehmen Sie es mir nicht übel, aber ich muß Tag und Nacht an Sie denken.«
»Das ist recht, Herr, aber das kneifen können Sie ruhig sein lassen.«
War das nun Spott oder die Herausforderung einer kekken Antwort? Er wußte es nicht, blickte sie mit flehender Bewunderung und Enttäuschung fragend an. »Ihre Frau kommt«, sagte Veronika leise und warnend.
Schnell schob er das Geld in den Kasten und tauchte, um seine Verwirrung zu verbergen, den Kopf in den Reiskasten.

»Schlechtes Wetter, nicht wahr, Frau Veronika?« sagte Bertha, die Hände auf den Bauch gelegt. »Sie sehen so blaß aus.«

»Ach ja, wenn man immer so allein ist, immer. Als mein Mann noch lebte ...«

»Sie müssen sich ein wenig zerstreuen. Kommen Sie doch abends mal zu uns Karten spielen; uns fehlt gerade ein vierter Mann zum Whist.«

»Ich komme ...« Veronika wollte sagen, daß sie nicht Karten spielen könnte, aber da hob Gustav den Kopf aus dem Reiskasten und meinte: »Dann hat meine Frau auch eine kleine Abwechslung.« Er lächelte freundlich, weil er sich gerettet fühlte.

»Gustav, halte doch den Mund, wenn die Leute reden«, rief Bertha ungehalten; »und was machst du da in dem Reiskasten?«

»Ich glaube, daß ein Fünfer hineingefallen ist.«

»Ich kann leider nicht Karten spielen«, sagte Veronika lächelnd, »ich käme sonst sehr gern.«

»Mein Vater und ich werden es Ihnen schon beibringen«, meinte Gustav.

»Wenn Sie heute abend nichts vorhaben, dann kommen Sie ruhig herüber«, schlug Bertha großmütig vor, »um acht schließen wir den Laden. Wir können bis zehn Uhr Karten spielen.«

»Wir halten uns bereit«, rief Gustav schelmisch froh, daß die Gefahr vorüber war, und noch froher, daß Veronika zustimmte.

»Gustav, geh nun und iß, und dann siebst du gleich den Zentner Kleie durch«, sagte Bertha und zeigte mit dem Daumen nach der Küche.

Gustav ging in die Küche, während sich Bertha mit Veronika über traurige Dinge unterhielt. »Das Schäflein ist im Stall! Das Schäflein ist im Stall!« jubelte er innerlich.

Er hätte vor Freude alle Gläser zerschlagen und die Bilder von der Wand reißen mögen, aber er war ganz still und hielt die Hand auf dem Herzen, vorsichtig, vorsichtig, um sich nicht zu verraten. Er siebte die Kleie durch voll kindlicher Erwartung des Abends und der kommenden Abende.

Zur verabredeten Stunde erschien Veronika zum Kartenspiel. Cornelius, der Großvater, der ebenfalls in der »Roten Katze« wohnte, Gustav und seine Frau, alle erklärten ihr, wie sie spielen mußte. Veronika war nicht ungeschickt, und am vierten Tage machte sie schon ein Solo. Gustav drückte ihre Hand, wo er konnte, suchte ihren Fuß unter dem Tisch, und sie zog ihn nicht zurück. Am Dreikönigstag, während Bertha in der Kirche war und der Großvater oben sein Mittagschläfchen hielt, zeigte er Veronika, die gekommen war, um Nudeln zu holen, in der Küche das neueste Bild seiner beiden Töchter. Beim Betrachten dieser mageren Mädchen, die ihrer Mutter sehr ähnlich sahen, neigten ihre Köpfe zueinander, ihre Haare kitzelten sein rotes Gesicht, und plötzlich gab er ihr einen Kuß. Sie fing an zu weinen und sah ihn traurig lächelnd an. Sie ergriff seine rauhen, haarigen Hände. »Gustav«, sagte sie, »ach Gustav!« und weinte.

Von diesem Tage an mußte Gustav seinem Herzen und seinem Mund Gewalt antun, um sein Glück nicht zum Dachfenster hinauszujubeln, es seiner Frau und jedem einzelnen anzuvertrauen. Aber er nahm sich in acht und ließ nicht die geringste Vermutung aufkommen. Er blieb demütig und gehorsam und sagte ja und nein, sooft Bertha es nur wünschte.

Veronika wurde die gute Freundin seiner Frau. Sie erzählte immer von ihrem verstorbenen Mann und behielt diesen einnehmenden Kummer, der das Mitleid der andern weckt. Inzwischen wuchs ihre Liebe. Nein, es war nichts mehr als eine Freundschaft. Es war keine Liebe, die sie zu Dummheiten veranlaßt hätte, wie etwa zusammen davonzulaufen oder Geschäft, Besitz und Haushalt dafür zu verwahrlosen. Ihre Liebe machte keinerlei Zukunftspläne, wie etwa, daß Bertha eines Tages sterben und Veronika seine Frau werden könnte. Er wußte ganz gut, daß seine Frau nicht vor ihm sterben würde. »Dazu ist sie viel zu habgierig«, dachte er. »Und außerdem ist das auch gar nicht nötig«, und mit einer gewissen Angst wies er diese Gedanken weit von sich.

Die Liebe oder vielmehr diese Freundschaft währte nun schon über ein Jahr, ohne Sorge und ohne Leid und ohne daß sie jemand vermutet hätte.

Aber an einem Sonntag hatte Gustav sich auf dem Rückweg von seinem Wurfspiel im eisigen Regen eine böse Erkältung geholt. Diese legte sich auf die Nieren, und drei Tage später lag er im Bett, heiß wie ein Backofen und sich krümmend vor Schmerzen.

Gleich raunte man von Haus zu Haus, daß »man für Gustav aus der ›Roten Katze‹ im Himmel schon den Reisbrei mit braunem Zucker zurechtmache«.

Er empfing die Sterbesakramente, die Kinder wurden aus der Schule geholt, und auch Gustavs Bruder, der Zuckerbäcker in Antwerpen war, wurde herbeigerufen. Jede Stunde konnte Gustav sterben. Aber obwohl die Schmerzen entsetzlich zunahmen, der Tod kam nicht. Oft erhob Gustav die flehenden Hände zum gipsernen Christusbild an der Wand »Hol mich, hol mich, töte mich, lieber Herrgott, erlöse mich aus dieser Hölle, laß mich sterben, bitte, ein Blick deiner Augen genügt, um mich aus diesem Elend zu befreien.« Er bat nicht um Genesung, so sehr war er überzeugt, daß es diese Möglichkeit nicht gab.

Der Tod hielt sich hinter dem Vorhang versteckt, und die Schmerzen brannten und blitzten in Gustavs Eingeweiden. Er wurde zusehends magerer und war so schlapp, daß er beim Essen nicht einmal seinen Löffel festhalten konnte. Nach drei Tagen waren die Kinder in die Schule zurückgekehrt und der Bruder nach Antwerpen zu seinem kochenden Zuckerbrei. Bertha saß immer an seinem Bett und pflegte ihn gut, wenn keine Kunden kamen; aber sie mußte den ganzen Tag die Treppe hinauf und herunter laufen. Sie wurde ebenfalls mager und wäre bestimmt zusammengebrochen, wenn Veronika ihr in der Pflege ihres Mannes nicht tüchtig geholfen hätte.

Veronika ergriff mitunter seine magere Hand und küßte sie, aber er zog sie schnell zurück. »Jetzt nicht«, keuchte er, »solange ich krank bin. Wenn ich wieder gesund werde...«, aber er wußte gut, daß er nie wieder gesund würde.

Denn er wurde plötzlich von Gewissensbissen geplagt. Er empfand seine Krankheit als eine Strafe. Er war dankbar für die Hilfe, die Veronika ihm gab, aber er wollte nicht das geringste Liebeszeichen annehmen. Er würde sterben und wollte rein wie ein Kind aus diesem Hause weggetragen werden. Er hatte die Sünde gebeichtet, sie war ihm längst vergeben, gewiß. Aber die Reue ließ nicht nach, die schwere Schuld wollte ihn fast erdrücken. »Das könnte nicht einmal der Papst vergeben«, dachte er. Die drohende Strafe gähnte wie ein Abgrund vor seinen Füßen, dem er ausweichen wollte; aber die Schmerzen, die seinen armen Körper durchzuckten, waren so furchtbar, daß er schließlich die Strafe vorzog, die geheimnisvolle Strafe, die hinter dem Tod auf ihn wartete.

Der Tod kam nicht, und die Schmerzen wühlten weiter in seinem zermarterten Leib. Er heulte und jammerte, betete und weinte.

Das dauerte nun schon zwei Wochen. Die beiden letzten Tage war es so schlimm, daß die Nachbarn nachts kein

Auge schließen konnten. Der Arzt, ein gemütlicher dicker Mann, glaubte wieder einmal, daß es nun endgültig mit Gustav zu Ende ging.

Die Kinder und der Bruder wurden wieder herbeigerufen. Es war gerade ein Sonntag. In der Straße erzählten sich die Leute, daß es nun wohl so weit wäre. Alle waren im Zimmer versammelt und weinten in ihr Taschentuch: der Großvater, Bertha, der Sohn, die beiden Mädchen und Veronika. Ab und zu schluchzte jemand laut auf. Mit Tränen in den Augen sahen sie besorgt, verzweifelt und mitleidsvoll auf Gustav, der matt und kraftlos keuchte und stöhnte und ununterbrochen »o weh! o weh!« rief. Von Zeit zu Zeit öffnete er die eingefallenen Augen und betrachtete seine mageren blauen Hände mit dem Trauring, der viel zu groß geworden war. Manchmal drehte er sein abgemagertes Gesicht zur Seite, und wenn er sie dann alle weinen sah, schüttelte er langsam den Kopf und stammelte: »Weint nicht, weil ich sterbe... ich freue mich... auf den Tod... aber ich kann nicht sterben... o weh! o weh!« Wieder fing das ewige Stöhnen an.

Es war gegen Abend. Draußen auf der Straße spielten die Kinder mit vielem Lärm, und aus einer benachbarten Gastwirtschaft drangen die kurzen, grellen Töne einer Tanzorgel herüber. Der Arzt sah auf die Uhr, seufzte und wollte damit andeuten, daß er gehen müßte.

»Ich komme nachher noch einmal wieder«, sagte er zu Bertha. »Ich begreife selbst nicht, wie es möglich ist, er ist ein Mann aus Eisen. Jeder andere wäre schon zehnmal daran gestorben. Deshalb wollen wir die Hoffnung nicht aufgeben.« Er griff nach seinem Hut, aber aus dem Bett klang es flehend wie ein Hilferuf: »Herr... Herr Doktor, warten Sie noch ein wenig... es ist vielleicht nicht nötig, daß Sie wieder kommen, wenn ich nur... o Herrgott, hilf mir... Herr Doktor, warten Sie, bitte, noch eine kleine

Weile... geht alle hinunter! Bertha soll bei mir bleiben... ich muß ihr etwas sagen... ich muß sie sprechen... ja, geht nur, geht nur...«
»Kommt«, sagte der Arzt, sie alle höflich ersuchend, das Zimmer zu verlassen. »Das wird das Ende sein«, flüsterte er Bertha zu, »ich warte unten.«
Während alle nun weinend mit dem Doktor hinausgingen, fing Gustav an zu schluchzen wie ein Kind, das seiner Strafe gewärtig ist.
»Komm, mein lieber Gustav«, sagte Bertha mütterlich und traurig, »komm, weine nun nicht mehr...« Und sie nahm seinen feuchten Kopf in ihren Arm.
Er weinte ununterbrochen weiter, während sie seine Hand streichelte.
«Ach, ich kann es nicht sagen... und ich muß es doch sagen.« Er rieb die Augen an ihrem Ärmel, als wollte er sich verbergen, sich völlig auslöschen, um diesem Augenblick zu entfliehen.
»Sag es nur, du kannst ruhig alles sagen«, sprach sie liebevoll mit zusammengeschnürter Kehle. Sie wußte, daß es irgendeine Geringfügigkeit sein würde. Er weinte immer noch. »Hast du ein Testament gemacht?« versuchte sie ihm zu helfen. Er schüttelte den Kopf. »Hat vielleicht noch jemand etwas zu bekommen, was du ihm versprochen hast?... Oder hast du von jemand Geld geliehen?« Sie war überzeugt, daß er so etwas nicht gewagt hätte, aber sie fragte nur, um ihm zu helfen, wie ein Lehrer einem Kind hilft, wenn es eine schwierige Antwort finden soll.
»Was ist es denn, Gustav?«
»Wirst du es mir verzeihen, Bertha?«
»Du weißt doch, daß ich dir alles im voraus verziehen habe. Und du weißt auch, daß ich dich stets lieb gehabt und meine Pflicht als Frau und Mutter christlich erfüllt

habe. Warum sollte ich es jetzt nicht tun?« Bei diesen hochtrabenden Reden fing Gustav erst recht an zu weinen und zu schluchzen: »Ich habe mich versündigt und muß es sagen, sonst kann ich nicht sterben.« Er umfaßte verzweifelt ihre dicken Hände. »Während meiner Krankheit habe ich in meinem Herzen eine Stimme vernommen, daß ich nicht eher sterben werde, bevor ich es gesagt habe... und sollte ich dennoch sterben, ohne es gesagt zu haben, dann werde ich auch in einem Sarg aus Eisen keine Ruhe finden... ach, Bertha...« Bertha wurde nun doch aufmerksam und ängstlich. Sollte er etwa doch? Aber was denn nur? »Nein, er ist nicht imstande, etwas Böses zu tun«, dachte sie. »Es ist nur die Angst vor dem Tode, die ihn in jeder Kleinigkeit eine große Sünde erblicken läßt.« Wieder versuchte sie, ihn zu beruhigen. »Ach, Gustav, durch die Beichte sind dir doch alle deine Sünden vergeben.«

»Das weiß ich, ja, das weiß ich, aber auch du mußt mir vergeben, sonst finde ich keine Ruhe. Und wie kannst du mir vergeben, wenn ich dir meine schwere Schuld nicht bekenne.«

»Dann sag es nur«, mahnte sie gütig.

»Ich kann es nicht.«

»Hast du ein Haus angezündet?«

»Ach, wäre es nur das...«

»Hast du jemand ermordet?«

»Ach, wäre es nur das...«

»Hast du gestohlen? Ein Kind geraubt? Einen Priester...«

»Viel schlimmer, viel schlimmer...«, wehrte Gustav ab.

»Er redet irre«, dachte sie und klopfte ihm auf die Hand.

»Gustav, ruhe dich nun ein wenig aus, du machst dich zu müde. Du sagst es mir nachher.«

Plötzlich wurde Gustav böse und rief verzweifelt: »Ich ruhe nicht, ich kann nicht ruhen. Wie könnte ich Ruhe

finden, wenn ich so schwer gesündigt habe. Ich sage es nun, und wenn du mich totschlägst. Ach, Bertha, Bertha!«
Und während er sich an ihre Hände klammerte, sprudelte er sein Geheimnis heraus, mit geschlossenen Augen, denn er wagte nicht, sie anzusehen. »Ich habe dich betrogen, Bertha, jawohl, dich betrogen... mit Veronika... seit mehr als einem Jahr, Tag für Tag. Wir haben einander geliebt... so, jetzt habe ichs gesagt, jetzt werde ich sterben können... jetzt kannst du mir verzeihen... ich habe mich von der schweren Last befreit... aber Veronika mag ich nicht wiedersehen... mein Herz ist zerrissen vor Reue... Bertha, verzeih mir, verzeih mir, bitte!«
Sie rührte sich nicht, betrachtete ihn mit starrem Blick, erstaunt, enttäuscht und wütend.
Er machte seine Augen auf, als er jedoch ihren Blick sah, schloß er sie schnell wieder, bang und hilflos, und bettelte um Verzeihung.
»Gustav«, brachte sie mühsam heraus. Sie war wie ein Schachspieler, der plötzlich matt gesetzt wird. »Gustav«, wiederholte sie noch ein paarmal traurig, wütend und erniedrigt.
Jetzt fing er an, ihr freundliche Worte zu sagen, versuchte die Sache in ihren Augen unwichtig und verständlich zu machen. »Liebe Bertha, ich konnte nichts dafür... ich wollte es gar nicht... ach, wüßtest du nur, wie es mich reut... ich fühlte mich oft so einsam... ich ergriff einmal ihre Hand... und sie wehrte nicht ab... so ist das gekommen... warum hat sie sich nicht gewehrt... liebe, gute Bertha...«
Ihre Kehle war wie zugeschnürt. »Gustav... das hätte ich nie von dir gedacht.« Und sie weinte dicke Tränen.
»Ich auch nicht, Bertha...«
»Mich so zu betrügen, wo ich dachte...«
»Aber nun verzeih mir, Bertha... ich fühle wieder neue

Schmerzen, o weh... jetzt kann ich sterben, jetzt werde ich sterben.«
Sie schloß flüchtig ihre nassen Augen, schauderte, erhob sich seufzend und sprach dann feierlich, hochmütig, widerwillig, aber sich beugend vor der Gewalt des nahen Todes: »Unser Herrgott sagt, daß wir alles verzeihen müssen. Ich tue das auch. Ich verzeihe dir, Gustav, und werde stets für dich beten... du bist eben schwach gewesen.« Sie fand selbst, daß sie eine schöne Seele und einen guten Charakter hatte. Er küßte ihre Hände. »Danke, liebe Bertha... danke... ruf nun die Kinder, denn jetzt gehe ich zu unserem Herrgott...«
»Ich werde sie rufen, Gustav«, sagte sie kühl wie ein Knecht, der einem Befehl nachkommt. Sie ging die Treppe hinunter. Gustav machte das Zeichen des Kreuzes, schloß mit einem Lächeln der Zufriedenheit die Augen und wartete auf den Tod.
Als Bertha ins Zimmer trat, standen alle auf. »Vater ruft euch, er geht zu unserem Herrgott. Kommt«, kam es kühl über ihre Lippen. Die Kinder und der Bruder wollten schon hinaufgehen, auch Veronika. Aber Bertha zischte ihr zu: »Sie nicht... Sie gehen nicht hinauf... hinaus... Schlange... hinaus...« Ach, wärend jetzt die Kinder nicht da, wie hätte sie ihr alles ins Gesicht geschrien. Aber nun wahrte sie, trotz ihrer Wut, ihre bürgerliche Würde. »Warum?« fragte Veronika, blaß und entsetzt. Sie vermutete plötzlich alles. »Darum! Hinaus! Und Sie setzen nie wieder einen Fuß über meine Schwelle, Schlange!« Ihr Finger zeigte nach der Tür, und ihre Hand zitterte auf der Nähmaschine.
Veronika brachte kein Wort heraus, fühlte, daß sie sich durch ihr Leugnen oder durch Fragen nach dem Grund dieser Wut nur lächerlich machen würde, und lächelte spöttisch aus Verlegenheit.

Aber das war zugleich ein Bekenntnis. Das war für Bertha zuviel, sie kochte vor Wut, vergaß ihre Würde, zog mit einem Ruck ein mit Zwirnrollen gefülltes Schubfach aus der Maschine und schlug es Veronika ins Gesicht. Die Rollen flogen umher, eine klatschte gegen eine Glasglocke, die über eine Kaminuhr gestülpt war und die nun mit einem schönen Klang auseinandersprang.
Veronika eilte zur Tür hinaus, die kleine Spitzenschürze vorm Gesicht.
Blaß wie ein Linnen, sagte Bertha: »Kommt nun mit zum Vater«, und um jeden Verdacht und jede Vermutung von Gustav abzulenken, fügte sie noch schnell hinzu: »Die Schlange versuchte beim Vater Geld zu leihen.«
Leise gingen sie hinauf und stellten sich um das Sterbebett. Gleich nahm der Arzt Gustavs Hand. Er nickte. »Die Ruhe, die dem Ende vorangeht«, flüsterte er Bertha zu. Gustav lag ruhig da, mit geschlossenen Augen. Er fühlte, wie sie um ihn standen, betend in Erwartung des Todes. Eine halbe Stunde verging. Es war sonderbar. Wo blieben die Schmerzen? Sein Kopf wurde heller. Mit halb geöffneten Augen blickte er um sich und sah sie betend dasitzen. Er bemerkte, daß Veronika nicht mehr dabei war. Er hatte den Lärm unten gehört. Wo blieb aber nun der Tod? Er mußte doch jetzt sterben, nachdem er sich von seiner Last befreit hatte. Er wartete... Plötzlich befiel ihn ein Schrekken. Gott! O Gott! Wenn er nun nicht sterben sollte? Nein, Herrgott, bitte, laß mich sterben. Wenn er nun wieder gesund würde? Nein, o nein! Er begann still zu beten, daß der Tod ihn bald erlösen möchte. Er hatte mächtiges Herzklopfen vor Angst. Wenn er wieder gesund würde, wäre sein Leben eine Hölle. Der Tod würde ihm seinen Fehler verzeihen lassen, und er könnte seine Ehre behalten. Er wollte und mußte sterben.
Er kniff die Augen zusammen, streckte seine Beine aus,

hielt den Atem an und verhielt sich ganz wie ein Toter, als wollte er dem Tod seine Aufgabe erleichtern. Aber der Tod kam nicht. So ging eine Stunde herum.
Der Arzt zuckte mit den Achseln – er wußte nicht mehr, was er dazu sagen sollte. Er fühlte Gustav noch einmal den Puls. »Gut«, sagte er. »Fühlen Sie sich nicht besser?« fragte er den Kranken. Gustav antwortete nicht und stellte sich tot. »Er schläft«, meinte der Arzt seufzend. »Das Schlimmste ist nun überstanden. Das ist oft bei dieser Krankheit so.«
Alle sahen Tränen aus Gustavs Augen laufen. »Er träumt«, meinte der Arzt. »ich komme morgen noch einmal wieder.«
Bertha sah starr vor sich hin, ohne ein Freudenzeichen. »Der Tod verzeiht alles,« lispelte sie, »aber das Leben nicht.«

Ambiorix

Ambiorix hat eine rote Kartoffelnase, unter der ein struppiger, schwarzer Schnurrbart feucht über die Unterlippe herabhängt. Seine Brauen gleichen langhaarigen Raupen, die böse sind, und tief unter der zurückfliehenden Stirn blinken scharf, aber ein wenig wehmütig, die kleinen, braunen Augen.

Er liebt die Gewalt.

Er ist Bäcker, weiß mit seiner Kraft nirgends hin und boxt bisweilen verzweifelt auf den harten, geschwollenen Teig wie auf den Bauch eines weißen Elefanten.

»Wer nimmts mit mir auf?« fragt er herausfordernd in der Wirtschaft, entblößt seinen Arm und läßt voller Stolz seinen Bizeps langsam anschwellen.

Die Leute schweigen in Bewunderung und Angst und trinken ihr Bier.

Das sind seine Schlachten; aber weil sie ohne Feind vor sich gehen, stimmen die Siege ihn traurig.

Ambiorix tritt mit bloßen Armen und bloßer, behaarter Brust in die Küche. Es ist Montag, und sein Sonntagsgeld ist vertrunken.

»Emma, gibt mir einen Franken!«
Emma ist seine Frau, eine schlampige Person, die immer schnupft, um die Armut und ihre ewigen Zahnschmerzen in einem Niesen vergessen zu können.
»Ach, Achill«, klagt sie, du hast gestern meinen letzten Groschen gekriegt.«
»Zwei Franken!« klingt es drohend.
»Aber Achill, es ist diese Woche doch so knapp gewesen!«
»Drei Franken!«
»Aber Achill, wir können morgen kein Fleisch holen!«
»Fünf Franken!«
»Ach Gott, ach Gott! und Donnerstag kommt der Kassierer aus der Mühle wegen des letzten Sackes Mehl!«
Ambiorix hat eine Glasvase vom Kamin genommen und sagt abgemessen, während er die Vase vor sich hin hält: »Eins... zwei... drei!« Und gleichgültig läßt er sie fallen, als ob es eine Zeitung wäre. Die Scherben klirren wie Musik. Die Frau weint, während sie sich mit ihren schwieligen Händen im Haar kratzt.
»Ach Achill! Die schöne Vase, die ich auf der Tombola gewonnen habe! Ach Gott, ach Gott, sie hatte wohl einen Sprung, aber das sah kein Mensch! Oh, oh, meine schöne Vase, die ich auf der Tombola für die chinesischen Kinder gewonnen hab!«
Ambiorix hat eine zweite Vase genommen und sagt wieder abgemessen: »Eins... zwei...«, das Wort »drei« kommt nicht heraus, die Frau holt hastig und schluchzend die Börse aus der Schublade des Tisches und gibt ihm betrübt und zögernd die fünf Franken.
Er hätte das Geld ja auch, ohne zu fragen, aus der Schublade nehmen können, aber ihm liegt am Sieg.
Spät in der Nacht, als der Mond schief hängt, müde vom Heruntergucken auf die kleine Stadt, kommt Ambiorix

leicht angesäuselt nach Haus. Er singt mit seiner rauhen Stimme durch die schlafenden Straßen.

Und die uns wollen verhauen,
Müssen wackere Kerle sein!

Er kommt an seine Tür. Durch die Scheiben sieht er die kümmerlichen Ladenflaschen, in denen nichts mehr ist, und die Fächer, auf die noch etwas drauf gehört.
Einen Schlüssel hat er nicht, den hat vor zwei Jahren der Kleine verloren. Und wie gewöhnlich geht er ein paar Schritte rückwärts, nimmt einen Anlauf und tritt die Tür ein. Der Riegel springt klirrend über den Fußboden, er sucht den Riegel, befestigt ihn wieder, wo er hingehört, und schließt die Tür von innen.
Sein Leben verläuft einfach, ohne viel Umstände.
Sie haben eben Kaffee getrunken. Die Tassen sind leer, mit braunen Kaffeerändern. Die müssen nun abgewaschen werden, und Emma sitzt jammernd vor Zahnschmerzen auf ihrem Stuhl. Hinter ihnen steht der Glasschrank, ohne Glas, seit irgendeinem Ambiorix-Siege. Um Emma die Arbeit zu sparen, nimmt Ambiorix die Tassen und die Kaffeekanne und wirft sie geschickt, ohne sich umzusehen, in die Fächer des Glasschrankes. Und da Emma immer Zahnschmerzen hat, ist Ambiorix immer so behilflich. Denn er scheut keine Mühe. Sie sitzen in der Küche, deren Fenster nach der Straße zu liegen. Es ist ein Eckhaus. Es wird Abend. Die Dämmerung mausert sich über den Gegenständen, und Emma zündet langsam die Lampe an. Das Rouleau muß niedergelassen werden, jedoch die Schnur ist, ach schon so lange! durch einen zu kräftigen Ruck abgerissen, aber Ambiorix stellt sich auf einen Stuhl und zieht es an den Fransen herunter...
Und am Morgen steht er wieder auf einem Stuhl und reckt

sich, bis seine Hand die hölzerne Rolle erreicht, und rollt das Rouleau wieder auf.
Es ist Sonntag, und Ambiorix hat seine beste Hose an. Es ist eine graue Hose mit braunen Streifen.
Draußen schneit es, und der Ofen brennt schlecht. Der Feuerhaken, zum Schüren der Kohlen, ist nicht zu finden; der Kleine wird wieder damit gespielt haben, und Emma ist zu elend, um danach zu sehen.
Auf einmal ruft Ambiorix, der im »Riesen Finard« gelesen hat: »Wir wollen doch mal sehen, ob der Feigling nicht brennen wird!«
Er steigt auf einen Stuhl, schiebt den Deckel vom Ofen und stampft mit dem Schuh in die brennenden Kohlen. Ein Geruch von verbranntem Zeug heilt Emma von ihren Zahnschmerzen: »Du verbrennst dir deine Hose«, ruft sie, »deine gute Hose, zu 6,75 das Meter!«
»Was verbrennt, braucht nicht abgetragen zu werden«, sagt Ambiorix und kämpft weiter gegen den Riesen Finard.
An seinem Fahrrad ist ein Schlauch ohne Luft. Die Luftpumpe finden sie nicht, schon wieder die Schuld des Kleinen, und sie wissen, wenn sie auch die Pumpe finden, daß kein Gummischlauch daran ist.
»Her damit!« sagt Ambiorix und wirft sich auf den Bauch, nimmt das Ventil in den Mund und bläst den Schlauch auf, so leicht und so schnell, als ob es ein Frosch am Strohhalm wäre.
Wenn er liest, sind es nur Bücher, in denen viel gekämpft wird. Der Löwe von Flandern, Die drei Musketiere, Hans Unverzagt, Die vier Haimonskinder. Aber vor allem liebt er Jan Breydel und ganz besonders Ambiorix, der Cäsar tüchtig zu schaffen machte. Er spricht so viel von Ambiorix, daß man ihn auch so genannt hat, und das ist für ihn ein großer Ruhmestitel.

Wenn auf dem Jahrmarkt die Ringerbude aufgeschlagen ist, in der sich stets ein Neger betätigt, dann steht er da und wartet, bis der Budeninhaber ruft: »Wer unter den geehrten Mitbürgern wagt es, mit diesem Neger: Massala, dem Schwergewichtsmeister, zu kämpfen?«
»Ich«, ruft Ambiorix. Und kurz darauf hat er nur noch die Hose an und quetscht den schokoladenfarbenen Mohrenleib in seinen weißen Armen, daß das schwarze Sonnenkind die weißen Zähne zeigt und seine Augen wie Billardkugeln hin und her rollen.
Winter und Sommer steht er nach dem Mittagessen um ein Uhr vor der Tür. Er zeigt sich den Arbeitern, die auf die Arbeit gehn. Herausfordernd steht er da, die Hemdsärmel aufgerollt bis oben hin, wo man ihn geimpft hat, die haarige Brust entblößt.
Er wartet nur darauf, daß ihn einer mal schief angucken soll, um ihm dann eine runterzuhauen, daß man ihn drüben zum Apotheker tragen muß. Aber niemand guckt ihn schief an. Und das ist sein Ärger, daß er nicht kämpfen, daß er nur am stummen Teig seine Kraft auslassen kann.
Er möchte zwei, drei volle Mehlsäcke auf einmal durch die Stadt tragen, um zu zeigen, was er kann, aber er kriegt zur Zeit nur einen von der Mühle.
In diesem Augenblick des Tages erweist sich seine Kraft als ein verfluchter Zwang. Ach, könnte er sie nur zusammenquetschen im Ringen, Boxen, Schlag um Schlag, Gewichte heben! Er wäre ein großer Mann, und die Zeitungen würden in großen Buchstaben über Ambiorix berichten.
Jetzt ist er ein kleiner Bäcker mit einem halben Ofen Brot, der von mogen bis abends schuften muß, um arm zu bleiben. Brühmt werden um seine Stärke, das ist sein Verlangen, seine Sehnsucht, die Leere seines Lebens!

Wenn er vor dem Spiegel steht und seinen Bizeps anschwellen läßt, dann weiß er wohl, daß jetzt alles zu spät ist, er bekommt schon graue Haare und wird wohl Bäcker bleiben müssen.
Aber es soll in der Familie bleiben. Sein Söhnchen möchte er im Boxen erziehen, um aus ihm einen echten Ambiorix zu machen. Aber das Kerlchen ist so dünn wie ein Pfeifenrohr und heult schon, wenn ein anderer Junge mit dem Finger auf ihn zeigt. Und das ist wieder ein Ärger in seinem Leben, und wegwerfend sagt er: »Mein Apfel fällt weit von meinem Stamm.«
Ambiorix hat von dem großen Ringer gelesen. Seine Gedanken bersten davon. Er ist eifersüchtig. Während er den Teig im Trog bearbeitet, sieht er wie eine Vision den viereckigen Trichter mit tausend Menschen, gespannt aus dem Dämmerlicht auf die Mitte blickend, wo unter einem Zelt von weißem Licht nackte, muskelstarke Leiber einander umklammern. Im ganzen Saale hört man nur das Keuchen der beiden Ringer und das Klatschen ihrer Hände auf dem nackten Fleisch.
Aber der stärkste ist nicht der große Ringer, über den jetzt alle Zeitungen berichten. Es ist Ambiorix in eigener Person!
Er sieht sich selber dort stehen; auf seinen Rücken klatscht man, seine Hände sind es, die den anderen umschlingen, o so heftig! Die Armballen schwellen, die Muskeln seufzen und krachen, die Schenkel klappern, die Adern wollen springen, und der Bauch legt sich in Knoten wie ein Blumenkohl, aber er läßt nicht locker, und klatsch! er ist es, der den andern mit einem Knall und Knochenkrachen auf den Rücken niederklebt! Bravo!
Ein orkanartiger Applaus bricht los, Hüte werden geschwenkt, Blumen fallen ihm vor die Füße, Berichterstatter und Photographen umringen ihn, es gibt ein

Siegesfestmahl mit laut herausgekrähten Ansprachen und einen Triumphzug mit Musik in einer geschmückten Straße mit vielen Lichtern vor den Fenstern. Und Ambiorix dankt, und von der hohen Treppe des Rathauses herunter will er die Menge seiner Bewunderer anreden, doch da merkt er, daß er vor einem Trog mit Teig steht, stummem, weißem Teig!

Das verwandelt sein Blut in Essig, und plötzlich schmeißt er die Küchentür auf und ruft seiner von Zahnschmerzen geplagten Frau, die sich eben waschen will, fluchend zu: »Warum wolltest du mich denn auch durchaus zum Manne haben, statt wirklich ins Wasser zu gehen? Wärst du nur ins Wasser gegangen, dann hätte ich jetzt in den Zeitungen gestanden! Du Schnupfnase du!«

Der Mantel der Armut

Frau Katharina Kippenberg widme ich diese Legende,
die ich aus Ehrfurcht für Elisabeth,
die Heilige Rose Deutschlands, geschrieben habe.

Die zwei Barfüßermönche, einer trug einen weißen Bart und der andere hinkte ein wenig, brachten den Mantel des heiligen Franziskus zur Gräfin Elisabeth auf die Wartburg.

Den Mantel des heiligen Franziskus. Den nächsten Zeugen seines heiligen Lebens. Sein Blut klebte daran, Tränen waren hineingetrocknet, er roch nach Erde und feuchtem Stroh, er war geflickt, hier war ein Loch, dort ein Riß, und die Ränder waren vor Alter ausgefranst.

Sie trugen ihn vorsichtig und ehrfurchtsvoll. Sie trugen ihn abwechselnd auf den Armen wie eine Mutter, die ihr schlafendes Kind zu Bett bringt. Und während der eine Bruder den Mantel trug, hielt der andere einen Zipfel in der Hand, wie man es mit einer Fahne in der Prozession tut.

Der felsige Pfad schoß steil in die Höhe durch den hochgewölbten Buchenwald, der vom Herbst gelb war und golden in der Sonne glänzte. Dort oben, auf dem Gipfel des Berges, wohnte Elisabeth in einem großen Schloß. Elisabeth. Und der eine Bruder sprach zum andern über ihr schönes und edles Leben. Sie sprachen darüber wie zwei gute Sänger, die sich auf der Wanderschaft aus Bewunderung ohne Reihenfolge Bruchstücke eines Singspiels vorsingen, einmal aus dem zweiten Akt, dann aus dem ersten, dann wieder aus dem dritten.

»Und obwohl sie ihren Gemahl lieb hat, wie kaum jemals eine Frau einen Mann zu lieben vermochte, lebt sie doch völlig im Herrn. Ihr Gemahl und ihre Kinder sind das einzige Band, das sie an diese Welt bindet«, sagte Bruder Bonifaz, der Mann mit dem weißen Bart.

»Das weiß ich«, meinte der lahme Bruder Gerhard, ein kleiner, untersetzter Mann, der stets in die Luft guckte, wenn er sprach; »es ist vorgekommen, daß sie ihn in der Kirche so sehr bewunderte, daß sie die Messe darüber vergaß. Dafür hat sie schwere Buße auf sich genommen. Er muß ein schöner Mann sein, ein schlanker Blonder. Sie hat ihn mächtig lieb und ist immer bei ihm; wenn er eine nicht allzu weite Reise macht, dann reitet sie stets an seiner Seite.«

»Und wenn er nicht zu Hause ist«, sagte nun Bonifaz, »dann trägt sie ein schlichtes Kleid wie eine Nonne; wenn sie ihn aber erwartet oder wenn sie bei ihm ist, dann schmückt sie sich mit den schönsten Kleidern, die man sich denken kann.«

»Das weiß ich«, rief nun wieder der lahme Gerhard, »und es ist früher manchmal vorgekommen, daß sie in der Kirche plötzlich ihren ganzen Schmuck weinend und verächtlich ablegte; und weißt du, was sie antwortete, als die Mutter ihres Mannes sie deswegen tadelte?«

»Nein«, antwortete Bonifaz.

»Nun, sie sagte: ›Wo unser Herrgott mit Dornen gekrönt

am Kreuze hängt, ziemt es sich nicht für eine Sünderin, eine Krone von Gold zu tragen.‹«

»Herrlich! Die Tochter des Königs von Ungarn!« seufzte Bonifaz. »Wahrhaftig«, rief er, »der Sterndeuter Klingsor hatte recht, als er ihre Geburt am Himmel angekündigt sah und ausrief: ›Ich sehe einen schönen Stern, der von Ungarn bis Marburg leuchtet.‹ Du wirst sehen, Bruder Gerhard, drüben in Marburg, hinter den blauen Bergen, werden durch sie noch wunderbare Dinge geschehen.«

»Das weiß ich«, erwiderte Gerhard, »oder vielmehr, das glaube ich schon. Als sie vier Jahre alt war, bat der alte Graf um ihre Hand für seinen Sohn, der damals sieben Jahre zählte. Ihr Vater, der König von Ungarn, gab sie sofort mit. Fünfzehn Ochsenwagen, schwer beladen mit Schätzen, brachten sie hierher. Aber ihr Herz barg noch viel reichere Schätze an Frömmigkeit, Güte und Liebe. Mit dreizehn Jahren hat sie den jungen Grafen geheiratet...«

»Und wie sehr zeigt er Verständnis für ihre Liebe zu den Armen und Kranken!« sagte Bonifaz. »Am Fuß dieses Berges hat er ein kleines Krankenhaus bauen lassen für die Kranken, die sie selbst pflegt. Eine Königstochter als Krankenpflegerin! Herrlich! Früher, als der alte Graf noch lebte, wurden da oben täglich Feste gefeiert, bei denen die Minnesänger ihre Kunst zeigten. Du weißt, daß unser Vater Franziskus vor seiner Bekehrung auch einmal Minnesänger werden wollte.«

»Jawohl, das weiß ich.«

»Jetzt gehen da täglich die Bettler ein und aus. Ihre Hände brennen förmlich danach, Almosen zu geben. Ihr Mann läßt sie ruhig gewähren. Was mir gehört, gehört auch ihr, sagt er. Aber ihr Beichtvater...«

»Von dem Beichtvater habe ich schon gehört, das muß ein alter Igel sein!«

»Bruder Gerhard, du vergißt, daß er ein Priester ist.«
»Das weiß ich, das weiß ich, es war ja auch nicht so böse gemeint. Er will eine Heilige aus ihr machen, indem er sie auf die Probe stellt und ihre Wünsche und ihre stürmischen Gefühlsregungen einer gewissen Ordnung und Zucht unterwirft. Seitdem sie von unserem Vater Franziskus durch die Brüder gehört hat, will auch sie in heiliger Armut leben. Sie hat zu ihrem Mann gesagt, daß sie gern mit ihm in einem kleinen Bauernhof mit einem Dutzend Schafen wohnen möchte. Während er das Feld bearbeitet, würde sie frohen Mutes die Wolle spinnen und weben.«
»Herrlich!« rief Bonifaz. »Aber, was meint ihr Beichtvater dazu, Bruder Gerhard? ›Du bist eine Fürstin‹, sagte er, ›und du mußt deine Standespflicht erfüllen. Willst du ein armes Leben führen, gut, aber dann nur auf dem Wege, den Gott mir für dich gezeigt hat.‹ Und er verbietet ihr, alle Speisen, die nicht der eigenen Ernte oder der Jagd entstammen, anzurühren. Alles, was als Pachtzins oder durch sonstige Zwangsmaßnahmen aufs Schloß kommt, trägt den Fluch der Ungerechtigkeit, sagt er, und so leidet sie oft Hunger, selbst wenn sie mit ihrem Mann am Tische sitzt. Sie nimmt das alles gern auf sich; wenn aber ihr Beichtvater ihren Drang nach Wohltätigkeit zügelt, dann versucht sie jede List, um, ohne ungehorsam zu sein, doch Almosen geben zu können.«
»Das weiß ich, Bruder Bonifaz! Mit ihren Gebeten, ihren Krankenbesuchen und freiwilligen Bußen ist es genauso. Er regelt alles, paßt auf wie ein Wachhund. Sie soll alles in sich abtöten.«
»Selbst ihr eigenes Herz«, fügte Bonifaz hinzu.
»Jawohl, und wenn man dabei bedenkt, daß sie erst achtzehn Jahre alt ist. Ich will nicht mehr sagen, daß er ein Igel sei, aber es ist wohl keine Sünde, wenn ich den

Weg unseres Vaters Franziskus für besser halte: sich sofort mit seinem ganzen Wesen der heiligen Armut hinzugeben.«
»Und dennoch ist sie stets guter Dinge und erklärt jedem, den sie traurig sieht: Du erschreckst ja unsern Herrgott. Sie kann gut singen. Weißt du auch, Bruder Gerhard, daß sie eine Harfenspielerin aus Ungarn mitgebracht hat?«
»Nein, sonderbar, das wußte ich nicht. Ich möchte sie gern singen hören. Ich bin ganz versessen auf Musik...«
»Pst«, machte Bonifaz plötzlich und stieß Bruder Gerhard an. Drüben, auf einem hellen Grasfleck, an einem kleinen Bach, der über bemooste Steine sprang, trank ein Hirsch mit einem großen Geweih. Die Brüder betrachteten erstaunt das schlanke Tier.
»Unser Vater Franziskus würde mit ihm sprechen und ihn Bruder Hirsch nennen«, flüsterte Bonifaz.
»Hast du einmal gehört, wie Vater Franziskus zu den Tieren sprach?« fragte Bruder Gerhard.
»Ja, einmal sprach er mit Kaninchen, ein andermal mit einer Heuschrecke.«
»Und hörten sie ihm zu?«
»Ja... pst... der Hirsch sieht uns... Heiligen hören sie immer zu...«
In der Ferne erklangen Jagdhörner. Der Hirsch hob seinen schönen Kopf, schnüffelte in der Luft, warf sein Geweih nach hinten und rannte in den Wald hinein.
»Ach, Bruder Bonifaz, warum hast du nicht mit ihm gesprochen?« rief Bruder Gerhard ungehalten.
»Ich? Das konntest du doch auch, Bruder.«
»Ich? Ich bin doch nicht so blöde, daß ich mich für einen Heiligen ausgeben möchte«, sagte Bruder Gerhard. »Ach, wäre ich doch ein Heiliger, ich liebe die Tiere so sehr. Ich würde mich tagelang mit ihnen unterhalten, mit Vögeln und Mäusen, mit Pferden und Kühen, sogar mit den

Hühnern... Sag, Bruder Bonifaz, ob wohl die Gräfin Elisabeth sich auch mit den Tieren unterhält?«
»Man behauptet, daß die Tiere vor ihr nicht fliehen.«
»Siehst du wohl! Vor uns fliehen sie. Sie ist eine Heilige! Komm, ich habe noch nie eine Heilige gesehen, auch unseren Vater Franziskus nicht. Aber wenn ich mit Gottes Hilfe wieder nach Italien komme, dann muß ich ihn sehen, und wenn es mir den Kopf kosten sollte.«
»Bis dahin wird unser Vater Franziskus im Himmel sein.«
Sie sahen einander an, beugten demütig den Kopf und schwiegen lange. Endlich sprach Bonifaz: »Bruder Gerhard, wollen wir nicht, aus Verehrung für unseren Vater Franziskus, aus dem Bach trinken, woraus Bruder Hirsch getrunken hat?«
»Das ist ein guter Gedanke; hätte er das auch getan?«
»Davon bin ich fast überzeugt.«
Bruder Bonifaz überreichte Bruder Gerhard ehrfurchtsvoll den Mantel, kniete am Rand des Baches nieder, beugte sich übers Wasser, schöpfte mit der Hand und trank.
Als Bruder Gerhard an der Reihe war, legte er sich flach auf den Bauch, tauchte seinen roten Kopf ins Wasser und trank mit so gierigen Schlucken, daß er nach Atem schnappen mußte.
Sie schritten weiter. Bruder Bonifaz trug den Mantel auf seinen ausgestreckten Händen, und Bruder Gerhard hielt ehrfurchtsvoll einen Zipfel fest. »Wir wollen nun wieder beten«, sagte Bruder Bonifaz, und mit lauter Stimme betend, stiegen sie den Berg hinan.
Heute morgen hatten sie diesen Berg mit seinem Schloß blau in der Ferne liegen sehen. Jetzt, wo sie hier waren, war er ganz golden und waren die anderen Berge, die sie verlassen hatten, wieder blau.
Plötzlich tauchte das Schloß mit seinen stolzen, tiefen

Grundmauern, wie aus dem Felsen gewachsen, hoch aufragend vor ihnen auf. Sie betrachteten die äußeren Wehrgänge mit ihren Bogen und farbigen Säulen und erkannten deutlich das Adlerwappen auf dem kupfernen Wetterhahn.

»Hier wohnt sie«, sprach Bruder Bonifaz feierlich.

»Das weiß ich«, seufzte Bruder Gerhard staunend.

In diesem Schloß also lebte und betete sie. Sie betrachteten es eine Weile, wie man eine aufblühende Blume betrachtet, und dann eilten sie plötzlich weiter, als hätten sie Angst, daß sie zu spät kommen könnten. Sie gelangten auf den breiten Fahrweg und an das große Außentor. Zu beiden Seiten stand ein Haufen Bettler. Einige gingen den Berg hinunter und sahen sehr unzufrieden aus. Eine Frau, ganz grün vor Hunger und Elend, mit drei abgemagerten Kindern, rief ihnen mit heiserer Stimme zu: »Ihr Mönche werdet auch nichts bekommen. Ihr Beichtvater wird ihr wieder verboten haben, Almosen zu geben. Ihr müßtet einmal an unseren Heiligen Vater in Rom schreiben, daß er ihn in ein Kloster einsperrt. Er hockt auf unserer Armut wie ein Rabe.«

Die Brüder gingen verlegen weiter. »Siehst du wohl«, sagte der lahme Bruder. Er meinte den Igel, aber er sprach es nicht aus. »Oh! Da ist unser Vater Franziskus doch ein ganz anderer Kerl«, fügte er fast jubelnd hinzu.

Die Bettler sahen verwundert auf die Brüder, die mit dem Mantel nahten.

»Wenn uns wenigstens aufgemacht wird«, meinte Gerhard ängstlich.

»Wir bleiben stehen, und wäre es tagelang«, entschied Bonifaz.

Sie schritten auf die kleine Tür zu, die im Tor eingearbeitet war.

»Laß den Klopfer fallen!« sagte Bonifaz.

Bruder Gerhard streckte den Arm aus, aber da öffnete sich gerade die Tür, und eine junge Frau trat hervor, fast noch ein Mädchen, herrlich in Samt und Seide gekleidet, mit einer weißen, breit auseinandergefalteten Haube auf dem Kopf, in deren Schatten, aus einem frischen Gesicht, große schwarze Augen glänzten. Ein großes goldenes Kreuz hing auf ihrer schmalen Brust, und über ihrem stark gewölbten Bauch trug sie mit zarten Händen, in einem aufgerafften Oberkleid aus Silberbrokat, einen Haufen glänzende Brötchen. Elisabeth.

Elisabeth! Die Bettler stürzten alle zugleich auf sie zu. Elisabeth brachte den Armen Brot. Sie hatte sich nicht mehr halten können, denn es war schon der zweite Tag, an dem ihr Beichtvater ihr verboten hatte, Almosen zu geben. Sie fand keine Ruhe. Wenn ein reicher Ritter kam, durfte sie ihn mit Wein und gutem Essen bewirten; aber die Armen mußte sie vor dem Tor hungernd stehen lassen. Und sie wußte selbst, was Hunger heißt. Sie hatte sich bei ihrem Mann darüber beklagt. Es tat ihm sehr leid, aber er war doch der Meinung, daß sie dem Beichtvater, den er für sie bekommen hatte, Gehorsam schuldig sei. Sie fand keine Ruhe und fand keinen Ausweg. Sie sprach darüber mit ihren beiden Hofdamen Isentrud und Guda, aber auch die wußten keinen Rat. Im Speisesaal stand der Tisch überreich gedeckt für die Herren, die bald von der Jagd zurückkehren mußten.

Es ging über ihre Kraft. »Ich will die Strafe auf mich nehmen, Herr Jesus, aber ich lasse dich in der Gestalt dieser Bettler nicht hungern!« Eilig sammelte sie Brötchen vom Tisch in ihr zusammengerafftes Kleid. Nun stand sie atemlos und glücklich da, die beiden Hofdamen hinter ihr. Die Bettler und Krüppel, Männer, Frauen und Kinder, drängten mit erhobenen Händen auf sie ein und riefen ihr durcheinander ihre Not zu.

Sie sah die beiden Brüder, Brüder der heiligen Armut, die sie so sehr verehrte und beneidete. Aus Ehrfurcht bot sie ihnen das erste Brötchen an.
Aber Bruder Bonifaz sagte zögernd und gerührt: »Nein, edle Gräfin, wir kommen nicht als Bettler, wir bringen Euch den Mantel...«
Bruder Gerhard kam ihm zuvor: »Wir bringen Euch den Mantel unseres Vaters Franziskus, wir kommen aus Italien.«
»Jawohl«, sagte Bruder Bonifaz, »vom Krankenbett aus sendet er Euch seinen Mantel...«
»Ihr hattet um ein Läppchen, ein paar Fäden seines Kleides gebeten«, sagte Bruder Gerhard, doch Bruder Bonifaz fiel ihm ins Wort: »Aber er hatte so viel von Euren hohen Tugenden und Eurer milden Wohltätigkeit gehört...«
»Daß er Euch seinen ganzen Mantel schickt«, ergänzte Bruder Gerhard schnell.
»Es ist der Mantel«, erklärte Bonifaz, »mit dem er in Jerusalem das Heilige Grab besuchte...«
»Und den Stall von Bethlehem«, lachte Gerhard.
»Mit dem er auf dem Alvernoberg die heiligen Wundmale erhielt«, jubelte Bonifaz.
»Und den er trug, als er das Sonnenlied sang, das schöne Sonnenlied«, strahlte nun wieder Gerhard.
»Er ist von seinen Tränen durchtränkt«, sagte Bonifaz ehrfurchtsvoll.
»Sein Blut klebt daran«, prahlte Gerhard.
Freudentränen glänzten in Elisabeths Augen. Während eine Hand das Kleid festhielt, in dem die Brötchen lagen, legte sie die andere dankend auf die straff eingespannte Brust und das mit Edelsteinen besetzte Kreuz. Mit einer dünnen Stimme, zart wie sie selbst, brachte sie ihre Freude zum Ausdruck: »Hab Dank, o Gott, für diese allzu

würdige und köstliche Gabe, die dein Diener Franziskus mir sendet! Es ist das edelste und schönste Kleid, das ich jemals werde tragen dürfen. Der Mantel der heiligen Armut.« Sie berührte ihn vorsichtig und voll Ehrfurcht.
»Legt ihn mir um, Brüder, und ich danke euch und eurem großen Vater.«
Sie beugte sich vornüber. Die Brüder legten ihr schweigend, unterstützt von den beiden Hofdamen, den rauhen Mantel um die Schultern. Der geflickte Mantel, mit dem dumpfen Geruch von Höhlen und Moos, bedeckte ihre nach Blumen duftenden und mit Perlen besetzten Königskleider. Ein froher Glanz verbreitete sich über ihr schmales Gesicht, und unter der Last eines überwältigenden Glückes schloß sie die großen Augenlider und lispelte leise wie ein Gebet: »O herrlicher Segen Gottes, hab Dank, daß du mich mit dem Mantel der Armut umhüllst, und laß mich nach dieser Gabe so leben, daß ich würdig werde, ihn zu tragen.«
In einer himmlischen Verzückung stand sie da, und alle blickten erstaunt und ehrfurchtsvoll auf Elisabeth, die bald wieder Mutter werden sollte. Der Glanz eines Engels schien aus ihrem Wesen zu strahlen.
Plötzlich ertönten Hufschläge. Die Bettler blickten sich um und wichen ängstlich zur Seite: der Graf und der Beichtvater.
Elisabeth schreckte aus ihrer Verzückung auf und schlug schnell den Mantel über die Brötchen.
Der Graf, hoch zu Roß, glänzte frisch und blond in der Sonne, und wie ein Schatten ritt hinter ihm der Beichtvater in einer weiten, schwarzen Kutte. Das elfenbeinblasse, abgemagerte Gesicht unter der Kapuze hatte eine kurze Habichtsnase, fast keinen Mund und dunkle Eulenaugen. Wie ein Bild aus Stein sah er sie an, seine Blicke gingen durch sie hindurch.

»Was verbirgst du unter diesem Mantel, liebe Schwester?« fragte der Graf.
Ertappt, schuldbewußt, aber demütig und bereit, Vorwurf und Buße auf sich zu nehmen, sprach sie gelassen: »Überzeuge dich selbst, Bruder!«
Sie schlug den Mantel auf. Im Silberbrokat ihres Oberkleides lagen nur frische weiße und dunkelrote Rosen.

In den Seelenstunden ihres Lebens hüllte sich Elisabeth in diesen würdigen Mantel.
Jede Nacht um zwölf, zur heiligen Weihnachtsstunde, verließ sie wie immer in aller Stille das Bett ihres Mannes und kniete nieder vor dem hageren Christusbild, das, leicht vornüber gebeugt, einsam im trüben Licht einer Ölfunsel an der Wand hing.
Sie zitterte unter dem hauchdünnen Nachtkleid. Ihre schmalen Knie sogen die Kälte der blauen Fliesen in ihren zarten Körper. So konnte sie stundenlang dasitzen. Zuweilen hockte sie in der Nacht am Boden wie ein dunkles Tier unter dem Mantel des heiligen Franziskus. Dann wurde sie von einem dunklen Schmerz bedrängt, oder sie fühlte sich lau und sündig. Dann verlangte sie nach Rosen für ihre Seele.
Sie trug den Mantel am Karfreitag, da sie als Büßerin, barfuß in ihren Holzsandalen, sich als arme Frau unter das Volk mischte. Sie trug ihn, als sie zu Konrad, diesem Geier, zur Beichte ging. Wie ein Geier, der das Fleisch von den Knochen eines Lammes zerrt, so riß er alles Irdische von ihrer Seele.
Als ihr drittes Kind geboren war und sie seinem gierigen Mündchen die erste Muttermilch schenkte, trug sie diesen Mantel. Sie suchte Schutz unter seinen Falten, als sie den Tod des Franziskus vernahm.
Der Mantel des Franziskus!

Dieser Mantel erfüllte ihr Wesen mit geheimnisvollen Kräften, und ihre Seele entfaltete sich viel schneller unter seinem Schutz. Ihr schien, als reiche Franziskus ihr dann die Hand auf den steilen Pfaden des Geistes. Sie stand höher, sie blickte weiter. Himmel und Erde berührten sich. Eines Tages ergriff sie die Hand ihres Mannes, ihres blonden Bruders. Sie warf den Mantel um ihrer beiden Schultern und sprach: »So möchte ich mit dir betteln gehen.«
Sie wollte so viel von dort oben und so wenig von hier unten, aber ihr eiserner Beichtvater stand dazwischen. Bei jedem Wunsch krächzte er: ›Nein.‹ Sie war wie eine Taube, die emporfliegen wollte zu den blauesten Höhen, aber Konrad hielt sie in seinem Schnabel gefangen und riß ihr die Federn aus.
»Genügsamkeit, Demut, Demut!«
Auch in den Stunden, als sie unter seinem harten Befehl gebrochen dalag, hüllte sie sich in den Mantel, und der Trost kam über sie wie eine süße Musik. Und dennoch, trotz allem: Konrad, ihrer Pflicht als Frau und Mutter, als Königstochter und Fürstin – ihr Herz jubelte der Armut entgegen, der heiligen Armut. Der Mantel des Franziskus durchstrahlte sie.

Elisabeth blickt vom höchsten Wehrgang aus in den sanften Herbstabend hinein. Sie lehnt sich an die Brüstung. Sie trägt ein Kleid aus schwarzem Samt, und die breite Haube leuchtet wie ein Lilienschein um ihren Kopf. Am kleinen Finger ihrer linken Hand trägt sie einen zu großen, schmalen Ring aus Gold. Betend blickt sie in die Ferne. Der Mond steigt rot zwischen den Bergen herauf, und über die kahlen Wälder, deren feuchten Holzgeruch man bis hier oben spürt, treiben dichte Nebelschwaden.
Ihr Blick geht hoch und weit über die hügelige Landschaft,

über die Berge dahin. Mit dem Herzen blickt sie über die Berge hinweg, immer weiter und weiter, bis über das Meer. Im Geiste folgt sie ihrem blonden Bruder, ihrer Sonne. Er fährt auf einem Schiff, dessen weiße Segel mit einem roten Kreuz gezeichnet sind. Auch sein Banner und seine geharnischte Brust tragen das Kreuz. Hunderte von Schiffen fahren wie ein Vogelschwarm über das Meer, bringen Tausende von Kriegern nach Jerusalem, um das Grab Christi zu befreien. Alle waren gottestrunken, waren wie lodernde Flammen.

Als auch sie diese Glut, dieses »heilige Müssen« hinter seiner Liebe entdeckte, hat sie ihn auf den Knieen gebeten, sie nicht zu verlassen. Ihn konnte sie nicht entbehren. Sie will in völliger Armut mit ihm leben; mit ihm will sie alles auf sich nehmen, alles ertragen. Aber sie will ihn nicht gehen lassen. Er gab ihr Kraft und Ruhe. Für ihn kämpfte sie mit Gott. Verzweifelt hielt sie ihn mit ihren Armen und mit ihrer Seele umschlungen, denn sie wußte, wie die Nacht auf den Tag folgt, daß er nie wiederkehren würde. Sie mußte ihn freigeben, denn Gott war stärker als sie. »Gott will es!« sagte ihr Mann.

Da hüllte sie sich in den Mantel ein und betete, und die Ergebung kam wie ein Morgen über ihre Seele. Sie würde ihn nie wiedersehen, das fühlte sie im Klopfen ihres Blutes. Deshalb ließ sie die Kinder beim Abschied sagen: »Gute Nacht, Vater.«

Auch ihr letztes Wort, als sie ihn, überströmt von Tränen, zum letztenmal umarmte, lautete: »Gute Nacht, mein Bruder.« »Gute Nacht, mein Bruder«, sprach sie jeden Abend, wenn sie vor dem hohen Christusbild niederkniete.

Als ihr viertes Kind, ein paar Wochen nach seiner Abreise, geboren wurde, flüsterte sie ihm heimlich zu: »Dein Vater schläft.«

Sein Tod war ihrem Herzen so sicher angekündigt, daß sie es nicht mehr wagte, für seine Rückkehr zu beten.
Und dennoch steht sie wieder hier, wie jeden Abend seit dem Wochenbett, das sie so sehr geschwächt, so zart und hager gemacht hat, blickt in die Ferne und folgt im Geiste den Schiffen. Zwischen den Tausenden erkennt sie ihn, blond und strahlend wie ein Sonntag.
»Er sieht auch diesen Mond und denkt vielleicht an mich.« Der Mond vermittelte beider Grüße.
»Mein Bruder, mein Bruder, wo bist du?« lispelte sie und drehte schneller mit Daumen und Zeigefinger den zu großen Ring um ihren zarten, kleinen Finger. Er hatte ihr diesen Ring beim Abschied gegeben und ihr seinen großen Siegelring gezeigt, auf dem das Lamm Gottes eingeschnitten war. Den wollte er immer tragen, solange er lebe, und stets an sie denken... »Mein Bruder, wo bist du?«
Sie schaudert. Sie atmet schnell und heftig.
Unten im Tal wird ein Licht angezündet. Sie beugt sich über die steinerne Brüstung. Ein Licht. Dort sind Menschen versammelt, Mann und Frau und Kinder. Ihr Mann ist fort, und aus übervollem Herzen schreit sie auf: »Mein Bruder, wo bist du?«
Sie möchte es hinausschreien über die Berge, von Gipfel zu Gipfel, über die Wogen des Meeres. Sie möchte ihm nach, zu Pferd, zu Fuß. Jede Minute entfernt er sich immer mehr und für ewig von ihr. Sie wurde aufgeregt, ihr Blut schlug wild in ihrem Herzen. »O Herr, o Herr!« Es geht fast über ihre Kraft. Angst und Verzweiflung greifen ihr nach der Kehle. »O Herr, dein Wille geschehe, aber verzeih mir, daß ich so schwach bin und ihn so sehr, so über alles liebe... Laß diesen Kelch an mir... Laß diesen Kelch an mir...« Das Wort »vorübergehen« wagt sie aus Ehrfurcht vor Gott nicht auszusprechen. Sie kann nur sagen: »Verzeih mir, daß ich ihn so über alles liebe!«

Plötzlich gleitet der Ring von ihrem Finger und tanzt mit einem hellen Klang auf dem Stein. Sie will ihn erhaschen, aber schon springt er in die Tiefe. Ein gellender Aufschrei. Ihr ist, als fiele sie mit dem Ring in den Abgrund. Sie beugt sich tief vornüber, ganz tief, wie angezogen von einer geheimnisvollen Kraft...

Vor dem Tor tutet ein Horn... Sie springt auf, zuckt zusammen und wartet... Der kalte Schweiß bricht ihr aus der Stirn, und ihre blassen Lippen zittern. Angstvoll horcht sie hinein. Sie lehnt sich vorsichtig an eine Säule. Der Mond beleuchtet ihre weiße Haube und ihre langen Wimpern. Sie hört die Türen schlagen, ein undeutliches Rufen hinter dicken Mauern, rasche Schritte, viele Schritte. Die Mutter ihres Mannes. Isentrud und Guda bleiben ehrfurchtsvoll in einer gewissen Entfernung stehen...

»Elisabeth...«

Es wird plötzlich dunkel vor ihren Augen. Wie aus weiter dunkler Ferne hört sie: »Hier ist der Siegelring des Grafen, deines Gemahls.«

Ein Schrei, ein gewaltiger Schrei gellt durch die Luft und fährt wie ein Blitz hinunter in den Wald. Der Aufschrei eines Menschenherzens, das der Schmerz zerreißt.

Tot! Tot! Wahnsinnig vor Schmerz und Verzweiflung eilt sie die Treppen hinunter, durch Säle und Gänge, heulend und klagend: »Er ist tot! Er ist tot! Mein geliebter Bruder, mein Herzensfreund ist tot.«

Sie rennt gegen die Wand, stürzt hin, steht wieder auf, immer weiter. Sie sucht ihren Bruder. Sie möchte ihm in die Ewigkeit folgen, aber überall sind Türen und Wände...

In der Nacht liegt sie völlig erschöpft, lang hingestreckt am Boden, in der niedrigen, kühlen Kapelle, leise stöhnend unter dem Mantel des Franziskus.

»Nun ist die Welt, mit allem was darauf ist, tot für mich.« Sie findet keinen Trost. Der Kummer ist zu groß, denn sie hat ihn zu sehr geliebt. Sie will auch nicht getröstet werden. Daran kann auch der Himmel, selbst durch den Mantel des Franziskus, nichts ändern.

Heinrich, der Bruder ihres Mannes, jagt sie mit den Kindern aus dem Schloß. Einen Monat lang haben die Tränen ihre Augen entzündet, ihre Augenlider sind dick und rot. Sie kann ihren blonden Bruder nicht vergessen. Jetzt weint sie nicht mehr. Ein Wille und eine neue dunkle Glut ist in ihren Augen. Noch in dieser Nacht verläßt sie das Schloß, wo jeder Stein von ihrer Jugend, ihrer Liebe und ihrem Mutterglück singt. Es schneit, ein weißer, weicher Schnee, und draußen vor den Fensterscheiben wachsen langsam runde Kissen. Sie hat ihre vier Kinder ganz nahe bei sich: zwei in ihren Armen, eins schläft in seinen blonden Locken auf ihrem Schoß, das älteste lehnt an ihrer Schulter und blickt traurig in die Flamme der grünen Wachskerze. Sie betrachtet vertrauensvoll und demütig den großen, einsamen Christus, während sie auf den Pförtner wartet.
Ihres Gatten Bruder, der nun Schloßherr geworden ist, wollte mit dieser Frömmelei endlich aufräumen, sonst... hinaus! Erst ließ er die Bettler vor dem Tor mit Knüppeln vertreiben. Er verschloß ihr die Küchen und Vorratskammern, sogar die Linnenschränke. Das Geld, das ihr von Rechts wegen zukam, nahm er an sich. Sie möchte nur essen, was auf den Tisch käme! Ihr Beichtvater jedoch verbot ihr, diese Speisen anzurühren, da auf ihnen der Fluch der Ungerechtigkeit läge. Der Hunger machte sie hager und kraftlos, und in ihrem eigenen Hause bettelte sie bei den Mägden und Knechten um einen Bissen Brot. Graf Heinrich drohte, jeden hinauszuwerfen, der es

wagte, Elisabeth noch etwas zu geben. Isentrud machte es dennoch möglich, ihr ab und zu etwas zu bringen. Neben diesem Hunger ertrug sie die Vorwürfe und Beschimpfungen der Edlen und Höflinge: durch sie wäre die Grafschaft arm geworden, sie hätte verschwendet für eigenen Prunk, gestohlen und verschenkt aus Großtuerei, sie hätte die Freude aus der Burg verbannt, die einst berühmt gewesen sei durch ihre Minnesänger, und sie wüßte gewiß ganz gut, warum sie weinte, heimlich wäre sie wohl ihrem Mann untreu gewesen, und nun käme die Reue. So quälte man sie mit kleinen und großen Bosheiten. Sie konnte nicht einmal mehr die Tür ihrer Kammer schließen, immer war sie von Spähern umgeben. Der Trost der Einsamkeit blieb ihr versagt. Und ihr Beichtvater und Berater befand sich gerade auf einer weiten Reise.

Aber sie ließ sich nicht irremachen. Sie lehnte sich niemals auf; sie dachte an Jesus und an ihren blonden Bruder, und man sah nur Güte und Tränen auf ihrem Gesicht.

Dann mußte sie eben hinausgejagt werden wie ein räudiges Schaf.

Da richtete Elisabeth sich auf. Auf diesen Augenblick hatte sie gewartet. Nun lag der Weg klar vor ihr. Endlich die heilige Armut. Das, wonach ihre Seele verlangte, gab ihr Gott durch die Sünde der Menschen.

Die Tür öffnete sich. Es war der Pförtner.

»Kommt«, brummte er roh, aber gütig in seinen dichten Bart.

»Würdest du mir diesen Mantel umhängen?« bat sie.

Er stellte seine Laterne auf die Erde und legte den Mantel des Franziskus um ihre Schultern. Sie streichelte das eine Kind wach, und dann folgten sie dem Mann mit der Laterne und den Schlüsseln. Sie gingen über Treppen, durch Säle und Gänge. Eine kleine Tür öffnete sich, und die Kälte und der Schnee schlugen ihnen ins Gesicht.

»Ach, Gott!« sagte der Mann. Er schloß schnell die Tür hinter ihnen, aus Angst, daß ihn ein allzu großes Mitleid erfassen könnte.
»Ach Gott!« sagte Elisabeth wegen ihrer Kinder.
»Kommt schnell«, und sie nahm sie unter ihren Mantel. So gingen sie durch die vom Schnee erhellte Nacht hinunter in die kleine Stadt.
Der Schnee fiel auf ihre weiße Haube und auf den Mantel. Aus dem Tal klang das Glöckchen der Barfüßermönche herauf. Behutsam setzten sie ihren beschwerlichen Weg durch die nächtliche Stille und den fallenden Schnee fort, an den starken Stämmen der Bäume entlang.
»Mutter, warum singst du?« fragte das Mädchen.
»Aus Dankbarkeit, mein Liebchen, weil wir jetzt so sehr unserm Herrgott gleichen.«
Und lauter klang es aus ihrem Munde: Te Deum laudamus! Herr Gott, dich preisen wir!«
Wie ein Frühlingslied klang es durch den Wald.

An diesem Morgen wachte sie im unbenutzten Schweinestall einer Gastwirtschaft auf. Der Wirt, der gerade einen späten Saufbruder hinausgelassen hatte, hörte plötzlich Kindergeschrei und sah, wie eine Frau mit vier Kindern langsam heranwankte.
»Würdest du uns wohl aus Barmherzigkeit Unterkunft geben?«
Er kratzte sich hinter dem Ohr. »Alles besetzt, liebe Frau. Noch so spät?«
»Für den, dem man alles genommen hat, ist auch das Geringste gut genug«, drängte sie.
»Ich kann dich doch nicht im Schweinestall unterbringen.«
»Warum nicht? Unser Herrgott selbst wurde in einem Stall geboren und Franziskus auch.«

»Dann komm!«
Der Morgen war weiß und klar mit Schnee und Frost. Und nun betteln!...
Sie wurde gleich erkannt. Die ganze Stadt war auf den Beinen. Jeder wollte sie gesehen haben ... die Gräfin, die bettelte. Aber aus Angst vor dem Schloßherrn wurden viele Türen geschlossen, und am nächsten Tag bekam sie keinen Bissen Brot mehr. Am Tage hielt sie sich mit den Kindern in der Kirche auf, um ein wenig Schutz vor der Kälte zu suchen. Abends kehrten sie in den Stall zurück. Es wurde erzählt, daß sie verrückt geworden sei. Ein alter Pfarrer nahm sie bei sich auf, aber nur für wenige Tage, denn die Tyrannen vom Schloß ließen ihr keine Ruhe. Dann wieder zurück in den Schweinestall.
Isentrud, die gleich ihr das Schloß hatte verlassen müssen, konnte ihr ab und zu etwas bringen.
Elisabeths Augen glänzten. Arm sein wie Jesus! Arm wie Franziskus! Keine weltlichen Dinge mehr als Hindernis zwischen ihr und Gott! Aber: »Mutter, ich friere«, und »Mutter, ich habe Hunger«, und die beiden Kleinsten, die jammerten vor Entbehrung. Den ganzen Tag durchbohrten diese zarten Stimmen ihr Herz.
»Gott, was soll ich tun? Du rufst mich, und ich komme. Darf ich meine Kinder darunter leiden lassen? Begehe ich dadurch keine Sünde? ... Die Kinder in Pflege geben? ...«
Sie waren Blut von ihrem Blut und vom Blut ihres blonden Bruders. Mit unsichtbaren Wurzeln hält ihr Herz diese kleinen Wesen umschlungen. Müssen auch diese Wurzeln durchgeschnitten werden? O Gott, o Gott!
Aber auch dieser Schmerz blieb ihr nicht erspart. Die Kinder wurden in Pflege gegeben; Isentrud brachte sie zu freundlichen Menschen, denen sie willkommen waren.
Nun sitzt Elisabeth allein im Stall, ganz allein. Ihr einziger Besitz ist dieser Mantel. Sie hüllt sich darin ein,

macht sich klein, um Kopf und Füße darin zu verbergen wie ein Küken unter der Gluckhenne.
Tränen gnadenvoller Seligkeit treten in ihre Augen. Und nun macht sie sich auf den Weg, bettelnd über Berg und Tal. Wohin? Das ist ganz gleich. Gott führt sie an der Hand, und sie trägt den Mantel des Franziskus. Ist das nicht genug?

Sie genoß die Wonne der heiligen Armut. Sie schlief, wo sie konnte, löschte ihren Durst am Wasser eines Baches, und um das erbettelte Brot war ein Duft von Engeln. Ihr Beten wurde immer mehr zu einem verzückten Seelenrausch.
Der Bischof wollte sie mit dem Kaiser verheiraten. Ihre Antwort lautete: »Dann schneide ich mir die Nase ab, damit mich niemand mehr haben will.«
Konrad war aus Rom zurückgekehrt und eilte ihr nach wie ein Geier hinter einer Taube. Er holte sie ein.
»Zurück und nicht mehr betteln!«
Sie lachte vor sich hin.
Sie suchte Isentrud und Guda auf. Zusammen überlegten sie und traten zu dritt am Karfreitag feierlich in den Dritten Orden des Franziskus ein. Sie ließ sich die langen, schwarzen Haare abschneiden und zog die grobe Kutte der Ordensschwestern an. Damit hatte sie sich verpflichtet, in völliger Armut zu leben.
Sie wanderte und wallfahrte von einem Heiligtum zum andern. Die Ritter kehrten von dem mißlungenen Kreuzzug zurück und führten in einem Schrein die Gebeine ihres blonden Bruders mit sich. Sie eilt ihnen entgegen und vergießt heiße Tränen über seine irdischen Reste. Ihr Schmerz ist so groß, daß er einen Toten lebendig machen könnte, und dennoch ruft sie: »Ich gebe nicht ein Haar meines Kopfes, um ihn ins Leben zurückzurufen, wenn es nicht Gottes Wille ist.«
Ritter Walther, derselbe, der sie im Alter von vier Jahren in

in Ungarn abgeholt hatte, baute in Marburg für sie ein Krankenhaus, als Danksagung für seine glückliche Heimkehr und aus Verehrung für den heiligen Franziskus. Da konnte sie nun nach Herzenslust die Kranken und Aussätzigen pflegen und versorgen. Sie selbst wohnte mit ihren beiden Gefährtinnen in einer Schilfhütte, wo sie sich bei Regenwetter in eine Ecke verkriechen mußten, und sie verdienten die magere Kost durch Spinnen für ein Nonnenkloster.

Inzwischen bemühte sich Ritter Walther um die Aussöhnung mit ihrem Schwager Heinrich. Er erreichte, daß sie eine Zusammenkunft hatten, wo sie selbst ihrem Schwager vollkommen verzieh und ihn umarmte. Und er gab ihr alles zurück, was ihr rechtmäßig zukam: Grundbesitz um Marburg, ihre Brautgeschenke, schöne Kleider, Kunstgegenstände, silberne und goldene Bestecke und herrliche Schmucksachen. Alles wurde unter der Aufsicht des strengen Konrad zugunsten der Kranken und Armen verkauft und verpfändet. Sie behielt nicht einen Heller für sich. Sie lebte mit ihren beiden Freundinnen vom Spinnen.

Einige Zeit später schickte Heinrich noch fünfhundert Mark. Konrad war gerade auf der Reise, und Elisabeth rief: »Jetzt wollen wir einmal lachen. Wir müssen den Leuten eine Freude bereiten.« Sieben Meilen im Umkreis ließ sie den Armen mitteilen, daß sie am nächsten Montag zu einem großen Fest eingeladen seien. An diesem Tage waren die Bettler von weit und breit auf einer Wiese bei Marburg zusammengeströmt, wo sie nun einmal nach Herzenslust würden schmausen und schlemmen können. Die nicht gehen konnten, wurden auf Wagen und Schubkarren gefahren oder auf Tragbahren herbeigeschafft. Mit Hilfe vieler bereitwilliger Hände buk, briet und kochte Elisabeth das Essen über offenem Feuer. Nur das Beste war eben gut genug, mit Butter und Eiern, mit Soßen

und Gewürz, so daß ein herrlicher Duft durch die Bäume zog. Sie bediente selbst wie eine Magd, schenkte ein und nötigte immer wieder ihre Gäste. Was vom Essen übrigblieb, durften die Leute mit nach Hause nehmen, und den Rest des Geldes verteilte sie unter die Krüppel.
Als sie am Abend wieder zu dritt beisammen saßen, sahen sie einander an. Sie hatten Hunger, und es war nichts mehr da.
»Wir werden morgen tüchtig spinnen müssen, um ein Butterbrot zu verdienen«, sagte Elisabeth.

Sie erlebt ihre schönste Zeit. Sie kann mit eigenen Händen die Aussätzigen abwaschen, die Kranken pflegen und trösten, sie kann beten und Buße tun, fasten und spinnen. Oft spinnen sie bis tief in die Nacht hinein. Wie schön ist es dann, mit ihren Gefährtinnen über ihre gemeinsame Sehnsucht nach den ewigen Bergen zu sprechen! Am liebsten betet sie draußen in der freien Natur. Irgendwo an einer einsamen Stelle hat sie eine Quelle entdeckt. Jeden Tag geht sie dorthin, um in der Stille, in der tiefen Ruhe dieses Ortes mit ganzer brennender Seele in die Unendlichkeit Gottes aufgenommen zu werden. Die Kaninchen kennen sie, die Vögel fliegen nicht davon. Und in der Kirche liegt sie oft stundenlang wie ein steinernes Bild auf den Knien vor dem Allerheiligsten, weint ihr Gesicht und ihre Hände naß vor Liebe und Verehrung...
Sie hat so vieles erreicht, wonach ihre Seele sich sehnte, und sie hat so vieles zurückgelassen, um Gott zu suchen! Aber dennoch muß sie oft beten: »Herr, gib mir die Kraft, daß ich weniger an meine Kinder denke.«
Die Kranken kommen und gehen, die Bettler ziehen in endlosen Zügen an ihren milden Händen vorüber. Viele Jungfrauen, adlige und Bürgerstöchter, helfen ihr im

Krankenhaus, und wohltätige Leute bringen Kleider und Geld für sie und die Unglücklichen. Sie will nichts für sich. Sie spinnt. Aber sie kann geben, geben, und sie dankt dem Himmel für diese Gnade. Am liebsten wäre sie selbst Bettlerin.
»Genügsamkeit!« sagt Konrad, und er verdirbt ihr auch noch die selige Freude am Geben.
»Jedem Bettler nur einen Groschen!« lautet sein Befehl. Sie gehorcht immer. Sie gibt nur einen Groschen, aber jeder Bettler darf öfter wiederkommen.
»Jedem nur einen Groschen am Tag.«
Sie ließ silberne Groschen prägen.
»Kein Geld mehr geben, nur Brot.«
Sie gab zwei und drei Brote auf einmal.
»Nur noch Brotschnitten.«
Sie gab ganze Schürzen voll.
»Immer wieder die geborene Königstochter, die sich nicht verleugnen kann«, sagte er. »Keine Almosen mehr, in keiner Form!«

Dann blieb ihr nur die Pflege der Kranken und die Reinigung der Aussätzigen. In ihre Hütte nahm sie immer irgendein Kind auf, denn sie konnte das Muttergefühl in sich nicht unterdrücken.
»Schluß!« befahl der Beichtvater. »Das ist alles nur Selbstgefälligkeit. Spinnen, nur noch spinnen!«
Sie durfte nicht mehr ins Krankenhaus kommen, und er nahm ihr auch das Kind.
Isentrud, aus deren lebhaften Augen eine stete Dienstbereitschaft sprach, und Guda, die vor lauter Frömmigkeit immer vor sich hin zu singen schien, waren ein Stück ihres Lebens und ihrer Vergangenheit geworden. Mit einem schlichten Wort verstanden sie einander bis in die tiefsten Regungen ihrer Seele. Zu dritt hatten sie vieles erduldet.

Jede von ihnen entzündete ihre Frömmigkeit immer wieder am guten Beispiel ihrer Mitschwestern.
»Sie muß allein stehen«, sagte Konrad, und er schickte die beiden Freundinnen weg. Sie durften im Krankenhaus wohnen und sich der Krankenpflege widmen.
An deren Stelle gab er Elisabeth zur Gesellschaft eine gehässige Betschwester, eine grimmige, taube, adelige Witwe, und einen mißtrauischen Laienbruder, Menschen, die sie nie gesehen hatte, die kein Verständnis für sie hatten und sie schief anguckten. Tagtäglich mußte sie ihre törichte Gegenwart ertragen und ihre kleinen, aber verletzenden und demütigenden Quälereien über sich ergehen lassen. Die Königstochter in ihr mußte völlig ausgerottet werden.
Klagen, Tränen und Flehen hatten bei Konrad keinen Erfolg. »Demut! Demut!« befahl er. Sie verehrte ihn und schreckte doch immer wieder vor seinem Wesen zurück. Sie überließ sich gelassen der Macht seines Willens.
»Er meint es gut, und sein Befehl ist der Befehl Gottes«, sagte sie sich.
Er strafte sie für jede Kleinigkeit. Wenn sie nur einmal zu spät zur Abendandacht erschien oder sich eine geringfügige Unaufmerksamkeit zuschulden kommen ließ, bekam sie eine gewaltige Buße auferlegt. Demut! Er schlug sie mitten ins Gesicht, auch wenn andere Leute dabeistanden. Mitunter geißelte er sie.
»Er schlug mich fast bis in den dritten Himmel«, jubelte sie eines Tages.
»Könnte ich sie nur bis in den siebenten Himmel schlagen«, rief er voller Begeisterung.
In seiner eisernen Seele hegte er große Bewunderung für sie. »Wäre ich doch schon so weit wie sie«, flehte er verzweifelt zum Himmel.

Als sie vierundzwanzig Jahre alt wurde, sagte sie: »In diesem Jahr gehe ich zu unserem Herrgott. Ich trage meinen Sarg schon am Leibe.« Sie meinte damit das Kleid des Dritten Ordens.

Sie lebte in himmlischen Verzückungen, und die Wunder glitten wie Rosen aus ihren Händen.

Konrad traf sie oft in solcher Verzückung an und sah, wie ihr abgemagertes Gesicht im Gebet Licht ausstrahlte. Manchmal fielen Lichtstrahlen aus ihren Augen. Im Dunkeln leuchteten ihre Augen noch durch die geschlossenen Lider wie eine Kerze in einer weißen Vase.

Ausgehungert, geschwächt durch Buße und schwere Fasten, wird sie eine leichte Beute der Krankheit.

Sie bringt alles in Ordnung, hüllt sich in den Mantel des Franziskus und streckt sich auf ihr Krankenlager: trokkene Farnkräuter und Stroh.

Sie beichtet zum letzten mal. Konrad hört ihr mit geschlossenen Augen zu. Zum ersten mal lächelt er.

Der Geier hat alles Stoffliche bis auf die letzte Faser von ihrer Seele weggenagt. Er hat einen Engel aus ihr gemacht. Sie hat alles, aber auch alles, ihren Mann, ihre Kinder, die Menschen und sich selbst aus Liebe zu Gott hingegeben. Sie ist nur noch Geist. Jetzt läßt er die Taube los. Mit tiefer Befriedigung sieht er sie emporsteigen ins Licht der Ewigkeit.

Eine große Vereinsamung kommt über ihn …

Engel hören Engel. Sie hört sie singen. Sie singt mit. Das Volk wandert in einer endlosen Prozession an ihrer Hütte vorüber. Man erobert einen Strohhalm ihres Bettes, einen Faden ihres Kleides, einen Lehmklumpen ihrer Behausung.

Isentrud bittet um einen Fetzen ihres Mantels. »Du bekommst den Mantel«, sagt Elisabeth, »den Mantel des heiligen Franziskus, in dem ich sterben will. Achte nicht

darauf, daß er so armselig aussieht. Er war das kostbarste Gut, das ich je besaß. Jedesmal, wenn ich, eingehüllt in seinen Falten, Gott um eine besondere Gnade anflehte, hat er mich in seiner unendlichen Güte erhört.«
Am Abend des zwölften Tages ihrer Krankheit hing Schnee in der Luft. Sie war in freudiger Stimmung. Um Mitternacht, zur heiligen Weihnachtsstunde, als der unbefleckte Stern Maria die Sonne Christus gebar, stimmte Elisabeth in den Gesang der Engel ein. Es schien, als wären jeder Strohhalm des Daches und jeder Schilfstengel in der Wand zu Orgelklängen geworden.
Sie schloß ihren Mantel wie jemand, der auf die Reise geht, und zu allen, die sich um ihr Lager versammelt hatten, sprach sie freudig und verklärt: »Der Bräutigam ist gekommen, um seine Braut abzuholen.«
Und die großen Augenlider fielen zu, als schliefe sie langsam ein.
Es fing an zu schneien, und der erste Hahnenschrei begrüßte den nahenden Morgen.

Das Schweinchen und der Einsiedler

Der Bauer Tist trieb sein Schwein, das er Kringel nannte, zum wöchentlichen Schweine-, Blumen-, Herings- und sonstiger Dinge Markt mit der ganzen Mühe und Last, die so ein Schwein verursacht. Er mußte stoßen und ziehen, schieben und zerren, so daß er erst ankam, als der Schweinemarkt schon zu Ende war. Aber für solch einen schönen Kringel würde er wohl noch einen Schweineschlächter auftreiben, der das rundliche Tier für einen guten Preis ankaufte, um ihm heute oder morgen das Messer in die Kehle zu stoßen und Speck, Rippchen, Schinken, Hackfleisch, Fett und Wurst daraus zu machen, alles Dinge, die so neu und ganz anders aussehen, daß man bei ihrem Anblick kaum noch an ein Schwein denkt. Nur gut, daß man nicht alles im voraus weiß, sonst wäre das Leben noch trauriger, auch für ein Schwein. Der Schatten des Todes fiel über seinen rosigen Leib, aber es schlief, rund und glücklich, und schien nicht den geringsten Kummer zu kennen.

Wohl waren einige Schweineschlächter da, die das prachtvolle Tier lobten und bewunderten, die jedoch den hohen

Preis nicht anlegen konnten, den der Bauer Tist für seinen wohlbeleibten Kringel verlangte.
Endlich aber kam der rechte Mann, der nach langem Markten und Feilschen, Händeklatschen und Flüstern das Schwein kaufte. Kringel ließ sich dadurch in seinem Schlaf nicht stören.
Der Bauer Tist hatte den Beutel mit dem Silbergeld bereits in der Hand, der Schweineschlächter zündete sich erst eine Pfeife an, bevor er den Strick übernahm, mit dem das Schwein angebunden war, als plötzlich etwas Eigenartiges und Furchtbares geschah, von dem die Zeitungen jener Tage wochenlang zu berichten wußten.
Ein kleines Kerlchen von sechs oder sieben Jahren, Gommarus genannt, hatte mit vielen anderen Leuten, wie das so oft geschieht, die Verhandlungen über den Verkauf aufmerksam verfolgt und belauscht.
Der kleine Gommarus las sozusagen die Gedanken dieses Schweineschlächters, und den Bengel überkam ein solches Mitleid mit dem dicken Grunzer, daß ihm die Tränen übers Gesicht kullerten. Wie gern auch Gommarus Wurst, Hackfleisch und Schinken aß, es tat ihm in der Seele weh, daß das Schwein dafür erst sterben mußte. Lieber wollte er für immer auf diese leckeren Dinge verzichten, wenn er dadurch nur das arme Tier retten konnte!
Durch eine Eingebung getrieben, wie sie nur Dichtern und Kindern zuteil wird, ging Gommarus, gerade als der Schlächter seine Pfeife anzündete, auf Kringel los, hob den von dicken Adern durchzogenen Ohrlappen auf und flüsterte ihm zu: »Lauf weg! Lauf weg! Sie wollen dich töten, Hackbraten und Leberwurst aus dir machen, Suppe...« Den Rest hörte das Schwein nicht mehr. Wie ein Blitz hatte die Wahrheit dieser Worte bei ihm gezündet, es sah sein furchtbares Ende vor Augen und stürmte entsetzlich quiekend davon, stieß Bauer und Schlächter

um, warf eine Bäuerin in ihren eigenen Eierkorb, so daß sie zappelnd in einem Rieseneierkuchen lag.
Das ängstliche Tier rannte die Holzblöcke eines Kuchen- und Zuckerladens um, so daß die Dosen, die Flaschen und das ganze Gestell auf Käufer und Verkäufer zusammenstürzten, was die Straßenbengel sofort ausnutzten, indem sie mit vollen Händen in den Haufen von Süßigkeiten griffen.
Plötzlich war der ganze Markt in Aufruhr. Es war, als würden die Läden und Zelte von einem heftigen Sturm hin und her gerissen, ein wildes Geschrei und ängstliche Hilferufe schlugen an den Giebeln der Häuser empor, es wurde geflucht und geschimpft, Flaschen und Gläser zerbrachen, Töpfe und Pfannen polterten zu Boden. Es war ein Lärm wie beim Jüngsten Gericht.
Einige starke, furchtlose Männer wollten das Schwein einfangen, auch Polizisten mit dem blanken Säbel beteiligten sich an der Jagd. Aber das ängstliche Tier huschte unter den Kramläden hindurch, rannte alles um, was ihm im Wege stand, so daß die mutigen Männer und die säbelschwingenden Polizisten auf und über die Auslagen der Krambuden springen mußten, manchmal auch drunter durchkrochen und auf diese Weise eine noch viel größere Zerstörung und Verwüstung anrichteten.
Der Aufruhr mußte jedoch ein Ende haben. Der Bürgermeister wollte es, und der Polizeikommissar wollte es auch.
Der Bürgermeister rannte mit einem Jagdgewehr aus dem Hause. »Es ist nicht geladen!« rief ihm seine kluge Frau nach. »Ich schieße sowieso immer daneben, ich will nur dem Schwein Angst einjagen, Liebling«, antwortete er und stellte sich auf die Freitreppe des Rathauses, wo er mit dem Gewehr herumfuchtelte.
Der Kommissar, ein alter Soldat mit einem Holzbein, das

er aus dem Krieg mitgebracht und auf das er stolzer war als auf sein früheres Bein, das er im Kriege gelassen hatte, trug einen Schnurrbart wie ein Seehund, vor dem Diebe und Kinder sich fürchteten, und hatte eine Pistole, die geladen war!
Er würde das gefährliche Tier mit seinem Schnurrbart und seiner Pistole aufhalten, wenn es nur zu ihm gelaufen käme! Aber er befand sich immer dort, wo die geringste Aussicht vorhanden war, daß es hinkommen könnte.
Als dann endlich das Schwein, das nicht daran dachte, sich zu Wurst machen zu lassen, durch Zufall auf den Kommissar zugelaufen kam, war er im Handumdrehen die Stufen der Rathaustreppe hinaufgesprungen, angeblich, um von dort aus besser zielen zu können.
Kringel rannte ihm nach, warf ihn um, eilte auf der anderen Seite die Treppe wieder hinunter, aber da ging versehentlich die Pistole los. Die Kugel traf noch gerade das schöne Ringelschwänzchen des Schweines und trennte es glatt ab.
Und während Kringel, das Schwein, jetzt noch rasender geworden durch den brennenden Schmerz an seinem Hinterteil und voller Schamgefühl über den schweren Verlust, weiterstürmte, in die Kanalstraße einbog, von Hunderten von Menschen verfolgt, die ihm nach dem Leben trachteten, sich aber im letzten Augenblick noch retten konnte, indem es hinüberschwamm und in die Wälder untertauchte, stand unterdessen der Bürgermeister auf der Freitreppe des Rathauses, hielt das blutige Schwänzchen triumphierend in der Hand und hielt eine Rede zu der vielköpfigen Menge, die sich nun wieder aus den eingestürzten Krambuden und benachbarten Häusern hervorgewagt hatte: »Wir haben bereits das Ende der Bestie in Händen, der Vorderteil, der noch unterwegs ist, wird auch bald in unserer Gewalt sein und unter die

Armen verteilt werden. Habt Vertrauen zu uns, und verhaltet euch ruhig!«

Der Kommissar hätte vor Wut sein Holzbein zerhacken mögen, weil nun ein anderer sich mit dem von ihm getroffenen Schwanz brüstete. Aber die Menge, anstatt sich ruhig zu verhalten, stürmte das Rathaus und verlangte Schadenersatz. In der Aufregung ließ der Bürgermeister das Schwänzchen fallen, gerade vor die Füße des kleinen Gommarus, der mit der Menge hin und her gelaufen war. Schnell hob der Junge das Ringelschwänzchen auf und machte sich damit so rasch wie möglich davon. Die Leute drängten sich am Rathaus fast zu Tode, so daß ihnen der Bauch am Rücken klebte, und heulten und schrien nach Schadenersatz. Und wieder machte der Bürgermeister dem ein Ende: »Wir werden die Angelegenheit eingehend prüfen, und die Schuldigen werden sich dem Arm der Gerechtigkeit nicht entziehen können.«

Der Bauer Tist und der Schweineschlächter mußten heraufkommen.

»Meine Schuld ist es nicht«, sagte der Bauer, »das Schwein gehörte mir nicht mehr, denn ich hatte bereits das Geld.«

»Meine Schuld war es auch nicht«, sagte der Schweineschlächter, »denn ich hatte den Strick noch nicht übernommen.«

Niemand war es aufgefallen, daß der kleine Gommarus Kringel etwas ins Ohr geflüstert hatte, und der Junge selbst schwieg wie ein Pilz.

Aber was sollte der kleine Gommarus nun mit dem Schwänzchen des Schweines anfangen? Er hat es, so wie alle braven Kinder es mit toten Vögeln tun, irgendwo an einem stillen Ort hinter dem Beginenhof begraben und als liebes Andenken eine Kapuzinerkresse draufgepflanzt, in der Hoffnung und im Glauben, daß, wie im Märchen, Rosen daran blühen würden.

Aber die stolze Blume hielt an ihrem hochmütigen Spruch fest: ›Keine Rosen für die Schweine.‹ Die Kapuzinerkresse blieb eine Kapuzinerkresse, die am nächsten Tag einfach verwelkte.

Nun aber das Schwein! Kringel! Es war gerettet, ja, aber ohne Schwänzchen! Und das bereitete ihm unendlichen Kummer. Was ist schließlich ein Schwein ohne Schwänzchen? O weh! Es ist wie ein Schiff ohne Mast, wie eine Fahnenstange ohne Fahne; es ist die größte Demütigung und die größte Schande, die einem Schwein widerfahren kann.

Lieber kein Schwein, als ein Schwein ohne Schwänzchen! Ja, lieber noch zu Nutz und Freuden der Menschen zu Wurst, Hackfleisch und Schinken verarbeitet werden, als ohne Schwänzchen durchs Leben zu laufen! Ein Schwein hat nur einen Schmuck, ein Ornament, und das ist sein Ringelschwänzchen, und wieviel Mühe hat es nicht gekostet, damals, als der Herrgott die Tiere kleidete und schmückte, um diesen Schmuck zu bekommen. Wenn dieser Schnörkel weg ist, ist alles weg. O Tod, sei willkommen!

Kringel irrte verzweifelt und traurig durch Feld und Wald umher, an Wiesen und Bächen entlang, ohne Mut und ohne einen Funken Lebenslust.

Die Elster im Abendkleid kicherte: »Sag mal, du Dickwanst, wo hast du dein Ringelschwänzchen?«

Der Esel in der Wiese lachte das heulende Schwein aus mit einem häßlichen Lachen: »He, Kringel, lieber Freund, ich höre zwar deine schönen Orgeltöne, aber ich sehe die Drehkurbel der Orgel nicht!«

Selbst die Kuh, die nur wenig bemerkt, sagte mit einer tiefen Kellerstimme: »Schämst du dich nicht?«

Und die vornehme, zierliche Schwalbe in ihrem glänzenden Diplomatenfrack, die wie die feinen Leute den Winter in Italien zu verleben pflegte und dort sehr oft alte Bildwerke umkreist hatte, zwitscherte: »So pflücke doch wenigstens ein Feigenblatt!«
Alle machten sich über das Schwein lustig. Das arme Tier hätte sich vor Scham am liebsten in ein Mauseloch verkrochen, aber keines war breit genug. Was war da zu machen! Es konnte weder schlafen noch essen, heulte und war sterbenstraurig.
»Ich mag kein Schwein mehr sein!« schrie es plötzlich und lief in einen Morast, wälzte sich im schwarzen Schlamm und kam schwarz wie der Teufel und ganz unkenntlich wieder zum Vorschein. Und siehe, die Bauern auf dem Feld nahmen die Beine unter die Arme und riefen: »Ein Wildschwein! Ein Wildschwein!«
Die Tiere jedoch sind nicht so dumm wie die Menschen. Der Fuchs, hinter einer Kopfweide versteckt, rief: »Holla, Kringel, es ist noch lange nicht Fastnacht, weißt du!«
Das Eichhörnchen fiel lachend von einem Baum in den anderen: »Speckbauch, weshalb läufst du am hellen Tag wie ein Gespenst umher?«
Das Schwein war wütend, es schrie so laut es konnte: »Nie! Nie komme ich wieder in die Welt. Ich ziehe mich in den tiefen Wald zurück, wohin weder Mensch noch Tier jemals den Fuß gesetzt hat, wo ich weder Sonne noch Mond zu sehen bekomme, und dort werde ich mich von Wurzeln und schwarzen Pilzen ernähren, bis der liebe Tod mich holt. Leb wohl, böse Welt, ich pfeife auf dich!« So kam es, daß das schwanzlose Schwein sich für immer in die Beginenwälder zurückzog.
Gerade in diesen Tagen lebte dort an einer einsamen Stelle ein alter frommer Einsiedler namens Antonius. Dieser wohnte in einer Strohhütte, auf der in einem kleinen

Türmchen eine Glocke hing. Dreimal täglich, morgens, mittags und abends, wenn die Sonne sank, läutete er das Glöcklein, um der schönen Natur und den Tieren das Lob Gottes zu verkünden. Er verbrachte seine Tage mit Beten, Bußetun, Fasten und frommen Betrachtungen. Er hatte gerade das Mittagläuten beendet, als er das Schwein bemerkte, das in einiger Entfernung staunend die Hütte betrachtete. Es hatte inzwischen geregnet, der Schlamm war abgewaschen, so daß Kringel wieder seine natürliche rosige Farbe bekommen hatte. Das Tier und der heilige Mann sahen sich eine Weile an. Antonius glaubte zuerst, daß da wieder ein Bote des Teufels zu ihm käme, der ihn so oft quälte und versuchte, ohne jedoch Antonius jemals zur Sünde verführen zu können. Aber gleich erkannte Antonius, daß er ein gutes braves Schwein vor sich hatte, das nur von schwerem Kummer und Verzweiflung erfüllt war. Und auch das Schwein merkte sofort, daß Antonius nicht eine Art Schlächter oder Kommissar sei. »Komm, Sus«, sagte Antonius, »fürchte dich nicht, ich werde dir nichts zuleide tun, ich bin nur ein armer Einsiedler, der sein Leben in Stille und Einsamkeit verbringt, um dichter bei unserem Herrgott zu sein.«
Das Schwein grunzte, aber Antonius verstand dieses Grunzen, denn er kannte die Sprache aller Tiere und vernahm die weinende Klage des Schweines: »Ich sehe wohl, daß du ein guter Mann bist, aber ich komme nicht, ich wage es nicht, denn ich schäme mich so, hihihi, ich habe mein Schwänzchen, meinen einzigen Schmuck, verloren!...« Und es zeigte seinen Hinterteil.
»Haha!« lachte der alte Einsiedler. »Das ist dein ganzer Kummer? So ein Schwänzchen? Der Schmuck ist gerade das, wodurch die Menschen immer wieder in die Fänge des Teufels geraten. Ich habe jeden Schmuck von mir getan, um allein und rein dem Herrgott gegenüberzuste-

hen. Ich habe auf alles verzichtet, auf Geld und Gut, auf Namen und Ehre. Ich war reich, adlig, besaß ein Schloß, Knechte und Soldaten. Aber eines Tages wurde mir offenbar, daß solche Dinge uns daran hindern, dem Herrgott rein zu dienen. Ich bin in den Wald geflüchtet, und jetzt besitze ich nichts mehr als eine grobe Kutte, um mich gegen Kälte und Regen zu schützen, und ich fühle mich glücklich!«

»Alles schön und gut«, sagte das Schwein, »aber du bleibst, der du bist. Wenn du morgen auf dein Schloß zurückkehrst, wird man dich mit offenen Armen empfangen wie einen verlorenen Sohn und dich wieder mit Gold bekleiden. Aber ich habe mein Schwänzchen für immer verloren, und ein Schwein ohne Schwanz ist kein Schwein mehr, und deshalb habe ich beschlossen, mich fürs ganze Leben in die Wälder zurückzuziehen, so wie du!...«

»Das trifft sich gut«, sagte Antonius, »du kannst bei mir wohnen, ein wenig Gesellschaft ist ganz angenehm... Traure deinem Schwänzchen nicht mehr nach und denke: Wenn die Seele nur schön ist...«

»Du hast gut reden«, rief das Schwein, »aber ein Schwein hat keine Seele wie du! Denkst du vielleicht, daß ich sonst von einem solchen Ringelschwänzchen so viel Aufhebens machen würde?«

Darauf blieb nun der Einsiedler die Antwort schuldig. Wohl war er ein heiliger Mann, aber kein Gelehrter. Er fand jedoch eine andere Lösung. Er faltete seine mageren Hände und fing leise zu beten an: »O Herr, erlaube, daß dein demütiger Diener dich anfleht, diesem armen Tier zurückzugeben, was es verloren hat. Du allmächtiger Gott, der du Himmel und Erde erschaffen hast, gib bitte diesem Schwein ein neues Schwänzchen. Es bedarf nur einer Gebärde deines kleinen Fingers, einer geringen Bewegung deines Mundes!...« Und plötzlich fragte er

Kringel: »Aber wenn du nun ein neues Schwänzchen bekommen solltest, möchtest du auch dann bei mir wohnen bleiben?...«
»O ja«, sagte Kringel erfreut, »hast du eine Salbe dafür? Ich werde bestimmt bleiben.« Aber dennoch dachte es in seinem tiefsten Innern, in einer dunkeln Ecke seines Herzens: ›Ich mache dann immer noch, was ich will, und der Mann ist alt, der kann schnell sterben.‹ Er erwog dieselben Gedanken, die oft die Menschen haben, wenn sie ein schweres Gelübde ablegen.
Da setzte Vater Antonius sein Gebet fort, aber er hätte es auch so getan, nur um einem Geschöpf Gottes eine Freude zu machen und ihm zu zeigen, wie gut der Herrgott zu jedem Wesen ist.
Und während das Schwein den alten Mann mit dem mageren elfenbeinernen Gesicht und dem langen weißen Bart betrachtete, spürte es plötzlich hinten ein Kitzeln und Jucken. Au, was war das auf einmal für ein angenehmer Schmerz! Es blickte sich um. Das Schwänzchen war wieder da! Ein nagelneues, schön geringeltes Schwänzchen! Es sprang auf vor Freude, lachte, tanzte und wälzte sich auf dem Boden vor Glück. »Ich habe es wieder! Ich habe es wieder! Guck nur, guck!« Und es zeigte dem Vater Antonius stolz sein Hinterteil. »Der Herrgott hat mein Gebet erhört!« jubelte der alte Mann, und das Schwein wußte nicht, was es anfangen sollte vor Dankbarkeit, und versprach, immer bei ihm zu bleiben und ihm zu helfen, wo es nur ging. Und es meinte es wirklich aufrichtig.
»Nun erzähle einmal«, bat Antonius, »wie du dein kostbares Schwänzchen verloren hast.« Nachdem Kringel ihn mit der ganzen Geschichte erfreut hatte, sagte der Einsiedler: »Nun muß ich dich vor zwei Dingen warnen. Erstens wage es nicht, den Herrgott und den ganzen Himmel zum zweiten Mal zu bemühen, falls du zufällig noch einmal

dein Schwänzchen verlieren solltest, und zweitens muß ich dir sagen, daß ich sehr oft von höllischen Geistern gequält und versucht werde, die es darauf abgesehen haben, mich von meiner Lebensregel abzubringen. Und jetzt, da du mein Freund geworden bist, werden sie auch dich nicht verschonen, damit mußt du rechnen!«
»Haha!« lachte Kringel, »die sollen nur kommen. Wir Schweine lassen uns nicht einschüchtern. Mein Großvater beim Bauer Tist sagte immer, wenn wir uns abends vor dem Wind fürchteten, weil dann die bösen Geister umgehen: ›Keine Angst, Jungens! Die Schweine sind einmal vom Teufel besessen gewesen, und die Geschichte wiederholt sich nicht, so etwas kommt nicht zum zweiten Mal vor, ebensowenig wie die Masern bei den Menschen. Uns können sie nichts anhaben!‹«
Vater Antonius wunderte sich, daß Kringel in der Heiligen Schrift so gut Bescheid wußte, und nahm ihn als guten Kameraden in seine Hütte auf, um mit ihm auf den Tod zu warten. Er nannte seinen neuen Freund Sus, das ist lateinisch und heißt Schwein. Das Schwein wurde der Küster des Einsiedlers. Sus fühlte sich dort wohl, lernte nach und nach im bescheidenen Haushalt sich nützlich zu machen, schaffte Holz heran, suchte die zartesten und saftigsten Wurzeln, rührte die Suppe und läutete das Glöcklein. Aber der Böse, der den Glanz der reinen Seele des Einsiedlers nicht ertragen konnte, schmiedete neue Pläne, um das Herz des frommen Mannes in dumpfe Verzweiflung zu stürzen, ihn zur Sünde zu verführen und ihn wieder in die eitle Welt zu locken. Er versuchte sogar, das Schwein als Werkzeug dazu zu gebrauchen.
An einem schönen Sommertag kam Sus jammernd herangelaufen: »Onkel Anton! Onkel Anton!« – so nannte das Schwein Antonius – »Onkel Anton! Drüben tief im Wald liegt eine Prinzessin, die auf der Jagd vom Pferd gestürzt

sein muß. Sie ist verwundet und erfleht deine Hilfe. Wir wollen sie holen, dann kann sie hier in aller Ruhe genesen. Eine wunderschöne Prinzessin, eine schönere Frau sah ich mein Lebtag nicht. Komm, Onkel, nimm deinen Topf Salbe mit. Ich werde dir zeigen, wo sie blutend und leidend liegt!«

Vater Antonius jedoch lachte und ließ sich in seiner Arbeit nicht stören – er spaltete gerade Holz – und meinte: »Sus, mein Lieber, laß sie nur liegen, wo sie liegt, ich kenne diese Prinzessinnen, aber wenn du dir die Mühe machen willst, geh wieder hin und sage ihr, daß ich kommen werde, wenn Ostern und Pfingsten auf einen Tag fällt, und weißt du, was du dann einmal machen sollst?« Und Vater Antonius flüsterte dem Schwein etwas ins Ohr.

Mit einem Lächeln um seine rosige lange Schnauze rannte Sus wieder zu der verwundeten Prinzessin, und während es die Worte des Einsiedlers überbrachte, hob es vorsichtig hinten ihr goldbesticktes Samtkleid in die Höhe, und wahrhaftig, da sah man es, sie hatte einen Schwanz, einen Eselsschwanz! Sus konnte es nicht lassen, einmal daran zu ziehen, aber da verwandelte sich die schöne Prinzessin in eine rote Schlange, die sich vor Wut in den Schwanz biß, sich selbst verzehrte und dann in der Gestalt einer Flamme im Boden verschwand. Da mußte das Schwein herzlich lachen: »Ja, Onkel Anton hat recht gehabt!«

Ein anderes Mal, als der Hunger in die Hütte eingezogen war, mußte Sus ziemlich weit in den Wald hinein, um schwarze Pilze aus der Erde zu holen, und während es so mit der Schnauze im Boden wühlte, stieß es plötzlich auf einen eisernen Kasten unter den Wurzeln einer Buche. Der Deckel öffnete sich, und siehe da: Hunderte von Goldstücken rollten mit schönem Klang übereinander!

Sus wickelte ein Goldstück in seinen Ohrlappen und eilte in einem Atem zum Einsiedler: »Onkel! Onkel! wir sind

gerettet, trali, trala! Fort mit dem Hunger! Fort mit der Not! Brot ist Trumpf! Ich habe einen Kriegsschatz gefunden, nun auf zur Stadt...«
»Nein, mein lieber Sus«, ermahnte ihn Antonius, »ich will kein Geld. Ich lebe wie die Spatzen aus der Hand Gottes. Gibt er mir nichts, dann ist es ein Zeichen dafür, daß ich nichts verdient habe. Trage dieses Goldstück wieder auf den Haufen, den der Böse dort hingelegt hat, damit ich mich nach meinen früheren Reichtümern zurücksehnen soll. Siehst du, Sus, so will er dich und mich betrügen.« Vater Antonius machte das Zeichen des Kreuzes über das Geldstück, und sofort verwandelte sich das Gold in ein Stück Blei. Und wieder mußte sich das Schwein den Bauch halten vor Lachen. Ja, es lachte jedesmal, wenn der Betrug aufgedeckt wurde, ließ sich aber doch immer wieder anführen.
Eines Tages, während Antonius weggegangen war, um Kräuter für seine Salben zu sammeln, ging ein Mann an der Hütte vorbei, der einen Sack voll Brot trug. Das Brot verbreitete einen angenehmen Duft, so daß man die Augen dabei schließen mußte. Es roch nach Eiern und Milch.
»Wo willst du hin mit diesem guten Brot?« fragte Sus.
»In die Stadt zum Fest des Königs«, sagte der Bäcker.
»Darf ich einmal daran riechen?« bat Sus.
»Du bekommst sogar ein ganzes Brot«, erwiderte der Bäcker, »wenn du mir den rechten Weg zur Stadt zeigst.« Sus zeigte den rechten Weg und bekam ein rundes Korinthenbrot, das einen herrlichen Duft verbreitete.
»Ha«, lachte Sus, »das ist nun wirklich nicht vom Teufel, es schmeckt nach himmlischem Honig!« Er verzehrte die Hälfte des Brotes und sparte die andere Hälfte auf für Onkel Anton. »Wie wird er sich freuen!«
Aber Onkel Anton wollte nicht hineinbeißen, wenn ihm auch der Magen knurrte vor Hunger. »Das ist wieder vom

Teufel«, sagte er, »jetzt will er mich zur Völlerei verführen! Würde ich hineinbeißen, Sus, in dieses Brot, das dir so herrlich mundet, meine Zähne würden daran zerbrechen, denn was für dich Brot ist, ist für mich Stein. Guck her!« Vater Antonius schlug mit dem halben Brot auf ein Stück Eisen, das dort am Boden lag, und die Funken sprangen umher. »Weg damit!« Er wollte das Brot durch das kleine Fenster hinauswerfen, aber Sus ergriff es noch rechtzeitig. »Halt, Onkel, wenn es für mich Brot ist, dann überlaß es mir!« Und Sus verzehrte auch den Rest der guten Speise und fing an zu lachen, weil er den Teufel wieder einmal an der Nase herumgeführt hatte.

Jetzt wurden die Tage immer kürzer. Der Winter kam, und als draußen Schnee lag, saßen sie beide eines Abends vor dem Herd. Vater Antonius betete seinen Rosenkranz. Sus tat nichts. Es klopfte an die Tür. »Wer mag das wohl sein?« meinte Sus. »Vielleicht ein Pilger oder ein Kind, das der Großmutter Pfannkuchen gebracht und sich verirrt hat«, sagte Vater Antonius. »Mach auf, Sus!«

Das Schwein machte die Tür auf und kehrte stolz und froh zurück. »Es ist eine Dame, Onkel! Eine schöne, reiche Dame, aber diesmal eine, die den Glanz ihrer Spitzen und Goldborten unter einem Mantel zu verbergen sucht. Es scheint demnach nichts Böses dahinterzustecken, es ist eine vornehme Frau, Sie will nicht hereinkommen.«

»Ich werde einmal nachsehen«, sagte der Einsiedler, und Sus, neugierig wie immer, ging mit.

»Schöne Dame, wer sind Sie?« fragte Antonius. »Was ist der Zweck Ihres Besuches zu so später Stunde bei diesem schlechten Wetter? Soll ich für einen Sterbenden beten? Wünschen Sie einen Topf Salbe für ein Geschwür oder eine böse Entzündung? Treten Sie ein, edle Dame...«

»Nein, eintreten tu ich nicht, Vater Antonius, seht nur, wer ich bin. Ich bin Venus in eigener Person!«

Ihr Mantel fiel herunter, und ihre schöne Erscheinung wuchs wie eine lichte Gestalt im Dunkeln empor. »Wie schön!« grunzte das Schwein.

»Ich bin Venus«, sagte sie mit singender Stimme, »wenn ihr mit mir zum Venusberg kommt, wo immer Frühling herrscht und ein ewiges Fest gefeiert wird, dann werde ich euch zum Herrn über alle Teufel machen, so daß diese euch nie wieder quälen und ärgern können, sondern euren Befehlen gehorchen müssen!«

»Annehmen, Onkel, annehmen!« rief das Schwein.

Aber Vater Antonius geriet in eine große Wut über dieses schöne Geschöpf: »O du falsche Hexe der Hölle«, rief er, »scher dich hinweg und verschwinde, oder ich werde dich mit Weihwasser besprengen, so daß du eine Haut bekommst wie Pfeffernüsse und getrocknete Pflaumen und der häßlichste Teufel dich voller Verachtung meidet! Hast du verstanden, du elende Mißgeburt? Hinweg!«

»Soso!« zischte sie, »im Guten willst du nicht zu mir kommen, dann werde ich dich mit Gewalt zwingen. Ich werde alle Teufel auf dich loslassen, sie werden dich verprügeln, hin und her zerren und schütteln wie eine Medizinflasche...«

»Tu, was du nicht lassen kannst, du eklige Schlange! Komm, Sus, komm, mein Lieber!« Und da knallte er ihr die Tür vor der Nase zu. Wieder fing das Schwein herzlich zu lachen an.

»Lache nicht«, sagte der Greis tief bekümmert, »denn jetzt können wir etwas erleben! Aber ich vertraue auf unseren Herrgott. Hörst du, da geht es schon los!« Antonius kniete nieder auf seinen Betschemel vor dem Christusbild. Plötzlich fauchte ein scharfer Wind um die Hütte, und aus Töpfen und Pfannen, aus dem Strohsack, aus dem umgekehrten Faß, das als Tisch benutzt wurde, überallher kamen kleine Flammen zum Vorschein, die mit einem Knall erloschen und sich in häßliche Männlein verwandelten. Zwanzig bis dreißig dieser Bürschchen ergriffen den heiligen Mann, schleppten ihn hinaus, begleitet von hundert anderen, die einen tollen Lärm machten. Sie konnten ebensogut in der Luft wie auf der Erde laufen, hoben den armen Einsiedler bis über die Bäume empor und ließen ihn dann fallen. Sie schleiften ihn über den Boden, schleuderten ihn hin und her wie einen Spielball, machten mit ihm einen Rundtanz, indem sie sangen: »Tanzen ist unsere Regel wohl, Beginen und Paters tanzen wohl!« Aber den Lärm der höllischen Brut übertönte die Stimme des Vaters Antonius: »Gelobt sei der Herrgott! Gelobt sei Jesus Christus!«

Als das arme Schwein sah, wie die Teufel seinen guten Meister quälten und peinigten, rannte es aufgeregt hin und her, unfähig, ihm Hilfe zu bringen, griff sich an die Brust, an den Schwanz, an den Kopf, um einen Gedanken zu finden, einen guten Gedanken, der helfen und all diesen Leiden ein Ende bereiten könnte. »Bin ich denn nicht der Küster des Vaters Antonius?« rief es aus. Da lief es zum Glockenseil und fing an, aus Leibeskräften zu ziehen, so daß das Glöcklein läutete. Es läutete das Lob des Herrn!

Und damit fiel der ganze Teufelsschwarm auseinander, jeder Unhold schrie gellend auf, als würde ihm ein Dolch in den Rücken gestoßen. Im Handumdrehen verschwanden sie, wohin sie nur konnten, in hohle Bäume, in Maulwurfslöcher, überall, wo nur eine Öffnung war.

Sus brachte den armen Antonius wieder in die Hütte. »Ich danke dir, mein Freund«, sagte der heilige Mann, »daß du das Glöcklein geläutet hast, sonst hätte diese Teufelspolka noch lange dauern können! Unerhört, einen achtzigjährigen Mann so tanzen zu lassen!« Und er griff sich an den Kopf, denn ihm war ganz schwindlig

geworden. »Mich werden sie wohl jetzt längere Zeit in Ruhe lassen, aber für dich befürchte ich das Schlimmste; sie werden an dir Rache nehmen.«
»Mögen sie nur kommen!« lachte Kringel.
Der Winter wurde immer strenger, und das Schwein machte seinen Rundgang, um Wurzeln zu suchen. Vater Antonius wartete schon lange auf seine Rückkehr, es wurde Abend, und Sus ließ sich immer noch nicht blicken. Plötzlich war draußen ein großes Geschrei, Antonius öffnete das Holzfenster und sah, wie Kringel ganz verstört und heulend in tollem Lauf daherkam. »Onkel, Salbe, schnell Salbe!« Hatten doch die Teufel dem armen Tier das schöne Ringelschwänzchen angezündet! Es flammte und knisterte, und je schneller Sus rannte, desto mehr brannte sein Schwanz. Vater Antonius öffnete schnell die Tür und löschte die Flamme mit einem nassen Tuch. Nachher rieb er es mit Salbe ein, so daß das Ringelschwänzchen nach wenigen Tagen wieder vollkommen in Ordnung war.
Um die schöne Weihnachtszeit herum setzte der Frost ein. Nun war der Boden so hart, daß man mit keinem Spaten in der Lage war, einen schwarzen Pilz aus der Erde zu holen. Der ganze Eßvorrat war verzehrt. Sie aßen Baumrinde, aber diese läßt sich schlecht verdauen, und man bekommt noch mehr Hunger davon.
Was nun? Das Schwein ging zum Teich, um einen Eimer Wasser zu holen, aber der Teich war zugefroren. Da tanzte es so lange auf dem Eis, ließ sich mit seinem schweren Körper immer wieder fallen, bis das Eis zerriß und brach und ein Loch im Eis entstand. Gerade wollte Kringel einen Eimer Wasser schöpfen, als es bemerkte, daß ein großer Fisch die Schnauze über Wasser hob. »Hier!« rief Sus, aber bevor es die Pfote danach ausstrekken konnte, war der Fisch verschwunden. »Warte nur«,

lachte das Schwein, setzte sich neben das Loch und ließ den aufgerollten Schwanz ins eiskalte Wasser hinunterhängen. Kaum hätte man bis drei zählen können, da schrie es schon: »Au, au, er beißt!« Das Schwein sprang in die Höhe und schleuderte den schönsten Karpfen auf das Eis, den man sich denken kann. Rasch damit zu Vater Antonius! »Dieses Mal hat der Teufel nichts damit zu tun, Onkel Anton!« rief es. »Es ist eigene Arbeit, eigener Verdienst!«

Vater Antonius hat den Fisch zubereitet und gebraten, und sie haben ihn zusammen verzehrt.

Am nächsten Tage wollte Kringel wieder auf den Fischfang gehen, aber alle Tage ist nicht Kirmes. Die Eisschicht war in einer Nacht um vier Finger dicker geworden, so daß sie nun dicker war als die Länge des Schwanzes. »Die Angelschnur ist nicht lang genug«, seufzte Kringel, »ich müßte sie an einen Stock binden können!« Traurig kehrte er heim.

Jetzt mußten sie tagelang hungern. »Soll ich mich in der Stadt schlachten lassen«, fragte Sus, »und den Schlächter bitten, dir die Hälfte von mir zu bringen?«

»Du sollst damit nicht spaßen«, sagte der Einsiedler.

»Ich mache keinen Spaß«, sagte das Schwein, »ich meine es ernst, schlachte mich und iß mich auf!«

»Mein lieber Küster«, sagte Antonius, »schade, daß du ein Schwein bist, du wärst sonst ein guter Mensch!«

Diese Worte rührten Kringels Herz, und ihm traten die Tränen in die Augen. Schluchzend schossen ihm allerlei Gedanken durch den Kopf, und von einem dieser Gedanken kam er einen ganzen Abend lang nicht los. So werden die großen Dinge erfunden.

»Wenn es nun doch nicht anders geht... und überhaupt, ich kehre sowieso nie mehr in die Welt zurück«, sagte Sus.

Während Antonius, vor Hunger ganz entkräftet, auf

seinem Strohsack schlief, ergriff Kringel das Beil, legte den Schwanz auf den Hackeklotz, kniff die Augen zu, biß die Zähne zusammen und hackte ihn ab. Er bestrich sofort die Wunde mit Salbe und hängte den Schwanz in einem Kessel mit Wasser übers Feuer. Gleich verbreitete sich ein wundervoller Duft wie sonnabends vor der Kirmes, wenn der Geruch von Braten und Schmorfleisch aus Türen und Fenstern weht.

Vater Antonius wurde wach davon. »Träume ich?« fragte er. »Bin ich wieder auf meinem Schloß bei einem großen Festmahl?«

»Haha!« kicherte das Schwein mit einer Träne des Bedauerns im rechten Auge und einer Freudenträne im linken Auge. »Onkel, ich habe für dich eine wundervolle Kraftbrühe mit Einlage bereitet, die dir schon gefallen wird! Sieh her, und rieche einmal dran! Die Fettaugen schwimmen obendrauf, damit kann man einen Pferdehusten heilen!«

»Gewiß wieder vom Teufel«, sagte der Mann, der es nicht glauben konnte, »und dieser Schwanz?«

»Von mir«, lachte Sus. »Was konnte ich hier mit dem Schwänzchen anfangen? Es war mir sowieso nur eine Last und machte mir viel Mühe, es immer schön geringelt zu erhalten...«

»Oh!« rief der heilige Einsiedler, »das ist schön von dir! Wenn es einen Himmel für die Schweine gibt, dann fliegst du bestimmt hinein!«

Und Antonius, der Einsiedler, hat sich die kräftige Brühe mitsamt dem leckeren Bissen wohlschmecken lassen...

Es wurde Frühling und zugleich ging das Leben des heiligen Einsiedlers seinem Ende entgegen. Er mußte im Bett bleiben, und seine Kräfte nahmen von Tag zu Tag ab. Schon hörte er, wie die Engel sich näherten. Das Schwein, das ihn gut pflegte, lauschte ebenfalls, konnte aber nichts

hören. Vater Antonius erzählte ihm von den schönen Engeln.
Herabsteigen fällt ihnen unendlich schwer, aber Emporsteigen ist für sie, was für uns Fallen bedeutet. Im Nu sind sie hoch über den Alpen, höher als die Wolken und gleich im Himmel. Das Herabsteigen dagegen dauert tagelang. Endlich näherten sich die Engel der Hütte, und da streichelte die kalte Hand des Vaters Antonius seinen betrübten Küster. »Leb wohl, Sus! Ich danke dir für deine Gesellschaft und deine guten Dienste. Ja, unser Herrgott hätte aus dir einen Menschen machen müssen, denn es gibt viele Menschen, die nicht den zehnten Teil deiner Güte besitzen. Versuche, ohne mich auszukommen. Gern hätte ich dich mitgenommen, aber in den Himmel werden nur Seelen zugelassen... leb wohl!«
Nun waren die Engel da, Sus sah sie zwar nicht, obwohl ein Schwein den Wind zu sehen vermag, aber es roch ihre Anwesenheit, ein Duft wie ein Paradies, wie der ganze Frühling in einem einzigen Blumenstrauß.
Sus weinte, denn nun würde es allein zurückbleiben, einsam und verlassen in diesem unheimlichen Wald, ohne Gesellschaft, und in die Welt zurückkehren ohne Schwanz und sich obendrein noch töten lassen, das ging nicht. Es rang seine Pfoten vor Verzweiflung, schlug sich an den Kopf, zog sich an den herabhängenden Ohren vor Ärger und Verdruß.
»Nimm mich mit! Nimm mich mit!« wollte es gerade sagen, aber Vater Antonius hatte die Augen bereits geschlossen. »Dann muß ich wohl das Totenglöcklein läuten.« Und Sus, der Küster, läutete das Glöcklein. Ein Lächeln legte sich um den Mund des heiligen Antonius, und eine Träne lief aus seinem rechten Auge... Das war zuviel! Die Rührung war zu groß. Gerade wollten die Engel ihn hochheben, als Kringel auf den Vater Antonius

zulief, ihn an den Beinen faßte und rief: »Nicht weggehen! Nicht weggehen! Bleibe bei mir, bleibe bei mir!«
Aber was sollte das nun wieder bedeuten? Ein Seufzer entfuhr seiner Brust. Weit unter ihnen drehte sich die Erde, die Sonne und das ganze Weltall.
»Wir sind da«, rief der Einsiedler in froher Bewunderung jubelnd. »Wo?« fragte Sus. »Im Himmel!« antwortete Antonius. »Aber hier ist es wie bei uns, grüne Wiesen und Wälder, nur viel schöner«, rief Sus. »Ich dachte, daß der Himmel ganz anders sei!«
»Er ist schon anders, Sus, aber um das zu ersehen, muß man eben eine Seele haben. Das ist der Unterschied. Siehst du da drüben das Schloß? Ja? Da geh ich hinein, denn dort wohnt unser Herrgott.« »Und ich?« fragte Sus. »Du bleibst hier auf den himmlischen Wiesen in der Gesellschaft der anderen Tiere. Hier leben der Esel, der den Heiland nach Jerusalem brachte, der Ochse des heiligen Lukas, die Löwen Daniels, der Rabe des heiligen Benediktus. Du wirst dich wohl fühlen, und jeden Tag werde ich dich besuchen...«
»Nein, nein, zurück auf die Welt!« schrie das Schwein, »wenn die Tiere mich sehen, ohne Schwanz, dann finde ich keine Ruhe vor ihrem ewigen Spott...«
»Aber weißt du denn nicht, daß alles im Himmel von selbst ganz und vollkommen ist?«
»Ist das wahr?« Und wieder blickte das Schwein sich um nach seinem Hinterteil. In der Tat, es hatte wieder seinen Schwanz, sein herrliches Ringelschwänzchen, das heute sogar eine schöne Schleife aus blauer Seide trug.

Der Rabe Hans

Als Hans noch ein kleiner Rabe war, wurde er eines Tages von einem Bengel aus dem elterlichen Nest im Glockenturm geraubt. Es nützte nichts, daß er dem Kinderdieb in die Hände hackte und durch sein Geschrei deutlich zu erkennen gab, wie sehr er an Vater und Mutter hing, der Bengel ließ nicht locker und nahm ihn mit nach Hause. Der Junge stutzte ihm die Schwungfedern. »Jetzt kann er nicht mehr fliegen«, meinte er. Dann brachte er ihm mit einem Taschenmesser unter der Zunge einen Schnitt bei und sagte: »So, jetzt kann er auch sprechen lernen.« »Ach«, klagte der kleine Hans, »man will aus mir einen Menschen machen, womit habe ich das verdient!«
Das Haus, in dem der Junge und Hans wohnten, war die Wirtschaft ›Zur Durstigen Seele‹, gelegen in einer sehr lebhaften Straße. Und da es in der ›Durstigen Seele‹ ein herzhaftes Bier, ein altes Klavier und eine singende Tochter von tausend Wochen gab, wurde sie immer sehr gut besucht.
Aus dem Hänschen wurde ein Hans, er lernte ›Vater‹ und ›Mutter‹ sagen, ›Köpfchen kratzen‹ und andere Raben-

worte. Er hatte sich eigentlich vorgenommen, nie ein Wort über seine hörnernen Lippen kommen zu lassen, aber er ließ sich bestechen mit Stückchen Zucker und kleinen Fleischhappen. Und außerdem dachte er, es müßte etwas sehr Angenehmes sein, sprechen zu können, denn die Menschen taten es andauernd. Immer sprachen sie, über sich selbst oder über andere; über sich selbst nur Gutes, über andere nur Schlechtes. So lernte Hans die Menschen kennen, die in die Wirtschaft kamen oder auch nur vorbeigingen.

Er fing nun an zu sprechen, wie er es von ihnen gehört hatte, und das machte ihm viel Spaß. Er schwatzte und schnatterte ununterbrochen, ja, er setzte sich auf die Schulter der blonden Tochter und sang sogar die Lieder mit, die sie am Klavier zum besten gab.

Wenn jemand hereinkam, dann rief Hans: »Guten Tag, Herr Dingsda, guter Herr, Köpfchen kratzen!«, aber sobald er weggegangen war, schrie Hans: »Windbeutel! Große Laterne, kleines Licht!«

Bald konnte er reden wie ein Advokat. Ach, wenn er nun auch noch fliegen könnte! Wie schön mußte es für einen Raben sein, fliegen und sprechen zu können! Dann erst würde er sich frei fühlen und sich an den Menschen rächen, die ihn aus dem elterlichen Nest geraubt hatten. So wie die ganze Menschheit büßen muß, weil Adam und Eva in den Apfel gebissen haben, wo würde auch die ganze Stadt für die Schandtat dieses Bengels büßen müssen.

Aber an Fliegen war nicht zu denken. Zur rechten Zeit kam die scharfe Schere und stutzte seine Schwungfedern. Wenn er sich im Garten aufhielt und aus lauter Langeweile auf die Regenwürmerjagd ging, sah er manchmal mit Wehmut, wie seine schwarzen Nichten und Vettern so stolz durch die Luft segelten und sich mit ausgelassenem

Spiel um den Glockenturm die Zeit vertrieben. Oft genug hatte Hans zu fliegen versucht, aber immer wieder fiel er zur Erde. Da mußten die Bewohner der Wirtschaft und die Nachbarn tüchtig lachen. Aber auch ein Vogel kennt eine gewisse Selbstachtung; er versuchte es deshalb nicht mehr.

Und plötzlich, wie es meistens der Fall ist, kam die große Wendung seines Lebens.

Im Garten der Nachbarn Stummel naschte Hans eines Tages von den herrlichen Erdbeeren, die dort wuchsen. Frau Stummel hatte es von der Küche aus gesehen und klopfte heftig an die Fensterscheibe. Hans tat so, als wäre er nicht gemeint, sang ein Lied vom Wonnemonat Mai und zog sich durch das Loch in der Hecke wieder auf sein eigenes Gebiet zurück. Am nächsten Tag lag bei diesem Nachbarn eine Erdbeere ganz allein auf dem Weg, so schön und glänzend, daß man ein Gedicht darüber hätte machen können. Also eine verlorene Erdbeere. ›Dagegen wird wohl niemand etwas haben‹, dachte Hans, und er schlug begierig seinen Schnabel in die weiche Frucht. Au! welch ein Schmerz. Die Erdbeere war gewiß weich, aber um so härter war der Bügel einer Spatzenfalle, der so heftig gegen seinen Schnabel zuklappte, daß er dachte, es wäre Abend, denn er sah lauter Sterne am Himmel. Aber wiederum war das nicht einmal das Schlimmste. Es war vor allem das hämische Gelächter der Nachbarn, das ihn kränkte. Hans war wütend. Gewöhnlich sprach er, wie die Menschen auch, über die Leute nur hinter ihrem Rücken, jetzt hatte er so sehr sein gutes Benehmen vergessen, daß er ihnen die Wahrheit ins Gesicht sagte, was sie nie vertragen können. »Sie aufgeblasene Madam«, rief er der Nachbarin Stummel zu, »die goldene Brosche, mit der Sie am Sonntag prahlen, haben Sie nicht von Ihrer Tante geerbt, Sie haben sie gestohlen, als die arme Frau im Sterben lag. Die Magd des Apothekers, die dabei war, hat es im Spiegel gesehen. Dieb! Dieb!« Die ganze Nachbarfamilie, wütend über diese Worte, stürzte hinaus, um Hans zu fangen und zu töten.

Sie verfolgten ihn auf dem Grundstück des Wirtes und drangen durch die Küche bis in die Gaststube.

»Unerhört!« schrie Herr Stummel den Gastwirt an, »Sie wagen zu behaupten, daß die goldene Brosche meiner Frau gestohlen ist?«

»Ich habe kein Wort darüber gesagt«, meinte der erstaunte Wirt.

»Aber dieser häßliche Rabe, das haben Sie ihm beigebracht.«

Der Wirt bekam einen Schlag ins Gesicht, den er mit einem Zinnkrug erwiderte. Eine blutende Nase war die Folge. Da versetzte der junge Stummel dem Wirt einen Fußtritt, daß er hinter dem Schanktisch zusammenbrach. Die hübsche Tochter schüttete Frau Stummel ein Glas Bier ins Gesicht, was die Nachbarin veranlaßte, ihr das Gesicht zu zerkratzen. Der Wirt war wieder aufgesprungen und schlug nun seinerseits auf dem Hinterkopf seines Nachbarn eine Flasche in Scherben. Tische wurden umgeworfen, Scheiben, Spiegel und Gläser gingen in Trümmer. Zwei Familien stürzten sich mit solcher Gewalt aufeinander, daß es zweier Polizisten und des strengen Befehls des Kommissars bedurfte, um sie zu trennen. Auf beiden Seiten wurde über den gemeinsamen Vogel geschimpft.

»Ich hacke ihm den Kopf ab«, rief der Wirt.

»Ich zerreiße ihn«, schrie der Nachbar.

»Auf alle Fälle muß er getötet werden«, sagte der Kommissar; »Vögel, die sprechen können wie die Menschen, stören die öffentliche Ruhe und Ordnung.«

Als Hans hörte, wie sein Leben zwischen Hammer und

Amboß lag, wünschte er nichts sehnlicher, als sich diesen beiden Gewalten zu entziehen. Er machte von dem Durcheinander Gebrauch, um leise in den Garten zu schleichen, wo er sich hinter dem Hühnerstall zwischen altem Gerümpel und einem Steinhaufen verbarg. Ach, wenn er jetzt fliegen könnte, er hätte gern die Sprache dafür eingetauscht. Er machte sich so klein wie möglich, um nicht entdeckt zu werden.
Bald hörte er die Tochter, den Vater und die ganze Gastwirtsfamilie rufen: »Komm, schwarzes Hänschen, komm, lieber Kerl, du bekommst auch ein Stückchen Zucker, einen Schweinsknochen.« Aber dem schwarzen Hänschen kam diese Freundschaft sehr verdächtig vor, und er rührte sich nicht.
Als es dunkel geworden war und auch in den Häusern überall das Licht erlosch, da wurde Hans wieder munter und verließ sein Versteck, um sich nach einer Rettung umzusehen.
Wie konnte er entkommen? Das Drahtgeflecht des Hühnerstalles schien ihm das Richtige. Ohne Zögern kletterte er mit Hilfe von Schnabel und Krallen hinauf, gelangte aufs Dach und hüpfte auf die Mauer. Dahinter lag der Garten des Pfarrhauses. Der Pfarrer war ein guter Mann mit einem bösen Hund. Leider war die Güte drinnen, und das Böse lief draußen umher.
Was tun? Mit etwas Glück und etwas Mut kommt man durch die Welt … und durch den Garten des Pfarrers. Der Mut bestand darin, in den Garten hineinzugehen, das Glück, aus ihm wieder hinauszugelangen. Er ließ sich also hinunterfallen und schlich vorsichtig an der Mauer entlang, um den bösen Hund in seiner Ruhe nicht zu stören. Seine gute Tat wurde belohnt, denn er gelangte durch die Hecke auf die Straße.
Dort stand ein Polizist unter einer Laterne und rauchte

eine geschenkte Zigarre. Er meinte wohl, daß es besser wäre, die Diebe sehen die Polizei, als die Polizei die Diebe. Hans machte sich in der anderen Richtung aus dem Staube, rannte straßauf, straßab, über eine Brücke hinweg ins Feld hinein, immer hüpfend und springend, bis er hungrig und müde an einem Holzstapel haltmachte. Aber hier fand er, wie für ihn zurechtgelegt, ein ganzes Nest junger Mäuse, die er wie einen Kranz von Würstchen in seinem hohlen Magen verschwinden ließ.

Oh, die liebe gute Freiheit, die noch einmal so gut schmeckt, wenn man sie gestohlen hat! Nun hatte er sie, und er fand Ratten und Mäuse, soviel er wollte, aber er fühlte sich so einsam, mußte sich verstecken vor Hunden und Katzen, vor Gendarmen, Menschen und dem Kommissar. Eine solche halbe Freiheit ist mitunter schlimmer als gar keine Freiheit. Sie weckt Wünsche und Sehnsüchte, an die man sonst nicht denkt. Ach, niemals mit jemand sprechen, niemals ein gemütliches Schwätzchen halten können!

»Man kann sagen, was man will, Reden macht Spaß«, meinte Hans. »Mögen die Philosophen behaupten, Schweigen wäre Gold, kann ichs nicht zu Golde bringen, hör ich gerne Silber klingen.«

Diese halbe Freiheit, diese Einsamkeit und drückende Stille dauerten nun schon zwei Wochen. Es war nicht zum Aushalten! Man könnte wahrhaftig daran denken, in die ›Durstige Seele‹ zurückzukehren und demütig um Verzeihung zu bitten. Vielleicht war der Streit inzwischen beigelegt.

Während er so seinen Gedanken nachhing, bemerkte er auf einmal einen Frosch, der nach der Musik der Grillen ein Tänzchen aufführte.

»Hier ist es streng verboten, nackt umherzulaufen«, rief Hans und wollte den Frosch greifen. Aber dieser sprang,

wie eine Brücke mit vielen Bogen, davon und mit einem Satz über einen Bach.
Hans hinter ihm her, und indem er auch über den Bach springen wollte, öffnete er unwillkürlich seine Flügel, und er flog. Er flog wahrhaftig wie ein wirklicher Vogel.
Die Schwungfedern waren gewachsen.
Er ließ den Frosch in seiner Nacktheit weiterhüpfen und stieg hoch in die Luft. Er öffnete die Flügel, breitete seinen Schwanz auseinander und trieb stolz und erhaben durch den blauen Himmel. Seine Federn zitterten und summten wie Musik. Er schlug Purzelbäume, flatterte und schwebte, ausgelassen, froh und stolz.
Drüben war der Turm, seine Heimat.
Mit der Dreistigkeit eines jungen Ritters flog er darauf zu, ließ sich in drei Ehrenrunden um das Glockenhaus treiben und schoß dann wie ein Pfeil durch eins der Schallöcher hinein. »Guten Tag, Vater, guten Tag, Mutter, guten Tag, Brüder und Schwestern«, rief er in menschlicher Sprache.
Im ganzen Turm herrschte große Aufregung: der Sohn vom Raben Schwarz ist wiedergekommen; er spricht wie der Glöckner... wie der Türmer.
Das Turmvolk scharte sich um Hans. Mondkopf, der Kauz, Lehrer von Beruf, kam hastig herbeigelaufen, die Feder hinterm Ohr und das Buch unter den Flügel geklemmt. »Ach, du liebe Zeit«, rief er, »er spricht wie die Menschen, jetzt steht uns Unheil bevor!« Blanka, die Turmtaube, Symbol des Friedens und immer in Angst vor einem Kriege, bat schluchzend: »Erkläre doch, erkläre doch, bitte, sieh einmal in deinen Büchern nach.«
»Tut mit sehr leid«, erwiderte Mondkopf, »ich habe meine Kerze und meine Brille vergessen, aber lies selber nach auf Seite sechzehn.« Und Blanka las: »Der Turm zu Babel wurde niedergerissen, weil man dort die eigene Muttersprache verleugnet hatte.«

»Seht ihr«, rief der Lehrer, »es ist gegen die Natur, daß ein Vogel spricht wie die Menschen, jetzt wird auch unser Turm niedergerissen.«
Blanka mußte sich vor Angst hinlegen, und sie klagte und jammerte über den bedrohten Frieden.
»Laß uns in Frieden mit deinem Frieden«, riefen die Raben und Käuze, denen der Krieg nur erwünscht sein konnte, und sie hörten gespannt auf alles, was Hans zu berichten wußte.
Er mußte auch singen, und das Lied vom wunderschönen stolzen Rhein ließ man ihn zweimal wiederholen. Es machte ihnen viel Spaß.
Und nun kam die Zeit, da Hans sich einmal tüchtig an den Menschen rächen wollte.
Das erste Opfer war natürlich der Kommissar, der ihn mit dem Tode bedroht hatte. Er saß draußen vor der Wirtschaft ›Zum Wilden Mann‹ und trank sein Gläschen Bier. Von der Dachrinne herab rief Hans, so daß man es auf dem ganzen Marktplatz hören konnte: »Dort sitzt der Kommissar, der Mann, der die Gesetze mißachtet, wenn man ihm genügend Geld in die Hände stopft.« Der Kommissar war wütend: »Ich schieße dich tot, ich schieße dich tot!« Aber er hatte seine Pistole nicht bei sich.
Beschämt zog er sich in die Gaststube zurück.
Der Herr Notar, das zweite Opfer, stapft mit seinem silbernen Spazierstock stolz über die Straße, als ihm plötzlich von einem Dach herunter nachgerufen wird: »Der Notar ist ein eingebildeter Dickkopf, der die Nachlassenschaft des Herrn Gilis nicht ausbezahlt. Das dauert nun schon Jahre, aber inzwischen lebt er von dem Gelde.« Der Notar schlich sich unter dem Hohngelächter der Leute in einen Zigarrenladen.
Ein Reisender will gerade in ein Tuchgeschäft eintreten,

da warnt ihn Hans aus der Höhe: »Bleiben Sie draußen, Herr, denn in der ›Billigen Hose‹ werden die Wechsel nicht bezahlt.«
Das eitle Fräulein Van Vel schreitet wie ein leibhaftiges Modenblatt über die Brücke. Aber da ereilt sie die Rache des Raben Hans: »Fräulein Van Vel hat falsche Zähne, und auch ihre schönen Locken sind nicht auf ihrem Kopf gewachsen.« Das Fräulein ist einer Ohnmacht nah und rettet sich in eine Kirche.
Hans läßt niemand in Ruhe. Er flattert hin und her und flickt jedem etwas am Zeuge. Es gibt schon viele Leute, die nicht mehr über seine Streiche lachen und der Meinung sind, daß der Vogel getötet werden muß.
Herr Hansen heiratet Fräulein Clippel. Es ist eine große Hochzeit, die ganze Stadt ist herbeigelaufen. Das glückliche Brautpaar steigt feierlich mit seinem glänzenden Gefolge die Treppe zum Rathaus empor. Aber Hans ist auch da und ruft vom höchsten Fenster herab: »Ihr lieben Leute, er heiratet nur des Geldes wegen, die Braut ist ja auch häßlich wie die Sünde.« Fräulein Clippel bricht zusammen, Herr Hansen tanzt vor Wut, und der Kommissar, der diesmal seine Pistole bei sich hat, schießt ein Loch in die Dachrinne des Rathauses. Eine hübsche Klempnerrechnung, die die Stadt bezahlen muß.
In jedem Haus und in jeder Wirtschaft ist nur noch von diesem sprechenden Raben die Rede.
Viele wagten nicht mehr, laut mitzulachen über die anderen, denn vielleicht werden sie am nächsten Tag selbst von diesem Vogel bloßgestellt. Es waren schwere Tage für alle, die keine ganz weiße Weste hatten. Sie machten ihre Besorgungen möglichst erst am Abend. Beim Bürgermeister gingen fortwährend Klagen ein, aber dieser ließ, wie alle Bürgermeister, die Sache auf sich beruhen. Als Hans jedoch seine eigene Frau beschimpft

und gesagt hatte, sie habe die Hosen an und nicht er, da befahl sie ihm, endlich einzugreifen, und der Bürgermeister erklärte in der Sitzung des Rates: »Wir wollen doch einmal sehen, wer hier etwas zu sagen hat, ich oder dieser Vogel. Wo soll das hinführen, wenn die Tiere anfangen wollten zu reden wie die Menschen? Die geehrte Einwohnerschaft unserer Stadt ist wütend auf diesen Vogel, der die anständigen Bürger mit seiner üblen Nachrede verfolgt und unsere Ehre und unseren guten Ruf ins Wanken bringt. Ich befehle, daß dieser Vogel tot oder lebendig gefangen werde.«

Noch am gleichen Tage hatte er eine geheime Sitzung mit dem Kommissar und dem Hauptmann der Feuerwehr.

Am nächsten Tag stiegen die sieben Polizisten und die sechs Feuerwehrleute mit Säbel und Axt auf den Turm, um die gehaßten Vögel auszurotten. Der Kommissar blieb unten wegen seines Holzbeins, und auch der Hauptmann der Feuerwehr, denn er war zu dick für eine solche Kletterei.

»Habe ich es nicht gesagt?« rief Mondkopf aus. »Da haben wir schon den Krieg. Unser Turm wird niedergerissen. Das kommt davon, wenn man die Menschen nachahmen will.«

»Ach«, schluchzte Blanka, »seitdem Hans, der nun sprechen kann wie die Menschen, zurückgekehrt ist, habe ich lauter Windeier gelegt. Weshalb hat man nicht den Adler oder den Hahn zum Symbol des Friedens genommen? Sie kämpfen gern und können sich verteidigen.«

»Nicht räsonieren, flüchten heißt die Losung«, rief der Kauz. Und alles, was Flügel hatte, stob davon, mit Ausnahme der Eulen. Die Raben nahmen ihre Jungen in den Schnabel, die Eier in ihre Krallen und zogen einstweilen in einen anderen Turm oder in eine Burgruine.

Die Eulen blieben da. Sie waren immer schon Philo-

sophen. Sie machen die Augen zu und denken: wenn wir sie nicht sehen, sehen sie uns auch nicht.
Die Polizisten und die Feuerwehrleute zerstören alle Rabennester, aber die Eulen lassen sie in Ruhe, weil es keine Raben sind.
Unten warten die Leute gespannt auf den Verlauf der Ereignisse.
Inzwischen sitzt der Bürgermeister mit befreundeten Damen und Herren in seinem Garten beim Kaffee. Das Gespräch dreht sich natürlich um den sprechenden Raben. »Das hat nun die längste Zeit gedauert«, sagt der Bürgermeister und wirft sich in die Brust, »ich habe meine Polizisten und Feuerwehrleute auf den Turm geschickt! Wir wollen doch einmal zeigen, daß auch ein Vogel unsere Stadt nicht ungestraft demütigen darf!« Aber seine Worte waren noch nicht ganz verklungen, da höhnte es aus einem Baum: »Soso, Herr Bürgermeister, wenn Freunde da sind, gibt es Kaffee, aber kaum haben sie den Rücken gekehrt, da kommt nur noch reiner Schnaps in Frage, nicht wahr? Das kann nicht einmal Ihre Frau verhindern!«
»Mein Gewehr, mein Gewehr!« schrie der Bürgermeister, aber Hans Schwarz erhob sich in die Lüfte.
Da meldete die Magd, daß zwei Polizisten auf der Suche nach dem bösen Vogel im Glockenturm abgestürzt wären und nun mit gebrochenen Gliedern im Krankenhaus lägen.
Am nächsten Tag klebten an allen Mauern, auch da, wo das Ankleben bei Strafe verboten war, große Plakate, die verkündeten: ›Der Rat der Stadt setzt eine Belohnung von hundert Franken für denjenigen aus, der uns von dem sprechenden Raben erlöst, diesem abscheulichen Vogel, der die achtbare Bevölkerung in ihrer Ehre und Bürgertugend kränkt und beleidigt. Wer den Vogel tot oder

lebendig aufs Polizeiamt bringt, erhält sofort die versprochene Summe.‹

Zwei Männer aus dem Faulen Winkel erschienen am nächsten Morgen mit dem toten Vogel auf dem Polizeiamt. Sie hatten ihn mit einer Wurfschleuder getroffen. Einer der Männer sagte: »Als wir ihn aufhoben, lebte der Schelm noch ein wenig. Er starb mit einem Fluch im Schnabel!«

»Ihr seid Helden«, erklärte der Kommissar, »eure Namen werden mit Gold ins Buch der Geschichte eingeschrieben!«

»Wenn das nur stimmt«, meinte der andere. Sie ließen den Vogel da und nahmen das Geld mit. Am selben Abend hatten alle Männer aus dem Faulen Winkel in der ›Süßen Einkehr‹ ein Festessen mit Schweinsrippchen. Ein Mann mit einer Ziehharmonika erhöhte die fröhliche Stimmung.

Auf dem Marktplatz, im ›Schwan‹, wurde der berüchtigte tote Vogel gezeigt. Der Andrang war so stark, daß zwei Polizisten vollauf zu tun hatten, um die Ordnung aufrechtzuerhalten. Der Wirt aus dem ›Schwan‹ machte ein gutes Geschäft, aber der Wirt aus dem ›Wilden Mann‹ erklärte jedem, der es hören wollte, daß der Bürgermeister, dieser Feigling, nie mehr auf seine Stimme zu rechnen brauchte, weil der Vogel nicht bei ihm gezeigt wurde.

Einige Tage später wurde das alte Fräulein Therese Peipelaar begraben. Alle besseren Leute der Stadt folgten der Leiche. Die Verwandten weinten silberne Tränen, als der Sarg hinuntergelassen wurde. In diese feierliche Stille hinein rief Hans von einem der Pfeiler des Kirchhoftores herab: »Krokodilstränen! Tantchen ist tot, es lebe Tantchens Geld! Wie oft hat dieser dicke Advokat dort nicht gesagt: ›Wenn diese alte Pergamenthaut nur endlich sterben wollte, dann wären wir aus dem Schlamassel heraus!‹

Du lebst auf viel zu großem Fuße, Mann, dazu sind deine Schuhe zu klein!«
Und mit höhnischem Lachen verschwand der Vogel in die weiten Felder.
Die Männer aus dem Faulen Winkel hatten also geschwindelt. Aber sie redeten sich heraus, indem sie sagten, es sei vielleicht ein Bruder dieses Raben gewesen, der das Sprechen von ihm gelernt hätte. Auf alle Fälle würde man kein Gold brauchen, um ihre Namen ins Buch der Geschichte einzutragen, sie würden wohl überhaupt nicht darin erwähnt werden.
Jeden Tag wurden immer wieder neue Leute vom Raben Hans beschimpft und beleidigt. Klagen über Klagen gingen beim Bürgermeister ein, die Stadt geriet in Aufruhr. Nur der verkannte Dichter Remoldus Keersenmaeckers gab dem Vogel recht und erklärte in Versen:

Mir kann der Vogel schon gefallen,
Dieweil er wagt, laut zu verkünden
Die streng geheimgehaltnen Sünden,
Als das Gewissen von uns allen.

Von der Freitreppe des Rathauses herab sprach der Herr Bürgermeister zu der zusammengeströmten Bevölkerung. Er sagte unter anderem: »Nein, wir dürfen nicht länger der Spielball dieses unvernünftigen Geschöpfes sein. Jeder muß dazu beitragen, uns von diesem Unheil zu befreien; unser Ansehen, unsere Ehre und unser guter Ruf stehen auf dem Spiel. In allen Zeitungen des Landes verspottet man uns. Die Belohnung von hundert Franken wird aufrechterhalten, aber der Vogel muß lebendig abgeliefert werden. Außerdem haben wir beschlossen, daß jeder, der einen Raben tot oder lebendig herbeischafft, einen Franken erhält. Auch wurde ein Mann angestellt, der jeden Tag in allen Türmen die Raben totschießen soll, die er erreichen kann. Jeder ist gehalten, die etwa in seinem Schornstein vorhandenen Rabennester zu zerstören. Wir wollen nicht ruhen, bevor diese Plage völlig ausgerottet ist.«

Da erschien Hans plötzlich oben auf dem Giebel des Rathauses und rief in die Stille hinein: »Menschen, erst habt ihr mir das Sprechen beigebracht, und jetzt wollt ihr es mir wieder verbieten! Zwischen uns ist nur der Unterschied: Ihr sagt die Wahrheit hinter dem Rücken, ich sage sie ins Gesicht. Wenn ich immer nur rufen wollte: der Bürgermeister ist gut, der Notar ist ehrlich, der Kommissar ist gerecht, dann würde ich euer Wohlgefallen erregen, dann dürfte ich die Mäuse aus eurer Hand fressen. Ich kann wohl sprechen, aber nicht lügen.«

Der Bürgermeister blickte hinauf und rief: »Jeder Mensch tut, was er will! Die Wahrheit braucht man nicht zu sagen, außer im Beichtstuhl, unter Eid auf Gericht und beim Steueramt. Das ist unter uns Menschen eine stille Vereinbarung, und einen Vogel geht das gar nichts an!«

Worauf Hans erwiderte: »Dann laßt uns zunächst einmal in Ruhe, und bringt uns nicht das Sprechen bei!«

Der Bürgermeister antwortete: »Von einem Vogel lasse ich mir keine Vorschriften machen. Außerdem hat der Rat der Stadt bereits beschlossen, daß es künftig nicht mehr erlaubt sei, Raben das Sprechen beizubringen. Wenn ihr uns in Ruhe laßt, lassen wir euch auch in Ruhe.«

»Jawohl«, rief das Volk wie aus einem Munde. Es sah aus wie eine Art Friedenskonferenz zwischen dem Bürgermeister, der Bevölkerung und dem Raben. Und vielleicht wäre es auch zu einer Einigung gekommen, wenn der Kommissar nicht wieder alles verdorben hätte. Er konnte die Beleidigung, die Hans ihm angetan hatte, nicht vergessen. Wie ein echter Kommissar kannte er keine Gnade.

»Er muß getötet werden«, rief er und zog wieder seine

Pistole: Päng! Mit einem lauten Schrei flog Hans davon, aber sein rechter Fuß fiel zur Erde. »Ha!« rief Hans voll Schmerz und tief beleidigt, »Feiglinge, Wortbrüchige, Mörder, jetzt sollt ihr etwas erleben! Und wenn ihr auch sämtliche Raben tötet, jetzt schweige ich nie und nimmermehr!« Krächzend flog er davon.

Während nun ein heftiger Streit entbrannte zwischen dem Bürgermeister und dem Kommissar und das Volk den Mann auspfiff, der den Frieden verhindert hatte, versammelten sich die Turmvögel in einem verlassenen Schloß, das einsam außerhalb der Stadt lag. Hans erzählte von Anfang bis Ende alles, was geschehen war.

Da begann Blanka, die Taube, zu jammern und rief, daß sie als Symbol des Friedens ihre Entlassung einreichen wollte. Dann sprach eine Rabenmutter: »Was nützt es uns, daß Hans sprechen kann. Immer leben wir in Angst und Bangen um unsere Eier und unsere Jungen!«

»Jawohl!« riefen alle Mütter, und die Väter mußten natürlich ihren Frauen beipflichten.

Mondkopfs Augen funkelten aus einer dämmrigen Ecke heraus. »In den Büchern steht es geschrieben«, sagte er, »ein Vogel muß ein Vogel bleiben. Ein Vogel darf nicht sprechen. Halte also deinen Schnabel, und dann wird auch der Bürgermeister uns in Ruhe lassen!«

»Ich schweige nicht«, rief Hans, »meinen Fuß werden sie teuer bezahlen müssen.«

»Wir wollen aber in Frieden leben«, erwiderten die Raben, »und für das Wohl der Allgemeinheit darf schon ein Fuß geopfert werden.«

»Ich schweige nicht«, rief Hans.

»Dann wirst du nach unseren Gesetzen verbannt«, sagte Mondkopf.

»Lieber verbannt als schweigen«, erklärte Hans.

Er flog davon und sang:

Wir ziehen fort
Von Ort zu Ort
Und sprechen stets ein freies Wort.

Das Schimpfen und Beleidigen begann von neuem, und das Rabenvolk wurde unerbittlich von den Menschen verfolgt...

Aber wie geht es im Leben, bei den Vögeln wie bei den Menschen? Hans verliebte sich in ein zierliches Rabenfräulein. »Wir wollen heiraten«, sagte er. »Sehr gern«, erwiderte sie. Und was weder der Bürgermeister noch der Kommissar, noch Mondkopf hatten erreichen können, das bewirkte dieses Fäulein.

»Gerne«, sagte sie, »aber ich will in Frieden die Mutter deiner Kinder sein! Deshalb heißt es den Schnabel halten!«

Und für eine Frau tut ein Mann schon sehr viel, auch wenn dieser Mann ein Vogel ist.

Blanka, die Taube, konnte nun wieder in Ruhe richtige Friedenseier legen.

Die gestohlenen Edelsteine

Als der weiße Winter geschmolzen war und in Bächen und Flüssen dem Meere zutrieb, lag die Welt wieder kahl, dürr und verlassen da.
Da schickte der Herrgott den Lenz herab, um Wälder und Wiesen, Felder und Weiden wieder hübsch zu machen. Der Lenz, das ist eine Schar von kleinen, lieblichen Mädchen, die sehr ausgelassen und unerfahren sind und immer nur spielen wollen. Deshalb wurden sie mit ihrem Auftrag, die Welt zu schmücken, nicht gut fertig.
Aber Mutter Sonne kam ihnen zu Hilfe; mit ihrem Licht und ihrer Wärme hegte und pflegte sie die zarten Blumen und die empfindlichen Pflänzchen, die die Lenzmädchen so unordentlich und leichtfertig an die Bäume und Sträucher gehängt und über Wälder und Wiesen verstreut hatten. Sonst hätte man allerlei erleben können.
Als nun alles in schönster Blüte stand, legten sich die kleinen Fräulein, müde geworden von ihrem Spiel und ihrem ausgelassenen Treiben, auf einer Wolke zum Schlafen nieder und überließen Mutter Sonne die ganze Arbeit.
Als es Abend wurde, hätte Mutter Sonne auch gern ein

Auge zugetan, und so rief sie ihren treuen Lehrbuben, den pausbäckigen Maarten Mond, damit er die schönen Blumen behüte und sie mit irgendeinem Spiel beschäftige. Sobald Mutter Sonne in ihrer Schlafstube war, rief Maarten Mond seinen alten Freund, Herrn Tau, den Diamantschleifer, und bat ihn, die Blumen und Kräuter mit seinen kostbaren Edelsteinen zu verzieren.
»Herzlich gern«, sagte der graue Herr Tau, und sofort ging er daran, im Licht von Maarten Monds Gesicht die glänzenden Edelsteine zu verteilen.
Die Rosen im Garten des Schlosses wollten die meisten und auch die größten haben, und sie bekamen sie auch. Dennoch weckte das nicht im geringsten den Neid der anderen Blumen. Für diese galten die stolzen Rosen als Emporkömmlinge, die sich an die Zeit nicht mehr erinnern, als sie noch mit ihren siebenblättrigen Zweiglein – jetzt haben sie nur fünf, das erscheint ihnen vornehmer – und mit einem schlichten Blümchen irgendwo an einem einsamen Bach standen. Jetzt wissen sie nicht mehr wohin vor Vornehmheit, blähen sich auf, versehen sich mit scharfen Sporen wie Hähne oder Ritter, tragen prahlerisch einen bunten Lockenkopf und tragen keine Scheu, sich »Königin der Blumen« nennen zu lassen. Da muß man ja lachen. Lauter anmaßender Hochmut, denn ohne Hilfe der Menschen, die sie beschneiden und pfropfen, sie anbinden und sonst was tun, wären sie nichts. Sobald der Gärtner, der Mann, der die Blumen immer anders haben will, sie ein wenig verwahrlost, kommt ihre wilde Natur wieder zum Vorschein, und sie können die Zeichen ihrer geringen Herkunft nicht verleugnen. Dann sprießen unten am Stamm gleich wieder wilde Triebe mit sieben Blättern und mit einer erbärmlichen Blüte hervor. Ja, ja, wenn man so über Nacht plötzlich zu etwas kommt! Nein, da ist es doch besser, meine ich, man bleibt, was man ist, und blüht

sorglos, frei und unbekümmert in der guten, ungezwungenen Natur, wie einem nun einmal die Blätter gewachsen sind. Nichts geht über eigene Schönheit!

Aber für den guten Herrn Tau galt eine Blume soviel wie die andere, wenn sie nicht gerade aus Papier war, und jede erhielt so viele Juwelen, wie sie nur haben wollte. ›Jedem nach seinem Geschmack!‹ dachte er. Und so schmückte er die Rosen im Garten, die Wiesen und die Blumen an den Flüssen und zog dann in den Wald. Auch hier hatte er allerhand zu tun. Bald waren die Farnkräuter und die Schlüsselblumen, die Maßliebchen und die kleinen Lilien, jede nach Rang und Wunsch, mit den schönsten Edelsteinen, die man sich denken kann, geziert. Maarten Mond goß sein silbernes Licht darüber hin, und alle Edelsteine glänzten und funkelten in geheimnisvoller Schönheit wie der Schmuck einer Märchenprinzessin.

»Mutter Sonne wird sich freuen, wenn sie morgen früh wach wird und alle ihre Lieblinge so herrlich geschmückt vorfindet«, sagte Maarten Mond zu Herrn Tau.

»Gern geschehen, stets zu Diensten«, erwiderte der alte Diamantenschleifer und wollte gehen, aber er blieb stehen und schnupperte. »Was ist das für ein feiner Duft?« sagte er. Er blickte um sich, suchte, bückte sich, und da bemerkte er im tiefen Schatten, zwischen Gras und Unkraut versteckt, ein lilafarbenes Blümlein.

»Wer bist du?« fragte Herr Tau. »Bist du nicht das Veilchen?«

»Jawohl, Herr«, sagte ein kleines Blümlein, »ich bin das Veilchen.«

»Ich wußte doch, daß mir noch etwas fehlte«, sagte der Alte. »Diese schöne Farbe und der feine Duft! Man muß wirklich mit der Nase am Boden herumkriechen, um dich zu finden. Weshalb hast du dich so versteckt, liebes kleines Ding?«

»Ach, Herr«, erklärte das Veilchen, »ich bin damals aufgeblüht am Karfreitag, als unser Heiland am Kreuze starb, deshalb trage ich ein lila Kleid, denn Lila ist doch die Farbe der Trauer, und deshalb verstecke ich mich im Dunkeln und trauere.«

»Das ist sehr schön und lieb von dir, Karfreitagsblümlein, aber du kannst doch nicht ewig trauern, weil du ein lila Kleid trägst. Und außerdem, hast du vergessen, daß es nach Karfreitag auch ein Ostern gab, an dem der Heiland wiederauferstanden ist?«

Ach nein, davon wußte das Veilchen nichts, und es lächelte freundlich, weil es jetzt nicht mehr zu trauern brauchte.

»So ist es recht, du hast den herrlichsten Duft und die schönste Farbe, und deshalb werde ich dich nun mit den schönsten Edelsteinen schmücken, die ich habe«, sagte Herr Tau, der mit seiner roten Nase genießerisch das Veilchen beschnupperte.

Der alte Diamantschleifer holte aus der weißen Watte seiner Juwelenschachtel die reinsten Edelsteine, die er je geschliffen hatte. Er steckte dem Veilchen einen an jedes Ohr, und um das goldene Herzchen hängte er ein Kleeblatt aus drei glitzernden Steinen. Dann schob er Gras und Unkraut beiseite, so daß ein milder Mondstrahl ungehindert auf das Veilchen fallen konnte.

Wie herrlich, wie edel glitzerten und funkelten da die Edelsteine auf dem tiefdunklen, violetten Samt!

Herr Tau war selber ganz überrascht. Er wußte nicht, daß seine Steine so schön sein konnten. Jetzt erst fiel es ihm auf, und zugleich empfand er seinen Beruf als den herrlichsten der Welt.

Das Veilchen bebte vor Glück, als es sich betrachtete. Auch alle Blumen und Kräuter waren voll Lob und Bewunderung. Sie reckten den Hals, um besser sehen zu

können, und die eine flüsterte es der anderen zu, es raunte von Blume zu Blume, und auch die Worte des Herrn Tau wurden nicht vergessen.
Obwohl die stolzen Rosen das Veilchen mit eigenen Augen nicht sahen, sondern nur davon hörten, so konnten sie es sich doch gut vorstellen. Sie platzten bald vor Neid und Eifersucht, zogen vornehm ein Doppelkinn und zuckten verächtlich die Achseln.
Als Herr Tau davongegangen war, rief der gemütliche Maarten Mond, der dem Blumenvolk eine ganze Nacht lang gefällig sein wollte, einige Nachtigallen, um die Blumen mit ihren schönen Liedern zu erfreuen. Sogleich kamen ein paar herangeflogen und hängten Girlanden von Klangperlen von Baum zu Baum.
Die Blumen wiegten sich auf ihren Stengeln, neigten das Köpfchen im Takte der Musik. Es war ein so herrliches Spiel, daß der lauschende Sternenhimmel ein ganzes Stück tiefer kam, um besser sehen und hören zu können. Ja, einige Sterne ließen sich sogar vom Himmel fallen, damit ihnen nichts entginge.
Das Maßliebchen, das kecke Ding, zitterte in seinem Spitzenröckchen wie die erste Tänzerin eines Opernballetts, die Schlüsselblumen läuteten mit ihren Glöckchen, die Butterblumen ringelten sich auf und zu, und das Veilchen wiegte sich hin und her und überließ sich ganz der Seligkeit der Musik und der Seligkeit seines Glückes. Maarten Mond lachte, weil alles so schön und lustig war. Nur die Rosen, die hörten, wie man sich da unten vergnügte, freuten sich nicht. Sie wiegten sich nicht nach dem Sang der Nachtigall; für Schloßherrinnen war das nicht fein genug. Aber sie konnten auch nicht, denn sie waren festgebunden an einem grün bemalten Stock. Sie ärgerten sich, sie konnten es nicht ertragen, daß das Veilchen so sehr wegen seiner Schönheit und seines

Schmuckes gepriesen wurde. Wären die Rosen frei gewesen wie die Tiere, dann hätten sie mit einer wahren Tigerwut das ganze lobende und bewundernde lustige Gesindel in Fetzen gerissen, und von dem Veilchen wäre natürlich nichts mehr übriggeblieben. Während sie so dastanden und auf Rache sannen, kam aus einem Maulwurfsloch – auch in Schloßgärten gibt es Maulwurfslöcher – ein Erdmännchen hervorgekrochen, das jetzt im Mondschein auf Raub ausgehen wollte. Diese Erdmännchen sind wahre Unholde, die nachts die Vogeleier austrinken, die Kirschen von der Sonnenseite anbeißen, Honig stibitzen und zum Spaß den jungen Vögeln den Hals umdrehen. Sie sind sehr schlau, grausam, listig und eigensinnig. Das Männchen reckte seine Glieder, gähnte und wollte gerade auf Raub ausgehen, als die Rosen es anredeten und sagten: »Guten Abend, Pirrewitje Kanditje, wir wissen von den Bienen, die aus unserem Herzen die Süßigkeit sammeln, wo der beste Honig zu finden ist; wir wissen von den Vögeln, die unseren herrlichen Duft genießen, auf unseren Zweigen tanzen und singen, in welchen Nestern frische Eier liegen ...«

»Und wo ist das, schöne und edle Rose?« fragte Pirrewitje Kanditje, der sich wunderte und sehr stolz war, weil die Rosen, die ihm sonst keinen Blick gönnten, ihn nun plötzlich anredeten.

Und die Rosen antworteten: »Das werden wir dir sagen, wenn du für uns die Edelsteine des Veilchens aus dem Walde stehlen wirst.«

»Sehr gern«, sagte Pirrewitje Kanditje, »da braucht ihr nicht lange zu warten«, und er trabte in den Wald hinein. Plötzlich verstummten die Nachtigallen, die Blumen wiegten und neigten sich nicht mehr, aber das Veilchen, das mehr der Musik gelauscht hatte, die seinem goldenen Herzen entstieg, als dem Gesang der Vögel, tanzte und

wiegte sich immer weiter und hörte nicht, wie das Erdmännchen sich näherte, das Blumen und Vögel erschreckt und zum Schweigen gebracht hatte.
Pirrewitje Kanditje sah das Veilchen bei seinem lustigen Treiben und war starr vor Verwunderung von dem Funkeln der schönen Edelsteine. Da dachte das Erdmännchen: ›Diese Steine verkaufe ich nicht den Rosen für ihr dummes Geschwätz; ich verkaufe sie lieber für vieles Geld an unsere unterirdische Königin, denn so schöne Edelsteine hat sie noch nie gesehen.‹
Um in ihren Besitz zu gelangen, mußte das Erdmännchen mit List zu Werke gehen, denn es kannte die Freunde der Blumen, die seine eigenen Feinde waren, wie das Wasser, die Bienen, die Vögel und die giftigen Düfte gewisser Blumen. Deshalb trat es freundlich und leise zu dem Veilchen und sagte: »Ach, liebes Veilchen, wie bist du so schön! Ein schöneres Blümchen hab nie ich gesehn!«
»Oh«, meinte das Veilchen, »das machen die schönen Edelsteine.«
»Nein«, sagte Pirrewitje, »du machst die Edelsteine schön. Bei anderen Blumen wären sie lange nicht so herrlich.« Das Erdmännchen glaubte zu lügen, aber es sprach die Wahrheit, und darin liegt der Sinn dieser ganzen Geschichte für den, der sie begreifen will. Es sagte noch viele liebe Dinge, die bei einer ersten Blumenliebe angebracht sind: »Du bist die Zierde des Waldes, dein Duft ist wie ein Bote des Himmels, so daß du auch den anderen das Leben zur Seligkeit machst.«
Und wie jeder Mensch seine Schwächen hat, so hat auch jede Blume ihre Schwächen und hört sich gerne loben, selbst das bescheidene Veilchen. Ihm wurde ganz weich ums Herz, und in einem Rausch von Glück hörte es Pirrewitje zu, der ihm den Arm um das violette Köpfchen legte und ihm die Samtwangen streichelte. Das Veilchen,

das doch so wenig Freundschaft gekannt hatte, war wie betäubt und legte sein Köpfchen an Pirrewitjes Brust. In einem solchen Augenblick geschah es, daß Pirrewitje, ganz geschickt und ohne daß das Veilchen etwas merkte, diesem den Edelstein aus einem Ohr entwendete.
›Das wäre einer‹, dachte das Erdmännchen, ›gleich folgt der zweite.‹ Wieder hob es die Hand zum anderen Ohr. Aber der treue Maarten Mond, der den Diebstahl gesehn hatte, zog rasch eine Wolke vor sein leuchtendes Gesicht, so daß Pirrewitje den Edelstein nicht mehr sah und deshalb dem Veilchen ins Auge stach.
»Au! Au!« rief das Veilchen, denn es tat sehr weh. Es erwachte aus seinem Glücksrausch, bemerkte sogleich, daß der Edelstein aus seinem Ohr verschwunden war, und rief: »Hilfe, mein schöner Ohrbrillant ist fort!«
Pirrewitje Kanditje wurde ganz wild vor Habgier und wollte um jeden Preis auch die anderen Juwelen haben. Er riß dem Veilchen den anderen Brillanten aus dem Ohr und das schöne Kleeblatt vom Hals und machte sich damit aus dem Staube.
»Dieb! Dieb! Betrüger!« rief das Veilchen. »Freunde, haltet den Dieb! Pirrewitje hat die Edelsteine aus meinen Ohren und mein schönes Kleeblatt gestohlen.«
Sofort riefen alle Blumen: »Haltet den Dieb, haltet den Dieb!«
Die Rosen, die das Geschrei bis in den Schloßgarten gehört hatten, lachten sich ins Fäustchen. Jeder tat, was er konnte, um auf seine Art den Dieb aufzuhalten. Maarten Mond ließ so rasch wie möglich sein Licht wieder scheinen, aber alles ging viel schneller, als man es schreiben oder lesen könnte: die Brennessel richtete sich auf, machte sich breit und schickte ihr schärfstes Gift zu den zackigen Zähnen, um jemand bei der geringsten Berührung auf den Tod zu vergiften, die Distel öffnete ihre Stachelarme,

bereit, sofort zuzugreifen. Gewiß hätten auch die Bienen geholfen, diesen Honigdieb zu fangen, auch die Vögel hätten sicher nichts lieber getan, als dem Eierdieb die Augen auszupicken, aber Vögel und Bienen schliefen. Von den kleineren Vögeln wachte nur die Nachtigall, und diese hatte wie alle Sängerinnen ein viel zu weiches Herz, als daß sie jemand etwas hätte zuleide tun oder gar Blut vergießen können. Den anderen Tieren war das Schicksal der Blumen gleichgültig, und die größeren Vögel, wie Eule und Nachtrabe, ließen alles ruhig geschehen, denn es waren ja nicht ihre Nester, aus denen Pirrewitje die Eier stahl. Dazu war er auch viel zu ängstlich und zu feige, denn die hätten ihm bald das Fell ausgezogen wie einen Handschuh.

Aber es war der Brombeerbusch, dem die große Tat gelang, den kühnen Dieb festzuhalten. Geduldig saß er mit seinen dornenbewaffneten Ranken da, die in zierlichen Schnörkeln und Arabesken zusammengerollt waren, und wachte über seine jungen Früchte, aus denen später weiche, dunkelrote Beeren werden sollten. Er entfaltete sein Rankengewirr, bog seine verschnörkelten Schlingen auseinander, reckte seine Zweige lang aus und flocht damit ein dichtes Netz, so daß selbst eine Maus kaum noch hindurchkonnte. So machte sich jeder Brombeerbusch breit, bis er mit dem nächsten verflochten und verschlungen war und Pirrewitjie Kanditje wie in einem Käfig gefangensaß.

»Gib die Juwelen her!« riefen die Blumen einstimmig. Sie taten es aus eigener Besorgnis, denn was heute mit dem Veilchen geschah, konnte morgen ihnen zustoßen.

»Nein!« rief Pirrewitje Kanditje, verblendet durch seine Habgier; er betrachtete die Steine in seiner hohlen Hand, wie herrlich sie funkelten. Er würde sie gewiß bei der unterirdischen Königin für einen hohen Preis loswerden.

Die Brombeerbüsche zogen ihre Kreise noch dichter und fester zusammen. Pirrewitje rannte hin und her, sah sich umzingelt und gefangen. Er suchte nach einem Loch im Gestrüpp oder im Erdboden, aber wo eins vorhanden war, da wurde es sofort von den dornigen Brombeersträuchern versperrt. Immer näher kamen die verschlungenen Ranken. Sie würden ihn totdrücken, und bald würde er wie ein blutender Fetzen in den Dornen hängen. Die Blumen riefen: »Gib die Edelsteine zurück!« Aber obwohl er den Tod vor Augen sah, wollte er sie nicht hergeben. So ein böses und habgieriges Männlein war Pirrewitje Kanditje.

Die Blumen haben nun einmal eine zarte und weiche Mädchennatur, und deshalb riefen sie Maarten Mond zu: »Mach dein Licht aus, damit wir das schreckliche Geschehen nicht zu sehen brauchen!«

»Es wird schnell vorübersein«, sagte Maarten Mond, der gerade nicht zu den Schlauesten gehörte, »ich werde Mutter Sonne rasch wecken, sie hat mehr Licht und also auch mehr Verstand.« Maarten Mond beeilte sich, Mutter Sonne hinter der Erde zu rufen, aber kaum hatte er an die Tür ihrer Schlafstube geklopft, da kündete Mutter Sonne sich am östlichen Fenster schon mit bunten Fahnen und Lichtpfeilen an.

Pirrewitje, der die Sprache des Mondes und der Sonne nicht verstand, freute sich und lachte. »Es wird Tag, nun bin ich gerettet«, meinte er.

In roter Glut tauchte die Sonne nun hinter der Erde auf, und aus ihren goldenen Wolken erklang es wie ein Trompetenschall: »Gib die Juwelen wieder her!«

»Nie!« rief das Erdmännchen, das sich die köstlichen Edelsteine noch einmal betrachtete. Im strahlenden Sonnenlicht erglänzten sie wie kleine Sonnen, die unaufhörlich Strahlen in allen Farben des Regenbogens aussenden.

»Ich kann dich mit dem dünnsten meiner Pfeile töten«, rief die mächtige Mutter Sonne.
»Nein, nicht, nicht«, flehten die Blumen, »denn dann verschießen unsere Farben und verfliegt unser Duft.«
Als Pirrewitje das hörte, bekam er wieder Mut. Mutter Sonne würde wohl auf die Blumen hören und ihn nicht töten. Und deshalb rief er kühn: »Und ich gebe sie doch nicht her!«
›Dann weiß ich einen anderen Rat‹, dachte Mutter Sonne. Sie wartete eine Weile, bis der habgierige Pirrewitje noch einmal die Edelsteine betrachten würde, und das dauerte nicht lange, denn gleich danach öffnete er wieder die Hand, um die Brillanten zu bewundern. Wie schön funkelten sie, ihre Strahlen waren zuckendes Leben, es war eine Freude, sie zu betrachten. Diese Gelegenheit nutzte die Sonne und schoß plötzlich einen ihrer geheimnisvollen Strahlen in Pirrewitjes offene Hand. Und siehe da, die Steinchen rollten zusammen und flossen ineinander zu einem dicken Tropfen Wasser.
»O weh, o weh«, schrie das Männlein traurig und wütend zugleich, »es ist nur noch Wasser, es ist nur noch Wasser, du böse Sonne, du falsche Betrügerin.«
Und die Blumen schüttelten sich vor Lachen, so daß mancher Edelstein aus ihren Kelchen fiel. Der Brombeerbusch rollte seine Zweige wieder zusammen, und Pirrewitje Kanditje konnte gehen. Er war so verzweifelt, daß er sich vor Wut den Bart ausreißen wollte, aber er zog so heftig, daß er auch den Kopf mit abriß. Die Blumen fielen vor Schrecken und Entsetzen fast in Ohnmacht.
Die Nachricht verbreitete sich von Blume zu Blume, und sie kam denn auch zu den Rosen. »Soso, sieh mal an«, sagten die Rosen und taten, als wüßten sie von nichts. »Uns geht das nichts an«, sagten sie hochmütig, »denn wir stehen im Garten des Schlosses.«

Mutter Sonne rief rasch Herrn Tau, der vorsichtshalber die Edelsteine bis zur nächsten Nacht einsammeln mußte, damit sie nicht von anderen Pirrewitjes oder gar von den Menschen gestohlen würden. Und Mutter Sonne sagte noch: »Fortan werde ich die Edelsteine, mit denen du die Blumen geschmückt hast, jedem Dieb in seinen Händen zu Wasser werden lassen.«

Und wenn Mutter Sonne so etwas sagt, so glaube mir, dann geschieht es auch.

Das Schweinchen

»Vater«, fragte Klärchen, »warum laufen die Schweinchen nackend herum?«
»Weil sie keine Haare haben«, sagte Lieschen.
»Doch, sie haben Haare«, sagt der Vater, »guck, hier ist eins, und da ist noch ein Haar, und ich glaube, hier auch noch eins.«
»Das kann man kaum Haare nennen«, sagte Lieschen, »das kommt vom zu vielen Heringfressen.«
Und wieder fragt Klärchen: »Warum läuft das Schweinchen nackend herum?«
»Und warum läuft es auf den Zehen?« fragt Lieschen.
»Und warum hat es Augen wie ein schreiender Täufling?«
»Und warum ist sein Schwänzchen wie eine Ringellocke?«
Und der Vater fabuliert:
Als der liebe Gott die Tiere geschaffen hatte, waren sie noch alle nackend. Aber noch am selben Tag wollte er sie mit Hilfe der Engel, jedes nach seiner Art und seinem Wesen, färben und kleiden. Alle standen brav und ordentlich in einer Reihe und warteten geduldig, bis sie dranka-

men. Aber das Schwein, gefräßig von Anfang an, war aus der Reihe weggelaufen und, an der Erde hinschnüffelnd, in den Wald geraten, wo es anfing zu schmausen und zu schmatzen an zarten, saftigen Wurzeln. Und als es gut gegessen hatte, legte es sich vor Behagen auf den Rücken und schlief ein, seine vier Beine in der Luft.

Erst als die Sonne unterging, wurde es wach und erinnerte sich plötzlich an das Bekleiden der Tiere. In aller Geschwindigkeit rannte es nach dem Platz, wo das vor sich ging. Und es kamen ihm viele Tiere entgegen, schön angezogen und bemalt, alle verschieden und jedes für sich kenntlich.

Das Schaf trug ein weißes Hemdchen aus krauser Wolle, der Esel hatte einen grauen Kittel an und auf dem Rücken ein braunes Kreuz gemalt, weil er später den lieben Heiland nach Jerusalem tragen sollte. Der Löwe war bekleidet mit einer Mähne wie ein Palmbaum, die Kuh war weiß und braun gefleckt, der Tiger regelmäßig gestreift auf beiden Seiten, rechts und links ganz gleich. Sogar der Frosch, der sich nicht entschließen konnte, ob er in oder außer dem Wasser leben wollte, hatte ein knapp um die Glieder sitzendes Gummimäntelchen an, das mit allerlei sonderbaren Figuren bemalt war. Der Hund hatte Haare, je nach Wahl, der eine kurz, der andere lang. Die Ziege trug ein Bärtchen wie ein Stadtschreiber, und der Hahn hatte so viele schöne Federn, daß er gar nicht wußte, wohin damit, und deshalb die längsten am Ende seines Rückens trug; und die Vögel, all die Vögel, so schön kann man gar nicht träumen, so schön, wie die angezogen waren!

Das Schwein machte lange Beine, um auch so ein schönes Kleid zu kriegen. Außer Atem kam es auf dem verlassenen Platz an.

Aber ach, wie erschrak der liebe Gott, als er das Schwein

da nackend herangetrabt kommen sah! Denn er saß gerade schon mit seinen Engeln auf einer Wolke, um zurück in den Himmel zu segeln, und der Farbenkasten war alle, ganz und gar alle, und die Stoffkiste so leer wie ein Lampenglas.

Er schlug die Hände zusammen. Was nun anfangen!

»Du kommst zu spät«, sagte der liebe Gott zu dem Schweinchen. »Sieh hier den Farbenkasten! Nicht mal mit dem Vergrößerungsglas findest du noch ein Tröpfchen, sogar die Pinsel haben wir im Graben ausgewaschen, und der ganze Stoff ist verbraucht! Ach, nun läufst du allein nackend herum! Schweinchen, Schweinchen, warum bist du auch aus der Reihe gelaufen!« Ein Engel stemmte schon die Schulter unter die Wolke, um sie in Bewegung zu setzen, aber das Schwein fing an zu heulen und zu quieken, zu quieken, heiliger Petrus! so jämmerlich, daß sein Rüssel ganz lang wurde und man die Augen nicht mehr sah. Der liebe Gott wurde kreideweiß. Er hätte so gern dem Schweinchen geholfen, besonders weil es nun auf einmal so häßlich geworden war. Da stand er und wühlte mit den Händen in seinen goldenen Haaren.

Und das Schweinchen schrie immerfort: »Ich bin nakkend, ich allein bin nackend! Und nicht eine einzige Verzierung, nicht ein einziges kleines Ornament am Leibe! Und ich wäre schon mit so wenig zufrieden!« Aber dem lieben Gott schaffte all das Geheule weder Farben noch Stoff herbei.

Vor Kummer wand sich der liebe Gott die Haare um die Finger, und da blieb eine schöne Korkzieherlocke hängen. Da fiel ihm das traurige schlappe Schwänzchen des Schweines in die Augen, und ein herrlicher Gedanke schoß in ihm auf.

»Komm mal her!« sagte er, nahm die Brennschere, mit der er das Schaf und andere Tiere onduliert hatte, und erhitzte

sie an dem ersten Stern, der an dem blauen Himmel aufblühte, und brachte das schlaffe Schwänzchen in ein zierliches und dauerhaftes Ringellöckchen.
»Mehr kann ich nicht tun«, sagte der liebe Gott, »ich kann doch deine Beine nicht zu Löckchen brennen!«
Und das Schwein sah sich um nach seinem Schwänzchen und fand es so schön, daß es vor Freude grunzte, und es war so stolz darauf und tat sich damit so dick, daß es von nun an auf den Zehen ging, wie ein reiches Dämchen mit einem neuen Hut.

Die Eule

Zum Himmel stieg sanft und gut, rund und weiß der Mond empor. Alles, was am Tage gearbeitet und das Leben genossen hatte, schlief ruhig und zufrieden in seinem Licht. Die Fische im Wasser, die Schmetterlinge auf den Blumen, die Vögel in ihrem Nest. Dann erst wachte die Eule auf und sprach: »Wenn alle schlafen gehen, dann fange ich mit der Arbeit an«, und sie begann zu denken. Die Welt war eben erst geschaffen, der Frühling stand in voller Blüte. Und was für einer Blüte! Die Tiere waren noch frisch wie Brot, das eben aus dem Ofen kommt. Sie dufteten noch nach den Händen Gottes. In jenen Tagen war der Löwe zum König der Tiere ausgerufen worden. Er war so stolz darüber, daß er sich die Haare wachsen ließ wie später die Künstler. Am nächsten Tag wollten auch die Vögel ihren König haben; und der Adler mit seiner Federhose, der am höchsten geflogen war, errang sich (denn man mußte sie sich verdienen) diese Würde. So wurde auch der Walfisch, der sowohl unter wie auf dem Wasser schwimmen konnte, König der Fische. Bald gab es vielerlei Könige, ja sogar einen König der

Klettertiere: den Affen. Die Eule blinzelte mit ihren runden Augen nach dem Mond und zischte mit ihrem verächtlichen Schnabel: »Worüber könnte ich wohl Königin werden?« Sie dachte noch einmal nach und sagte: »Über die Nacht.« Sie ließ den Gedanken nicht erst kalt werden, rief die Fledermaus, die im Mondschein vorbeisegelte, den Maulwurf, der gerade aus seinem Erdloch lugte, den kahlen Frosch, die summenden Käfer, den vorbeiziehenden Mückengesangverein, die Glühwürmchen, die einen Fackelzug abhielten, den Hasen aus dem Kohlfeld und noch viele andere. Die Fledermaus faltete ihren Schirm zusammen und hängte sich mit dem Zeigefinger an einen Zweig der Kopfweide. Der Maulwurf legte sich hin wie ein kostbares Kissen, der Frosch lehnte sich an einen Baum, die Arme über seinen weißen Bauch gekreuzt. Alle Tiere, die die Nacht beleben, waren hier versammelt und bereit, der Eule zuzuhören. Sie sprach mit weitgeöffneten, geheimnisvollen Augen. Sie bewies, daß ein König der Nacht dringend erforderlich sei. Aber es müsse ein König mit Verstand sein. Am Tage sei das nicht nötig, dann sähe man ja alles, aber im Dunkeln ginge es nicht ohne Verstand. »Die sich dazu berufen fühlen, mögen hervortreten!« sagte sie.

Das Wort Verstand hatte alle eingeschüchtert, und sie schwiegen. Nur der Frosch schob ein Bein nach vorn, öffnete sein Beutelmaul und sagte »quak«, aber da sah ihn die Eule so furchtbar unheimlich an, daß der Frosch das Bein zurückzog und häßlich lächelte. Die Eule stellte fest, daß niemand sich meldete, und sprach: »Ich kann es begreifen, ich habe den größten Kopf, also auch die meisten Gedanken. Ich bin bereit, die schwere Würde auf mich zu nehmen und als eure Königin zu gelten. Hat jemand etwas dagegen einzuwenden?« Sie ließ ihre grünleuchtenden Augen über die Versammlung schweifen, und alle senkten eingeschüchtert den Blick. »Da möchte ich euch allen danken mit einer kurzen Rede, hört zu: Wenn...«

Aber siehe! Alle drehten den Kopf nach einer etwas abgelegenen Baumgruppe. Niemand kümmerte sich mehr um die Eule. Sie lauschten auf irgend etwas in der Ferne. Der Mückenverein summte davon, der Maulwurf machte sich mit seinen kurzen Beinchen auf den Weg. Der Frosch sprang ins Wasser, um den Weg abzukürzen. Die Fledermaus öffnete wieder ihren Schirm und spazierte durch die Luft. Alle entfernten sich eilig in derselben Richtung.

»Was ist denn los?« fragte die Eule, aber niemand antwortete, denn alle waren fort. Da blieb ihr nichts weiter übrig, als ihnen nachzufliegen. Drüben an einer Baumreihe fand sie die ganze Gesellschaft im Halbkreis unter einer Silberbirke versammelt. Alle lauschten der Nachtigall, die im dünnen zarten Laub als schwarzes Schattenbild vor der roten Mondscheibe saß und ihr erstes Lied sang. Wie herrlich war das Lied der Nachtigall! Die süße Musik strömte in überwältigender Fülle wie singendes Silber in die Nacht hinaus. Eine liebliche helle Stimme drang aus ihrer reinen Kehle, rundete sich zu vollen Tönen, die lang angehalten zum Himmel stiegen, bis sie so dünn und zart geworden waren, daß sie endlich zersprangen und wie Tropfen eines Springbrunnens niedergingen. Und jede Blume, die einen solchen schönen Klangtropfen auf ihre weichen Blätter fallen fühlte, richtete sich vor Seligkeit auf und faltete duftend und bewundernd ihre Krone auseinander. Wie schön war das, wie herrlich! Das Lied kam so tief aus dem Herzen der Nachtigall, und alle Tiere, die ihm lauschten, fühlten sich rein und glücklich. Als das Lied zu Ende war, blieben sie noch eine Weile sprachlos sitzen. Dann hörte man hier und da einen Seufzer; und es war der Frosch, der begeistert ausrief: »Wir hatten ja die Nachti-

gall vergessen! Wer so schön singen kann, muß König der Nacht sein«, und er schielte verächtlich zur Eule hinüber, deren Augen blitzten. Mit gesträubtem Gefieder ging sie auf den Frosch los: »Ziehe du dich erst an, du Nacktfrosch! Du hast weder Federn noch Haare bekommen und reißt das Maul auf, als wärst du wie ein Fürst gekleidet.« Darüber mußten nun alle lachen. Da sprach die Eule schnell: »Was sollen wir mit einem König, der fortwährend singt und uns dadurch unsere Pflichten und Aufgaben vergessen läßt?«
»Was ist denn los?« fragte die Nachtigall von oben. Der gekränkte Frosch quakte ihr kurz zu, worum es sich handele, und fügte hinzu: »Du sollst unsere Königin sein!«
Die Eule schnaubte vor Wut.
Die Nachtigall lachte: »Nein, ich will nicht; was liegt mir daran, Königin zu sein? Ich will nur singen zur Ehre Gottes! Hört ihr zu, so soll es mir recht sein, und hört ihr nicht zu – mir auch recht! Auf Wiedersehen!« Sie flog davon und suchte sich einen ruhigen Ort im duftenden Wald.
»Aber wir geben dir trotzdem den Titel!« riefen ihr die Tiere, außer der Eule, nach. Und so wurde die Nachtigall die Königin der Nacht.
Die Eule war zu klug, um sich dagegen aufzulehnen, und sprach: »Die Nachtigall soll also Königin der Nacht sein, aber nur der Sommernacht.«
»Wie? Was?« fragten die Tiere erstaunt. »Gibt es denn noch eine andere Nacht?«
»Jawohl«, sagte die Eule, »die Winternacht.«
»Was ist das?« fragte die Grille, die noch nie so lange geschwiegen hatte.
»Das ist so«, sagte die Eule. »Ich habe in den Sternen gelesen, daß nach dem Sommer der Winter kommt; dann

fällt das Laub von den Bäumen, dann welken und faulen die Blumen, dann kommen Regen, Schnee und Eis, und der große Schatten senkt sich auf die Erde. Dann werden die Nachtigall und viele andere in das Land der Sonne ziehen, bis wieder ein neuer Frühling kommt. Aber wer wird in dieser bösen Zeit, wo es nichts mehr zu fressen gibt, unser König sein? Wer?«
»Du«, rief das Karnickel schnell, aus Angst, noch schlimmere Dinge hören zu müssen. Alle bekamen es mit der Angst zu tun und riefen: »Du! Du!« Sogar der Frosch, aber der tat es nur aus Angst, wieder verspottet zu werden.
Die Eule spreizte ihre Flügel, dankte und lobte die kluge Einsicht der Tiere. Sie lud sie alle ein, sie im Winter in ihrem Palast zu besuchen, wo sie miteinander lustig sein wollten. Alle jubelten und geleiteten die Eule unter der Führung des Frosches im feierlichen Zug zur Kopfweide. Die Eule beschloß den Zug, stolz und aufrecht, mit weit aufgerissenen Augen...

Tief im Walde sang die Nachtigall ihre goldenen Lieder. Sie sang jede Nacht, und immer lauschten viele Tiere ihrem Gesang und waren von dieser Himmelsmusik entzückt.
Aber die Eule dachte an den nahenden Winter und sah mit Freude, wie die Jahreszeiten wechselten und die Tage kürzer wurden.
Endlich fing das Laub an zu fallen, und zum ersten Mal welkten die Blumen. Der dunkle Schatten schob sich unheilverkündend über die Erde, begleitet von bösen Winden, Nebel und Regen. Alle, die aus Notdurft oder Angst den Winter fürchteten, flüchteten vor der Gefahr: einige flogen über das Meer, der Sonne nach, andere verkrochen sich tief ins Wasser oder in die Erde. Als alle

Gräben voll Wasser standen, kam der Frost, und der Schnee breitete eine eintönige Decke über das Land.
Die Eule lachte und sprach: »Jetzt ist die Zeit gekommen, in der ich Königin bin!«
Sie wartete lange, aber niemand kam.
›Sie sind zu schüchtern und wagen sich nicht zu mir, ich werde sie selbst holen‹, dachte sie.
Sie flog mit breiten Flügelschlägen in die Nacht hinaus. Die Winternacht war schön mit dem steigenden weißen Mond. Ein Palast aus Kristall und Silber und die Eule als Königin darin, welch ein Ruhm! Stolz und froh klopfte sie an die Kopfweide, in der die Fledermaus hauste: »Ich bin die Königin Eule!« Keine Antwort. Sie trat ein. Mit ihren leuchtenden Augen erkannte sie die Fledermaus, die wie eine ausgezogene Jacke schlafend oben in einer Ecke hing. Alles rufen, Schütteln und Kitzeln nützte nichts. Sie hing schlafend an der Decke in ihrem zusammengefalteten Schirm und rührte sich nicht.
Verstimmt flog die Eule davon zum großen Wasser, das zugefroren war: »He, Frosch! Alter guter Freund! Ich bin die Eule, warum besuchst du mich nicht einmal? Ich bin die Winterkönigin!« – »Viel Spaß dabei«, quakte der Frosch unter dem Eise. »Warum rufst du mich, du weißt doch, daß ich nicht kommen kann. Ich bin dir ja auch viel zu nackt, du hast es selbst gesagt! Gute Nacht!« Die Eule verwünschte den Frosch und rief: »Das wird dir schlecht bekommen! Ich werde dich und dein Geschlecht bis ins letzte Glied verfolgen, zerfleischen und verschlingen. Du Nacktfrosch, du Wasserblase, du Großmaul! Du bist schuld daran, daß ich nicht Sommerkönigin geworden bin, und nun verhöhnst du mich noch in meiner Einsamkeit. Warte nur!«
Die Eule klopfte noch an viele Türen, aber niemand hatte Lust mitzugehen.

Wütend flog sie zurück zu ihrem Baum und wartete rachedurstig auf den schönen Frühling.
Als dieser endlich gekommen war und die jungen Frösche mit ihrer heiseren Stimme die stille Welt der Buchen belebten, zerstörte die Eule bald ihre Freude, schleppte die nackten Gesellen fort und verschlang sie ohne Mitleid.

Das Häslein siegt

Die großen Tiere hatten Frieden geschlossen. Es war höchste Zeit. Früher hatten sie einander, hauptsächlich wegen der Kleinen, ununterbrochen bekämpft, bis der Fuchs sie eines Tages in sein Schloß zusammenrief und ihnen klarmachte, wie dumm sie eigentlich wären.

»Wir Edelleute vernichten gegenseitig unser schönes Geschlecht immer nur wegen der Untertanen. Schließlich wird die Blüte des Adels so geschwächt, daß die niederen Tiere uns völlig in der Gewalt haben und wir deren Untertanen sein werden!« Und er sprach so lange auf sie ein, bis sie ihre frühere Feindschaft vergaßen und miteinander Frieden schlossen.

Überall wurde kundgetan, daß zu aller Nutz und Frommen ewiger Frieden zwischen den Fürsten herrsche und daß es zur Wahrung dieses Friedens allen kleinen Tieren hinfort verboten sei, sich bei irgendeinem Herrn über einen anderen Herrn zu beklagen, widrigenfalls sie sich der Strafe aussetzen würden, auf der Stelle totgebissen und aufgefressen zu werden.

Die Großen im Tierreich waren nun dicke Freunde, die

zusammen üppige Feste feierten und in ihrem gegenseitigen Revier nach Herzenslust jagen durften, was ihnen zusagte. So durfte Hinze, der Kater, in jedem Gehege Mäuse fangen. Der Fuchs durfte sich die Hühner holen, der Wolf die Lämmer, hatte doch jeder seinen eigenen Geschmack, und was dem einen nicht gefiel, war dem anderen ein Leckerbissen. So wurde der Frieden im Lande nicht gestört.

Aber für die Kleinen war eine traurige Zeit gekommen. Sie zitterten Tag und Nacht vor Angst und Sorge.

Heute wurde in Malepartus, im Schloß des Fuchses, der dritte Jahrestag des Friedens festlich begangen. Der Lärm der Gäste drang durch die erleuchteten Fenster bis tief in die Nacht hinaus.

Mögen sie ruhig feiern! Ach, wollten sie doch wochenlang feiern!

Die kleinen Tiere wußten, daß sie dann wenigstens einmal unbesorgt hinaustreten durften. Deshalb besuchten sie sich gegenseitig in dieser Nacht, um einander ihre Not zu klagen oder Trost zu spenden, oder sie machten sich an die Arbeit, um Vorräte einzusammeln.

So saß auch das Häslein, das seit der Verkündung des Friedens so viele Brüder, Nichten und Vettern verloren hatte, froh und unbekümmert in der nächtlichen Stille der Felder und tat sich gütlich an einem saftigen Kohlblatt. Es lauschte der Nachtigall, die im Laub einer Birke ihre Lieder sang, und schlug beim Schmausen mit dem kurzen Schwanz den Takt dazu.

Es hatte sich gerade ein frisches Blatt genommen, als es von einer zarten Stimme aus einer nahen Eiche angerufen wurde.

»Liebes Häslein, dir scheint es ja zu schmecken!«

»Wie du siehst, Eichhörnchen«, sagte das Häslein; »was gibt es?«

»Nichts Besonderes, Häslein. Beim Fuchs wird ein großes Fest gefeiert.«
»Sonst säße ich nicht so ruhig hier, Eichhörnchen, denn heutzutage ist es kein Vergnügen, als Hase geboren zu sein.«
»Es muß ein gewaltiges Fest sein, wie die Fledermaus erzählte, die soeben dort vorbeigeflattert ist. Gestern schon, sagte sie, hat man ganze Ladungen Enten, Lämmer und Mäusekränze hineingeschafft und volle Töpfe für den Bären. Und nun fressen sie sich so dick und prall, sagte sie, daß sie sich kaum noch rühren können. Aber immer wird noch weiter gebraten und gekocht, und die Becher werden immer wieder mit frischem Blut gefüllt...«
»Schweig«, flehte das Häslein, »ich kann vor Angst nicht mehr fressen.«
»Schade, daß keine Bäume um das Schloß stehen, sonst könnte ich hinaufklettern und ihrem Treiben zusehen.«
»Nun, Eichhörnchen, wenn ich so gut klettern könnte wie du und nicht so ängstlich wäre wie ich, dann würde ich auf die Mauer klettern und alles sehen können.«
»Das täte ich schon, Häslein, wenn ich so schnelle Beine hätte wie du.«
»Die sind so lang geworden vor Angst«, sagte das Häslein schüchtern.
»Hör mal, Häslein«, meinte das Eichhörnchen, »ich habe einen Gedanken. Wir könnten zusammen unseren Feinden beim Festmahl zusehen, wenn wir einander helfen!«
»Wieso?« fragte das Häslein erstaunt.
»Ganz einfach. Wir gehen zusammen hin. Ich klettere auf die Mauer, und du hängst dich an meinen Schwanz. Von der dicken Mauer herab können wir alles beobachten, und da es draußen dunkel und der Festsaal hell erleuchtet ist, kann man uns nicht sehen...«
»Und wenn wir doch erwischt werden?« fragte das ängstliche Häslein.

Lachend antwortete das Eichhörnchen: »Sie können uns gar nichts tun, denn sie sind ja alle betrunken. Und sollten wir doch ausreißen müssen, dann setze ich mich auf deinen Rücken, öffne meinen Schwanz wie ein Segel im Winde, und da fliegen wir fast bis in die Wolken.«
»Ich wage es nicht«, sagte das Häslein, »wenn ich das Fest auch gern sehen möchte.«
Aber das Eichhörnchen gab keine Ruhe und wußte das Häslein zu guter Letzt doch noch für seinen Plan zu gewinnen. Nebeneinander hüpften sie davon.
Das Schloß Malepartus mit seinen mächtigen Mauern aus rohen Steinen war von einem tiefen, breiten Schlammgraben umgeben. Die hölzerne Zugbrücke bildete den einzigen Zugang und lag seit der Verkündung des Friedens herabgelassen über dem Graben.
Aus den offenen Fenstern klangen trunkene Stimmen. Das Eichhörnchen zog das bange Häslein mit sich über die Brücke. Zitternd vor Angst, blickte das Häslein in den tiefen Graben, und das Eichhörnchen flüsterte: »Wer dort hineinfällt, kommt nicht wieder heraus. Das ist Schlammwasser, selbst der Hecht müßte darin ertrinken.«
Das Häslein wäre fast gestorben vor Angst, aber zum Weglaufen war es zu schüchtern. Sie kamen an das geschlossene Tor. »Jetzt meinen Schwanz gut festhalten und keine Angst haben«, sagte das Eichhörnchen, »wenn wir fallen, fallen wir auf die Brücke.« Es kletterte an den hohen Steinen empor, und das Häslein ließ sich mitziehen. Mit viel Mühe gelangten sie auf die Mauer hinauf und konnten nun bequem in den Festsaal blicken. Da sahen sie wahrhaftig im Fackelschein die hohen Herrschaften, die sich um einen reichbestellten Tisch geschart hatten. Der Fuchs und seine Familie verzehrten fette Gänse, der Wolf verschlang eine Hammelkeule mitsamt den Knochen, der Bär strich Honig auf einen rosigen Hasenrücken, der

Kater vertrieb sich die Zeit mit einem Kranz aufgereihter Mäuse. Alle hatten ihre Frauen und Kinder mitgebracht. Plötzlich erhob sich der Wolf und sprach: »Wir wollen Freunde sein in gegenseitiger Aufopferung, damit der Frieden gewahrt bleibt. Ich lade euch alle ein in mein Waldschloß, das reich ist an köstlichem Mundvorrat. Es lebe der König! Es lebe die Königin!«
Alle hoben die Becher und sangen.
»Diese Heuchler!« sagte das Eichhörnchen; »siehst du, Häslein, wie sie fressen und saufen?«
»Ja, ja«, sagte das Häslein, zitternd vor Angst, »ich sehe es. Komm, wir wollen gehen.« Und es zog das Eichhörnchen am Schwanz.
»Ja«, sagte der kleine Kletterer, »wir gehen schon, aber wir müssen die Herrschaften erst noch ein anderes Gesicht machen sehen«, und es nahm einen von den vielen Steinen, die locker auf der Mauer lagen. Der Stein sauste durchs Fenster gerade auf Isegrims Becher. Die Scherben fielen klirrend auf den Tisch. »Schnell, schnell«, sagte das Eichhörnchen, »laß dich fallen!« sprang auf die Brücke und rannte davon. Aber dem Häslein war der Schreck so in die Glieder gefahren, daß es zum ersten Mal in seinem Leben nicht laufen konnte. Es blieb wie festgenagelt sitzen. Im Saal erhob sich ein fürchterlicher Lärm. Alle stürzten brüllend ans Fenster und sahen das erschrockene Häslein auf der Mauer sitzen. Es saß wie versteinert aufrecht auf den Hinterpfoten und sah die wutverzerrten Gesichter, die drohenden Zähne, die blutigen Zungen und glühenden Augen.
»Soso!« rief der Fuchs, »du wagst es auch noch, sitzen zu bleiben! Träum ich denn nur? Was? Du willst meine Gäste ärgern? Wir wollen im Frieden leben, und du möchtest uns gegeneinander aufhetzen! Heute mache ich mir die Zähne an dir nicht schmutzig. Ich will mein Fest nicht

stören, indem ich deine Sippschaft verfolge, aber morgen vertilge ich zusammen mit meinen Freunden das ganze Hasengeschlecht!«
Da fiel das Häslein vor Schreck hintenüber und lief so schnell davon, als spürte es schon die Zähne im Nacken.
»Halt!« rief das Eichhörnchen, »niemand wird dich verfolgen, dazu sind sie viel zu vollgefressen.«
»Ach Gott, ach Gott!« jammerte das Häslein, schlotternd vor Angst, »was hast du mir angetan! Morgen müssen wir alle dran glauben.«
»Armes Häslein, das glaube ich auch«, sagte das Eichhörnchen.
Das Häslein klagte Stein und Bein, und das Eichhörnchen überlegte.
»Ich habs!« rief es plötzlich. »Wir laufen schnell zur Ratte, zur Maus, zum Biber, zu allen, die zu nagen, zu sägen und zu feilen verstehen. Alle müssen mitkommen, und wenn es gutgeht, bereiten wir den Herren selbst ein böses Ende!«
»Wieso?« meinte das Häslein aufatmend.
»Schweig still, und sause wie ein Pfeil!«
Mit dem Eichhörnchen auf dem Rücken, das sich an den langen Hasenohren festhielt und den Schwanz aufrecht im Winde trug, rannte das Häslein über die Heide. In Ratten- und Mäuselöcher, in den Bau des Bibers, überallhin brachten sie die Nachricht, daß die Tyrannen sie morgen alle vernichten wollten. Wie sie diese Nachricht erfahren hatten, das erzählten sie nicht.
»Ihr müßt alle helfen. Ihr braucht nur zu nagen, das übrige laßt meine Sorge sein!« sagte das Eichhörnchen.
Eine Stunde später strömten von allen Seiten Ratten und Mäuse, Kaninchen und Hasen, alle, die zu nagen, zu sägen und zu feilen verstehen, in großen Scharen zum Schloß Malepartus. Drinnen erklang ein wilder Gesang aus

trunkenen Kehlen. Das Eichhörnchen führte die Scharen an die Brücke und befahl: »Nagt, sägt und feilt, quer durch die Brücke, wenn die einen müde sind, fangen die anderen an!« Jetzt begannen die Tiere in einer Reihe eng nebeneinander eifrig zu nagen. Aber der Lärm im Schloß übertönte jedes Geräusch. Plötzlich rief das Eichhörnchen: »Genug! sonst bricht sie durch. Versteckt euch alle im Heidekraut! Jetzt werdet ihr was erleben! Komm, Häslein, wieder hinauf!« Dem Häslein zitterten die Knie vor Angst.

»Das muß sein«, sagte das Eichhörnchen, »sie müssen vor Wut kochen, du mußt sie herauslocken.« Sie stiegen beide auf die Mauer.

»Setz dich hin wie vorher, aber springe diesmal beizeiten ab!«

Das Häslein gehorchte und setzte sich auf die Hinterbeine. Das Eichhörnchen schleuderte nun Steine durchs Fenster. Klatsch! Bum! Plauz! Dem Fuchs auf die Nase, dem Wolf ins Auge, dem Bären, der gerade gähnte, mitten in den schwarzen Rachen. Gläser und Teller gingen klirrend in Scherben. Man konnte denken, das ganze Haus stürze ein. Und wieder sahen sie das Häslein sitzen; das war wirklich zuviel.

»Weg mit ihm! Noch heute vernichten wir das ganze Hasengeschlecht!«

Man hörte, wie sie holterdiepolter die Treppe herabstürzten und heulend und brüllend hinausstürmten.

»Komm!« rief das Eichhörnchen. Beide sprangen auf die Brücke und verschwanden. Da flog das Tor auf. Sie sahen das Häslein noch schnell um die Ecke biegen. Als aber die schweren, plumpen, vollgefressenen Leiber plötzlich auf die Brücke polterten, brach sie krachend in zwei Hälften auseinander. Alle waren darauf und stürzten hinunter in den zähen Schlamm, in dem jede Bewegung unmöglich war. Mit wüstem Geheul und Gebrüll sanken sie in die Tiefe.

Als es stiller wurde, kamen die kleinen Tiere aus ihrem Versteck zum Vorschein und sahen den furchtbaren Untergang der Tyrannen. Nachdem die letzten in dem Schlamm versunken waren und während nur noch hier und da ein Schwanz emporragte, fingen sie an zu tanzen und jubelten dem Eichhörnchen zu.

Aber das Eichhörnchen erzählte die volle Wahrheit und fügte hinzu: »Wir verdanken unsere Freiheit dem Häslein, das sitzenblieb aus... Angst.«

Die Flucht nach Ägypten

Eine Weihnachtslegende

Der Engel, der ungesehen über der Heiligen Familie wachte, war eingeschlafen. Dagegen ist niemand geschützt, sei er nun Nachtwächter, Apostel oder Engel. Zudem war gestern ein schwerer Tag gewesen mit dem Besuch dieser drei Könige.

Aber mitten in der Nacht krachte ein Balken des Stalles so laut, daß er aufwachte. »Hilf, hilf! Engel, hilf!«

Welch ein fürchterlicher Geruch! Ein Gestank! Der Engel griff nach seinem Nothorn, um die Engel dort oben herunter zu rufen, – aber es war nicht nötig, nein, es war nicht der Teufel. Der Engel hob die Faust vors rechte Auge und blickte durch die schmale Höhlung in die Ferne.

Ach so! Es waren die ekelhaften Gedanken des Königs Herodes. Sie entströmten seinem dicken Kopf wie der Dampf einem brodelnden Kessel. Den Engel überlief es kalt vor Schrecken und Entsetzen, und er fächelte sofort mit seinen Flügeln, um den Gestank zu vertreiben. Aber Sankt Joseph mußte gewarnt werden! Der Engel rieb sich den Schlaf aus den Augen, schüttelte seine goldenen

Haarlocken, holte aus seiner Reisetasche ein silbernes Meßgewand hervor, hängte es um, nahm eine himmlische Haltung ein und erschien so in Sankt Josephs Traum. Denn Sankt Joseph war ein gerechter Mann, für den selbst die Engel ihren Sonntagsstaat anlegen.
Sankt Joseph schlief fest und ruhig in der wohligen Wärme seines weißen Bartes. Sein Herz war noch erfüllt von Freude und Glanz wegen der Ehre und der Geschenke, die die drei Könige dem Jesuskind dargebracht hatten. Aber was sollte ein armer Mann mit dem vielen Gold anfangen? Er hatte es dem Pfarrer von Bethlehem bringen lassen. Und mitten in diesem von Gold und Ehre durchsponnenen Traum blitzte plötzlich der silberne Engel hervor und sprach mit einer Orgelstimme: »Fliehe, fliehe! König Herodes will morgen das Kindlein, unseren Herrn, töten lassen...«

Sankt Joseph wachte auf. Es war dunkle Nacht. »Es ist nur ein Traum!« sagte der Schlaf und versuchte, ihm die Augen wieder fest zu schließen. Aber Sankt Joseph wußte aus Erfahrung, daß man einen Traum nicht unbeachtet lassen darf. Er hielt die Augen hartnäckig offen, erhob sich und zündete die Laterne an. Es ging um das Kindlein! Er mußte sich beeilen, aber dennoch sehr vorsichtig zu Werke gehen, denn das Jesuskind und seine Mutter waren zarte Wesen.
Die Laterne spendete Licht, ein gewöhnliches, spärliches Laternenlicht, aber, als sie bemerkte, daß Sankt Joseph mit ihr zu Maria ging, dehnte sie ihre Flamme weit aus, vor Ehrfurcht und Neugierde, denn sie hatte die Gottesmutter nur einmal sehen dürfen, zu Weihnachten. Wie hatte sie sich damals schon Mühe gegeben, recht hell zu leuchten! Den ganzen Stall hatte sie mit ihrem Licht erfüllt! Eine Laterne ist ein gutmütiges, aber nicht sehr

gescheites Wesen; die arme hatte nicht einmal bemerkt, daß das viele Licht von den Engeln herrührte. Jetzt wollte sie wieder ein solches Licht verbreiten. Sie schluckte das Öl in vollen Zügen, faltete ihre Flamme auseinander, blähte sich auf, gab sich die größte Mühe, aber das Licht wurde nicht größer als ein Ei. Mit dem Öl ist etwas nicht in Ordnung, meinte sie; nein, sagte das Öl, es liegt am Docht; ausgeschlossen, sagte der Docht, es liegt an der Flamme; nein, nein, beteuerte die Flamme, die Laterne ist schuld. Während die Laterne mit sich selbst herumzankte, aber inzwischen doch versuchte, zu sehen und zu bewundern, freute sich Sankt Joseph, daß die Laterne heute nacht so wunderschön leuchtete.

Maria lag auf einem Strohbündel mit dem Kindlein im Arm. Das Stroh umarmte sie zärtlich.

Sankt Joseph ging vorsichtig auf den Fußspitzen zu Maria, um sie zu wecken, berührte sie schüchtern mit dem Zeigefinger an der Schulter und flüsterte leise: »Maria.«

›Davon wird niemand wach‹, dachte die Nacht. Aber Maria war wie ein kristallner Römer: sobald man daran tippt, gibt er einen schönen Ton.

»Was gibt es, Joseph?« fragte Maria.

Ihre großen Augen glänzten wie zwei Wunder in ihrem schmalen, blassen Gesicht.

Staunend blickte die Laterne sie an und vergaß, sich aufzublähen. Auch Frau Nacht, im schwarzen Samtmantel, bewegte vor Staunen keinen Stern ihres Gewandes, als sie diese Augen, so erfüllt von Seele und Himmel, offen sah. Denn gewöhnlich sah sie Maria nur im Schlaf, mit geschlossenen Augen.

»Hör mal, du Knirps«, sagte die Nacht verächtlich zur Laterne, »sei nur nicht so geizig mit deinem Öl, damit ich Unsere Liebe Frau besser sehen kann!«

»Hört mal, feine Madam«, erwiderte die Laterne ein

wenig verärgert, »holt Ihr doch Euren Blechdeckel hervor!«
Doch es war ja der Nacht nur an bestimmten Tagen erlaubt, den silbernen Mond zu zeigen. Jetzt aber schob sie, um besser zu sehen, ihren Mantel beiseite, und siehe, der Himmel stand voller Sterne, die wie Diamanten funkelten. Das Gesicht Unserer Lieben Frau war hell erleuchtet.
»Seht nur, wieviel Licht ich spende!« sagte die Laterne stolz. Aber die Nacht war so in Ehrfurcht versunken, daß sie es nicht hörte.
»Wir müssen fliehen«, sagte Sankt Joseph. »Der Engel ist mir im Traum erschienen... König Herodes will das Kindlein töten!«
Die großen Augen wurden noch größer vor Angst, und dann schlossen sie sich, während das blasse Gesicht Marias sich voll Demut neigte.
Der kleine Stall krachte in allen Fugen vor Schreck und Schmerz. Er war ganz fassungslos und wie versteinert. Entsetzt mußte er zusehen, wie Sankt Joseph Maria beim Aufstehen half, wie er sein Werkzeug zusammensuchte, das Bündel schnürte, sich noch einmal vorsorglich nach allen Seiten umguckte und wie sie dann zusammen hinausgingen, begleitet von der Laterne und der Sternennacht. Mit einem leisen Krachen brach der Stall vor Schmerz zusammen.
Es herrschte gerade die richtige Dunkelheit zur Flucht. Die Laterne beleuchtete ein kurzes Stück des Weges, zeigte die Pfützen, ließ die Steine erkennen, über die man stolpern könnte, und die Nacht wies mit ihren Sternen die Richtung des Nordens.
Dennoch war Maria ängstlich und sprach: »Ach, Joseph, wäre es nur erst Tag!« So ist ein Mutterherz, es möchte stets voll Ungeduld der Zeit vorauseilen.
»Einen Augenblick!« sagte der Hahn des Bauernhofes, an

dem sie gerade vorbeigingen, und ließ einen gewaltigen Weckruf erschallen – so laut hatte er sein Lebtag noch nie gekräht.

»Bist du verrückt!« rief die stolze Nacht. »Ich habe meine Wanderung noch lange nicht beendet!«

Aber der Hahn antwortete ihr so selbstbewußt, als wäre er dieser vornehmen Dame in jeder Weise ebenbürtig: »Unser Herrgott soll wohl dir zuliebe in den Straßengraben geraten?«

Er warf sich von neuem in die Brust, schloß die Augen, um zum zweiten Mal zu krähen, aber es war nicht mehr nötig. Der dunkle Osten barst plötzlich auseinander, so daß das Gold in Funken und Fetzen über den Himmel sprühte, und keuchend vor Müdigkeit kam die Sonne herauf, das Land zu beleuchten. Sie war ganz außer Atem, denn sie hatte zwei große Länder überspringen müssen, die nun im Dunkeln blieben. Es war keine leichte Aufgabe gewesen, fast ebensoschwer wie damals, als sie auf Befehl Josuas am Himmel stehenbleiben mußte. Aber das machte alles nichts, wenn nur unserem Herrgott damit gedient war! Unter den Menschen jedoch entstand eine große Verwirrung.

»Was soll das heißen?« sagte der Bauer vom Brakenhof; an seiner Wanduhr war es erst um drei und schon taghell, noch dazu im Februar! Natürlich war die Uhr schuld, war schlecht aufgezogen. Er stand auf und fing an zu arbeiten. Nachtschwärmer in der Stadt, die noch vergnügt beim Bier zusammenhockten, erschraken, daß die Nacht so schnell vergangen war, und zankten sich mit der Wirtin, weil sie die Zeiger der Uhr zurückgedreht hätte.

Kaufleute, die um sieben Uhr abreisen wollten und den Wecker auf sechs gestellt hatten, wurden plötzlich wach vom Licht, sprangen hastig aus dem Bett und rannten ohne Frühstück zur Postkutsche. Die Postkutsche war noch da. »Ich muß wohl vergessen haben, meine Uhr aufzuziehen«, meinte der Postillion.

Überall herrschte ein richtiges Durcheinander, aber kein Mensch dachte daran, der Sonne die Schuld zu geben. Schuld waren nur die Uhren.

Auch bei König Herodes stand alles kopf. Zunächst wurde der königliche Uhrenaufseher seines Amtes enthoben. Dieser Kerl steckte gewiß mit den falschen drei Königen unter einer Decke. Der Hauptmann bezog einen tüchtigen Rüffel, weil er nicht schon bei Nacht und Nebel nach Bethlehem aufgebrochen war, um den furchtbaren Kindermord durchzuführen. Endlich machte sich die Truppe auf den Weg. Das Dorf wurde von allen Seiten umzingelt, und auf ein Trompetenzeichen stürmten die Soldaten wie Wölfe in die Häuser, wo sie alle kleinen Kinder den Armen ihrer Mütter entrissen und mit Dolchen und Schwertern töteten.

»Jetzt noch diesen kleinen Stall da drüben!« rief der Hauptmann. Aber wie erschrak er, als sie dort anlangten, denn das Gebäude war völlig in sich zusammengesunken, und ein Bauer aus der Nachbarschaft sagte: »Die Leute werden wohl geflohen sein. Hier sind gestern die drei Könige aus dem Morgenland eingekehrt, um ein Kind anzubeten!«

Der Hauptmann war außer sich vor Wut und rief: »Dann war dieses Kind der neue König, den wir töten sollten! Auf, auf! Wir wollen sie verfolgen!«

Ein schlauer Offizier zeigte ihm auf dem weichen Erdboden die Fußtapfen Marias und Josephs.

»Dieser Spur wollen wir folgen! In einer Stunde sind sie in unserer Hand. Wir bringen den neuen König lebend zu Herodes, damit er ihm mit eigener Hand den Hals umdrehen kann!«

Die Pferde sausten von dannen, immer den verräterischen Fußspuren nach.

Man darf nun nicht vergessen, daß der Schutzengel unsichtbar die Heilige Familie begleitete. Dieser Engel kümmerte sich um Wind und Licht, gab auf die Wolken acht und blickte ab und zu durch die hohle Faust in die Ferne, um jede Gefahr sofort zu entdecken.
Von der Laterne ist weiter nichts zu berichten, als daß sie vor Scham erlosch, sobald sie das strahlende Haupt der Sonne gesehen hatte, und die Nacht zog schnell ihren schwarzen Mantel aus, so daß man sie nicht mehr sehen konnte.

Joseph und Maria setzten rasch ihren Weg fort. Joseph trug das Kindlein, er trug alles, sein Werkzeug, das Kleiderbündel, Angst und Sorge, und Maria lehnte sich an seine Schulter.
»Ich bin so müde«, sagte sie.
»Wir werden ein wenig ausruhen«, antwortete er.
Sie wollten sich gerade auf einem Baumstamm niederlassen, als Maria, durch einen häßlichen Schrei plötzlich erschreckt, wieder in die Höhe fuhr. Sie blickten sich um. Auf einer Wiese stand ein Esel und gab einen Lärm von sich wie eine verrostete Pumpe.
»Hätten wir nur einen Esel!« meinte Sankt Joseph.
Und siehe, sogleich stampfte der Esel durch einen Bach und kam auf sie zu, ganz von selbst. So ganz von selbst war das natürlich nicht. Der unsichtbare Schutzengel holte ihn aus der Wiese und flüsterte ihm in sein langes Ohr: »Sei nun aber nicht störrisch, Grauchen, es ist unser Herrgott«, und erzählte ihm in allen Einzelheiten, was geschehen war, ermahnte den Esel, sich recht brav und anständig zu benehmen, und versprach ihm, daß er später einen schönen Namen in den heiligen Büchern erhalten würde.
»Werde ich dann so schön wie ein Pferd?« fragte der Esel begierig.

»Nein«, erwiderte der Engel, »was einmal ist, muß bleiben, aber dein Name wird schöner sein als der des schönsten Pferdes. Man wird dich das Pferd Gottes nennen.«

»An einem Namen liegt mir nichts«, sagt der Esel. »Ich wäre lieber ein Pferd ohne Namen als ein Esel mit Namen. Was Ihr von mir verlangt, will ich gerne tun, aber nur aus Dankbarkeit gegen Gott, und wenn es doch nicht zu ändern ist, so bleibe ich lieber ein gewöhnlicher Esel, ohne Namen.«

Der Engel führte das Grauchen zu Sankt Joseph, der ihm freundlich den großen Kopf streichelte, zwischen den beiden Augen.

»Gutes Tier«, sagte er, »ach! hätten wir nur ein solches Tier!«

Der Esel betrachtete das Kind, das mit seinen offenen blauen Äuglein im Schatten des weiten Kapuzenmantels in Marias Armen lag.

›Ist das nun unser Herrgott, der alles geschaffen hat und gekommen ist, um die Menschheit zu erlösen?‹ dachte der Esel, ein wenig enttäuscht. ›Ich verstehe das nicht‹, grübelte er weiter, ›was will der Mensch nur noch? Er ist doch Herr über Pferde und Esel! Wäre es nun nicht besser, unser Herrgott käme, um die Esel zu erlösen? Ich begreife das natürlich nicht, ich bin ja nur ein Esel. Wäre ich ein Pferd, dann würde mir wahrscheinlich alles klar sein.‹

Ach ja, der Esel dachte noch über vieles nach, aber da er doch nicht klug daraus werden konnte, hörte er auf zu denken und suchte neben dem gefällten Baumstamm nach Disteln! Er fand auch welche, gute, scharfe, harte Disteln, die er mit Stumpf und Stiel verzehrte.

»Komm, Maria«, sagte Sankt Joseph besorgt, »wollen wir nicht weitergehen?«

Maria seufzte, stützte sich auf seine Schulter, und so

schritten sie wieder durch den Morgen, umspielt von den noch kalten, aber hellen Strahlen der Sonne.
Und siehe, der Esel folgte ihnen und lief neben Sankt Joseph.
»Geh, mein gutes Tier«, sagte der alte Mann, »kehr zurück zu deiner Wiese! Du gehörst doch nicht zu uns!«
Aber es nützte nichts, der Esel lief mit. Sankt Joseph hielt ihm noch eine tüchtige Predigt über Untreue und Widerspenstigkeit, aber als auch das nicht half, sprach er: »Gut, wenn du durchaus mitgehen willst, ich kann es nicht ändern – meine Hände sind rein. Sollten wir später einmal zurückkehren dürfen, dann werde ich mit deinem Herrn alles regeln.« Und zu Maria sagte er: »Gott sendet uns diesen guten Esel, setz dich auf seinen Rücken!«
Sonderbarerweise ließ sich der Esel auf die Knie nieder, um das Aufsteigen zu erleichtern. Nun trippelte er mit seiner heiligen Last so lustig davon, daß Sankt Joseph Mühe hatte, mit ihm Schritt zu halten. Der gute Mann freute sich und dachte: ›Nun wird Herodes uns nicht mehr einholen!‹
Der Engel jedoch hörte nicht auf zu wachen, blickte in die Ferne und hörte plötzlich die nahenden Soldaten des Herodes. Er flog eine Zeitlang hin und her wie ein verwundeter Vogel, unschlüssig, was zu tun wäre. Da begegnete ihm ein anderer Engel, der Spender guter Gedanken. Die Engel flattern, wie Schmetterlinge auf der Wiese, zahlreich in der Luft umher, und jeder hat einen Namen und eine besondere Aufgabe.
»Gnädiges Licht!« rief der Schutzengel, »unser Herrgott ist in Gefahr. Herodes verfolgt ihn! Was soll ich da machen?«
»Nun, Silberner Wächter, so ruf doch die Schneestreuer«, sagte Gnädiges Licht und flog eilig weiter zu irgendeinem Künstler oder Propheten.

Da blies Silberner Wächter in sein Horn. Die Schneestreuer, die eifrig damit beschäftigt waren, neue Kristallsterne anzufertigen, hörten sofort, daß es ihnen galt. Einige taumelten nach unten, wechselten ein paar Worte mit dem Schutzengel und schossen wieder in die Höhe. Im Handumdrehen stieg vom Norden her eine Wolkenwand herauf. Die Sonne tauchte unter, das Licht wurde trüb und grau, und der Schnee fiel in dichten Flocken auf die Erde. Man kann sich denken, wie der Hauptmann fluchte! Die Fußspuren verschwanden im Schnee, und an der Wegkreuzung war der Hauptmann völlig ratlos. Er sandte seine Soldaten in alle Himmelsrichtungen, er selbst wählte mit seinem Trupp den richtigen Weg.
Sobald der Schutzengel aber diese drohende Gefahr erkannte, begann er aufgeregt und verzweifelt hin und her zu flattern. Was nun?
Da bemerkte er einen großen Baum mit einem ausgehöhlten Stamm, dessen Wipfel ein Elsternnest trug. Sollte er die Heilige Familie in dieser Höhle verstecken und ein Spinnengewebe davor machen, wie es in alten Geschichten oft geschieht?
Aber dem Hauptmann könnten diese Geschichten ebensogut bekannt sein, und dann würde er sich nicht täuschen lassen.
»Bäumlein, Bäumlein, hilf uns!« rief Silberner Wächter. Es erhob sich plötzlich ein gewaltiger Wind, so daß der Baum sich bis zur Erde neigte. So blieb er stehen, das heißt, der Engel hielt ihn mit aller Gewalt fest. Sankt Joseph erhielt nun vom Gnädigen Licht die glückliche Eingebung, die sie retten sollte.
»Maria, steig doch in dieses Nest!«
Sogleich wurde das Nest so groß wie ein Thronsessel. Maria setzte sich mit dem Jesuskind hinein, und Sankt Joseph stellte sich daneben.

»Komm, Grauchen«, sagte der Engel, »der Platz reicht auch für dich.«
»Haha!« lachte der Esel, »Ihr wollt Euch wohl über mich lustig machen! Wenn ich schon kein Pferd werden kann, dann will ich auch nicht wie ein Vogel auf einem Baum sitzen.«
Da ließ der Engel den gebeugten Wipfel des Baumes los, der sich nun langsam wiederaufrichtete.
Schon nach kurzer Zeit gelangten die Soldaten an den Baum. »Absitzen!« befahl der Hauptmann einem Unteroffizier, »und die Baumhöhle genau untersuchen, auch wenn Spinnengewebe davor sein sollte.«
»Niemand drin!« rief der Unteroffizier, »nur ein Esel, der seinen Schwanz zeigt.«
»Verdammter Esel!« schimpfte der Hauptmann.
Der Esel und der Unteroffizier fühlten sich beide getroffen.
Der Unteroffizier zeigte dem Hauptmann das große Elsternnest.
»Verfluchtes Nest!« schrie der Hauptmann, und sie ritten weiter.
Es hörte auf zu schneien. Die Wolkenwand riß auseinander, und wie eine rote Feuerkugel ging im Westen die Sonne unter...
»Maria«, sagte Joseph, und er zeigte auf einen blauen Strich unterhalb der Sonne, »dort ist das Meer! Morgen werden wir wohl ein Schifflein finden...«
Wieder kam die Nacht mit ihrem Mantel voller Sterne, die funkelten, wie sie noch nie gefunkelt hatten. Joseph und Maria saßen warm geborgen in dem Nest. Der Esel vertrieb sich die Zeit, indem er abwechselnd seinen Kopf und sein Hinterteil in die Baumhöhle schob, damit er überall mal warm wurde.
Am frühen Morgen neigte sich der Baum wieder zur Erde, und sie gelangten auf kleinen Feldwegen an das Meer.

Das Meer wirkte wundervolle Spitzen am Strand, wie schönere zu keiner Zeit in Brügge angefertigt wurden. Bunten Blumen gleich lagen die Muscheln im Sande verstreut. Natürlich war auch ein Schifflein zur Stelle, und der Schiffer, wie stoppelbärtig und braungebrannt er auch aussah, war vielleicht doch ein vermummter Engel, wer kann es wissen!

Er erklärte sich von selbst bereit, sie hinüberzufahren. Das Schifflein stach in See... Sie waren gerettet!

Der Esel blickte ihnen vom Ufer aus nach, denn er hatte nicht in das Boot gewollt. Er war zum Schluß doch noch störrisch geworden, sonst wäre er ja auch kein Esel gewesen. Er blickte ihnen nach und grüßte mit wedelndem Schwanz.

Sankt Nikolaus in Not

Es fielen noch ein paar mollige Flocken aus der wegziehenden Schneewolke, und da stand auf einmal auch schon der runde Mond leuchtend über dem weißen Turm.

Die beschneite Stadt wurde eine silberne Stadt.

Es war ein Abend von flaumweicher Stille und lilienreiner Friedsamkeit. Und wären die flimmernden Sterne herniedergesunken, um als Heilige in goldenen Meßgewändern durch die Straßen zu wandeln – niemand hätte sich gewundert.

Es war ein Abend, wie geschaffen für Wunder und Mirakel. Aber keiner sah die begnadete Schönheit des alten Städtchens unter dem mondbeschienenen Schnee. Die Menschen schliefen.

Nur der Dichter Remoldus Keersmaeckers, der in allem das Schöne sah und darum lange Haare trug, saß noch bei Kerzenschein und Pfeifenrauch und reimte ein Gedicht auf die Götter des Olymps und die Herrlichkeit des griechischen Himmels, die er so innig auf Holzschnitten bewundert hatte.

Der Nachtwächter Dries Andijvel, der auf dem Turm die Wache hielt, huschte alle Viertelstunden hinaus, blies eilig drei Töne in die vier Windrichtungen, kroch dann zurück in die warme, holzgetäfelte Kammer zum bullernden Kanonenöfchen und las weiter in seinem Liederbüchlein: »Der flämische Barde, hundert Lieder für fünf Groschen.« War eins dabei, von dem er die Weise kannte, dann kratzte er die auf einer alten Geige und sang das Lied durch seinen weißen Bart, daß es bis hoch ins rabenschwarze Gerüst des Turmes schallte. Ein kühles Gläschen Bier schmierte ihm jedesmal zur Belohnung die Kehle.

Trinchen Mutser aus dem »Verzuckerten Nasenflügel« saß in der Küche und sah traurig durch das Kreuzfensterchen in ihren Laden.

Ihr Herz war in einen Dornbusch gefallen. Trinchen Mutsers Herz war ganz durchstochen und durchbohrt, nicht weil all ihr Zuckerzeug heut am Sankt-Nikolaus-Abend ausverkauft war – ach nein! weil das große Schokoladenschiff stehen geblieben war. Einen halben Meter war es hoch und so lang wie von hier bis dort! Wie wunderschön stand es da hinter den flaschengrünen Scheiben ihres Lädchens, lustig mit Silberpapier beklebt, verziert mit rosa Zuckerrosetten, mit Leiterchen aus weißem Zucker und mit Rauch in den Schornsteinen. Der Rauch war weiße Watte.

Das ganze Stück kostete soviel, wie all die kleinen Leckereien, die Pfefferkuchenhähne mit einem Federchen am Hintern, die Knusperchen, die Schaumflocken, die Zukkerbohnen und die Schokoladenplätzchen zusammen. Und wenn das Stück, das Schiff aus Schokolade, das sich in rosa Zuckerbuchstaben als die »Kongo« auswies, nicht verkauft wurde, dann lag ihr ganzer Verdienst im Wasser, und sie verlor noch Geld obendrein.

Warum hat sie das auch kaufen müssen? Wo hat sie nur ihre Gedanken gehabt! So ein kostbares Stück für ihren bescheidenen kleinen Laden!
Wohl waren alle gekommen, um es sich anzusehn, Mütter und Kinder, sie hatte dadurch verkauft wie noch nie. Aber kein Mensch fragte nach dem Preis, und so blieb es stehen und rauchte immer noch seine weiße Watte, stumm wie ein toter Fisch.
Als Frau Doktor Vaes gekommen war, um Varenbergsche Hustenbonbons zu holen, da hatte Trinchen gesagt: »Sehen Sie nur mal, Frau Doktor Vaes, was für ein schönes Schiff! Wenn ich Sie wäre, dann würde ich Ihren Kindern nichts anderes zum Sankt Nikolaus schenken als dieses Schiff. Sie werden selig sein, wie im Himmel.«
»Ach«, sagte Frau Vaes abwehrend, »Sankt Nikolaus ist ein armer Mann. Die Kinder werden schon viel zu sehr verwöhnt, und außerdem gehen die Geschäfte von dem Herrn Doktor viel zu schlecht. Wissen Sie wohl, Trinchen, daß es in diesem Winter fast keine Kranken gibt? Wenn das nicht besser wird, weiß ich gar nicht, was wir anfangen sollen.« Und sie kaufte zwei Pfefferkuchenhähne auf einem Stäbchen und ließ sich tagelang nicht mehr sehen.
Und heute war Nikolausabend; aller Kleinkram war verkauft, nur die »Kongo« stand noch da in ihrer braunen Kongofarbe und rauchte einsam und verlassen ihre weiße Watte. Zwanzig Franken Verlust! Der ganze Horizont war schwarz wie die »Kongo« selber. Vielleicht könnte man sie stückweise verkaufen oder verlosen? Ach nein, das brachte noch nicht fünf Franken ein, und sie konnte das Ding doch nicht auf die Kommode stellen neben die anderen Nippsachen.
Ihr Herz war in einen Dornbusch gefallen. Sie zündete eine Kerze an für den heiligen Antonius und eine für Sankt

Nikolaus und betete einen Rosenkranz, auf daß der Himmel sich des Schiffes annehmen möge und Gnade tauen. Sie wartete und wartete. Die Stille wanderte auf und ab.

Um zehn Uhr machte sie die Fensterläden zu und konnte in ihrem Bett vor Kummer nicht schlafen.

Und es gab noch ein viertes Wesen in dem verschneiten Städtchen, das nicht schlief. Das war ein kleines Kind, Cäcilie; es hatte ein seidig blondes Lockenköpfchen und war so arm, daß es sich nie mit Seife waschen konnte, und ein Hemdchen trug es, das nur noch einen Ärmel hatte und am Saum ausgefranst war wie Eiszapfen an der Dachrinne.

Die kleine Cäcilie saß, während ihre Eltern oben schliefen, unter dem Kamin und wartete, bis Sankt Nikolaus das Schokoladenschiff von Trinchen Mutser durch den Schornstein herunterwerfen würde. Sie wußte, es würde ihr gebracht werden; sie hatte es jede Nacht geträumt, und nun saß sie da und wartete voller Zuversicht und Geduld darauf; und weil sie fürchtete, das Schiff könne beim Fallen kaputtgehen, hatte sie sich ihr Kopfkissen auf den Arm gelegt, damit es weich wie eine Feder darauf niedersinken könnte.

Und während nun die vier wachenden Menschen im Städtchen: der Dichter, der Turmwächter, Trinchen Mutser und Cäcilie, ein jedes mit seiner Freude, seinem Kummer oder seiner Sehnsucht beschäftigt, nichts sahen von der Nacht, die war wie ein Palast, öffnete sich der Mond wie ein runder Ofen mit silberner runder Tür, und es stürzte aus der Mondhöhle eine solche strahlende Klarheit hernieder, daß sie sich auch mit goldener Feder nicht beschreiben ließe.

Einen Augenblick lang fiel das echte Licht aus dem wirklichen Himmel auf die Erde. Das geschah, um Sankt

Nikolaus auf seinem weißen, schwer beladenen Eselchen und den schwarzen Knecht Ruprecht durchzulassen.
Aber wie kamen sie nun auf die Erde? Ganz einfach. Das Eselchen stellte sich auf einen Mondstrahl, stemmte die Beine steif und glitschte nur so hinunter, wie auf einer schrägen Eisenbahn. Und der schlaue Knecht Ruprecht faßte den Schwanz vom Eselchen und ließ sich ganz behaglich mitziehen, auf den Fersen hockend. So kamen sie ins Städtchen, mitten auf den beschneiten Großen Markt. In Körben, die zu beiden Seiten des Eselchens hingen, dufteten die bunten Leckereien, die Knecht Ruprecht unter der Aufsicht von Sankt Nikolaus in der Konditorei des Himmels gebacken hatte. Und als man sah, daß es nicht reichte und der Zucker zu Ende ging, da hatte Knecht Ruprecht sich in Zivil geworfen, um unerkannt in den Läden, auch bei Trinchen Mutser, Süßigkeiten zu kaufen, von dem Geld aus den Sankt-Nikolaus-Opferstöcken, die er alle Jahre einmal in den Kirchen ausleeren durfte. Mit all den Leckereien war er an einem Mondstrahl in den schönen Himmel hinaufgeklettert, und nun mußte das alles verteilt werden an die kleinen Freunde von Sankt Nikolaus.
Sankt Nikolaus ritt durch die Straßen, und bei jedem Haus, in dem ein Kind wohnte, gab er je nach der Artigkeit des Kindes dem Knecht Ruprecht Leckereien, welche dieser, mit Katzengeschmeidigkeit an Regenkandeln und Dachrinnen entlang kletternd und über die Ziegel krabbelnd, zum Schornstein brachte; da ließ er sie dann vorsichtig hinunterfallen durch das kalte zugige Kaminloch, gerade auf einen Teller oder in einen Holzschuh hinein, ohne die zerbrechlichen Köstlichkeiten auch nur etwas zu bestoßen oder zu schrammen.
Knecht Ruprecht verstand sich auf seine Sache, und Sankt Nikolaus liebte ihn wie seinen Augapfel.

So bearbeiteten sie das ganze Städtchen, warfen herab, wo zu werfen war, sogar hier und da eine harte Rute für rechte Taugenichtse.

»Da wären wir bis zum nächsten Jahr wieder mal fertig«, sagte der Knecht Ruprecht, als er die leeren Körbe sah. Er steckte sich sein Pfeifchen an und stieß einen erleichterten Seufzer aus, weil die Arbeit nun getan war.

»Was?« fragte Sankt Nikolaus beunruhigt. »Ist nichts mehr drin? Und die kleine Cäcilie? Die brave kleine Cäcilie? schscht!«

Sankt Nikolaus sah auf einmal, daß sie vor Cäciliens Haus standen, und legte mahnend den Finger auf den Mund. Doch das Kind hatte die warme, brummende Stimme gehört wie Hummelgesumm, machte große Augen unter dem goldenen Lockenkopf, glitt ans Fenster, schob die Gardinchen weg und sah Sankt Nikolaus, den wirklichen Sankt Nikolaus.

Das Kind stand mit offenem Munde staunend da. Und während es sich gar nicht fassen konnte über den goldenen Bischofsmantel, der funkelte von bunten Edelsteinen wie ein Garten, über die Pracht der Mitra, worauf ein diamantenes Kreuz Licht in die Nacht hineinschnitt wie mit Messern, über den Reichtum der Ornamente am Krummstab, wo ein silberner Pelikan das Rubinenblut pickte für seine Jungen, während sie die feine Spitze besah, die über den purpurnen Mantel schleierte, während sie Gefallen fand an dem guten weißen Eselchen, und während sie lachen mußte über die Grimassen von dem drolligen schwarzen Knecht, der die weißen Augen herumrollte, als ob sie lose wie Taubeneier in seinem Kopf lägen, während alledem hörte sie die zwei Männer also miteinander reden:

»Ist gar nichts mehr in den Körben, lieber Ruprecht?«

»Nein, heiliger Herr, so wenig wie in meinem Geldsäckel.«

»Sieh noch einmal gut nach, Ruprecht!«
»Ja, heiliger Herr, und wenn ich die Körbe auch ausquetsche, so kommt doch nicht soviel heraus wie eine Stecknadel.«
Sankt Nikolaus strich kummervoll über seinen schneeweißen Lockenbart und zwinkerte mit seinen honiggelben Augen.
»Ach«, sagte der schwarze Knecht, »da ist nun doch nichts mehr zu machen, heiliger Herr. Schreib der kleinen Cäcilie, daß sie im kommenden Jahr doppelt und dreimal soviel kriegen soll.«
»Niemals! Ruprecht! Ich, der ich im Himmel wohnen darf, weil ich drei Kinder, die schon zerschnitten und eingepökelt waren, wieder zum Leben gebracht und ihrer Mutter zurückgegeben habe, ich sollte nun diese kleine Cäcilie, das bravste Kind der ganzen Welt, leer ausgehen lassen und ihm eine schlechte Meinung von mir beibringen? Nie, Ruprecht! Nie!«
Knecht Ruprecht rauchte heftig, das brachte auf gute Gedanken, und sagte plötzlich: »Aber, heiliger Herr, nun hört mal zu! Wir haben keine Zeit mehr, um noch einmal zum Himmel zurückzukehren, Ihr wißt, für Sankt Peter ist der Himmel kein Taubenschlag. Und außerdem, der Backofen ist kalt und der Zucker zu Ende. Und hier in der Stadt schläft alles, und es ist Euch sowohl wie mir verboten, Menschen zu wecken, und zudem sind auch alle Läden ausverkauft.«
Sankt Nikolaus strich nachdenklich über seine von vier Falten durchzogene Stirn, neben der schon Löckchen glänzten, denn sein Bart begann dicht unter dem Rande seines schönen Hutes.
Ich brauche euch nicht zu erzählen, wie Cäcilie langsam immer bekümmerter wurde von all den Worten. Das reiche Schiff sollte nicht bei ihr stranden! Und auf einmal

schoß es leuchtend durch ihr Köpfchen. Sie machte die Tür auf und stand in ihrem zerschlissenen Hemdchen auf der Schwelle. Sankt Nikolaus und Knecht Ruprecht fuhren zusammen wie die Kaninchen. Doch Cäcilie schlug ehrerbietig ein Kreuz, stapfte mit ihren bloßen Füßchen in den Schnee und ging zu dem heiligen Kinderfreund.
»Guten Tag, lieber Sankt Nikolaus«, stammelte das Kind. »Alles ist noch nicht ausverkauft ... bei Trinchen Mutser steht noch ein großes Schokoladenschiff vom Kongo ... wie sie die Läden vorgehängt hat, stand es noch da. Ich hab es gesehen!«
Von seinem Schreck sich erholend, rief Sankt Nikolaus erfreut: »Siehst du wohl, es ist noch nicht alles ausverkauft! Auf zu Trinchen Mutser! Zu Trinchen ... aber ach! ...« und seine Stimme zitterte verzweifelt, »wir dürfen niemand wecken.«
»Ich auch nicht, Sankt Nikolaus?« fragte das Kind.
»Bravo!« rief der Heilige, »wir sind gerettet, kommt!«
Und sie gingen mitten auf der Straße, die kleine Cäcilie mit ihren bloßen Füßen voran, gerade nach der Eierwaffelstraße, wo Trinchen Mutser wohnte. In der Süßrahmbutterstraße wurde ihr Blick auf ein erleuchtetes Fenster gelenkt. Auf dem heruntergelassenen Vorhang sahen sie den Schatten von einem dürren, langhaarigen Menschen, der mit einem Büchlein und einer Pfeife in der Hand große Gebärden machte, und sein Mund ging dabei auf und zu.
»Ein Dichter«, sagte Sankt Nikolaus und lächelte.
Sie kamen vor Trinchen Mutsers Haus. Im Mondlicht konnten sie gut das Aushängeschild erkennen: »Zum verzuckerten Nasenflügel.«
»Weck sie rasch auf«, sagte Sankt Nikolaus. Und das Kindchen lehnte sich mit dem Rücken an die Tür und klopfte mit der Ferse gegen das Holz. Aber das klang leise wie ein Samthämmerchen. »Stärker«, sagte der schwarze

Knecht. »Wenn ich noch stärker klopfe, wirds noch weniger gehen, denn mein Fuß tut mir weh«, sagte das Kind. »Mit den Fäusten«, sagte Knecht Ruprecht. Doch die Fäustchen waren noch leiser als die Fersen.

»Wart, ich werd meinen Schuh ausziehen, dann kannst du damit klopfen«, sagte Knecht Ruprecht.

»Nein«, gebot Sankt Nikolaus, »kein Drehn und Deuteln! Gott ist heller um uns als dieser Mondschein und duldet keine Advokatenkniffe.« Und doch hätte der gute Mann sich gern einen Finger abgebissen, um Cäcilie befriedigen zu können.

»Ach! aber den Kerl mit den Affenhaaren auf dem Vorhang«, rief Knecht Ruprecht erfreut, »den darf ich rufen, der schläft nicht!«

»Der Dichter! Der Dichter!« lachte Sankt Nikolaus. Und nun gingen sie alle drei schnell zu dem Dichter Remoldus Keersmaeckers.

Und kurzerhand machte Knecht Ruprecht kleine Schneebälle, die er ans Fenster warf. Der Schatten stand still, das Fenster ging auf, und das lange Gestell des Dichters, der Verse von den Göttern und Göttinen des Olymps hersagte, wurde im Mondschein sichtbar und fragte von oben: »Welch Muse kommt, um mir Heldengesänge zu diktieren?«

»Du sollst Trinchen Mutser für uns wecken«, rief Sankt Nikolaus, und er erzählte seine Not.

»Ja, bist du denn der wirkliche Sankt Nikolaus?« fragte Remoldus.

»Der bin ich!« Und darauf kam der Dichter erfreut herunter, jätete allen Dialekt aus seiner Sprache, machte Verbeugungen und redete von Dante, Beatrice, Vondel, Milton und anderen Dichtergestalten, die er im Himmel glaubte. Dann stand er ihnen zu Diensten.

Sie kamen zu Trinchen Mutser, und der Dichter stampfte

und rammelte mit so viel Temperament an der Tür, daß das Frauenzimmer holterdiepolter aus dem Bett stürmte und erschrocken das Fenster öffnete.
»Geht die Welt unter?«
»Wir kommen wegen dem großen Schokoladenschiff«, sagte Sankt Nikolaus, weiter konnte er ihr nichts erklären, denn sie war schon weg und kam wieder in ihrer lächerlichen Nachtkleidung, mit einem bloßen Fuß und einem Strumpf in der Hand, und machte die Türe auf. Sie steckte die Lampe an und ging sofort hinter den Ladentisch, um zu bedienen. Sie dachte, es müsse der Bischof von Mecheln sein.
»Herr Bischof«, sagte sie stotternd, »hier ist das Schiff aus bester Schokolade, und es kostet fünfundzwanzig Franken.« Der Preis war nur zwanzig Franken, aber ein Bischof kann ja gern fünf Franken mehr bezahlen.
Aber nun platzte die Bombe! Geld! Sankt Nikolaus hatte kein Geld, das hat man im Himmel nun einmal nicht nötig. Knecht Ruprecht hatte auch kein Geld, das Kind hatte nur ein zerschlissenes Hemdchen an, und der Dichter kaute an seinem langen Haupt- und Barthaar vor Hunger – er war vier Wochen Miete schuldig.
Niedergeschlagen sahen sie einander an.
»Es ist Gott zuliebe«, sagte Sankt Nikolaus. Gerne hätte er seine Mitra gegeben, aber alles das war ihm vom Himmel geliehen, und es wäre Heiligenschändung gewesen, es wegzugeben.
Trinchen Mutser rührte sich nicht und betrachtete sie finster. »Tu es dem Himmel zuliebe«, sagte Knecht Ruprecht. »Nächstes Jahr will ich auch deinen ganzen Laden aufkaufen.«
»Tu es aus lauter Poesie«, sagte der Dichter theatralisch. Aber Trinchen rührte sich nicht, sie fing an zu glauben, weil sie kein Geld hatten, daß es verkleidete Diebe seien.

»Schert euch raus! Hilfe! Hilfe!« schrie sie auf einmal. »Schert euch raus! Heiliger Antonius und Sankt Nikolaus, steht mir bei!«
»Aber ich bin doch selbst Sankt Nikolaus«, sagte der Heilige.
»So siehst du aus! Du hast nicht mal einen roten Heller aufzuweisen!«
»Ach, das Geld, das alle Bruderliebe vergiftet!« seufzte Sankt Nikolaus.
»Das Geld, das die edle Poesie verpfuscht!« seufzte der Dichter Keersmaeckers.
»Und die armen Leute arm macht«, schoß es der kleinen Cäcilie durch den Kopf.
»Und ein Schornsteinfegerherz doch nicht weiß klopfen machen kann«, lachte Knecht Ruprecht. Und sie gingen hinaus.
In der Mondnacht, die still war von Frostesklarheit und Schnee, tönte das »Schlafet ruhig« hart und hell vom Turm.
»Noch einer, der nicht schläft«, rief Sankt Nikolaus erfreut, und sogleich steckte Knecht Ruprecht auch schon den Fuß zwischen die Tür, die Trinchen wütend zuschlagen wollte.
»Haltet ihr mir die Frau wach«, sagte der schwarze Knecht, »ich komme sofort zurück!« Und damit stieß er die Tür wieder auf, und zwar so heftig, daß Trinchen sich plötzlich in einem Korb voll Zwiebeln wiederfand.
Und während die andern aufs neue hineingingen, sprang Knecht Ruprecht auf das Eselchen, sauste wie ein Sensenstrich durch die Straßen, hielt vor dem Turm, kletterte an Zinnen, Vorsprüngen und Zieraten, Schiefern und Heiligenbildern den Turm hinauf bis zu Dries Andijvel, der gerade »Es wollt ein Jäger früh aufstehn« auf seiner Geige kratzte.

Der Mann ließ Geige und Lied fallen, aber Knecht Ruprecht erzählte ihm alles.
»Erst sehen und dann glauben!« sagte Dries. Knecht Ruprecht kriegte ihn am Ende doch noch mit hinunter, und zu zweit rasten sie auf dem Eselchen durch die Straßen nach dem »Verzuckerten Nasenflügel«.
Sankt Nikolaus fiel vor dem Nachtwächter auf die Knie und flehte ihn an, doch die fünfundzwanzig Franken zu bezahlen, dann solle ihm auch alles Glück der Welt werden.
Der Mann war gerührt und sagte zu dem ungläubigen, hartherzigen Trinchen: »Ich weiß nicht, ob er lügt, aber so sieht Sankt Nikolaus doch aus in den Bilderbüchern von unsern Kindern und im Kirchenfenster über dem Taufstein. Und wenn ers nun wirklich ist! Gib ihm doch das Schiff! Morgen werde ich dirs bezahlen ...!«
Trinchen hatte großes Vertrauen zu dem Nachtwächter, der aus ihrer Nachbarschaft war. Und Sankt Nikolaus bekam das Schiff.
»Jetzt geh nur schnell nach Hause, und leg dich schlafen«, sagte Sankt Nikolaus zu Cäcilie. »Wir bringen gleich das Schiff.«
Das Kind ging nach Hause, aber es schlief nicht, es saß am Kamin mit dem Kissen auf dem Ärmchen und wartete auf das Niedersinken des Schiffes.
Der Mond sah gerade in das armselig-traurige Kämmerchen.
Ach, was sah Cäcilie da auf einmal!
Dort auf einem glitzernden Mondstrahl kletterte das Eselchen in die Höhe mit Sankt Nikolaus auf seinem Rücken, und Knecht Ruprecht hielt sich am Schwanz fest und ließ sich mitschleifen. Der Mond öffnete sich: ein sanftes, großes Licht fiel in funkelnden Regenbogenfarben über die beschneite Welt. Sankt Nikolaus grüßte die

Erde, trat hinein, und wieder war da das gewöhnliche grüne Mondenlicht.
Die kleine Cäcilie wollte weinen. Knecht Ruprecht oder der gute Heilige hatten das Schiff nicht gebracht, es lag nicht auf dem Kissen.
Aber siehe! was für ein Glück, das Schiff, die »Kongo«, stand ja da, in der kalten Asche, ohne Delle, ohne Bruch, strahlend von Silber, und rauchte für mindestens zwei Groschen weiße Watte aus beiden Schornsteinen! Wie war das möglich? Wie konnte das so in aller Stille geschehen...?
Ja, das weiß nun niemand, das ist die Findigkeit und die große Geschicklichkeit vom Knecht Ruprecht, und die gibt er niemand preis.

Wie ich Erzähler wurde

An Erzählungen habe ich meine besondere Freude, ob ich sie nun von anderen höre oder selbst zu Papier bringe. Das liegt mir im Blut.

Ein Roman muß ein Roman sein, eine Novelle eine Novelle. Aber eine Erzählung darf alles sein, sie kennt keine Gesetze; sie darf ein Stück Leben sein oder auch ein Traum, sie darf Leben und Traum zugleich sein. Für sie ist das Wunder kein Wunder mehr, das Wunder wird Leben, und das Leben wird ein Wunder. Alles ist möglich, alles ist wahr. Auf ein Fingerzeichen steigt der Himmel zu uns herab, die Engel schälen Kartoffeln, unser Herrgott wandert über die schmalen Feldwege, sitzt irgendwo auf einem gefällten Baumstamm und verzehrt ein erbetteltes Butterbrot. Die Sterne sind Augen oder Kinder. Im Sommer spielen und singen sie mit den Blumen am Rand eines Baches. Der Regenbogen kann sprechen, die Tiere schreiben Bücher, die Bäume sind denkende Wesen, und die Puppe eines Kindes hat ihre heimlichen Liebesgeschichten.

Eine Frau ist ins Wasser gegangen. In der Zeitung steht,

der Schmerz der Eltern sei unbeschreiblich. Das ist eine alltägliche Nachricht, aber die Erzählung macht aus dieser Nachricht ein Stück Leben. Sie entdeckt im Wasser eine Kraft, die dem Kummer dieser Frau verwandt war. Sie blickt in das Herz der Eltern.

Die Erzählung sucht nach dem Leben hinter den Dingen, sie liest zwischen den Zeilen des Lebens. Sie findet Schönheit, wo scheinbar nur Öde und Häßlichkeit herrschen. Aber ihr entgeht auch das Weinen nicht, das sich hinter einem Lachen verbirgt. Sie untersucht alle Seiten des Lebens und weiß uns dann mitzuteilen – was zuletzt der Zweck des Erzählens ist –, daß das Leben in jeglicher Form doch ein gewaltiges Wunder ist.

Jawohl, ich liebe Erzählungen sehr und erzähle selber gern. Meine Jugend war von den sonderbarsten Geschichten durchtränkt und lebendig erfüllt von Gestalten, die in ihnen eine Rolle gespielt haben.

Die vielen Erinnerungen drängen sich hervor, und jede möchte zuerst aufs Papier. Die Erzählungen meines Vaters muß ich wohl vor allem erwähnen. Er erzählte jede Geschichte so, daß er selbst darin auftrat. Er war vor allem ein Gelegenheitserzähler. So erzählte er uns vom Anfang der Adventszeit bis zum Dreikönigstag über den Stall von Bethlehem, die Hirten, die Könige aus dem Morgenlande, den Mord der unschuldigen Kindlein. Auch das hatte er selbst miterlebt.

An einem Wintertag, bei einbrechender Dunkelheit, eilte er durch den Schnee in ein benachbartes Dorf. Unterwegs begegnete ihm ein alter Mann, der einen Esel führte, auf dessen Rücken eine blasse Frau saß. In den Falten ihres Kapuzenmantels barg sie ein schreiendes Kindlein. Der alte Mann fragte meinen Vater: »Meister Timmermans, Ihr kennt doch jeden Feldweg, weil Ihr überall Eure Spitzenhauben verkauft, könntet Ihr mir nicht den Weg nach Ägypten zeigen?« Mein Vater zeigte an diesem Abend der Heiligen Familie den Weg nach Ägypten. Wenn er uns abends vor dem Einschlafen seine Geschichten erzählte, wurde uns das nie zuviel. Aber ihm schon. Dann sagte er: »Hört mal zu, Kinder, jetzt werde ich euch ein schönes Lied singen in dreiundvierzig Strophen.« Und dann sang er so langsam und schleppend, daß wir niemals die vierte Strophe gehört haben. Eins dieser Lieder lautete:

Wir sind die drei König mit ihrem Stern,
Wir kommen gezogen aus weiter Fern,
Wir gingen und suchten überall,
Wohl über Berg und über Tal,
Und wo der Stern blieb stille stehn,
Da täten ins Haus wir dreie gehn.

Wir kannten nur einige Bruchstücke dieses Liedes, das ich oft mitgesungen habe, wenn wir, einige Freunde und ich, in der Weihnachtszeit mit einem Pappstern singend von Tür zu Tür zogen. Da ich das beste Negergesicht hatte, mußte ich stets den schwarzen Melchior darstellen. Wir bekamen dann Zuckerplätzchen, Spekulatius oder Karamellen. Es gab auch zwei Männer, die jedes Jahr mit einem Stern unterwegs waren und sangen: Wir sind die drei Könige... Wir sind ihnen oft begegnet und mußten mehr als einmal wegen der Konkurrenz den Platz räumen. Es waren der lustige Aalfischer Pitjevogel und der stoppelbärtige, triefäugige Bettler Schrobberbeeck. Sie erhielten keine Plätzchen, sondern Geld, das restlos in Genever aufging. Ich habe sie immer mehr betrunken als nüchtern gesehen. Von ihnen erzählte man, unter hundert anderen, folgende Geschichte:
Sie wollten einen Handel mit Genever anfangen. Sie

sparten und bettelten so lange, bis sie sich für zwanzig Franken ein kleines Faß Genever kaufen konnten. Damit zogen sie nun auf die Dörfer hinaus, wo sie das köstliche Getränk den Bauern für einen Dreier das Gläschen verkaufen wollten. Es war bereits Mittag geworden, und sie hatten noch nichts verkauft. Da suchte Pitjevogel so lange in allen Taschen und unter dem Futter seiner Weste, bis er einen Dreier gefunden hatte. »Dafür kaufe ich mir ein Gläschen Schnaps«, rief er, zahlte und trank. Nun hatte Schrobberbeeck das Geld. »Ich kaufe mir auch einen Schnaps«, sagte er, zahlte und trank. »Ich möchte noch einen«, erklärte Pitjevogel. So haben diese beiden Kerle mit einem Dreier für zwanzig Franken Genever getrunken.

Diese beiden Burschen, die viel Ähnlichkeit hatten mit den Hirtenfiguren des Meisters van der Goes, sind mir stets gegenwärtig geblieben, und ich freute mich immer, wenn ich von ihren wunderbaren Abenteuern hörte.

Mein Vater lehrte uns schöne alte Volkslieder und spielte für uns mit einem kleinen Puppentheater den »Faust«, den »Löwen von Flandern«, »Mariä Himmelfahrt« und andere Dinge. Aber bald spielte ich mit meinen Freunden diese Stücke selbst, gewöhnlich auf einem Dachboden oder im Schuppen.

Ich habe Faust dargestellt, Marino-Marinelli, Chlodwig und sogar Jesus. Aber mit dieser Rolle fand meine Schauspiellaufbahn ihr Ende. Wir spielten die Leidensgeschichte Christi im Schuppen eines Bauernhofes der Stadt. Der Eintritt kostete einen Cent. Alle Wagenbänke waren voll besetzt. Ich sollte Jesus darstellen, trug ein weißes Nachthemd und eine lange Perücke, die mein älterer Bruder früher in einem Festzug zu Ehren des heiligen Gommarus getragen hatte. Das Kreuz war aus zwei Brettern einer Speckkiste zusammengezimmert. Meine jüngste Schwester spielte die Veronika. Sie hatte ein Handtuch, auf dem ein faustgroßes Christushaupt gemalt war. Eine andere Schwester mit langen Haaren war Maria Magdalena. Das Töchterchen des Bauern stellte den Engel dar. Sie trug ihr Erstkommunionkleid, und der Kelch, den sie mir im Garten Gethsemane überreichen mußte, war ein mit Silberpapier umwickeltes Bierglas. Das Spiel begann. Als der Vorhang, der aus zwei aneinandergehefteten Schürzen bestand, aufgezogen wurde, kniete ich mitten auf der Bühne zwischen zwei Blumentöpfen. Der Engel erschien, jemand blies auf einer kleinen Mundharmonika. Ich sagte meinen Spruch her, und der Engel gab seine Antwort.

Da trat Judas auf, in einen weiten Mantel gehüllt, mit zwei Soldaten. Jeder war mit einem Knüppel und einem Brotmesser bewaffnet. Ein anderer trug eine brennende Kerze, denn die Szene spielte in der Nacht. Kaum hatte mir Judas den Kuß gegeben, kaum hatte ich Zeit gehabt, ein paar Worte zu sagen, da versetzte mir einer der Soldaten mit seinem Stock einen so heftigen Schlag auf den Kopf, daß ich laut aufschrie vor Schmerz, meine Perücke wütend auf den Boden schleuderte und heulend nach Hause lief, während die Kinder, unzufrieden mit dem Verlauf dieser Vorstellung, ihr Eintrittsgeld zurückverlangten.

So sagte ich der Bühne für immer Lebewohl.

Mein Vater erzählte oft die Abenteuer unseres Onkels Heinrich. Onkel Heinrich war der Bruder meines Großvaters und ein braver, ordentlicher Mann. Er hatte keinen Feind, aber eines Tages bekam er Sehnsucht nach einem Feind, ging unter die Soldaten und zog mit einem Heer nach Sebastopol. Nun hatte er ein Meer von Feinden, die ihn dermaßen durchkugelten, daß er, nach dem Bericht meines Vaters, durchlöchert wie ein Sieb nach Hause zurückkehrte. Aber ihm war dennoch genügend Kraft geblieben, um Turmwächter zu werden auf dem schönsten Turm der Welt, nämlich dem zu Mecheln. Jeden Abend blies er aus dieser luftigen Höhe auf einem Kuhhorn den friedlichen Schlummer über die stille Stadt. Er wohnte selbst auf diesem Turm und übte dort den Beruf eines Schuhmachers aus. Oft und lange pflegte er nach Osten zu blicken, wohin er so weit gekommen war und wohin die Sehnsucht ihn immer noch zog. Aus dieser fremden Ferne hatte er zwei sonderbare Dinge mitgebracht: eine Magenerweiterung und die Wettlust. Diese beiden Dinge entschieden über sein Schicksal. War er mit Freunden zusammen und sah einen Vogel fliegen, dann rief er: »Ich wette hunderttausend Franken, daß dieser Vogel nach Amsterdam fliegt!« Es handelte sich fast immer um etwas, das man nicht nachprüfen konnte.

Jeden Mittwoch machte mein Vater Hackbraten mit Kirschensaft. Dafür kam Onkel Heinrich regelmäßig zu Fuß von Mecheln, drei Stunden her, drei Stunden hin, und unterwegs sang er seine Soldatenlieder. Eines Tages, als wir gerade beim Hackbraten-Essen saßen, bemerkte er auf der Straße eine hübsche Frau, die einen vollen Waschkorb trug, auf dem ein Rosinenbrot lag. Erst gefiel ihm das Brot, dann die Frau. »Welch ein schönes Rosinenbrot, und was für eine hübsche Frau!« sagte er. Mein Großvater, der sie kannte, meinte: »Und doch wird sie nie einen Mann erwischen.« Bei Onkel Heinrich meldete sich plötzlich die Magenerweiterung und seine Wettlust. »Ich wette um ein Kaninchen, daß die Frau noch in diesem Jahr verheiratet ist!« rief er. Die Wette wurde angenommen. Das Jahr ging seinem Ende zu, und die Frau war immer noch nicht verheiratet. Was machte Onkel Heinrich? Um das Kaninchen zu gewinnen, hat er sie selbst geheiratet.

Durch die Erzählungen meines Vaters hatte ich mir das Leben Jesu immer in Flandern vorgestellt. Jetzt erfuhr ich in der Schule, alles hätte sich in Palästina ereignet. Das war mir weniger angenehm, denn ich mochte dieses Land mit seinen unnatürlichen Bäumen nicht leiden. Aber angenehm oder nicht, ich mußte die mir lieb gewordenen Vorstellungen aufgeben. Indessen, aus einem Rachegefühl heraus nahm ich meine Biblische Geschichte her mit ihren langweiligen Bildern, auf denen die Frauengestalten in halb römischer, halb arabischer Tracht dargestellt waren, und zeichnete um jede Frau einen Kapuzenmantel, wie meine Mutter ihn noch trug. Da wirkten sie gleich viel echter, gemütlicher und vertrauter. Ich erinnere mich, wie meine Mutter mich öfter unter diesem Mantel mitnahm, wenn sie abends noch schnell etwas besorgen mußte. Ich fand es immer herrlich, man wußte nie, wo man war, und meine Mutter meldete dann immer vorsorglich: »Eine Stufe abwärts, eine Stufe aufwärts!«

Die freien Stunden nach der Schulzeit oder in den Ferien verbrachte ich entweder an der Ecke der Schmuggelgasse oder bei Karlemann. Die Schmuggelgasse lag unserem Hause schräg gegenüber. Es war eine kleine Sackgasse, die zum Kreuzbogenhof führte, in dessen Schuppen wir unsere Theaterstücke aufführten. Auf der einen Ecke wohnte ein Fleischer, auf der andern war eine Lederhandlung. Wir standen und saßen meistens am Hause des Fleischers, nur wenn es Zank gab, zog die schwächste Gruppe zur Lederhandlung gegenüber. Waren wichtige Pläne zu schmieden, so hockten wir abends am Hoftor zusammen, verabredeten allerlei Schabernack, gründeten einen Reifenklub oder einen Theaterverein und trafen Anstalten für längere Wanderungen. Die Ecke der Schmuggelgasse war ein richtiger Tummelplatz, und die Geschichten und Lügen, die hier zum besten gegeben wurden, könnten ein dickes Buch füllen. Wenn wir hier nicht zu finden waren, dann saßen wir bestimmt bei

Karlemann, dem armen Schuhmacher. Es kam öfter vor, daß seine einzige Hose gewaschen wurde und im Hof auf der Leine hing. Dann blieb er drinnen bei seiner Flickarbeit und trug solange einen Rock seiner Frau. Seine Söhne gehörten zu meinen Freunden, und wir ließen auch unsere Schuhe bei ihm besohlen. Er hatte eine ziemlich gute Stimme, war nicht nur Vorsitzender des Gesangvereins »Die sanfte Kehle«, sondern leitete auch die Aufführungen, obwohl er keine Note Musik kannte. Trotzdem holte sich »Die sanfte Kehle« bei manchem Festsingen die ersten Auszeichnungen und ergatterte viele Geldpreise, die dann von den Mitgliedern bei einem fröhlichen Kaninchenessen verzehrt wurden. Karlemann war Trommler bei den Soldaten gewesen und wußte aus dieser Zeit die wunderbarsten Abenteuer zu berichten. Er hatte seinen Spaß daran, uns die tollsten Dinge weiszumachen. Eine dieser Geschichten lautete ungefähr so:
»König Leopold II. ließ mich eines Tages rufen. Er hatte von meiner Trommlerkunst gehört. Ich kam in den Palast, wo der König auf seinem Thron saß, mußte mich auf einen Samtstuhl davor setzen und ein Trommlersolo spielen. Der König war so gerührt, daß ihm die Tränen nur so über das Gesicht liefen. ›Karlemann, mein braver Soldat‹, sagte er, ›das ist so schön, als wenn Beethoven die Orgel spielt. Komm, wir trinken eine Flasche zusammen!‹ Ein Diener mit weißen Strümpfen und goldenen Tressen brach sofort eine Kiste Champagner auf. Leopold II. sang für mich ein Lied, und ich mußte ihn auf der Trommel begleiten. Er sang das Lied von den ›Drei Tambours‹ und schritt dabei im Zimmer auf und ab. Als wir so gemütlich unseren Sekt tranken, erzählte mir der König, wie er immer seine Last hatte mit seiner Frau, mit seinen Kindern und seinen Soldaten. Da bemerkte ich das Billard. ›Spielen Sie auch Billard, Herr König?‹ fragte ich. ›Und ob‹, sagte

er, ›spielst du denn auch, Karlemann?‹ ›Und ob, Herr König‹, erwiderte ich, ›fünfzig Treffer hintereinander.‹ ›Allerhand!‹ meinte der König, ›wollen wir mal eine Partie spielen?‹

Wir spielten eine Partie. Ich hätte mit Leichtigkeit gewinnen können, aber aus Höflichkeit ließ ich mich schlagen. Ein König ist wie ein Kind, beide muß man gewähren lassen. Doch plötzlich warf Seine Majestät den Billardstock wütend auf den Fußboden und rief: ›Ich würde wenigstens hundert Treffer erzielen, wenn ich nur in meinem Kongo den Elefantenfriedhof entdecken könnte. Wegen dieses Elefantenfriedhofs habe ich doch den Kongo gekauft. Des Elfenbeins wegen, verstehst du, Karlemann? Da muß es Elfenbein geben, das schon Jahrtausende alt ist, aus dem man Billardkugeln drechseln könnte, die so trocken abprallen und so leicht dahinkullern, daß man mit einem Stoß einen dreifachen Treffer erzielen könnte. Aber wer findet mir dieses Elfenbeingrab? Sogar der schlaue Stanley ist daran vorbeigelaufen. Wo sterben die Elefanten? Sie sterben doch auch, und niemals findet man ein Elefantengerippe, wo es da nur so wimmelt von Elefanten. Ein solches Gerippe ist nicht aus Kreide oder Kuchenteig. Also gehen diese Tiere irgendwohin zum Sterben. Aber wohin? Wohin? Ach, da liegt Elfenbein in Hülle und Fülle, Tausende von Schiffsladungen, endlose Züge. Da könnte man Billardkugeln drechseln! Ich habe demjenigen eine Million ausgesetzt, der mir diesen Friedhof entdeckt.‹ ›Zu Diensten, Majestät‹, sagte ich.«

Und dann erzählte Karlemann tagelang von seiner abenteuerlichen Reise durch den schwarzen Kongo, auf der Suche nach diesem Elefantenfriedhof. Er hatte ihn natürlich gefunden, aber wo und wie, das blieb ein Geheimnis zwischen Karlemann und dem König Leopold II.

»Und die Million?« fragten wir.
»Alles an arme Leute verschenkt«, sagte er.
Meine Mutter hatte einen Bruder, der Jesuitenpater und Doktor der Gottesgelahrtheit war. Nach einem längeren Aufenthalt in England und auf der Insel Man zog er nach Britisch-Guinea, wo er als Generalvikar gestorben ist. Dieser Onkel Ludwig hatte ein englisches Büchlein über die Stadt Lier geschrieben und einige Aufsätze über Fragen der Gottesgelahrtheit erscheinen lassen. Ich habe von diesen Schriften nie etwas ausfindig machen können. Vor seiner Reise nach Britisch-Guinea wollte er seine Verwandten noch einmal sehen und fuhr eines Tages in einer Kutsche bei uns vor. Er war ein langer, hagerer Mann mit einer hohen Stirne, mit schwarzen Locken und großen, dunklen Augen. Er flößte Achtung und Ehrfurcht ein. Es wurde Wein getrunken, und mein Vater bot ihm eine Zigarre an aus einem Mahagonihäuschen, das jedesmal, wenn es geöffnet wurde, eine liebliche Musik ertönen ließ. Es wurde ausgemacht, daß Onkel Ludwig während seines Besuches bei uns essen, im Hause des Großvaters dagegen schlafen sollte. Großvater war ein alter Schmied, der nun seinen Beruf nicht mehr ausüben konnte, aber doch so sehr daran hing, daß er unter keinen Umständen dazu zu bewegen war, die Schmiede, die nach vorn an der Straße lag, in ein Zimmer zu verwandeln. Großvater saß die meiste Zeit in der Küche und las die Zeitung. Er hatte langes, weißes Haar und trug eine seidene Bauernmütze. Er rauchte aus einer langen Tonpfeife, und seine sanften blauen Augen folgten oft Minuten lang dem Rauch, der zur Decke emporstieg. So sehen oft die Heiligen auf alten Bildern aus. Wenn seine Pfeife zu Ende geraucht war, aß er stets ein Stückchen Apfel gegen das Tabaksgift und stopfte sich eine neue. Er konnte schöne, zarte Geschichten erzählen über den heiligen Franziskus. Aber ich und

meine Geschwister, wir fürchteten uns hinzugehen. Er war zum dritten Mal verheiratet mit einer Frau, die sehr gut gewesen sein mag, vor der wir aber Angst hatten. Sie war groß und hager, hatte fürchterliche, schwarze Glotzaugen und einen Schnurrbart. Wir nannten sie immer den Wolf aus dem »Rotkäppchen«. Um die Ruhe dieser alten Leute nicht zu stören, aß Onkel Ludwig jeden Tag bei uns. Er saß dann allein mit unserem Vater in der guten Stube. Sie tranken Wein zum Essen und sprachen fast immer französisch.

Ich ging damals noch nicht in die Schule, war aber ganz versessen auf Bücher, in denen ich nach Bildern suchte. Onkel Ludwig versprach, mir aus dem wilden fremden Lande, wohin er im Begriff war abzureisen, ein großes Paket Bücher mit den schönsten Erzählungen und den herrlichsten Bildern, die man sich denken konnte, zu schicken. Ich konnte seine Abreise nun kaum noch erwarten. Als er dann endlich, nach etwa drei Wochen, Abschied nahm, sagte er zu meinem Vater: »Ich habe da noch eine Kiste mit Büchern, die ich nicht gut mitnehmen kann. Ich möchte sie hierlassen, bis ich nach zehn Jahren, wenn Gott will, wiederkomme. Es ist nicht ratsam, daß die Kinder sie lesen, ich lasse deshalb die Kiste verschlossen.« Seitdem stand auf unserem Dachboden eine Kiste mit Büchern, mit Büchern, die die Kinder nicht lesen durften. Das will was heißen! Ich habe mich nie gern allein auf dem Dachboden aufgehalten, obwohl Vaters Tauben dort untergebracht waren. Dennoch bin ich oft hinaufgehuscht, um mit klopfendem Herzen die geheimnisvolle Bücherkiste zu betrachten. Jahrelang habe ich gehofft, daß der Postbote mir eines Tages das versprochene Paket aus fernen Landen bringen würde, aber niemals wurde dieser heiße Wunsch erfüllt... Sechs oder sieben Jahre später überbrachte uns der Briefträger die Nachricht, daß der Herrgott nicht gewollt hätte, daß Onkel Ludwig zurückkehrte; er war zum ewigen Frieden eingegangen und lag begraben im Lande der Palmen und Bananen.

Da wurde endlich die Kiste geöffnet. Die Hälfte dieser Bücher hatten die Ratten völlig zernagt. Was noch ganz und lesbar geblieben war, hatte weder für die andern noch für mich irgendeine Bedeutung: Philosophie, Theologie, Latein, »Les Pensées de Mr. Oxenstiern«, usw. Ja doch, ein einziges Büchlein war dabei, das ich mir sofort aneignete. Es war ein Zauberbüchlein: »Les secrets du Petit Albert.«

Darin war zu lesen, wie man zaubern konnte, was man tun mußte, um ein Mädchen toll in sich verliebt zu machen, um plötzlich unsichtbar zu werden, um Räuber mitten im Überfall zu lähmen und an den Ort zu bannen. Ich machte mich sofort mit meinen Freunden von der Schmuggelgasse daran, diese Geheimnisse zu ergründen. Jetzt gingen wir auf die Suche nach dem Strick eines Gehängten, nach dem Herzen einer jungfräulichen weiblichen Fledermaus, nach dem Ei einer schwarzen Henne, die am dreizehnten des Monats, an einem Freitag auf einer Wegkreuzung getötet werden mußte, damit wir dieses und jenes zuwege bringen könnten. Aber all diese Dinge waren so unauffindbar. Ich erinnere mich noch ganz deutlich, daß ich in jenen Tagen einmal mit meinen Freunden von der Schmuggelgasse am Papageienwald spazierenging, als plötzlich, nicht weit von uns, ein Revolverschuß knallte. Wir liefen erschrocken, aber dennoch neugierig, hin. Auf einem Stoppelfeld lag ein Herr mit einem Revolver in der Hand. In seiner rechten Schläfe war ein kleines schwarzes Loch, aus dem Blut sickerte und worauf sich sogleich eine grüne Fliege summend niederließ. Sein linkes Bein bewegte sich noch, und da sausten wir Hals über Kopf zum nächsten Bauernhof davon. Unterwegs meinte einer meiner Freunde: »Sollten wir nicht ein wenig Blut mitnehmen, um uns unsichtbar zu machen?«

So kam allmählich die Zeit, wo man die Erzählungen auch in Büchern lesen wollte. Einen Buchladen gab es damals in unserer kleinen Stadt noch nicht, aber eine Leihbücherei war vorhanden, wo sich die Erwachsenen Bücher holen konnten. An einem Sonntagmorgen wagte ich mich zum ersten Mal dahin. Die Bücherei befand sich in einem alten Haus mit einer schmalen Treppe. Es roch nach Schimmel. Ein strenger alter Herr mit einem weißen Backenbart drückte mir ein altes, abgegriffenes Buch in die Hand: »Auf dem Wege nach Frankreich« von Jules Verne. Ich hatte plötzlich das Gefühl, daß ich kein Kind mehr war. Ich las Bücher aus der Bibliothek, wenn ich auch noch versuchen mußte, den Zeilen mit dem Finger zu folgen. Am nächsten Tag spazierte ich stolz mit dem Buch unterm Arm, wie ich es bei den Lehrern gesehen hatte, über den Beginenwall... Da kam ein langer, hagerer Mann auf mich zu, an dessen Nase ein heller, zitternder Tropfen hing. Es war ein Hausierer, der mit Garn, Band und Schuhwichse handelte. »Kerlchen«, sagte er zu mir, während er mit dem Ärmel den Tropfen abwischte, »liest du schon in einem Buch? Ich kann nicht lesen, aber dennoch lese ich in diesem Buch!« Dabei zeigte er über das grüne Land. »Mir gefällt es«, sagte er, »darin zu lesen und immer weiter und weiter zu gehen, ohne Ende. Ich liebe es, wenn dann in der Ferne ein wenig Nebel hängt, das macht mich traurig, und dann freue ich mich, weil ich traurig bin...«

Bilder, Bücher und die Dinge des täglichen Lebens, alles half mir beim Erzählen: die Arbeiterinnen, die bei uns zu Hause ihre Spitzen ablieferten, die Taubenfreunde, die

fast jeden Sonntag bei meinem Vater, der ein berühmter Taubenzüchter war, zusammenhockten. Hier trafen sich arm und reich, ein katholischer Millionär und ein sozialistischer Bürstenmacher, Onkel Franz, der in der Kirche sang, und Onkel August, der Maler war, der Fladenbäkker, zwei Fleischer, der Barbier, der immer noch mit zwei Fingern einseifte, und viele andere. Sie saßen bis auf die Treppe, rauchten, erzählten und stritten sich über Tauben und Politik, bis plötzlich ein Telegramm aus Frankreich eintraf: Tauben um sieben Uhr freigelassen. Dann eilten sie alle einträchtig nach Hause.
Da der Spitzenhandel viel Arbeit machte, wurde ich als kleines Kind tagsüber öfter in die Kneipe »Zur Schnepfe« bei Mutter Lies und Vater Hannes in Pflege gegeben. Es war eine jener stillen, sonnigen Kneipen, wie sie der flämische Künstler De Braekeleer zu malen liebte, mit farbigen Gläsern im Wandschrank, Apfelsinenschalen auf Schnaps und Rettichen auf dem Schanktisch. Nur am Sonntag erschienen einige Gäste. Daher wurden die Mahlzeiten in der Gaststube eingenommen, und auch Vater Hannes hatte hier seinen Arbeitsplatz. Er war Schneider, ein dicker, blasser Mann mit langem, schwarzem Haar und kleinen, dunklen Knopfaugen. Er spielte das Bombardon in der »Großen Harmonie«. Wenn sich irgendwo in der Stadt ein kleiner Skandal ereignete, machte er ein Liedchen darauf. Ich habe ihn nie lachen sehen, aber die Leute kamen zu ihm, wenn sie einmal herzhaft lachen wollten. Er hatte so eine trockene Art, die Dinge gewaltig übertrieben zu erzählen. Ich fühlte mich dort sehr wohl, vor allem am Nachmittag, wenn im Städtchen eine mittelalterliche Stille herrschte und Vater Hannes, nachdem er sein Mittagsschläfchen gehalten hatte, wieder wie ein Buddha auf dem Schneidertisch hockte. Dann stellte er mir die tollsten Sachen in Aussicht:

Schiffe, die von selbst fahren konnten, Puppen, die den ganzen Tag redeten, und vieles mehr. Für jeden, der vorbeiging, hatte er gleich einen Spottvers bei der Hand. Ich hörte auch immer gern zu, wenn er auf seinem Bombardon übte. Jeden Abend wurde ich abgeholt, und dann versäumte Vater Hannes nie, aus dem Wandschrank eine Glastrompete zu nehmen und mir darauf einen lustigen Abschiedsgruß zu blasen.

Unter den Spitzenarbeiterinnen, die bei uns ein und aus gingen, war eine, die allgemein Marie Liter genannt wurde. Es war eine lebenslustige Frau mit einer langen Nase. Sie kannte wohl an die hundert Lieder, die meist von Jägern und Jagdgöttinnen handelten, oder von Nonnen, die wegen einer Liebesgeschichte aus dem Kloster davongelaufen waren. Auch das furchtbare Lied des Herrn Halewin kannte sie und wußte es so dramatisch vorzutragen, daß uns die Haare zu Berge standen. Im Winter erzählte sie immer von Gespenstern und Hexen. Wenn der Wind manchmal die Türe einen Spaltbreit aufdrückte und jeder schweigend hinblickte, dann stand sie auf und sprach mit tiefer Stimme in die bange Stille hinein: »Treten Sie ein, Herr Wind!« Man konnte dabei vor Angst umfallen.

Der Schwager einer Frau, die für uns manchmal Tauben rupfte, war ein Zauberer. Er wohnte außerhalb der Stadt. Da meine Mutter ziemlich oft an Magenschmerzen litt und weder Pillen noch Pulver helfen wollten, wurde auch der Zauberer herbeigeholt. Er gab ihr bittere Kräuter zu schlucken, die in Milch gekocht werden mußten.

Dieser Mann wußte prachtvoll zu erzählen über alles, was er in seinem Beruf erlebt hatte. Er sprach immer sehr schnell, ohne Stocken und ohne jede Ruhepause. Ich besuchte ihn gern und konnte ihm stundenlang zuhören. Als er erst kurze Zeit verheiratet war und keine Arbeit fand, fing er Frösche in den Wiesen und verkaufte ihre Schenkel in der Stadt. Eines Tages überraschte ihn ein schweres Gewitter, und er suchte Unterkunft in einem kleinen Bauernhaus. Dort saß ein alter Mann, der in einem Zauberbuch las und so das Gewitter beschwor. Dieser Mann war ein abtrünniger Priester, der sich der Schwarzen Kunst ergeben hatte und nun aus dem Schwager der Taubenrupferin sofort einen Jünger machte, dem er Ratschläge und Bücher gab. Von da ab verdiente er sich den Lebensunterhalt für Frau und Kinder durch Belesen und Beschwören, durch den Verkauf von allerlei Salben und indem er Mensch und Vieh von der bösen Hand erlöste. Er wußte das seltene und von magischer Kraft erfüllte Lanze-Christi-Kraut zu finden und zu pflücken. Er war sehr stolz auf seinen Beruf, aber da er nicht gelehrt war, verstand er oft nicht den Sinn dessen, was er in seinen Büchern las. »Jawohl«, sagte er, »ich bin der gelehrteste Mann den es in einem Umkreis von sieben Stunden gibt mit meinem Verstand kann ich alle Gelehrten so flach in den Sand legen daß man nicht einmal ihren Schatten sieht die Leute denken sich die Teufel immer lebensgroß ach was sie sind kaum größer als ein Maikäfer und eines Tages habe ich hunderttausend mit der Peitsche von der Deichsel meines Wagens gefegt wenn ich will brauche ich nur ein Wort zu sagen um Alräunchen in meinem Kasten zu haben ein Kerlchen das kaum einen Daumen groß ist mit feurigen grünen Augen das auf meine Schulter klettert und mir alle Geheimnisse der Menschen erzählt wenn ich dir die Hand über den Kopf halte siehst du Jupiter und im Handumdrehen setzte ich das Feld meines Nachbarn voll Schnecken.« Stundenlang konnte er Hunderte von Möglichkeiten und Kunststückchen aufzählen. Eine Einbildungskraft, wie sie mir selten begegnet ist.

In meiner Verwandtschaft hat es nie einen Künstler gegeben, mit Ausnahme vielleicht meines ältesten Bruders, der auf dem besten Wege war, ein vortrefflicher Kunstmaler zu werden, durch die Umstände aber daran gehindert wurde. Er malte viel und schnell: Landschaften, Seestücke und Stilleben, voll Schwung und Stimmung. Wenn er aufs Land hinauszog, um irgendein Bild zu malen, war es stets meine größte Freude, ihm den Malerkasten tragen zu dürfen. Unterwegs und während der Arbeit machte er mich auf die Schönheit der Töne und Schattierungen in der Natur aufmerksam und spornte mich an, ebenfalls zu malen.

Es stand dann auch für mich fest, daß ich Maler werden wollte. Aber eines Tages, nachdem ich ein Buch von Conscience gelesen hatte, kam es mir in den Sinn, selbst eine Geschichte zu schreiben. Bei uns zu Hause fand man sie sehr schön, und einer meiner Brüder zeigte sie einem befreundeten Lehrer, der mich beglückwünschte. So erfand und schrieb ich immer wieder neue Geschichten und hatte meine Freude daran.

Angefangen habe ich mit Liebesgedichten. Dreimal hintereinander mit Liebesgedichten. Dann schrieb ich Erzählungen und Novellen. Und endlich kamen Theaterstücke, Epen, Kritiken, Romane und Trauerspiele. Oben auf meiner Bodenkammer steht eine alte Rumpelkiste, deren Schubladen vollgestopft sind mit allem, was ich im Laufe der Zeit geschrieben habe. Da liegt auch noch ein Trauerspiel, das sieben Akte und siebentausend Verse umfaßt. Ich konnte mir über ein so großes Werk kein eigenes Urteil bilden, und so schickte ich es an Hugo Verriest, den Freund und Kenner alles Schönen, den berühmten Schüler des größten flämischen Dichters Guido Gezelle.

Hugo Verriest sah klar in junge Seelen. Deshalb erwartete ich ein scharfes, aber lehrreiches Urteil. Nach einem Jahr

hatte ich noch keine Antwort. Ich drängte, und dann kam ein Kärtchen von ihm, auf dem er mir sein Urteil über das große Werk in zwei Worten mitteilte. Und die zwei Worte lauteten: Zu lang!
Ich habe dann fünf Akte weggelassen und die zwei übriggebliebenen zu einem Akt in Prosa verschmolzen. Inzwischen hatte ich bei Hugo Verriest angefragt, ob ich ihn besuchen dürfte. Er willigte ein. Mir war, als ginge ich zu einem König. Damals trug ich noch einen Zylinderhut und einen Bart. Als ich durch die Felder auf das kleine Dorf zuwanderte, in dem Verriest wohnte, fragte ich unterwegs eine Bäuerin nach dem Hause des Herrn Pfarrers. Sie betrachtete mich von oben bis unten und fragte erschrocken: »Aber Herr Doktor! Ist unser Pfarrer denn krank?« Von diesem Tage an habe ich keinen hohen Hut und auch keinen Bart mehr getragen.
Verriest hatte einen leckeren Fasan im Topf und nötigte mich an seine Tafel. Er sprach, wie nur er das konnte, über die schöne flämische Sprache und das herrliche flämische Volk. Über mein Stück kein Wort! Und ich wagte nicht, danach zu fragen, weil ich mir den Geschmack des Fasans dadurch zu verderben fürchtete. Erst als ich zum Aufbruch bereit stand, machte ich eine schüchterne Andeutung. Und da sagte er: »Es ist kein Rhythmus in Ihren Personen. Ein Wald hat seinen eigenen Rhythmus, ob ein Windeshauch darüber hinstreicht oder der Sturm hindurchbraust. Das Meer hat seinen eigenen Rhythmus, bei Sonnenschein, bei stillem Wetter, beim Orkan. Es ist immer die Stimme des Meeres. Alles in der Natur hat seinen Rhythmus, seinen ureigenen und nie verkennbaren Ausdruck. Ihre Personen sprechen alle gleich, ob sie böse, traurig, froh oder verzweifelt sind. Für uns ist eine Schafherde eine beliebige Anzahl Schafe, von denen eins dem andern gleicht. Für den Hirten ist jedes Schaf ein

besonderes Wesen, das eigene Züge, Merkmale und Gewohnheiten hat. Im Leben ist nichts vollkommen. Kein Mensch gleicht dem andern. So ist es auch bei Tier und Pflanze, obwohl wir es auf den ersten Blick nicht glauben wollen. Bei allen und allem fehlt irgend etwas. Und das macht gerade die Schönheit des Lebens aus, seinen Humor. Das Glück besteht aus tausend kleinen Teilen, und immer noch fehlt etwas. Deshalb nicht traurig zu werden, kein Pessimist zu sein, das ist der Humor! Denn der Humor fängt erst da an, wo etwas fehlt.«

So ungefähr lautete die Belehrung, die mir Hugo Verriest gab. Und ich habe sie in meinem ganzen Leben und in meiner Kunst nie wieder vergessen.

Pieter Bruegel hat als erster das Fehlende bei den Menschen entdeckt. Er machte es sich zu eigen. Und darum strahlt sein von gewaltiger Tragik erfülltes Werk solche Freude aus.

Man hat manchmal gesagt: Wie kann denn Timmermans die Geschichte vom heiligen Franz schreiben! Er ist dafür zu dick, er hat nichts vom asketischen Geist des Heiligen. Nun, wenn ich die Augen schließe, so habe ich etwas von franziskanischer Armut an mir. Ich war vor einigen Jahren auf einem Fest, das bis in den hellen Morgen dauerte. Es war inzwischen Sonntag geworden, und ich ging gleich von der Festtafel zur ersten Messe, um dann den ganzen Tag ausruhen zu können. Ich setzte mich hinten in die Kirche, nahm meinen Hut zwischen die Knie und – schlief bald ein. Man weckte mich, und es lagen vierzehn Kupfermünzen in meinem Hut.

Umgebung, Landschaft, Religion, Stadt und Menschen, sie alle schaffen an dem Werk des Dichters mit. Darum habe ich mein Arbeitszimmer so gewählt, daß ich möglichst viel von dort aus überblicke. Ich kann sagen, die ganze Stadt kommt in mein Zimmer, das edle Schiff der gotischen Kirche treibt wie eine kostbare Galeere auf den Wellen der roten Dächer, unter denen die Menschen wohnen. Unter den dünnen, zwei Finger dicken Dachpfannen hausen die Geschichten der Menschen. Sie füllen die Häuser vom Keller bis zum Dachboden, nahrhaft wie Korn, trübselig wie Staubregen oder köstlich duftend wie Äpfel. Ihr einziger Wunsch ist, erzählt zu werden. Andere rühren manchmal flüchtig daran, und meist mit böser Absicht, um den Sonntag oder den Abend totzuschlagen. Es ist, als ob sie wüßten, daß ich nach ihnen aushorche, ehrfürchtig dasitze und auf sie warte, denn die Geschichten der Menschen müssen wie Seifenblasen behutsam behandelt werden. Und deshalb dringen sie in meine Kammer ein und bitten, daß ich sie erzähle. Sie kommen aus dem Schornstein, durch die Schlüssellöcher, die Kellerfenster, sie sitzen auf meinem Tisch und warten, daß ich sie weitererzähle. Aber ich schreibe sie nicht sogleich nieder. Ich muß erst einmal darüber schlafen, sie durchträumen. Am anderen Morgen haben sie dann etwas von meinem Blut und meinem Geist eingesogen, und ich bin mit ihnen eins geworden. So werden sie zu Hüllen, in denen ich mein Herz ausbreiten oder auch verbergen kann.

»Die sehr schönen Stunden Jungfer Symforosas des Beginchens«. Erstmals erschienen als Band der Insel-Bücherei Nr. 308, Insel Verlag Leipzig 1919, revidierte Übertragung 1936. Aus dem Flämischen von Friedrich Markus Huebner

»Das Triptychon von den Heiligen Drei Königen«. Erstmals erschienen als Band der Insel-Bücherei Nr. 362, Insel Verlag Leipzig 1924. Aus dem Flämischen von Anton Kippenberg

»Das Schweinchen«. Erstmals erschienen im *Insel Almanach auf das Jahr 1926,* Insel Verlag Leipzig 1925. Aus dem Flämischen von Anna Valeton-Hoos

»Die Madonna der Fische«, »Die ländliche Prozession«, »Der verliebte Mohr«, »Zum Königlichen Fladen«, »Ambiorix«. Erstmals erschienen in *Das Licht in der Laterne,* Insel Verlag Leipzig 1926. Aus dem Flämischen von Anna Valeton-Hoos

»Sankt Nikolaus in Not«. Erstmals erschienen als Band der Insel-Bücherei Nr. 420, Insel Verlag Leipzig 1926. Aus dem Flämischen von Anna Valeton-Hoos

»Der Heilige der kleinen Dinge«, »Der mutwillige Schweinskopf«, »Das Brevier für Liebende«, »Das Geheimnis der Weiden«, »Gustav aus der ›Roten Katze‹«, »Der Mantel der Armut«, »Die Eule«, »Das Häslein siegt«. Erstmals erschienen in *Die bunte Schüssel,* Insel Verlag Leipzig 1933. Aus dem Flämischen von Peter Mertens

»Die Flucht nach Ägypten«, »Wie ich Erzähler wurde«. Erstmals erschienen in *Timmermans erzählt,* Insel Verlag Leipzig 1935. Aus dem Flämischen von Anton Kippenberg, Peter Mertens und Anna Valeton-Hoos

»Das Schweinchen und der Einsiedler«. Erstmals erschienen im *Insel Almanach auf das Jahr 1937*, Insel Verlag Leipzig 1936. Aus dem Flämischen von Karl Jacobs

»Die gestohlenen Edelsteine«. Erstmals erschienen im *Insel Almanach auf das Jahr 1938*, Insel Verlag Leipzig 1937. Aus dem Flämischen von Peter Mertens und Anna Valeton-Hoos

»Meine Kramkommode«, »Perlamuna«, »Der Rabe Hans«. Erstmals erschienen in *Das Licht in der Laterne. Neue und alte Geschichten*, Insel Verlag Leipzig 1938. Aus dem Flämischen von Peter Mertens und Anna Valeton-Hoos

Inhalt

INHALTSÜBERSICHT

Felix Timmermans

Pieter Bruegel

Mit Zeichnungen
des Dichters
Jubiläumsausgabe
Zweiter Band

Insel Verlag

Titel der Originalausgabe: *Pieter Bruegel*
Aus dem Flämischen von Peter Mertens

Erste Auflage der Jubiläumsausgabe 1986

Druck: Welsermühl, Wels
Printed in Germany

ISBN 3-458-14509-5

Pieter Bruegel

Das Dorf

Der kleine, rosige Pfirsichbaum, unter dem die schwangere Mutter beim Buttern war, tropfte von Sonne und Regen. Der leuchtende Hahn krähte mit langgezogener Stimme. Da wollte Pieter aus dem Schoß seiner Mutter und wurde geboren und in Windeln gewickelt in der Schenke ›Das gelobte Land‹.

Ein Storchennest war auf dem Dach, und hoch darüber spannte sich ein Regenbogen... Während die Mutter aufrecht im Bett saß und ihrem Jungen gute Milch reichte aus den großen Brüsten, glänzten Tränen in ihren Augen. Denn drüben auf dem Friedhof sah sie das schwarze Kreuz und den kleinen Erdhügel, unter dem seit einem Monat ihr Mann begraben lag.
Sie war die Witwe eines hageren Bauern, der viel gearbeitet und wenig gesprochen hatte; – aber bevor er starb, sagte er seufzend: »Schade, daß unser einziges Kind erst in

unseren späten Jahren kommt, ... daß ich es nicht mehr sehen werde ... Wenn es ein Junge ist, dann laß ihn Matrose werden ... ich wäre es auch so gerne geworden.«
Und nun erwiderte sie traurig ihrem toten Mann, als ob er, sich den Stoppelbart reibend, neben ihrem Bett säße: »Ach, Theodor, ich bin fast fünfzig Jahre alt. Bis das Kind seine erste Kommunion hält, liege ich schon längst unter der Erde.»

Nebenan, im vorderen Zimmer, geht die Schenke ihren ruhigen Gang, zur Zeit geführt von der Hebamme und Leichenfrau Jo Kratzer, die Anrecht hat auf den ersten Schluck jeder Flasche. Der war stets von langer Dauer, und abends humpelte sie dann mit heißer Nase nach Hause. Nach dem ersten Kirchgang, der mit Korinthenbrot und Honigbier gefeiert wurde, schenkte die Mutter mit dem Kind im Arm wieder selber ein.

Sie lebte nur für ihr Kind, und manchmal hob sie es hoch wie einen Kelch und sagte: »Ich dachte nicht, daß es so viel Glück gäbe!«

Ein heller Frühling lag über dem Dorf und dem Dommelfluß; es gab unendlich viele Düfte und Farben von Blumen, Mist, Butter und roten Radieschen, und Vogelschwärme flogen hin und her aus den schweigenden Laub- und Tannenwäldern. Von dieser gesunden Luft wurde das Kind durchtränkt, von den Farben und dem Licht, von den Erd- und Biergerüchen, von den Sternen und der Stille, von dem Wind und den langsamen Dämmerungen.

Die Mutter aß das Gemüse, das Brot, das gepökelte Schweinefleisch, die Eier, das Obst und alle Gaben des Landes, und sie goß die Seele des herrlichen Landes Brabant durch ihre Brüste in das Kind. Es hatte große, braune Augen, blickte begierig und erstaunt um sich und griff hastig nach den Farben.

Gegen Ende September, da die Blumen ihre letzten Kräfte

aufbieten, und die Gewalt ihrer Düfte sich ins Unendliche steigert, verlangte das Kind schon nach ihnen, streckte die krebsroten Finger danach aus, und wenn es die Blumen gefaßt hatte, betrachtete es sie lange und eifrig, um sie dann plötzlich zu verschlingen.
Das Dorf trat dem Knäblein durch die Augen ins Herz. Mit zweieinhalb Jahren sah ers zum ersten Male, seine Augen öffneten sich, und er nahm es in sich auf.
Es war zur Zeit der birnengelben Abenddämmerung.
Der Rauch stieg kerzengerade über die Strohdächer und die nackten Bäume in die kristallklare Winterluft. Die vereinsamte kleine Kirche mit ihrem schweren, heimeligen Turm und einem Nebentürmchen, wie eine Mutter, die ihr Kindchen trägt, schwand allmählich wie eine blaue Traube im Abendflaum. Der glatte Dommel trug das reine Spiegelbild des Dorfes. Die Stille der Heide, der Felder und Tannenwälder umgab die Stille der Mühle, der Häuser und Stallungen.
Und in dieser zarten, heiligen Stunde drang dieses einfache Profil, so voll Bruegelscher Farben, mit den Menschen und den Erzählungen in sein Herz, so gewaltig, daß er es nie wieder vergessen sollte.
Es war wie ein Feld, in das die Saat gefallen ist.
Und er fing an zu zeichnen.

Erst zeichnete er Männchen: zwei Kugeln, vier Striche und viele Knöpfe.
Mit fünf Jahren zeichnete er die Leute, die in der Schenke ihr Bier tranken. Den Fuhrmann erkannte man an der Peitsche, den Hirten an seinen gelockten Schäfchen, den Imker an den großen Tieren, die um ihn herumflogen.
Das Sehen war ihm ein Genuß. Er sah immer, als sähe er zum ersten Male: erstaunt, glücklich und gierig. Jeder Blick bedeutete eine Entdeckung.

Mit den Augen verschlang er Linien und Farben wie jemand, der Wein trinkt.

Sein Herz war wie ein klarer Spiegel. Die Mühlen drehten sich, in seinem Herzen drehten sie sich ebenso; die Wolken wanderten, auch in seinem Herzen wanderten sie; die Jahreszeiten folgten einander, und keine dieser Bewegungen, keine dieser Farben ging in ihm verloren.

Er heulte, weil der Regenbogen so schnell verschwand. Wenn Schnee lag, war er still vor Glück. Vor dem Mond fürchtete er sich, aber nicht, wenn er ihn mit einem Auge betrachtete. Bald zeichnete er nach der Natur die Bäume, die Kopfweiden, die Schlüsselblumen, ein Pferd, das vor der Schenke hielt, den Schmied, die Hähne und die komischen Schweine.

Als er sieben Jahre zählte, war das seine liebste Beschäftigung: er zeichnete immerfort. Er war fast wie ein aufgezogenes Uhrwerk. Aber nun zeichnete er nicht nur, was er sah oder gesehen hatte, sondern auch Gebilde seiner Phantasie und Erzählungen von Engeln und Heiligen, schöne Schiffe, Genoveva von Brabant und die Passion Unseres Herrn.

Zeichnend wuchs er heran, verlor die Milchzähne, und seine Mutter klagte über die vielen Männchen und Madonnen, mit denen Wände und Türen überall bekritzelt waren.

Aber sie hatte nur den einen Jungen und war ganz vernarrt in ihn. Aus der Stadt brachte sie ihm Kreide und Papier mit; sie hätte sich die Haut vom Leibe geschnitten, um ihn darauf zeichnen zu lassen.

Wenn ihn das Zeichnen gepackt hatte, war er nicht zu halten; es war stärker als sein Wille, und sein Blut pochte wie im Fieber.

Es war, als zeichnete ein anderer in ihm.

Er war furchtbar neugierig, und als er neun Jahre alt war,

merkte man schon deutlich, daß er eine Spitznase bekommen würde. Die steckte er in alles hinein, und wenn er sie zurückzog, hing eine Zeichnung dran.
Die Mutter verschob das Matrose-Werden ihres Sohnes immer wieder: sie hatte große Angst vor Stürmen und Walfischen.
Inzwischen war er Chorknabe geworden. Am liebsten hätte sie gesehen, daß er ins Kloster ginge. Der Dorfpfarrer Jerom, ein Franziskaner und Riese von Gestalt, liebte ihn sehr und lehrte ihn lesen und schreiben. Dafür half ihm der Junge beim Holzhacken, Bohnenpflanzen, Honigschleudern, Weinabziehen und Schweineschlachten, ja beim Brotbacken und Bierbrauen, denn der Pfarrer machte alles selbst. Zu Hause zeichnete Pieter alles nach, auch alles, was sich in der Kirche befand, und die Prozession, in der er selber mitging. Und eine Kirmes! Das ganze Papier von Brabant reichte nicht dazu aus! Die Volksbelustigungen, das Drachenspiel, die Dudelsackbläser, die Kramläden mit Spielzeug, Pfannkuchen und Rosenkränzen, die Tänzer, die Saufbrüder, die Kegler, die Raufbolde: ein ganzer Almanach voll!
Er spielte mit seinen Freunden in den duftenden Wäldern und versuchte sich darin zu verirren, um auf diese Weise in die fremden Länder zu gelangen, von denen er geträumt hatte. Er erzählte ihnen lange Geschichten und war selber erstaunt und auch stolz darüber, wie geschmeidig und witzig die Lügen sich in seine Erzählungen einfügten. »Sie sind heraus, bevor ich dran denke«, seufzte er, mit einem leisen Vorwurf für sich selbst.
Er badete mit seinen Freunden im Dommel und brannte mit ihren Kleidern durch, damit sie im Dorf ausgelacht würden. Er war der Fröhlichste in der kleinen Schar, reimte und dichtete lustige Lieder; er kannte alle Kinderspiele und die Texte dazu. Er war dabei, wenn Eier und

Äpfel gemaust wurden, und war der Schnellste auf dem Eis beim Schlittschuhlaufen.
Das alles prägte sich in sein Herz, wo er es zärtlich aufbewahrte; und später, am Abend, als er beim trüben Schein der Öllampe das Papier vor sich hatte und man draußen nicht die Hand vor Augen sah, dann brauchte er nur in sich selbst hinabzutauchen, um die Erinnerungen rein und unversehrt heraufzuholen.
Er hatte furchtbare Träume von der Hölle und vom Fegefeuer, so daß ihm an jedem Haar ein Tropfen Schweiß hing.
Am hellen Tage konnte er kreideweiß werden, wenn er sich nur die Seelen im Fegefeuer vorstellte oder wenn der Pfarrer darüber predigte. Er konnte das klopfende Herz nur beruhigen, indem er die Hand auf sein Skapulier legte.
Dem Töchterchen vom ›Langen Ludwig‹, dem Müller, hatte er eine Zeichnung gegeben. Emil, sein rothaariger Freund, stand dabei und kaute an einer großen, roten Möhre. Auf der Zeichnung war zu sehen: ein Mann, der von der Schwelle der Schenke ›Das gelobte Land‹ einem anderen zuwinkte. Pieter hatte etwas darunter geschrieben und las es dem Mädchen vor: »Kommst du mit, einen heben?« »Nein.« »Warum nicht?« »Weil ich gewöhnlich zwei hebe.« Kaum war es gelesen, als Emil eine Handvoll gekaute Möhren aufs Papier klatschte.
Da wurden Pieters Adern zu eng, um sein Blut zu fassen. Es flammte ihm übers ganze Gesicht, und er schlug Emil zu Boden. Als er ihn bei der Kehle hatte, wurde er plötzlich ängstlich und bleich und sagte: »Du falsches Luder! Du kannst von Glück reden, daß ich ein wenig ans Fegefeuer glaube, sonst drückte ich dir deinen Strohhalm zu!«
Oft versuchte er, die schrecklichen Bilder seiner Phantasie zu zeichnen; aber er mußte immer bald damit aufhören, weil in seinen Gedanken solch fürchterliche Dinge zum

Vorschein kamen, daß es ihm den Magen schmerzhaft zusammenzog. Mit Lust jedoch zeichnete er die Löwen und Drachen, die der Wind in den Wolken zurecht knetete, während er einsam im Grase lag und den Himmel betrachtete.

In den Büchern des Dorfpfarrers las er Reisebeschreibungen und das Leben der Heiligen. Erst zeichnete er daraus alle Holz- und Kupferschnitte nach, aber dann fing er an, beim Zeichnen die Geschichte umzudichten, und die unmöglichsten Städte erhoben sich auf den unmöglichsten Felsen.

Er konnte nichts unangerührt lassen. Alles nahm er unter seinen Bleistift: ein verdorrtes Blatt, die üppigen Leichenschmäuse, die Eiszapfen an den Dächern, die Gäste des ›Gelobten Landes‹, ja sogar alles, was sie erzählten über Städte und ferne Länder, über Krieg und Seuchen, über Ketzer und Protestanten, über Kaiser Karl, Luther und den Papst von Rom.

Er zeichnete alles: das Schloß des Grafen, die Familie des Grafen mit ihrem dünnen Windhund, die Säer, die Pflüger, die Hütten, die Weiber und was das Volk sich erzählte. Das ganze Dorf floß ihm aus den Fingern.

Es war alles noch unbeholfen, aber nie ohne Sorgfalt; sehr deutlich in der Form und von straffer Linie; schnell fertig, aber er machte keinen Strich, ohne den Atem anzuhalten vor Anstrengung.

Das Zeichnen gehörte zu seiner Natur wie Atmen und Schwitzen.

Im Dorf gab es für ihn ein strahlendes Heiligtum, für das er in Weihrauch hätte aufgehen mögen vor Verehrung: es war das Missale, in dem ein Mönch vor hundert Jahren jede Seite mit Blumen, Teufeln und Heiligen in Gold und den betäubendsten, frischesten Farben geziert hatte. Wenn ihm der Dorfpfarrer gestattete, darin zu blättern, dann kamen ihm Schauer vor Glück. »Mit solchen Seiten ist im Himmel der Fußboden belegt«, sagte Pater Jerom. »Dann werde ich dort wohl mehr den Fußboden als Unseren Herrn betrachten«, seufzte Pieter. Es kam die Zeit, da er lieber mit Mädchen spielte als mit Jungen. Zu Hause zeichnete er sie nach, an Kleidern und Körpereigenschaften deutlich erkennbar; aber beim Zeichnen der Gesichter war er so ängstlich, daß er vor Aufregung Blut schwitzte.

So wuchs er heran, schnüffelnd mit der Nase nach neuen Dingen und die großen braunen Augen weit offen und suchend in seinem roten Gesicht. Bald zeichnete er so gut, daß jeder die anderen und sich selbst in seinen Bildern wiedererkannte. Da sagte der Dorfpfarrer, der nie das geringste Interesse an diesem Zeichnen gehabt hatte – es war gerade in der Sakristei –: »Du hast den langen Ludwig so gut gezeichnet, nun zeichne mich auch einmal.« Und der große Mann mit dem roten Gesicht und den ergrauenden Haaren, breit und gewaltig in der zimtbraunen Franziskanerkutte, stellte sich in Positur. »Steifer halten«, sagte Pieter, und der Pater zog sein Doppelkinn zusammen, hart wie Buchsbaumholz. Pieter zeichnete eifrig, mit hängender Zunge, wie immer. Und als er die Zeichnung vorwies, stand Pater Jerom darauf mit schiefen Augen, einer Hundsnase und einem Kinn wie ein Froschbauch. Der Pater platzte fast vor Wut. Er wollte Pieter verhauen, der aber huschte im roten Chorknabengewand in die Kirche, wo noch Leute waren, und fing an, sich eifrig mit einem Leuchter zu beschäftigen. Als er verstohlen aufblickte, stand der Pater mit der Zeichnung in der Hand da und lachte herzlich.

So war dieser Mann: erst zeigte er die rauhe Schale, dann aber war er auf einmal weiß und zart und gut wie Milchbrot.

Mit zehn Jahren entdeckte Pieter den Horizont von dem Fenster seiner Bodenkammer aus: die Ferne, die Weite, die Unendlichkeit! Stundenlang saß er dort oben, träumend und zeichnend. Dieses Bodenkammerfenster hatte für ihn einen neuen Reiz. Er fühlte unbewußt, daß das Leben von Mensch und Tier mit der Erde verbunden und ihr zugeneigt ist, daß alles klein und ohnmächtig weiterkriecht auf der weiten Kruste der Erdkugel, in deren Innerem sich die Hölle befindet. Er kannte nur die Dinge und die Menschen als Teile eines Ganzen, der Landschaft und der Ferne, wie die Blätter auf einem Baum. Und alles, was er fortan zeichnete, war aus einem Bodenkammerfenster heraus gesehen. Es erfaßte ihn ein heftiges Verlangen nach Höhen, nach Bäumen, Mühlen und Kirchen. Wenn er über die Berge der Schweiz las, entstand ein wildes Jagen in seinem Blut.

Wie schön war es, von der Mühle des langen Ludwig aus, doppelt schön im Geruch des Korns, die Fernen zu betrachten!

Er kletterte auf die höchsten Pappeln und saß stundenlang sinnend auf dem Turm, den Kopf in die Schall-Löcher gepreßt. Je höher, um so lieber; ihm war, als gehöre er dann nicht mehr zu den Menschen, er fühlte sich von einer Schwere befreit.

Fliegen zu können über die Welt wie die Engel! »Allein schon, um Flügel zu bekommen, möchte ich nie wieder eine Sünde begehen«, rief er aus, als er zur Kirmes eine Fahne zum Turmfenster hinaus hängte und die offene, herrliche, weite Welt vor sich sah.

Zu Ehren des morgigen Dreikönigstages hatte sich der neue Schnee über die Erde gelegt. Alles war nun frisch und hell, in dicke weiße Wolle gewickelt: die Dächer, die Wege, das flaschengrüne Eis, die Äste der Bäume, die

Misthaufen, die Fensterleisten, die langen Brunnenarme. Nur was senkrecht auf der Erde stand, hatte seine Farbe behalten, aber durch das viele Weiß war sie um einen Ton dunkler geworden. Darüber hing ein brauner Himmel wie eine angerauchte Stubendecke und eine festgeschraubte Stille; darinnen aber funkelten die Farben des Hahnes auf dem Misthaufen und dort in der Ferne das fauchende Schmiedefeuer.

Und Pieter, der in seiner Bodenkammer stand, hatte angefangen, das alles zu zeichnen, die Zunge zwischen die Zähne geklemmt. Ihm war, als sähe er zum ersten Male Schnee. Er glühte vor Glück. Seine Augen suchten erstaunt und hastig. Aus Holzkohle und farbiger Kreide wuchs die Landschaft auf dem Papier. Die ganze Bodenkammer, deren Fenster bisher nur dazu gedient hatte, zur Kirmes eine Fahne hinauszuhängen, hing voll von kleinen Papierfetzen, auf denen Männlein und andere Dinge gezeichnet waren. In die Balken war sogar eine ganze Prozession eingeritzt und mit etwas Farbe angemalt.

Dort zeichnete er den großen schwarzen Nußbaum mit dem blauen Madonnenkapellchen an seinem dicken Stamm, das gelbe, vereinsamte Kirchlein, dahinter das Pflaumenblau der dunstigen Wälder und die Lehmhütten und Bauernhöfe, die ringsherum aus ihren Schornsteinen rauchten. Er zeichnete sämtliche Kopfweiden dazu und die hohen Bäume mitten auf dem Dorfplatz. Und aus dem Bauernhof rechts machte er ›Das gelobte Land‹, man erkannte es deutlich an dem Aushängeschild mit den Traubenträgern, seinem ersten Ölgemälde; auf der Schwelle stand seine Mutter und er selbst daneben! Durch die weiße Stille, die nach Kälte und Torf roch, schritt ein Männlein mit einem Reisigbündel auf dem Rücken. Schnell ein paar Striche, und das Männlein stand deutlich

auf dem Papier, und tick, tick, tick mit der Holzkohle, da war auch die Punktlinie seiner Fußtapfen! Eine Krähe ließ sich nieder auf eine der Kopfweiden, und eins, zwei, drei war der schwarze Vogel gezeichnet!
Pieter wartete, ob sich noch etwas zeigen würde, zielend mit dem Stift, wie ein Jäger bereit, zu schießen. Da kam hinter der Kirchhofsmauer ein dicker Mann hervor, in einen schmutzigen Schafspelz eingewickelt. Man nannte ihn die ›Tomatenkröte‹. Pieter drehte sich unwillig um. Nein, den zeichnete er nicht. »Diesen scheußlichen Kerl«, sagte er verächtlich, »den soll ich nächstens Vater nennen. Er weiß wieder, daß unsere Mutter frisches Bier im Hause hat für morgen. Den hält sie frei, den Faulpelz. Er ist kaum dreißig und sie sechzig, sie ist verrückt, sie ist total verrückt.«
Er hörte ihn hineingehen mit einem fetten Grinsen, hörte seine Mutter lachen und das Anstoßen von Trinkbechern. Pieter spuckte nach der Stelle, wo er die Kröte lachen hörte.
Unlustig und voller Verachtung zeichnete er diesen Kerl: ein aufgeblasenes, stoppelbärtiges, purpurblaues Gesicht mit Schlitzaugen. Aber angeekelt strich er es gleich wieder durch, wie man schlechtes Getränk ausspuckt. Aber da sah er den fremden Barfüßermönch Cornelis, der gestern angekommen war, um die Dreikönigspredigt zu halten, und dem er heute früh bei der Messe gedient hatte, auf die Kirche zuschreiten. Er sah ihn von hinten: ein runder, rötlich-glänzender, kahler Kopf über der braunen Franziskanerkutte. Und er zeichnete ihn klotzartig wie einen Butterklumpen. »Warte«, sagte Pieter aufspringend, und schon griff er eine Handvoll Schnee vom Strohdach, knetete ihn zu einem Ball und zielte nach dem roten, glänzenden Kopf. Klatsch! Getroffen! Es war wie ein Ei, das auseinander spritzt. Pieter bückte sich schnell und

lachte wie ein Wasserfall. – Stille. Allmählich schob sich sein Kopf wieder langsam und vorsichtig in die Höhe: er sah zuerst die Kirche, dann die kleine Kapelle am Baum, aber bums! ein Schneeball platzte auseinander auf seiner Nase, und unten stand der Pater und lachte. »He, kleiner Kerl!« kicherte er, »das kann ich genau so gut wie du. Ein anderes Mal mußt du dich besser verstecken!« Pieter kratzte sich verdutzt den Schnee vom Gesicht. »Aber seh ich denn recht«, rief der Pater, »hast du mir heute früh nicht bei der Messe gedient?«

»Ja, Pater Cornelis.«

»Ei! ei! Am Morgen bei der Messe dienen und am Tage dem Pater auflauern, um ihn mit Schneebällen zu bewerfen...!«

»Nein, Pater Cornelis, ich habe mir nichts dabei gedacht, ich hatte gerade gemalt... sehen Sie nur«, und errötend vor Verlegenheit zeigte er das Papier, das mit zwei Nägeln auf ein Brett befestigt war. Der Pater kam heran und blickte zum niedrigen Fenster empor. »Nun, schön«, sagte er, »aus der Ferne sieht es gar nicht übel aus!« Er kam noch dichter heran. »Ja, das ist wirklich nicht schlecht, wenn ich es genau betrachte! Ich bin zwar kein Kenner, aber ich sage, daß du zeichnen kannst. Sapperment! das ist gut gemacht! Ah! Ah! Ich stehe auch schon drauf, wie ich sehe! Hast du das allein gemacht? Nun, das ist sehr gut!... Aber, mein Junge, du darfst doch keinen Schnee malen, nein, nein! Das hat noch niemand getan, das macht man nicht!«

»Aber ich finde es schön, Pater, sehen Sie nur, wie schön!«

»Nein, der Schnee hat keine Farbe. Du mußt die grüne Erde malen mit ihren Blumen und frischen Tönen und Halbtönen, wie Memling und die Brüder Van Eyck, wie Rogier van der Weyden und Geertgen von Sint-Jans es machen und wie Quinten Metsys es getan hat. Die können

malen! Das kann man mit einem Vergrößerungsglas betrachten. Man riecht förmlich die Blumen!«
Pieter blickte ihn mit großen Augen an wie ein frommer Mensch, der zum ersten Mal die Gnade in sich funkeln fühlt. »Ja«, fuhr der Pater fort, »du solltest einmal nach Antwerpen kommen, wo die großen Maler wohnen. Da kannst du ihre vielen Werke in den Kirchen und Klöstern sehn. Oh, Junge, die sind unbeschreiblich schön! Die ganze Welt kommt hin, um sie zu sehn, sogar aus Italien kommen sie. Kaiser Karl kauft in einem fort. Und du solltest die Grablegung von Quinten Metsys mal sehen! So groß wie ein Haus! Und so fein gemalt, daß man die Haare auf dem Kopf der Heiligen zählen kann. Die Bewunderer sind nicht davon wegzubringen! Und wenn du so weitermachst, kannst du auch so einer werden, aber nicht, wenn du Schnee malst!«
»Ja, Pater Cornelis?« fragte Pieter so glücklich, daß ihm die Beine zitterten wie Rohr.
Da kam die Mutter herausgeschossen, und die Tomatenkröte stellte sich in die Tür. Beide hatten hinter dem Fenster alles gehört. »Du wirst weiter nichts als Matrose«, rief sie zu ihm hinauf. »Gleich fällst du herunter und tust dir Schaden, wenn du dich so aus dem Fenster hängst; mach dich da fort!« Und dann sagte sie zum Pater Cornelis: »Ja, Herr Pater, als mein erster Mann starb, sagte er, daß unser Kind Matrose werden sollte, und...«
»Der Mensch denkt, Gott lenkt«, ermahnte der Pater, »und wenn Er beschlossen hat, daß Euer Sohn Maler werden soll, dann können sich alle Matrosen auf den Kopf stellen, er wird es doch!«
»Pater«, sagte nun die Geiferstimme der Tomatenkröte, »ich werde nächstens sein Vater, und dann ist es aus mit diesem Männlein-Zeichnen, dann kommt er in die

Lehre: Matrose oder Töpfer; dann bin ich Herr darüber, dann bestimme ich.«

»Wird das Euer neuer Mann?« fragte der Pater. »Ja? Ach Frauchen«, lachte er, »wirklich, ich dachte, das wäre Euer ältester Sohn, so jung scheint mir Euer zweiter Verlobter noch zu sein. Ich gratuliere! Aber ich hoffe für Euch, daß es nicht wahr ist, daß junge Männer alte Frauen nur fürs Geld heiraten. Auf Wiedersehen!«

Der Pater entfernte sich mit kleinen Schritten, wie eine wandelnde Glocke. Die Tür wurde heftig zugeschlagen, und Pieter hörte durch die Bretter des Fußbodens das Fluchen seines zukünftigen Stiefvaters. Aber er schlug sich auf die Schenkel vor Vergnügen um der harten Kost willen, die der Pater den beiden zu verdauen gegeben hatte.

Aber dann kam eine heilige Stimmung über ihn. Er blickte auf die verschneite Landschaft und flüsterte fortwährend die Worte des Paters Cornelis: Wenn du so weitermachst, kannst du auch ein großer Maler werden. Er verbrannte innerlich. Wie ein aufgerissener Vorhang lag sein Leben vor ihm. Er sah leuchtende Visionen von Antwerpen und von tausend Gemälden. »Wenn du so weitermachst, kannst du auch ein großer Maler werden«, murmelte er. Die Mutter rief ihn zum Essen, aber er rief zurück, daß er keinen Hunger hätte.

Der Mittag ging still und kalt vorüber, und der Mond stieg früh auf, rotbraun über dem blauen Schnee. »Nach Antwerpen«, seufzte er. Unten hörte er ein Dreikönigslied singen, weiter im Dorf ebenfalls. Er sah, wie seine Freunde lustig verkleidet durch den Schnee zogen, mit einem drehenden Stern. Aber dieses Mal dachte er nicht daran, mitzumachen. Er brannte von einem neuen Leben. Abends hörte er dreimal, wie unten gerauft wurde, aber er horchte gar nicht hin. Er erlebte eine neue Geburt. Eine alte Haut fiel von ihm ab. Und plötzlich sprang er auf wie eine Flamme, trommelte mit den Fäusten gegen die Wand und rief hartnäckig und zäh, als kämpfte er gegen etwas: »Ich will! Ich will! Ich will Maler werden!« Mit diesem mühevollen Wort hatte er sein Herz befreit. Er war wie eine Mutter, die ihr Kind aus der Feuersbrunst gerettet hat.

Und im Frühjahr, als die Schlüsselblumen an den Bächen und in den feuchten Wäldern blaßgelb blühten und die tollen Elstern wieder auf den Wegen tanzten, feierte die Mutter Hochzeit mit der Tomatenkröte.

Pieter dachte traurig an seinen schweigenden Vater, den er nie gekannt hatte. Aber er ging doch hübsch mit im langen, fröhlichen Hochzeitszug und blies mit noch zwei andern einen Dudelsack, den er sich für viele Gläser Bier geliehen hatte von einem Deutschen, der später auf der Heide vom Blitz erschlagen wurde. Abends war Pieter erbärmlich krank: der Magen war ihm geschwollen zum Platzen, weil er zuviel warmen Schinken mit Saubohnen gegessen hatte. Ihm war es selber leid, daß er das so gerne aß. »Warum schmeckt es denn auch so gut«, sagte er. Und die ›Tomatenkröte‹ freute sich so über seine Hochzeit, daß er fast vierzehn Tage lang voll war wie eine Kanone. Mit verschiedenen Leuten, die ihn ausgelacht hatten, weil ein so junger Mann eine so alte Frau geheiratet hatte, war er ins Raufen gekommen und hatte ein paar schieferblaue Augen davongetragen.

Die wahre Tomatenkröte, die während der ganzen Brautzeit geschmeichelt und gelächelt hatte, kam nun gierig, dick und fett über Wasser, schnappend wie ein Hecht.

Zunächst gab er den Töpferberuf auf. Er wollte den Geldbeutel an sich nehmen und die Schenke bewirtschaften. Aber die Frau ließ nicht locker. Und da sie ihm den Geldbeutel nicht gab, nahm er ihn einfach weg.

Als die Frau nicht aufhörte zu jammern und zu schwatzen, warf er sie mit einem Schwung hinaus, wie man einen Eimer Wasser ausschüttet; und Pieter, der bereit stand, ihm einen Krug an den Kopf zu schlagen, aber es nicht tat, erhielt einen Fußtritt, daß er wie ein Lappen bei der Mutter landete.

Das Schlimmste war, daß die Leute, die es sahen, darüber lachten. Das war der größte Schmerz.

Mit gebrochenem Herzen kam die arme Frau wieder herein, um ihres Sohnes willen, und der Sohn folgte um seiner Mutter willen.

Die Tomatenkröte war nun Herr im Hause und fing an zu saufen wie sieben Tempelherren zusammen, spielte, hockte bei schlechten Weibern, suchte Händel mit der Kundschaft und raufte um nichts und wieder nichts.

Die fette Schnecke fraß Löcher in den Wohlstand des ›Gelobten Landes‹.

Die Mutter holte sich Rat beim Dorfpfarrer. »Wart, ich sehe selber mal nach«, sagte dieser und nahm seinen Mispelstock aus der Ecke vom Kamin, der voller Schinken hing. Die Mutter wußte, was dies zu bedeuten hatte, und lief händeringend vor Angst hinter Pater Jerom. »Wenn er Sie nur nicht totschlägt, Herr Pfarrer!«

»Nein, aber ich ihn!« schnauzte der Mann.

Die Tomatenkröte kam gerade mit einem schäumenden Krug aus dem Keller. Plauz! Und die Kröte erhielt einen Schlag auf sein purpurnes Gesicht, daß seine Schlitzaugen plötzlich aufklafften wie ein paar alte Knopflöcher. »Und wenn du sie jetzt noch mit einem Finger anrührst, dann mache ich Mus aus dir, du Hund!«

Ohne ein Wort, aber mit dem Krug, ging die Tomatenkröte gelassen fort. Aber als er nachts mit einem tüchtigen Affen nach Hause kam, prügelte er Mutter und Sohn aus den Betten und warf sie im Hemd in den Mondschein hinaus. »Rufe nun den Pfaffen mal wieder her, dann kann er sehn, wie schön du im Hemde bist!«
Sie wagten nirgends anzuklopfen, aus Angst, obendrein noch ausgelacht zu werden.
Sie krochen dann auf den Heuboden, wo sie den blauen Morgen abwarteten, bis es der Tomatenkröte beliebte, sie spottend hereinzulassen.
Nun war er vollauf Herr im Hause. Für die Mutter fing die Hölle an und das Zittern der Glieder. Er versoff das schöne Geld und bekam ein richtiges Ohrfeigengesicht. ›Das gelobte Land‹ wurde trocken gelegt.
Es war kein Geld mehr da, um Bier zu kaufen, und der Brauer verweigerte jeden Kredit.
Die Mutter versuchte anfangs immer wieder, die Schenke aufrecht zu erhalten. Und wenn dann einmal wieder eine kleine Tonne Doppelbier ins Haus kam von heimlich gespartem Gelde oder von den Eiern, von der Milch einer mageren Kuh oder vom Speck eines gemästeten Schweines, dann lag die Kröte mit schwellendem Bauch unter dem offenen Hahn, bevor die Mutter Zeit gehabt hatte, die Ginsterkrone ans Aushängeschild zu hängen, zum Zeichen, daß frisches Bier verzapft wurde. Sie wurden ärmer und ärmer. Allmählich verlor die arme Frau den Mut. Sie ließ sich prügeln wie ein Hund, geduldig und gelassen. Sie schrumpfte zusammen und verwahrloste ganz und gar. Und Pieter, der mehr Prügel bekam als Essen, half ab und zu für wenig Geld beim langen Ludwig auf der Mühle oder anderswo; er half beim Dreschen und Pflügen und beim Küster, und von Matrose-Werden war natürlich keine Rede mehr.

Aber das Zeichnen! Alle Wetter! Das spielte wie musikalische Bienen in seinen Fingern, trotz allen Elends, aller Verwahrlosung, Schläge und Angst vor der Tomatenkröte.
Er zeichnete weiter. Wenn er kein Papier hatte, dann einfach auf Stallungen, auf Wände und Wagen, auf alles, was flach und fähig war, bemalt zu werden; und mit zerriebenen Blumen fügte er die Farben hinzu. Er trug das Zeichnen wie ein Licht vor sich her und lebte mit dem Gesicht und dem Herzen nach Antwerpen. Er konnte nun auch hingehen. »Aber dann bekommt die Mutter allein die Prügel«, sagte er, »und jetzt teile ich sie mit ihr.«

Mit milchweißen Wurstwolken und einem Geruch von Butter schob sich der Morgen über das Land. Überall krähten die Hähne, und die Mühlen fingen an sich zu drehen: es war der Gruß der Horizonte!
Pieter stand hoch auf einer Weide und betrachtete die Welt mit dem Kopf zwischen den Beinen. Der Frühling kam wie ein Hauch, weich und zart, aus der Ferne angerauscht, wie aus dem Süden herangetrieben auf Bächen und Flüssen. Die Bäume waren noch schwarz und kahl, und das ganze Land lag nackt und offen da, klar und frisch bis in die fernsten blauen Fernen. Überall schoben sich salatgrüne Flecke wie Sonntagsstimmung übers Land. Das war die klecksende Sonne.
Die Fernen zogen ihn an wie Hügel. Er vergaß die kleine aufgetriebene Kuh, die er hüten mußte und die beim nächsten Vollmond kalben sollte; er vergaß seinen Hunger und seinen purpurnen Stiefvater; er vergaß sogar seine Mutter, die schon tagelang stöhnend und rübengelb im Sterben lag und vielleicht schon tot war. Gestern hatte sie die Sterbesakramente erhalten, und heute früh waren ihre Füße schon kalt. Aber er verschlang die Welt mit den

Augen. Er ließ sich die Schönheit ins Herz tropfen. Bauern in rotem Unterhemd säten, und Pflüge schnitten die braune Erde in schimmernde Schollen, zum Anbeißen. Die weiße Wolkenstille mit ihren blauen Ritzen lauschte einem Hirten, der dort am Feldkreuz dudelte, und Vogelfahnen wiegten sich über den alten, braunen Wäldern. Sonnenbalken tasteten in der Ferne nach Mühlen und Wassersilber.

»Kirchenfenster! Madonnenmäntel! Prozessionsfahnen!« jauchzte Pieter. Es waren die ersten leisen Stöße des neuen Frühlings.

Ein Jucken von Glück sprang auf in den knospenden Hecken und in allen Tieren, klein und groß; junge Fische schossen hoch im glänzenden Dommel; man roch das Kuppeln und Paaren förmlich in der Luft und die Freude, bald Eier zu legen. Und er spürte ebenfalls einen solchen Frühlingskitzel von der großen Zehe bis ins Haar, etwas, das er noch nicht nennen noch sagen konnte, und er kniff die Fäuste zusammen vor summender Lebensfreude und rief: »Immer drauf! Immer zu!« Ach, guck doch nur! Der Frühling zaubert uns mit lauter Stickereien ein neues Paradies! Es ist ja alles so nagelneu wie am ersten Tag. Aber so gesehen, mit dem Kopf zwischen den Beinen und die Augen an den Zehen, das Untere zu oberst, ist alles noch einmal so schön und weit, so farbenreich und lobenswert, noch einmal so, ich weiß nicht, wie, und Pieter rief: »Mir fehlen nur noch Augen auf dem Hintern und Farbe, um zu malen!«

Durch ein rundes Loch der hölzernen Windmühle steckte an einem langen Hals ein radieschenrotes Gesicht, gespalten durch ein Lachen. Es war der lange Ludwig.

»He, Pieter, vergiß nicht, daß heute abend im ›Verkleideten Affen‹ das Festessen der ›Mutigen Kegler‹ von Sankt Stephan, der Leute mit der tollen Kugel und dem heftigen

Durst, stattfindet. Du bist als Kegeljunge zum ersten Mal dabei! Vergiß deinen Dudelsack nicht; das wird ein herrliches Fest!«
»Mein Magen hat schon Falten vor Hunger«, rief Pieter zurück.
»Weißt du was? Um den Hunger scharf zu machen, könnten wir eine Weile Karten spielen! Ich hole einen frischen Krug Bier, direkt aus dem ›Verlorenen Paradies‹!« Sofort band Pieter die Kuh fest und sauste dann, lechzend nach einem Trunk guten Bieres, in die Mühle hinauf, die mit ihren vielen Rissen und Flickstücken recht gemütlich aussah.

»Wie geht es deiner Mutter?« fragte der lange Ludwig.
»Piano«, sagte Pieter.
»Ich habe heute Nacht einen Hund heulen hören«, sagte Ludwig mit bedenklichem Gesicht und nahm einen grauen Krug mit einem blauen Vogel drauf. »Ach Ludwig«, sagte Pieter plötzlich, froh, daß er sein volles Herz einmal ausschütten konnte, »ich bete zu Gott, daß sie bald sterben möge und nicht wieder gesund werde! Dann ist sie aus dieser Hölle erlöst! Was hat dieses Schwein aus ihr gemacht! Wenn ich nicht an mich halten würde, ich schlüge ihm den Tomatenkopf mit einem Holzhammer in den Leib, daß er durch den Nabel sehen könnte wie durch ein Schlüsselloch.«
»Für dich ist es am schlimmsten, wenn sie tot ist«, meinte Ludwig. »Was willst du anfangen?«
Pieter wollte sagen: »Nach Antwerpen gehen.« Aber mit

diesem Vorhaben war er vorsichtig wie mit einer schönen Seifenblase, und so sagte er nur: »Das wird Gott entscheiden und der Müller!«
Mit krummen Knien ging der Müller fort, weiß bestaubt vom wehenden Brot,um frisches Bier zu holen. Pieter schob den Mund voll Weizen und den Kopf durchs runde Guckloch.
»Wie schön!« flüsterte er, als er die Ferne sah. Ein kleiner Wind verbreitete einen Bier- und Mistgeruch vor seiner Nase. Und dort lag das Lehmhüttendorf zwischen dem dunklen Wald und dem kleinen weißen Fluß.
Auf dem Dorfplatz spielten die Kinder im Hemd, und zwei rosige Schweine schnüffelten sich gegenseitig am Schwanz. Ein Haufen Bettler und Krüppel wartete auf ein Almosen vor der Zugbrücke des Turmschlosses, in dessen schwarzen Gärten mit Spaten und Hippe hantiert wurde. Aus den sechs Dorfschenken kam Gesang und Gezank von Betrunkenen, während das Kirchlein, vergessen und verfallen, hinter einer Reihe Kopfweiden am Dommel, mit offener Tür auf die Gläubigen zu warten schien. Das Dorf hatte sich versehentlich oder mutwillig nach den Schenken statt nach der Kirche zu ausgebreitet. Der stramme Dorfpfarrer Jerom ging auf und ab in seinem Obstgarten, zwischen alten Apfelbäumen, und las sein Brevier. Das war der Mann, der den Seelenwagen dieser Leute, auf dem das Sündengezappel wie Kraut und Rüben durcheinander lag, in den Himmel steuern sollte. Aber ein Sonnenstrahl zeigte Pieter die dürftige Hütte, in der seine Mutter im Sterben lag. »Wenn sie heute noch stirbt, kann ich diesem Festessen nicht beiwohnen«, seufzte er, seinen Hunger fühlend. Er roch das Fegefeuer und kniff das eine Auge zu, um die Hütte nicht mehr zu sehen, während das andere jauchzte über die Landschaft, durch welche der Dommel sich klar und frisch, zwischen Schilf und

Schwertlilien, nach der weihrauchblauen Ferne schlängelte. Und dort, in dieser Bläue, mußte Antwerpen liegen, wimmelnd von Malern und goldenen Schiffen, überladen von Obst aus den gelobten Ländern des Orients.
»Ich komme!« rief Pieter. »Wenn meine Mutter tot ist«, fügte er leise hinzu. Der Wald rief dreimal zurück: »Ich komme.«
»Und hier bin ich«, sagte der lange Ludwig. Sie kosteten abwechselnd das Bier. »Das ist ein Bier von Gottes Gnaden!« schmatzte Ludwig.
»Dein Stiefvater ist doch wirklich ein Schuft!« lachte er. »Er liegt an der gespaltenen Kopfweide, dort an der Mistgrube, und schnarcht. Er hat sämtliche Kleider deiner Mutter für einen Liter Schnaps verkauft. Sie steht doch nicht wieder auf, hat er gesagt.«
Pieter bebte vor Wut wie Espenlaub, aber Ludwig jauchzte: »Himmel und alle Wetter! Ich war eben im ›Verkleideten Affen‹ und habe mal in die Töpfe geguckt. Zum Zusammenbrechen! Solche Würste!« Der Müller zeigte bis an die Schulter, und Pieter suchte mit der Zunge am Gaumen nach diesem Geschmack. »Und Schinken werden da gekocht! Meine Frau geht mit, die ist versessen auf Schinken, besonders auf das Fett, und ich auf Mageres und Fett! ... Aber du wirst heute abend nicht mitkommen können, bis dahin ist deine Mutter tot«, sagte Jo Kratzer.
»Aber sie ist stark«, sagte Pieter schnell, »sie kann viel ertragen.« Und nachdem er finster vor sich hingeblickt hatte, murrte er: »Komm, wir wollen Karten spielen!«
»Ja, Mut«, sagte der Müller. »Du hast wenigstens den einen Trost, daß deine Mutter nicht in der Wiege erstickt wurde. Außerdem, ein jeder muß sterben, aber wir leben gern lange. Das Leben ist eitel Rauch und Dunst, ein Schritt nur bis zum Grabe; was heute blüht, ist morgen welk, und Kreuz ist Trumpf!« Und sie spielten Karten,

während die Mühlenflügel sich drehten und nach der Ferne grüßten. Es war still, mit kurzen Worten und plötzlichem Aufjubeln, im milchigen Dämmerlicht der weißbestaubten Balken. Wer gewann, durfte einen Schluck trinken, bis er Atem schöpfen mußte. Und sie gewannen und tranken, bis zu Mittag das Ave geläutet wurde. Der lange Ludwig leckte sich den Biergeschmack von den Lippen und sagte: »Ich vergesse nie, zu beten«, und er betete und spuckte dann im Bogen zur Tür hinaus. »Ich auch nicht«, sagte Pieter und tat dasselbe.

Am Nachmittag war der Himmel ein Lämmermarkt. Es war einfach zum Lachen. Die Stille lag schwer auf dem Land. Die Kuh zupfte die frischen Gräser ab und die Gänseblümchen; Pieter lag auf dem Bauch zwischen den vier Mauern der nun stillgelegten Mühle und betrachtete eine strohgedeckte Hütte jenseits des Dommels. In dieser kleinen Hütte wohnte Rosalie, ein bildschönes Kind. Vielleicht würde er sie später heiraten oder sonst Mariechen vom Küster, die stets klebrige Hände hatte vom Kerzendrehen. Sie war zum Fressen, aber ein wenig dumm. Als er einmal mit ihr in den Turm geklettert war, bis oben, wo die Glocken hängen, um ein Eulennest zu suchen, hatte er sie tüchtig abgeküßt, und statt zu schweigen, erzählte sie es ihrem Vater, so daß sie noch eine Tracht Prügel dazu bekam. Seitdem sagte sie es nicht mehr. Dann war da noch die Tochter vom langen Ludwig, die er so gern mochte, und Philippine aus dem ›Tüchtigen Trommler‹, und Sophie und Eulalie und manch anderes liebes Tierchen. Ein Blick ihrer Augen, ein Wink mit dem kleinen Finger, und er war in den Wolken. Dann hatte er nie jemand mehr geliebt! Aber welche sollte er heiraten? Jo Kratzer kam den Mühlenberg heraufgehumpelt und schwenkte ihren Stock. »Die kommt, um zu sagen, daß sie tot ist«, seufzte Pieter, von einer schweren Last befreit. Er sprang auf vor Erleichterung. »Komm schnell! deine Mutter machts nicht mehr lange! Die geweihte Kerze wird schon angezündet!« rief sie mit näselnder Stimme. »Ich komme gleich«, rief er zurück. »Ich gehe nicht«, flüsterte er. »Warum ist sie noch nicht tot, wenn sie doch sterben muß!«

Er blieb sitzen und blickte starr in die Ferne. Aber er sah die Ferne nicht, er sah das Fegefeuer. Es war eine Dunkelheit voller Augen, stille, irrende, suchende Augen; Augen, die lauerten aus zerbrochenen Töpfen, Augen in Flaschen, auf Fingerspitzen, an den Enden eines Kreuzes, in Vogelbauern, in dunklen Tunneln; und Weinstöcke, deren Früchte gebündelte Augen waren...

Aber dann sah er drüben, an der hellen Straßenkreuzung, wie ein langer Bauer aus einem Hundewägelchen kletterte und sich mit einer rundlichen Milchbäuerin unterhielt. Plötzlich bückte sich der Bauer, schlang die Arme um ihren Leib und küßte sie tüchtig ab; sie machte es mit ihm ebenso, und Pieter sprang auf wie der Blitz, um eine Zeichnung davon zu machen. Mit einem Stück Holzkohle, womit seine Taschen immer gefüllt waren, zeichnete er das Paar auf eine von den vier weißen Mauern der Mühle, die schon mit Männlein und kleinen Dorfszenen bekritzelt waren. Nun war auch die Liebe vertreten! Es lag Feuer darin! Er lachte. Aber ein breiter Schatten stieg dunkel an der Mauer empor, und schnell und unerwartet bekam er auf beide Seiten seines Kopfes eine schallende Ohrfeige. Aufschreiend drehte er sich um. Der Pfarrer in der braunen Kutte beugte sich wie ein Bergriese über ihn und fuhr ihn an: »Warum machst du das?«

»Weil sie es da drüben auch machen!«

Der Pater stampfte vor Wut ein Loch in den Boden. »Vorwärts! zu deiner Mutter! Sie liegt im Sterben! Sonst siehst du sie nicht mehr lebend!« Die eine Hand auf dem Skapulier und mit der andern die kleine Kuh führend, flehte Pieter: »Ach, wenn sie doch schon tot wäre! Wenn sie doch schon tot wäre!« Der Pfarrer folgte ihm und schimpfte, rot und spuckend vor Aufregung, über die verdorbene Welt und das Dorf. Er geißelte ihre Bier- und Schnapssucht, ihre Völlerei, ihren Misthaufenmagen, ihre Bauchanbetung, ihre Christlichkeit bis an den Nabel und prophezeite als Strafe: Tod, Hölle und Fegefeuer.

Es knatterte Pieter um den Kopf wie ein einstürzendes Dach, und er bekam eine Angst, als hätte er allein alle diese Sünden begangen.

Er kniff die Augen zu, um es nicht mehr zu hören, hörte es trotzdem noch und machte sie dann einfach wieder auf. Da stieß er plötzlich ein unbändiges Gelächter aus und schlug sich auf die Schenkel vor Vergnügen. »Dort! Dort!« zeigte er, während er sich bog vor Lachen.

Das Hundewägelchen sauste über den hellen Weg, und es war weiter nichts zu sehn als ein Wägelchen und ein springender, bellender Hund, aber hinten ragten vier baumelnde Beine heraus.

Ärmlich und verlassen war es hier und roch nach faulen Rüben. An der Lehmwand vergilbten einige Zeichnungen und ein paar Bilder, und an den niedrigen Balken hingen durchlöcherte Körbe und trockene Kräuter. Die Kröte saß aufgeblasen und sternhagelbesoffen vor dem Krankenzimmer und jammerte mit offenem Mund und lahmer Zunge, die Schlitzaugen voll Wasser. Als er den Pfarrer sah, plumpste er auf die Knie: »Ach! lieber Herr, helfen Sie, daß sie noch ein wenig am Leben bleibt! Ich werde viele Messen lesen lassen mit vielem Wachs. Was fange ich an ohne sie? Mich aufhängen! Mich aufhängen!«

»Du dich aufhängen?« sagte der Pater verächtlich und näherte sein Gesicht dem dunstenden Kopf der Tomatenkröte. »Dann ist es nur schade, daß du das nicht vor vier Jahren gemacht hast, dann hättest du dir das Geld für die Messen sparen können. Aber brennen wirst du wie eine Pechfackel! Wie zehn Pechfackeln! Fort, du Schwein!« Er wollte ihn mit dem Fuß beiseite schieben, aber Pieter kam ihm zuvor und versetzte der Kröte einen krachenden Fußtritt gegen seinen Melonenkopf, daß er weich wie eine Schnecke vornüber fiel. Pieter wurde in das Zimmer geschoben. Hier war es kühl und feucht, wie abends auf einem frisch gepflügten Feld, mit einem dumpfen Geruch von Schimmel. Die geweihte Kerze brannte. Das Zimmer war angefüllt mit Frauen, die unter ihren Kapuzenmänteln Rosenkränze murmelten, um den Tod aufzuhalten. Auf einem kleinen Tisch stand ein Durcheinander von Flaschen, Schüsseln, Töpfen und Muschelschalen mit Medizin, Regenwürmern und Maulwurfsgrillenöl. Eben war auch noch Branntwein dagewesen, um das Herz zu stärken, aber der Stiefvater hatte ihn ausgetrunken und dann Wasser in die Flasche gefüllt. »Es nützt doch nicht mehr, und außerdem hat sie den Geschmack verloren«, hatte er gesagt.

Am Bette der Kranken und auf einem Stuhl lag ein Gemisch von heiligen Dingen. Medaillen aus Wachs und Kupfer, Skapuliere, heilige Wässer, rotbesiegelte Knochen und das Blut einer Stigmatisierten, als Mittel gegen den Tod.

Der blinde Zauberer aus dem Wald der acht Seligkeiten hatte siebenmal das Haus umschritten; ein Wunderdoktor hatte noch einmal Blutegel angelegt, und nun stand noch drinnen, am Fußende des Bettes, der ›Gemusterte Jakob‹, ein heiliger Bettler mit einem Bein und harten Haaren auf den Ohren. Er trug einen Mantel, der innen und außen mit Heiligenbildern aus Pergament vollgenäht war; alle Heiligen waren vertreten, für jeden Tag einer, um auch sicher mit allen auf gutem Fuße zu stehen. Wenn das Jahr halb um war, drehte er den Mantel um. Der gemusterte Jakob hatte für einen Groschen seine gereimten und selbstverfertigten Gebete gegen den Tod gesprochen. Aber Pieter sah den bleichen Gesellen grinsend auf dem keuchenden Leibe seiner Mutter liegen: er würgte sie und drückte ihr die Kehle zu.

Wie erbärmlich lag sie da, mit ihrer weißen Mütze: wachsgelb, die Augen wie schwarze Flammen, der Mund offen mit aufgesprungenen Lippen; mager wie ein Gerippe, ausgehöhlt, aber der Bauch immer noch aufgeschwollen und an den dünnen, sehnigen Armen dunkle, gerissene Arbeitshände.

Pieter konnte es nicht mehr ansehen vor Mitleid, Angst und Entsetzen, und er betete: »O Herr, laß sie nicht so zum Jüngsten Gericht erscheinen, das ist nicht ihr Gesicht, das hat ihr die Tomatenkröte gegeben!« Eine Elster ließ sich auf die Fensterleiste nieder; alle sahen es und hörten auf zu beten. Es war sonderbar. Es war, als käme nun jemand herein, der keinen Körper hatte. Die Stille schwoll an wie ein Keller, in dem das Wasser hochsteigt. Die Elster streckte den Kopf durch ein Loch in der Scheibe, aber sie roch den Tod und flog böse schimpfend davon wie jemand, der sich betrogen fühlt.

Aber die Stille blieb. Sie hatte die Gebete verschluckt. Und darauf hatte die Mutter gewartet. Sie fing an mit den Augen zu zwinkern. Der Priester drückte ihr die geweihte Kerze in die steife Hand. »Auf die Knie!« befahl er. Es klang wie ein Faustschlag auf den Tisch, und er fing an, die Gebete der Sterbenden herzusagen. Alle knieten, mit Ausnahme vom gemusterten Jakob, der wegen seines Holzbeines hocken mußte. Alle Heiligen der Prozessionsfahnen, Kirchenfenster, Bilder, Feld- und Baumkapellen schritten in schnellem Tempo vorüber, schnell gegrüßt mit einem gemeinsamen: »Bitt für uns.« Die Mutter keuchte wie ein Zughund. Plötzlich setzte der Atem aus. Eine eiserne Stille spannte sich über sie. ›Sie hat es geschafft‹, dachte Pieter, froh, daß es vorüber war. Aber wie eine Sprungfeder schnellte die Mutter mit einem Schrei in die Höhe. Ihre Beine wühlten die Laken durcheinander, die Füße guckten aus dem Bett hervor. Reliquien fielen, eine kleine Tonfigur brach den Kopf, eine gesprungene Flasche lief aus. Die Frauen sprangen auf, wie von Wespen gestochen. Gejammer und Geschrei. Aber der riesige Pater drückte die Mutter wieder aufs Bett, riß ihr die Kerze aus der verkrampften Faust, setzte sich ihr mit dem schweren Leib auf die Beine und betete weiter.

Sie heulte und schrie. Pieter zitterte vor Angst. »Ach!

lieber Gott, laß sie sterben, nimm sie auf in deinen Schoß oder daneben, aber nimm sie!« Die Weiber versteckten sich hintereinander, der Bettler hielt sich den Hut mit den Hahnenfedern vor die Augen, aber nicht vor beide zugleich. »Beten!« donnerte der Pater. Aber die Kröte, die durch eine Türspalte zugeguckt hatte, rief nun hinter der Tür: »Sie hat den Teufel im Leibe! Sie hat den Teufel im Leibe!« Und er lief, grunzend wie ein Schwein, mit aufgehobenen Armen hinaus.

Ein Schauer von Angst überfiel die Weiber. Sie drängten und wühlten sich hinaus, aber sie kamen nicht alle zugleich durch die schmale Tür. Wie auch der Pater schimpfte, auf den Tisch schlug, daß die Flaschen herunter sprangen, und die Frauen beiseite schob, es nützte nichts, sie loderten vor Angst.

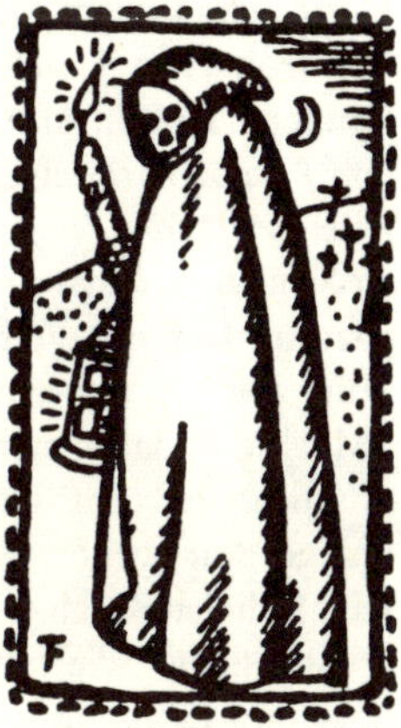

Es gab ein großes Geschrei und Geheule, Gestampf und Gewühl. Einige fielen, und andere fielen darüber hin, nackte Knie zappelten durcheinander.

Währenddessen blickte Pieter wie angenagelt auf seine Mutter, die ihn mit ihrer harten Hand ergriff und ihn mit einem letzten Aufflackern der Besinnung ängstlich bat: »Junge, bete jeden Abend für mich, es ist so entsetzlich dunkel, wo ich hingehe.« Das war zuviel. Die Angst überwältigte ihn, und Pieter brach bewußtlos zusammen. Der Pater konnte ihn gerade noch beim Kragen nehmen, während seine andere Hand das Weibsvolk zurückhalten wollte. Aber mit dem Schrei »Sie hat den Teufel im Leib« liefen die Frauen, von Angst getrieben, hinaus. Der gemusterte Jakob humpelte

hinterher und jammerte: »Mein Hut! Mein Sonntagshut! Und ich habe nur den einen!«
Als Pieter wieder zu Besinnung kam, lag das Totenlaken über seiner Mutter. Und indem er das Zeichen des Kreuzes machte mit Buchsbaum und Weihwasser, bemerkte er drei Erhöhungen, den Kopf, den Bauch und die aufrechten Füße.

Die Totenglocken läuteten hart und summend in der biergelben Abenddämmerung. Die Krähen kamen in großen Schwärmen aus dem Walde der acht Seligkeiten auf den Turm zu geflogen, – sie hatten die Glocken gehört. Mit der Dunkelheit legte sich der Dunst übers Feld, und hinter einer Reihe von Kopfweiden stiegen die silbernen Hörner des großen Mondes herauf.
Die fröhlichen Gesellen der ›Tollen Kugel‹ zogen in Gruppen, Arm in Arm und den Löffel am Hute, singend von Kneipe zu Kneipe, um schließlich im ›Verkleideten Affen‹ zu landen, wo sie sich dick und rund essen wollten an Schinken, Wurst und Reisbrei, und mächtig viel Bier dazu trinken, um die Löcher auszufüllen. Die Tomatenkröte zog mit, um seinen Gram zu töten.
»Möchte er daran ersticken«, flüsterte Pieter. Er lehnte draußen am Türpfosten und hörte sie in der Ferne. Sein Hunger war vorüber, und verächtlich zuckte er die Achseln. Sich den Bauch vollstopfen zum Platzen, das war ihr größter Spaß. Wie traurig! Und ein großer Friede kam über ihn. Er fühlte, daß sich hinter den Dingen etwas Reines und Helles verborgen hielt, das sich durch die einfachen Zeichen einer silbernen Mondsichel und eines seifenblasenblauen Himmels verriet, – und das war das Glück, nach dem sich ein jeder sehnte.
Drinnen hörte er ab und zu Geplätscher von Wasser und Gerassel von Schüsseln oder das Gepolter eines Tisches,

der beiseite geschoben wurde. Es war Jo Kratzer, die beim Licht einer Kerze die Leiche der Mutter wusch.
Als sie im Mantel wieder herauskam, sagte sie: »Ich will schnell meine Ziege melken und komme dann mit Ziete und der roten Keene zurück, um die Nachtwache zu halten.«
Sie hatte die Kerze brennen lassen. Pieter blieb an der Tür stehen. Eine große Ruhe legte sich über alles. Man hörte keinen Menschen. Nur die Erde lebte und ließ ihren Frühling und ihren Weihrauch empordampfen, duftete und wuchs. Die Tür stand offen. Hinter ihm, im Kerzenschein der Schlafstube, lag seine tote Mutter. Er wagte sich nicht umzusehen. Er wußte, daß sie dort lag mit geweihtem Buchsbaum in den gefalteten Händen, mit einem Lächeln auf den Lippen, wie alle Toten, die viel gelitten haben. Er fühlte, wie ihre kalten Hände, die immer kalt gewesen waren, versuchten, sich zu bewegen, versuchten, zu winken, nach etwas warmem Atem aus seinem Munde.
Wie gern hätte er die armen Hände getröstet! Aber er brannte vor Angst. Er schämte sich förmlich darüber und sagte, sich selbst entschuldigend: »Ich werde einmal nachsehen, ob sich die Frösche schon paaren.« Ohne sich umzusehen, ohne die Tür zu schließen, ging er pfeifend weg, aber an der Biegung der Straße fing er an zu laufen und ließ sich froh und erlöst vor einem Madonnenkapellchen niederfallen, wo er inbrünstig für ihre Seelenruhe betete, wie sie es verlangt hatte. Die silberne Mondsichel verschwand hinter einer papierdünnen Wolkenzunge.

Plötzlich kam Tist Mastel, der Stellmacherknecht, der sich eben mal draußen hinter einen Baum gestellt hatte, Hals über Kopf zum ›Verkleideten Affen‹ hereingestürzt: »Leute! Faßt mich! Ein Gespenst!« brüllte er. »Ein Gespenst, das aus dem Brunnen stieg!«

Es war ein Durcheinander, als ob eine Bombe eingeschlagen hätte. Einige mutige Kerle sahen draußen nach, mit gezogenem Messer. Dort im Nebel verschwand es, sich wiegend über dem Boden und hin und her flatternd. Sie schlugen ein Kreuz, sie bebten. »Das ist der Geist von Trees aus dem ›Gelobten Land‹«, sagte eine zitternde Stimme. Die Magen schnürten sich zu, der Appetit war verdorben. Die Frauen wollten nach Hause, sie erinnerten sich mit einem Male, daß sie zu Hause kranke Kinder hatten. Die Männer gingen mit, weil die Frau Angst hatte, meinten sie. In kleinen Gruppen zogen sie ab, dicht beisammen. Aber die, welche einsam im Felde wohnten, sagten, daß sie sich nicht fürchteten; sie warteten auf den Morgen, der alles aufklären sollte, und fingen an, ihre Angst zu vertrinken mit Bier und Schnaps.
Sie machten es der Tomatenkröte nach, die schon lange, voll wie ein Sack Mehl, unter der Bank schnarchte. Die Wurst blieb hängen, der Schinken blieb liegen, und der Reisbrei bekam eine Haut vom Stehen. Der Wirt aus dem ›Verkleideten Affen‹ und sein mageres Weib hätten auf den Händen laufen mögen vor Freude, daß so viel übrig blieb!
In dieser Nacht wurde das Gespenst noch öfters gesehen. Die krumme Mie Salamander, die nachts bei Halbmond Kräuter pflückte, um Salbe daraus zu machen, sah es über den Kirchhof schlurfen, und der Butterbauer Andries hatte gesehen, wie es wankend um die Mühle schritt...

Als der Morgen rosig-golden, frisch und voll blauer Nebel am Horizont aufbrach, kroch Pieter aus dem Holzschuppen der brausenden Wassermühle und zog sein Hemd wieder an, mit dem er – indem er es an einer Bohnenstange hatte wehen lassen – der Tomatenkröte einen Schrecken hatte einjagen wollen. Er hörte im Dorf erzählen, welchen Aufruhr dieses Gespenst dort verursacht hatte.

»Man sieht also, Gespenster gibt es nicht, wir machen sie selber«, lachte er, zufrieden über diese Entdeckung. Aber er ärgerte sich grün, als er vernahm, daß die Tomatenkröte ruhig weitergeschnarcht hatte wie ein Bär. »Dann ist es umsonst gewesen«, brummte er. Am selben Tag noch mußte seine Mutter eingesargt werden, weil man fürchtete, daß ihre Krankheit, die niemand nennen konnte, sich weiter verbreiten könnte. Er ging zum Stellmacher, der den weißen Sarg mit dem schwarzen Kreuz darauf anfertigen sollte. Tist Mastel lag noch krank zu Bett, vom Gespenst und vom Bier. »Das Gespenst deiner Mutter war auch an meiner Tür«, prahlte der Stellmacher. »Es rüttelte an der Klinke, aber ich schlug ein Kreuz darüber, und heulend verschwand es! Wahrhaftig!«
»Lügner, hier bin ich gar nicht gewesen!« wollte Pieter sagen. Aber er wurde bleich und dachte, daß dies vielleicht das wirkliche Gespenst gewesen sein könnte, vor dem er eine solche Angst hatte.
»Sei mal ein wenig behilflich«, sagte der Stellmacher, »ich lasse dir gleich ein paar Butterbrote geben«, und Pieter reichte ihm gehorsam die schwarzen Nägel...
Während die letzten Hammerschläge durch das dämmrige Dorf hallten und der Himmel Lust verspürte zu regnen, spuckte sich dort auf dem Friedhof der Totengräber in die Hände, und indem er das Lied pfiff »Mein Liebchen ist eine blonde Magd«, fing er an, das Grab zu schaufeln im Schein seiner großen Laterne.

Nachdem man die Mutter bei einem Staubregen in das viereckige Grab hinabgesenkt, lief Pieter fort. Er mußte allein sein mit seinem stillen Schmerz. Er irrte den ganzen Tag in den glitschigen Feldern umher, die grau und neblig im dünnen Sprühregen zu schwitzen schienen.
Als er abends nach Hause kam, fand er die Wohnung leer.

Auf dem Leichenschmaus – vom Gelde der verkauften Kuh und mit dem Geschirr der Nachbarn – hatte die Tomatenkröte sich mit dem Enkel eines Vetters seiner seligen Frau gezankt und hatte ihm mit einem Dreschflegel drei Rippen zerschmettert. Der stolze Schloßherr, der

Schützenhauptmann war, hatte den Stiefvater von seinen Knechten ergreifen lassen, und er wurde, auf einen Wagen gebunden, zappelnd in das Gefängnis der Stadt abgeführt. Pieter stand nun allein auf der Welt! Frei und allein! Er bebte vor Freude! Allein mit einem Dudelsack, einem Skapulier auf der Brust, Zeichenkreide in den Taschen, zwölf Berufen und dreizehn Unglücken und die Sehnsucht nach der Ferne wie ein Schmiedefeuer im Herzen!

Am nächsten Morgen wusch er sich das Gesicht, und ohne jemand etwas zu sagen, machte er sich auf den Weg. Er schritt über die steinerne Brücke zum Dorf hinaus, aber das ganze Dorf begleitete ihn wie ein Spiegelbild in einer gläsernen Kugel: alle Jahreszeiten, alle Menschen, alle Fenster, der Turm, die dämmerigen Wohnstuben, die Kinderspiele, die Lieder, die Vogelnester, die Mädchen und die Sprichwörter, alle Düfte und alle Farben, es begleitete ihn alles, klar und deutlich, wie der Schweif eines Kometen. War er nicht hübsch mit seinen weißen Strümpfen, den Hahnenfedern und dem Löffel auf dem grünen Hütchen, mit der pflaumenpurpurnen Hose, mit der roten Weste und der grauen Jacke mit Schinkenärmeln, die eng und anliegend war bis zu den Hüften und ihm dann in runden Falten über die Schenkel hing?

Sieh nur, wie er ausschreitet! Seine großen braunen Augen glänzen, seine schnuppernde Spitznase glänzt, alle seine Sommersprossen glänzen.
Am Himmel trieben Milchwolken dahin, eine Lerche zog sich empor am Faden ihres Liedes »piet, piet pirrewiet«, und Pieter sang:

»Nach Ostland wollen wir fahren,
Nach Ostland wollen wir ziehn!«

Und er ging nach dem Westen, auf Antwerpen zu. Er wollte gerade dem Kirchturm mit dem Hut einen Abschiedsgruß zuwinken, als er beim Kragen gefaßt wurde.
»Wo gehst du hin?« fragte der Pater, der ihn über die Hecke hinweg festgehalten hatte.
»Einen kleinen Spaziergang machen«, jammerte Pieter.
»Aber erst bei mir Holz hacken!« und der Pater hob ihn über die Hecke in den Garten. »Ich werde nachher einen Teller mehr aufsetzen lassen; am Nachmittag stecken wir Bohnen.« Und auf diese unverabredete Weise blieb Pieter beim Pater wohnen.
Er schlief in einer kleinen Kammer, die eine schöne Aussicht hatte auf die Felder und die Himmelsrichtungen. Sie hing bald voll von allerhand Zeichnungen. Und nachdem er den Pater lange gequält hatte, brachte ihm dieser Eiweißfarbe aus der Stadt mit, und er durfte die Bilder aus dem heiligen Missal nachmalen. Er tauchte völlig unter in das Buch. Und als er, nachdem er drei Stunden gezeichnet und gepinselt hatte, wieder zur Besinnung kam, da war er so glücklich, daß er sagte: »Gott, wenn ich sterbe, lege dann meine Seele wie eine getrocknete Blume zwischen diese Seiten ...« Aber die Magd, die eine flache Brust und dünne Lippen hatte und stets

gebügelt und geputzt einherging, konnte er nun einmal nicht ausstehen. Er zeichnete wiederholt ihren kleinen Kopf mit den schläfrigen Augen, verspottete sie, ärgerte sie und ließ sie fast auf den Tod erschrecken, als sie abends ins Bett steigen wollte und einen nachgemachten Mann darin fand.

Eines Tages kam sie, die Hände herausfordernd in die Hüfte gestemmt, zum Pater. Und aus ihrem dünnen Mund zischte es: »Sie können wählen zwischen mir und diesem albernen Windhund.«

Dem guten Pater ging es ans Herz. Aber nach langem Denken fiel ihm ein weitläufiger Vetter ein, Ölpapper, der Bürgermeister in einem kleinen Dorf an der Schelde war und sich nur sehen ließ, wenn irgendwo in der Verwandtschaft festlich gegessen und getrunken wurde. Dafür machte er gern eine ganze Tagesreise zu Fuß.

»Vetter«, hatte er gesagt, »wenn hier ein junger Bursche herumläuft, der kein Haus und keine Arbeit hat, schicke ihn ruhig zu mir. Ich kann ihn stets unterbringen bei meinem Freund Wackelfett, dem Deichgrafen vom Speckhof. Da werden sie fett wie Schnecken, daß ihnen die Kleider am Leibe platzen und die Knöpfe in der Nachbarschaft herumfliegen.«

Und an einem schönen Frühlingstag, als die Buchen in weinrotem Gewande prangten und das Storchenpaar sein Nest baute auf dem ›Gelobten Land‹, kletterte Pieter mit seinem Dudelsack und vielen kleinen Papierrollen auf den Planwagen eines Tuch- und Teppichhändlers, der in die Richtung von Bergen-op-Zoom fuhr. Unter dem Schutz des heiligen Christophorus zog er in die Welt hinaus, nach der Fettaugensuppe.

Er liebte die Abwechslung! Dort würde er anfangen zu malen und nächstes Jahr nach Antwerpen ziehn! Sein Herz glühte wie eine Tulpe. Er sang und dudelte! Er betrachtete die Teppiche aus dem Morgenlande, und der Mann erzählte ihm von Venedig und von Städten auf den Bergen. Er roch die Welt, die Ferne! Sein Herz tat sich auf wie ein Fenster.

Zwei Tage später kamen sie an. Pieter suchte Ölpapper auf, der gerade in seinem Garten beim Graben war. Zuerst machte er ein saures Gesicht und sagte: »Ich gebe nichts!« Aber als er erfuhr, um was es sich handelte, war er sofort bereit, mit zu Wackelfett zu gehen. Ölpapper war ein blasser, breitschultriger Mann mit einer zu weiten Haut, gleich einem zusammengerutschten Strumpf. Schweigend ging er voraus.

Zwei Bogenschüsse außerhalb des Dorfes erhob sich das hohe Strohdach des Speckhofs, umgeben von einem Obstgarten in weißer Blütenpracht und von einem Wassergraben mit Enten darauf. Als Pieter über die kleine, runde Brücke schritt, wehte ihm eine Wolke von Butter-, Stall-, Melk-, Speck- und Honigdüften entgegen, und hinter den fruchtbaren Polderfeldern, auf denen die Arbeiter wie hingetüpfelt an der Arbeit waren, glänzte eine glitzernde Krümmung der Schelde, auf der Galeonen mit gespannten Segeln in der Sonne dahintrieben!

»Das gelobte Land«, sagte Pieter. Aber dort, hinter einem kleinen Fenster, das Aussicht gab auf die grünende Polderlandschaft, schimmerte ein aufgeblasener purpurner Kopf mit einer weißen Schlafmütze. Über einem dreistöckigen Kinn und einem Mund wie ein Brunnen glänzte eine runde rote Stupsnase, und Froschaugen quollen aus ihren Speckfalten. Der Kopf biß gierig in eine dicke Wurst. Das war der Kopf von Wackelfett.

»Alle Wetter!« seufzte Pieter, »der Mond in einem Vogelbauer.« Ölpapper flüsterte dem Kopf etwas zu und durfte einmal trinken. Währenddessen rief Wackelfett mit einer piepsenden Stimme, die im Fett erstickte: »Gegen Kost und Unterkommen und drei Dukaten im Jahr! Sonst nicht! Ich habe zuviel Leute! Jeder möchte bei mir sein.

Aber ich nehme dich auf um des Pfarrers willen, und weil du ein Waisenjunge bist. Nimmst du den Gottespfennig an? Ja? Dann komm her!« Pieter nahm den Gottespfennig und bekreuzte sich damit. Da bekam sein Glück einen Riß. »Du kannst dich zunächst mal nach den Schweinen umsehen. Die Knechte werden es dir zeigen!« Er nahm Ölpapper, der in einem fort trank, den Krug aus der Hand und sagte verächtlich: »So ein magerer Hering... aber du sollst trotzdem deinen Schinken bekommen.«

»Wenn ich niese, rutschen mir die Hosen herunter«, seufzte Pieter vor Hunger und Enttäuschung. Wackelfett war ein Mann wie ein Baum. Wenn er sich erhob, war es wie ein Horizont, der sich bewegte. Der freche Kopf mit der weißen Schlafmütze war dauernd beim Essen und Trinken. Er lief hinter seinem Bauch her – seine Beine dröhnten wie Wagenräder. Wenn er seine Füße sehen wollte, mußte er sich setzen; seine Arme hingen ihm zur Seite wie zwei halbgeöffnete Flügel von lauter Fettklumpen unter den Achseln, und an seinen dickgepolsterten Händen glänzten seine kurzen Finger wie rosige Würstchen.

Unter der offenen, roten Weste guckte das rotbraune, gelockte Brusthaar aus dem weißen Hemd. Er war ein Ochse, ein Tintenfisch seinen Leuten gegenüber, immer bissig und grob, und er hätte sie sich mit eisernem Rücken und hölzernem Mund gewünscht, denn für andere ist Mäßigkeit im Essen sehr gesund. Für sie war ein magerer, bläulicher Buttermilchbrei, eine dünne Bohnensuppe, Rüben mit Wasserbrühe, schwarzes Brot mit einem Schein von Fett darauf schon gut genug; am Sonntag gab es ein wenig Abfall und ranzigen Speck. »Ich muß sie kurzhalten, sonst arbeiten sie nicht.« Als Stalljungen suchte er Waisenkinder (Ölpapper warb sie an, für einen

Schinken das Stück), als Knechte nahm er Vagabunden, Abschaum, der sonst nirgends mehr unterzukommen wußte, und als Dienstmädchen: junge, hübsche Dirnen. Er saß immer lauernd hinter dem kleinen Fenster, aß und hielt den Bierkrug zwischen den Knien geklemmt. Und wenn auf dem Felde jemand vor Müdigkeit die Arme in die Hüften stemmte, dann pfiff er grell auf zwei Fingern, und es wurde ängstlich weitergearbeitet. Er regierte wie ein König, hielt seine Knechte wie zahme Hunde und ließ sie öfter den Knüppel spüren. »Arbeitervolk, schlechtes Volk«, pflegte er zu sagen. Er spionierte hinter Hecken und Büschen, verführte die hübschen Dienstmädchen und jagte sie schwanger weg, verfolgt von den Hunden und dem Geheul der ganzen aufgeblasenen Familie. Denn die Mutter und die Kinder waren ebenso dick, purpurn, faul und gierig. »Alles für uns und nichts für die andern.« Die Würste hingen kettenförmig von der niedrigen Stubendecke bis an ihren Mund, so daß sie, ohne aufzustehen, hineinbeißen konnten. Schon in der Wiege spielten die Kinder mit Würsten und knabberten daran herum. Die Mutter, mit kornblondem Haar, Wimpern und Augenbrauen – die Töchter hatten die Haare der Mutter und die Söhne die Froschaugen ihres Vaters – verschwand lachend hinter ihren drohenden Brüsten und züchtete jedes Jahr ein neues Klümpchen wackelfettiges Menschenfleisch dazu, an den Armen und Beinen mit Falten versehen wie die amerikanischen Schinken. Sieben Stunden im Umkreis waren sämtliche große Bauern mit Wakkelfett verwandt, die nächsten sieben Stunden waren es Verwandte von Verwandten, und so ging es weiter. Alle waren reich, mächtig und tyrannisch. Bürgermeister und Offiziere, Barone und Schreiber waren ihre Freunde. Für einen Schinken und ein paar Meter Wurst drückten diese ein Auge zu. Inzwischen saugten sie die kleinen Bauern aus, verstanden, sie arm und zu Besenbindern zu machen. Dann schickten sie ihnen einige Speisereste, so daß die Dicken ihrer Mildtätigkeit und ihres guten Herzens wegen noch gepriesen und verehrt wurden. So herrschten sie und heirateten und vermehrten sich untereinander: die Dicken mit den Dicken. Und wer sich dagegen auflehnte, wurde totgeprügelt, oder man gab ihm so lange Essig zu trinken, bis nur noch das reinste Skelett übrigblieb. Die Dicken waren überall wie Festungen, die mit böser Gewalt das Land beherrschten. Aber über alle erhob sich Wackelfett wie eine drohende Gewitterwolke.

»Von den Dicken erlöse uns, o Herr«, betete Pieter früh und spät.

Zwei Monate später hütete er immer noch die Schweine, wohnte im Schweinekoben und bekam die drei Dukaten, für die er Farbe zu kaufen gehofft hatte, weder zu hören noch zu sehen. Aber er tröstete seinen Hunger, der ihm schmerzlich den Magen zerriß, und die Ungeduld, von da wegzukommen, indem er die Schweine an die frische Schelde trieb, auf der die vielen Galeonen vorüberzogen, und durch Zeichnen. Er zeichnete auf Teufel komm heraus. Bald waren die kleinen Papierrollen voll, und er fing auf der Rückseite an, ganz klein, um Platz zu sparen. Die Farben ergänzte er mit dem Saft von frischen Blumen. Einmal hatte er sich in den Finger geschnitten, während er aus Holz den Kopf von Pater Jerom schnitzte. Als er das Blut sah, rief er: »Das muß ausgenützt werden!« Und schnell zeichnete er den Küster, der in der Prozession eine große Fahne trug. Mit dem Blut wurden die Fahne und das Chorhemd rot gefärbt. »O Gott, gib meinem Blute alle Farben, und ich zerschneide mir den Leib!«

Auch nach dem Essen, wenn die fünfzehn Knechte und Mägde noch ein Viertelstündchen am Tische sitzen blieben, bis Wackelfett das Klingelzeichen gab, zeichnete er ihre durch Arbeit und Armut zerstörten Fratzen, manchmal schief und verzogen. Aber sie blieben ähnlich. Sie hatten allmählich Spaß daran. Es gab manchmal welche, die böse wurden, aber das kühlte sich ab. Einer aber blieb böse: der fischköpfige Hirt Krabbekoker, ein kleiner Mann mit langen Armen.

Aber nun, an einem Sonntag, nachdem sie die Wassersuppe gegessen hatten und das Dienstmädchen gerade den ranzigen Speck brachte, kam Wackelfett mit einem Dreschflegel hereingestürmt und fluchte und lärmte, weil wieder ein Kaninchen fehlte.

»Das hat wieder jemand von euch gestohlen!« schrie er. »Wer hat es getan? Er soll es sagen! Ich schlage ihn tot und reiße ihm ein Auge aus!«

Und weil niemand ein Auge einbüßen wollte, ließ er das Dienstmädchen mit dem Speck umkehren.

»Niemand gestehts? Dann ist das kein Speck für euren diebischen Schnabel!«

Sie mußten sich mit der dünnen Suppe und gestampften Möhren ohne Speck zufriedengeben. Sie schwiegen, bitter, demütig und furchtsam. Aber wenn er mit einem verächtlichen Hohngelächter weggegangen war, fingen sie an, zu fluchen und mit den Zähnen zu knirschen. »Das hat er sich nur ausgedacht, um uns den Speck zu verweigern!« Und man hörte: »Ersticke, krepiere, der Schlag soll dich treffen« und andere Verwünschungen. Und aufgepeitscht in der allgemeinen Wut, holte Pieter eins seiner letzten Papierchen aus der Tasche und zeichnete den Patron. Er hatte ihn noch einmal so dick gemacht, wie er war – und das war schwer –, mit einem so greulichen Bauch, daß er ihn auf einem Schubkarren vor sich her

fahren mußte. Ah! Das machte ihnen Spaß! Das war eine richtige Rache! Ein ganzes Bündel haßverzerrter Köpfe blickte über Pieters Schulter bewundernd auf das Papier. »Nimm dich in acht vor dem Patron«, warnte ängstlich eine magere Kuhmagd, die Pieter sehr zugetan war, ohne daß er es wußte.
Pieter wollte gerade das Papier verreißen, als der Hirt Krabbekoker, der immer noch böse war, es ihm plötzlich aus der Hand riß und triumphierend damit zu Wackelfett lief, der mit seiner aufgeblasenen Familie in einem anderen Zimmer saß und sich an mächtigen Fleischstücken, Eiersaucen und fetten Suppen gütlich tat.
Ängstlich und feige schoben die Knechte ab, und die Kuhmagd mit den Kaninchenaugen fing im voraus an zu weinen. Pieter konnte sich vor Schrecken nicht rühren, und da kam auch schon Wackelfett, die ganze Tür mit seinem Leib ausfüllend. Düster, glühend vor Wut, stand er da. Plump wie ein Ochse fiel er über Pieter her, und ohne ein Wort, ohne einen Fluch, aber um so beängstigender, bearbeitete er ihn mit Hieben und Fußtritten, und nachdem er ihn für drei Viertel tot hatte liegen lassen, versetzte er ihm noch einen Tritt mit dem schweren Schuh, daß es in dem mageren Körper piepste und krachte. Und dann erst blökten die Worte los, während er die Fäuste ballte wie Kuchenteig. »Ah! Du machst mich immer lächerlich mit deinem Zeichnen! Das hat nun ein Ende! Du wirst wohl nie mehr zeichnen! Durch den Gottespfennig kann ich dich bis Ostern behalten. Aber du wirst wenig Spaß erleben! An diesen Tisch kommst du nicht mehr. Und wenn du es wagen solltest, davonzulaufen, dann laß ich dich wegen Ketzerei im Schloß zu Antwerpen einsperren und verbrennen. Das kann ich! Jetzt werde ich dir mal zeigen, was es heißt, einen guten Menschen zu ärgern.«

Pieters Essen bestand nun aus hartgewordenem Brot ohne Fett, ein paar Resten von diesem oder jenem und dazu Rüben. Es waren immer Rüben, gekochte Rüben, rohe Rüben, aber stets Rüben und immer wieder Rüben. Am Sonntag bekam er glücklicherweise auch ein Häppchen Speck dazu; einen halben Tag lang spielte er damit, wie die Katze mit der Maus. Er wagte es nicht zu essen, um es möglichst lange zu behalten. Die kleine Kuhmagd mit den ängstlichen Kaninchenaugen brachte ihm ab und zu heimlich etwas von ihrem Essen, aber die anderen hätten ihre Teller am liebsten mitverschlungen.

»Morgen laufe ich weg«. Und er wußte immer, wohin: nach Antwerpen, nach seinem Dorf, nach dem Süden, nach den Bergen. Aber morgen kam, und er blieb, aus einer heimlichen Angst vor Wackelfett. Und dann witterte er plötzlich überall Böses: der Dorfpfarrer würde ihn zurückschicken; in Antwerpen würde man ihn für einen Ketzer oder einen Bösewicht halten; bevor er nach Italien käme, würde er irgendwo vor Hunger umkommen oder von Räubern aufgehängt werden; und überall wohnten Dicke, die ihn einfangen und wiederbringen würden. Immer die Angst vor Wackelfett und Magenschmerzen vor Hunger. Oh! sich niemals so richtig satt zu fühlen! Er bereute es nun, daß er damals, als seine Mutter starb, nicht trotzdem zum Festessen gegangen war. Er pflückte sich Kornähren, und wenn die Gelegenheit günstig war – denn dieser Mond mit Füßen sah alles –, legte er sich unter das Euter einer Kuh und zog an den Zitzen, daß ihm der warme, weiße Milchstrahl – wie eine der sieben Tugenden – in die Kehle spritzte. In seinen Träumen sogar preßte ihm die Angst vor Wackelfett das Herz zusammen. Er floh vor ihm, versteckte sich und drehte den Kopf beiseite, um diese Augen, diese lachenden Bestienaugen, die ihn verfolgten, nicht mehr zu sehen. Ach! so machtlos im Banne einer Angst zu sein: Angst vor der Tomatenkröte, vor dem Fegefeuer und nun wieder Angst vor Wackelfett. Sich niemals so ganz frei und voller Lebensfreude fühlen zu können, daß einem die Knochen summen wie Saiten. Es lag genug Freude sprungbereit in ihm, aber sie wagte sich nicht heraus. Manchmal fiel ihm sein Dorf wie eine duftende Wolke aufs Herz; und wie sehnte er sich dann nach der Mühle des langen Ludwig, nach dem Duft der Eichenwälder, nach all diesen Menschen, nach dem Bier, dem Dommel und dem Missale. Einmal hatte er sich vorgenommen, einen Brief an den Dorfpfarrer zu schreiben, um ihm seine Not zu klagen; aber als er anfangen wollte, hatte er kein Papier.

Sein Leben wurde traurig und trostlos. Bis zu Ostern konnte er es nicht mehr aushalten: der Sommer war noch nicht vorbei; dann mußte das Laub von den Bäumen fallen; dann mußte erst Schnee liegen, und dann mußten wieder neue Knospen an den Bäumen treiben; nein, so lange würde er es nicht mehr aushalten. Und der Hunger, die Angst, die immer wieder enttäuschte Hoffnung, die Unentschlossenheit zerkrümelten seine Begeisterung;

seine Jugend verwelkte. Vor einer kleinen Feldkapelle betete er manchmal zur Madonna, sie möge ihn von der Erde wegpflücken, aber er hörte gleich wieder auf, vor Angst, daß es geschehen könnte.
Er dudelte nicht mehr, es sei denn, um ein »In Paradisum« anzustimmen, und dann tat es ihm gut, die Tränen in den Augen zu fühlen. Sogar das Zeichnen blieb ihm allmählich in den Fingern stecken. Es war kein Schwung, keine Musik, kein Feuer mehr darin. Doch manchmal, wenn sein Auge plötzlich staunend eine schöne Linie, einen Umriß oder die herrliche Farbe der Dinge entdeckte, sprang es in ihm auf, und verzweifelt, ungezügelt fing er dann an zu zeichnen mit Holzkohle oder mit Kreide, irgendwo, auf eine Holzscheune, auf eine Lehmmauer, im Sande oder auf die Rinde der Bäume. Aber nachher fiel er wieder in die Tiefe seines Jammers, stampfte vor ohnmächtiger Wut auf den Boden, schlug mit den Armen in die Luft, als wollte er eine böse Gewalt von sich wehren, fiel dann auf die Knie und schluchzte: »Ach, Mutter! Mutter! Warum hast du mich so ganz allein gelassen?«

Und so, wie er war, verbittert, mit zerrissenen Kleidern und einem zerrissenen Herzen, saß er an der breiten, hellen Schelde mit zwanzig grunzenden Schweinen neben sich. Er sah sich selbst so dasitzen, schmutzig, bleich und mager, das spitze, verkrustete Knie durch die Hose guckend, die rote Weste, in der sich der Rosenkranz seines Rückens mit sämtlichen Kugeln abzeichnete, total zerlumpt. Der Hunger und der Seelenjammer hatten ihn etwas in die Länge gezerrt. Er hörte seine Knochen sich bewegen. »Wenn ich mich in die Schelde gleiten lasse, weiß ich nichts mehr davon«, sagte er seufzend, »dann habe ich meinen Schutzengel abgestreift. Wer soll auch ein solches Leben noch schützen können, das kaum noch zusammenhält!«

Aber trotz seiner dumpfen Traurigkeit sickerte die klare Schönheit des Morgens in ihn durch alle seine Poren. Er lebte auf und sah. Das Gewölbe des Himmels war hoch und kräftig blau; saftig grün war die Erde. Weiße Eierwolken wanderten in ganzen Scharen hintereinander im sonnigen Wind dahin; die Windmühlen im Lande drehten drauflos, als wollten sie in den Himmel empor, und die kleinen Wellen auf dem Fluß steckten eine nach der anderen eine silberne Zunge heraus. Man hätte zu Pferd auf den Wolken reiten mögen, von der einen auf die andere springen und sich weit weg in die Ferne wehen lassen. Aber er lag bei den Schweinen, angekettet durch den Gottespfennig und die Angst. Er blätterte in seinem Jammer.

Aber da kam von Antwerpen her eine Galeone in schneller Fahrt herangetrieben, mit straff gespannten Segeln, mit bunten Fahnen und Wimpeln, mit summenden Seilen und singenden Matrosen im Mast. Die Sonne jauchzte im goldenen Schnitzwerk am Vordersteven: Wassernymphen und Füllhörner um das farbige Landeswappen. Das Schiff fuhr in ein anderes Land. O Freiheit! Mitziehen zu können nach den blauen Ländern mit den süßen Morgenstunden, mit ihrem Obst, mit ihren Bergen und Teppichen! Ach! Zu tanzen auf den Wogen! Und er sprang auf und rief mit der Hand am Munde: »He! He! Darf ich mitkommen? Darf ich mitfahren?«

Das Schiff glitt vorüber, anmutig im Winde sich nach der Seite neigend.

»Hier soll ich krepieren«, seufzte er enttäuscht. Aber sieh, schön wie ein Wunder lag die Sonne auf der Welt. Die Schatten sind wie dunkle Smaragde, die über die hellen Felder purzeln, und dazu diese schlanke Galeone, von hinten gesehen! Wie dunkel hebt sie sich ab auf jener weißen Wolke, und wie sie dann wieder übergossen wird mit leuchtendem Sonnengold! Heia! Heia! Und das Zeichnen fuhr ihm wie der Blitz in die Finger, aber, ach, Gott, er hatte kein Papier, nichts als dort ein Schwein!

Und mit einem Stück blauer Kreide zeichnete er schnell, leidenschaftlich und deutlich, auf den rosigen Rücken eines faul daliegenden Schweines diese goldene Galeone, die majestätisch nach den Morgenlanden trieb.

»Das können diese Fettsäcke wenigstens nicht verhindern!« schimpfte er, summend vor Glück, als er sah, wie gut es gezeichnet war.

Die Ernte war eingefahren. Nun war Kirmes im Lande, und es gab ein Fest mit Reisbrei in den Wohnungen der Dicken. Die Mageren gingen in der Prozession und opferten Kerzen, um auch dick werden zu dürfen. Vor allem war Fest auf dem Speckhof bei Wackelfett. Ein weißer Wimpel, mit einem spendenden Sankt Martin darauf, hing zum Bodenfenster heraus. Alle Dicken aus der Umgebung waren bei den Dicken auf dem Speckhof zum Fressen und Saufen eingeladen. Und sie waren gekommen mit ihren Planwagen, an denen die Achsen krachten unter dem Gewicht der Familie. Aus der guten Stube, deren

Fenster und Türen offenstanden, drang der Lärm von lachenden, schmausenden Menschen, und die leckeren Braten trieben ihre Düfte in Pieters Nase. Er saß im Schuppen bei den faulen Schweinen, die sich in der kupfernen Septembersonne braten ließen. Während sie drinnen die üppigen Gerichte auf Strömen von Bier und Wein in den Speckbauch verschwinden ließen und alles so hineinstopften, daß ihnen der Schweiß vom Leibe tropfte, saß er hier mit einem zusammengeklebten Magen, die Därme hohl wie Makkaroni, in denen der Wind pfeift und grölt wie in einem leeren Hause mit lockeren Türen.

Und hör einer da drüben die Dorfkirmes an! Im ruhigen Schoß von Tannenwäldern und Stoppelfeldern lag das Dorf mit Fahnen und Wimpeln beflaggt. Er hörte bis hierher den jauchzenden Lärm um das Sankt-Georg-Spiel, das fröhliche Kindergeschrei, das Poltern auf den Kegelbahnen, das Singen und Lärmen und Toben der Saufbrüder und dazwischen die lockende Musik der Dudelsäcke! Da wurde das Tanzbein tüchtig geschwungen. Auf dem höchsten Flügel der Mühle, die nun still gelegt war, hatte man eine Stange befestigt, an der auf kleinen Querleisten bunte nachgemachte Vögel angebracht waren. Mit dem Handbogen wurde danach geschossen, und man sah die

Pfeile ununterbrochen emporsteigen; wenn ein Vogel herabgeschossen wurde, gab es ein lustiges Gejubel, und es wurde frisches Bier getrunken. Und dann der fette, angenehme Geruch von Pfannkuchen und Bratwurst. Oh! sich an einer solchen Krambude satt riechen zu dürfen! Aber er hatte auch heute den Sonntagsdienst bei den Schweinen übernehmen müssen. Das war geradeso teuflisch eingerichtet. Er hatte sich nicht einmal am Morgen die Prozession ansehen können, sondern war nur in der Frühmesse gewesen. Er sehnte sich nach dem Abend, denn das Mädchen mit den Kaninchenaugen hatte versprochen, ihm einen Pfannkuchen mitzubringen.

Aus Angst, daß sie ihm die Haare vom Kopf fressen könnten, hatte Wackelfett sämtliche Leute, die nicht unbedingt gebraucht wurden, für heute hinausgeschickt. Der Hof lag verlassen da in der Sonne; ein blaugrüner Pfau ging auf und ab, als wäre er eigens dazu angestellt, und die Hühner pickten unter den Fenstern auf, was hinausgeworfen wurde. Im schattigen Gang von der Küche nach der Stube war schon stundenlang ein Hasten und Keuchen von Mägden und Knechten, die unaufhörlich frische Krüge und Braten und Torten auf ausgehängten Türen hineinschafften. Drinnen ging es gewaltig her; auf zwei Herden, einem in der Stube und einem in der Küche, wurden die Speisen zubereitet. Bratspieße wurden gedreht, Saucen brotzelten in den Pfannen, und alles sandte seine Düfte in die sonnige Luft hinaus, die bereits angenehm durchhaucht war vom Obst, das ruhig an den Bäumen funkelte.

Er begann von Adam und Eva zu träumen. Diese durften nur von einer Frucht der Erde nicht essen, er von gar keiner. Die Knechte und Mägde taten, was sie nur konnten, damit nichts übrigbliebe. Ihre Hände und ihre Gesichter glänzten vom Fett. Sie gingen los wie die Tiger.

Einer hatte einen Hühnerschenkel verschluckt, der ihm in der Kehle steckenblieb.
»Er stirbt, er erstickt!« rief man im Chor; der Mann tanzte, zappelte, kugelte sich; man wollte Wackelfett rufen, und vor Angst schluckte er den Schenkel hinunter. Pieter schlich sich nach der Küche, in der Hoffnung, einen fetten Happen zu erwischen. Aber sie stießen ihn weg, ganz aufgeregt in ihrer Gier. Sie hatten kaum angefangen, dick zu werden, und schon kannten sie ihren Bruder nicht mehr. Niedergeschlagen schlenderte er zu den Schweinen zurück und faltete fromm seine Hände: »O Mutter Gottes, laß mich sterben, laß mich zu dir kommen, aber mit einem Magen voll guter Speisen.«

Mit einem vollen Magen zu sterben, das war alles, was noch übriggeblieben war von der heißen Flamme seiner Träume und seiner Sehnsucht nach den blauen Fernen. Aber da kann einer sagen, was er will, wenn man fünf Monate lang den Hunger nicht gestillt hat und mit einem knurrenden Bauch herumläuft von den vielen Rüben! Oh, jetzt in eine Leberpastete zu beißen, daß man kaum noch Atem schöpfen kann; Kalbsbröschen hinuntergleiten zu lassen, Kapaunenschinken in glänzendem Saft abzunagen und Äpfelwein zu schlürfen, dessen Duft in die Nase steigt! Und er fühlte es nun gewaltig und tief: er war zuviel auf der Welt, er war ein Mißverständnis; es gibt solche Leute, die dann nichts lieber wünschen, als von der Welt erlöst zu werden. Er wünschte zu sterben. Aber da hörte er, wie Wackelfett mit einer versoffenen Stimme das Lied anhob:

»Zu Kieldrecht, zu Kieldrecht,
Da sind die Mädchen nett,
Bis Mitternacht zu Tanze
Und Mittags noch im Bett.«

Sie hatten keine Musik. Der Dudelsackbläser, den sie erwarteten, hatte sich gewiß unterwegs betrunken, oder es war ihm sonst etwas zugestoßen; kurzum, sie hatten keine Musik.

»Wenn ich einstweilen ein wenig spiele, Gott weiß, was für eine schöne Schüssel mit fetten Happen...« Und mit Spatzengeschwindigkeit, unüberlegt vor Hunger, holt er den Dudelsack. tritt spielend ans Haus heran, stellt sich vor dem Fenster auf und spielt, und das Lied ergreift alle wie ein Zauber. Sie singen mit und schlagen mit Löffeln, mit Händen und Füßen den Takt dazu; die Freude legt sich wie ein Kranz um den Tisch. Erstaunt sieht er die aufgehäuften Leckerbissen mit den dicken Menschen ringsherum und Ölpapper unter ihnen. Da sitzen sie nun, die Dicken, alle in ihren besten, bunten Kleidern, die Männer mit lustigen Hütchen und die Frauen mit weißen flatternden Mützen: die Familien Wackelfett, Speckhals, Buttermilchbauernfleischkloß, Drüsenkröte, Prahlhans usw. Es ist ein phantastisches Bild von Doppelkinnen, Specknakken, Wurstfingern, Faßbäuchen und Ballonbrüsten, an denen hie und da ein kugeliges Kindchen saugt. Während sie singen, essen sie; sie sind ganz rot davon und glänzen wie gefirnißt; sie sind wie angekleidete Pflaumen ohne Flaum. Dort sitzen die Töchter von Wackelfett mit ihren semmelblonden Haaren und drücken mit aller Gewalt das Lied aus ihrem fetten Halse; sie machen vor Anstrengung die Augen zu; die Mutter lacht wie immer; die Söhne haben eine herausfordernde Miene aufgesteckt, blasen sich auf wie Frösche und singen mit wiegendem Zeigefinger; die andern essen, trinken und singen durcheinander, um sich nichts entgehen zu lassen. Der Tisch ist vollgestopft mit irdenen und zinnernen Krügen und Kannen, geblümten Schüsseln mit Gänsen, Kalbsnierenstücken, gebratenen Spanferkeln, Schweinsfüßen, Kalbsköpfen, Würsten, Speck, Schinken, Hammelkeulen, Karpfen, Rebhühnern, Bündeln von Holzschnepfen, Hasen in schmutzig schwarzer Sauce, einer ganzen gebratenen Arche Noahs, unter- und übereinander, von diesem gegessen, von jenem gekostet, und gleiches wieder von vorne an. Ölpapper hat sich für später einen Huhnschenkel an den Hut gesteckt, und manche haben sich Würste an den Gürtel gehängt – dazu braucht man keinen Hunger zu haben, das schmeckt immer. Auf dem Fußboden stehen noch Schüsseln mit Fleisch, Platten mit Puddings und Torten. Am Herd drehen schwitzende Dienstmädchen tropfende Fleischstücke über den Flammen; Hunde mit Jungen und Katzen verzehren faul und träge gebratene Keulen. Die Tonnen Bier laufen schäumend in die Becher, der Wein strömt in die Kannen, und unter dem Tisch drücken Kinder Weintrauben aus und legen sich Eierkuchen auf den Kopf. An den niedrigen Deckenbalken hängen ganze Ketten Wurst, schweben Reihen von Schinken und Speckseiten und geräucherte Schenkel; die Decke biegt sich unter der Last, und in der Dämmerung des Kamins ist wieder alles vollgestopft mit Schinken und Speckseiten. Alles ist hier dick: das Fleisch, das Obst, die Würste, die Menschen, die Hunde, die Katzen, die zwei Kanarienvögel und die Fliegen, die die Gerechten umsummen. Die Luft dampft fettig gegen die in Blei gefaßten Fensterscheiben und verkrustet die Madonna, die einzige, die mager ist und vergessen auf einem Kaminsims für sie betet. Aber dort, in der Mitte der Tafelrunde, zuerst gesehen, aber zuletzt erwähnt, weil er alles übertrifft, steht Wackelfett wie ein wankender Berg, den Becher emporgehoben, eine Geldtasche, ein Messer und eine Wurst am Gürtel, und singt. Auch er singt mit geschlossenen Augen, wohl weil er das Lied auswendig kennt. Er ist wie eine untergehende Sonne, gespannt wie eine Blase, mit dunklen Flecken vom Wein und vom Essen. Das Blut steigt ihm zu Kopf durch die Anstrengung beim Gesang, der lächerlich klingt wie das Meckern einer jungen Ziege.

Die summende Dudelmusik macht ihm Spaß, man sieht es: er wiegt den Kopf hin und her, er lacht, und dann öffnen sich seine Froschaugen dankbar für die Musik. Aber als er nun Pieter stehen sieht, fängt er an zu lachen, fürchterlich wie ein Vulkan. Bei diesem Lachen ist Pieter zumute, als zersplitterten ihm die Knochen im Leibe. Eine schreckliche Angst überfällt ihn. Er wagt weder davonzu-

laufen noch stehen zu bleiben und bläst, was das Zeug hält, wie eine Rettung: »Zu Kieldrecht, zu Kieldrecht.«
»Bleib stehen, du Schafskopf«, ruft Wackelfett, und plötzlich erinnern sich die Söhne, daß sie böse sein müssen, und werfen Pieter wütende Blicke zu, der durch den Befehl Wackelfetts wie festgenagelt dasteht. Und den Festgenossen, die nun ebenfalls schweigen und erstaunt zugucken, ruft der Deichgraf zu: »Seht, das ist ein Zeichner, der macht andauernd Zeichnungen von mir, um mich zu verhöhnen. Er kommt nun wieder einmal spionieren. Aber ich werde ihn auch einmal zeichnen! Bleib stehen! Oder ich lasse dich fangen! – Gevatter, ihr sollt es nun machen wie ich: So!«
Wackelfett schmeißt Pieter einen abgenagten Knochen an den Kopf, und gleich saust ein Regen von Knochen auf ihn herab unter dem wilden Geheul der Festgenossen. Ölpapper beteiligt sich auch. Pieter wehrt ab, indem er den Arm vor die Stirn hält; aber ein Schinkenknochen verdunkelt plötzlich den Himmel. Bums! Ein Schlag auf das Auge, daß er Sterne sieht, und mit einem wüsten Schrei eilt er fort unter dem lauten Jubel der Prasser.
Geängstigt kriecht er in den Schweinestall. Der letzte Rest von Lebensmut ist verschüttet, und in beide Hände weint er jammernd: »O Mutter, hole mich, bitte, hole mich weg, es kann nirgends so dunkel sein wie hier.«

Die Sonne ging eben unter, als Pieter entschlossen wie eine Sprungfeder aufsprang. Er guckte durch das kleine Fenster. Der Himmel jubelte zitronengelb, und das breite Hofgebäude hob sich wie ein dunkelblauer Klumpen darauf ab. Es war wie ein Magen, der das ganze Land und die Seele der Menschen verschlingt. Drinnen wurde immer noch gegessen und getrunken aus reiner Zerstörungslust, »es wird nicht alle, und es muß alle werden«, und sie warfen sich gegenseitig Kapaunen ins Gesicht. Teller zerbrachen. Einige schliefen mit dem Kopf auf dem Tisch ein. Ein Mehlsack legte sich draußen in der Kühle unter freiem Himmel hin, einer kotzte zum Fenster hinaus, und ein dritter zog ein besoffenes Dienstmädchen in den dunklen Obstgarten.

Im Dorf war jetzt ein lautes Summen von Dudelsäcken und ein Zittern von Pfeifen wie von großen Insekten. Der Kirmeslärm hing in den Bäumen; aber darüber, im reinen Gold des Himmels, herrschte eine kristallne Stille mit schwirrenden Schwalben. Pieter spuckte verächtlich nach dieser Welt, nach diesen Menschen, die einer des andern Güte verzehren und nur die Gräte des Hasses übriglassen. Er blickte sehnsüchtig in den reinen Himmel, wo Gott ihn erwartete. Er legte das Skapulier ab, hängte es an einen Nagel und band sich eine fettige Schnur um den Hals. Nun brauchte er nur noch auf einen Kübel zu steigen, ihn mit einem Fußtritt wegzustoßen, und schon hinge er!...

»Höre doch einer dieses besoffene und blöde Gekicher da drinnen! Die Feiglinge!... Warte, Wackelfett muß platzen, muß ersticken, wenn er mich so hängen sieht, der Schlag soll ihn treffen!« Und hastig, wütend und herausfordernd, aber deutlich und scharf zeichnete er mit Holzkohle auf die Bretterwand: Wackelfett, wie er eine Weinpresse zudreht, unter der ein magerer Mann ausgepreßt wurde, und er schrieb dazu: »Von der Mageren Schweiß und Blut, mästet Wackelfett sich gut.« Und im Eifer schrieb er noch dazu, voll unbändigen Hasses und düsterer Rache: »Wackelfett hat mich getötet.«

Er lächelte. »Ich möchte am Leben bleiben, um die Wirkung davon zu sehen«, dachte er. Er wollte auf den Kübel steigen. »Ich habe heute noch nicht für meine

Mutter gebetet«, fiel ihm plötzlich ein. Und als die drei Ave-Marias zu Ende waren, blieb er auf den Knieen hocken. Die Tür war bloß angelehnt, und ein Streifen Sonnengoldes traf das Skapulier. Er blickte wieder von der Mühle herab in die Fernen. Von weitem scheint alles so innig, duftig und blau. Nun stand er in einer dieser Fernen. »O liebe Mutter Gottes, gib mir den Mut, laß mich zu dir kommen!«
Ein Schwein steckte den nassen Rüssel in die Türspalte, drückte die Tür auf und kam wie auf Zehenspitzen hereinspaziert. Es brachte einen breiten Balken Sonne mit. Pieter schleuderte ein Stück Holz nach diesem störenden Fastnachtsrüssel. »O Mutter Gottes, verzeihe mir, daß es zwischen den Schweinen geschieht!« Worauf wartete er? Er blieb knieen. Seine Hände hingen voll Sonne und Unentschlossenheit. Sein Herz klopfte ängstlich bis in den Kehlkopf. Er wehrte etwas in seinen Gedanken ab, er hielt es in seinem Hirn verschlossen, aber es rieselte durch wie trockener Sand aus geschlossener Faust: die Hölle! die Furcht vor der Hölle! Er fiel in sich zusammen wie ein Kuchenteig, an den man gestoßen hat. Seine Phantasie entzündete sich. Die Hölle für die Selbstmörder! Und die Furcht versengte mit einem Schlag sein weißes Vorhaben schwarz und hohl wie ein verbranntes Stück Papier. Er weinte schluchzend in seine Hände... aber ein kalter Schauer ließ ihn unerwartet und entschlossen aufspringen. Etwas hatte sich geändert. Und was fünf Monate lang unmöglich schien, war nun leicht wie ein Handumdrehen. Ausgehöhlt, ganz matt und müde und plötzlich um viele Jahre älter geworden, legte er das Skapulier wieder um, nahm seinen Dudelsack und setzte sich das zerrissene Hütchen auf, aus dem die Haare wie eine Bürste hervorguckten. Ruhig, willenlos und ohne Lust, aber entschlossen, verließ er den Speckhof, wo alle betrunken umherla-

gen, irgendeiner jedoch die Kerze vor dem Madonnenbild auf dem Kamin angezündet hatte. Als er auf der Brücke war, wollte er umkehren.
»Das Mädchen wird Pfannkuchen mitbringen; es ist doch häßlich, wenn ich nicht auf sie warte!« Er blieb stehen und überlegte. »Sie wird es doch vergessen«, wünschte er. Und er schritt mit vorgebeugten Knieen über die Stoppelfelder nach nirgends hin. Der Vollmond ging rot über den Wäldern auf. Er trat in den Wald. Und je mehr er sich entfernte, um so mehr schien die ganze Vergangenheit ein Traum, ein Märchen zu sein. Er hinkte, denn er hatte einen Nagel im Schuh, aus dem hinten und vorn der Fuß hervorguckte, und auf dem Rücken baumelte noch die Schnur, die er zu entfernen vergessen hatte.

Schon drei Tage regnete es ununterbrochen; es war ein trauriger Staubregen, grau und kalt. Und in diesem Regen erschien der Dorfpater aus Brueghel auf dem Speckhof, um Pieter abzuholen und ihn als Maler nach Antwerpen zu schicken.
Wackelfett schnitt sich gerade einen Streifen von einem aufgehängten Schinken ab, als der Dorfpfarrer breit und glücklich eintrat. Er warf einen Blick zur Decke, an der die Schinken wie schlafende Fledermäuse hingen, und sah in den offenstehenden Schlafzimmern das Weib und die Kinder noch betrunken im Bett liegen, faul und matt, mit aufstoßendem, saurem Magen vom dreitägigen Fest.
»Kann ich ein Wort mit Euch reden?« fragte der Pater.
»Auch zwei«, piepste Wackelfett, den Schinkenstreifen verzehrend, »nehmt einen Augenblick Platz.«

Während er sich setzte, sagte der Pater: »Ich will den kleinen Pieter aus Breughel abholen!«
»Was? Seid Ihr der Pfaffe, der ihn mir geschickt hat, und wißt Ihr nicht, daß, daß... daß«, krähte Wackelfett, aber die Worte blieben ihm im Fett und in der Wut stecken.
»Schweigt«, sagte der Pater triumphierend. »Ich weiß, daß er wegen des Gottespfennigs bis Ostern bleiben muß, aber ich werde Euch den Schaden ersetzen, doppelt!«
»Aber wißt Ihr denn nicht, denn nicht, daß... daß es zu spät ist, zu spät, daß dieser Kerl, dieser Judas!...«
»Schweigt! Es ist nicht zu spät. Ich habe Geld bei mir. Viel Geld! Hört zu!« Und Wackelfett schwieg, staunend, daß jemand ihm zu befehlen wagte, und hoffend, daß der Pater Neues über Pieter erzählen würde.
»Hört!« sagte der Pater. »Vor einem Monat ungefähr fragte Herr Pastein bei mir nach, ob es nichts zu verkaufen gebe; er kauft Kunstsachen und Juwelen für Kaiser Karl. Er ist ein guter Freund von Pieter Coecke. Noch nie von Pieter Coecke gehört? Der größte Künstler in Antwerpen; er war beim Sultan in der Türkei, ist auch Schriftsteller und Musiker. Nun also, dieser Freund Pastein hat bei mir Zeichnungen gesehen, die der kleine Pieter dort hinterlassen hat, aus der Zeit, als er noch bei mir wohnte. Freund Pastein warf die Arme in die Luft und rief: ›Dieser Junge ist ein großer Künstler! Wo ist er? Er soll zu meinem Freund Coecke gehen. Coecke wird ihn mit offenen Armen aufnehmen. Ich schreibe ihm heute noch, welche Entdeckung ich gemacht habe. Sucht ihn, Herr Pfarrer! Ich habe einen großen Künstler entdeckt!‹ Ja, Herr Deichgraf, so rief mein Freund Pastein, der am selben Tage noch nach Antwerpen geschrieben hat und am nächsten Tage nach Köln weitergereist ist. Ich wollte Euch schreiben, aber da ich nach Bergen-op-Zoom mußte, wo meine Schwester sich mit einem Schiffer verheiratet hat, dachte

ich, ich könnte einen Schritt weitergehen in eigener Person. Und hier bin ich! Wieviel wollt Ihr haben, damit ich den Jungen gleich mitnehmen kann?« Und es kam ein kleiner Beutel mit Münzen zum Vorschein.
Wackelfett trat der Schweiß aus allen Poren. Er ärgerte sich schwarz, daß Pieter fort war. Was für eine gepfefferte Rechnung hätte er aufstellen können! Und anderseits juckte es ihn vor Freude, weil Pieter ein so großes Glück verpaßte. Und diese beiden Empfindungen, die sich gegenseitig bekämpften, trieben ihm das Blut wild durcheinander.
»Er ist tot!« rief er, mit neidischem Jubel.
»Tot? Tot? Ihr seid verrückt!« rief der Pater, aufspringend, als ob er auf einem Dolch gesessen hätte. »Und Ihr habt mir keine Nachricht geschickt? Und mein Vetter Ölpapper auch nicht?«
»Ja, tot seit vorigen Sonntag«, rief Wackelfett verächtlich. »Tot, aber ohne Leiche! Doch wenn ich ihn finde, tot oder lebendig, ich haue ihn aufs Pflaster, daß er flach wird wie eine Mispel!«
Mit hochgezogenen Augenbrauen fragte der Pater: »Ich verstehe Euch nicht! Tot und keine Leiche? Tot oder lebendig, sagt Ihr? Wie wißt Ihr denn, daß er tot ist? Und was hat die Mispel dabei zu suchen? Redet, oder ich schmeiße Euch ins Fegefeuer!« Plötzlich war der rohe, aber goldgute Dorfpfarrer vom Dommel aufgetaucht.
»Kommt mit und seht selbst!« rief Wackelfett entsetzt und wütend über diese Kühnheit, fluchte wie ein Fuhrknecht und pflanzte das Messer in die Tischplatte. »Kommt mit!« und er ging dem Pater voran zum Schweinestall und wies ihm die Zeichnung und was dabei geschrieben stand.
Der Pater schloß die Augen. »Der arme Junge hat sich das Leben genommen«, sagte er, und langsam und bitter

blickte er Wackelfett an. »Ihr habt ihn zu schlecht behandelt, Herr!«
Wackelfett tanzte nun wie auf glühenden Kohlen. »Was?« fluchte er. »Seht Ihr wohl! So ist es; nun soll ich noch schuld sein! Das ist gerade seine große Schlechtigkeit; und das ist der Dank für alle meine Güte.« Er versuchte, Tränen zu machen, indem er sich umdrehte und sich mit dem Finger Speichel an die Augen rieb, aber es ging nicht.

»Fragt die Knechte! Fragt Ölpapper! Ich behandelte ihn vorsichtig wie ein rohes Ei, weil er von Euch geschickt war. Aber er hat mich stets gereizt und geärgert. Er konnte mich nicht ausstehen und machte immer Zeichnungen von mir, um mich zu verspotten. Und nun tut er mir auch dies noch an, um mich an den Galgen zu bringen!« Die blutunterlaufenen Froschaugen rollten in seinem wildroten Gesicht. »Ihr seht doch, daß ich unschuldig bin!« brüllte er. »Als man mir meldete, daß er nicht zu finden war, nur diese Zeichnung, da war ich so schlau, den

beschuldigenden Satz!« – er zeigte auf ›Wackelfett hat mich getötet‹ – »nicht zu entfernen. Das beweist ja, daß ich unschuldig bin! Ah! Ah! Ah!« Wackelfett lachte wie ein wieherndes Pferd. »Bevor er tot war, konnte er nicht schreiben, daß ich ihn umgebracht hätte, da er noch lebte; und nach seinem Tode konnte er es auch nicht schreiben, da er nicht mehr lebte! Ah! Ah!« Aber dann wieder drohend, die Fäuste aneinander gedrückt: »Mich als Mörder hinzustellen! Ich schlage ihn tot! Er muß ins Gefängnis, auf den Scheiterhaufen, der Ketzer!«
»Und hat man überall gesucht?« fragte der Pater traurig, die Wut nicht beachtend.
»Man sucht immer noch,« fluchte Wackelfett, »und wenn ich ihn finde...«
»Und er hätte ein so großer Künstler werden können!« klagte der Pfarrer. »Vielleicht ist er sogar ohne die Sterbesakramente gestorben!«
Plötzlich ergriff er den drohenden Wackelfett, schüttelte ihn kräftig durcheinander, indem er ihn anschnauzte: »Kerl, ich werde Nachforschungen anstellen! Und Ihr könnt noch einmal so dick sein und reich von hier bis an die Sonne: wenn dem Jungen etwas zugestoßen ist durch Eure Schuld, dann reiße ich Euch in zwei Stücke auseinander, die man dann an einer Schnur zum Trocknen aufhängen kann! Verstanden, mißglückter Seehund?«
Der Pater dröhnte davon, verfolgt von dem rasenden Fluchen Wackelfetts. Und unterwegs betete er für die Seelenruhe des Toten, während er ab und zu einen suchenden Blick in die Bäche und hohlen Baumstämme warf, um zu sehen, ob nicht irgendwo ein Pieter Bruegel hinge oder triebe.

Pieter wanderte nach Osten, angezogen von seinem Dorf wie eine Taube von ihrem Taubenschlag. Der Pater schlug dieselbe Richtung ein. Sie schritten hintereinander, durch eine halbe Stunde getrennt, auf demselben Weg. Hätte Pieter ein wenig gewartet oder der Pater etwas mehr ausgeholt, wären sie zusammengestoßen. Der Pater betete für die Seelenruhe Pieters, und dieser pfiff:

»O liebes zartes Mägdelein,
Wie ist es süß, mit dir zu leben!«

rei Tage war Pieter in ununterbrochenem Regen herumgeirrt, von einem Wald in den anderen, und hatte sich hie und da ein Butterbrot erbettelt. Jetzt, am vierten Tag, als der Pater hinter ihm herging, sah er, daß das Wetter sich änderte. An diesem Morgen fiel der Waschlappenhimmel auseinander, und wie eine aufgeknackte Walnuß glänzte die Sonne jung und gelb daraus hervor. Er bemerkte den Herbst in den Bäumen, braun und golden, und sog die Düfte ein von vielem reifem Obst. Er ging schneller, auch der Pater wurde durch die Sonne, die ihn von der Seite beschien, rascher vorwärts getrieben. Der Weg war lang, mit vielen Krümmungen und von gilbenden Pappeln gesäumt; hätten die beiden darauf geachtet, sie hätten einander in der Ferne sehen können. Aber der Pater betete, und Pieter pfiff: »Wie ist es süß, mit dir zu leben!«
So erreichte Pieter ein stilles, ärmliches Dorf, dessen kleiner Kirchturm zwischen roten Buchen emporragte. der ganze Dorfplatz stand unter Wasser, das in der Sonne glänzte. Etwa zehn Lehmhütten und das braune Kirchlein aus erzhaltigem Stein spiegelten sich wellenlos darin wider, und obendrauf trieben abgefallene Blätter. Das

Wasser war bis in die Kirche gestiegen, deren Tür offenstand; die zehn Hütten waren geschlossen. Es war hier so still und verlassen, daß man im Hemd hätte herumspazieren können, aber wenn man es versucht hätte, da wären alle Türen mit schallendem Gelächter geöffnet worden. Es war federstill; nichts als eine sanfte Sonne, die durch die roten Bäume sickerte; nichts rührte sich, nichts lärmte, nur das Lachen eines Vogels und ein Blatt, das kreiselnd von den Bäumen fiel.

Pieter überkam ein frommes Gefühl, als er das ruhige Kirchlein sah; und da seine Schuhe mehr Löcher hatten als ein Sieb, brauchte er sie nicht erst auszuziehen. Er schritt quer durchs Wasser in die leere Kirche hinein...

Eine halbe Stunde später betrat der Pater das Dorf und bekam Lust, in dem stillen Kirchlein zu beten. Alle Wetter, aber dann mußte er die Schuhe ausziehen, wegen des Wassers. Er hatte sich schon auf einen umgehauenen Baum gesetzt, um sie aufzubinden; doch er fand sich selbst lächerlich und kleinlich, behielt die Schuhe an und schritt mit einem frommen Gruß an der Kirche vorüber; aber innerlich dachte er: »Unser seraphischer Vater Sankt Franziskus hätte seine Schuhe doch ausgezogen... Ach ja, es ist auch wahr«, fügte er heiter hinzu, »der hatte gar keine an... Aber wenn er welche angehabt hätte...« Und so ging es weiter mit Selbstvorwürfen und Ausreden. Kurzum, der Pater schritt unlustig weiter und weiter und verschwand. Es war, als ob die Vorsehung es so gewollt hätte.

Zur weinroten Dämmerung war Pieter noch in der Kirche. Er war ganz vertieft, wie festgenagelt, durchströmt und erschüttert von Staunen und Bewunderung vor einem kleinen Gemälde von Hieronymus Bosch, darstellend die Versuchung des heiligen Antonius. Der heilige Antonius hebt sich bleich, mit blauem Blut in den Adern, vom Gold

des Hintergrundes ab, und um ihn herum erheben sich frevelhaft die sieben Hauptsünden, die Menschengestalt angenommen haben. Gefährlich wie Spinnen sitzen sie in unserem Herzen und leben von unserm Blut.
Aber der heilige Antonius ist aufgestanden und hat sie aus seinem Herzen getrieben, wo nur Platz sein soll für Gott. Und siehe, nun knirschen sie mit den Zähnen und röcheln, fluchen und zischen vor giftiger Wut; und je mehr sie toben, um so häßlicher sind sie, mit ihren geifernden Mäulern, ihren schiefen Schleimaugen, ihren Tiernasen und aufgesprungenen Lippen, ihren grünen Zähnen, ihren platzenden Backen und viehischen Brüsten. Es ist die Krätze, der Aussatz, das Böse, das sich das Herz zurückerobern will; aber der heilige Antonius steht strahlend und von Begeisterung hingerissen da, mit den schwarzen Augen im bleichen Gesicht, der göttlichen Erleuchtung lauschend, die er nun rein und triumphierend in seinem Herzen singen hört...
Während der Dorfpfarrer seine Schuhe anbehält und weiterschreitet, tut sich ein neuer Horizont vor Pieter auf. Die Beine zittern ihm vor Aufregung. Es ist gerade, als hätte *er* dieses Gemälde gemacht. Sein ganzes Herz liegt darin; ihm ist, als blättere er in seiner Seele. Oh! diese Fratzen, genau dieselben, wie sie spuken in seinen Träumen und in seinem Leben, die Tomatenkröte, Ölpapper, Wackelfett, echte Sündenbeulen. In der eigenen Seele erblickt er düstere Gewalten, böse Dinge, die er bekämpfen muß, aus denen die Heiligen glänzend emporsteigen und worin die anderen untergehen.
Und gleichzeitig entdeckt er auch das wahre Ziel seines Lebens: Malen! So zu malen! So malen zu können! Malen zu können wie Bosch! Seine Sünden zu malen, aber auch sein Seelenlicht, sein Dorf zu malen, seine Angst, seine Freude, die ganze Welt zu malen, die Hölle, den Himmel,

sich tot zu malen, sich aufzulösen in Farben! Und in der Nacht, in einem lautlosen Walde, flehte er mit ringenden Händen: »Gott, lieber süßer Herrgott und alle Heiligen und Engel zusammen, laßt mich ein solcher Maler werden!«

Im zähen Staubregen schritt er durch eine ganze Reihe von kleinen Tannenwäldern, und was ihm zuletzt von einem wüsten Traum in der letzten Nacht und von dem Glück vor dem Gemälde von Bosch noch übrigblieb, war wie das Gerippe eines verdorrten Blattes, ein zartes Heimweh nach etwas, das es nicht gab. Gewissenhaft folgte er dem schmalen Weg, der in launischen Krümmungen über die unendliche Heide führte. Dieser dünne Sabber-Regen, diese graublaue Ferne, diese Stille und vollkommene Einsamkeit, sie gaben ihm das wehmütige Glück der Wanderer und Landstreicher. Er setzte sich auf einen Kaninchenhügel; er saß so da, als hätte nun alles ein Ende und als gäbe es für nichts mehr einen Anfang... Nachdem ein Schwarm von Zugvögeln langsam über ihn dahingeflogen war, sah er, daß die Niederungen dampften. Da nahm er seinen Dudelsack, schloß die Augen und spielte. Er fühlte den dünnen Regen wie einen kühlen Kitzel auf seinem heißen Gesicht. Und über die Heide, so eins und engverbunden mit der grauen Farbe und der unbestimmten Linie der Dinge, daß die Heide selber zu singen schien.

Als er die Augen wieder öffnete, sah er ein Mädchen auf sich zukommen. Er spielte weiter, schloß aber die Augen nicht mehr... Als sie dicht herangekommen war und er sah, wie arm und zart sie war, ging das Lied langsam und stöhnend zu Ende. Die Blase fiel zusammen, er seufzte, wartete und schwieg. Er hätte gern den Hut abgenommen, ließ es aber wegen der vielen Löcher sein.

Sie ging auf bloßen Füßen, die vom nassen Sand grau waren, und um die große Zehe am rechten Fuß war ein blutdurchtränkter Lappen gewickelt. Ihr zarter Körper verschwand in langen, viel zu breiten Kleidern und einem grünen, zerrissenen Mantel. Sie trug ein weißes Tuch auf dem dunkelhaarigen Kopf und ein großes Skapulier auf der Brust; am Arm hing ein Weidenkorb, in dem Pieter hauptsächlich Brotschnitten bemerkte. Sie blieb in fünf Schritt Entfernung vor ihm stehen. Sie blickten einander an, und er sah, daß sie sehr bleich und mager war und honiggelbe Augen hatte. Sie lächelte zutraulich und fragte dann, die Augen schließend:
»Magst du nicht mehr spielen?«
»Mein Lied ist zu Ende«, sagte er, etwas verlegen über diese Bekanntschaft.
Sie kam näher heran. »Ich hörte dich von dort hinten schon spielen«, sagte sie, wieder die Augen schließend, »und weil ich es so gerne höre, kam ich etwas rascher.«
»Ei, das ist schön«, meinte er, noch verlegener.
»Wo wohnst du?« fragte sie, und wieder lächelte sie und schloß die Augen.
»Nirgends,« sagte Pieter.
»Und wo gehst du hin?«
Er war sehr stolz und froh über diese freundliche Anteilnahme. »Das weiß ich noch nicht, und du?«
Sie zeigte mit der mageren Hand. »Dorthin, ganz weit hinter den Wäldern, nach den Rattenhöhlen, zu Krachbein. Aber er ist nicht mein Vater. Ich bin ein Findelkind, und man hat mich Veronika genannt. Ihm sind die beiden Beine abgefahren worden, als er betrunken von einem Bierwagen fiel; aber wenn er bettelt, dann sagt er, ein Drache habe sie ihm in Ägypten abgebissen; und er zeigt dann den Kinnbacken eines Esels und behauptet, daß er von dem Drachen mit sieben Köpfen stamme.«

»Du bist ein Findelkind?« fragte Pieter gerührt. »Es muß lustig sein, im Zweifel zu leben, ob man nicht ein Prinzenkind ist.«
»Diesen Zweifel gibt es nicht«, lachte sie traurig. »In Lumpen gewickelt, hat man mich im Schnee neben der Kirche gefunden.«
»Es würde dir sonst ganz gut stehen, wenn du Prinzessinnenkleider trügst«, meinte Pieter überzeugt, sie mit seinen großen Augen bewundernd.
Sie lachte gezwungen; und sein Blick hatte es ihr angetan; schnell und verwirrt fragte sie: »Und wo kommst du her?«

Er wollte schon sagen: »Von den Dicken.« Er war bereit, seine ganze Geschichte zu erzählen, aber plötzlich wurde er ein wenig argwöhnisch und war zugleich sehr darauf aus, daß sie sich für ihn interessieren möge, und er sagte: »Ich komme von jenseits des Meeres... aus der Stadt, die auf dem Berg liegt.« Sie blickte ihn fragend an. Das wünschte er gerade und legte los: »Dort ist immer schönes Wetter, dort wachsen Kirschen, dick wie eine Faust; für sieben Pfennig bekommt man einen ganzen Korb Honig. Dort gibt es immer Fahnen und Prozessionen...«

»Ja?« fragte sie neugierig, und sie warf sich, glücklich und scharf zuhörend, vor ihm auf die Kniee, und mit geschlossenen Augen fragte sie: »Spricht man dort auch wie wir?«
»Wir lernen dort alle Sprachen, aber die Sprache drüben ist ganz anders.« – Er dachte an sein Chorknabenlatein – »Matinos tempo melioris heißt: morgen gibt es besseres Wetter. Und wenn man dort jemand lieb hat, dann sagt man: Amos tua.«
Das Wort war ihm versehentlich entschlüpft; er wurde rot bis hinter die Ohren vor angenehmer Überraschung.
Es versetzte ihr einen kleinen Stoß, und hastig fragte sie: »Und warum bist du von dort weggegangen?«
Die Hände um die übereinander geschlagenen Kniee geschlungen, erzählte er eifrig, während das eine Bein sich auf und ab bewegte, und sie hörte ihm zu mit offenem Mund und voller Ehrfurcht in den gelben Augen.
»Nun, ich war mit einer goldenen Galeone hierher unterwegs, um das Land kennenzulernen, als ein Sturm sich erhob und das Schiff auf einen Felsen warf, wo es in tausend Stücken auseinanderkrachte. Ich glaube, daß viele Leute dabei ertrunken sind. Ein Stück des Wrackes, eine geschnitzte Wassernymphe vom Vordersteven, brachte mich bis in die Schelde. Meine Kleider waren mir vom Leibe gespült, und ich hatte solche schöne! Nackt konnte ich nicht nach Antwerpen kommen. Ich saß mit meiner goldenen Wassernymphe im Schilf am Ufer und wartete auf einen Menschen. Ein Bauer, der mit einem Wagen vorbeifuhr, gab mir im Tausch für meine Wassernymphe diese Kleider und den Dudelsack. Und nun sehe ich mir die Gemälde an, die in den Kirchen hängen. Ich will Maler werden, aber meine Farbe, mein Geld, alles ist ertrunken, außer mir selbst.«
Er blickte begierig nach dem Brot in ihrem Korb. Sie sah

es. Ohne ihn zu fragen, nahm sie eine Schnitte heraus, brach sie in der Mitte durch und gab ihm die Hälfte. Sie setzte sich neben ihn, und beide fingen an, gierig zu essen, schweigend und einander glücklich zulächelnd. Plötzlich hielt er die Brotkruste in den Regen. »Sauce«, sagte er feierlich. Sie verschluckte sich fast vor Lachen.
»Sag mal, beraube ich dich auch nicht... Veronika?« fragte er, als er nur noch ein Stückchen Brot, so groß wie eine Fingerspitze, in der Hand hielt, das er ihr wieder anbot.
»Ich bettle und bekomme schon wieder anderes«, lachte sie, und mitteilsam fügte sie hinzu: »Ich mache eigentlich nur die Wallfahrten. Jetzt komme ich von der Abtei zu Postel, wo ich eine Kerze angezündet habe für ein Kind, das verzaubert ist, und nächste Woche muß ich zum Heiligen Blut nach Hoogstraeten.«
»Und kannst du das aushalten? Solche weiten Reisen?« fragte er besorgt.
»Ich muß schon, weil Krachbein es will. Er läßt die Leute im voraus bezahlen. Es bringt viel Geld ein, und wenn die Leute, für die ich bete, keinen Erfolg haben, dann verprügelt er mich mit dem Eselskinnbacken. Aber ich werde oft erhört. Wenn ich bete, vergesse ich alles, dann sehe ich immer Unsere Liebe Frau.«
»Das hatte ich, glaube ich, in deinen Augen gelesen«, sagte er mit Überzeugung und nahm mitleidig und ehrfurchtsvoll ihre Hand. »Du darfst nicht dort bleiben.«
Sie lachte, verwundert auf seine und ihre Hand blickend, sah ihn an, und dann wieder die Hände, abwechselnd. Sie schloß die Augen. Und nach einer Weile blickte sie ihn wieder an und fragte: »Wann kehrst du dorthin zurück?«
Plötzlich bereute er, so sehr gelogen zu haben; denn er sah, wie fest das arme Kind alles glaubte. Und warum soll man einem so schönen, süßen Mädchen etwas erzählen,

das nicht wahr ist! Aber während er so dachte, war er schon wieder dabei: »Im Frühling kehre ich zurück. Dann fahren wieder Schiffe in der Richtung. Im Frühjahr ist es dort ganz herrlich. Überall Rosen. Und die goldenen Kuppeln der hundert Kirchen sind so empfänglich für das Licht, daß sie alle anfangen zu summen, wenn die Sonne sie bestrahlt ...«

Und er erzählte, erzählte eine halbe Stunde lang, und sie hörte ihm fromm und voll Begeisterung zu. Plötzlich ergriff sie seine andere Hand und sagte, mit Feuer in ihren Worten und Feuer in ihren Augen, die sie diesmal nicht schloß: »Ich möchte immer bei dir bleiben.«

»Ich auch ...«, seufzte er.

»Ach, das wäre schön!« sagte sie selig.

»Wir werden es schön machen, Veronika ...« Sie lächelten einander glücklich zu. Er wußte mit sich selbst nicht, wohin: ein Sonnenklecks hatte ihn getroffen. Durch eine Lüge saß er nun Hand in Hand mit einem Mädchen da, die Unsere Liebe Frau sah und nach Gebeten duftete, die honiggelbe Augen hatte, die sie beim Sprechen schloß, und die mit einem Eselskinnbacken geschlagen wurde, wenn sie keine Wunder tat. Er betrachtete sie wie ein überirdisches Wesen, sah, wie sie zitterte und wie ihre dünnen Arme sich mit einer Gänsehaut überzogen.

»Frierst du?« fragte er. »Soll ich dir auf die Hände hauchen?«

Ihre Augen wurden feucht, und eine Träne lief ihr über die Wangen. Er wagte nicht zu fragen, warum sie weinte, aber er nahm den Tropfen mit dem Zeigefinger weg.

»Ich werde nicht mehr lange leben«, sagte sie lächelnd, in traurigem, aber bestimmtem Ton.

Er richtete sich auf. »Du bist sehr bleich«, meinte er mit großen Augen.

»Das sitzt bei den Krachbeins im Blut«, erzählte sie

gelassen. »Wenn sie sechzehn Jahre alt werden, dann trocknen sie aus. Das haben sie von der Mutter. Vier Kinder sind schon daran gestorben. Ich bin zwar keine von ihnen, aber ich habe die Krankheit von der Mutter miteingesogen. Nun bin ich an der Reihe. Seit vorigen Winter hat es angefangen. In deinem Lande würde ich schon gesund werden.«

Nun war das Maß voll! Wie sehnsüchtig, hoffnungsvoll und gläubig ihn dieses Kind anblickte! Er konnte nun nicht mehr lügen. Es war, als töte er jemand. Aber wie könnte er die Wahrheit sagen, ohne ihr frisches, zartes Glück zu vernichten? Ihm wurde heiß vor Verlegenheit. ›Und wie sie lechzend auf ein gutes Wort zu warten scheint‹, dachte er, ›nun muß ich lügen um ihrer Gesundheit willen.‹ Zaghaft sagte er: »Ja, du könntest dort vielleicht gesund werden.«

»Aber bis dahin?« fragte sie sorgenvoll und flehend.

»Bis dahin? Bis dahin? ... Nun ... ich komme viel herum, so überallhin ... ich werde dich ab und zu besuchen ... und ... und ...« Ihm war, als müßte er einen schweren Stein von sich wälzen. Plötzlich lachte er gezwungen, »Und wenn ich dir nun sagte, daß ich nicht mehr zurückkehre! ...«

Sie guckte ihn erstaunt an, aber er wagte ihr nicht in die Augen zu sehen. ›Noch einen Stoß‹, dachte er, ›noch einen; mein Schutzengel, hilf mir das Wort aus dem Munde ziehen.‹ »Und wenn ich nun sagte, daß es ein solches Land gar nicht gibt, daß ich die ganze Zeit gelogen habe, daß ...«

»Dann würde ich dir nicht glauben«, platzte sie los, »dann würdest du das nur sagen, um mich nicht mitnehmen zu müssen!«

Der schwierige Augenblick war nun vorbei, und er blickte sie ruhig, mitleidig und traurig an. »Nun, Kind, das gibt es nicht, das gibt es nicht. Es ist nicht wahr, was ich dir sagte. Ich bin nur ein Junge aus Breughel an dem Dommel ... Ich wagte nichts anderes zu erzählen ... Ich wußte nicht, daß du so fest daran glauben würdest; aber ich bin aus Breughel. Im vorigen Winter ist meine Mutter gestorben ...« Und seine ganze Geschichte floß ihm aus dem Herzen.

Traurig über die Enttäuschung, die ihr kurzes Glück zerkrümelte, und reifer werdend vor Mitleid und Güte wegen seines Elends und seiner Verlassenheit, blickte sie ihn durch ihre rinnenden Tränen kopfschüttelnd an, und als er endete mit: »und als ich dich dort hinten kommen sah, da wußte ich nicht, warum ich allmählich so glücklich wurde«, da lehnte sie ihren Kopf auf seine Schulter.

»Wie gut!« seufzte er.

»Aber du sollst bei uns wohnen!« sagte sie, sich plötzlich aufrichtend und mütterlich befehlend. »Wenn du Dudelsack spielst, werden sich die Krachbeins freuen ... Und wenn sie nicht wollen ... dann ...« Das übrige las er in ihren Augen.

»Ja, wir müßten immer zusammenbleiben können«, seufzte er. Sie streichelte ihm die Hände, das Gesicht und drängte sich näher an ihn heran. Ganz aus der Ferne kam ihm eine Erinnerung: daß er einmal ein großer Maler werden sollte. Aber das Mädchen war zu schön, die Liebe war zu angenehm für sein dürftiges Leben, als daß er hätte widerstehen können.

›Später, wenn sie tot sein wird, die Arme, dann habe ich noch Zeit genug‹, dachte er. Er ließ seine Künstlerträume wie verwelkte Blumen weggleiten und nahm das Mädchen in seine Arme. »Jeder Mensch muß doch jemand haben, den er mehr liebt als sich selbst«, murmelte er, ihr in die honiggelben Augen blickend. Ihre Köpfe neigten zueinander, von den Augen angezogen, und sie küßten sich, wie arme Leute küssen, kurz und verschämt. Und nun hatten sie plötzlich nichts mehr zu sagen. Worte waren nun zu schwer. Sie lächelten sich bloß an. Er hauchte ihr auf die kalten Hände und dachte an die kalten Hände seiner Mutter.

So saßen sie da im grauen Staubregen und in der wachsenden Dämmerung, zusammengekrochen wie zwei nasse Kaninchen, klein und hilflos, innen weiß vor Glück.

Aus den Niederungen stieg ein dichter Dunst, und aus der Ferne schleppte sich der Abend traurig heran. »Wollen wir nun weitergehen?« fragte sie liebevoll. »Wir werden schon eine Hütte finden.«

Er stand willig auf und ließ sich von ihren Händen führen wie ein Lamm. Und Hand in Hand, er mit einem Dudelsack und voll ungeahnter Güte, sie mit einem kleinen Korb, mit Gebeten und dem Geruch des Todes in ihren Kleidern, schritten sie im Abend und im Staubregen schweigend über die sanfte, endlose, stille Heide.

Die Mageren

Sechs eingefallene, verschneite Hütten, eng zusammengedrängt, darüber die schwarzen Äste einiger Bäume, und sonst überall eine verlassene, eintönige Ebene von Schnee unter grauem Himmel. Tief unten am Horizont ein gelber

Wolkenriß, durch den der Morgen glomm. Eine Reihe von Kopfweiden führte zum Dorf, wo sich zwei Mühlen auf einem Hügel drehten. Die Mageren wachten auf mit einem Magen, hohl wie eine Kirche, verbittert und fluchend. Ihre mit Speichel angefeuchteten Zeigefinger suchten in den Ritzen des Tisches nach alten Brotkrümeln, ihre Nägel kratzten in den leeren Töpfen nach einem vergessenen Streifen Fett. Aber alles war verzehrt, wie immer. Und es gab Geschrei und Verwünschungen. Die schönen Betteltage waren vorüber: Weihnachten, das Fest der unschuldigen Kindlein, Neujahr, der Dreikönigstag. Die Bäuche waren hohl und schlaff. Der Winter war hart, der Schnee blieb liegen und wartete auf neuen Schnee. Man sprach allenthalben von Krieg, Hungersnot, Pest, Räuberbanden, plündernden Ketzern und Scheiterhaufen, von der Bösen Hand, von Zauberern und Gespenstern. Die

Menschen schlossen ängstlich, mißtrauisch und geizig ihre Türen, ihre Herzen und ihre Geldbeutel. Die sieben Werke der Nächstenliebe schrumpften zusammen. Eine düstere Stille legte sich über das verängstigte Land. Aber bei den Dicken gab es Speck in der Pfanne und Bier nach Herzenslust. Die Mageren verkrochen sich vor dem Knochenmann wie Kaninchen. Und sie beteten: »O Herr, laß wieder einen Reichen sterben«, wegen der Brotverteilung nach dem Begräbnis.

Aber heute war das Fest des heiligen Antonius mit dem Schwein; da opferten die Bauern aus Verehrung Schweinsköpfe, -füße und -ohren vor dem Bild des Heiligen, und diese wurden dann nach der Messe zum Besten der Kirche verkauft. Und die Mageren zogen hin! Die Türen öffneten sich eine nach der andern, und die Familien traten heraus: Zwiebelrohr mit seiner blinden Frau Pauline und ihrem rothaarigen Hund; Mückengräte mit seinem Trupp Kindern, die jedes ein Heiligenbild trugen; der ledige Krebs, der seine Krücken auf der Schulter trug, um sie dann kurz vor dem Dorf unter die Achseln zu schieben; ferner die Familien Kratzohr und Krachbein. Krachbein, der grimmige, beinlose Mann mit dem rotbraunen Kratzbürstenbart, saß in einem Wägelchen, das er mit zwei kleinen Brettern, in der Form von Plätteisen, weiterschob. Auf der Brust hing ihm der braun glänzende Kinnbacken, mit dem er wie ein Bürgermeister über die Rattenhöhlen herrschte. Er fluchte, weil man nicht schnell genug vorwärts kam, und schimpfte mit seiner gelbhäutigen Frau, die einen Säugling trug, und der zerlumpte Kinder, ein Großvater, dem die rechte Hand fehlte, eine blöde Frau mit dicken Lippen und Pieter aus Breughel mit seinem Dudelsack und einem verschossenen purpurnen Mantel um die Schultern folgten. Veronika lag drüben im Krankenhaus.

Und dieser zerlumpte, übelriechende Haufen schlug mit vor Kälte hochgezogenen Schultern den schmalen Weg ein, wie Hunde auf der Suche nach Essen. Die Glocke rief aus dem fernen Turm auf allen beschneiten Wegen Menschen heran, Kirchgänger und Bettler. Und die Mühlen drehten gemächlich das Korn, als ob niemand Hunger hätte und alle Magen vollgestopfte Spatzenmagen wären...

In der weißen Kirche erhob sich der heilige Antonius mit dem Schwein aus einem Berg von Schweinsköpfen. Bleich, mit hie und da ein wenig Blut und mit geschlossenen Augen, lagen sie kreuz und quer übereinander. Die Kirche war gedrängt voll, die Bettler standen hinten. Ein hagerer Dominikaner rief von der Kanzel herab, daß ein neuer Krieg kommen würde und Hungersnot; daß wir alle diese Plagen durch unsere Sünden heraufbeschworen hätten und Buße tun müßten, um uns von dem Übel zu befreien.

Und als die schweren Orgeltöne das Ende der Messe ankündigten, stürzten die Bettler ins Freie und schwärmten in zwei Reihen auseinander. Dem hinausströmenden Volk zeigten sie ihre nackten, verkrüppelten Arme und Beine, ihre blinden Augen und heulten ihm ihr Elend vor. Krachbein klagte mit langgezogener Stimme: »Habt Erbarmen! meine zwei Beine abgebissen von einem Drachen mit sieben Köpfen im Lande Ägypten, als ich auf der Rückreise aus dem Heiligen Land war.«

Der Großvater schluchzte: »Meine Hand von den Tür-

ken abgeschlagen, weil ich nicht auf Mohammed schwören wollte.«
Mückengräte zeigte einen mit Geschwüren bedeckten Arm: »Nehmt euch in acht und gebt! Denn weil ich einem armen Mann, der diese Krankheit hatte, nicht gegeben habe, hat mich dieselbe Plage befallen!«
Die blinde Pauline krähte: »Vom Blitz blind geschlagen in der Prozession.« Kinder schrieen, alle kleinen Kinder schrieen, als wären sie aufgezogen wie ein Uhrwerk.
Pieter ließ den Dudelsack summen, andere Dudelsäcke summten mit, und Stimmen klagten, Rosenkränze wurden heruntergeleiert, es wurde geschrieen und gejammert; man zeigte Gebrechen, Skapuliere, Heiligenbilder. Es war eine doppelte Reihe von grausigem Elend.

Aber die Leute gaben nichts. Sie hasteten argwöhnisch nach Hause. Ein kleiner dicker Bauer im Schafspelz warf lachend drei Pfennige unter das Volk, und gleich stürzten die Bettler sich drauf. Es war ein Knoten von ringenden Leibern, langen Armen und scharrenden, klauenden Händen, man schlug sich mit Krücken und zog sich an den Haaren.
Als Pieter das alles sah und hörte, sagte er: »Arme, arme Leute! Aber wie schön! wie schön! Das müßte man

malen!« Denn seitdem Veronika im Krankenhaus von den Schwestern gepflegt wurde, war er wieder ruhiger geworden, und er konnte nichts mehr sehen, ohne daß er ein Jucken in sich spürte, es zu zeichnen, und wäre es nur mit dem Finger in der Luft.

Beim Verkauf der Schweinsköpfe im Portal der Kirche fiel fast nichts für die Armen ab, kein Fuß, kein Ohr. Die Bettler und vor allem Krachbein schimpften auf den Dominikaner: »Wie sollen die Leute geben, wenn man ihnen das Gespenst der Hungersnot vormalt! Er hat wenigstens das Geld von den Schweinsköpfen! Wir können zugucken. Aber sein Kloster geht in Flammen auf! Wir werden Fettkerzen machen aus seinem Fleisch!«
Die Bettler zogen die Straßen entlang, um an den Häusern zu betteln, und Pieter begab sich in die ›Ewige Lampe‹, spielte lustige Lieder, schnitt Gesichter, daß alle lachen mußten, und ihm wurde gegeben. Er kaufte heimlich – noch genug übrigbehaltend, um Krachbein zufriedenzustellen – in einem Laden getrocknete Feigen, Blutwurst und einen kleinen Kuchen und klingelte damit an der Tür des Nonnenklosters, wo nur unheilbare Kranke gepflegt wurden. Es hatte Mühe gekostet, bis Veronika aufgenommen wurde; es war da nur Platz für zwölf

Personen, erst mußte eine sterben. Glücklicherweise tat es jemand.
Pieter hatte Veronika selbst mit dem Schlitten durch den Schnee hingeschoben. Krachbein sagte: »Wenn sie nur gesund wird bis zum Frühjahr, für die Wallfahrten, dann brauche ich sie so lange nicht zu füttern.« Im übrigen kümmerten sich die Krachbeins gar nicht um sie. Pieter blieb bei ihnen wohnen, um nah bei Veronika zu sein. Jede Woche durfte er sie besuchen und saß eine halbe Stunde lang an ihrem Bett. Dann leuchteten in seiner Seele tausend Sterne. Dort lag sie in ihrem kleinen Bett im weißen Hemd, blau vor Magerkeit. Jede Woche um ein weniges magerer und glänzender über den Knochen am Kopf und an den Händen. Er gab ihr das Päckchen mit den Feigen; sie wechselten ein paar Worte, hielten sich bei der Hand, saßen dann schweigend da und blickten einander an, nicht mehr wissend, was sie sagen sollten, bis Veronika dann wieder fragte: »Erzähle noch einmal von der Stadt auf dem Berge, ich höre es doch so gerne.«
Und dann fing er an zu erzählen, anfangs etwas verlegen, aber dann gleich mit vollem Eifer bei der Sache, über das Land, wo bunte Muscheln auf dem Strande liegen, singend wie kristallne Römer, wo man die Düfte der Blumen als farbigen Weihrauch dahinschweben sieht; und wo er sie in ein goldenes Tor setzen würde, mit Blumen, Früchten und Teppichen zu ihren Füßen, oder sie abends im Nachen treiben lassen würde auf einem Wasser, das hell ist wie der Mondschein von den leuchtenden Goldfischen und den perlmutternen Schalen.
Diese Träume waren schöner und wirklicher als ihr Leben, und sie hörte ihnen mit frommer Andacht zu.
»Und wenn der Frühling den Schnee zum Schmelzen bringt, dann... dann... gehen wir nach der warmen

Insel Sizilien, wir sind doch an nichts gebunden«, sagte Pieter traurig, überzeugt, daß sie bis dahin schon tot sein würde.
»Ja, das machen wir, wir können überall wohnen«, sagte sie, ihm in die Hand kneifend. Aber als er wieder weg war, sagte sie zu der Schwester: »Er glaubt noch immer, daß ich im Frühling noch da bin, aber ich werde Ostern nicht mehr erleben.«

An der Kirchhofsmauer kamen die Bettler wieder zusammen: jede Gruppe wählte ihren Platz, wo das Gesammelte an Eßwaren und Geld abgeliefert wurde. Vom Essen bekam jeder etwas zugeteilt, um es gleich zu verzehren. Das Geld behielt Krachbein für sich, und da er erkältet

war, wie er sagte, begab er sich in die ›Ewige Lampe‹, um seine Lungen mit Branntwein zu erwärmen. Dann zog er mit der ganzen Familie hinter den Hügel in die Felder hinaus, um in den Bauernhöfen zu betteln. Jede Gruppe hatte eine andere Richtung eingeschlagen.
Einsam und endlos erstreckten sich die Felder unter dem dicken, gefrorenen Schnee. Man schmeckte die Kälte

förmlich wie Metall im Munde. Die Höfe und Häuser waren geschlossen wie Walnüsse, tief eingeschneit; nichts rührte sich. Wo sie an den Bauernhöfen haltmachten, bekamen sie meist zunächst nur das Bellen des Hundes zu hören, dann fingen sie an, vor der Tür ein Sankt-Antonius-Lied zu singen, das Pieter auf seinem Dudelsack begleitete. Aber die Bauern machten nicht auf, ließen sie ruhig die Eiszapfen am Dach betrachten und fuhren sie an mit einem verächtlichen: »Wir geben nichts.« Wenn sie endlich nach langem Bitten etwas durch die Türspalte reichten, dann geschah es mit einem falschen Lachen, aus Angst. Und wenn die Türen sich öffneten, trieb den Bettlern ein heißer Duft von Fett und Braten in die erstarrten Gesichter, und drinnen wurde geschlemmt und gesungen zu Ehren des heiligen Antonius. Krachbein reihte einen Fluch an den anderen, ließ sich von zwei großen Knaben durch den Schnee ziehen und wetterte gegen Pfaffen, Bauern, Dickwänste, Könige und Päpste. Das kleinste Kind schrie in einem fort, und die zwei jüngsten Knirpse ließen sich müde und erkältet am Rock der Mutter mitschleppen, was diese gleichgültig geschehen ließ. Der Großvater lehnte sich auf den Arm der blöden Frau, und Pieter schritt hinterdrein und dachte an die nächste Woche: dann würde er bei Veronika sein. So humpelte die Gruppe, an jedem Mund eine kleine Hauchfahne und in jedem Herzen einen geschwächten Lebensmut, über die beschneiten Felder.

Als sie bei einfallender Dämmerung aus dem Walde traten, fiel wieder ein träger, dichter Schnee.

In der Wirtschaft ›Die Vier Letzten‹ am Kreuzweg waren nun alle Bettler und Krüppel aus den Rattenhöhlen wieder zusammen. Dort kaufte jeder Haushalt Kerzen, Fett, Essig und andere Dinge, von dem, was sie erhalten oder sich

irgendwie angeeignet hatten (es kam doch öfter vor, daß einem ein Huhn oder sonst etwas Brauchbares zwischen die Beine lief). Und wenn alle zusammen waren, zog die ganze Gruppe wieder nach den Hütten. Wenn die Betteltage ausgiebig waren, machten sie dort, in den ›Vier Letzten‹, eine große Zeche und kehrten betrunken, singend und tanzend in ihre Höhlen zurück. Aber jetzt war es lange schon knapp und heute ganz besonders. Sie sprachen kein Wort, außer einem Fluch oder einer Verwünschung, und der Schnee häufte sich auf ihren Köpfen und Schultern. Krachbein, der sich ziehen ließ, hatte nun eine Flasche Schnaps im Arm. Er hatte sie der sonst sehr mißtrauischen, bärtigen Wirtin aus den ›Vier Letzten‹ durch viele Versprechungen und Klagen abgeknöpft.
»Kommt nachher auf unseren schlechten Erfolg ein Gläschen Schnaps trinken«, rief er den anderen zu, »bei mir ist heute Ausschank!« Denn Krachbein spielte ab und zu den Wirt und verkaufte Schnaps; dann wurde in seiner Hütte getanzt und gesungen, gezankt und gerauft. Aber er herrschte mit dem Eselskinnbacken und schlug nach ihren Schienbeinen. Mückengräte hatte auch einmal angefangen, Schnaps zu verkaufen, aber am selben Abend noch schlug Krachbein dort mit dem Drachengebiß alles kurz und klein. Er duldete keine Konkurrenz. »Hätte ich nur Beine«, sagte er manchmal, »ich schlüge sämtliche Reichen tot, einen nach dem anderen, und Kaiser Karl, diesen Aussauger mit dem Weihkesselgesicht, zuallererst.«
Sie kämpften sich mühsam und murrend durch den fallenden Schnee. Unterwegs begegnete ihnen ein langer Mann im Bärenpelz. Er hatte Stroh in den Stiefeln und die Mütze und den Mantel so dicht zusammengezogen, daß gerade seine rote runde Nase noch daraus hervorleuchtete. Er blieb stehen und breitete die Arme aus, ihnen den Weg versperrend. Er drehte erst vorsichtig den Kopf nach

allen Seiten, und dann tauchte aus dem schäbigen, von Motten zerfressenen Bärenpelz ein mageres, stoppelbärtiges Gesicht empor, mit schwärenden Äuglein. Mit eckigen, kurzen Gebärden fing er an zu reden, zu rufen mit einer scharfen Klarinettenstimme, zu den um ihn herumstehenden, in Lumpen gehüllten Menschen. Und unterdessen fiel der Schnee.

»Brüder in Jesu Christo! Ich grüße euch! Und bete für euch! Ich flehe euch an, jetzt auf meine Worte zu hören. Ich bin gesandt von der Brüderschaft des Nackten Dolches, um den armen Leuten die frohe Botschaft zu verkünden. Man sagt, daß wir Ketzer sind. Es sind Lügner, die das sagen, denn wir verehren die Mutter Gottes und dienen dem Papst von Rom und dem Kaiser Karl. Aber wir bekämpfen die Reichen und alle, die es mit den Reichen halten, und wäre es der Papst von Rom und der saubere Kaiser Karl. Ihr seid arm. Ich sehe es. Ich müßte lügen, wenn ich anders sprechen wollte. Aber warum seid ihr arm? Ich werde es euch sagen! Weil das Geld, das euch fehlt, in den Taschen der Reichen steckt. Das ist es! Man hält euch arm. Und die Reichen sagen: Es ist selig, arm zu sein. Aber sie selbst essen sich den Bauch dick und rund. Je ärmer ihr seid, um so reicher sind sie. Und das wird sich nicht ändern, es sei denn, daß man sie wie die Dornen verbrennt. Sie ersticken und keuchen in ihrem Fett, und ihr

Abfall ist eure Nahrung, das, woran sie sich satt geleckt haben. Ihr müßt betteln, oh, das ist herrlich! Dann können sie geben!
Seht ihr! Dann können sie geben, und dadurch können sie in den Himmel kommen. Ihr dürft die Leiter sein, auf der sie den Himmel erreichen. Und ihr müßt betteln und müßt euch freuen, wenn euer Fleisch von Geschwüren bedeckt ist: das weckt Mitleid; froh sein, wenn ihr blind seid: das öffnet die Hände; ihr Mütter müßt euren Kindern in die Haut kneifen, damit sie schreien: das öffnet die Hände! Gott! (und hier hob er die blauen Äuglein zum Himmel empor) Du, der Du Deinen Sohn der Welt geopfert hast und ihn hast kreuzigen lassen, um den Reichen ein Beispiel zu geben, siehe, wie elend diese Brüder sind, weil die Reichen Dein Wort mißachten! Vertilge sie! Rotte sie aus! Überall wimmelt es von Armen, Krüppeln und Bettlern; nie war eine Zeit wie diese. Es ist die achte Plage von Ägypten. Aber nicht Du, o Herr, sendest uns diese Plage; die Reichen senden sie uns, indem sie sich weigern, ihren Brüdern zu helfen! Gott hat die Welt geschaffen für alle, aber sie nehmen euer Land, euer Haus, und ihr könnt umkommen. Was ist für euch da? Nichts. Was ist für sie da? Alles! Das dürft ihr nicht länger dulden. Ihr sollt, verdammt, nicht jammern! Beißt zu! Beißt zu! Erhebt euch! Rührt euch! Taut auf und bringt euch zur Geltung! Ihr seid Menschen, keine Hunde! Und die geheime Brüderschaft des Nackten Dolches wird euch helfen! Aber ihr müßt mitmachen! Haltet euch bereit! Schließt euch an uns an, wenn unsere dunklen Scharen über das Land ziehen! Bevor das Korn gedroschen wird, werden die Nächte rot sein von Feuer und Blut, und eure Füße werden ihre Leichen beiseite schieben müssen, um nur vorwärts zu kommen! In den Städten werden die Messer schon geschliffen; nachts springen die Funken aus den Schleif-

steinen. Wir alle sind Brüder! Haltet das Öl in der Laterne bereit, denn es wird nachts geschehen, ganz plötzlich meine ich. Ich weiß, daß ich jeden Augenblick gefaßt werden kann und dann auf den Scheiterhaufen komme. Aber mein Blut für euch! (Er legte die Hand aufs Herz.) Seit heute morgen hab' ich noch nichts gegessen, aber die Liebe geht über alles!« Sogleich reichten verschiedene Hände ihm ein Stück Brot, eine Möhre, eine Schwarte hin. »Nicht nötig! nicht nötig!« wehrte er ab, aber er nahm es an. »Gott wird es euch lohnen. Haltet euch bereit! Wenn ihr mich brauchen solltet, so fragt nur nach mir: Ich heiße Baskwadder.«

Nun tauchte das Gesicht wieder unter in den schäbigen Bärenpelz, und halb vorwärts gebeugt, verschwand Baskwadder im Schneegestöber.

Jetzt glühte ein Feuer in den Bettlern, das in wildem Schreien und jauchzendem Fluchen ausbrach. Krachbein hätte seinen kleinen Wagen fast zertrümmert. Auch Pieter wurde davon angesteckt. Warum hatte er das nicht früher eingesehen! Und er ballte die Fäuste und grölte mit: »Sie müssen dran glauben! Sie müssen dran glauben!«

Als sie aber ein Stück Wegs weitergegangen waren, fiel seine Begeisterung in sich zusammen wie Asche. »Wäre Veronika nicht arm gewesen, ich hätte sie nicht gefunden... Alles ist gut so«, seufzte er dankbar.

Jetzt saßen sie da und verzehrten, was ihnen zugeteilt worden war, die einen am Tisch, die andern an einem qualmenden Feuer von nassem Holz.

Der Großvater stieg mißtrauisch mit seinem Anteil die Leiter empor, wo er in Heu und trockenem Laub, seinem Bett, essen wollte. Das Kind schrie noch immer, die Mutter gab ihm gekautes Brot, und Krachbein tauchte seine Kruste in Branntwein. Eine Kerze beleuchtete die schräg geneigte Hütte, in der an der Decke und an den

Lehmwänden ein Sammelsurium von alten Kleidern, Töpfen und Körben hing. Man hörte nichts als Schmatzen und Nagen an Knochen.

Die Tür öffnete sich. Draußen fiel noch immer ein dichter Schnee, wie weißes Tüpfeln auf der Finsternis. Mückengräte kam knurrend herein. »Ein Gläschen Schnaps auf das Glück des Nackten Dolches«, rief er mit einem saftigen Fluch hinterher.

Das Verwünschen der Reichen ging von neuem los. Da wurde an die Tür gepocht. Man guckte erstaunt auf. Bei armen Leuten kommt man so herein. Die blöde Frau öffnete. Ein mächtiger Fleischklumpen, dick eingehüllt in Schnee und Pelze, kam lachend herein, um sich herum einen Duft von geräuchertem Schinken verbreitend. Und aus einem dicken, roten Gesicht wieherte es: »Ei Leute, guten Abend! Ich will nach dem Nonnenhof zu unserem Vetter Butterkloß. Dort ist Sankt-Antonius-Fest mit Schweinsfüßen und -ohren. Ich bin der Sohn von Drüsenkröte, gewiß schon von ihm gehört, nicht? Und bei diesem Schnee finde ich den Nonnenhof gar nicht, wenn jemand mitgeht, kriegt er 'n Groschen.«

Pieter sprang auf, in seinem Herzen erhob sich ein wütender Groll: ›Der hat mir vielleicht auch Knochen an den Kopf geschmissen!‹ dachte er. Er wollte auf ihn zuspringen wie ein Hund, aber Krachbein kam ihm zuvor. »So! So! Guck einer an! Du willst Schweinsfüße essen? Und deinen Misthaufenleib mit Bier durchtränken? Du kommst, um uns zu ärgern! Aber guck her, was wir essen, euren Abfall, Knorpel und faules Fleisch!« Krachbein zeigte ihm einen Knochen. »Lecke mal einen ganzen Abend daran herum, und sage uns dann, ob du satt geworden bist!«

»Mutter! Mutter! Sie töten mich!« heulte der junge Bursche und wollte davonlaufen. Aber Mückengräte,

dünn wie ein Brett und mit einem Messer am Hut, stellte sich verächtlich vor die Tür mit offenen Armen. »Laß ihn mal kosten«, rief Pieter, »dann kann er zu Hause erzählen, wie herrlich das schmeckt!« Und er drückte sich den Hut tiefer auf den Kopf, um nicht erkannt zu werden.
»Ja«, rief Krachbein, vor Freude an seinen roten Haaren ziehend, »das ist ein Gedanke! Er muß wissen, wie die Arme-Leute-Kost schmeckt, die uns die Dicken geben, damit sie in den Himmel kommen!«
»Das müssen die anderen auch sehen!« sagte Mückengräte und holte die Leute heran. Der Junge heulte und wollte wieder davonlaufen.
»Stehenbleiben, oder ich schlage dir die Schenkelknochen entzwei«, rief Krachbein, und er sprang mit seinem beinlosen Leib wild umher und schwang den Eselskinnbacken. »Setzen, wenn der Stuhl dich tragen kann!«
Die Leute kamen neugierig und rachsüchtig hereingeschlüpft und lachten über den dicken Jungen, der vor einem Haufen Gelumpe saß und weinte.
»Essen!« schnauzte Krachbein. Plötzlich fiel der Junge auf die Kniee und faltete die Hände, wie zehn frischgeborene rosige Mäuschen, die zusammenkriechen.
»Ich will für jede Familie einen Schinken und einen Kranz Würste bringen lassen. Ich verspreche es euch, ich schwöre es, diese Woche noch!«
»Dann kannst du gehn«, rief Krachbein, und die anderen fügten hinzu: »Aber bringen! Sonst setzen wir euch den roten Hahn aufs Dach!« Die Tür öffnete sich, die Leute machten Platz.
»Danke schön, danke schön«, sagte der Junge und lief dann jammernd wie ein Hündchen in die Schneenacht hinaus.
Krachbein klatschte in die Hände, jubelnd: »Diese Woche ist Schinkenfest in den Rattenhöhlen!«

»Einen Schnaps! Einen Schnaps!« rief man von allen Seiten. »Unsere Zeit ist gekommen! Es lebe Baskwadder!«

»Musik!« schrie die blinde Pauline. Und Pieter mußte spielen. Die Kinder wurden die Leiter hinaufgejagt; dann wurde diese weggenommen und der Tisch beiseite geschoben. Pieter spielte Rundgesänge, und die Leute tanzten, tranken und sangen. Wer heute morgen noch auf Krücken humpelte, war jetzt nicht tot zu kriegen. Eine wilde Freude beherrschte alle, sie waren wie Teufel im flackernden Schein der Kerze. Und während er spielte, dachte Pieter: ›Wenn wir keinen Magen hätten, wie schön wäre doch das Leben!‹

In der nahen Stadt war Fastnacht. Die Bewohner der Rattenhöhlen zogen darauf los. Mittags kamen sie an, und wie gewöhnlich mußte Pieter die Wirtshäuser übernehmen. Er spielte, sang, schnitt Gesichter und nahm viel Geld ein, während das Bild Veronikas seltsam und schwankend seine Gedanken beschäftigte. Hie und da klebte noch ein wenig Schnee auf den Dächern, von einer beißenden Frostluft festgehalten. Das Städtchen jauchzte und summte von Gesang und lustigem Treiben. Um einen Löffel Freude zu genießen, einen guten Happen zu verzehren oder um sich etwas zu verdienen, waren die Leute von allen Seiten hergekommen, zu Fuß, im Schlitten oder mit Schlittschuhen auf dem schwarzen Eis. Überall wurde gegessen und getrunken, denn morgen sollte die große Fastenzeit beginnen mit einem Kreuz auf der Stirn, und dann war Schmalhans Küchenmeister, vierzig Tage lang. Es wimmelte dann auch von Bettlern und Krüppeln, wie von Fliegen um einen Honigtopf. Doch welch ein Unterschied gegen die vorigen Jahre! Die Leute waren so geizig; sie drehten jeden Pfennig ein paarmal um, wenn er für andere bestimmt war, aber sich selbst aßen sie kugelrund, um sich auf die prophezeite Hungersnot vorzubereiten. Die Bettler krochen und gingen mit ihren echten und falschen Gebrechen von Haus zu Haus, sangen und klagten, hockten in großen Haufen vor der duftenden Rösterei ›Zur Goldenen Gans‹, vor den Wirtshäusern und Gasthöfen und vor dem Portal der Kirche. Die Fastenpredigten hatten angefangen: ein Pater sollte erzählen, wann die Welt untergehen würde. Pieter hätte es gerne mitangehört: er fühlte sich ein wenig ängstlich, aber er konnte sich nicht trennen von dem bunten Gewimmel und vor allem von den Maskierten, die mit tollen Kleidern und närrischen Larven in den Straßen tobten und tanzten, von einer Kneipe zur anderen, und überall die Leute verulkten. Vor allem wurde er gefesselt von dem Kampf, der auf dem großen Markt vorgeführt wurde, zwischen der fetten Fastnacht und der mageren Fastenzeit: die Männer mit einem Gewicht von mehr als zwei Zentnern, beladen mit Würsten und anderen guten Eßwaren, mußten sich schla-

gen mit den ganz mageren, die bewaffnet waren mit Fischen und mageren Fastenspeisen, wie Zwiebeln, Hering und Hafergrützenbrei. Sie stürmten aufeinander los, warfen sich mit Fischen, mit Fleisch und anderen Speisen. Das Volk lachte sich krumm. Und als die Fastenzeit, ein mageres Weib, besiegt war, wie immer, und ihr von der dicken Fastnacht gestattet wurde, vierzig Tage im Jahr und einmal in der Woche zu regieren, da fing auf dem ganzen Markt das Tanzen und Springen wieder an, während die Bettler gierig am Boden herumscharrten nach den umhergeschmissenen und zertretenen Eßwaren.

Und tanzend begaben sich die dicken und die mageren Schauspieler in die ›Rote Nachtigall‹, wo ihnen ein Festmahl bereitet wurde.
Pieter erholte sich vom Lachen und überlegte, ob er nicht irgendwo Papier kaufen sollte, um das alles morgen heimlich zu Hause zu zeichnen, und viele andere Dinge, die er in seinem Herzen verschlossen hielt, seitdem er Veronika kannte.

Er wußte nicht warum, aber heute hatte er solche Angst um sie. Er wollte nicht an Veronika denken und versuchte, ihre bleiche Gestalt aus seinen Gedanken zu vertreiben. Er freute sich sehr, daß er soeben ganz ungezwungen mit den anderen hatte mitjubeln können und sie ganz vergessen hatte; aber nun war er wieder mit ihr allein, und sie zog ihn an, sie zog ihn, ohne ein Wort zu sagen, zum Krankenhaus, dahinten im Dorf.
»Was nützt es, wenn ich heute noch hingehe, ich werde doch nicht eingelassen«, seufzte er. »Übermorgen werde ich sie sehen, dann ist Besuchstag.« Er schüttelte sie von sich ab und beschloß, Papier zu kaufen.

Er ging. Die Andacht war zu Ende, das Volk strömte hinaus, und die Fladen- und Brustbonbonverkäufer, die Bettler und Krämer fingen an, ihre Litanei herunterzuleiern. Die Betschwestern in Kapuzenmänteln eilten schüchtern davon. Aber viele Maskierte lauerten ihnen auf und fingen an, sie mit piepsenden Stimmen auszuschimpfen und ihnen in zweideutigen Reden die Verfehlungen der ganzen Familie vorzuhalten, am liebsten, wenn recht viele Leute dabei waren. Dort hob man eine zappelnde Betschwester in die Höhe und trug sie im Kreis herum. Spaßvögel hatten einer Frau ein Schild auf den Rücken geheftet, auf dem zu lesen stand: Ich bin eine ›Kwesel‹[1], weil mir fehlt ein Esel.

Aber Pieter bemerkte auch, wie zwei Frauen in Kapuzenmänteln sich in einer abgelegenen Straße eine Larve umbanden und dann singend und Arme schwenkend in die Menge untertauchten. Er sang, um nicht an Veronika denken zu müssen. Als er in eine stille Straße kam, fiel sein Blick in eine kleine Kapelle, wo viele Kerzen vor einem Bilde der Madonna mit den sieben Schmerzen angezündet waren. Und sofort kam ihm der Gedanke, für sie zu beten.

Er saß vor dem alten, angerauchten Madonnenbild: »Bald wirst du ihr das Schwert der Krankheit aus dem Herzen ziehen, wenn sie stirbt«, murmelte er, aber mit einer ängstlichen Besorgnis richtete er sich plötzlich auf, »aber jetzt noch nicht, liebe Mutter Gottes, jetzt noch nicht, jetzt noch nicht ...«

Er hatte sich überlegt, wie er das eingesammelte Geld anwenden sollte: einen Teil für Krachbein, einen Teil, um übermorgen etwas Gutes für Veronika zu kaufen, und einen Teil für Zeichenpapier. Aber jetzt, mit dieser Angst in seinem Herzen, mit dem bleichen, starren Bild von

1 Betschwester.

Veronika in sich, sagte er plötzlich: »Sieh, hier ist das Geld, mit dem ich Papier kaufen wollte, aber dann laß sie noch nicht sterben, ... laß das Schwert noch eine Weile drin«, und er schob die Münzen in die eiserne Opferbüchse. Seufzend, unüberzeugt blickte er auf den Schlitz der flachen, eisernen Büchse, durch den das Geld hinuntergerutscht war.
Draußen erhob sich ein großer Lärm, und er stürzte zur Kapelle hinaus. »Was ist los? Wird eine Betschwester ausgepeitscht?« fragte er die dahineilenden Leute. »Schöneres!« rief man ihm zu, »die dicken Bauern vom Lämmerhof wollen in der Stadt mal zeigen, womit sie sich heute abend vollstopfen werden!« Und Pieter schloß sich an.

Umgeben von Musikanten, Kindern, einer großen Volksmenge, Armen und Krüppeln, kamen die dicken Bauern daher, den Löffel am Hut und singend, zu Fuß und auf Wagen, und zeigten, was sie heute abend essen wollten. Voran schritten Knechte und Dienstmädchen mit weißen Schürzen, die auf Tragbahren und ausgehängten Türen, in zinnernen Schüsseln und Körben die Speisen trugen. Es war überwältigend, eine Herausforderung, um die armen Leute in Wut entbrennen zu lassen: Schweinsköpfe, Braten, ganze Haufen Schnitzel, Hammelkeulen, Schweinsrippchen, Spanferkel. Zwei Knechte trugen auf den Schultern eine Wurst, so dick wie ein Oberschenkel; zwei andere, wie die Traubenträger aus dem Gelobten Land, hatten an einer Stange ein ganzes Bündel Schweinsfüße und -ohren; zwei weitere schleppten auf einer ausgehängten Tür einen Berg von frischgerupften viereckigen, fetten Gänsen, andere wieder prahlten mit Hasen, schönen Fischen und Kränzen von Wasserschnepfen.
Die dicken Frauen und Männer, die zu Fuß gingen,

tanzten im Zickzack nach der Musik der Dudelsäcke. Die auf den Wagen saßen, warfen Kupfergeld und Kuchen unter das Volk und am liebsten in die Läden oder Häuser hinein, um den Spaß zu haben, daß die Bettler und Kinder dort hineinstürmten, irgend etwas zerbrachen und mit den Bewohnern sich herumschlugen. Und es machte ihnen auch Vergnügen, zu sehen, wie die Bettler, groß und klein, lahm und hinkend, mitliefen, mithumpelten mit ausgestreckten Händen, wie durch ihre leeren Magen angezogen von dem Fleisch und dem Überfluß an Eßwaren. Die Dicken glänzten vor Prahlsucht. Pieter hatte gar nicht gewußt, daß es so viel Dicke gab. Er erkannte Fettkloß wieder, den Sohn von Drüsenkröte, der seine Schinken noch nicht nach den Rattenhöhlen hatte bringen lassen, die Familie Dickwanst und die ganze Sippe. Dort auf einem Wagen, stolz und ungeheuerlich, stand Wackelfett! Und wuppdich! Pieters Hütchen saß gleich tiefer auf dem Kopf, und sein Dudelsack verschwand unter dem Mantel.

Nun konnte man ihn nicht wiedererkennen, und er lief mit. Auf dem großen Markt tanzten die Bauern noch einmal Hand in Hand im Kreis herum und begaben sich dann in die ›Goldene Gans‹, um ein kräftiges Glas Bier darauf zu trinken und so richtig mit ihren Vorräten zu protzen. Die Bettler verdrängten sich gegenseitig, klagten und fragten, riefen und fluchten. Aber die Dicken gaben nichts her. Am Kirchhof standen zwei Bettelmönche, die sich den Tumult anguckten. Der Knödel vom Lämmerhof ließ sie rufen, und man füllte ihnen die Arme voll Speck, Gänsen und Wurst, was bei den armen Leuten einen Sturm von Flüchen und Verwünschungen auslöste.

Da schnappte ein magerer alter Bettler eine Ente weg, der Knecht wollte ihm einen Fußtritt versetzen, aber ein anderer Bettler ergriff rechtzeitig das Bein. Der Knecht fiel auf die Fersen und die ganze Tür mit den Gänsen auf den Boden. Hals über Kopf stürzten sich die Bettler darauf, und Krücken und Fäuste gingen auf und nieder. Der andere Knecht zog sein Messer, erhielt einen Schlag auf den Kopf und fiel mit einem Schrei hintenüber. Das Messer flog in großem Bogen durch die Luft. Die Dicken kamen herbeigelaufen, verließen den Zug und die Wagen warfen sich mit aller Wucht auf die Mageren. Diese aber waren wie Wölfe und schlugen Löcher in ihr Fett. Das Gewühl war wie eine Faust, die sich zusammenkrampft. Die anderen Knechte waren eingeschlossen und mußten sich selbst, ihre Eßwaren und ihre Herren verteidigen, aber sie ließen sich lieber das Essen wegnehmen als sich verprügeln; ihre Prügel freilich bekamen sie doch.

Knechte und kleine Bürger, die ins Gedränge verwickelt wurden und die Gelegenheit günstig fanden, sich eine Gans oder einen Hasen zu erobern, stopften schnell dies oder jenes unter ihren Mantel und machten sich mit ernster Miene davon. Die bunten Masken beteiligten sich ebenfalls. Das Volk strömte von allen Seiten herbei, und um besser sehen zu können, stieg man auf die Kirchhofsmauer.

Die Dicken waren nun von allen Seiten bedroht; aber daran gewöhnt, zu herrschen, und ihre Ehre verteidigend, schlugen und stampften sie wütend drauflos, mit der plumpen, tierischen Sicherheit zu siegen. Die Frauen kämpften mit. Es gab auf beiden Seiten ein heftiges

Kratzen, Stampfen, Schlagen, Schreien, Kneifen, Bluten, Fluchen und ein Zerren an Haaren, Gänsen, Würsten und Kaninchen. Man verteidigte sich sogar mit den Eßwaren, und Schinken wurden geschwungen wie Keulen. Messer blitzen auf, und man schlug mit Löffeln, Krücken und Knüppeln, daß es nur so krachte. Einige fielen auf den Boden, und andere wälzten sich, ineinander festgebissen, im Schnee. Die Mageren, die gleich mit ihrer Beute abrückten, waren am schlauesten; aber die Gier hatte sie gepackt, und sie wollten immer noch mehr haben. Pieter sah es und lief aufgeregt an der Kirchhofsmauer wie eine Spule auf und ab.

»Ach, wenn man mich nicht wiedererkennte, wie würde ich nun mit darauf loshauen!... Wie schön wäre es, sich daran zu beteiligen! Warum immer Angst haben!... Warum immer eine Ausrede suchen...«, brummte er in sich hinein, mit geballten Fäusten und kochendem Blut.

Plötzlich ein heftiges Geschrei: ein Dicker wurde mit einem Eselskinnbacken geschlagen und lief heulend auf einem Bein zur Seite, wo er sich vor Schmerz krümmte wie ein Wurm. Magere Frauen zerkratzten dicke Fratzen zu Landkarten, Magere wurden an den Haaren herumgeschüttelt wie Medizinflaschen, eine Frau biß einem Dikken in die blühend roten Backen, weil er sie gegen seinen Bärenleib fast zerdrückte.

»Ich mache mit! Ich mache mit!« rief Pieter, entschlossen, sich in den Haufen zu werfen, als er zu seiner Freude bemerkte, daß die Söldner mit ihren eisernen Hüten und glänzenden Lanzen herangelaufen kamen.

»Die Söldner, die Söldner!« rief das Volk wie aus einem Munde. Und wie immer wußten die Mageren, daß sie, und nicht die Dicken, sich aus dem Staube zu machen hatten. Schnell wie Aale schlüpften sie weg, glitschten aus den fetten Fäusten der Dicken, die nur zwei arme Frauen und einen Mann mit echten Geschwüren übrigbehielten, auf die sie nun alle zusammen siegesstolz losschlugen, bis die Söldner die drei nach den Kellergewölben des Rathauses abführten.

Da standen nun die Dicken in ihrem glänzenden Fett: die ganzen Eßwaren gestohlen, beschmutzt oder zertreten. Sie platzten fast vor Wut. Pieter lachte, es hatte kaum zehn Minuten gedauert, aber die Zerstörung war gründlich und schön gewesen.

Dem Fettkloß hing das Hemd aus der Hose, einer hatte ein Loch im Kopf; eine dicke Frau klagte, daß ihr in der linken Brust eine Rippe herausträte; einer hatte ein Stück Ohr eingebüßt; ein anderer hatte ein blaues Auge; keiner war dabei, dem nicht die Kleider zerrissen und das Gesicht zerkratzt worden wäre.

Und mit geballten Fäusten drohten sie nach der Ferne, riefen durcheinander: »Wir schlagen sie tot, wenn sie noch kommen und betteln!... Wir geben nichts mehr! Die von den Rattenhöhlen waren auch dabei... Wir brennen ihnen die Hütten nieder!...« Aber dieses Rufen und Drohen machte sie nur noch lächerlicher, und verlegen zogen sie fluchend und drohend nach der Rösterei ›In

dem Vollen Topf‹, wo es nach herrlichen Fastnachtsspeisen duftete.
»Erledigt«, seufzte Pieter, und es tat ihm leid, daß er sich im Kampf gegen diese fetten Schweine keine Wunde geholt hatte. Nun mußte er wieder in den Wirtshäusern spielen und gegen sechs Uhr an der Kirche sein, um mit den andern nach den Rattenhöhlen zurückzukehren.
Er holte seinen Dudelsack hervor; aber da erfaßte ihn wieder diese Unruhe um Veronika, er blieb stehen und murmelte: »Ich habe ja Geld genug, um keine Ohrfeigen zu bekommen. Wenn ich nur Geld mitbringe, ist es denen ganz egal, wann ich nach Hause komme...«
Er zögerte noch etwas, sah die Masken wild durcheinander wimmeln und betrachtete den Himmel, der grün wurde von der nahenden Dämmerung.
»Veronika, warte noch ein wenig, noch eine kurze Weile«, sagte er flehend und verließ mit raschen Schritten die unruhige Stadt.

Er schritt auf den harten Wegen, neben den schimmernden Feldern, auf denen noch ein wenig gefrorener Schnee liegengeblieben war.
»Ich brauche nicht so zu eilen, sie ist doch noch nicht tot«, lachte er, »schade, daß ich kein Glas Honig für sie gekauft habe.« Und er fing an zu laufen, von der Angst gejagt ie ein Hirsch vom Jägerhorn.
Es war ganz dunkel, als er das Dorf an einigen Lichtern erkannte. Der Himmel war so voller Sterne, daß ab und zu einige herunterfielen. Für jeden Stern durfte er sich etwas wünschen. Und er wünschte sich tausendmal und mehr: »Laß sie mich noch einmal sehen!« Er lief wie jemand, der seinen Schatten haschen möchte. Und als der Klopfer gegen die Tür schlug, drang ihm dieser Lärm durch sämtliche Adern.

Die Schwester Pförtnerin guckte, eine brennende Laterne in der Hand, durch das kleine Gitterfenster. Und ruhig, wie jemand, der es gewohnt ist, mit Kranken umzugehen, fragte er: »Schwester, im Vorbeigehen wollte ich mich nach Veronika erkundigen. Hat sie den Tag gut überstanden?...

Wollen Sie ihr sagen, daß ich übermorgen ein Glas Lindenhonig...« Aber er kam nicht weiter und blickte auf den Mund der rotbäckigen Schwester, wie auf ein Auge, das ihm das Herz durchbohrte.

»Komm herein, mein Junge!« hörte er. Die Tür öffnete sich, und er fühlte sich bei der Hand genommen, hörte die Schwester allerhand erzählen, was, wußte er nicht; aber er sah ganz deutlich einen weißen Gang mit gewölbter Decke und langen Schatten, sah eine Tür sich öffnen und kam in ein kleines dumpfes Zimmer, wo auf einer Tragbahre drei Dinge lagen, jedes unter einem Laken.

Die Schwester zeigte auf das mittlere Laken. Und genau wie bei seiner Mutter bemerkte er drei Erhöhungen: den Kopf, die zusammengefalteten Hände und die aufrechten Füße. Die Schwester kniete nieder und betete, und er kniete ebenfalls, betete aber nicht, sondern blickte bestürzt auf das weiße Laken.

Die treuherzige Schwester erhob sich, winkte ihn heran und schob das Laken beiseite. Da lag Veronika, im groben Totenhemd, einen Rosenkranz um die dünnen Hände, den Kopf in ein Tuch gebunden, um den Mund zusammenzuhalten. Da lag sie wie eine Puppe aus grünem Wachs, aus dem man Madonnen macht, mit geschlossenen Augen und dem Anfang eines Lächelns auf den weißen Lippen; wie eine Nippsache, wie eine verblichene Figur. Man roch hier nicht den Tod, es gab kein Geheimnis und keine Angst. Pieter wunderte sich, daß er nicht weinte, es tat ihm leid. Er dachte nicht einmal, daß es kalt sein könnte unter diesem dünnen Laken. Und als er ihr seinen Segen gab, blieben seine Finger auf der glaskalten Stirn liegen.

›Nun wird sie nie mehr die Augen öffnen, da sie nun immer mit Gott spricht‹, dachte er. »Und doch ist es gerade, als wäre es nicht sie«, wollte er, traurig enttäuscht, der Schwester sagen. Er hätte so gern geweint und geklagt; aber als die Schwester sah, wie dieser Junge sie mit seinen großen Augen so flehend anblickte, dachte sie, daß er Trost suchte, und sagte, indem sie das Gesicht der Toten mit dem Laken wieder zudeckte: »Mein Junge, sie ist so schön gestorben! Den ganzen Morgen hatte sie kein Wort gesagt. Wir hatten den Gärtner geschickt, um mitzuteilen, daß sie im Sterben läge, aber es war niemand zu Hause. Und sie wartete, wartete und blickte fortwährend nach der Tür. Als heute mittag das Ave geläutet wurde, sagte sie: ›Unsere Liebe Frau hebt mich unter den Armen empor, sehr hoch, und ich sehe das Meer und auf einem hohen Berg eine Stadt mit lauter Regenbogen darüber . . .‹

»Dann löschte sie still aus wie eine Kerze, sagte fortwährend fromme Sprüche her und murmelte manchmal etwas auf Lateinisch: Amos tua . . glaube ich, oder so ähnlich.«

Da schossen Pieter die Tränen nur so aus den Augen, vor Freude und Schmerz.

»Sie war ein heiliges Kind«, schloß die Schwester. Und Pieter küßte ihr vor Rührung die harte Arbeitshand und fing vor Seligkeit so an zu schluchzen, daß er vor Scham die Hände vor die Augen schlug und hinaustaumelte . . .

»Übermorgen früh um sieben Uhr wird sie begraben«, rief ihm die Schwester noch nach.

Wandern, Kreuz und quer, tagelang, unruhig wie der Frühling, der unter Schnee- und Regenschauer seine Schneeglöckchen wie Fühlhörner aus der Erde streckt.
Er schlief in Scheunen, dudelte, bettelte.
Er hörte von großen Kämpfen zwischen Bettlern und reichen Bauern. Wie es schien, hatte man den Hof des Stiernacken bei Herenthals niedergebrannt. Man hatte den verstümmelten Kopf eines Dicken in einem Baum gefunden und einen Leib ohne Kopf in der Nethe treiben gesehen, auf dessen aufgetriebenem Bauch die Krähen herumpickten. Bettlerhütten waren niedergeworfen, magere Bauern von den Dicken aufgehängt worden, und noch vieles mehr hatte sich ereignet. Und je weiter diese Schauermären ins Land drangen, um so kürzer wurden sie, um so gewaltiger aber das Geschehen. Und Pieter erzählte den Leuten, die ihn danach fragten, immer noch ein paar dazu. Und er konnte es nicht lassen, in das brotweiße Fleisch eines Baumes jenen dahintreibenden Mann zu ritzen, mit den gierigen Raben auf dem Bauch. »Immer ist der Magen das Scheusal unseres Leibes«, seufzte er. Er zog weiter, immer näher auf sein Dorf zu. Ein Duft von Erinnerungen trieb ihn dorthin, wie das Wasser einen Strohhalm treibt. Und je weiter er ging, um so mehr wich die tote Veronika aus seinem Herzen.
Es war höchst sonderbar. Solange er unter den Menschen war, lebte er nur durch sie; ihr Charakter und ihr Wille beherrschten ihn ganz. So war es mit der Liebe zu seiner Mutter gewesen, mit der Angst vor der Tomatenkröte und vor Wackelfett, mit der Liebe zu Veronika und der Angst vor Krachbein. War er aber einmal von diesen Menschen fort, aus dem Bereich ihres Atems, so verwandelten sie sich in einen Traum, sie wurden Gestalten einer Erzäh-

lung, deren er sich bis in alle Einzelheiten lebendig erinnern konnte, die aber nicht mehr zu seinem Leben gehörten und sein Herz ganz kalt ließen. Und so war nun auch die bleiche Gestalt der Veronika deutlich, aber ohne eine Fortsetzung des Lebens zu sein, wie ein Bild in sein Herz geprägt. Er trug das Bild bei sich, aber es lebte nicht.

Nur das dumme Bauerndorf lockte und rief ihn immer noch, wo er auch war.

Und er schritt mit vollem Bewußtsein darauf zu, aber als nüchterner Mensch. Er hatte die Hohlheit seiner Träume eingesehen. Er war es müde, sich selbst etwas weiszumachen. Er wollte nun Bauer werden, ein simpler Bauer. Seine Sehnsucht, Maler zu werden, war geschwunden, als hätte Veronika, die er mit seiner Phantasie am Leben erhalten hatte, sie völlig aufgebraucht. Es war ihm kein Fingerhut Idealismus geblieben. Er würde nun ein Bauer sein, und er wußte, warum. Aus dem Malen würde doch nie etwas werden. Denn vor allem mußte er, um Maler zu werden, eine Schule besuchen und Lehrjahre durchmachen. Wer würde ihn aufnehmen? Aber da dachte er wieder an Quinten Metsys. »Er war Schmied und wurde plötzlich Maler«, hatte Pater Cornelis gesagt. »Erst sehen und dann glauben«, brummte Pieter. Er war doch nur ein Junge vom Ufer des fischreichen Dommels, ein armer Bauernjunge und um kein Haar besser als die andern.

Er wollte Bauer bleiben, würde in dem einsamen Dorf wohnen, tüchtig arbeiten, sich durchsetzen und sein Ziel erreichen. Sonntags würde er Karten spielen, Kegel schieben und einen tüchtigen Krug Dommelbier trinken, um in der Woche bei der Arbeit gut schwitzen zu können; er würde eine von den einundzwanzig Mädchen, die er liebte, oder auch eine andere zur Frau nehmen, einen Rosenkranz von Kindern um den Tisch krähen hören,

einen dampfenden Breikessel mitten drin und den Kamin voller Schinken haben!
»Lieber zehn Vögel in der Hand als einen in der Luft!« rief Pieter, und er ging als Bauer die vier Jahreszeiten durch: er sah vier Gemälde.
Er pfiff, daß es messerscharf durch den stillen Februar schnitt, der einen seiner sieben schönen Tage über die Welt ausgebreitet hatte. Er kam an einer kleinen Klosterkirche vorbei, die einsam, auf einem kleinen Hügel, mit ihrer zarten Glocke den Anfang der Abendandacht ankündigte. Das Kirchlein stand offen: er sah Kerzen brennen und einen Mönch, der die Glocke läutete. Er bekam Lust, hineinzugehen und zu beten, daß er ein guter Bauer werden möge. Aber er ging vorbei. »Nein, gibts nicht«, sagte er, »da könnte wieder so irgendein Gemälde hängen, das mir meine Ruhe nimmt... ich werde Bauer!«
Und er schritt pfeifend weiter auf dem schwarzen, matschigen Weg, der in der Sonne dalag wie Pflaumenmus. Der Weg krümmte sich von einem strohbedeckten Hof zum andern, wie aus reiner Höflichkeit, und man roch in den Pappeln und Kopfweiden am Wegrand die Lust des neuen Lebens und des Frühlings. Er schritt auf sein Dorf zu.
Dort ging ein alter Mann mit einer Kiste auf dem Rücken und Lumpen um die Beine gewickelt. Als dieser ihn bemerkt hatte, blieb er wartend stehen und setzte dann mit Pieter den Weg fort. Sie unterhielten sich unterwegs vom Kriege, von Kaiser Karl und der Hungersnot.
»Kommst du weit her?« fragte Pieter. Der stoppelbärtige Mann erzählte, daß er in der Schweiz gewesen sei.
»Und wie sind die Berge dort?« fragte Pieter.
»Ich habe dort Calvin gesehen«, antwortete der Mann, und er erzählte von Genf, wo Calvin wohnte, und sagte, er hätte früher gesehen, wie Luther auf dem Markt zu

Wittenberg die Bannbulle des Papstes verbrannte, er hätte Ignaz von Loyola predigen hören und gesehen, wie hie und da Ketzer verbrannt wurden.
›Dieser Mann hat die ganze Welt bei sich‹, dachte Pieter und hörte ihm zu; und als jener erzählte, wie grauenhaft die Ketzer gefoltert wurden, fluchte Pieter vor innerer Wut.
Nun taute der alte Mann auf: »Fluche nicht Gott, junger Freund, sondern fluche nur denjenigen, die solche Greueltaten vollbringen. Ich merke, daß du das Herz auf dem rechten Fleck hast; du kannst das Wort Gottes hören. Sieh, das ist das Gebet, das wir verteilen und sprechen, damit wir von den Nattern befreit werden!« Und aus dem falschen Boden seiner Kiste, die gefüllt war mit Zwirn, Schuhwichse und Schnürsenkeln, holte er eine Rolle Papier, von der er ein Blatt abwickelte.

Er las mit feierlicher Stimme, nachdem er erst forschend um sich geblickt hatte: »Wo Du, o Herr, keinen Stein hattest, auf dem Du Dein Haupt hinlegen konntest, sehen wir diejenigen, die Deine Vertreter sein wollen, im Überfluß ersticken. Gott ist der Herr, und kein Mensch kann Dich vertreten, da Du, o Herr, selbst Mensch ge–––––.«
Pieter hatte andächtig und eifrig zugehört, aber da

bemerkte er, daß die Rückseite des Papiers frei war, weiß wie eine Milchwolke im Frühling, weiß, weiß, weiß wie Papier! Papier! wie lange war es her! Er war wie ein Matrose, der Land gesehen hat. Sein Blut stieg empor wie eine Feuersäule. Er hörte nicht mehr zu, denn dieses Papier war weiß, und was konnte man nicht alles darauf zeichnen!

Und während der Mann mit fanatischer Begeisterung weiterlas, war in Pieter die Zeichenlust leidenschaftlich wieder aufgewacht; der alte Geist war in ihm lebendig geworden und hatte ihn völlig aufgewühlt. »Gib mir dieses Gebet«, sagte er lebhaft, »gib mir mehrere davon, ich will sie meinen Freunden weitergeben!«

»Gott sei gelobt!« dankte der Alte, »daß ich dich auf diesem Weg getroffen habe und neue Saat habe säen dürfen! Ich sehe, daß du zitterst vor Eifer! Gott sei Lob und Dank!« Und er wickelte ihm etwa zehn Blätter von der Rolle ab.

Pieter küßte die alten, braunen Hände, und dem Mann traten die Tränen in die Augen. »Ich werde jetzt diesen Seitenweg einschlagen«, sagte Pieter, nachdem er geraume Zeit schweigend, aber ohne zuzuhören, den predigenden Mann begleitet hatte. »In dieser Richtung wohnt ein Freund von mir.«

Der alte Mann dankte und gab ihm seinen Segen. Noch keine zehn Minuten später stand Pieter auf der Türschwelle einer kleinen Bauernwohnung und erbat sich einige Holzkohlen, um einem seiner Freunde eine Wunde zu heilen. Die alte magere Bäuerin schenkte ihm einen Hut voll. Auf der glatten Fläche eines umgehauenen Baumes breitete er das Papier aus und zeichnete! Es überwältigte ihn ganz und gar. Er zeichnete das Gemälde von Bosch. Ja, so war es!... mit diesen Fratzen und dem durchschimmernden Sankt Antonius. Und er zeichnete Wackelfett,

Krachbein... nein, Veronika nicht, aber er zeichnete einen Himmel mit großen Engeln. »Sie hängt dazwischen«, sagte er.
Das gute alte Element war wieder da. Es summte in ihm und wuchs zugleich, und er zeichnete, bis es dunkel wurde. Er faltete die Papiere sorgsam zusammen und schritt dann weiter, froh und munter, nicht unter den Sternen, sondern gleichsam mitten durch sie hindurch. Er ging, bis er wie in allen Märchen in der Ferne einen Lichtschein sah. Dort saßen ein Großvater und eine Großmutter am Herd, ein Kind schlief in einer alten Weidenwiege, eine Ziege lag unter dem Tisch, und zwischen zwei Pfählen steckte eine Kuh ihren Hals in die kleine Stube hinein. Eine junge, magere Frau stampfte Kuhfutter in einem Faß. Er durfte sich wärmen und auf dem Heuboden schlafen. Er erzählte, daß er Calvin gesehen und der Verbrennung von hundert Ketzern beigewohnt habe.
»Und darf ich dich einmal zeichnen?« fragte er, als er sah, wie der runde Kopf des Großvaters sich deutlich auf dem Licht des Herdes abhob. Er zeichnete ihn und auch die Mutter und die Kuh dazu. Das Herz dieser armen Leute aus der Heide wurde aufgewühlt durch seine Erzählungen, er selbst aber war wie eine junge Katze, die sich aus der Falle befreien möchte. Die Lust, Bauer zu werden, war völlig weggeweht. Und als er im Heu lag, konnte er kein Auge schließen. Er verbrannte innerlich.
»Morgen ziehe ich nach Antwerpen!«
Ein neues Leben tat sich auf, herrlich und weit, überströmt von Licht und Farbe. Sieben Tage ist er unterwegs, auf sein Dorf zu schlendernd, um ein Bauer, ein dummer Bauer zu werden..., und kaum hat er ein weißes Stück Papier gesehen, da kommt der Künstler aus der Bauernhaut zum Vorschein, wie ein Gesicht aus einer zerrissenen

Maske. Er zappelte, purzelte und drehte sich. Er betete nicht mehr: »O Herr, laß mich Maler werden«, denn er fühlte, daß es nicht anders mehr sein konnte.
Der Maler saß in ihm gefangen, in allen Ästen seines Blutes, wie ein ihm fremdes Wesen, wie ein Lamm im Dornenbusch; hätte man ihn herausreißen wollen, es hätte zwei Tote gegeben: Pieter und den Maler.

Aber bevor er auf Antwerpen lossteuerte, wollte er seinem Dorf noch einmal Lebewohl sagen. Er war nur drei Stunden davon entfernt. Er roch es bis hierher. Man hätte es sein Leben lang bereuen müssen, wenn man so dicht in der Nähe gewesen und ihm den Rücken zugekehrt hätte. Und er ging hin; die Papierblätter trug er wie ein Heiligtum bei sich. In Antwerpen würde es sehr einfach sein: er brauchte nur die Maler aufzusuchen, ihnen diese Blätter zu zeigen, und die Sache war in Ordnung. Unterwegs beschloß er, daß er den langen Ludwig, den Pater und den Küster besuchen und im ›Verkleideten Affen‹ noch einmal tüchtig das gute Bier kosten wollte; dann aber ans Malen, daß es nur so krachte! Er pfiff im Gehen einen Soldatenmarsch. Er erkannte die Winterheide wieder, mit ihren braunen Flecken. Und wie festlich war der Himmel bei diesem Ostwind, mit diesen hohen, weißen Kathedralwolken auf dem blauen Hintergrund, die grau emporstiegen, dann schwarz wurden und einen reichlichen Haufen Schnee ausschütteten. Überall weiß und schwarz, wie Störche. Sieh! Dort verschwand alles, die Tannenwälder und die Felder unter wirbelndem Schnee; und auf dieser Seite strahlte alles vom Licht, das über drohenden Massen aus hohen Blumenkohlwolken purzelte, die Lust verspürten zu beben und zu donnern. Und drüben: wie grün war das Land in einem Sonnenklecks! Und die Fernen weihrauchblau, schön, um die Arme, losgelöst vom Leibe, danach emporzuwerfen. Pieter rief aus: »Gott aller Regenbogen, zerreibe mich auf deiner Palette! Verwandle mich in Farben!« Er entdeckte immer wieder neue Schönheit, »Hätte ich gewußt, daß es hier so schön ist, ich wäre schon längst wiedergekommen!«

Kurz nach der Mittagstunde schritt er über die steinerne Brücke und sah sein Dorf doppelt vor sich liegen – in der Luft und im Wasser –; den Turm, die Strohhütten, die Kopfweiden, die schiefen Pappeln und die Mühle – ein kleines Menschennest! Eine große, weiße Wolke, wie ein Engel, legte einen Heiligenschein um das dunkle Profil des Dorfes! »Wie schön ... aber wie klein!« murmelte er. Er roch den Torf und die Stallungen, die Stille und das Bier. Es wurde ihm erst recht deutlich, wie still es war, als er irgendwo einen Schleifstein summen hörte. Und nun sah er plötzlich in alle Menschen und in alle Häuser hinein. Ach, diese Menschen, die immer über ein und dasselbe sprachen: am Sonnabend über den Markt, Sonntags über Bier, Kegel- und Kartenspiel, wochentags über die Teuerung, das Vieh und die Wochenbetten und abends über alles, was wehmütig und gespensterhaft ist. Er spürte auf einmal ein großes Mitleid mit diesen Menschen, er, der nun in Antwerpen, dem Füllhorn, wo alle Düfte der Welt zusammentreffen, wohnen würde.

»Noch einen Schritt, und du bist von der Bildfläche verschwunden. Aber ich will doch erst meinen Dorfleuten noch die Hand drücken«, sagte er, und er fühlte sich sehr edelmütig. »Ich werde dudelnd einmarschieren, dann verschlucken sie sich an ihrem Brei!«

Er ging, fing an, den Dudelsack aufzublasen, aber da sah er den Pater, der mit seinem vom Wind geschwellten Mantel aus einem Seitenweg kam. »He!« rief Pieter ausgelassen. Er schwenkte seinen Hut. »Ich bin es, Euer Chorknabe Pieter! Oder kennt Ihr mich nicht mehr?«

Erst hielt der Pater die Hand über die Augen, um besser zu sehen, dann warf er die Arme auseinander vor Staunen und Freude, wie eine Taube, die auffliegen will. Aber Pieter konnte aus der Ferne diese Freude nicht sehen, und er dachte mißtrauisch: ›Was soll das heißen?‹

Mit frohem Herzen aber mit vorgestreckter Faust und unheilvoll den Mispelstock schwingend, kam der Pater herangelaufen; ohne Drohungen ging es nun einmal bei ihm nicht. Und Pieter hörte etwas wie: »Lausejunge! Taugenichts ... einem so einen Schrecken einzujagen! Komm her, daß ich dich verprügele, daß ich dich ...« Aber weiter hörte Pieter nichts mehr: er sauste davon, schwitzend vor Angst.

»Nein, nein, nicht wieder zurück zu den Dicken, niemals!« rief er und lief, wie er noch niemals gelaufen war: als flöge sein Herz vor ihm her, wie ein ausgerissener Vogel, den er haschen sollte. Er hörte das Keuchen von Wackelfett, er hörte sämtliche Dicken hinter sich her laufen mit ihren dröhnenden Elefantenbeinen. Er lief in einer Wolke von keuchenden, fetten Atemzügen. Da kam ein breiter Bach. Er nahm einen Anlauf und sprang hinein bis an die Kniee. Da blickte er sich um, und dort hinten kam der Pater, die Arme schwenkend, angelaufen, rufend und schimpfend.

Pieter machte sich wieder fort. ›Denn er ist imstande, glatt über den Bach zu springen‹, dachte er. ›Nein, garstiger Pfaffe, erst nach Ostern werde ich mal wieder daran denken, dich zu besuchen. Du schickst mich nicht zurück zu diesen Lumpen, mein Lieber!‹ Und er verschwand in einem Tannenwald, der ihn gleich mit seiner Stille und seiner geheimnisvollen Ruhe umschloß.

Und mochte der Pater auch verzweifelt in die Stille des Waldes hineinrufen – er war ebenfalls in den Bach gesprungen –: »Komm doch nur, mein Junge, du brauchst keine Angst zu haben, ich drohte nur so aus Gewohnheit. Ich will dich nach Antwerpen bringen, zu Pieter Coecke, du sollst Maler werden ...« Pieter hörte nichts mehr davon, und der Wald schwieg ...

Abends sitzt der große Dorfpfarrer traurig und aufgeregt vor den roten Flammen des Herdfeuers, während draußen der Wind an die Häuser schlägt und in den Bäumen heult. Er betet seinen Rosenkranz und murmelt: »O Herr, das ist nun das zweite Mal, daß ich diesen Jungen verfehle ... Ich verstehe deine Sprache nicht. Ist es denn nicht seine Bestimmung, Maler zu werden?«

Der Wind rüttelt am Dach, die Balken stöhnen. Die magere Magd hält sich bereit, hinauszuspringen vor Angst. Der Pater betet für die Reisenden auf den Wegen und die Schiffer auf dem Meere; er denkt an Pieter und an seinen Schwager. Und dann betet er für sich selbst: daß er sich in Zukunft nicht mehr so schnell aufrege, denn darum ist Pieter geflüchtet.

Das Gebet ist zu Ende. Er sieht, wie die Magd so ängstlich dasitzt. Und gleich schimpft er wieder los.

»Bete, statt nach der Decke zu schielen!« schnauzt er sie plötzlich an. Aber er bereut es sofort. »Werde ich mich denn niemals bessern?« ruft er verzweifelt und versetzt der Katze einen Fußtritt, daß sie unter den Küchenschrank fliegt.

An einem Dienstagnachmittag, den Dudelsack unter dem blaßpurpurnen Lumpenmantel und den Hut tief in die Augen gedrückt, kam Pieter, in dünnem Schneegestöber, vor die Tore von Antwerpen. Eine heilige Anziehungskraft trieb ihn weiter. Dort, beim Sankt-Willibrordus-Viertel, drehten sich fünfzehn Mühlen. Und er sah, wie jenseits der beschneiten Wälle, hinter Gardinen von fallendem Schnee, große Türme und Giebelhäuser blaugrau emporragten. Das war Antwerpen! Es war so still, als ginge die Stadt auf Pantoffeln, als lebe dort niemand. Der Schnee hielt jeden Lärm gefangen. Auf der Brücke des Festungsgrabens gingen ein paar vornüber gebeugte Leute, schwarz im Schnee. Ein Männlein mit einem Reisigbündel auf dem Kopf schritt Pieter voran, und ein fremder, gelber Hund lief hinter ihm her, den Schwanz zwischen die Beine geklemmt, wie um seinen mageren Bauch zu wärmen. Das Herz klopfte ihm vor Rührung, Freude, Angst, Sehnsucht und noch vielen anderen Dingen. Er hatte sich so viele Jahre danach gesehnt! Der Traum von Antwerpen hatte sein Leben wie einen Teig geknetet, – und nun würde er hinkommen, würde gleich mittendrin sein! Ihm wird so selig zumute, daß er sich wird hineinschleichen müssen, denn seine Beine können ein solches Glück nicht tragen. Gleich ist er da, gleich! Aber jeder Schritt wird mit bleiernen Füßen getan und scheint länger als eine Stunde zu dauern … und plötzlich erhebt sich ein Wald von tausend Angstspießen in ihm. Schon stürzen die Gründe wieder auf ihn ein: die Spanier werden ihn festnehmen, werden ihn für einen Dieb halten, ihn durchsuchen, – und nichts finden außer einem Dudelsack und einigen Zeichnungen. Großer Gott! – ihm ist, als wüßte er nun plötzlich, daß er eine Schlange unter den Armen trägt, – die Zeichnungen stehen auf Ketzergebeten! Seine Kehle schnürt sich zusammen! Er bleibt stehen,

und blitzschnell sind die Zeichnungen unter seinem Mantel in tausend Fetzen zerrissen, die er unter den Schnee schiebt. »Morgen mache ich neue«, tröstet er sich.
Befreit geht er weiter. Er wußte nicht, was ihn so sehr bedrückt hatte. Aber dies Fest ist zu schön, als daß ihm nicht irgend etwas in die Quere kommen sollte ... Gerade im letzten Augenblick wird er Wackelfett auf der Brücke begegnen, der Tomatenkröte, dem Dorfpfarrer oder sonst jemand, der ihn zu Fall bringen und ihn beschuldigen wird, und die Spanier werden ihn dann ins Gefängnis werfen.
Aber er geht weiter ... Verflucht! Und wenn der Tod zu Pferde ihm mit tausend Sensen und seinen sämtlichen Gerippen den Weg versperren wollte, er wird weitergehen, er muß nach Antwerpen hinein, und wäre es mit einer Kugel und vielen Schwertern im Herzen. Angst oder keine Angst! – hinein! Und er geht! Er drückt den beschneiten Hut tief in die Augen und hält die Hand auf seinem Skapulier. Es ist, als fliege ein Gedanke von seinem Skapulier durch die Hand zu den Schultern und zum Kopf hinauf. Er nimmt plötzlich eine andere Haltung an. Er wirft den Kopf zurück, und sein verschmutztes Gesicht zeigt sich nackt und kalt im Schnee. ›Die dreckigen Spanier saugen uns aus, unter dem Vorwand, daß sie den Glauben verteidigen. Nun, ich werde mal sehen, ob sie so viel für den Glauben übrighaben‹, sagt er zu sich selbst. Er holt das Skapulier hervor und tut so, als bete er, die Augen zum Himmel emporgehoben, wie eine Betschwester. Er geht über die Brücke, hinter dem Männlein mit dem Reisigbündel und vor dem Hund, der tut, als gehöre er zu Pieter Bruegel, und versucht, sich ebenfalls durchzuschmuggeln. Nun wird der große Augenblick kommen. Ist er erst über die Brücke, so muß er durch einen Tunnel, der den Festungswall durchschneidet. Das wird etwas wie

ein Traum! Und er weiß, was dahinter ist, und ob dieser Tunnel überhaupt ein Ende nimmt...
Jetzt hat er die Brücke hinter sich. Er wirft einen raschen Blick zur Seite. In der Wache sitzen Söldner mit eisernem Küraß und Pelzmänteln und spielen Karten auf einer hohen Trommel. Sie gucken ihn nicht einmal an. ›Es war also nicht nötig, den Heiligen zu spielen‹, denkt er ärgerlich. Aber er ist noch nicht da – jetzt muß er durch den dunklen Tunnel. Er ändert seine Haltung nicht. Er wagt es nicht, schneller zu gehen, denn er könnte sich verraten. Er fühlt plötzlich, daß alle Söldner herausgetreten sind und ihm nachblicken. Und er muß sich beherrschen, um nicht davonzujagen wie ein Hirsch. Jeder Schritt ist ein Schmerz. Und alles, was gegen ihn aufgebracht ist, alle bösen Gewalten in und außer ihm kreischen um ihn herum mit Dolchen und zeigenden Fingern. Aber er ändert seine Haltung nicht und schreitet weiter. Noch einen Schritt, noch einen, noch einen, nun wird er gleich platzen...! Noch einen Schritt! Ein Lächeln spaltet sein Gesicht entzwei, als er wieder den dünnen Schnee darauf fühlt. Alle bösen Gewalten werden schlaff. »Ich bin da, Mutter!« seufzt er. Und er muß seine Worte bezwingen, damit sie nicht als wilde Freudenschreie in die Luft hinausschallen. »Mein Gott, ich bin da!« dankt er flüsternd. Aber er ändert seine Haltung nicht. Er tappt durch den Schnee. Häuser gleiten vorbei; er geht zur einen Straße hinaus und in die andere hinein. Und da fällt er, in seiner ganzen Länge, vornüber in den Schnee. Aber es geschieht, um den Boden von Antwerpen zu küssen.

Nun war er in Antwerpen! Wahrhaftig! Erstaunt und zaghaft wie ein Hase betrachtet er die hohen Holz- und Giebelhäuser, mit eisernen Stäben vor den Fenstern, die Brunnen an den Straßenkreuzungen und die Aushängeschilder.

Dort erhob sich der stumpfe Sankt-Jakobs-Turm; und weiter, über alle Türme und Dächer hinaus, ragte die schlanke Gestalt des Unserliebfrauen-Turmes in den Himmel, blau, unter einem Schleier von fallendem Schnee. Da fiel die Angst wie ein Tuch von ihm ab! Und nun hatte er gleich hundert Augen zuwenig. Er ging, wie magnetisch angezogen, auf diesen Turm zu, durch eine schmale, dunkle Gasse, deren hohe Häuser oben so dicht zusammenkamen, daß man einander aus den Bodenfenstern mit Leichtigkeit hätte ohrfeigen können. Man sah kaum einen Menschen in dieser Schneestille, nur einige Frachtschlitten mit vielen Schellen an den Pferden. Alles war ihm neu; er guckte nach oben, zur Seite und hinter sich. Aber als er sich wieder einmal umsah, kamen vier Söldner daher, und ihnen voran schritt ein hagerer Mann in einem Bärenpelz. Er erkannte ihn sofort.

»Baskwadder! Er ist ein Verräter ... er hat mich wiedererkannt, sie wollen mich holen ...« Er wäre fast gestorben vor Angst. Er schlug die Hand auf das Skapulier und versuchte, sich unsichtbar zu machen. Steif und schmal schritt er weiter. Hinter ihm rasselte das Eisen der Söldner. Sie brauchten nur den Arm auszustrecken ... Er kam an ein Wirtshaus, ›Zu den Drei Freuden‹. Er sprang schnell hinein wie in ein rettendes Boot. Aber die Söldner traten ebenfalls ein, nach ihm! Er stieß einen Schrei aus und wollte sich schon auf die Knie werfen. Aber Baskwadder zeigte auf einen blondbärtigen Mann, der sich an einem Tisch mit einer alten Frau unterhielt. Plötzlich: ein Lärm von zerbrochenen Krügen und Kannen, ein Hilferuf – und die vier Söldner schleppten den Mann hinaus. Er verlor den Hut, und Pieter hob ihn auf. Die arme Frau lief händeringend hinterher und schrie: »Mein Sohn ist kein Wiedertäufer, meine Herren Soldaten, er hat nur zwei Minuten einem deutschen Prediger zugehört, länger nicht. Er ist kein Wiedertäufer, er ist kein Wiedertäufer!«

Der Mann flehte, blickte hilflos und zugleich ermutigend auf die alte Frau, die sich an ihm festgeklammert hatte. Aber ein dicker Söldner versetzte ihr einen Schlag gegen das Kinn, daß sie wie ein Bündel Stroh hintenüber in den Schnee taumelte. Da zappelte, schlug und stampfte der Mann vor Wut, aber die Söldner machten ihn gleich zahm, indem sie ihn mit ihren Lanzen bearbeiteten, und schleiften ihn dann fort. Keiner von den hinzugeströmten Leuten hob die Frau auf: alle, auch die Wirtsleute, zogen sich feige und ängstlich in ihre Häuser zurück.

»Er hat nicht bezahlt«, sagte die Wirtin.

Pieter war erstaunt, nirgends den Baskwadder mehr zu sehen. Der Schnee legte sich auf die alte Frau. Er wußte nicht, was er tun sollte, fühlte plötzlich ängstlich den Hut in seiner Hand und lief dem Gefangenen nach, um ihn ihm zurückzugeben.

Man weiß nicht, wie es kommt, aber es ist so, als würden die Schornsteine, die Schiefer und die Dachziegel es einander weitererzählen. Es ist, als könnten die Häuser es riechen. Türen und Fenster öffnen sich. Ängstliche, neugierige Gesichter gucken in die Kälte hinaus. Pieter hört Bruchstücke von Sätzen: »Ein Ketzer... ein Wiedertäufer... verbrennen... Scheiterhaufen... verkohlen...«

Der Mann wird verbrannt. Jeder weiß es, sieht es, und es wundert Pieter, daß niemand die Söldner hindert! Diese Leute... sie sind wie aus Kitt, ohne Nerv und Rückgrat, nichts. Sie werden nicht warm. Sie blicken wie Kühe auf

ein Schiff und sagen einfach: »Ich möchte nicht an seiner Stelle sein... Das kommt davon, wenn man ein Ketzer ist.«
Pieter läuft mit, wie an den Mann gefesselt – daran ist der Hut schuld. Volk und Kinder laufen mit, neugierig nach dem Unglück... Und je weiter man kam, um so größer wurde die Phantasie der Leute. Er hörte jemand sagen: »Ein Ketzer, der sich mit Zauberei abgab.«
»Er feierte den Sabbat mit deutschen Dienstmädchen.«
»Es ist einer, der kleinen Kindern das Herz aus dem Leibe holt, um Salbe daraus zu machen.«
»Er sog jungen Mädchen das Blut aus den Schultern.«

An der Ecke vom Krötengraben und vom Sankt-Jakobs-Markt trat ein haariger Fleischer, mit blutbespritzten Händen, lachend in seine Tür und rief zu einem mageren Nachbarn hinüber, der in Pelze gewickelt aus seinem schmalen Fenster guckte: »Man sollte aus diesen Ketzern Wurst machen! Verdammt noch einmal! Ah, wenn sie mich nur gewähren ließen. Ich machte Sülze daraus!«
Der magere Nachbar lachte mit einer dünnen Stimme. »Den werden wir bald zu Ehren des Kaisers Karl bren-

nen sehen wie eine Pechfackel! Ich liebe solche Fackeln sehr!«

Pieter kam plötzlich nicht mehr weiter, aufgehalten von dem Blut an den Händen und an den Worten dieses Mannes. Staunend und ängstlich hörte er den beiden zu. Andere Leute blieben ebenfalls stehen.

»Nein«, rief der Fleischer, »ich bleibe bei meinem Beruf. Mir ist es lieber, wenn ihre Köpfe auf Lanzen gesteckt werden, wie es mit den sechsen im vorigen Jahr geschah! Das war eine Kirmeswoche! Man hätte sie noch in Prozession herumtragen sollen!«

»Und wie man im vorigen Monat diesem deutschen Wiedertäufer die Gedärme aus dem Leib holte, weißt du noch?«

»Es ging viel zu schnell, das hätte man langsamer machen müssen. Das hätten sie mir überlassen sollen ...!« Und sie riefen einander immer größere Grausamkeiten zu.

›Teufel, Teufel‹, dachte Pieter, bebend vor Entsetzen.

Aber wie aus der Erde aufgetaucht, stand plötzlich ein kleines Männlein, mit rotbraunem Bart, herausfordernd vor dem Fleischer und fragte mit tiefer Verachtung in den grauen, wehmütigen Augen: »Sag mal, du Schandschnauze, warum bleibst du denn zu Hause, wenn du das alles so gerne machen möchtest? Werde Henker, daran fehlt es den Spaniern doch immer! Aber dazu bist du zu feige. Du scheinst mir auch ein großer Maulheld zu sein. Ich wette, wenn man mit dem Finger auf dich zeigt, dann mußt du eine andere Hose anziehn! Seht, wie er nun dasteht, mit seinem Kalbskopf!«

Das Volk lachte.

»Du bist wohl auch ein Ketzer?« Der Fleischer versuchte, den alten Mann zu verdächtigen. Aber dieser rückte näher und fuhr ihn an: »Muß man ein Ketzer sein, um ein Herz im Leibe zu haben, du Scheusal?«

»Guck dich selber an, du ekelhafter Rotkopf! Wenn du nicht so alt wärst, ich haute dich mit dieser einen Faust so flach wie eine Feige!«
Die Leute, begierig nach Zank und Streit, drängten dicht zusammen um die zwei Männer, die sich mit haßerfüllten Gesichtern angrinsten.
»Ah! du glaubst, daß ich verrostet bin, nach der Farbe zu urteilen!« rief der Alte, »aber dazu habe ich zuviel Öl im Leibe, Donnerkröte! Wer mich zu einer Feige schlagen will, muß aus anderem Teig gebacken sein, du Skorpion! Guck her!« Und gleichzeitig sprang er wie ein Eichhörnchen an dem großen Fleischer empor, ergriff mit der linken Hand dessen lange Haare, wie ein Matrose die Taue des Mastes, und mit der anderen Hand, zu einer Faust geballt, versetzte er dem roten Gesicht eine Reihe von kurzen, schnellen Schlägen. Und siehe, ebenso schnell, wie er an ihm hochgesprungen war, bevor der Fleischer sich recht besinnen konnte, was geschah, huschte der alte Rothaarige in die Volksmenge und war verschwunden.
Die Leute riefen lachend und bewundernd: »Jan Nagel! Jan Nagel!«
Und der Fleischer, dem das Blut aus der Nase lief, wandte sich wie ein Kind, das sich nicht zu helfen weiß, an die Zuschauer: »Habt ihr es gesehen? Einen anständigen Menschen so feige anzugreifen? Er muß ins Gefängnis! Ihr seid alle Zeugen! Ihr habt es alle gesehen! Ihr werdet Zeuge sein vorm Gericht...« Aber bei dem Wort ›Zeuge‹ machten sich die Leute plötzlich aus dem Staube. Sogar das schmale Fenster wurde geschlossen. Und Pieter, der ebenfalls befürchtete, als Zeuge geladen zu werden, befand sich gleich ein paar Straßen weiter.
Er stand nun da, wie verloren im Gewimmel von Wagen und Menschen, den Hut des Gefangenen noch immer in

der Hand und mit klopfendem Herzen vor Aufregung und ausgestandener Angst. Er sah alles wieder vor sich: die Furcht und das Flehen dieses Mannes, die Mutter, die umfiel wie eine Bildsäule – er fühlte dieses Umfallen in allen Gliedern – die Feigheit der Leute, die böswillige Phantasie, die wie ein Teufel von einem zum anderen sprang, und dann die schöne Gebärde dieses herrlichen Menschen, Jan Nagel! ›Welcher Mann!‹ dachte Pieter bewundernd. ›Ein unerbittlicher Nagel – ach, hätte ich nur den hundertsten Teil davon!‹ Aus einem Wirtshaus, ›Im Butterklumpen‹, klang Gesang und Lärm. Reiche Leute gingen vorüber und sprachen von Geld und Schiffen. »Es ist gerade so, als wäre ich in Jerusalem«, sagte Pieter. Und er dachte daran, wie Jesus durch Judas verraten wurde und wie auch die Mutter Gottes hinter den Söldnern hergelaufen sein mußte. Und war auch dort nicht ein Simon von Cyrene, der das Kreuz tragen half? – Da blickte er auf den Hut, mit dem er nicht wußte, wohin. Er kam an einer Kapelle vorbei; die Tür stand offen. Er blickte sich um und wollte den Hut hineinwerfen, um ihn loszuwerden.

»Aber nein, das geht nicht, es ist der Hut eines Ketzers«, sagte er, »von jemand, der Unsere Liebe Frau nicht lieb hat.« Und er ging mit dem Hut weiter.

Es fiel noch immer ein dünner Schnee, als würde der graue Himmel abgefeilt. Er kam an das Stift von Peter Pot, wo gerade Brot verteilt wurde. Es wimmelte von Bettlern und Krüppeln, die sich gegenseitig verdrängten mit ausgestreckten Händen, um von den Schwestern ein Brot in Empfang zu nehmen. Da spürte er seinen rasenden Hunger.

Er fragte einen lausigen, mit Geschwüren bedeckten Mann: »Kann jeder hier ein Brot bekommen?«

»Du siehst verhungert genug aus, dir wird man es nicht verweigern«, antwortete dieser. »Wo kommst du her?«
»Aus Brüssel«, log Pieter. »Kann man hier auch schlafen?«
»Fremde Ratten nicht. Du wirst es machen müssen wie wir, auf einem Wagen oder in einem Schuppen schlafen oder, wenn du Geld hast, im ›Läusehimmel‹. Dort schläft man auf einer Schnur, die morgens durchgeschnitten wird, da sind sie alle auf einmal wach.«
»Wo sind die Wagen?« fragte Pieter... Aber da sah er zwei Franziskaner vorübergehen. »Pater Cornelis!« entfiel es ihm.
»Kennst du den?« fragte der Mann mit den Geschwüren.
»Ja, das ist mein Onkel«, sagte Pieter. »Warte, ich werde ihn schnell begrüßen. Halte mal diesen Hut fest!« Er gab dem Bettler den Hut und lief hinter den Patern her.
Er wagte es nicht, gleich auf sie loszugehen, folgte ihnen aber zwischen den Leuten, durch allerlei Gassen. »Wenn das wirklich Pater Cornelis ist, dann bin ich ein gemachter Mann«, lachte Pieter.
Am Kloster in der Minoritenstraße ließen sie den Klopfer gegen das Tor fallen und traten ein. Pieter ging nun auch frohen Mutes auf das spitze Klostertor zu. Er hob den Klopfer hoch auf, um ihn mit Gewalt fallen zu lassen, aber er kam sich plötzlich sehr lächerlich vor: Das war ja gar nicht Pater Cornelis! Wie konnte er jemand hinten am Kopf wiedererkennen?
Und vorsichtig ließ er den Klopfer, wie eine bis zum Rand gefüllte Tasse Milch, wieder hinunterfallen, seufzte und ging weg. Aber unterwegs dachte er: ›Warum sollte ich glauben, daß er es sei, wenn er es nicht ist?‹ Er sah wieder den Winter vor sich, als er dem Pater einen Schneeball auf den kahlen Kopf geworfen hatte. Er holte sich diesen Kopf, wie mit einem Fernglas, heran. »Er ist es!« sagte

Pieter, »sonst ist es sein Bruder!« Überzeugt kehrte er zurück, und bums! bums! bums! ließ er den Klopfer entschlossen fallen, nochmals, nochmals – und drinnen im Gang schienen die Wände abzubröckeln vom Lärm. Erstaunt öffnete der Bruder Pförtner das Tor. »Was ist los? Was ist los?« fragte der rosige Mann aus seinem Sonnenbart heraus.

»Sofort, sofort Pater Cornelis«, keuchte Pieter.

»Will jemand die Sterbesakramente haben?«

»Wenn es weiter nichts wäre! Es ist nicht für jemand, der sterben will, sondern für jemand, der erst anfangen will zu leben. Sagt, bitte, daß es im Auftrag seines Freundes, des Pfarrers von Breughel sei; das übrige weiß er dann schon, sagt nur, es wäre der Chorknabe selbst!«

Der Bruder entfernte sich mit der rasselnden Musik seiner vielen Schlüssel. Am Ende des Ganges, hinter einer brennenden Kerze hing ein Bild der Madonna.

»O heilige Mutter Gottes«, flehte Pieter, »hilf mir ein wenig lügen, dann bin ich gerettet, und ich werde dir nie wieder zur Last fallen.« Dort kam der Pförtner mit Pater Cornelis zurück.

»Womit hat der Pfarrer von Breughel dich beauftragt, lieber Freund? Ist er krank? Soll ich eine Predigt halten? Wie hast du mich hier gefunden? Ich bin erst seit gestern aus meinem Kloster in Gent hier angekommen!« Er rieb vergnügt die kleinen Hände ineinander.

»Nun, der Herr Pfarrer sagte mir: ›Du findest Pater Cornelis gewiß in Antwerpen oder in Gent.‹ Er schickt mich zu Euch. Ich werde Euch sagen, warum. Meine Mutter ist tot... Ihr wißt doch, daß ich Euch einen Schneeball an den Kopf geworfen hatte...«

»Ja, ja! Ah, du bist der Junge, der so gut zeichnen konnte?«

›Die Sache klappt‹, dachte Pieter. »Meine Mutter hat sich

dann, infolge Eurer Worte, in den Kopf gesetzt, daß ich ein großer Maler werden sollte, und wenn Ihr es mir nicht übelnehmt, Pater, ich auch. Mein Stiefvater ist glücklicherweise im Gefängnis, und als meine Mutter starb, waren ihre letzten Worte: ›Geh nun zum Pater Cornelis, der wird dich, wie er versprochen hat, zu einem Maler in Antwerpen in die Lehre geben.‹ Der Pfarrer von Breughel hatte für Euch einen Brief geschrieben, den ich zu meinen Zeichnungen gelegt hatte; aber während ich in einem Planwagen schlief, haben mir Vagabunden alles gestohlen und meine Kleider dazu, so daß ich froh war, daß sie mir ein paar von ihren Lumpen ließen. Und jetzt komme ich aus Breughel, fünf Tage marschiert. Der Pfarrer von Breughel hofft bestimmt, daß Ihr einen Kunstmaler aus mir machen werdet.«

Pater Cornelis hatte freundlich zugehört, nun aber kratzte er sich besorgt auf der großen Glatze. »Aber, lieber Freund«, jammerte er, »was habt Ihr scharf auf meine Worte gehört! So kann ich das kaum gesagt haben. Ich verstehe nichts von der Malerei. Und warum habt Ihr nicht erst geschrieben? Ich bin aus Gent ... Ich kenne hier keine Maler ...« Und er sah den Bruder Pförtner an. Dieser sagte: »Wir haben hier den Pater Alex, der sich viel mit Bauten beschäftigt, der hat fortwährend Unterhandlungen mit diesen Leuten; soeben war erst einer da ...«

»Komm, wir gehen zu Pater Alex«, sagte Pater Cornelis, als er Pieters trauriges Gesicht bemerkte. Pieter spielte keine Komödie, aber er wußte, daß sein Gesicht nicht imstande war, die große Traurigkeit seiner Seele auszudrücken, und deshalb half er ein wenig nach.

Pater Alex war in seiner Zelle und arbeitete an einem Bauplan, beim Licht einer Öllampe. Er war ein schlanker, aufgeweckter junger Pater, mit einem stillen Lächeln um den Mund. Nachdem er andächtig dem Pater Cornelis

zugehört hatte und dabei von den flehenden Blicken Pieters immer mehr gerührt wurde, sagte er: »Ich bringe dich morgen zum größten Maler von Antwerpen, zu meinem Freund Pieter Coecke. Schade, daß du nichts zeigen kannst...! Aber halt! Mir kommt ein Gedanke. Vielleicht kannst du hier übernachten? Wenn der Pater Guardian es erlaubt... Ich werde ihn gleich fragen. Dann gebe ich dir Papier und Bleistift, und du kannst heute abend noch eine Weile zeichnen; denn Coecke nimmt nicht den ersten besten. Er ist der Hofmaler des Kaisers.« Da sah er sich Pieters Kleider an. »Auf dem Boden muß noch ein Anzug hängen, von einem Bruder, der gestorben ist.«
Pieter konnte nicht mehr an sich halten und küßte unter Tränen dem Pater die Hände.

Es war eine kleine weiße Zelle, in der nur ein Bett und ein Tisch standen und ein Kruzifix und ein Sankt Franziskus an der Wand hingen. Er erhielt Butterbrote und einen in Essig eingelegten Fisch, ein Krüglein Bier, einen Bleistift, eine Rolle Papier und eine dicke Prozessionskerze.
In diesem rötlichen Licht saß er am kleinen Tisch und

zeichnete den ganzen Reichtum seines Herzens, den Inhalt seines Lebens, überließ sich vollkommen dem Drang seiner innerlichen Berufung. Er zeichnete mit solchem Eifer, daß ihm die mageren Schultern schmerzten, die Zunge zwischen den Zähnen. Er ging ganz darin auf und zeichnete schnell, fiebernd, leidenschaftlich. Es tat ihm leid, daß es nicht rascher ging. Er machte es, so gut er konnte, sehr sorgfältig, mit scharfen, straffen Linien und großen Flächen, denen er mit ein wenig Schatten Form verlieh. Er dachte vor allem an das Gemälde von Bosch, an dessen Kraft, Schärfe und Schlichtheit. Alles, was er zeichnete, war nach dieser Art gemacht.

Manchmal blickte er mit flehenden Augen zum Sankt Franziskus oder zum Kruzifix empor. Und er zeichnete auf dem Papier: Pferde, seinen Stiefvater, einen Storch, sein Dorf so und sein Dorf wieder anders, das Gemälde von Bosch, Dicke, Magere, Prozessionen, Kirmesse, Bilder aus der Hölle, sein ganzes Leben, sein Leiden, seinen Ärger, seinen Glauben, seine Angst, seine ganze Seele. Er zeichnete den Mann, den die Söldner abführten, die alte Frau, die umfällt, Baskwadder, der predigt, um dann die Leute verraten zu können; Jan Nagel, wie er dem Fleischer das Gesicht bearbeitet. Er durchblätterte sein ganzes Herz. Er war wie die Rosenknospe, in der unbewußt die spätere Blume saß, noch jung und zusammengefaltet, aber doch schon ganz vorhanden.

Draußen fiel noch immer der Schnee, dünn und langsam. Einer von den inneren Fensterläden ist offengeblieben und zeigt, wie der Schnee sich zu einem Kissen aufhäuft hinter den kleinen grünen Scheiben. Er hat keine Zeit, es zu betrachten, auch die Butterbrote bleiben liegen; das Bier in dem zinnernen Krüglein wird schal. Er denkt an Veronika und zeichnet die Berge und die Landschaften, nach denen sie sich so sehr sehnte. Die Zeichnungen liegen

auf dem Tisch und am Boden. Er zeichnet drauflos, fiebernd, die ganze Nacht hindurch. Es sind vielleicht die heiligsten Stunden seines Lebens, das Ausreifen seines Herzens, eine Opferung. Wenn das nicht glückt, dann ruhig zurück zu den Schweinen.
Plötzlich läuten die Morgenglocken in den noch dunklen, neuen Tag hinein; das ganze Kloster ist voll davon. Da springt Pieter auf und fleht, die roten Hände emporgestreckt: »Bitte, laß mich doch Maler werden!«
Durch das Schlüsselloch spricht eine tiefe Stimme: »Du wirst einer, und ein großer sogar!«
Pieter wird steif vor Angst, aber Pater Alex tritt lachend herein. »Laß mich nun deine Zeichnungen mal aus der Nähe betrachten, denn durch ein Schlüsselloch sieht man nicht alles.«

Es war ein breites Haus, aus rotem Backstein, mit Spitzbogen und stufenartigem Giebel. Nachdem sie im Vorsaal gewartet hatten, führte sie ein hinkender Knecht, mit einer weißen Schürze, durch die reich ausgestatteten Zimmer zu Herrn Coecke. Pieter sprangen die Augen fast aus dem Kopf. Es war eine Reihe von vier Zimmern, mit Gemälden auf dem vergoldeten Lederbehang der Wände, mit reich geschnitzten Schränken, auf denen Delfter Töpfe standen, mit schweren Tischen, weichen Teppichen und knisternden Holzfeuern in den breiten, von Karyatiden getragenen Kaminen. Durch die hohen, schlanken Fenster, mit bunten Wappen und Szenen bemalt, strömte das helle Licht vom beschneiten Hof herein. Am Ende dieser kostbaren Säle war eine breite Treppe, mit rosigem Damast verhangen, durch den eine weiche Helligkeit sickerte. Man hörte Zitherspiel und gemischten Gesang. Als sie dort oben angelangt waren, im vollen Licht, bemerkte Pieter auf einer Drehscheibe eine Frau, die, mit

Gaze und Blumen umschleiert, in einer großen Muschel lag und von jungen Malern nachgezeichnet wurde. Er hörte sie hell auflachen und wußte gleich, daß sie über ihn lachte, ›oder vielleicht über Pater Alex‹, tröstete er sich. Acht junge Herren in Samt und steifen Halskrausen malten, lasen vor oder spielten Zither. Es herrschte dort ein schönes Durcheinander von allerhand Malermodellen, klassischen Bildwerken, Fahnen, Rüstungen, Teppichen, Vasen, großen Gemälden und Zeichnungen. Der Hinkfuß führte sie auf eine Estrade, und dort, hinter einem Schirm aus vergoldetem Leder und schweren orientalischen Teppichen, mitten in Haufen von Kissen, arabischen Krügen und maurischen Waffen, Helmen, Bogen, Schwertern und Schilden, saß Herr Coecke, gekleidet als Türke, in mondscheingrüner Seide, einen Turban mit Federn auf dem Kopf und einen

krummen Säbel an der Seite, und malte am ›Letzten Abendmahl‹. Es war scharf gezeichnet, in Farbe und Form nach italienischer Art, voll theatralischer Bewegung, mit viel Schwung in den Gebärden und Falten; die bereits fertigen Teile waren sauber glatt gestrichen.

›Hier hast du nichts zu suchen‹, dachte Pieter. ›Wenn du nicht machst, daß du durch die Tür hinauskommst, dann wirst du gleich durchs Fenster hinausgeschmissen.‹
Herr Coecke hatte ein breites Gesicht, mit einem kurzen, viereckigen braunen Lockenbart, einem horizontalen, langen Schnurrbart, einer geraden Nase, vorspringenden, rötlichen Backenknochen und scharfen Augen unter der gerunzelten Stirn. Alles in diesem Gesicht war architektonisch genau, aber in seinen scharfen Augen lag etwas Mißtrauisches, Flehendes und Unsicheres.
Er bot den beiden Gästen kleine arabische Stühle an, aber, nachdem Pater Alex gegrüßt, Pieter vorgestellt und seine Zeichenwut geschildert hatte, zog Coecke die Augenbrauen noch mehr zusammen.
»Aus Breughel?«
»Ja, Herr.«
»Warst du dort Chorknabe?«
»Ja, Herr.«
»Hast du beim Pfarrer gewohnt?«
»Ja, Herr.«
»Und hast du dort Zeichnungen hängen lassen?«
»Ja, Herr.«
»Einen Augenblick, bitte.«
»Ja, Herr.«
Pieter wurde ängstlich. Nun würde es sich herausstellen, daß der Pfarrer von der ganzen Geschichte nichts wußte. Herr Coecke holte aus einer Schachtel einen Brief und aus diesem Brief einige kleine Zeichnungen. »Kennst du das?«
»Dies habe ich gezeichnet«, sagte Pieter, erstaunt und ängstlich Herrn Coecke anblickend, der Fragen stellte wie ein Strafrichter und sich benahm wie ein Zauberer.
»Herr Pastein hat mir von dir geschrieben, als er vor einiger Zeit bei deinem Pfarrer übernachtet hat«, sagte Coecke. »Warum bist du nicht früher hergekommen?

Warum hat der Pfarrer nichts mehr von sich hören lassen?«
Pieter wußte nichts zu sagen, wurde überhaupt nicht klug draus. »Ich war verreist, Herr.«
»Und jetzt hat der Pfarrer dich hergeschickt?«
Das war eine verfängliche Frage, und Pieter sagte gelassen: »Und Pater Alex hat mich hierhergebracht.«
»Du hast wohl noch andere Zeichnungen da?« Coecke betrachtete sie aufmerksam. »Nicht schlecht, nicht schlecht, aber du mußt noch viel lernen, mein Junge!«
»Das möchte ich gerade, Herr, soviel wie möglich und auch so schnell wie möglich«, wagte Pieter zu sagen.
»Lehrlinge habe ich zuviel«, sagte Coecke. »Diese jungen Leute zahlen mir 20 Gulden für den Tag. Ich werde dich als Burschen annehmen, dann kannst du das Geheimnis der Farben lernen. Es paßt gerade sehr gut, Pater Alex; ich brauche ein paar solche Burschen. Und so wird der Junge allmählich mit den Farben und mit der Kunst vertraut. Frau Verhulst, meine Gattin, wird dich für ihre Miniaturmalerei auch brauchen können; du bekommst also Kost und Wohnung, und der Lohn hängt von der Arbeit ab.«
Pieter liefen die Tränen über die Wangen: es war geglückt. Als Coecke den Pater Alex fragend anblickte, lachte Pieter verschämt und sagte: »Ich mußte soeben an meine Mutter denken, Herr.«
»Schön, schön«, sagte Coecke. »Du wirst bei mir ganz anders zeichnen lernen. Sieh, diese Pferde, diese Bauernhöfe, diese Menschen, das ist alles zu sehr mit Bauernaugen gesehen, zu gotisch. Du mußt modern werden. Sieh«, rief er und hielt eine Zeichnung in der ausgestreckten Hand, »aber guck, ist das nicht Jan Nagel?«
»Ich habe gestern gesehen, Herr, wie dieser Mann sich so geschlagen hat«, sagte Pieter.
Und Coecke fing an herzlich zu lachen: ein runder Mund

in dem viereckigen Gesicht! »Köstlich! Köstlich! Jan Nagel! Jan Nagel!«
»Der arbeitet hier«, sagte Pater Alex dem staunenden Pieter.
»Ja, der überträgt hier so die Entwürfe der Gemälde auf die Leinwand«, sagte Coecke und fing von neuem an zu lachen.
Da kam der hinkende Knecht mit einem schreienden Kind hinter den Teppichen hervor. »Meister«, sagte er, indem er Coecke das Kind überreichte, »Maria läßt sich weder von mir noch von der gnädigen Frau beruhigen.«
»Und wo ist die Magd?«
»Die holt Fleisch, Meister.«
»Und ich habe Besuch, es ist immer dasselbe!«
»Ich habe es der gnädigen Frau gesagt, Meister; aber sie meinte, daß der Herr Pater gewiß entschuldigen würde, da Maria beim Vater still und brav ist und da der Pater das Kind doch gut kennt. Und sie wäre gerade mit einer Miniatur beschäftigt – beim Nasenflügel der Proserpina. Was sehr schwer sei! sagte sie.«

»Da soll man nun arbeiten!« sagte Coecke, willig das Kind nehmend, »den ganzen Tag Besuche empfangen, Unterricht geben, Briefe schreiben, Versammlungen beiwohnen und dann obendrein noch das Kindermädchen spielen wegen des Nasenflügels der Proserpina. Aber ich könnte sie fressen, unsere Maria!« Und er drückte das Kind herzlich an die Wangen. »Ist das nicht ein Modell von Raphael für ein Jesuskind, mit den blauen Augen und den goldenen Locken?« rief er. Er hob das Kind in die Höhe, das nun krähte und lachte und in die kleinen Händchen klatschte. »Aber nun laufen«, sagte der glückliche Vater. »Komm, gib dem Herrn Pater mal eine Hand und dort dem Herrn auch! Vorigen Monat machte sie die ersten Schritte, und jetzt klettert sie allein nach oben! Komm, gib dem Pater ein Händchen!«

Und das Kind kam schelmisch zum Pater Alex, klatschte ihm in die große, offene Hand, ging dann zu Pieter und reichte ihm die kleine Hand. Er schnitt ihr ein Gesicht, und sie kicherte los und zeigte nach der Feder auf seinem Hut. Er hob Maria hoch, bückte sich, so daß sie die Feder erreichen konnte, und es machte ihr viel Spaß, die Feder zu streicheln und daran zu ziehen.

Herr Coecke lachte vergnügt und sagte dann zum Pater und zu Pieter: »Ich sagte, du mußt modern werden; das heißt: du sollst der Schönheit des Menschen huldigen, wie ich es in unserem Lande als erster eingeführt habe, vor Bernhard von Orley, der glaubt, er hätte es getan. Ich habe mit Michelangelo gesprochen, mit Raphael und da Vinci, den genialsten Malern aller Zeiten. Das sind Humanisten! Humanismus, das ist es! Das heißt: die göttliche Schönheit des Menschen sehen, die Schönheit aller Dinge. Wißt ihr, was Michelangelo zu mir sagte? Er sagte: die Gotik ist gut für die Frauen. – Natürlich sind Memling und van Eyck tüchtige Maler – aber sie haben die Schönheit, die Schmiegsamkeit, die Harmonie des menschlichen Körpers nicht gesehen. Was ist das für eine Eva, die van Eyck gemalt hat? Das ist gar nichts. Sie müßte sein die sanfte, üppige Mutter der Menschheit, nach deren Brüsten alle Geschlechter der Erde lobend und preisend aufblicken! So verstehe ich Eva! Aber ach, die Gotiker haben ihre Menschen in schwere Falten gekleidet, oder sie haben sich in Teufelsträumen verloren wie Bosch, dieser sonderbare Kauz – sie haben das Leben verachtet!«

Er zog den Vorhang zu, um das laute Schwatzen und Lachen der Lehrlinge zu dämpfen. Maria hatte inzwi-

schen die Feder vom Hut gezogen, schob sie jedesmal in ihr Mündchen und pinselte damit in Pieters Gesicht herum. Aber zwischen zwei Federstrichen von Maria wagte Pieter, der noch nichts von den Humanisten wußte, aber das Gemälde von Bosch sehr liebte, als wäre es von ihm selbst, zu fragen: »Findet Ihr Bosch denn nicht schön, Herr?«
Herr Coecke zog den krummen Säbel; Pieter duckte den Kopf zwischen die Schultern. »Wir werden deine Vorliebe für die Gotiker schon ins Wanken bringen!« sagte Coecke.
Eine Tür wurde heftig zugeschlagen, und eine böse Stimme erhob sich unten im Saal. Meister Coecke sprang auf, zog die Vorhänge auseinander, und dort stand Jan Nagel und fuhr die Lehrlinge und die Frau an: »Wollt ihr nun endlich mal den Schnabel halten, he? Erst wird ein Musikinstrument gespielt, wie sie bei mir zu Hause dutzendweise auf dem Boden herumliegen, dann ist es ein Lärm und ein blödes Gelächter, daß man keinen Pinselstrich dabei machen kann! Ich will Ruhe haben! Wenn es nicht ruhig wird, dann laß ich für heute die Arbeit stehen.«
Es war für Coecke schwer, den edlen Herren etwas zu verbieten, und darum sagte er vorsichtig: »Bitte, ein wenig ruhiger, versucht einmal, richtig bei der Arbeit zu bleiben, es wird im Winter so früh dunkel.«
Jan Nagel zog brummend ab, aber Coecke rief ihm zu: »Komm mal her, Jan, ich möchte dir etwas zeigen!«
Jan kam, brummend, mit wiegenden Schultern, die Hände in den Taschen, und wartete schweigend, mit einem bösen Zug um den Mund. »Die Arbeit kommt nicht vom Fleck«, murrte er.
»Sieh mal her!« sagte Coecke.
Jan blickte die Zeichnung an mit seinen blauen, wehmütigen Augen. »Wer hat das gemacht?« fragte er kurz.
»Dieser Junge, der bei uns Bursche wird.«
»Warst du dabei?«

»Ja, Herr«, sagte Pieter, während Maria ihn an den Haaren zog. »Ich fand es so schön, was Ihr dort tatet.«
Jan Nagel hielt seinen Zeigefinger auf Pieter gerichtet. »Wenn du auf mich hörst, dann mache ich einen ganzen Kerl aus dir!« Er fuchtelte mit der Faust in der Luft herum. »Und einen großen! Verdammt! Verdammt! Das machen viele unter den Großen nicht nach!«
Pieter blickte ihn an, voll Ehrfurcht und Dankbarkeit. Maria ist plötzlich still geworden. Da, sie macht ihn naß. Coecke und der Pater lachen aus vollem Halse, und Pieter sagt froh und schüchtern: »Das ist der Segen!«
Gerade kommt der Knecht angehumpelt. »Meister, der Untersekretär seiner Majestät Kaiser Karls ist da, mit zwei spanischen Edelleuten.«
Coecke springt auf, vollständig verwirrt, und schiebt die Vorhänge weit auseinander, damit man ihn von weitem malen sieht. »Schnell«, ruft er, »schnell!« – zu Pieter: »Du in die Küche mit dem Kind!« – zum Pater: »Guten Tag, Pater, kommen Sie nachher mal wieder, oder ich komme am besten selber mal hin!« – zu Jan Nagel: »Geh, geh oder bleibe!« – und zu den Lehrlingen: »Das Modell in Positur! Malen!«
Im Handumdrehen war alles in Ordnung und verschwunden, was verschwinden mußte – und Coecke malte.
Während er in die Küche ging, die bereits nach Speck mit Eiern duftete, schlug Pieter ein Kreuz und küßte Maria dankbar auf die pfirsichweichen Wangen.

Drei Tage lang hatte Jan Nagel, mit Erlaubnis von Meister Coecke, Pieter die Stadt Antwerpen gezeigt. Der war aus dem Staunen nicht herausgekommen. Er jubelte, als er die Schelde sah mit dem herrlichen und bunten Gewimmel von Tausenden von Schiffen, Galeonen und Galeoten, riechend nach Krieg und fernen Ländern. Er hatte

geseufzt vor der Schönheit vieler Kunstwerke in den Malerateliers, in den Kirchen, Klöstern und Privatwohnungen, aber vor allem hatte es die Liebfrauenkirche mit ihrem Turm Pieter angetan: der war wie eine von der Sonne gewirkte Spitzenarbeit. »Eine schönere Kerze«, sagte er, »konnte man für Unsere Liebe Frau nicht drehen!« Und als er in dem hohen, siebenfach gewölbten Raum hin und her ging, wie zwischen Orgelpfeifen, und dann im Licht der paradiesischen Glasrahmen vor der herrlichen Grablegung von Quinten Metsyas stand, wie vor dem erhabensten Sonnenaufgang, den je ein Morgen zeigte, da zitterten ihm die Tränen in den Augen vor Bewunderung, und er sagte mit erstickter Stimme: »Daran hat Gott mitgemalt, und darum ist diese Kirche so schön!«
Aber als er in der Sammlung eines italienischen Kaufmannes verschiedene Werke von Hieronymus Bosch sah, alle die Teufeleien, Sankt-Antonius-Versuchungen, Fegefeuer und Bauern, da wurde Pieters Herz weit aufgerissen, und es lief über von Visionen. »So muß ich malen, so kann ich es auch!« Es hatte ihn völlig aufgewühlt; er war krank davon; er sah nichts anderes mehr und sprach nur noch von dieser Kunst. Aber plötzlich sagte Jan Nagel: »Du hängst mir zum Halse heraus mit deinem Bosch. Ich halte ihn auch für einen der allerbesten Maler, aber das kannst du noch nicht erkennen. Das wirst du erst später sehen, wenn du malen kannst; denn höre zu: du guckst zuviel nach dem Stoff; das hat gar nichts zu sagen. Es ist ganz gleichgültig, was du malst: Frauenfleisch, Eier, Fisch, Obst, Landschaften, Grablegungen, Teufel, Sankt Antonius oder Engel – wenn es gut gemalt ist, dann ist es gut. Gedanken, Gefühle, Mystik, und was man darüber erzählt, das ist Quatsch, das schreibt man in einem Buch. Die richtige Pfote! – den richtigen Pinselstrich! – das muß man haben!«
»Es ist selbstverständlich«, sagte Pieter vorsichtig, »daß

alles gut gemalt sein muß – aber ein Engel, der aus der bloßen Phantasie gut gemalt ist, ist doch mehr als ein gesprungener Krug, der gut gemalt ist.«
»Gut gemalt ist der Krug auch ein Engel!« sagte Jan und fuhr aufgeregt mit den Fingern durch die rotbraunen Haare.
Pieter wußte und wagte nichts darauf zu antworten.
»Aber ich will dir noch mehr sagen«, fuhr Jan Nagel fort mit lauter Stimme, ohne zu beachten, daß er auf der Straße war, voller Menschen, weil die Börse zu Ende war – und seine Finger tanzten in der Luft herum. »Siehst du diesen faulen Fischkopf dort in der Gosse? Nun, der widert mich an! – ich mag keinen Fisch – aber gut gemalt, ist dieser Fischkopf genau so mystisch wie ein Engel und noch mystischer, wenn er besser gemalt ist. Mystik ist: Können! Mystik ist: Gott in die Farbe zwingen! Was gehen mich die himbeerfarbigen Heiligen von Coecke an und seine porzellanfarbenen Venusbilder, wenn sie nicht fester in der Farbe gefangen sitzen! Ja, gefangen! Wir Maler fangen! Wir fangen Gott mit unserer Farbe, wie ein Heiliger Gott fängt mit seinen Gebeten; und Er liebt es sehr! Und ich sage, und ich sage es noch einmal: Ein guter Maler ist ein Sohn Gottes!«

Als es bereits dämmerte, kamen sie in die schmalen, dunklen Gassen des Sankt-Andreas-Viertels. Plötzlich sagte Jan Nagel: »Nun habe ich dir so ziemlich alles gezeigt, was hier zu sehen ist. Wir gehen jetzt zu meinem Freund Schlagkopf, das ist ein Goldmacher, ein Alchimist, der später auf dem Scheiterhaufen brennen wird. Folge mir!«
Pieter folgte Jan Nagel in eine schmale Gasse. Dort war es naß und breiig vom Tau, und dicke Tropfen fielen von den Dächern.

»Das ist hier, leider, eine verlassene Brauerei, aus Mangel an gutem Wasser«, sagte Jan Nagel, als sie in einen Hof traten, wo Balken und Steine umherlagen und ein paar baufällige Schuppen standen. Jan Nagel klopfte an eine Art Stalltür. »Hier wohnt mein Freund Joseph Schlagkopf.«

Ein kleiner, buckliger junger Mann machte auf. Er roch nach Rauch, sah schwarz aus wie ein Neger und hatte große, staunende Augen, mit vielem Weiß darin. »Ist Magister Neptusurio zu Hause?« fragte Jan Nagel.

»Die Sterne haben es so eingerichtet, daß Ihr jetzt den Magister antreffen werdet«, sagte das Männlein höflich, mit einer schwachen, piepsenden Stimme.

»Gut, sage den Sternen meinen Dank und dem Magister, daß ich hier bin mit einem jungen Freund, der ihn gerne kennenlernen möchte.« Sie folgten dem jungen Mann, der ihnen mit durchsinkenden Knien durch zwei leere Räume voranging, und kamen dann in eine niedrige, schlecht beleuchtete Stube, wo es stark nach Ruß roch. Sie fanden Joseph Schlagkopf inmitten eines Wustes von Flaschen, Krügen, Retorten, Trichtern, Töpfen, Büchern, Sanduhren, Holz und allerhand Destillierapparaten. Er las in einem Buch und rührte dabei in einem Topf, der auf einem kleinen Ofen stand. Der Bucklige mußte ihn am Ärmel ziehen. Ärgerlich fuhr er auf, aber als er Jan Nagel sah, nahm sein Gesicht einen feierlichen Ausdruck an, und er grüßte fromm. »Bruder«, sagte er, mit einer wie aus allzu großer Liebe gedämpften Stimme, und grüßte Pieter ebenfalls. »Darf ich ihn auch Bruder nennen?«

»Warum nicht«, sagte Jan Nagel. »Leute, die ich mitbringe, sind gute Leute!«

Er nahm den Topf vom qualmenden Holzkohlenfeuer herunter und kam zu ihnen. Es war ein blasser, magerer Mann, mit einem halben Bart – die andere Hälfte war abgebissen – und blauen, ausweichenden Augen. »Ich werde heute nicht mitgehen Jan Nagel denn ich bin gerade dabei Gold zu finden nach einer anderen Formel aber selbstverständlich mit der heiligen Zahl sieben.«

Der Bucklige spitzte gleich die Ohren, um kein Wort zu verlieren, und seine weißen Augen glänzten im schwarzen Gesicht; er vergaß die Kohlen zu sieben.

»Ja laßt mich euch Brüder nennen denn wir sind alle Tropfen von einem und demselben Gott den wir mit dem gleichen Stoff umkleiden und mein Stoff und euer Stoff ist derselbe Äther nur daß der andere Schwingungen hat welcher Unterschied auf einem heftigeren Leben in Gott beruht«, sagte Joseph Schlagkopf ziemlich schnell, aber deutlich und überzeugt, ohne Zögern und Tasten, wie ein laufender Wasserhahn. Er sprach ohne Kommas und auch ohne Punkte, Fragezeichen oder sonst etwas. Alles, was er sagte, hatte einen Anfang und ein Ende, aber dazwischen war nichts anderes.

Jeder setzte sich auf eine Kiste oder ein kleines Faß. Joseph steckte die Hände in die weiten Ärmel seines von Motten zerfressenen Talars, der mit abgeschabtem Pelz abgesetzt war. »Ja Bruder«, sagte er zu Pieter, »ich sehe am Licht das von dir ausstrahlt daß du noch nicht eingeweiht bist Gott brennt in uns das ist eins siebenmal wird das Feuer sich mit Fleisch und Blut umschleiern siebenmal zurückkehren das ist zwei wer dann noch in Sünden und schlechten Begierden lebt in dem wird das Feuer ausgelöscht das ist die Hölle und Gott ist der große Baumeister baut mit demselben Stoff Äther der in jedem andere Schwingungen hat grobe oder feine oder stille oder laute verstehst du mich Gold ist aus demselben Stoff wie Blei nun höre gut zu Gold und Blei ist dasselbe nur die Schwingungen sind siebenmal tausendmal verschieden sieben die heilige Zahl verstehst du nun dummer Kerl warum es sieben Tage in der Woche gibt der Schlüssel zu jedem Geheimnis ist sieben gib mir die Zahl sieben und ich falte die Welt zusammen wie ein Handtuch ich nehme Blei das lasse ich im Feuer die nötigen Schwingungen erreichen füge ein wenig Gold hinzu und noch etwas das ich nicht sage und ich habe aus einem Pfund Blei ein Pfund Gold gemacht ich mache Gold soviel ich will ich schaffe Welten durch die Zahlen ich beschwöre Geister herauf durch die Zahlen es wimmelt um mich von Geistern gucke dich um und du wirst Jupiter und Helena sehen wenn ich die heilige Zahl sieben mit den nötigen Schwingungen ausspreche dann wackelt das ganze Haus aus jedem Stein kommen Geister hunderttausend du denkst gewiß

auch daß der Teufel so groß sei wie ein Mensch auf der Spitze meines kleinen Fingers können zwei sitzen wenn ich die Zahl sieben richtig ausspreche dann siehst du mich nicht mehr hörst nur noch meinen Atem ich mache Salbe und Öl aber das ist für die Menschen und um ein wenig Geld zu verdienen und ich heile alles darüber erzähle ich später und ich mache Gold um der Welt aus der Not zu helfen aber dann mache ich noch etwas anderes das weiß niemand ich werde es dir sagen den Stein der Weisen der ist in mir nicht in irgendeinem Topf das ist die Flamme das Feuer der Funke des Baumeisters das ist den Körper bezwingen das ist die Ruhe erreichen keine Freude Haß Angst oder Zorn oder Verdruß mehr die Harmonie der Sterne das Schicksal besiegen ich schneide nicht auf wenn ich sage daß ich hier in meinem siebenten Leben stehe und ich bin kein Geist ich bin in Wirklichkeit in meinem fünften Leben aber durch den Willen und Konzentration und Weihe habe ich zwei übersprungen der Stoff ist besiegt ich kann sagen es ist vollbracht ich habe für mich auf Erden nichts mehr zu suchen aber wohl um anderen vorwärts zu helfen wie ich es tue mit diesem Freund der in seinem vierten Leben ist ich helfe ihm noch in diesem Jahr in sein fünftes ich habe die Ruhe die man in den Büchern nennt die Stille des Großen Schwans das ist die Heiligkeit.«

Da fiel das bucklige Männlein auf die Knie, küßte den schäbigen Talar und sagte: »Meister, ich werde alles tun! Befiehl, befiehl, hilf mir, damit ich das fünfte erreiche, halte mich im heiligen Licht der Zahlen; ich habe dir mein Geld gegeben, rette mich von meinen Sünden!« Seine Worte drückten Flehen und Angst aus. Joseph streichelte ihm die pechschwarzen, langen Haare und sagte im selben Ton wie vorher: »O heilige Ruhe Abendfeuer das auf dem Hügel brennt.«

Neben dem Ofen öffnete sich eine Tür, und eine kranke, eingefallene Frau, gelb unter ihrem Kopftuch, mit einem Kind auf dem Arm und einem an den Röcken, kam herein und bettelte: »Joseph, kannst du mir nicht ein paar Pfennige geben, im Kloster der Weißen Herren kann man einschreiben gegen Zahnschmerzen, und ich habe doch wieder so viel Schmerzen dran.«

»Was«, sagte Joseph aufspringend, nicht schreiend, nur auf seine Worte einen festeren Nachdruck legend, »Zahnschmerzen Sodbrennen ist es nicht dies dann ist es jenes dadurch hinderst du das Goldwerden deiner Seele und das Gold im Topf des Lebenselixiers weg ich gebe nichts ich habe selber nichts.« Und sich an Jan und Pieter wendend: »Ich mache mich hier kaputt um Salbe zu machen um ein wenig Gold zu bekommen um aus Blei Gold zu machen und sie will mir das Geld abbetteln für die heilige Apollonia halte es aus fühle es einfach nicht so förderst du den Plan Gottes und du kommst schneller in dein drittes Leben denn du bist erst in deinem zweiten.« Seine Augen waren blutunterlaufen, und die Adern traten ihm wie Schnüre aus der Haut.

»Schweig, Narr«, rief die Frau, »mit deinem Gold; bald werde ich ein totes Kind im Arm haben. Was geht mich der Plan Gottes an! Gott ist schon gut, aber du bist ein Narr: wenn uns Gott durch eine mildtätige Hand etwas zukommen läßt, da schmilzt du es ein, Narr, Narr!«

Jetzt packte ihn die Wut: er warf die Arme in die Luft und stieß einen Krug um. Der Bucklige verkroch sich ängstlich hinter einer Tonne, und die Frau zeigte verächtlich mit der Faust auf ihn: »Da steht er nun! Das redet von Ruhe und platzt bald vor Zorn!«

Da wurde Joseph so wütend, daß er einen großen Steintopf in Scherben schlug. »Was nützt da die Ruhe«, sagte er, »wenn man dauernd so geärgert wird weg weg weg oder ich schlage dir den Kopf ein du elendes Weib.«

»Halt, mein Lieber«, sagte Jan Nagel und ergriff ihn beim Kragen – »komm, wir wollen ein Glas Bier trinken, schnell, zieh dich um!« Er schob ihn in die Stube und steckte der Frau einige Münzen zu. Joseph war gleich wieder da, angezogen, oder vielmehr: er hatte seinen braunen Talar gegen einen grünen vertauscht. »Komm wir wollen fort aus diesem materiellen Kram.«

Das bucklige Männlein warf sich ihm zu Füßen: »Magister, darf ich die Geheimnisse des Ambrosius lesen?«

Joseph überlegte und sagte dann feierlich: »Du darfst aber nicht die anderen Bücher!« Und er hob dem Knecht das Kinn hoch und blickte ihm starr in die Augen, so daß der andere die seinigen schloß. Und bevor die drei draußen

waren, saß das Männlein bereits am Fenster und blätterte gierig in einem dicken Buch.
»Dieser Mann hat dir sein Vermögen geopfert«, sagte Jan Nagel, mit einem gewissen Vorwurf.
»Gott zur Ehre«, antwortete der Magister kühl. Und dann sagte er zu Pieter: »Bruder du mußt begreifen, daß ich nicht böse war mit meiner Frau ich tat nur so damit sie weggehen sollte das kann ich auch durch Zauberkraft aber bei meinem eigenen Blute mache ich das nicht wollen wir nicht ins ›Weiße Roß‹ gehen da ist das Bier gut.«
Alles, was Joseph erzählte, hatte auf Pieter einen tiefen Eindruck gemacht. Es war so neu, so rätselhaft, unbestimmt und anziehend. ›Ich glaube bald selber daran‹, dachte er. Sie gingen zu dritt, einer nach dem anderen, fort.
»Glaubt Ihr, was er sagt?« fragte Pieter still.
»Danach sollst du mich nie wieder fragen«, sagte Jan Nagel, kalt wie Glas.

Es war eine braunangerauchte Kneipe und eine junge Wirtin mit Grübchen in den Armen. Die Krüge wurden schäumend auf den Tisch gestellt, die gelben Kerzen brannten im schwarzen eisernen Leuchter.
»Wir wollen trinken auf das gute Antwerpen«, sagte Jan Nagel.
»Wart Bruder«, schlug Joseph vor, »Pieter junger Bruder daß ich hierherkomme um Bier zu trinken soll dich nicht wundern Bier ist eine Schwingung des Stoffes die ich schätze nicht wegen des Bieres sondern wegen der Zahl wir leben von Zahlen und ich komme hierher um die Leute irrezuführen denn auf Einsame fällt bald Verdacht die Flamme in mir verliert nichts dabei da ich die Ruhe erreicht habe die Stille des Großen Schwans und ich mich stets zu meinem einsamen Mittelpunkt das ist die Schwie-

rigkeit für den Menschen in dieser Welt zurückfinden kann Gott ist lobenswert in allen Schwingungen des Stoffes weil es seine Schwingungen sind aber stets den Mittelpunkt behalten unabhängig bleiben von den bösen Begierden Gott ist lobenswert in einer Blume in Eisen Blei und auch in diesem Arme von Karoline.« Und er drückte einen Kuß auf das zarte Fleisch; aber er erhielt von ihrer weichen Hand eine Ohrfeige, die nur so schallte.

»Fühlst du die Schwingungen?« fragte Jan Nagel.

»Tröste dich«, sagte Jan, »es ist derselbe Stoff. – Und jetzt«, sagte er zu Pieter, »wollen wir trinken auf das schöne Antwerpen. Aber vorerst möchte ich dir vier Ratschläge geben. Jetzt ist dein Geist noch frisch, gleich wird ihn dieses Bier zum Tanzen bringen. Darum sei es jetzt gesagt, bevor die Antwerpener Bierkrankheit dein Blut erfreut.« Joseph wollte etwas sagen. »Nein, Magister: schweige, bis wir getrunken haben; dann kannst du wieder reden, was du willst!« Und wieder wandte er sich zu Pieter: »Ich sage es dir jetzt, frisch, dann kannst du stets frisch darüber nachdenken. Willst du ein großer Künstler werden, dann höre zu: Beschäftige dich nie mit Politik – das verzehrt dir die Kraft, und du kannst nicht mehr gerade heraus reden. Beschäftige dich nicht mit Theologie; laß es dir schnuppe sein, ob Adam einen Nabel hatte oder nicht und ob die Schlange gesprochen hat oder nicht – du wirst deswegen nicht besser malen. Trinke gerade so viel, daß du den guten Geschmack noch behältst, und laß die Mädchen in Ruhe. Hauptsächlich: laß die Mädchen in Ruhe. Das sind die vier goldenen Ratschläge von Jan Nagel. Hast du sie verstanden? Du brauchst sie nicht zu befolgen um meinetwillen. Ich habe sie dir nur zu deinem Besten gesagt. Hast du sie verstanden? Denn morgen fängt deine Arbeit an!«

»Ja«, sagte Pieter.

»Versuche dann, sie zu befolgen, und du wirst ein großer Maler werden, das fühle ich! Wir trinken auf das schöne Antwerpen und auf seinen Neuling: Pieter Bruegel!«
Die Krüge wurden hochgehoben und an den Mund gesetzt. »Mein Schutzengel, husche mit diesem Bier in meine Kehle und hasche alles weg, was dem Maler schaden kann!« sagte Pieter Bruegel da.
Und er trank einen so großen Schluck, daß er nach Atem ringen mußte.

Bei Meister Coecke

Pieter saß in seinem bäuerlich-sauberen Arbeitsstübchen, hatte Maria auf dem Schoß und malte Masken für sie. Seitdem das Kind, vor vier Jahren, die Feder von seinem Hut gerupft hatte, war es nicht mehr von ihm wegzubringen. Er war Marias Kamerad geworden, erzählte ihr endlose Geschichten, ging mit ihr spazieren und Blumen pflücken, nahm sie mit auf seinen Botengängen, machte Zeichnungen für sie, ersann immer wieder neue Spiele und allerlei lustige Dinge und trug sie auf den Schultern, wenn feierliche Aufzüge oder Prozessionen, Wagenschauspiele oder einlaufende Schiffe zu sehen waren. Oh! es war ein so schönes Kind geworden, mit vielen blonden Locken, wie frisiert geboren, mit kugeligen Pfirsichwangen, einer kleinen runden Nase und weichen Grübchen in den Händen, mit solchen wahrhaft blauen, lachenden Augen, die einem wie ein Frühlingsmorgen entgegenleuchteten. Pieter nahm sie manchmal in die Arme, drückte sie an seine Backen, auf denen ein brauner Bart zu sprießen begann und rief aus: »O mein gutes Zuckertierchen! Du bist zum Anbeißen! Meine süße Butterbirne!«

Die Liebe dieses Kindes ließ ihn strahlen vor Glück und Stolz. Er prahlte damit. Es machte ihm riesigen Spaß, wenn Mutter oder Vater Coecke Maria baten, bei ihnen zu bleiben, und sie dann lieber zu Pieter ging. Sie aß sogar mit ihm in der Küche. Diese Zuneigung verlieh ihm in seinen eigenen Augen eine gewisse Wichtigkeit, und das gerade brauchte er; denn sein Mangel an Selbstbewußtsein war ein Fehler, der ihn scheu, schüchtern und einsam machte. Pfuscher wurden durch ihre Wichtigtuerei in die Sankt-Lukas-Gilde aufgenommen, und er – trotz seiner Fähigkeiten, deren Kraft und Fruchtbarkeit er kannte – blieb, weil er sich selbst zuwenig in den Vordergrund stellte und sein Talent nicht genügend hervorkehrte, unbemerkt. Man betrachtete ihn als einen bezahlten Burschen, einen Bauernjungen, der nur Farbe anrührte, Leinwand aufzog, Paneele grundierte, die Pinsel versorgte, gut kopieren konnte und ganz eigenartige Zeichnungen machte in der Art von Hieronymus Bosch. Oft war er mit sich selbst unzufrieden, weil ihm die Kraft des Selbstbewußtseins fehlte. Manchmal tat er so, als ob er sie hätte. Aber nach drei Tagen hielt er es nicht mehr aus, und es blieb ihm nur ein wenig Heimweh übrig. Und es war Maria, dieses kleine blonde Mädchen, die ihn durch ihre Zuneigung selbstzufriedener machte.

Es waren vier Jahre der Hoffnung gewesen, vier Jahre voll Arbeit, Geduld und Mut, mit wiederholten Magenschmerzen, die noch von den Dicken herrührten, meinte er. Es war ein stetes, langsames, aber sicheres Wachsen gewesen, wie vom Korn, das Herbst, Winter, Frühling und Sommer mitmacht. Pieter hatte Vertrauen, daß die Frucht ihm das Herz stärken würde. Er wartete darauf, indem er arbeitete und das Opfer seiner Jugend brachte, die sich nach fernen Ländern und Freiheit sehnte; denn er

war an die joviale, aber streng durchgeführte Ordnung des Hauses gebunden, in dem er wohnte, schlief, aß und arbeitete.
Man war gut zu ihm! Er konnte die lockenden Freuden von Schnee und Regen, Herbst und Sonne genießen im Hause und auf gelegentlichen, eiligen Botengängen, die ihn außerhalb der Stadttore führten. Er wartete und arbeitete voller Hoffnung. Wenn er das Fach beherrschte, würde er besser bezahlt werden und sparen können, um seine Lehrzeit durchzumachen – vielleicht würde Coecke nichts verlangen – und auf diese Weise Meister der Gilde zu werden. Meister werden! Frei sein in seiner Kunst! Das war seine unverwüstliche Hoffnung, seine beständige Sehnsucht. Er machte für Coecke allerhand Kleinkram, kopierte, durfte Kleinigkeiten an Gemälden machen – es gab sehr viel Arbeit –, und es war schwer, zwischendurch etwas für sich selbst zu zeichnen, wie er es gerne mochte: nach der Natur, aus dem Gedächtnis oder nach anderen Gemälden. Aber fast jeden Abend saß er bis in die Nacht hinein auf seinem Schlafzimmer bei einer Kerze und zeichnete oder las. An Sonn- und Feiertagen zeichnete er nachmittags drinnen oder draußen, wenn er Ausgang hatte.
Und so kam eine tröstliche Einsamkeit in sein Leben, und es drang wenig zu ihm von der neuen Kunst, obwohl er sich mittendrin befand. Sie drang nicht zu ihm, weil er nicht darnach verlangte, und er verlangte nicht darnach, weil sie für ihn keinen Reiz hatte. Er versuchte es manchmal, aber es ging nicht. Alle Künstler und Lehrlinge, mit denen er gelegentlich ins Gespräch kam, hatten den Mund voll von Italien und der modernen Kunst, von der Verherrlichung des Menschen. Aber er sah alle die Sünden, die Häßlichkeiten, die Wirklichkeit der Armen und Krüppel, die doch so schön sind. Und obwohl ein Teil seines

Herzens ihnen recht gab – er wurde von dieser neuen Kunst nicht ergriffen, konnte nicht daran glauben, nicht dafür entbrennen, nicht davor schluchzen, wie es wohl der Fall war bei Bosch, Metsys, Geertgen van St. Jans, Bles und anderen. »Es ist kein eigenes Gut«, sagte er. Er beteiligte sich nicht gerne an diesen Gesprächen; es hing ihm zum Halse heraus. Er lebte still und zurückgezogen, las und arbeitete, und außer Maria waren seine einzigen Freunde: Jan Nagel, Joseph Schlagkopf und der Hausknecht Marus mit dem roten Schiffergesicht, ein Mann der Pieters Phantasie gewaltig anregte, als er von den Kriegen erzählte, die er zu Lande und zu Wasser mitgemacht hatte, und dem es nicht paßte, daß Pieter in den freien Sonntagsstunden nicht mitging und Karten spielte um Bier, sondern es vorzog, Männlein zu kritzeln...

Auf ein Stück Papier malte er nun allerlei Masken von sich selbst, von Meister Coecke und seiner Frau, von den Dienstmädchen, dem Hausknecht und den Lehrlingen. Alle waren sie, in hellen Farben gemalt, gut erkennbar, und die Fehler, die sie stets zu verbergen suchten, deutlich zum Ausdruck gebracht. Maria krähte jedesmal, wenn sie in den drolligen Fratzen die Personen wiedererkannte. »Von mir und von Jan Nagel auch eine Maske machen!« rief sie.

»Nein, meine Zuckerbirne, das kann ich nicht, denn weder du noch Jan Nagel tragen eine Maske. – Nur hat Jan Nagel eine falsche Nase, denn ich bin überzeugt, daß er dem Joseph Schlagkopf glaubt – ich glücklicherweise nicht mehr.« Aber so etwas verstand Maria nicht. »Komm herunter von meinen Knien und guck dir mal die Bilder an! Wenn dein Vater weiß, daß ich wieder spiele, dann gibt es Krach. Jetzt, wo die Blätter fallen, werde ich ein paar dazu malen...«

Die Septembermorgensonne warf ein helles Viereck in die gemütliche, bläuliche Stube über Bücher, Gemälde, Töpfe, Zeichnungen, Tonfiguren und allerhand Malerwerkzeug, alles hübsch geordnet, wie beim Gärtner. Der Binnenhof mit einem Neptunbrunnen und Kletterrosen um den Sockel der römischen und griechischen Bildwerke duftete, wie es im September manchmal vorkommt, wie zehn Fässer Balsam, und die Sonne warf den Duft in ganzen Wolken in die Stube hinein. Während Maria Bilder anguckte, arbeitete Pieter an einem angefangenen Gemälde. Es stellte dar: Aktäon, den griechischen Jäger, wie er in einem Waldteich die schöne Diana baden sieht, sie überraschen will und dafür in einen Hirsch mit einem großen Geweih verwandelt wird, so daß ihn seine fünfzig Hunde fressen werden.

»Es ist nur gut, daß die Hunde es noch nicht wissen und nicht dazu gemalt zu werden brauchen!« seufzte Pieter. Meister Coecke hatte den Entwurf gezeichnet. Pieter hatte ihn auf die Leinwand übertragen und malte nun das Laub und die Bäume und das Wasser mit den Wasserlilien. Jan Nagel würde die beiden Figuren, frisch und lebendig, mit jauchzender Malerfreude ausführen, und hinterher würde Coecke, als Türke oder sonstwie gekleidet, in Gegenwart von reichen und adeligen Besuchern an dem Gemälde arbeiten, es allmählich weich und glatt pinseln wie Porzellan und die schöne Urwüchsigkeit zerstören, wie es damals verlangt wurde; und er würde viel Lob und Beifall damit ernten. So ging es fast mit jedem Gemälde. Jan Nagel saß dort oben unterm Dach – der wollte Wind hören und Wolken sehen – und Pieter war neben der Küche untergebracht, in der Nähe von guten Düften und einer rundlichen Dienstmagd. Glücklicherweise kam öfter eine neue. Pieter fand, daß Jan Nagel vor vier Jahren zuviel Ratschläge gegeben hatte, um sie alle befolgen zu können – hauptsächlich den mit den Mädchen. Könnte man denn nicht ein guter Maler werden, wenn ab und zu, hinter einer Tür, zwischen zwei Pinselstrichen, einige Küsse gepflückt würden von dem hübschen und verlokkenden Gesicht einer Dienstmagd? Er pflückte sie jedenfalls und fand sich nicht schlecht dabei.

Jan Nagel arbeitete auf dem Boden, durfte nichts mit seinem Namen zeichnen, war ein Arbeiter, ein Knecht – aber das war ihm ganz gleichgültig! Ihm kam es nur darauf an, malen zu dürfen – die heilige Freude des Malens genießen zu können. Aber Pieter sagte, während er das dunkle Laub der Bäume malte: »Ich will frei und Meister sein! Bei Jan Nagel ist das etwas anderes: wenn der nur malen kann. Aber ich will auch ... ja, ich weiß nicht, aber etwas anderes malen.« Und gleich kamen ihm, wie ein Bündel von tausend Kristallen, tausend Dinge in den Sinn, die er malen würde.

»Meister Coecke ist gut und wird mir helfen, wenn er auch anders über die Kunst denkt als ich.« Pieter sann über seinen Meister nach. »Armer Kerl«, murmelte er.

Coecke war ein braver Mann und ein guter Maler, und er wäre ein viel besserer Maler geworden, wenn er Zeit dazu gehabt hätte. Aber er kam nie zur Ruhe, die das Herz zu seinem Wachstum braucht. Es handelte sich bei ihm nicht nur um die Arbeit, sondern er wollte seinen großen Ruhm bewahren und sich noch mehr Ruhm dazu verschaffen. Dazu aber mußte er die Arbeiten seiner acht bis zehn Lehrlinge nachprüfen, für neue Entwürfe und Stoffe sorgen und die Käufer empfangen: Edelleute, Bischöfe, Prälaten, Höflinge von Kaiser Karl und diesen selbst. Er hielt Vorlesungen und gab Schriften heraus über allerlei Künste und über seine Reisen in der Türkei, wo er die Teppichweberei gelernt hatte, übersetzte italienische Werke über Kunst, zeichnete Glasrahmen und Teppichmuster, machte Holzschnitte, radierte, reiste, mußte Besuche empfangen und Besuche machen, hier und dort zu Abend essen, verwandte viel Zeit auf seine Toilette, mußte reich sein und reich leben. Und zu dem Namen des besten Malers unter den Modernen wollte er den Titel eines Ritters oder Barons fügen. Dafür hatte er schon vieles geopfert. Wenn er an diesen Titel dachte, dann wurde sein Nacken steifer, sein Bart viereckiger, und seine Augen blickten stark zur Seite, als stelle er sich in Positur, um gemalt zu werden. Als einfacher Bürgersohn aus der kleinen Stadt Aalst hatte er es durch Tatkraft, Takt, Talent, Anpassungsvermögen und die Fähigkeit, mit Leuten umzugehen, sehr weit gebracht, zum Maler Kaiser Karls!

Es gab Leute, die für ihn die Fahne aushängten vor reiner Bewunderung, und andere, weil er am Hof einen gewissen Einfluß hatte, wenn es sich darum handelte, einen guten Staatsposten zu ergattern. Aber andere wieder konnten platzen vor Wut, wenn sie an seinen Erfolg dachten, und sagten ihm viel Böses nach. Er aber hatte ein gutes Herz: es tat ihm leid, daß er Feinde hatte, er war jedem gut, vergaß alle Boshaftigkeit und half gerne, wenn er um etwas gebeten wurde. Niemand ahnte, wie wohl ihm das tat. Und, wenn man ihn als den größten Maler ehrte, dann konnte man alles von ihm verlangen. Denn er war sich mit Schmerzen bewußt, daß er es nicht war – und das Lob war eine süße Betäubung dieses Schmerzes. Er hatte eine ziemlich bewegte, etwas anrüchige Jugend gehabt; und wo andere sich verschämt zurückgezogen hätten, trat er ungeniert auf – das war ihm kein Hindernis auf dem Weg zum Ruhm. Er hatte drei Sorten Kinder, ohne ein viertes zu erwähnen. Als seine erste Frau gestorben war, wohnte er mit einem Kebsweib zusammen, die ihm zwei Kinder schenkte. Nach ihrem Tode nahm er, aus Gutherzigkeit, die Kinder zu denen seiner ersten Frau, heiratete zum zweitenmal und bekam wieder Kinder, von denen Maria das jüngste war. Er umgab sich mit einem Prunk von großen Namen, hohen Gönnern und langen Titeln. Er verbarg darunter das Bewußtsein seiner Minderwertigkeit. Aber, wenn er es hier untertauchte, kam es dort wie ein Kork wieder über Wasser. Er hatte Verdruß. Und außerdem – er hatte keine Zeit. Darauf führte er den größten Teil seiner Schwäche zurück und freute sich, daß er einen Grund gefunden hatte. Er beneidete seinen Knecht Jan und seinen Burschen Pieter, die so strahlend glücklich, in aller Ruhe, ganze Tage hindurch malen durften.

Aber manchmal erfaßte ihn ein tiefes Heimweh nach Farbe und Pinsel, es konnte ihn so überwältigen, daß er einen angekündigten Besuch absagte oder das herrlichste Festmahl bei einem seiner Freunde verließ, um dann bis tief in die Nacht hinein zu arbeiten. »Noch kein Raphael«, seufzte er müde. Am nächsten Tag saß er wieder – und gerne! – mit weißen Handschuhen in der Betäubungsmühle von Gelehrten, Philosophen, Diplomaten, Titeln und Festessen. Seine Frau begleitete ihn, in knisternder Seide, und ließ ihre geliebten Miniaturen dafür im Stich. Er hegte viel Liebe und Verehrung für sie; und sie selbst, eine gute Frau, die Coecke sehr liebte und die für ihn schwärmte, tat es gerne ihm zuliebe und wegen der Würde, auf die sie großen Wert legte.

Es regnete bei ihm Bestellungen von Teppich- und Kirchenfensterentwürfen, von Gemälden, Porträts, Zeichnungen, Radierungen und Holzschnitten. Dieser große, berühmte Maler, der aus Mangel an Zeit fast nichts allein fertigbrachte, machte ganz allein die bescheidensten Holzschnitte. Dann zog er sich zurück, warf den Turban und den ganzen Plunder von sich, und glücklich wie ein

Sonntagsangler, der viel fängt, schnitt er freudestrahlend, in Hemdsärmeln, allerlei Figuren ins Holz. Das machte ihm zuviel Freude, als daß er es andern überlassen hätte. Aber er machte es heimlich. Man durfte wohl wissen, daß er es tat, aber nicht, daß er einen so großen Spaß daran hatte. Denn so etwas schickte sich nicht und hätte den Maler des großen Kaisers Karl, der Ritter werden sollte, lächerlich gemacht.

Pieter seufzte. Wie schön waren doch die Gotiker im Vergleich zu dieser Darstellungsart der Menschen: alle Schenkel gleich lang, jede Nase wie nach Muster bestellt, jedes Auge dem andern nachgemalt, alle gleich groß; keiner ist mißraten, keiner ist schüchtern! Sie kommen erwachsen, ohne geboren zu sein, aus einer Schachtel, ohne eine Schramme, nicht getragen und gebildet von der Natur und vom Leben. Es lebe das Leben! Aber, während Pieter das Wasser und die Bäume malte, dachte er an den Dommel; Kräuterdüfte wehten heran, Erinnerungen entfalteten sich, wie Rosen, die sich öffnen, und er befand sich mitten in seinem Dorf! Es stand ihm vor den Augen. Und in jeder Richtung dort malte er die Wassermühle von Breughel in der Ferne und die Kopfweide, an der sie ihre Kleider ablegten, wenn sie badeten.
»Wie geht es dir, mein gutes Dorf?« fragte er murmelnd.
»Zerstört«, antwortete er flüsternd. Denn im vorigen Jahr hatten es die umherirrenden Truppen von Maarten van Rossum geplündert und halb ausgemordet.
Seitdem wollte Pieter gern sein Dorf wiedersehen; aber er brachte den Mut nicht auf; er fürchtete, es zu elend zu finden, und verschob seine Absicht immer wieder. Er wäre so gerne hingegangen, und wäre es nur, um diesen guten Dorfpfarrer zu besuchen, der nun glücklicherweise alles über ihn wußte aus seinen eigenen Briefen. Morgen

würde er ihm schreiben, daß er im Winter, wenn Schnee läge, für einige Tage kommen wolle. Er mußte wohl laut gedacht haben, denn Maria sagte: »Dann gehe ich mit.« Aber da kam Meister Coecke herein, in einem Wams aus Silberdraht und mit quietschenden, gelben Stulpenstiefeln, fertig für die Jagd. Er kam nervös hereingestürmt.

»Man läßt mir keine Ruhe!« Und zu Pieter: »Junge, Junge, Ruhm ist herrlich, aber schwer zu tragen. Es gibt nichts Besseres, als so für sich die Farben und Schattierungen spielen zu lassen!« Und dann gebieterisch: »Das Gemälde muß heute noch fertig werden! Herr de la Viola will es morgen in seinem Lusthaus an der Hospitalwiese haben, sonst nimmt er es nicht mehr. Es kann naß an der Wand hängen. Und Jan Nagel ist nicht da, um das Fleisch zu malen! Seit zwei Tagen ist er nicht gekommen, ohne etwas von sich hören zu lassen! Ich lasse ihn ein Modell suchen für die Göttin des Meeres, und er kommt einfach nicht wieder! Man hat mir erzählt, daß er sich mit seiner Frau herumgeschlagen und, wie es scheint, ein Auge eingebüßt hat, dein sauberer Freund! Und ich sitze nun mit diesem Gemälde auf dem Halse! Keiner von den Lehrlingen, der es auch nur annähernd könnte; und ich kann doch diese Jagd nicht absagen: es ist auf dem Jagdgut des Kardinals, auf Kantekräh; Gott weiß, wieviel Edelleute dort sind! Und der Kardinal ist ein so guter Käufer ...!«

Er schritt hin und her, betrachtete die Zeichnungen und kleinen Gemälde in der Art von Bosch, die an der Wand hingen – mit Verachtung für den Stoff, aber mit Aufmerksamkeit, die gute Ausführung prüfend.

»Vater«, rief Maria, »wenn Schnee liegt, gehe ich mit Pieter weit, weit weg!«

»Hör mal zu«, sagte Coecke zu Pieter, fast flehend, »mach du es! Du kannst das; wenn du willst, kannst du das. Du malst schnell, und morgen werde ich es noch mal überfliegen, dann kann er es bis Mittag haben.«
»Ich will es versuchen«, antwortete Pieter, sich aufrichtend vor Freude und Coecke für die Ehre dankend.
»Gut, du sollst zwei Dukaten haben«, sagte der Meister nun beruhigt. »Aktäon gut braun halten und Diana mit rosa Amber und Weiß bearbeiten und blauen Flaum in die Schattenpartien; die flüchtende Nymphe natürlich weniger hell als Diana ...«
»Gut Meister«, sagte Pieter schalkhaft, »ich werde ihr saubere, fette Füße geben.«
»Kommst du schon wieder von der Seite«, fuhr Coecke auf, die silbernen Arme in der Luft. »Bringst du schon wieder deine Gotiker angeschleppt mit ihren Knochengestellen, mit ihrer häßlichen Wahrheit? Du willst ein großer Maler werden und verstehst nicht einmal die Schönheit des Menschen! Was im Leben nicht schön ist, sollst du in der Kunst vermeiden. Und die Schönheit des Lebens ist nicht vollkommen, wir Künstler vervollkommnen sie. Wenn du das nicht verstehst, wirst du dein Leben lang Farbe reiben, ein Knecht bleiben und Leinwand grundieren. Du mußt idealisieren ...! Was ist los?«
»Ich betrachte diese Rose, Meister, wie die Natur und die Sonne sie schön gemacht haben ... sie ist gewachsen, und seht nur dieses Gänseblümchen ..., ist auch das nicht schön? Und diese erste Sonnenblume? Was wollt Ihr noch mehr?«
»Auf die Jagd gehen!« rief Coecke mit Bestimmtheit, von oben herab, »und daß du mir das Gemälde fertig machst, ein Modell suchst für die Göttin des Meeres und Jan Nagel berichtest, daß er mit einem Auge auch kommen kann, um zu malen!«

Darauf gab Coecke Maria noch einen letzten Kuß, schlug die Tür zu und war verschwunden.
Pieter fing an, das Fleisch zu malen. Ja, ja, Coecke würde ihm helfen, Meister zu werden; das war ein großer Schritt vorwärts. »Und doch werde ich meine Art nicht ändern«, sagte er.

Als das Gemälde fertig geworden und das Fleisch zu Pieters Zufriedenheit geraten war, fragte er die gnädige Frau, ob Maria mitgehen dürfte zu Jan Nagel. Denn Frau Coecke legte großen Wert auf Anstand, und was den Haushalt betraf, wollte sie in allem erst gefragt werden. Wenn dem Genüge geleistet war, gab sie gerne ihre Genehmigung, um sich ungestört der schwierigen Miniaturmalerei widmen zu können. Sie war im Hause sehr beliebt, weil sie etwas Mildes und Zutrauliches an sich hatte. Sie war ziemlich stark, besaß eine große Gemütsruhe und füllte ein ganzes Gemälde aus auf den Porträts, die Coecke von ihr machte. Maria bekam ein frisches Kleid angezogen, Pieter band sich die Schürze ab, und sie gingen zusammen fort. Als Pieter und Maria ans Schloß kamen, wurde den Gefangenen hinter ihrem Gitter von wohltätigen Frauen Brot gereicht.
»Nicht hingucken, liebes Kind, nicht solche unmenschlichen Dinge ansehen. Sieh mal die vielen Schiffe!«
Dort lagen und trieben die Galeonen, Galeoten und Frachtschiffe mit ihren Flaggen; das Wasser tanzte dazwischen, und nach Austruweel zu lagen sie dicht aneinandergedrängt und warteten. Dort war ein Wald von beflaggten Masten, eine langsam herantreibende Stadt. Und die untergehende Septembersonne streute alle Obstfarben darüber! Es roch nach Pech, Zimt, Häuten, Pfeffer, Muskatnuß, Obst. Alle neuentdeckten Weltteile schütteten hier ihren Reichtum an Farben und Düften aus. Eine

Zauberkraft, eine Sehnsucht nach dem Unbekannten zog die Leute der Stadt immer wieder zum Wasser hin: dort lagen ihre Träume ausgebreitet, und es wimmelte da von Kaufleuten, Bürgern, Knechten, Wagen, Faulenzern, Krämern, Matrosen, Kindern und lockenden Mädchen.

»Hier könnte man zeichnen! Hier gäbe es Stoff zum Zeichnen! Die Menschen und die Schiffe!« flüsterte Pieter. Aber er mußte fort.

»Komm, wir gehen zu Jan Nagel, wir wollen sein ausgefallenes Auge sehen, das er wahrscheinlich in einer kleinen Schüssel aufbewahrt.« Sie gingen über den Fischmarkt. Es war Donnerstag. Der frische Fisch für morgen war angekommen und lag in großen Haufen, mit all seinen Farben, in den Krambuden ausgeschüttet. Oh! Schön: diese grauweißen Kabeljaus, wie Oktoberwolken, neben den blaugestreiften Makrelen, wie Ritter in japanischen Harnischen; und diese Knurrhähne, von der roten Seele der Korallenpflanze durchzogen; die Schollen, wie Batik aus dem Orient, die Rücken der Heringe, wie ein Blick in dunkle Gewässer und ihre Bäuche von mystisch geprägtem Blattgold; und alle diese Fische in allen Farben und allen Schattierungen!

»Stücke Sonnenuntergang«, sagte Pieter. »Sieh doch, Maria, wie schön, diese Fische! Man möchte darin untertauchen!« Aber da bemerkte er eine junge, blühende Magd beim Waschen und Spülen der Fische. Sie hatte aufgestreifte Ärmel, weiche, rosige, nackte Arme, rote Hände, die feucht waren vom Wühlen im Fisch, ein paar stämmige Beine, und die Wölbung der Brust war schlohweiß. Und diese lebhaften Augen und dieses gesunde Lachen! »Ein hübsches Kind von tausend Wochen, die Seele des Meeres!« dachte Pieter bewundernd. Sie zog einem ruppigen Rochen die schmutzige Haut ab und streckte vor Anstrengung die Zunge heraus.

»Genau wie ich«, sagte Pieter. Mit einem Ruck zog sie geschickt die grüne Haut ab, und eine saubere, rosigweiße Rippenreihe kam hell und glänzend zum Vorschein wie eine leuchtende Morgenröte. Er dachte plötzlich an die Göttin des Meeres. Wo könnte er jemals ein besseres Modell finden als dieses Mädchen, froh und frisch, wie eben erst aus Schilf und Wasser aufgetaucht.
»Sag mal, Seefräulein«, fragte Pieter, »würdest du nicht für schönes Geld beim großen Maler, Meister Coecke, Modell stehen wollen, um deine hübsche, blanke Haut malen zu lassen, als Göttin des Meeres auf einem Gemälde?«
»Hier hast du eine Haut«, rief das Mädchen und klatschte Pieter die Rochenhaut ins Gesicht. »Vorgestern hat mich schon ein Alter dasselbe gefragt. Ich weiß nicht, was man von mir will.«
»Diese Haut nehme ich mit, um meine Farben darin aufzuheben«, lachte Pieter. »So, so, dieser Rothaarige hat dich auch schon gefragt! Du siehst, daß ich nicht unrecht habe. Aber ich sehe deinen Leib, diesen Mund, und meine Augen haben ein gutes Gedächtnis. Nun, und wenn du dich in die Haut eines Walfisches versteckst, ich werde dich malen!« Er holte sein Skizzenbuch hervor, trat ein paar Schritte zurück und zeichnete sie schnell als Göttin des Meeres, nackt aus den Wogen auftauchend, neben einem Delphin.
»Sieh, das schenke ich dir«, sagte er und gab ihr die kleine Zeichnung. Erstaunt blickte sie darauf. »So werde ich dich nun groß malen, in bunten Farben, und ganz Antwerpen wird es sehen können! Adjüs!«
Er schwenkte seinen Hut und ging mit Maria lachend davon. Aber eine helle Stimme rief ihm nach. Er blickte sich um: das Mädchen hatte ihren Kramladen verlassen. Sie war rot wie eine Kirsche und bebte.

»Bleibe hier mal ruhig stehen, Maria«, sagte er und ging lachend auf das Mädchen zu.
»Mein Herr«, sagte sie, ihn verzweifelt und wütend anblickend, »wenn du es wagst – ich kratze dir die Augen aus dem Kopf!«
Pieter bewunderte sie. ›Welch ein Stück Natur‹, dachte er.
»Höre zu«, sagte er, »ein Vergleich: ich verspreche, dich nicht zu malen, wenn ich von diesen Korallen-Lippen einen Kuß bekomme!«
Sie blickte ihm starr in die Augen, die Wahrheit seiner Worte prüfend. Sie senkte den Blick und errötete. »Komm her!« sagte sie entschlossen. Sie ergriff einen leeren Fischkorb, hob ihn hoch vors Gesicht, damit es niemand sehen sollte – hinter ihnen war eine Mauer – und gab ihm nicht einen, sondern drei Küsse, die klangen wie die Schläge der Nachtigall! Aber Maria war herangekommen und hatte es gesehen.
»Komm!« sagte Pieter und entfernte sich rasch. Er blickte sich noch einmal um, denkend: ›Nun wird sie die Zeichnung zerreißen.‹

Aber sie stopfte sie gerade in ihre Schürze. Sie sah, daß er es bemerkt hatte, wurde krebsrot vor Scham, und da sie sich nicht zu helfen wußte, steckte sie spottend die Zunge

nach ihm aus, während sie einen großen Kabeljau ergriff, um ihn zu reinigen.
»Hör mal«, sagte Pieter zu Maria, »niemand etwas davon erzählen, nicht wahr, auf keinen Fall der Mutter oder dem Vater und bestimmt nicht Jan Nagel und auch dem neuen Dienstmädchen Tille nicht und auch sonst niemand, hörst du!«
Dort wohnte Jan Nagel, an der Ecke, in einem Obstladen, dessen Giebel mit Stufen geziert war und ein Madonnenbild trug. Die Fenster, in denen jetzt die untergehende Sonne brannte, boten eine schöne Aussicht auf eine Krümmung der Schelde.

Pieters Bewunderung und Zuneigung für Jan Nagel war wie eine Pflanze, die immer frische Blüten trieb. Wie oft hatte er ihn schon gezeichnet, nach dem Leben und aus dem Gedächtnis! Er hatte aber auch einen Kopf, an dem ein Maler seine Freude haben mußte: blitzrotes Haar, das ihm wirr auf dem Kopf und um das bleiche, dünnhäutige Gesicht stand; aber der kurze Bart war gelber, hart und steif; kein Schnurrbart, so daß der Mund mit der verächtlichen Unterlippe frei blieb; eine große Nase, die sich ein wenig vornüber neigte, und unter den langen Augenbrauen seiner hohen Stirn graue, wehmütige Augen. Auf dem Kopf trug er stets eine kleine rote Kappe. Sein dünner Vogelhals, der sämtliche Muskeln und Adern zeigte, wie ein Bündel Band und Zwirn, wuchs aus einem breiten Rücken, der müde war vom Sitzen in gebückter Haltung. Er war nicht klein, aber er sackte in den Knien ein und hatte dicke, muskelstarke Beine. So hatte Pieter ihn schon oft gezeichnet.
»Ein schöner Mann! Ein schöner Mann!« sagte Pieter, wenn er an ihn dachte. Er war jedem bekannt als ein mißglücktes Genie, aber als der stärkste, tapferste, unab-

hängigste und bescheidenste Mensch, gefürchtet wegen seiner scharfen Zunge und seiner harten Fäuste. Er fürchtete weder Tod noch Teufel, kümmerte sich nicht darum, wie man über ihn dachte, und handelte so, wie er es für richtig hielt. Er schien mit dem Pinsel geboren, das Malen saß ihm in jedem Tropfen seines Blutes; er hatte nur einen Wunsch: arbeiten, und diese Arbeit war malen. Er malte bei Coecke auf dem Dachboden. Er wollte allein sein und Ruhe haben, brauchte viel Raum, mußte vor- und rückwärts gehen und ausholen können. Dort sprühte dieser Mann Funken. Da wurde dieser rote Busch zu einer Glut: Wer ihm mit der Hand über die Haare gestrichen hätte, dem wären die Funken von den Fingern gefallen. Er malte mit Leidenschaft und Wut wie jemand, der kämpft. Er schleuderte das Bild auf die Leinwand, strich mit dem Daumen darüber, kratzte mit den Fingernägeln daran. Die Pinsel strichen, klatschten und quetschten die heilige Farbe – wie er sie nannte – auseinander, breit, weich, saftig und feurig. Er arbeitete mit den Händen und mit den Zähnen; denn, wenn ihn die Wut gepackt hatte, geschah es, daß er sich nicht die Zeit nahm, ein Tuch oder ein Messer zu holen, um eine schlechte Stelle wegzuwischen, sondern, daß er sie einfach mit der Zunge ableckte, sie förmlich mit den Zähnen herunterbiß. Es flammte heraus: es mußte schnell gehen, in einem Ruck, weich in der Farbe; und wenn er in einer Sitzung nicht fertig wurde, dann konnte er zu Hause nicht schlafen, stand sechsmal auf, um die Schelde zu betrachten, ging spazieren in der Nacht oder rudern auf der Schelde und war beim ersten Hahnenschrei bei Coecke. Und wenn es manchmal nicht gehen wollte, dann fluchte und betete er durcheinander; und wenn es anhielt, schmiß er die Pinsel beiseite und ging weit, weit fort, in die Felder und die Einsamkeit, bis er sich müde und halbtot gelaufen hatte, und kam dann, pfeifend wie ein Schuljunge, wieder nach Hause. Er fing auch manchmal an zu singen bei der Arbeit; aber, vom Malen gleich in Beschlag genommen, vergaß er weiterzusingen, und das letzte Wort eines Satzes blieb in seinem Munde hängen. So konnte man eines Morgens hören, wie er anfing: ›Ein Hering in der Pfanne, mit ein wenig Buttersauce, Buttersauce, Buttersauce‹, und dann sang er immer weiter, noch tausendmal ›Buttersauce‹. Er machte nichts ganz fertig, das konnte er nicht; er war zu feurig, um sich mit diesem Kleinkram abzugeben, alles blieb skizzenhaft. Ihm war es nur um das Fest mit Farbe und Pinsel zu tun. »Das übrige ist für Tölpel und Beginen«, sagte er. Und wenn das Gemälde dann, nach seiner Meinung, fertig war und grob, kräftig und edel, mit einem Wort, wie ein Stück Urnatur leuchtete, da sank er nieder, müde und gebrochen, wischte ein paar Tränen aus den Augen und sagte bewundernd und zitternd vor Glück: »Gott, was schaffst du schöne Dinge durch unsere Hände!« Dann betrachtete er lange die Arbeit, den Zeigefinger vor dem geschlossenen Mund und den kleinen Finger wie ein Schwänzchen nach oben haltend. Das war immer seine Haltung, wenn er schöne Dinge betrachtete.

Es war ihm ganz gleichgültig, wenn das Werk – wie es ihm so frisch aus der Seele gerissen war – nicht schön, zu grob, zu brutal, nicht fertig gefunden wurde. Seine Rede war: »Man muß die Pinselstriche sehen: sie sind die Wege, die Schreie der Seele!« Aber jedesmal zerriß es ihm das Herz, wenn man dann die Arbeit hinuntertrug, wo sie von Meister Coecke mit zarten Pinseln verpfuscht und verweichlicht, mit Watte und lauer Schmiere übermalt wurde, der dann mit wichtiger Miene seinen Namen daruntersetzte.

»Jan Nagel wäre kein schlechter Maler, denn er versteht sich auf Farben«, sagte Coecke – und jeder sagte es ihm nach – »wenn er die Gabe hätte, zu modellieren: wo er aufhört, fängt die Kunst erst an.« Man nannte ihn den Klecksmaler, der mit Kuhschwänzen malte. Eines Tages war er, um sich zu rächen, mit einer sauber geleckten, zarten ›Vertreibung aus dem Paradies‹, auf der man sogar die Tautropfen auf den Blumen sehen konnte, zu den Lehrlingen heruntergekommen. Aber er machte ihrer Bewunderung, ihrer Freude und ihrem Staunen ein kurzes Ende und rief: »Wenn ihr nun denkt, daß ich in Zukunft die heilige Farbe mit solchen Kindereien verschmieren werde, dann zertrete ich sie noch lieber unter meinen Füßen! Verstanden?«

Er hängte das Gemälde auf den Dachboden und schrieb darunter: »So darf man nicht malen.«

Niemand schätzte seine Arbeit, sie war also nur zur weiteren Bearbeitung zu verwenden. Aber weder Geld noch die ihm angebotene Meisterwürde der Sankt-Lukas-Gilde konnten ihn dazu bewegen, seine Art zu ändern. Und da er, der den ganzen Tag malen wollte, nicht in der Lage war, Farbe zu kaufen, Modelle zu mieten und Material zu beschaffen, so malte er für Coecke und blieb ein bezahlter Knecht, ein »Klecksmaler«, dessen Arbeit unten verpfuscht wurde. Er malte alles: Landschaft, Fleisch (totes und lebendiges), Blumen, Obst, Stilleben, Porträts, alles; er unterhielt sich nie über den Stoff oder dessen Bedeutung: wenn es gut gemalt war, gut, weich und edel in der Farbe, richtig in der Anordnung, dann war es gut. »Ein Apfel, eine Brust, ein Auge, ein Horizont, alles ist gut, wenn es gut gemalt ist – und Farbe ist die Seele von allem.«

Er wollte allein sein. Er duldetete niemand oben, nicht einmal Coecke, sprach während der Arbeit nie ein Wort mit dem Modell, langweilte sich, mußte seine Flüche und seine Wut bezwingen, wenn das Modell eine Ruhepause machte. Nur Pieter durfte ihm zusehen, aber ohne die schwatzhafte Maria, und Pieter betrachtete ihn wie ein Wunder, das da kämpfte mit einem Geist: Jakob, ringend mit dem Engel. Von Jan Nagel lernte er die Farben und die Harmonien sehen, lernte den tüchtigen Pinselstrich schätzen und anbringen und lernte – aber das wußte Jan nicht – offener zu leben. Denn Pieters verwirrtes Herz und sein zaghafter Wille wurden durch diesen Mann gekräftigt und gestärkt, der unerbittlich ein offenes, einfaches und eindeutiges Leben führte, der eine gedrängte Mischung war von Willen und Mut, mit noch etwas dazu: einer Sehnsucht, die diese schroffe Kraft anziehend machte. Jan Nagel hatte eine große, stramme, dicke Frau, die Truthenne genannt wurde, eigentlich Rose hieß und von ihm stets den Namen Mirabella erhielt.

»Sie ist gut, ich liebe sie sehr«, sagte er zu Pieter, »aber sie muß mir Freiheit lassen. Das versteht unglücklicherweise keine einzige Frau. Sie läßt sie mir nicht – ich nehme sie.« Er konnte manchmal zwei Tage nicht nach Hause kommen, dann plötzlich eintreten und ganz einfach fragen: »Ist die Suppe noch nicht fertig?« Sie hatten keine Kinder. Die Frau versah einen kleinen Laden mit Obst und trockenem Fisch. Das schätzte er sehr. »Es sind die Farben, die sie anziehen«, sagte er. »Jeden Tag umgeben mich neue Haufen von schönen Dingen.«

Mirabell war äußerst eifersüchtig und platzte bald vor Wut, wenn er, nur aus reiner Farbenfreude, sagte: »Was hat dieses Mädchen für einen schönen Hals; sieh doch diese Elfenbeinfarbe an«, oder: »Ach! wenn die da mal für mich Modell stehen wollte!« oder etwas Ähnliches. Dann konnten sie sich manchmal prügeln, daß die ganze Nachbarschaft zusammenlief. Am selben Abend aber gingen sie zusammen in ›Das Licht in der Laterne‹ an der Ecke und tranken ihren Schoppen Doppelbier zu einer Portion

getrockneter Scholle. Aber er konnte sie auch schön und tapfer verteidigen.
Er blieb arm und als Künstler unbekannt – und war glücklich, weil er ohne Sorgen tagtäglich malen konnte. Er hatte auch versucht, zu Hause zu malen, aber das ging nicht. Seit drei Jahren stand ein Stilleben auf der Staffelei: es ging nicht. Er mußte hin und her laufen, weit ausholen, zur Not tanzen können. »Und eine Frau versteht das nicht: die denkt, daß malen genauso geht wie einen Strumpf stricken.« Er war gerne bei Coecke, schätzte ihn sehr und auch ein wenig seine Arbeit. »Er kann etwas«, sagte er. Bei Coecke, der sowieso alles verkaufte, durfte er malen, was er wollte, hatte jedes Modell und auch sonst alles, was er wünschte. Denn Phantasie hatte Jan Nagel nicht und wollte er auch nicht haben. Er konnte es nicht begreifen, wie jemand – wie Pieter zum Beispiel – es wagen konnte, etwas zu zeichnen oder zu malen, das ihm nicht in Wirklichkeit vor Augen stand. Er fand es blödsinnig. »Dieser Apfel ist dieser Apfel, und dieser ist es, der mich mit seinen Farben entzückt; dann brauche ich auch keinen zu malen, den ich nicht sehe.«
Zwischen ihm und Peter gab es über solche Dinge immer ein furchtbares Wortgefecht, bei dem Maria dann allmählich einschlief. Vor drei Tagen hatte Jan noch gesagt: »Der große Geist des da Vinci kann mir gestohlen bleiben, aber ich möchte ihm die Füße küssen, weil er so gut Schlangen malen kann; das übrige sollte er lieber in ein Buch schreiben – malen ist malen ...«
Als sie eintraten, war Mirabella gerade dabei, blaue Pflaumen abzuwiegen. Sie erzählte gleich, daß sie ihm eine Tracht Prügel gegeben hätte, weil er ein junges Mädchen auf dem Fischmarkt gefragt hatte, ob sie nackt für ihn Modell stehen wollte.

»Und Pieter hat von diesem Mädchen soeben einen Kuß bekommen!« sagte Maria.
»Du Glücksvogel!« brummte eine Stimme, und dort, in der Stubentür, stand Jan Nagel, ein schwarzes Tuch vor das rechte Auge gebunden, in der einen Hand eine saftige, gelbe Birne und in der anderen ein Buch, das ›Lob der Narrheit‹ von Erasmus.

Die Elster

Ein dünner Nebel hing in dem stillen, feuchten, lauen Herbstwald. Es duftete nach Eichen und welkem Laub, das unaufhörlich von den Bäumen fiel und wie ein weicher Teppich auf dem Boden lag. Pieter schritt hindurch und freute sich über das Rascheln unter seinen Füßen. Dann lauschte er wieder lange Zeit der Stille, der Ferne und dem sterbenden Leben. Er schritt tiefer und tiefer in den Wald hinein, zwischen den geraden Baumstämmen. Schon stundenlang war er so gegangen, so einfach weitergegangen, so echt nach Breughelscher Art: frei, einsam, ohne Ziel, mit einem stillen Feuer im Herzen, voll Heimweh und Glück. Er hatte heute morgen ein Gemälde auf den Laternenhof, außerhalb der Stadt, geschafft. Und angezogen von der geheimnisvollen Seele des Waldes, wollte er mit einem kleinen Umweg durch den Wald zurückkehren. Aber als er einmal darin war, hielt der Wald ihn gefesselt. Er war so schön, so gut, er hielt ihn ganz gefangen, und er ging mit schleppenden Füßen tiefer und tiefer hinein in die Dämmerung des gelben und roten Laubes. Er fühlte, wie einen neuen Genuß, die alte verdrängte Liebe zur Natur.

Als er die Sonne mattrot in einem blauen Nebel wegsinken sah, kehrte er zurück.

Es war vollends Abend geworden, als er vor dem breiten Wirtshaus ›Die Elster‹ – eine Viertelstunde außerhalb der Wälle – draußen an einem Tisch, einen Krug Doppelbier trank. Es wurde schwül, und alles schien blau im Abendschein. Im Hause war es dunkel und still, und im Stall stöhnte eine Kuh wie ein Schiffshorn. Pieter bestellte noch einen Krug, denn jetzt, zur Traubenzeit, schmeckte das Bier gut. Die Dienstmagd, die es brachte, hatte rote, dicke Hände, die nach Milch rochen. Vorhin hatte er das Mädchen gar nicht beachtet; aber jetzt fiel ihm auf, daß sie einfach und schön war, wie sie sich so vom Abendhimmel abhob: ihre schwarzen Augen, mit langen Wimpern, blickten ihn ruhig und gefällig an, und sie schien einen weißen, weichen Hals zu haben.

»Wir werden einen frühen Winter bekommen«, sagte sie mit bebender Stimme; »es hat heute nacht schon stark gefroren.«

»Du irrst dich, liebes Kind: es hat die ganze Nacht geregnet, ich habe es gehört.«

»Hier war eine Eisschicht auf dem Wasser, einen Finger dick, ich habe es gesehen.«

›Sie lügt so, daß sie es selber glaubt‹, dachte Pieter und sah bewundernd auf ihren Hals. Er war ganz erfüllt von ihrer Figur, wußte nicht, was er sagen sollte, und seufzte: »Sieh, wie rot der Mond über den Wäldern aufgeht.«

»Davor habe ich mich früher gefürchtet.«

»Und ich, als ich noch ganz klein war.«

Sie stützte sich mit der Hand auf die Tischplatte. Diese Hand war dunkelrot wie ein Apfel. Pieter legte seine weiße Hand darauf und fragte: »Wie heißt du?«

»Anna!«

»Ich heiße Pieter.«

Sie blickten einander lange an. Da knirschten drinnen schleppende Füße über den mit Sand bestreuten Fußboden. »Achtung, der Oheim kommt.«

Sie zog ihre Hand zurück. Der dicke Wirt, in einer weißen Schürze, stellte sich in die Türöffnung. Das Mädchen blickte Pieter noch einmal scharf an, schloß die Augen vor Wonne und ging ins Haus.

Pieter seufzte. »Es ist still«, sagte er nach einer Weile zu dem Doppelkinn.

»Ja, freitags um diese Zeit immer«, summte die tiefe Stimme des Wirtes, »aber an den anderen Tagen wimmelt es hier von Gästen.«

Pieter dachte an die Nichte, wollte gerne über sie sprechen. »Ihre Nichte sagte, daß es hier heute nacht gefroren hätte!«
»Welche Nichte?«
»Nun, Anna, die das Bier brachte.«
»Ah! Ah!« lachte der Wirt, »die Dienstmagd! Hat sie wieder gelogen? Die spricht keine zehn Worte, ohne neun davon zu lügen. Nichte! Ah! Ah! Sie ist genausowenig meine Nichte wie das Hinterteil unserer Kuh! Und gefroren heute nacht, nein Herr, gegossen! Aber vor Wut über diese Person könnte man die Wände hinauflaufen. Und man kann sie verprügeln, soviel man will, sie lügt weiter ...«
»Ich habe sie vielleicht falsch verstanden«, entschuldigte Pieter Anna. »Es ist ja auch ganz gleichgültig, man sagt so manchmal was... Was habe ich zu bezahlen ...?«
Er hatte Eile, wegzukommen... Bevor er über die Brücke schritt, um in die Stadt unterzutauchen, blickte er sich noch einmal um. Der Mond hing geheimnisvoll, wie ein Gesicht, über den Wäldern, und dort, hinter jenem vollen Bach, der den Mond widerspiegelte, mußte irgendwo ›Die Elster‹ sein. Dort wohnte Anna mit ihrem weißen Hals und den roten Händen.
»Schade, daß sie so lügt...« seufzte Pieter schwer. ›Wie schön ist doch die Natur‹, dachte er und blickte in die Ferne. »Ich glaube, ich möchte immer auf dem Lande wohnen.« Und glücklich ging er nach Antwerpen hinein.

Am nächsten Morgen rieb er gelbe Farbe auf einem Quaderstein, und Maria stand daneben auf einem kleinen Stuhl. Er dachte an Anna. Eben hatten sie zusammen angefangen zu singen: »Unsere Mutter kauft einen Hering, einen Hering ohne Kopf«, als Frau Coecke eintrat, ihren dicken Leib in Samtfalten gehüllt. Sie trug

eine kleine Rolle Pergament. »Wo hat man dich aufgefischt?« lachte sie. »Wir glaubten schon, dich nicht wiederzusehen!«
»Ach, gnädige Frau«, entschuldigte er sich errötend, »ich bin im Walde hängengeblieben. Es war dort so schön... ich konnte nicht widerstehen... der Herbst hat solche gewaltigen Farben... und ich vergaß meine Arbeit... aber ich werde heute das Versäumte schon nachholen, gnädige Frau.«
Ruhig wie immer, aber weniger jovial als sonst, sagte sie, während er die Warze mit den drei Haaren, die ihr auf dem Kinn wuchs, anstarrte: »Du darfst nicht vergessen, daß du bei fremden Leuten im Dienst bist. So einfach einen ganzen Tag wegzubleiben, ist nirgends gestattet. Der Meister hat dich gesucht. Laß es nun mit dem einen Mal gut sein, sonst kannst du hier nicht bleiben.« Dann rollte sie das Pergament auf, auf dem Coecke einen heiligen Paulus gezeichnet hatte. »Sieh, es muß ein Kranz von Eichenlaub ringsherum gezeichnet werden. Gib auch bei einigen Blättern die Farbe an, das übrige mache ich dann selbst. Den Heiligen kannst du auch malen. Es ist für die Gräfin von Sint-Joris, sehr eilig... und ich habe noch ein ganzes Gebetbuch, das du mit solchen lustigen Zeichnungen versehen sollst. Ich werde sie dann schon kolorieren.«
So ging es fast immer: sie machte die Miniaturen mit Lust und Liebe, aber zum Schaffen fehlte ihr jedes Talent. Coecke half ihr, und Pieter noch mehr. Trotzdem freute sie sich über das, was sie schon konnte, und wenn ihre Arbeiten gelobt wurden, verspürte sie immer Lust, ihre Helfer zu nennen. Aber sie tat es dann doch nicht.
Jetzt hörte Pieter nichts mehr von dem, was sie sagte. Er sah alles in einem wirbelnden Nebel. Als sie weggegangen war, stand er da und blickte starr vor sich hin.

»Was ist?« fragte Maria.
»Nichts, nichts.« Ihm war, als wäre er geohrfeigt worden. Er lachte sie traurig an. Er fühlte sich auf einmal wie ein Gefangener, ein gewöhnlicher Knecht, der bezahlt wird, ein Hund, eine Zitrone, die man ausquetscht. Er ging auf und ab, blieb stehen, schloß die Augen, den Mund, die Hände und das Herz.

»Setz dich, setz dich«, sagte Maria ängstlich und besorgt, »du wirst fallen, wenn du mit geschlossenen Augen stehen bleibst.« Und die kleinen Hände drückten ihn auf einen Stuhl.
»Komm, meine Butterbirne«, sagte er, »geh nun in den Garten spielen oder in die Küche, komm, dann erzähle ich dir nachher von Orson und Valentin.«
Sie kletterte auf seinen Schoß und zupfte an seinem jungen Bart. »Nein, jetzt erzählen; ach ja, von Orson und Valentin.«
Er schluckte seinen Ärger hinunter und erzählte mit

langsamer, trauriger Stimme. Es war, als flüstere er ein Lied. Er sah den Wald, den weißen Hals von Anna, und er fühlte einen Drang nach Freiheit: Allein sein, von niemand abhängig sein und das Herz seiner wilden Jagd überlassen können!

Maria war auf seinem Schoß eingeschlafen.

»Wenn ich dich mitnehmen könnte, dann ginge ich heute noch fort von hier!« sagte er mit Entschlossenheit. »Aber ihr seid es, du und Jan dort oben...«

»Laß mich aus dem Spiel und gib mir Farbe«, krächzte eine Stimme – Jan Nagel stand in der Tür.

»Ach Jan, ich brauche dich!« seufzte Pieter. »Hör mal!« Und Jan hörte zu.

»Du mußt hier fort«, knurrte er endlich. »Du hättest schon längst fort sein müssen, aber so etwas muß man selber fühlen. Das darf dir niemand sagen. Wenn ich jünger wäre, ich ginge mit. Du mußt jetzt auf eigenen Füßen stehen. Hier kannst du nichts werden. Du mußt deinen Lebensunterhalt mit Arbeit verdienen. Versuche etwas Kopierarbeit von Coecke zu bekommen, dann kommst du vor Hunger nicht um. Denn ein wenig Armut macht nichts, ist gut sogar. Ein Künstler ist wie eine Mispel, beide müssen auf Stroh liegen, wenn sie gut werden sollen. Ich bin vom Stroh nicht weggekommen! Wäre ich noch jung, ich ginge mit, ja, ja, ich... ich wünsche dir viel Glück...« Und er schob Daumen und Zeigefinger in die Augenhöhlen, um die Tränen aufzuhalten.

Eine Woche später sollte Pieter in ›Die Elster‹ ziehen. Seine Sachen waren gepackt. Erst noch essen. Es gab Bratwurst mit Rotkraut, was Pieter so gerne aß. – Was aß er nicht gerne? – Aber er rührte das Essen nicht an. Wenn man so fünf Jahre irgendwo gewohnt hat, und die Leute sind herzlich gut zu einem gewesen, und da gibt es einen alten Knecht Marus, der stundenlang auf einen wartet, um ein wenig Karten zu spielen oder von Kriegen zu erzählen, die er mitgemacht hat, und da ist schon seit zwei Monaten eine blühende Dienstmagd, die einem die Speckscheibe etwas dicker schneidet, und die man so ab und zu tüchtig abgeküßt hat, – und da ist noch eine kleine Maria, die einem den ganzen Tag an den Rockschößen hängt und die einen ebenso lieb hat wie die eigenen Eltern, und dann hat man dort noch einen alten, rothaarigen Freund, Jan Nagel, den man fast Großvater nennen könnte, der aber der beste und frischeste Freund ist, dessen herrliches Wesen und glühender Geist einem die Seele stärker und schöner gemacht haben, der einen gelehrt hat, zu sehen, zu bewundern und dankbar zu malen – dann krampft es einem das Herz zusammen, wenn man diese Leute verlassen muß. Pieter wußte nicht, an welchem Zipfel er die Wurst anfangen sollte. Er trank einen Schluck Bier, um die Leere da drinnen erträglicher zu machen. Er warf einen qualvollen Blick auf Tille, Marus und Maria. Und plötzlich erhob er sich. »Ob ich nun noch eine Stunde warte, ich muß doch fort... ich gehe... Tag, Marus; Tag, Tille...«

Diese blickte ihn starr an: ihre Unterlippe fing an zu zittern, ihr Mund klaffte häßlich auseinander, ihre Augen schlossen sich, und die Tränen purzelten nur so, wie bei einer Zitrone, die man durchschneidet. Mit einem Schrei, der ihr beim Einatmen in der Kehle brach, verbarg sie sich in ihrer Schürze und ließ weinend den Kopf auf ihren Teller sinken. Marus nahm die Wurst daraus weg und legte sie neben sich. »Sie ist ohne Tränen schon salzig genug«, sagte er, »so eine dumme Gans!«

Pieter kratzte sich besorgt im Haar. ›Bin noch nicht vorsichtig genug gewesen‹, dachte er. Er klopfte ihr auf die Schulter, erstaunt und gerührt über diese Liebe zu ihm. »Tille, ich bleibe doch nicht fort! Warum du nur heulst! Ich werde hier vielleicht jede Woche Arbeit holen oder bringen. Ich darf für Herrn Coecke kopieren und für die gnädige Frau kleine Zeichnungen machen. Komm, Kind, heule nun nicht...«

Er suchte schnell fortzukommen: er schämte sich so sehr, weil sie ihre Liebe so merken ließ. »Und dann werde ich Maria wieder neue Geschichten erzählen. Komm her, daß ich dir noch einen Kuß gebe!«

Er hob Maria hoch. Das Kind hatte schon die ganze Woche gehört, daß Pieter weggehen würde, aber es hatte sich nichts dabei gedacht, nun es aber sah, daß es wahrhaftig geschehen sollte und ihr großer Freund wirklich fortging, empörte sie sich darüber, fühlte sich gekränkt, betrogen, zappelte sich los und verließ heulend die Küche. Pieter benützte diese Gelegenheit, um sich aus dem Staube zu machen. Mit einem Schlag fiel das Tor hinter ihm ins Schloß.

Er lief um die Ecke und schritt mit bleiernen Füßen in den Regen hinaus. Annas Gestalt erhob sich sanft vor seinen Augen: sie erwartete ihn.

Die ›Elster‹ war ein gutes Wirtshaus. Am zweiten Tag malte Pieter das Aushängeschild mit der Elster neu in lustigen Farben. Am dritten Tag küßte er Anna, trotz ihrer Lügen, die roten Hände, am vierten Tag, ihren Mund, und am fünften besuchten ihn Maria und Tille.

»Maria kommt nicht zur Ruhe, seitdem du fort bist«, sagte Tille, und sie flüsterte seufzend hinzu: »Und ich auch nicht, es macht mich ganz krank.«

Er küßte Maria, und auch Tille – aber diese, ohne daß es jemand sah – und sagte, daß er viel an sie gedacht hätte, und er hatte großes Mitleid mit ihr, da er sah, daß sie ihn so sehr lieb hatte und darunter litt. Zu dritt gingen sie in dem Wald spazieren. Es war ein heller, frostiger Novembertag, mit Gobelinfarben in der Ferne. Und während Maria in ihrem kleinen Pelzmantel voran lief, sagte Pieter besorgt zu Tille: »Du darfst dich nicht so sehr in mich verlieben, Tille; du weißt doch, daß ich nicht heirate.«

»Ich kann dich lieben, soviel ich will«, zischte sie, und ihre stahlgrauen Augen bohrten sich wild und böse in die seinen, während ihre großen Kinnbacken sich hin und her bewegten.

»Wenn du mich nur nicht falsch verstehst, dann ist es nicht schlimm«, sagte Pieter, »denn ich liebe es nicht, jemand etwas vorzumachen.«

Ihre drohenden Augen füllten sich mit Tränen, sie biß mit ihren weißen Zähnen auf die Unterlippe.

»Komm, heule nicht«, tröstete er schwach.

»Nicht heulen?« fuhr sie ihn an, »ich heule, wenn ich will. Oder denkst du vielleicht, daß es mir Spaß macht, zu wissen, daß du eine andere heiraten wirst? Oder denkst du vielleicht, daß ich nicht gesehen habe, wie diese Misthaufenmagd aus der ›Elster‹ Augen machte wie Feuerkugeln, als sie dich fortgehen sah?«

»Ich heirate nie«, sagte Pieter bestimmt.

»Unsinn«, widersprach sie verächtlich und fluchte dazu, »dazu kannst du viel zu gut küssen! Könnte man da nicht mit dem Kopf an die Wand rennen, wenn man weiß, daß du hier so schüchtern wie ein Kalb neben mir gehst und daß du nachher voll Feuer und Flamme eine andere in die Arme drücken und wieder eine andere heiraten wirst! Und ich habe dich so lieb!«

»Höre doch zu«, sagte er, »ich heirate nie; ein Künstler darf nicht heiraten... Ich lebe nur für meine Kunst...«

»Und für mich, nicht wahr, Pieter?« fragte Maria, die gerade dazukam.

»Für die Kunst und unsere Maria!« lachte er gezwungen. Er hob sie auf und setzte sie auf die Schulter.

So gingen sie weiter. Und er freute sich, daß Tille nun nicht mehr von der Liebe sprechen konnte. Aber sein Mitleid mit ihr nahm zu, als er sie so verbittert, sehnsüchtig, wütend und ganz verzweifelt sah. Er hoffte, daß sie ihn nun bald vergessen würde. Er wollte sich schon darüber freuen, aber da brach ihm der Angstschweiß von neuem aus. Auch in Annas Herzen hatte er eine solche Liebe entstehen lassen. ›Das wird auf dieselbe verzweifelte Geschichte hinauslaufen‹, dachte er. ›Auch bei ihr muß die Liebe erstickt werden.‹ Er fühlte sich unbehaglich, gequält. Er empfand die Liebe gewissermaßen als eine Einbrecherin in sein Leben, etwas, das ihn vernichten wollte, vor dem er Angst hatte und das trotzdem ein so süßes Erlebnis war.

›Jetzt habe ich drei Geliebte auf dem Buckel‹, dachte er lachend. ›Die zwei schwersten fliegen herunter, Maria kann sitzen bleiben: die ist leicht zu tragen.‹ Kaum hatte er beschlossen, sich jeglichem Liebeshandel fernzuhalten, da

überfiel ihn wieder dessen süße Lust, und er empfand es ganz plötzlich, wie gut, wie göttlich die Liebe doch sein kann. Sieh doch, wie schön: das böse Gesicht von der wütenden Tille, herrlich und natürlich-wild wie ein kleines Tier. Oh, sich diesem Mädchen an die Brust werfen, sie so innig im Arm halten können! Nun bemerkte er erst, wie schön sie war; nun bereute er, sie oft vernachlässigt zu haben; nun wußte er, wie lieb sie ihm war und wie leidenschaftlich gern er sie weiter lieben möchte! Und so war da auch Anna: sanft und gefällig, so ganz anders, aber ebenso unwiderstehlich. Aber schaudernd schüttelte er die Begierden von sich ab. Und doch, doch ... wir wollen es uns überlegen ...! Er war wie die Maus, die zwar die Falle sieht und ihre Gefahren kennt, aber trotzdem an dem Käse mal riechen will.
Er hatte nicht Zeit, noch länger darüber nachzudenken, da Maria ihm allerlei Fragen stellte, verlangte, daß er ein Lied singen, Rätsel aufgeben und Echos wecken sollte. Inzwischen ging Tille mit einem Gesicht wie jemand, der Kopfschmerzen hat und verlangt, daß man Rücksicht nimmt, neben ihm. Er lachte ihr gütig zu, aber sie zog verächtlich die Schultern hoch: Almosen wollte sie nicht.
Als sie aus dem Walde zurückkamen, sank die Sonne hinter die Stadt wie eine überreife Erdbeere, deren ausströmender Saft den ganzen Himmel überfärbte. Maria und Tille wollten weggehen. Da hatte Pieter eine gute Idee, wie er meinte.
»Ich muß dir noch etwas sagen«, flüsterte er Tille zu.
Sie gingen noch einmal um das Haus herum. Er sah, daß Anna sie vom Küchenfenster aus beobachtete. Das wollte er gerade. »Guck mal, was für schöne Kaninchen«, sagte er zu Maria, »weiße mit roten Augen.« Das Kind drehte sich um nach dem Stall; da küßte er Tille, und sie küßte ihn wieder mit geschlossenen Augen ...

Sie waren fort.
Er ging in die Küche. Dort stand Anna. »Ich habe es gesehen, du Feigling«, warf sie ihm ärgerlich vor, »daß du diese Schlange geküßt hast!« Und zu seinem Staunen wurde diese sanfte Anna glühend wie ein Kohlenfeuer, in das man bläst. »Und wenn du mich jetzt noch anguckst, dann steche ich dir mit meinen Stricknadeln die Augen aus! Ich hätte fast meinen Geliebten, den guten Jungen, für dich gelassen, einen reichen Bauernsohn aus dem Polderland!«
»Ich werde dich nicht mehr angucken, Anna«, sagte Pieter, das Verbot gleich annehmend, froh, daß sie einen Geliebten hatte, der sie trösten würde. »Ich habe es zu eilig gehabt mit dem Küssen: ich hätte nachdenken sollen, denn ich heirate nie ... verzeih mir ... ich werde dich nicht wieder küssen!« »Das darfst du auch nicht mehr, Feigling!« sagte sie, erstaunt und entrüstet.
»Es ist also aus zwischen uns. Tag, Anna.« Pieter ging erlöst nach oben; aber seine Füße waren wie Blei. »Du Tropf«, sagte er zu sich selbst. Aber er hatte sich die Liebe vom Halse geschafft, das war doch die Hauptsache! Als er die Tür seines Zimmers aufmachte, holte er tief Atem und sagte glücklich: »Die Kunst! Die Kunst! Jetzt an die Arbeit! Jeden Tag eine Schlacht! Welche Wonne!« Das Fenster stand offen und zeigte einen Horizont von Wald und Heide; dort, auf dem kleinen Tisch, lag sein Werkzeug sauber geordnet: Tinte, Stifte, Farben und Papier!
Er schloß das Fenster und zündete eine Kerze an. Die Zeichenlust überwältigte ihn. Er setzte sich gleich hin, als trüge er ein Feuer in sich, und fing an, die ›Vier Jahreszeiten‹ zu zeichnen für Meister Coecke. Da wurde er ruhig, ganz ruhig: eine Wolke von Glück hüllte ihn ein. Er schloß die Augen und sah sein Dorf; er sah den Pfarrer, den Schnee, den Hahn auf dem Misthaufen. Er wollte erst den

Winter zeichnen und fing an zu arbeiten; die Zunge hing ihm aus dem Munde.

Weder beim Abendessen noch am nächsten Tag beim Mittagessen – er aß mit den Wirtsleuten, den zwei Dienstmädchen und dem alten Knecht in der Küche – kümmerte er sich um Anna oder sie sich um ihn, und es ging so gut, daß er zufrieden zu sich selbst sagte: ›Es ist, als wäre nie etwas vorgefallen.‹ Er arbeitete vergnügt, mit aller Gewalt. Schaffen zu können! Wenn auch nach dem Wunsch anderer! Zehn Hände zu wenig haben, um seiner Phantasie den vollen Lauf zu lassen! Der Umkreis seiner Gedankenwelt und seiner Erinnerungen hing bald in vielen Zeichnungen an den Wänden.

Aber die Woche darauf, als alle schon zu Bett waren und er noch beim Licht zweier Kerzen zeichnete, hörte er ein sonderbares Geräusch, das ihn aufhorchen ließ. »Es wird der Wind gewesen sein.« Und er zeichnete weiter an einem ›Jüngsten Gericht‹ mit vielen Teufeln, wie er sich dessen erinnern konnte aus der Vorstellung seiner Jugend. Er hatte es die ganze Woche mit Teufeln zu tun, vielleicht durch die Bußpredigt eines Paters in der Kathedrale. Wieder hörte er dieses Geräusch, es klang wie ein Atem ohne Körper. Es mußte dort hinter der Tür sein. Er ging hin und legte sein Ohr daran. Da stand jemand. Er wurde bleich. »Wer ist da?« flüsterte er. Keine Antwort. Er wollte nach seinem Messer greifen. Es lag auf dem Tisch. Er wagte nicht, es zu holen, aber vor übergroßer Angst riß er die Tür auf. Da stand Anna im Unterrock und roter Schlafjacke mit nackten, schwarzen Füßen, die roten Hände vorm Gesicht und weinte. Sie nahm die Hände weg.

»Ich kann nicht schlafen«, schluchzte sie, »wenn du mir böse bist.«

Er zog sie hinein und machte die Tür zu. Obwohl er fühlte, daß es unvorsichtig war von ihm, nahm er sie tröstend in die Arme. Er lachte ihr väterlich zu, als er sah, daß ihr die Tränen an der runden Nase entlang liefen und ihre braunen Augen ihn dankbar anblickten, wie bei einem Hund, den man streichelt. »Ich bin nicht böse«, sagte er, »aber ich will dir nichts weismachen, liebes Kind, – du weißt, ich bin ein Künstler ...«

»Aber ich habe dich lieb, Pieter, und obwohl ich weiß, daß du mich nicht heiraten wirst, möchte ich doch so gerne, daß du mich auch lieben sollst. Küß mich nur, Pieter, soviel du willst. Ach, ich habe dich so lieb!«

Sie blickte ihn verlockend und siegesgewiß an. Er fühlte ihre nackten, weichen Arme, vergaß alles, was er sich vorgenommen hatte, und küßte dankbar ihr kindliches Gesicht. Sie reichte ihm den weißen Hals, er küßte ihn, und ihm war, als hätte er Milch geküßt. Sie legte ihren Kopf an seine Brust, sie hob sich auf den Zehen an ihm empor, mit ihrem Mund seinen Mund suchend, und sie schlug ihre weißen, weichen Arme um seinen Hals. Eine düstere Gewalt überströmte ihn. »Aber dein Geliebter aus dem Polderland?« fragte er ausforschend, selber überrascht und seine Leidenschaft unterbrechend.

»Den gibt es nicht«, seufzte sie, »hat es nie gegeben. Das hatte ich dir nur vorgelogen. Für dich lüge ich mich in die Hölle.«

»Komm«, sagte er heiser und wollte sie von neuem umarmen, als er plötzlich, wie in hundert blitzartigen Visionen, mit den durchsichtigen Gestalten von Jan Nagel, seiner Mutter, dem Pfarrer, von Hölle, Flammen, Engeln und Teufeln, ein Gewimmel von Sünden und Tugenden sah, wie durchscheinende Glasscheiben hintereinander aufgereiht, und dahinter schimmerte, einen Augenblick nur: der bleiche Sankt Antonius von Hieronymus Bosch, auf goldenem Hintergrund. Da war es bei ihm entschieden.

»Schnell! schnell! fort! Es kommt jemand; lauf weg«, sagte er listig.

»Ja, ja«, sagte sie, sich ängstlich beeilend.

Er schob sie sanft und schnell aus dem Zimmer und gab ihr noch einen Kuß auf die Hand. Tür zu, Kerzen aus! Und er hörte, hinter der Wand, die Treppe knarren unter einem vorsichtigen, langsamen Schritt, der sich nach oben schlich. »Sie ist fort«, seufzte er. »Wie in aller Welt soll man sich davon losmachen ... wenn der Käse einem selbst nachläuft ...? Das bringe ich allein nicht fertig.« Er wollte jemand aus dem Himmel zu Hilfe rufen. Aber, nein, er fürchtete, erhört zu werden. Die Versuchung war so süß!

Er fühlte manchmal eine Leere in sich, wenn er arbeitete und die Hand nicht auf den hübschen Kopf von Maria legen konnte, wie er es früher zu tun pflegte. Es geschah, daß er anfing, eine Geschichte zu erzählen, und dann verlegen innehielt, wenn er merkte, daß niemand da war. »Ich wußte nicht, daß ich sie so lieb hatte«, sagte er erstaunt. Und wenn er bei Coecke Arbeit ablieferte, dann zog er das hin, um das Kind zu sehen, ihm Geschichten zu

erzählen, und manchmal verbrachte er einen ganzen Tag damit. Natürlich erhielt Tille jedesmal das gehörige Pfund Küsse. Aber sie schmeckten nicht mehr so gut. Es fehlte ihnen an Gefühl; sie nahm sie nicht mehr so gierig an; sie ließ sich nur küssen.
Selbstverständlich besuchte er jedesmal Jan Nagel, denn dieser Mann fehlte ihm wie Salz am Essen. Er ging zu ihm auf seinen Dachboden, sagte ›Guten Tag‹, Jan nickte, und Pieter setzte sich schweigend zu ihm. Er sah ihm beim Malen zu, sah seinen glühenden Eifer bei der Arbeit: ein Stück Urnatur, in der die göttlichspendende Kraft des Bodens zappelte und schäumte, um in Farben loszubrechen.

Wenn er dann manchmal stundenlang schweigend zugesehen hatte, ging er weg, mit einem ›Guten Tag‹. Jan nickte und arbeitete weiter. Aber dann hatte Pieter jedesmal eine größere Seele bekommen. Es war dann auch ein Fest für Pieter, wenn Jan ihn einmal in der ›Elster‹ besuchte. Dann wanderten sie tief in den Wald und in die Heide hinein, sprachen keine zehn Worte, außer ab und zu einem staunenden Ausruf, und tranken nachher in der ›Elster‹ bis spät in den Abend einige Krüge von dem echten alten Elsterbier.

»Das ist Speise und Trank«, sagte Jan; und wenn das Bier anfing zu wirken, hielt Jan Nagel lange Reden über die heilige Farbenkunst und sang.

Aber inzwischen kam die schwierige Liebesgeschichte mit Anna zu einem überraschenden Ende. Er suchte so wenig wie möglich mit ihr allein zu sein, gab ihr ab und zu einen schnellen Kuß oder eine kleine Liebkosung, um sie zu beruhigen, aber er konnte nicht hoffen, daß es dabei bleiben würde; denn sie war nicht wie Tille, die böse, gleichgültig und abweisend wurde. Sie folgte ihm wie ein Hund, bettelte und flehte unaufhörlich um Liebe, mit Lügen und Klagen. Er bekämpfte seine wachsenden Begierden, seine sinnlichen Vorstellungen, aber er fühlte mit einer gewissen Freude, daß er doch unterliegen würde. Er war wie ein Säufer, der es fertiggebracht hat, einen Tag lang an der Kneipe vorüberzugehen, um dann am nächsten Tag das Versäumte doppelt und dreifach wieder einzuholen. Pieter fing an zu denken: ›Wer kämpft, darf auch fallen.‹
Aber in diesen Tagen, da sein Herz so schwach wurde, daß er sich fast beherrschen mußte, um sich nicht an Annas Zimmertür zu stellen, hörte er unten einen großen Lärm. Neugierig wie immer, lief er die Treppe hinunter. ›Vielleicht gibt es etwas zu zeichnen‹, dachte er. Aber von der untersten Stufe aus sah und hörte er, wie die sonst ruhige Wirtin, schimpfend und mit geballten Fäusten, vor der weinenden Anna stand.
»Ich habe es soeben gesehen, ihr habt euch geküßt. Du hast meinen Mann geküßt, dort, hinter der Tür; und du wagst noch, es abzuleugnen? Wo ist der Schuft?«
»Nein, es war mir etwas ins Auge geflogen, und er wollte es herausholen!«

»Lügnerin! Lügnerin! Schlechte Person! Hinaus! Ha, das will meinen Mann verführen! Hinaus! Hinaus ...! Das fängt kaum an zu leben, so ein junges Ding von achtzehn Jahren!«
Pieter zog sich vorsichtig nach oben zurück, mehr erstaunt darüber, daß Anna noch so jung und doch schon so kräftig war, als über den vermutlichen Ehebruch.
Am nächsten Tag ging Anna mit der weißen Mütze auf dem Kopf und einem Paket unterm Arm weinend fort, zurück nach Hause, nach ihrem Dorf, in die stille Einsamkeit der Heide. Sie wurde kleiner und kleiner in der Ferne. Pieter blickte ihr aus dem Walde nach und seufzte: »Ich hätte sie noch einmal umarmen sollen, es hätte ihr vielleicht gut getan: sie war so reizend... Sie wäre vielleicht eine gute Frau gewesen... Schade, daß sie log...«
Und allmählich war er überzeugt, daß er nur ihretwegen in die ›Elster‹ gezogen war. Da überkam ihn ein heißer Schmerz, und er biß die Zähne zusammen. Er fühlte sich so einsam werden. Wen hatte er noch? Eine Träne konnte er nicht zurückhalten, aber bevor die zweite kam, sagte er: »jetzt ist das Herz frei und ledig, da werden wir nun gut arbeiten können!«

Es war angenehm in der ›Elster‹: ruhiges Arbeiten, viel zu tun, einfaches, kräftiges Essen, schmackhaftes Bier, ein Eichenwald in der Nähe, eine endlose Heide mit Tannenwäldern dahinter und keine Plage mehr mit den Mädchen. Die Wirtin hatte aus kluger Vorsicht zu der alten Magd eine dazugenommen mit einem Buckel und schwarzen Haaren auf der Oberlippe; aber sie konnte arbeiten wie ein Pferd und die Hähne am Spieß braten, daß sie glänzten wie braune, triefende Sonnen.
»Ich könnte dich küssen!« rief Pieter dann, aber er machte

es nicht und leckte sich die Finger ab. Und was für Modelle Pieter in der ›Elster‹ fand! Das Volk, das dort ein- und ausging, um zu trinken, zu essen, zu schlafen oder um das alles zugleich zu tun, war so recht zum Zeichnen: Viehhändler mit ihrem Vieh und ihren dummen Knechten, Fuhrleute, Hausierer, Buch- und Bildhändler, Wechsler, Bauern und Söldner, Wanderer, und was nicht alles. An den Markttagen herrschte dort ein lustiges und eifriges Durcheinander, ein Lärm von Pferden, Wagen und Vieh, ein Kommen und Gehen von Leuten aus allen Himmelsrichtungen, manchmal bis aus Dänemark. Er zeichnete das alles. Und die Neuigkeiten, die diese Leute mitbrachten! Die ganze Welt kam dort zusammen. Man erzählte über Kaiser Karl und dessen Abenteuer – fröhliche und traurige – über Kriege, Vulkane, über den Pater Ignaz von Loyola, über Pest, Luther und Calvin, über Ketzer, Folterkammern, Scheiterhaufen und Wunder, über gute und schlechte Päpste, Wassers- und Hungersnot, Kometen, Morde und neue Heilige. Es war eine Zeit von Engeln und Teufeln. Und Pieter hörte gespannt zu. Er saß mit diesen Leuten zusammen an den schweren Biertischen oder im Kreise um den flammenden Herd, und er vernahm, wie schlecht, grausam und unverträglich die Welt war.

Die Erde war eine böse Kugel mit einer fingerdünnen Schale, in der die Hölle tobte. Der Himmel war so hoch und Gott so fern! Die Menschen lebten im Dunst der sieben Hauptsünden. Ein jeder fühlte, daß große Dinge geschehen würden, daß greuliche Strafen drohten; aber alle versuchten, ihre Angst zu vergessen mit Lachen, Essen, Trinken oder Beten. Manchmal fühlte Pieter sich mitverantwortlich für das, was da kommen sollte, und dann zog sich sein Herz zusammen vor den schaurigen Bildern, die ihn bedrängten. Er floh diese Angst, indem er zeichnete, immer wieder zeichnete. Er nahm ihr den

Stachel, indem er sie in Bildern darstellte, und auch durch das Gebet. Er saß oft in der nahe gelegenen Kirche des Franziskanerklosters, in der es rein und angenehm duftete nach Frieden und Weihrauch und las die geliebten Gebete in seinem alten Gebetbuch.

Denn er mußte sich krampfhaft festhalten, um nicht auszugleiten auf dem glitschigen Weg des Bösen. Die sieben Hauptsünden saßen ihm auf dem Herzen, und er mußte sie immer wieder vertreiben. Aber ihr Saugen an unserem Blut ist doch manchmal ebenso angenehm wie ein kurzer Schlaf; es schmeckt alles so gut, gerade das, was verboten ist! Er mußte öfter lange beten, um wieder stark zusein; und es war stets die Kunst, durch die Gott ihn wieder einfing, die ihn alles Böse, in sich und in anderen, vergessen ließ. Dann zeichnete und malte er, solange noch ein Krümel Licht in der Luft war. Und nach vollbrachter Arbeit schmeckte der Krug wie ein Engel, und er konnte wieder singen, laut wie eine Trompete.

Verschiedene Vereine vom Lande verkehrten in der ›Elster‹: die Sankt-Sebastians-Gilde, die Kegelbrüder, die treuen Kartenspieler und andere – Pieter war überall Mitglied. Alle diese Vereine hatten ihre Festessen, wo dann ein ganzes Schwein oder ein ganzes Kalb auf Strömen von Bier hinuntergespült werden mußte. Er aß mit – und tapfer! – und sorgte für frohe Stimmung an der Festtafel.

Aber er war nicht nur ein essendes, sondern auch ein tätiges Mitglied. Sonntags schoß er mit dem Pfeil nach der

Zielscheibe, schob Kegel und zielte nach den Vögeln, die auf dem Mühlenflügel befestigt wurden. Aber mitten im Spiel konnte er, angezogen von einer Farbe, einer Erinnerung, einem Geräusch oder einem Duft, plötzlich verschwinden, um dann allein, auf den ruhigen Wegen, an den Kornfeldern entlang, über die Heide oder im Wald spazierenzugehen. Er war gern allein, blieb manchmal einen ganzen Tag fort – war ausgelassen wie ein Kind. Die Leute fanden ihn sonderbar, lustig und vergnügt und nannten ihn allmählich den lustigen Pieter.
Und in der Einsamkeit, die er liebte, gewann er eine tiefere Kenntnis der Natur und ihres verschiedenen Aussehens, je nach den Jahreszeiten. Seine Augen und seine Seele tranken an ihrem Quell. Wie schön: in der Frische eines weißen Frühlingsmorgens in dem jungen Wald unterzutauchen, in den die Sonne ihre Strahlenbündel bohrt, während die Bäume tropfen vor Lust; im Sommer dem Wachsen der Gewitterwolken über der Heide zuzuschauen und den frohen Klängen der Kirmes zu lauschen, die aus dem nächsten Dorf herübertönen; an den wehmütigen Herbstabenden im kranken Wald zu spazieren, wenn die Mondsichel zwischen den Bäumen hängt; und im Winter im weichen Schnee zu trampeln oder Schlittschuh zu laufen auf den breiten Wassergräben der Schlösser; und dann der Regen, der Wind und jedes Wetter!
»Es ist immer schönes Wetter, aber anders!« jauchzte er. Er war zu einem Teil der großartigen Natur geworden, war ein Organ wie ein Baum, in dem die Jahreszeiten lebten. Er war wie eine Blume, wie ein Teil der Luft, des Windes, des Wachstums der Erde. Seine Früchte waren seine Zeichnungen. Und er zeichnete alles, was er sah oder sich vorstellen konnte: sein Gutes und sein Böses, seine Tugenden und seine Sünden. Wenn er etwas betrachtete, blieb ihm das Bild für immer im Gedächtnis. Für die Kunst

war er sogleich Feuer und Flamme; und auch für die Liebe, die er ängstlich mied – aber für nichts anderes. Er wunderte sich selbst darüber – und es tat ihm leid –, daß er an jeder Sache die guten und die schlechten Seiten sah. Er konnte sich im Gespräch nicht aufregen wie die anderen, nur wenn es an die Arbeit ging. Für seine Kunst ließ er alles stehen.
›Diese Flamme hat Jan Nagel in mir entzündet‹, dachte er. Und er machte Kopien für Coecke und Miniaturen für dessen Frau.
Nebenbei malte er für sich selbst und verkaufte ab und zu eine Zeichnung oder ein kleines Gemälde an einen Reisenden, aber ohne es mit seinem Namen zu versehen, weil er nicht Meister der Sankt-Lukas-Gilde war. Er kam mit seinem Gelde aus, mit dem er sorgsam umging, so daß ihm noch etwas übrigblieb.
Und so vergingen in der ›Elster‹ zwei Jahre mit glücklicher Arbeit.

Als er eines Tages eine Bäuerin zeichnete, die vor der ›Elster‹, den Eierkorb vorsichtig auf den Knien, auf jemand wartete, da sagte eine schwere Stimme: »Ich kaufe diese Zeichnung!«
Pieter drehte sich um und sah einen munteren, reichgekleideten Herrn mit weißer Halskrause, über der sein Gesicht mit dem Kranzbart rosig und fettig glänzte wie ein Apfel, den man auf dem Ärmel gerieben hat. »Wenn Sie noch mehr haben, kaufe ich die andern auch!« rief er. »Ich kaufe alles!«
Als Pieter ihn auf sein Zimmer geführt hatte und er dort die Zeichnungen sah, jauchzte er: »Wunderbar! Herrlich! Gewaltig! Morgen bringe ich Koch[1] mit, da sind Sie ein

1 Hieronymus van Cock, bekannter Kunstverleger.

gemachter Mann! Koch aus den ›Vier Himmelsrichtungen‹. Er schüttelte Pieter froh die Hand und sagte: »Darf ich mich jetzt vorstellen? Hans Franckert aus Nürnberg, Dichter, Kaufmann in Getreide und vieles mehr! Kommt, wir trinken unten einen Krug auf unsere Bekanntschaft oder zehn – wie Ihr wollt. Ich fühle mich wie Kolumbus: ich habe eine neue Welt entdeckt!« Und er nahm den schüchternen Pieter wie einen Bruder unter den Arm.

Vier Tage, nachdem Hieronymus Koch Pieters Zeichnungen gesehen hatte, legte er einen Vertrag in seine Eisentruhe, in dem sich Pieter verpflichtete, seine Zeichnungen, gegen soundsoviel für das Stück, Koch allein anzubieten. Inzwischen war Pieter, aus Dankbarkeit, zu Coecke gegangen, um ihn zu fragen, ob ihm das recht sei. Coecke riet ihm zu, »denn Meister wirst du doch nicht, wenn du so weitermachst!« Und er beschwor noch einmal sämtliche Götter des Olymps, um ihn dazu zu bewegen, modern zu werden.

»Ach, Meister«, sagte Pieter, »ich bin ein einfacher Bauer und werde wohl als Bauer sterben.« Er küßte ihm die Hände aus Dankbarkeit für die ersten Jahre. »Ich werde tun, was ich kann.«

Von da an begann Hieronymus Koch all die Künstler und Gelehrten, die täglich sein Haus mit ihren weisen Gesprächen füllten, zu bearbeiten, um zu erreichen, daß Pieter als Meister in die Sankt-Lukas-Gilde aufgenommen würde. Koch war ein schlauer Fuchs. In seiner Jugend war er, wie sein Bruder Matthias, auf dem besten Wege, ein großer Maler zu werden. Mit frohem Mut und einer schönen Begeisterung zog er nach dem blauen Italien; und während sein Bruder und andere beim Anblick der großen Renaissance brannten vor enthusiastischer Verehrung und bebten vor Ungeduld, um selber an die Arbeit zu gehen, brach sein Mut zusammen wie eine Fettkerze in der

Sonne. Er empfand die Größe, die Kraft, den Blitz dieser genialen Künstler so heftig und wurde sich zugleich seiner eigenen Ohnmacht, der Bedeutungslosigkeit seines Talentes so bewußt, daß er, gebrochen, mit einem Fluch und einem Seufzer, unter dem Gewölbe der Sixtinischen Kapelle sagte: »Jetzt rühre ich nie einen Pinsel mehr an.«

Sein Feuer erlosch. Ohne Hoffnung kehrte er nach Flandern zurück. Aber er war ein Philosoph! Und unterwegs hatte er reichlich Zeit, sich zu überlegen, womit er sein Brot verdienen und sein Leben verschönern würde. Als er die gute Stadt Antwerpen erreichte, war es gefunden; glückliche Umstände trugen dazu bei, dem Plan zur Ausführung zu verhelfen. Er wollte eine Kunsthandlung anfangen – aber er hatte kein Geld. Deshalb starb in aller Eile seine reiche Tante, die im Beginenhof zu Lier wohnte. Sie hinterließ ihm und seinem Bruder einige Töpfe mit goldenen Dukaten. »Eine gute Seele«, sagte Koch, »man muß für alles dankbar sein.«
Und er ließ malen, kaufte und verkaufte Ölgemälde und Aquarelle, ließ Kupferstiche und Radierungen nach neuen und alten Gemälden und Zeichnungen, italienischen und anderen, anfertigen und heiratete eine üppige, blonde

Holländerin: Katharina Volk, jung und frisch wie eine Tulpe. Sie spielte gut Harfe. Den Laden in der Kaiserstraße taufte er ›In den vier Himmelsrichtungen‹. Man fand dort alles: Altertümliches und Biblisches, gotische und moderne, lustige und höllische Gemälde, Stilleben, Landschaften und Seestücke; alles war vertreten. Und auf sein Aushängeschild ließ er folgendes malen:

Es kocht der Koch des Volkes wegen
An guten Speisen allerlei.
Wem diese Kost nicht kommt gelegen,
Er spuck sie aus – das steht ihm frei.
Doch bittet Koch, die Fehler nicht hinauszuschrein,
Es fällt dann ganz gewiß ein andrer drauf herein.

Das Geschäft ging gut. Koch hatte eine gute Nase gehabt: die Zeichnungen Pieters verkauften sich glänzend. Und Koch versprach ihm, sobald er Meister der Sankt-Lukas-Gilde wäre und das Recht hätte, alle Werke mit seinem Namen zu zeichnen, dürfte er auf seine Kosten eine Reise nach Italien machen.

Koch hatte großen Einfluß: das Geschäft war berühmt. Für jeden Künstler war es eine Ehre, fast der Ruhm, wenn seine Werke in den ›Vier Himmelsrichtungen‹ in Kupferstich erschienen, da sie sich wirklich von dort aus nach allen Himmelsrichtungen verbreiteten. Aber Pieters Fall war schwierig. Er war der einzige unter den Jüngeren, der noch nach der barbarischen, bäuerlichen Art der Gotiker arbeitete. Alle Künstler, wie Frans Floris, Pieter Coecke, Willem Key und die andern großen und kleinen Meister der Sankt-Lukas-Gilde, die das Haus von Koch, das ein geistiger Mittelpunkt geworden war, besuchten, waren aus Überzeugung, Modesucht oder Mangel an Selbständigkeit Anhänger der neuen Richtung. Sie konnten doch nicht sich selbst ins Gesicht schlagen oder ihre Grundsätze verleugnen, indem sie jemand in ihre Mitte aufnahmen, dessen Werk sich wie ein herausfordernder Wind gegen ihre gelehrten, schönen, ernsten und feierlichen Gemälde richtete.

Aber Koch war ruhig, er wollte ihnen Pieter nicht aufdrängen: noch ein Jahr, und Pieters Talent werde sich so entwickelt haben, daß er es ihnen wie eine verlockende Apfeltorte würde vorsetzen können, in die sie würden beißen müssen.

Und Pieter arbeitete viel und gern. Er durfte zeichnen was ihn reizte: nach dem Leben oder nach Gemälden. Und so konnte er nach Herzenslust herumirren auf den Feldwegen; er zeichnete Menschen, Bauernhöfe, Schlösser, Phantasiebilder – und nach Gemälden von Bosch. Aber Pieter wunderte sich, daß Koch durchaus keine Eile damit hatte, alle seine Zeichnungen in Kupfer stechen zu lassen, sie vielmehr in Schachteln aufbewahrte mit den andern.

»Später tauchen sie wieder auf«, sagte Koch, »laßt mich nur machen, ich brate Euch einen fetten Hahn!«

Alle großen Leute, die Adligen und Reichen, die gelehrten Köpfe und die genialsten Künstler waren stolz, im Hause Kochs zu verkehren. Und Koch war bei ihnen stets ein willkommener Gast: er war unerschöpflich im Geschichtenerzählen, konnte geistreich plaudern über seine Fehler, seine mißglückten Liebesanträge und seine Enttäuschungen; er machte Verse und Musik dazu; er trank mit ihnen den alten Malvasier in den Lauben ihrer Landhäuser und steckte gerne die Füße – und die seiner blonden Frau dazu – unter ihre vollgeladenen, glänzenden Tische.

Er schmückte die Zimmer der reichen Leute, denn es war eine hohe Ehre, wenn die Reichen zueinander sagen konnten: »Meine Zimmer hat Koch eingerichtet«; und aus diesem Grunde auch beugten sich die Künstler mit italienischer Höflichkeit vor ihm. Er wurde reich! Leider schenkte ihm seine holländische Tulpe keine Kinder! Aber er war auch hierin ein Philosoph: er fand sich damit ab wie jeder, der vor einem erloschenen Feuer in seinem Herzen steht. Er ließ sein Bildnis zeichnen und in Kupferstich bringen: ein unebenes Gesicht über einer Halskrause, Samtkleider mit glitzernden Brokatärmeln – während er mit dem Zeigefinger auf einen Totenschädel hinweist, den er in der linken Hand hält.

Pieter kam nun öfters zu Koch, um Zeichnungen abzuliefern oder sie dort mit Tinte auszuführen. Er wurde mit den großen Männern bekannt, freute sich darüber, zeigte aber wenig Lust, ihren ewigen Renaissance-Gesprächen zuzuhören. Er horchte manchmal voll Wißbegierde hin, aber bald, während sie glühten vor Begeisterung, dachte er an einen Bauer, der auf frisch gepflügtem Acker sät, und wie dann im April die Horizonte in eine helle Rheinweinfarbe getaucht sind. Leise schlich er sich dann fort, um Jan Nagel zu besuchen und ihn in heftigen Worten die heilige Malerkunst loben zu hören; oder er begab sich, von einer heimlichen Begierde hingezogen, zu Joseph Schlagkopf. Das Unbestimmte und Geheimnisvolle dieser Religion war so recht geeignet, um davon zu träumen, aber aus Angst, daß er daran glauben könnte, wagte er nicht die Bücher zu lesen, die Joseph ihm geliehen hatte. Meistens jedoch kehrte er in die ›Elster‹ zurück, in den Duft der Wälder, um zu arbeiten, angestrengt zu arbeiten, wie ein Schuster, der für den nächsten Kirmessonntag die Stiefel fertig haben muß. Hans Franckert besuchte ihn ab und zu, und man konnte seinen Spaß dran haben, wenn sie dann zu viert zusammen beim Biere saßen und erzählten – Pieter, Jan Nagel, Hans Franckert und Joseph Schlagkopf.

»Die größte Wurst der Welt hat immer noch zwei Enden«, sagte Hans, »aber Bier hat keins!«
Pieter lebte in der süßen Hoffnung, mit Kochs Hilfe Meister zu werden, und dann würde er auch Italien sehen! In der Einsamkeit konnte er manchmal daran denken, wie ein Frosch unter dem Eis an den Frühling denkt nicht nur um die Kunstwerke, die Basiliken und Kathedralen zu sehen, sondern um das Vergnügen zu kosten, in die Weite zu ziehen, allein und klein, durch endlose, dunkle Wälder, bergauf und bergab; Felsen zu besteigen und in der Ferne neue Fernen zu entdecken und dort irgendwo in einer Märchenstadt am Meer ein Mädchen mit honiggelben Augen zu sehen oder irgendeiner zarten Anna zu begegnen. Er schloß die Augen und schauderte vor Glück...

Aber eines Tages kam Jan Nagel traurig zu ihm.
»Was ist los?« fragte Pieter.
»Ich bin erledigt«, sagte Jan und schwieg dann wieder. nach langem Fragen und Quälen platzte er los. »Nun will dieser Quatschkopf, dieser Kaiser Karl, nächstes Jahr seinen Sohn Philipp nach Flandern kommen lassen. Und da sollen überall große Empfangsfeierlichkeiten veranstaltet werden, – wir müssen sie natürlich bezahlen. Und mein Meister ist dazu ausersehen, Brüssel und Antwerpen auszuschmücken. Jetzt siedelt er nach Brüssel über, um die Ausführung der Arbeiten zu leiten. Niemals wird die Welt so viel Schönes zu sehen bekommen haben – auf unsere Kosten. Aber ich wünsche aus vollem Herzen, daß es Dreck regnen möge, Dreck, Dreck, Dreck! Was soll ich nun anfangen ohne meinen Meister? Sag, was soll ich nun anfangen? Möchte doch der Kaiser Karl platzen und sein Sohn dazu! Genügt es denn nicht, daß sie uns mit Scheiterhaufen leuchten? Jetzt nehmen sie mir auch noch meinen Boden und meinen Meister weg. Zu Floris will ich

nicht, und nach Brüssel bringt mich kein Teufel. Aber es kostet mich das Leben! Das Leben!«
Und er knirschte vor Wut mit den Zähnen.
»Ich könnte das Meer austrinken und jedem, der da lacht, den Kopf einschlagen!«
Er stampfte mit den Füßen und trank in einem fort. Er wurde trunken vom Bier und vor Wut, und Pieter mußte ihn nach Hause bringen.

Coecke zog nach Brüssel, und Jan hatte jeden Halt verloren: er malte bei diesem und jenem, aber es wollte ihm nirgends gefallen. »Mein Dachboden«, klagte er, »mein Dachboden!« Dann versuchte er zu Hause etwas zu arbeiten, aber es glückte nicht; er las viel, war oft bei Joseph Schlagkopf und bei Pieter oder ging allein an der Schelde entlang spazieren. Aber Pieter hatte nie einen froheren Menschen gesehen als den alten Jan Nagel, da es am Tage, an dem Philipp nach Antwerpen kam, regnete, was nur vom Himmel herunter wollte. Er tanzte wie ein kleiner Affe.
Es regnete, solange Philipp in Antwerpen weilte, und Jan lachte. Aber Joseph Schlagkopf sagte ohne Kommas: »Ich habe es gesehen im Pokal der Regen ist der Jammer der über unser Land kommt so viele Tropfen jetzt fallen so viele Tränen werden unsere Augen weinen unter seiner Regierung laßt uns wehklagen und einen Krug Bier trinken und den Stein der Weisen suchen.«
Aber Pieter arbeitete fleißig wie eine Biene.

Nach Italien

An einem schönen Augustmorgen, an dem der Nebel wie Weihrauchwolken über den Wiesen lag, zog Pieter Bruegel, jetzt Meister der Sankt-Lukas-Gilde, auf einem kleinen weißen Pferd mit braunen Flecken, nach Italien. Bevor er an einer Biegung des Weges verschwand, blickte er sich um und grüßte mit dem kleinen Federhut zur ›Elster‹ hinüber, wo die Freunde – Jan Nagel, Hans Franckert und Joseph Schlagkopf – ihre Bierkrüge in die Luft streckten.

Er ritt bergauf und bergab; durch endlose dunkle Wälder; entdeckte von den beschwerlichen Höhen aus helle Ebenen mit Flüssen, runden Räumen und Wäldern, eine Stadt in einem Sonnenklecks und dahinter das lockende Blau von anderen Bergen! Er zeichnete das alles, zugleich erstaunt und verwirrt. Stundenlang saß er träumend vor einem Wasserfall oder zur Abendzeit bei einem Feuer auf dem Gipfel eines Berges, beim leisen Summen seines treuen Dudelsacks. Manchmal blieb er hängen in den gemütlichen Wirtshäusern der kleinen Städte. Aber jedesmal trug er, wenn er weiter reiste, eine Anzahl Skizzen von Leuten, Stadtansichten und Landschaften mit sich fort. Er reiste über Ostfrankreich, an Schlössern und Weinbergen vorbei. Er zeichnete die singenden Winzer, wie sie die Trauben pflückten, wegtrugen und in großen Fässern zerstampften. Er zeichnete und zeichnete: es war wie eine Krankheit.
Eines Nachts, beim ersten Morgengrauen, sah er, von seiner Lagerstätte unter hohen Kiefern aus, drüben, über dem schwarzen Blau der Nacht, die beschneiten Alpengipfel leuchten wie Götter am Himmel. Da warf er sich auf die Knie. Er ritt in die rauhen, drohenden Alpen

hinein, wie unter Triumphbogen, den Hut in der Hand, stolz und staunend. Unter ihm: die lockenden Tiefen, über ihm: der drohende Griff der emporstürmenden Felsen; oft eingeklemmt in der Enge von dunklen Schluchten, immer aber mit jauchzendem Staunen die neuen Fernen begrüßend, die sich seinen Blicken öffneten! Darüber herrschte die Stille, wie ein heiliges Wesen. »Das habe ich nicht verdient«, seufzte Pieter selig. Es war ein fortwährendes Wunder: die Morgendämmerungen, in deren goldenem Nebel die Berge noch einmal so riesig schienen; die Sonnenuntergänge, die rosig leuchtend auf den Schneekuppen verweilten, während alles andere in den blauen Abend versank; die lachenden Dörfer in den tiefen grünen Tälern; der Spiegel der Seen, wie Löcher in der Erde; und die dunklen Tannenwälder, die in lustigen Flecken auf den gewaltigen Höhen emporragten! Oh, das war schön! Und dann das wechselnde Wetter, das die Berge kleidet und sie mit Licht und Farbe ziert; die blendende Sonne, die bauschigen Wolken über und unter ihm und ihre auf der Erde mittreibenden Schatten; der dampfende Regen und der Regenbogen in den Wasserfällen; und der Wind, der jubelnd aufbraust durch die sich neigenden Wälder, zu den beschneiten Gipfeln. Und die Stille! Die ewige Stille! »Wie schön ist das Gewand, das Gott über die Welt gestickt hat!« sagte Pieter. »Hier spürt man noch die Finger Gottes! Nun weiß ich auch, wie klein wir sind«, sagte er auch und sagte und rief vor Entzücken noch alles mögliche. Er war wie närrisch, zerschmettert von all der Schönheit. Und er zeichnete. Er verschlang die Alpen mit seinen Augen. Er füllte sein Herz und sein Papier damit.

Ach! während man über die höchsten Höhen schreitet, das reiche Gefühl zu haben, daß einem die Welt an den Füßen hängt! Er stellte sich auf eine Zehe, öffnete die

Arme und jauchzte: »Fast bin ich ein Engel!« Und die Vorstellung, wenn er sich in der Tiefe befand, daß die ganze Welt böse auf ihn zukam wie die Wogen des Roten Meeres – aber dann war er ängstlich und gehetzt wie ein Reh, wieder oben zu sein, wo der Wind ihm entgegenwehte und er sich fühlte wie der Wimpel eines Mastes über den wogenden Wellen. Jeder Tag war ein Fest! Er schlief in den Hütten, trank die kräftige Milch, blies das wehmütige Alphorn und ließ an den warmen Oktoberabenden, draußen vor der Tür, für die einfachen Bergleute mit ihren dicken Knien die innigen flämischen Lieder aus dem Dudelsack strömen: die Wälder, die sich über die Berge ausbreiteten, verschlangen die Töne, und in der Stille, die unberührt über Höhen und Tiefen lag, war es dann so schön, an das ferne Flandern zu denken.

Er zog langsam weiter mit ausgestrecktem Halse und suchenden, jubelnden Augen, ohne Eile, weil er nirgends zu sein brauchte und überall bleiben konnte. Er hatte, hier wie woanders, Lust, sich eine kleine Hütte zu bauen. Aber immer wieder wurde er angezogen von der Ferne, wie von einer neuen Welt, die sich auftat, und von der Schönheit, die um ferne Dinge träumt und stets entweicht wie ein wegfliegender Vogel.

Dieser, sein Triumphzug, bald hierhin, bald dorthin, dauerte, bis ihn die ersten Schneestürme aus den Alpen vertrieben. Er warf noch einen Blick zurück zu den gewaltigen, umnebelten Gipfeln empor, hinter denen schwarze, wilde Winterwolken wühlten. Hier hatte er hundert Gemälde gesehen, auf denen die Menschen klein sein würden wie Ameisen unter der göttlichen, vernichtenden und alles beherrschenden Gewalt der großartigen Landschaft: Der Sturz des heiligen Paulus – Sankt Antonius in der Wüste – Die büßende Magdalena – Moses, das Gelobte Land schauend – und viele andere. »Ich danke euch!« rief er den Alpen zu. Und er zog den Hut wie für sämtliche Könige der Welt zusammen. Dann ritt er in das liebliche Land der Apfelsinen.

»Italien ist die Brust der Kunst, und nun drauflos gesaugt!« sagte Pieter, in jeder Hand eine angebissene, saftige Apfelsine.
Mit verhaltenem Herzen zog er in Mailand ein. Er sah die Werke von Leonardo da Vinci, für dessen Schlangen Jan Nagel schwärmte. Er fand, daß in diese ruhige, harmonische Schönheit mit ihrem Frühlingslächeln etwas von der verworrenen Religion des Joseph Schlagkopf durchgesickert war. »Etwas Goldmacherartiges«, sagte Pieter. Diese Kunst enthielt ein Rätsel, das geheimnisvoll anzog und zugleich abstoßend wirkte wie Eis. »Auf der Rückreise werde ich mir diese Dinge genauer ansehen.« Er seufzte, erlöst, und betrachtete mit großen Augen den marmornen Dom, der sich wie ein weißer Blumenstrauß entfaltete mit seinen Hunderten von Türmen und Heiligen und Tausenden von Zierstücken. Aber er hatte eine Unruhe in sich, die ihn weiter und weiter trieb. Die vielen Fresken und die Gemälde in den Sammlungen würde er auf der Rückreise ruhiger betrachten können, und er schloß sich einem Heereshaufen an. Aber er blieb bald zurück, von der Schönheit der Landschaft gefesselt, bezaubert von dem zarten Himmel und der sanften Ferne mit ihren blauen Hügeln.
Er machte manchmal einen weiten Umweg, um eine ferne Stadt, die auf einem Berg glänzte, zu besuchen. Er ritt durch das Tor, an dem Brunnen auf dem Marktplatz vorüber, wo Frauen mit schwarzen Augen Wasser holten. Es geschah, daß er wochenlang in einer solchen kleinen Stadt auf einem Berge hängenblieb. Der ganze Plan, den er mit Koch ausgearbeitet hatte, wurde umgestoßen. Er ging einfach auf die Ferne zu, die ihn am meisten zum Zeichnen

lockte, und machte viele Umwege, aber er hatte ja nichts zu versäumen. Er schloß sich Wallfahrern, Kaufleuten und Pilgern an, aber am liebsten ging er allein.
Und er sah viele Städte. Er staunte über die Schönheit, den Fleiß und die Vielfältigkeit der Kunstwerke jeder Art, die der überall vorfand; er bewunderte vor allem die Geschmeidigkeit, die gleichmäßige und gelungene Komposition der Gemälde und besonders ihre triumphierenden Farben! »Dagegen sind unsere Modernen der reinste Sirup«, sagte er. »Sie haben zwar viele Jesusbilder gemalt, aber leider die armen Leute vergessen.« Beim Betrachten unzähliger ›Letzten Abendmahle‹ und ›Kreuztragungen‹ hatte er immer die Feste seiner Bauern vor Augen und die Volksmenge, wenn jemand zum Schafott oder zum Scheiterhaufen geschleppt wurde. Und hatte er bei diesen traurigen Schauspielen nicht an die Kreuztragungen Christi gedacht?

Es brachte ihn unwillkürlich auf den Gedanken, das Leben Jesu zu malen im Gewimmel der Leute von Antwerpen und Brabant. Wenn er wieder nach Hause käme, würde er das machen! Er sah, sah – aber es war ihm zuviel: sein Kopf brummte ihm so sehr vor den vielen Fresken, Gemälden, Bildwerken und Kirchen, daß er, als er Florenz erreichte, zögerte, hineinzugehen. Er ging schließlich doch hinein, um Kaufleuten, die nach Flandern reisten, ein Paket mit Zeichnungen für Koch mitzugeben, und auch wohl, um die allerersten italienischen Maler zu bewundern, die ihn hoch beglückten. Aber das übrige würde er auf dem Rückweg schon sehen. Die Landschaft: die Hügel, die Berge und Täler mit ihren

Weingärten, die schroffen Felsen mit ihren dunklen Schluchten und leuchtenden Schneespitzen, die Aussichten, die Durchsichten, sieh, das war es, was ihm die Seele weit öffnete! Und er zeichnete alles mit unermüdlicher Leidenschaft. Welche Lust, sich zu verirren und dann in ein Kloster von lächelnden Franziskanermönchen zu geraten, wo man mit trockenem Fisch und einem Krug Wein bewirtet wurde; oder welche Überraschung: in einem ländlichen Wirtshaus am Fuß der Felsen sich in die Tochter zu verlieben, mit ihr Blumen zu pflücken und dann zu erfahren, daß sie verheiratet ist – dann aber in derselben Nacht noch auf und davon! So zu reiten, so kreuz und quer umherzuirren, ohne Eile und doch mit dem angenehmen Gefühl, weiter und weiter zu kommen, zu reiten durch Jahreszeiten und Abenteuer, Weintrauben zu pflücken am Wege und manchmal den kräftigen Schlaf unter freiem Himmel zu genießen; so ein Stück beweglicher Natur zu werden und das Licht, die Luft, die Sonne und die Farben in sich hineinzutrinken; und dann diese gewaltige Kraft in Zeichnungen zu fangen – oh! es war so gut, es war so schön! Aber er vermißte die Wolken, die Nebel, Regen und Schnee.
»Hier fehlt unsere launische Witterung«, sagte Pieter. »Hier kennt man den Himmel auswendig, bei uns spielt er jeden Tag auf einer neuen Saite.«
Er kam langsam, jubelnd und zeichnend, vorwärts, überging manche Stadt – und in Sorglosigkeit und Freiheit schlichen die Monate und Jahreszeiten schnell vorbei, so daß er nach anderthalbem Jahr, braungebrannt, dudelnd vor den Mauern von Rom erschien. Er kniete mit kindlicher Ehrfurcht vor dem Papst und erhielt seinen Segen.
Er blieb in Rom, trieb sich aber mehr in den Gassen, im Armenviertel und an den Brunnen herum, um das Volk in seinem Handel und Wandel zu betrachten, als bei den

altertümlichen Ruinen und vor den Gemälden in den Kirchen. Er hatte die Renaissance völlig satt. Er war überwältigt von dem ›Jüngsten Gericht‹ des Michelangelo und faltete die Hände vor den Stanzen von Raphael. Aber am nächsten Tag dachte er nicht mehr daran und ging nicht wieder hin. Wenn er die Kirchen besuchte, war es, um zu beten, aber von den Landschaften Tizians konnte er die Augen nicht abwenden.
Er zeichnete vieles von der alten Stadt und von den Bergdörfern in der Umgebung. Hier sollte er ein Jahr bleiben. Nach vierzehn Tagen dachte er daran, sich eine feste Wohnung zu mieten am Flußufer, um dort größere Zeichnungen zu machen. Später würde er dann die Reise fortsetzen. In diesen Tagen jedoch kam er nach Ostia und sah zum ersten Male in seinem Leben das Meer. Sein Staunen war so groß, seine Bewunderung so stark, daß ihn eine wahre Liebe für das Meer ergriff. Und diese plötzliche Liebe konnte keinen besseren Ausdruck finden, als indem er sich einschiffte. Er brauchte es sich keine einzige Nacht zu überlegen. Die Unruhe, die ihn weiter und weiter trieb, tat das ihrige, und am nächsten Morgen saß er unter dem gespannten, knarrenden Segel einer Galeone, die nach Palermo fuhr. Das Schiff öffnete seine Flügel und wiegte über dem Wasser davon. Es war ein neues Glück; das Finden und immer wieder Fliehen der Unendlichkeit; die Unendlichkeit verfolgen, in der Hoffnung, sie nicht zu erreichen!
Und er dachte daran, daß sein Vater, ein echter Bauer, Matrose hatte werden wollen und gehofft hatte, daß sein Sohn es werden würde. Hier war er nun ein kleines Stück Matrose! Am Tage, bevor sie das Land erreichen sollten, erhob sich einer jener tollen Stürme, der das Schiff hinunterdrückte, es auf Bergen von Wasser in die Höhe hob, hin und her schüttelte auf den tanzenden Wogen, die

Segel zerriß und die Leute von den Strickleitern warf. Es wurde geflucht und gebetet, und Pieter sah staunend und bewundernd zu. »Zum Malen«, sagte er. Und als am Morgen die beruhigende Sonne smaragdgrüne Lichtflecke auf das dunkle, bewegte Wasser warf, entdeckten sie in der Ferne noch andere Segel, die auf den Wogen umhertaumelten. Das seitwärts geneigte Schiff lief in eine kleine Bucht der Insel Sizilien ein, um sich zu erholen. Es war eine Tagesreise von Messina entfernt.

Nachdem Pieter den ganzen Tag in einer Fischerhütte geschlafen hatte, saß er am Abend in der Weinlaube eines ländlichen Wirtshauses bei einem Krug süßen Weines. Drüben lag das ruhige Meer mit einer gewundenen Säule aus Mondschein, und die blauen Berge und Felsen waren wie mit Milch übergossen.

Vor ihm schnarchte ein dicker Bauer, hintenübergebogen, mit offenem Munde. Nachdem Pieter ihn gezeichnet hatte, fühlte er den Zauber dieser Nacht und hielt plötzlich den richtigen Augenblick für gekommen, um endlich an seinen guten Freund Jan Nagel zu schreiben.

Er schrieb, daß er, nach einem unvergeßlich schönen Sturm, gut auf Sizilien gelandet sei; daß die Alpen einfach nicht zu glauben seien, die Landschaft unmöglich schöner geträumt werden könne und daß die Kunst hier nach dem Paradiese dufte! Auf der Rückreise werde er den Städten und den Kunstwerken größere Aufmerksamkeit widmen. Morgen begebe er sich nach Messina und werde Sizilien ein halbes Jahr lang durchreisen.

Pieter kam zu seinem Staunen nicht über die erste Seite hinaus und schloß mit vielen Grüßen an die Freunde und einem ›Sonnen- und Weintraubengruß‹.

Und als er am nächsten Tage nach Messina ging, über die heißen Felsen, hatte er an einer Krümmung des Weges, von eine kleinen Höhe aus, eine göttliche Aussicht auf die

Wasserstraße von Messina. Er stand betroffen da. »Ich dachte, daß so etwas nur Heiligen und Toten vorbehalten sei!« flüsterte er bewundernd. Unter ihm lag das likörblaue Wasser mit weißen Locken und schönen Schiffen, deren Segel sich spannten vor Glück. Drüben stieg die braune Ruine eines alten Turmes aus dem Wasser empor. Die weiße Stadt Messina schien sich im Meer zu baden, und hinter ihr rauchte der Ätna. Und jenseits wuchs wie Perlmutter aus dem herrlichen Wasser, an den rauhen Felsen empor, das helle Regio mit seinen Türmen, Kuppeln und Viadukten. Und darüber herrschte die gewaltige Sonne! Dieser Anblick war nicht mehr zu übertreffen. »Ein verwirklichter Traum. Da hätte Veronika wohnen können!«
Er zeichnete es. »Es ist nicht nötig, daß ich noch weiter gehe: etwas Schöneres ist nicht zu finden und nicht zu wünschen.« Er zeichnete es noch einmal. Er zeichnete es noch fünfmal.
»Wenn das in Flandern läge, dann würde ich hier meine Hütte bauen.« Und zugleich spürte er das Heimweh nach seinem Lande, das er seit langem in einer dunklen Ecke seines Herzens verborgen hatte. Wie sonderbar: dadurch, daß er das Schönste seiner ganzen Reise und seines Lebens sah, sprang in ihm das Heimweh auf wie eine jauchzende Quelle. Und er sog den Duft seines Landes ein, das sieghaft in ihm erwachte, mitten in der Sonne, in dieser Symphonie von Licht, Blumen und Weintrauben. Brabant lebte in seinem Herzen, er hatte es mitgenommen – nun brach es auf wie eine Walnuß. Es war das Brot seines Herzens. Er sah es und fühlte es, er war ein Teil davon, und es rief ihn plötzlich zurück mit dem Schrei einer Mutter, die ihr Kind verloren hat. »Ich komme! Ich komme« stammelte er. Das Heimweh überströmte ihn, und er fing an zu weinen wie ein kleines Kind.

Und statt seine Reise durch dieses Paradies fortzusetzen, suchte er in Messina nach einem Schiff, das ihn nach Neapel bringen sollte, um dann zu Pferd, auf dem kürzesten Wege, über die Städte zurückzukehren. Die meisten Schiffe jedoch waren vom Sturm beschädigt, und erst die nächste Woche würde vielleicht eins fahren. Aber eine Galeote lag vor Anker, die morgen nach Venedig absegeln sollte. Wie verlockend: Venedig, auf dem Wasser zurück, zwei Jahre früher zu Hause – aber dann bekam er nichts mehr von Italien zu sehn! Die ganze Nacht überlegte er hin und her. Aber am nächsten Morgen saß er auf einer Rolle Tau und sah Messina kleiner und kleiner werden in der sonnigen Ferne. ›Ich werde den Brief in Venedig abschicken, sonst bin ich früher in Antwerpen als er. Das erste, was ich mache, ist mein Dorf besuchen!‹ dachte er. Nach vielen Wochen stieg Venedig, zart wie eine Wasserfarbe beim Sonnenuntergang aus dem Nebel und dem Wasser empor, wie ein aus dem Meer aufgeblühter Garten. »Schön, schön! aber nichts für mich, etwas zu gewaltig für einen Bauernjungen«, sagte er am zweiten Tag. Hier bewunderte er sehr Tintoretto. Und nun ritt er zeichnend in die lombardische Ebene hinein, in die Berge, durch die steilen Dolomiten über den Brennerpaß und dann durch das freundliche, fromme Tirol. Jetzt, wo die kühlere Luft des alten Klimas ihn umgab, kam er schneller und leichter vorwärts. Er blieb nirgends länger als eine Nacht. Als er die Berge verließ, ritt er in die schwarzen Wälder hinein, und eines Tages sah er, von einer bewaldeten Höhe aus, den Rhein. Er warf seinen Hut in die Luft! Und nachdem er Tage und Wochen gereist war, einmal zu Fuß, dann wieder zu Pferd oder mit einem Schiff, kam er über Aachen und Maastricht in die Limburger Heide. Er trank das herzhafte, kaffeeschwarze Bier in der schönen Stadt Diest, und in Scherpenheuvel ging er beten.

Und nun hatte er den Stall gerochen.
Es schneite, es fror. »Gut! Das ist mein Fall!« rief Pieter. »Das ist ganz was anderes als in Italien!« Er streckte die geöffneten Hände aus, um die Schneeflocken aufzufangen.

Und zwei Tage später, am frühen Nachmittag vom ersten Sonntag im Januar, kam er mit klopfendem Herzen, auf einem Wagen, vor dem Sankt-Georgs-Tor von Antwerpen an. Er zitterte vor Aufregung. Auf dem Wassergraben am Wall wurde Schlittschuh gelaufen. Er lachte. Das mußte er zeichnen! Schnell wurden einige Linien und Männlein aufs Papier geworfen. Und nun ritt er in die gute Stadt Antwerpen hinein. Zuallererst in die Kirche Unserer Lieben Frau, um aus Dankbarkeit eine dicke Kerze anzubrennen! Vor der Kirche, an den schön gemeißelten grauen Steinen, saßen, wie Stücke der Ewigkeit, die Armen, die Krüppel, die Lahmen und Bettler, jammernd nach einer kleinen Gabe. »Die Italiener haben wohl Jesus gesehen, aber die Armen von Kapernaum haben sie vergessen! Unsere Affen natürlich auch! Aber ich werde euch malen und grüße euch.«
Die Dämmerung brach herein. Ja, es war noch die gute, treue Stadt Antwerpen. Aber er hatte keine Zeit, sie sich

länger anzusehen. Schnurstracks zu Jan Nagel! Er fand Mirabella, die allein in der Küche, im braunen Schein der Öllampe, Karten spielte. »Er ist nicht zu Hause«, sagte sie traurig, »er ist schon seit drei Tagen auf dem Bummel.«
»Ich hatte ihm in Italien einen Brief geschrieben, den ich nicht schneller schicken konnte, als indem ich ihn selber mitbrachte. Hier ist er. Ich komme morgen wieder und... Vielleicht ist er bei Joseph Schlagkopf.«
Sie schüttelte den Kopf. »Nein, der ist wegen Zauberei auf dem Scheiterhaufen verbrannt worden«, sagte sie, »und seit damals ist Jan erledigt, total erledigt, ganz ohne Seele«, und sie fing an zu weinen.
»Was du nicht sagst, Truthenne!« fluchte Pieter bestürzt... Er konnte kein Wort mehr sprechen, keinen Gedanken mehr fassen. »Ich komme morgen wieder!« Er wankte hinaus. Er stand in der kalten abendlichen Straße, plötzlich einsam und verlassen, fühlte sich als Fremder, verirrt und unruhig, wie jemand, der sich von diesem oder jenem Baskwadder verfolgt und ausspioniert fühlt. Wohin? Er hatte es sich hier so lustig vorgestellt, und er fühlte den Schauer des Todes. Plötzlich so ganz allein! Zu Koch? Aber dieser würde in seinen Prunkzimmern, zwischen Gelehrten und Magistern, dasitzen, in deren Dünkel er sich schüchtern und bedroht fühlte; und was wollte er dort mit diesem würgenden Gram in der Kehle!
Nicht wissend, wohin, ging er unwillkürlich, als hätten seine Füße den Weg nicht vergessen, zum Tor hinaus, über die dunkle Landstraße und trat in die sonntagslaute ›Elster‹ ein... Welch ein froher Jubel: »Der Zeichner! Der Maler! Der lustige Pieter!«
Eine Stunde später saß er auf seinem alten Zimmer, vor den roten Flammen des Herdfeuers, und weinte. »Armer Joseph, armer Jan.« So saß er lange da, und als er den Stuhl zurückschob, sah er den ledernen Reiserock, der

dick war von den vielen Zeichnungen. »Wie glücklich hätte Joseph irgendwo wohnen können, dort, unter einer Palme!« sagte Pieter, eine Zeichnung mit Bergen betrachtend. Und er nahm eine andere Zeichnung und noch eine und noch eine; sie fielen eine nach der andern auf den Fußboden, und so rief er sich einen Teil seiner Reise wieder ins Gedächtnis. Als der die Zeichnung in der Hand hielt, die er vorhin beim Sankt-Georgs-Tor gemacht hatte, da trieb es ihn, die schlittschuhlaufenden Männlein deutlich mit Tinte zu malen, dazu die Wagen auf der Brücke, die Türme hinter den Wällen und die Zuschauer, die lachten über eine Schlittschuhläuferin, die hingefallen war und dabei ihr Hinterteil entblößt hatte. Aber traurig nachdenkend über die Veränderungen, die während seiner Abwesenheit stattgefunden hatten, setzte er unter das Bild folgenden weisen Reimspruch:

So läuft hier auf dem Eis das städtische Geschlecht
Antwerpens kreuz und quer, begafft von allen Seiten;
Der rutscht, und jener fällt, der andere hält sich recht.
Ach! Lernt er aus diesem Bild, wie wir zur Welt stets reiten
Und glitschen unsern Weg, ob närrisch oder weis,
Auf der Vergänglichkeit, noch spröder als das Eis.

»Schönes Land«, sagte er gerührt und war voller Begeisterung. »Meine erste Zeichnung im Lande, die etwas taugt. Es wird noch viel zu mähen geben! Es ist Samen genug vorhanden!« Er blickte sich um nach den Zeichnungen, die dort herumlagen, froh über die viele Arbeit, die seiner wartete. »Das fordert ein Zeichen des Kreuzes! Im Namen des Vaters und des Sohnes und des Heiligen Geistes, Amen!« Und dann schrieb er in eine Ecke dieser Eisszene: Pieter Bruegel 1553.

Die feucht-fröhliche Kunst

In der überfüllten Gaststube des Wirtshauses ›Die Elster‹ saßen, beim Schein vieler Kerzen, die Künstler mit ihren Freunden und anderen Neugierigen, Saufbrüdern und Schmarotzern, rufend, lachend und trinkend, und erwarteten die sechs Brüsseler, die sich hier im Trinken messen wollten mit dem berühmten Maler Frans Floris.
Dieser saß da mit einem irdenen Krug vor sich, und um ihn herum saßen: Mostaert, Koch, Hans Franckert, Hans Bol, Lucas de Heere, Pieter Bruegel, ganze und halbe Artisten, und seine eifrigen Schüler, die ihm zwanzig Gulden am Tag zahlten: dahinter aber standen die Mitläufer, die Neugierigen, die Austrinker, die Wettlustigen, die Leute mit der trockenen Leber und andere Liebhaber von Bier und Wein. Es war ein Lärm wie in einer geschlagenen Trommel. Plötzlich erhob sich der kurznackige, breitschultrige Franz Floris, mit dem kurzen blonden Bart und der – leider! – rot werdenden Nase, hob den schäumenden Frankfurter Krug in die Höhe und rief, während seine stolzen grauen Augen herausfordernd funkelten: »Beinahe könnte man meinen, daß sie Angst haben, die Brüsseler! Sie sollen nur kommen! Ich werde eine ganze Allee solcher Krüge durch meine Kehle kullern lassen und dann noch aufrecht stehen wie eine Kerze und eins meiner schönsten Bilder malen, vor dem die Welt knien wird! Man nennt mich den Unvergleichlichen, den flämischen Raphael, aber auch den flämischen Bacchus. Nun, diesen letzten Namen nehme ich ebenfalls an. Heute werde ich diesen famosen Kontrabässen aus Brüssel meine titanische Trinkkraft zeigen. Sie sollen platzen, bevor ich es aufgebe. Aber wo bleiben sie? Sie scheinen keinen Durst zu haben! Inzwischen werde ich den Weg offenhalten!«
Er schwang den Krug, wollte ihn an den Mund setzen, aber

die Hand von Koch hielt seinen Arm zurück. »Genug, Flor! Denke dran, daß du auch unsere Ehre zu verteidigen hast. Hier heißt es nicht: der flämische Raphael gegen Pieter oder Jan, sondern Antwerpen gegen Brüssel. Du hast nun schon zwei Kannen geleert, mehr sogar, und diese Brüder sind leer wie ein ausgezogener Kittel und haben einen ebenso kräftigen Zug wie du. Im Namen von Antwerpen, du trinkst jetzt keinen Tropfen mehr!«

»Ich wäre nicht so ein Riese, wenn ich mich um diese Beginenangst kümmern wollte. Ich werde nicht betrunken, nur selig. Meine Knie knicken nie. Einmal, ja einmal bin ich vor Trunkenheit hingefallen, aber das war die Trunkenheit der großen Seelen, die nur Heilige und Genies heimsucht. Es geschah, als mein Freund Michelangelo ›Das jüngste Gericht‹ enthüllte. Damals habe ich gezittert, geschwitzt und Herzklopfen gehabt, und abends beim Festmahl, an dem der Papst, Kardinäle, Prinzen und Grafen teilnahmen, bin ich beim dritten Glas in den Armen meines Freundes Michelangelo zusammengebrochen. Aber ich war trunken von der höchsten Schönheit, die edle Tränen aus den Augen fließen läßt. Im übrigen aber würde ich die ganze Flotte Spaniens leer trinken. Guckt her!«

Er sprang auf den Stuhl und trank den Krug aus. Die Leute jubelten ihm zu. Über alle erhoben stand er da, mit der weißen Halskrause und dem schwarzen Samtgewand, dessen Schlitze rosa gefüllt waren, und genoß seine Kraft, seinen Wagemut und seine große Berühmtheit.

Da wurde die Tür mit Schwung geöffnet, und hinter zwei Dudelsackbläsern kamen die sechs gefürchteten Trinker, die berühmten Kontrabässe, mit Federn am Hut, lustig und frisch, mit kalten Nasen, singend herein; und ihnen folgte eine ganze Wagenladung Brüsseler Leute: Saufbrüder, Durchfresser und Farofreunde.[1] Es drängte alles herein, zwischen dem dampfenden Volk, so daß jeder den Bauch und die Ellbogen einziehen mußte. Es war so voll, daß, wenn einen der Schlag gerührt hätte, er nicht hätte hinfallen können.

Nachdem sie ihr Lied zu Ende gesungen, wurden sie mit lautem Jubel empfangen; sie grüßten, entschuldigten sich, weil der Wagen im Dreck steckengeblieben war, sprachen einige Worte mit Floris und setzten sich dann an einen Tisch, auf dem Schinken, Käse, Senf, Rettiche, Pökelheringe, trockener Fisch und geräuchertes Fleisch aufgetragen wurden, alles salzig und scharf, um das Trinken zu fördern, und dazu anzureizen. Der Dickste der Brüsseler, der Anführer, den man Wanst nannte, schon ein wenig grau und mit einem Kugelgesicht voller Warzen, schob ein paar Scheiben Schinken in den Mund und biß einem Pökelhering den Kopf ab.

»Der Kopf ist von allem das Beste, gerade wie beim Kaninchen«, sagte Wanst. Vier andere sagten und machten es ihm nach, aber der fünfte, ein langer, dünner Kerl, strich sich nur mit der Zunge über die Lippen und schwieg wie ein Fisch. Der schien der Hartnäckigste zu sein, entschlossen zu siegen.

Die häßliche Magd und zwei plumpe, breitschultrige Knechte brachten sieben bäuchige, schäumende Krüge. Floris erhob sich und sprach: »Ich grüße euch, Männer von Brüssel, gekommen, um zu verlieren! Willkommen! Seht, ich werde jedesmal meinen Krug zuletzt nehmen, damit ihr überzeugt seid, daß weder ein falscher Boden noch dieses oder jenes Gewürz hineingetan wurde: »Wählet!«

Als jeder der Männer mit den Schlaraffenlandgesichtern

1 ›Faro‹ nennt sich noch heute ein bekanntes Brüsseler Bier.

seinen Krug in der Hand hielt, nahm Floris den seinen, hob ihn in die Höhe und sprach: »In drei Zügen muß er leer sein! Es lebe Antwerpen!«
»Es lebe Brüssel!« riefen die anderen – der sechste sagte nicht einmal das, als ob Reden Essen gewesen wäre – und sie tranken. Als die sieben Köpfe mit dem Krug überm Gesicht hintenüber hingen und die andern still und neugierig zuguckten, da dachte Bruegel, der gekommen war, um tüchtig zu lachen, plötzlich an den heiligen Antonius: ›Sie ertränken Gott in sich.‹

In drei Zügen war der Krug leer. Die Brüsseler – außer dem Mageren, den man Zwiebel nannte – griffen nach Senf, Rettich und Fleisch. Floris nahm von jedem eine Portion, die er verzehrte, während zum zweiten Male sieben Krüge gebracht wurden. Nach dem zweiten Krug ließ Meister Floris einen Heringsrükken hinunterrutschen und sagte zu Wanst: »Wegen dieses Bieres wurde Kaiser Karl in Flandern geboren: als er noch ein Engel war, durfte er wählen, Burgunder oder Gerstenbier, und er wählte das goldene Gewächs unserer Brabanter Felder! Deshalb sei ihm dieser Trunk geweiht!« Und der dritte Krug verschwand in drei Zügen in den schlangenartig würgenden Kehlen.
»Mit diesem Bier trinke ich zehn Florisse unter den Tisch. Wenn ich einen Monat lang davon trinke, braucht meine Frau keinen Speck mehr einzupökeln, dann schneidet sie ihn mir vom Bauch«, rief der dicke Wanst.
»Wer dieses Bier erfunden hat, verdient, daß man ihn auf die Spitze des Himmels setzt«, erklärte ein Brüsseler Kumpan, mit einem Froschmund wie eine Geldtasche.

»Und er fällt hinunter, so wackelig wird er davon«, sagte ein kleiner Rothaariger mit energischem Kinn. »Aber ich bin nicht unterzukriegen! War sieben Jahre Brauergeselle und wurde weggejagt, weil das Faß mehr in mir als ich im Faß war und es dem Patron nicht paßte, daß ich nie betrunken wurde!«

»Ich trinke, bis das Bier alle ist«, prahlte der Größte von allen, ein dunkelhaariger Koloß mit hohen, geraden Schultern, »und wer hier begaunern will, dem pflanze ich dieses Messer in den Leib!« Und er schlug einen Dolch in die Tischplatte.

»Ich wollte Pater werden«, erzählte ein schwarzer, kräftiger Kerl mit entzündeten Augen, »aber Pater Kellermeister natürlich. Hätte ich mir damals nicht ein Bein gebrochen, ich wäre es geworden. So war es zu schwer, in den Keller zu humpeln; aber der alte Pater Kellermeister sagte: ›Einen solchen werden wir nie wieder bekommen, Euch konnte man es nicht anmerken, daß Ihr nichts für die anderen Patres übrigließet.‹«

Jeder tat groß mit seinem Magenumfang und seiner Schluckfähigkeit; aber Zwiebel trank feierlich seinen Krug leer, sprach kein Wort, geizte sogar mit einem Lachen und strich sich nur mit der Zunge über die Lippen, damit ja nichts verlorenginge. Der fünfte Krug war schon getrunken, und die Brüsseler waren noch so frisch, als wollten sie erst anfangen. Viele Antwerpener verloren den Mut. Floris stieg das Bier zu Kopf: er wurde rot. Aber da fing er erst an zu strahlen, blickte auf, wurde selig, und der echte, fröhliche Flor kam zum Vorschein. »Ich«, rief er, »der größte Maler der Niederlande! der Unvergleichliche! – nicht ich sage das, es steht in den Büchern – trinke hier um die Wette mit gewöhnlichen Kontrabässen, gedungenen Saufbrüdern aus Brüssel: das ist meiner nicht würdig. Aber ich tue es, um die Ehre von Antwerpen hochzuhalten. Und ein großer Mann muß alles können! Bin ich nicht Bildhauer, Architekt, Musiker und Dichter? Und trotzdem, wer malt so viel, so großartig und so schnell wie ich? Für Philipp II. malte ich, während er dabeisaß, meine ›Viktoria‹ mit vielen Kriegern und Gefangenen in sechs Stunden! Wer macht mir das nach? Ich fühle das Feuer in mir erwachen und Funken sprühen, der Geist überwältigt mich! Wenn ich arbeite, lebe ich; wenn ich spiele, sterbe ich; wenn ich trinke, will ich arbeiten! Deshalb also: Getrunken!«

Als der neunte Krug ausgetrunken war, traten alle einen Augenblick hinaus. Dann kam der zehnte. Die Brüsseler aßen fortwährend Schinken, Senf und Pökelhering, außer dem einen; und der dicke Wanst lachte wie Kastagnetten. Die Freunde aus Antwerpen wurden ängstlich, und auch Floris bekam es mit der Angst zu tun, als er sah, wie diese sechs Leute so lustig dasaßen und tranken.

»Nicht mehr essen«, flüsterte ihm Koch ins Ohr. Als der zehnte Krug in die Höhe ging, sprang der mit dem Froschmaul plötzlich auf: ein Brunnen sprudelte aus seinem Mund, und der Mann plumpste wie ein nasser Lappen unter den Tisch.

»Ha!« jubelte Floris, »der mit dem Gipfel des Himmels ist hinuntergefallen!«

Sie tranken. Als der zehnte Krug getrunken war, stammelte der schwarze, kräftige Mann, der Pater hatte werden wollen: »Wartet einen Augenblick, ich trete mal aus.« Er wankte hinaus und schlief niedergekauert im Schein des Vollmondes ein.

»Noch vier!« jubelte Flor. »Aber je weniger es werden, um so stärker sind sie«, kicherte Wanst. Der elfte Krug wurde gebracht. Der rothaarige Brauergeselle sah Flor lächelnd an, wollte etwas Lustiges sagen, stürzte aber vornüber und fiel mit der Nase in den Krug. Flor freute sich und sagte lachend: »Dem ist das Riechen lieber als das Trinken.« Der Riese wollte sich erheben und griff nach dem Dolch. »Wenn ich verliere, ersteche ich ihn!« faselte er. Er schwang den Dolch, aber der Dicke schlug ihm mit der Faust auf den Bauch, und der Große taumelte hintenüber wie eine zerbrochene Gipsfigur. »Noch zwei!« rief Floris, und ihm und seinen Freunden wuchs der Mut. »Mut, Wanst und Zwiebel!« riefen die Brüsseler; »Mut, Flor!« die von Antwerpen. Die ›Kückenfresser‹[1] hätten am liebsten für ihre Kontrabässe gefochten, aber die ›Sinjoren‹[2] waren zu zahlreich und hatten zudem Degen.

Der zwölfte Krug! Beim ersten Schluck blieb Zwiebel, der Schweigsame, stecken und fing plötzlich an zu lachen, lachen; er konnte nicht mehr aufhören. Dieser und jener lachte mit, und sofort lachte der ganze Saal: ein Stall voller Hühner, die Eier legen wollten. »Das habe ich von ihm nicht erwartet«, rief Flor. »Dann unter uns zweien!« Und jetzt, wo der eine fortwährend lachte, war dem Dicken das Lachen vergangen.

Da kam der dreizehnte Krug, und Floris rief Wanst zu: »Noch zwanzig solche Krüglein von dem lustigen, leckeren Bier! Ich grüße dich, doppelter Kontrabaß, aber gleich liegst du unterm Tisch!« Der Dicke öffnete den Mund und sah, erstaunt, wie Floris, aufrecht stehend, den Krug leer trank. Und sieh, Tränen liefen ihm aus den Augen, die an den Warzen hängenblieben; er seufzte, wischte sich die Tränen ab und reichte Floris die nasse Hand. »Du hast gesiegt«, sagte er, »ich kann nicht mehr ...«

Es war, als ob die Wände Angst hätten, dieses Jubeln zu tragen: sie bebten förmlich. »Für jeden einen Krug«, rief der triumphierende Floris, der – man wußte nicht wie –

1 Spitznamen der Brüsseler.

2 Sinjoren, d.h. große Herren: Spitzname der Antwerpener.

nun eine Krone von Traubenblättern trug, »und für mich eine Frankfurter Kanne vom alten Rheinwein. Sattelt mein Pferd! Komm mit, dicker Brüsseler, und sieh dir draußen an, was ich kann!« Und kerzengerade schritt Floris hinaus, durch eine doppelte Reihe von drängenden Bierfreunden, schnurstracks auf sein weißes Pferd zu, das seine Lehrlinge aus dem Stall geholt hatten. Der Mond und Fackeln leuchteten ihm. Man brachte ihm die volle

Kanne Wein, und allen Zuschauern, besonders dem Dikken, wollte er seine große Saufkunst zeigen: auf einem Bein stehend, trank er die ganze Kanne in einem Zuge leer. Dann stieg er zu Pferde und setzte sich die Mütze verkehrt auf den Kopf, so daß ihm die Feder nach hinten auf dem Rücken hing, statt auf der Seite. Mit breiter Gebärde streckte er den Arm nach vorne: »Wer nun Lust hat, schönste Gemälde malen zu sehen und mich arbeiten zu sehen, wie eine Sonne, der komme mit. Bis Aurora mit ihren rosigen Fingerspitzen die Welt berührt, werde ich gemalt haben: eine Venus, geboren aus dem Schaum des Meeres! Es lebe der Genius!« Und alle, die neugierig waren auf diese Arbeit, dazu Schmarotzer, die auf einen frischen Krug hofften, liefen mit, und Pieter auch.

Vor dem schönen Hause in der Hospitalstraße blieben sie stehen. Der Mondschein überflutete den Giebel. Es hatte ein Tor mit Pfeilern aus grauem Marmor nach altertümlicher Art, eine Loggia und Arkaden in italienischem Stil, worunter Fresken in Kupferfarbe die freien Künste darstellten. Mit einer breiten Gebärde seiner behandschuhten Hand sprach Floris: »Geht hinein! Das ist der ›Brennende Dornbusch‹, dort ist das Feuer, das Prometheus dem Himmel geraubt hat, ich teile es den Menschen mit.« Die Leute gingen hinein: Maler, Lehrlinge und Straßenpöbel. Er ging voran und zeigte ihnen die kostbar ausgestatteten Zimmer beim Schein von Kerzen und Fackeln, die die Lehrlinge herumtrugen. »Hier schlafe ich in meinen Schaffensstunden, sonst lege ich mich zu meiner Frau«, erklärte er, sie in eine Stube führend, wo es glänzte von vergoldetem Leder und anderen Herrlichkeiten und wo in der Mitte ein Bett stand, mit gedrechselten Säulen, rosafarbigen Vorhängen und goldenen Fransen, wie für einen König. Daneben war die große Werkstatt, in der ein Reichtum von Bildern, Stoffen, Teppichen, Rosen, Krügen und Waffenrüstungen im Spiel des Kerzenlichtes wie in einem Halbschlaf zu liegen schien.

Eine große, weiße, aufgespannte Leinwand wurde auf die Staffelei geschoben, und während einer der Lehrlinge allen Anwesenden ein Glas weißen Weines anbot, ergriff Floris die bereitgelegten Pinsel und die Palette und wollte anfangen zu malen, fühlte sich aber genötigt, erst noch ein paar Worte zu reden: »Ich habe seit langer Zeit nicht mehr gearbeitet, zu lange geschlafen, zuviel getrunken, zuviel

bei Freunden herumgesessen, zuviel Prinzen und Grafen empfangen. Aber das macht nichts. Ich hole alles wieder ein: ich bringe in einer Stunde mehr fertig als andere in einer ganzen Woche. Das macht das Feuer! In vierzehn Tagen malte ich das Herkuleszimmer bei Claes in der Markgrafenstraße: zehn Gemälde, von hier bis dort, in vierzehn Tagen! Und jetzt wird, bevor der Morgen graut, meine angebetete Venus den neuen Tag begrüßen. Ich fange an! Es möge jemand Gitarre spielen: Musik durchtränkt die Kunst!« Und er fing an, die Venus in Lebensgröße zu malen. Er zeichnete zunächst mit dünner brauner Farbe einen geschmeidigen Umriß, und darin und herum strich er auf ungewöhnlich schnelle und geschickte Weise die Formen und Farben, einmal am Himmel, dann am Fleisch, dann wieder am spielenden Wasser, an den Cupidos und Delphinen, die die Hauptfigur umgaben.
»Ich bin Feuer und Flamme!« sagte er fortwährend, und sie sahen es, staunend – wurden aber schläfrig. Die Gitarre wurde träge. Da wurde plötzlich die Tür aufgerissen, eine Rabenstimme krächzte, und da stand seine kleine, dicke Frau im Nachtgewand, die Haare in Löckchen gewickelt und eine flackernde Kerze in der Hand. Alles schwieg und horchte. »Schelm, Feigling!« rief sie, mit der Faust drohend, »mach dich fort von hier, scher dich hinaus mit diesem Schmarotzergesindel! Ich wünsche dich nicht mehr zu sehen. Ich wäre lieber mit einem Schuster verheiratet als mit einem solchen Saufhals, der sein Geld verpraßt mit Weibern und Dieben und seine Frau und Kinder in Schulden stecken läßt. Ein schönes Haus, aber kein Geld! Wer bezahlt den Zins für dieses Haus? Hinaus mit diesem Gesindel, oder ich rufe die Nachtwache!«
Aber Floris lachte und sagte spottend: »Tag, liebe Frau Clara! Diese sind meine Freunde! Ach, beste Freunde, ihr

könnt gewiß kein Wort verstehen, da meine Frau jetzt Griechisch spricht? Ich kenne glücklicherweise diese Sprache und werde es euch übersetzen. So sprach sie auch zu den Gräfinnen von Egmond und Horn, die hier dinierten mit ihren Gemahlen und dem Prinzen von Oranien. Sie sagte soeben: Lieber, süßer Flor, endlich sehe ich dich wieder! Wo warst du so lange, mein Vielgeliebter? Es liegt ein warmer Krug in meinem Bett, an dem du auch deine Füße wärmen kannst. Denn wir können ohne dich nicht leben und nicht fröhlich sein! Komm schnell zu mir, denn deine Liebe ist besser als Wein!«
»Narr, Narr«, krächzte sie, »fängst du schon wieder mit deinem Griechisch an? Aber ich werde dich demütigen, und wenn der König selber dabei wäre!« Und heulend warf sie die Tür zu.
Floris malte eifrig weiter, die Gitarre blieb still; und bevor das erste Sonnenlicht durch die Gardinen sickerte, stand Venus wirklich da in all ihrem Glanz, zwischen Delphinen, Tritonen und kleinen Cupidos. »Was sagt ihr dazu?« rief Floris, sich stolz umdrehend. Aber alle schliefen auf den gepolsterten Stühlen und Bänken – mit Ausnahme von Pieter Bruegel, der hinter ihm stehengeblieben war, staunend und bewundernd.
»Ich werfe Perlen vor die Säue«, brummte Floris mißmutig. »Du allein wirst ein großer Künstler – wenn du dich nicht mehr an die Bauern, sondern an die großen Meister hältst. Wann bekommen wir etwas von dir zu sehen? Ein paar Venusse und Götter?« –
»Wenn Ihr damit aufhört, Meister.«
Floris lachte und schlief in seinem Sessel ein. Pieter betrachtete den Kopf des Künstlers. Er streichelte ihm leicht über das rötliche Gesicht und murmelte mitleidsvoll: »Armer Kontrabaß; armer Pilz, der sich von Michelangelo nährt; armer Ikarus, der mit Wachsflügeln in den

Himmel steigt, zur Sonne, die sie zum Schmelzen bringt – auf einem rheinischen Bilde hatte er diesen armen Tor gezeichnet – und alle Renaissancisten sind aus demselben Teig! Warum bleibst du nicht unten: die Welt ist so schön!...«

Und im Geiste sah er die schöne Straße von Messina wieder lebendig vor Auggen; und dort unten im Wasser, mitten in all dieser Pracht, sah er, hilflos und klein, zwei rosige, zappelnde Beine des armen Ikarus, der ins Wasser gefallen war! Er schüttelte den nahenden Schlaf von sich, erhob sich und schritt in den erwachenden, frischen Morgen hinein.

Ein neues Gemälde wuchs in ihm.

Krankheit

Jan Nagel saß krank und schlapp und mager, in Kissen und Decken gehüllt, am offenen Fenster. Die Schelde glänzte und war voller Schiffe an diesem blonden Frühlingsmorgen. Das ›Lob der Narrheit‹ lag offen auf seinen dünnen Knien. Auf der Fensterbank lagen noch andere Bücher: Plutarch, Thomas von Kempen, Reineke Fuchs, Eulenspiegel, Beatrice und der Pantagruel von Rabelais.

Er blickte flüchtig auf die frische Aussicht und dann wieder in das Buch. Ab und zu schloß sich müde das rechte Auge, aber mit einem Ruck und einem Zittern machte er es wieder auf. Er kämpfte hartnäckig seit Monaten gegen dieses sich schließende Auge.
Pieter saß bei ihm und schwieg. Seit zwei Stunden saßen sie schweigend zusammen und suchten keine Worte. Jan saß da wie ein gerupftes Huhn, mit dünnem, mageren Hals und steifen, dürren Haaren um den kahlen Schädel. Pieter blätterte in einem alten Buch. Unter ihnen war Lärm von Wagen und Menschen.
Nachdem sie lange so dagesessen hatten, erhob sich Pieter und sagte: »Nun will ich mal gehn. Bis morgen.«

»Was gibt es Neues?« fragte Jan.
»Immer dasselbe. Fast jeden Tag werden die Menschen zu Fackeln gemacht.«
Jan brummte, schloß das andere Auge ebenfalls und klagte gebrochen: »So habe ich gesehen, wie Joseph Schlagkopf verbrannt wurde!« Und Jan schüttete sein Herz darüber aus, zum soundsovielten Male: »Und zwischen zwei Rauchwolken sah ich sein heulendes Gesicht. Warum mußte ich auch dort hingehen! Ich hörte sein Fleisch braten und zischen, und dann der Geruch von verbranntem Fleisch!... Teufel! Teufel! Sie lachten noch darüber, die Leute. Das hat mir das Herz gebrochen!...« Und nach einem Schweigen sagte er vorwurfsvoll, indem er das müde Auge zornig aufriß: »Ich verstehe nicht, wie du noch an dieser Pfaffenkirche hängen kannst!«
»Ich verstehe es auch nicht«, sagte Pieter dumpf. »Es sitzt mir tiefer im Herzen als alles, was ich lese, höre oder sehe. Es ist merkwürdig, Jan; obwohl mich manchmal der Zweifel anspringt und zerreißt, obwohl ich alles und gar nichts glaube und die Inquisition und alles, was sich daran beteiligt oder nur danach riecht, verwünsche; obwohl ich selbst voll böser Begierden stecke; trotz allem bleibe ich dem Glauben von früher treu und finde ihn stets, nachdem ich hin und her gerüttelt worden bin, unverändert in meinem Herzen wieder. Und dann bin ich unserem Herrn dankbar! Sieh, solange Joseph Schlagkopf sprach oder solange ein Wiedertäufer spricht, bin ich in deren Gewalt und auch noch eine Weile danach: dann bin ich wie zerrissen, dann muß ich vorsichtig sein, um kein Unglück anzurichten. Gott sei Dank, ist mein Herz von Natur aus etwas ängstlich, sonst würde ich seltsame Dinge anstellen. Ich werfe mich dann in die Arbeit, der innere Kampf läßt nach, ich vergesse ihn; und wenn ich dann wieder ganz ruhig geworden bin, so

finden sich die Teile neu zusammen, und ich werde wieder ganz.
Ja, Jan, manchmal möchte ich sogar ein Heiliger sein. Vorige Woche hatte es mich sehr stark gepackt, nachdem ich ein Kirchenfenster gesehen hatte, aber das hält auch nicht lange an. Ich werde immer wieder Pieter Bruegel. Nichts dauert lange bei mir, außer arbeiten: malen und zeichnen. Ich habe Arbeit für tausend Jahre! Ich glaube, daß wir Künstler nichts anderes suchen als viele und schöne Arbeit. Du hast es mir früher so oft gesagt: arbeiten, arbeiten!«
Plötzlich knurrte Jan, angefeuert von den letzten Worten. »Und alles andere ist Unsinn.« Er fing an zu jubeln: eine Flamme, ein Stern durchschnitt ihm den ausgehöhlten Leib. »Ja«, rief er, »arbeiten! malen! Ja, ich sag es immer wieder, nicht über Gott reden, sondern ihn einfangen in den Farben...« Aber damit war die Flamme wieder erloschen. Jan blieb stecken, als er mit einem Auge seine mageren Finger sah; und dann klagte er wie ein armer Mensch: »Aber ach, ich bin total verbrannt. Ich zerfalle in Asche... Gott! Gott!« Er fluchte: »Ein paar Funken, ein paar Funken ab und zu... aber es dauert keine Stunde. Ich tanze nicht mehr vor der Farbe. Ich beiße nicht mehr hinein!... Ich möchte tot sein, tot wie eine faule Birne!... Ach, lieber Pieter, wie schön war es doch, so im Farbenfieber zittern zu können... Jetzt rutscht mir vor Schwäche die Palette vom Daumen...«
Er ergriff Pieters Hand und ließ die Tränen aus den tiefen, wehmütigen, grauen Augen über das eingefallene, gelbe Gesicht, in den struppigen, harten, rötlichen Grätenbart laufen.
Pieter wußte, was er in diesen Augenblicken der Niedergeschlagenheit zu tun hatte. Er nahm den Reineke Fuchs und fing an laut vorzulesen – Pieter las langsam und gut –:

Zu Pfingsten wars, da das geschah,
Daß man die Wälder und Felder sah
Grün bekleidet mit Laub und Gras, …

Nach einer Weile hörte Jan andächtig zu, kämpfte nicht mehr mit dem rechten Auge, ließ es sich ruhig schließen, aber im linken war ein lachendes Licht.

Pieter wohnte nun wieder in Antwerpen, in einer schmalen Gasse hinter der prachtvollen Sankt-Jakobs-Kirche, bei einer alten Betschwester, die zum Glück halb taub war. Er war in die Stadt zurückgekehrt, weil er größere Räume brauchte, weil es besser war für den Verkauf, weil ihm die ›Elster‹ zu laut wurde, die Wirtin tot und der Wirt mit einer bösen Hexe verheiratet war, und aus vielen anderen Gründen, die man immer bei der Hand hat, wenn man etwas gerne will. Er arbeitete fleißig für Koch, zeichnete phantastische Vorstellungen von jetzt und aus seiner Jugendzeit, Teufeleien, Moralitäten, Reiseeindrücke, Landschaften, Schiffe und Bauernszenen, die dann von Koch nachgestochen und gut verkauft wurden. Er entwarf auch Gemälde über Kinderspiele, Sprichwörter, Versuchungen des heiligen Antonius, Kreuztragungen, ein Schlaraffenland, aber er kam nicht dazu, sie fertig zu machen: das dauerte ihm zu lange. Er war so reich und übervoll an Stoff, daß er nicht nachkommen konnte. Es war auch eine schöne Zeit, um zu arbeiten: Stoff in Hülle und Fülle und Modelle in Überfluß. »Mir fehlen zwanzig Arme!« Er arbeitete wie ein Maulwurf. Und er wäre tagelang nicht aus dem Haus gekommen, wenn der leutselige Schnüffler Hans Franckert ihn nicht am Ärmel gezogen hätte, um irgendwo altes Bier zu trinken, eine Kirmes mitzumachen, die Mädchen, die Mysterienspiele oder die literarischen Sitzungen der Kammer der Rhetoren zu besuchen, sich eine Prozession, Aushängeschilder, Wallfahrten oder alte Schlösser anzusehen. Hans entdeckte immer neue Dinge. So wuchs der Vorrat immer mehr. Dazu kamen Hansens gepfefferte Erzählungen, seine Liebesgeschichten und Schmausereien! Die Scheune war zum Bersten voll!... Pieter stand im Hemd und sah zum offenen Fenster hinaus auf den mondhellen Sankt-Jakobs-Turm und über die glänzenden Dächer der Stadt. Er sog die guten Frühlingsdüfte ein, nach diesem tollen, kräftigen Regen. Er hörte es tropfen in Rinnen und Fässern. Sämtliche Sterne standen am Himmel und eine kleine Mondscheibe. Er sann vor sich hin. In diesen mondbeleuchteten Häusern, unter all diesen Dächern – zerbrechliche Decken, die wie gefaltete Hände die Gewalt des Himmels und der Elemente aufhalten mußten – war nun Dunkelheit und Ruhe: alle Leute schliefen. Und auch die Blumen in den kleinen Gärten und auf den Fensterbänken waren geschlossen. Es lag eine gewaltige Güte in dieser jugendlichen, saftigen Nacht, als hätte über den Dächern der friedliche Atem schlafender Menschen Farbe und Form angenommen: – Ruhe, blaue, junge Ruhe, nach der alles trachtete – das lang ersehnte: ›Es ist vollbracht.‹ Bis die Sonne wieder aufgehen würde, die, wie die feuchten Blumen, so auch die Menschen öffnet für den Kampf. Dann heißt es wieder: »Ich habe recht, und du hast unrecht.« Dann geht es wieder los; unerbittlich: arm gegen reich, dick gegen mager, Geldschränke gegen Sparkassen, Leib gegen Seele, Sünde gegen Tugend, Nachbar gegen Nachbar, Land gegen Land – und jeder denkt nur an sich selbst, und die großen Fische fressen die kleinen. So geht es, ohne Unterlaß, daß man am liebsten in die Berge ziehen möchte und sich absondern wie ein Einsiedler. Und trotzdem, im heißen Dunst dieses Kampfes konnte man in allem etwas finden von dem, was den Menschen immer wieder emporzieht zum jungfräulichen Glück, zu Gott, wie zur Wiederherstellung einer zerbrochenen Ordnung. Jetzt, in diesem Schlaf, konnte man etwas fühlen von dem Frieden, nach dem jeder Mensch Verlangen trägt. Pieter seufzte. Aber plötzlich rief eine Stimme unten auf der Straße: »Hallo, Pieter, bist du fertig?«

»Ja, Hans, erst noch die Hose anziehen und meine Angelrute suchen!«
Sie gingen angeln.
Die Sonne guckte über die Wälder, als sie zum Herenthalschen Tor hinausschritten. Rotgolden in Nebeldunst und zarten Farben stieg sie wie ein ungeahntes Glück am Horizont empor und streute Diamanten über die saftigen Gewächse. Perlenschnüre fielen von den Bäumen, und ein frommes Gebetmurmeln hing in den Pappeln.
Hans Franckert, rosig in seinem blonden Kranzbart, betrachtete die Landschaft durch Pieters Augen und schwieg bewundernd, wie Pieter; aber es dauerte ihm zu lange, und er fing wieder an zu erzählen aus seinem unerschöpflichen Geschichtenvorrat. Er war ein echter Nürnberger, der gerne lachte, aß und trank, aber am liebsten in der Gesellschaft von Künstlern und Gelehrten. Er hatte einige Sonette gemacht, die wegen der Reinheit ihrer Form gepriesen wurden. Und aus Angst, daß er nachher schlechtere machen könnte, hörte er einfach auf zu dichten, nannte sich aber weiterhin mit Wohlgefallen einen Poeten und war Mitglied der Kammer der Rhetoren. Er war nun ein Großhändler in Kolonialwaren. An der Börse war er bekannt als ein tüchtiger Kaufmann, und von den Künstlern wurde er sehr geschätzt, weil er viel kaufte. Er schrieb ein Kochbuch und ließ sich gerne schmeicheln wegen seiner Tisch-, Geschmack-, Koch- und Eßkenntnisse. Das Fleisch und die Pilze besorgte er selbst, und bei festlichen Mahlzeiten guckte er alle zehn Minuten in der Küche nach. Er war stolz darauf, den Wein mit geschlossenen Augen zu erkenen, am Geruch die Herkunft und die Jahreszahl raten zu können. Es war ein Genuß, ihm beim Kosten des Weines zuzusehen: zunächst betrachtete er mit zärtlichem Blick das halbgefüllte Glas, sog in kurzen Zügen den Duft ein, schloß flüchtig die

Augen und schlürfte dann mit geschlossenen Lidern den Wein, ließ ihn langsam durch die Kehle laufen, blickte voller Ehrfurcht auf das leere Glas, strich mit der Zunge am Gaumen entlang, schloß wieder die Augen, als wollte er untertauchen in diese beglückende Güte, und sagte dann flüsternd, wie ein Geheimnis, zu einem der Anwesenden: »Gott ist gut.«
Seine schöne italienische Frau aus dem weißen Verona konnte sich hier schwer eingewöhnen. Sie war empfindlich für das rauhe nördliche Klima. Wenn die Sonne schien, hielt sie ihre prachtvollen, nackten Schultern hinein »il mio sole d'Italia«, und sie sang zur Laute. Hans Franckert fand sie schön, war toll verliebt in sie, obwohl er auch mit anderen lieb tun konnte und gern außer dem Hause ein weiches Kinn streichelte. Er nannte sie Mia Madonna, aber er hätte sie gerne sanft und träumerisch gesehen, stiller, mit weniger Pathos und Komödie; aber er sagte es ihr nicht. Er nannte Italien das Land der Schornsteinfeger. So kabbelten sie sich fortwährend, oberflächlich, nicht einer über die Fehler des andern, sondern über die Fehler seines Landes. Als ihr Kind in Antwerpen über das Taufbecken gehalten wurde, freuten sie sich beide, daß es nicht im Lande der Gegenpartei geboren war. Es erhielt weder den Namen Giovanni noch Johann, sondern hieß Jan. Er auch liebte dieses Land sehr, die Heide und die Schelde, aber vor allem das kindlich, offenherzige, gläubige warme flämische Volk.

An Pieter hatte er gleich seinen richtigen Geschmack gefunden: ein solcher Topf, mit einem Durcheinander der verschiedenartigsten Empfindungen und der es verstand, sie in tausend Zeichnungen auszudrücken, das war sein Fall; er nannte ihn herzlich ›Bruder‹; und Pieter sagte dann einfach auch ›Bruder‹.

Die zwei ›Brüder‹, Hans und Pieter, gingen angeln. Pieter hatte natürlich sein Zeichenbuch mit.

Und wie herrlich ist es dann, so sorgenlos an einem stillen, unbewegten Kanal zu sitzen, der hell und glänzend, in gerader Linie durch das flache Land zieht; ein sauberes Wirtshaus in der Nähe, mit Linden vor der Tür und drei fröhlichen Töchtern im Hause; sich lang ausgestreckt ins Gras zu legen, wie mit der Erde verwachsen, und die Augen auf die ruhige Ferne zu richten; einen Reiher oder eine Wolke zu verfolgen – und den Fisch zu vergessen, der angebissen hat.

Aber welche Lust auch, einen Hecht hochzuziehen, den Haken mit frischem Köder und mit neuem Mut wieder auszuwerfen und die Überzeugung zu gewinnen, daß man mit einem vollen Korb nach Hause kommen wird!

Aber der Fisch biß nicht an. Es war auch nicht nötig. Pieter zeichnete alte, gespaltene Kopfweiden – darauf hatte er es heute abgesehen –, und Hans war in der Küche, eine Schürze umgebunden, damit beschäftigt eine komplizierte Art von Pfannkuchen zu backen: es gehörte Schinken dazu, Malvasier und junge Saubohnen. Die drei Töchter halfen ihm zugucken, und ab und zu pflückte er, wie eine Kirsche, einen Kuß von ihren Lippen. Dann wurde gegessen und getrunken; es wurde Karten gespielt mit einem Fuhrmann und einem Schiffer; diese wurden natürlich auch gezeichnet und die Farben danebengeschrieben: hellbrauner Rock, schwarze Hose, blaue Weste, schmutzigweiß mit roten Streifen, gelbes Haar; nachher wurde mit zwei von den Mädchen gerudert, an den beschaulichen Wasserblumen vorbei. Und das ist das

Eigentümliche von der frischen Luft am Wasser: der Magen ist gleich wieder leer. Also nochmals gegessen: Kalbskopf mit einer sauren Sauce, die grün war von zarten Kräutern. Aber Pieter – er konnte sich nicht helfen, er mußte Hans mit den Mädchen und dem Essen allein lassen – gefiel es, sich hinzulegen, langausgestreckt dazuliegen, wie um sich eins zu fühlen mit der Erde, die Finger in den Boden gebohrt wie in Fleisch – ein Kind an der Brust seiner Mutter.
Gegen Abend machten sie sich, durchtränkt von Feld und Licht und Luft, mit einem leeren Netz und guten Gedanken, auf den Heimweg. Hans holte bei einem Fischhändler am Schütterhof einige Fische.
Und mit zwei großen Fischen im Netz kamen sie nach Hause.

Es war Kirmes in Sankt Hiob. Kaum war die Prozession herein, da summten auch schon die Dudelsäcke, die Flöten jubelten, und die Trommeln lärmten. Das frohe Volk tanzte Arm in Arm vor Sonne und ausgelassener Freude. Dort wurde, auf einer Bretterbühne, die auf leeren Biertonnen aufgebaut war, das Mysterienspiel von Mariechen von Nymwegen aufgeführt, zur Erbauung der Bevölkerung, und hinterher eine saftige Posse, bei der man gleich Lust bekommen konnte, eine Dirne in den Arm zu nehmen.

Die Kramläden dampften und dufteten von Pfannkuchen und warmer Wurst. Andere verkauften Rosenkränze, Kerzen, Spielzeug, Bilder, Lieder und Bücher. Das Sankt-

Georg-Spiel wurde vorgeführt. Man schoß mit dem Flitzbogen nach der Scheibe oder nach den Vögeln auf der Windmühle. Ein Narr mit Schellen amüsierte die Kinder, und sonst wurde noch hier und da getanzt, geplaudert, gesungen, getrunken, ausgelassen gespielt, gegessen, geküßt und gerauft in jeder Art und Weise. Das Kirchlein funkelte inwendig vor lauter Kerzen. Die Leute strömten ein und aus, opferten und beteten, gaben den Krüppeln und Bettlern Almosen und verrichteten ihre Andacht an den vierzehn Stationen des Kreuzweges um die Kirche herum. Die heiße Sonne brannte darüber, und ab und zu kam ein kühles Windlein daher, das den Sand in kleinen Säulen aufwirbelte und die farbigen Wimpel in zierliche Falten legte.

»Die Bauern nehmen die Kirmes wahr, und müßten sie fasten ein ganzes Jahr«, dichtete Pieter verächtlich, der unter einer Linde stand und das rumorende Volk mit schnellen Zügen auf das Papier warf.

»Höre auf meine Worte, aber richte dich nicht nach meinen Werken. Du bleibst doch auch nicht zu Hause! Und es ist besser mit einer fetten Kirmes im Leibe zu sterben als auszutrocknen vor Langeweile!« sagte Hans feierlich.

»Du hast recht«, rief Pieter, »ich merke es am Durst!«

»Aber ich will mir den Krug verdienen!« jubelte Hans. Und gleich waren sie mit den Bauern am Kegeln. Um sich freier auf der Kirmes bewegen zu können, hatten sie sich ebenfalls als Bauern angezogen. Pieter ganz besonders – war er nicht früher Kegeljunge gewesen? – schob Schlag auf Schlag alle neun. Nachdem sie endlich ihren Durst gelöscht hatten, kamen gegen Abend die Mägde von den Bauernhöfen, mit oder ohne Schatz, zur Kirmes. Sie trugen kreideweiße Mützen, hatten den Mund zum Lachen bereit und den gesunden Geruch an sich von Stall und Rauch, wie die Schinken. Pieter und Hans suchten sich die zarten heraus, die ohne Freier gekommen waren: sie hatten gleich vier mit einem Schlag – je größer der Haufen, um so größer die Freude. Sie tanzten mit ihnen Rundtänze, ausgelassene Kranztänze, tranken, tanzten von neuem, glänzend von Schweiß und Vergnügen, gingen an den Kramläden entlang, um Leckereien zu kaufen, dann in die ›Drei Kronen‹, um Wurst, Kuchen und Reisbrei zu essen... und wieder zum Tanz. Hans erzählte einige von seinen zehntausend und einen Geschichten, es wurde wieder getanzt, und dann – denn auf einer Kirmes, zumal zwischen vier Grazien, sind die Stunden schnell herum – wurden die Mädchen singend und küssend durch warme Kornfelder und dampfende Wiesen in ihre Höfe heimgebracht. Die Hunde bellten, und der Himmel war voller Sterne. Ihr Sang war wie das Krähen der Hähne.

Als es ringsum still wurde, hörten sie auf anderen Straßen noch andere Sänger. Und als das letzte Mädchen geküßt war – es schlug gerade zwei Uhr –, traten die zwei ›Brüder‹ Arm in Arm den Weg nach Antwerpen, beladen mit vielen Zeichnungen, voll von Ulk, Bier und mächtiger Schlaflust. Sie kamen überein, daß jeder abwechselnd zehn Bäume weit schlafen durfte. Gut, sie gingen. Hans schlief mit vorgebeugtem Kopf, als sie den zehnten Baum erreicht hatten, machte Pieter ihn wach; dann durfte er schlafen, und Hans wachte. So ging es abwechselnd, bis der Morgen mit feurigen Wolkenstreifen den Himmel färbte. Da tauchten sie den Kopf in einen Bach, zum großen Schrecken der Frösche. Pieter stimmte in den Gesang einer steigenden Lerche ein, denn er stand vor einem neuen Horizont voller Arbeit.

»Nächsten Sonntag gehts zur Kirmes nach Hoboken!« sagte Hans und schnalzte mit der Zunge.

Die zwei ›Brüder‹ zogen in aller Frühe zum Deurner Tor hinaus, denn die Hochzeit fand weit im Kempenlande statt, zu Magerhal. Als sie das letzte Haus hinter sich hatten, legten sie ihre Mäntel ab. Sie standen da und machten sich übereinander lustig, da sie sich in Bauernkleidung sahen, mit großen benagelten Schuhen, weißen, baumwollenen Strümpfen, die an den Knien tüchtig gestopft waren, mit einer roten Weste, einem Hemd ohne Kragen, mit braun gemachten Händen, Pieter mit einem grünen und Hans mit einem roten Samthut. Hans mit dem gelben Kranzbart, Pieter mit dem braunen Sankt-Niklaus-Bart und ihre natürlichen, roten Gesichter dazu: es waren zwei echte, unverfälschte Bauern im Sonntagsstaat.
»Ich bin Andreas Pfundkuchen, der Müller von der Kuhschwanzmühle an der Maas. Vergiß nicht, was du gelernt hast, und verplappere dich nicht! Sag es mal her!«
Und Pieter sagte, singend wie die Bauern aus der Maasgegend: »Tag, mein liebes Bäschen. Ich beeile mich, dir zu deiner Hochzeit zu gratulieren«, und Hans fügte hinzu: »Wir haben es erfahren durch einen Tuchhändler.« Sie stießen einander in die Seiten und lachten sich halb krumm.
Sie gingen weiter und gelobten, in jedem Wirtshaus, das sie am Wege finden würden, einen Krug zu trinken, dem Regenwurm von Magerhal zu Ehren; denn es ist dort eine so armselige und trockene Gegend, daß man den ersten Regenwurm, den man fand, mit einer Kette am Gemeindehaus angebunden hat wie ein Naturwunder.
Es war sehr nötig, daß sie tranken, denn die Sonne brannte und ächzte über dem stillen Land von Heide und Tannenwäldern; die Luft war heiß wie in einem Backofen; und jeden breiten Krug Bier, den sie kühl in die Kehle

gossen, mußten sie sogleich fleißig wieder ausschwitzen. Pieter waren die Hitze, das Bier und die lustigen Aushängeschilder ein Genuß. »Kunst! Schöne Kunst!« rief er und bewunderte das strahlende Licht, das über die Welt flutete. Aber Hans klagte blasend: »Das Essen schmeckt nicht, wenn es so warm ist. Auch, ich möchte lieber durch Schnee als durch diesen weichen Sand laufen. Pff! Pff! Sag, weißt du noch, damals in Zwyndrecht an der Schelde, das war ein Spaß. Und kein Mensch hat uns erkannt, obwohl der Bauer dabeisaß, von dem ich schon einmal zwei Schinken gekauft hatte!«
»Wie schade, daß ich damals mein Zeichenbuch nicht bei mir hatte!« rief Pieter. »Aber diesmal habe ich es mit, und es soll schwer werden von dem, was hineinkommt!« Und er erzählte, daß er zwei Hochzeiten in Öl entworfen hätte, aber nicht damit weiter kam, weil Koch immer neue Zeichnungen von ihm verlangte.
Koch verkaufte die Kupferstiche nach diesen Zeichnungen wie warme Semmeln. Jeder Fremde sandte etliche davon nach Hause oder nahm welche mit, und bei den Bürgern und Bauern hingen sie, mit Reimen und Sprüchen versehen, wie köstliche Erzählungen an der Wand, am Kamin oder an den hohen Rückenlehnen der Bänke. Pieter sprach über seine Arbeit und seine Pläne; er erzählte von den Gemälden, die er malen wollte: Hochzeiten, eine Fastnacht, Prozessionen, alle Sprichwörter, den Sturz des Ikarus, den Kalvarienberg, Kirmesse ... und er regte sich auf, wurde ungeduldig nach der Arbeit und beklagte sich, durch dieses Fest nun wieder einen oder zwei Tage einzubüßen.
»Es ist Samen, Samen, Samen!« rief Hans. »Jedes Ding, das du siehst, macht dich reicher; das kommt alles einmal wie Eier aus deinem Pinsel! Denke doch an die Aussicht auf die Straße von Messina und die anderen Dinge in Italien. Sehen ist arbeiten für dich.«

»Aber daran könnte man auch sterben! In jener Landschaft habe ich den Sturz des Ikarus geschehen lassen. Aber er ist so klein in dieser Schönheit, daß man ihn kaum sieht: er steckt mit dem Kopf im Wasser, und man sieht nur seine zappelnden Beine. Er wird von nichts und niemand bemerkt: das ist gerade seine größte Strafe, der Narr! Und bei dem Bauern im Vordergrund habe ich an meinen Vater gedacht, ich weiß nicht warum, aber ich fand es gut so.«

»Das ist bei dir so sonderbar: du bist voller Widersprüche; du rühmst immer so laut die schöne Komposition der Italiener und bewunderst ihre Geschicklichkeit, alles so harmonisch und leicht nach einem Mittelpunkt zu richten – und bei dir sehe ich nirgends einen Mittelpunkt! Bei dir hat jedes Ding oder jede Figur in der Fülle deiner Gemälde und Zeichnungen gleiche Bedeutung. Bei dir ist überall Mittelpunkt. Du bist ein Widerspruch in allem. Du lobst die Italiener – und in deiner Arbeit ist keine Spur davon zu sehen. Du willst immer gerne auf Reisen gehen, und kaum bist du zum Tor hinaus, da jammerst du schon wieder und möchtest nach Hause. Du predigst immer Moral und bist doch nicht viel besser als ich! Wenn der Zweifel in dir seine teuflische Gastrolle gibt, dann höre ich dich immer von Gott reden. Während dein Mund etwas spricht, sinnt dein Herz auf das Gegenteil! Du bist mir ein Kauz! Komm, darauf müssen wir mal trinken: auf Janus mit dem Doppelgesicht!« Sie schritten auf ein Wirtshaus zu.

»Und du?« forschte Pieter spöttisch.

»Ich lese Thomas von Kempen«, rief Hans. »Dieser sagte, der Mensch sei unbeständig, und das Fleisch sei schwach! Ich bins auch, Gott sei Dank! Es täte mir leid, wenn es anders wäre; aber von mir weiß das nur mein Beichtvater. Aber du bist ein großes Kind: du zeigst alles wie ein schlechter Spieler, der sich in die Karten gucken läßt. Aber bitte im Namen deiner sämtlichen Zeichnungen, ändere dich nicht. Nur weil du so bist, ist auch deine Kunst so. Durch deine Zeichnungen lese ich in deinem Herzen; und wenn du dein Herz verbergen wolltest, dann bekämen wir nur ein paar Männlein zu sehen. Komm, Pieter, mach dir nichts daraus. Gott ist gut, und dort ist schon wieder ein Wirtshaus!...«

So erreichten sie durchglüht, durchsonnt, durchbiert, rot und schwitzend, einen abgelegenen Bauernhof zu Magerhal. Es waren schon viele Gäste versammelt, und man wartete auf die Braut, die gerade mit einem Schleier und einer Krone geschmückt wurde. Die zwei ›Brüder‹ machten ihr eine höfliche Verbeugung, sagten ihre Glückwünsche her, in einer Sprache, die sie kaum verstand, und übergaben ihr als Hochzeitsgeschenk einen zinnernen Krug und ein paar silberne Mantelhaken. Alle fanden die Geschenke so schön und so kostbar, daß die beiden ›Vettern‹ gleich in hohem Ansehen standen. Die Braut war groß und rotkrautfarbig, hatte ein sittsames Lächeln und würde bald Mutter werden; der Bräutigam war ein alter, grauer, hagerer Bauer, der sehr schlecht sehen konnte, durch einen Trichter angesprochen werden mußte, aber sehr viel Geld hatte.

»Sie wollen den Mann zum Vater machen, um ihm sein Geld abzuknöpfen«, flüsterte Hans dem Pieter zu. Und zu ihren Eltern sagten beide durcheinander, in einer Art Limburger Dialekt: »Tag, Onkel und Tante Pfundkuchen. Wir bringen unserer lieben Base dieses kleine Geschenk.«

»Ich kenne euch kaum«, antwortete der Bauer, stolz und verlegen.

»Nun«, meinte Hans, »wir sind ganz nah verwandt. Die Nichte von der Schwester deines Urgroßvaters hat den Bruder meines Vetters geheiratet, dessen Mutter die

Schwester war des Vaters meiner ersten Frau, und dieser hier – er zeigte auf Pieter – ist der Sohn unseres Onkels.«
»Ach so«, lachte der Vater stolz, und die Mutter nickte – sie hielten den zinnernen Krug in der Hand –, »wir haben so viele Verwandte, es wohnen überall welche. Ich könnte sie nicht zählen.«
»Ich werde manchmal selber nicht klug daraus«, versetzte Pieter, »und natürlich wird Onkel Hans in seiner Aufzählung einige Vettern vergessen haben. Aber meine Mutter erzählte oft von euch, obwohl sie euch nicht gekannt hat.«
»Und wenn ihr gar keine Verwandte wäret«, entschied die magere Mutter, die nun auch die silbernen Mantelhaken in der Hand hielt, »ihr würdet hier trotzdem willkommen sein. Ihr geht gleich mit in die Kirche und bleibt nachher zum Fest.«
»Und was macht das Vieh?« fragte Hans. Damit war man bei dem gewöhnlichen Steckenpferd angelangt: das Futter und das Vieh – die Menschen hatten jede Bedeutung verloren. Sie waren sehenswert, diese Bauern und Bäuerinnen, hager oder breitschultrig, kugelrund oder spindeldürr, mit ihren Gesichtern, rot und glänzend wie Früchte oder grau und runzlig wie Walnüsse, mit tiefen Falten in den Backen und vielen kleinen Rissen am dunklen Hals, mit gesprungenen Händen und mit Fingern, die von der Arbeit kürzer geworden waren. Ach, Pieter mochte sie so gerne; er liebte sie, trotz ihrer vielen Gebrechen – hatten denn die Leute aus der Stadt etwa keine? Aber diese Natur in ihnen, die Verbundenheit mit der Erde, diese Urkraft, es war so überwältigend schön, es sprach so deutlich aus ihrer Haltung und ihren Gebärden, aus ihren Händen und Gesichtern und aus dem Blick ihrer Augen: lebende Pflanzen. Hätte ihn nicht diese Leidenschaft der Darstellung beherrscht, dann – er fühlte es – wäre er ein Bauer geworden, ein einfältiger, im Boden verwurzelter Bauer.

Er streichelte ehrfurchtsvoll die Bauernkleidung, die er trug. Sie gingen im Zug zur Kirche, hinter der Musik der Dudelsäcke. Auf dem Rückweg wurden alle Wirtschaften im Dorfe besucht, und dann wurde das Fest abgehalten in der großen Scheune.

»Jetzt heißt es die Augen aufmachen und arbeiten«, sagte Pieter zu Hans. »Du wirst sie schon beschäftigen, und ich zeichne.« Er saß in einer Ecke und konnte so alles überblicken. Es war ein langer Tisch mit etwa fünfundsiebzig Menschen drum herum, und die Kinder bekamen ihre Schüssel am Boden. Ach, es war so schön zum Malen! Er mußte an die vielen ›Letzten Abendmahle‹ in Italien denken und an die ›Hochzeiten zu Kana‹, von Tintoretto aus Venedig, der ebenfalls seine Menschen so gerne an langen Tischen darstellte, von einer Ecke aus gesehen. Pieter hatte sein Zeichenbuch zwischen den Knien, aber er machte keinen Strich. Er saß neben einem Mädchen, das er still betrachten mußte, um ihrer einfachen Schönheit willen. Und jetzt, da ihn plötzlich wieder die Liebe für das Landleben ergriffen und er sich wieder heftig nach seinem Dorf gesehnt hatte, kam es ihm in den Sinn – als hätte er sich die Sache seit Monaten schon überlegt –, dieses Mädchen, das Bertha hieß, zu heiraten. Wie schön würde es sein, mit ihr zu leben mitten in der Heide und in ihrer stillen und kindlichen Gegenwart – er dachte an ihre blauen, sanften Augen – zu malen! Was braucht man noch mehr als eine so stille, zart bescheidene Frau, fast noch ein Kind, und die Malerei? Sie war so unschuldig, mit ihrer weißen Mütze, dem engen, roten Mieder und dem kleinen Mund, an dem die Oberlippe etwas offenblieb wie bei einem Hasen. Sie wußte nichts zu sagen und guckte ihn bloß an. Aber Augen sind mächtig. Diese verwirrten ihn ganz und gar; und mit mühsamen Worten – nur um etwas zu sagen – erzählte er von Italien in gewöhnlicher Sprache, denn er hatte den Limburger Dialekt vergessen, und sie merkte es nicht. Er fühlte sich nach und nach in ihr Wesen untertauchen und zerfließen. »Bertha, ich liebe dich», sagte er plötzlich mitten in einem Satz. »Ach Herr...«, seufzte sie verlegen. Da entdeckte er seinen Fehler, wollte wieder Dialekt sprechen, aber er nahm sie bei der Hand. »Komm«, liebkoste er, »geh mit hinaus, ich möchte dir etwas sagen!«

Hans erzählte immerfort Witze, so daß seine ganze Umgebung sich schüttelte vor Lachen, und trank, denn diese Bauernkost, die konnte er – außer dem Schinken – nicht genießen.

Pieter spazierte mit Bertha an den Kornfeldern entlang und fing an, diesen blauen Augen, die ihn immer noch glücklich und ein wenig dumm anblickten und besiegten, zu erklären, fast sich zu entschuldigen, wie lieb er sie hätte. Sie wußte nichts darauf zu erwidern, schien es nur so zu genießen, und als er ihr gestand, während er ihre beiden Hände nahm und in ihre blauen Augen blickte: »Bertha, ich möchte dich heiraten, du sollst meine Frau werden«, da schloß sie die Augen, legte den Kopf etwas schräg nach hinten und ließ sich innig und leidenschaftlich küssen.

Die Sonne war schon untergegangen, aber am heißen

Himmel war noch ein grüner Lichtschein; und in der Dämmerung, die über die Heide schlich, verbreiteten sich süße, wilde Düfte. Groß und still lag die Welt vor ihnen. Pieter fühlte, indem er ihre Hüften umfaßte, daß das Glück uns stets überrascht, genau wie das Unglück, und ebenso einfach ist. »Hier, in dieser stillen Einsamkeit, ein kleines strohgedecktes Haus, mit dir dort leben und malen zu können, und selber meine Radieschen und meinen Kohl bauen!« Er sagte ihr, wer er war, und fragte, wo er sie am nächsten Sonntag treffen könne.

Sie wunderte sich über nichts und fand alles schön und glücklich. »Am zweiten Kreuzweg, wenn man von Antwerpen kommt?« fragte sie schüchtern.

»Ja, erwarte mich dort, um drei Uhr bin ich bei dir, dann bestimmen wir unseren Hochzeitstag, suchen einen Platz für unser Haus, und dann mögen es alle wissen.«

Sie kehrten zurück. Hinter dem Schuppen gab er ihr noch einen feierlichen Kuß und schloß sich dann mit ihr den Leuten an, die sich draußen, im Fackellicht, im Kreise aufgestellt hatten, um die lustigen Tänze zu bewundern, die Hans Franckert mit der langen Braut aufführte...

Als Pieter und Hans durch die schwüle Nacht nach Hause gingen, im Terpentingeruch der Tannenwälder, lachte Hans: »Ich habe die Bauern zu meiner Hochzeit eingeladen, an der Maas, im Oktober. Ich habe ihnen weisgemacht, daß ich mich wieder verheirate, und sie kommen. Das müssen wir uns angucken, was? Wir lachen uns krumm!«

»Und sie werden nicht umsonst kommen«, sagte Pieter, »denn an dem gleichen Tage heirate ich Bertha.« Und er setzte ihm seine Pläne auseinander.

Da machte sich Hans mit den besten Witzen über ihn lustig und besang ihn in derben Spottliedern, bis sie vor die Tore von Antwerpen ankamen.

Bis jetzt hatte Pieter in seinem ganzen Leben nur nach drei Dingen eine so heftige, ruhelose, verzweifeltfrohe Sehnsucht gekannt. Erst war es Antwerpen gewesen, dann Italien, und nun Bertha.
Noch nie hatte er sich so aufgeputzt. Er pflegte sorgfältig seinen langen Bart, kaufte sich neue Stiefel und eine neue Feder für seinen schwarzen Samthut. Er ging ganz in schwarzem Samt, trug einen Degen, gelbe Handschuhe und – was er stets so lästig gefunden hatte – eine hohe steife Halskrause, wie eine weiße Dahlie, um den Hals!
Er, der Bauernjunge, zog sich an wie ein Ritter, wie ein Fürst. Er kam sich selbst ein wenig lächerlich vor, aber es war für Bertha! Die ganze Woche hatte sein Herz gesungen vor Freude; er fühlte sich jugendlich wie ein Kanarienvogel und hatte nicht die geringsten Magenschmerzen gehabt! »Meine Zaubergöttin, die mich von der Erde erlöst!« rief er. Für Bertha, dieses zarte, schlanke, dumme, liebe Mädchen, unschuldig wie ein Gänseblümchen, konnte er nicht schön genug sein! Oh, einen Tag nur König sein und ihr die reiche Krone auf die weiße Haube setzen! »Dir dienen, wie ein Mönch der Madonna dient!« seufzte er. Noch nie war er so glücklich gewesen! Und ohne jemand etwas zu sagen, ritt er, auf einem zimtbraunen Pferd mit einem Fuchsschwanz, das er gemietet hatte, ohne Zeichenbuch, durch die sengende Mittagsglut zu Bertha.
Die ausgestreckte Heide, mit dem Duft von dunklen Tannenwäldern, die Stille, die Hitze, die unbeweglichen Wolken und der Sonntag darüber, und in der Ferne ein liebes Mädchen, das einen erwartet! Er war wie ein Riese, fühlte sich jungfräulich neu, frisch erwacht und strotzend von Leben wie der Adam von Michelangelo. Und das alles hatte Bertha bewirkt.
Sein Pferd lief mit schräg geneigtem Kopf über den sandigen, glühenden Weg.

Und dort, dieses Mädchen mit den großen Augen und der weißen Mütze, im radieschenroten Mieder, im grünen Rock mit runden Falten, mit einem Strauß von blauen Kornblumen in der Hand, das war Bertha! Er küßte sie und küßte die Blumen.
»Nun weiß ich es bestimmt«, sagte er, sie glücklich in die Arme schließend, »du wirst meine liebe kleine Frau!«
Sie schritten, das zahme Pferd hinter sich am Zaum führend, über die ausgehöhlten Wege, an Torfland vorbei oder saßen im lauwarmen Schatten der Tannenwälder. Er flocht ihr mit viel Geschick eine Krone aus Tannennadeln und Heidekraut – hatte er solche nicht schon früher für seine Geliebten am Dommel gemacht? – Je mehr er sie anguckte, um so mehr wunderte er sich und wurde glücklich. Sie lächelte immer und dankte ihm mit ihren blauen Augen. Sie sagte »ja« oder »nein«, fand keine Worte, seufzte und lächelte. Er selbst wußte auch nur immer dasselbe zu sagen, und deshalb vertrieb er sich die Zeit mit Küssen und Streicheln...
Sie saß nun auf dem Pferd, die kleine Krone auf dem Kopf, und er führte das Tier am Zaum. Alle fünf Schritte blickte er mit einem huldigenden Lächeln zu ihr empor. Sie trieben sich lange in der Einsamkeit der Heide herum, bis die Sonne hinter hohen, rosigen Gewitterwolken verschwand. Pieter führte sie zurück zur Wegkreuzung. Da wurden noch längere Küsse gegeben und Abschied genommen bis zum nächsten Sonntag. Hier würde sie ihn wieder erwarten, um dann zusammen zu ihren Eltern zu gehen, kleinen Bauern mit einer einzigen Kuh, um die Hochzeit zu regeln. Da seufzte sie traurig, indem er ihre Hand festhielt: Ich habe diese Nacht von Katzen geträumt.«
»Ja, und...«
»Das bedeutet Falschheit...«, klagte sie betrübt.

Pieter tröstete sie, und es wurde wieder geküßt. Erst als viele Sterne schon am Himmel standen, hatten sich beide wieder beruhigt.
Als er weggeritten war, sah er sich noch einmal um. Dort stand sie, mitten auf dem Weg, und schaute ihm nach. Die weiße, nickende Haube war ein unbestimmter, blasser Fleck auf dem schwarzen Tannenwald. Er hielt einen Augenblick an. »Schön«, sagte er glücklich. »Ich kann es kaum glauben, daß alles so schön und doch so einfach ist.«
Er ritt in schnellem Trab, um von dem Gewitter nicht überrascht zu werden, denn am nächsten Sonntag wollte er diese Fürstenkleider wieder anziehen, um sie zu besuchen.
Er ritt in der schwülen Dunkelheit über Wyneghem. Dort war Kirmes, und er würde, nach ihrer Verabredung, Hans Franckert dort finden – um zusammen nach Hause zu gehen, dachte Pieter – um zusammen zu bleiben, dachte Hans.
Er ritt durch das von Fackeln und Öllampen beleuchtete Dorf, wo die Leute wild und tobend tanzten nach der Musik von summenden Dudelsäcken; aber die reine Liebe und das schlichte Bild von Bertha, die er im Herzen trug, ließen ihn einen tiefen Widerwillen empfinden gegen dieses Drehen und Springen; es kam ihm plump und tierisch vor. Der Schweiß und der warme Dunst von wühlenden Leibern machte die schwüle Luft schmutzig und dick. Von seinem Pferde aus gesehen, über die Köpfe hinweg, schien das alles, im roten Fackellicht, unter dem brütenden Gewitter, ein Stück von der Hölle zu sein. »Hier bleibe ich nicht«, sagte er angewidert. Er suchte Hans. Dort, vor dem Wirtshaus ›Das Roß Beiaard‹ saß er bei Bier und Wurst, mit dem dicken Brauer des Dorfes, ein paar Männern und vier laut lachenden Mädchen.
Hans lief ihm entgegen. »Endlich! Es hat lange gedauert bei dieser Bertha! Mein Gott! Ist das ein Klebepflaster!...«

Und da wäre Hans fast umgefallen vor Lachen, als er Pieter in den Fürstenkleidern sah. »Es muß eine regelrechte Hexe sein, die dich dazu bringen kann, eine doppelte Halskrause umzuknöpfen; eine Hexe, die dich so lange vom Bier und vom Tanz abhalten kann! Erzähle von dieser Heidenymphe! Du hast sie natürlich schon satt wie kalten Milchreis!«

»Komm, geh mit«, sagte Pieter, »ich habe keine Lust hierzubleiben, unterwegs erzähle ich dir alles! Ich möchte vor dem Gewitter zu Hause sein.«

»Ich nach dem Gewitter«, rief Hans lachend. »Ich sitze hier beim Brauer und bei Meister Verdicht, dem Bürgermeister von Wyneghem, einem fabelhaften Kerl! Der hat Sachen erlebt! Der kann trinken! Komm hören, sehen und kosten! Ein ausgezeichnetes Bier!«

»Nein, ich reite weiter«, sagte Pieter kurz. »Wie stets, gehst du mit?«

»Dich hat die böse Hand berührt«, behauptete Hans. »Diese Bertha muß ich sehen, die es fertigbringt, dich an einer Kirmes vorübergehen zu lassen, ohne einen Krug Bier und ohne einen Tanz! Wo du doch so gut auf dem Strich tanzen kannst...«

»Ich gehe«, sagte Pieter.

»Ach, komm, einen kleinen Krug«, quälte Hans. »Ich habe dich noch nie so dickköpfig gesehen. Du wirst hier auch noch die Augen aufreißen! Habe einen schönen, fetten Happen gefunden! Eine gute Bekannte von dir! Wir haben schon auf deine Gesundheit getrunken! Und«, flüsterte Hans, »wenn ich es nicht gelassen hätte, weil sie so schöne Erinnerungen von dir hat, dann wäre ich mit ihr ins Grüne spazierengegangen! Junge, wie das Weib dich liebt!«

»Wer ist das?« fragte Pieter, gespannt und neugierig.

»Hast du denn so viele Geliebte gehabt? Nun, um so

besser: man muß sich schöne Erinnerungen schaffen. Sag mal, hast du nicht in der ›Elster‹ gewohnt?«

»Anna!«

»Also, du hast sie auch nicht vergessen! Sie ist es! Sie erwartet dich. Jetzt ist sie dort beim Tanz. Und du kannst sie bestimmt dieser Tage erwarten, da sie nun weiß, wo du wohnst!«

»Woher weißt du, daß es Anna ist?« fragte Pieter, nun plötzlich in Verlegenheit geratend.

»Durch ihre Zunge, denn schreiben kann sie nicht. Oder denkst du vielleicht, daß wir schweigend unseren Krug leer trinken? Das kannst du, aber ich nicht.«

»Sie hat dir gewiß etwas vorgelogen – das geht bei ihr nicht anders«, sagte Pieter, indem er sich das Bild von Bertha, zum Schutz gegen eine heraufsteigende Dunkelheit, vor Augen rief. »Hör zu, Hans, sag ihr, daß sie nicht in meine Wohnung kommen soll. Sie hat dort nichts zu suchen. Sie darf nicht kommen. Ich will es nicht.« Er wurde ängstlich. Er fühlte sich von einer Woge emporgehoben. Er verlor jeden Halt. »Hans, lieber Hans, du mußt ihr unbedingt sagen, daß... daß... aber nein, ich werde es ihr selber sagen, sonst hört sie doch nicht.«

Pieter stieg ab. Es wurde frisches Bier bestellt, und nachdem er dem schwatzenden, mageren Bürgermeister und dem stöhnenden Brauer die Hand gegeben und sich zwischen dem Gekicher der Mädchen niedergelassen hatte, den Zaum des Pferdes in der Hand, da war er sich bewußt, daß er hier saß mit dem gierigen Verlangen, Anna noch einmal wiederzusehen. Er dachte an eine verstopfte Blutader, die von neuem zu fließen begann. Er hätte weinen mögen vor Ärger, denn er wußte, daß er nun stundenlang ein banges Vorgefühl wie einen Dorn im Herzen tragen würde.

Der Bürgermeister erzählte, die Mädchen kicherten, der

Brauer lachte aus vollem Halse, und Hans versetzte Pieter einen Stoß nach dem anderen, vor Vergnügen – aber der hörte nicht zu. Er seufzte. Er fühlte es, er hätte weitergehen sollen. Aber da kam Anna!

Erhitzt, lachend und müde – Haarsträhnen hingen ihr aus der Mütze –, ließ sie sich auf einen Stuhl fallen. »Da ist sie«, sagte Hans.

Sie erhob sich, verlegen, einen solchen Herrn zu sehen. »Tag, Herr Pieter, bist du das?« fragte sie erstaunt. Sie saß ihm schräg gegenüber, lachte gleich mit über die Witze des Bürgermeisters und äugelte und lächelte fortwährend zu Pieter hinüber.

Und ach, er konnte Mädchenaugen so schlecht widerstehen, vor allem, wenn diese Augen ihn schon einmal aus der Ruhe gebracht hatten – und es war so schön gewesen. Die alte Versuchung kam wieder über ihn. Anna war nach all diesen Jahren üppiger geworden, in voller Blüte: das Kindliche war verschwunden, aber sie war noch frisch wie Obst, eine schöne Frau. Und dann diese langen, schwarzen Wimpern über den grauen Augen. Er war ganz gerührt. Als eine treue Erinnerung an den ersten Tag ihrer Bekanntschaft, hatte sie noch stets diese dicken, roten Hände. Und zugleich erlebte er von neuem jenen sanften Abend, an dem sie nach Kuhmilch roch und er ihren weißen Hals bewundert hatte.

»Noch nicht verheiratet?« fragte sie, scheinbar ohne Interesse.

»Nein«, lachte er; aber er fügte nicht hinzu, daß er es vorhatte. »Und du?«

»Im Oktober«, flüsterte sie über den Tisch hinweg und lachte dann wieder mit den anderen über die Erzählung des Bürgermeisters mit der langen Nase. Sie war hübsch!

»Wollen wir tanzen?« fragte er. »Ich möchte dir etwas sagen.« Denn er wollte nicht, daß sie ihn besuchte. Er

band das Pferd an einen Ring in der Mauer; aber als er mit ihr tanzte und ihre schaukelnden Schultern unter seinen Fingerspitzen fühlte, da vergaß er, es zu sagen.
Bertha! Aber ist es denn eine Sünde, wenn man inzwischen mit einer alten Bekannten freundlich spricht? Außerdem wollte er am nächsten Sonntag Bertha alles erzählen. Dieser Gedanke beruhigte ihn, und er drückte ihr fester die Hand.
»Und wo wohnst du jetzt?« fragte er.
»In Antwerpen. Ich bin dort in Stellung«, sagte sie zu seinem Erstaunen, »in der Coppenhollestraße, bei zwei alten Leuten, Dierckx heißen sie, gerade der Bäckerei gegenüber ... bis Oktober; dann heirate ich.«
»Gehst du heute noch nach Hause?«
»Ja, nachher mit meinem Bräutigam, wenn er kommt. Er mußte bei seinem Bauer in Wommelghem noch das Heu einfahren, bevor das Gewitter losbricht – sonst geh ich natürlich allein.«
»Darf ich dich dann begleiten?« fragte Pieter schnell.
Sie antwortete weder ja noch nein, sondern sagte: »Weißt du noch in der ›Elster‹?«
Er besann sich, wollte darüber hinweg sprechen, aber er redete sich hinein. Sie tanzten wieder und tranken dann zusammen das gute Bier – das Glück in Flaschen. – Er drückte ihre Hände und küßte ihr während des Tanzens den Mund. Er war völlig in Annas Gewalt – Bertha war nur noch ab und zu ein schwacher Schimmer, wie ein Fisch unter Wasser – und beide hofften und sagten es, daß der Bräutigam nicht mehr kommen würde, damit sie zu zweit nach Hause gehen konnten.
Und das Gewitter kam: es krachte los mit scharfen Blitzen und dem Rauschen eines heftigen Regens. Es schien, als wollte die Erdkugel zersplittern unter dem Lärm des Donners. Aber das Pferd stand im Stall, und sie saßen in

der schwülen Gaststube, eng zusammen bei den anderen, tranken und sangen, liebkosten sich und sprachen im Flüsterton. Seine weiße, doppelte Halskrause hing welk und zerknittert vom Schweiß unter seinem langen, braunen Bart, und sein Gesicht war rot glühend wie ein Backofen.
Und dann, nachdem das Gewitter vorüber war, hing über der Welt, nach der Hitze von vielen Wochen, eine angenehme, feuchte Frische, voller Heu- und Blumendüfte. Es war eine Lust, darin zu atmen, und spazierenzugehen!
»Laß das Pferd nur stehen, ich werde es morgen holen lassen!« sagte Pieter zum Wirt, der ihm bedeutungsvoll zublinzelte, als er Anna an seinem Arm sah. »Dein Bräutigam wird nun doch nicht mehr kommen«, sagte Pieter.

»Nein, er wird nicht mehr kommen«, sagte Anna. »Komm, wir gehen nach Hause.« Und sie schritten, ohne dem andern etwas zu sagen, Arm in Arm unter dem frischen, klaren Sternenhimmel auf Antwerpen zu. Der Weg ist kurz vom Dorf Wyneghem bis Antwerpen; aber wenn man jemand wiedergefunden hat, von dem man sich einmal gesagt hat:›Es hätte eine gute Frau für dich sein können‹, dann kann der Weg sehr weit sein.
Er schalt sich einen Dummkopf, daß er Anna nicht früher aufgesucht hatte. Welche eine weiche, stramme Frau, gewaltig wie ein Berg! Wie harmlos und einfältig war Bertha dagegen: die mußte man anstoßen, um etwas Bewegung hineinzubringen. Er dachte: ›Man kann nur richtig beurteilen, indem man vergleicht.‹ Er küßte sie,

und doch wußte er ganz bestimmt, daß er Bertha heiraten würde. Er hatte es ihr versprochen und liebte sie auch – aber warum war sie nicht so lebhaft wie Anna? Aber jetzt nicht an Bertha denken! Morgen ist die Geschichte mit Anna erledigt, und dann holt er die Liebe zu Bertha wieder unberührt aus seinem Herzen herauf.
Endlich gingen sie zum Stadttor hinein. Sie kamen an die Sankt-Jakobs-Kirche. Die Straßen waren still und dunkel, an der Ecke des Krötengrabens sahen sie den Nachtwächter mit Laterne und Lanze verschwinden.
»Ich wohne hinter der Kirche,« sagte Pieter, »komm, ich bringe dich nach der Coppenhollestraße.«
»Ich wohne gar nicht dort«, sagte sie flüsternd, als fürchtete sie sich, in der Stille etwas aufzuwecken.
»Wie? Und du hast gesagt..«, flüsterte auch er.
»Ich wohne in Brecht, sechs Stunden von hier. Ich gehe zurück.«
Ihm wurde auf einmal alles klar; er war enttäuscht. »Also, noch immer lügen... noch immer...« Seine Stimme wurde lauter vor Entrüstung.
Aber Anna legte ihm dreist die Hand auf den Mund und flüsterte: »Ich habe es dir schon früher gesagt: für dich lüge ich mich in die Hölle. Als Herr Franckert mir erzählte, daß du kommen würdest, faßte ich gleich meinen Plan; ich wollte bei dir sein, mit dir gehen, dich küssen und lieb haben... und jetzt gehe ich zurück... komm, noch einen einzigen Kuß: wir begegnen uns vielleicht nie wieder.«
Eine Öllampe vor einem Madonnenbild warf ein schwaches Licht auf ihre Züge und auf einige Ornamente an der schwarzgrauen Kirche.
›Sie ist schön‹, dachte er. ›Soll ich sie nun wie einen Hund fortjagen in die dunkle Nacht hinein?‹
»Komm mit – du kannst in meiner Wohnung übernachten«, sagte er kühl und zurückhaltend.

Er saß in seiner Werkstatt, beim offenen Fenster. Die balsamsüße Nachtluft floß herein.
Mächtig erhob sich der dunkle, verschnörkelte Schattenriß des Sankt-Jakobs-Turmes in den Sternenhimmel.
Ach, es war alles anders gekommen, als er gedacht hatte. Dort lag seine weiße Halskrause wie ein Lumpen; die Feder auf seinem Hut war zerknickt; und oben schlief Anna in seinem Bett. Um sieben Uhr sollte er sie wecken, denn sie wollte zeitig zu Hause sein.
Er versuchte an Bertha zu denken, nach ihr zu verlangen; aber er dachte nur seufzend an den Morgen, der kommen würde.
»Gott versucht mich gewaltig«, meinte er. Er wollte beten. ›Es nützt doch nichts‹, dachte er.
Sich den Bart streichelnd, erwartete er, mit einem peinlichen Vorgefühl, den Morgen.

Und so, wie er es geahnt hatte, geschah es auch; und wenn auch Hans ihn deswegen tüchtig aus den Lumpen schüttelte und ihn einen blöden Affen, einen Feigling und ein Wickelkind schimpfe: Anna blieb bei ihm wohnen.

Am nächsten Sonntag stand ein Mädchen mit weißer Haube an der weiten, einsamen Wegkreuzung nach Magerhal zu, mit gelben Blumen in der Hand, und wartete vergeblich auf ihren schönen Ritter.
Erst als es schon lange dunkel geworden war, stolperte sie nach Hause, die Schürze vor den weinenden Augen.

Fortan konnte Pieter alltäglich, wenn er am Morgen die Augen öffnete oder in der Sankt-Jakobs-Kirche der Messe beiwohnte, in den langen Kapuzinerbart hineinmurmeln: »O Herr, vergib mir die Sünden, die ich heute begehen werde!«

Anderthalb Jahre später, im Februar, erlosch Jan Nagel in Pieters Armen. Als er begraben wurde, lag ein dichter Februarnebel über dem Lande, so dicht, daß Pieter, als er ein wenig zurückblieb, den Sarg nicht mehr sehen konnte, in dem Jan Nagel zum Friedhof getragen wurde. Zwei Männer trugen ihn auf einer Bahre; ihre Schritte klangen hart auf dem gefrorenen Weg. Ein dicker Pater ging betend voran mit dem Chorknaben, der eine brennende Fackel trug.

Pieter war der einzige, der dem Sarge folgte. Hans Franckert mußte auf die Börse gehen, und die anderen Künstler hatten ihn längst vergessen. Bei der Nachricht seines Todes erinnerten sie sich mitleidsvoll jenes ungestümen Klecksmalers von Meister Coecke, der leider nie begriffen hatte, was Kunst war. Pieter war allein, ganz allein, um dieses große Herz, diesen feurigen Menschen, diese edle Seele und mächtigen Maler bis ans Grab zu begleiten.

»Scheißkerle«, sagte Pieter verächtlich.

Pieter schauderte, aber seufzend fügte er hinzu: »Ich möchte an deiner Stelle sein!« Denn er fand, daß es eine schöne Zeit zum Sterben sei. Das Leben war traurig und beängstigend. Das ganze Elend hatte sich wie eine Gewitterwolke über Flandern zusammengezogen. Spanien quälte und marterte das gute, kindliche, wie in Verzükkung betende Flandern mit Ketten, Scheiterhaufen und frechen Söldnern. Es war der Mord der unschuldigen Kindlein. So wie der Adler Roms seine Heerscharen nach Bethlehem sandte, so sandte der Adler Spaniens seine Söldner in die Dörfer Flanderns, mordend, raubend, die Töchter vergewaltigend in den Alkoven. Die Angst überzog wie ein Strom Felder, Dörfer und Städte. Jede Kundgebung des Königs von Spanien war wie der Durchbruch eines neuen Deiches. Handel und Gewerbe welkten dahin, und die Hungersnot, von der man so lange geredet hatte, bis sie wirklich kam, quetschte die Magen aus wie Waschlappen – aber in den Schlössern und bei den dicken Bauern waren abends die Fenster erleuchtet von üppigen Festen. Allerlei alte und neue Krankheiten befielen die Menschen, warfen sie mit schrecklichen Schmerzen aufs Lager oder knabberten ihnen wie unsichtbare Mäuse an Lippen, Nasen und Fingerspitzen. Schlechte Hirten gab es in Hülle und Fülle: die guten wurden ausgelacht, und das Volk machte es den schlechten nach: es wälzte sich in dummen und tierischen Vergnügungen, und wem die Mittel dazu fehlten, der nahm sie anderen weg.

Es war keine Seltenheit, wenn man auf seinen Spaziergängen jemand im Wasser treiben, an einem Baum hängen oder abends einen Bauernhof in Flammen aufgehen sah. Niemals hatten so viele Kerzen in den Kirchen gebrannt, und nie wurden so viele Wallfahrten unternommen – aber das geschah aus lauter Aberglauben, aus einer unsagbaren Angst; nebenbei trieb man Zauberei und schwarze Künste, und diejenigen, die weiß waren vom Heiligen Geist, konnte man an den Fingern zählen. Die gereizte Phantasie verlangte heftige und wunderbare Dinge: Scheiterhaufen, Hinrichtungen, Kriege, Heilige, die aus Händen und Füßen bluteten, Festmahle mit riesigen Torten, aus denen Frauen hervortanzten. Und überall wurde herumgestritten, sogar im Wirtshaus und an der Festtafel, über die Vorsehung und über die Frage, ob die Schlange wirklich gesprochen hätte. Das Volk besuchte eifrig die Laienprediger und abends die Kanzelreden von Gottgelehrten. Man zankte sich um einen Buchstaben, kämpfte um ein Komma, führte Krieg um einen Satz. Wie Insekten, Würmer und Wölfe liefen und schlichen Hunderte von Bettlern und Krüppeln, voll böser Absichten, die Wege und Straßen auf und ab. Wie ein blauer Berg mit Veilchen lebten die Künstler und Dichter außerhalb des Herzens und des Pulsschlages ihrer Zeit, immer mit rosigen Venussen und allegorischen Figuren beschäftigt, wandernd unter sirupbraunem Laub; in jeden Schleier und in jedes Kleid blies der Wind, um immer wieder eine Linie hineinzubringen. Aber Pieter stand mitten in seiner Zeit, widerwillig, mit einem Geschmack des Todes im Munde. Er wollte heraus, wollte nichts damit zu tun haben, sich verkriechen in seiner Kunst – aber die Zeitluft drang durch alle Poren in ihn ein, er erlebte seine Zeit, wie ein Baum den Herbst erlebt. Er war ein Teil davon, in dem gleichfalls dieser Glaube und Aberglaube, dieses Suchen, diese Angst, diese Gier nach Belustigung und Sünde – er brauchte nur an Anna zu denken – wucherten. Seine Zeichnungen der sieben Hauptsünden, die Koch im Druck herausgegeben hatte, seine Stiche ›Die großen Fische fressen die kleinen‹, ›Die Versuchung des heiligen Antonius‹, ›Der Alchimist‹, ›Glaube‹, ›Die sieben Werke der Barmherzigkeit‹ und viele andere zeugten davon. Ach! aus allem hinauswachsen können wie ein heiliger Antonius! Aber es war ihm zu schwer, es war wie dieser Nebel: er konnte nicht hindurchblicken. Sein ruheloses Gewissen versuchte oft, den Stein abzuwälzen, aber er drückte so süß. Und sein Werk – es füllte sich mit dem, was er war, was er aus seiner Zeit einsog... Er brauchte nur an Anna zu denken, die er nicht genug liebte, um sie zu heiraten und doch zu sehr, um ohne sie leben zu können. Er empfand einen Ekel vor sich selbst. Ach, durchaus nichts mehr vom Leben zu wissen... und dahinzusinken, wie Jan in das viereckige Grab!!...

Als er mit dem Spaten ein wenig Erde auf den hohlklingenden Sarg fallen ließ, fühlte er plötzlich in sich das Skelett spottend sich bewegen; und sieh: es war, als fielen dem Totengräber Haut und Muskeln vom Leibe, und es bliebe nur ein Skelett übrig; beim Pater sah er das dünne Skelett durch den dicken Bauch hindurch; und beim Chorknaben ein kleines Skelett mit zarten Knochen. Er sah es ebenfalls bei einer Gruppe von Menschen, die einen neuen Toten zu Grabe trugen, und bei allen, die ihm begegneten und wie Gespenster aus dem Nebel auftauchten und wieder darin verschwanden. Er sah den Totenkopf und das weiße Gerippe hinter ihrem Handel und Wandel, ihren Zwistigkeiten, ihrer Eitelkeit und ihren fröhlichen Festen. Der Glockenläuter war ein Skelett und auch die Trunkenbolde dort, der Bäcker vor seinem Ofen und der Schmied. Die Schmiede wurde zu einem Vulkan, der Skelette spie, die wie ein Regen von Knochen in den Straßen niederfielen. Überall war der Tod!

Er ging in die Felder, um den menschlichen Skeletten auszuweichen. Hier herrschte eine tiefe Stille. Man hörte fast den Nebel sich bewegen. Aber er verirrte sich, geriet auf den Galgenacker und sah plötzlich vor sich, im Nebel, ein Gerippe in der Luft hängen. Es hing groß und mächtig da, durchsichtig, wie eine Spitzenfahne zu Ehren des Todes, der Prozession hielt durch Flandern. Er entfernte sich und hörte viele Stimmen und Wagen, die näher kamen. Er hörte eine Trommel – in seiner Einbildung sah er ein Skelett, das die Trommel schlug. Da tauchten Leute aus dem Nebel auf, mit dummen, neugierigen Gesichtern, rund um einen Wagen, auf dem ein Richter saß mit einem Stab und ein Pater, der glutvoll das Kreuz in der bebenden Hand, auf zwei aneinandergebundene Männer einsprach. Es waren Ketzer, die bleich und abgemagert waren vom feuchten, dunklen Kerker; aber sie hörten ihm nicht zu, sondern starrten mit fanatischen Blicken in den Himmel, das neue Jerusalem erwartend. Auf dem anderen Wagen lagen Bündel Holz und saß der Henker, der gleich das Feuer anfachen würde, in seinen Pelzmantel eingewickelt, mit übereinandergeschlagenen Beinen.

Und Wagen, Volk und Söldner zu Pferd tauchten unter in den Nebel. Aber gerade, weil er sie im Nebel gesehen hatte, losgelöst von der Landschaft, trug er sie wie gemalt in den Augen.

»Es ist, als hätte Jan Nagel, indem er ins Grab stieg, alle Särge geöffnet«, seufzte Pieter. Er ging in eine kleine Kirche, um zu beten, trank nachher irgendwo altes Bier, aber es wurde nicht besser: ein Skelett las die Messe, ein Skelett füllte ihm den Krug: »Nun rutscht mir aber den Buckel hinunter!« sagte er. »Ich setze eine ganze Woche lang keinen Schritt mehr vor die Tür.«

Den ganzen Tag arbeitete er nicht; er schickte seine zwei Lehrlinge nach Hause und setzte sich wie der Henker, mit übereinandergeschlagenen Beinen, untergetaucht in den langen Bart, vor den Herd, betrachtete die Flammen und dachte an Jan Nagel, an die beiden Ketzer und an den siegreichen Tod, den wir immer zu überlisten versuchen, der uns aber doch einmal in die Falle lockt oder uns mit seinen weißen Klauen ergreift... Anna schenkte ihm einen Krug warmes Bier ein. Es war sonderbar: bei ihr sah

er nicht das Gerippe, er gewahrte in ihr nur die Sünde. Sie setzte sich ruhig mit ihrem Strickzeug neben ihn, glücklich und zufrieden, sich wie eine Mutter nach den Launen ihres Kindes richtend. Im Lichtschein der Flammen und in der Stille, die Anna nicht störte, wuchs in ihm der ›Triumph des Todes‹, groß und mächtig, mit einem Ausblick auf die halbe Welt und eine Unmenge von Skeletten, die durcheinanderwimmelten wie Ameisen ... Und wenn er nun die zwei Ketzer als die beiden Mörder in seiner ›Kreuztragung‹ verwendete? Doch sie sehen ja so wenig nach Mördern aus! Aber das macht nichts: es ist zu gewaltig, um sie wegzulassen.
Er skizzierte den ganzen Abend an bösen Söldnern, plumpem Volk und wimmelnden Skeletten. Beim Essen nahm er den Teller auf die Kniee und wollte vom warmen Herd nicht weg.
»Es schneit«, sagte Anna, »dicke Flocken.« Sie wußte, daß er den Schnee liebte.
›Sie wird wieder lügen‹, dachte er und blickte nicht einmal auf.
Das Herdfeuer knisterte, und ab und zu brummte der Wind im Schornstein. Als er später, beim Schlafengehen, selber den Schnee sah, befand er sich plötzlich in seinem Dorf, das tief eingeschneit dalag wie an dem Tage, da Pater Cornelis mit ihm über Antwerpen gesprochen hatte. Wie traurig war es in Antwerpen und wie friedlich vielleicht in seinem Dorf! Und mit einem heißen Verlangen, dort zu sein und zu leben, sagte er voller Begeisterung: »Anna, da jetzt Schnee liegt, werde ich morgen mal mein Dorf besuchen; es ist fast zwanzig Jahre her, daß ich es nicht gesehen habe!«
Anna war es recht, wie ihr alles an ihm recht war. Er konnte keinen richtigen Schlaf finden. Also: endlich würde er sein Dorf wiedersehen! Er freute sich wie ein

Kind, das am Morgen den Sankt Nikolaus erwartet. Er dachte schon daran, sich dort niederzulassen und sich mit seiner Kunst und mit Anna, die er dann doch heiraten wollte, trotz all ihrer Lügen und etwas anderem noch, was er nicht nennen konnte, dorthin zurückzuziehen. Denn man mußte zugeben, daß sie ihn sehr gut pflegte; und wenn sie auch nichts von seiner Kunst verstand, so trieb sie ihn doch zur Arbeit an. Und wie hatte sie ihn lieb! Was brauchte er mehr? Er küßte sie dankbar im Schlaf, und er hörte Stunde für Stunde die Rassel des Nachtwächters.

Der Verdruß würgte ihm in der Kehle, als er dann endlich, von der Brücke aus, sein Dorf im Schnee, unter dem grauen Himmel, daliegen sah. Er hatte gehofft, singend hinein zu reiten, aber er betrat es wie in einem Leichenzug. Das Dorf war durch den Krieg und die Plünderungen um die Hälfte kleiner geworden. Er sah zerstörte, eingestürzte Hütten, die nicht mehr den Mut gehabt hatten, sich wieder aufzurichten. Von dem Pfarrhaus war nichts übriggeblieben; das alte Haus, in dem er gewohnt hatte, stand noch da, aber ohne Aushängeschild. Die Kirche war ohne Dach, und von der heimeligen Mühle des langen Ludwig standen nur noch die kleinen, schwarzangerauchten Mauern aufrecht. Das Schloß war ein Trümmerhaufen, und es wimmelte von krächzenden Raben.

Wie traurig und arm lag das Dorf hier am zugefrorenen und beschneiten Dommel, mit Fransen von Eiszapfen rings um die Strohdächer, rauchend aus den Schornsteinen, verlassen und vergessen in der Unendlichkeit von Schnee und Winterstille! Kein Mensch war zu sehen, kein Hammer in der Schmiede zu hören.

Dort hing das Aushängeschild des ›Verkleideten Affen‹. Er stieg vom Pferd, ging hinein und bestellte einen Krug Bier bei einer alten Frau, die ihre nassen Hände an der

Schürze abtrocknete und ihn mißtrauisch anblickte. Er wollte sich nicht zu erkennen geben, das fand er noch am besten. Er bestellte für die Frau auch einen Krug, sprach etwas über das Wetter und den Schnee und fragte plötzlich schlau: »Hat denn hier nicht eine gewisse Tomatenkröte gewohnt? Ich bin früher öfters durch dieses Dorf gekommen in geschäftlichen Angelegenheiten. Was ist aus dieser Tomatenkröte geworden?«

Die Frau lebte auf, da sie nun erzählen konnte. »Nein, der wohnte drüben an der Ecke, im ›Gelobten Land‹. Aber er hat sich später erhängt. Er hatte erst seine Frau halb tot geschlagen. Sie war eine Witwe mit einem Sohn. Erst hieß es, daß dieser ein großer Maler geworden sei; aber, wie es scheint, hat der Junge auch ein böses Ende genommen. So geht es diesen sonderbaren Käuzen.«

»So, so«, sagte Pieter. »Und der Dorfpfarrer, der alte Pater Andreas, was ist aus ihm geworden?«

»Ach, der gute Herr Pfarrer«, klagte die Frau. »Die Soldaten von Maarten van Rossum hatten ihm ein Bein zerschlagen, und später ist er dann allmählich kindisch geworden. Er wurde im Kloster, jenseits des Dommels, aufgenommen, aber er kennt niemand mehr. Ich glaube, voriges Jahr hat ihn Tist, der Stellmacherknecht, noch im Garten gesehen; er zankte sich mit den Blumen herum. So ein guter Mann ...«

»Und der lange Ludwig, der Müller?«

»Nun, die Halunken des Maarten van Rossum haben seine Tochter vergewaltigt und sie dann ermordet; darauf haben sie seine Mühle niedergebrannt, und da hat der

Mann angefangen zu trinken. Eines Tages ist er verschwunden, und niemand hat erfahren, wohin.«

»Dann haben die Schurken hier also ganz erbärmlich gehaust?«

»Es ist nur gut, daß Gras darüber wächst. Aber wenn ich daran denke, dann sehe ich es noch deutlich vor Augen: es war zwischen Licht und Dunkel, als sie hier einrückten. Kein Haus blieb verschont. Sie haben die Frauen vergewaltigt und die Männer, die sich wehrten, unter den Augen der Mütter ermordet; wo die Leute noch schnell geflüchtet waren, brannten sie das Haus nieder. Ach! Wenn ich bloß an den Abend denke, als das Schloß und die Häuser brannten! Wir sahen es vom Walde her... auch meine Schwester...« Die Frau erzählte, nach heftigen Szenen suchend, über die Greueltaten, und Pieter dachte an den Kindermord in Bethlehem. Da trat ein dreckiger Bauer ein im roten Schlafrock. »Ein Glas Branntwein, um mir den Dreck aus der Kehle zu jagen«, sagte er. Pieter erkannte sofort den rothaarigen Emil, der früher einmal gekaute Möhren auf seine Zeichnung geworfen hatte; aber er wollte nicht erkannt werden. Er zahlte, ging und ritt zum Dorf hinaus.

Auf der Brücke blickte er sich noch einmal um, niedergeschlagen und enttäuscht. Ihn schauderte vor trauriger Kälte. Er bereute, sein Dorf wiedergesehen zu haben: es hatte wie eine duftende Rose in seinem Gedächtnis geblüht; nun war es tot in ihm, wie er tot war für sein Dorf. Nur der Duft, die alte Erinnerung, war ihm geblieben. »Die nimmt mir niemand«, murmelte er ehrfurchtsvoll. Aber er fand nicht einmal den Mut, vor dem, was davon übrig war, den Hut zu ziehen.

Pieter Bruegel fühlte sich allmählich einsam werden. Jan Nagel war tot, sein Dorf war tot. Und seitdem Anna bei

ihm wohnte, suchte er nicht mehr mit Hans Franckert nach altem Bier, Kirmessen und Festlichkeiten. Er hatte es satt, hatte außerdem immer wieder Magenschmerzen, blieb gern ruhig bei Anna – und sie bei ihm – und hatte zuviel Arbeit, um eine Stunde zu versäumen. Hans besuchte ihn ab und zu, erzählte und lachte, aber Pieter war für keinen Bummel mehr zu haben. Das fand Hans langweilig und zog nun mit anderen Freunden los.
Pieter trug nicht einmal mehr seine Zeichnungen zu Koch. Der mochte sie selber holen oder holen lassen. Koch selbst konnte er gut leiden, aber in seinen ›Vier Himmelsrichtungen‹ war es nicht mehr zum Aushalten. Mehr als je wimmelte es dort von aufgeblasenen Renaissancisten, die Pieters Werk mitleidsvoll als gewöhnliche Bilderkunst betrachteten, an der sie nur die gute Zeichnung schätzten. Aber Pieter sagte: »Der Stift ist mein, das Papier habe ich bezahlt, und was drauf kommt, bestimme ich?« Überall war er unentschlossen, aber in seine Kunst ließ er sich nicht hineinreden. Er stellte die Dinge dar, wie er sie sah, in einem Zug, voll Vertrauen und Kraft.
»Du versteckst dich wie ein Maulwurf?« sagte Koch einmal zu ihm. »Was machst du die ganze Zeit?«
»Ich machs wie die Maulwürfe«, antwortete Pieter, »ich wühle.«
Und in der Einsamkeit, in der Anna ihn still begleitete wie ein Hund, ohne ihn zu stören, geduldig wartend auf seine Liebe und auf die versprochene Heirat, wühlte er aus seinen Erinnerungen und alten Zeichnungen die Stoffe haufenweise hervor. So war es früher, so war es jetzt. So war es mit allen seinen Bildern gewesen. Er dachte an die Dicken und die Mageren, und er zeichnete: ›Die großen Fische fressen die kleinen‹, ›Sparkassen und Geldschränke‹, ›Die fette Küche‹, ›Die magere Küche‹, ›Der Fette und die Mageren‹ ... Aber er empfand nun nicht den

geringsten Groll dabei. Alles war aus einer gewissen Entfernung, aus der Höhe gesehen, und er wußte ganz gut, daß die Mageren genauso handeln würden, wenn sie dick wären. Er hatte es ja erlebt. Er verzieh ihnen, sie konnten nichts dafür: ihre Seelen waren im menschlichen Fleisch gefangen.
Er brauchte nur an Italien, an die Alpen zu denken, und er malte seine großartigen Berglandschaften. Er fühlte von neuem seine Angst, als er das Fegefeuer, die Hölle, das Jüngste Gericht zeichnete. Und in den sieben Bildern der Hauptsünden gab er seinen verschiedenen Begierden die sonderbarsten und unmöglichsten Tierformen seiner früheren Träume. Die Landschaft seines Dorfes, die Kirmesse, seine ganze Vergangenheit lieferten Stoff für Hunderte von Zeichnungen; und er dachte an den Tod seiner Mutter, als er den Tod Unserer Lieben Frau zeichnete. Koch verkaufte die Stiche nach den Zeichnungen wie warme Semmeln und setzte, wenn Pieter es nicht tat, philosophische und belehrende Reimsprüche darunter.
Jetzt erst holte Koch viele von den kleinen Landschaften hervor, die Pieter für ihn gezeichnet hatte, als er noch in der ›Elster‹ wohnte. Er hatte sie liegenlassen, bis Pieter sich einen Namen gemacht hätte. So erschienen Bilder viele Jahre später, nachdem sie entstanden waren.
Pieter arbeitete, wühlte auf Teufel, komm heraus!, als hätte er nur noch eine Woche zu leben. Anna konnte ihn nur mit Mühe dazu bewegen, sich mittags an den Tisch zu setzen, und mußte ihn abends quälen, schlafen zu gehen.
»Das Feuer von Jan Nagel ist in dich übergegangen«, sagte Hans. Aber seitdem Pieter sein Dorf wiedergesehen, noch einmal dessen Farbe in sich eingesogen und die Erinnerungen daran heilig empfunden hatte, konnte ihn nichts mehr davon abhalten, darauflos zu malen.
Die Farben hatten es ihm plötzlich angetan. Die Zeich-

nungen blieben liegen; die Spukgeschichten und Teufeleien waren erledigt, er hatte sich davon befreit, indem er sie zeichnete. Der Garten der Farben blühte auf, denn alles hat seine Zeit. Morgenfrisch wie eine Biene, hatte er endlich angefangen zu malen, glücklich wie ein Kind, sich heimlich freuend. Die früher angefangenen Gemälde – wie der Kampf zwischen Dicken und Mageren, Kirmesse und eine Kreuzigung – ließ er liegen; er nahm neue Leinwand und machte selber frische, weiche, glänzende Farbe!

An einem Frühlingsmorgen beim offenen Fenster, mit Blumen und dem Sankt-Jakobs-Turm vor sich, fing er ernsthaft an zu malen – die Zunge hing ihm dabei aus dem Munde, und der lange, braune Bart zitterte vor Anstrengung – ›Die Niederländischen Sprichwörter‹. Die Farben wuchsen wie glückliche Blumen. O dieses Blau, dieses Hellrot, dieses Schmutziggelb, dieses Schwarzgrau und dieses matte Moosgrün. Seine Augen leuchteten; er vergaß Zeit und Stunde, Hunger und Durst; er war weg, aufgenommen in die Arme seiner großen lang ersehnten Geliebten, der Malerkunst!

Nach den Sprichwörtern, die er als gutes Weisheitsbrot aus dem Munde seiner Dorfgenossen erhalten hatte, kamen die Kinderspiele an die Reihe. Er brachte sie alle auf die große Leinwand, aus der Höhe gesehen, um vieles zeigen zu können – das war ihm noch von seinem Dachboden her und von seinen Reisen in den Bergen geblieben. Ebenfalls aus einem Bodenkammerfenster gesehen, malte er den Kampf des Faschings mit der Fastenzeit, den Triumph des Todes, eine Kreuztragung und vieles andere noch.

Hans machte ihm regelmäßig kurze Besuche, kaufte ab und zu voller Begeisterung ein Gemälde für schweres Geld

und verkaufte es dann an reiche Edelleute aus Italien, Spanien oder Deutschland.
So lebte Pieter glücklich, hingerissen von Begeisterung für seine Kunst. Draußen aber überfiel ihn sofort Angst und die Unruhe der Zeit, und dann tauchte er wieder unter in seine Arbeit wie ein Maulwurf.
So war er auch voller Angst, Streit und Unentschlossenheit, als er daran dachte, Anna zu heiraten. Um bei der Arbeit nicht gestört zu werden, versuchte er, nicht daran zu denken, und verschob es ... verschob es immer wieder. »Es wird schon noch ein gutes Ende nehmen«, meinte er. Ach, wäre Anna nur ein Gemälde gewesen, dann hätte er sie schnell fertig gemalt und schöner gemacht. Aber das war es gerade. Wenn er nur wüßte, was das Beste wäre! Was war das Beste? Und er schob es wieder hinaus ... er fürchtete, daß die Ehe ihn überrumpeln und ihn bei der Arbeit stören würde: – er wußte selber nicht, wie oder warum, aber ein banges Vorgefühl machte ihn vorsichtig und unschlüssig.
Richtig überlegt, war es am besten, zu heiraten: dann war er dieses Quälen, diese Last, diese Gewissensbisse, diesen unmöglichen Zustand los; außerdem war sie gut, treu und besorgt, aber dann wurde er wieder mißtrauisch und fürchtete, daß sie, einmal verheiratet, nicht mehr diese gefällige Anna sein würde; und dann ihre Lügen! Dieses Lügen für nichts und wieder nichts, das versprach nichts Gutes. Doch so dachte er nur in den Augenblicken, da er sie nicht zu heiraten wünschte; zu jeder anderen Zeit schien es ihm nur ein unschuldiges Vergnügen. Das Lügen war ihr in Fleisch und Blut übergegangen. Ermahnungen, Vorwürfe, Bitten, nichts nützte. Sie log, bevor sie daran dachte. Er hatte es ihr abgewöhnen wollen. Sie waren übereingekommen – aber keiner von beiden glaubte an die Abmachung –, jede Lüge auf einem Kerbstock einzu-

zeichnen, und wenn dieser voll wäre – er nahm einen langen und machte die Striche eng zusammen, damit sie Zeit hätte, sich zu bessern –, müßte sie das Haus verlassen.
Schneller, als beide erwartet hatten, in kaum vierzehn Tagen, war der Stock voll – und er nahm einen neuen. Als dieser auch voll war, küßte er sie auf die geschlossenen Augen mit den bezaubernden langen Wimpern: »Ich kann nicht ohne dich sein, lüge soviel, wie du willst.«
»Laß uns heiraten Pieter, das Lügen wird sich von selbst verlieren.«
»Ja, ja, nächsten Winter, dann bin ich mit der Arbeit fertig.« Sie weinte manchmal, weil sie nur als Küchenmagd diente; drohte ihn zu verlassen, wenn er sie nicht zur Frau nähme. Aber er wußte sie immer zu beruhigen und... die Sache hinauszuschieben. Und um nicht mehr daran zu denken, fing er wieder an zu malen. Er verkroch sich wie eine Schnecke in die Muschelschale seiner Kunst.

»Ja,« sagte Koch, während sie zusammen am Herd saßen – Anna war zum Gottesdienst gegangen –, »diese Maria, die du auf dem Arm getragen hast, ist ein himmlisch schönes Kind! Wenn ich Zeit hätte, dann würde ich ein Sonett dichten und folgendermaßen anfangen:

Nie hat ein Maler so Natur zu Kunst geformt,
Wie die Natur in ihr die höchste Schönheit schuf;
Nie hat der Frühling mehr und reichere Farben …

Es reimt nicht, aber, Junge, das mußt du dir mal angukken: anmutig, freundlich, jung, zart, frisch und blond, die schönste Blume von Brüssel!«

»Das werde ich schon einmal tun«, sagte Pieter, der das alles wie ein altes, vergessenes Märchen anhörte. »Ich stelle sie mir noch immer ganz klein vor, ein Äffchen, bis an meine Knie.« Ihm war, als rieche er Gewürznelken und Veilchen. Wie viele Sträuße hatte er für sie nicht auch in den Feldern gepflückt! Und ein Verlangen stieg in ihm auf, diese Märchenprinzessin, die ihn so geliebt hatte, einmal wieder zu sehen und zu küssen, wie er es früher getan hatte. Die Sehnsucht machte ihn weich und sanft: er ging wie unter einem helleren Himmel. Doch bald wurde die Luft wieder schwül von dem sinnlichen Schlendrian mit Anna, – und das Flittergold, das eben gerauscht hatte, verschwand vor seiner Leidenschaft und der Glut seiner Arbeit …

Aber im Frühjahr brachte er einem spanischen Edelmann in Brüssel seine ›Versuchung des heiligen Antonius‹. Pieter hätte sie lieber hingeschickt, doch dieser Edelmann hatte eine so reiche Sammlung von Gemälden und hatte Pieter so lange gequält, sie sich einmal anzusehen, daß er endlich sich zur Reise entschlossen hatte. Pieter hatte die Gemälde bewundert, bares Geld eingesteckt und eine Flasche süßen, braunen Wein darauf getrunken. Mit heißem Kopf und etwas angeheitert trat er ins Freie. Er blinzelte der Sonne zu, die in den Fenstern funkelte. Es flogen Tauben, Radieschen wurden feilgeboten, aus einem Wirtshaus tönte Gesang.

»Ach, jede Zeit hat ihr eigenes Elend, und mir kann es ganz egal sein, ich male«, sagte er lustig. Er betrat einen maurischen Laden am Marktplatz und kaufte eine blaue Perlenschnur für Anna. Dann holte er noch einen großen Reiskuchen, den sie zusammen mit einem Becher Wein verzehren würden. Er war nun fester und ruhiger als je entschlossen, im nächsten Herbst, wenn das Schwein eingepökelt würde, Anna zu heiraten. Er konnte sie doch nicht entbehren, sie war gut, er hatte sich an sie gewöhnt – an eine andere würde er sich erst gewöhnen müssen –, und dann konnte er sich überall mit ihr zeigen. Er bewunderte das entzückende gotische Rathaus mit den unzähligen Dachfenstern und folgte mit den Augen dem schlanken Turm, auf dessen Spitze von emporstrebenden Blumen und Säulen der goldene Sankt Michael glänzte. Wie schön mußte es sein, sich dort oben mit Sankt Michael auf dem Teufel herumzudrehen! Einen Augenblick kam ihm die Lust, sich von dem Druck seiner Sinnlichkeit zu befreien. Er spürte Appetit nach Muscheln, die man auf dem Fischmarkt so duftig und würzig zu kochen verstand, – aber es mußte jetzt auch schön sein, die ganze Landschaft zu überblicken. Um fünf Uhr fuhr der Planwagen zurück: er hatte noch reichlich Zeit. Seine Zunge kämpfte eine Weile mit seinen Augen. »Noch lieber schwarz vor Hunger.« Er ging die Hohe Straße hinauf und stieg dann auf den Hügel, den Grillenanger.

Er warf die Arme in die Luft! Wie schön! Vor ihm lag das sanftgeschwungene Brabant offen wie ein Miniaturenbuch, mit Dörfern und Mühlen auf den Rücken der

Hügel, mit kleinen Flüssen, Bauernhöfen und Kirchtürmen in den Handflächen der Täler, mit anderen blaueren Hügeln dahinter. Und die kleinen Wälder, über die Hügelrücken kriechend und über die Teppiche von Wiesen und Feldern! Und darüber die zarte Pracht des Frühlings, der Bäche und Wege mit Blumen säumt und jubelt in den weißen Birnenbäumen hinter roten Buchenhecken! O herrliches Land Brabant! Wo man den Fuß hinsetzt, entfließt ihm Milch! Wie trocken ist dagegen Italien! Den Frühling zu sehen und zu riechen in der Luft, ihn mit den gierigen Fingerspitzen zu fühlen! Wie schön! Wo sind nun Spanien, Kaiser Karl und Philipps Scheiterhaufen?

»Lieber Himmel,« rief Pieter entzückt, »auf deinem Gewand will ich wie ein Marienkäfer wohnen!... Ja, hier will ich mit Anna wohnen«, fuhr er weniger dichterisch und mehr gezwungen fort. Er drehte sich um, und dort unten lag Brüssel, von seinen getürmten Wällen und seinem Graben eingeschlossen. Es war ein eng zusammengedrängtes Gewimmel von Häusern und Kirchen, mit Marktplätzen und Gärten dazwischen, und durchzogen von lachenden Wasserstreifen. Da fielen ihm plötzlich Kochs Worte ein: »Diese Maria, die du noch auf dem Arm getragen hast, ist ein himmlisch schönes Kind... Nie hat ein Maler so Natur zu Kunst geformt«... Er stieg den Grillenanger hinab und war schneller auf dem Pferdemarkt, als er dachte.

»Wißt Ihr nicht, wo die Witwe Coecke wohnt? Es muß auf dem Pferdemarkt sein!« fragte er eine Frau, die einen Korb mit Wirsingkohl am Arme trug.

»Dort, der Pumpe gegenüber, links an der Ecke.«

Pieter schritt auf das hohe Giebelhaus zu. Er kam sich plötzlich lächerlich vor und wurde verlegen. War es nicht Anmaßung von ihm? Sah es nicht aus, als wollte er sich aufdrängen? Aber, andererseits wäre es unhöflich, nun er einmal in Brüssel war, sie nicht zu besuchen. Hätte man ihm nicht von Maria erzählt, dann wäre er doch auch hingegangen. Es war seine Pflicht! Und er ließ den Türklopfer fallen, strich sich durch den Bart und guckte nach, ob er keine Flecken auf der Weste hätte; und ob die Fingernägel auch sauber wären; er dachte noch ganz deutlich, daß er in diesem Jahr den ›Triumph des Todes‹ malen und Anna heiraten würde... Er wollte gerade bei einer vorübergehenden Blumenhändlerin einen kleinen Strauß kaufen, da öffnete sich die schwere, eisenbeschlagene Tür, und vor ihm stand ein frisches, junges Fräulein, mit hellblonden Locken, blauen Augen, mit einem zarten, edlen Gesicht, das wie eine reife Frucht aus dem weißen Spitzenkragen hervorleuchtete. Der schlanke Leib war in hellgraue Seide gespannt, die von den Hüften in breiten rauschenden Falten hinunterfiel. Er war plötzlich froh und verlegen und stammelte staunend: »Ich bin Pieter Bruegel.«

Sie entschuldigte sich lachend, daß sie selber aufmache, aber die Dienstmagd hole gerade Butter. Ihre kleine rosige Hand lag gleich, wie eine fremde, köstliche Blume, in seiner großen braunen Bauernhand, und sie zog ihn froh und kichernd herein. »Mutter! Mutter! Komm mal her! Du rätst nicht, wer hier ist! Komm mal her!«

»Ach, Maria..« seufzte er erstaunt und bewundernd. »Wenn ich das geahnt hätte«, fügte er für sich hinzu.

Sie zog ihn in das feierliche Empfangszimmer, das voller Gemälde von Pieter Coecke hing. Und dort, aus einer andern Tür, trat ernst und ruhig Frau Coecke hervor, in einem schwarzen Kleid mit weißem Kragen. Sie hatte nun schlohweißes Haar und Runzeln auf der Stirn, war noch dicker als früher, mit zwei Backen, die breit hinunterhingen bis zum Doppelkinn, – es machte sie noch würdevoller und gebieterischeer als früher – und immer noch mit

derselben Porträtgebärde: die kleinen Hände, in denen ein Spitzentüchlein glänzte, auf den Leib gelegt.
»Das ist Pieter, mein alter Freund!« krähte Maria.
Frau Coecke legte erschreckend ihre kleine Hand auf die breite Brust: »Pieter Bruegel! Pieter! Junge! Junge! Wir haben dich nie wieder gesehen, seitdem wir nach Brüssel gezogen sind.« Ihr Mund verzog sich vor peinlichen Erinnerungen, und es lag ein gewisser Vorwurf in ihren letzten Worten.
Pieter fühlte, daß er nun über ihren Mann sprechen mußte, und sagte mit zur Seite geneigtem Trauergesicht, indem er Maria betrachtete: »Der Tod von Meister Coecke war doch ein schmerzlicher Verlust!«
»Es war ein Verhängnis für die Kunst«, antwortete sie voller Stolz und Verehrung. Sie seufzte, setzte sich, indem sie ihm einen Stuhl anbot, schloß flüchtig die Augen und erzählte dann in feierlichem, traurigem Ton, Mitleid suchend, vom Tode ihres Mannes.
Pieter sah, wir ihr schöner Kopf sich auf dem dunklen, vergoldeten Leder abhob – Maria stand hinter ihm und lehnte mit einer Hand auf seinem Stuhl –, und er sagte immer nur »ja« oder nickte bloß, machte eine mitleidsvolle Miene, hörte aber kein Wort von dem, was sie erzählte. Er wußte nur eins: wenn Anna so wäre wie Maria, dann hätte er sie gleich am ersten Tag geheiratet.
Er schob seinen Stuhl zurück und legte das Paket für Anna auf den Tisch. »Ich sitze dir im Wege«, sagte er zu Maria. Nun sah er sie auch und genoß ihren Anblick, während er scheinbar zuhörte und immer nickte.
Die Mutter hatte eine mystische Verehrung für ihren Mann. Und so kam sie im Laufe der Unterhaltung auf die gute alte Zeit in Antwerpen zu sprechen, da Pieter noch als Bursche bei ihnen diente. Es lag etwas Demütigendes in diesem »Burschen«, wie sie es aussprach. Pieter sah die

Gelegenheit, Marias Teilnahme zu wecken, und er beeilte sich zu sagen: »Ja, ich weiß es noch ganz genau; mir scheint, ich fühle es noch, wie ich dich auf dem Arm getragen habe. Wie oft habe ich dich nicht spazierengeführt! Weißt du noch, wie wir zu Jan Nagel gingen? Und daß du lieber bei mir warst als bei Vater und Mutter? Und nun bist du so groß geworden! Aber Maria, Fräulein Maria! Ich kann noch immer meinen Augen nicht trauen, daß du es bist!«
»Ich kann mich noch sehr gut erinnern«, lachte Maria. »Im Wald habe ich auf deiner Schulter gesessen!«
»Und noch nicht verheiratet?« fragte Frau Coecke, scheinbar ohne Interesse.
»Nein, gnädige Frau ...« sagte er kurz.
Es trat plötzlich eine Stille ein. Er dachte: ›Sie wissen, daß ich mit Anna zusammenlebe; deshalb fragen sie nicht weiter.‹ Er errötete. Keiner wußte noch etwas zu sagen.
»Es ist hier sehr schön, drüben auf dem Grillenanger. Schön zum Malen! Das muß ich nächstens einmal zeichnen!«
»Und dann kommst du wohl auch mal her, um über frühere Zeiten zu plaudern, nicht wahr?« fragte Maria harmlos.
»Herr Pieter ist stets willkommen«, sagte Frau Coecke, ohne daß dieser wußte, ob es ihr Ernst sei. Dann brachte sie das Gespräch auf die Malerei, und Maria mußte die Miniaturen holen, die ihre Mutter in letzter Zeit gemalt hatte, denn sie malte immer noch.
Es waren mythologische Stoffe, ganz in der Art ihres Mannes, jedoch in schwächeren, fahleren Farben. »Hübsch ... schön ... ganz nett«, und noch vieles andere sagte Pieter. »Du arbeitest natürlich noch immer im alten Stil, nach den Stichen zu urteilen, die man von deinen Zeichnungen zu sehen bekommt«, sagte sie mit Gering-

schätzung. »Nun ja, das Volk versteht uns nicht, und es muß auch solche geben wie du.«
»Ja, ja«, meinte Pieter, indem er Maria bewunderte.
Frau Coecke fing an zu erzählen, wie ihr Mann über die Kunst gedacht und darüber in seinen Büchern geschrieben hatte. Inzwischen betrachtete Pieter Maria, die anmutig einen gelben Wein in dicke, grüne Gläser goß. ›Was für schöne Arme hat sie‹, dachte er.
Als er draußen war und den Pferdemarkt verlassen hatte, lief er wieder zum Grillenanger hinauf und sah Brabant, das im dünnen, bläulichen Nebel und unter einem perlenzarten Himmel in süßen Düften einschlief. Und er flüsterte, murmelte, lobte, betete und jubelte durcheinander: »Ich wußte nicht, daß sie so schön ist... Das ist zuviel... O Herr, sei mir gnädig... Ich bin gefangen! Maria, warum bist du auch so schön, holahi, holaho... Verdammt!« jubelte er plötzlich, »jetzt habe ich das Paket für Anna vergessen!« Er kehrte zurück, aber unterwegs verlor er den Mut. »Es möchte zu sehr auffallen. Die Mutter wird denken, daß ich es absichtlich liegen ließ.« Er bog in die Stadt ein. Der Wagen war natürlich schon lange fort. Er trat in ein Wirtshaus, in einer Gasse am Marktplatz. Es hieß ›Die Katze kann die Maus nicht fangen‹. Hans hatte ihm erzählt, daß man dort ein so himmlisches Bier hätte. Und er wurde ganz selig vom Bier und den Erinnerungen an Maria. Die früheren Tage kamen wieder mit ihrer frischen Güte, er fühlte wieder ihre Grübchenhände und ihre weichen Engelswangen an seinem Gesicht. Er hatte alles vergessen; aber jetzt stand es ihm wieder deutlich vor Augen, ein Zeichen meinte er, daß er die Liebe zu ihr unberührt im Herzen getragen hatte. In ihm war Frühling; seine Hände troffen von Kraut- und Blumendüften; er war wie ein weicher Waberwind. »Aber« – und das war die große Frage –, »wird sie mich noch immer

so lieb haben wie ich sie?« Die Hauptsache jedoch war, daß er sie liebte!
Er fühlte sich jung und kräftig, kühn, begierig nach Taten und Liebe. »Bitte, noch einen Krug!«
Er übernachtete im ›Handelshof‹ und fuhr am nächsten Morgen mit der schwerbeladenen Postkutsche nach Ant-

werpen, um zehn Jahre jünger und fröhlich wie ein Kind. Aber je mehr er sich Antwerpen näherte, um so trüber wurde seine Stimmung.
»Arme Anna«, seufzte er, »ich habe mein Herz und deinen Kuchen bei Maria gelassen.«

»Hans, mein lieber Hans, mein Bruder!« jubelte Pieter und packte Hans mit seinen dicken Händen. »Sie ist so schön! Man wird ganz weich dabei! Ein blonder Kopf aus einem Gemälde von Leonardo da Vinci. Es wäre mir unmöglich, sie zu malen! Niemand könnte es! Ach, diese blonden Locken, so ganz zart, ein immerwährender Traum, und diese blauen Augen, die einen selig machen!«
»Du hängst mir zum Hals heraus, mit deinen Geliebten!« wehrte Hans ab. »Es ist lächerlich. Einmal ist es Anna, dann ist es Bertha, dann ist es wieder Anna, jetzt ist es Maria. Und jedesmal heißt es: Jetzt, jetzt habe ich sie

gefunden! Du brauchst nur eine Schürze zu sehen, und du brennst lichterloh, statt herzlich darüber zu lachen, wie ich es mache. Du bist die reinste Zielscheibe. In deinem Herzen stecken mehr Pfeile und Schwerter als im Herzen Unserer Lieben Frau!«

»Ein großes Schwert aber wird dein Herz durchdringen, und dieses Schwert steckt jetzt darin!«

»Sei doch mal vernünftig, Kerl! Hast du schon an Anna gedacht?«

Pieter seufzte. »Anna gegenüber lasse ich nichts merken; aber sie fühlt, daß etwas mit mir los ist – auch weil ich nicht mehr zu Hause bleiben mag; ich kann nicht mehr arbeiten, und ich kümmere mich auch weniger um sie. Sie fragt nicht, aber ich sehe manchmal Tränen in ihren Augen; ach, sie tut mir sehr leid. Hans, wie so etwas sich plötzlich ändern kann! Ich weiß noch ganz gut: während ich bei Maria vor der Tür stand, war ich noch fest entschlossen, Anna zu heiraten, – und als die Tür sich öffnete und ich Maria sah, da war es vorbei! Das ist nun vierzehn Tage her. Nächste Woche werde ich sie wiedersehen.«

Hans ergriff Pieter bei der Schulter. »Höre zu: Bleibe zu Hause, bei Anna, wie du es früher getan hast; bleibe einen Monat lang aus Brüssel weg, und du hast das blonde Mädchen ganz und gar vergessen. Das ist deine Pflicht, Anna gegenüber. Und wenn es dann noch nicht vorüber ist, dann ... Aber dann ist es vorüber, ich kenne dich: aus den Augen, aus dem Sinn! Bitte, kein Wort mehr darüber!« Und er rief zur Wirtin hinüber, die draußen, bei dem schönen Wetter, unter dem Schirmdach saß und strickte:: »Felicia, für jeden eine Ladung Bier!«

Aber eine Woche später war Pieter in Brüssel und hörte Frau Coecke zu, die ihm in der Laube, mit einer Stickerei beschäftigt, von ihrem seligen Mann erzählte. Er log ihr vor, daß er jenen Edelmann wieder hätte aufsuchen müssen und die Gelegenheit wahrnähme, ihr einen guten Tag zu wünschen. Als Frau Coecke ihm die Perlenschnur zurückgab – den Kuchen hätte sie einem armen Mann gegeben –, sagte er, daß er dieses Schmuckstück brauche für eine Maria Magdalena, die er malen wollte.

Der kleine Garten funkelte von Blumen, die in der Sonne glänzten. Im Hinterzimmer stand das Fenster offen, und dort spielte Maria geistliche Lieder auf dem Spinett. ›Wahrscheinlich‹, dachte Pieter, ›um diese endlose, traurige Witwengeschichte los zu sein, oder aus Verlegenheit; denn vorhin hat sie mich, länger als nötig, angeguckt; man blickt nicht jemand so tief an, wenn man nichts für ihn übrig hat, und als sie sah, daß ich es bemerkte, wurde sie ganz rot, also...‹ Indem er scheinbar der Mutter zuhörte, betrachtete er drüben Marias Rücken. ›Wie komme ich in das Zimmer, ohne daß die strenge gnädige Frau die Absicht merkt?‹ dachte er. Schon einmal hatte er eine Bemerkung über die Musik fallen lassen, aber er wagte nicht darauf zurückzukommen. ›Und doch‹, beschloß er, ›wird Maria heute noch von meiner Liebe wissen, und wenn ich es ihr durchs Schlüsselloch zuflüstern muß, und wenn die Mutter davon platzt.‹ Er war voller Ungeduld, als wolle das Glück ihm entschlüpfen. Er nahm seinen Mut zusammen und sagte plötzlich, nachdem Frau Coecke wieder einmal geseufzt hatte: »Ach, ja, ich habe drüben mein Taschentuch liegen gelassen, ich hole es und komme gleich wieder, gnädige Frau!« Und weg war er.

Als Maria ihn eintreten sah, wollte sie sich mit einem dankbaren Lächeln erheben.

»Maria, spiel weiter!« flüsterte Pieter und stellte sich hinter sie, so daß Frau Coecke ihn sehen konnte. »Maria,

spiel weiter; ich möchte dir etwas sagen, das deine Mutter nicht hören soll. Deshalb weiter spielen! Spiel weiter!« Sie tat, wie er sagte. »Maria, ich habe dich die ganze Zeit geliebt. Als ich dich wiedersah, vor vierzehn Tagen, ist alles wieder aufgeblüht... wie Blumen, die schliefen... O Maria... ich wagte nicht, es dir zu sagen... spiel weiter, bitte... ich bin kühner, als ich dachte... man hatte mir von dir erzählt... ich habe dich wiedergesehen... ich habe nicht mehr schlafen können.. spiel weiter... spiel weiter... Jetzt bin ich gekommen, um dich... Maria, darf ich dir sagen... O ja, nicht wahr... bitte spiel weiter...!«
Sie spielte ganz falsch, wurde heftig rot und sagte mit dumpfer, mühsamer Stimme: »Laß mich erst mal darüber nachdenken... ich bin soviel jünger als du... ich habe auch deshalb nicht mehr schlafen können...«

»Spiel weiter. Spiel weiter!... Gott sei Dank!... In vierzehn Tagen werde ich bei deiner Mutter um... aber spiel weiter, Maria!...«

»Und ich habe so sehr geweint... man erzählte, daß du eine andere Geliebte hättest, Pieter..., daß...«

»Spiel weiter... ich liebe niemand anders... nicht mehr... spiel weiter, noch einmal von vorn, und wenn ich jemand lieben würde, dann wäre es nun vorbei... sag, darf ich wiederkommen...«

»Ja, Pieter,... ja...«

»Weiter spielen!... Engel! Mein Schutzengel... Dank... Dank... spiel weiter.«

Er kehrte eiligst zur Mutter zurück und setzte sich neben sie.

»Maria spielt gut.« sagte er, »besser, als ich gedacht hätte... Meister Coecke liebte die Musik auch so sehr.« Und die Mutter erzählte wieder. Aber drinnen schwieg das Spinett.

Hans Franckert hatte erst nein gesagt, als Pieter ihn bat, Anna alles zu erklären, aber dann tat er es doch. Pieter wartete in den ›Drei Maulaffen‹, bis der Freund ihn holte. »Schnell, schnell, oder sie wird noch ganz verrückt!«

Jetzt stand Pieter bestürzt *da* und betrachtete Anna, die ganz gebrochen und weinend an Hans Franckerts Schulter lehnte.

»Ich hatte es mir gedacht«, schluchzte Anna. »Er war nie zu Hause, nie. Sonst war er nicht von mir wegzubringen. Aber ich wagte es nicht auszudenken, um meinen Verdruß nicht noch größer zu machen! Sag Pieter, was ist nun plötzlich an mir schlechter geworden? Weil ich lüge? ... Ach, seit einem Monat finde ich nicht mehr den Mut dazu. Es waren nur kleine Lügen, um mich selbst und dich froh zu machen, um dich zu überraschen. Ich habe dir nichts Böses getan! Wie kannst du nur so plötzlich eine andere lieben, während ich an der Tür stehe und auf dich warte ... Ach, ich sehe schon, du rührst dich nicht. Oh, wie tut mir das Herz weh! Jeden Morgen wachte ich auf mit der Hoffnung, daß es nur ein Traum von mir gewesen sei, daß du mich nicht mehr liebst. Fünf Jahre lang habe

ich auf dich gewartet, und jetzt, jetzt wirst du mich, wegen einer anderen, wie einen Hund in den Regen hinausjagen, zurück nach meinem Dorf, wo ich dich nie und nimmer wiedersehen werde!...«
»Sei doch still, du machst mich verrückt«, wehrte Pieter unwillig ab.
»Wärest du es nur, verrückt, krank, daß keiner dich ansehen möchte, dann hätte ich dich ganz allein und könnte dich küssen... ach, Pieter, bring mich um, da...« Sie riß ihre Jacke auf.
»Ach, warum so viele Worte«, sagte Pieter schwach und verzweifelt. »Ich bin doch noch nicht verheiratet!«
»Jesus Maria!« schrie sie auf, sich an den Haaren ziehend, »wenn ich auch in Sünden mit ihm gelebt habe, ich habe meinen Glauben an dich behalten! Hilf mir! Hilf mir!
»Komm, Anna, sei ruhig!« tröstete Hans.
Und wieder flehte sie Pieter an: Ich habe mich dir gegeben, fünf Jahre lang war ich dein Spielzeug, und jetzt läßt du mich fallen wie einen Waschlappen. Ach... Jesus, Maria, hilf mir...« Und sie weinte und schluchzte an Hans Franckerts Schulter.
Aber plötzlich erhob sie sich, drohte mit der Faust und lachte wahnsinnig. »Ha, ich verstehe schon: du willst mich hier weg haben, um Platz zu machen für die andere! Aber ich gehe nicht, mein Lieber, ich gehe nicht!« Sie sang es fast. »Du mußt mich hier hinauswerfen, hinausprügeln! Und ich weiß es: den Mut hast du nicht, nein, nicht wahr!« Sie flehte wieder, mit Tränen an den weichen Wimpern.
»Ist es dann nicht besser, daß du von selbst weggehst, wie ich es dir vorhin schon geraten habe?« sagte Hans freundlich.
Sie schüttelte langsam den Kopf und sagte entschlossen: »Hier muß man mich tot hinaustragen, tot... tot...«

»Komm, geh nun schlafen«, tröstete Hans. »Komm!« Und willig ließ sie sich nach oben führen.
»Sag ihm nun nichts mehr«, sagte Hans. »Ich werde noch einmal mit ihm reden. Die Liebe ist verrückt.«
Unten stand Pieter noch immer bestürzt da, kaute an den Nägeln herum und fand keinen Ausweg. Er betrachtete seine Gemälde und Zeichnungen, die auf Staffeleien herumstanden und an der Wand hingen. »Was ist das alles für ein Unsinn im Vergleich zu Menschenherzen«, seufzte er.

Pieter konnte es nicht länger aushalten und ritt am nächsten Tag zu Pferde nach Brüssel. Er stieg im ›Bunten Ochsen‹ ab, und eine halbe Stunde später ließ er den eisernen Klopfer auf die schwere Tür fallen. Er dachte daran, wie er früher von eisenbeschlagenen Türen geträumt hatte, die sich nicht öffneten.
Aber diese öffnete sich, und die Dienstmagd führte ihn ins Empfangszimmer. Er mußte lange warten und betrachtete unterdessen teilnahmslos die mythologischen und türkischen Gemälde und Holzschnitte von Coecke, die in großer Anzahl an den Wänden hingen.
Endlich kam sie, die er erwartet hatte: die gefürchtete Mutter, eine kühle Luft mitbringend. Das war eine jener eisenbeschlagenen Türen. Ihm wurde ganz heiß.
»Gnädige Frau.«
»Nehmen Sie Platz! Herr! Was verschafft mir die Ehre, sie zum dritten Male hier zu sehen?«
»Gnädige Frau ... ich vermute, daß Sie es wissen ...«
Sie erhob sich plötzlich, und ihre Worte waren scharf wie Messer. »Und ich weiß noch mehr, mein Herr! Ich weiß, daß Sie in Antwerpen mit einem Kebsweib zusammen leben! Ich weiß alles, mein Herr: daß Sie schon vier Jahre mit ihr zusammen wohnen und im Begriffe sind, sie zu

heiraten, – ein schlechtes, schmutziges Frauenzimmer! Es ist eine Schande!« Sie stampfte mit den Füßen. »Aber tun Sie, was Sie nicht lassen können! Jedoch, während Sie dort mit diesem Weibsbild in Unzucht leben, wagen Sie meiner Tochter den Kopf zu verdrehen, sie zu umwerben, als sei sie auch eine gewöhnliche Straßendirne! Herr! Ich verbiete Ihnen, jemals wieder mein Haus zu betreten. Sie haben uns betrogen, uns, die wir Sie aus der Gosse aufgelesen und zu einem bekannten Maler gemacht haben! Es ist eine Schande! Und das arme Kind liegt nun deshalb krank zu Bett.«

›Also aus Liebe‹, dachte Pieter mit einer plötzlich aufwallenden Freude, aber gleich wieder mutlos und völlig vernichtet. Doch während diese Frau sprach und die Liebe zwischen ihm und Maria zerschnitt, stieg eine Kraft in ihm auf wie damals, als er Pater Cornelis in Antwerpen gefunden hatte. Er mußte sich und Maria retten, indem er die volle Wahrheit sagte, natürlich mit einigen Lügen gewürzt; und er sprang furchtlos mitten in die Flammen. Auch er hatte sich erhoben. »Gnädige Frau, in der Tat, ich lebe mit einer Dienstmagd, oder, richtiger gesagt, ich habe mit ihr gelebt. Sie sind Mensch genug, hoffe ich, um mich zu begreifen, gnädige Frau. Ich werde Ihr Haus verlassen und nie wieder betreten: aber ich habe das Recht, mich erst zu rechtfertigen.« Und er erzählte ihr alles: wie er Anna in der ›Elster‹ kennenlernte, von seiner Arbeit, seiner Freundschaft mit Franckert, von seiner Reise nach Italien, wie er dann Anna in sein Haus nahm, wie sie für ihn sorgte, daß er hätte arbeiten können, wie er sie hätte heiraten wollen – alles.

»Da sah ich«, fuhr er fort, »vor einem Monat ihre Tochter Maria. Herr Koch hatte mir erzählt, wie schön und sittsam sie ist. Alle alten Erinnerungen tauchten wieder auf. Ich konnte mir nicht vorstellen, wie das kleine Kind, das ich noch auf dem Arm getragen hatte, jetzt ein großes Fräulein sein sollte. Ich mußte immer darüber nachdenken: es war wie ein junger schöner Traum, der mich nicht mehr losließ und mich rief und lockte. Und als ich sie dann sah, gnädige Frau, ... ja, da hat sich alles umgewendet. Ich kann es nicht so sagen, aber die Liebe oder vielmehr die Zuneigung, die ich für Anna empfand, floß weg wie durch ein Sieb. Nun wußte ich zum erstenmal, was Liebe ist. Gnädige Frau, ich liebe Maria und werde sie in alle Ewigkeit lieben! Und sie liebt mich auch. Hier stehe ich, und ich bin gekommen, um sie von Ihnen als meine Frau zu erbitten... Werfen Sie mich jetzt hinaus!«

»Die Magd ist also nicht mehr bei Ihnen?« fragte Frau Coecke.

Pieter errötete, »Doch, gnädige Frau, aber sie wird weggehen. Sie geht weg.«

»Aber, was hat die bei Ihnen noch zu suchen?« – Ihre Augenbrauen schoben sich weit vorne. –

»Sie können sich denken, wie unglücklich Anna ist... Sie weiß alles, gnädige Frau... Es ist natürlich schlimm für sie.«

Sie platzte fast und bebte vor Wut. »Aber, mein Herr! Sie halten um die Hand meiner Tochter an, während diese Person noch in Ihrer Wohnung eingenistet ist! Sie müssen doch begreifen, daß es Ihre erste Pflicht gewesen wäre, bevor Sie hierherkamen, sie hinauszuwerfen!«

»Sie will nicht gehen, gnädige Frau!«

»Sie will nicht gehen! Ah! Ah! Und Sie können Sie nicht hinauswerfen. Das scheint mir eine faule Sache, mein Herr! Verlassen Sie mein Haus! Das ertrage ich nicht mehr. Sie beleidigen mich als Frau und als Mutter. Hinaus!«

Sie öffnete wutschnaubend die Tür.

Aber Pieter blieb entschlossen stehen und fühlte sich

stark. »Geben Sie mir doch einen Rat...« – »Werfen Sie die Person hinaus, dann wollen wir weiterreden.« »Gnädige Frau, den Mut habe ich nicht!« Und nun schrie er: »Nein, den Mut habe ich nicht. Sie begreifen! Sie müssen begreifen. Als Frau müssen Sie begreifen, was es für dieses Mädchen heißt, so hinausgeworfen zu werden wie ein Hund, von jemand, der sie vor einem Monat noch heiraten wollte! Hier handelt es sich nicht um Liebe, gnädige Frau, sondern um Menschlichkeit!«

»Was gedenken Sie denn zu tun, mein Herr?« fragte sie, zugleich bestürzt und herausfordernd. Sie zerknüllte das Tüchlein.

»Sie wird weggehen, gnädige Frau. Sie wird von selbst weggehen. Sie sieht doch, daß es ernst gemeint ist.«

»Und wenn sie nicht geht?« Frau Coecke richtete sich auf, schob die Brust nach vorne und zog ihr Doppelkinn ein.

Pieter seufzte. Von diesem Wort hing alles ab! Und plötzlich ergriff er verzweifelt, wie verloren, ihre schönen runden Hände. »Gnädige Frau!« flehte er, »ich stehe hier wie ein Kind. Ach, sagen Sie mir, was ich tun soll, Sie als Mutter, als Frau, als beide zusammen. Sie müssen einen Ausweg finden! Tun Sie es für Maria! Ich will alles tun, was Sie sagen! Aber heißen Sie mich nicht die unmenschliche Tat begehen, sie hinauszuwerfen. Gnädige Frau, Sie sind so gut, Sie...« Er schüttelte ihre kleinen Hände, er küßte sie und drückte sie in den seinen.

Und Frau Coecke, die ihn so demütig, so elend und hilflos sah, hatte eine schöne Gelegenheit, zu ermahnen, zu befehlen, Ratschläge zu erteilen und zu belehren. Sie wurde weicher und umgänglicher. Er hatte ihre schwache Seite getroffen. »Lassen Sie mich nachdenken!« Aber sie dachte nicht nach und sagte klug von oben herab: »Ich begreife Sie wohl, Herr, natürlich begreife ich Ihre schwierige Lage. Es wird Ihnen nichts anderes übrigbleiben, als

Antwerpen einfach zu verlassen und hier in Brüssel Wohnung zu nehmen, bis Sie heiraten. Ich durchschaue dieses Mädchen ganz genau: sie wird Sie nicht in Ruhe lassen... Es sind Prüfungsjahre für Sie. Ihre früheren Sünden verzeihe ich Ihnen. Ihr jetziges Benehmen wird entscheiden, ob Sie meiner Tochter würdig sind. Verlassen Sie sie zunächst, und dann erwarte ich Sie, um über die Angelegenheit weiter mit Ihnen zu reden.«
»Ja, gnädige Frau.«
Was weder er noch sonst jemand jemals zu denken gewagt hätte, das machte diese Frau, diese »Pfefferbüchse«, im Handumdrehen!
»Wie muß ich Maria lieb haben, um eine solche herzlose zukünftige Schwiegermutter nicht zu verprügeln«, dachte er. Und dann dachte er noch: »Wie kann ich meine Gemälde retten? Wenn Anna weiß, daß ich sie hinausschmuggeln will, ist sie imstande, sie zu zerhacken.«
»Ach, wie macht Liebe den Menschen schwach und stark!« sagte er, als die eisenbeschlagene Tür sich hinter ihm schloß und die Sonne ihn wieder beschien.

Pieter wollte heute noch fort, heute noch! Aber er brachte es nicht fertig, so einfach unter Annas Augen davonzugehen. Er hatte sich vorgenommen, mit seinen Gemälden still zu verschwinden, während sie einen Tag oder auch nur einen halben abwesend wäre.
Aber sie schien zu ahnen, daß man sie hintergehen wollte. Sie setzte keinen Schritt mehr vor die Tür. Und da Pieter sie nicht argwöhnisch machen wollte, konnte er nichts retten.
Wenn er einmal fort war, würde Hans vielleicht einen Ausweg finden, sonst sollten die Gemälde ruhig zum Teufel gehen! Er hatte das Weinen satt, er hatte Anna satt, das Haus, das Nichtmalenkönnen; er hatte alles satt. Und

ihn verlangte nach Maria. Es war nun eine Woche her, daß er der würdevollen Mutter versprochen hatte, Antwerpen zu verlassen. Wenn er noch ein paar Tage zögerte, würde sie ihn endgültig abweisen. Diese Angst und zugleich das Verlangen, seine blonde, schöne Maria so schnell wie möglich als Frau zu haben, hatten ihm den Mut gegeben, heute noch abzureisen. Er saß nun da, auf einer reichgeschnitzten Truhe, strich sich durch den Bart und betrachtete Anna, die den Kopf auf den Tisch gelegt hatte und weinte. Die Sonne schien ihr auf den Rücken, und zum offenen Fenster guckten Rosen herein.

Er hatte soeben gesagt: »Geh ein wenig spazieren an der Schelde, das wird dir gut tun.«

»Nein, ich gehe nicht fort«, weinte sie. »Ich rühre keinen Fuß. Ich bleibe bei ihm. Ich weiß, daß er mich nicht mehr einläßt, wenn ich einmal draußen bin. Er soll mich hier tot hinaustragen. Und laß mich jetzt in Ruhe! Und schweig!«

Er schwieg, sah auf den schönen Sankt-Jakobs-Turm, dann wieder auf seine Gemälde. Und wieder sprach sie für sich – das tat sie seit einigen Tagen, und er fürchtete schon, sie könne den Verstand verlieren. Ach, es war so erbärmlich anzuhören –: »Nein, ich gehe nicht nach meinem Dorf zurück, das ist zu weit von ihm entfernt... Seine Frau wird mit ihm glücklich sein... Sonst wäre ich es gewesen... Und ich werde dort irgendwo, vergessen und verlassen, in den traurigen Tannenwäldern eintrocknen, und er wird nicht einmal wissen, wo ich begraben liege.«

»Ach, Anna, es wird sich alles machen«, brachte Pieter mühsam heraus.

»Er hat wieder etwas gesagt«, lachte sie weinend. »Das kann ich ihm auch sagen: es wird sich alles machen. Er meint, daß ich ihn vergessen werde. Aber er wird seine Frau schnell vergessen. Welch ein Glück, die meisten

Männer fangen an, nachdem sie verheiratet sind, ihre Frau satt zu haben. Welch ein Glück!« Und plötzlich wendete sie sich an ihn – sie war mager geworden, ihre Augen waren rot umrändert und dick angeschwollen –: »Wenn wir nun immer Brautleute blieben, Pieter? Und nicht heiraten. Du brauchst mich nicht zu heiraten; du brauchst mich nicht zu streicheln und zu küssen, aber laß mich ruhig bei dir bleiben. Bezahle mich, wie eine gewöhnliche Magd und schimpfe mich aus, wenn ich das Essen anbrennen lasse. Wäre es so nicht gut? Aber, ach, was ich nur will,« lachte sie wieder, »er hat mich schon satt, bevor wir verheiratet sind. Er will mich in eine Falle locken, um mich hier loszuwerden. Aber ich gehe nicht hinein, ich gucke nicht einmal hin.«

Während sie dann für sich, in ihre roten Fäuste weinend, zum hundertsten Male die Geschichte ihrer Liebe herzählte, betrachtete Pieter seine Gemälde, die dort hingen, mit ihren frohen Farben und unzähligen lustigen Männlein. Er schüttelte den Kopf.

›Man nennt mich einen schnurrigen Maler‹, dachte er, ›wenn man wüßte, welch ein trauriger Tropf sie gemalt hat!... Meine Freunde‹, so redete er in Gedanken seine Gemälde an, ›ich verlasse euch nun. Werde ich euch jemals wiedersehen?... Nicht wahr, meine Freunde, ich muß wohl sehr verliebt sein, um euch so verlassen zu können?... Ich staune immer wieder, daß ich mich so verlieben konnte, daß ich zusehen kann, wie die gute Anna zugrundegeht, und euch, meine lieben Männlein und Landschaften, verlasse wie ein Trunkenbold. Aber Maria... Ach, diese Maria hat alles auf den Kopf gestellt... Lebt wohl, Zeichnungen! Lebt wohl, Gemälde! Lebt wohl, meine Freunde... Lebt wohl...‹

»Also, Anna, ich gehe mal zu Koch«, sagte er und erhob sich mit einem tiefen Seufzer.

»Er geht schon wieder fort«, weinte sie. »Wie spät wird es heute nach wieder sein, wenn der Herr nach Hause kommt? Aber ich werde auf ihn warten, und sein Essen wird fertig sein wie immer. Wie oft habe ich nun schon umsonst Essen für ihn gekocht! Aber ich bin die Dienstmagd. Ich koche das Essen. Dann kann er mich nicht wegjagen ...«
›Welche Liebe! Welche Liebe!‹ dachte er kopfschüttelnd. Er sah sich noch einmal um, betrachtete den ›Kampf der Dicken‹ und die Zeichnungen, auf denen die Dicken mit ihrem Überfluß an Schinken und Wurst prahlten. Er sah den Entwurf einer Kreuztragung, ein angefangenes Gemälde, das den Kindermord darstellte; und dort, eine aufgerollte Federzeichnung mit dem Porträt Jan Nagels. »Aber die nehme ich mit.« Und rasch riß er sie von der Wand. »Jetzt sehe ich mich nicht mehr um!« Aber ehe er die Tür ganz schloß, betrachtete er eine Weile noch Anna durch den Spalt. Sie lag auf ihren Fäusten und weinte; Rosen waren im Hintergrund und ein Stück des herrlichen grauen Sankt-Jakobs-Turmes. »Welche Liebe«, sagte er. »Um einen Stein zu erweichen! Herr, halte mich, daß ich ihr nicht in die Arme fliege!« Aber er schüttelte die Versuchung von sich, als er an ihre jetzt rotgeweinten Augen dachte. Er sprang hastig zur Tür hinaus, um der Verführung zu entfliehen; als er draußen war, ging es vorüber. Er blickte sich noch einmal um nach dem Giebel, hinter dem er so glücklich gewesen war.
»Wer hätte das gedacht?« seufzte er.
»Leb wohl, schönes Antwerpen!« sagte er, als er den Liebfrauenturm sah, der sich wie eine schlanke Spitzensäule in den hellen Nachmittagshimmel erhob. Im ›Licht in der Laterne‹ nahm er Abschied von Hans ...

Und während er weinend im Planwagen saß, der ihn für

immer nach Brüssel brachte, rollte er Jan Nagels Bildnis auf. Er konnte es in der Dunkelheit nicht sehen, aber er wußte, wie lebendig Jan darauf gezeichnet war.

»Alter Freund«, sagte Pieter, »das hättest du entschieden besser gemacht, nicht wahr?«

Der Wagen schwankte hin und her, sein Kopf schüttelte, und die Tränen fielen ihm in den Bart. Es war ein sanfter Sommerabend, mit vielem Duft von Heu, das in runden Haufen auf den Wiesen lag.

Pieter wohnte nun einstweilen im ›Handelshof‹, kümmerte sich mehr um seine Geliebte als um seine Arbeit, und ein Jahr später, im Mai, als ein Wald von Kerzen vor dem Madonnenbild brannte, heiratete er die blonde Maria in der alten Kapellenkirche, unten an der Hohen Straße. In derselben Straße bezogen sie ein Eckhaus. Hinter dem Hause lag verführerisch der Grillenanger, wo Pieter alle Hügel und Fernen von Brabant überblicken konnte. »Zum Malen schön!« sagte er. Und malte es.

Er fühlte sich wohl, mitten in dem Volk, das in den ansteigenden, lauten Gassen hauste. Es war dasselbe Volk, vom selben guten Schlag und aus demselben Teig geknetet, wie er es in Antwerpen gekannt hatte, im Sankt-Andreas Viertel an der Schelde, wo Jan Nagel wohnte; ebenso tapfer, kindlich, gut, leidenschaftlich, verschlagen und lustig. Es war das Volk der Kontrabässe, der Säufer und Schlemmer, die nur so in den Tag hinein lebten, der Männer, die in Hemdsärmeln rauften und dann zusammen ihr Bier tranken, – aber das böse Blut mußte erst durch die Nase oder mit einem blauen Auge ausgetrieben werden. Sie fluchten und schimpften über die Klöster, aber unten, in der mütterlichen Kapellenkirche, zündeten sie die meisten Kerzen an vor dem Bild der Madonna. Es war das gesunde, lebendige Volk, das Gott einen guten Mann sein ließ, den Montag den Bruder des Sonntags nannte und ihn danach behandelte; es waren Genießer, aber stramme Kerle, wenn es zu arbeiten galt: denn, haben sie nicht Antwerpen und Brüssel, bis zum Wetterhahn auf dem Liebfrauenturm und bis zum goldenen Sankt Michael auf dem Brüsseler Rathaus, auf ihren Schultern in den Himmel hineingetragen? Sie haben die Stadt gemacht, die Männer der kernigen Lebensfreude, – aber auch der Gerechtigkeit, die das Herz auf der Zunge tragen; die ihre Frauen verprügeln – aber die schimpfen, fluchen und in Wut ausbrechen, wenn auf höheren Befehl eine Ungerechtigkeit geschieht; und die, wenn sie sich machtlos fühlen, sich das Haar raufen und in die eigene Faust beißen und dann – wie jetzt, unter der spanischen Fuchtel – den alten Reineke Fuchs hervorholen. Sie waren es, die die Spottlieder dichteten auf den König von Spanien und seine Trabanten; die sich nach der Freiheit sehnten wie eine durstige Taube nach Wasser, aber inzwischen kein saures Gesicht machten, keine großen Worte deklamierten, sondern Mitglied waren von vielen Vereinen mit ebenso vielen Festessen, den Mut hochhielten mit einem Lachen, mit Essen, Trinken und Singen, mit Vogelschießen und Angeln, mit Kirmes und Tanz. Der Galgen stand schwarz und drohend über ihren Köpfen aufgerichtet; aber sie tanzten darunter, mit den Händen in den Hüften, den Beinen in der Luft und dem Mund voller Gesang und Witz.

»Ein solches Volk ist nicht tot zu kriegen«, sagte Pieter. Und er hatte diese Menschen ebenso in sein Herz geschlossen wie die freimütigen Bauern vom Dommel. Die Leute vom Lande und aus den Gassen sind das Salz der Städte, die Lungen der Gesellschaft. Er hätte gerne mit seinen Nachbarn aus der Hohen Straße Bier getrunken, Mysterienspiele aufgeführt und jedes andere Vergnügen mit ihnen geteilt. Aber es zog ihn mit aller Gewalt zur Arbeit: er hatte noch eine ganze Welt zu erzählen! Er war Mitglied sämtlicher Vereine: bei den Bogenschützen, ja sogar bei den Vogelfängern, Mitglied sämtlicher Bruderschaften – und es gab viele –, die Laternen trugen in der Prozession. Fast jeden Tag war Versammlung und im Winter jede Woche Festschmaus mit geschmorten Kaninchen oder sonst etwas. Er war mit dem Herzen dabei, denn ihre Redensarten waren Farben, ihre Gespräche Gemälde. Aber die Arbeit ließ ihn nicht los, er mußte sich befreien von den Bildern, die sein Herz erfüllten. Es war wie das Pflücken von Äpfeln, die immer neu hinzuwuchsen. Es hörte nicht auf. Es überwältigte ihn. Die Zeit des Sehens und Aufnehmens war vorbei: jetzt war die ununterbrochene Zeit der Ernte und der Arbeit – mit vielen Schmerzen dazwischen, die sein Magen ihm bereitete.

Er fühlte sich glücklich mit Maria, die ihm schon zwei Kinder geschenkt hatte, einen Jungen und ein Mädchen. Er lebte einsam bei so vieler Arbeit, die langsam, aber unaufhörlich heranwuchs. Ab und zu ging er auf einen Sprung ins Feld, allein oder mit Maria, und abends las er manchmal ein herzhaftes Buch oder brachte dem Kleinen das Zeichnen bei. Sonntags besuchte er öfter mit der ganzen Familie die Dorfkirmes in der Nähe, und dann aßen sie Reisbrei in den mit Fahnen geschmückten Wirtshäusern. Er ging nicht mehr auf Reisen, aber jedes Jahr, zu Ostern, besuchte Frau Coecke im Planwagen ihre Schwester in Aalst. Maria und die Kinder mußten sie begleiten. Nach ein paar Wochen holte Pieter sie dann ab, blieb aber

noch einige Tage in der zarten Hopfengegend, machte Spaziergänge und zeichnete dort die großen Bauernhöfe und die Menschen.
Im ganzen Hause, das von Maria und einem Dienstmädchen in bester Ordnung gehalten wurde, und wo die Uhr ruhig tickte, hingen seine Zeichnungen und Gemälde wie Erzählungen, die nach anderen Erzählungen verlangten. Die Gemälde von Anna waren zurückgekommen: Hans Franckert hatte es verstanden, sie zu überreden. Mit einer höchsten Regung von Liebe zu Pieter hatte sie gesagt: »Nimm sie, sonst denkt er immer noch voll Unruhe an mich, und es ist besser, daß er glücklich ist.« Und sie war zurückgekehrt in ihr Bauerndorf im Kempenland, das verloren und vergessen zwischen Tannenwäldern lag, und nie wieder haben Hans und Pieter von ihr gehört. Viele von diesen Gemälden waren bereits verkauft, aber dort, unter dem Madonnenbild in der Stube, hing sein ›Sturz des Ikarus‹, ein Gemälde, das ihm lebhaft sein ganzes früheres Leben vor Augen rief: das durfte nicht aus dem Hause!
Er arbeitete, arbeitete wie ein Frühling, unterstützt von zwei jungen Lehrlingen, in einem Hinterzimmer des ersten Stockwerkes. Aber um ihn wuchs die Zeit, mit ihren Glaubenskämpfen, mit ihrem Sichlosreißen aus der geschlossenen gotischen Gottesverehrung zu einer persönlichen, sonnigeren und freieren Verehrung des Menschen, mit dem Kampf zwischen der alten und der neuen Zeit in den Gedanken, in der Wissenschaft, im Glauben und in der Kunst: alle Werte wurden umgewertet. Es war die Zeit der Wahl, mit der Ergebenheit war es vorbei. Aber Pieter wollte nicht wählen, wagte nicht zu wählen – Wählen bedeutete einen Verlust für ihn –, und er blieb voll Zweifel und Glauben, nach wie vor, bekam von allem etwas ab und wurde der komplizierteste Mensch der

kompliziertesten Zeit. Am liebsten hätte er sich außerhalb des Herzschlages seiner Zeit gehalten, aber er spitzte dauernd die Ohren, um zu vernehmen, ob die Krankheit seines Landes noch nicht vorüber sei.
Unter den wenigen Besuchern, die er empfing – Käufer, einige alte Freunde und Künstler, die sein Bild malten, denn er hatte einen großen Namen –, war auch ein Barfüßermönch, Edgardus, der ihn auf dem laufenden hielt über den Drang nach Freiheit, über den Widerstand, der, nicht unter den Ketzern, sondern in den Klöstern und Schlössern und in den Kreisen der Gläubigen, unter der Losung: »Los von Spanien!« heranwuchs. Dort wurde der Aufstand vorbereitet, der mit einem französischen Heer gegen Spanien losbrechen sollte; und dies wäre schon geschehen, hätte nicht der Bildersturm, der vor allem in Antwerpen den steinernen Heiligen den Kopf abgeschlagen hatte, es zeitweilig verhindert. Als Pieter von diesem Bildersturm gehört, da hatte er geweint und sich den Bart gerauft; er nannte die Ketzer Schafsköpfe, Einfaltspinsel, Buschmänner, Leute ohne Geist, ohne Herz und ohne Kunst. »Tötet Menschen, aber keine Kunstwerke! Tötet mich, aber rührt nicht an mein Werk!« Und jedesmal, wenn der Pater kam und Neues berichtete über den bevorstehenden Aufstand, jubelte Pieter, trotz seiner Schmerzen: »Jetzt gehts los, jetzt gehts los!«

Frischer Schnee! Schnee auf den Hügeln von Brabant! Das muß wahrgenommen werden! Und Pieter, dessen Bart schon etwas grau geworden ist, macht sich am Nachmittag auf in die Felder, mit seinem Zeichenbuch und seinem Sohn Pieterke. Wie frisch und weich ists unter den Füßen! Sie gehen weit weg, immer auf und ab, und Vater Pieter singt. Von einem Hügelrücken herab sieht er die Dörfer und die braunen Wälder, versteckt in der fernen Schnee-

stille, und darüber, am grauen Himmel, einen Schwarm von Krähen. »Das will ich zeichnen!«
Aber erst muß für das Vergnügen des Kleinen gesorgt werden. Der Vater rollt einen schweren Schneeball, so daß er ihn allein nicht mehr weiter bringt, und sagt: »Pieterke, hilf mir mal!«
Und der Knirps von vier Jahren, dick in Wolle und Pelze eingewickelt, drückt mit aller Gewalt mit seinen geschickten kleinen Händen gegen den Ball. Sie schieben mit vereinten Kräften.
»Jetzt geht es ganz leicht«, ruft der Vater. »Du bist aber ein starker Kerl!«
Der Junge glaubt es und reißt die Augen auf. »Ja, nicht wahr, Väterchen?«
»Jetzt noch einen Ball für den Kopf!«
Endlich zeichnet sich ein großer Schneemann weiß auf dem grauen Horizont von Brabant ab. Pieter steckt ihm einige Stöcke auf den Kopf.
»Das ist der König von Spanien mit seiner Krone«, sagt er. »Jetzt wirf danach, daß der Kopf herunterfliegt, gleich machen wir den Erzschelmen Alba. Ich werde inzwischen etwas zeichnen.«
Pieterke knetete sich einen Schneeball, wirft nach dem Schneemann, aber weit daneben.
»Wenn du nach einem König wirfst, dann mußt du auch treffen, sonst lacht er dich tot! Sieh, so mußt du das machen!«
In der erhabenen Schneestille schleudern Vater und Sohn ihre Schneebälle nach dem König von Spanien. Ein paar Stöcke fliegen aus der hölzernen Krone, aber alle anderen Bälle, die Pieter auf dieses runde, stumme Gesicht klatscht, bleiben daran festkleben.
»Laß ihn gehen«, sagte er, »denn er wird noch dicker davon; und Alba wollen wir ruhig im Schnee lassen: es ist

besser, wenn er gar nicht erst geboren wird, weder im Schnee noch sonstwie! Wir wollen lieber ins Dorf gehen und Speck mit Eiern essen!«

Der Kleine jubelt.

Bald darauf sitzen sie unten im braunen stillen Dorf, unter einem beschneiten Strohdach, in einem Wirtshaus, essen warmen Schinken mit geschlagenen Eiern und trinken kaltes Bier dazu. Ob das schmeckt! Pieterkes Gesicht ist ganz gelb davon. Dort in einer Ecke wird Karten gespielt und gewürfelt, und vor dem flammenden Herd erzählen vier Männer über den Krieg gegen die Türken, über die Hugenotten und über die neuen Opfer des Tyrannen Alba, den der König von Spanien, Philipp II., als Regent eingesetzt hat und der mit kalter Berechnung das flämische Volk aussaugt und mordet, woran sich die Reichen beteiligen; über die neuen Siege der Geusen, über den Luxus der Klöster und den verfluchten Zehnten.

»Ah!« sagt plötzlich einer mit hohen Schultern, »mir ist es ganz egal, was sie glauben, wenn sie nur die Hände aus unseren Taschen lassen. Ob Eva blondes oder schwarzes Haar hatte, das geht mich nichts an, jedenfalls hatte sie Haare! Jedem das Seine – aber, daß man diese Ketzer, die die Verteilung der Güter predigen und allen Reichtum aufteilen wollen, an den Galgen knüpft und vierteilt, das finde ich ganz richtig! Das Stück Land, auf dem ich mein Leben lang geschwitzt habe, damit es mein wurde, das müßte dann aufgeteilt werden, und dieser oder jener Faulpelz, der nie eine Hand rührt, es sei denn, um einen Schnaps zu halten, der sollte die Hälfte davon bekommen! Das fehlte bloß noch! Es wundert mich gar nicht, daß so viele mitmachen. Von mir aus können sie alle gehängt werden!«

»Ich kümmere mich nicht darum, was sie glauben; aber

wenn du ein wenig überlegst, Narr, dann mußt du doch einsehen, daß diese Leute das Glück in die Welt bringen!« sagt einer mit einem Stoppelbart. »Jetzt ist das ganze Geld und Gut bei den Reichen aufgehäuft, die andern können in die Luft gucken! Alles, was sie haben, stammt vom Schweiß der Armen. Guck dir die Tausende von Bettlern an! Es liegt alles nur daran, daß die Reichen zuviel haben. Verstehst du das nicht, Narr? Und wäre es denn so schlimm, wenn den Reichen die Hälfte weggenommen würde, um das ganze Elend aus der Welt zu schaffen? Ich finde, daß es nur recht wäre!«

»Weil du nichts hast, kannst du leicht reden!«

»Nichts haben? Wenn ich nicht soviel Unglück und Krankheiten durchgemacht hätte, wäre ich reicher als du!«

Aber der mit den hohen Schultern sagt verächtlich: »Ich habe genausoviel Unglück und Krankheiten durchmachen müssen wie du, aber ich habe gearbeitet!«

»Du meinst also, daß ich nicht gearbeitet habe?« schnauzt der mit dem Bart. »Aber du hast die Arbeit lieber von andern machen lassen. Deine Frau hat sich krumm gezogen am Pfluge, während du zugeguckt hast, und du wagst dich vor Geiz nicht zu waschen!«

»Ich sehe einen Schmutzfinken vor mir! Und den Krug, den du in der Hand hast, habe ich soeben für dich bezahlt. Du warst von jeher immer nur ein Schmarotzer!«

»Wagst du das noch einmal zu sagen?« ruft der Stoppelbart, aufspringend.

»Ja!« sagt der mit den hohen Schultern, mißtrauisch und ängstlich, aber bereit zu schlagen.

Klatsch! und klatsch! zurück: sie raufen und rollen fluchend auf den Fußboden.

»Komm, mein Junge«, sagte Pieter, »der Schnee ist schöner anzusehen; der ganze Zank und Streit dreht sich

immer nur um Geld und Gut; und hier reicht es, glaube ich, baskwadderig.« Er zahlt, und sie gehen.
Als sie draußen sind, ist der Schnee blau geworden, und die Sonne sinkt durch einen langen Wolkenriß, müde-rot, gleichgültig, ohne Leuchtkraft, hinter die Bäume von Brabant. Sie schreiten in der Dämmerung über die Schneehügel nach Hause, Pieterke an der Hand seines Vaters, dessen Bart feucht ist vom Atem. Der Kleine friert.
»Dagegen gibt es ein Lied«, sagt Pieter, »das einzige Lied, das die Kälte vertreibt. Aber wenn man es singt, muß man laufen!«
Und sie laufen zusammen, singend: »Adam hatte sieben Söhne, sieben Söhn' hat Adam! Sie aßen nich, sie tranken nich, sie machten immer so wie ich. Adam hatte sieben Söhne...«
Bis sie das Hallische Tor erreichen, ist Pieterke schön warm geworden, und er darf bis nach Hause auf Vaters Schultern sitzen.

Im weichen Kerzenlicht, das auf den Tisch fiel, saß Pieter in der Wohnstube und kritzelte Männlein und Bäume aufs Papier, während Pieterke, die roten, kalten Füße in den warmen, weißen Händen seiner Mutter, am flammenden Herd saß und erzählte, vom Schneemann, von dem Schinken mit Eiern und dem Streit im Wirtshaus.
»Ja«, sagt Pieter, »es ist überall dasselbe: Haß, Neid und Kampf. In unserer Muschelschale fühlen wir uns noch am wohlsten.«
Er lachte Maria an, die bald zum drittenmal Mutter werden sollte. Dort in der Wiege, die sich ab und zu wie von selbst bewegte, schlief das Töchterchen und schlief auch die Katze, zusammengerollt auf dem Fußkissen. Plötzlich wurde er sich des großen Glückes bewußt, das ihm seine Kunst und seine Familie gaben. Er ging auf

Maria zu und flüsterte ihr ins Ohr: »Ich möchte, daß es zwei wären; je mehr, je lieber!« Und er zwitscherte ihr einen Kuß in die Ohrmuschel.

Maria war eine tüchtige Frau geworden, mit dicken Armen und mit hellen, offenen blauen Augen unter dem Schaum ihrer blonden Locken. »Zum Anbeißen! Das Modell einer sorgsamen, glücklichen Mutter!« Pieter betrachtete sie voll Bewunderung und Dankbarkeit. Bei ihr, im Blick ihrer Augen, in der Behaglichkeit ihrer zierlichen Gebärden, konnte er das böse, dunkle Leben draußen vergessen. Es waren Spinnen, die Netze spannen und einander aussaugten, um Herr zu bleiben oder Herr zu werden. Wenn er Maria sah, kümmerte er sich nicht mehr darum. »Mach, was du willst, ich arbeite!« schnauzte er die jämmerliche Welt an. Bei Maria fühlte er sich geborgen wie unter einem wohltuenden Mantel, in einem starken Schloß, hinter sicheren Mauern. Es geschah, wenn er irgendwo durch die Dörfer wanderte und von einer neuen Ferne angelockt wurde, daß er plötzlich umkehrte, weil ihm ihr Lächeln fehlte. Er kannte und achtete ihre Fehler – wer hat keine? Sie hatte etwas von den Äbtissinnenmanieren ihrer Mutter geerbt, nicht zuviel, um darüber zu klagen, aber doch genug, um es zu fühlen. ›Welch ein Glück, daß sie diesen Fehler hat‹, dachte er, ›es heilt mich von meinen eigenen oder mildert sie wenigstens.‹ Die einäugige, rothaarige Magd – Pieter hatte sie schon oft gezeichnet – kam, um den Tisch zu decken.

»Ich esse nicht«, sagte Pieter, »mein Magen will nicht gestört werden.« Da rasselte gerade eine Truppe von Söldnern vorbei, Spanier, die der König aus Furcht und um Furcht zu wecken, in Flandern zurückgelassen hatte und die Alba dazu benutzte, um die Leute zum Schafott oder zum Galgen zu schleppen oder um Städte und Dörfer

zur Strafe auszumorden und in Flammen aufgehen zu lassen.
Gleich darauf wurde kräftig an die Tür gepocht. Pieter und Maria blickten einander ängstlich an: sollten die Spanier von den Besuchen des Pater Edgardus und den Spottzeichnungen erfahren haben?
»Pieter, die Zeichnungen!« warnte sie ängstlich. »Wenn man sie findet, dann ...«
»Die finden sie nicht, und ich kann sie stets anders deuten«, sagte Pieter mit Überzeugung.
»Mach auf, Emerans!« Er faßte Marias Hand und legte die andere auf die Schulter des kleinen Pieter. Maria blickte besorgt nach dem Kind in der Wiege. Im Gang hörten sie eine Stimme und Geflüster.
»Es ist ein Herr da, der mit Knopflöchern und mit Schnee vom vorigen Jahr hausiert«, sagte die Magd mit geistreicher Miene. Da trat Hans Franckert plötzlich lachend herein, in Pelze eingewickelt und mit rotem Gesicht.
»Ah! Ah! Gerade zur rechten Zeit, um mit uns zu essen! Im Schnee steckengeblieben? Wie gehts? Wie stehts?«
Gleich wurden frohe Hände gedrückt, und es herrschte eine ausgelassene Freude. Pieters Schmerzen waren vorüber, vor Schreck und vor Freude!
»Emerans! Hole eine Gans in der Rösterei und ein Kaninchen!« befahl Maria.
»Und Muscheln!« rief Hans. »Ich habe welche im Fenster liegen sehen. Ich kenne eine neue Zubereitung. Man nimmt eine Zitrone, eine Muskatnuß, außerdem ... Aber wie geht es dir, Pieter? Ich habe dich ein ganzes Jahr lang nicht gesehen!« –
»Maler und Kranker von Beruf, aber jetzt ist es vorüber.«
Eine Stunde später saßen sie beim duftenden Mahl und

dem vorzüglichen Wein, den ein Pater Kellermeister Pieter gestiftet hatte, erzählten und lachten in fröhlicher Stimmung.
Plötzlich sagte Hans: »Weißt du was, ich hätte Lust, einen guten Lambik[1] zu trinken!«
»Ich habe seit Jahr und Tag keinen gekostet!«
»Esel! Da wohnst du nun in Brüssel, und ich muß dich darauf aufmerksam machen. Komm!... Frau Maria, wir kommen sehr zeitig nach Hause, in den frühesten Morgenstunden!«
Er küßte Maria die Hand, und dann gingen sie auf die Suche nach dem echten, alten Lambik – diesem geschmolzenen Manna, – den sie natürlich fanden in der engen Petersgasse. Schlaff auf den Beinen, Arm in Arm, summten sie ein Lied und wankten selig nach Hause im glaskalten Mondschein, der gespensterhaft über beschneiten Dächern, Türmen und Straßen lag.
»Du mußt öfters mal herüberkommen, Bruder Hans.«
»Ja, Bruder Pieter, wenn meine Frau mir nicht immer die Ohren voll knurrte, dann käme ich jede Woche, denn ich mag dich gerne leiden!«
»Und ich dich auch.«
Sie klatschen einander in die Hände, umarmten sich und torkelten dann weiter, ohne Eile, das Lied summend. Und es war überall so still, als höre der Mond ihnen zu.
Pieter saß mit den beiden Lehrlingen im Kerzenlicht bei der Arbeit. Er war mit einer Skizze zu dem Gemälde ›Der Vogeldieb‹ beschäftigt und dachte, indem er diesen Bengel auf dem Baum zeichnete, an sich selbst und an die lichte Ferne am Dommel. Der älteste der beiden Lehrlinge, ein Rothaariger, ohne eine Spur von Phantasie, der aber gut und scharf nachzeichnete, wie der Schatten einen Umriß

1 Ein berühmtes Brüsseler Bier, das in Flaschen gelagert wird.

wiedergibt, übertrug einen Bauerntanz auf eine kleine Leinwand, während er erzählte, daß auf dem Grillenanger, ein Gespenst umginge: er hätte es selbst gesehen.
»Und du bist natürlich davongerannt?« lachte der andere mit dem schwarzen, struppigen Haar.
»So siehst du aus, ich davonlaufen!« sagte der Rothaarige verächtlich. »Ich habe mit einem Stein danach geworfen, aber ich warf glatt hindurch!«

»Du mußt ein Kreuz schlagen«, sagte der Schwarze, »dann klatschen sie zusammen, und es bleibt auf der Stelle eine Pfütze wie von Buttermilch. Die Hexe, die man vorigen Monat auf dem Galgenacker verbrannt hat, hatte zu Haus einen vollen Krug von solchem Zeug. Das mache ich immer«, lachte er. »Am Roten Kloster halten die Gespenster jeden ersten Freitag im Monat eine Prozession ab; das sind die Mönche, die nicht alles gebeichtet haben. Nun, wenn man ein Kreuz schlägt, dann verschwinden sie alle in die Teiche.«
Pieter, der sie gewöhnlich schwatzen ließ, sagte auch jetzt nichts dazu, lachte für sich und ging hinunter. Nach einer Weile kam er zurück und zeichnete weiter. Die beiden Lehrlinge waren nun schweigend bei der Arbeit.
Plötzlich sagte Pieter: »Jungens, holt mal schnell aus dem Keller den Firnis und die Ölflaschen, denn die Magd

ist nicht da, und das dumme Frauenzimmer hat sie hinunter gestellt. Ich brauche sie sofort. Hier ist eine Kerze. Macht schnell und laßt mir den Wein und die Würste in Ruhe!«

Die zwei Burschen gingen, noch ganz unter dem Einfluß der Gespenstergeschichten, mit lahmen Füßen in den Keller. Die Kerze in der Hand des Rothaarigen zitterte. Keiner von beiden mochte als erster oder als letzter gehen: sie gingen also nebeneinander. Aber kaum waren sie im Keller, als sie drüben in der Ecke eine Kette leise rasseln hörten, und eine weiße Gestalt erhob sich im Halbdunkel.

»Au! Au! Au!« schrien sie, hinaufsausend. »Hilfe! Mutter! Mutter! Vater! Ein Gespenst! Ein Geist! Mit grünen Augen! Mit flammenden Fingerspitzen!«

Blaß, bestürzt, mager vor Angst, stürmten sie in die Werkstatt, wo Pieter sie auslachte und verhöhnte. »Kommt, Angsthasen, wir werden es holen!« Er zwang sie mitzugehen. Sie mußten wider Willen und Neigung in den Keller hinein, und dort, aus der Ecke, nahm Pieter eine Kette und ein weißes Tuch, beides hing an einer Schnur, die durch ein paar Ösen nach oben führte bis an Pieters Arbeitsplatz.

Nun lachten auch sie.

»Aber«, sagte der Rothaarige, »auf dem Grillenanger ist es ein echtes Gespenst!«

Pieter gab ihm eine Ohrfeige. »Du bist genau so einer wie ich«, sagte er.

Die grosse Reise

Böse Gewitterwolken türmten sich nach allen Seiten um Brüssel. Es war wie ein Kreis von schmalen Felsen, drohenden Sturmböcken, die auf ein Zeichen warteten, um sich auf die dünnen Dächer zu stürzen. Wie klein und flach war die stolze Stadt unter dieser gewaltigen Reihe von Gewittersäulen!

Die Hitze kochte und tanzte über den Dächern. In den kleinen Gassen hinter der Hohen Straße, wo immer gezankt, gesungen und geschrieen wurde, war es überall still, wie ausgestorben. Kaum daß ein Huhn gackerte. Dahinter lag der Grillenanger einsam in der Glut, und von seinem Abhang strömten immer neue Hitzewellen in die Straßen und Häuser hinein. Und noch weiter hinten lagen die grünen Hügel von Brabant, schmachtend unter der würgenden Backofenhitze.

In der Werkstatt standen alle Fenster mit den in Blei gefaßten Glasscheiben weit offen. Die beiden Lehrlinge waren unterwegs, um ein Gemälde abzuliefern, und Pieter malte, ohne Jacke und Weste, mit aufgerissenem Hemd an einer Schneelandschaft: eine weiße Ferne mit Kopfweiden und vorn ein Kirchlein an einem kleinen, zugefrorenen Fluß, auf dem ein paar Bengel Schlittschuh liefen. Und neben Pieter – wie um sich mittendrin zu fühlen – stand auf einer Staffelei seine große, seit drei Jahren fertige Schneelandschaft, die er so sehr liebte: jene mit den mageren Hunden und den Jägern unter den schwarzen Bäumen, auf dem Abhang eines Berges: links, vor einem Wirtshaus mit halb abgerissenem Aushängeschild, flammt das Feuer eines geschlachteten Schweines; in der Mitte und im Hintergrund streckt sich eine endlose Ebene von Schnee und brabantischen Dörfern, und in der Ferne, rechts, erheben sich die nackten Felsen der beschneiten Alpen. Darüber breitet sich der Abend aus.

Graugrün spannt sich der Himmel und wehrt hartnäckig – wie für immer – jedem Licht. Man fühlt, daß es heute noch schneien wird.
Ermattet kehren die Jäger ins Tal zurück, wo noch einzelne Schlittschuhläufer sich auf dem grünen Eis belustigen. Ein Wagen müht sich über den Weg zum nächsten Dorf, und drüben an einer Krümmung des Flusses brennt irgendwo ein Schornstein, den man zu löschen versucht. Arme Leute torkeln mit einem Reisigbündel nach Hause, und Raben warten in den schwarzen Bäumen auf den Abend, um ihren Hunger zu vergessen. Alles ist klein, nichtig und traurig in der Unendlichkeit von Stille und Schnee; der grausame Winter hält alles in seiner Gewalt. Und seht nur, wie lustig ist das anzusehen, wie lustig ist das gemalt! Während das Jubeln des Kindes daraus spricht, das sich freut über den Schnee – Frau Holle schüttelt die Betten aus und läßt die Federn fliegen –, vernimmt man gleichzeitig das klagende Menschenherz. Das Gemälde ist wie er selbst: lustig und traurig, zweifelnd und gläubig, mystisch und sinnlich, feige und mutig. Es ist Bruegelsch! So waren alle seine Gemälde, so wurde auch dieser neue ›Winter‹. Er malte eifrig den gelblichen Schnee, mit gespannter Andacht, ganz versunken in seine Arbeit, die Zunge wie immer aus dem Munde hängend, und säumte mit einem kleinen Pinsel das verworrene Geäst der Bäume. Der Schweiß tropfte ihm in den Bart, – er fühlte die Hitze nicht. Er lebte nur in seinem Gemälde. Er selbst war das Gemälde. Das Kind in ihm war stets die Keimzelle seiner Kunst und der Drang, sie mitzuteilen. So war er in allen seinen Gemälden, in seinem ganzen Werk, das hier umherstand und an den Wänden hing oder in anderen Häusern prangte, – zu seinem Verdruß sogar in der Sammlung des Königs Philipp von Madrid. – Denn Pieter erntete, trotz der wachsenden Mode der Renaissance, stets Beifall, weil man bei ihm vor einem

Teil seines Selbst stand. – Immer war in seinen Gemälden das Kind vorhanden: sein Jubeln und seine Angst, sein Staunen und sein Glaube; und die böse, bange, dunkle Zeit, in der er lebte – und doch nicht leben wollte –, durchatmete sein ganzes Schaffen mit dem Ernst des enttäuschten Mannes. Aber er malte mit Lust! Alle Wetter, war das ein Genuß, wenn er so dasaß und pinselte! Er zeichnete nicht mehr: alles war nun ausschließlich aufs Malen gerichtet. Ach, das Wachstum der Farben zu sehen, wie Blumen, die sich öffnen; den Zusammenhang zu erzählen, der seine lustigen, gedrängten Gestalten miteinander, mit den Häusern, mit der Landschaft und dem Himmel verband! Denn alles war gleich wichtig in seinen Farbenerzählungen: ein Grashalm, der unter einem Stein hervorwuchs ebenso wie ein Storch, der mit gerecktem Halse am Himmel dahinflog, oder die Leute, die dort an der Arbeit waren. Er behandelte jedes Ding als Mittelpunkt. Alles war nun gediegener, entschlossener als seine ersten Gemälde. Jede Arbeit hing durch tausend Fäden mit seinem Herzen zusammen, ohne daß er selbst es hätte rechtfertigen können; jede Farbe, jede Linie hatte ihre geheime Quelle und Begründung. Kein einziges Gemälde wurde der geschlossene Ausdruck eines Gefühls. Es wurde stets ein Durcheinander von Erinnerungen, Schmerzen, Sünden, Freuden, Haß, Spott und Sehnsucht nach seinem Dorf. Es duftete etwas darin von Veronika, von seiner Mutter, Bertha, Anna oder Maria, von sich selbst, von einem Vogel, den er irgendwo gesehen, oder von einem Gesicht hinter einem Fenster, von einem Wort oder einem Satz; es enthielt alles und noch etwas darüber hinaus; es war die Wiedergabe seines verworrenen Herzens; es war die klare und aufrichtige Erzählung seines Herzens. So war es mit seiner ›Tollen Grete‹, seinem ›Triumph des Todes‹, seinen Sprichwörtern, seinen Kirmessen, seinen Landschaften – November mit den Kühen

und den dunklen Wolken, Januar mit den drei Königen –, und so war es auch mit seinen Zeichnungen gewesen. Er malte sich selbst und gab sein Volk. Und wenn er sein Volk malte, gab er sich selbst. Er und sein Volk! Beide lechzend nach Freiheit, aber zu schüchtern; beide erfüllt von einem kindlichen Glauben, begierig nach Vergnügungen und nach Gott, still, leidenschaftlich, verschlagen, treu und rebellisch, närrisch und weise.
Er und Flandern! Ein Herz und eine Seele!

Und er malte einen sich wiegenden Schlittschuhläufer an der Krümmung des Flusses. Es war er selbst, es war sein Freund … es war der Dommel … wie würde der Nachbar eifersüchtig sein … bei Bertha war es warm und gut … in jener Hütte dort gab es gutes Bier … die Tomatenkröte wurde besoffen davon … – er malte flüchtig ein Aushängeschild – … Ja, das Bier war ausgezeichnet … der Torf riecht angenehm in der Dämmerung …
Aber plötzlich kam Maria, das kleinste Kind im Arm, ängstlich hergelaufen.
»Pieter, Pieter, morgen werden also doch die Grafen von Egmont und Horn enthauptet! Es wird mit der Trommel ausgerufen! Was werden wir noch alles erleben müssen! Sei doch vorsichtig mit den Spottzeichnungen auf die Spanier! Verbrenne sie! Wenn man sie findet, dann …«
Er ließ den Pinsel fallen und nahm sie – erst etwas bestürzt, aber sich gleich in der klaren Wirklichkeit zurechtfindend – sanft in den Arm. Er gehorchte ihr immer, nur nicht bei diesen Zeichnungen.
»Sie sind gut versteckt. Du brauchst keine Angst zu haben. Ach, Maria, ich habe das Schicksal dieser Grafen geahnt. Alba würde seine eigene Mutter töten, wenn sie sich dem Gesetz nicht unterwirft; da sieht man an seinen stählernen Augen. Der wiegt auf beiden Seiten gleich

schwer: so sind die Buchstabenmenschen. Wir wiegen etwas schwerer auf der linken Seite, weil das Herz dort hängt. Er hat keins oder eins genau in der Mitte, – was ebenso schlimm ist. Aber sieh, Maria, ich bin beruhigt: der Aufruhr, der langsam wächst, wird einmal losbrechen. Der blöde Bildersturm hat ihn nur zurückgeworfen. Aber der Teig kommt wieder hoch: die niederländischen Katholiken gegen die spanischen Katholiken! Pater Edgardus weiß es. Siehst du diese Gewitterstürme? Und siehst du, wie es dunkel wird? So wachsen die Gewitterstürme unserer Freiheit, um Spanien hier hinauszuwerfen!«
Plötzlich ein Blitz, wie ein feuriger Schrei quer durch den Himmel!
Sie machten das Zeichen des Kreuzes. Und Pieter betete: »Herr, erlöse uns von allem Übel und von Spanien!«

Während draußen ein Staubregen fiel und die Bäume das erste Herbstlaub über die Wege streuten, ging Pieter auf und ab vor quälenden Schmerzen. Unten hörte er die Kinder und Maria, die sang.
Er seufzte: »Jedes Haus hat sein Kreuz zu tragen, und meins sitzt mir im Magen.« Nebenan lachten die Lehrlinge. Ob er nun im Bett lag oder in den Feldern spazierenging: immer spürte er diesen Magen wie einen bohrenden Finger, ununterbrochen, um an den Wänden hochzuklettern! Es hatte ihn sehr verändert. Er betrachtete sich im Spiegel. Er hatte eine gelbe Hautfarbe bekommen, eingefallene Wangen und große Augen, die daran gewöhnt schienen, frischen Schmerz zu fühlen. Der große, dichte Bart ließ ihn noch kränklicher erscheinen. Er schritt wie ein Eisbär auf und ab, während die gute, schöne Farbe in anlockte! Dort stand ›Die Elster auf dem Galgen‹, unter dem ein paar Bauern tanzten, und wartete auf die letzten

Pinselstriche. Es wurde an die Tür geklopft. Es war Pater Edgardus! Welch ein Glück!
»Nimm Platz! Wie gehts?«
Es wurde hin und her geredet, bis der magere Pater mit seinen funkelnden schwarzen Augen und seiner schlauen Nase sagte: »Schlecht!«
»Wieso schlecht?«
»Du stehst im Verdacht«, flüsterte der Pate vorsichtig. »Man hat einen französischen Ketzer festgenommen, der behauptet hat, er wäre auch bei dir gewesen, um ein Gemälde zu kaufen...«
»Ja, der war hier«, rief Pieter, »aber wie soll ich wissen, daß er ein Ketzer ist?«
»Deshalb kannst du auch beruhigt sein, wenn es auch nicht ausgeschlossen ist, daß man dich vorladen wird. Versteck deine Zeichnungen gegen die Spanier gut; denn wir werden sie wohl nicht so bald zeigen können, wie ich gedacht hatte.«
»Wieso? Was ist denn los?«
»Das wollte ich dir gerade sagen.« Und nachdem der Pater sich gesetzt hatte, erzählte er, die Fingerspitzen aneinander gedrückt: »Ich glaube, daß unsere Bestrebungen zum Teufel sind? Und zwar wie mir von einer höheren Instanz mitgeteilt wurde, weil alles, was sich gegen Spanien auflehnt, unvermeidlich den Glauben fallenläßt. Die Leute können die Begriffe ›Spanien‹ und ›Glaube‹ nicht auseinanderhalten. Man betrachtet es als ein und dasselbe, was unserm Widerstand alle Triebkraft nimmt. Wenn man bedenkt, daß ganze Dörfer mitsamt der Geistlichkeit zur Reformation übergehen, daß es andere gibt, die den Gottesdienst versehen und gegen Rom predigen! Alles, was antispanisch ist, gerät in das Fahrwasser der Reformation. Wir müssen wählen zwischen der Freiheit und dem Glauben.«

»Wieso?« fragte Pieter erstaunt.
»Ja, Pieter, wählen: Geuse werden und seinen Glauben einbüßen, – oder spanisch bleiben und den Glauben retten. Und der Glaube geht vor! Was würdest du wählen, Pieter?«
»Ich?... Ich... Ich, wählen zwischen der Freiheit und dem Glauben? Ich wählen? Warum soll ich immer wählen zwischen zwei Dingen, die mir beide gleich nahe am Herzen liegen? Pater, ich habe unten drei Kinder; – höre nur, welch ein unschuldiges Glück da herrscht, – und frage mich nun, welches davon ich töten soll!«
»So ist es, Pieter; so geht es uns«, seufzte der Pater. »Ich wähle den Glauben.«
»Verdammt!« rief Pieter wütend. »Pater, laß mich fluchen! Jahrelang habe ich nun darauf gewartet, mich gesehnt und freudig gehofft. Und jetzt kommst du daher und sagst: Wähle zwischen deinem Kopf und deinem Leib! Ach, ich kenne mich selbst gut genug, um zu wissen, daß ich meinen Glauben, wie schwach er auch sei, nicht entbehren kann. Aber ich fühle mich gleichzeitig als Geuse, ich wäre also ein Geuse mit dem katholischen Glauben. Warum auch nicht? Warum soll das nicht möglich sein? Natürlich, ich mache keinen Aufruhr, ich beteilige mich nicht einmal daran, ich male nur; aber in Gedanken bin ich dabei. Einen solchen Traum zu träumen, ihn jahrein, jahraus in sich zu tragen, um ihn dann zum Schluß einfach zu zerreißen! Das ist es! Das ist das Schlimmste! Nein, ich wähle nicht: ich bleibe gläubig und Geuse dazu, ich lasse mein Volk nicht im Stich! Basta! Potztausend! Jan Nagel

hatte es mir gesagt: Stecke keinen Finger in die Politik, sonst verschlingt sie deinen ganzen Leib. Es ist auch wahr! Ich war ein Esel! Ich könnte mir ins Gesicht klatschen! Statt zu arbeiten und Bäume zu malen! ›Du kannst mir gestohlen bleiben‹, sagte Jan Nagel zu allem, was ihn am Malen hinderte... Nun, Pater, das sage ich auch: Du kannst mir gestohlen bleiben. Ich meine nicht dich, sondern jede Politik. Du kannst mir gestohlen bleiben! Nun ist Schluß!!... Pater, komm noch oft zu uns, setze dich an den warmen Herd und bete deinen Rosenkranz, koste meinen Wein, betrachte meine Gemälde und erzähle uns von den Blumen in deinem Garten, von allem, was du willst, – nur kein Wort mehr von der Politik; nein, von der Politik, die die Religion mißbraucht, kein Wort, keinen Buchstaben. Gib mir die Hand darauf!«
Der Pater reichte ihm die Hand – und da zerbrach etwas in Pieters Hoffnung und in seinem Traum.

Maria gegenüber erwähnte er weder die Vorbereitungen zum Aufruhr, noch daß er verdächtigt wurde. Aber am selben Abend, als Pieter und Maria im Bett waren, fragte er plötzlich:
»Maria, schläfst du schon?«
»Nein, Pieter, und du?«
»Ich auch nicht.«
»Was ist denn los?«
»Wollen wir im Frühling einmal mein Dorf besuchen...?«
»Ja, Pieter, und...?«
»Möchtest du nicht auf dem Lande wohnen?«
»Gewiß, Pieter, wenn es für deine Kunst und für die Kinder gut ist.«
»Man wohnt dort schön und gesund; und ich glaube, daß ich da sehr gut arbeiten könnte, dann würde es mit meiner

Gesundheit wohl auch besser werden! Es ist so ruhig dort: man spricht da nur von vertrauten Dingen ...«

Am nächsten Tag fing er sein Gemälde ›Der Vogeldieb‹ an, voll Sehnsucht nach seinem Dorf am Dommel.
Er blieb unbehelligt, obwohl er spürte, daß man ihn im Auge hielt. Aber aus Trotz, der wie ein Schicksal an ihm haftete, wollte er die Spottzeichnungen nicht vernichten.
Er lebte einsam und still bei seiner guten Maria, ging mit ihr in die Kirche oder außerhalb der Wälle spazieren.
Pieter erlebte den Untergang seines Volkes. Die nördlichen Provinzen kämpften sich frei von Spanien und büßten den Glauben dabei ein. Hier behielt man ihn; aber Spanien, der große Henker, hielt das Volk klein, dumm, gefesselt und geknebelt, quetschte es aus, errichtete Galgen und Scheiterhaufen, – und das Volk verfiel in eine stumpfe Ergebung, verlor endlich jede Widerstandskraft und jede Selbstachtung; in allen Schichten der Bevölkerung fand der Feind eine blöde Bereitwilligkeit und Knechtschaft.
Voll Kummer um seine Zeit und unter zunehmenden Schmerzen malte er, während draußen Schnee fiel: ›Die Parabel von den Blinden.‹ Es ist eine friedliche Landschaft, mit der Kirche dort hinten, die ruhig und einladend am Fuß eines kleinen Hügels liegt. Vorn, rechts, gähnt ein kühler Bach mit wiegendem Schilf und funkelnden Wasserlilien. Im Vordergrund, in der Richtung auf den Bach zu, kommen die sechs Blinden, mit ihren weiten, schweren Mänteln, einander führend an ihrem langen Stab oder die Hand auf die Schulter des Voranschreitenden gelegt. Ihr alten, welken, dummen Bettlergesichter sind flehend emporgerichet; aber ihre Augen sind geschlossen, oder es sind nur matte, weiße Kugeln oder ausgeeiterte Höhlen. Sie werden einer nach dem anderen in den Bach taumeln, wie es den beiden ersten schon geschieht.

Um dieses Drama blüht ein schöner, sanfter Sommer. Es herrscht Stille, Friede und Sonne! Seine ganze Zeit liegt darin: das Zerreißen der Überzeugung des Nächsten, die Blindheit aller; sein Zweifel liegt darin, sein zertrümmerter Traum, sein Glaube, seine Sehnsucht nach Ruhe, sein ganzes Herz und seine ganze Seele – der ganze Zwiespalt seines eigenen Wesens und seiner Zeit. Als das Gemälde fertig war – es war einige Tage vor Weihnachten –, ließ er seine Palette und seinen Pinsel aus der Hand gleiten.
»Jetzt, scheint mir, brauche ich nur noch Schmerzen zu haben«, seufzte er.

Es war in der Tat sein letztes Gemälde. Er erhielt von der Stadt Brüssel den Auftrag, die Arbeiten am Kanal von Willebroeck, die damals ausgeführt wurden, zu malen. Aber es wurde nichts draus. »Es geht nicht mehr», sagte er.
Er beschäftigte sich nur noch mit seinen Schmerzen und wurde jämmerlich mager davon. Er wurde von Tag zu Tag älter: der Rücken krümmte sich, der Bart wurde ganz grau, die Arme lang, und der Mund stand offen vom stillen Klagen. Die beiden Lehrlinge konnten bald zu Hause bleiben. Der Frühling brachte ihm einige Linderung, und er ging mit Maria und den Kindern spazieren. Hans besuchte ihn ab und zu, auch der köstliche Koch; aber was kann man jemand erzählen, der sich vor Schmerzen krümmt? Ein paar leere Redensarten, und jeder beeilte sich, wieder wegzukommen. Er konnte nicht einmal mehr lesen; aber er hoffte noch immer, wenn die großen Schmerzen vorüber waren, sich in Breughel niederzulassen. In der Kapellenkirche bat er oft kindlich alle Heiligen darum und zündete Kerzen an vor dem wundertätigen Madonnenbild. Er unterhielt sich mit den Nachbarn aus der Hohen Straße und den Hintergassen,

befolgte ihre Ratschläge und nahm ihre Hausmittel ein oder die Arzneitränkchen, die Marias Mutter ihm zubereitete. Er saß oft in seiner Werkstatt, konnte stundenlang seine Gemälde betrachten und alles in dankbarer Gesinnung wiedererleben. Das Malen ging nicht mehr: Stoff war genug da, aber wie sollte man malen können, wenn man vor Schmerzen nach Tinte und Feder schreit, um sein Testament zu machen!

Er machte es auch und ließ vom Notar hinzufügen, daß ›Die Elster auf dem Galgen‹ unbedingt Maria gehörte. »Dieses Gemälde ist eine Verhöhnung Spaniens durch unser Volk; mit uns werden sie nicht fertig!« sagte er. Er liebte dieses Bild ganz besonders, mit seinem silbrig-grünen, paradiesischen Frühling und seinem herrlichen Weitblick, mit den tanzenden Bauern unter dem drohenden Galgen, mit der Elster, seinem Lieblingsvogel, schnatternd und schimpfend auf dem Querbalken, und dem Bäuerlein, das in einer Ecke sein großes Geschäft verrichtete. Unter dieses Bäuerlein hätte er Alba legen mögen!

Im August mußte er sich zu Bett legen. Und dann erst bat er Maria, die scharfen Spottzeichnungen zu holen und zu verbrennen. Er wollte sie noch einmal sehen und die frühere Leidenschaft von neuem erleben, – es waren welche darunter auf Alba, auf den Zehnten, auf den Kaiser und seine Trabanten, – aber nein, es würde ihm zuviel Verdruß bereiten.

»Die Erlösung kommt doch noch nicht; und, Maria, ich

möchte nicht, daß man deinen weißen Leib röstet.« Die Zeichnungen waren nur noch ein Häuflein schwarzer Asche im Herd. Das war alles, was von seiner Auflehnung übrigblieb!

Er streichelte Marias Locken und küßte sie. »Dich habe ich immer lieb gehabt, am liebsten von allen; ich habe dir meine sämtlichen Liebesgeschichten erzählt; aber in dir waren sie alle zusammen!« Er küßte ihre feuchten Augen.

»Jetzt sehe ich es ein«, sagte er später, »ich war schwach, ein schwacher Mensch; aber es mußte so sein, Maria, sonst hätte ich nie so gemalt, – Hans hat es mir schon einmal gesagt – und ich möchte nicht anders gemalt haben, als ich es tat.«

Und: »Maria, hast du das schon bemerkt: ich habe Tausende von Männlein gezeichnet und gemalt, die tanzen, essen und trinken; jeder freut sich, wenn er mein Werk betrachtet, und lacht; aber, hast du schon bemerkt, daß keine meiner Figuren lacht! Alle Wetter, daß ich das jetzt erst entdecke, da ich schon aufgehört habe. Ist das eine Entdeckung!... Maria, laß mir nun die Sterbesakramente bringen, aber rufe noch einmal die Kinder: ich möchte ihnen noch eine von diesen lustigen Geschichten erzählen.«

Vierzehn Tage später ging es ihm wieder besser. »Ich hatte mich schon hingelegt, so aus reiner Höflichkeit«, sagte er, »aber ich bin noch nicht dran. Welch ein Glück!«

Er fühlte sich so wohl, daß er wieder aufstehen und spazierengehen konnte. Der Arzt hatte gesagt: »Vorsichtig sein, und Euch nicht zu sehr ermüden!« Aber seht, wie dort, auf dem Grillenanger, die Blumen in den Gärten und im Kloster in der sanften Sonne funkeln! Es war im September: die Blumen wußten nicht, wohin mit ihren Farben und Düften, sie fühlten schon den nahenden Winter; und die Bäume hingen voller Birnen und Äpfel. Es gab Obst in Hülle und Fülle, zuviel, um es in einem Jahr zu verzehren. »Maria«, sagte er, »wie schön muß es sein, dort oben den Herbst über Brabant zu genießen!«

»Wenn du langsam gehen willst, können wir es uns einmal angucken, komm.« Sie reichte ihm den Arm, er hängte sich ein, und sie stiegen gemächlich hinan.

»Wie steht doch der weinrote Samt deines Kleides gut zu deinen goldenen Locken!« Und er kniff sie schelmisch und jugendlich in den Arm. »Du warst stets meine beste Medizin, du!«

Sie wußte nicht gut, was sie sagen sollte. »Und du fängst nun wieder an zu malen, nicht wahr Pieter?«

»Ja, mein süßes Herz; ich habe noch einen vollen Korb Stoffe. Ich kann noch hundert Jahre malen. Ich fühle das nun so deutlich.«

Als er oben stand, an der Hecke des Klostergartens, in dem alle Bäume voll Obst hingen, und er Brabant in einem goldenen Dunst von Sonnenlicht daliegen sah, rief er aus: »Warum haben wir nicht hier oben gewohnt? Das hätten wir tun sollen! Sieh nur, wie schön!«

Und er zeigte den weißen Fluß im Tal, die Wassermühle, die anderen Mühlen, die Dörfer, die Bauernhöfe, die Wälder, die schmalen Wege und ganz hinten die anderen Hügel, – und überall diese Blumen und das Obst, das man von weitem hängen sah.

»Schön, schön!« flüsterte er, und betrachtete voller Bewunderung die Landschaft.

Und plötzlich sagte er: »Aber, wenn man das nun durch die Beine sieht, Maria, so mit dem Kopf nach unten, dann ist es noch einmal so schön!«

»Mach das jetzt lieber nicht, Pieter«, flehte Maria.

»Liebling«, sagte er schmeichelnd, »das geht schon, das

habe ich früher so gerne gemacht. Dann ist alles noch einmal so schön, noch einmal so weit, von allem noch einmal so viel.«
»Komm, Pieter, ein anderes Mal!«
»Wenn ich daran sterbe, dann ist es mit mir sowieso aus. Sieh, einen Augenblick nur!« Er nahm ihre Hand, küßte sie und bog sich vornüber. Noch etwas tiefer, noch etwas, noch etwas. Jetzt sah er die Landschaft, weit und breit, mit der ganzen Schönheit des umgekehrten Gesichts.

»Maria! Herrlich! Sieh nur, wie schön! So müßten wir es malen können! Es ist sonderbar, daß es Dinge gibt, die schöner werden, wenn man mit dem Kopf auf der Erde steht! Gott weiß, wie schön die Welt sein würde, wenn wir mit dem Kopf nach unten gingen, wenn wir alles so sehen könnten; dann ...«
Aber da stürzte er mit einem kurzen Schrei vornüber und spuckte Blut. Maria rief um Hilfe, kniete, stand wieder auf, rief von neuem, küßte ihn, schüttelte ihn, – und die Mönche kamen herangelaufen und trugen ihn, voll Sonne und Blut, durch den Obstgarten in ein kleines, helles Zimmer. Sie zündeteten schnell die geweihte Kerze an und lasen die Gebete der Sterbenden ...
Und die großen, kalten, braunen Hände in Marias kleinen weißen Händen, sie mit den brechenden Augen dankbar anlächelnd, starb er lächelnd einen leisen Tod, löschte aus wie eine Kerze, ohne zu seufzen oder zu röcheln, sanft wie eine Blume, die verwelkt.

Die Straße war gestopft voll von Menschen – Nachbarn, kleinen Leuten, Kontrabässen, Adligen, Malern, Spaniern, heimlichen Ketzern, Kindern und Mönchen –, als er

hochverehrt und bedauert, in der schönen, mütterlichen Kapellenkirche begraben wurde, in die er so oft gekommen war, um zu beten.
Und dort ruht heute noch das schönste Herz Flanderns.

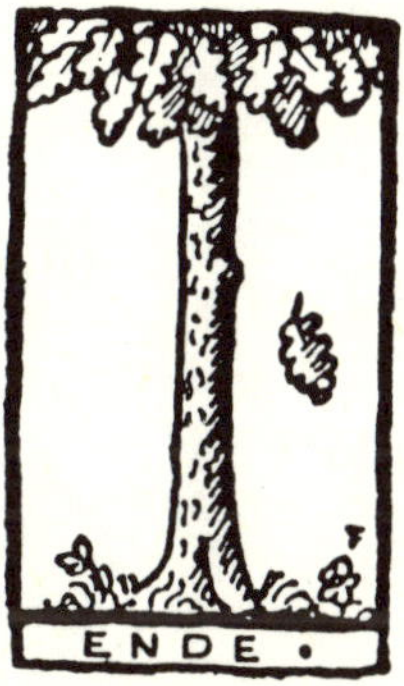

Inhalt

Inhaltsübersicht